HEYNE <

Das Buch

Paris, Gegenwart: Jonathan Wells erbt von seinem Vater Edmond, einem begeisterten Biochemiker und Ameisenforscher, dessen Haus. Er kann sein Glück kaum fassen und zieht mit seiner Familie dort ein, nichtsahnend, dass ihn dort eine Entdeckung erwartet, die sein Leben, das Leben seiner Familie und das aller Menschen für immer verändern wird. Denn kurz vor dem Umzug erhält Jonathan Wells von seiner Großmutter den Hinweis, dass Edmond Wells das Betreten seines Kellers ausdrücklich verboten hat. Der Neffe öffnet trotzdem die geheimnisvolle Tür – und kommt in ein Reich, das dem menschlichen Auge bisher verborgen geblieben war: das Reich der Insekten. Insekten, die durch die Experimente des verstorbenen Forschers ihre kollektive Intelligenz auf eine noch nie dagewesene Weise weiterentwickelt haben. Und die einen entsetzlichen Entschluss gefasst haben: die Ausrottung der Menschheit. Jonathan Wells steht vor einer scheinbar unmöglichen Herausforderung …

Wie schon Frank Schätzing, Andreas Eschbach und Michael Crichton verwebt Bernard Werber faszinierende Welten jenseits unserer Vorstellungskraft mit einem packenden Thriller. Entdecken Sie das Universum der Ameisen!

Der Autor

Bernard Werber, geboren 1961 in Toulouse, hat bereits zahlreiche Romane, Drehbücher und Theaterstücke verfasst, die in Frankreich sowohl literarisches als auch wissenschaftliches Aufsehen erregt haben. Mit seinem Roman über die Intelligenz der Ameisen hat er sich weltweit einen Namen gemacht. Der Autor lebt in Paris.

Mehr zu Autor und Werk unter: www.bernardwerber.com

BERNARD WERBER

DIE INVASION

Roman

WILHELM HEYNE VERLAG
MÜNCHEN

Titel der französischen Originalausgaben:

LES FOURMIS
Deutsche Übersetzung von Michael Mosblech

LE JOUR DES FOURMIS
Deutsche Übersetzung von Michael Hofmann

LA RÉVOLUTION DES FOURMIS
Deutsche Übersetzung von Alexandra von Reinhardt

FSC
Mix
Produktgruppe aus vorbildlich bewirtschafteten Wäldern und anderen kontrollierten Herkünften
Zert.-Nr. SGS-COC-001940
www.fsc.org
© 1996 Forest Stewardship Council

Verlagsgruppe Random House FSC-DEU-0100
Das für dieses Buch verwendete FSC-zertifizierte Papier *München Super* liefert Mochenwangen.

Neuauflage 05/2010
Redaktion: Sabine Kranzow

Printed in Germany 2010
Umschlaggestaltung: Nele Schütz Design, München,
unter Verwendung eines Motivs von Shutterstock
Satz: C. Schaber Datentechnik, Wels
Druck und Bindung: GGP Media GmbH, Pößneck

ISBN 978-3-453-52726-3

www.heyne-magische-bestseller.de

INHALT

TEIL I

DIE AMEISEN

Während der wenigen Sekunden, die Sie brauchen, um diese Zeilen zu lesen,

- werden auf der Erde 40 Menschen und 700 Millionen Ameisen geboren,
- sterben auf der Erde 30 Menschen und 500 Millionen Ameisen.

Mensch Säugetier, dessen Größe zwischen 1 und 2 Meter schwankt. Gewicht: zwischen 30 und 100 Kilogramm. Schwangerschaftsdauer des Weibchens: 9 Monate. Ernährungsart: Allesfresser. Geschätzte Gesamtbevölkerung: über 5 Milliarden Exemplare.

Ameise Insekt, dessen Größe zwischen 0,01 und 3 Zentimeter schwankt. Gewicht: zwischen 1 und 150 Milligramm. Gelege: beliebig, je nach Bestand der Spermatozoen.

EDMOND WELLS

Enzyklopädie des relativen und absoluten Wissens, Bd. 1

EINS

DER WECKRUF

Der Notar erklärte, das Haus stehe unter Denkmalschutz und während der Renaissance hätten Gelehrte darin gewohnt. Wer genau, wisse er nicht mehr.

»Die Wohnung selbst ist ein wenig sonderbar, es handelt sich nämlich um ein Kellergeschoss. Aber dafür ganz schön geräumig! Zweihundert Quadratmeter!«

Sie stiegen die Treppe hinunter und gelangten in einen dunklen Flur. Dort tappte der Notar lange herum, bis er hervorstieß: »Ah, verflixt! Das funktioniert nicht.«

Sie drangen in die Finsternis vor, tasteten sich geräuschvoll an den Wänden entlang. Als der Notar endlich die Tür gefunden, sie geöffnet und, diesmal erfolgreich, auf den Lichtschalter gedrückt hatte, sah er, dass sein Klient blass geworden war.

»Stimmt etwas nicht, Monsieur Wells?«

»Eine Art Phobie. Nicht so schlimm.«

»Angst vor der Dunkelheit?«

»Genau. Aber es geht schon wieder.«

Sie besichtigten die Räumlichkeiten. Obwohl die Wohnung nur durch einige schmale und in Höhe der Decke gelegene Kellerfenster mit der Außenwelt verbunden war, gefiel sie Jonathan.

Sämtliche Wände waren in einem einheitlichen Grau tapeziert, und überall war Staub … Aber er wollte nicht mäkelig sein.

Seine derzeitige Wohnung war nur ein Fünftel so groß. Außerdem verfügte er nicht über die Mittel, künftig die Miete zu zahlen: Das

Schlüsseldienstunternehmen, für das er arbeitete, hatte vor kurzem beschlossen, auf seine Dienste zu verzichten.

Diese Hinterlassenschaft seines Onkels Edmond war wirklich ein Glücksfall.

Zwei Tage später zog er mit seiner Frau Lucie, seinem Sohn Nicolas und ihrem Hund Ouarzazate, einem geschorenen Zwergpudel, in das Haus Nummer 3 an der Rue des Sybarites ein.

»Ich finde das gar nicht so schlecht«, erklärte Lucie und reckte ihren dichten roten Haarschopf hoch. »Bei den grauen Wänden hier können wir uns so einrichten, wie wir wollen. Es muss ohnehin alles neu gemacht werden. Als müsste man ein Gefängnis in ein Hotel verwandeln.«

»Wo ist mein Zimmer?«, fragte Nicolas.

»Hinten rechts.«

»Wuff, wuff«, machte der Hund und begann nach Lucies Waden zu schnappen, ohne Rücksicht darauf, dass sie das Hochzeitsgeschirr auf dem Arm hatte.

Aus diesem Grund wurde er prompt in die Toilette geschickt, und sie sperrten die Tür zu, denn er war in der Lage, zur Klinke hochzuspringen und sie herunterzudrücken.

»Kanntest du den gut, deinen spendablen Onkel?«, fragte Lucie.

»Onkel Edmond? Nein, ich kann mich nur erinnern, wie er mich immer als Flugzeug durch die Luft gewirbelt hat, als ich ganz klein war. Einmal hatte ich solche Angst, dass ich ihn vollgepinkelt habe.«

Sie lachten.

»Warst schon immer ein Angsthase, was?«, neckte ihn Lucie.

Jonathan tat so, als hätte er nichts gehört.

»Er war mir nicht böse. Er meinte bloß zu meiner Mutter: ›Schön, jetzt wissen wir wenigstens, dass aus ihm nie ein Flieger wird …‹ Später hat mir Mama erzählt, dass er meine Entwicklung aufmerksam verfolgt hat, aber ich habe ihn nie mehr wiedergesehen.«

»Was war er von Beruf?«

»Er war Wissenschaftler. Biologe, glaube ich.«

Jonathan blickte nachdenklich drein. Im Grunde war ihm sein Wohltäter vollkommen unbekannt.

6 km davon entfernt: BEL-O-KAN

1 Meter hoch
50 Etagen unterhalb der Erde
50 Etagen über der Erde
Größte Stadt der Region
Geschätzte Einwohnerzahl: 18 Millionen

Jährliche Produktion:

50 Liter Blattlaushonigtau
10 Liter Schildlaushonigtau
4 Kilogramm Lamellenpilze
Kiesausstoß: 1 Tonne
Benutzbare Gänge: 120 km
Fläche am Boden: 2 m^2

Ein Sonnenstrahl ist eingedrungen. Ein Bein zuckt. Die erste Bewegung seit Beginn des Winterschlafs vor drei Monaten. Ein anderes Bein, das in zwei Krallen endet, die sich allmählich spreizen, macht langsam einen Schritt nach vorne. Ein drittes löst sich aus der Starre. Dann ein Thorax. Dann ein Wesen. Dann zwölf Wesen.

Sie zittern, um ihr durchsichtiges Blut durch das Netz ihrer Adern zirkulieren zu lassen. Es geht von zähflüssigem in likörartigen, dann in flüssigen Zustand über. Nach und nach setzt sich die kardiale Pumpe wieder in Gang. Sie treibt den Lebenssaft bis in die Enden der Glieder. Die Biomechanismen erwärmen sich. Die hyperkomplexen Gelenke drehen sich. Überall verschieben sich die Kniescheiben mit ihren schützenden Platten, um den Punkt der äußersten Dehnbarkeit zu finden.

Sie stehen auf. Ihre Körper schöpfen Luft. Ihre Bewegungen wirken verzerrt. Ein Zeitlupentanz. Sie räkeln sich leicht, schütteln sich. Ihre Vorderbeine vereinen sich wie zum Gebet, aber nein, sie befeuchten ihre Krallen, um die Antennen zu reinigen.

Die zwölf, die aufgewacht sind, reiben sich gegenseitig ab. Dann versuchen sie, ihre Nachbarn zu wecken. Aber sie haben kaum Kraft, ihre eigenen Körper zu bewegen, sie können noch keine Energie weitergeben. Sie lassen davon ab.

Und so bahnen sie sich mühsam einen Weg inmitten der statuengleichen Körper ihrer Schwestern. Sie krabbeln auf die Große Außenwelt zu. Ihr Organismus mit dem noch kalten Blut muss die Energie aufnehmen, die das Tagesgestirn bietet.

Ermattet rücken sie vor. Jeder Schritt schmerzt. Sie haben so große Lust, sich wieder hinzulegen, friedlich dazuliegen wie Millionen ihresgleichen! Aber nein. Sie sind die Ersten, die erwacht sind. Es ist nun ihre Pflicht, die ganze Stadt wiederzubeleben.

Sie durchdringen die Hülle der Stadt. Zwar blendet sie das Sonnenlicht, doch der Kontakt mit Energie in ihrer reinsten Form stärkt sie enorm.

Sonne, durchdringe unsre hohlen Panzer
Bewege unsre schmerzenden Muskeln
Und vereine unsre ungleichen Gedanken.

Das ist ein altes Morgenlied der roten Ameisen aus dem hundertsten Jahrtausend. Schon damals hatten sie Lust, beim ersten Kontakt mit der Wärme innerlich zu jubilieren.

Kaum draußen, beginnen sie sich systematisch zu waschen. Sie sondern einen weißen Speichel ab und bestreichen damit ihre Kiefer und ihre Beine.

Sie bürsten sich ab. Das ist eine einzige, immergleiche Zeremonie. Zuerst die Augen. Die eintausenddreihundert kleinen Einzelaugen, die jedes Facettenauge kugelrund formen, werden entstaubt, befeuchtet, getrocknet. Genauso gehen sie bei den Antennen vor, bei den unteren Gliedern, den mittleren und den oberen Gliedern. Zum Schluss putzen sie ihre schönen roten Panzer, bis sie glänzen wie Tropfen aus Feuer.

Unter den zwölf, die aufgewacht sind, ist ein zur Fortpflanzung bestimmtes Männchen. Es ist ein wenig kleiner als der Durchschnitt der belokanischen Bevölkerung, hat schmale Oberkiefer, und ist darauf programmiert, nicht länger als einige Monate zu leben. Aber dafür ist es auch mit Vorzügen ausgestattet, die seinen Mitbrüdern vorenthalten sind.

Erstes Privileg seiner Kaste: Da es geschlechtlich differenziert ist, besitzt es fünf Augen. Zwei große, kugelförmige Augen, die ihm ein Sichtfeld von hundertachtzig Grad verleihen. Plus drei kleine Ozellen, die in Form eines Dreiecks auf der Stirn angeordnet sind. Diese überzähligen Augen sind in Wirklichkeit Infrarotsensoren, die es ihm erlauben, aus der Ferne jegliche Wärmequelle zu registrieren, selbst in völliger Dunkelheit.

Dieses Charakteristikum erweist sich als umso wertvoller, als die meisten Bewohner der großen Städte dieses hunderttausendsten Jahrtausends vollständig blind geworden sind, da sie ihr ganzes Leben unter der Erde verbringen.

Aber das ist nicht seine einzige Besonderheit. Es verfügt auch (wie die Weibchen) über Flügel, die es ihm dann eines Tages möglich machen, zu fliegen, um die Liebe zu vollziehen.

Sein Thorax ist durch einen speziellen Schild geschützt: das Mesonotum.

Seine Antennen sind länger und sensibler als die der übrigen Bewohner.

Dieses junge Männchen bleibt eine ganze Weile auf der Kuppel und lädt sich mit Sonne auf. Dann, sobald es schön aufgewärmt ist, kehrt es in die Stadt zurück. Vorübergehend gehört es zur Kaste der »Wärmeboten«.

Es läuft durch die Gänge der dritten unteren Etage. Hier schläft alles noch tief. Die gefrorenen Körper sind erstarrt. Die Antennen hängen schlaff herab.

Noch träumen die Ameisen.

Das junge Männchen schiebt sein Bein auf eine Arbeiterin zu, um sie mit der lauen Wärme seines Körpers aufzuwecken. Dieser Kontakt löst einen angenehmen elektrischen Schlag aus.

Nach dem zweiten Klingeln war ein Tippeln wie von einer Maus zu hören. Die Tür öffnete sich mit leichter Verzögerung, weil Großmutter Augusta erst die Sicherheitskette lösen musste.

Seit dem Tod ihrer beiden Kinder lebte sie zurückgezogen auf diesen dreißig Quadratmetern, ließ sie die alten Erinnerungen vorbeiziehen. Das mochte ihr nicht guttun, an ihrer Liebenswürdigkeit jedoch änderte es nichts.

»Ich weiß, es ist lächerlich, aber zieh bitte die Filzpantoffeln an. Ich habe gerade das Parkett gebohnert.«

Jonathan gehorchte. Sie huschte ihm voraus in ein Wohnzimmer, dessen zahlreiche Möbel mit Schonbezügen versehen waren. Jonathan setzte sich auf die Kante des Sofas, scheiterte aber bei dem Versuch, dem Quietschen der Plastikhülle zu entgehen.

»Ich freu mich so, dass du gekommen bist ... Ob du's glaubst oder nicht, ich hatte vor, dich in den nächsten Tagen anzurufen.«

»Aha?«

»Stell dir vor, Edmond hat mir etwas für dich dagelassen. Einen Brief. Er hat gesagt: ›Wenn ich sterbe, musst du Jonathan unbedingt diesen Brief geben.‹«

»Ein Brief?«

»Ein Brief, ja, ein Brief ... Hmm, wenn ich nur wüsste, wo ich ihn gelassen habe. Warte mal ... Er gibt mir den Brief, ich sag noch, ich werde ihn lieber wegtun, und lege ihn in eine Dose. Das muss eine dieser Blechdosen in dem großen Schrank gewesen sein.«

Sie begann Schlittschuh zu laufen, hielt jedoch nach dem dritten Gleitschritt inne.

»Nein, was bin ich dumm! Was ist das nur für ein Empfang! Du trinkst doch sicher ein Tässchen Tee?«

»Gern.«

Sie verschwand in der Küche, und man hörte Töpfe scheppern.

»Erzähl mir doch, wie's dir geht, Jonathan!«, rief sie.

»Puh, nicht so toll. Ich hab meine Stelle verloren.«

Großmutter steckte kurz ihren weißen Mäuschenkopf durch die Tür, dann erschien sie ganz, mit ernster Miene, eingepackt in eine lange, blaue Schürze.

»Haben sie dich entlassen?«

»Ja.«

»Warum?«

»Weißt du, das mit dem Schlüsseldienst ist schon ein spezielles Metier. Bei unserem Unternehmen, ›SOS Schlüssel‹, da arbeiten wir rund um die Uhr, in ganz Paris. Na ja, und nachdem einer meiner Kollegen überfallen worden ist, habe ich mich geweigert, abends in zwielichtigen Vierteln herumzufahren. Daraufhin haben sie mich gefeuert.«

»Das war richtig von dir. Besser keine Arbeit und gesund als umgekehrt.«

»Außerdem habe ich mich mit meinem Chef nicht besonders verstanden.«

»Und wie ging es dir mit der utopischen Gemeinschaft? Zu meiner Zeit nannte man das ja New-Age-Gemeinschaften.« (Sie lachte verhalten, sie hatte das ausgesprochen wie »'ne Waage«.)

»Das habe ich nach dem Reinfall mit dem Bauernhof in den Pyrenäen aufgegeben. Lucie war es leid, ständig für alle zu kochen und zu spülen. Es gab da ein paar Parasiten unter uns. So etwas ärgert einen. Jetzt lebe ich nur noch mit Lucie und Nicolas ... Und wie geht's dir, Großmutter?«

»Mir? Ich lebe. Damit hat man genug zu tun.«

»Du Glückliche! Du hast noch die Jahrtausendwende erlebt ...«

»Och, weißt du, am meisten wundert es mich, dass sich eigentlich nichts geändert hat. Früher, als ich noch blutjung war, da haben wir geglaubt, nach der Jahrtausendwende würden sich außergewöhnliche Dinge ereignen, und wie du siehst, hat sich nichts weiter getan. Es gibt immer noch alte, einsame Leute, immer noch Arbeitslose, immer noch die Autos mit ihren Abgasen. Nicht einmal die Ideen haben sich weiterentwickelt. Guck mal, letztes Jahr hat man den Surrealismus wiederentdeckt, vorletztes Jahr den Rock 'n' Roll, und für diesen Sommer kündigen die Zeitungen das große Comeback des Minirocks an. Wenn das so weitergeht, werden bald noch die Erfindungen vom Beginn des letzten Jahrhunderts wieder hervorgeholt: der Kommunismus, die Psychoanalyse und die Relativitätstheorie …«

Jonathan lächelte.

»Einige Fortschritte gibt es aber doch: Die durchschnittliche Lebensdauer des Menschen ist gestiegen, ebenso die Anzahl der Scheidungen, der Grad der Luftverschmutzung, die Länge der Metro-Linien …«

»Na fein. Ich hab geglaubt, wir hätten alle unser eigenes Flugzeug und könnten vom Balkon abheben. Weißt du, als ich jung war, hatten die Leute Angst vor dem Atomkrieg. Das war eine tolle Angst. Mit hundert Jahren in der Glut eines gigantischen Atompilzes zu sterben, gemeinsam mit dem Planeten unterzugehen, das hatte schon was. Stattdessen werde ich wie eine alte verfaulte Kartoffel enden. Und alle Welt wird sich 'nen Dreck darum scheren.«

»Aber nein, Großmutter, aber nein.«

Sie wischte sich über die Stirn.

»Außerdem wird es immer heißer. Zu meiner Zeit war es nicht so heiß. Da gab es noch richtige Winter und richtige Sommer. Jetzt fängt die Gluthitze schon im März an.«

Sie ging wieder in ihre Küche, hüpfte dorthin, um mit seltener Gewandtheit sämtliche Utensilien zu angeln, die für die Zubereitung eines richtig guten Kräutertees erforderlich waren. Man hörte ein Streichholz aufflammen und kurz darauf das Gas, das durch die altmodischen Düsen ihres Herdes zischte, dann kehrte sie, um einiges entspannter, wieder zurück.

»Nun denn, du bist sicher aus einem bestimmten Grund gekommen. Heutzutage schaut man nicht einfach so bei alten Leuten vorbei.«

»Sei nicht zynisch, Großmutter.«

»Ich bin nicht zynisch, ich weiß nur, in was für einer Welt ich lebe, das ist alles. Komm, Schluss mit dem Getue, sag schon, was dich zu mir führt.«

»Ich möchte, dass du mir von ›ihm‹ erzählst. Er vermacht mir seine Wohnung, dabei kenne ich ihn nicht mal ...«

»Edmond? Erinnerst du dich nicht mehr an ihn? Wo er doch so gern Flieger mit dir gespielt hat. Ich weiß noch, einmal, da hat er ...«

»Ja, das weiß ich auch, aber davon abgesehen ist nur gähnende Leere ...«

Sie setzte sich in einen großen Sessel, achtete darauf, den Schonbezug nicht allzu sehr zu zerknittern.

»Edmond, hmm, Edmond war eine Persönlichkeit. Schon als er ganz klein war, hat mir dein Onkel Kummer gemacht. Es war kein Zuckerschlecken, seine Mutter zu sein. Weißt du, er hat zum Beispiel all seine Spielsachen kaputtgemacht, einfach, um sie in ihre Teile zu zerlegen, und nicht etwa, um sie danach wieder zusammenzubauen. Und wenn es nur seine Spielsachen gewesen wären! Alles Mögliche hat er auseinandergenommen: Uhren, Plattenspieler, die elektrische Zahnbürste. Einmal hat er sogar den Kühlschrank in alle Einzelteile zerlegt.«

Wie zur Bestätigung begann die alte Wanduhr düster zu schlagen. Auch sie hatte bei dem kleinen Edmond allerhand mitgemacht.

»Und dann hatte er noch eine andere Marotte: Höhlen. Das ganze Haus hat er auf den Kopf gestellt, um sich seine Schlupfwinkel zu bauen. Eine hat er sich mit Decken und Schirmen auf dem Speicher gebaut, eine andere mit Stühlen und Pelzmänteln in seinem Zimmer. Darin hauste er dann den ganzen Tag, einfach so, inmitten der Schätze, die er dort hortete. Einmal hab ich nachgeschaut, beide waren voll von Kissen und anderem Zeug, das er aus den ganzen Geräten zusammengeklaubt hatte. Das sah gar nicht so ungemütlich aus.«

»Das machen doch alle Kinder …«

»Vielleicht, aber bei ihm nahm das wundersame Ausmaße an. Er weigerte sich, ins Bett zu gehen, er schlief nur noch in einer seiner Höhlen. Manchmal blieb er tagelang darin. Als wollte er überwintern. Deine Mutter hat mal behauptet, in einem früheren Leben müsse er ein Eichhörnchen gewesen sein.«

Jonathan lächelte ihr aufmunternd zu.

»Eines Tages wollte er seine Bude unter dem Wohnzimmertisch bauen. Das war der Tropfen, der das Fass zum Überlaufen brachte. Dein Großvater, eigentlich ein friedlicher Mensch, hat einen Tobsuchtsanfall bekommen. Er hat ihm den Hintern versohlt, seine Höhlen zerstört und ihn gezwungen, im Bett zu schlafen.«

Sie seufzte.

»Von diesem Tag an hat er sich uns völlig entzogen. Als hätte jemand die Nabelschnur durchtrennt. Wir gehörten nicht mehr zu seiner Welt. Aber ich glaube, diese Zerreißprobe war nötig, er musste begreifen, dass sich die Welt nicht ewig seinen Launen beugt. Später, als er größer wurde, hat das Probleme gegeben. Er ertrug die Schule nicht mehr. ›Wie alle Kinder‹, wirst du wieder sagen. Aber bei ihm ging das darüber hinaus. Kennst du viele Kinder, die sich mit ihrem Gürtel in der Toilette aufhängen, weil sie von ihrem Lehrer einen Rüffel bekommen haben? Er, er hat sich mit sieben Jahren aufgehängt. Der Hausmeister hat ihn runtergeholt.«

»Vielleicht war er zu sensibel …«

»Zu sensibel? Von wegen! Ein Jahr später hat er versucht, einen seiner Lehrer mit einer Schere zu erstechen. Mitten ins Herz hat er gezielt. Zum Glück hat er nur sein Zigarettenetui erwischt.«

Sie blickte zur Decke. Alle möglichen Erinnerungen rieselten ihr wie Schneeflocken in den Sinn.

»Danach hat sich das ein wenig gelegt, weil es einigen Lehrern gelang, seine Begeisterung zu wecken. Er hatte eine Eins in allen Fächern, die ihn interessierten, und eine Sechs in allen anderen. Eins oder Sechs, sonst gab es nichts.«

»Mama hat gesagt, er sei ein Genie.«

»Deine Mutter schwärmte für ihn, weil er ihr erklärt hat, er versuche das ›absolute Wissen‹ zu erlangen. Deine Mutter glaubte seit ihrem zehnten Lebensjahr an ein früheres Leben, und sie hat gedacht, er sei die Reinkarnation von Einstein oder Leonardo da Vinci.«

»Also nicht nur ein Eichhörnchen?«

»Warum nicht auch das. ›Es braucht viele Leben, um eine Seele zu schaffen‹, hat Buddha gesagt.«

»Hat er IQ-Tests gemacht?«

»Ja. Die waren ein totaler Reinfall. Dreiundzwanzig von hundertachtzig Punkten hat er erreicht, was leichten Schwachsinn bedeutet. Seine Lehrer haben gedacht, er sei verrückt, und man müsse ihn in eine Anstalt stecken. Ich aber wusste, dass er nicht verrückt war. Er war nur ›daneben‹. Ich erinnere mich, dass er einmal, oh, da war er keine elf Jahre alt, mit mir gewettet hat, dass ich es nicht schaffen würde, vier gleichseitige Dreiecke mit nur sechs Streichhölzern zu bilden. Das ist nicht einfach, hier, versuch's doch mal ...«

Sie ging in die Küche, warf einen Blick auf ihren Teekessel und brachte sechs Streichhölzer mit. Jonathan zögerte einen Moment. Das schien machbar. Er probierte verschiedene Arten aus, die sechs Stäbchen anzuordnen, aber nach einigen Minuten musste er aufgeben.

»Wie ist denn die Lösung?«

Großmutter Augusta konzentrierte sich.

»Na ja, ich glaube, die hat er mir nie verraten. Das Einzige, woran ich mich noch erinnere, ist, was er mir als Hilfestellung gesagt hat: ›Man muss anders denken; wenn man so überlegt, wie man es gewohnt ist, erreicht man nichts.‹ Stell dir vor, ein Balg von elf Jahren, der solche Sachen von sich gibt! Ah, ich glaube, da pfeift der Teekessel. Das Wasser kocht wohl.«

Sie kehrte mit zwei Tassen zurück, die mit einer gelblichen, duftenden Flüssigkeit gefüllt waren.

»Weißt du, ich freue mich, dass du dich so für deinen Onkel interessierst. Heutzutage sterben die Leute, und man vergisst sogar, dass sie auf der Welt waren.«

Jonathan ließ die Streichhölzer fallen und trank vorsichtig einige Schlucke Kräutertee.

»Und wie ging es dann weiter?«

»Ich weiß es nicht. Kaum hatte er sein Studium an der Naturwissenschaftlichen Fakultät aufgenommen, haben wir nichts mehr von ihm gehört. Ich habe nur andeutungsweise von deiner Mutter erfahren, dass er seinen Doktor glänzend bestanden und anschließend in der Nahrungsmittelindustrie gearbeitet hat, die er dann verließ, um nach Afrika zu gehen, und dass er wieder zurückgekehrt ist, um sich in der Rue des Sybarites niederzulassen. Danach hat bis zu seinem Tod niemand mehr etwas von ihm gehört.«

»Woran ist er gestorben?«

»Ja, weißt du das denn nicht? Eine unglaubliche Geschichte. Sie stand in sämtlichen Zeitungen. Stell dir vor, er ist von Wespen getötet worden!«

»Von Wespen? Wie das?«

»Er ist allein durch den Wald spaziert. Er muss aus Unachtsamkeit ein Nest umgestoßen haben. Sie sind allesamt über ihn hergefallen. ›Ich habe noch nie so viele Stiche an einem einzigen Menschen gesehen‹, hat der Gerichtsmediziner gesagt. Er ist mit 0,3 Gramm Gift pro Liter Blut gestorben. Absoluter Rekord.«

»Gibt es ein Grab?«

»Nein. Er hat darum gebeten, unter einer Kiefer im Wald beerdigt zu werden.«

»Hast du ein Foto von ihm?«

»Da, schau mal, an der Wand, über der Kommode. Rechts: Suzy, deine Mutter (hast du schon mal ein Bild von ihr gesehen, als sie noch so jung war?). Und links: Edmond.«

Er hatte eine kahle Stirn, einen spitzen Schnurrbart, Ohren ohne Ohrläppchen wie Kafka, die bis über die Augenbrauenhöhe reichten. Er lächelte spöttisch. Ein wahres Teufelchen.

Suzy neben ihm sah in ihrem weißen Kleid wunderschön aus. Sie hatte einige Jahre zuvor geheiratet, aber stets darauf bestanden, ihren Familiennamen Wells beizubehalten. Als wollte sie nicht, dass ihr Partner die Spur seines Namens bei ihren Sprösslingen hinterließ.

Jonathan trat näher heran und konnte erkennen, dass Edmond zwei ausgestreckte Finger über den Kopf seiner Schwester hielt.

»Er war ein richtiger Schelm, oder?«

Augusta gab keine Antwort. Ein Schleier von Trauer hatte sich über ihren Blick gelegt, sobald ihr wieder das Gesicht ihrer Tochter entgegenstrahlte. Suzy war vor sechs Jahren gestorben. Ein Fünfzehntonner, gesteuert von einem betrunkenen Fahrer, hatte ihren Wagen in eine Schlucht gestoßen. Der Todeskampf hatte zwei Tage gedauert. Sie hatte nach Edmond verlangt, aber Edmond war nicht gekommen. Wieder einmal war er sonst wo gewesen …

»Kennst du noch mehr Leute, die mir von Edmond erzählen könnten?«

»Hmm … Da war ein Jugendfreund, den hat er öfter gesehen. Sie waren sogar zusammen an der Universität. Jason Bragel. Seine Nummer müsste ich noch haben.«

Augusta sah rasch in ihrem Computer nach, dann gab sie Jonathan die Adresse. Liebevoll schaute sie ihren Enkel an. Der letzte Überlebende der Familie Wells. Ein braver Junge.

»Komm, trink deinen Tee aus, sonst wird er kalt. Ich hab auch noch ein paar Madeleines, wenn du willst. Ich backe sie selbst, mit Wachteleiern.«

»Nein, danke, aber ich muss wieder los. Besuch uns doch mal in unserer neuen Wohnung; wir sind fertig mit dem Umzug.«

»Gerne. Warte, geh nicht ohne den Brief.«

Sie durchsuchte fieberhaft den großen Wandschrank, die Blechschubladen, schließlich fand sie einen weißen Umschlag, auf dem in eilig dahingekritzelten Buchstaben stand: »Jonathan Wells.« Die Lasche des Umschlags war mit mehreren Klebestreifen verstärkt, um zu verhindern, dass er von selbst aufging. Jonathan riss ihn vorsichtig auf. Ein zerknittertes Blatt, wie aus einem Schulheft, fiel heraus. Nur ein einziger Satz war darauf notiert:

NIEMALS DEN KELLER BETRETEN!

Die andere Ameise zittert mit den Antennen. Sie ist wie ein Wagen, der lange im Schnee gestanden hat und nur mühsam wieder anspringt. Das Männchen versucht es mehrfach. Es reibt sie ein. Bestreicht sie mit warmem Speichel.

Leben. Da ist es, der Motor springt wieder an. Eine Jahreszeit ist vorüber. Alles beginnt von vorn, als hätten sie nie diesen »kleinen Tod« erfahren.

Das Männchen reibt weiter, um ihr Kalorien zu übertragen. Sie ist jetzt wohlauf. Während sich das Männchen weiter abmüht, richtet sie ihre Antennen in seine Richtung. Sie kitzelt es ganz sanft. Sie will wissen, wer es ist.

Sie berührt das von seinem Kopf aus gesehen erste Segment der Antennen und liest sein Alter: hundertdreiundsiebzig Tage. Auf dem zweiten erkennt die blinde Arbeiterin seine Kaste: zur Fortpflanzung bestimmtes Männchen. Auf dem dritten seine Rasse und seine Herkunft: rote Waldameise aus der Hauptstadt Bel-o-kan. Auf dem vierten entdeckt sie die Legenummer, die ihm als Benennung dient: Es ist das 327. Männchen, das seit Herbstanfang geboren wurde.

Dort bricht ihre olfaktorische Identifizierung ab. Die restlichen Segmente sind nicht fürs »Senden« bestimmt. Das fünfte dient dazu, die Pistenmoleküle aufzunehmen. Das sechste ist für einfache Dialoge bestimmt. Das siebte ermöglicht komplexere Dialoge geschlechtlicher Art. Das achte ist den Dialogen mit der Königin vorbehalten. Die drei letzten schließlich dienen als kleine Keulen.

So, sie ist sämtliche elf Segmente der zweiten Hälfte der Antenne durchgegangen. Aber sie hat ihm nichts zu sagen. Also rückt sie von ihm ab und macht sich auf den Weg, um sich ihrerseits auf dem Dach der Stadt zu wärmen.

Das Männchen tut es ihr nach. Schluss mit der Arbeit als Wärmebotschafter, jetzt beginnen die Instandsetzungsarbeiten!

Oben angekommen, konstatiert das Männchen Nr. 327 die Schäden. Die Stadt ist kegelförmig gebaut, um den Unbilden der Witterung möglichst wenig Angriffsfläche zu bieten. Dennoch war der Winter verheerend. Wind, Schnee und Hagel haben die oberste Schicht der Zweige weggefegt. Vogelmist verstopft die Ausgänge. Sie müssen sich schnell ans Werk machen. Nr. 327 huscht auf einen großen gelben Fleck zu und fällt mit seinen Mandibeln über die harten, übelriechenden Fäkalien her. Auf der anderen Seite erscheinen bereits die Umrisse eines Insekts, das von innen her gräbt.

Der Spion hatte sich verdunkelt. Jemand schaute von der anderen Seite der Tür hindurch.

»Wer ist da?«

»Mein Name ist Gougne … Ich komme wegen des Einbands.«

Die Tür öffnete sich halb. Gougnes Blick fiel auf einen blonden Jungen von ungefähr zehn Jahren, dann, weiter unten, auf einen winzigen Hund, der seine Nase durch die Beine des Kindes schob und anfing zu knurren.

»Papa ist nicht da!«

»Bist du sicher? Professor Wells wollte bei mir vorbeikommen, und …«

»Professor Wells ist mein Großonkel. Er ist aber tot.«

Nicolas wollte die Tür wieder schließen, doch Gougne ging hartnäckig mit dem Fuß dazwischen.

»Aufrichtiges Beileid. Aber bist du sicher, dass er nicht einen dicken Aktendeckel mit Papieren hinterlassen hat? Ich bin der Buchbinder. Er hat mich im Voraus dafür bezahlt, dass ich seine Aufzeichnungen in Leder binde. Ich glaube, er hatte vor, eine Enzyklopädie anzulegen. Er wollte bei mir vorbeikommen, aber jetzt habe ich lange nichts mehr von ihm gehört …«

»Ich hab doch gesagt, er ist tot.«

Der Mann schob seinen Fuß weiter vor und drückte mit dem Knie gegen die Tür, als wollte er den Jungen umstoßen und eintreten. Der winzige Hund begann wütend zu kläffen. Der Mann blieb stehen.

»Verstehst du, es wäre mir ungeheuer peinlich, wenn ich meinen Verpflichtungen nicht nachkäme, und sei es posthum. Schau doch bitte nach. Irgendwo muss hier ein großer roter Ordner sein.«

»Eine Enzyklopädie, sagten Sie?«

»Ja, er hat dem Ganzen sogar einen Namen gegeben: ›Enzyklopädie des relativen und absoluten Wissens‹, aber es sollte mich wundern, wenn das auf dem Deckel stünde ...«

»Hätten wir sicher gefunden, wenn so etwas hier wäre.«

»Entschuldige, wenn ich nicht lockerlasse, aber ...«

Der Zwergpudel begann wieder zu zetern. Der Mann wich einen kleinen Schritt zurück, was dem Jungen reichte, um ihm die Tür vor der Nase zuzuschlagen.

Mittlerweile ist die ganze Stadt aufgewacht. Die Gänge sind voller Wärmeboten, die sich beeilen, die Bevölkerung zu wecken. An einigen Kreuzungen liegen jedoch noch reglose Bürgerinnen. Die Boten können sie noch so schütteln, ihnen Schläge versetzen, sie rühren sich nicht.

Sie werden sich nie mehr rühren. Sie sind tot. Der Winterschlaf ist ihnen zum Verhängnis geworden. Man kann nicht gefahrlos drei Monate mit einem praktisch nicht vorhandenen Herzschlag leben. Sie haben nicht gelitten. Sie sind im Schlaf verschieden, während eines plötzlichen Windstoßes, der die Stadt eingehüllt hat. Ihre Körper werden abtransportiert und auf die Deponie geworfen. Auf diese Weise schafft die Stadt jeden Morgen ihre toten Zellen mit dem anderen Abfall weg.

Kaum hat die Insektenstadt ihre Adern von allem Unrat gereinigt, beginnt ein buntes Treiben. Überall krabbeln Beine. Kiefer wühlen. Antennen zucken vor Informationen. Alles ist wieder wie zuvor. Wie vor dem einschläfernden Winter.

Das Männchen Nr. 327 transportiert gerade einen Zweig, der bestimmt sechzigmal so viel wiegt wie es selbst, als sich eine Kriegerin von über fünfhundert Tagen nähert. Sie klopft ihm mit ihren keulenartigen Segmenten auf den Schädel, um seine Aufmerksamkeit zu erregen. Es hebt den Kopf. Sie drückt ihre Antennen der Länge nach gegen seine.

Sie will, dass es die Instandsetzungsarbeiten aufgibt, um mit einer Gruppe von Ameisen … auf eine Jagdexpedition zu gehen.

Er berührt ihren Mund und ihre Augen.

Was für eine Jagdexpedition?

Sie lässt ihn an einem ziemlich trockenen Fleischstückchen riechen, das in einer Falte eines Gelenks ihres Thorax verborgen war.

Das hat man anscheinend kurz vor Winteranfang im Westen gefunden, und zwar in einem Winkel von 23° zur Mittagssonne.

Das Männchen probiert. Käfer, kein Zweifel. Blattkäfer, genauer gesagt. Komisch. Normalerweise müssten die Käfer noch im Winterschlaf sein. Wie jeder weiß, wachen die roten Ameisen bei 12° Außentemperatur, die Termiten bei 13°, die Fliegen bei 14° und die Käfer bei 15° auf.

Die alte Kriegerin lässt sich von diesem Argument nicht aus der Fassung bringen. Sie erklärt ihm, dass dieses Fleischstückchen aus einer ganz besonderen Gegend stammt, die von einer unterirdischen Quelle künstlich erwärmt wird. Dort gibt es keinen Winter. Es handelt sich um ein Mikroklima, in dem sich eine spezielle Fauna und Flora entwickelt hat.

Außerdem hat die Stadt immer großen Hunger, wenn sie wach wird. Sie braucht dringend Proteine, um wieder in Gang zu kommen. Die Wärme allein reicht nicht.

Nr. 327 willigt ein.

Die Expedition besteht aus achtundzwanzig Ameisen aus der Kaste der Kriegerinnen. Die meisten sind geschlechtslose alte Damen, so auch die, die Nr. 327 zum Mitkommen bewegt hat. Das Männchen Nr. 327 ist das einzige Mitglied aus der Kaste der Fortpflanzungsfähigen. Es mustert seine Gefährtinnen von weitem durch das Sieb seiner Augen.

Mit ihren Augen, bestehend aus Tausenden von Facetten, sehen die Ameisen kein tausendfach wiederholtes Bild, sondern eine Art Gitter. Sie haben Schwierigkeiten, Details zu erkennen. Dafür nehmen sie die feinsten Bewegungen wahr.

Die Kundschafterinnen dieser Expedition machen einen kampfeserprobten, weitgereisten Eindruck. Ihre schweren Bäuche sind mit Säure angefüllt. Ihre Köpfe sind mit überaus mächtigen Waffen behangen. Ihre Panzer weisen die Spuren feindlicher Mandibeln auf.

Seit einigen Stunden gehen sie schnurgerade voran. Sie kommen an mehreren Städten der Föderation vorbei, die weit in den Himmel ragen oder sich unter Bäumen erheben, Töchterstädte aus der Ni-Dynastie: Yodu-lu-baikan (der größte Getreideproduzent), Giu-li-aikan (dessen Killereinheiten vor zwei Jahren eine Koalition der Termiten des Südens besiegt haben), Zedi-bei-nakan (berühmt für seine Chemielabors, in denen hochkonzentrierte Säuren hergestellt werden), Li-wiu-kan (dessen Schildlausalkohol einen köstlichen Harzgeschmack hat).

Die roten Waldameisen schließen sich nämlich nicht nur in Städten, sondern auch in Koalitionen von Städten zusammen. Der Bund macht ihre Stärke aus. Im Jura ist man auf Föderationen von roten Ameisen gestoßen, die auf einem Gebiet von 80 Hektar 15 000 Ameisenhügel umfassten und eine Gesamtbevölkerung von über 200 Millionen Mitgliedern aufwiesen.

So weit ist Bel-o-kan noch nicht. Es handelt sich um eine junge Föderation, dessen erste Dynastie vor fünftausend Jahren gegründet wurde. Der einheimischen Legende zufolge soll eine von einem fürchterlichen Sturm verwehte junge Königin einst hier gelandet sein. Da es ihr nicht gelungen sei, zu ihrer eigenen Föderation zurückzufinden, habe sie Bel-o-kan gegründet, und aus Bel-o-kan seien wiederum die Föderation und die Hunderte von Generationen Ni-Königinnen, die diese bilden, hervorgegangen.

Belo-kiu-kiuni lautete der Name dieser ersten Königin. Das bedeutet eigentlich: »verirrte Ameise«. Aber sämtliche Königinnen der Hauptstadt haben ihren Namen übernommen.

Bislang besteht Bel-o-kan nur aus dieser großen, zentral gelegenen Hauptstadt und 64 mit ihr verbündeten Tochterstädten, die in der Umgebung verstreut liegen. Aber schon jetzt hat sich Bel-o-kan zur größten politischen Kraft in diesem Teil des Waldes von Fontainebleau entwickelt.

Nachdem sie die verbündeten Städte, vor allem La-chola-kan, die westliche belokanische Stadt, hinter sich gelassen haben, erreicht die Gruppe kleine Erhebungen, Erdschollen ähnlich: die Sommernester oder »Vorposten«. Sie sind noch leer. Aber Nr. 327 weiß, dass sie sich, im Zuge der Jagdexpeditionen und der Kriege, mit Soldatinnen füllen werden.

Sie gehen in einer Linie weiter. Der Trupp hastet eine weite, türkisfarbene Wiese und einen von Disteln gesäumten Hügel hinunter. Gen Norden zeichnet sich in der Ferne bereits die feindliche Stadt Shi-gae-pu ab. Aber ihre Bewohner dürften um diese Zeit noch schlafen.

Sie ziehen weiter. Die meisten Tiere ringsum liegen noch im Winterschlaf. Da und dort schieben ein paar Frühaufsteher den Kopf aus ihrem Bau. Kaum sehen sie die roten Panzer, verstecken sie sich verängstigt. Die Ameisen sind nicht gerade für ihre Geselligkeit bekannt. Vor allem nicht, wenn sie derart ausrücken, bewaffnet bis zu den Antennen.

Mittlerweile ist der Trupp an den Grenzen des vertrauten Terrains angelangt. Weit und breit ist keine einzige Tochterstadt mehr zu sehen. Am Horizont nicht die geringste Spur eines Vorpostens. Nicht die Spur eines von spitzen Beinen gegrabenen Pfades. Höchstens noch einige kaum wahrnehmbare Spuren einer alten Piste, mit Duftnoten markiert, die darauf schließen lassen, dass früher einmal Belokanerinnen hier vorbeigekommen sind.

Sie zögern. Das Laubwerk, das vor ihnen aufragt, ist auf keiner Geruchskarte vermerkt. Es bildet ein dunkles Dach, durch das kein

Licht dringt. Diese von allen möglichen Tieren bewohnte Pflanzenmasse scheint regelrecht nach ihnen schnappen zu wollen.

Wie sollte er sie davon abhalten, da hinunterzugehen?

Er hängte sein Jackett auf und küsste seine Familie zur Begrüßung.

»Seid ihr fertig mit Auspacken?«

»Ja, Papa.«

»Schön. Übrigens, habt ihr die Küche gesehen? Ganz hinten ist eine Tür.«

»Das wollte ich dir gerade erzählen«, sagte Lucie. »Das muss ein Keller sein. Ich hab versucht, sie aufzumachen, aber sie ist abgeschlossen. Darunter ist ein großer Spalt. Man sieht nicht viel, aber anscheinend geht es dahinter tief hinunter. Du solltest das Schloss knacken. Dann hab ich auch mal was davon, einen Schlosser zum Mann zu haben.«

Sie lächelte und schmiegte sich in seine Arme. Lucie und Jonathan lebten seit dreizehn Jahren zusammen. Sie hatten sich in der Metro kennengelernt. Ein Rowdy hatte eines Tages aus reiner Langeweile eine Tränengasbombe in den Wagen geworfen. Daraufhin gingen sämtliche Fahrgäste zu Boden und husteten sich tränenüberströmt fast die Lunge aus dem Leib. Lucie und Jonathan lagen übereinander, und nachdem sie sich von ihrem Husten und Heulen erholt hatten, bot Jonathan an, sie nach Hause zu begleiten. Später lud er sie dann in eine seiner ersten utopischen Gemeinschaften ein, ein besetztes Haus in Paris, nahe dem Gare du Nord. Nach drei Monaten beschlossen sie zu heiraten.

»Nein.«

»Was heißt das, nein?«

»Nein, wir werden das Schloss nicht knacken, und wir werden auch diesen Keller nicht nutzen. Das Beste ist, wir reden nicht mehr davon, wir gehen gar nicht in seine Nähe und schlagen uns den Gedanken aus dem Kopf.«

»Das ist doch nicht dein Ernst! Erklär mir das mal!«

Jonathan hatte nicht daran gedacht, sich eine logische Erklärung für dieses Verbot zurechtzulegen. Unfreiwillig hatte er das Gegenteil dessen bewirkt, was er wollte. Jetzt waren seine Frau und sein Sohn neugierig geworden. Was sollte er tun? Ihnen erklären, es gäbe da ein Geheimnis um den wohltätigen Onkel, und Letzterer habe sie vor der Gefahr, die im Keller lauerte, warnen wollen?

Das war keine Erklärung. Das war bestenfalls Aberglaube. Die Menschen lieben die Logik, nie im Leben würden Lucie und Nicolas darauf hereinfallen.

Er stammelte: »Der Notar hat mich gewarnt.«

»Wovor hat er dich gewarnt?«

»Im Keller wimmelt es von Ratten!«

»Brrr! Ratten? Die schlüpfen garantiert durch den Spalt«, behauptete der Junge.

»Keine Bange, wir werden alles abdichten.«

Jonathan war ganz zufrieden mit der Wirkung seiner kleinen Lüge. Ein Glück, dass er auf die Idee mit den Ratten gekommen war.

»Na schön, also niemand nähert sich dem Keller, abgemacht?«

Er ging ins Badezimmer. Lucie kam nach.

»Du warst bei deiner Großmutter?«

»Stimmt.«

»Und das hat den ganzen Vormittag gedauert?«

»Ganz genau.«

»Du wirst doch nicht deine Zeit vertun und herumgammeln. Erinnere dich, was du auf dem Hof in den Pyrenäen gesagt hast: ›Müßiggang ist aller Laster Anfang.‹ Du musst wieder Arbeit finden. Unsere Rücklagen schmelzen dahin.«

»Wir haben gerade eine Wohnung von zweihundert Quadratmetern in einem feinen Viertel am Waldrand geerbt, und du redest von einem Job! Kannst du denn den Augenblick nicht genießen?«

Er wollte sie umarmen, sie wich zurück.

»Doch, das kann ich, aber ich kann dabei auch an die Zukunft denken. Ich habe keine Stellung, du bist arbeitslos – wovon sollen wir denn in einem Jahr leben?«

»Wir haben noch Reserven.«

»Sei nicht dumm, wir haben noch genug, um uns einige Monate über Wasser zu halten, aber dann …«

Sie stemmte ihre kleinen Fäuste in die Hüften und streckte die Brust heraus.

»Hör zu, Jonathan, du hast deinen Job verloren, weil du nachts nicht durch gefährliche Gegenden fahren wolltest. Okay, das versteh ich, aber du müsstest doch woanders etwas finden können!«

»Natürlich. Ich werde mir Arbeit suchen, lass mich nur erst mal auf andere Gedanken kommen. Ich verspreche dir, danach, sagen wir, so in einem Monat, stürze ich mich auf die Annoncen.«

Ein blondes Köpfchen schaute herein, alsbald gefolgt von einem flauschigen Etwas auf vier Beinen. Nicolas und Ouarzazate.

»Papa, vorhin war ein Mann da, um ein Buch zu binden.«

»Ein Buch? Was für ein Buch?«

»Ich weiß nicht, er hat von einer großen Enzyklopädie geredet, die Onkel Edmond geschrieben hat.«

»Ach nein, sieh an … War er in der Wohnung? Habt ihr sie gefunden?«

»Nein, der sah nicht nett aus, und weil sowieso kein Buch da ist …«

»Bravo, mein Sohn, das hast du gut gemacht.«

Jonathan war zunächst perplex ob dieser Neuigkeit, dann wurde er neugierig. Er durchwühlte das ganze Untergeschoss. Vergeblich. Danach blieb er eine ganze Weile in der Küche und untersuchte die Kellertür, das große Schloss und den breiten Spalt. Welches Geheimnis verbarg sich dahinter?

Sie müssen unbedingt in diesen Busch vordringen.

Dazu macht eine der alten Kundschafterinnen einen Vorschlag. Sich zu einer »Schlange mit dickem Kopf« formieren, der beste Weg, auf ungastlichem Terrain vorzurücken. Sofortige Zustimmung – sie hatten alle die gleiche Idee.

Fünf in einem umgedrehten Dreieck angeordnete Aufklärerinnen bilden die Augen der Truppe. Mit kleinen, gemessenen Schritten tasten sie den Boden ab, schnuppern in den Himmel, inspizieren das Moos. Wenn alles in Ordnung ist, sondern sie eine olfaktorische Botschaft ab mit dem Inhalt: »Vorne nichts!« Dann reihen sie sich am Ende des Zugs ein, um von einzelnen »neuen« Mitgliedern ersetzt zu werden. Dieses Rotationssystem verwandelt die Gruppe in eine Art langes Tier, dessen »Nase« stets hypersensibel bleibt.

Zwanzigmal kommt das »Vorne nichts!« klar und deutlich. Beim einundzwanzigsten Mal wird es von einem grauenhaften falschen »Ton« unterbrochen. Eine der Aufklärerinnen hat sich unbesonnen einer fleischfressenden Pflanze genähert. Eine Dionaea. Ihr betörender Duft hat sie angelockt, ihr Leim hat die Beine der Ameise umschlossen.

Von da an ist alles verloren. Der Kontakt mit den Härchen löst den Mechanismus des organischen Scharniers aus. Die beiden breiten Blätter, durch Gelenke miteinander verbunden, schließen sich unerbittlich. Die langen »Fransen« dienen als Zähne. Sie verschränken sich und werden zu festen Stäben. Wenn das Opfer gänzlich platt gedrückt ist, sondert das pflanzliche Raubtier seine gefräßigsten Enzyme ab, die imstande sind, die härtesten Panzer zu verdauen.

Und so schmilzt die Ameise. Ihr ganzer Körper verwandelt sich in einen schäumenden Saft. Sie stößt einen Duft von Verzweiflung aus.

Aber man kann nichts mehr für sie tun. Das gehört zu den Unwägbarkeiten sämtlicher Expeditionen, die über weite Strecken führen. Es bleibt nur noch, die Umgebung der natürlichen Falle mit »Achtung, Gefahr« zu markieren.

Sie vergessen den Zwischenfall und machen sich wieder auf den von Duftstoffen gekennzeichneten Weg. Die Pistenpheromone zeigen die Richtung an. Nachdem sie das Gestrüpp durchquert haben, ziehen sie gen Westen weiter. Immer noch in einem Winkel von 23° zur Mittagssonne. Sie ruhen sich kaum aus, wenn es zu kalt oder zu warm wird. Sie müssen sich beeilen, wenn sie nicht mitten in einen Krieg zurückkehren wollen.

Es ist bereits vorgekommen, dass Kundschafterinnen bei ihrer Rückkehr ihre Stadt von feindlichen Truppen eingeschlossen fanden. Und eine solche Blockade zu durchbrechen ist kein Kinderspiel.

Da ist es! Sie haben das Pistenpheromon gefunden, das den Eingang der Höhle anzeigt. Wärme steigt aus dem Boden auf. Sie dringen in die Tiefen der steinigen Erde ein.

Je tiefer sie kommen, umso deutlicher nehmen sie das leise Plätschern einer Abflussrinne wahr. Das ist die warme Quelle. Sie dampft und verströmt einen starken Schwefelgeruch.

Die Ameisen löschen ihren Durst.

Kurz darauf entdecken sie ein komisches Tier: eine Kugel mit Beinen, könnte man glauben. In Wirklichkeit ist das ein Skarabäus, ein Pillendreher, der eine Kugel aus Kuhmist und Sand, in der seine Eier luftdicht gelagert sind, vor sich herschiebt. Wie der legendäre Atlas trägt er seine »Welt«. Wenn die Neigung des Geländes günstig ist, rollt die Kugel von allein, und er braucht ihr nur zu folgen. Wenn nicht, muss er sich abrackern, er rutscht aus und muss sie oft unten wieder holen. Erstaunlich, einen Skarabäus hier anzutreffen. Normalerweise hält der sich eher in wärmeren Zonen auf …

Die Belokanerinnen lassen ihn ziehen. Sein Fleisch ist ohnehin nicht besonders schmackhaft, und sein Panzer ist zum Transport viel zu schwer.

Links von ihnen huscht eine schwarze Gestalt davon, um sich in einem Felsspalt zu verstecken. Ein Ohrwurm. Der allerdings, ja, der ist lecker. Die älteste Kundschafterin reagiert am schnellsten. Sie klemmt ihren Hinterleib unter ihren Hals, begibt sich in Schussposition, indem sie sich auf die Hinterbeine stützt, zielt mit untrüglichem Gespür und feuert aus weiter Entfernung einen Tropfen Ameisensäure ab. Der ätzende, zu über vierzig Prozent konzentrierte Saft schießt durch den Raum.

Treffer.

Der Ohrwurm bricht in vollem Lauf, wie vom Blitz erschlagen, zusammen. Vierzigprozentige Säure, das ist kein Fruchtsaft. Die beißt schon bei vierzig Promille, bei vierzig Prozent verätzt sie alles! Das Insekt bleibt tot liegen, und alle stürzen herbei, um sein verbranntes Fleisch zu verschlingen. Die Herbstkundschafterinnen haben gute Pheromone hinterlassen. Die Ecke scheint reich an Wild. Die Jagd wird gut ausfallen.

Sie steigen in einen artesischen Brunnen hinab und terrorisieren alle möglichen Arten von ihnen bis dahin fremden unterirdischen Bewohnern. Eine Fledermaus versucht zwar, ihrer Visite ein Ende zu machen, aber sie vertreiben sie, indem sie sie in eine Wolke von Ameisensäure hüllen.

In den folgenden Tagen lassen sie nicht davon ab, die warme Höhle zu durchkämmen. Sie stapeln die Kadaver kleiner weißer Tiere und die Überreste hellgrüner Pilze. Mit ihrer analen Drüse streuen sie weitere Pheromone aus, die es ihren Schwestern ermöglichen werden, hier ungehindert zu jagen.

Die Mission ist gelungen. Das Territorium hat einen Arm bis hierher, über das Dickicht im Westen hinaus, ausgestreckt. Schwer beladen mit Nahrungsmitteln, kurz bevor sie sich auf den Rückweg machen, hinterlassen sie chemisch die Flagge der Föderation. Ihr Duft lässt es durch die Lüfte schallen: »BEL-O-KAN!«

»Wie war der Name?«

»Wells, ich bin der Neffe von Edmond Wells.«

Die Tür geht auf, und es erscheint ein großer Kerl von fast zwei Metern. »Monsieur Jason Bragel …? Entschuldigen Sie die Störung, aber ich würde gern mit Ihnen über meinen Onkel reden. Ich habe ihn nicht gekannt, und meine Großmutter hat mir erzählt, Sie seien sein bester Freund gewesen.«

»Treten Sie ein … Was möchten Sie über Edmond wissen?«

»Alles. Ich habe ihn nicht gekannt, und ich bedaure es …«

»Hm. Verstehe. Auf jeden Fall gehörte Edmond zu jenen Menschen, die ein wandelndes Geheimnis bleiben.«

»Kannten Sie ihn gut?«

»Wer kann schon behaupten, jemanden zu kennen? Sagen wir, dass wir zwei Leute waren, die oft Seite an Seite gingen, und dass keiner von uns etwas dagegen hatte.«

»Wo sind Sie einander begegnet?«

»An der Universität, am Institut für Biologie. Ich habe mich mit Pflanzen herumgeplagt, er mit Bakterien.«

»Immerhin zwei ähnlich gelagerte Welten.«

»Ja, nur dass meine trotz allem wilder ist«, korrigierte ihn Jason Bragel und deutete auf das wahre Durcheinander von Pflanzen, das sich über das ganze Esszimmer erstreckte. »Sehen Sie die? Die sind allesamt Kontrahenten, bereit, sich gegenseitig für einen Lichtstrahl oder einen Tropfen Wasser umzubringen. Kaum ist ein Blatt im Schatten, stößt die Pflanze es ab, und die benachbarten Blätter wachsen breiter. Die Pflanzen, das ist wirklich eine Welt ohne Erbarmen …«

»Und Edmonds Bakterien?«

»Er selbst hat erklärt, er studiere lediglich seine Vorfahren. Sagen wir, er verfolgte seinen Stammbaum etwas weiter zurück als andere …«

»Und weshalb Bakterien? Warum nicht Affen oder Fische?«

»Er wollte die Zelle in ihrem Urzustand verstehen. Da der Mensch nur ein Konglomerat von Zellen ist, meinte er die ›Psychologie‹ einer Zelle von Grund auf verstehen zu müssen, um daraus das Funktionieren des Ganzen abzuleiten. ›Ein großes, komplexes Problem ist in Wirklichkeit nur die Summe kleiner, einfacher Probleme.‹ Er hat diesen Spruch wörtlich genommen.«

»Hat er nur über Bakterien gearbeitet?«

»Nein, nein. Er war eine Art Mystiker, ein wahrer Generalist, am liebsten hätte er alles gewusst. Er hatte auch seine Schrullen … Zum Beispiel wollte er seinen eigenen Herzschlag kontrollieren.«

»Das ist doch unmöglich!«

»Angeblich bringen einige hinduistische und tibetanische Yogis dieses Wunder zustande.«

»Und was hat man davon?«

»Keine Ahnung … Er wollte dahin gelangen, um jederzeit Selbstmord begehen zu können, indem er allein mit seiner Willenskraft sein Herz anhalten würde. Auf diese Weise glaubte er in der Lage zu sein, das Spiel jederzeit abzubrechen.«

»Und zu welchem Zweck?«

»Vielleicht hatte er Angst vor den Schmerzen, die mit dem Alter einhergehen.«

»Hmm … Und was hat er nach seiner Habilitation in Biologie gemacht?«

»Er hat in der Wirtschaft gearbeitet, in einer Firma, die lebende Bakterien für Joghurts herstellte. Die ›Sweetmilk Corporation‹. Das hat sich für ihn gelohnt. Er hat eine Bakterie entdeckt, bei der sich nicht nur ein Geschmack, sondern dazu ein Geruch entwickelte! Er hat dafür den Preis für die beste Erfindung des Jahres 1963 erhalten …«

»Und danach?«

»Danach hat er eine Chinesin geheiratet. Ling Mi. Ein sanftes, fröhliches Mädchen. Er, der Brummbär, ist auf der Stelle umgänglicher geworden. Er war sehr verliebt. Von da an habe ich ihn seltener gesehen. Ganz klassisch.«

»Ich habe gehört, er sei nach Afrika gegangen.«

»Ja, aber erst danach.«

»Wonach?«

»Nach dem Drama. Ling Mi hatte Leukämie. Blutkrebs, da war nichts zu machen. Innerhalb von drei Monaten hat sie der Tod ereilt. Der Ärmste … Da hatte er immer behauptet, nur die Zellen seien spannend und die Menschen Nebensache … Eine grausame Lektion. Und er hatte nichts dagegen tun können. Parallel zu diesem Desaster bekam er Streit mit seinen Kollegen in der ›Sweetmilk Corporation‹. Er hat die Stelle aufgegeben und sich, schwer deprimiert, in seiner Wohnung eingeschlossen. Ling Mi hatte ihm den Glauben an die Menschheit wiedergeschenkt, und ihr Verlust ließ ihn endgültig in seine Misanthropie zurückfallen.«

»Ist er nach Afrika gegangen, um Ling Mi zu vergessen?«

»Vielleicht. Zumindest hat er gehofft, die Wunde würde heilen, wenn er sich Hals über Kopf in seine Arbeit als Biologe stürzte. Er muss ein anderes, ebenso fesselndes Gebiet gefunden haben. Ich weiß nicht genau, was das war, aber die Bakterien waren es nicht mehr. Wahrscheinlich hat er sich in Afrika niedergelassen, weil der Gegenstand dieser Arbeit dort leichter zu untersuchen war. Er hat mir eine Postkarte geschickt mit der Mitteilung, er sei dort unten mit einem Team des Nationalen Forschungszentrums und arbeite mit einem gewissen Professor Rosenfeld zusammen. Mir ist dieser Herr unbekannt.«

»Haben Sie Edmond anschließend wiedergesehen?«

»Ja, einmal zufällig auf den Champs-Élysées. Wir haben ein wenig miteinander geplaudert. Er hatte offenkundig neuen Lebensmut geschöpft. Aber seine Antworten waren sehr vage, allen Fragen, die seinen Beruf betrafen, ist er geschickt ausgewichen.«

»Es heißt, er habe eine Enzyklopädie geschrieben.«

»Jaja, das wollte er schon immer. Das war sein großer Traum. Alles, was er wusste, in einem Werk vereinigt.«

»Haben Sie sie schon gesehen?«

»Nein. Und ich glaube auch nicht, dass er sie jemals irgendwem gezeigt hat. So wie ich Edmond kenne, hat er sie im entlegensten Winkel von Alaska mit einem feuerspeienden Drachen als Wächter versteckt. Das war so seine Art, ganz der große Zauberer.«

Jonathan wollte sich schon verabschieden.

»Ach, noch eine Frage: Wissen Sie, wie man vier gleichseitige Dreiecke mit sechs Streichhölzern legt?«

»Natürlich. Das war sein liebster Intelligenztest.«

»Und, wie ist die Lösung?«

Jason lachte laut auf.

»Nein, das verrate ich Ihnen bestimmt nicht! Wie sagte Edmond? ›Jeder muss allein seinen Weg finden.‹ Und Sie werden sehen, die Befriedigung, wenn Sie es entdeckt haben, wird zehnmal so groß sein.«

Mit all diesem Fleisch auf dem Rücken kommt ihnen die Strecke länger vor als auf dem Hinweg. Die Truppe schreitet kräftig aus, um nicht von den Unwägbarkeiten der Nacht überrascht zu werden.

Ameisen sind in der Lage, von März bis November vierundzwanzig Stunden am Tag ohne die geringste Pause zu arbeiten; jeder Temperatursturz schläfert sie jedoch ein. Aus diesem Grund kommt es selten zu Expeditionen, die länger als einen Tag dauern.

Die Stadt der roten Waldameisen hatte lange über dieses Problem nachgedacht. Man wusste, wie wichtig es war, die Jagdgebiete auszudehnen und ferne Länder kennenzulernen, in denen andere Pflanzen wuchsen und andere Tiere mit anderen Sitten lebten.

Im achthundertfünfzigsten Jahrtausend hatte Bi-stin-ga, eine rote Königin aus der Ga-Dynastie (eine Dynastie im Osten, die seit hunderttausend Jahren ausgestorben war), den wahnwitzigen Plan verfolgt, die »äußersten Enden« der Welt kennenzulernen. Sie hatte Hunderte von Expeditionen in alle vier Himmelsrichtungen losgeschickt. Keine war je zurückgekehrt.

Die derzeitige Königin, Belo-kiu-kiuni, war nicht so ehrgeizig. Ihre Neugierde beschränkte sich auf die Entdeckung dieser kleinen goldfarbenen Käfer, die wie kostbare Steine aussahen (und die tief im Süden zu finden waren), oder auf die Betrachtung der fleischfressenden Pflanzen, die man ihr zuweilen lebendig, mit Wurzel, brachte und die sie eines Tages zu zähmen hoffte.

Belo-kiu-kiuni wusste, der beste Weg, neue Territorien kennenzulernen, bestand darin, die Föderation weiter zu vergrößern. Noch mehr Expeditionen in ferne Gegenden, noch mehr Tochterstädte, noch mehr Vorposten, und all denen, die sich diesem Vorrücken entgegenstemmen, den Krieg erklären.

Sicher, bis zur Eroberung des Randes der Welt war es noch ein langer Weg, aber diese Politik der kleinen, beharrlichen Schritte stand im Einklang mit der allgemeinen Ameisenphilosophie: »Langsam, aber stetig voran.«

Die Föderation von Bel-o-kan umfasste mittlerweile vierundsechzig Tochterstädte. Vierundsechzig Städte mit dem gleichen Duft.

Vierundsechzig Städte, die mit einem Netz von insgesamt einhundertfünfundzwanzig Kilometern gegrabener Pfade und siebenhundertachtzig Kilometern Pheromonpisten verbunden waren. Vierundsechzig Städte, die in Schlachten und Hungersnöten zusammenhielten.

Das Konzept der Föderation ermöglichte es einigen Städten, sich zu spezialisieren. Und Belo-kiu-kiuni träumte sogar davon, dass eines Tages eine Stadt nur Getreide produzierte, eine andere den Rest mit Fleisch versorgte und eine dritte sich ausschließlich mit dem Krieg befasste.

Noch war man nicht so weit.

Jedenfalls war das ein Konzept, das mit einem anderen Grundsatz der Ameisenphilosophie im Einklang war: »Die Zukunft gehört den Spezialisten.«

Die Kundschafterinnen sind noch weit von den Vorposten entfernt. Sie beeilen sich. Als sie an der fleischfressenden Pflanze vorbeikommen, schlägt eine der Kriegerinnen vor, sie samt Wurzel auszurupfen, um sie Belo-kiu-kiuni mitzubringen.

Allgemeine Antennenberatung. Sie diskutieren, indem sie winzige Geruchsmoleküle senden und empfangen. Die Pheromone. In Wirklichkeit Hormone, die aus ihrem Körper austreten. Man könnte jedes dieser Moleküle visualisieren wie ein Goldfischglas, in dem jeder Fisch ein Wort wäre.

Dank dieser Pheromone sind die Ameisen einer Kommunikation fähig, deren Nuancen praktisch unendlich sind. Den nervösen Antennenbewegungen nach zu urteilen scheint die Diskussion lebhaft zu sein.

Das ist zu sperrig.

Mutter kennt diese Art von Pflanze nicht.

Wir riskieren Verluste, außerdem haben wir dann weniger Arme, um die Beute zu transportieren.

Sind die fleischfressenden Pflanzen erst einmal gezähmt, dienen sie hervorragend als Waffen. Man könnte ganze Fronten halten, indem man sie einfach in einer Reihe anpflanzt.

Wir sind müde, und es wird bald Nacht.

Sie beschließen, davon abzusehen, krabbeln um die Pflanze herum und setzen ihren Weg fort. Als sich die Gruppe einer Wiese nähert, erblickt das Männchen Nr. 327, das sich am Ende des Zuges befindet, ein rotes Gänseblümchen. Ein solches Exemplar hat es noch nie gesehen. Da gibt es kein Zögern.

Auf die Dionaea haben wir verzichtet, aber das da nehmen wir mit.

Es lässt sich ein wenig zurückfallen und schneidet vorsichtig den Stängel der Blume durch. *Klick!* Dann drückt seinen Fund an sich und läuft los, um seine Kolleginnen wieder einzuholen.

Nur diese Kolleginnen, die gibt es nicht mehr. Die Expedition Nr. 1 des neuen Jahres ist freilich direkt vor seinen Augen, doch in welchem Zustand … Emotionaler Schock. Stress. Die Beine von Nr. 327 beginnen zu zittern. Sie hatten nicht einmal Zeit, sich in Gefechtsposition zu begeben, sie sind alle noch zu der »Schlange mit dickem Kopf« formiert.

Das Männchen mustert die Kadaver. Kein einziger Säurestrahl ist abgefeuert worden. Die Ameisen sind nicht einmal dazu gekommen, ihre Alarmpheromone auszustoßen.

Nr. 327 nimmt die Ermittlungen auf.

Es untersucht die Fühler des Kadavers einer Schwester. Olfaktorischer Kontakt. Keinerlei chemisches Bild ist aufgezeichnet. Sie zogen dahin, und plötzlich: Exitus.

Unbegreiflich, nicht zu fassen. Und doch muss es eine Erklärung geben. Zunächst einmal die Rezeptoren reinigen. Mit Hilfe der beiden gebogenen Krallen seines Vorderbeins schabt Nr. 327 an den Fühlern auf seiner Stirn, entfernt den Säureschaum, der sich durch den Anflug von Stress gebildet hat. Es biegt sie zu seinem Mund und leckt sie ab. Wischt sie an dem kleinen bürstenartigen Sporn ab, den die Natur klugerweise über seinem dritten Ellbogen angebracht hat.

Danach senkt das Männchen seine Antennen auf Augenhöhe und bringt sie langsam, mit 300 Schwingungen pro Sekunde, in Bewegung. Nichts. Es erhöht die Frequenz: 500, 1000, 2000, 5000, 8000

Schwingungen pro Sekunde. Es ist bei zwei Dritteln seiner rezeptiven Fähigkeit angelangt.

Sogleich nimmt es die feinsten Gerüche wahr, die durch die Luft schweben: den Dunst des Taus, Pollen, Sporen sowie einen ganz schwachen Duft, den es schon einmal gerochen hat, den zu identifizieren jedoch schwerfällt.

Es beschleunigt weiter. Maximale Frequenz: 12 000 Schwingungen pro Sekunde. In ihrem Wirbel erzeugen seine Antennen einen Saugeffekt, der sämtliche Staubkörnchen anzieht.

Da ist er wieder, diesmal gelingt es ihm, diesen schwachen Duft zu identifizieren. Das ist der Geruch der Schuldigen. Ja, sie müssen es sein, die unerbittlichen Nachbarn im Norden, die ihnen schon letztes Jahr so viele Sorgen bereitet haben.

Sie: die Zwergameisen aus Shi-gae-pu.

Sie sind also auch schon wach. Sie müssen einen Hinterhalt gelegt und mit einer neuartigen, gewaltigen Waffe zugeschlagen haben.

Das Männchen Nr. 327 darf keine Sekunde verlieren, es muss unverzüglich die ganze Föderation alarmieren.

»Sie sind alle von einem Laserstrahl mit sehr starker Amplitude getötet worden, Chef.«

»Von einem Laserstrahl?«

»Ja, eine neue Waffe, die unsere schwersten Raumschiffe aus großer Entfernung in nichts auflöst.«

»Und Sie denken, das waren …«

»Ja, Chef, das können nur die Venusianer gewesen sein. Genau ihre Handschrift.«

»In diesem Fall werden wir Vergeltung üben. Wie viel Gefechtsraketen haben wir noch im Gürtel des Orion?«

»Vier, Chef.«

»Das wird nicht reichen. Wir müssen Hilfstruppen anfor…«

»Willst du noch ein wenig Suppe?«

»Nein, danke«, sagte Nicolas, der wie gebannt auf den Bildschirm starrte.

»Jetzt schau mal auf deinen Teller, sonst wird der Fernseher ausgeschaltet!«

»Och, Mama! Bitte …«

»Hast du immer noch nicht die Nase voll von diesen kleinen grünen Männchen und Planeten, die alle Namen haben wie Waschmittelmarken?«, fragte Jonathan.

»Ich finde das spannend. Ich bin sicher, eines Tages begegnen wir außerirdischen Wesen.«

»Na ja … Das ist doch ein alter Hut!«

»Die haben eine Sonde zu dem Stern geschickt, der der Erde am nächsten ist. Die heißt Marco Polo, die Sonde, und bald werden wir wissen, wer unsere Nachbarn sind.«

»Das wird genauso in die Hose gehen wie mit all den anderen Sonden, die man losgeschickt hat, um den Weltraum zu verschmutzen. Das ist zu weit, glaub's mir.«

»Vielleicht, aber woher willst du wissen, dass die Außerirdischen nicht uns besuchen? Die haben längst nicht alle Rätsel um die Ufos geklärt.«

»Und wenn schon … Was hätten wir davon, wenn wir anderen intelligenten Wesen begegneten? Eines Tages würden wir unweigerlich mit ihnen im Krieg liegen, und findest du nicht auch, dass wir schon genug Probleme unter uns Erdbewohnern haben?«

»Das wäre doch exotisch. Ganz neue Gegenden, und wir könnten da vielleicht in Urlaub hinfahren.«

»Wir hätten vor allem neue Sorgen.«

Er fasste Nicolas am Kinn. »Wenn du groß bist, mein Junge, wirst du auch so denken wie ich: Das einzig wirklich interessante Wesen, das einzige Wesen, dessen Intelligenz sich wirklich von unserer unterscheidet, das ist … die Frau!«

Lucie protestierte der Form halber, dann stimmte sie in Jonathans Lachen ein. Nicolas verzog das Gesicht. Einen seltsamen Humor hatten die, diese Erwachsenen … Seine Hand machte sich auf die Suche nach dem beruhigenden Fell des Hundes.

Unter dem Tisch war nichts.

»Wo ist denn Ouarzazate?«

Er war nicht im Esszimmer.

»Ouarzi! Ouarzi!«

Nicolas pfiff durch die Finger. Gewöhnlich wirkte das sofort: als Antwort ein Bellen, dann ein Tapsen. Er pfiff erneut. Keine Antwort. Er stand auf und schaute in den zahlreichen Zimmern der Wohnung nach. Seine Eltern folgten ihm. Kein Hund zu sehen. Die Wohnungstür war abgeschlossen. Und aus eigener Kraft hatte er sich nicht davonstehlen können, noch wissen Hunde nicht, wie man mit einem Schlüssel umgeht.

Unwillkürlich gingen sie alle in die Küche, genauer gesagt: zu der Kellertür. Der Spalt war immer noch nicht abgedichtet. Und für ein Tier von Ouarzazates Größe war er gerade breit genug.

»Er ist da drin, ich bin sicher, er ist da drin!«, wimmerte Nicolas. »Wir müssen ihn rausholen.«

Wie zur Antwort drang ein abgehacktes Kläffen aus dem Keller nach oben. Es schien von weit her zu kommen.

Sie näherten sich der verbotenen Tür. Jonathan ging dazwischen: »Papa hat dir gesagt, wir gehen nicht in den Keller!«

»Aber Schatz«, sagte Lucie, »wir müssen ihn doch holen. Vielleicht haben ihn die Ratten angefallen. Du hast gesagt, da unten gibt es Ratten …«

Sein Gesicht wurde hart.

»Pech für den Hund. Wir kaufen morgen einen anderen.«

Der Junge war entsetzt.

»Aber Papa, ich will keinen anderen. Ouarzazate ist mein Freund, du kannst ihn doch nicht einfach so sterben lassen.«

»Was ist denn in dich gefahren?«, fragte Lucie. »Lass mich gehen, wenn du Angst hast!«

»Hast du Angst, Papa, bist du feige?«

Jonathan beherrschte sich mühsam, er murmelte ein »Schon gut, ich guck nach« und holte eine Taschenlampe. Er leuchtete durch den Spalt. Es war schwarz dahinter, absolut schwarz, ein Schwarz, das alles verschluckte.

Er schauderte. Am liebsten wäre er davongerannt. Aber seine Frau und sein Sohn drängten ihn zu diesem Abgrund. Fürchterliche Bilder schossen ihm durch den Kopf. Seine Angst vor der Dunkelheit gewann die Oberhand.

Nicolas brach in ein Schluchzen aus. »Er ist tot! Er ist ganz bestimmt tot! Und du bist schuld!«

»Vielleicht ist er nur verletzt«, beschwichtigte Lucie, »wir müssen schnell nachsehen.«

Jonathan dachte an Edmonds Botschaft. Der Ton war kategorisch. Nur, was sollte er tun? Eines Tages würde sowieso einer von ihnen schwach werden und hinuntersteigen. Er musste den Stier bei den Hörnern packen. Jetzt oder nie. Er fuhr sich mit der Hand über seine schweißnasse Stirn.

Nein, so würde das nicht ablaufen. Endlich hatte er die Gelegenheit, seine Ängste zu überwinden, sich einen Ruck zu geben, sich der Gefahr zu stellen. Würde ihn die Dunkelheit verschlingen? Umso besser. Er war bereit, den Dingen auf den Grund zu gehen. Er hatte ohnehin nichts mehr zu verlieren.

»Ich gehe!«

Er holte sein Werkzeug und knackte das Schloss.

»Ganz gleich, was passiert, rührt euch nicht fort. Versucht auf keinen Fall, nachzukommen oder die Polizei zu rufen. Wartet auf mich!«

»Du redest so sonderbar. Das ist doch nur ein Keller, wie es in jedem Haus einen gibt.«

»Da bin ich mir nicht so sicher …«

Angestrahlt von dem orangefarbenen Oval einer untergehenden Sonne, läuft das Männchen Nr. 327, einziger Überlebender der ersten Jagdexpedition des Frühjahrs, allein weiter. Unerträglich allein.

Seit einer Weile schon waten seine Beine durch Pfützen, Schlamm und schimmelige Blätter. Der Wind hat seine Lippen ganz ausgetrocknet. Staub hat seinen Körper in einen bernsteinfarbenen Mantel gehüllt. Es spürt seine Muskeln nicht mehr. Einige seiner Krallen sind abgebrochen.

Aber am Ende der olfaktorischen Bahn, über die es zieht, erkennt es allmählich sein Ziel. Unter den Anhöhen, welche die belokanischen Städte bilden, ist eine, die mit jedem seiner Schritte größer wird, die riesige Pyramide von Bel-o-kan, die Mutterstadt, der duftende Leuchtturm, der es in seinen Bann schlägt und anzieht.

Endlich kommt Nr. 327 am Fuße dieses imposanten Ameisenhügels an, hebt den Kopf. Seine Stadt ist noch größer geworden. Man hat mit der Konstruktion einer neuen Schutzschicht begonnen. Der Gipfel des Berges aus Zweigen kitzelt den Mond.

Das junge Männchen läuft einen Augenblick suchend umher, dann findet es dicht über dem Boden einen noch offenen Eingang und zwängt sich hinein.

Es war höchste Zeit. Sämtliche Arbeiterinnen und Soldatinnen, die draußen gearbeitet hatten, sind bereits zurück. Die Wärterinnen wollten schon die Ausgänge verstopfen, um die Wärme im Innern zu bewahren. Kaum hat es die Schwelle überschritten, machen sich die Maurerinnen an die Arbeit, und das Loch hinter ihm ist im Nu verschlossen. Fast wie eine Tür, die zuschlägt.

Von der barbarischen und kalten Außenwelt ist nichts mehr zu sehen. Das Männchen Nr. 327 ist wieder in den Schoß der Zivilisation zurückgekehrt. Es kann wieder mit der beruhigenden Menge verschmelzen. Es ist nicht mehr allein, es ist zahlreich.

Schildwachen kommen auf das Männchen zu. Sie haben es unter seinem Staubfilm nicht erkannt. Schnell stößt es seine Identifizierungsdüfte aus, die Posten sind beruhigt.

Eine Arbeiterin bemerkt seine Müdigkeitsgerüche. Sie schlägt ihm eine Trophallaxis vor, jene rituelle Nahrungsübermittlung aus ihrem Körper.

Jede Ameise besitzt in ihrem Hinterleib eine Art Tasche, in Wirklichkeit ein zweiter Magen, in dem die Nahrung nicht verdaut wird. Der Sozialkropf. Dort kann sie Vorräte anlegen, die unbegrenzt frisch und einwandfrei bleiben und die sie jederzeit in ihren »normalen« Magen zurückbefördern kann. Oder sie würgt sie wieder hoch, um sie einer Artgenossin anzubieten.

Die Gesten sind stets die gleichen. Die Spenderin spricht das Objekt ihres Trophallaxiswunsches an, indem sie gegen dessen Kopf klopft. Wenn jenes einverstanden ist, senkt es die Antennen. Reckt es sie ganz nach oben, bedeutet das Ablehnung, es hat keinen Hunger.

Das Männchen Nr. 327 zögert nicht. Seine Energiereserven sind so sehr erschöpft, dass es kurz davor steht, in Katalepsie zu fallen. Sie pressen ihre Münder aufeinander. Die Nahrung steigt hoch. Die Spenderin befördert zunächst Speichel, dann Honigtau und einen Getreidebrei in seinen Mund. Das schmeckt gut und ist sehr stärkend.

Die Gabe geht zu Ende. Sogleich löst sich Nr. 327. Ihm fällt alles wieder ein. Die Toten. Der Hinterhalt. Keine Sekunde zu verlieren. Er hebt seine Antennen und versprüht die Information in kleinen Tröpfchen in die Runde.

Alarm. Es ist Krieg. Die Zwerginnen haben unsere erste Expedition vernichtet. Sie haben eine neue Waffe von verheerender Wirkung. Klarmachen zum Kampf. Der Krieg ist ausgebrochen.

Die Schildwache weicht zurück. Diese Alarmierungsdüfte lösen in ihrem Hirn einen Reiz aus. Schon umringt eine Schar von Ameisen das Männchen Nr. 327.

Was ist los?

Was geht vor?

Er sagt, der Krieg sei ausgebrochen.

Hat er Beweise?

Von überall strömen Ameisen herbei.

Er spricht von einer neuen Waffe und einer dezimierten Expedition.

Das ist schlimm.

Hat er Beweise?

Nr. 327 befindet sich jetzt inmitten eines ganzen Klumpens von Ameisen.

Alarm, Alarm, der Krieg ist ausgebrochen, klarmachen zum Kampf!

Hat er Beweise?

Diese Frage stellen jetzt alle.

Nein, er hat keine Beweise. Er war dermaßen entsetzt gewesen, dass er nicht daran gedacht hatte, welche mitzubringen. Antennen zucken. Zweifelnde Kopfbewegungen.

Wo ist das passiert?

Westlich von La-chola-kan, zwischen dem neuen Jagdgebiet, das unsere Kundschafterinnen entdeckt haben, und unseren Städten. Eine Gegend, durch die die Zwerginnen häufig streifen.

Das ist unmöglich, unsere Spioninnen sind bereits zurück. Sie berichten ausdrücklich: Die Zwerginnen sind noch nicht aufgewacht!

Eine anonyme Antenne hat diesen Pheromonensatz von sich gegeben. Die Menge zerstreut sich. Ihr, ihr glaubt man. Ihm glaubt man nicht. Obwohl einiges davon wahr klingt, ist sein Bericht zu unwahrscheinlich. Die Frühjahrskriege beginnen niemals so früh. Die Zwerginnen wären verrückt, jetzt anzugreifen, wo sie nicht einmal alle aufgewacht sind. Jeder macht sich wieder an seine Arbeit, ohne sich über die Botschaft des Männchens Nr. 327 Gedanken zu machen.

Der einzige Überlebende der ersten Jagdexpedition ist wie vor den Kopf geschlagen. Diese Toten, meine Güte, die hat er doch nicht erfunden! Irgendwann werden sie merken, dass Mitglieder innerhalb der Kaste fehlen.

Seine Antennen senken sich schlaff auf seine Stirn. Er hat das erniedrigende Gefühl, dass seine Existenz überflüssig ist. Als lebe er nicht mehr für die anderen, sondern nur noch für sich selbst.

Bei dieser Vorstellung erschaudert er vor Entsetzen. Stürmt los, läuft fieberhaft umher, macht die Arbeiterinnen auf sich aufmerksam, um jemanden zum Zeugen zu nehmen. Doch man zögert innezuhalten, sogar als er die heilige Formel aufsagt:

Als Kundschafter war ich das Bein
Vor Ort war ich das Auge
Zurückgekehrt, bin ich der Stimulus für die Nerven.

Niemand schert sich darum. Man hört hin, ohne ihm Aufmerksamkeit zu schenken. Dann geht man weiter, ohne sich verrückt zu machen. Soll er doch aufhören, andere zu nerven!

Jonathan war jetzt schon vier Stunden in dem Keller. Seine Frau und sein Sohn schwitzten Blut und Wasser.

»Mama, sollen wir die Polizei rufen?«

»Nein, noch nicht.« Sie ging auf die Kellertür zu.

»Ist Papa tot? Sag schon, Mama, ist Papa genauso gestorben wie Ouarzi?«

»Aber nein, aber nein, mein Schatz. Was erzählst du denn für einen Unsinn!«

Lucie verzehrte sich vor Angst. Sie beugte sich vor, um den Spalt zu untersuchen. Ihr war, als könnte sie im Licht der starken Halogenlampe, die sie gekauft hatte, ein Stück weiter etwas erkennen … Eine Wendeltreppe.

Sie setzte sich auf den Boden. Nicolas gesellte sich zu ihr. Sie umarmte ihn.

»Er kommt schon zurück, wir müssen nur Geduld haben. Er hat gesagt, wir sollen warten, also warten wir.«

»Und wenn er gar nicht mehr kommt?«

Nr. 327 ist müde. Er hat den Eindruck, als kämpfe er im Wasser. Man bewegt sich, aber man kommt nicht voran.

Er beschließt, sich an Belo-kiu-kiuni persönlich zu wenden. Mit ihren vierzehn Wintern (die geschlechtslosen Ameisen, die den Großteil der Bevölkerung bilden, leben höchstens drei Jahre) verfügt die Königin über eine unvergleichliche Erfahrung. Sie allein kann ihm helfen, die Botschaft unter das Volk zu bringen.

Das junge Männchen nimmt die Hauptstraße, die ins Zentrum der Stadt führt.

Einige Tausend von Eiern beladene Arbeiterinnen trotten durch diesen breiten Gang. Sie tragen ihre Last vom vierzigsten Untergeschoss in die Krippen des Solariums, die im fünfunddreißigsten Stock oberhalb der Erde angesiedelt sind. Das ist eine breite Flut von weißen, auf den Fußspitzen getragenen Schalen, die von oben bis unten und von rechts nach links reicht.

Er muss rückwärts gehen. Nicht einfach. Nr. 327 rempelt einige Ammen an, die ihn sogleich einen Vandalen schimpfen. Er wird selbst gestoßen, getreten, zurückgeschoben, holt sich ein paar Kratzer. Zum Glück ist der Gang nicht völlig verstopft. Es gelingt ihm, sich einen Weg durch die wimmelnde Masse zu bahnen.

Danach zweigt er in die kleinen Tunnel ab, eine Strecke, die zwar länger, aber weniger mühselig ist. Er trottet rasch voran. Er wechselt von den Hauptverkehrsadern in die Arteriolen über, von den Arteriolen in die Venen und von den Venen in die kleinsten Äderchen. So legt er Kilometer um Kilometer zurück, überquert Brücken, Brückenbögen, leere und überfüllte Plätze.

Dank seiner drei Infrarot-Ozellen orientiert er sich mühelos in der Dunkelheit. Je mehr er sich der Verbotenen Stadt nähert, umso stärker wird der süßliche Geruch der Königin, und die Anzahl der Wachen nimmt zu.

Sie stammen aus allen möglichen Unterkasten der Kriegerinnen. Kriegerinnen unterschiedlichster Größe, mit allen möglichen Waffen: kleine mit langen, geschliffenen Mandibeln, kräftige mit stahlharten Brustpanzern, gedrungene mit kurzen Antennen, Artilleristinnen, deren Hinterleiber vor Gift fast platzen.

Das Männchen Nr. 327 verfügt über einen gültigen »Pass«, das heißt die richtigen Düfte, und passiert ohne Schwierigkeiten die Kontrollposten. Die Soldatinnen sind gelassen. Man spürt, dass die großen Territorialkriege noch nicht begonnen haben.

Inzwischen schon ganz nah an seinem Ziel, weist sich Nr. 327 bei den Pförtnerinnen aus, dann biegt er in den letzten Gang ein, der zum königlichen Gemach führt.

Auf der Schwelle bleibt er stehen, überwältigt von der Schönheit dieses einzigartigen Ortes. Das ist ein großer, kreisrunder Saal, der nach den architektonischen und geometrischen Regeln gebaut worden ist, die die Königinnen ihren Töchtern von Antenne zu Antenne übermitteln.

Das Hauptgewölbe ist zwölf Kopf hoch bei einem Durchmesser von sechsunddreißig Kopf (der Kopf ist das Längenmaß der Föderation; ein Kopf entspricht drei Millimetern nach dem unter Menschen üblichen Maß). Pilaster aus seltenem Zement stützen diesen Insektentempel, der mit der konkaven Form seines Bodens so konstruiert ist, dass die von den einzelnen Wesen freigesetzten Geruchsmoleküle so lange wie möglich abprallen, ohne in die Wände einzudringen. Das Ganze ist ein bemerkenswertes olfaktorisches Amphitheater.

In der Mitte ruht eine schwere Dame. Sie liegt auf dem Bauch und streckt von Zeit zu Zeit ein Bein nach einer gelben Blume aus. Manchmal schnappt die Blume unfreundlich zu. Aber das Bein ist schon wieder fort.

Diese Dame ist Belo-kiu-kiuni.

Belo-kiu-kiuni, die letzte rote Ameisenkönigin der Hauptstadt.

Belo-kiu-kiuni, die bereits während des großen Krieges mit den Bienen regierte, während der Eroberung der Termitenhügel im Süden, während der Befriedung der Spinnenterritorien, während des schrecklichen Zermürbungskrieges, der ihnen von den Eichenwespen aufgezwungen wurde. Und seit dem letzten Jahr ist sie es, die die Bemühungen der Städte, dem Druck der Zwergameisen an der Nordgrenze zu widerstehen, koordiniert.

Belo-kiu-kiuni, die sämtliche Rekorde an Langlebigkeit schlägt.

Belo-kiu-kiuni, seine Mutter.

Dieses lebende Denkmal liegt da, ganz nah vor ihm, wie früher. Nur dass sie jetzt von rund zwanzig jungen Dienerinnen angefeuchtet und gestreichelt wird, während sie sich einst von seinen kleinen, noch ungeschickten Beinen hat pflegen lassen.

Die junge fleischfressende Pflanze klappert mit den Kiefern, und die Königin stößt eine schwach duftende Klage aus. Niemand weiß, woher ihre Leidenschaft für die pflanzlichen Raubtiere kommt.

Nr. 327 tritt näher. Aus der Nähe betrachtet, ist die Königin nicht besonders schön. Ihr länglicher Schnabel ist mit zwei großen, hervortretenden Augen versehen, die in alle Richtungen auf einmal zu schauen scheinen. Ihre Infrarot-Ozellen liegen eng beieinander mitten auf der Stirn. Ihre Antennen hingegen sitzen übertrieben weit auseinander. Sie sind sehr lang, sehr leicht und vibrieren in kurzen Stößen, die einen vermuten lassen, dass sie jede Bewegung perfekt beherrscht.

Seit einigen Tagen ist Belo-kiu-kiuni aus dem großen Schlaf erwacht, und seitdem hat sie nicht aufgehört, Eier zu legen. Ihr Hinterleib, zehnmal größer als üblich, wird regelmäßig von Zuckungen erschüttert. Im gleichen Augenblick legt sie acht magere, hellgraue, wie Perlmutt schimmernde Eier, die neuste Generation von Belokanerinnen. Die kreisrunde und klebrige Zukunft entweicht ihren Gedärmen, um durch das Zimmer zu kullern und sogleich von den Ammen aufgelesen zu werden.

Das junge Männchen erkennt den Geruch dieser Eier. Das sind unfruchtbare Soldatinnen und Männchen. Es ist noch kalt, und die Drüse, die die »Mädchen« erzeugt, ist noch nicht aktiv. Sobald es das Wetter zulässt, wird die Königin für jede Kaste legen, ganz nach den Bedürfnissen der Stadt. Arbeiterinnen werden ihr sagen, dass »Getreidehäckslerinnen und Artilleristinnen fehlen«, und sie wird wunschgemäß liefern. Es kommt auch vor, dass Belo-kiu-kiuni ihre Loge verlässt und den Geruch der Gänge aufnimmt. Ihre Antennen sind fein genug, um das geringste Defizit in dieser oder jener Kaste zu registrieren. Dann füllt sie umgehend das Personal auf.

Die Königin legt noch fünf kümmerliche Einheiten, dann wendet sie sich ihrem Besucher zu. Sie berührt ihn und beleckt ihn. Der Kontakt mit dem königlichen Speichel ist stets ein außergewöhnlicher Moment. Dieser Speichel ist nicht nur allgemein desinfizierend, sondern auch ein wahres Wundermittel, das alle Wunden heilt, ausgenommen die im Innern des Kopfes.

Wenn Belo-kiu-kiuni auch nicht imstande ist, ein einziges ihrer unzähligen Kleinen persönlich wiederzuerkennen, zeigt sie doch durch diesen Speichel, dass sie ihre Düfte identifiziert hat. Es ist ihr Kind.

Der Antennendialog kann beginnen.

Willkommen im Schoß des Volkes. Du hast mich verlassen, aber du kannst nicht umhin, zurückzukehren.

Der rituelle Satz einer Königin zu ihren Kindern. Kaum hat sie ihn übermittelt, nimmt sie mit einer Gelassenheit, die dem jungen Männchen imponiert, die Pheromone der elf Segmente auf ... Sie hat den Grund seines Kommens bereits erfasst ... Die erste Expedition in den Westen ist vollständig aufgerieben worden. In der Umgebung schwebte der Geruch der Zwergameisen. Wahrscheinlich haben sie eine Geheimwaffe entdeckt.

Als Kundschafter war er das Bein
Vor Ort war er das Auge
Zurückgekehrt, ist er der Stimulus für die Nerven

Sicher. Nur, das Problem ist, dass es ihm nicht gelingt, die Bevölkerung zu anzustacheln. Seine Düfte überzeugen niemanden. Er ist der Ansicht, dass allein sie, Belo-kiu-kiuni, weiß, wie man die Botschaft durchsetzt und Alarm schlägt.

Die Königin empfängt seine Pheromone mit gesteigerter Aufmerksamkeit. Sie erfasst die geringsten, noch so flüchtigen Moleküle an seinen Gelenken und Beinen. Ja, da sind Spuren von Tod und von Geheimnis. Das könnte der Krieg sein ... Das könnte aber auch sehr gut etwas ganz anderes sein.

Sie erklärt ihm, dass sie, wie dem auch sei, keinerlei politische Macht habe. In der Stadt werden sämtliche Beschlüsse durch ständige Absprache gefasst, und zwar durch die Bildung von Arbeitsgruppen, die auf frei gewählte Projekte ausgerichtet sind. Wenn das Männchen nicht in der Lage ist, ein solches Nervenzentrum selbst aufzubauen, kurz: eine Gruppe aufzustellen, wird ihm ihre Erfahrung nichts nutzen.

Sie kann ihm nicht einmal helfen.

Das Männchen Nr. 327 bleibt hartnäckig. Endlich hat er eine Gesprächspartnerin, die bereit scheint, bis zum Ende zuzuhören. Also stößt er mit aller Macht seine verführerischsten Moleküle aus. Seiner Meinung nach sollte diese Katastrophe die vorrangige Sorge sein. Man muss unverzüglich Spioninnen losschicken, um zu erfahren, was für eine Waffe das ist.

Belo-kiu-kiuni antwortet, dass das Volk vor lauter »vorrangigen Sorgen« fast zusammenbricht. Nicht nur, dass längst nicht alle Ameisen erweckt worden sind, auch das Dach der Stadt ist noch eine einzige Baustelle. Und solange die letzte Schicht von Zweigen nicht angebracht ist, wäre es tollkühn, in den Krieg zu ziehen. Schließlich darf man auch nicht vergessen, das Fest der Wiedergeburt vorzubereiten. All das erfordert ungeheure Energien. Selbst die Spioninnen sind überlastet. Das ist auch der Grund, weshalb seine Botschaft nicht gehört wurde.

Pause. Man hört nur die Lippen der Arbeiterinnen, die den Panzer der Königin lecken, die ihrerseits wieder begonnen hat, mit ihrer fleischfressenden Pflanze zu spielen. Sie windet sich, bis ihr Hinterleib unter ihrem Thorax liegt und ihre Vorderbeine baumeln. Sie zieht ihr Bein rasch zurück, wenn sich die pflanzlichen Kiefer schließen, dann nimmt sie Nr. 327 zum Zeugen, welch gewaltige Waffe das sein könnte.

Man könnte eine Mauer aus fleischfressenden Pflanzen errichten, um die gesamte Nordwestgrenze zu schützen. Das einzige Problem ist, dass diese kleinen Monster keinen Unterschied machen zwischen den Bewohnern der Stadt und den Fremden …

Nr. 327 kommt auf das Thema zurück, von dem er wie besessen ist. Belo-kiu-kiuni fragt, wie viel Tote es bei dem »Unfall« gegeben habe. Achtundzwanzig. Alle aus der Unterkaste der Kundschafterinnen? Kein Zweifel, Nr. 327 war das einzige Männchen der Expedition. Daraufhin konzentriert sie sich und legt nacheinander achtundzwanzig Perlen.

Achtundzwanzig Ameisen sind gestorben, diese achtundzwanzig Eier werden sie ersetzen.

Eines Tages, unweigerlich Eines Tages werden sich unweigerlich Finger auf diese Seiten legen, Augen werden diese Worte aufsaugen, Gehirne ihren Sinn interpretieren.

Ich will nicht, dass dieser Augenblick zu früh kommt. Die Folgen könnten fürchterlich sein. Und zu dieser Stunde, da ich diese Sätze schreibe, kämpfe ich noch, um mein Geheimnis zu wahren.

Dennoch wird man eines Tages erfahren müssen, was geschehen ist. Selbst die tiefsten Geheimnisse steigen zu guter Letzt zur Oberfläche des Sees auf. Ihr ärgster Feind ist die Zeit.

Wer immer Sie sind, als Erstes grüße ich Sie. Zu dem Zeitpunkt, da Sie dies lesen, bin ich wahrscheinlich schon seit zehn oder vielleicht sogar hundert Jahren tot. *Zumindest hoffe ich es.*

Manchmal bedauere ich, dass ich zu diesem Wissen vorgedrungen bin. Aber ich bin ein menschliches Wesen, und selbst wenn meine Verbundenheit mit meinen Artgenossen zurzeit auf ihrem tiefsten Punkt angelangt ist, weiß ich doch um die Pflichten, die mir der schlichte Umstand auferlegt, dass ich eines Tages unter Euch, Menschen dieses Universums, geboren wurde.

Ich muss meine Geschichte weitergeben.

Bei näherer Betrachtung ähneln sich all diese Geschichten. Am Anfang gibt es ein Subjekt »im Werden«, das schläft. Es erlebt eine Krise. Diese Krise zwingt es, zu reagieren. Seinem Verhalten gemäß wird es sterben oder sich weiterentwickeln.

Die erste Geschichte, die ich Ihnen erzählen werde, ist die Geschichte unseres Universums. Weil wir darin leben. Und weil sämtliche Dinge, ob groß oder klein, den gleichen Gesetzen folgen und die gleichen Bande wechselseitiger Abhängigkeit kennen.

Wenn Sie zum Beispiel diese Seite umblättern, reiben Sie an einer Stelle Ihren Zeigefinger am Zellstoff des Papiers. Bei dieser Berührung entsteht eine verschwindend geringe Erwärmung. Dennoch ist diese Erwärmung durchaus real. Im Bereich des unendlich Kleinen bewirkt sie dadurch den Sprung eines Elektrons, das sein Atom verlässt und gegen ein anderes Teilchen prallt.

Aber tatsächlich ist dieses Teilchen, in Relation zu dem Elektron, sehr groß. So sehr, dass der Zusammenstoss mit dem Elektron für das Teilchen eine regelrechte Erschütterung bedeutet. Vorher war es träge, leer, kalt. Wegen dieses Umblätterns gerät es in eine Krise. Gigantische Funken stieben an ihm empor. Durch diese schlichte Bewegung haben Sie etwas ausgelöst, dessen Folgen Sie niemals vollständig kennen werden. Vielleicht entstehen dabei ganze Welten mit Lebewesen darauf, und diese wiederum werden die Metallurgie, die provenzalische Küche und die Raumfahrt entdecken. Vielleicht erweisen sie sich sogar als intelligenter als wir. Und sie hätten niemals existiert, wenn Sie nicht dieses Buch in die Hand genommen hätten und Ihr Finger nicht eine Erwärmung an ebendieser Stelle des Papiers bewirkt hätte.

Ebenso findet unser Universum sicher seinen Platz auf der Ecke einer Buchseite, einer Schuhsohle oder dem Schaum einer Bierflasche einer anderen, riesigen Zivilisation.

Unsere Generation wird wahrscheinlich niemals über die Mittel verfügen, diese These zu bestätigen. Aber so viel wissen wir: dass unser Universum oder zumindest das Teilchen, das unser Universum enthält, vor langer Zeit leer, kalt, schwarz, träge war. Bis irgendjemand oder irgendetwas die Krise ausgelöst hat. Man hat eine Seite umgeblättert, ist auf einen Stein getreten, hat den Schaum einer Bierflasche abgestrichen. Fest steht, dass es einen Schock gegeben hat. Unser Teilchen ist aufgewacht. Bei uns, das weiß man, war das eine gewaltige Explosion. Man hat sie Urknall genannt.

Möglicherweise entsteht jede Sekunde im unendlich Großen, im unendlich Kleinen oder im unendlich Weiten ein neues Universum, so wie unser Universum vor über fünfzehn Milliarden Jahren entstanden ist. Wir kennen diese anderen Universen nicht. Aber von unserem wissen wir, dass alles mit der Explosion des »kleinsten« und »einfachsten« Atoms angefangen hat: dem des Wasserstoffs.

Stellen Sie sich also diesen weiten, stillen Raum vor, der plötzlich von einer gewaltigen Explosion aus der Ruhe gebracht wird. Weshalb hat man da oben die Seite umgeblättert? Weshalb hat man den Schaum des Bieres weggewischt? Unwichtig. Sicher ist, der Wasserstoff brennt, explodiert, knallt. Ein ungeheures Licht zerschrammt den makellosen Raum. Krise. Krise. Die reglosen Dinge geraten in Bewegung. Die kalten Dinge werden warm. Die stillen Dinge dröhnen.

In der Feuersglut, die am Anfang steht, verwandelt sich der Wasserstoff in Helium, ein nur unwesentlich komplexeres Atom. Aber schon aus dieser Umwandlung kann man die erste große Spielregel unseres Universums ableiten: IMMER KOMPLEXER.

Diese Regel erscheint evident. Aber nichts beweist, dass das in unseren benachbarten Universen nicht anders ist. Woanders heißt es vielleicht »IMMER WÄRMER« oder »IMMER HÄRTER« oder »IMMER KOMISCHER«.

Auch bei uns werden die Dinge wärmer oder härter oder komischer, aber das ist nicht das Gesetz, das am Anfang steht. Das sind nur Begleiterscheinungen. Unser Grundgesetz, um das sich alle anderen Gesetze ranken, lautet: »IMMER KOMPLEXER«.

EDMOND WELLS

Enzyklopädie des relativen und absoluten Wissens, Bd. 1

Nr. 327 irrt durch die Gänge im Süden der Stadt. Er findet keine Ruhe. Er kommt nicht von dem berühmten Satz los:

Als Kundschafter war er das Bein
Vor Ort war er das Auge
Zurückgekehrt, ist er der Stimulus für die Nerven

Warum klappt das nicht? Wo ist der Fehler? Sein Körper brodelt ob dieser unbeachteten Botschaft. In seinen Augen hat das Volk eine tiefe Wunde abbekommen und bemerkt es nicht einmal. Nun, der Stimulus für diesen Schmerz ist niemand anders als er selbst, Nr. 327. Es ist also seine Aufgabe, die Stadt zu einer Reaktion zu bewegen.

Ah, wie ist das doch schwer, eine Leidensbotschaft zu tragen, sie in seinem Innern zu behalten, ohne eine Antenne zu finden, die sie empfangen möchte! Er würde sich so gern von diesem Gewicht befreien, dieses furchtbare Wissen mit anderen teilen.

Eine Wärmebotschafterin begegnet ihm. Sie spürt seine Niedergeschlagenheit, glaubt, er sei schlecht aufgewacht, und bietet ihm ihre Sonnenkalorien an. Das verleiht ihm wieder ein wenig Kraft, die er sofort zu dem Versuch nutzt, sie zu überzeugen.

Alarm, die Zwerginnen haben eine Expedition aus dem Hinterhalt vernichtet, Alarm!

Aber das klingt nicht mehr so überzeugend wie am Anfang. Die Wärmebotschafterin geht weiter, als ob nichts wäre. Nr. 327 gibt nicht auf. Er läuft durch die Gänge und verbreitet seine Alarmbotschaft.

Zuweilen bleiben einige Kriegerinnen stehen, hören ihm zu, treten sogar mit ihm in einen Dialog, aber seine Geschichte von der verheerenden Waffe ist zu unglaubwürdig. Es bildet sich keine Gruppe, die fähig wäre, eine militärische Mission zu übernehmen.

Niedergeschlagen geht Nr. 327 seines Weges.

Plötzlich, er läuft gerade durch einen verlassenen Tunnel im vierten Untergeschoss, registriert er hinter sich ein Geräusch. Jemand folgt ihm.

Nr. 327 dreht sich um. Er inspiziert mit seinen Infrarot-Ozellen den Gang. Rote und schwarze Punkte. Niemand da. Seltsam. Er muss sich geirrt haben. Aber wieder ertönt hinter ihm das Geräusch von Schritten. *Skritsch … tssss, skritsch … tssss.* Das muss jemand sein, der auf zweien seiner sechs Beine hinkt. Und der näher kommt.

Um sich Gewissheit zu verschaffen, biegt er bei jeder Kreuzung ab, dann bleibt er einen Moment stehen. Das Geräusch verstummt. Kaum geht er weiter, ist es wieder da: *Skritsch … tss, skritsch … tss, skritsch … tss.*

Kein Zweifel: Jemand folgt ihm.

Jemand, der sich versteckt, sobald sich Nr. 327 umdreht. Ein sonderbares Verhalten, völlig abwegig. Warum sollte eine Zelle des Volkes einer anderen nachschleichen, ohne sich auszuweisen? Hier gehört jeder zu jedem und hat vor niemandem etwas zu verbergen.

Doch das Gefühl bleibt, dass jemand »anwesend« ist. Immer auf Distanz, immer versteckt. *Skritsch … tss, skritsch … tss.* Wie soll er reagieren? Als er noch eine Larve war, haben ihn die Ammen gelehrt, sich der Gefahr stets zu stellen. Er bleibt stehen und tut so, als würde er sich säubern. Was immer es ist, es ist nicht mehr weit. Er spürt die Anwesenheit beinahe. Während er seinen Säuberungsvorgang mimt, bewegt er seine Antennen. Da, er nimmt die Geruchsmoleküle des Verfolgers wahr. Eine kleine Kriegerin, ein Jahr alt. Sie verströmt einen eigenartigen Duft, der die üblichen Identifizierungsmerkmale überlagert. Nicht leicht zu definieren. Ein Felsengeruch, könnte man meinen.

Die Kriegerin versteckt sich nicht mehr. *Skritsch … tssss …* Jetzt sieht er sie in Infrarot. Sie hat tatsächlich zwei Beine verloren. Ihr Felsengeruch wird stärker.

Nr. 327 sendet.

Wer da?

Keine Antwort.

Warum folgen Sie mir?

Keine Antwort.

Er will den Vorfall vergessen und macht sich wieder auf den Weg, aber bald registriert er eine zweite Verfolgerin, die ihm entgegenkommt. Eine schwere Kriegerin diesmal. Der Gang ist schmal, er wird nicht vorbeischlüpfen können.

Umkehren? Das hieße, sich mit der Hinkenden anzulegen, die überdies hastig näher kommt.

Nr. 327 ist eingekeilt.

Jetzt ist es deutlich zu spüren: Das sind zwei Kriegerinnen. Und sie haben den gleichen Felsengeruch. Die Große öffnet ihre langen Scheren.

Eine Falle! Es ist undenkbar, dass eine Ameise der Stadt eine andere töten will. Sollte das eine Störung des Immunsystems sein? Haben sie seine Identifizierungsdüfte nicht erkannt? Halten sie ihn für einen Fremdkörper? Das ist doch verrückt, es ist, als wollte sein Magen seinen Darm vernichten …

Nr. 327 erhöht die Stärke seines Ausstoßes:

Ich bin wie ihr eine Zelle des Volkes. Wir gehören zum gleichen Organismus.

Das sind junge Soldatinnen, sie müssen sich irren. Aber seine Äußerungen beschwichtigen die beiden keineswegs. Die kleine Hinkende springt ihm auf den Rücken und packt ihn an den Flügeln, während die Große seinen Kopf zwischen ihre Mandibeln nimmt. Und so schleifen sie das Männchen in Richtung Deponie.

Nr. 327 wehrt sich. Mit seinem Segment für sexuelle Dialoge stößt er alle möglichen Emotionen aus, die die Geschlechtslosen nicht einmal kennen. Sein Unverständnis weicht der Panik.

Um nicht von diesen »abstrakten« Gedanken besudelt zu werden, schabt ihm die Hinkende, die immer noch auf seinem Rücken sitzt, mit ihren Mandibeln die Antennen ab. Dadurch beraubt sie ihn aller Pheromone und vor allem seines »Passes«. Dort, wo sie ihn hinbringen, wird er ihm ohnehin nicht mehr viel nutzen …

Das furchterregende Trio schleppt sich durch die einsamsten Gänge. Die kleine Hinkende setzt systematisch ihre Säuberungsaktion fort. Anscheinend will sie keinerlei Information auf diesem Kopf lassen. Das Männchen wehrt sich nicht mehr. Resigniert bereitet es sich darauf vor, zu entschlummern, indem es seinen Herzschlag verlangsamt.

»Brüder, warum all diese Gewalt, warum all dieser Hass? Warum?

Eins sind wir, eins, wir sind allesamt Kinder der Erde und Gottes.

Lassen wir von unserem eitlen Streiten ab. Das 22. Jahrhundert wird ein Jahrhundert im Geiste sein oder gar keines. Verzichten wir auf unsere alten Zwistigkeiten, die sich auf Stolz und Falschheit gründen.

Der Individualismus, das ist der wahre Feind! Ein Bruder leidet Not, und ihr lasst ihn Hungers sterben, ihr seid nicht mehr würdig, der großen Gemeinschaft der Welt anzugehören. Ein in die Irre gegangenes Geschöpf bittet euch um Hilfe und Beistand, und ihr schlagt ihm die Tür vor der Nase zu. Ihr gehört nicht zu uns.

Ich kenne euch, euch mit eurem ruhigen, in Seide gepackten Gewissen! Ihr denkt nur an eure persönliche Bequemlichkeit, ihr wünscht nur den individuellen Ruhm. Glück ja, aber nur das eure und das eurer Nächsten. Ich sage, ich kenne euch. Dich, dich, und dich! Hört auf, vor euren Bildschirmen zu lächeln, ich spreche von ernsten Dingen zu euch. Ich rede von der Zukunft der Menschheit. Das kann so nicht weitergehen. Dieser Lebensweg hat keinen Sinn.

Wir verschwenden, zerstören alles. Die Wälder werden gerodet, um Papiertaschentücher herzustellen. Mittlerweile gibt es alles zum Wegwerfen: Geschirr, Stifte, Kleidung, Fotoapparat, Fahrzeuge. Und ohne dass ihr es merkt, werdet ihr genauso zum Wegwerfen. Verzichtet auf diese oberflächliche Lebensweise! Verzichtet noch heute darauf, bevor man euch morgen dazu zwingt.

Kommt zu uns, reiht euch in unser Heer von Getreuen ein. Wir sind alle Soldaten Gottes, Bruder.«

Eine Ansagerin kommt ins Bild. »Diese christliche Sendung brachten Ihnen Pater MacDonald von der Neuen Adventistenkirche des 45. Tages und der Gefrierkosthersteller ›Sweetmilk‹. Sie wurde über Satellit in alle Welt ausgestrahlt. Sie sehen gleich unsere Serie ›Außerirdisch und stolz, es zu sein‹, doch zuvor noch ein wenig Werbung.«

Im Gegensatz zu Nicolas vermochte Lucie vor dem Fernseher nicht völlig abzuschalten. Acht Stunden war Jonathan nun da unten, und immer noch keine Nachricht!

Ihre Hand langte nach dem Telefon. Er hatte gesagt, sie solle nichts unternehmen, aber wenn er nun tot war oder unter Schutt begraben?

Sie hatte noch nicht den Mut, in den Keller zu gehen. Sie hob den Hörer ab und wählte den Polizeinotruf.

»Hallo, ist dort die Polizei?«

»Ich hatte dich gebeten, nicht anzurufen«, kam eine schwache und tonlose Stimme aus der Küche.

»Papa! Papa!«

Sie legte auf, während es aus dem Hörer noch klang: »Hallo, sprechen Sie, geben Sie uns Ihre Adresse.« Klack.

»Aber ja, klar doch, ich bin's, ihr brauchtet euch keine Sorgen zu machen. Ich hab doch gesagt, ihr sollt ruhig auf mich warten.«

Sich keine Sorgen machen? Der hatte Nerven!

Jonathan hatte auf dem Arm, was von Ouarzazate übrig geblieben war, ein blutiger Klumpen Fleisch. Und auch er selbst wirkte verändert, wie verklärt. Dabei schien er keineswegs bedrückt, sondern sogar eher heiter. Nein, nicht heiter, wie sollte man es nennen? Man hatte den Eindruck, er sei gealtert oder er sei krank. Seine Augen blickten fiebrig, seine Haut war aschfahl, er zitterte und sah abgehetzt aus.

Nicolas brach in Tränen aus, als er den zerhackten Körper seines Hundes sah. Man hätte meinen können, der arme Pudel sei mit Rasiermessern zerfetzt worden.

Sie legten ihn auf eine ausgebreitete Zeitung.

Nicolas weinte bitterlich über den Verlust seines Freundes. Es war vorbei. Nie wieder würde er ihn gegen die Wand springen sehen, wenn man »Katze« sagte. Nie wieder würde er zuschauen, wie er mit einem fröhlichen Hüpfer eine Türklinke herunterdrückte. Nie wieder würde er ihn vor den großen schwulen Schäferhunden retten müssen.

Es gab keinen Ouarzazate mehr.

»Morgen bringen wir ihn zum Hundefriedhof von Père-Lachaise«, meinte Jonathan resignierend. »Wir kaufen ihm ein Grab zu viertausendfünfhundert Franc, so eines, an dem man ein Foto von ihm anbringen kann.«

»Ja! Au ja!«, sagte Nicolas schluchzend. »Das ist das Mindeste, was er verdient.«

»Und danach gehen wir zum Tierschutzverein, und da suchst du dir einen anderen Hund aus. Was hältst du von einem kleinen Malteser? Die sind auch sehr niedlich.«

Lucie konnte es immer noch nicht fassen. Sie wusste nicht, was sie als Erstes fragen sollte. Warum war er so lange fortgeblieben? Was war mit dem Hund geschehen? Und was mit ihm selbst? Wollte er etwas essen? Hatte er nicht bedacht, wie viel Angst sie um ihn haben mussten?

»Was gibt es denn da unten?«, fragte sie schließlich mit matter Stimme.

»Nichts, nichts.«

»Guck dir doch an, in welchem Zustand du zurückgekommen bist! Und der Hund … Der sieht aus, als wäre er durch den Fleischwolf gedreht worden. Was ist mit ihm passiert?«

Jonathan wischte sich mit seiner schmutzigen Hand über die Stirn.

»Der Notar hatte Recht, es wimmelt von Ratten da unten. Ouarzazate ist von ihnen in Stücke gerissen worden.«

»Und du?«

Er grinste.

»Ich bin ein großes Tier, vor mir haben sie Angst.«

»Das ist doch verrückt! Was hast du denn acht Stunden lang da unten getrieben? Was ist in diesem verdammten Keller?«, brauste sie auf.

»Ich weiß es nicht genau. Ich bin nicht ganz hinuntergestiegen.«

»Du bist nicht ganz hinuntergestiegen?«

»Nein, das ist sehr, sehr tief.«

»In acht Stunden hast du es nicht bis zum Ende … zum Ende unseres Kellers geschafft?«

»Nein. Ich bin nicht mehr weitergegangen, als ich den Hund gefunden habe. Da war überall Blut. Weißt du, Ouarzazate hat sich verzweifelt gewehrt. Es ist unglaublich, dass ein so kleiner Hund so lange standhalten kann.«

»Und wie weit bist du gekommen? Bis zur Hälfte?«

»Woher soll ich das wissen? Jedenfalls konnte ich nicht mehr weiter. Ich hatte auch Angst. Du weißt, ich kann Dunkelheit und Gewalt nicht ausstehen. Jeder an meiner Stelle wäre umgekehrt. Man kann nicht ewig weiter ins Ungewisse gehen. Außerdem habe ich an dich, an euch denken müssen. Du kannst dir nicht vorstellen, wie das da ist … Das ist so finster. Das ist der Tod.«

Seine letzten Worte begleitete ein eigenartiges Zucken am linken Mundwinkel. So hatte sie ihn noch nicht erlebt. Sie erkannte, dass sie nicht noch in ihn dringen durfte. Sie legte ihre Arme um seine Taille und küsste seine kalten Lippen.

»Beruhige dich, es ist vorbei. Wir werden diese Tür zumauern, und dann reden wir nicht mehr davon.«

Er wich zurück.

»Nein. Es ist nicht vorbei. Ich habe mich da unten von diesem Blut abschrecken lassen. Jeder wäre zurückgeschreckt. Gewalt erschreckt einen immer, selbst wenn sie sich gegen Tiere richtet. Aber ich kann jetzt nicht aufgeben, vielleicht ganz kurz vor dem Ziel ...«

»Du willst doch nicht etwa dahin zurück?«

»Doch. Edmond ist dahin gegangen, also gehe ich auch.«

»Edmond? Dein Onkel Edmond?«

»Er hat irgendetwas da unten gemacht, und ich will wissen, was.«

Lucie unterdrückte ein Stöhnen.

»Bitte, um meinet- und um Nicolas' willen, geh nicht mehr da runter.«

»Ich habe keine Wahl.«

Wieder hatte er dieses Zucken am Mundwinkel.

»Ich habe immer alles nur halb gemacht. Immer habe ich mich zurückgehalten, wenn mir mein Verstand sagte, dass Gefahr droht. Sieh doch, was aus mir geworden ist! Ein Mann, der zwar der Gefahr aus dem Weg gegangen ist, der es aber auch zu nichts gebracht hat. Nie bin ich den Dingen auf den Grund gegangen, weil ich ständig auf halbem Weg stehen geblieben bin. Ich hätte weiter als Schlosser arbeiten sollen, und wenn ich überfallen worden wäre: Pech für den Boss. Das wäre eine Art Feuertaufe gewesen, ich hätte die Gewalt erlebt und gelernt, mit ihr umzugehen. Stattdessen bin ich wie ein Baby ohne jede Erfahrung, weil ich Schwierigkeiten immer ausgewichen bin.«

»Du spinnst.«

»Nein, ich spinne nicht. Man kann nicht ewig in Watte leben. Dieser Keller ist die Gelegenheit, den Schritt zu wagen. Wenn ich es nicht tue, werde ich nie mehr in den Spiegel schauen können; ich müsste mir immer sagen, dass ich ein Feigling bin. Außerdem, erinnere dich, du selbst hast mich gedrängt, da runterzugehen.«

Er zog sein blutbeflecktes Hemd aus.

»Na schön, dann komme ich aber mit!«, erklärte sie und packte die Taschenlampe.

»Nein, du bleibst hier!«

Er hatte ihre Handgelenke gepackt.

»Lass mich los! Was ist in dich gefahren?«

»Entschuldige, aber du musst einsehen, dieser Keller geht nur mich etwas an. Das ist mein Sprung ins kalte Wasser, das ist mein Weg. Und niemand darf sich da einmischen, verstehst du?«

Hinter ihnen weinte Nicolas immer noch über dem, was von Ouarzazate übrig war. Jonathan ließ Lucies Handgelenke los und ging zu seinem Sohn.

»Na komm, mein Junge, ist ja gut!«

»Ich hab's satt, Ouarzi ist tot, und ihr habt nichts Besseres zu tun, als euch zu streiten.«

Jonathan versuchte ihn abzulenken. Er nahm eine Schachtel Streichhölzer, entnahm ihr sechs Stück und legte sie auf den Tisch.

»Da, guck mal, ich zeig dir ein Rätsel. Man kann mit diesen sechs Streichhölzern vier gleichseitige Dreiecke bilden. Denk gut nach, dann bekommst du's raus.«

Der Junge trocknete überrascht seine Tränen und zog die Nase hoch. Dann fing er an, die Streichhölzer auf unterschiedliche Weise anzuordnen.

»Ich gebe dir noch einen Tipp. Um die Lösung zu finden, musst du anders denken. Wenn man überlegt, wie man es gewohnt ist, kommt man nicht darauf.«

Nicolas schaffte es, drei Dreiecke zu bilden. Keine vier. Er blickte auf, blinzelte mit seinen großen blauen Augen.

»Hast du die Lösung gefunden, Papa?«

»Nein, noch nicht, aber ich spüre, dass ich nicht mehr lange brauche.«

Jonathan hatte seinen Sohn vorläufig beruhigt, nicht jedoch seine Frau. Lucie warf ihm wütende Blicke zu. Und am Abend hatten sie einen ziemlich heftigen Streit. Es nutzte nichts, Jonathan wollte nichts über diesen Keller und sein Geheimnis sagen.

Am nächsten Morgen stand er früh auf und brachte den ganzen Vormittag damit zu, eine Eisentür mit einem schweren Vorhängeschloss am Eingang des Kellers anzubringen. Den einzigen Schlüssel hängte er um seinen Hals.

Die Rettung kommt unerwartet in Form eines Erdbebens.

Als Erstes erhalten die Wände einen schweren seitlichen Schlag. Sand beginnt, einem Wasserfall gleich, von den Decken zu rieseln. Ein zweiter Stoß folgt fast unmittelbar danach, dann ein dritter, ein vierter ... Die dumpfen Erschütterungen folgen immer schneller aufeinander, kommen dem ungewöhnlichen Trio immer näher. Das ist ein gewaltiges Grollen, das nicht aufhört und alles erzittern lässt.

Von diesem Vibrieren wiederbelebt, beschleunigt das junge Männchen wieder seinen Herzschlag, kneift zweimal mit seinen Mandibeln zu, überrumpelt damit seine Peiniger, und verdrückt sich in einem beschädigten Tunnel. Es bewegt seine noch unentwickelten Flügel, um seine Flucht zu beschleunigen und seine Sprünge über den Schutt zu verlängern.

Jeder neue, noch stärkere Stoß zwingt es, stehen zu bleiben und, auf den Boden gepresst, das Ende der Sandlawinen abzuwarten. Ganze Wandstücke prasseln mitten in die Gänge, Brücken, Brückenbögen, Krypten stürzen ein, reißen Millionen benommener Gestalten mit.

Die Gerüche höchsten Alarms steigen auf und verbreiten sich. In der ersten Phase erfassen diese stimulierenden Pheromone die oberen Gänge. Wer diesen Duft wahrnimmt, beginnt augenblicklich zu zittern, kreuz und quer zu laufen und noch aufreizendere Pheromone zu produzieren. So dass die Aufregung nach dem Schneeballprinzip wächst.

Die Alarmwolke verbreitet sich wie Nebel, kriecht in sämtliche Äderchen des »schmerzenden« Bereichs, dringt in die Hauptschlagadern. Das fremde Element, das den Körper des Volkes infiltriert hat, bewirkt, was das junge Männchen vergeblich auszulösen versucht hat: Schmerztoxine. Schlagartig beginnt das von den Massen von Belokanerinnen gebildete schwarze Blut schneller zu pulsieren. Die in der Nähe der geschädigten Zone liegenden Eier werden fortgeschafft. Die Soldatinnen schließen sich zu Kampfeinheiten zusammen.

Als sich das Männchen Nr. 327 auf einer breiten, vom Sand und der Menge halb verstopften Kreuzung befindet, nehmen die Stöße ein Ende. Es folgt eine beängstigende Stille. Jeder bleibt reglos stehen, fürchtet den weiteren Gang der Ereignisse. Die aufgerichteten Antennen zucken. Warten.

Plötzlich wird das quälende Pochen von vorhin durch eine Art dumpfes Fauchen abgelöst. Alle spüren, dass die Füllung zwischen den Zweigen durchlöchert worden ist. Irgendetwas Riesiges ist in die Kuppel eingedrungen, zermalmt die Wände, zwängt sich durch die Zweige.

Ein feiner rosiger Fangarm taucht mitten über der Kreuzung auf. Er peitscht durch die Luft und fährt auf der Suche nach möglichst vielen Bewohnern der Stadt irrsinnig schnell über den Boden. Als sich die Soldatinnen darauf stürzen, um mit ihren Mandibeln zuzubeißen, bildet sich bloß eine große schwarze Traube an seinem Ende. Reich garniert zieht sich die Zunge nach oben zurück und verschwindet, um die Menge in einen Schlund zu entleeren, dann erscheint sie wieder, immer länger, immer gieriger, tödlicher.

Die zweite Alarmstufe wird ausgelöst. Die Arbeiterinnen trommeln mit dem Ende ihres Hinterleibs auf den Boden, um die Soldatinnen in den unteren Etagen, die von dem Drama noch nichts bemerkt haben, herbeizurufen.

Die ganze Stadt hallt unter diesem simplen Getrommel wider. Man meint, der ganze Organismus hechele: »Tac, tac, tac!« – »Tok … tok … tok …«, antwortet der Fremdling, der wieder begonnen hat, die Kuppel zu behämmern, um tiefer einzudringen. Alles drängt sich gegen die Wände, um dieser hellroten, entfesselten Schlange zu entkommen, die die Gänge peitscht. Wenn ihr ein Happen zu kümmerlich erscheint, dreht sich die Zunge noch mehr. Ein Schnabel folgt ihr, dann ein gigantischer Kopf.

Ein Grünspecht! Der Schrecken des Frühjahrs … Diese gefräßigen, insektenfressenden Vögel schlagen bis zu sechzig Zentimeter lange Löcher in das Dach der Ameisenstädte und stopfen sich mit ihrer Bevölkerung voll.

Es ist höchste Zeit, die dritte Alarmstufe einzuläuten. Einige Arbeiterinnen, dem Wahnsinn nahe, beginnen im Übermaß der Erregung, die sich ein Ventil sucht, den Tanz der Angst zu tanzen. Die Bewegungen sind sehr ruckartig: Sprünge, Mandibelknallen, Spucken … Andere, vollkommen hysterisch, laufen durch die Gänge und beißen alles, was ihnen in den Weg kommt. Perverser Effekt der Angst: Die Stadt, die das angreifende Objekt nicht vernichten kann, zerstört sich schließlich selbst.

Die Katastrophe findet im fünfzehnten westlichen Obergeschoß statt, aber jetzt, da der Alarm seine drei Stufen durchlaufen hat, ist die ganze Stadt zum Krieg gerüstet. Die Arbeiterinnen suchen die untersten Etagen auf, um die Eier in Sicherheit zu bringen. Sie begegnen Kolonnen von Soldatinnen, die mit aufgerichteten Mandibeln nach oben hasten.

Die Ameisenstadt hat über zahllose Generationen hinweg gelernt, sich gegen derlei Unannehmlichkeiten zur Wehr zu setzen. Inmitten des ganzen Aufruhrs formieren sich die Ameisen aus der Kaste der Artilleristinnen zu Kommandos und teilen die zu treffenden Maßnahmen unter sich auf.

Sie umzingeln den Grünspecht an seiner verwundbarsten Stelle: dem Hals. Dann drehen sie sich um und begeben sich in nächster Nähe in Schussposition. Ihre Hinterleiber sind auf das gefiederte Tier gerichtet. Feuer! Mit aller Kraft ihrer Schließmuskeln stoßen sie Strahlen hyperkonzentrierter Säure aus.

Der Vogel hat plötzlich das unangenehme Gefühl, dass sich ein Schal aus Nadeln um seinen Hals legt. Er kämpft, will sich befreien. Aber er ist zu weit vorgedrungen. Seine Flügel sind in der Erde und den Zweigen der Kuppel gefangen. Erneut streckt er seine Zunge vor, um möglichst viele dieser winzigen Gegner zu töten.

Eine neue Welle von Soldatinnen rückt vor. Feuer! Der Grünspecht zuckt zusammen. Diesmal sind das keine Nadeln, sondern

Dornen. Er klopft nervös mit dem Schnabel. Feuer! Die Säure spritzt abermals. Der Vogel zittert, langsam fällt ihm das Atmen schwer. Feuer! Die Säure verätzt seine Nerven, und er ist vollkommen eingeklemmt.

Das Feuer wird eingestellt. Von überall laufen Soldatinnen mit langen Mandibeln herbei, beißen in die Wunden, die die Ameisensäure gefressen hat. Zudem begibt sich eine Einheit nach draußen, auf das, was von der Kuppel noch übrig ist, ortet den Schwanz des Tieres und macht sich daran, die meistriechende Stelle anzubohren: den Anus. Diese Pioniere haben schon bald den Eingang verbreitert und zwängen sich in die Gedärme des Vogels.

Der ersten Einheit ist es gelungen, die Haut der Kehle aufplatzen zu lassen. Als das erste Blut fließt, endet der Ausstoß von Alarmpheromonen. Der Kampf wird als gewonnen betrachtet. Der Schlund steht weit offen, sie stürzen sich mit Bataillonsstärke hinein. Im Kehlkopf sind noch lebende Ameisen. Sie werden gerettet.

Dann dringen Soldatinnen in das Innere des Kopfes ein, suchen die Öffnungen, die es ihnen ermöglichen, das Hirn zu erreichen. Eine Arbeiterin findet einen Durchgang: die Halsschlagader. Allerdings muss man die richtige erwischen: die, die vom Herzen zum Hirn führt, nicht umgekehrt. Da ist sie! Vier Soldatinnen schlitzen die Röhre auf und stürzen sich in die rote Flüssigkeit. Sie lassen sich von der vom Herzen kommenden Strömung tragen und landen rasch mitten in den Großhirnhemisphären. Dort sind sie am rechten Platz, um die graue Masse zu zerhacken.

Der Grünspecht, wahnsinnig vor Schmerz, flattert hin und her, aber er hat keine Chance, diese Eindringlinge abzuschütteln, die ihn von innen in Stücke schneiden. Ein Zug von Ameisen pfercht sich in die Lunge und lässt dort Säure ab. Der Vogel hustet fürchterlich.

Andere, ein ganzes Armeekorps, dringen in die Speiseröhre ein, um sich im Verdauungsapparat mit ihren Kolleginnen, die durch den Anus gekommen sind, zusammenzuschließen. Letztere steigen schnell den großen Grimmdarm hinauf. Auf ihrem Weg verletzen sie sämtliche Organe, die in Reichweite ihrer Mandibeln sind. Sie wühlen sich durch das lebende Fleisch, wie sie sich sonst durch die Erde wühlen, machen sich über Magen, Leber, Herz, Milz und Bauchspeicheldrüse her, als wären es sturmreife Festungen.

Mitunter spritzt ungewollt Blut oder Lymphe heraus und ertränkt einige Ameisen. Das passiert jedoch nur den Ungeschickten, die nicht wissen, wo und wie man sauber zubeißt.

Die anderen rücken systematisch inmitten des roten und schwarzen Fleisches vor. Sie springen geschickt zurück, bevor sie von einem Zucken erdrückt werden. Sie meiden die Bereiche, die mit Galle oder Magensäure gefüllt sind.

Schließlich vereinigen sich die beiden Armeen in Höhe der Nieren. Der Vogel ist immer noch nicht tot. Sein von den Mandibeln zerkratztes Herz pumpt weiter Blut in das kaputte Röhrensystem.

Ketten von Arbeiterinnen haben sich gebildet, die, ohne den letzten Atemzug ihres Opfers abzuwarten, noch zuckende Fleischstückchen von Bein zu Bein reichen. Nichts widersteht den kleinen Chirurginnen. Als sie beginnen, das Hirn abzubauen, wird der Vogel von einem Krampf geschüttelt, dem letzten.

Die ganze Stadt läuft herbei, um das Ungetüm zu zerlegen. Die Gänge wimmeln von Ameisen, die alle etwas transportieren, diese eine Feder, jene ein wenig Flaum.

Die Maurerinnen sind bereits am Werk. Sie werden die Kuppel und den beschädigten Tunnel wieder aufbauen.

Von weitem könnte man glauben, der Ameisenhaufen sei gerade dabei einen Vogel zu verspeisen. Erst verschlingt er ihn, dann wird er verdaut, und sein Fleisch und sein Fett, seine Federn und seine Haut werden an die Stellen verteilt, wo sie der Stadt am meisten nützen.

Genesis Wie ist die Ameisenzivilisation entstanden? Um das zu verstehen, muss man ein paar Hundert Millionen Jahre zurückgehen, zu jener Zeit, da sich das Leben auf der Erde entwickelt hat.

Unter den ersten Ankömmlingen waren die Insekten.

Offenbar waren sie an ihre Welt schlecht angepasst. Sie waren klein, schwach, die idealen Opfer für alle möglichen Räuber. Um sich am Leben zu erhalten, wählten einige, wie etwa die Heuschrecken, den Weg der Reproduktion. Sie legten dermaßen viele Eier, dass es zwangsläufig Überlebende geben musste.

Andere, wie die Wespen oder die Bienen, wählten dagegen Gift, rüsteten sich im Laufe der Generationen mit Giftstacheln aus, um entsprechend Furcht einzuflößen.

Wieder andere, wie beispielsweise die Schaben, wurden ungenießbar. Eine spezielle Drüse verlieh ihnen einen solch üblen Geschmack, dass niemand sie verzehren mochte.

Noch andere, wie die Gottesanbeterinnen oder die Nachtfalter, wählten die Tarnung. Gräsern oder Baumrinden ähnlich, bewegten sie sich unerkannt durch die unwirtliche Natur.

Viele Insekten jedoch hatten in diesem Dschungel der ersten Tage keinen »Trick« gefunden, um zu überleben, und schienen zum Aussterben verdammt.

Unter diesen Benachteiligten waren zunächst die Termiten. Diese »Holzfresser«, vor ungefähr einhundertfünfzig Millionen Jahren auf der Erdkruste erschienen, hatten keine Aussicht auf ein langes Leben. Zu viele Räuber, nicht genügend natürliche Trümpfe, um ihnen zu widerstehen ...

Was sollte aus den Termiten werden?

Viele starben, und die Überlebenden steckten arg in der Klemme, bis sie rechtzeitig auf eine originelle Lösung verfielen: »Nicht mehr allein kämpfen, sondern solidarische Gruppen bilden. Es wird unseren Feinden schwerer fallen, zwanzig Termiten auf einmal anzugreifen, die eine gemeinsame Front bilden, als eine einzige, die zu fliehen versucht.« Und so erschloss die Termite einen der Königspfade der Komplexität: den sozialen Bund.

Diese Insekten begannen in kleinen Zellen, zunächst auf Familienebene, zu leben: alle um die eierlegende Mutter geschart. Dann wurden die Familien zu Dörfern, die Dörfer nahmen an Größe zu und verwandelten sich in Städte. Schon bald erhoben sich ihre Städte aus Sand und Zement auf der ganzen Erdoberfläche.

Die Termiten waren die ersten intelligenten Herren unseres Planeten, und seine erste Gesellschaft.

EDMOND WELLS

Enzyklopädie des relativen und absoluten Wissens, Bd. 1

Nr. 327 sieht nichts mehr von den beiden Killerinnen mit dem Felsengeruch. Er hat sie tatsächlich abgeschüttelt. Mit ein wenig Glück sind sie sogar tot unter dem Geröll begraben.

Nicht träumen. Und selbst wenn, wäre er längst nicht aus dem Schneider. Er hat keinen »Pass« mehr. Sobald er irgendeiner Kriegerin begegnet, ist er geliefert. Er würde von seinen Schwestern automatisch als Fremdkörper betrachtet. Man würde ihm nicht einmal die Möglichkeit geben, sich zu rechtfertigen. Säurestrahl oder Mandibelbiss ohne Vorwarnung, so die Behandlung, die für diejenigen vorgesehen ist, die nicht die Duftmerkmale der Föderation ausstoßen können.

Das ist verrückt. Wie konnte es nur dazu kommen? Das ist alles die Schuld dieser beiden verfluchten Kriegerinnen, die so nach Felsen rochen. Was war nur in sie gefahren? Sie müssen wahnsinnig sein. Auch wenn es nur selten der Fall ist, es kommt vor, dass Fehler im genetischen Programm psychologische Störungen dieser Art nach sich ziehen, ein Phänomen, das ähnlich gelagert ist wie das dieser hysterischen Ameisen, die während der dritten Alarmstufe über alle Welt herfallen.

Die beiden wirkten jedoch weder hysterisch noch degeneriert. Sie schienen sogar sehr genau zu wissen, was sie taten. Als ob … Man kennt nur einen einzigen Fall, in dem Zellen bewusst andere Zellen des gleichen Organismus zerstören. Die Ammen nennen das Krebs. Als ob … irgendwelche Zellen von Krebs befallen wären.

Dieser Felsengeruch wäre demzufolge der Geruch von Krankheit. Auch da müsste er Alarm schlagen. Nr. 327 hat fortan also zwei Rätsel zu lösen: die Geheimwaffe der Zwergameisen und die Krebszellen von Bel-o-kan. Und er kann mit niemandem darüber reden. Er muss nachdenken. Es könnte gut sein, dass er in sich selbst irgendein verborgenes Mittel findet… ein Mittel zur Lösung.

Er macht sich daran, seine Antennen zu waschen. Anfeuchten (ein merkwürdiges Gefühl, Antennen zu lecken, ohne den charakteristischen Geruch der »Pass«-Pheromone aufzunehmen), abbürsten, glätten an der Ellbogenbürste, abtrocknen.

Was tun, verflixt?

Zunächst einmal überleben.

Nur ein einziges Wesen kann sich seines Infrarotbildes erinnern, ohne auf die Bestätigung der Identifikationsdüfte angewiesen zu sein: Mutter. Allerdings wimmelt es in der Verbotenen Stadt von Soldatinnen. Auch gut. Wie lautet der alte Satz von Belo-kiu-kiuni: Oft ist man im Zentrum der Gefahr am sichersten aufgehoben.

»An Edmond Wells erinnert man sich hier nicht gern. Als er gegangen ist, hat ihn niemand aufgehalten.«

Der da so redete, war ein alter Mann mit einem liebenswürdigen Gesicht, einer der stellvertretenden Direktoren der »Sweetmilk Corporation«.

»Dabei hat er doch, wie es heißt, eine neue Bakterie entdeckt, die einen intensiven Joghurtgeruch verströmt ...«

»Ja, als Chemiker, das muss man ihm lassen, hatte er geniale Eingebungen. Aber sie kamen nicht regelmäßig, sondern stoßweise.«

»Hatten Sie Schwierigkeiten mit ihm?«

»Ehrlich gesagt, nein. Sagen wir so: Er hat sich nicht in das Team eingefügt. Er hielt sich abseits. Und auch wenn seine Bakterie Millionen eingebracht hat, ich glaube, geschätzt hat ihn hier niemand.«

»Könnten Sie das genauer erklären?«

»In einem Team gibt es Chefs. Edmond mochte keine Vorgesetzten, überhaupt ertrug er keinerlei Form von Hierarchie. Für die Geschäftsführer, die, wie er sagte, ›nur um des Dirigierens willen dirigieren und nichts produzieren‹, hatte er nur Verachtung übrig. Nun, wir sind alle gezwungen, die Stiefel unserer Vorgesetzten zu lecken. Was ist schon dabei? Das System will es so. Er hingegen spielte den Stolzen. Ich glaube, uns, seine Kollegen, ärgerte das noch mehr als die Vorgesetzten selbst.«

»Weshalb ist er gegangen?«

»Er hat sich mit einem unserer stellvertretenden Direktoren gestritten, und zwar einer Sache wegen, in der er, wie ich zugeben muss, vollkommen Recht hatte. Dieser stellvertretende Direktor hatte sein Büro durchsucht, worauf Edmond einen Anfall bekam. Als er merkte, dass alle zu dem anderen hielten, musste er wohl oder übel gehen.«

»Aber Sie sagten doch, er hatte Recht …«

»Mitunter bringt es mehr, sich feige auf die Seite von womöglich unsympathischen Leuten zu schlagen, die man kennt, als mutig einen vielleicht sogar sympathischen Unbekannten zu unterstützen. Edmond hatte keine Freunde hier. Er aß nicht mit uns, trank nicht mit uns, er schien stets mit den Gedanken woanders.«

»Warum gestehen Sie mir dann Ihre ›Feigheit‹? Das brauchten Sie mir doch alles nicht zu erzählen.«

»Hm, seitdem er tot ist, sage ich mir, dass wir uns doch recht mies verhalten haben. Sie sind sein Neffe, es erleichtert mich ein wenig, Ihnen das zu erzählen …«

Am hinteren Ende des engen Gangs erkennt man eine Festung aus Holz. Die Verbotene Stadt.

Dieses Bauwerk ist in Wirklichkeit ein Kiefernstumpf, um den herum die Kuppel errichtet worden ist. Der Stumpf dient als Herzstück und Wirbelsäule von Bel-o-kan. Als Herzstück, weil er das königliche Gemach und die kostbaren Nahrungsmittelvorräte beherbergt. Als Wirbelsäule, weil die Stadt dank ihm Sturm und Regen trotzt.

Aus der Nähe betrachtet sind die Wände der Verbotenen Stadt mit komplizierten Motiven verziert, die wie barbarische Schriftzeichen aussehen. Das sind die Gänge, die einst von den ersten Bewohnern des Stumpfs gegraben wurden: den Termiten.

Als die erste Belo-kiu-kiuni vor fünftausend Jahren in der Gegend landete, war sie sofort mit ihnen aneinandergeraten. Der Krieg hatte sehr lange gedauert, über tausend Jahre, aber schließlich hatten die Belokanerinnen gesiegt. Daraufhin hatten sie staunend eine »feste« Stadt entdeckt, eine Stadt mit holzfarbenen Gängen, die nie zusammenstürzten. Dieser Kiefernstumpf eröffnete ganz neue städtebauliche und architektonische Perspektiven.

Oben das flache, hochgelegene Plateau; unten die tiefen Wurzeln, die sich in der Erde verliefen. Das war ideal. Schon bald reichte der Stumpf jedoch nicht mehr, um die wachsende Bevölkerung der roten Waldameisen zu schützen. Also hatte man unter der Erde in der Verlängerung der Wurzeln weitergegraben. Und man hatte kleine Zweige auf den geköpften Baum geschichtet, um die Spitze zu vergrößern.

Heute ist die Verbotene Stadt so gut wie verlassen. Außer der Königin und ihren Elitewachen lebt alle Welt in den Randgebieten.

Nr. 327 nähert sich dem Stumpf mit vorsichtigen, ungleichmäßigen Schritten. Regelmäßige Erschütterungen deuten auf die Anwesenheit einer Person hin, während unregelmäßige Klänge als leichtes Geröll durchgehen können. Er kann nur hoffen, dass er keiner Soldatin begegnet. Er beginnt zu kriechen. Er ist nur noch zweihundert Kopf von der Verbotenen Stadt entfernt. Allmählich erkennt er die vielen Eingänge, die den Stumpf durchlöchern, genauer gesagt die Köpfe der »Pförtnerinnen«, die den Zugang verstopfen.

Infolge irgendeiner unbekannten genetischen Abartigkeit haben jene einen breiten, kreisrunden und flachen Kopf, der ihnen das Aussehen eines großen Nagels verleiht, der genau dem Umfang des Loches entspricht, das sie zu überwachen haben.

Diese lebenden Türen haben ihre Wirksamkeit in der Vergangenheit bereits bewiesen. Während des »Erdbeerkrieges« vor siebenhundertneunzig Jahren fielen die gelben Ameisen in die Stadt ein. Alle überlebenden Belokanerinnen hatten sich in die Verbotene Stadt geflüchtet, und die Pförtnerinnen hatten zurückweichend sämtliche Zugänge hermetisch geschlossen.

Die gelben Ameisen hatten zwei Tage gebraucht, bis es ihnen gelang, diese Riegel zu sprengen. Die Pförtnerinnen verstopften nicht nur die Löcher, sondern bissen auch mit ihren langen Mandibeln zu. Die gelben Ameisen formierten sich zu Hundertschaften, um gegen eine einzige Pförtnerin zu kämpfen. Schließlich gelang es ihnen, das Chitin der Köpfe zu durchbohren und ins Innere zu gelangen. Aber das Opfer der »lebenden Türen« war nicht vergebens. Die anderen Städte der Föderation hatten Zeit gehabt, Hilfstruppen aufzustellen, und einige Stunden später war die Stadt befreit.

Nr. 327 hat gewiss nicht die Absicht, sich allein mit einer Pförtnerin anzulegen, aber er hofft, das Öffnen einer dieser Türen auszunutzen, wenn zum Beispiel eine mit den Eiern der Königin beladene Amme herausgelassen wird. Er könnte hineinhuschen, bevor sich die Tür wieder schließt.

Da, gerade bewegt sich ein Kopf, gibt den Durchgang frei, und es erscheint … eine Schildwache. Pech, nichts zu machen, die Schildwache würde sofort umkehren und ihn töten.

Erneute Kopfbewegung der Pförtnerin. Nr. 327 krümmt seine sechs Beine, bereit loszusprinten. Nein! Falscher Alarm, die Pförtnerin hat nur eine andere Haltung eingenommen. Da muss man schließlich Krämpfe bekommen, wenn man ständig ein solches Kollier aus Holz um den Hals hat.

Was soll's, Nr. 327 verliert die Geduld, er rennt auf das Hindernis zu. Kaum ist er in Reichweite der Antennen, bemerkt die Pförtnerin das Fehlen der Identifikationspheromone. Sie weicht noch weiter zurück, um die Öffnung vollständig zu versperren, dann stößt sie die Alarmmoleküle aus.

Fremdkörper in der Verbotenen Stadt! Fremdkörper in der Verbotenen Stadt!, wiederholt sie wie eine Sirene.

Sie lässt ihre Scheren kreisen, um den unerwünschten Gast einzuschüchtern. Sie würde gern vortreten, um ihn zu bekämpfen, aber die Weisung lautet strikt: erst einmal blockieren!

Nr. 327 muss sich beeilen. Er hat einen Vorteil: Er kann in der Dunkelheit sehen, die Pförtnerin hingegen ist blind. Er stürzt vor, meidet die wütenden Mandibeln, die aufs Geratewohl zuschnappen, und springt hoch, um sie an den Wurzeln zu packen. Er trennt sie eine nach der anderen ab. Transparentes Blut fließt. Was sich da noch bewegt, sind nur mehr zwei ungefährliche Stümpfe.

Dennoch kommt Nr. 327 immer noch nicht hindurch, der Körper seiner Gegnerin blockiert den Eingang. Die wie im Wundstarrkrampf gelähmten Beine stemmen sich sogar reflexartig weiter gegen das Holz. Was tun? Das Männchen drückt seinen Hinterleib gegen die Stirn der Pförtnerin und schießt. Der Körper zuckt, das von der Ameisensäure zerfressene Chitin beginnt in einer grauen Rauchwolke zu schmelzen. Aber der Kopf ist sehr dick. Es bedarf drei weiterer Strahlen, bis sich Nr. 327 einen Weg über den flachen Schädel bahnen kann.

Er kommt durch. Auf der anderen Seite erblickt er einen Thorax und einen verkümmerten Hinterleib. Die Ameise war nur eine Tür, nichts als eine Tür.

Konkurrenten Als fünfzig Millionen Jahre später die ersten Ameisen erschienen, hatten sie Schwierigkeiten, sich zu halten. Als entfernte Abkömmlinge einer wilden und einsamen Wespe, hatten sie weder mächtige Mandibeln noch einen Stachel. Sie waren klein und schwächlich, aber nicht dumm, und sie begriffen schnell, dass es für sie von Nutzen war, die Termiten nachzuahmen. Sie mussten sich zusammenschließen.

Sie schufen ihre Dörfer; sie errichteten grob angelegte Städte. Die Termiten wurden bald unruhig wegen dieser Konkurrenz. Ihrer Meinung nach war auf der Erde nur für eine Art von sozial lebenden Insekten Platz.

Fortan war Krieg angesagt. Überall auf der Welt, auf den Inseln, auf Bäumen und Bergen, kämpften die Armeen der Termitenstädte gegen die jungen Armeen der Ameisenstädte.

Das hatte es im Reich der Tiere noch nie gegeben. Millionen von Mandibeln, die Seite an Seite nicht der Ernährung wegen metzelten, sondern zu »politischen« Zwecken!

Anfangs gewannen die erfahreneren Termiten sämtliche Schlachten. Aber die Ameisen passten sich an. Sie kopierten die Waffen der Termiten und erfanden neue. Die weltweiten Kriege zwischen Termiten und Ameisen entflammten zwanzig Millionen Jahre lang den Planeten. Schließlich erlangten die Ameisen einen entscheidenden Vorteil, als sie die Waffe des Säurestrahls entdeckten.

Die Schlachten zwischen den beiden Arten dauern bis heute an, aber selten nur tragen die Einheiten der Termiten den Sieg davon.

EDMOND WELLS
Enzyklopädie des relativen und absoluten Wissens, Bd. 1

»Sie kannten ihn aus Afrika, nicht wahr?«

»Ja«, antwortete der Professor. »Edmond hatte Kummer. Seine Frau war gestorben, wenn ich mich recht entsinne. Er hat sich mit Feuereifer in das Studium der Insekten gestürzt.«

»Und weshalb Insekten?«

»Warum nicht? Die Insekten schlagen uns seit Menschengedenken in ihren Bann. Schon unsere frühesten Vorfahren fürchteten die Mücken, die ihnen das Fieber übertrugen, die Flöhe, die Juckreiz verursachten, die Spinnen, die sie stachen, die Rüsselkäfer, die ihre Nahrungsvorräte auffraßen. Das hat Spuren hinterlassen.«

Jonathan befand sich im entomologischen Labor Nr. 326 des Nationalen Forschungszentrums in Fontainebleau und unterhielt sich mit Prof. Daniel Rosenfeld, einem gut aussehenden, freundlichen, überaus redegewandten alten Herrn mit einem Pferdeschwanz.

»Das Insekt verunsichert uns, es ist kleiner und zarter als wir, und dennoch trotzt es uns, es bedroht uns sogar. Im Übrigen, wenn man es recht bedenkt, landen wir zu guter Letzt alle in den Mägen der Insekten. Denn es sind die Maden, die Larven der Fliegen also, die sich an unseren sterblichen Überresten gütlich tun ...«

»Daran hatte ich nicht gedacht.«

»Das Insekt wurde lange als die Inkarnation des Bösen angesehen. Beelzebub, eine der Ausgeburten der Hölle, wird zum Beispiel mit einem Fliegenkopf dargestellt. Das ist kein Zufall.«

»Ameisen haben einen besseren Ruf als Fliegen.«

»Je nachdem. Das ist von Kultur zu Kultur verschieden. Im Talmud sind sie das Symbol der Rechtschaffenheit. Im tibetanischen Buddhismus repräsentieren sie die Lächerlichkeit des materiellen

Strebens. Die Baoulé an der Elfenbeinküste glauben, dass eine schwangere Frau, die von einer Ameise gebissen wird, ein Kind mit einem Ameisenkopf zur Welt bringt. Manche polynesischen Stämme hingegen halten sie für winzige Gottheiten.«

»Edmond hatte sich doch zuvor mit Bakterien beschäftigt. Weshalb hat er damit aufgehört?«

»Weil er seine Forschungen auf dem Gebiet der Insekten, und ganz besonders der Ameisen, tausendmal spannender fand. Und wenn ich ›Forschungen‹ sage, dann meine ich damit ein totales Engagement. Niemand anders als er war es, der das Gesuch eingereicht, Spielzeugameisenhaufen zu verbieten, jene Plastikdosen mit einer Königin und sechshundert Arbeiterinnen, die in den Supermärkten verkauft wurden. Und er hat sich dafür eingesetzt, Ameisen als ›Insektizide‹ zu verwenden. Er wollte, dass systematisch Städte roter Ameisen in den Wäldern eingerichtet werden, um sie von Parasiten zu befreien. Das war gar nicht so dumm. Schon früher hat man Ameisen benutzt, um die Raupen des Prozessionsspinners an italienischen Kiefern und die Blattwespen an polnischen Tannen zu bekämpfen, zwei Schädlinge, die ganze Wälder heimsuchen.«

»Die Insekten gegeneinander aufzuhetzen, war das seine Idee?«

»Mmmh … Er nannte das ›sich in ihre Diplomatie einmischen‹. Im letzten Jahrhundert ist mit den chemischen Insektiziden dermaßen viel Unfug angestellt worden. Man darf Insekten nie frontal angreifen, und erst recht nicht unterschätzen und hoffen, sie zu bezwingen, wie man es mit den Säugetieren gemacht hat. Das Insekt hat beispielsweise eine Parade gegen sämtliche chemischen Giftstoffe: den Mithridatismus. Dass man es immer noch nicht geschafft hat, der Heuschreckenplage Herr zu werden, wissen Sie, das liegt daran, dass sie sich an alles gewöhnen, diese Teufelchen. Pumpen Sie sie mit Vertilgungsmittel voll, zu neunundneunzig Prozent krepieren sie, aber ein Prozent überlebt. Und dieses eine Prozent ist nicht nur immunisiert, sondern bringt kleine Heuschrecken zu Welt, die zu hundert Prozent gegen dieses Insektizid ›geimpft‹ sind. So hat man vor zweihundert Jahren den Fehler begangen, ständig die Giftigkeit der Produkte zu erhöhen. So dass sie mehr Menschen als Insekten töteten. Und wir haben hyperresistente Insektenstämme geschaffen, die imstande sind, die giftigsten Stoffe ohne jeden Schaden zu konsumieren.«

»Wollen Sie damit sagen, dass es kein wirksames Mittel gibt, Insekten zu bekämpfen?«

»Überzeugen Sie sich selbst. Es gibt immer noch Mücken, Heuschrecken, Rüsselkäfer, Tsetsefliegen – und Ameisen. Sie widerstehen allem. 1945 hat man festgestellt, dass einzig die Ameisen und die Skorpione die nukleare Explosion überlebt haben. Sogar daran haben sie sich gewöhnt!«

Nr. 327 hat das Blut einer Zelle des Volkes vergossen. Er hat seinem eigenen Organismus schlimmste Gewalt angetan. Das hinterlässt einen bitteren Beigeschmack. Aber hatte er eine andere Wahl, wo er doch überleben musste, um als Hormon der Information seinen Auftrag zu erfüllen?

Nur weil man versucht hat, ihn zu töten, hat er selbst getötet. Das ist eine Kettenreaktion. Wie der Krebs. Wenn sich das Volk ihm gegenüber unnormal verhält, ist er gezwungen, ebenso zu handeln. Er muss sich an diesen Gedanken gewöhnen.

Er hat eine Schwesterzelle getötet. Er wird vielleicht weitere töten.

»Aber was hat er in Afrika gewollt? Ameisen gibt es doch überall, wie Sie selbst sagen.«

»Sicher, aber nicht die gleichen Ameisen … Ich glaube, nach dem Verlust seiner Frau war ihm alles einerlei; heute frage ich mich sogar, ob er nicht gar auf seinen Selbstmord durch die Ameisen wartete.«

»Wie bitte?«

»Sie haben ihn um ein Haar aufgefressen, verdammt noch mal! Die afrikanischen Seidenameisen … Haben Sie nie den Film *Wenn die Marabunta droht* gesehen?«

Jonathan schüttelte den Kopf.

»Die Marabunta nennt man die Masse von Wanderameisen, oder *Annoma nigricans*, auch Treiberameisen genannt, die durch das Flachland zieht und auf ihrem Weg alles zerstört.«

Prof. Rosenfeld stand auf, als wollte er einer unsichtbaren Welle trotzen.

»Zuerst hört man eine Art gewaltiges Rauschen, das sich aus den Schreien und dem Kreischen, dem Flügelschlagen und Stampfen sämtlicher Kleintiere zusammensetzt, die dabei sind, die Flucht zu ergreifen. In diesem Stadium ist von den Treiberameisen noch nichts zu sehen. Dann tauchen einige Kriegerinnen auf einem Hügel auf. Nach diesen Kundschafterinnen kommen die anderen ganz schnell, in Kolonnen, so weit das Auge reicht. Das ist wie ein Lavastrom, der alles einschmilzt, was er berührt.«

Der Professor ging gestikulierend auf und ab, völlig absorbiert von seinem Thema.

»Das ist das giftige Blut Afrikas. Lebende Säure. Ihre Anzahl ist erschreckend. Eine Kolonie von Treiberameisen legt Tag für Tag durchschnittlich fünfhunderttausend Eier. Ganze Eimer könnte man damit füllen … Und dieser Strom aus schwarzer Schwefelsäure fließt dahin, klettert Böschungen und Bäume hinauf, nichts kann ihn aufhalten. Die Vögel, Eidechsen oder insektenfressenden Säugetiere, die das Pech haben, ihnen zu nahe zu kommen, werden sogleich zerstückelt. Die reinste Apokalypse! Diese Wanderameisen haben vor keinem Tier Angst. Einmal habe ich eine zu neugierige Katze gesehen, die sich im Handumdrehen in nichts auflöste. Sie überqueren sogar Flüsse, indem sie Pontonbrücken mit ihren eigenen Kadavern errichten …! An der Elfenbeinküste, in der Gegend, die an das ökologische Institut von Lamto grenzt, an dem wir arbeiteten, hat die Bevölkerung immer noch kein Mittel gegen ihre Invasion gefunden. Sobald es heißt, dass diese winzigen Attilas ihr Dorf durchqueren werden, raffen die Leute ihr wertvollstes Hab und Gut zusammen und fliehen. Sie stellen Tisch- und Stuhlbeine in Eimer voll Essig und beten zu ihren Göttern. Wenn sie zurückkommen, ist alles blitzblank, als wäre ein Taifun hindurchgefegt. Es bleibt nicht das kleinste Bröckchen Nahrung übrig, oder irgendeine organische Substanz. Es gibt auch kein Ungeziefer mehr. Letztlich sind die Treiberameisen das beste Mittel, seine Hütte von Grund auf zu reinigen.«

»Und wie haben Sie sie dann studieren können, wenn sie so blutdürstig sind?«

»Wir haben gewartet, bis es Mittag war. Die Insekten haben keinen Wärmehaushalt wie wir. Ist es draußen 18°, ist es auch in ihrem Körper 18°, und wenn Hitze herrscht, fängt ihr Blut an zu kochen. Das ist unerträglich für sie. Also graben sich die Treiberameisen bei den ersten heißen Strahlen ein Nest, sozusagen ein Biwak, in dem sie eine mildere Witterung abwarten. Das ist eine Art Miniwinterschlaf, nur dass sie nicht von der Kälte, sondern von der Hitze lahmgelegt werden.«

»Und dann?«

Jonathan hatte Schwierigkeiten, einen richtigen Dialog zu führen. Für ihn waren solche Gespräche wie kommunizierende Röhren. Es gibt einen, der Bescheid weiß, die volle Röhre, und einen, der nicht Bescheid weiß, die leere Röhre, in der Regel er selbst. Jener, der nichts weiß, sperrt die Ohren auf und kurbelt von Zeit zu Zeit den Redeschwung seines Gesprächspartners mit einem »Und dann?« an, mit einem »Erzählen Sie mir davon« oder einem Kopfnicken.

Wenn es andere Wege gab, sich zu unterhalten, so kannte er sie nicht. Außerdem kam es ihm vor, wenn er seine Zeitgenossen betrachtete, als hielte ein jeder nur parallele Monologe und benutzte den anderen als kostenlosen Psychiater. Unter diesen Umständen zog er seine eigene Technik vor. Es hatte vielleicht den Anschein, als wüsste er nichts, aber zumindest lernte er so unaufhörlich dazu. Besagt nicht ein chinesisches Sprichwort: Wer eine Frage stellt, ist fünf Minuten dumm, wer keine stellt, ist es sein Leben lang?

»Und dann? Wir sind hingegangen, verflixt! Und das war was, glauben Sie mir. Wir hatten vor, diese verfluchte Königin zu finden. Besagtes dickes Tierchen, das fünfhunderttausend Eier am Tag legt. Wir wollten sie nur sehen und fotografieren. Wir haben dicke Kanalarbeiterstiefel angezogen. Pech für Edmond, er hatte Größe 43, und es war nur noch ein Paar in 40 da. Er musste Stoffschuhe anziehen … Ich erinnere mich, als wäre das gestern gewesen. Um 12.30 Uhr haben wir den wahrscheinlichen Umriss des Nest-Biwaks auf den Boden gekratzt und ringsum einen Graben von einem Meter Tiefe gebuddelt. Um 13.30 Uhr haben wir die äußeren Kammern erreicht. Eine schwarze und knisternde Flüssigkeit kam uns entgegen. Tausende höchst aufgeregte Kriegerinnen knallten mit ihren Mandibeln, die bei dieser Art scharf sind wie Rasierklingen. Sie pflanzten sie in unsere Stiefel, während wir uns mit Schaufel und Hacke weiter in Richtung Königin vorkämpften. Schließlich haben wir unseren Schatz gefunden. Ein Insekt, zehnmal größer als unsere europäischen Königinnen. Wir haben sie von allen Seiten genauestens fotografiert, während sie in ihrer Duftsprache sicher ein ums andere Mal *God save the Queen* rief … Das Ergebnis ließ nicht lange auf sich warten. Von überall her liefen Kriegerinnen zusammen und bildeten Klumpen auf unseren Füßen. Einigen gelang es sogar, über ihre Kolleginnen hinweg, die sich in das Gummi verbissen hatten, nach oben zu klettern. Von dort krabbelten sie uns unter die Hose, dann unters Hemd. Wir wurden alle zu Gullivern, aber unsere Liliputaner hatten nur den einen Gedanken, uns in mundgerechte Portionen zu zerlegen! Wir mussten vor allem aufpassen, dass sie nicht in unsere Körperöffnungen eindrangen: Nase, Mund, Anus, Trommelfell. Sonst ist es aus – sie graben sich innen durch!«

Jonathan schwieg beeindruckt. Der Professor schien die ganze Szene noch einmal zu erleben, er führte sie mit der Kraft des jungen Mannes vor, der er nicht mehr war.

»Wir gaben uns heftige Klapse, um sie zu vertreiben. Sie, sie orientierten sich an unserem Atem und unserem Schweiß. Wir hatten allesamt Yogaübungen gemacht, um langsam zu atmen und unsere Angst zu kontrollieren. Wir haben versucht, nicht zu denken, diese Trauben von Kriegerinnen zu vergessen, die uns töten wollten. Und wir haben zwei ganze Filme verknipst, zum Teil mit Blitz. Kaum waren wir damit fertig, sprangen wir alle aus dem Graben. Außer Edmond. Die Ameisen hatten ihn von Kopf bis Fuß eingehüllt, sie waren im Begriff, ihn aufzufressen! Wir haben ihn schnell an den Armen herausgezogen, ihn entkleidet und mit dem Buschmesser sämtliche Kiefer und Köpfe abgeschabt, die in seinem Körper steckten. Wir waren alle zerschunden, aber nicht so wie er mit seinen Stoffschuhen. Und vor allem: Er war in Panik geraten, er hatte Angstpheromone ausgeschieden.«

»Schrecklich.«

»Nein, prima, dass er mit dem Leben davongekommen ist. Das hat ihm übrigens die Ameisen nicht verleidet. Im Gegenteil, er wurde noch versessener darauf, sie zu studieren.«

»Und danach?«

»Er ist nach Paris zurückgekehrt. Wir haben nichts mehr von ihm gehört. Er hat seinen alten Rosenfeld kein einziges Mal angerufen, der Schuft. Schließlich habe ich in der Zeitung gelesen, dass er tot ist. Frieden seiner Asche.«

Er ging zum Fenster, um den Vorhang zur Seite zu schieben und ein altes Thermometer in emailliertem Blech zu betrachten.

»Hm, 30° mitten im April, unglaublich. Es wird von Jahr zu Jahr heißer. Wenn das so weitergeht, ist Frankreich in zehn Jahren ein tropisches Land.«

»Steht es so schlimm?«

»Man merkt es kaum, weil das langsam fortschreitet. Aber wir Insektenforscher stellen es an einigen ganz präzisen Details fest: Plötzlich gibt es im Pariser Becken Insektenarten, die für die Äquatorgegenden typisch sind. Ist Ihnen nie aufgefallen, dass die Schmetterlinge immer schillernder werden?«

»In der Tat, gestern habe ich einen auf einem Wagen gesehen, rot und schwarz schimmernd …«

»Wahrscheinlich eine fünffleckige Zygäne. Ein Giftschmetterling, der bislang nur in Madagaskar zu finden war. Wenn das so weitergeht … Können Sie sich vorstellen, Treiberameisen in Paris? Willkommen zur großen Panik. Das wäre ein lustiger Anblick …«

Nachdem er sich die Antennen gesäubert und einige warme Stücke der »eingetretenen« Pförtnerin verzehrt hat, huscht Nr. 327 durch die hölzernen Gänge. Das königliche Gemach ist in der Nähe, er kann es riechen. Zum Glück ist es 25°, bei dieser Temperatur ist in der Verbotenen Stadt nicht allzu viel Betrieb. Er dürfte sich ohne Schwierigkeiten hindurchschlängeln können.

Plötzlich nimmt er den Geruch von zwei Kriegerinnen wahr, die ihm entgegenkommen. Eine große und eine kleine. Und der Kleinen fehlen zwei Beine …

Sie saugen auf die Ferne gegenseitig ihre Düfte auf.

Unglaublich, das ist das Männchen!

Unglaublich, das sind die beiden!

Nr. 327 nimmt schleunigst Reißaus, um sie abzuhängen. Er kreist durch dieses dreidimensionale Labyrinth. Er verlässt die Verbotene Stadt. Die Pförtnerinnen halten ihn nicht auf, da sie nur darauf programmiert sind, zu verhindern, dass jemand von draußen nach drinnen eindringt. Seine Beine treten jetzt auf lockeren Boden. Er nimmt Kurve um Kurve.

Aber die beiden anderen sind auch sehr schnell und lassen sich nicht abschütteln. In diesem Moment rempelt das Männchen eine mit einem Grashalm beladene Arbeiterin an und stößt sie um. Das war keine Absicht, aber die Killerinnen mit dem Felsenduft werden in ihrem Schwung gebremst.

Er muss diese Atempause ausnutzen. Er versteckt sich schnell in einer Spalte. Die Hinkende nähert sich. Er zwängt sich noch ein wenig weiter in sein Versteck.

»Wo ist er hin?«

»Er ist wieder unten.«

»Wie, wieder unten?«

Lucie nahm Augustas Arm und führte sie zu der Kellertür.

»Seit gestern Abend steckt er da drin.«

»Und er ist immer noch nicht zurück?«

»Nein, ich weiß nicht, was da unten vorgeht, aber er hat mir strikt verboten, die Polizei anzurufen … Er ist schon ein paarmal da runtergegangen, und er ist jedes Mal zurückgekommen.«

Augusta war verblüfft.

»Das ist verrückt! Sein Onkel hat es ihm doch ausdrücklich verboten …«

»Jetzt nimmt er schon Berge von Werkzeugen mit, Stahlteile, große Betonplatten. Keine Ahnung, was er sich da unten zurechtbastelt …«

Lucie schlug die Hände vors Gesicht. Sie war am Ende, sie spürte, dass sie wieder depressiv wurde.

»Und wir können ihm nicht nachgehen und ihn suchen?«

»Nein. Er hat ein Schloss angebracht und von innen abgeschlossen.«

Augusta setzte sich mit betretener Miene.

»Also nein, also nein … Wenn ich gewusst hätte, dass Edmonds Geist so viel Scherereien macht …«

Spezialisten Die über Millionen von Jahren vollzogene Arbeitsaufteilung in den großen, modernen Ameisenstädten hat genetische Mutationen erzeugt.

So kommen bestimmte Ameisen mit riesigen, scherenförmigen Mandibeln zu Welt, um Soldaten zu werden; andere haben stumpfe Mandibeln, um Getreidemehl herzustellen; wieder andere sind mit hoch entwickelten Speicheldrüsen ausgestattet, um die jungen Larven zu befeuchten und zu desinfizieren.

Das ist ein wenig so, als kämen bei uns die Soldaten mit Fingern in Form von Messern zur Welt, die Bauern mit zangenartigen Füßen, damit sie die Obstbäume hinaufklettern können, die Ammen mit zehn Brüsten.

Aber von allen »berufsbedingten« Mutationen ist die für die Liebe am eindrucksvollsten.

Damit sich die Masse der Arbeiterinnen nicht durch erotische Triebe ablenken lässt, werden sie geschlechtslos geboren. Sämtliche Fortpflanzungsorgane sind den Spezialisten dafür vorbehalten: Männchen und Weibchen, die Prinzen und Prinzessinnen dieser parallelen Zivilisation.

Jene kommen einzig der Liebe wegen zur Welt, einzig zu diesem Zweck sind sie ausgerüstet. Sie verfügen über allerlei »Zubehör«, das ihnen bei ihrer Paarung dienlich ist. Das geht von den Flügeln über die Antennen, die fähig sind, abstrakte Emotionen auszutauschen, bis hin zu den Infrarot-Ozellen.

EDMOND WELLS
Enzyklopädie des relativen und absoluten Wissens. Bd. 1

Das Versteck ist keine Sackgasse, es führt zu einer kleinen Grotte. Nr. 327 kriecht hinein. Die Kriegerinnen mit dem Felsenduft gehen vorbei, ohne es zu entdecken. Die Grotte ist jedoch nicht unbewohnt. Jemand ist darin, warm und duftend. Jemand, der deutlich, klipp und klar wissen will:

Wer sind Sie?

Dank seiner Infrarot-Ozellen nimmt das Männchen das Tier wahr, das ihn befragt. Ein großes Tier, das schätzungsweise neunzig Sandkörner wiegt. Mindestens. Aber eine Soldatin ist das nicht. Das ist etwas, was es bislang noch nie gerochen, noch nie gesehen hat.

Ein Weibchen.

Und was für ein Weibchen! Feine Härchen, angenehm mit Sexualhormonen versehen, zieren die anmutig geschwungenen Beine. Die kräftigen Antennen knistern vor starken Düften. Die Augen mit den roten Reflexen sind wie Blaubeeren. Sie hat einen wuchtigen, glatten, stromlinienförmigen Hinterleib. Einen breiten Brustschild, darüber ein wunderbar körniges Mesonotum. Und schließlich lange Flügel, doppelt so groß wie seine.

Das Weibchen spreizt seine niedlichen kleinen Mandibeln und … springt dem Männchen an die Kehle, um es zu enthaupten.

Nr. 327 kann kaum schlucken, er bekommt keine Luft. In Anbetracht des fehlenden Duftausweises hat das Weibchen nicht vor, seinen Würgegriff zu lockern. Es hat einen Fremdkörper vor sich, den es zu vernichten gilt.

Aufgrund seines kleinen Wuchses kann sich Nr. 327 letztlich doch befreien. Er klettert auf die Schultern des Weibchens, presst dessen Kopf zusammen. Das Blatt wendet sich. Jetzt ist es an ihr, sich Sorgen zu machen. Sie wehrt sich.

Als ihre Kräfte schwinden, schiebt Nr. 327 seine Fühler vor. Er will sie nicht töten, will nur, dass sie ihm zuhört. Die Sache ist nicht einfach. Er will eine AK mit ihr. Ja, eine absolute Kommunikation.

Das Weibchen (Nr. 327 identifiziert seine Legenummer, sie ist die Nr. 56) spreizt die Antennen, meidet den Kontakt. Dann bäumt sie sich auf, um sich von ihm zu befreien. Aber das Männchen bleibt wie verwurzelt auf ihrem Mesonotum und verstärkt den Druck seiner Mandibeln. Wenn er so weitermacht, wird er ihr den Kopf ausrupfen wie Unkraut.

Sie hält still. Nr. 327 auch.

Mit ihren Ozellen, die ein Blickfeld von hundertachtzig Grad haben, kann sie den auf ihrem Thorax sitzenden Peiniger deutlich sehen. Er ist ganz klein.

Ein Männchen.

Sie erinnert sich an die Lektionen der Ammen:

Die Männchen sind Halbwesen. Im Gegensatz zu allen anderen Zellen der Stadt sind sie nur mit der Hälfte der Chromosomen ausgestattet. Sie gehen aus unbefruchteten Eiern hervor. Sie sind also große Eizellen oder vielmehr große Samenzellen, die im Freien leben.

Sie hat also eine Samenzelle auf dem Rücken, die sie erwürgen möchte. Die Vorstellung amüsiert sie fast. Warum werden bestimmte Eier befruchtet und andere nicht? Wahrscheinlich aufgrund der Temperatur. Unterhalb von 20° kann die Spermathek nicht aktiviert werden, und die Königin legt unbefruchtete Eier. Die Männchen sind also aus der Kälte hervorgegangen. Wie der Tod.

Zum ersten Mal sieht sie einen aus Fleisch und Chitin. Was hat er hier zu suchen, im Gemach der Jungfrauen? Dieser Bereich ist tabu, den weiblichen Zellen vorbehalten. Wenn irgendeine fremde Zelle in ihr zerbrechliches Heiligtum einbrechen kann, dann steht die Tür sämtlichen Infektionen offen!

Das Männchen Nr. 327 versucht erneut, den Antennenkontakt herzustellen. Aber das Weibchen lässt sich nicht überrumpeln.

Kaum spreizt er seine Antennen, klappt sie ihre auf den Kopf; kaum streift er das zweite Segment, zieht sie sie unverzüglich zurück. Sie will nicht.

Er erhöht den Druck seiner Kiefer, und es gelingt ihm, sein siebtes Antennensegment mit ihrem siebten in Berührung zu bringen. Das Weibchen Nr. 56 hat noch nie mit jemandem auf diese Weise in Verbindung gestanden. Man hat sie gelehrt, jeglichen Kontakt zu meiden, lediglich Düfte auszuscheiden oder aus der Luft zu empfangen. Aber sie weiß, dass diese ätherische Kommunikation trügerisch ist. Belo-kiu-kiuni hat eines Tages ein diesbezügliches Pheromon ausgestoßen:

Zwischen zwei Gehirnen gibt es stets allerlei Unverständnis und Lügen, hervorgerufen durch parasitäre Düfte, Luftströme und die schlechte Qualität von Sender und Empfang.

Das einzige Mittel, diese Unannehmlichkeiten abzustellen: die absolute Kommunikation. Der direkte Kontakt der Antennen. Der ungestörte Übergang der Informationen von einem Gehirn zum anderen.

Ihr kommt das wie eine Entjungferung ihres Geistes vor. Jedenfalls etwas, das hart und unbekannt für sie ist.

Aber sie hat keine Wahl. Wenn er weiter so zudrückt, wird er sie töten. Sie zieht die Antennen auf ihre Schultern zurück zum Zeichen der Unterwerfung.

Die AK kann beginnen. Die beiden Antennenpaare rücken entschlossen zusammen. Leichter elektrischer Schlag. Die Nervosität. Langsam, dann immer schneller, reiben die beiden Insekten ihre gezackten elf Segmente aneinander. Ein Schaum bildet sich, mit konfusen Äußerungen gefüllt und voller Bläschen. Diese fette Substanz schmiert die Antennen ein und ermöglicht es, den Rhythmus des Reibens noch zu beschleunigen. Die beiden Insektenköpfe beben eine Weile unkontrolliert, dann beenden die Antennenstängel ihren Tanz und pressen sich der Länge nach aneinander. Jetzt gibt es nur ein Wesen mit zwei Köpfen, zwei Körpern und einem einzigen Antennenpaar.

Das Wunder der Natur vollzieht sich. Die Pheromone wandern über die Tausend und Abertausend kleinen Poren und Kapillaren der Segmente von einem Körper in den anderen. Das Denken vereint sich. Die Gedanken werden nicht mehr kodiert oder dekodiert. Sie werden in ihrem Zustand ursprünglicher Schlichtheit überreicht: Bilder, Musik, Gefühle, Düfte.

Und in dieser ganz und gar unmittelbaren Sprache erzählt das 327. Männchen dem 56. Weibchen sein ganzes Abenteuer: die Vernichtung der Expedition, die Duftspuren der Zwerginnen, sein Treffen mit der Mutter, wie man versucht hat, ihn auszuschalten, vom Verlust seines Duftausweises, seinem Kampf mit der Pförtnerin, und von den Killerinnen mit dem Felsengeruch, die immer noch hinter ihm her sind.

Kaum ist die AK beendet, zieht sie ihre Antennen zum Zeichen des Wohlwollens zurück. Er steigt von ihrem Rücken.

Jetzt ist er ihr ausgeliefert, sie kann ihm mühelos den Garaus machen. Sie kommt näher, Mandibeln weit aufgesperrt, und … überträgt ihm einige ihrer »Pass«-Pheromone. Damit ist er vorläufig aus dem Schneider. Sie schlägt ihm eine Trophallaxis vor. Er willigt ein. Dann lässt sie ihre Flügel kreisen, um sämtliche Ausdünstungen ihrer Unterhaltung zu verwehen.

Endlich. Er hat es geschafft, jemand zu überzeugen. Die Information ist angekommen, ist von einer anderen Zelle verstanden, akzeptiert worden.

Er hat seine Arbeitsgruppe gegründet.

Zeit Die Wahrnehmung des Ablaufs der Zeit ist bei Menschen und Ameisen völlig verschieden. Für die Menschen ist die Zeit absolut. Die Dauer einer Sekunde ist stets und immer wieder gleich, einerlei, was passiert.

Bei den Ameisen hingegen ist die Zeit relativ. Wenn es warm ist, sind die Sekunden sehr kurz. Wenn es kalt ist, dehnen sie sich endlos in die Länge, bis hin zum winterlichen Bewusstseinsverlust.

Diese elastische Zeit verleiht ihnen eine Wahrnehmung der Geschwindigkeit der Dinge, die sich von unserer grundlegend unterscheidet. Um eine Bewegung zu definieren, zählt für die Insekten nicht nur der Raum und die Zeit, sie fügen eine dritte Dimension hinzu: die Temperatur.

EDMOND WELLS

Enzyklopädie des relativen und absoluten Wissens, Bd. 1

Fortan sind sie zu zweit darum bemüht, möglichst viele Schwestern von der Bedeutung der »Affäre der zerstörerischen Geheimwaffe« zu überzeugen. Es ist noch nicht zu spät. Sie müssen jedoch zwei Punkte in Betracht ziehen. Zum einen wird es ihnen vor dem Fest der Wiedergeburt, das sämtliche Energien in Anspruch nehmen wird, nicht gelingen, genügend Arbeiterinnen auf ihre Seite zu ziehen. Sie brauchen also einen dritten Komplizen. Zum anderen müssen sie Vorsorge treffen für den Fall, dass die Kriegerinnen mit dem Felsenduft wieder auftauchen. Sie brauchen ein Versteck.

Nr. 56 schlägt ihr Gemach vor. Sie hat dort einen Geheimgang gegraben, der ihr im Notfall die Flucht ermöglicht. Nr. 327 ist nicht sonderlich überrascht. Das ist zurzeit schwer in Mode, Geheimgänge zu graben. Angefangen hat das vor hundert Jahren, während des Krieges gegen die Leimspuckerinnen. Eine Königin einer föderierten Stadt, Ha-yekte-duni, hatte sich in einen Sicherheitswahn gesteigert. Sie hatte sich eine »gepanzerte« Verbotene Stadt bauen lassen. Die Seitenwände waren mit dicken Kieselsteinen bewehrt, die wiederum mit Termitenzement zusammengefügt waren!

Das Problem war, dass es nur einen Ausgang gab. So dass sie in ihrem eigenen Palast festsaß, als ihre Stadt von den Einheiten der leimspuckenden Ameisen umzingelt wurde. Die Leimspuckerinnen hatten keine Schwierigkeiten, sie zu fangen und in ihrem ekelhaften, schnell trocknenden Klebstoff zu ersticken. Die Königin Ha-yekte-duni wurde in der Folge gerächt und ihre Stadt befreit, aber ihr so schreckliches wie dummes Ende prägte auf lange Zeit das Denken der Belokanerinnen.

Da Ameisen den ungeheuren Vorteil haben, mit einem einzigen Mandibelhieb die Form ihrer Behausung verändern zu können, begann jeder, seinen Geheimgang zu bohren. Eine Ameise, die ihr Loch gräbt, das mag noch angehen, aber wenn sich eine Million daranmacht, ist das eine Katastrophe. Die »offiziellen« Gänge brachen zusammen, so sehr waren sie von den »Privatgängen« unterhöhlt. Man benutzte seinen Geheimgang und landete dabei in einem wahren Labyrinth, das von »denen der anderen« gebildet wurde. Das ging so weit, dass ganze Viertel baufällig wurden und sogar die Zukunft von Bel-o-kan gefährdet war.

Belo-kiu-kiuni hatte dem einen Riegel vorgeschoben. Niemand durfte mehr auf eigene Faust graben. Aber wie sollte man sämtliche Gemächer kontrollieren?

Nr. 56 schiebt einen kleinen Stein zur Seite, der eine dunkle Öffnung freigibt. Dort ist es. Nr. 327 untersucht das Versteck, findet es perfekt. Bleibt nur noch, einen dritten Komplizen aufzustöbern. Sie gehen hinaus, verschließen das Loch sorgfältig. Das Weibchen Nr. 56 meint:

Wir nehmen die Erstbeste. Lass mich machen.

Schon bald begegnen sie jemandem, einer großen geschlechtslosen Soldatin, die ein Stück eines Schmetterlings mit sich schleift. Das Weibchen redet sie von weitem mit emotionsgeladenen Botschaften an, spricht von einer großen Bedrohung für das Volk. Sie bedient sich der Sprache der Emotionen mit solch virtuoser Feinheit, dass das Männchen bass erstaunt ist. Die Soldatin lässt augenblicklich ihr Wildbret fallen und kommt herbei.

Eine große Bedrohung für das Volk? Wo, wer, inwiefern, warum?

Das Weibchen schildert ihr kurz die Katastrophe, die die erste Expedition des Frühjahrs ereilt hat. Ihre Art, sich auszudrücken, verströmt köstliche Düfte. Sie hat bereits den Anmut und das Charisma einer Königin. Die Kriegerin ist schnell gewonnen.

Wann ziehen wir los? Wie viel Soldatinnen brauchen wir, um die Zwerginnen anzugreifen?

Sie stellt sich vor. Sie ist die geschlechtslose Nr. 103 683 aus dem Gelege des vergangenen Sommers. Ein großer, leuchtender Schädel, lange Mandibeln, Augen kaum vorhanden, kurze Beine, kurzum, eine mächtige Verbündete. Und eine geborene Enthusiastin. Das Weibchen Nr. 56 muss ihren Feuereifer sogar zügeln.

Sie erklärt ihr, dass es unter ihnen, inmitten des Volkes, Spioninnen gibt, womöglich Söldnerinnen, die für die Zwergameisen arbeiten und verhindern sollen, dass die Belokanerinnen das Rätsel der geheimen Waffe lösen.

Man erkennt sie an ihrem charakteristischen Felsengeruch. Wir müssen schnell machen.

Verlasst euch auf mich.

Sie teilen untereinander die Stadt in Zonen für die Einflussnahme auf. Nr. 327 wird sich bemühen, die Ammen des Solariums zu überzeugen, die im Allgemeinen recht naiv sind.

Nr. 103 683 wird versuchen, Soldatinnen anzuheuern. Wenn es ihr gelingt, ein Heer aufzustellen, wäre das schon toll.

Ich kann auch die Kundschafterinnen befragen, um weitere Informationen über diese Geheimwaffe der Zwerginnen zu erhalten.

Nr. 56 wird ihrerseits die Pilzkulturen und die Stallungen aufsuchen, um strategische Unterstützung zu erlangen.

Treffpunkt 23°-Zeit an gleicher Stelle, um Bilanz zu ziehen.

Diesmal lief im Fernsehen, im Rahmen der Serie »Kulturen der Welt«, ein Bericht über japanische Sitten:

»Die Japaner, ein Inselvolk, leben seit Jahrtausenden in Autarkie. Die Welt ist für sie zweigeteilt: die Japaner und die anderen, die Fremden mit den unbegreiflichen Bräuchen, die Barbaren, bei ihnen Gaijin genannt. Die Japaner haben von jeher einen sehr ausgeprägten Nationalsinn. Lässt sich beispielsweise ein Japaner in Europa nieder, wird er automatisch aus der Gruppe ausgeschlossen. Kommt er dann ein Jahr später zurück, sehen ihn seine Eltern nicht mehr als einen der Ihren an. Bei den Gaijin leben heißt ihren Geist annehmen, mit anderen Worten: ein Gaijin werden. Selbst seine Freunde aus der Kindheit werden ihn behandeln wie irgendeinen Touristen.«

Auf dem Bildschirm zogen die Bilder verschiedener Tempel und heiliger Shinto-Schreine vorbei. Die Stimme aus dem Off fuhr fort:

»Ihre Vorstellung von Leben und Tod unterscheidet sich von unserer. Hier hat der Tod eines Individuums keine große Bedeutung. Besorgniserregend ist der Verlust einer produktiven Zelle. Um den Tod zu zähmen, lieben es die Japaner, die Kunst des Kampfes zu kultivieren. Das Kendo wird von der Grundschule an gelehrt …«

Zwei Kämpfende, gekleidet wie alte Samurai, tauchten auf dem Bildschirm auf. Ihre Oberkörper waren mit schwarzen, beweglichen Platten bedeckt. Auf dem Kopf trugen sie einen ovalen, mit zwei langen Federn in Ohrhöhe geschmückten Helm. Sie stürzten mit einem Kriegsschrei aufeinander zu, begannen mit ihren langen Schwertern zu fechten.

Neue Bilder. Ein Mann sitzt auf seinen Fersen und hält mit beiden Händen ein kurzes Schwert gegen seinen Bauch.

»Der rituelle Selbstmord, Seppuku, ist ein weiteres Kennzeichen der japanischen Kultur. Es ist für uns sicher schwer zu verstehen, was …«

»Fernsehen, immer nur Fernsehen! Da wird man blöd von! Ständig werden einem die gleichen Bilder in den Kopf gepfropft. Die erzählen doch nur irgendwas. Habt ihr nicht langsam die Nase voll?«, schrie Jonathan, der seit einigen Stunden zurück war.

»Lass ihn. Das beruhigt ihn. Seit dem Tod des Hundes geht es ihm nicht so gut …«, sagte Lucie mit mechanischer Stimme.

Er streichelte seinem Sohn über das Kinn.

»Geht's meinem Großen nicht so toll, wie?«

»Pst, ich kann nichts hören.«

»Hoppla! Wie redet der jetzt mit uns!«

»Wie redet er mit dir! Du musst zugeben, er sieht dich nicht sehr oft. Kein Wunder, dass er dir ein wenig die kalte Schulter zeigt.«

»He, Nicolas! Hast du die vier Dreiecke geschafft?«

»Nein, das geht mir auf die Nerven. Ich will das hier hören.«

»Na schön, wenn dir das auf die Nerven geht ...«

Jonathan spielte nachdenklich mit den Streichhölzern, die auf dem Tisch liegen.

»Schade. Das ist ... lehrreich.«

Nicolas hörte nicht hin; sein Verstand war direkt an den Fernseher angeschlossen. Jonathan ging in sein Zimmer.

»Was machst du?«, fragte Lucie.

»Das siehst du doch, ich packe meine Sachen. Ich gehe wieder hinunter.«

»Was? O nein!«

»Ich habe keine Wahl.«

»Jonathan, sag mir endlich, was gibt es da unten, das dich so fasziniert? Immerhin bin ich deine Frau!«

Er gab keine Antwort. Seine Augen wichen ihr aus. Und immer wieder dieses unschöne Zucken. Des Streitens müde, seufzte sie:

»Hast du die Ratten getötet?«

»Meine bloße Gegenwart reicht, um sie auf Distanz zu halten. Wenn nicht, dann komme ich ihnen damit.«

Er zückte ein großes Küchenmesser, das er ausgiebig geschärft hatte. Mit der anderen Hand griff er nach seiner Taschenlampe und ging zur Kellertür, einen Rucksack mit reichlich Proviant und modernstem Schlosserwerkzeug umgeschnallt. Er sagte lediglich:

»Auf Wiedersehen, Nicolas. Auf Wiedersehen, Lucie.«

Lucie wusste nicht, was sie tun sollte. Sie packte Jonathans Arm.

»So kannst du nicht gehen! Du machst es dir zu einfach. Du musst mit mir reden!«

»Ah, ich bitte dich!«

»Wie soll ich's dir nur sagen? Du bist nicht mehr derselbe, seit du in diesen verdammten Keller gegangen bist. Wir haben kein Geld mehr, und du kaufst für mindestens fünftausend Franc Zeug und Bücher über Ameisen.«

»Ich interessiere mich für die Schlosserei und für Ameisen. Das ist mein gutes Recht.«

»Nein, das ist nicht dein Recht. Nicht, wenn du einen Sohn und eine Frau zu ernähren hast. Wenn du das ganze Arbeitslosengeld für Bücher über Ameisen ausgibst, werde ich mich noch …«

»Scheiden lassen? Wolltest du das sagen?«

Niedergeschlagen ließ sie seinen Arm los.

»Nein.«

Er fasste sie an den Schultern. Zuckender Mundwinkel.

»Du musst mir vertrauen. Ich darf nicht auf halbem Weg stehen bleiben. Ich bin nicht verrückt.«

»Ach nein? Schau dich doch an! Du bist leichenblass, man könnte meinen, du hast ständig Fieber!«

»Mein Körper altert, mein Kopf wird jünger.«

»Jonathan, sag mir, was da unten vorgeht!«

»Aufregende Dinge. Man muss tiefer gehen, immer tiefer, wenn man eines Tages wieder hinaufkommen will … Weißt du, das ist wie ein Schwimmbad, erst auf dem Grund findet man Halt, um nach oben zu gelangen.«

Und er brach in ein irres Lachen aus, das noch dreißig Sekunden später unheimlich die Wendeltreppe heraufschallte.

35. OG. Die feine Schicht aus dünnen Zweigen hat die Wirkung eines Kirchenfensters. Die Sonnenstrahlen dringen gleißend durch diesen Filter, um wie ein Sternenregen auf den Boden zu fallen. Wir sind im Solarium der Stadt, der »Fabrik«, in der die belokanischen Bürger erzeugt werden.

Es herrscht eine fürchterliche Hitze. 38°. Das ist normal; das Solarium liegt nach Süden, damit es so lange wie möglich der Glut des weißen Gestirns ausgesetzt ist. Manchmal steigen die Temperaturen durch den Katalysatoreffekt der Zweige auf bis zu 50° an.

Hunderte von Beinen sind in emsiger Bewegung. Am zahlreichsten ist die Kaste der Ammen vertreten. Sie schichten die Eier auf, die Belo-kiu-kiuni gelegt hat. Vierundzwanzig Stapel bilden einen Haufen, vierzig Haufen eine Reihe. Die Reihen verlieren sich in der Ferne.

Wenn eine Wolke für Schatten sorgt, verschieben die Ammen die Stapel. Die jüngsten müssen stets gut gewärmt sein. »Feuchte Hitze für die Eier, trockene Hitze für die Kokons«, so ein altes Ameisenrezept, um schöne Junge zu erzeugen.

Links sieht man Arbeiterinnen, die damit beschäftigt sind, schwarze Holzbröckchen zu stapeln, in denen sich die Hitze speichert, und kompostierte Humusstückchen, die Hitze erzeugen. Dank dieser beiden »Radiatoren« weist das Solarium ständig eine Temperatur zwischen 25° und 40° auf, selbst wenn die Außentemperatur nur 15° beträgt.

Artilleristinnen gehen auf und ab. Für den Fall, dass sich ein Grünspecht blicken lässt ...

Rechts erkennt man ältere Eier. Eine lange Metamorphose: Durch das dauernde Lecken der Ammen und mit dem Verstreichen der Zeit werden die kleinen Eier größer und gelb. Nach ein bis sieben Wochen verwandeln sie sich in Larven mit goldfarbenen Härchen. Auch das hängt von der Witterung ab.

Die Ammen sind äußerst konzentriert. Sie sparen weder mit ihrem antibiotischen Speichel, noch lassen sie in ihrer Aufmerksamkeit nach. Nicht der geringste Dreck darf die Eier besudeln. Sie sind so zerbrechlich. Selbst die Dialogpheromone werden auf das Allernötigste beschränkt.

Hilf mir, sie in diese Ecke zu tragen ... Achtung, dein Stapel droht einzustürzen ...

Eine Amme transportiert eine Larve, die doppelt so groß ist wie sie selbst. Bestimmt eine Artilleristin. Sie setzt die »Waffe« in einer Ecke ab und beleckt sie.

In der Mitte dieses weitläufigen Brutkastens schreien Haufen von Larven, deren zehn Körpersegmente sich allmählich abzeichnen, nach ihrem Futter. Sie schütteln den Kopf hin und her, recken den Hals und lamentieren so lange, bis sich die Ammen dazu bequemen, ihnen ein wenig Honigtau oder ein Stück Insektenfleisch zu verabreichen.

Nach drei Wochen, wenn sie genügend »gereift« sind, hören die Larven auf, zu fressen und sich zu bewegen. Es folgt eine Pause der

Lethargie, in der sie sich auf die große Anstrengung vorbereiten. Sie sammeln ihre Energien, um den Kokon auszuscheiden, der sie in Puppen verwandeln wird.

Die Ammen schleppen diese dicken gelben Pakete in einen benachbarten Saal, der mit Sand gefüllt ist, um die Luftfeuchtigkeit zu absorbieren. »Feuchte Hitze für die Eier, trockene Hitze für die Kokons«, man kann es nicht oft genug wiederholen.

In diesem Brutofen wird der weiße Kokon mit dem bläulichen Schimmer gelb, dann grau, schließlich braun. Der Stein der Weisen in umgekehrter Richtung. Unter der Schale vollzieht sich das Wunder der Natur. Alles ändert sich. Nervensystem, Atmungs- und Verdauungsapparat, Sinnesorgane, Panzer …

Die in diesem Brutkasten untergebrachte Puppe wird in wenigen Tagen anschwellen. Das Ei kocht, der große Augenblick naht. Die Puppe, die kurz davor ist, auszuschlüpfen, wird zur Seite gezogen, zu den anderen, die sich im gleichen Zustand befinden. Die Ammen schlitzen behutsam den Schleier des Kokons auf, legen eine Antenne frei, ein Bein, bis eine Art weiße Ameise erscheint, die zittert und wankt. Ihr noch weiches und helles Chitin wird in einigen Tagen so rot sein wie das der anderen Belokanerinnen.

Nr. 327, der inmitten dieses Trubels steht, weiß nicht, an wen er sich wenden soll. Er stößt einen schwachen Duft in Richtung einer Amme aus, die einem Neugeborenen hilft, die ersten Schritte zu tun.

Es ist etwas Wichtiges passiert.

Die Amme wendet nicht einmal den Kopf. Sie gibt einen Satz von sich, dessen Duft kaum wahrnehmbar ist.

Pst. Es gibt nichts Wichtigeres als die Geburt eines Wesens.

Eine Artilleristin stößt ihn zur Seite, indem sie mit den keulenartigen Enden ihrer Fühler auf ihn einklopft. Tipp, tipp, tipp.

Sie dürfen nicht stören. Gehen Sie.

Er hat nicht das richtige Niveau an Energie, er vermag andere nicht zu überzeugen. Ah, wenn er die Begabung von Nr. 56 hätte! Dennoch versucht er sein Glück bei anderen Ammen, doch sie schenken ihm nicht die geringste Aufmerksamkeit. Allmählich fragt er sich, ob seine Mission wirklich so bedeutsam ist, wie er glaubt. Vielleicht hat Belo-kiu-kiuni Recht. Es gibt wichtigere Aufgaben. Zum Beispiel das Leben zu erhalten, fortzupflanzen, statt einen Krieg vom Zaun zu brechen.

Während er noch bei diesem merkwürdigen Gedanken ist, streift ein Strahl Ameisensäure seine Antennen! Eine Amme hat ihn abgefeuert. Sie hat den Kokon fallen lassen, der ihr anvertraut war, und auf ihn angelegt. Zum Glück hat sie schlecht gezielt.

Er saust los, um die Terroristin zu fassen, aber sie ist bereits in die erste Krippe davongelaufen und hat einen Stapel Eier umgestoßen, um ihm den Weg zu versperren. Die Schalen zerbrechen und eine transparente Flüssigkeit läuft aus.

Sie hat Eier zerstört! Was ist in sie gefahren? Es herrscht helle Aufregung, die Ammen laufen kreuz und quer, voller Sorge, die im Entstehen begriffene Generation zu schützen.

Nr. 327 erkennt, dass er die Flüchtige nicht einholen kann. Also schiebt er den Hinterleib unter seinen Thorax und legt seinerseits an. Aber bevor er zum Schießen kommt, wird sie bereits von einer Artilleristin getroffen, die sie beim Umstoßen der Eier beobachtet hat.

Ein Auflauf bildet sich um den von der Ameisensäure verätzten Körper. Nr. 327 neigt seine Antennen über den Kadaver. Kein Zweifel, er verströmt einen schwachen Geruch. Einen Felsenduft.

Soziabilität Bei den Ameisen wie bei den Menschen ist die Soziabilität vorherbestimmt. Die neugeborene Ameise ist zu schwach, um den Kokon, der sie umhüllt, allein zu durchbrechen. Das menschliche Baby ist nicht einmal in der Lage, sich fortzubewegen oder sich allein zu ernähren.

Ameisen und Menschen sind beides Arten, die sich so entwickelt haben, dass sie auf die Hilfe ihrer Umgebung angewiesen sind; sie können nicht allein, von sich aus lernen.

Diese Abhängigkeit von den Erwachsenen ist sicher eine Schwäche, aber sie leitet einen anderen Prozess ein: den der Suche nach Wissen. Wenn die Erwachsenen in der Lage sind zu überleben, die Jungen jedoch noch nicht, dann sind Letztere von Beginn an gezwungen, von den Älteren die Vermittlung von Kenntnissen zu verlangen.

EDMOND WELLS
Enzyklopädie des relativen und absoluten Wissens, Bd. 1

20. UG. Das Weibchen Nr. 56 ist noch nicht dazu gekommen, mit den Bäuerinnen über die Geheimwaffe der Zwerginnen zu reden, denn was sie da sieht, fesselt sie viel zu sehr, als dass sie irgendetwas äußern könnte.

Da die Kaste der Weibchen besonders wertvoll ist, bleiben diese während ihrer ganzen Kindheit in ihrer Kammer eingesperrt. Oft kennen sie von der Welt nicht viel mehr als ein paar Hundert Gänge, und nur wenige von ihnen haben sich bereits über das 10. Ober- oder das 10. Untergeschoss hinausgewagt.

Einmal hat Nr. 56 versucht, hinauszugehen und die Große Außenwelt zu betrachten, von der ihr die Ammen erzählt hatten, aber die Schildwachen haben sie zurückgedrängt. Man könne zwar mehr oder weniger ihre Gerüche tarnen, nicht aber ihre langen Flügel. Also haben ihr die Wachen erzählt, dass draußen riesige Ungetüme lauerten. Sie fräßen die kleinen Prinzessinnen auf, die vor dem Fest der Wiedergeburt hinauswollten. Seitdem war Nr. 56 zwischen Neugier und Schrecken hin und her gerissen.

Im 20. Untergeschoss angelangt, wird ihr klar, dass sie, bevor sie die wilde Große Außenwelt erkundet, noch viele Wunder in ihrer eigenen Stadt zu entdecken hat. Hier sieht sie zum ersten Mal die Pilzkulturen.

In der belokanischen Mythologie heißt es, dass die ersten Pilzkulturen im fünfzigtausendsten Jahrtausend, während des Getreidekrieges, entdeckt wurden. Ein Artilleristinnenkommando hatte eine Termitenstadt eingenommen. Plötzlich stießen sie auf einen Saal mit kolossalen Ausmaßen. In der Mitte erhob sich ein riesiger weißer Kuchen, den die Termitenarbeiterinnen unaufhörlich polierten.

Sie hatten ihn probiert und äußerst schmackhaft gefunden. Das war … das war wie ein ganzes essbares Dorf! Gefangene gestanden, dass es sich um Pilze handelte. Tatsächlich leben die Termiten nur von Zellulose; da sie diese jedoch nicht verdauen können, greifen sie auf jene Pilze zurück, um damit die Zellulose zu assimilieren.

Die Ameisen verdauen Zellulose zwar sehr gut und sind nicht auf derlei Tricks angewiesen, aber den Vorteil, solche Kulturen innerhalb ihrer Stadt zu besitzen, erfassten sie nichtsdestoweniger: Das gab ihnen die Möglichkeit, Belagerungen und Hungersnöten zu trotzen.

Heute werden in den großen Sälen im 20. UG von Bel-o-kan die Stämme ausgewählt. Die Ameisen verwenden allerdings nicht mehr die gleichen Pilze wie die Termiten – in Bel-o-kan werden vor allem Lamellenpilze angebaut. Und ausgehend von diesen landwirtschaftlichen Tätigkeiten hat sich eine ganze Technologie entwickelt.

Nr. 56 irrt zwischen den Beeten dieses weißen Gartens umher. Auf einer Seite bereiten Arbeiterinnen das »Bett« vor, auf dem der Pilz wachsen wird. Sie schneiden Blätter in kleine Vierecke, die anschließend zerkratzt, zerstoßen, durchgeknetet und zu einer Paste verarbeitet werden. Die Blätterpaste wird auf einen aus Exkrementen gebildeten Kompost aufgetragen (die Ameisen sammeln ihre Exkremente in dafür vorgesehenen Becken) und mit Speichel befeuchtet. Die Arbeit, dieses Erzeugnis zum Keimen zu bringen, wird der Zeit überlassen.

Die bereits vergorenen Pasten sind von einem Knäuel weißer essbarer Fasern umgeben. Dort links sind welche zu sehen. Die Arbeiterinnen begießen sie daraufhin mit ihrem desinfizierenden Speichel und schneiden alles ab, was über den kleinen weißen Kegel hinausragt. Wenn man die Pilze wachsen ließe, würden sie bald den Saal sprengen. Aus den von den Arbeiterinnen mit den flachen Mandibeln abgeschnittenen Fasern wird ein ebenso schmackhaftes wie stärkendes Mehl gewonnen.

Auch dort sind die Arbeiterinnen höchst konzentriert. Nicht das geringste Unkraut, nicht der geringste parasitäre Pilz darf von ihren Anstrengungen profitieren.

Unter diesen nicht gerade günstigen Umständen versucht Nr. 56, einen Antennenkontakt mit einer Gärtnerin herzustellen, die gerade sorgfältig einen der weißen Kegel beschneidet.

Eine große Gefahr bedroht die Stadt. Wir brauchen Hilfe. Wollt ihr euch unserer Arbeitszelle anschließen?

Was für eine Gefahr?

Die Zwerginnen haben eine Geheimwaffe von verheerender Wirkung entdeckt. Wir müssen so schnell wie möglich handeln.

Die Gärtnerin fragt sie sanftmütig, was sie von ihrem Pilz hält, einem schönen Lamellenpilz. Nr. 56 beglückwünscht sie dazu. Die andere bietet ihr an, davon zu kosten. Das Weibchen beißt in die weiße Paste und verspürt sogleich ein heftiges Brennen in ihrer Speiseröhre. Gift! Der Lamellenpilz ist mit Myrmicacin getränkt worden, einer tödlichen Säure, die normalerweise in verdünnter Form als Unkrautvertilgungsmittel verwendet wird. Nr. 56 hustet und spuckt die giftige Speise rechtzeitig wieder aus. Die Gärtnerin hat von ihrem Pilz gelassen und springt ihr mit geöffneten Mandibeln an die Brust.

Sie wälzen sich in dem Kompost, biegen ihre Antennenkeulen ruckartig zurück und schlagen einander auf den Schädel. *Klack! Klack! Klack!* Die Schläge geschehen in der eindeutigen Absicht zu töten. Die Bäuerinnen trennen die beiden.

Was ist denn mit euch los?

Die Gärtnerin flieht. Nr. 56 öffnet ihre Flügel, setzt ihr mit einem wunderbaren Sprung nach und presst sie auf den Boden. In diesem Augenblick identifiziert sie einen schwachen Felsengeruch. Kein Zweifel, auch sie ist an ein Mitglied dieser unerhörten Mörderbande geraten.

Sie kneift ihr in die Antennen.

Wer bist du? Warum hast du versucht, mich zu töten? Woher kommt dieser Duft nach Felsen?

Schweigen. Sie verdreht ihr die Antennen. Das ist sehr schmerzhaft, die Gärtnerin beginnt zu strampeln, antwortet jedoch nicht. Es ist an sich nicht die Art von Nr. 56, einer Schwesterzelle wehzutun, dennoch verdreht sie die Antennen weiter.

Die andere rührt sich nicht. Sie ist in die freiwillige Starre eingetreten. Ihr Herz schlägt kaum noch, sie wird bald sterben. Verärgert trennt ihr Nr. 56 beide Antennen ab, aber sie ereifert sich nur noch an einem Kadaver.

Die Bäuerinnen umringen sie erneut.

Was ist los? Was haben Sie mit ihr gemacht?

Nr. 56 hält dies nicht für den geeigneten Moment, sich zu rechtfertigen. Es ist besser, sich aus dem Staub zu machen, was ihr mit einem Flügelschlag auch gelingt. Nr. 327 hat Recht. Es spielt sich etwas Unglaubliches ab: Da sind Zellen verrückt geworden, inmitten des Volkes.

ZWEI

IMMER TIEFER

45. UG: Die 103 683. Geschlechtslose dringt in die Kampfsäle ein, Räume mit niedrigen Decken, in denen die Soldatinnen im Hinblick auf die Frühjahrskriege üben.

Überall duellieren sich Kriegerinnen. Die Kontrahentinnen tasten zunächst einander ab, um ihren Wuchs und die Größe der Beine abzuschätzen. Sie drehen sich, befühlen die Flanken, ziehen sich an den Haaren, scheiden herausfordernde Düfte aus, kitzeln sich mit dem keulenartigen Ende ihrer Antennen.

Schließlich stürmen sie aufeinander los. Zusammenprall der Panzer. Beide bemühen sich, die Gelenke des Thorax der anderen zu packen. Sobald es einer gelungen ist, versucht die andere, ihr in die Knie zu beißen. Ihre Bewegungen sind ruckartig. Sie richten sich auf den beiden Hinterbeinen auf, stürzen, wälzen sich wütend.

Üblicherweise verharren sie reglos, wenn sie einmal zugepackt haben, dann plötzlich schlagen sie auf ein anderes Glied. Achtung, das ist nur Training, es wird nichts gebrochen, es fließt kein Blut. Der Kampf ist beendet, wenn eine der beiden Ameisen auf dem Rücken liegt. Dann biegt sie ihre Antennen zum Zeichen der Aufgabe zurück. Trotzdem sind diese Duelle sehr realistisch. Oftmals wird ein Griff in den Augen angesetzt, um Halt zu finden. Die Mandibeln knallen in der Luft zusammen.

In einiger Entfernung sitzen Artilleristinnen auf ihren Hinterleibern und schießen auf Kieselsteine, die fünfhundert Kopf weit weg aufgestellt sind. Nicht selten treffen die Säurestrahlen ihr Ziel.

Eine alte Kriegerin erklärt einer Anfängerin, dass sich alles eigentlich schon vor dem Zusammenprall entscheidet. Mandibeln oder Säurestrahl bestätigen nur eine Überlegenheit, die bereits vorher von den beiden Streitenden anerkannt wird. Schon vor der Auseinandersetzung gibt es unweigerlich einen, der beschlossen hat zu siegen, und einen, der darin einwilligt, besiegt zu werden. Das ist nur eine Frage der Rollenaufteilung. Wenn jeder erst einmal seine Wahl getroffen hat, kann der Sieger einen Säurestrahl abfeuern, ohne zu zielen, er wird ins Schwarze treffen; und der Besiegte kann noch so gut mit den Mandibeln zuschnappen, er wird seinen Gegner nicht einmal verletzen. Ein einziger Ratschlag nur: Man muss den Sieg akzeptieren. Das Ganze ist eine Sache des Kopfes. Man muss den Sieg akzeptieren, und nichts wird einem widerstehen.

Zwei Duellanten rempeln die 103 683. Soldatin an. Sie stößt sie kräftig zurück und geht weiter. Sie sucht das Quartier der Söldnerinnen, das unterhalb der Kampfarena eingerichtet ist. Da ist der Durchgang.

Der Saal ist noch größer als der Saal der Kriegerinnen. Die Söldnerinnen leben allerdings ständig in ihrem Trainingsraum. Sie sind nur für den Krieg da. Sämtliche Volksstämme der Gegend sind dort in enger Berührung, verbündete Stämme und unterworfene Stämme: gelbe Ameisen, rote Ameisen, schwarze Ameisen, Leimspuckerinnen, primitive Ameisen mit Giftstachel und sogar Zwergameisen.

Auch das geht noch auf die Termiten zurück, die Idee nämlich, fremde Bevölkerungen zu ernähren, um sie dazu zu bringen, sich im Falle einer Invasion auf die Seite der Belokanerinnen zu schlagen.

Was die Ameisenstädte anging, war es durchaus schon vorgekommen, dass sie sich aufgrund diplomatischer Feinheiten mit den Termiten gegen andere Ameisen verbündet hatten.

Das hatte folgende Überlegung ausgelöst: Warum nicht einfach Ameisenlegionen aufstellen, die sich ständig in dem Termitenhügel aufhielten? Die Idee war revolutionär. Und die Überraschung war gewaltig, als sich die Ameisenheere Schwestern von ihrer eigenen Art gegenübersahen, die für die Termiten kämpften. In diesem Fall hatte sich die Ameisenzivilisation, die sich so prompt anzupassen wusste, ein wenig übernommen.

Gerne hätten die Ameisen als Reaktion ihre Feinde kopiert und Termitenlegionen zum Kampf gegen Termiten gedungen. Das Vorhaben scheiterte jedoch an einem kapitalen Hindernis: Die Termiten sind absolute Royalisten. Ihre Loyalität ist unbedingt, sie sind unfähig, gegen Artgenossen zu kämpfen. Einzig die Ameisen, deren politische Systeme ebenso vielfältig sind wie ihre Physiologie, sind in der Lage, all die perversen Seiten des Söldnertums zu akzeptieren.

Dann eben nicht! Die großen Ameisenföderationen hatten sich damit begnügt, ihr Heer mit zahlreichen Legionen fremder Ameisen zu verstärken, die samt und sonders unter dem belokanischen Duftbanner vereint waren.

Nr. 103 683 geht auf die gedungenen Zwergameisen zu. Sie fragt sie, ob sie etwas von der Entwicklung einer Geheimwaffe in Shi-gaepu gehört hätten, eine Waffe, mit der man in der Lage war, eine ganze Expedition von achtundzwanzig roten Ameisen blitzartig zu vernichten. Sie antworten, eine solch wirksame Waffe hätten sie niemals zu Gesicht bekommen, noch hätten sie je davon gehört.

Nr. 103 683 befragt andere Söldnerinnen. Eine gelbe Ameise behauptet, solch ein Wunder habe sie selbst erlebt. Das sei allerdings keine Attacke der Zwerginnen gewesen, sondern … eine verfaulte Birne, die unvermutet von einem Baum gefallen sei. Alle brechen in ein schallendes Pheromonenlachen aus. Das ist der Humor der gelben Ameisen.

Nr. 103 683 steigt in einen Saal, wo ihre nächsten Kolleginnen trainieren. Sie kennt sie allesamt persönlich. Man hört ihr aufmerksam zu, man vertraut ihr. Die Arbeitsgruppe »Suche nach der Geheimwaffe der Zwerginnen« umfasst alsbald mehr als dreißig entschlossene Kriegerinnen. Ah, wenn Nr. 327 das sähe!

Achtung, eine organisierte Bande versucht alle zu vernichten, die etwas in Erfahrung bringen wollen! Bestimmt rote Söldnerinnen im Dienst der Zwerginnen. Man kann sie identifizieren: Sie riechen alle nach Felsen.

Zur Sicherheit beschließen sie, ihre erste Versammlung ganz unten in der Stadt, in einem der tiefsten Säle der fünfzigsten Etage, abzuhalten. Niemand verirrt sich jemals dorthin. Dort dürften sie ungestört ihre Offensive vorbereiten können.

Aber der Körper von Nr. 103 683 signalisiert eine jähe Beschleunigung der Zeit. Es ist 23°. Sie verabschiedet sich und hastet zu ihrem Treffen mit Nr. 327 und Nr. 56.

Ästhetik Was gibt es Schöneres als eine Ameise? Ihre Linien sind geschwungen und edel, ihre Aerodynamik vollkommen. Die gesamte Karosserie des Insekts ist so angelegt, dass jedes Glied perfekt in die dazu vorgesehene Raste passt. Jedes Gelenk ist ein mechanisches Wunder. Die Platten fügen sich ineinander, als wären sie von einem computergestützten Designer entworfen worden. Da knirscht nichts, da reibt sich nichts. Der dreieckige Kopf zerschneidet die Luft, die langen, elastischen Beine verleihen dem Körper eine bequeme Spannung unmittelbar über dem Boden. Ein italienischer Sportwagen, könnte man sagen.

Die Krallen ermöglichen es ihr, an der Decke zu gehen. Die Augen haben ein Gesichtsfeld von hundertachtzig Grad. Die Antennen erfassen Tausende von Informationen, die für uns unsichtbar sind, und ihre Enden können als Hammer verwendet werden. Der Hinterleib ist voller Taschen, Säcke, Fächer, in denen das Insekt chemische Produkte speichern kann. Die Mandibeln schneiden, kneifen, packen. Ein großartiges inneres Röhrensystem erlaubt es ihr, Duftnachrichten abzusetzen.

EDMOND WELLS

Enzyklopädie des relativen und absoluten Wissens, Bd. 1

Nicolas wollte nicht schlafen. Er saß immer noch vor dem Fernseher. Die Nachrichten hatten mit der Mitteilung geendet, dass die Sonde Marco Polo auf dem Rückweg sei. Schlussfolgerung: Es gab nicht das geringste Anzeichen von Leben in den benachbarten Sonnensystemen. Sämtliche Planeten, die die Sonde aufgesucht hatte, boten nur das immergleiche Bild von felsigen Wüsten oder flüssiger, ammoniakhaltiger Oberflächen. Nicht die kleinste Moospflanze, nicht die geringste Amöbe, nicht die winzigste Mikrobe.

»Und wenn Papa Recht hat?«, sagte sich Nicolas. »Wenn wir wirklich die einzige Form intelligenten Lebens im ganzen Weltall wären?«

Sicher, das war enttäuschend, aber es drohte zu stimmen.

Nach den Nachrichten lief im Rahmen der Serie »Kulturen der Welt« ein großer Bericht, der sich mit dem Problem der Kasten in Indien befasste.

»Die Hindus gehören ihr Leben lang der Kaste an, in die sie geboren sind. Jede Kaste hat ihre eigenen Regeln, einen strengen Kode, Regeln, die niemand übertreten darf, ohne von seiner ursprünglichen sowie allen anderen Kasten geächtet zu werden. Um ein solches Verhalten zu verstehen, müssen wir uns erinnern, was …«

»Es ist ein Uhr nachts«, schaltete sich Lucie ein.

Nicolas war mit Bildern übersättigt. Seit dem Problem mit dem Keller hockte er gut vier Stunden pro Tag vor dem Fernseher. Das war sein Weg, nicht mehr zu denken und nicht mehr er selbst zu sein. Die Stimme seiner Mutter rief ihn in die schmerzliche Wirklichkeit zurück.

»Na, bist du noch nicht müde?«

»Wo ist Papa?«

»Er ist noch im Keller. Du musst jetzt schlafen.«

»Ich kann nicht schlafen.«

»Soll ich dir eine Geschichte erzählen?«

»Au ja, eine Geschichte! Eine schöne Geschichte!«

Lucie brachte ihn in sein Zimmer. Sie setzte sich auf die Bettkante und löste ihre langen roten Haare. Sie wählte ein altes hebräisches Märchen.

»Es war einmal ein Steinhauer, der war es leid, sich den ganzen Tag damit abzurackern, unter einer heißen Sonne Löcher in den Berg zu hauen. ›Ich hab dieses Leben satt. Steine hauen, immer nur Steine hauen, das ist eine Schinderei … Und diese Sonne, immer diese Sonne! Ah, wie gern wäre ich an ihrer Stelle, ich wäre da oben, allmächtig, ganz heiß und könnte die ganze Welt mit meinen Strahlen überfluten‹, sagte sich der Steinhauer. Nun, durch ein Wunder wurde sein Rufen gehört. Und sogleich verwandelte sich der Steinhauer in die Sonne. Er war glücklich, dass sein Wunsch in Erfüllung gegangen war. Aber wie er genüsslich seine Strahlen überall niedergehen lassen wollte, merkte er, dass sie von den Wolken aufgehalten wurden. ›Was habe ich davon, Sonne zu sein, wenn ein paar einfache Wolken meine Strahlen bremsen können!‹, rief er aus. ›Wenn die Wolken stärker sind, bin ich doch lieber eine Wolke statt der Sonne.‹ Und da wird er zur Wolke. Er fliegt über die Welt, zieht dahin, lässt es regnen, aber plötzlich kommt Wind auf und verweht die Wolke. ›Ah, der Wind schafft es, die Wolken zu verwehen, also ist er stärker. Ich will der Wind sein‹, beschließt er.«

»Und? Wird er der Wind?«

»Ja, und er bläst überall auf der Welt. Er macht Stürme, Böen, Taifune. Aber plötzlich merkt er, dass da eine Mauer ist, die ihm den Weg versperrt. Eine sehr hohe und sehr harte Mauer. Ein Berg. ›Was habe ich davon, der Wind zu sein, wenn mich ein einfacher Berg aufhalten kann? Er ist der Stärkste!‹, sagt er.«

»Dann wird er der Berg!«

»Genau. Und in diesem Moment spürt er etwas, das auf ihn einschlägt. Etwas, was stärker ist als er, was ihn von innen aushöhlt. Das ist … ein kleiner Steinhauer …«

»Aaah!«

»Hat dir die Geschichte gefallen?«

»Ja, Mama!«

»Bist du sicher, dass du im Fernsehen keine schönere gesehen hast?«

»Nein, Mama.«

Sie lachte und schloss ihn in ihre Arme.

»Sag mal, Mama, glaubst du, Papa gräbt da unten auch?«

»Vielleicht, wer weiß? Jedenfalls scheint er zu glauben, dass er sich in etwas anderes verwandeln wird, je öfter er da runtergeht.«

»Fühlt er sich hier nicht wohl?«

»Nein, mein Kind, er schämt sich, arbeitslos zu sein. Da will er lieber Sonne sein. Eine unterirdische Sonne.«

»Papa hält sich für den König der Ameisen.«

Lucie lächelte.

»Das geht vorbei. Weißt du, er ist auch ein Kind. Und Kinder sind von Ameisenhaufen immer fasziniert. Hast du denn nie mit Ameisen gespielt?«

»Und ob, Mama!«

Lucie rückte sein Kopfkissen zurecht und küsste ihn.

»Und jetzt leg dich schlafen. Na komm, gute Nacht!«

»Gute Nacht, Mama.«

Lucie sah die Streichhölzer auf dem Nachttischchen. Er musste doch noch versucht haben, die vier Dreiecke zu bilden. Sie ging ins Wohnzimmer zurück und griff nach dem Architekturbuch, in dem etwas über die Geschichte des Hauses stand.

Zahlreiche Wissenschaftler hatten darin gelebt. Protestanten vor allem. Zum Beispiel hatte Michel Servet einige Jahre hier gewohnt.

Eine Passage fesselte ihre Aufmerksamkeit ganz besonders. Angeblich war während der Religionskriege ein unterirdischer Gang gegraben worden, um den Protestanten die Flucht aus der Stadt zu ermöglichen. Ein ungewöhnlich langer und ungewöhnlich tiefer Stollen …

Die drei Insekten stellen sich zu einem Dreieck auf, um eine absolute Kommunikation zu praktizieren. So brauchen sie ihre Abenteuer nicht zu erzählen, sie wissen augenblicklich, was ihnen widerfahren ist, als wären sie ein einziger Körper, der sich dreigeteilt hat, um besser ermitteln zu können.

Sie vereinigen ihre Antennen. Die Gedanken beginnen zu strömen, zu verschmelzen. Das geht reihum. Jedes Gehirn agiert wie ein Transistor, der die elektrische Nachricht, die er selbst erhält, anreichert und weiterleitet. Drei Ameisengeister, die auf die Art vereinigt sind, übersteigen die schlichte Summe ihrer Talente.

Aber plötzlich ist der Zauber dahin. Nr. 103 683 hat einen störenden Duft wahrgenommen. Die Mauern haben Antennen. Genauer gesagt zwei Antennen, die durch die Öffnung der Kammer von Nr. 56 hereinlugen. Jemand hört ihnen zu …

Mitternacht. Jonathan war seit genau zwei Tagen in dem Keller verschwunden. Lucie wanderte nervös im Wohnzimmer auf und ab. Sie schaute nach Nicolas, der tief und fest schlief, als sich ihr Blick plötzlich auf etwas heftete. Die Streichhölzer. In diesem Moment hatte sie das Gefühl, in dem Denkspiel mit den Streichhölzern könnte der Ansatz zu einer Lösung des anderen Rätsels stecken, das der Keller darstellte. Vier gleichseitige Dreiecke mit sechs Streichhölzern …

»Man muss anders denken – wenn man so überlegt, wie man es gewohnt ist, erreicht man nichts«, hatte Jonathan die Worte seines Onkels wiederholt. Sie nahm die Streichhölzer und ging ins Wohnzimmer zurück, um dort lange mit ihnen zu spielen. Schließlich legte sie sich, vor Angst erschöpft, schlafen.

In dieser Nacht hatte sie einen seltsamen Traum. Zunächst sah sie Onkel Edmond oder zumindest eine Person, die der Beschreibung entsprach, die ihr Jonathan von ihm gegeben hatte. Er stand in einer langen Schlange, wie vorm Kino, die sich mitten durch eine Steinwüste zog. Mexikanische Soldaten umstellten die Schlange und achteten darauf, dass »nichts schiefging«. In der Ferne waren ein Dutzend Galgen zu sehen, an denen die Leute aufgehängt wurden. Wenn sie tot waren, wurden sie abgenommen, und andere nahmen ihre Stelle ein. Und die Schlange rückte jeweils weiter …

Hinter Edmond standen Jonathan, sie selbst und ein dicker Mann mit einer ganz kleinen Brille. All diese zum Tode Verurteilten plauderten gelassen, als ob nichts wäre.

Als man ihnen endlich die Schlinge um den Hals legte und sie alle vier nebeneinander aufhängte, warteten sie nur untätig. Onkel Edmond entschloss sich als Erster zu reden, mit heiserer Stimme fragte er: »Was tun wir hier?«

»Ich weiß nicht … Wir leben. Wir sind geboren worden, also leben wir so lange wie möglich. Aber jetzt, glaube ich, geht es dem Ende entgegen«, antwortete Jonathan.

»Mein lieber Neffe, du bist ein Pessimist. Sicher, wir hängen am Galgen und sind von mexikanischen Soldaten umgeben, aber das ist nur ein unliebsamer Zwischenfall, nicht das Ende, nur ein Zwischenfall. Außerdem hat diese Situation notwendigerweise eine Lösung. Seid ihr alle ganz fest verschnürt?«

Sie zappelten in ihren Fesseln.

»Nein«, sagte der dicke Mann. »Ich kann mich dieser Schnüre entledigen.«

Und er tat es.

»Schön, dann befreien Sie uns.«

»Und wie?«

»Schwingen Sie hin und her, bis Sie meine Hände erreicht haben.«

Der Mann wand sich, und er schaffte es, sich in ein lebendes Pendel zu verwandeln. Nachdem er Edmonds Fesseln gelöst hatte, konnten sie alle nach und nach mit der gleichen Technik befreit werden.

Dann sagte der Onkel: »Macht es wie ich!«, und mit kleinen Sprüngen hüpfte er mit dem Hals von Schlinge zu Schlinge auf den letzten Galgen der Reihe zu. Die anderen taten es ihm nach.

»Aber weiter kommen wir nicht! Hinter diesem Galgen ist nichts mehr, sie werden uns entdecken.«

»Seht, da ist ein kleines Loch in dem Galgen. Kommt!«

Edmond sprang gegen den Galgen, wurde ganz klein und verschwand in dem Loch. Jonathan und der dicke Mann folgten ihm. Lucie sagte sich, dass sie das niemals schaffen würde, dennoch schwang sie selbst gegen den Pfahl und drang in das Loch ein.

Drinnen war eine Wendeltreppe. Sie stürmten die Stufen hinauf. Schon waren die Schreie der Soldaten zu hören, die ihre Flucht bemerkt hatten. *Los gringos, los gringos, cuidado!* Polternde Stiefel, Gewehrschüsse. Man machte Jagd auf sie.

Die Treppe mündete in ein modernes Hotelzimmer mit Blick aufs Meer. Sie traten ein und schlossen die Tür. Zimmer 8. Als die Tür zuschlug, verwandelte sich die vertikale 8 in eine horizontale 8, das Zeichen der Unendlichkeit. Das Zimmer war luxuriös, und man fühlte sich vor den Berserkern in Sicherheit.

Während alle noch erleichtert aufatmeten, sprang Lucie plötzlich ihrem Mann an die Kehle. »Wir haben Nicolas vergessen«, rief sie, »wir haben Nicolas vergessen!« Sie streckte ihn mit einer antiken Vase nieder, deren Malerei den jungen Herkules dabei zeigte, wie er die Schlange erwürgt. Jonathan fiel zu Boden und verwandelte sich in ... eine geschälte Krabbe, die sich lächerlich wand.

Onkel Edmond trat vor.

»Tut's euch leid?«

»Ich verstehe nichts mehr.«

»Ihr werdet verstehen«, sagte er lächelnd. »Folgt mir.«

Er führte sie auf den zum Meer gelegenen Balkon und schnippte mit den Fingern. Sechs brennende Streichhölzer stiegen aus den Wolken herab und reihten sich über seiner Hand auf.

»Hört gut zu«, sagte er laut, »man denkt immer gleich. Man erfasst die Welt immer auf die gleiche banale Weise. So als würde man jedes Foto mit einem Weitwinkelobjektiv machen. Das ist eine Sicht der Realität, aber nicht die einzige. MAN ... MUSS ... ANDERS ... DENKEN! Schaut her.«

Die Streichhölzer wirbelten einen Moment lang durch den Raum, dann kamen sie am Boden zusammen. Sie robbten entlang, als wären sie lebendig, und bildeten ...

Am nächsten Morgen kaufte Lucie ziemlich aufgeregt einen Schweißbrenner. Schließlich schaffte sie es, mit dem Schloss fertig zu werden. Als sie gerade die Schwelle zum Keller überschreiten wollte, tauchte Nicolas verschlafen in der Küche auf.

»Mama! Wohin gehst du?«

»Ich werde deinen Vater suchen. Er hält sich für eine Wolke, die über die Berge fliegt. Ich will schauen, ob er nicht ein wenig übertreibt. Ich werd's dir erzählen ...«

»Nein, Mama, geh nicht, geh nicht … Ich bin doch dann ganz allein.«

»Keine Bange, Nicolas, ich komme zurück, ich bleibe nicht lange. Warte auf mich.«

Sie leuchtete in den Keller. Der Ort war finster, stockfinster …

Wer ist da?

Die beiden Antennen rücken vor, es folgen ein Kopf, dann ein Thorax und ein Hinterleib. Die kleine Hinkende mit dem Felsengeruch.

Sie wollen sich auf sie stürzen, aber hinter ihr zeichnen sich die Mandibeln einer schwer bewaffneten Hundertschaft von Soldatinnen ab. Sie verströmen alle den gleichen Felsenduft.

Fliehen wir durch den Geheimgang! stößt das 56. Weibchen hervor.

Sie räumt den Kieselstein zur Seite und legt ihren Stollen frei. Dann schlägt sie mit den Flügeln und erhebt sich fast zur Decke, von wo sie die ersten Eindringlinge mit Säure beschießt. Ihre beiden Komplizen fliehen, während eine brutale Aufforderung aus den Reihen der Kriegerinnen aufsteigt.

Tötet sie!

Nr. 56 springt ihrerseits in das Loch, Säurestrahlen verfehlen sie um Haaresbreite. *Schnell! Fangt sie!* Hunderte von Beinen machen sich auf die Verfolgung. Diese Spioninnen sind verdammt zahlreich! Sie drängen sich geräuschvoll in den Engpass, um das Trio einzuholen.

Den Bauch auf der Erde, die Antennen zurückgelegt, huschen das Männchen, das Weibchen und die Soldatin durch den Gang, der nichts Geheimes mehr an sich hat. Sie verlassen die Zone des Jungferngemachs und gelangen in tiefere Stockwerke. Bald schon gabelt sich der Gang. Von dort an häufen sich die Kreuzungen, aber Nr. 327 findet sich zurecht und zieht seine Leidensgenossinnen mit sich.

Plötzlich stoßen sie an der Ecke eines Tunnels auf einen Trupp von Soldatinnen, die in ihre Richtung stürmen. Unglaublich: Die

Hinkende hat sie bereits eingeholt. Das machiavellistische Insekt kennt offenbar sämtliche Abkürzungen!

Die drei Flüchtlinge machen kehrt und nehmen Reißaus. Als sie sich endlich ein wenig ausruhen können, bringt Nr. 103 683 vor, dass sie sich besser nicht auf dem Terrain der Spioninnen abschinden, die sich in diesem Gewirr von Gängen ein wenig zu gut auskennen.

Wenn der Feind stärker scheint als du, handele so, dass du dich seiner Denkweise entziehst. Dieser alte Satz der ersten Königin passt hervorragend auf ihre Situation. Nr. 56 hat eine Idee; sie schlägt vor, sich in einer Wand zu verstecken!

Noch haben die Kriegerinnen mit dem Felsengeruch sie nicht aufgestöbert, also graben sie sich mit aller Kraft in eine Seitenwand, fallen mit ihren Mandibeln über die Erde her, wühlen sie auf. Ihre Augen, ihre Antennen sind voll davon. Manchmal schlucken sie ganze Brocken, um schneller voranzukommen. Kaum ist der Hohlraum tief genug, schmiegen sie sich hinein, bauen die Mauer wieder auf und warten. Ihre Verfolger kommen, sie rennen vorbei. Aber sie kommen bald wieder zurück, und diesmal erheblich langsameren Schritts. Da wird ganz schön geschnüffelt auf der anderen Seite der Wand …

Nein, sie haben nichts gemerkt. Trotzdem können die drei hier nicht bleiben. Irgendwann werden die anderen einige ihrer Moleküle aufspüren. Also graben sie weiter. Nr. 103 683, die mit den größten Mandibeln ausgestattet ist, wühlt vorneweg; die beiden anderen räumen den Sand weg und verstopfen das Loch hinter ihnen.

Die Mörderinnen haben das Manöver durchschaut. Sie untersuchen die Wände, finden ihre Spur und beginnen wie besessen zu graben. Die drei Ameisen nehmen eine abschüssige Kurve. In dieser schwarzen Melasse ist es ohnehin nicht einfach, sich an irgendetwas zu halten. Alle paar Sekunden kommen drei neue Gänge, und zwei andere versperren einander. Da versuche einer, unter solchen Umständen eine verlässliche Karte der Stadt zu zeichnen! Die einzigen Fixpunkte sind die Kuppel und der Baumstumpf.

Die drei Ameisen dringen langsam in das Eingeweide der Stadt ein. Mitunter geraten sie an eine lange Liane. In Wirklichkeit ist das Efeu, das die Gärtnerinnen gepflanzt haben, damit die Stadt nicht einstürzt, wenn es regnet. Dann wieder wird die Erde härter, und sie stoßen mit den Mandibeln gegen Steine, so dass ein Umweg geboten ist.

Die beiden Fortpflanzungsfähigen nehmen hinter sich keine Erschütterungen mehr wahr. Das Trio beschließt innezuhalten. Sie befinden sich in einer Luftblase im Herzen von Bel-o-kan. Ein undurchdringliches, geruchsloses, allen unbekanntes Oval. Eine verlassene hohle Insel. Wer soll sie in dieser Minihöhle aufstöbern? Sie fühlen sich hier wie in dem dunklen Oval des Hinterleibs ihrer Erzeugerin.

Nr. 56 klopft mit den Antennen auf den Schädel ihres Gegenübers, eine Aufforderung zur Trophallaxis. Nr. 327 neigt die Antennen zum Zeichen des Einverständnisses, dann drückt er seinen Mund auf den des Weibchens. Er würgt ein wenig von dem Honigtau hoch, den ihm die erste Schildwache übertragen hat. Nr. 56 fühlt sich augenblicklich gestärkt. Nr. 103 683 klopft ihr ihrerseits auf den Schädel. Sie pressen ihre Lippen aufeinander, und Nr. 56 lässt ein wenig von der Nahrung aufsteigen, die sie gerade geschluckt hat. Anschließend liebkosen und reiben sich die drei gegenseitig. Ah, was ist es doch ein wohliges Gefühl – für eine Ameise – zu geben …

Wenn sie auch neue Kräfte geschöpft haben, wissen sie dennoch, dass sie hier nicht ewig bleiben können. Der Sauerstoff wird knapp werden, und selbst wenn die Ameisen recht lange ohne Nahrung, ohne Wasser, ohne Luft und Wärme überleben können, wird sie der Mangel dieser lebenswichtigen Elemente schließlich in einen tödlichen Schlaf sinken lassen.

Antennenkontakt.

Was tun wir jetzt?

Die Gruppe der dreißig Kriegerinnen, die ich für unser Vorhaben gewonnen habe, erwartet uns in einem Saal im fünfzigsten Untergeschoß.

Gehen wir.

Sie nehmen ihre Grabungsarbeiten wieder auf, orientieren sich mit ihrem Johnston-Organ, das die irdischen Magnetfelder registriert. Sie sind fest davon überzeugt, zwischen den Getreidespeichern des 18. UG und den Pilzkulturen des 20. UG zu sein. Doch je tiefer sie gelangen, umso kälter wird es. Wenn die Nacht hereinbricht, dringt der Frost tief in den Boden. Ihre Bewegungen werden langsamer. Schließlich erstarren sie in ihrer grabenden Haltung und schlafen in Erwartung der Erwärmung ein.

»Jonathan, Jonathan, ich bin's, Lucie!«

Je tiefer sie in dieses Reich der Finsternis hinabsteigt, umso mehr überkommt sie die Angst. Dieser endlose Abstieg über die Stufen dieser gewundenen Treppe hatte sie schließlich in einen seltsamen Zustand versetzt, in dem es ihr vorkam, als dränge sie tiefer und tiefer in ihr eigenes Inneres ein. Sie verspürte jetzt einen dumpfen Schmerz im Bauch, nachdem ihr zunächst eine völlig trockene Kehle, später ein beängstigender Druck am Solarplexus, gefolgt von heftigen Magenstichen, zugesetzt hatten.

Ihre Knie, ihre Füße bewegten sich mechanisch weiter. Würden sie auch bald kaputt sein, würde sie dort auch Schmerzen haben, würde sie innehalten, nicht weiter hinuntergehen?

Bilder aus ihrer Kindheit tauchten wieder auf. Ihre autoritäre Mutter, die in einem fort Schuldgefühle in ihr geweckt hatte, die tausendmal ungerecht zu ihr war und dafür ihre niedlichen Brüder vorgezogen hatte … Und ihr Vater, ein Typ, der nichts zu melden hatte, der vor seiner Frau zitterte und jeder Diskussion aus dem Weg ging, zu jedem Wunsch der Königin Mutter Ja und Amen sagte. Ihr Vater, der Feigling …

Diese unangenehmen Erinnerungen wichen dem Gefühl, Jonathan gegenüber ungerecht gewesen zu sein. Tatsächlich hatte sie ihm alles vorgeworfen, was sie an ihren Vater erinnerte. Und gerade weil sie ihn ständig mit Vorwürfen überhäufte, schüchterte sie ihn ein, brach sie ihm das Rückgrat, so dass er nach und nach ihrem Vater ähnlich wurde. Auf diese Weise hatte der Teufelskreis begonnen. Sie hatte, ohne es zu merken, wieder erschaffen, was sie am meisten hasste: das Paar ihrer Eltern.

Sie musste aus diesem Kreis ausbrechen. Sie machte sich Vorwürfe wegen all der Rüffel, die sie ihrem Mann erteilt hatte. Sie musste alles wiedergutmachen.

Sie folgte der Spirale der Wendeltreppe weiter, immer weiter nach unten. Die Erkenntnis ihrer eigenen Schuld hatte ihren Körper von seiner Angst und den beklemmenden Schmerzen befreit. Sie kreiste weiter, stieg weiter hinab, bis sie plötzlich fast gegen eine Tür geprallt wäre. Eine schlichte Tür, teilweise mit Inschriften versehen, auf deren Lektüre sie verzichtete. Die Tür hatte eine Klinke, sie öffnete sich, ohne zu knarren.

Dahinter führte die Treppe weiter hinab. Der einzige nennenswerte Unterschied waren die eisenhaltigen Gesteinsadern, die an dem Felsen erschienen. Durch den Kontakt mit durchsickerndem Wasser, das vermutlich von einem unterirdischen Bach herrührte, hatte das Eisen einen braunroten Farbton angenommen.

Dennoch hatte sie das Gefühl, eine neue Etappe in Angriff genommen zu haben. Und plötzlich sah sie im Licht ihrer Stablampe Blutflecken vor ihren Füßen. Die mussten von Ouarzazate stammen. Bis hierhin war der tapfere kleine Pudel also gelaufen … Überall waren Spritzer, aber es war schwierig, die Blutspuren an den Wänden von den rostfarbenen Eisenadern zu unterscheiden.

Plötzlich vernahm sie ein Geräusch. Eine Art Prasseln. Es hörte sich nach irgendwelchen Lebewesen an, die auf sie zukamen. Die Schritte waren nervös, als seien diese Wesen schüchtern, als wagten sie nicht näher zu kommen. Sie blieb stehen, um mit ihrer Stablampe die Dunkelheit zu erforschen. Als sie sah, woher das Geräusch rührte, stieß sie einen unmenschlichen Schrei aus. Aber da, wo sie war, konnte sie niemand hören.

Der Tag bricht an, für sämtliche Kreaturen der Erde. Sie setzen ihren Abstieg fort. 36. UG. Nr. 103 683 kennt die Gegend recht gut, sie denkt, dass sie sich gefahrlos hinauswagen können. Bis hierher können ihnen die Kriegerinnen mit dem Felsengeruch nicht gefolgt sein.

Sie geraten in einige völlig ausgestorbene, niedrige Gänge. An einigen Stellen rechts und links sind Löcher zu sehen, alte Getreidespeicher, die seit mindestens zehn Wintern nicht mehr benutzt worden sind. Der Boden ist klebrig. Irgendwie muss hier Feuchtigkeit eindringen. Das ist auch der Grund, warum sich diese als ungesund angesehene Zone in eines der verrufensten Viertel von Bel-o-kan verwandelt hat.

Es stinkt.

Das Männchen und das Weibchen sind nicht besonders beruhigt. Sie spüren die Gegenwart feindlicher Wesen, Antennen, die sie belauern. Die Gegend muss mit schmarotzenden und obdachlosen Insekten gespickt sein.

Sie schreiten mit weit geöffneten Mandibeln durch die unheimlichen Säle und Tunnel. Ein schrilles Quietschen lässt sie zusammenzucken. *Ritsch, ritsch, ritsch* ... Kein Ton unterscheidet sich von dem anderen. Sie vereinen sich zu einem hypnotischen Singsang, der durch die schlammigen Höhlen hallt.

Der Soldatin zufolge handelt es sich um Grillen. Das sei ihr Liebesgesang. Die beiden anderen beruhigt die Erklärung allenfalls halbwegs. Es ist schier unglaublich, dass es den Grillen gelingt, die Truppen der Föderation inmitten der Stadt herauszufordern!

Nr. 103 683 ist nicht überrascht. Hieß nicht ein Satz der letzten Königin: *Besser die starken Punkte befestigen, als alles kontrollieren zu wollen.* Das ist das Ergebnis ...

Andere Geräusche. Als ob jemand sehr schnell gräbt. Haben die Kriegerinnen mit dem Felsenduft sie wiedergefunden? Nein ... Zwei Hände tauchen vor ihnen auf. Ihre Kanten bilden eine Art Rechen ... Die Hände packen die Erde und werfen sie nach hinten. Auf diese Art treiben sie einen riesigen schwarzen Körper an.

Wenn das bloß kein Maulwurf ist!

Sie erstarren alle drei, ihre Mandibeln sind weit aufgerissen.

Es ist ein Maulwurf.

Sandwirbel. Eine Kugel aus schwarzen Haaren und weißen Krallen. Das Tier scheint zwischen den Sedimentschichten zu schwimmen wie ein Frosch in einem Teich. Sie werden geohrfeigt, umgerührt, unter Lehmklumpen verschüttet. Aber sie kommen unversehrt davon. Die Wühlmaschine ist fort. Der Maulwurf hat nur Würmer gesucht. Es ist ihm eine große Freude, in ihre Nervenknoten zu beißen, um sie zu lähmen und sie dann lebend in seinem Bau zu lagern.

Die drei Ameisen machen sich wieder auf den Weg, nachdem sie sich einmal mehr systematisch gereinigt und gewaschen haben.

Sie sind in einen sehr schmalen und sehr hohen Durchgang eingedrungen. Ihre Führerin, die Soldatin, stößt einen Warnduft aus und deutet zur Decke. Jene ist doch tatsächlich mit rot-schwarz gefleckten Wanzen übersät.

Das Muster auf dem Rücken dieser drei Kopf (neun Millimeter) langen Insekten scheint einen erbosten Blick darzustellen. Im Allgemeinen ernähren sie sich von dem feuchten Fleisch toter, manchmal auch recht lebendiger Insekten.

Unversehens lässt sich eine Wanze auf das Trio fallen. Noch bevor sie den Boden erreicht, klemmt Nr. 103 683 den Hinterleib unter ihren Thorax und feuert einen Strahl Ameisensäure ab. Als die Wanze landet, hat sie sich in heißen Brei verwandelt.

Sie fressen sie hastig auf, dann machen sie sich davon, bevor noch eines dieser Ungetüme herunterkommt.

Intelligenz Mit den eigentlichen Experimenten habe ich im Januar '58 begonnen. Erstes Thema: die Intelligenz. Sind Ameisen intelligent?

Um das herauszufinden, habe ich einer roten Waldameise *(Formica rufa)* mittlerer Größe und geschlechtslosen Typs folgendes Problem gestellt: Ich habe ein Stück harten Honig in ein Loch gesteckt. Dieses Loch habe ich jedoch mit einem schmalen, nicht besonders schweren, aber recht langen Zweig verstopft. Normalerweise vergrößert die Ameise ein Loch, um hineinzugelangen, aber in diesem Fall war das Gestell aus hartem Kunststoff, den sie nicht durchbohren kann.

Erster Tag: Die Ameise zerrt an dem Zweig, sie hebt ihn ein wenig an, dann lässt sie ihn los, hebt ihn wieder an.

Zweiter Tag: Die Ameise macht immer noch dasselbe. Und sie versucht, den Zweig an seinem Ende anzuschneiden. Kein Resultat.

Dritter Tag: Idem. Es sieht so aus, als hätte sich die Ameise auf eine falsche Überlegung versteift, die sie weiter verfolgt, weil sie sich keine andere vorstellen kann. Was ein Beweis für ihre fehlende Intelligenz wäre ...

Vierter Tag: Idem.

Fünfter Tag: Idem.

Sechster Tag: Als ich morgens wach wurde, war der Zweig nicht mehr in dem Loch. Es muss demnach in der Nacht geschehen sein.

EDMOND WELLS
Enzyklopädie des relativen und absoluten Wissens, Bd. 1

Die folgenden Gänge sind halb verstopft. Die kalte und trockene Erde oben, die von weißen Wurzeln zurückgehalten wird, bildet Klumpen. Zuweilen fallen einige Bröckchen hinunter. »Innerer Hagel« nennt man das. Das einzige bekannte Mittel, sich davor zu schützen, ist doppelte Wachsamkeit und beim geringsten Duft von Geröll zur Seite zu springen.

Den Bauch auf den Boden gepresst, die Fühler nach hinten geknickt, die Beine weit abgespreizt, rücken die drei Ameisen vor. Nr. 103 683 scheint genau zu wissen, wohin sie sie führt. Der Boden wird wieder feucht. Ein ekelhafter Geruch schwebt dort. Es riecht nach Leben. Nach Tier.

Nr. 327 bleibt stehen. Er ist nicht ganz sicher, aber ihm war, als hätte sich eine Wand unmerklich bewegt. Er geht auf die verdächtige Zone zu, die Wand bebt erneut. Er weicht zurück. Eine Ausbeulung zeichnet sich ab, doch zu klein, als dass es ein Maulwurf sein könnte. Die Ausbeulung verwandelt sich in eine Spirale, eine Art Höcker wächst in ihrer Mitte und spritzt hervor, um sich auf ihn zu stürzen.

Das Männchen stößt einen Duftschrei aus.

Ein Regenwurm! Nr. 327 zerschneidet ihn mit einem Mandibelbiss. Aber jetzt tropft dieses sich ringelnde Getier ringsum von den Wänden. Bald sind es so viele, dass man glauben könnte, in den Eingeweiden eines Vogels zu sein.

Einer der Würmer verfällt darauf, sich um den Thorax des Weibchens zu schlingen. Jenes schnappt mit den Mandibeln zu und schneidet ihn in mehrere Stücke, die sich rechts und links davonschlängeln. Andere Würmer kommen hinzu und winden sich um ihre Beine und Köpfe. Dass die Antennen in Mitleidenschaft gezogen werden, ist besonders unangenehm. Sie legen alle drei gemeinsam an und beschießen die harmlosen Askariden mit Säure. Am Ende ist der Boden nur mehr ein Relief aus ockerfarbenem Fleisch, das immer noch hüpft, als wollte es sie herausfordern.

Sie rennen davon.

Als sie sich wieder fassen, zeigt ihnen Nr. 103 683 eine weitere Reihe von Gängen, die sie durchqueren müssen. Je weiter sie kommen, umso übler wird der Geruch, aber sie gewöhnen sich daran. Man gewöhnt sich an alles. Die Soldatin deutet auf eine Wand und erklärt, dass sie dort graben müssen.

Das sind die alten sanitären Einrichtungen aus Kompost, der Versammlungsort ist unmittelbar daneben. Wir treffen uns gerne hier, da ist man ungestört.

Sie spielen Wühlmaus. Auf der anderen Seite gelangen sie in einen großen Saal, in dem es nach Exkrementen riecht.

Die dreißig Soldatinnen, die sich ihrer Sache angeschlossen haben, warten tatsächlich auf sie. Aber für eine gemeinsame Besprechung müsste man zuerst die Puzzlestücke zusammensuchen, denn sie sind in ihre Einzelteile zerlegt. Mancher Kopf weit vom Thorax entfernt … Fassungslos inspizieren sie den makabren Saal. Wer mag sie hier getötet haben, im Keller von Bel-o-kan?

Bestimmt etwas, was von unten kommt, stößt das 327. Männchen hervor.

Das glaube ich kaum, erwidert das 56. Weibchen und schlägt trotz allem vor, den Boden aufzugraben.

Sie schlägt die Mandibeln hinein. Schmerz. Darunter ist nackter Fels.

Ein riesiger Granitfelsen, erklärt Nr. 103 683 kurz darauf, *das ist der Grund, der harte Boden der Stadt. Und der ist dick. Sehr dick. Und breit. Sehr breit. Noch nie ist jemand über diese Grenze hinaus vorgedrungen.*

Wer weiß, vielleicht ist das sogar der Boden der Welt. Ein merkwürdiger Geruch breitet sich aus. Etwas, was in den Raum getreten ist. Etwas, was ihnen sofort sympathisch ist. Nein, keine Ameise aus dem Volk, sondern ein Lomechusa oder auch Büschelkäfer.

Noch als Larve hat Nr. 56 Belo-kiu-kiuni über dieses Insekt reden hören:

Kein Gefühl kommt dem gleich, was man bei der Einnahme des Nektars einer Lomechusa empfindet, wenn man erst einmal davon gekostet hat. Sie ist die Frucht aller körperlichen Begierde, ihr Sekret zerstört den unbeugsamsten Willen.

In der Tat unterdrückt die Einnahme dieser Substanz den Schmerz, die Angst, und die Intelligenz. Die Ameisen, die das Glück haben, ihre Giftlieferantin zu überleben, verlassen auf der Suche nach einer weiteren Dosis unaufhaltsam die Stadt. Sie essen nicht mehr, ruhen sich nicht mehr aus und wandern bis zur Erschöpfung. Schließlich pressen sie sich an einen Grashalm, wenn sie keine Lomechusa finden, und siechen dahin, gepeinigt von den tausend Martern des Entzugs.

Die junge Nr. 56 hat eines Tages gefragt, warum man eine solche Geißel, der Termiten und Bienen schonungslos den Garaus machen, in der Stadt dulde. Belo-kiu-kiuni hat geantwortet, dass es zwei Wege gebe, ein Problem anzugehen: Entweder man hält es sich vom Leib, oder man lässt sich von ihm durchdringen. Der zweite sei nicht unbedingt der schlechteste. Das Sekret der Lomechusa-Käfer ist, wohldosiert oder mit anderen Substanzen gemischt, eine hervorragende Medizin.

Nr. 327 wagt sich als Erster vor. Angezogen von der Schönheit der Düfte, die von der Lomechusa ausgehen, leckt er die Haare ihres Hinterleibs. Jene sondern einen Halluzinationen hervorrufenden

Saft ab. Der verwirrende Umstand dabei: Der Hinterleib der Giftmischerin mit seinen beiden langen Haaren hat exakt die gleiche Form wie ein Ameisenkopf mit den beiden Antennen!

Nr. 56 stürzt auch herbei, aber sie kommt nicht mehr dazu, sich zu laben. Ein Säurestrahl zischt durch die Luft. Nr. 103 683 hat angelegt und geschossen. Der verätzte Käfer windet sich vor Schmerz.

Wortkarg kommentiert die Soldatin ihr Eingreifen:

Es ist nicht normal, dieses Insekt in einer solchen Tiefe anzutreffen. Die Lomechusa-Käfer können sich nicht durch die Erde graben. Jemand hat sie bewusst hierhergebracht, um uns daran zu hindern, weiterzugehen! Hier ist irgendetwas faul.

Die beiden anderen sind betreten, sie können nicht umhin, den Scharfsinn ihrer Gefährtin zu bewundern. Alle drei beginnen zu suchen. Sie suchen lange, verrücken Kieselsteine, schnuppern in den kleinsten Winkeln des Raumes. Es gibt kaum einen Hinweis. Schließlich fällt ihnen jedoch ein Geruch auf, den sie kennen. Der schwache Felsenduft der Mörderinnen. Kaum wahrnehmbar, höchstens zwei, drei Moleküle, aber das reicht. Er kommt von dort drüben. Genau unter diesem kleinen Felsen. Sie kippen ihn um und legen einen Geheimgang frei. Noch einen.

Nur dass dieser hier eine Besonderheit hat: Er ist nicht durch Erde, auch nicht durch Holz gegraben. Er ist geradewegs in den Granitfelsen geschlagen! Keine Mandibel kann ein solches Material ausgehöhlt haben.

Der Gang ist ziemlich breit, dennoch steigen sie vorsichtig hinab. Nach einer kurzen Strecke gelangen sie in einen weitläufigen Saal, der mit Nahrungsmitteln gefüllt ist. Mehl, Honig, Korn, allerlei Fleisch … All das in erstaunlichen Mengen, genug, um die Stadt fünf Winter lang zu ernähren! Und das Ganze verströmt den gleichen Felsengeruch wie die Kriegerinnen, die sie verfolgen.

Wie ist es möglich, dass ein so gut gefüllter Speicher heimlich hier eingerichtet worden ist? Obendrein mit einer Lomechusa davor, um den Zugang zu versperren! Diese Information wurde nie unter den Antennen des Volkes verbreitet …

Sie stärken sich ausgiebig, dann vereinigen sie ihre Antennen, um die Lage zu besprechen. Diese Angelegenheit wird immer rätselhafter. Die geheime Waffe, mit der die Expedition Nr. 1 vernichtet wurde, die Kriegerinnen mit dem eigenartigen Duft, die sie überall attackieren, der Lomechusa-Käfer, ein Nahrungsmittellager unter dem Boden der Stadt … Dahinter steckt mehr als eine Gruppe von Spionen im Dienst der Zwerginnen. Oder sie sind verdammt gut organisiert!

Nr. 327 und seine Partnerinnen kommen nicht mehr dazu, ihre Gedanken zu vertiefen. Ein dumpfes Pochen hallt bis zu ihnen herunter. *Pong pong pongpong, pong pong pongpong!* Oben trommeln die Arbeiterinnen mit dem Ende ihres Hinterleibs auf den Boden. Die Lage ist ernst. Man ist schon bei Alarmstufe zwei. Sie dürfen diesen Appell nicht ignorieren. Ihre Beine machen automatisch kehrt. Ihre Körper, getrieben von einer unwiderstehlichen Kraft, sind bereits unterwegs, um sich dem Rest des Volkes anzuschließen.

Die Hinkende, die ihnen in einiger Entfernung gefolgt ist, ist erleichtert. Uff! Sie haben nichts entdeckt …

Da weder sein Vater noch seine Mutter aus dem Keller zurückkamen, entschloss sich Nicolas zu guter Letzt, die Polizei zu verständigen. Und so tauchte ein ausgehungertes Kind mit geröteten Augen im Kommissariat auf, um zu erklären, dass seine Eltern »im Keller verschwunden« seien. Wahrscheinlich seien sie von Ratten oder Ameisen gefressen worden. Zwei verdutzte Polizisten folgen ihm in die Souterrainwohnung in der Rue des Sybarites.

Intelligenz (Fortsetzung) Das Experiment wird wiederholt, diesmal mit einer Videokamera.

Versuchstier: Eine andere Ameise der gleichen Art und aus dem gleichen Nest.

- Erster Tag: Sie zieht, drückt und beißt den Zweig ohne irgendeinen Erfolg.
- Zweiter Tag: Idem.

– Dritter Tag: Geschafft! Sie hat etwas gefunden, sie zieht ein wenig, klemmt den Zweig fest, indem sie ihren Hinterleib in das Loch steckt und ihn anschwellen lässt, dann zieht sie ihre »Beute« heraus und beginnt von vorn. Und so entfernt sie Stück für Stück den Zweig.

So ging das also …

EDMOND WELLS

Enzyklopädie des relativen und absoluten Wissens, Bd. 1

Der Alarm wurde durch einen ungewöhnlichen Vorfall ausgelöst. La-chola-kan, die westlichste der Tochterstädte, ist von Einheiten der Zwergameisen angegriffen worden.

Sie haben also wieder angefangen …

Jetzt ist der Krieg unvermeidlich.

Die Überlebenden, denen es gelungen ist, die Blockade der Shigaepuanerinnen zu durchbrechen, erzählen unglaubliche Dinge. Folgendes habe sich abgespielt:

Um 17°-Zeit habe sich ein langer Akazienzweig dem Haupteingang von La-chola-kan genähert. Ein ungewöhnlich mobiler Zweig. Er sei ruckartig eingedrungen und habe die Öffnung zerstört, indem er sich in einem fort drehte!

Die Schildwachen seien nach draußen gestürmt, um dieses unbekannte grabende Objekt anzugreifen, seien jedoch allesamt vernichtet worden. Daraufhin habe sich alle Welt verbarrikadiert und darauf gewartet, dass der Zweig aufhört zu wüten. Aber es habe kein Ende genommen.

Der Zweig habe in den Gängen gewühlt und die ganze Kuppel gesprengt, als wäre sie eine Rosenknospe. Die Soldatinnen hätten auf Teufel komm raus geschossen, aber die Säure habe nichts gegen diesen pflanzlichen Zerstörer vermocht.

Die Lacholakanerinnen hätten es vor Entsetzen kaum noch ausgehalten. Irgendwann habe es dann doch aufgehört. Dafür seien nach einer kurzen Pause die Einheiten der Zwerginnen im Sturmschritt angekommen.

Die aufgeschlitzte Tochterstadt habe Mühe gehabt, ihrer Attacke zu widerstehen. Es habe Zigtausende von Opfern gegeben. Die Überlebenden hätten sich schließlich in ihren Kiefernstumpf zurückgezogen, und bislang sei es ihnen gelungen, der Belagerung standzuhalten. Sie könnten jedoch nicht mehr lange durchhalten, sie hätten keinerlei Vorräte, und der Kampf tobe bereits in den hölzernen Adern der Verbotenen Stadt.

Da La-chola-kan zur Föderation gehört, müssen Bel-o-kan und alle Tochterstädte zu Hilfe eilen. Das Klarmachen zum Gefecht wird ausgerufen, noch bevor die Antennen das Ende der ersten Berichte empfangen haben. Wer redet noch von Erholung und Wiederaufbau? Der erste Krieg des Frühjahrs hat begonnen.

Das 327. Männchen, das 56. Weibchen und die 103 683. Soldatin hasten die Stockwerke hinauf. Überall wimmelt es von Ameisen.

Die Ammen tragen die Eier, die Larven und die Puppen in das 43. UG. Die Blattlausmelkerinnen verstecken ihr grünes Vieh tief unten in der Stadt. Die Bäuerinnen bereiten fein gehackte Nahrungsvorräte zu, die als Kampfration dienen können. In den Sälen der militärischen Kasten füllen die Artilleristinnen ihre Hinterleiber randvoll mit Ameisensäure. Die Fechterinnen schärfen ihre Mandibeln. Die Söldnerinnen schließen sich zu kompakten Einheiten zusammen. Die Fortpflanzungsfähigen verkriechen sich in ihren Vierteln.

Sie können nicht sofort angreifen, es ist noch zu kalt. Aber morgen mit dem ersten Sonnenstrahl wird der Krieg wüten.

Oben auf der Kuppel werden die Öffnungen zur Wärmeregulierung verstopft. Die Stadt Bel-o-kan schließt ihre Poren, zieht die Krallen ein und knirscht mit den Zähnen. Sie ist bereit zuzubeißen.

Der dickere der beiden Polizisten legte seinen Arm um die Schultern des Jungen.

»Und du bist ganz sicher? Sie sind da drin?«

Das Kind machte sich entnervt los, ohne ihn einer Antwort zu würdigen. Inspektor Galin beugte sich über die Treppe und stieß ein ebenso lautes wie lächerliches »Hallo!« aus. Nur das Echo antwortete ihm.

»Das scheint wirklich sehr tief zu sein«, meinte er. »Da kann ich nicht einfach so runtergehen, da braucht man Ausrüstung.«

Kommissar Bilsheim legte mit besorgter Miene einen fleischigen Finger vor seinen Mund.

»Natürlich. Natürlich.«

»Ich geh die Feuerwehr holen«, sagte Inspektor Galin.

»In Ordnung, ich vernehme in der Zwischenzeit den Kleinen.«

Der Kommissar deutete auf das aufgeschweißte Schloss.

»War das deine Mama?«

»Ja.«

»Sag mal, die ist aber schlau, deine Mama. Ich kenn nicht viele Frauen, die mit einem Schweißgerät umgehen können und eine gepanzerte Tür knacken … Und ich kenne keine einzige, die ein verstopftes Spülbecken frei machen kann.«

Nicolas war nicht nach Witzen zumute.

»Sie wollte Papa suchen.«

»Stimmt, entschuldige … Seit wann sind sie jetzt da unten?«

»Seit zwei Tagen.«

Bilsheim kratzte sich an der Nase.

»Und warum ist dein Vater runtergegangen, weißt du das?«

»Am Anfang, um den Hund zu holen. Warum danach, wissen wir nicht. Er hat jede Menge Metallplatten gekauft und nach unten gebracht. Und dann hat er lauter Bücher über Ameisen gekauft.«

»Über Ameisen? Natürlich, natürlich.«

Einigermaßen verwirrt, begnügte sich Kommissar Bilsheim damit, zu nicken und ein paar weitere »Natürlich« zu murmeln. Die Sache ließ sich schlecht an. Sie schmeckte ihm nicht. Das war nicht das erste Mal, dass er es mit einem »speziellen« Fall zu tun hatte. Man konnte sogar sagen, dass man ihm systematisch alle miesen Dinger unterjubelte. Das lag wahrscheinlich an einer seiner Haupteigenschaften: Er gab den Verrückten das Gefühl, dass sie in ihm endlich ein offenes Ohr gefunden hatten.

Das war angeboren. Schon als er ganz klein war, kamen seine Klassenkameraden zu ihm, um ihm ihre Spinnereien anzuvertrauen. Er wackelte dann verständnisvoll mit dem Kopf, fixierte sein Gegenüber und sagte nur »natürlich«. Das klappte immer. Man macht sich das Leben nur unnötig kompliziert, wenn man schlaues Zeug oder Komplimente von sich gibt, um Eindruck zu schinden oder zu schmeicheln. Bilsheim hatte herausgefunden, dass das schlichte Wort »Natürlich« vollauf reichte. Damit wäre also ein weiteres Rätsel der zwischenmenschlichen Kommunikation gelöst.

Das Phänomen war umso kurioser, als der junge Bilsheim, der eigentlich kaum ein Wort von sich gab, in der Schule den Ruf eines großen Redners erlangt hatte. Man hatte ihn sogar gebeten, die Reden am Ende des Schuljahrs zu halten.

Bilsheim hätte Psychiater werden können, aber die Uniform übte eine wahre Faszination auf ihn aus. Ein weißer Kittel konnte da in seinen Augen nicht mithalten. In einer Welt voller Bekloppter waren die Polizei und die Armee letztlich die Fahnenträger derjenigen, »die sich nicht gehen ließen«. Denn wenn er sie auch zu verstehen glaubte, hasste Bilsheim all diese Leute, die ins Blaue hinein faselten. Hirnlose Gestalten! Auf den Gipfel der Weißglut brachten ihn die Leute, die in der Metro lautstark den Versager in einer Szene mimten, als wäre ihnen diese soeben passiert und sie müssten sie nun unbedingt anderen vorführen.

Als Bilsheim zur Polizei gegangen war, hatten seine Vorgesetzten sein Talent schnell bemerkt. Man drehte ihm systematisch sämtliche »unverständlichen« Fälle an. Meistens klärte er überhaupt nichts auf, aber zumindest kümmerte er sich darum, und das war schon viel.

»Ach ja, da waren auch noch die Streichhölzer!«

»Was ist mit denen?«

»Man muss mit sechs Streichhölzern vier Dreiecke bilden, wenn man die Lösung finden will.«

»Welche Lösung?«

»Die ›neue Art zu denken‹. Die ›andere‹ Logik, von der Papa geredet hat.«

»Natürlich.«

Diesmal begehrte der Junge auf. »Nein, überhaupt nicht ›natürlich‹! Man muss die richtige geometrische Form suchen, um die vier Dreiecke zu bilden. Die Ameisen, Onkel Edmond, die Streichhölzer, das hängt alles zusammen.«

»Onkel Edmond? Wer ist denn Onkel Edmond?«

»Er hat die *Enzyklopädie des relativen und absoluten Wissens* geschrieben. Er ist tot. Vielleicht wegen der Ratten. Die Ratten haben auch Ouarzazate getötet.«

Kommissar Bilsheim seufzte. Bedrückend! Was würde aus diesem Knirps werden, wenn er erst mal volljährig war? Mindestens ein Alkoholiker. Endlich tauchte Inspektor Galin mit den Feuerwehrmännern auf. Bilsheim schaute ihn stolz an. Ein Ass, dieser Galin. Und dazu ein Perverser. Diese Geschichten mit den Irren, die regten ihn an. Je verdrehter die Sache war, umso mehr legte er sich ins Zeug.

Bilsheim der Verständnisvolle und Galin der Enthusiast bildeten das zweiköpfige Team der offiziellen Brigade für die »Fälle-der-Bekloppten-um-die-sich-niemand-kümmern-will«. Man hatte sie bereits auf die Sache mit der »kleinen Alten, die von ihren Katzen aufgefressen wurde« angesetzt und auf die der »Prostituierten, die ihre Freier mit ihrer Zunge erstickte«, den Fall des »Metzgerköpfezermalmers« nicht zu vergessen.

»Na schön«, sagte Galin, »bleiben Sie hier, Chef, wir springen runter, und dann bringen wir sie Ihnen mit der aufblasbaren Trage rauf.«

Belo-kiu-kiuni lässt in ihrer Kammer davon ab, weitere Eier zu legen. Sie hebt eine Antenne und bittet darum, allein gelassen zu werden. Ihre Dienerinnen verschwinden.

Belo-kiu-kiuni, das lebende Geschlecht der Stadt, ist unruhig.

Nein, sie hat keine Angst vor dem Krieg. Sie hat gut und gerne fünfzig Kriege gewonnen und verloren. Was sie beunruhigt, ist etwas anderes. Diese Sache mit der Geheimwaffe. Dieser Akazienzweig, der sich dreht und die Kuppel aufreißt. Und auch den Bericht des 327. Männchens hat sie nicht vergessen, die vierundzwanzig Kriegerinnen, die gestorben sind, ohne dass sie sich auch nur in Gefechtsposition begeben konnten … Kann man das Risiko eingehen, diese außergewöhnlichen Umstände nicht zu berücksichtigen?

Jetzt nicht mehr.

Aber was tun?

Belo-kiu-kiuni erinnert sich, dass sie sich schon einmal mit einer »rätselhaften Geheimwaffe« auseinandersetzen musste. Das war während der Kriege gegen die Termitenhügel des Südens. Eines schönen Tages hatte man ihr mitgeteilt, ein Trupp von hundertzwanzig Kriegerinnen sei zwar nicht vernichtet, aber »völlig gelähmt« worden!

Panik hatte um sich gegriffen. Sie hatten geglaubt, nie wieder würden sie die Termiten besiegen können, da diese einen entscheidenden technologischen Vorsprung gewonnen hatten.

Sie hatten Spioninnen ausgeschickt. Die Termiten hatten in der Tat eine Kaste von leimschleudernden Artilleristinnen entwickelt. Nasensoldatinnen, die sogenannten Nasuti. Sie brachten es fertig, über eine Entfernung von zweihundert Kopf einen Stoff zu verschleudern, der die Beine und Kiefer der Soldatinnen verklebte.

Die Föderation hatte lange nachgedacht, dann hatte man eine Gegenwehr gefunden: Sie rückten unter dem Schutz welker Blätter vor. Das hatte überdies zu der berühmten Schlacht der Welken Blätter geführt, die von belokanischen Truppen gewonnen wurde.

Diesmal jedoch sind die Gegnerinnen keine plumpen Termiten, sondern Zwergameisen, deren Aufgewecktheit und Intelligenz ihnen schon des Öfteren zu schaffen gemacht hat. Zudem scheint diese Geheimwaffe besonders zerstörerisch zu sein.

Sie befühlte nervös ihre Antennen.

Was wusste sie eigentlich über die Zwerginnen?

Viel und wenig.

Sie waren vor hundert Jahren in der Gegend aufgetaucht. Am Anfang waren nur einige Kundschafterinnen gekommen. Wegen ihrer geringen Größe hatte man ihnen kaum Beachtung geschenkt. Danach waren Karawanen von Zwergameisen erschienen, die ihre Eier und Nahrungsvorräte mit den Enden ihrer Beine trugen. Ihre erste Nacht hatten sie unter der Wurzel der großen Kiefer verbracht.

Am Morgen hatte ein hungriger Igel ihre Bevölkerung um die Hälfte reduziert. Die Überlebenden hatten sich gen Norden verzogen und unweit der schwarzen Ameisen ein Biwak errichtet.

In der Föderation hatte man sich gesagt, das sei »eine Sache zwischen ihnen und den schwarzen Ameisen«. Und es gab sogar welche, die ein schlechtes Gewissen hatten, weil diese zarten Geschöpfe für die schwarzen Ameisen ein gefundenes Fressen waren.

Doch die Zwergameisen wurden nicht massakriert. Man konnte sie Tag für Tag sehen, wie sie kleine Zweige und kleine Käfer transportierten. Wen man dafür nicht mehr sah, das waren … die schwarzen Ameisen.

Man weiß immer noch nicht, was sich damals abgespielt hat, jedenfalls wussten die belokanischen Kundschafterinnen zu berichten, dass fortan die Zwerginnen das gesamte Nest der schwarzen Ameisen bewohnten. Man nahm das Ereignis schicksalsergeben, ja humorvoll hin. Geschieht den eingebildeten Schwarzen nur recht, hieß es in den Gängen. Außerdem wären diese mickrigen Ameisen die letzten, die der mächtigen Föderation Sorgen bereiten könnten.

Nur, nach dem Nest der schwarzen Ameisen wurde als Nächstes einer der Bienenstöcke des wilden Rosenstrauchs von den Zwerginnen eingenommen … Und dann gerieten der letzte Termitenhügel des Nordens und das Nest der Weberameisen unter das Banner der Zwerginnen!

Die Flüchtlinge, die nach Bel-o-kan strömten und das Heer der Söldnerinnen aufblähten, erzählten, die Zwerginnen verfügten über geradezu avantgardistische Kampftechniken. So hätten sie zum Beispiel mit Gift aus ihren raren Blumen die Wasserstellen verseucht.

Dennoch sorgte man sich immer noch nicht ernsthaft. Erst als im letzten Jahr die Stadt Niziu-ni-kan in kürzester Zeit fiel, erkannte man endlich, dass man es mit einem gefährlichen Gegner zu tun hatte.

Die roten Waldameisen mochten zwar die Zwerginnen unterschätzt haben, doch jene hatten die Stärke der roten auch nicht richtig beurteilt. Niziu-ni-kan war zwar eine recht kleine Stadt, aber sie gehörte der Föderation an. Am Morgen nach ihrem Sieg wurden die Zwerginnen von zweihundertvierzig Legionen mit jeweils eintausendzweihundert Soldatinnen unsanft aus dem Schlaf gerissen. Der Ausgang des Kampfs war klar, was die Zwerginnen nicht davon abhielt, sich erbittert zu wehren. So dass die föderierten Truppen einen vollen Tag brauchten, bis sie in die befreite Stadt eindringen konnten.

Daraufhin entdeckte man, dass die Zwerginnen nicht eine, sondern ... zweihundert Königinnen nach Niziu-ni-kan gebracht hatten. Das war ein Schock.

Offensivkräfte Die Ameisen sind die einzigen sozialen Insekten, die eine offensive Armee unterhalten.

Die Termiten und die Bienen, zwei royalistische und loyale, aber weniger raffinierte Arten, benutzen ihre Soldaten nur zum Schutz der Stadt oder der Arbeiterinnen, die sich weit von ihrem Nest entfernen. Dass ein Termitenhügel oder Bienenstock einen Feldzug zur Eroberung von Terrain führt, ist relativ selten anzutreffen. Beobachtet hat man es jedoch auch schon.

EDMOND WELLS
Enzyklopädie des relativen und absoluten Wissens, Bd. 1

Die gefangenen Königinnen der Zwergameisen erzählten von der Geschichte und den Sitten ihres Volkes. Eine bizarre Geschichte.

Ihnen zufolge hatten die Zwerginnen vor langer Zeit in einem anderen Land gelebt, das Milliarden Kopf entfernt war.

Dieses Land war ganz anders als die Welt der Föderation. Dort wuchsen riesige, sehr bunte und zuckersüße Früchte. Zudem gab es dort keinen Winter und keinen Winterschlaf. In diesem Schlaraffenland hatten die Zwerginnen das »alte« Shi-gae-pu errichtet, einen Staat, der aus einer sehr alten Dynastie hervorgegangen war. Dieses Nest befand sich zu Füßen eines Oleanders.

Nun hatte es sich zugetragen, dass der Oleander samt dem Sand, der ihn umgab, eines Tages aus dem Boden gerissen und in eine Holzkiste gelegt wurde. Die Zwerginnen hatten versucht, aus der Kiste zu fliehen, aber jene stand inmitten einer gigantischen und sehr harten Formation. Und als sie an deren Grenze gelangten, waren sie ins Wasser gefallen. In salziges Wasser, so weit das Auge reichte.

Viele Zwerginnen waren bei dem Versuch, die Erde ihrer Ahnen zu erreichen, ertrunken. Daraufhin hatte die Mehrheit beschlossen, dass man eben in dieser riesigen, harten, von Salzwasser umgebenen Formation überleben müsse. Das hatte tagelang gedauert.

Dank ihrer Johnston-Organe hatten sie gemerkt, dass sie sich sehr schnell über eine phänomenale Distanz fortbewegten.

Wir haben Hunderte von magnetischen Erdfeldern überquert. Wohin würde uns das führen? Hierher. Wir wurden mit dem Oleander abgesetzt. Wir haben diese Welt hier entdeckt, ihre exotische Fauna und Flora.

Der Ortswechsel erwies sich als Enttäuschung. Die Früchte, die Blumen, die Insekten waren kleiner, nicht so bunt. Sie hatten ein rot-gelb-blaues Land für eine grün-schwarz-braune Gegend verlassen. Hatten eine bunt schillernde Welt gegen eine farblose eingetauscht.

Zudem waren sie hier Winter und Kälte ausgesetzt, die alles blockierten. Dort unten hatten sie nicht einmal gewusst, dass es so etwas wie Kälte gab, das Einzige, was einen dazu zwang, sich auszuruhen, war die Hitze!

Zunächst verfielen die Zwerginnen auf verschiedene Lösungen, um die Kälte zu bekämpfen. Die beiden wirksamsten Methoden: sich mit Zucker vollstopfen und sich mit Schneckenschleim einreiben.

Für die erste Lösung ernteten sie den Fruchtzucker der Erdbeeren, Brombeeren und Kirschen. Für die zweite hatten sie fast sämtliche Schnecken der Gegend ausgerottet.

Überdies hatten sie einige wahrlich außerordentliche Gepflogenheiten: Zum Beispiel kannten sie weder geflügelte Männchen und Weibchen noch einen Hochzeitsflug. Die Weibchen ließen sich lieben und legten ihre Eier zu Hause, unter der Erde. So dass jede Stadt nicht nur eine, sondern ein paar hundert Eierlegerinnen hatte. Das hatte einen beträchtlichen Vorteil: zum einen eine erheblich höhere Geburtenzahl als bei den roten Ameisen, zum anderen eine viel geringere Verwundbarkeit. Denn während man, um eine Stadt der roten Ameisen zu enthaupten, bloß die Königin zu töten brauchte, konnte die Zwerginnenstadt wieder aufleben, solange nur ein einziges fortpflanzungsfähiges Exemplar erhalten blieb.

Und nicht nur das. Die Zwerginnen hatten eine ganz andere Philosophie der territorialen Eroberung. Während die roten Ameisen, begünstigt durch die Hochzeitsflüge, so weit entfernt wie möglich landeten, um sich daraufhin über Pisten dem zersplitterten Reich der Föderation anzuschließen, rückten die Zwerginnen Zentimeter für Zentimeter von ihren Zentralstädten aus vor.

Selbst ihre geringe Größe war ein Trumpf. Sie brauchten nur sehr wenige Kalorien, um ein hohes Maß an geistiger Regsamkeit und körperlicher Tätigkeit zu erreichen. Ihre Reaktionsschnelligkeit hatte man bei einem starken Regenguss ermessen können. Während die roten Ameisen noch dabei waren, mühselig ihre Blattlausherden und letzten Eier aus den überfluteten Gängen zu evakuieren, hatten die Zwerginnen schon seit Stunden ein Nest in einem Riss in der Rinde der großen Kiefer eingerichtet und all ihre Schätze dort untergebracht …

Belo-kiu-kiuni schüttelt sich, um ihre düsteren Gedanken zu vertreiben. Sie legt zwei Eier, zwei Kriegerinnen. Die Ammen sind nicht da, um sie in Empfang zu nehmen, und sie hat Hunger. Also verschlingt sie sie gierig. Das sind exzellente Proteine.

Sie neckt ihre fleischfressende Pflanze. Ihre Sorgen haben bereits wieder die Oberhand gewonnen. Das einzige Mittel, diese Geheimwaffe zu bekämpfen, bestünde darin, eine andere, noch durchschlagskräftigere und entsetzlichere zu erfinden. Die roten Ameisen haben nacheinander die Ameisensäure, den Schild der welken Blätter, die Leimfallen entdeckt. Sie brauchen nur etwas anderes zu erfinden. Eine Waffe, bei der die Zwerginnen wie vor den Kopf geschlagen sind, schlimmer noch als ihr zerstörerischer Zweig!

Sie verlässt ihr Gemach, begegnet Soldatinnen und redet zu ihnen. Sie schlägt vor, Arbeitsgruppen zu dem Thema »eine Geheimwaffe gegen die Geheimwaffe der Zwerginnen finden« zu gründen. Das Volk reagiert positiv auf ihren Stimulus. Überall bilden sich kleine Gruppen von drei bis fünf Soldatinnen, aber auch Arbeiterinnen. Indem sie ihre Antennen zu einem Dreieck oder Fünfeck verbinden, führen sie Hunderte von absoluten Kommunikationen durch.

»Achtung, ich bleibe stehen!«, sagte Galin, der wenig Lust verspürte, von acht drängelnden Feuerwehrleuten umgerannt zu werden.

»Das ist vielleicht finster hier! Gebt mir mal eine stärkere Lampe.«

Er drehte sich um, und man reichte ihm eine große Stablampe. Die Feuerwehrleute wirkten nicht gerade gelassen. Dabei hatten sie immerhin ihre dicken Lederjacken und ihre Helme. Warum hatte er auch nicht daran gedacht, sich etwas anzuziehen, das für eine solche Expedition geeigneter war als ein Jackett!

Sie stiegen vorsichtig hinab. Der Inspektor, das Auge der Gruppe, achtete darauf, jeden Winkel auszuleuchten, bevor er einen Schritt machte. Das war zwar langwierig, aber sicherer.

Der Strahl der Stablampe strich über eine Inschrift, die in Augenhöhe in das Gewölbe graviert war.

Prüfe dich selbst,
Hast du dich nicht gewissenhaft gereinigt
Werden dir die chemischen Verbindungen Schaden zufügen.
Unglück dem, wer immer dort unten zu lange verweilt.
Möge, wer es zu leicht nimmt, davon ablassen.

Ars Magna

»Haben Sie gesehen?«, fragte einer der Feuerwehrmänner.

»Eine alte Inschrift, mehr nicht …«, beschwichtigte Inspektor Galin.

»Hört sich an wie ein Hexenspruch.«

»Jedenfalls wirkt das verdammt tief.«

»Der Inhalt des Satzes?«

»Nein, die Treppe. Sieht aus, als ginge das kilometerweit runter.«

Sie setzten den Abstieg fort. Sie waren sicher schon fünfhundert Meter unter der Stadt. Und die Wendeltreppe schraubte sich weiter nach unten. Wie eine DNS-Spirale. Sie bekamen fast einen Drehwurm. Tiefer, immer tiefer.

»Das kann noch ewig so weitergehn«, knurrte einer der Männer. »Wir sind nicht dazu da, Höhlenforschung zu betreiben.«

»Ich hab gedacht, wir sollten bloß jemanden aus einem Keller holen«, sagte ein anderer, der die aufblasbare Trage transportierte. »Meine Frau hat mich um acht zum Essen erwartet, jetzt ist es schon zehn!«

Galin spornte seine Truppe an.

»Hört mal, Jungs, wir haben jetzt über die Hälfte geschafft, also gebt euch einen kleinen Ruck. Wir werden doch nicht auf halber Strecke aufgeben.«

Dabei hatten sie noch nicht ein Zehntel des Weges zurückgelegt.

Nach mehreren Stunden Beratschlagung, es herrscht mittlerweile eine Temperatur nahe 15°, entwickelt eine Gruppe gelber Söldnerinnen einen Vorschlag, der von allen anderen Nervenzentren schon bald als bester anerkannt wird.

Zufällig besitzt Bel-o-kan zahlreiche Söldnerinnen einer etwas sonderbaren Art: die »Ernteameisen«. Ihr Hauptmerkmal ist ein sehr dicker Kopf mit langen, geschliffenen Mandibeln, die es ihnen ermöglichen, sogar sehr harte Samenkörner zu durchtrennen. Im Kampf sind sie nicht besonders wirksam, da sie zu kurze Beine unter einem zu schweren Körper haben.

Wozu sich also mühsam zum Ort der Auseinandersetzung schleppen, um dort nur wenig Schaden anzurichten? Die roten Ameisen hatten sie schließlich vornehmlich mit Haushaltsaufgaben betraut, so dem Zuschneiden von dicken Zweigen.

Nach Auffassung der gelben Ameisen gibt es jedoch eine Möglichkeit, diese schwerfälligen Tollpatsche in Kriegshelden zu verwandeln. Man braucht sie bloß von sechs kleinen und agilen Arbeiterinnen tragen zu lassen!

So könnten sie sich, indem sie ihre »lebenden Beine« mit Duftstoffen lenken, mit großer Geschwindigkeit auf ihre Gegnerinnen stürzen und sie mit ihren langen Mandibeln zerfetzen.

Einige mit Zucker vollgestopfte Soldatinnen machen im Solarium die ersten Versuche. Sechs Ameisen heben eine Ernteameise hoch und laufen los, wobei sie versuchen, ihre Schritte aufeinander abzustimmen. Das scheint sehr gut zu funktionieren.

Die Stadt Bel-o-kan hat den Panzer erfunden.

Sie kamen nicht mehr zurück.

Am nächsten Morgen lautete die Schlagzeile der Zeitungen: »Fontainebleau – Acht Feuerwehrleute und ein Polizeiinspektor auf rätselhafte Weise in einem Keller verschwunden.«

In der rotvioletten Morgendämmerung rüsten sich die Zwergameisen, die die Verbotene Stadt von La-chola-kan umzingeln, zur Schlacht. Die in ihrem Baumstumpf isolierten roten Waldameisen sind ausgehungert und erschöpft. Sie werden sich nicht lange halten können.

Die Kämpfe setzen wieder ein. Nach langen Artillerieduellen erobern die Zwerginnen zwei weitere Kreuzungen. Das von den Strahlen zerfressene Holz speit die Kadaver der belagerten Soldatinnen aus.

Die letzten roten Überlebenden sind am Ende. Die Zwergameisen dringen in die Verbotene Stadt ein. Die in den Rissen der Decke versteckten Schützen halten sie kaum auf.

Das königliche Gemach kann nicht mehr weit sein. Drinnen beginnt die Königin La-chola-kiuni, ihren Herzschlag zu verlangsamen. Jetzt ist alles vorbei.

Aber die am weitesten vorgerückten Truppen der Zwerginnen nehmen plötzlich einen Alarmduft wahr. Draußen geht etwas vor. Sie machen kehrt.

Oben auf dem Hügel mit den Klatschmohnblüten, der die Stadt überragt, sind inmitten der roten Blumen Tausende von schwarzen Punkten zu sehen.

Die Belokanerinnen haben sich also endlich zum Angriff entschlossen. Wenn sie unbedingt wollen. Die Zwerginnen schicken winzige Söldnerinnen los, um die Hauptstadt zu benachrichtigen.

Sämtliche Abgesandte tragen das gleiche Pheromon:

Sie greifen an. Schickt Verstärkung von Osten her, um sie in die Zange zu nehmen. Bereitet die Geheimwaffe vor.

Die Hitze des ersten Sonnenstrahls, der durch die Wolken drang, hat den Entschluss beschleunigt, zum Angriff überzugehen. Es ist 8.03 Uhr. Die belokanischen Einheiten stürmen den Hang hinunter, umkurven Gräser, hüpfen über Steinchen. Es sind Millionen von Soldatinnen, die da mit aufgerissenen Mandibeln losgerannt sind. Das ist ziemlich beeindruckend.

Aber die Zwerginnen haben keine Angst. Sie hatten diese Taktik vorhergesehen. Am Tag zuvor haben sie versetzt Löcher in den Boden gegraben. Sie zwängen sich hinein, lassen nur ihre Mandibeln hinausragen, so dass ihre Körper von dem Sand geschützt sind.

Diese Linie bricht auf Anhieb den Ansturm der roten Ameisen. Die Föderierten fechten vergebens gegen diese Gegnerinnen, von denen sie nur deren Stärken zu spüren bekommen. Keine Möglichkeit, ihnen die Beine abzutrennen oder den Hinterleib auszureißen.

Im gleichen Augenblick startet das Gros der shigaepuanischen Infanterie, das in der Nähe unter dem Dach eines Rings von Satanspilzen zusammengezogen ist, eine Gegenoffensive, so dass die Roten in die Zange genommen werden.

Wenn die Belokanerinnen Millionen sind, so zählen die Shigaepuanerinnen Dutzende von Millionen. Auf jede rote Soldatin kommen mindestens fünf Zwergameisen, die Kriegerinnen in ihren Löchern, die alles zerkleinern, was in die Reichweite ihrer Mandibeln kommt, nicht mitgerechnet.

Der Kampf entwickelt sich schnell zum Nachteil der zahlenmäßig Unterlegenen. Gelichtet von den Zwerginnen, die von überall her auftauchen, lösen sich die Reihen der Roten auf.

Um 9.36 Uhr treten sie entschieden den Rückzug an. Die Zwerginnen stoßen bereits Siegesdüfte aus. Ihre Kriegslist hat bestens funktioniert. Es ist nicht einmal nötig, die Geheimwaffe einzusetzen! Sie verfolgen diese Armee von Flüchtlingen, betrachten die Eroberung von La-chola-kan als erledigt.

Aber mit ihren kurzen Beinen brauchen die Zwerginnen zehn Schritte, wo die Roten einen Satz machen. Ihnen geht die Puste aus, während sie den Hügel hinaufklettern. Genau das haben die Strateginnen der Föderation vorgesehen. Denn diese erste Attacke hatte nur einen Zweck: die Truppen der Zwergameisen aus ihrem Kessel hervorzulocken und sie dann auf dem Abhang anzugreifen.

Die Roten erreichen den Kamm, die Einheiten der Zwerginnen verfolgen sie völlig ungeordnet weiter. Oben richtet sich mit einem Mal ein Wald von Dornen auf. Das sind die riesigen Zangen der Ernteameisen. Sie schwenken sie, lassen sie in der Sonne aufblitzen, dann richten sie sie parallel zum Boden aus und stürzen sich auf die Zwerginnen. Sonst Kornbeißer, jetzt Zwergbeißer!

Der Überraschungseffekt ist durchschlagend. Die Shigaepuanerinnen, benommen, die Fühler starr vor Schreck, werden niedergemäht wie Gras. In rasantem Tempo, den Höhenunterschied ausnutzend, sprengen die Ernteameisen die feindlichen Linien. Die je sechs Arbeiterinnen unter ihnen sind mit Leib und Seele dabei. Sie sind die Raupenketten dieser Kriegsmaschinen. Dank eines perfekt synchronen Antennenkontakts zwischen Drehturm und Rädern fräst sich dieses Tier mit sechsunddreißig Beinen und zwei riesigen Mandibeln mühelos in die feindlichen Massen.

Die Zwerginnen haben gerade noch Zeit, diese Kolosse wahrzunehmen, die zu Hunderten über sie herfallen, ihre Reihen eindrücken, platt machen, zerquetschen. Die übergroßen Mandibeln fahren in die Menge nieder, grasen sie ab und schnellen wieder hoch, beladen mit Beinen und blutigen Köpfen, die sie wie Stroh knacken lassen.

Totale Panik. Die entsetzten Zwerginnen rempeln sich an, kommen nicht vom Fleck, manche töten sich gegenseitig.

Die belokanischen Panzer sind, nachdem sie das Zwerginnenfußvolk auf diese Weise »gekämmt« haben, in ihrem Schwung über jenes hinausgeschossen. Stopp. Sie wenden und erklimmen, immer noch tadellos in einer Reihe, bereits wieder den Hang, um die Feinde erneut niederzuwalzen. Die Überlebenden würden ihnen gerne zuvorkommen, aber oben zeichnet sich eine zweite Front von Panzern ab, die den Hügel hinunterrast!

Die beiden Kolonnen kreuzen sich wunderbar parallel. Vor jedem Panzer stapeln sich die Kadaver. Es ist ein einziges Blutbad.

Die Lacholakanerinnen, die von weitem die Schlacht verfolgen, kommen heraus, um ihre Schwestern anzufeuern. Die anfängliche Überraschung ist reiner Begeisterung gewichen. Sie stoßen Pheromone der Freude aus. Das ist ein Sieg der Technologie und der Intelligenz! Nie zuvor ist die Genialität der Föderation so klar zum Ausdruck gekommen.

Shi-gae-pu hat jedoch nicht all seine Karten aufgedeckt. Es hat noch seine Geheimwaffe. Normalerweise war diese Waffe nur dazu gedacht, die hartnäckigen Bewohner von La-chola-kan »auszuräuchern«, aber angesichts der schlimmen Wendung, die der Kampf genommen hat, beschließen die Zwergameisen, ihren Trumpf auszuspielen.

Die Geheimwaffe stellt sich in Form von Schädeln roter Waldameisen dar, die von einer braunen Pflanze durchbohrt sind.

Einige Tage zuvor haben die Zwerginnen den Kadaver einer Kundschafterin der Föderation entdeckt. Ihr Körper war unter dem Druck eines parasitischen Pilzes, der *Alternaria*, geplatzt. Die Forscherinnen der Zwergameisen hatten das Phänomen untersucht und festgestellt, dass dieser parasitische Pilz flüchtige Sporen erzeugt. Jene heften sich an den Panzer, zerfressen ihn, dringen in das Tier ein, wo sie wachsen, bis der Rumpf explodiert.

Was für eine Waffe!

Und dazu von unfehlbarer Sicherheit und garantierter Verwendbarkeit. Denn während sich die Sporen auf das Chitin der Roten heften, finden sie auf dem der Zwergameisen keinen Halt. Ganz einfach, weil sich Letztere – kälteempfindlich, wie sie sind – mit Schneckenschleim einzureiben pflegen! Und diese Substanz bietet einen Schutz gegen die *Alternaria*.

Die Belokanerinnen haben vielleicht den Panzer erfunden, doch die Shigaepuanerinnen haben die bakteriologischen Waffen entdeckt.

Ein Infanteriebataillon setzt sich in Bewegung, ausgerüstet mit dreihundert verseuchten, im Zuge der ersten Schlacht um La-cholakan erbeuteten Schädeln roter Ameisen.

Sie werfen sie mitten unter die Feindinnen. Die Ernteameisen und ihre Trägerinnen beginnen unter dem tödlichen Staub zu niesen. Als sie sehen, wie ihre Panzer davon befallen werden, verlieren sie den Kopf. Die Trägerinnen lassen ihre Last im Stich. Die wieder unbeweglichen Ernteameisen werden von panischer Angst erfasst und legen sich mit ihren Artgenossinnen an. Alles geht drunter und drüber.

Gegen 10 Uhr trennt ein plötzlicher Kälteeinbruch die Streitkräfte. In eisigen Luftströmen kann man nicht kämpfen. Die Truppen der Zwergameisen nutzen die Pause, um sich zu befreien. Die Panzer der Roten erklimmen mühsam den Hügel.

In beiden Lagern zählt man die Verletzten, schätzt das Ausmaß der Verluste. Bedrückende Zwischenbilanz. Beide Seiten möchten der Schlacht eine andere Richtung geben.

Bei den Belokanerinnen hat man die Sporen der *Alternaria* erkannt. Man beschließt, sämtliche Soldaten, die mit dem Pilz in Berührung gekommen sind, zu opfern, um ihnen weitere Qualen zu ersparen.

Spioninnen kommen angelaufen. Es gibt ein Mittel, sich gegen diese bakteriologische Waffe zu schützen: Man muss sich mit Schneckenschleim einreiben. Gesagt, getan. Man opfert drei dieser (immer seltener anzutreffenden) Weichtiere, damit sich jeder gegen die Geißel schützen kann.

Antennenkontakt. Die roten Strateginnen vertreten die Ansicht, dass man nicht mehr nur mit den Panzern angreifen kann. In der neuen Aufstellung werden sie das Zentrum bilden, aber hundertzwanzig Legionen gewöhnlicher Infanterie und sechzig Legionen zusätzlicher Söldnerinnen werden auf den Flügeln aufmarschieren. Man schöpft neuen Mut.

Argentinische Ameisen Die argentinischen Ameisen *(Iridomyrmex humilis)* sind 1920 in Frankreich erschienen. Höchstwahrscheinlich wurden sie in Oleanderkübeln eingeschleppt, die dazu bestimmt waren, die Straßen der Côte d'Azur zu verschönern.

Ihre Existenz wird zum ersten Mal 1866 in Buenos Aires gemeldet (daher ihr Beiname). 1891 finden sie sich in den Vereinigten Staaten, in New Orleans.

In den Strohschütten exportierter argentinischer Pferde versteckt, gelangen sie 1908 nach Südafrika. 1910 nach Chile, 1917 nach Australien und 1920 nach Frankreich.

Diese Art zeichnet sich nicht nur durch ihre geringe Größe aus, die sie, verglichen mit anderen Ameisen, zu Pygmäen macht, sondern auch durch ungewöhnliche Intelligenz und kriegerische Aggressivität (übrigens ihre Hauptmerkmale).

Kaum im Süden Frankreichs ansässig, führten die argentinischen Ameisen gegen sämtliche einheimischen Arten Krieg … und besiegten sie allesamt!

1960 überschreiten sie die Pyrenäen und ziehen bis Barcelona. 1967 gehen sie über die Alpen und ergießen sich bis Rom. In den 70er Jahren dann beginnen die Iridomyrmex wieder nach Norden zu ziehen. Man glaubt, dass sie in einem heißen Sommer Ende der 90er Jahre die Loire überquert haben. Dort stoßen diese Eindringlinge, deren Kampfstrategien denen eines Cäsar oder Napoleon in nichts nachstehen, auf zwei etwas hartnäckigere Arten: die roten Waldameisen (im Süden und Osten der Pariser Region) und die Pharaoameisen (im Norden und Westen von Paris).

EDMOND WELLS

Enzyklopädie des relativen und absoluten Wissens, Bd. 1

Die Schlacht am Klatschmohnhügel ist noch nicht entschieden. Um 10.13 Uhr beschließt Shi-gae-pu, Verstärkung zu schicken. Zweihundertvierzig Legionen der Reservearmee ziehen los, um sich den Überlebenden der ersten Angriffswelle anzuschließen. Man erklärt ihnen die Sache mit den »Panzern«. Die Antennen vereinen sich zur AK. Es muss ein Mittel geben, mit diesen komischen Maschinen fertigzuwerden …

Gegen 10.30 Uhr macht eine Arbeiterin einen Vorschlag:

Die Ernteameisen verdanken ihre Beweglichkeit den sechs Ameisen, die sie tragen. Man braucht bloß diese »lebenden Beine« abzutrennen.

Eine andere Idee kommt auf:

Der Schwachpunkt dieser Maschinen ist, dass sie Schwierigkeiten haben, schnell zu wenden. Dieses Handicap kann man ausnutzen. Wir brauchen uns bloß zu kompakten Blöcken zu formieren. Wenn die Maschinen angreifen, treten wir zur Seite und lassen sie widerstandslos durch. Dann, wenn sie noch in vollem Schwung sind, greifen wir sie von hinten an. Sie werden keine Zeit haben, sich umzudrehen.

Und ein dritter Gedanke:

Die Beinbewegungen sind durch Antennenkontakt aufeinander abgestimmt, wie wir gesehen haben. Wir brauchen bloß hochzuspringen und den Ernteameisen die Antennen abzuschneiden, dann können sie ihre Trägerinnen nicht mehr dirigieren.

Alle drei Ideen werden festgehalten. Die Zwerginnen machen sich daran, einen Schlachtplan aufzustellen.

Leiden Sind Ameisen fähig zu leiden? Auf den ersten Blick nicht. Sie haben kein Nervensystem, das auf diesen Zweck zugeschnitten wäre. Und wo kein Nerv ist, kann es auch keine Schmerzbotschaft geben. Das mag erklären, warum »Ameisenstücke« mitunter noch recht lange, unabhängig vom Rest des Körpers, »leben« können.

Das Fehlen des Schmerzes erschließt eine neue Welt der Science-Fiction. Kein Schmerz, das heißt: keine Angst, vielleicht nicht mal ein Bewusstsein seiner selbst. Lange waren die Insektenforscher Anhänger folgender Theorie: Ameisen leiden nicht, und von daher leitet sich der Zusammenhalt ihrer Gesellschaft ab. Das erklärt alles und nichts. Diese Vorstellung hat noch einen weiteren Vorteil: Sie enthebt uns jeglicher Skrupel, sie zu töten.

Ein Tier, das nicht leidet ... Nein, mir würde das große Angst machen.

Aber diese Auffassung ist falsch. Denn die enthauptete Ameise sondert einen speziellen Duft ab. Den Duft des Schmerzes. Es passiert also etwas. Die Ameise hat keine elektrische Nervenleitung, aber sie hat eine chemische Leitung. Sie weiß, dass ihr ein Teil fehlt, und sie leidet. Sie leidet auf ihre Art, die sicher ganz anders ist als unsere, aber sie leidet.

EDMOND WELLS
Enzyklopädie des relativen und absoluten Wissens, Bd. 1

Die Kampfhandlungen setzen um 11.47 Uhr wieder ein. Eine lange, dichte Linie von Zwergameisenkriegerinnen rückt langsam zum Sturm auf den Klatschmohnhügel heran.

Die Panzer erscheinen zwischen den Blumen. Auf ein Signal hin stürmen sie den Hang hinab. Die Legionen der roten Waldameisen und ihrer Söldnerinnen tänzeln an den Flanken, bereit, das Werk der Kolosse zu vollenden.

Die beiden Armeen sind nur hundert Kopf voneinander entfernt ... Fünfzig ... Zwanzig ... Zehn! Kaum kommt die erste Ernteameise mit den Zwerginnen in Berührung, geschieht etwas Unerwartetes. Die dichte Reihe der Shigaepuanerinnen wandelt sich plötzlich in eine punktierte Linie. Die Soldatinnen schließen sich zu Karrees zusammen.

Die Panzer sehen, wie sich der Feind in Luft auflöst, und haben nur noch einen leeren Gang vor sich. Niemand kommt auf die Idee, im Zickzack zu laufen, um mit den Zwergameisen zusammenzuprallen. Die Mandibeln knallen ins Leere, die sechsunddreißig Beine rennen dümmlich weiter.

Ein herber Duft breitet sich aus:

Schneidet ihnen die Beine ab!

Sogleich springen Zwergameisen unter die Panzer und töten die Trägerinnen. Sie ziehen sich schleunigst wieder zurück, um nicht von der niedersinkenden Masse der Ernteameisen zerquetscht zu werden.

Andere werfen sich tollkühn zwischen die Doppelreihe der Trägerinnen und schlitzen mit einer Mandibel den schutzlosen Bauch auf. Eine Flüssigkeit fließt heraus, der Lebenssaft der Ernteameisen ergießt sich auf den Boden.

Andere klettern auf die Kolosse, schneiden ihnen die Antennen ab und springen wieder in voller Fahrt herunter.

Einer nach dem anderen brechen die Panzer zusammen. Die trägerlosen Ernteameisen schleppen sich dahin wie Bettlägerige, so dass ihnen die Zwergameisen mühelos den Rest geben können.

Horror! Einige Kadaver aufgeschlitzter Ernteameisen werden von ihren sechs Trägerinnen, die nichts bemerkt haben, lächerlicherweise weitertransportiert … Jene Ernteameisen, die ihrer Antennen beraubt sind, müssen erleben, wie ihre »Räder« in verschiedene Richtungen rollen und auseinanderbrechen …

Dieses Debakel läutet das Ende der technologischen Neuerung der Panzer ein. Wie viele große Erfindungen sind auf diese Art aus der Geschichte der Ameisen verschwunden, weil die Parade zu schnell gefunden wurde!

Die Einheiten der Roten und ihrer Söldnerinnen, die die Panzerfront flankierten, stehen plötzlich ganz allein da. Sie waren dort aufgestellt, um die Überbleibsel zu erledigen, und nun sind sie zu einem Verzweiflungsangriff verurteilt. Aber die Karrees der Zwergameisen haben sich bereits wieder geschlossen, so hervorragend ist das Massaker an den Ernteameisen abgewickelt worden. Kaum berühren die Belokanerinnen den Rand eines dieser Blöcke, werden sie »angesaugt« und von Tausenden gefräßiger Mandibeln zerlegt.

Die Roten und ihre Söldnerinnen können nur noch zum Rückzug blasen. Sie schließen sich auf dem Kamm wieder zusammen und beobachten die Zwerginnen, die langsam, immer noch in kompakten Blöcken, zum Sturm ansetzen. Ein beängstigender Anblick!

In der Hoffnung, Zeit zu gewinnen, tragen die kräftigsten Soldatinnen Kieselsteine herbei und lassen sie den Hügel hinabrollen. Doch diese Lawine behindert den Vormarsch der Zwerginnen nur unwesentlich. Aufmerksam springen sie zur Seite, wenn die Blöcke heranrauschen, und nehmen sogleich ihren Platz wieder ein. Nur wenige werden zermalmt.

Die belokanischen Legionen suchen verzweifelt nach einer Lösung, aus diesem Schlamassel zu kommen. Einige Kriegerinnen schlagen vor, auf die alten Kampftechniken zurückzugreifen. Warum nicht ganz einfach die Artillerie einsetzen? Sicher, seit Beginn der Kampfeshandlungen haben sie die Säure, die in einem Handgemenge ebenso viele Freunde wie Feinde tötet, kaum verwendet, aber gegen die dichten Blöcke der Zwerginnen dürfte man damit großen Erfolg haben.

Die Artilleristinnen gehen schnell in Gefechtsposition: fest verankert auf den vier Hinterbeinen, den Hinterleib nach vorn geknickt. So können sie nach rechts und links und nach oben und unten ausschwenken und den besten Schusswinkel wählen.

Die Zwergameisen, im Augenblick unmittelbar unter ihnen, sehen Tausende von Hinterleibern, die sich über den Kamm schieben, aber sie ziehen nicht sofort den richtigen Schluss. Sie haben gerade Anlauf genommen, haben beschleunigt, um die letzten Zentimeter des Hangs zu bewältigen.

Angriff! Schließt die Reihen!

Ein einziger Befehl, ein einziges Wort schallt durch das gegnerische Lager:

Feuer!

Die nach vorn gerichteten Bäuche spritzen ihr ätzendes Gift auf die Karrees der Zwerginnen. *Pfff, pfff, pfff.* Die gelben Strahlen zischen durch die Luft, peitschen der ersten Reihe von Angreiferinnen voll entgegen.

Als Erstes schmelzen die Fühler. Sie tröpfeln auf die Schädel. Dann verteilt sich das Gift auf den Panzern, löst sie auf, als wären sie aus Plastik.

Die gemarterten Körper sinken zusammen und bilden eine schmale Sperre, die die Zwerginnen ins Straucheln bringt. Wütend fassen sie sich, stürmen erneut auf den Kamm zu.

Oben hat eine Reihe roter Artilleristinnen den Platz ihrer Vorgängerinnen eingenommen.

Feuer!

Die Blöcke brechen auseinander, aber die Zwerginnen rücken weiter vor, trampeln über die weichen Toten hinweg.

Eine dritte Artillerie-Reihe. Die Leimspuckerinnen gesellen sich zu ihnen.

Feuer!

Diesmal explodieren die Blöcke der Zwerginnen förmlich. Ganze Gruppen schlagen in den Leimpfützen um sich. Die Zwergameisen versuchen zu kontern, indem sie ebenfalls eine Reihe Artilleristinnen aufstellen. Jene bewegen sich rückwärts auf den Gipfel zu und schießen, ohne zielen zu können. Auf einem Gefälle kann man sich nicht festklemmen.

Feuer!, stoßen die Zwerginnen hervor.

Aber ihre kurzen Hinterleiber feuern nur Tröpfchen von Säure. Selbst wenn sie ihr Ziel erreichen, können sie die Panzer der Roten nur reizen, aber nicht durchschlagen.

Feuer!

Die Säuretropfen der beiden Lager kreuzen einander, heben sich bisweilen auf. Angesichts der mageren Resultate verzichten die Shigaepuanerinnen auf den weiteren Einsatz ihrer Artillerie. Sie glauben, siegen zu können, wenn sie die Taktik der kompakten Infanterieblöcke beibehalten.

Zusammenrücken!

Feuer!, antworten die Roten, deren Artillerie immer noch Wunder verrichtet. Eine weitere Salve aus Säure und Leim.

Trotz der Anstrengungen der Schützinnen gelingt es den Zwergameisen, den Hügel zu erklimmen. Ihre Gestalten bilden einen schwarzen, nach Rache dürstenden Fries.

Angriff. Wut. Verwüstung.

Von nun an gibt es keine »Tricks« mehr. Die roten Artilleristinnen können ihre Säure nicht mehr verspritzen, die Blöcke der Zwerginnen können nicht mehr zusammenbleiben.

Massen. Ein Ansturm. In Strömen.

Alles mengt sich, drängt sich, fängt sich, läuft, wendet, flieht, rast davon, stiebt auseinander, formiert sich, greift wieder an, stößt, zieht, springt, bricht zusammen, muntert auf, spuckt, hilft, erhitzt sich. Überall sucht man den Tod. Man misst sich, ficht, säbelt. Läuft über lebende Körper und solche, die sich nicht mehr bewegen. Jede Rote sieht sich mindestens drei wütenden Zwerginnen gegenüber. Aber da die Roten dreimal so groß sind, erscheinen die Waffen ungefähr gleich gewichtet.

Handgemenge. Duftschreie. Schwaden bitterer Pheromone.

Die Millionen spitzer, gezähnter, gezackter, säbel-, zangen- und messerartiger, zweischneidiger Mandibeln greifen ineinander, mit giftigem Speichel und Leim beschmiert. Der Boden bebt.

Nahkampf.

Die Antennen mit ihren kleinen Pfeilen peitschen durch die Luft, um den Gegner auf Distanz zu halten. Die krallenbewehrten Beine schlagen danach, als handele es sich um kleine, lästige Halme.

Überfall. Überraschung. Täuschung.

Eine packt die andere an den Mandibeln, den Antennen, dem Kopf, dem Thorax, dem Hinterleib, den Beinen, den Knien, den Ellbogen, den Gelenkhaaren, einem Loch in ihrem Panzer, einer Kerbe in ihrem Chitin, einem Auge.

Die Körper stürzen, wälzen sich in der feuchten Erde. Einige Zwergameisen klettern auf eine träge Blume und lassen sich von dort, Krallen vorweg, auf eine rote Feindin fallen. Sie bohren sich in ihren Rücken, durchlöchern sie bis zum Herzen.

Nahkampf.

Die Mandibeln zerkratzen die glatten Panzer.

Eine rote Ameise benutzt geschickt ihre Antennen wie zwei Lanzen, die sie gleichzeitig vorschnellen lässt. So durchbohrt sie einem Dutzend Widersacherinnen den Kopf, nimmt sich nicht einmal Zeit, ihre von durchsichtigem Blut getränkten Stängel zu reinigen.

Nahkampf. Bis zum Tod.

Bald schon ist die Erde so sehr mit abgetrennten Antennen und Beinen übersät, dass man über einen Teppich aus Kiefernnadeln zu gehen glaubt.

Als gäbe es noch nicht genug Tote, eilen die Überlebenden von Lachola-kan herbei und stürzen sich in das Gewühl.

Angesichts einer Menge winziger Angreiferinnen gerät eine Rote in Panik. Sie krümmt ihren Hinterleib, bespritzt sich mit Ameisensäure, tötet ihre Gegnerinnen und sich selbst. Sie schmelzen alle wie Wachs.

Ein Stück weiter reißt eine andere Kriegerin ihrer Gegnerin den Kopf ab und wird im gleichen Augenblick selbst enthauptet.

Die 103 683. Soldatin hat die erste Welle der Zwerginnen über sich ergehen lassen müssen. Mit ein paar Dutzend Kolleginnen aus ihrer Unterkaste ist es ihr gelungen, ein Dreieck zu bilden, das Angst und Schrecken zwischen den Klumpen der Zwerginnen verbreitet hat. Das Dreieck ist gesprengt, jetzt muss sie allein gegen fünf Shigaepuanerinnen ankämpfen, die bereits mit dem Blut der geliebten Schwestern verschmiert sind.

Sie beißen sie überall. Während sie es ihnen nach Kräften heimzahlt, kommen ihr die Ratschläge der alten Kriegerin aus dem Trainingssaal in den Sinn:

Es entscheidet sich alles vor dem Zusammenprall. Mandibeln oder Säurestrahl bestätigen nur eine Überlegenheit, die bereits vorher von den beiden Streitenden anerkannt wird ... Das ist eine Sache des Kopfes. Man muss den Sieg akzeptieren, und nichts wird einem widerstehen.

Das funktioniert vielleicht bei einem einzigen Feind. Aber was, wenn es fünf sind? Sie spürt, da sind mindestens zwei, die unbedingt siegen wollen. Die Zwergin, die ihr systematisch das Gelenk des Thorax zerschneidet, und die andere, die sich an ihrem linken Hinterbein zu schaffen macht. Eine Welle von Energie überschwemmt sie. Sie schlägt um sich, pflanzt der einen ihre Antenne wie ein Stilett genau unter den Hals und zwingt die andere mit einem Mandibelschlag, ihr Bein loszulassen.

Inzwischen sind Zwerginnen mit Dutzenden von alternariaverseuchten Köpfen auf dem Schlachtfeld erschienen. Da jedoch alle Welt mit Schneckenschleim geschützt ist, flattern die Sporen nur umher, sie rutschen von den Panzern ab und fallen schlaff auf den fruchtbaren Boden. Nein, heute ist wahrlich kein Tag für neue Waffen. Sie haben alle ihre Widerlegung gefunden.

Um drei Uhr nachmittags erreicht die Schlacht ihren Höhepunkt. Schwaden von Oleinsäure, charakteristische Ausdünstungen, die von den vertrocknenden Ameisenkadavern ausgehen, erfüllen die Luft. Und noch um halb fünf metzelt sich alles weiter, Zwerginnen und Rote, was immer noch auf mindestens zwei Beinen steht. Die Kämpfe enden erst um fünf Uhr wegen eines Donnerschlags, der einen Regenguss ankündigt. Es scheint, als habe der Himmel genug von so viel Gewalt. Wenn es nicht doch nur ein verspäteter Märzschauer ist ...

Die Überlebenden und Verwundeten ziehen sich zurück: Bilanz: fünf Millionen Tote, davon vier Millionen Zwergameisen. La-chola-kan ist befreit.

So weit das Auge reicht, ist der Boden mit zerfetzten Gliedern, geborstenen Panzern und mitunter noch unheimlich zuckenden Körperstümpfen übersät. Überall durchsichtiges Blut, als wäre die Erde lackiert, überall Pfützen gelber Säure.

Ein paar Zwergameisen, noch in einer Lache vom Leim gefangen, schlagen um sich in der Hoffnung, ihre Stadt erreichen zu können. Die Vögel picken sie schnell auf, bevor der Regen fällt.

Blitze erhellen anthrazitfarbene Wolken, in ihrem Licht glitzern einige Panzerwracks, deren Mandibeln immer noch arrogant nach oben gerichtet sind. Als wollten diese dunklen Spitzen den fernen Himmel aufstechen. Kaum sind sämtliche Akteure verschwunden, reinigt der Regen die Szenerie.

Sie redete mit vollem Mund.

»Bilsheim?«

»Ja?«

»*Grumpf, grumpf* … Wollen Sie mich in die Pfanne hauen. Bilsheim? Haben Sie mal in die Zeitungen geguckt? Dieser Inspektor Galin, der ist doch von Ihnen, oder? Ist das nicht diese kleine Nervensäge, die mich am Anfang duzen wollte?«

Solange Doumeng, die Leiterin der Kripo.

»Öh … ja … ich glaub schon.«

»Ich hatte Ihnen gesagt, Sie sollten ihn rausschmeißen, und jetzt find ich ihn als posthumen Jungstar in der Zeitung. Sie haben wohl einen Sprung in der Schüssel! Wie können Sie nur einen solchen Neuling auf einen solch schweren Fall ansetzen?«

»Galin ist kein Neuling, er ist sogar ein hervorragender Mann. Ich glaube, wir haben den Fall ein wenig unterschätzt …«

»Gute Männer sind die, die einen Fall aufklären, schlechte die, die nur Entschuldigungen suchen …«

»Es gibt Fälle, bei denen selbst die Besten von uns …«

»Es gibt Fälle, bei denen selbst die Schlechtesten von ihnen zum Erfolg verpflichtet sind. Zum Beispiel dabei, ein Ehepaar aus dem Keller zu fischen.«

»Entschuldigen Sie, aber …«

»Ihre Entschuldigungen, wissen Sie, wo Sie sich die hinstecken können, mein Lieber? Sie werden mir die Freude machen, in diesen Keller zu stiefeln und die ganzen Leute da rauszuholen. Ihr toller Galin verdient ein christliches Begräbnis. Und ich will bis zum Ende des Monats einen lobenden Artikel über unsere Abteilung sehen.«

»Und was …«

»Und was diese Geschichte angeht …?! Da halten Sie gefälligst Ihren Schnabel. Den ganzen Heckmeck mit der Presse können Sie machen, wenn der Fall ad acta gelegt ist. Nehmen Sie sechs Gendarmen mit und neustes Material, wenn Sie wollen. Das wär's …«

»Und wenn …«

»Und wenn Sie sich nicht bald rühren, verlassen Sie sich drauf, dann vermassle ich Ihnen Ihre Rente!«

Sie legte auf.

Kommissar Bilsheim wusste zwar mit Irren umzugehen, nur mit ihr nicht. Resigniert machte er sich daran, den Abstieg in den Keller zu planen.

Wenn der Mensch Wenn der Mensch Angst hat, glücklich ist oder wütend, produzieren seine endokrinen Drüsen Hormone, die nur in seinem eigenen Körper wirksam sind. Sie zirkulieren wie in einem geschlossenen Gefäß. Sein Herz schlägt schneller, er schwitzt, schneidet Grimassen, schreit oder weint. Das ist seine eigene Sache. Die anderen schauen ihn teilnahmslos an. Oder auch mitfühlend, weil ihr Intellekt es so beschlossen hat …

Wenn die Ameise Angst hat, glücklich ist oder wütend, zirkulieren die Hormone nicht nur in ihrem Körper, sie treten aus und dringen in den Körper der anderen ein. Dank dieser Pherohormone oder auch Pheromone schreien und weinen Millionen von Personen gleichzeitig. Es muss ein unglaubliches Gefühl sein, zu spüren, wie die anderen die Dinge miterleben, und sie alles spüren zu lassen, was man selbst verspürt …

EDMOND WELLS

Enzyklopädie des relativen und absoluten Wissens, Bd. 1

In sämtlichen Städten der Föderation herrscht Jubel. Den erschöpften Kämpferinnen werden reichlich gezuckerte Trophallaxen angeboten. Helden gibt es jedoch nicht. Jeder hat seine Aufgabe erfüllt, unwichtig, ob gut oder schlecht. Nach Beendigung der Mission fängt alles wieder bei null an.

Die Wunden werden mit großen Speicheleinheiten gepflegt. Einige naive Anfängerinnen tragen in ihren Mandibeln ein, zwei oder drei Beine, die ihnen im Kampf abgerissen wurden und die sie durch ein Wunder wiedergefunden haben. Man erklärt ihnen, dass man die nicht wieder ankleben kann.

In dem großen Kampfsaal des 45. UG stellen Soldatinnen für diejenigen, die nicht dabei waren, die einzelnen Abschnitte der Schlacht am Mohnhügel nach. Eine Hälfte spielt die Zwerginnen, die andere die roten Ameisen.

Sie führen den Angriff auf die Verbotene Stadt von La-chola-kan auf, die Attacke der Roten, den Kampf gegen die eingegrabenen Köpfe, die vorgetäuschte Flucht, das Eingreifen der Panzer, ihre völlige Niederlage gegen die Karrees der Zwerginnen, den Sturm auf den Hügel, die Reihen der Artilleristinnen, das abschließende Getümmel …

Die Arbeiterinnen sind zahlreich erschienen. Sie verstehen jedes Bild dieser Rückschau. Ein Punkt weckt besonderes Interesse: die Technik der Panzer. Immerhin hat da auch ihre Kaste ihren Anteil. Ihrer Meinung nach sollte man nicht darauf verzichten; man muss sie nur intelligenter einsetzen, nicht nur bei Frontalangriffen.

Nr. 103 683 ist gut davongekommen. Sie hat nur ein Bein verloren. Eine Lappalie, wenn einem sechs zur Verfügung stehen. Das bedarf kaum einer Erwähnung. Das 56. Weibchen und das 327. Männchen, die als fortpflanzungsfähige Ameisen nicht an dem Krieg teilgenommen haben, ziehen sie zur Seite. Antennenkontakt.

Keine Probleme hier?

Nein, die Kriegerinnen mit dem Felsenduft waren alle in der Schlacht. Wir waren in der Verbotenen Stadt eingesperrt, für den Fall, dass die Zwerginnen hierherkommen. Und dort? Hast du die Geheimwaffe der Zwerginnen gesehen?

Nein.

Nein? Es war doch von einem beweglichen Akazienzweig die Rede …

Nr. 103 683 erklärt, die einzige neuartige Waffe, mit der sie konfrontiert waren, sei die schreckliche *Alternaria* gewesen, sie hätten jedoch ein Abwehrmittel gefunden.

Das kann es nicht gewesen sein, was die erste Expedition getötet hat, stellt Nr. 327 fest. Er ist ganz sicher: Keiner der Kadaver, die er untersucht hat, wies die geringste Spur dieser tödlichen Sporen auf.

Also?

Verunsichert beschließen sie, ihre AK zu verlängern. Sie würden gern klarer sehen. Erneuter Austausch von Gedanken und Meinungen:

Warum haben die Zwerginnen nicht zu dieser Waffe gegriffen, die die achtundzwanzig Kundschafterinnen so gründlich aufgerieben hat? Sie haben doch nichts unversucht gelassen, um zu siegen. Hätten sie eine solche Waffe in den Klauen gehabt, hätten sie wohl kaum gezögert, sie einzusetzen! Und wenn sie sie gar nicht haben? Vielleicht sind sie vorbeigekommen, bevor oder nachdem die Geheimwaffe zugeschlagen hat, vielleicht war das purer Zufall …

Diese Hypothese würde ganz gut mit dem Angriff auf La-chola-kan übereinstimmen. Man kann durchaus die Duftmarken der Zwerginnen bei den Kadavern der ersten Expedition hinterlassen haben, um die Belokanerinnen auf eine falsche Fährte zu locken. Und wer hätte ein Interesse daran? Wenn die Zwerginnen nicht für sämtliche Anschläge verantwortlich zu machen sind, wer dann? Die anderen! Der zweite unerbittliche Widersacher, der Erzfeind: die Termiten!

Der Verdacht ist nicht abwegig. Seit einiger Zeit überqueren vereinzelt Soldatinnen aus dem großen Termitenhügel des Ostens den Fluss und fallen immer häufiger in die föderierten Jagdgründe ein. Ja, das waren bestimmt die Termiten. Sie haben die Zwerginnen und die roten Waldameisen gegeneinander aufgehetzt. Auf diese Weise können sie sich beider mühelos entledigen. Wenn sich ihre Feindinnen gegenseitig geschwächt haben, brauchen sie die Ameisenstädte nur noch einzusammeln.

Und die Kriegerinnen mit dem Felsenduft? Das wären Spioninnen im Sold der Termiten, das ist alles.

Je mehr die gemeinsamen Gedanken durch ihre drei Gehirne kreisen, umso mehr verschärft sich ihr Verstand, und umso klarer erscheint es ihnen, dass die Termiten des Ostens im Besitz der »Geheimwaffe« sind.

Aber sie werden vom Gesamtduft des Volkes gestört und aus ihrer Unterhaltung gerissen. Die Stadt hat beschlossen, die Kriegspause auszunutzen und das Fest der Wiedergeburt vorzuverlegen: Es wird morgen stattfinden.

Sämtliche Kasten an ihre Plätze! Die Weibchen und Männchen in die Verpflegungssäle, um sich mit Zucker vollzustopfen! Die Artilleristinnen laden ihre Hinterleiber in den Sälen der organischen Chemie auf!

Bevor sie sich von ihren Gefährten trennt, scheidet die 103 683. Soldatin ein Pheromon aus:

Paart euch schön! Keine Sorge, ich führe die Ermittlungen weiter. Wenn ihr gerade im siebten Himmel schwebt, mache ich mich auf den Weg zu dem großen Termitenhügel des Ostens.

Kaum sind sie aufgebrochen, erscheinen die beiden Killerinnen, die brutale Dicke und die kleine Hinkende. Sie schaben die Wände ab und bemächtigen sich der flüchtigen Pheromone der Unterhaltung, die gerade stattgefunden hat.

Nachdem Inspektor Galin und die Feuerwehrleute gescheitert waren, wurde Nicolas in ein Waisenhaus gebracht, das nur ein paar Hundert Meter von der Rue des Sybarites entfernt war.

Neben den richtigen Waisen wurden dort auch Kinder zusammengepfercht, die von ihren Eltern verstoßen oder geschlagen worden waren. Der Mensch gehört nämlich zu den wenigen Arten auf Erden, die fähig sind, ihren Nachwuchs zu verlassen oder zu misshandeln. Dort machten die jungen Menschen schwere Zeiten durch, die Erziehung bestand aus zahlreichen Fußtritten in den Hintern. Sie wurden größer, und sie wurden härter. Die meisten von ihnen wurden anschließend Berufssoldaten.

Den ersten Tag blieb Nicolas niedergeschlagen auf dem Balkon und betrachtete den Wald. Erst am nächsten Tag fand er zu der wohltuenden Routine des Fernsehens zurück. Das Gerät stand im Speisesaal, und die Aufpasser, froh, die »Rotznasen« für eine Weile los zu sein, ließen sie dort stundenlang verblöden. Abends im Schlafsaal fragten ihn Jean und Philippe, zwei andere Waisenkinder:

»Na, was ist mit dir passiert?«

»Nichts.«

»Erzähl schon. In deinem Alter kommt man nicht einfach so hierher. Wie alt biste überhaupt?«

»Ich weiß Bescheid. Sieht aus, als wär'n seine Eltern von Ameisen gefressen worden.«

»Wer hat euch denn den Quatsch erzählt?«

»Irgendwer, du Pimpf. Wer, das sagen wir dir, wenn du uns sagst, was mit deinen Eltern passiert ist.«

»Ihr könnt mich mal.«

Jean, der Stärkere von beiden, packte Nicolas an den Schultern, während ihm Philippe den Arm auf den Rücken drehte.

Nicolas riss sich los und schlug Jean mit der Handkante auf den Hals (das hatte er aus dem Fernsehen, aus einem chinesischen Film). Jean fing an zu husten. Philippe mischte sich wieder ein und versuchte Nicolas zu würgen, doch der stieß ihm den Ellbogen in den Magen. Philippe sank auf die Knie und klappte zusammen. Nachdem er sich von diesem Angreifer befreit hatte, widmete sich Nicolas wieder Jean und spuckte ihm ins Gesicht. Jener tauchte ab und biss ihm die Wade blutig. Die drei jungen Menschen rollten unter die Betten und prügelten sich weiter wie die Kesselflicker. Letztlich war Nicolas der Unterlegene.

»Sag, was mit deinen Eltern passiert ist, oder wir geben dir Ameisen zu fressen!«

Das war Jean im Laufe der Keilerei eingefallen. Er fand die Idee nicht übel. Während er den Neuen auf den Boden presste, sammelte

Philippe einige Hautflügler ein, von denen es an diesem Ort nicht wenige gab, und hielt sie Nicolas vors Gesicht: »Da, das sind ein paar besonders fette!«

(Als ob Ameisen, deren Körper ja von einem harten Panzer umgeben ist, Fett ansetzen könnten!)

Dann kniff er ihn in die Nase, bis Nicolas den Mund aufsperrte, und warf voller Abscheu drei junge Arbeiterinnen hinein, die wahrlich Besseres zu tun hatten. Nicolas machte die überraschendste Erfahrung seines Lebens. Das schmeckte köstlich!

Erstaunt, dass er die ekelhafte Kost nicht ausspuckte, wollten die anderen ebenfalls probieren.

Der Saal mit den »Flaschenkürbissen« ist eine der neuesten Errungenschaften von Bel-o-kan. Tatsächlich wurde die Technik der »Flaschenkürbisse« von den Ameisen des Südens übernommen, die mit der großen Hitze in einem fort nach Norden ziehen.

Selbstverständlich hat die Föderation im Zuge eines siegreich bestrittenen Krieges gegen diese Ameisen deren Kürbissaal entdeckt. Der Krieg ist die beste Quelle und der beste Verteiler von Neuerungen in der Welt der Insekten.

Im ersten Moment waren die belokanischen Legionen entsetzt, als sie … was sahen? Arbeiterinnen, die dazu verdammt waren, ihr ganzes Leben an der Decke zu hängen, mit dem Kopf nach unten und den Hinterleib dermaßen aufgebläht, dass er doppelt so groß war wie der einer Königin! Die Ameisen des Südens erklärten, diese »geopferten« Arbeiterinnen seien lebende Feldflaschen, imstande, unglaubliche Mengen von Nektar oder Honigtau zu konservieren.

Im Grunde hatte man nur die Idee des »Sozialkropfs« auf die Spitze treiben müssen, um auf die der »Ameisenzisternen« zu kommen – und sie in die Tat umzusetzen. Man brauchte bloß das Ende des Hinterleibs dieser lebenden Kühlschränke zu kitzeln, die daraufhin tröpfchenweise oder sogar in Strömen ihren kostbaren Saft abgaben.

Dank dieses Systems widerstanden die Ameisen des Südens der großen Trockenheit, die die tropischen Regionen immer wieder heimsuchte. Wenn sie auf Wanderschaft gingen, nahmen sie ihre Flaschenkürbisse mit und waren während der ganzen Reise bestens versorgt. Wenn man ihnen Glauben schenken konnte, schmeckten diese Kürbisse ebenso köstlich wie Eier.

Die Belokanerinnen raubten also die Technik der Flaschenkürbisse, waren jedoch vor allem daran interessiert, große Nahrungsmengen ungemein hygienisch und wirkungsvoll zu konservieren.

Sämtliche Männchen und sämtliche Weibchen der Stadt erscheinen in dem Saal, um Zucker und Wasser aufzunehmen. Vor jedem der lebenden Flaschenkürbisse wartet eine lange Schlange geflügelter Ameisen. Nr. 327 und Nr. 56 trinken gemeinsam, dann trennen sie sich.

Nachdem sich alle Männchen und Weibchen und alle Artilleristinnen gestärkt haben, sind die Ameisenzisternen leer. Eine Armee von Arbeiterinnen eilt herbei, um sie mit Nektar und Honigtau aufzufüllen, bis die schlaffen Hinterleiber wieder die Form kleiner schimmernder Ballons angenommen haben.

Nicolas, Philippe und Jean wurden von einem Aufseher überrascht und zusammen bestraft. So wurden sie die besten Freunde des ganzen Waisenhauses.

Oft waren sie gemeinsam vor dem Fernseher im Speisesaal anzutreffen. An diesem Tag sahen sie eine Folge der unerschöpflichen Serie »Außerirdisch und stolz, es zu sein«.

Sie kreischten und stießen sich mit den Ellbogen an, als sie eine Gruppe von Kosmonauten auf einem Planeten landen sahen, der von riesigen Ameisen bewohnt war.

»Guten Tag, wir kommen von der Erde.«

»Guten Tag, wir sind die Riesenameisen des Planeten Zgü.«

Ansonsten war die Handlung relativ banal: Die Riesenameisen hatten telepathische Fähigkeiten. Sie übermittelten den Erdbewohnern die Botschaft, sich gegenseitig umzubringen. Der letzte Überlebende kam jedoch dahinter und setzte die feindliche Stadt in Brand …

Zufrieden mit diesem Schluss, beschlossen die Jungen, ein paar zuckersüße Ameisen zu essen. Aber seltsamerweise hatten die, die sie diesmal fingen, einen anderen Geschmack als die ersten. Sie waren kleiner, und sie schmeckten sauer. Wie Zitronenkonzentrat. Brrr!

Alles muss sich gegen Mittag auf dem höchsten Punkt der Stadt abspielen.

Mit den ersten warmen Strahlen der Morgensonne haben Artilleristinnen die Schutznischen bezogen, die sich wie eine Krone um den Gipfel ziehen. Den Anus gen Himmel gerichtet, bilden sie eine Art Flakbatterie gegen die Vögel, die unweigerlich aufkreuzen werden. Einige klemmen ihren Hinterleib zwischen die Zweige, um den Rückstoß abzuschwächen. So hoffen sie zwei, drei Salven in eine Richtung abfeuern zu können, ohne allzu sehr abzuweichen.

Nr. 56 ist in ihrer Kammer. Geschlechtslose Dienerinnen reiben ihre Flügel mit schützendem Speichel ein. *Wart ihr schon mal in der Großen Außenwelt?* Die Arbeiterinnen antworten nicht. Natürlich waren sie schon draußen, aber was bringt es, ihr zu sagen, dass draußen lauter Bäume und Gräser sind? In ein paar Minuten kann sich die potenzielle Königin selbst überzeugen. Per Antennenkontakt erfahren zu wollen, wie die Welt geschaffen ist – die typische Laune eines Weibchens!

Die Arbeiterinnen hätscheln sie deshalb nicht weniger. Sie ziehen an ihren Beinen, um sie zu lockern. Sie zwingen sie zu Verrenkungen, um die Gelenke ihres Thorax und ihres Hinterleibs knacken zu lassen. Sie überprüfen, ob ihr Sozialkropf bis oben hin mit Honigtau gefüllt ist, indem sie ihn pressen, um ihm einen Tropfen zu entlocken. Mit diesem Sirup sollte sie mehrere Stunden ununterbrochenen Flugs durchhalten.

So, Nr. 56 ist fertig. Die Nächste bitte.

Die Prinzessin, herausgeputzt und in dem Wohlgeruch all ihrer Düfte, verlässt das Jungferngemach. Das 327. Männchen hat sich nicht getäuscht, sie ist wirklich eine Schönheit.

Sie kann ihre Flügel heben. Wahnsinn, wie schnell sie in den letzten Tagen gewachsen sind. Sie sind so lang und so schwer geworden, dass sie über den Boden schleifen ... Wie ein Hochzeitsschleier.

Weitere Weibchen erscheinen an den Ausgängen. Nr. 56 bewegt sich in Gesellschaft von Hunderten dieser Jungfrauen bereits in den Zweigen der Kuppel. Einige sind so aufgeregt, dass sie an den kleinen Zweigen hängen bleiben; ihre vier Flügel werden zerkratzt, durchbohrt oder gar abgerissen. Die Ärmsten kommen nicht mehr höher, sie könnten ohnehin nicht zum Flug ansetzen. Enttäuscht gehen sie in die 5. Etage zurück. Wie die Prinzessinnen der Zwergameisen werden sie den Liebesflug nicht kennenlernen. Sie werden sich schlicht in einem geschlossenen Raum auf dem Boden fortpflanzen.

Nr. 56 ist noch unversehrt. Sie hüpft von Zweig zu Zweig und achtet darauf, dass sie nicht fällt und ihre zarten Flügel beschädigt.

Eine Schwester, die an ihrer Seite wandelt, wünscht einen Antennenkontakt. Sie fragt sich, wer diese berühmten Männchen sind. So etwas wie Drohnen oder Fliegen?

Nr. 56 gibt keine Antwort. Sie denkt an Nr. 327, an das Rätsel der »Geheimwaffe«. Es ist alles vorbei. Keine Arbeitszelle mehr. Jedenfalls nicht für die beiden. Die ganze Sache ist künftig Nr. 103 683 überlassen.

Sie erinnert sich wehmütig der Ereignisse.

Das Männchen, wie es auf der Flucht in ihrer Kammer aufkreuzt ... Ohne »Pass«!

Ihre erste absolute Kommunikation!

Ihre Begegnung mit Nr. 103 683.

Die Killerinnen mit dem Felsenduft.

Ihr Abstieg in die Niederungen der Stadt.

Das Versteck mit den Kadavern derjenigen, die ihre »Legion« hätten werden können.

Die Lomechusa.

Der Geheimgang in dem Granitfelsen …

Sie schwelgt in ihren Erinnerungen und fühlt sich privilegiert. Keine ihrer Schwestern hat solche Abenteuer erlebt, noch bevor sie die Stadt verlassen hat.

Die Killerinnen mit dem Felsenduft … Die Lomechusa … Der Geheimgang in dem Granitfelsen …

Mit Verrücktheit ist das nicht zu erklären, handelt es sich doch um zu viele Einzelne. Söldnerinnen, die für die Termiten spionieren? Nein, das haut nicht hin, ganz und gar nicht, dann wären es nicht so viele, wären sie nicht so gut organisiert.

Ohnehin bleibt ein Punkt, der zu nichts passt: Wozu dienen diese Nahrungsvorräte unter dem Boden der Stadt? Um die Spioninnen zu ernähren? Nein, da ist genug, um Millionen von Personen zu mästen … Und Millionen sind sie nun doch nicht.

Und diese erstaunliche Lomechusa. Ein Tier, das an der Oberfläche lebt. Es ist unmöglich, dass sie aus eigener Kraft in das 50. UG gelangt ist. Man hat sie also dorthin transportiert. Aber sobald man sich diesem Insekt nähert, wird man von seinem Duft gefangen. Dazu gehört also schon eine ziemlich starke Gruppe, dieses Ungeheuer in weiche Blätter zu hüllen und heimlich nach unten zu schaffen.

Je mehr sie darüber nachdenkt, umso klarer wird ihr, dass das beträchtliche Mittel voraussetzt. Und in der Tat, wenn man den Dingen ins Gesicht sieht, läuft alles so ab, als berge ein Teil des Volkes ein Geheimnis, das zäh gegen die eigenen Schwestern verteidigt wird.

In ihrem Kopf dreht sich alles, schaltet bislang unbekannte Verbindungen. Sie bleibt stehen. Ihre Artgenossinnen glauben, ihr schwänden vor Aufregung ob des Hochzeitsflugs die Kräfte. Das passiert zuweilen – die Weibchen sind so sensibel. Sie führt ihre Antennen vor ihren Mund. Sie geht rasch noch einmal durch: die Expedition Nr. 1 vernichtet, die Geheimwaffe, die dreißig Legionärinnen getötet, die Lomechusa, der Geheimgang in dem Granitfelsen, die Nahrungsreserven …

Das ist es, große Güte, sie hat es verstanden! Sie stürmt gegen den Strom ihrer Schwestern los. Wenn es bloß nicht zu spät ist!

Erziehung Die Erziehung der Ameisen vollzieht sich in folgenden Etappen:

- Vom ersten bis zum zehnten Tag kümmern sich die meisten der Jungen um die Königin, während sie Eier legt. Sie pflegen sie, belecken sie, streicheln sie. Dafür salbt jene sie mit ihrem nahrhaften und desinfizierenden Speichel.

- Vom elften bis zum zwanzigsten Tag haben die Arbeiterinnen das Recht, die Kokons zu pflegen.

- Vom einundzwanzigsten bis zum dreißigsten Tag beaufsichtigen und ernähren sie die jungen Larven.

- Vom einunddreißigsten bis zum vierzigsten Tag gehen sie häuslichen Pflichten und der Abfallbeseitigung nach, wobei sie auch die Königin und die Nymphen weiter pflegen.

- Der vierzigste Tag ist ein wichtiges Datum. Sie gelten nun als erfahren genug und erhalten das Recht, die Stadt zu verlassen.

- Vom einundvierzigsten bis zum fünfzigsten Tag arbeiten sie als Wächterinnen oder Blattlausmelkerinnen.

- Vom einundfünfzigsten bis zum letzten Tag ihres Lebens können sie zu der für eine Stadtameise interessantesten Beschäftigung vordringen: der Jagd und der Erkundung unbekannter Zentren.

Anmerkung: Vom elften Tag an sind die fortpflanzungsfähigen Ameisen von der Arbeit befreit. Sie sind die meiste Zeit über untätig und stehen bis zum Tag des Hochzeitsflugs in ihren Vierteln unter »Arrest«.

EDMOND WELLS
Enzyklopädie des relativen und absoluten Wissens, Bd. 1

Nr. 327 bereitet sich ebenfalls vor. In dem gesamten Feld seiner Antennen reden die Männchen von nichts anderem als von Weibchen. Sehr wenige nur haben eines gesehen. Und wenn, war das nur ein flüchtiger Blick in den Gängen der Verbotenen Stadt. Viele geraten ins Fantasieren. Sie stellen sie sich mit berauschenden Düften vor, glauben, sie seien von umwerfender Erotik.

Einer der Prinzen behauptet, er habe von einem Weibchen eine Trophallaxis erhalten. Ihr Honigtau habe geschmeckt wie Birkensaft, und ihre Sexualhormone verströmten einen Duft wie abgeschnittene Osterglocken.

Die anderen beneiden ihn schweigend.

Nr. 327, der wirklich den Honigtau eines Weibchens gekostet hat (und was für eines Weibchens), weiß, dass sich jener in nichts von dem Honigtau der Arbeiterinnen oder Kürbisse unterscheidet. Gleichwohl mischt er sich nicht in die Unterhaltung ein.

Dafür geht ihm etwas anderes durch den Sinn, eine freche Idee. Er würde gern das 56. Weibchen mit den für die Errichtung ihrer zukünftigen Stadt erforderlichen Spermien versorgen. Wenn er sie denn findet … Schade, dass sie nicht daran gedacht haben, ein Erkennungspheromon auszumachen, um sich in der Menge treffen zu können.

Als Nr. 56 in den Saal der Männchen eindringt, herrscht allgemeine Verwunderung. Hierherzukommen ist gegen alle Regeln des Volkes. Männchen und Weibchen dürfen sich erst beim Hochzeitsflug zum ersten Mal sehen. Man ist doch hier nicht bei den Zwerginnen. Man paart sich doch nicht in den Gängen.

Die Prinzen, die so sehr wissen wollten, wie solch ein Weibchen ist, erstarren. Sie senden alle zugleich feindselige Düfte aus, die ihr bedeuten sollen, dass sie nicht in diesem Raum bleiben darf.

Sie lässt sich jedoch nicht davon abhalten, sich mitten in diesen Tumult der Vorbereitungen zu zwängen. Sie rempelt alle Welt an, stößt verzweifelt ihre Pheromone in die Runde.

327! 327! Wo bist du, 327?

Die Prinzen haben keine Hemmungen, ihr zu sagen, dass man sich so seinen Begatter nicht aussucht! Sie muss sich gedulden, auf den Zufall vertrauen. Ein bisschen Anstand …

Schließlich findet Nr. 56 ihren Begleiter. Er ist tot. Sein Kopf wurde mit einem Mandibelbiss abgetrennt.

Totalitarismus Die Menschen interessieren sich für Ameisen, weil sie glauben, dass es jenen geglückt ist, ein funktionierendes totalitäres System zu schaffen.

Es trifft auch zu, dass man von außen den Eindruck hat, jeder arbeite in einem Ameisenhaufen, jeder gehorche, jeder sei bereit, sich zu opfern, alle seien gleich. Und da einstweilen die totalitären Systeme der Menschen samt und sonders gescheitert sind ...

Also glaubt man das soziale Insekt kopieren zu müssen (war nicht auch die Biene das Attribut Napoleons?). Die Pheromone, die den Ameisenhaufen als globale Informationen durchfluten, entsprechen dem weltweiten Fernsehen von heute. Der Mensch glaubt, dass er eines Tages zu einer vollkommenen Menschheit gelangt, wenn allen das zur Verfügung steht, was er für das Beste erachtet.

Das ist nicht der Sinn der Dinge.

Die Natur, ob es Herrn Darwin gefällt oder nicht, entwickelt sich nicht auf die Vorherrschaft der Besten hin (nach welchen Kriterien auch?).

Die Natur schöpft ihre Kraft aus der Verschiedenheit. Sie braucht Gute, Böse, Verrückte, Verzweifelte, Sportliche, Bettlägerige, Bucklige, Hasenfüße, Lustige, Traurige, Intelligente, Schwachsinnige, Egoisten, Freigebige, Kleine, Große, Schwarze, Gelbe, Rote, Weiße ... Es bedarf dazu sämtlicher Religionen, sämtlicher Philosophien, aller Formen von Fanatismus, aller Formen von Weisheit ... Die einzige Gefahr besteht darin, dass eine dieser Arten von einer anderen eliminiert wird.

Man hat gesehen, dass die von den Menschen künstlich angelegten Maisfelder, die sich aus Zwillingen der besten Kolben zusammensetzten (der Mais, der am wenigsten Wasser braucht; der, der am besten dem Frost widersteht; der, der die schönsten Körner hervorbringt), allesamt bei der geringsten Krankheit plötzlich eingingen. Wohingegen die Felder mit wildem Mais, die sich aus mehreren Stämmen zusammensetzten, die alle ihre Besonderheit, ihre Schwächen, ihre Anomalien hatten, stets eine Parade gegen irgendwelche Epidemien fanden.

Die Natur hasst die Gleichförmigkeit, sie liebt die Verschiedenheit. Vielleicht liegt darin ihr Genie.

EDMOND WELLS

Enzyklopädie des relativen und absoluten Wissens, Bd. 1

Sie hastet mit kurzen, mühsamen Schritten in die Kuppel zurück. In einem Gang in der Nähe des Frauengemachs erkennt sie mit ihren

Infrarot-Ozellen zwei Gestalten. Die Mörderinnen mit dem Felsenduft! Die Dicke und die kleine Hinkende!

Sie kommen auf sie zu. Nr. 56 lässt ihre Flügel surren und springt der Hinkenden an den Hals. Sie haben sie jedoch schnell überwältigt. Anstatt sie aber umzubringen, zwingen sie ihr einen Antennenkontakt auf.

Nr. 56 ist wütend. Sie fragt, weshalb sie das 327. Männchen getötet haben, wo es doch bei dem Flug ohnehin gestorben wäre. Warum haben sie es ermordet?!

Die beiden Killerinnen reden ihr gut zu. Gewisse Dinge können ihnen zufolge nicht warten. Ganz gleich, was es kostet. Es gibt Aufgaben, die verpönt sind, Taten, die als schlecht beurteilt werden, aber dennoch ausgeführt werden müssen, damit das Volk normal weiterlebt. Man darf nicht so naiv sein … Die Einheit von Bel-o-kan, die ist einiges wert. Und wenn es nötig ist, muss man eben etwas unternehmen!

Ja, sind sie denn keine Spioninnen?

Nein, sie sind keine Spioninnen. Sie behaupten sogar …, die maßgebenden Wächterinnen der Sicherheit und des Wohls des Volkes zu sein.

Die Prinzessin stößt wutentbrannte Pheromone aus. Als ob Nr. 327 eine Gefahr für die Sicherheit des Volkes gewesen sei! Doch, antworten die beiden Killerinnen. Eines Tages wird sie es verstehen, im Moment ist sie noch zu jung …

Verstehen? Was wird sie verstehen? Dass es Mörderinnen im Herzen der Stadt gibt, die obendrein behaupten, zu deren Wohl zu handeln, wenn sie Männchen umbringen, die Dinge gesehen haben, »die entscheidend sind für das Überleben des Volks«?

Die Hinkende bequemt sich zu einer Erklärung. Aus ihrer Rede geht hervor, die Kriegerinnen mit dem Felsenduft seien »Antistress-Soldatinnen«. Es gebe einen guten Stress, der dazu führt, dass das Volk Fortschritte macht und kämpft. Aber es gebe auch einen schlechten Stress, der dazu führt, dass sich das Volk selbst zerstört …

Nicht alle Informationen seien sinnvoll. Einige würden »metaphysische« Ängste erzeugen, für die es noch keine Lösung gibt. Also würde sich das Volk beunruhigen, aber es sei gehemmt, unfähig zu reagieren …

Das sei ganz schlecht für alle. Das Volk beginne Toxine zu produzieren, die es vergiften. Das »langfristige« Überleben des Volkes sei wichtiger als die »kurzfristige« Kenntnis der Wirklichkeit. Wenn ein Auge etwas sieht, von dem das Gehirn weiß, dass es dem Rest des Organismus gefährlich ist, sei es besser, wenn das Gehirn dieses Auge ausreißt …

Die Dicke stimmt ein, um die Rede der Hinkenden mit kunstvollen Worten zusammenzufassen:

Das Auge haben wir ausgerissen,
Den Stimulus für die Nerven haben wir abgeschnitten,
Die Angst haben wir beendet.

Die Antennen lassen nicht locker, verdeutlichen, dass alle Organismen mit dieser Art Sicherung ausgestattet seien. Jene, die dergleichen nicht haben, stürben vor Angst oder brächten sich um, um sich nicht der beängstigenden Wirklichkeit stellen zu müssen.

Nr. 56 ist ziemlich überrascht, aber sie lässt sich nicht aus der Fassung bringen. Ein feines Pheromon, wahrhaftig! Wenn sie das Vorhandensein der Geheimwaffe verheimlichen wollen, ist es ohnehin zu spät. Alle Welt weiß, dass La-chola-kan das erste Opfer war, auch wenn das Rätsel in technologischer Hinsicht weiterhin ungelöst ist …

Die beiden Soldatinnen bleiben gelassen, lockern ihren Griff jedoch nicht. La-chola-kan, das hat doch jeder schon vergessen, der Sieg hat die Neugier abflauen lassen. Im Übrigen reicht es, in den Gängen zu schnüffeln, es gibt nicht den geringsten Geruch von Toxinen. Das ganze Volk ist unbesorgt bei diesem Fest der Wiedergeburt.

Was wollen sie dann von ihr? Warum klemmen sie ihren Kopf so ein?

Während der Hetzjagd durch die unteren Stockwerke hat die Hinkende eine dritte Ameise geortet. Eine Soldatin. Wie lautet ihre Identifikationsnummer?

Deshalb haben sie sie also nicht sofort getötet! Statt einer Antwort stößt das Weibchen die Spitzen seiner Antennen tief in die Augen der Dicken. Dass diese von Geburt an blind ist, bedeutet nicht, dass sie nicht große Schmerzen hat. Die Hinkende lockert wie vom Blitz getroffen ihren Griff.

Nr. 56 läuft los, fliegt, um schneller voranzukommen. Ihre Flügel wirbeln eine Staubwolke auf, die ihre Verfolgerinnen verwirrt. Schnell, sie muss die Kuppel erreichen.

Sie ist haarscharf dem Tod entgangen. Jetzt wird für sie ein anderes Leben beginnen.

Auszug aus der Petitionsrede gegen die Spielzeugameisenhaufen, gehalten von Edmond Wells vor der Untersuchungskommission der Nationalversammlung:

»Gestern habe ich in den Läden dieses neue Spielzeug gesehen, das die Kinder zu Weihnachten geschenkt bekommen. Es handelt sich um durchsichtige, mit Erde gefüllte Plastikschachteln, in denen sich sechshundert Ameisen, darunter garantiert eine fruchtbare Königin, befinden.

Man sieht sie arbeiten, wühlen, laufen.

Für ein Kind ist das faszinierend. Das ist, als schenke man ihm eine Stadt. Nur dass die Einwohner winzig klein sind. Gleichsam Hunderte von kleinen, beweglichen und autonomen Puppen.

Ich muss gestehen, ich besitze selbst ähnliche Ameisenhaufen. Weil ich sie im Rahmen meiner Arbeit als Biologe schlicht und einfach studieren muss. Ich habe sie in Aquarien untergebracht, deren Wände ich mit luftdurchlässigem Karton ausgefüllt habe.

Und doch, jedes Mal wenn ich vor einem meiner Ameisenhaufen stehe, habe ich ein seltsames Gefühl. Als wäre ich allmächtig in ihrer Welt. Als wäre ich ihr Gott.

Wenn mir danach ist, ihnen ihre Nahrung wegzunehmen, werden sie alle sterben; wenn mich die Lust anwandelt, Regen zu erzeugen, muss ich lediglich mit der Gießkanne den Inhalt eines Glases Wasser über ihre Stadt rieseln lassen; wenn ich beschließe, ihre Raumtemperatur zu erhöhen, brauche ich sie bloß auf den Radiator zu stellen; wenn ich eine entführen will, um sie unter dem Mikroskop zu betrachten, nehme ich einfach meine Pinzette und fahre damit in das Aquarium; und wenn es mich überkäme, welche zu töten, stieße ich auf keinerlei Widerstand. Sie würden nicht einmal verstehen, was ihnen widerfahren ist.

Ich sage Ihnen, meine Herren, uns ist eine maßlose Macht über diese Geschöpfe gegeben. Einzig und allein, weil sie von kleinerer Gestalt sind.

Ich missbrauche diese Macht nicht. Aber ich stelle mir vor, ein Kind … Auch ein Kind kann ihnen alles antun.

Manchmal kommt mir ein dummer Gedanke. Ich sehe ihre Städte aus Sand, und ich sage mir: Und wenn das unsere wären? Wenn wir ebenfalls in irgendeinem Aquarium gefangen wären und überwacht von einer anderen riesigen Art?

Wenn Adam und Eva zwei Versuchskaninchen waren, die in einer künstlichen Landschaft ausgesetzt wurden, um ›zu sehen, was dabei herauskommt‹?

Wenn die Vertreibung aus dem Paradies, von der die Bibel spricht, nur der Umzug in ein anderes Aquarium war?

Wenn die Sintflut letztlich nur ein Glas Wasser war, das von einem nachlässigen oder neugierigen Gott umgestoßen wurde?

Unmöglich, sagen Sie? Nun ja … Der einzige Unterschied könnte sein, dass meine Ameisen von gläsernen Wänden umgeben sind, während wir durch eine physische Kraft gefangen gehalten werden: die Gravitation!

Gleichwohl glückt es meinen Ameisen mitunter, den Karton zu zerschneiden, mehrere sind schon entkommen. Und uns gelingt es, Raketen abzuschießen, welche die Schwerkraft überwinden.

Kommen wir auf die Aquariumstädte zurück. Wie ich Ihnen vorhin sagte: Ich bin ein großmütiger, barmherziger und sogar ein wenig abergläubischer Gott. Also lasse ich meine Versuchstiere niemals leiden. Was ich nicht will, dass man mir antut, das füge ich auch ihnen nicht zu.

Aber die zigtausend Ameisenhaufen, die zu Weihnachten verkauft werden, machen die Kinder ebenfalls zu kleinen Göttern. Werden sie genauso großmütig und barmherzig sein wie ich?

Sicher, die meisten werden begreifen, dass sie für eine Stadt verantwortlich sind, und dass ihnen daraus nicht nur göttliche Rechte, sondern auch Pflichten erwachsen: die Pflicht, sie zu ernähren, sie in der richtigen Temperatur zu halten, sie nicht aus Spaß zu töten.

Kinder, und ich denke vor allem an die ganz kleinen, die noch nicht verantwortlich sind, Kinder haben allerlei Unannehmlichkeiten: schulische Misserfolge, streitende Eltern, Keilereien mit Freunden. In einem Wutanfall können sie durchaus ihre Pflicht als ›junger Gott‹ vergessen, und dann wage ich mir das Schicksal ihrer ›Bürger‹ nicht auszumalen …

Ich fordere Sie nicht etwa aus Mitleid für die Ameisen oder aufgrund ihrer Rechte als Tiere auf, für das Verbot der Spielzeugameisenhaufen zu stimmen. Tiere haben keine Rechte; sie werden in Batterien gezüchtet und für unseren Konsum geschlachtet. Ich fordere Sie auf, für dieses Gesetz zu stimmen, indem Sie sich vorstellen, dass wir selbst vielleicht Versuchskaninchen und Gefangene einer riesigen Struktur sind. Fänden Sie es wünschenswert, wenn eines Tages die Erde einem jungen, unverantwortlichen Gott als Spielzeug zu Weihnachten geschenkt würde?«

Die Sonne steht im Zenith.

Die Spätankömmlinge. Männchen wie Weibchen, drängen sich durch die Adern, die zur Haut der Stadt führen. Arbeiterinnen schieben sie an, belecken sie, muntern sie auf.

Nr. 56 ist mittlerweile in dieser jubelnden Menge untergetaucht, in der sich sämtliche persönlichen Gerüche vermengen. Hier wird es niemandem gelingen, ihre Düfte zu identifizieren. Sie lässt sich von dem Strom ihrer Schwestern tragen und gelangt immer höher in bislang unbekannte Viertel.

Plötzlich, am Ende eines Gangs, erblickt sie etwas, was sie noch nie gesehen hat. Das Tageslicht. Es ist zunächst nur ein Lichtschein an den Wänden, doch schon bald verwandelt es sich in blendende Helligkeit. Endlich sieht sie diese mysteriöse Kraft, die ihr die Ammen geschildert haben. Das warme, sanfte, schöne Licht. Die Verlockung einer neuen, märchenhaften Welt.

Sie fühlt sich regelrecht berauscht durch die Aufnahme all dieser rohen Photonen in ihren Augenhöhlen. Als hätte sie zu viel von dem vergorenen Honigtau in der 32. Etage zu sich genommen.

Die 56. Prinzessin geht weiter. Der Boden ist mit Flecken von einem grellen Weiß gesprenkelt. Sie watet durch die warmen Photonen. Für jemand, der seine Kindheit unter der Erde verbracht hat, ist der Unterschied gewaltig.

Eine weitere Biegung. Ein Bündel klaren Lichts schießt hinein, dehnt sich zu einem flimmernden Kreis, dann zu einem silbernen Schleier aus. Das Bombardement des Lichts lässt sie zurückprallen. Sie spürt die Funken, die in ihre Augen treten, ihre Sehnerven versengen, ihre drei Gehirne martern. Drei Gehirne … Ein altes Erbe ihrer Vorfahren, der Würmer, die einen Nervenknoten pro Körperring hatten, ein Nervensystem für jeden Teil des Körpers.

Sie kämpft wieder gegen den Photonenwind an. In der Ferne erkennt sie die Gestalten ihrer Schwestern, die von dem Tagesgestirn erhascht werden. Sie sehen aus wie Phantome.

Sie geht weiter. Ihr Panzer wird lauwarm. Dieses Licht, das man ihr tausendmal zu schildern versucht hat, ist mit Worten nicht zu erfassen, man muss es erleben! Sie muss an die Arbeiterinnen aus der Unterkaste der »Pförtnerinnen« denken, die zeitlebens in der Stadt eingeschlossen bleiben und niemals erfahren, wie die Außenwelt und ihre Sonne tatsächlich sind.

Sie dringt in die Mauer aus Licht ein und gelangt auf die andere Seite außerhalb der Stadt. Ihre Facettenaugen passen sich nach und nach an, während sie das Stechen der wilden Luft wahrnimmt. Eine kalte Luft, beweglich und duftend, ganz anders als die gezähmte Atmosphäre der Welt, in der sie gelebt hat.

Ihre Antennen wirbeln umher. Sie hat Mühe, sie kontrolliert auszurichten. Ein noch schnellerer Windstoß presst sie ihr vors Gesicht. Ihre Flügel knattern.

Oben auf der Spitze der Kuppel wird sie von Arbeiterinnen in Empfang genommen. Sie ergreifen sie an den Beinen, ziehen sie hoch, stoßen sie nach vorn in ein Gewühl von Männchen und Weibchen, die sich zu Hunderten auf einer schmalen Fläche drängen und stapeln. Die 56. Prinzessin wird sich dessen bewusst, dass sie sich auf der Startbahn für den Hochzeitsflug befindet, dass sie jedoch noch warten müssen, bis das Wetter besser ist.

Während der Wind weiter seinen Schabernack treibt, hat ein Dutzend Spatzen die Männchen und Weibchen erblickt. Angelockt von diesem unverhofften Fressen flattern sie immer näher heran. Als sie zu nahe kommen, decken die kronenförmig um die Spitze platzierten Artilleristinnen sie mit ihren Säurestrahlen ein.

Jetzt gerade versucht einer dieser Vögel sein Glück, er stürzt auf die Menge hinab, pickt drei Weibchen auf und steigt wieder hoch! Bevor der dreiste Räuber genug Höhe gewonnen hat, wird er von den Artilleristinnen abgeschossen; er wälzt sich, den Schnabel noch voll, kläglich im Gras, um das Gift von seinen Flügeln zu wischen.

Das soll ihnen eine Lehre sein! Und in der Tat, die Spatzen haben sich ein wenig zurückgezogen … Aber niemand lässt sich dadurch täuschen. Sie werden bald wiederkommen, die Luftabwehr einem erneuten Test unterziehen.

Raubtiere Was wäre unsere menschliche Zivilisation, wenn sie sich nicht der gefährlichsten Raubtiere entledigt hätte, der Wölfe, Löwen, Bären und Hyänen?

Sicher eine ängstliche, ständig in Frage gestellte Zivilisation.

Die Römer ließen, um sich inmitten ihrer Zechgelage einen Schrecken einzujagen, eine Leiche herbeischaffen. So wurden alle daran erinnert, dass nichts gewonnen ist, und dass der Tod jeden Augenblick eintreten kann.

Heute jedoch hat der Mensch sämtliche Arten, die fähig sind, ihn zu fressen, umgebracht, ausgerottet, ins Museum gesteckt. So dass die Mikroben und vielleicht die Ameisen die Einzigen sind, die ihn noch schrecken können.

Die Zivilisation der Ameisen hingegen hat sich entwickelt, ohne dass es ihr gelungen wäre, ihre natürlichen Hauptfeinde auszuschalten. Resultat: Dieses Insekt lebt in ständiger Gefahr. Es weiß, dass es erst die Hälfte des Wegs zurückgelegt hat, wenn selbst das dümmste Tier mit einem Tatzenhieb die Frucht tausendjährigen wohldurchdachten Experimentierens zunichte machen kann.

EDMOND WELLS
Enzyklopädie des relativen und absoluten Wissens, Bd. 1

Der Wind hat nachgelassen, die Luftströme werden seltener, die Temperatur steigt. Um 22°-Zeit beschließt die Stadt, ihre Kinder loszuschicken.

Die Weibchen lassen ihre vier Flügel surren. Sie sind bereit, nur zu bereit. All diese Düfte reifer Männchen haben ihr sexuelles Verlangen auf die Spitze getrieben.

Die ersten Jungfrauen heben anmutig ab. Sie schwingen sich auf eine Höhe von hundert Kopf und … werden von den Spatzen hinweggerafft. Keine kommt durch.

Unten herrscht Bestürzung, aber deshalb wird man nicht aufgeben. Eine zweite Welle hebt ab. Vier Weibchen von hundert schaffen es, diese Sperre aus Federn und Schnäbeln zu durchbrechen. Die Männchen machen sich in einem dichten Geschwader auf die Verfolgung. Sie werden durchgelassen, sie sind zu schmächtig, als dass sich die Spatzen für sie interessieren würden.

Eine dritte Welle von Weibchen schwingt sich zum Sturm auf die Wolken empor. Über fünfzig Vögel sind auf ihrem Weg. Es folgt ein einziges Gemetzel. Die Vögel werden immer zahlreicher, als hätten sie sich abgesprochen. Spatzen sind dort, Rotkehlchen, Buchfinken, Tauben … Sie zwitschern lauthals. Auch für sie ist das ein Festtag!

Eine vierte Welle hebt ab. Auch diesmal kommt keines der Weibchen durch. Die Vögel streiten sich untereinander um die besten Stücke.

Die Artilleristinnen werden nervös. Sie schießen vertikal mit aller Kraft ihrer Säuredrüsen. Aber die Räuber fliegen zu hoch. Die tödlichen Tropfen fallen auf die Stadt zurück und verursachen zahlreiche Schäden und Verletzungen.

Einige Weibchen geben verängstigt auf. Sie sind der Ansicht, dass es unmöglich ist durchzukommen, und ziehen es vor, wieder nach unten zu gehen und wie die anderen flügellahmen Prinzessinnen in den Sälen die Paarung zu vollziehen.

Die fünfte Welle schwingt sich empor, zum höchsten Opfer bereit. Sie müssen unbedingt diese Mauer aus Schnäbeln durchbrechen! Siebzehn Weibchen kommen durch, unmittelbar gefolgt von dreiundvierzig Männchen.

Sechste Welle: Zwölf Weibchen durchgekommen!

Siebte Welle: Vierunddreißig!

Nr. 56 bewegt ihre Flügel. Sie wagt es noch nicht loszufliegen. Gerade ist der Kopf einer Schwester vor ihre Füße gefallen, gefolgt von einer schlaffen, Unheil verkündenden Flaumfeder. Sie wollte wissen, wie die Große Außenwelt beschaffen ist? Ah, jetzt weiß sie Bescheid!

Wird sie mit der achten Welle abheben? Nein … Und sie tut gut daran, denn jene wird vollständig vernichtet.

Die Prinzessin hat Lampenfieber. Erneut lässt sie ihre Flügel surren und steigt ein wenig auf. Schön, wenigstens das klappt, kein Problem, das ist nur ihr Kopf, der … Angst ergreift sie. Sie muss einen klaren Kopf bewahren. Die Aussichten, dass sie es schafft, sind sehr gering …

Nr. 56 unterbricht ihr Flattern: Dreiundsiebzig Weibchen der neunten Welle sind durchgekommen. Die Arbeiterinnen stoßen aufmunternde Pheromone aus. Neue Zuversicht erwacht. Wird sie mit der zehnten Welle losfliegen?

Als sie noch zögert, erblickt sie plötzlich ein Stück weiter die kleine Hinkende und die dicke Killerin mit den auf ewig erloschenen

Augen. Mehr bedarf es nicht, um ihr einen Ruck zu geben. Sie fliegt blitzschnell los. Die Mandibeln ihrer Verfolgerinnen schnappen in die leere Luft. Sie haben Nr. 56 nur knapp verfehlt.

Sie hält sich einen Moment auf halber Höhe zwischen der Stadt und dem Vogelschwarm. Dann wird sie von dem Sog der zehnten Welle erfasst. Sie lässt sich mitreißen, schwingt sich ebenfalls geradewegs auf den Schlund der Lüfte zu. Ihre beiden Nachbarinnen lassen sich erwischen, sie selbst entkommt unverhofft den riesigen Fängen einer Meise.

Reine Glückssache.

Nun, vierzehn von ihnen sind unversehrt durchgekommen. Aber Nr. 56 macht sich keine Illusionen. Sie hat nur die erste Prüfung überstanden. Das Schlimmste liegt noch vor ihr. Sie kennt die Zahlen. In der Regel erreichen von eintausendfünfhundert Prinzessinnen ungefähr zehn ohne Zwischenfall den Boden. Günstigstenfalls vier Königinnen gelingt es, ihre Stadt zu gründen.

Manchmal, wenn Manchmal, wenn ich im Sommer spazieren gehe, bemerke ich, dass ich fast auf etwas getreten wäre, eine Art Fliege. Ich schaue genauer hin: Es ist tatsächlich eine Ameisenkönigin. Wenn eine da ist, sind Tausende da. Sie winden sich auf der Erde. Sie werden von den Schuhen der Leute zertreten oder prallen gegen die Windschutzscheibe der Fahrzeuge. Sie sind erschöpft, können ihren Flug nicht mehr kontrollieren. Wie viele Städte wurden auf diese Art zerstört, durch einen simplen Scheibenwischer auf einer Straße im Sommer?

EDMOND WELLS

Enzyklopädie des relativen und absoluten Wissens, Bd. 1

Während Nr. 56 ihre vier langen Flügel schwingt, nimmt sie wahr, wie sich hinter ihr die gefiederte Mauer über der elften und zwölften Welle schließt. Die Ärmsten! Noch fünf Wellen, dann hat die Stadt all ihre Hoffnungen verpulvert.

Sie denkt schon nicht mehr daran, sie wird von dem unendlichen Azur angezogen. Alles ist blau, so blau! Es ist fantastisch, durch die Lüfte zu schießen, wenn man bislang nur das Leben unter der Erde gekannt hat. Ihr ist, als bewegte sie sich in einer anderen Welt. Sie hat die schmalen Gänge gegen einen schwindelerregenden Raum eingetauscht, in dem alles in drei Dimensionen explodiert.

Intuitiv findet sie sämtliche Flugvarianten heraus. Wenn sie ihr Gewicht auf diesen Flügel verlagert, fliegt sie nach rechts. Wenn sie den Anstellwinkel ihres Flügelschlags ändert, steigt sie empor. Oder sie sinkt tiefer. Oder wird schneller … Sie stellt fest, dass sie, um eine perfekte Kurve hinzulegen, die Spitzen ihrer Flügel in eine imaginäre Achse bringen muss und nicht davor zurückschrecken darf, ihren Körper in einem Winkel von über fünfundvierzig Grad abzuknicken.

Das 56. Weibchen entdeckt, dass der Himmel keineswegs leer ist. Im Gegenteil. Er ist voller Strömungen. Einige, die »Pumpen«, lassen sie aufsteigen. Die Luftlöcher hingegen kosten sie Höhe. Man kann sie nur erkennen und sich darauf einstellen, wenn man die Bewegungen der Insekten weiter vorn beobachtet.

Sie friert. Es ist kalt hier oben. Manchmal kommen Luftwirbel, laue oder eisige Windstöße, die sie herumschleudern wie einen Kreisel.

Eine Gruppe von Männchen hat sich auf die Verfolgung gemacht. Nr. 56 legt einen Zahn zu, um nur von den schnellsten und hartnäckigsten eingeholt zu werden. Das ist die erste genetische Selektion …

Sie spürt etwas. Ein Männchen hat sich an ihrem Hinterleib festgemacht, klettert an ihr hoch, steigt auf sie hinauf. Es ist ziemlich klein, aber da es aufgehört hat, mit den Flügeln zu schlagen, erscheint ihr sein Gewicht beträchtlich.

Sie verliert ein wenig an Höhe. Oben windet sich ihr Begleiter, um nicht von den Flügeln behindert zu werden. Vollkommen aus dem Gleichgewicht gebracht, verbiegt er seinen Hinterleib, um mit seinem Stachel das weibliche Geschlecht zu erreichen.

Sie harrt neugierig der Empfindungen. Ein köstliches Kribbeln steigt in ihr auf. Das bringt sie auf eine Idee. Ohne Vorwarnung kippt sie nach vorn und geht in den Sturzflug. Der helle Wahn! Die große Ekstase! Geschwindigkeit und Sex vereinen sich zu ihrem ersten großen Cocktail der Wonne.

Das Bild des 327. Männchens geht ihr kurz durch den Sinn. Der Wind pfeift durch die Härchen zwischen ihren Augen. Ein würziger Saft lässt ihre Antennen erzittern. Einige ihrer Sinne verwandeln sich in eine bewegte See. Sonderbare Flüssigkeiten quellen aus all ihren Drüsen hervor. Sie vermischen sich zu einer schäumenden Suppe, die sich in ihr Gehirn ergießt.

Auf Höhe der Gräser angekommen, nimmt sie all ihre Kraft zusammen und schlägt wieder mit den Flügeln. Jetzt schießt sie wie ein Pfeil nach oben. Als sie sich wieder beruhigt, fühlt sich das Männchen gar nicht mehr gut. Seine Beine schlottern, seine Mandibeln hören nicht auf, sich grundlos zu öffnen und zu schließen. Herzstillstand. Und freier Fall …

Bei den meisten Insekten sind die Männchen darauf programmiert, bei ihrem ersten Liebesakt zu sterben. Ihnen steht nur ein einziger Coup zu, und zwar der wahre. Wenn die Spermien den Körper verlassen, nehmen sie das Leben ihres Besitzers mit sich.

Bei den Ameisen tötet die Ejakulation das Männchen. Bei anderen Arten ermordet das Weibchen, gerade erst beglückt, seinen Wohltäter. Einfach, weil die Erregung Appetit gemacht hat.

Man muss sich den Tatsachen stellen: Die Welt der Insekten ist im Ganzen eine Welt der Weibchen, genauer gesagt der Witwen. Die Männchen haben darin nur vorübergehend Platz …

Aber schon klammert sich ein zweiter Erzeuger an sie. Kaum ist der eine gegangen, wird er schon ersetzt! Es folgt ein dritter, dann noch viele andere. Nr. 56 zählt sie nicht mehr. Mindestens siebzehn oder achtzehn lösen einander ab, um ihre Spermathek mit frischen Keimzellen zu füllen.

Sie spürt die lebende Flüssigkeit, die in ihrem Hinterleib brodelt. Das ist der Vorrat ihrer zukünftigen Stadt. Millionen von männlichen Fortpflanzungszellen, die es ihr ermöglichen werden, fünfzehn Jahre lang täglich Eier zu legen.

Rings um sie werden ihre Schwestern von den gleichen Empfindungen erfüllt. Der Himmel ist voll von fliegenden Weibchen, die von einem oder sogar mehreren Männchen bestiegen werden, die sich gemeinsam mit dem gleichen Weibchen paaren. Liebeskarawanen, die in den Wolken hängen. Diese Damen sind trunken vor Müdigkeit und Glück. Sie sind keine Prinzessinnen mehr, sie sind Königinnen. Ihre wiederholte Wonne hat sie ganz benommen gemacht, und es fällt ihnen recht schwer, ihren Kurs zu halten.

Diesen Augenblick haben vier majestätische Schwalben ausgesucht, um aus einem blühenden Kirschbaum aufzutauchen. Sie fliegen nicht, sie gleiten mit einer Unbewegtheit zwischen den Schichten des Himmels, die einen erstarren lässt … Sie stürzen sich mit weit offenem Schnabel auf die Ameisen und verschlingen sie eine nach der anderen. Auch Nr. 56 wird von ihnen gejagt.

Nr. 103 683 befindet sich im Saal der Kundschafterinnen. Eigentlich hatte sie vor, die Ermittlungen allein weiterzuführen und sich in den Termitenhügel des Ostens zu schleichen, aber man hat sie aufgefordert, sich einer Gruppe von Kundschafterinnen anzuschließen und mit ihnen die »Jagd auf den Drachen« aufzunehmen. Tatsächlich ist in der Nähe der Weidefläche der Stadt Zubi-zubi-kan, die über den größten Viehbestand der ganzen Föderation verfügt (9 Millionen Tiere, die zu melken sind), eine Eidechse gesichtet worden. Und die Anwesenheit eines dieser Saurier kann die Arbeit der Hirten empfindlich stören.

Zum Glück liegt Zubi-zubi-kan an der östlichen Grenze der Föderation, genau auf halbem Weg zwischen der Termitenstadt und Belo-kan. Nr. 103 683 hat also eingewilligt, an dieser Expedition teilzunehmen. So kann sie unbemerkt nach Osten aufbrechen.

Ringsum bereiten sich die Kundschafterinnen sorgfältig vor. Sie füllen ihren Sozialkropf bis zum Rand mit süßen Energiereserven und ergänzen ihre Säurevorräte. Danach reiben sie sich mit Schneckenschleim ein, um sich gegen die Kälte und auch (jetzt wissen sie Bescheid) die Sporen der *Alternaria* zu schützen.

Sie reden über die Jagd auf die Eidechse. Einige vergleichen sie mit einem Salamander oder Frosch, aber die Mehrheit der zweiunddreißig Kundschafterinnen ist sich einig, ihr den ersten Rang zuzugestehen, was die Schwierigkeiten der Jagd betrifft.

Eine alte Kriegerin behauptet, Eidechsen seien imstande, ihren Schwanz nachwachsen zu lassen, wenn er ihnen abgetrennt würde! Man macht sich über sie lustig … Eine andere behauptet, sie habe gesehen, wie eines dieser Ungetüme 10° lang reglos wie ein Stein verharrt habe. Alle rufen sich die Berichte der ersten Belokanerinnen in Erinnerung, die mit bloßen Mandibeln gegen diese Monster vorgegangen seien – damals war die Verwendung der Ameisensäure noch nicht so verbreitet.

Nr. 103 683 läuft es kalt den Rücken hinunter. Sie hat noch nie eine Eidechse gesehen, und die Aussicht, eine mit bloßen Mandibeln oder auch mit dem Säurestrahl anzugreifen, ist alles andere als beruhigend. Sie nimmt sich vor, sich bei der erstbesten Gelegenheit zu verdrücken. Schließlich ist ihre Suche nach der »Geheimwaffe« wichtiger für das Überleben der Stadt als irgendein Jagdausflug.

Die Kundschafterinnen sind bereit. Sie steigen durch die Gänge des äußeren Gürtels nach oben, dann treten sie durch den Ausgang Nr. 7, den sogenannten »Ostausgang«, ins Freie.

Zunächst müssen sie sich durch die Randgebiete der Stadt kämpfen. Das ist gar nicht so einfach. In der gesamten Umgebung von Bel-o-kan wimmelt es von Arbeiterinnen und Soldatinnen, und eine hat es da eiliger als die andere.

Es gibt mehrere Ströme. Zahlreiche Ameisen sind mit Blättern, Früchten, Samenkörnern oder Pilzen beladen. Andere transportieren Zweige und Steinchen, die als Baumaterial verwendet werden. Wieder andere führen Wildbret mit sich … Ein heilloses Durcheinander von Gerüchen.

Die Jägerinnen bahnen sich einen Weg durch die Stauungen. Dann wird der Verkehr flüssiger. Die große Allee verengt sich zu einer Straße von erst drei Kopf (neun Millimeter), dann zwei, später einem Kopf Breite. Sie müssen bereits weit von der Stadt entfernt sein, da sie deren Kollektivbotschaften nicht mehr empfangen. Die Gruppe hat die olfaktorische Nabelschnur durchtrennt und konstituiert sich zu einer autonomen Einheit. Sie wählt die Formation »Spaziergang«, bei der die Ameisen in Zweierreihen vorrücken.

Schon bald begegnet die Einheit einer anderen Gruppe von Kundschafterinnen. Sie müssen Schlimmes erlebt haben. Nur eine einzige Ameise der kleinen Truppe ist unverletzt. Ansonsten lauter Verstümmelte. Einige haben nur noch ein Bein und schleppen sich kläglich vorwärts. Denen, die keine Fühler oder keinen Hinterleib mehr haben, geht es nicht besser.

Nr. 103 683 hat seit dem Krieg am Klatschmohnhügel keine Soldatinnen mehr gesehen, die so übel zugerichtet waren. Sie müssen etwas Grauenvolles erlebt haben ... Vielleicht die Geheimwaffe?

Nr. 103 683 möchte mit einer großen Kriegerin, deren lange Mandibeln zerbrochen sind, einen Dialog aufnehmen. Woher kommen sie? Was ist passiert? Waren es die Termiten?

Die andere geht langsamer und wendet ihr, ohne zu antworten, ihr Gesicht zu. Schrecklich, ihre Augenhöhlen sind leer! Und der Schädel ist vom Mund bis zum Halsgelenk gespalten.

Sie entfernt sich. Nr. 103 683 blickt ihr nach. Ein Stückchen weiter bricht sie zusammen und kommt nicht mehr hoch. Sie findet noch die Kraft, zur Seite zu kriechen, damit ihr Kadaver nicht den Weg versperrt.

Nr. 56 versucht der Schwalbe mit einem Sturzflug zu entgehen, aber jene ist zehnmal schneller. Schon senkt sich der Schatten eines großen Schnabels auf ihre Antennen. Der Schnabel holt sie ein, erfasst ihren Hinterleib, ihren Thorax, ihren Kopf. Der Kontakt mit dem Gaumen ist unerträglich. Dann schließt sich der Schnabel. Es ist alles aus.

Opfer Wenn man die Ameisen beobachtet, könnte man meinen, ihr Handeln sei von einem Streben diktiert, das nichts mit ihrer eigenen Existenz zu tun hat. Ein abgetrennter Kopf versucht sich noch nützlich zu machen, indem er gegnerische Beine beißt, ein Samenkorn abschneidet; ein Thorax schleppt sich voran, um den Feinden den Eingang zu versperren.

Selbstverleugnung? Fanatismus im Dienste der Stadt? Verdummung aufgrund von Kollektivismus?

Nein, die Ameise kann auch allein leben. Sie braucht ihr Volk nicht, sie kann sogar aufbegehren.

Warum opfert sie sich dann?

Bei dem jetzigen Stand meiner Arbeiten würde ich sagen: aus Bescheidenheit. Anscheinend ist für sie der Tod kein Ereignis, das wichtig genug wäre, sie von der Arbeit abzulenken, die sie in den Sekunden zuvor verrichtet hat.

EDMOND WELLS
Enzyklopädie des relativen und absoluten Wissens, Bd. 1

Die Kundschafterinnen kurven um Bäume, Erdhügel, dornige Büsche herum, schlängeln sich weiter in Richtung des unheilvollen Ostens.

Der Weg ist schmaler geworden, aber immer noch sind Einheiten zur Straßenreinigung unterwegs. Die Verkehrswege zwischen den einzelnen Städten werden niemals vernachlässigt. Straßenwärterinnen reißen das Moos aus, entfernen Zweige, die den Weg versperren, setzen Duftzeichen.

Die Arbeiterinnen, die der Gruppe entgegenkommen, werden immer seltener. Mitunter finden sich auf dem Boden Pheromone als Wegweiser: »Bei Kreuzung 29 einen Umweg durch den Hagedorn machen!« Vielleicht ist man dort auf die jüngste Spur eines Hinterhalts feindlicher Insekten gestoßen.

Nr. 103 683 erwartet eine Überraschung nach der anderen. Sie ist noch nie in dieser Gegend gewesen. Es gibt hier Satanspilze von achtzig Kopf Höhe! Diese Sorte ist jedoch charakteristisch für die Gebiete im Osten.

Und sie entdeckt allerlei seltsame Pflanzen: den wilden Hanf, dessen Blüten den Morgentau so gut festhalten, den wunderbaren wie bedrohlichen Frauenschuh, Katzenpfötchen mit langen Stängeln …

Sie geht auf ein Springkraut zu, dessen Blüten Bienen ähneln, und ist so unvorsichtig, es zu berühren. Sogleich platzen ihr die reifen Früchte ins Gesicht, bedecken sie mit klebrigen gelben Samenkörnern. Ein Glück, dass das keine *Alternaria* ist …

Keineswegs entmutigt, klettert sie auf ein Hasenkraut, um sich den Himmel näher anzusehen. Dort oben sieht sie Bienen, die Achten beschreiben, um ihren Schwestern den Standort der Blütenpollen anzugeben.

Die Landschaft wird immer wilder. Rätselhafte Düfte erfüllen die Luft. Hunderte von kleinen, nicht zu identifizierenden Wesen fliehen in alle Richtungen. Man bemerkt sie nur an dem Knacken der trockenen Blätter.

Ihr Kopf kribbelt noch, als sich Nr. 103 683 wieder der Truppe anschließt. Und so gelangen sie ruhigen Schritts in die Umgebung der föderierten Stadt Zubi-zubi-kan. Ein Gehölz wie jedes andere auch, würde man von weitem sagen. Wären da nicht der Geruch und der entsprechend ausgeschilderte Weg, würde niemand eine Stadt hier vermuten. In Wirklichkeit ist Zubi-zubi-kan eine klassische »rote« Stadt mit einem Baumstumpf, einer Kuppel aus Zweigen und Deponien. Aber alles ist unter Sträuchern verborgen.

Die Eingänge befinden sich noch oben, fast am höchsten Punkt der Kuppel. Man erreicht sie über eine Gruppe von Farn und wilden Rosen. Was die Kundschafterinnen auch tun.

Drinnen wimmelt es von Leben. Die Pflanzenläuse sind nicht leicht zu erkennen, sie haben die gleiche Farbe wie die Blätter. Eine kundige Antenne und ein kundiges Auge machen jedoch mühelos Tausende von kleinen grünen Warzen aus, die langsam – in dem Maße, wie sie den Saft »abgrasen« – wachsen.

Vor langer Zeit wurde zwischen den Ameisen und den Pflanzenläusen ein Abkommen geschlossen. Letztere ernähren die Ameisen, die sie als Gegenleistung schützen. Tatsächlich stutzen manche Städte ihren »Milchkühen« die Flügel und geben ihnen ihre eigenen Identifizierungsdüfte. So lassen sich die Herden bequemer hüten …

Auch Zubi-zubi-kan übt sich in dieser schlechten Gewohnheit. Als Wiedergutmachung, oder vielleicht aus purem Modernismus, hat die Stadt auf ihrer zweiten Etage grandiose Ställe gebaut, die mit allem für das Wohlergehen der Pflanzenläuse erforderlichen Komfort ausgerüstet sind. Die Ameisenammen pflegen dort die Eier ihrer Läuse mit der gleichen Konzentration wie die ihrer Artgenossinnen. Das erklärt auch die außergewöhnliche Bedeutung und das feine Aussehen des dortigen Viehbestands.

Nr. 103 683 und ihre Begleiterinnen nähern sich einer Herde, die damit beschäftigt ist, dem Zweig eines Rosenstrauchs das Blut auszusaugen. Sie stellen zwei, drei Fragen, aber die Läuse lassen ihren Rüssel in dem pflanzlichen Fleisch, ohne sie auch nur im Geringsten zu beachten. Außerdem, vielleicht beherrschen sie die Duftsprache der Ameisen überhaupt nicht … Die Kundschafterinnen suchen mit ihren Antennen nach der Hirtin. Doch sie entdecken keine.

Dann geschieht etwas Erschreckendes. Drei Marienkäfer lassen sich mitten unter die Herde fallen. Diese gefährlichen Raubtiere verbreiten Panik unter den armen Läusen, die mit ihren gestutzten Flügeln nicht fliehen können.

Doch die Wölfe rufen die Hirtinnen auf den Plan. Zwei zubizubikanische Ameisen springen hinter einem Blatt hervor. Denn dort haben sie sich versteckt, um die roten Räuber mit den schwarzen Punkten überraschen zu können. Sie nehmen sie ins Visier und erlegen sie mit ihren präzisen Säurestrahlen.

Dann laufen sie herbei und beruhigen die noch völlig verängstigten Herden. Sie melken sie, trommeln auf ihren Hinterleib, streicheln ihre Antennen. Daraufhin geben die Pflanzenläuse eine große Blase durchsichtigen Zuckers von sich. Den kostbaren Honigtau. Während sie sich mit diesem Likör sättigen, nehmen die zubizubikanischen Hirtinnen die belokanischen Kundschafterinnen wahr.

Sie begrüßen sie. Antennenkontakt.

Wir sind gekommen, um die Eidechse zu jagen, sendet eine der Belokanerinnen.

Dann müsst ihr weiter nach Osten gehen. Man hat eines dieser Ungetüme in der Nähe des Postens Guayei-Tyolot gesichtet.

Statt ihnen die übliche Trophallaxis anzubieten, fordern die Hirtinnen sie auf, sich direkt an den Tieren zu laben. Die Kundschafterinnen lassen sich das nicht zweimal sagen. Jede wählt sich eine Pflanzenlaus und klopft ihr auf den Hinterleib, um den köstlichen Honigtau hervorzulocken.

Das ist schwarz, ölig im Innern des Rachens, und es stinkt. Nr. 56, gänzlich mit Sabber beschmiert, rutscht in den Schlund des Raubvogels. Da jener keine Zähne hat, hat er sie nicht zerkaut, sie ist noch unversehrt. Kommt nicht in Frage, sich aufzugeben – mit ihr würde eine ganze Stadt untergehen.

Mit äußerster Anstrengung pflanzt sie ihre Mandibeln in das glatte Fleisch der Speiseröhre. Dieser Reflex rettet sie. Der Schwalbe wird übel, sie hustet und speit die widerspenstige Nahrung weit von sich. Geblendet versucht Nr. 56 zu fliegen, aber ihre klebrigen Flügel sind viel zu schwer. Sie fällt mitten in einen Fluss.

Ringsum zappeln Männchen in ihrem Todeskampf. Sie registriert den unrhythmischen Flug von rund zwanzig ihrer Schwestern hoch oben, die den Schwalben entkommen sind. Erschöpft verlieren sie an Höhe.

Eine von ihnen landet auf einer Teichrose, wo zwei Salamander unverzüglich Jagd auf sie machen. Sie holen sie ein und zerfetzen sie. Die anderen Königinnen werden eine nach der anderen von Tauben, Kröten, Maulwürfen, Schlangen, Fledermäusen, Igeln, Hühnern und Küken aus dem Spiel des Lebens gerissen … Letzten Endes haben von den eintausendfünfhundert Weibchen, die losgeflogen sind, nur sechs überlebt.

Nr. 56 gehört dazu. Wie durch ein Wunder. Sie muss leben. Sie muss ihre eigene Stadt gründen und das Rätsel der Geheimwaffe aufklären. Sie weiß, dass sie dazu Hilfe braucht, dass sie auf die Menge zählen kann, die bereits ihren Bauch bevölkert. Sie braucht sie nur daraus zu entlassen …

Aber als Erstes muss sie zusehen, dass sie hier wegkommt …

Indem sie den Winkel der Sonnenstrahlen berechnet, findet sie heraus, wo sie gelandet ist. Auf dem Fluss des Westens. Kein sehr empfehlenswerter Ort, denn wenn es auch auf sämtlichen Inseln der Welt Ameisen gibt, weiß man doch nicht, wie sie es als Nichtschwimmer angestellt haben, dorthin zu gelangen.

Ein Blatt treibt an ihr vorüber, sie hält sich mit aller Kraft ihrer Mandibeln daran fest. Sie strampelt wie besessen mit den Hinterbeinen, aber dieser Antrieb hat nur mäßigen Erfolg. Sie hält sich schon eine ganze Weile auf diese Art über Wasser, als sich ein gigantischer Schatten abzeichnet. Eine Kaulquappe? Nein, das ist tausendmal größer als eine Kaulquappe. Nr. 56 erkennt eine spitz zulaufende Form mit einer glatten und getigerten Haut. Das ist für sie eine ganz neue Erscheinung. Eine Forelle!

Die kleinen Krebse, Hüpferlinge und Wasserflöhe fliehen vor dem Ungeheuer. Jenes taucht ab, dann steigt es auf, kommt direkt auf die Königin zu, die sich entsetzt an ihr Blatt klammert.

Die Forelle schießt mit aller Kraft ihrer Flossen nach oben und zerteilt die Oberfläche. Eine große Welle setzt der Ameise schwer zu. Die Forelle scheint in der Luft zu schweben, sie öffnet ein mit feinen Zähnen bewehrtes Maul und verschlingt eine kleine Mücke, die gerade vorbeiflattert. Dann windet sie sich mit einem Schlag ihrer Schwanzflosse und fällt in ihr kristallklares Reich zurück … Womit sie eine Flutwelle auslöst, die die Ameise überschwemmt.

Schon haben sich einige Frösche ausgestreckt und hüpfen los, um sich um diese Königin und ihren Kaviar zu zanken. Jener gelingt es, wieder aufzutauchen, aber ein Strudel zieht sie erneut in unwirtliche Tiefen. Die Frösche verfolgen sie. Die Kälte lässt sie erstarren. Sie verliert das Bewusstsein.

Nicolas schaute mit seinen beiden neuen Freunden Jean und Philippe im Speisesaal Fernsehen. Sie waren nicht allein, andere Waisenkinder ließen sich mit rosigen Wangen durch die ständige Abfolge von Bildern einlullen.

Die Handlung des Films drang mit einer Geschwindigkeit von 500 Stundenkilometern durch ihre Augen und Ohren in den Speicher ihres Gehirns ein. Das menschliche Gehirn kann bis zu sechzig Milliarden Informationen speichern. Aber wenn dieser Speicher voll ist, wird automatisch aussortiert: Die weniger interessanten Informationen werden vergessen. Es bleiben dann nur die traumatischen Erinnerungen und die Sehnsucht nach vergangenen Freuden.

An diesem Tag folgte im Anschluss an die Nachrichten eine Diskussion über Insekten. Die meisten der jungen Leute blieben nicht dabei – für dieses wissenschaftliche Blabla hatten sie nichts übrig.

»Professor Leduc, Sie gelten, zusammen mit Professor Rosenfeld, als der größte europäische Ameisenspezialist. Was hat Sie veranlasst, sich der Ameisenforschung zu widmen?«

»Ich habe eines Tages meinen Küchenschrank geöffnet und bin an eine Kolonne dieser Insekten geraten. Ich habe ihnen stundenlang bei der Arbeit zugesehen. Das war für mich eine Lektion in puncto Leben und Demut. Ich habe mehr darüber in Erfahrung bringen wollen … Das ist alles.«

(Er lachte.)

»Was unterscheidet Sie von Professor Rosenfeld, dem anderen hervorragenden Wissenschaftler auf diesem Gebiet?«

»Ach, der Professor Rosenfeld? Ist er noch nicht in Rente gegangen? (Er lachte erneut.) Aber im Ernst, wir kommen aus ganz verschiedenen Richtungen. Wissen Sie, es gibt mehrere Auffassungen, diese Insekten zu ›verstehen‹ … Früher dachte man, sämtliche sozialen Arten (Termiten, Bienen, Ameisen) seine royalistisch. Das war einfach, aber es war falsch. Man hat festgestellt, dass bei den Ameisen die Königin in der Tat über keinerlei Macht verfügt, außer dass sie gebärt. Es gibt unter den Ameisen sogar eine Vielfalt von Regierungsformen: Monarchie, Oligarchie, Kriegerinnenrat, Demokratie, Anarchie usw. Manchmal, wenn die Bürger mit ihrer Regierung nicht zufrieden sind, begehren sie auf, und dann kommt es innerhalb der Städte zu ›Bürgerkriegen‹.«

»Unglaublich!«

»Für mich und für die sogenannte ›deutsche‹ Schule, zu der ich mich bekenne, basiert die Organisation der Ameisenwelt in erster Linie auf einer Hierarchie von Kasten und auf der Überlegenheit von Alpha-Individuen, die überdurchschnittlich begabt sind und Gruppen von Arbeiterinnen leiten … Für Rosenfeld, der der sogenannten ›italienischen‹ Schule angehört, sind die Ameisen allesamt durch und durch anarchistisch, es gibt keine Alpha-Individuen, die begabter sind als der Rest. Und nur bei der Lösung praktischer Probleme kommt es mitunter spontan zu Führern. Dies ist jedoch vorübergehend.«

»Ich kann Ihnen nicht so recht folgen.«

»Sagen wir so: Die italienische Schule glaubt, dass jede Ameise Chef werden kann, sobald sie eine originelle Idee hat, die die anderen interessiert. Die deutsche Schule glaubt hingegen, dass immer bestimmte Ameisen mit ›Chefeigenschaften‹ die Dinge in die Hand nehmen.«

»Unterscheiden sich die beiden Schulen denn so sehr?«

»Immerhin ist es auf einigen internationalen Kongressen bereits zu Schlägereien gekommen, wenn Sie darauf hinauswollen.«

»Das ist immer noch die gleiche alte Rivalität zwischen dem sächsischen und dem lateinischen Geist, nicht wahr?«

»Nein. Diese Auseinandersetzung ist eher mit dem Streit zwischen den Anhängern des ›Angeborenen‹ und denen des ›Erworbenen‹ zu vergleichen. Kommt man dumm zur Welt, oder wird man es erst? Das ist überdies eine der Fragen, auf die wir eine Antwort suchen, wenn wir Ameisengesellschaften studieren!«

»Und warum machen Sie Ihre Experimente nicht mit Karnickeln oder Mäusen?«

»Die Ameisen geben uns die großartige Gelegenheit, zu sehen, wie eine Gesellschaft funktioniert, eine Gesellschaft, die sich aus mehreren Millionen Individuen zusammensetzt. Das ist, als beobachte man eine Welt. Es gibt meines Wissens keine Städte von mehreren Millionen Karnickeln oder Mäusen …«

Ellbogenstöße.

»Haste mitgekriegt, Nicolas?«

Aber Nicolas hörte nicht zu. Dieses Gesicht, diese gelben Augen, die hatte er schon gesehen. Aber wo? Wann? Er strengte sein Gedächtnis an. Genau, jetzt erinnerte er sich. Das war der Mann von der Buchbinderei. Er hatte sich Gougne genannt, aber der Buchbinder und dieser Leduc, der da im Fernsehen schwafelte, waren ein und dieselbe Person.

Seine Entdeckung stürzte Nicolas in tiefes Nachdenken. Wenn der Professor gelogen hatte, dann sicher, um sich die *Enzyklopädie* anzueignen. Ihr Inhalt musste bedeutend sein für die Ameisenforschung. Sie musste da unten sein. Ja, sie war bestimmt in diesem Keller. Und sie waren alle hinter ihr her, Papa, Mama und dieser Leduc. Er musste sie finden, diese verdammte Enzyklopädie, dann würde sich alles aufklären.

Er stand auf.

»Wo willst du hin?«

Er gab keine Antwort.

»Ich dachte, die interessieren dich, die Ameisen …?«

Er ging zur Tür, dann lief er auf sein Zimmer. Er würde nicht viel brauchen. Nur seine geliebte Lederjacke, sein Taschenmesser und die dicken Schuhe mit den Kreppsohlen.

Die Aufpasser beachteten ihn nicht einmal, als er durch die große Halle ging.

Er floh aus dem Waisenhaus.

Von weitem wirkt Guayei-Tyolot wie ein runder Krater. Eine Art Maulwurfshügel. Der »Vorposten« ist ein Mini-Ameisenhaufen, der von einer Hundertschaft gehalten wird. Er ist nur von April bis Oktober besetzt und bleibt den Herbst und den Winter über leer.

Wie bei den primitiven Ameisen gibt es dort keine Königin, keine Arbeiterinnen, keine Soldatinnen. Alle sind alles zugleich. Deshalb kritisiert man hier auch gerne die Fieberhaftigkeit der riesigen Städte. Man spottet über die Verkehrsstauungen, die einstürzenden Gänge, die geheimen Tunnel, die eine Stadt in einen wurmstichigen Apfel verwandeln, über die hyperspezialisierten Arbeiterinnen, die nicht mehr jagen können, über die blinden Pförtnerinnen, die zeitlebens in ihrem Engpass eingemauert sind.

Nr. 103 683 inspiziert den Posten. Guayei-Tyolot besteht aus einem Dachboden und einem weitläufigen Hauptsaal. Dieser Raum verfügt über eine Art Deckenlampe, eine Öffnung, durch die zwei Sonnenstrahlen eindringen und Dutzende von Jagdtrophäen anstrahlen, leere Häutchen, die an den Wänden hängen und im Luftzug pfeifen.

Nr. 103 683 tritt auf diese bunten Kadaver zu. Eine Einheimische streicht ihr über die Antennen. Sie zeigt ihr diese großartigen Geschöpfe, die allen möglichen Ameisenlisten zum Opfer gefallen sind. Die Tiere sind mit Ameisensäure bestrichen, eine Substanz, die nicht nur tötet, sondern auch Kadaver erhält.

Es gibt dort, sorgfältig aufgereiht, alle Arten von Schmetterlingen und Insekten unterschiedlichster Größe, Form und Farbe. Und doch fehlt ein wohlbekanntes Tier in der Sammlung: die Termitenkönigin.

Nr. 103 683 fragt, ob sie Probleme mit den benachbarten Termiten haben. Die Einheimische hebt die Antennen, um ihre Verwunderung zum Ausdruck zu bringen. Sie hört auf, zwischen ihren Mandibeln zu kauen. Es folgt ein bedrückendes olfaktorisches Schweigen.

Termiten?

Ihre Antennen senken sich. Sie hat nichts mehr zu sagen. Außerdem hat sie zu tun, eine Beute muss zerlegt werden. Sie hat genug Zeit verloren. Auf Wiedersehen. Sie dreht sich um, will verschwinden. Nr. 103 683 lässt nicht locker.

Die andere wirkt jetzt völlig verängstigt. Ihre Antennen zittern ein wenig. Offenbar erinnert sie das Wort Termiten an etwas Schreckliches. Darüber zu sprechen scheint über ihre Kräfte zu gehen. Sie rennt auf eine Gruppe von Arbeiterinnen zu, die mitten in einem Zechgelage sind.

Letztere lecken einander in einer langen, geschlossenen Kette den Hinterleib, nachdem sie ihren Sozialkropf mit dem Alkohol aus Blütenhonig gefüllt haben.

Fünf Jägerinnen des Vorpostens treten geräuschvoll ein. Sie schieben eine Raupe vor sich her.

Die haben wir gefunden. Das Beste ist, die produziert Honig!

Die Ameise, die diese Neuigkeit verkündet hat, tippt der Gefangenen mit der Spitze ihrer Antennen auf den Kopf. Dann legt sie ein Blatt auf den Boden, und kaum beginnt die Raupe zu fressen, springt sie ihr auf den Rücken. Die Raupe bäumt sich auf, jedoch vergebens. Die Ameise schlägt ihr ihre Krallen in die Seiten, vergewissert sich ihres Griffs, dreht sich um und leckt ihr über das letzte Glied, bis ein Likör hervorquillt.

Alle gratulieren ihr. Man reicht sich diesen bislang unbekannten Honigtau der Pflanzenläuse. Er ist öliger und hat einen ausgeprägten Nachgeschmack von Saft. Während Nr. 103 683 diesen exotischen Likör kostet, streicht eine Antenne über ihren Schädel.

Du bist also die, die etwas über die Termiten erfahren will.

Die Ameise, die dieses Pheromon ausgestoßen hat, scheint sehr, sehr alt zu sein. Ihr ganzer Panzer ist von Mandibelbissen verschrammt. Nr. 103 683 legt ihre Fühler zum Zeichen der Zustimmung zurück.

Komm mit!

Sie ist die 4000. Kriegerin. Ihr Kopf ist flach wie ein Blatt. Ihre Augen sind winzig. Wenn sie sendet, riechen ihre Ausdünstungen schwach nach Alkohol. Vielleicht hat sie sich deshalb in eine winzige, so gut wie geschlossene Höhle zurückziehen wollen.

Keine Bange, hier können wir reden, dieses Loch ist meine Kammer.

Nr. 103 683 fragt, was sie über den Termitenhügel des Ostens weiß. Die andere spreizt ihre Antennen.

Warum interessierst du dich dafür? Du bist nicht nur wegen der Eidechse gekommen, nicht wahr?

Nr. 103 683 beschließt, dieser alten Geschlechtslosen gegenüber die Karten auf den Tisch zu legen. Sie erzählt ihr, dass eine geheime und unerklärliche Waffe gegen die Soldatinnen von La-chola-kan eingesetzt worden sei. Anfangs habe man geglaubt, es handele sich um einen Anschlag der Zwerginnen, aber sie seien es nicht gewesen. Also sei der Verdacht logischerweise auf die Termiten des Ostens gefallen, den zweiten großen Feind …

Die Alte biegt ihre Antennen, um ihre Überraschung zu zeigen. Von dieser Geschichte hat sie noch nie gehört. Sie mustert Nr. 103 683 und fragt:

Und diese Geheimwaffe hat dir auch dein fünftes Bein ausgerissen?

Nr. 103 683 verneint. Das habe sie in der Schlacht am Klatschmohnhügel verloren, bei der Befreiung von La-chola-kan. Nr. 4000 ist sogleich begeistert. Da war sie auch!

Welche Einheit?

Fünfzehnte. Und du?

Dritte!

Während der letzten Attacke hat die eine auf der rechten, die andere auf der linken Flanke gekämpft. Sie tauschen einige Erinnerungen aus. Aus einer Schlacht sind stets viele Lehren zu ziehen. So ist Nr. 4000 zum Beispiel ganz zu Beginn der Kämpfe der Einsatz kleiner Mücken als Botschafter aufgefallen. Ihrer Meinung nach ist diese Methode der Kommunikation über große Entfernungen den traditionellen »Läuferinnen« weit überlegen.

Die belokanische Soldatin, die nichts davon bemerkt hat, stimmt ihr bereitwillig zu. Dann kommt sie schnell auf ihr Thema zurück.

Warum will mir niemand etwas über die Termiten erzählen?

Die alte Kriegerin tritt näher. Ihre Köpfe berühren sich.

Auch hier gehen sehr merkwürdige Dinge vor …

Ihre Düfte suggerieren Rätselhaftes. *Sehr merkwürdige Dinge, sehr merkwürdige Dinge …* Der Satz prallt als olfaktorisches Echo von den Wänden ab.

Dann erklärt Nr. 4000, dass man seit einiger Zeit keine einzige Termite aus der Stadt des Ostens mehr gesehen habe. Früher hätten sie die Passage bei Satei benutzt, um Spioninnen über den Fluss zu schicken. Man habe davon gewusst und sie, so gut es ging, kontrolliert. Jetzt gebe es nicht einmal mehr Spioninnen. Nichts mehr.

Ein Feind, der angreift, das ist freilich beunruhigend, aber ein Feind, der verschwindet, so etwas verunsichert einen noch viel mehr. Da selbst das geringste Geplänkel mit Termitenkundschafterinnen ausblieb, hätten die Ameisen des Postens Guayei-Tyolot beschlossen, ihrerseits Spioninnen auszuschicken.

Ein erster Schwarm von Kundschafterinnen sei aufgebrochen. Man habe nie mehr etwas von ihm gehört. Darauf sei eine zweite Gruppe ausgerückt und auf die gleiche Weise verschwunden. Man habe an die Eidechse oder einen besonders gefräßigen Igel gedacht. Andererseits, bei einem Angriff eines Raubtiers gebe es stets eine Überlebende, wenn sie auch verletzt ist. Aber das hier, das war, als hätten sich die Soldatinnen wie von Zauberhand in Luft aufgelöst.

Das erinnert mich an etwas …, setzt Nr. 103 683 an.

Aber die Alte hat nicht vor, sich in ihrem Bericht unterbrechen zu lassen. Sie fährt fort:

Nach dem Fehlschlag der beiden ersten Expeditionen hätten die Kriegerinnen von Guayei-Tyolot beschlossen, alles auf eine Karte zu setzen. Sie hätten eine Mini-Legion von fünfhundert schwer bewaffneten Soldatinnen losgeschickt. Diesmal habe es eine Überlebende gegeben. Sie habe sich über mehrere Tausend Kopf geschleppt und sei unter grauenvollen Qualen bei ihrem Eintreffen im Nest gestorben.

Man habe den Kadaver untersucht, der nicht die geringste Verletzung aufwies. Und ihre Antennen hätten keinerlei Kampfspuren aufgezeigt. Als ob sie der Tod einfach so ereilt hätte.

Verstehst du jetzt, warum niemand mit dir über den Termitenhügel des Ostens reden will?

Nr. 103 683 versteht. Sie ist vor allem froh, dass sie die richtige Spur gefunden hat. Wenn das Rätsel der Geheimwaffe gelöst werden kann, dann sicher über den Termitenhügel des Ostens.

Holografie Was das menschliche Gehirn und der Ameisenhaufen gemeinsam haben, kann am besten mit einem holografischen Bild verglichen werden.

Was ist Holografie? Das Übereinanderlegen von Streifen, in die etwas eingraviert wurde und die, sobald sie miteinander in einem bestimmten Winkel angestrahlt werden, den Eindruck eines plastischen Bildes hervorrufen.

Tatsächlich existiert jenes Bild überall und nirgends zugleich. Aus der Verbindung der Streifen entsteht etwas anderes, eine dritte Dimension: die Illusion einer Tiefenwirkung.

Jedes Neuron unseres Gehirns, jedes Individuum des Ameisenhaufens besitzt die gesamte Information. Aber die Kollektivität ist erforderlich, damit das Bewusstsein hervortritt, das »plastische Denken«.

EDMOND WELLS
Enzyklopädie des relativen und absoluten Wissens, Bd. 1

Als Nr. 56, seit kurzem Königin, das Bewusstsein wiedererlangt, liegt sie auf einem breiten Strand von Kieselsteinen. Wahrscheinlich ist sie den Fröschen nur dank einer schnellen Strömung entkommen. Sie würde gern weiterfliegen, aber ihre Flügel sind noch nass. Also heißt es warten …

Sie reinigt systematisch ihre Antennen, dann saugt sie die Luft ein. Wo ist sie? Hoffentlich ist sie nicht auf der falschen Seite des Flusses gestrandet!

Sie bewegt ihre Antennen mit 8000 Schwingungen/Sekunde. Sie nimmt Spuren bekannter Gerüche wahr. Glück gehabt, sie ist am Westufer des Flusses. Allerdings gibt es hier nicht die geringste Pheromonpiste. Sie muss ein wenig näher an die Hauptstadt heran, wenn sie ihre zukünftige Stadt an die Föderation anbinden will.

Endlich kann sie abheben. Richtung Westen. Sehr weit wird sie vorerst nicht kommen. Die Muskeln ihrer Flügel sind erschöpft, und so bleibt sie im Tiefflug.

Sie kehren in den Hauptsaal von Guayei-Tyolot zurück. Seit sich Nr. 103 683 nach den Termiten des Ostens erkundigt hat, meidet man sie, als wäre sie *Alternaria*-infiziert. Sie murrt nicht, konzentriert sich ganz auf ihre Mission.

Ringsum tauschen die Belokanerinnen mit den Guayeityolotinnen Nahrung aus, lassen sie die neueste Ernte von Lamellenpilzen probieren, kosten ihrerseits den aus wilden Raupen gewonnenen Honigtau.

Dann, nach den verschiedensten Düften, verlagert sich das Gespräch auf die Eidechsenjagd. Die Einheimischen erzählen, dass man kürzlich drei Eidechsen gesichtet habe, die die Blattlausherden von Zubi-zubi-kan terrorisiert hatten. Sie sollen zwei Herden von tausend Tieren und sämtliche Hirtinnen getötet haben …

Eine Zeit lang habe Panik geherrscht. Die Hirtinnen hätten ihr Vieh nur noch durch die gesicherten, in das Fleisch der Zweige gegrabenen Gänge getrieben. Doch dank der Säure-Artillerie sei es gelungen, diese drei Drachen zu vertreiben. Zwei hätten sich weit fort verzogen. Die dritte habe sich verletzt auf einem Stein fünftausend Kopf von hier niedergelassen.

Die zubizubikanischen Einheiten haben ihr bereits den Schwanz abgetrennt. Man müsse die Gelegenheit nutzen und dem Tier schnell den Rest geben, bevor es neue Kräfte schöpfe.

Stimmt es, dass der Schwanz der Eidechsen nachwächst?, erkundigt sich eine Kundschafterin. Man bejaht ihre Frage.

Der Schwanz, der nachwächst, ist aber anders als vorher. Wie Mutter sagt: Man findet nie genau das wieder, was man verloren hat. Der zweite Schwanz hat keine Wirbel, er ist viel weicher.

Eine Guayeityolotin fügt weitere Informationen hinzu. Die Eidechsen sind sehr temperaturempfindlich, mehr noch als die Ameisen. Wenn sie viel Sonnenenergie getankt haben, ist ihre Reaktionszeit fantastisch, wenn es jedoch kalt ist, sind ihre Bewegungen erheblich langsamer. Die Einheimische meint, man müsse den morgigen Angriff auf diesem Phänomen aufbauen. Das Beste wäre, den Saurier im Morgengrauen zu attackieren. Dann habe ihn die Nacht abgekühlt und er sei lethargisch.

Aber wir werden auch abgekühlt sein!, mischt sich eine Belokanerin energisch ein.

Nicht, wenn wir die Technik der Zwerginnen zur Kälteabwehr anwenden, erwidert eine Jägerin. *Wir werden uns mit Zucker und Alkohol vollstopfen und unsere Panzer mit Schneckenschleim einreiben, damit die Kalorien nicht zu schnell aus unserem Körper entweichen.*

Nr. 103 683 vernimmt diese Sätze mit zerstreuter Antenne. Sie denkt an das Rätsel des Termitenhügels, an das unerklärliche Verschwinden der Kundschafterinnen, von dem die alte Kriegerin berichtet hat.

Die erste Guayeityolotin, jene, die ihr die Trophäen gezeigt hat, kommt auf sie zu.

Hast du mit Nr. 4000 geredet?

Ja.

Nimm nicht für bare Münze, was sie dir gesagt hat. Das ist, als ob du mit einem Kadaver gesprochen hättest. Sie ist vor einigen Tagen von einer Schlupfwespe gestochen worden.

Eine Schlupfwespe! Nr. 103 683 erschauert vor Entsetzen. Die Schlupfwespe verfügt über einen langen Saugrüssel, mit dem sie nachts die Ameisennester durchlöchert, bis sie auf einen warmen Körper stößt. Sie durchbohrt ihn und legt dort ihre Eier.

Das ist einer der größten Alpträume der Ameisenlarven: eine Spritze, die oben an der Decke auftaucht und alles auf der Suche nach weichem Fleisch abtastet, um ihre Jungen darin abzusetzen. Letztere wachsen seelenruhig in dem Organismus heran, der sie aufgenommen hat, bis sie sich in gefräßige Larven verwandeln, die das lebende Tier von innen anknabbern.

Das verfehlt nicht seine Wirkung: Diese Nacht träumt Nr. 103 683 von einem fürchterlichen Rüssel, der sie verfolgt, um ihr seine fleischfressenden Kinder einzuimpfen.

Der Kode an der Haustür war noch derselbe. Nicolas hatte seine Schlüssel behalten, er brauchte, um die Wohnung zu betreten, nur die Siegel durchzureißen, die von der Polizei angebracht worden waren. Seit dem Verschwinden der Feuerwehrleute hatte man alles unverändert gelassen. Die Kellertür stand sogar sperrangelweit offen.

Da er keine Taschenlampe hatte, machte er sich ohne weiteres daran, sich eine Fackel zu basteln. Er schaffte es, ein Tischbein abzubrechen, und umwickelte es mit einer dicken Krone aus zerknittertem Papier, das er dann ansteckte. Das Holz entzündete sich problemlos, eine kleine, aber ruhig anhaltende Flamme, die auch dem Luftzug widerstand.

Er stürzte unverzüglich die Wendeltreppe hinunter, in der einen Hand die Fackel, in der anderen sein Taschenmesser. Wild entschlossen, die Kiefer zusammengepresst, fühlte er sich wie ein richtiger Held.

Er lief hinab, tiefer, immer tiefer … Das hörte überhaupt nicht auf, es ging immer weiter und immer im Kreis, so lange, bis es ihm vorkam, als wäre er Stunden unterwegs. Er hatte Hunger, ihm war kalt, aber es trieb ihn weiter.

Er lief noch schneller, flog beinahe, und begann unter dem unverputzten Gewölbe ein lautes Geschrei anzustimmen, in dem sich Rufe nach seinen Eltern und vibrierendes Kriegsgebrüll abwechselten. Sein Schritt hatte inzwischen eine bemerkenswerte Sicherheit, er nahm rasant Stufe um Stufe, ohne sich dessen bewusst zu sein.

Plötzlich stand er vor einer Tür. Er stieß sie auf. Zwei Rattensippen, die einander bekämpften, flohen vor dieser funkenumringten Gestalt mit ihrem Gejaule.

Die älteren Ratten machten sich Sorgen. Seit einiger Zeit häuften sich die Besuche dieser »Großen«. Was hatte das zu bedeuten? Wenn der da bloß nicht die Verstecke der schwangeren Weibchen in Brand steckte!

Nicolas setzte seinen Abstieg fort, er rannte so schnell, dass er die Ratten nicht einmal bemerkt hatte … Stufen, immer nur Stufen, und seltsame Inschriften, die er diesmal bestimmt nicht lesen würde. Plötzlich ein Geräusch *(flapp, flapp)*. Er spürte etwas. Eine Fledermaus klammerte sich an seine Haare. Er versuchte sich loszumachen, aber das Tier schien mit seinem Schädel verwachsen zu sein. Er wollte es mit seiner Fackel verscheuchen, versengte sich aber nur ein paar Haarsträhnen. Er schrie und lief weiter. Die Fledermaus saß wie ein Hut auf seinem Kopf. Sie flatterte erst davon, nachdem sie ein wenig von seinem Blut ergattert hatte.

Nicolas spürte seine Müdigkeit nicht mehr. Keuchend, Herz und Schläfen pochend, dass sie fast platzten, rannte er plötzlich gegen eine Mauer. Er stürzte, rappelte sich sofort wieder hoch. Seine Fackel brannte noch. Er richtete die Flamme auf die Mauer.

Das war wirklich eine Mauer. Besser noch: Nicolas erkannte die Beton- und Stahlplatten, die sein Vater mit sich geschleppt hatte. Und die Zementfugen waren noch frisch.

»Papa, Mama, antwortet mir, wenn ihr da seid!«

Aber nein, nichts, nur das nervtötende Echo. Diese Mauer, er hätte schwören können, dass die sich öffnete, denn so war das in den Filmen, und außerdem war da keine Tür.

Was steckte hinter dieser Mauer? Schließlich fand er eine Inschrift:

Wie bildet man vier gleichseitige Dreiecke
mit sechs Streichhölzern?

Und genau darunter war ein kleiner Bildschirm mit Tasten angebracht. Die Tastatur enthielt keine Zahlen, sondern Buchstaben. Vierundzwanzig Buchstaben, mit denen man das Lösungswort oder den Lösungssatz eingeben konnte.

»Man muss anders denken«, sagte er laut. Er war selbst verdutzt, denn der Satz war ganz von selbst gekommen. Er überlegte lang, ohne es zu wagen, die Tastatur zu berühren. Es folgte ein inneres Schweigen, ein absolutes Schweigen, das jegliches Denken verhinderte. Das ihn jedoch unerklärlicherweise dazu brachte, eine Folge von acht Buchstaben einzugeben.

Das leise Surren eines Mechanismus war zu vernehmen, und dann ... dann schwenkte die Mauer herum! Aufgeregt, zu allem bereit, schritt Nicolas voran. Aber kurz darauf schlug die Mauer wieder zu; der Luftzug, der dabei entstand, löschte den Fackelstummel, der ihm noch verblieben war.

Völlig verwirrt, von tiefster Finsternis umgeben, machte Nicolas kehrt. Aber auf dieser Seite der Mauer gab es keine Tastatur. Keine Rückkehr möglich. Er brach sich die Nägel an den Beton- und Stahlplatten ab. Sein Vater hatte gute Arbeit geleistet; er war nicht umsonst Schlosser.

Sauberkeit Gibt es etwas Saubereres als eine Fliege? Sie putzt sich ständig, weil das für sie keine Pflicht, sondern ein Bedürfnis ist. Wenn ihre Antennen und Facettenaugen nicht makellos sauber sind, erkennt sie die ferne Nahrung nicht und sieht niemals die Hand, die hinuntersaust, um sie zu zerquetschen. Die Sauberkeit ist ein wesentliches Moment des Überlebens bei den Insekten.

EDMOND WELLS
Enzyklopädie des relativen und absoluten Wissens, Bd. 1

Am nächsten Morgen lauteten die Schlagzeilen der Boulevardpresse:
»Der unheimliche Keller in Fontainebleau hat wieder zugeschlagen! Ein weiterer Vermisster: der einzige Sohn der Familie Wells. Was macht die Polizei?«

Die Spinne blickt vom Gipfel ihres Farns hinab. Er ist sehr hoch. Sie schwitzt einen Tropfen flüssiger Seide aus, klebt ihn an das Blatt, bewegt sich zum Rand des Zweiges vor und springt ins Leere. Ihr Fall dauert eine Weile. Der Faden dehnt sich und dehnt sich, dann trocknet er, verhärtet sich und fängt sie auf, kurz bevor sie den Boden erreicht. Fast wäre sie zerquetscht worden wie eine reife Beere. Viele ihrer Schwestern haben sich wegen einer unerwarteten Kälte, die die Verhärtung der Seide verzögert, bereits zu Tode gestürzt.

Die Spinne bewegt ihre acht Beine, um das Gleichgewicht wiederzufinden, dann streckt sie sie aus, und es gelingt ihr, sich auf ein Blatt zu schwingen. Das wird der zweite Verankerungspunkt ihres Netzes sein. Sie klebt das Ende ihres Fadens fest. Aber mit nur einer Schnur kommt man nicht weit. Sie erblickt einen Baumstamm zu ihrer Linken, läuft auf ihn zu. Noch ein paar Äste und ein paar Sprünge, dann hat sie es geschafft, sie hat ihre Trägerfäden befestigt, die dazu dienen, den Druck des Windes und der Beute abzufangen. Das Ganze bildet ein Achteck.

Die Seide der Spinne besteht aus einem faserigen Protein, dem Fibroin, dessen Haltbarkeit und Undurchlässigkeit unübertroffen ist. Einige Spinnen sind, wenn sie gut gefressen haben, in der Lage, siebenhundert Meter Seide mit einem Durchmesser von zwei Mikron zu produzieren, eine Seide, deren Haltbarkeit proportional der des Nylons gleichkommt, die jedoch dreimal elastischer ist.

Und obendrein verfügen sie über sieben Drüsen, die jeweils einen unterschiedlichen Faden produzieren: eine Seide für die »Trägerseile«; eine für die Fäden zum Abseilen; eine für die Fäden in der Mitte des Netzes; eine, die mit Klebstoff überzogen ist, für die rasche Beute; eine, um sich einen Schutz zu bauen; eine, um die Beute einzuwickeln …

In Wirklichkeit ist diese Seide der faserige Fortsatz der Spinnenhormone, so wie die Pheromone der flüchtige Fortsatz der Ameisenhormone sind.

Die Spinne spinnt also ihre Trägerfäden, dann macht sie sich daran fest. Beim geringsten Alarm lässt sie sich fallen, entgeht so ohne großen Kraftaufwand der Gefahr. Wie oft ist sie auf diese Art mit dem Leben davongekommen?

Anschließend verflicht sie vier Fäden in der Mitte ihres Achtecks. Immer der gleiche Ablauf, seit Millionen von Jahren … Allmählich nimmt die Sache Gestalt an. Heute hat sie beschlossen, ein Netz aus trockener Seide zu machen. Die Netze aus mit Klebstoff versehener Seide sind effektiver, aber zu anfällig. Jedes Staubkörnchen, jeder vertrocknete Pflanzenstängel verfängt sich darin. Die trockene

Seide ist weniger beuteträchtig, aber sie hält wenigstens bis zur Nacht.

Kaum hoch oben in ihren »Trägerbalken« platziert, fügt die Spinne ein Dutzend Querverstrebungen hinzu und vollendet ihr Werk mit der zentralen Spirale. Das ist das Angenehmste. Sie geht von einem Ast aus, an dem sie ihren trockenen Faden befestigt hat, und springt von Speiche zu Speiche. Dabei nähert sie sich, immer in Richtung der Erdrotation, so langsam wie möglich der Mitte.

Sie macht das auf ihre eigene Art. Es gibt auf der Welt keine zwei Spinngewebe, die einander gleichen. Sie sind wie die Fingerabdrücke des Menschen.

Sie muss die Maschen zusammenziehen. In der Mitte angelangt, betrachtet sie ihr Gewebe, um dessen Haltbarkeit abzuschätzen. Sie schreitet jede Speiche ab, schüttelt sie mit ihren acht Beinen. Sie halten.

Die meisten Spinnen der Region bauen Netze von 75:12. Fünfundsiebzig spiralförmig gewundene Fäden auf zwölf Speichen. Sie, sie zieht ein Verhältnis von 95:10 vor, ein besonders feines Flechtwerk.

Das fällt vielleicht eher auf, aber es ist haltbarer. Und da sie trockene Seide verwendet, braucht sie mit den Fäden nicht zu knausern. Sonst würden ihr die Insekten nur einen kurzen Besuch abstatten …

Dennoch ist sie von dieser langwierigen Arbeit erschöpft. Sie muss unbedingt etwas in den Magen bekommen. Das ist ein ewiges Karussell. Sie hat Hunger, weil sie ihr Netz gebaut hat, aber ebendieses Netz sorgt dafür, dass er gestillt werden kann.

Unter einem Blatt versteckt, die vierundzwanzig Krallen auf die Hauptträger gedrückt, wartet sie. Ohne sich eines ihrer acht Augen bedienen zu müssen, spürt sie den Raum und erfasst mit ihren Beinen den geringsten Luftzug, und zwar dank ihres Netzes, das auf alles mit der Empfindlichkeit der Membran eines Mikrophons reagiert.

Diese winzige Schwingung da, das ist eine Biene, die in zweihundert Kopf Entfernung Achten beschreibt, um den Mitbewohnern ihres Stocks die Lage eines Blumenfelds mitzuteilen.

Und dieses leichte Zucken, das muss eine Libelle sein. Sehr schmackhaft, die Libelle. Aber die da fliegt in der falschen Richtung und kann nicht als Mittagessen herhalten.

Schwere Erschütterung. Jemand ist auf das Netz gesprungen. Eine Spinne, die sich die Arbeit von jemand anders zunutze machen möchte. Diebin! Die Erste verscheucht sie schleunigst, bevor eine Beute auftaucht.

Im nächsten Moment spürt sie in ihrem linken Hinterbein, dass sich von Osten her eine Art Fliege nähert. Sie scheint nicht besonders schnell unterwegs zu sein. Wenn sie den Kurs nicht ändert, müsste sie ihr geradewegs in die Falle gehen.

Klatsch! Treffer.

Eine geflügelte Ameise …

Die Spinne – die keinen Namen hat, denn die einsam lebenden Wesen brauchen sich untereinander nicht zu benennen – wartet gelassen ab. Als sie jünger war, hat sie sich oft in ihrer Begeisterung hinreißen lassen und auf diese Art allerlei Beute verloren. Sie hat geglaubt, jedes Insekt, das ihr ins Netz geht, sei zum Tode verurteilt. Dabei ist das nur zu fünfzig Prozent der Fall. Der Zeitfaktor ist ausschlaggebend.

Man muss Geduld haben, das zu Tode erschrockene Opfer verheddert sich ganz von allein. Denn so lautet die ausgeklügelte Philosophie der Spinnen: Es gibt keine bessere Kampftechnik, als darauf zu warten, dass sich dein Opfer selbst zerstört …

Nach einigen Minuten kommt sie näher, um ihre Beute genauer zu betrachten. Eine Königin. Eine rote Königin aus dem Reich des Westens. Aus Bel-o-kan.

Sie hat bereits von diesem hoch entwickelten Reich gehört. Seine Millionen von Bewohnern sind angeblich so sehr voneinander abhängig, dass sie sich nicht einmal allein ernähren können! Was hat das für einen Sinn, worin besteht da der Fortschritt?

Eine ihrer Königinnen … Ihr ist also ein beträchtlicher Teil der Zukunft dieser unverbesserlichen Eindringlinge in die Klauen geraten. Sie mag die Ameisen nicht. Sie hat gesehen, wie ihre Mutter von einer Horde roter Wanderameisen gejagt wurde …

Sie schielt ihr Opfer an, das sich verzweifelt wehrt. Dumme Insekten, nie kapieren sie, dass ihr schlimmster Feind die Panik ist. Mit jedem Versuch, sich loszumachen, verwickelt sich die geflügelte Ameise nur noch mehr in der Seide … Und verursacht dabei Schäden, die die Spinne ärgern.

Bei Nr. 56 weicht die Wut der Niedergeschlagenheit. Sie kann sich praktisch nicht mehr rühren. Ihr ganzer Körper ist von der Seide umwickelt, und jede Bewegung lässt ihre Verpackung noch dicker werden. Sie kann es nicht fassen, so dumm zu scheitern, nachdem sie so viele Prüfungen überstanden hat.

In einem weißen Kokon wurde sie geboren, in einem weißen Kokon wird sie sterben.

Die Spinne rückt noch näher, schaut sich dabei die beschädigten Fäden an. So kann Nr. 56 aus nächster Nähe ein prächtiges orangeschwarzes Tier sehen, das mit acht grünen Augen ausgestattet ist, die wie eine Krone auf dem Kopf verteilt sind. Solche hat sie schon gegessen. Jeder ist mal an der Reihe, zum Frühstück verzehrt zu werden … Und die da, die hört nicht auf, noch mehr Seide auf sie draufzuspucken!

Man kann seine Beute nie gut genug verschnüren, sagt sich die Spinne ihrerseits. Danach stellt sie zwei beunruhigende Giftzähne zur Schau. Doch in Wirklichkeit töten die Arachniden nicht, jedenfalls nicht sofort. Da sie lieber zuckendes Fleisch verzehren, töten sie ihr Opfer nicht, sondern betäuben es mit einem einschläfernden Gift und wecken es nur, um ein wenig daran zu knabbern. Auf diese Art haben sie ganz nach Belieben frisches, unter der seidenen Verpackung gut geschütztes Fleisch. Ein solches Mahl kann eine Woche dauern.

Nr. 56 hat von dieser Gepflogenheit gehört. Sie erzittert. Das ist schlimmer als der Tod. Nach und nach alle Gliedmaßen amputiert bekommen … Bei jedem Aufwachen wird einem etwas abgerissen, und dann wird man wieder eingeschläfert. Jedes Mal bleibt ein bisschen weniger übrig, bis zur Stunde der letzten Verstümmelung, wenn die lebenswichtigen Organe abgerissen werden und man endlich den befreienden Schlaf findet.

Lieber sich selbst zerstören! Sie meidet den schrecklichen Anblick der allzu nahen Gifthaken und schickt sich an, ihren Herzschlag zu verlangsamen.

In diesem Moment prallt eine Eintagsfliege mit solchem Schwung gegen das Netz, dass die seidenen Kanten sie sogleich umschließen, fest verpacken … Vor wenigen Minuten erst ist sie zur Welt gekommen, und in wenigen Stunden wäre sie vor Altersschwäche gestorben. Ein Leben von einem Tag, das Leben einer Eintagsfliege. Sie musste schnell handeln, ohne nur den Bruchteil einer Sekunde zu verschenken. Wie würde man wohl sein Leben ausfüllen, wenn man wüsste, dass man am Morgen geboren wird, um noch am gleichen Abend zu sterben?

Ihrem zweijährigen Larvendasein kaum entronnen, macht sich die Eintagsfliege auf die Suche nach einem Weibchen, um sich fortzupflanzen. Die vergebliche Suche nach Unsterblichkeit durch Nachkommenschaft. Dieser eine Tag, den die Eintagsfliege zu leben hat, wird nur von dieser Suche bestimmt. Sie denkt nicht an Essen, nicht an Ruhe, nicht daran, wählerisch zu sein. Ihr Hauptgegner ist die Zeit. Jede Sekunde ist für sie ein Widersacher. Und neben der Zeit ist selbst die fürchterliche Spinne nur ein retardierendes Moment und kein spezieller Feind.

Sie spürt, dass das Alter mit großen Schritten in ihrem Körper fortschreitet. In einigen Stunden wird sie senil sein. Sie ist erledigt. Sie ist umsonst geboren. Welch unerträgliches Scheitern …

Die Eintagsfliege wehrt sich. Das ist das Problem mit den Spinnweben: Wenn man sich bewegt, ist man erst recht dran, doch wenn man sich nicht bewegt, kommt man auch nicht davon …

Die Spinne eilt herbei und verpasst ihr ein paar Extrafäden. Damit hätte sie also eine doppelt fette Beute, die ihr die nötigen Proteine liefern wird, um gleich morgen ein zweites Netz zu spinnen. Aber als sie sich erneut anschickt, ihr Opfer einzuschläfern, nimmt sie ein ganz anderes Vibrieren wahr. Ein … Vibrieren, das etwas bedeutet. *Tipp tipp tiptiptip, tipp tipp tiptip.* Ein Weibchen! Es bewegt sich auf einem Faden, und es klopft darauf, um zu signalisieren: *Ich bin dein, ich komme nicht, um deine Nahrung zu stehlen.*

Das Männchen hat noch nie etwas so Erotisches verspürt wie dieses Vibrieren. *Tipp tipp tiptiptip.* Ah, es hält es nicht mehr aus, es läuft auf sein Liebchen zu (ein blutjunges Ding, das sich erst viermal gehäutet hat, während es das Männchen auf zwölfmal bringt). Es ist dreimal so groß wie das Männchen, aber das ist jenem gerade recht, es liebt die Dicken. Das Männchen deutet auf die beiden Opfer, mit denen sie später neue Kräfte schöpfen können.

Dann begeben sie sich in Position, um sich zu paaren. Das ist bei der Spinne recht kompliziert. Das Männchen hat keinen Penis, sondern eine Art doppeltes Genitalgeschütz. In aller Eile errichtet es eine Zielscheibe, ein Mininetz, und bespritzt es mit seinen Keimzellen. Es befeuchtet eines seiner Beine daran und steckt es in das Rezeptakulum des Weibchens. Das macht es mehrmals in starker Erregung. Die junge Schönheit hat sich ihrerseits in eine solche Selbstvergessenheit gesteigert, dass sie sich plötzlich nicht mehr beherrschen kann, sie packt den Kopf des Männchens und beißt ihn ab.

Da wäre es dumm, nicht auch den Rest zu verzehren. Nun gut, kaum fertig, hat sie immer noch Hunger. Sie stürzt sich auf die Eintagsfliege und macht deren Leben noch kürzer. Dann wendet sie sich der Ameisenkönigin zu, die angesichts der nächsten Spritze in Panik gerät und anfängt zu zappeln.

Kein Zweifel, Nr. 56 hat Glück, denn eine weiteren Figur, die geräuschvoll aus der Tiefe des Horizonts auftritt, bringt die entscheidende Wendung. Es handelt sich wieder um eines dieser Tiere aus dem Süden, die sich kürzlich nach Norden ausgebreitet haben. Ein recht dickes Tier, ehrlich gesagt, ein Nashornkäfer oder auch *Oryctes nasicornis.* Er rauscht mitten in das Netz, dehnt es, als wäre es Leim …, und zerreißt es. Ein Netz von 95 : 10, das hält gut, solange man nicht übertreibt. Das schöne Seidendeckchen zerplatzt in flatternde Strähnen und Fetzen.

Das Spinnenweibchen hat sich bereits an seinem Faden abgeseilt. Die Ameisenkönigin, von ihrer weißen Zwangsjacke befreit, krabbelt unauffällig über den Boden, unfähig, wieder abzuheben.

Aber die Spinne ist mit den Gedanken woanders. Sie klettert einen Ast hinauf, um dort eine seidene Krippe zu bauen, in der sie ihre Eier legen wird. Wenn ihre Dutzende von Jungen schlüpfen, werden sie nichts Eiligeres zu tun haben, als ihre Mutter aufzufressen. So ist das bei den Spinnen, da kennt man kein Dankeschön.

»Bilsheim!«

Er riss den Hörer zur Seite, als wäre er von einem Tier gestochen worden. Seine Chefin ... Solange Doumeng.

»Ja?«

»Ich hatte Ihnen Anweisungen erteilt, und Sie haben noch nichts davon erledigt. Was treiben Sie? Wollen Sie warten, bis die ganze Stadt in diesem Keller verschwunden ist? Ich kenne Sie, Bilsheim, Sie denken nur daran, eine ruhige Kugel zu schieben! Ich kann Faulpelze nicht ausstehen! Und ich verlange, dass Sie diese Angelegenheit binnen achtundvierzig Stunden klären!«

»Aber, Madame ...«

»Nichts da, kein ›aber Madame‹! Ihre Leute haben Anweisung von mir erhalten, Sie brauchen bloß morgen früh mit ihnen da hinunterzugehen, das nötige Gerät ist an Ort und Stelle. Also, bewegen Sie Ihr faules Hinterteil, verdammt noch mal!«

Er fühlte sich plötzlich gestresst. Seine Hände zitterten. Er war kein freier Mann. Warum musste er eigentlich gehorchen? Um der Arbeitslosigkeit zu entgehen, um nicht von der Gesellschaft ausgeschlossen zu sein. Der einzige Weg, wie er sich jetzt und hier seine Freiheit vorstellen konnte, bestand darin, zum Clochard zu werden, und dazu fühlte er sich noch nicht bereit. Sein Bedürfnis nach Ordnung und danach, ein Teil der Gesellschaft zu sein, standen im Konflikt mit seinem Wunsch, sich nicht dem Willen anderer zu beugen. Und auf dem Schlachtfeld, das heißt in seinem Magen, bildete sich ein Geschwür. Sein Obrigkeitsrespekt siegte über die Lust auf Freiheit. Er gehorchte.

Der Trupp der Jägerinnen hält sich hinter einem Felsen versteckt und beobachtet die Eidechse. Sie misst gut sechzig Kopf (achtzehn Zentimeter). Ihr steinharter, grüngelb schimmernder und mit schwarzen Flecken übersäter Panzer verbreitet Angst und Abscheu. Nr. 103 683 scheint es, als wären diese Flecken die Blutspritzer all der Opfer dieses Sauriers.

Wie vorhergesehen, wird das Tier steif vor Kälte. Es schreitet voran, aber wie in Zeitlupe; man könnte meinen, es zögere, bevor es den Fuß irgendwo aufsetzt.

Kurz bevor die Sonne erscheint, wird ein Pheromon losgelassen.

Auf die Bestie!

Die Eidechse sieht mit an, wie sich eine ganze Armee von lauter kleinen aggressiven schwarzen Dingern förmlich über sie ergießt. Sie richtet sich schwerfällig auf, öffnet ein rosiges Maul, in dem eine flinke Zunge tanzt, die mit einem Schnalzen die Ameisen erwischt, die sich am weitesten vorgewagt haben. Dann macht sie einen kleinen Rülpser und verschwindet blitzschnell.

Die Jägerinnen, um dreißig der Ihren dezimiert, bleiben verdutzt, wie benommen zurück. Dafür, dass es bereits von der Kälte betäubt war, hatte das Tier noch einiges an Reserven!

Nr. 103 683, die man wahrlich nicht der Feigheit bezichtigen kann, sagt als eine der Ersten, dass ein Angriff auf ein solches Tier Selbstmord ist. Die Festung scheint uneinnehmbar. Die Haut der Eidechse ist ein Panzer, dem man weder mit Mandibeln noch mit Säure etwas anhaben kann. Und ihre Größe, ihre Flinkheit selbst bei geringen Temperaturen verleihen ihr eine nur schwer auszugleichende Überlegenheit.

Dennoch geben die Ameisen nicht auf. Wie eine Meute winziger Wölfe stürzen sie sich auf die Fährte des Ungetüms. Sie huschen unter den Farnpflanzen umher und geben drohende, den Geruch des Todes verströmende Pheromone von sich. Das erschreckt im Augenblick nur die Nacktschnecken, hilft den Ameisen jedoch, sich unverwundbar zu fühlen, als würden sie Angst und Schrecken verbreiten. Ein paar Tausend Kopf weiter finden sie die Eidechse wieder, sie klebt an der Rinde einer Fichte, vermutlich damit beschäftigt, ihr Frühstück zu verdauen.

Sie müssen handeln! Je länger sie warten, desto stärker wird sie! Wenn sie schon in der Kälte so schnell ist, wird sie schier übermächtig sein, wenn sie erst einmal mit Sonnenkalorien vollgestopft ist. Antennenberatung. Es gilt, einen Angriff zu improvisieren. Eine Taktik wird ausgearbeitet.

Eine Schar Kriegerinnen lässt sich von einem Ast auf den Kopf des Tieres fallen. Sie versuchen es zu blenden, indem sie in seine Lider beißen, und beginnen, seine Nasenlöcher anzubohren. Aber dieses erste Unternehmen schlägt fehl. Die Eidechse wischt sich mit einem wütenden Bein das Gesicht ab und verschlingt die Nachzügler.

Die zweite Angriffswelle läuft bereits. Fast in Reichweite der Zunge schlagen sie einen weiten und überraschenden Bogen …, um sich jäh auf den Stumpf des Eidechsenschwanzes zu stürzen. Wie sagt doch die Königin: *Jeder Gegner hat seinen schwachen Punkt. Finde ihn, und dann greife nur diese Schwachstelle an.*

Sie öffnen die Narbe, indem sie sie mit Säure verätzen, und strömen in das Innere des Sauriers, fallen in seine Gedärme ein. Er rollt sich auf den Rücken, strampelt mit den Hinterbeinen, reibt sich den Bauch mit den Vorderbeinen. Schmerzen wie von tausend Geschwüren martern ihn.

Im nächsten Moment verschafft sich eine andere Gruppe endlich Zugang zu den Nasenlöchern, die sogleich mit brühheißen Strahlen geweitet und ausgehöhlt werden.

Knapp darüber greifen andere die Augen an. Sie bringen diese weichen Kugeln zum Platzen, aber die Höhlen erweisen sich als Sackgassen. Das Loch des Sehnervs ist zu schmal, als dass man auf diesem Weg das Gehirn erreichen könnte. Also schließt man sich den Truppen an, die bereits weit in die Nasenlöcher vorgedrungen sind …

Die Eidechse krümmt sich, schiebt ein Bein in ihr Maul, um die Ameisen zu zerquetschen, die ihren Schlund durchbohren. Zu spät.

In einem Winkel der Lunge trifft Nr. 4000 ihre junge Kollegin Nr. 103 683 wieder. Es ist finster darin, und sie sehen nichts, denn die Geschlechtslosen haben keine Infrarot-Ozellen. Sie führen die Spitzen ihrer Antennen zusammen.

Komm, brechen wir zu dem Termitenhügel des Ostens auf, solange unsere Schwestern beschäftigt sind. Sie werden glauben, wir seien im Kampf gefallen.

Sie nehmen den gleichen Weg, auf dem sie gekommen sind, durch den mittlerweile stark blutenden Schwanzstumpf.

Morgen wird der Saurier in Tausende von schmackhaften Happen zerlegt. Einige werden mit Sand bedeckt und nach Zubi-zubi-kan transportiert werden, andere werden sogar nach Bel-o-kan gelangen, und man wird sich einen Bericht von epischer Breite ausdenken, um diese Jagd zu schildern. Die Zivilisation der Ameisen ist darauf angewiesen, sich in ihrer Stärke zu bestätigen. Eine Eidechse zu besiegen ist eine Errungenschaft, die sie ganz besonders beruhigt.

Kreuzung Es wäre ein Fehler, zu glauben, die Nester seien für Fremde unzugänglich. Sicher, jedes Insekt trägt den Geruchsstempel seiner Stadt, ist jedoch nicht in dem Sinne »xenophob«, was man bei den Menschen darunter versteht.

Wenn man zum Beispiel in einem mit Erde gefüllten Aquarium hundert Ameisen *Formica rufa* mit hundert Ameisen *Lazius niger* zusammenbringt – unter denen jeweils eine fruchtbare Königin ist –, stellt man fest, dass die beiden Arten nach einigem Geplänkel ohne Tote und lange Antennendiskussionen dazu übergehen, gemeinsam ihren Ameisenhaufen zu bauen.

Einige Gänge sind der Größe der roten, andere der Größe der schwarzen Ameisen angeglichen, aber sie kreuzen einander und verschlingen sich, so dass als bewiesen gelten darf: Es gibt keine dominierende Art, die versuchen würde, die andere in ein bestimmtes Viertel der Stadt, in ein Ghetto, zu sperren.

EDMOND WELLS
Enzyklopädie des relativen und absoluten Wissens, Bd. 1

Der Weg, der in die Gebiete des Ostens führt, ist noch nicht gesäubert. Die Kriege mit den Termiten verhindern jeden Ansatz von Befriedung in der Region.

Nr. 4000 und Nr. 103 683 laufen über einen Pfad, auf dem etliche Scharmützel stattgefunden haben. Prächtige Giftschmetterlinge kreisen über ihren Antennen, was nicht dazu angetan ist, sie zu beruhigen.

Ein Stück weiter spürt Nr. 103 683 etwas, was sie unter ihrem rechten Bein kitzelt. Sie identifiziert dieses Etwas als Milben, winzigste Lebewesen, die mit Stacheln und Fühlern, mit Haaren und Haken ausgestattet sind und in Herden wandern, ständig auf der Suche nach schön staubigen Nischen. Nr. 103 683 erheitert dieser Anblick. Dass es auf ein und demselben Planeten so kleine Lebewesen gibt wie die Milben und so große wie die Ameisen.

Nr. 4000 bleibt vor einer Blume stehen. Sie hat plötzlich große Schmerzen. In ihrem alten Körper, der heute schon allerlei durchgemacht hat, sind die jungen Schlupfwespenlarven wach geworden. Wahrscheinlich sitzen sie gerade zu Tisch, fuhrwerken mit Messer und Gabel in den inneren Organen der armen Ameise herum.

Um ihr zu helfen, entnimmt Nr. 103 683 ihrem Sozialkropf einige Honigtaumoleküle der Lomechusa. Im Verlauf des harten Kampfs in den Tiefen von Bel-o-kan hat sie eine winzige Menge davon zur Schmerzbetäubung gesammelt. Sie ist äußerst vorsichtig damit umgegangen und somit nicht der Sucht nach diesem wohlschmeckenden Gift verfallen.

Die Schmerzen von Nr. 4000 lassen unmittelbar nach der Einnahme des Nektars nach. Dennoch verlangt sie nach mehr. Nr. 103 683 will ihr gut zureden, aber Nr. 4000 besteht darauf, sie ist zum Kampf bereit, um den Eingeweiden ihrer Gefährtin den letzten Rest der köstlichen Droge zu entziehen. Als sie gerade lospringen und zuschlagen will, gleitet sie in eine Art sandigen Krater. Die Falle eines Ameisenlöwen!

Letzterer, oder genauer gesagt: seine Larve, besitzt einen schaufelartigen Kopf, der es ihm ermöglicht, derlei Krater zu fertigen. Anschließend gräbt er sich darin ein und braucht nur noch auf Besuch zu warten.

Nr. 4000 begreift, wenn auch ein wenig spät, was passiert ist. Jede Ameise ist im Grunde leicht genug, um sich aus dieser Klemme zu befreien. Bevor sie sich jedoch an den Aufstieg machen kann, tauchen zwei lange, mit Stacheln versehene Mandibeln am Ende des Kessels auf und besprengen sie mit Sand.

Hilfe!

Sie vergisst darüber den von ihren ungebetenen Gästen verursachten Schmerz und die auf den Lomechusalikör zurückzuführenden Entzugserscheinungen. Sie hat Angst, sie will so nicht sterben.

Sie wehrt sich mit aller Kraft. Aber die Falle des Ameisenlöwen ist wie das Spinnennetz so angelegt, dass sie die Panik der Opfer ausnutzt. Je mehr Nr. 4000 strampelt, um aus dem Krater herauszuklettern, desto mehr stürzt der Hang ein und reißt sie in die Tiefe … Wo der Ameisenlöwe sie weiterhin mit feinem Sand besprengt.

Nr. 103 683 hat schnell erfasst, dass sie, wenn sie sich über den Rand beugt, um hilfreich ein Bein auszustrecken, nur Gefahr läuft, ebenfalls abzustürzen. Sie eilt fort, um sich auf die Suche nach einem langen und haltbaren Grashalm zu machen.

Der alten Ameise wird die Zeit lang. Sie stößt einen stark duftenden Schrei aus und rudert noch heftiger durch den fast flüssigen Sand. Dadurch rutscht sie allenfalls schneller ab. Sie ist nur noch fünf Kopf von den Scheren entfernt, die, aus der Nähe betrachtet, wirklich furchterregend sind. Jede Mandibel ist mit Hunderten von kleinen, messerscharfen Zähnen bewehrt, die wiederum durch lange, gebogene Stachel unterteilt sind. Das äußerste Ende bildet eine Art Pfriem, der imstande ist, mühelos jedweden Ameisenpanzer zu durchschlagen.

Endlich erscheint Nr. 103 683 am Rand des Kessels und hält ihrer Gefährtin ein Gänseblümchen hin. Schnell! Diese richtet die Beine auf, um den Stängel zu packen. Aber der Ameisenlöwe hat nicht vor, auf seine Beute zu verzichten. Wie besessen bespritzt er die beiden Ameisen mit Sand. Sie sehen und hören nichts mehr. Jetzt wirft der Ameisenlöwe mit kleinen Steinchen, die mit einem unheimlichen Geräusch von dem Chitin abprallen. Halb verschüttet, gleitet Nr. 4000 weiter ab.

Nr. 103 683 stemmt, den Stängel fest zwischen ihre Mandibeln geklemmt, die Beine in den Boden. Sie wartet vergeblich auf einen Ruck. Genau in dem Moment, als sie aufgeben will, schnellt ein Bein aus dem Sand … Gerettet! Nr. 4000 hüpft endlich aus diesem Loch des Todes.

Unten schlagen die Scheren vor Wut und Enttäuschung zusammen. Der Ameisenlöwe braucht Proteine, um sich in eine ausgewachsene Ameisenjungfer zu verwandeln. Wie lange wird er warten müssen, bis eine neue Beute zu ihm herabrutscht?

Nr. 4000 und Nr. 103 683 machen sich sauber und geben sich einer intensiven Trophallaxis hin. Diesmal steht kein Lomechusanektar auf dem Speiseplan.

»Tag, Bilsheim!«

Sie reichte ihm eine schlaffe Hand.

»Jaja, ich weiß, Sie sind überrascht, mich hier zu sehen. Aber da sich diese Angelegenheit endlos in die Länge zieht und der Präfekt persönlich sein Interesse an einem guten Ausgang bekundet hat, was bald wohl auch der Minister tun wird, habe ich beschlossen, die Sache selbst in die Hand zu nehmen … Kommen Sie, machen Sie nicht so ein Gesicht, ich zieh Sie doch nur auf, Bilsheim. Wo ist Ihr Sinn für Humor geblieben?«

Der alte Kommissar wusste nicht, was er antworten sollte. Seit fünfzehn Jahren ging das so. Bei ihr hatte sich noch kein »aber sicher« verfangen. Er wollte ihr in die Augen schauen, aber ihr Blick war hinter einer langen Strähne verborgen. Rothaarig, gefärbt. Die große Mode. Im Büro hieß es, sie versuche allen weiszumachen, dass sie von Natur aus ein roter Typ sei, als Alibi für den starken Körpergeruch, der von ihr ausging.

Solange Doumeng. Sie wurde immer säuerlicher, seit sie in die Wechseljahre gekommen war. Eigentlich hätte sie, um das auszugleichen, weibliche Hormone nehmen müssen, aber sie hatte viel zu viel Angst, dicker zu werden. Hormone, da staut sich das Wasser, das weiß jeder, also biss sie die Zähne zusammen und ließ die Schwierigkeiten, die ihr das Altern machte, an ihrer Umgebung aus.

»Weshalb sind Sie hier? Wollen Sie selbst da runter?«, fragte der Kommissar.

»Das ist doch nicht Ihr Ernst, alter Freund! Nein, Sie gehen da runter, niemand anders als Sie. Ich bleibe hier, ich habe alles mitgebracht, eine Thermosflasche voll Tee und mein Walkie-Talkie.«

»Und wenn ich in Schwulitäten gerate?«

»Sind Sie ein solcher Angsthase, dass Sie direkt das Schlimmste befürchten? Wie gesagt, wir stehen in Funkverbindung. Sobald Ihnen die geringste Gefahr droht, verständigen Sie mich, und ich werde die notwendigen Maßnahmen ergreifen. Außerdem sind Sie verdammt gut ausgerüstet, alter Freund, Sie gehen mit dem allerneusten Gerät da runter. Schauen Sie: Sie haben ein Kletterseil, Gewehre. Ganz zu schweigen von den sechs Jungs.«

Sie deutete auf die Gendarmen, die sogleich Haltung annahmen. Bilsheim brummte: »Galin ist mit acht Feuerwehrmännern runtergegangen, das hat ihm auch nicht viel genützt ...«

»Aber die hatten weder Waffen noch Funkverbindung! Kommen Sie, schauen Sie nicht so betreten drein, Bilsheim.«

Er hatte keine Lust, dagegen anzukämpfen. Dieses ständige Spielchen um Macht und Einschüchterung ging ihm auf die Nerven.

Gegen Solange anzukämpfen hieß, selbst zu einer Doumeng zu werden. Sie war da wie Unkraut im Garten. Man musste versuchen, selbst zu sprießen, ohne sich anstecken zu lassen.

Bilsheim, der ernüchterte Kommissar, schlüpfte in einen Höhlenanzug, schnürte sich das Kletterseil um die Taille und hängte sich das Walkie-Talkie um.

»Sollte ich nie wieder raufkommen, möchte ich, dass mein Hab und Gut den Polizeiwaisen zugute kommt.«

»Schluss mit dem Quatsch, mein lieber Bilsheim. Sie werden wieder raufkommen, und zur Feier des Tages werden wir zusammen ins Restaurant essen gehen.«

»Für den Fall, dass ich nicht wieder raufkomme, möchte ich Ihnen etwas sagen …«

Sie runzelte die Stirn.

»Na, na, hören Sie auf mit Ihren Kindereien, Bilsheim!«

»Ich möchte Ihnen sagen … Eines Tages müssen wir alle für unsere schlechten Taten büßen.«

»Jetzt wird er noch zum Mystiker! Nein, Bilsheim, Sie irren sich, man büßt nicht für seine schlechten Taten! Mag sein, dass es einen ›lieben Gott‹ gibt, wie Sie sagen, aber wenn, dann pfeift er auf uns! Und wenn Sie zu Lebzeiten nichts genossen haben, werden Sie es nach dem Tod auch nicht mehr!«

Sie lachte kurz und hämisch, dann trat sie ganz nah an ihren Untergebenen heran. Der hielt den Atem an. Üble Gerüche würde er in diesem Keller noch zur Genüge in die Nase bekommen …

»Aber so schnell werden Sie nicht sterben. Sie werden mir diese Sache klären. Ihr Tod würde keinem nutzen.«

Vor Verärgerung wurde der Kommissar wieder zum Kind, er war nur noch der kleine Junge, dem man seine Schaufel weggenommen hat und der – wohl wissend, dass er sie nie wiederbekommen wird – ein paar klägliche Beleidigungen austeilt.

»Klar, mein Tod wäre das Scheitern Ihrer ›persönlichen‹ Ermittlungen. Dann sieht man, was dabei herauskommt, wenn Sie, wie Sie sagten, ›die Sache selbst in die Hand nehmen‹.«

Sie trat noch näher, als wollte sie ihn auf den Mund küssen. Stattdessen raunte sie ihm bedächtig-feucht ins Gesicht: »Sie mögen mich nicht, was, Bilsheim? Niemand mag mich, und das ist mir schnurz, außerdem mag ich Sie auch nicht. Und ich habe auch nicht das geringste Interesse, beliebt zu sein. Ich will nur, dass man mich fürchtet. Eins sollten Sie trotzdem wissen: Wenn Sie da unten draufgehen, stört mich das keineswegs, ich werde einen dritten Trupp losschicken. Wenn Sie mir wirklich schaden wollen, dann kommen Sie siegreich und lebend zurück, dann wäre ich Ihnen zu Dank verpflichtet.«

Er gab keine Antwort. Er starrte auf die weißen Haarwurzeln der Modefrisur, das wirkte beruhigend auf ihn.

»Wir sind so weit!«, sagte einer der Gendarmen und hob sein Gewehr.

Sie hatten sich untereinander angeseilt.

»Okay, gehen wir.«

Sie gaben den drei Polizisten, die mit ihnen in Verbindung bleiben würden, ein Zeichen, dann stiegen sie in den Keller hinab.

Solange Doumeng setzte sich an einen Schreibtisch, auf den sie ihr Funkgerät gestellt hatte.

»Viel Glück, kommen Sie schnell zurück!«

DREI

DREI ODYSSEEN

Endlich hat Nr. 56 den idealen Platz gefunden, um ihre Stadt zu bauen. Ein runder Hügel. Sie klettert hinauf. Von oben erkennt sie die weiter östlich gelegenen Städte: Zubi-zubi-kan und Glubi-diu-kan. Normalerweise dürfte die Verbindung mit dem Rest der Föderation kein Probleme darstellen.

Sie sondiert die Gegend. Die Erde ist ein wenig hart, und sie hat eine graue Farbe. Die neue Königin sucht eine Stelle, wo der Boden weicher ist, aber das ist überall dasselbe. Als sie – in der Absicht, ihr erstes Geburtsgemach zu graben – entschlossen ihre Mandibeln einsetzt, verspürt sie eine seltsame Erschütterung. Wie ein Erdbeben, aber viel zu lokalisiert, als dass es wirklich eines sein könnte. Sie piekt erneut in den Boden. Schon wieder, schlimmer noch: Der Hügel hebt sich und rutscht nach links.

Soweit das Ameisengedächtnis zurückreicht, hat man schon viel erlebt, aber einen lebenden Hügel noch nie! Der hier rückt mit flottem Tempo voran, zerteilt die Gräser, tritt Zweige nieder.

Nr. 56 hat sich noch nicht von ihrer Überraschung erholt, als sie einen zweiten Hügel sieht, der näher rückt. Was für ein Zauber ist das? Bevor sie dazu kommt, wieder herabzusteigen, wird sie auf eine Art Rodeo verschleppt, in Wirklichkeit ein Liebestanz zweier Hügel. Die sich jetzt schamlos betatschen … Zu allem Überfluss ist der Hügel, auf dem Nr. 56 sitzt, weiblich. Und der andere macht sich daran, langsam auf ihn draufzuklettern. Nach und nach erscheint ein steinerner Kopf, ein fürchterlicher Wasserspeier, der den Mund aufmacht.

Das ist zu viel! Die junge Königin verzichtet darauf, ihre Stadt in dieser Gegend zu gründen. Als sie sich von diesem Gebirge herabrollen lässt, erkennt sie, welcher Gefahr sie entronnen ist. Die Hügel haben nicht nur Köpfe, sondern obendrein vier krallenbewehrte Füße und kleine dreieckige Schwänze.

Das ist das erste Mal, dass Nr. 56 Schildkröten zu sehen bekommt.

Zeit der Verschwörer Unter den Menschen ist folgendes Organisationsprinzip am meisten verbreitet: Eine komplexe Hierarchie von »Verwaltenden« (Männern und Frauen, die an der Macht sind) betreut oder vielmehr leitet die eher beschränkte Gruppe der »Kreativen«, deren Arbeit sich anschließend, unter der Flagge der Distribution, die »Händler« bemächtigen ... Verwaltende, Kreative, Händler. Das sind die drei Kasten, die heutzutage den Arbeiterinnen, Soldatinnen und geschlechtlich Differenzierten bei den Ameisen entsprechen.

Der Kampf zwischen Stalin und Trotzki, den beiden russischen Führern zu Beginn des 20. Jahrhunderts, illustriert trefflich den Übergang von einem System, das die Kreativen begünstigt, zu einem System, das die Verwaltung begünstigt. Trotzki, der Mathematiker, Gründer der Roten Armee, wird nämlich von Stalin ausgeschaltet, dem Meister des Komplotts. Eine neue Ära beginnt.

Man kommt in den jeweiligen Gesellschaftsschichten besser und schneller voran, wenn man zu verführen weiß, es versteht, die Mörder zu einen und falsche Informationen zu verteilen, als wenn man imstande ist, Konzepte oder neue Inhalte zu schaffen.

EDMOND WELLS

Enzyklopädie des relativen und absoluten Wissens, Bd. 1

Nr. 4000 und Nr. 103 683 haben sich wieder auf die durch Duftnoten gekennzeichnete Piste begeben, die zu dem Termitenhügel des Ostens führt. Sie begegnen Skarabäen, die damit beschäftigt sind, Humuskugeln zu rollen, Ameisenkundschafterinnen von einer Gattung, die so klein ist, dass man sie nur mit Mühe erkennt, anderen wiederum, derart riesig, dass die beiden Soldatinnen dagegen kaum sichtbar erscheinen …

Tatsächlich gibt es über zwölftausend Arten von Ameisen, und jede hat ihre eigene Morphologie. Die kleinsten messen nur ein paar Hundert Mikron, die größten können bis zu sieben Zentimeter erreichen. Die roten Waldameisen befinden sich dabei im Mittelfeld.

Nr. 4000 scheint sich endlich zurechtzufinden. Sie müssen noch diesen grünen Moosfleck überqueren, diesen Akazienstrauch hinaufklettern, unter diesen Narzissen herkrabbeln, und normalerweise müsste das dann hinter diesem Baumstumpf sein.

Und in der Tat, kaum haben sie den Baumstumpf hinter sich gelassen, erscheinen hinter Quellern und Sanddorn-Schößlingen der Fluss des Ostens und der Hafen von Satei.

»Hallo, hallo, Bilsheim, können Sie mich hören?«

»Klar und deutlich.«

»Alles in Ordnung?«

»Keine Probleme.«

»Laut Länge des abgerollten Seils haben Sie 480 Meter hinter sich.«

»Wunderbar.«

»Haben Sie etwas gesehen?«

»Nichts von Belang. Bloß ein paar in den Stein geritzte Inschriften.«

»Was für Inschriften?«

»Esoterisches Zeug. Soll ich Ihnen eine vorlesen?«

»Nein, ich glaube Ihnen aufs Wort …«

Der Bauch von Nr. 56 ist in hellem Aufruhr. Im Inneren zerrt es, stößt es, rumpelt es. Sämtliche Bewohner ihrer künftigen Stadt werden allmählich ungeduldig.

Also verzichtet sie auf große Ansprüche. Sie wählt einen Kessel aus ockerfarbener bis schwarzer Erde und beschließt, dort ihre Stadt zu gründen.

Der Ort ist keine schlechte Wahl. Es gibt in der Umgebung keine Duftnoten von Zwergameisen, Termiten oder Wespen. Es gibt sogar einige Pheromonpisten, die darauf hinweisen, dass sich schon Belokanerinnen bis hierher vorgewagt haben.

Sie kostet die Erde. Der Boden ist reich an Spurenelementen, nicht zu trocken, aber auch nicht allzu feucht. Sogar ein kleiner Busch ragt über den Kessel.

Sie reinigt eine kreisrunde Fläche von dreihundert Kopf Durchmesser, was den optimalen Grundriss ihrer Stadt darstellt.

Mit den Kräften am Ende, würgt sie mehrmals, um Nahrung aus ihrem Sozialkropf nach oben zu befördern, aber der ist schon lange leer. Sie hat keine Energiereserven mehr. Also reißt sie mit einem Ruck ihre Flügel ab und verzehrt gierig die muskulösen Wurzeln.

Mit diesem Kalorienschub müsste sie einige Tage auskommen.

Dann vergräbt sie sich bis zum Rand der Antennen. Niemand darf sie sehen während dieser Zeit, in der sie eine wehrlose Beute abgibt.

Sie wartet. Die in ihrem Körper versteckte Stadt wird langsam wach. Wie wird sie sie nennen?

Als Erstes muss sie sich den Namen einer Königin ausdenken. Einen Namen zu haben heißt, bei den Ameisen als autonomes Wesen zu existieren. Die Arbeiterinnen, Soldatinnen, »Jungfrauen« werden einzig nach der Nummer der Geburtsreihenfolge benannt. Die fruchtbaren Weibchen hingegen dürfen einen Namen annehmen.

Hmm … Sie ist, als sie aufbrach, von den Kriegerinnen mit dem Felsengeruch gejagt worden, also braucht sie sich nur »die verfolgte Königin« zu nennen. Oder nein, sie ist ja verfolgt worden, weil sie versucht hat, das Rätsel der geheimen Waffe zu lösen. Nicht, dass sie das vergisst. Also ist sie »die aus dem Geheimnis hervorgegangene Königin«.

Und sie beschließt, ihrer Stadt den Namen »Stadt der aus dem Geheimnis hervorgegangenen Königin« zu geben. Was sich in der Duftsprache der Ameisen so anhört:

CHLI-PU-KAN

Zwei Stunden später. Erneuter Kontakt.

»Alles klar, Bilsheim?«

»Wir sind vor einer Tür. Eine ganz normale Tür mit einer langen Inschrift. In altertümlichen Lettern.«

»Was besagt die?«

»Soll ich es Ihnen diesmal vorlesen?«

»Ja.«

Der Kommissar richtete seine Taschenlampe darauf und begann, da er den Text Wort für Wort entziffern musste, langsam und mit feierlicher Stimme zu lesen:

Im Augenblick des Todes empfindet die Seele dasselbe wie jene, die in die großen Mysterien eingeweiht werden.

Zunächst ist das Ganze eine Reise mit beschwerlichen Umwegen, eine beunruhigende, endlose Fahrt durch die Finsternis. Dann, kurz vor dem Ende, ist der Schrecken am größten. Schaudern. Zittern, kalter Schweiß, Entsetzen.

Dieser Phase folgt fast unmittelbar ein Aufstieg zum Licht, eine jähe Erleuchtung.

Ein wundervolles Licht zieht den Blick auf sich, man durchquert Plätze und Weiden von unübertroffener Reinheit, auf denen Stimmen und Musik erklingen.

Heilige Worte flößen religiösen Respekt ein. Der vollkommene und eingeweihte Mensch wird frei, und er feiert das Mysterium.

Einer der Gendarmen erschauderte.

»Und was ist hinter dieser Tür?«, klang es aus dem Walkie-Talkie.

»Na schön, ich mache sie auf … Kommt mit, Jungs.«

Langes Schweigen.

»Hallo, Bilsheim! Hallo, Bilsheim! Antworten Sie! Verdammt, was sehen Sie?«

Ein Schuss fiel. Dann trat erneut Stille ein.

»Hallo, Bilsheim, antworten Sie, alter Freund!«

»Ja, hier Bilsheim.«

»Reden Sie schon, was ist passiert?«

»Ratten. Tausende von Ratten. Sie sind über uns hergefallen, aber wir haben sie verjagt.«

»Deshalb der Schuss?«

»Ja. Jetzt sind sie in Deckung gegangen.«

»Beschreiben Sie, was Sie sehen!«

»Es ist alles rot hier. An den Wänden sind Spuren eisenhaltigen Gesteins, und auf dem Boden … auf dem Boden ist Blut! Wir gehen weiter …«

»Halten Sie Funkkontakt! Warum schalten Sie ab?«

»Ich mache das hier lieber auf meine Art, bevor ich Ihren Ratschlägen aus der Ferne folge, wenn Sie gestatten, Madame!«

»Aber Bilsheim …«

Klick. Er hatte die Verbindung unterbrochen.

Satei ist eigentlich kein Hafen, es ist auch kein Vorposten. Auf jeden Fall ist es der meistbenutzte Ort für belokanische Expeditionen, die über den Fluss führen.

Einst, als die ersten Ameisen aus der Ni-Dynastie vor diesem Flussarm standen, erkannten sie schnell, dass es nicht einfach sein würde, ihn zu überqueren. Die Ameise gibt jedoch nie auf. Sie wird, wenn es sein muss, fünfzehntausendmal und auf fünfzehntausend verschiedene Arten mit dem Kopf gegen das gleiche Hindernis rennen, bis sie stirbt oder das Hindernis überwunden ist.

Eine solche Vorgehensweise erscheint unlogisch. Sie hat die Ameisenzivilisation gewiss viele Opfer und viel Zeit gekostet, aber sie hat sich bezahlt gemacht. Letztlich, wenn auch um den Preis ungeheurer Anstrengungen, ist es den Ameisen stets gelungen, Schwierigkeiten zu meistern.

In Satei hatten die zur Erkundung ausgesandten Ameisen als Erstes versucht, den Fluss auf eigenen Beinen zu überqueren. Die Oberfläche des Wassers hatte zwar genug Spannung, um ihr Gewicht zu tragen, bot jedoch leider keinen Halt für die Krallen. Die Ameisen schlingerten am Ufer entlang wie auf einer Eisbahn. Zwei Schritte nach vorn, drei zur Seite und … *schlürf!* wurden sie von den Fröschen gefressen.

Nach hundert erfolglosen Anläufen und ein paar Tausend Opfern versuchten die Ameisen etwas anderes. Arbeiterinnen bildeten, indem sie sich an den Beinen und Antennen hielten, eine Kette, die lang genug war, das andere Ufer zu erreichen. Das Unterfangen hätte gelingen können, wäre der Fluss nicht so breit gewesen und voller Strudel. Zweihundertvierzigtausend Tote. Aber die Ameisen gaben nicht auf. Auf Anregung ihrer damaligen Königin Biu-pa-ni versuchten sie, eine Brücke aus Blättern zu bauen, dann eine aus kleinen Zweigen, dann eine aus Maikäferkadavern, dann eine aus Steinchen … Diese vier Experimente kosteten ungefähr sechshundertsiebzigtausend Arbeiterinnen das Leben. Biu-pa-ni hatte mit ihrer utopischen Brücke bereits mehr ihrer Untertanen in den Tod geschickt, als sämtliche Territorialkriege unter ihrem Regime an Opfern gefordert hatten!

Dennoch gab sie nicht auf. Man musste den Zugang zu den Gebieten des Ostens finden. Nach den Brücken kam sie auf die Idee, dem Fluss bis zu seiner Quelle im Norden zu folgen und ihn so zu umgehen. Keine dieser Expeditionen kehrte jemals zurück. 8000 Tote. Dann sagte sie sich, dass die Ameisen das Schwimmen erlernen müssten. 15 000 Tote. Dann, dass sie versuchen müssten, die Frösche zu zähmen. 68 000 Tote. Blätter nehmen und auf ihnen von einem hohen Baum aus hinübersegeln? 52 Tote. Die Beine mit hartem Honig beschweren und unter Wasser gehen? 27 Tote. In der Legende heißt es, sie habe auf die Meldung, dass nur noch ein Dutzend unversehrte Arbeiterinnen in der Stadt seien, mit folgender Äußerung reagiert:

Schade, dabei war ich noch voller Ideen …

Zu guter Letzt fanden die Ameisen der Föderation doch noch eine befriedigende Lösung. Dreihunderttausend Jahre später schlug die Königin Lifug-ryuni ihren Töchtern vor, einen Tunnel unter dem Fluss zu graben. Das war so einfach, dass niemand vorher daran gedacht hatte.

Seitdem kann man problemlos von Satei aus auf die andere Seite des Flusses gelangen.

Nr. 103 683 und Nr. 4000 krabbeln schon seit einer Weile durch diesen Tunnel. Es ist feucht, aber noch gibt es keine Wassereinbrüche. Die Termitenstadt liegt am anderen Ufer. Die Termiten benutzen diesen unterirdischen Gang ebenfalls für ihre Streifzüge durch föderiertes Territorium. Bislang hat eine stillschweigende Übereinkunft gegolten. Man bekämpft sich nicht in dem Tunnel, jeder kann ihn frei durchqueren, ob Ameise oder Termite. Aber es ist klar: Sobald eine der beiden Parteien Besitzansprüche anmeldet, wird die andere versuchen, den Stollen zu verstopfen oder zu überschwemmen. Sie gehen endlos durch den langen Gang. Einziges Problem: Die flüssige Masse über ihnen ist eiskalt, und der Untergrund ist noch kälter. Sie verlieren jedes Gefühl in den Beinen. Jeder Schritt fällt schwer. Wenn sie da unten einschlafen, heißt das Winterschlaf für alle Zeiten. Sie kriechen langsam nach oben, um den Ausgang zu erreichen. Das kostet sie ihre letzten Reserven an Proteinen und Zucker. Ihre Muskeln sind ganz steif. Endlich, der Ausgang … Als sie ins Freie treten, sind Nr. 103 683 und Nr. 4000 bereits so unterkühlt, dass sie mitten auf dem Weg einschlummern.

Sich im Gänsemarsch durch diesen finsteren Schlauch zu quälen brachte ihn ins Grübeln. Hier gab es nichts nachzudenken, man musste einfach weitergehen, immer weiter bis zum Ende. In der Hoffnung, dass es ein Ende gab …

Hinter ihm sagte keiner mehr einen Ton. Bilsheim hörte das heisere Atmen der sechs Gendarmen und sagte sich, wie wirklich ungerecht er doch behandelt wurde.

Normalerweise hätte er längst Hauptkommissar sein und ein vernünftiges Gehalt beziehen müssen. Er leistete gute Arbeit, seine Überstunden lagen weit über dem Durchschnitt, er hatte schon ein gutes Dutzend Fälle aufgeklärt. Nur war da leider diese Doumeng, die seine Beförderung verhinderte.

Plötzlich erschien ihm diese Situation unerträglich.

»Ach, Scheiße!«

Alle blieben stehen.

»Alles klar, Kommissar?«

»Jaja, schon gut, geht weiter!«

Der Gipfel der Schmach: Jetzt redete er schon mit sich selbst. Er biss sich auf die Lippen, nahm sich fest vor, sich besser im Griff zu haben.

Er hatte nichts gegen Frauen, aber er hatte etwas gegen Inkompetenz. »Die alte Ziege kann kaum lesen und schreiben, sie hat noch keine einzige Untersuchung durchgeführt, und dann steht sie mit einem Mal an der Spitze der ganzen Abteilung, hat einhundertachtzig Polizisten unter sich! Und sie verdient viermal so viel wie ich! Geht zur Polizei, sagen sie doch immer! Die Doumeng, die ist von ihrem Vorgänger zur Nachfolgerin auserkoren worden. Garantiert eine Bettgeschichte. Außerdem lässt sie einen nie in Frieden, eine richtige Nervensäge. Sie hetzt die Leute gegeneinander auf, sie sabotiert ihre eigene Abteilung, indem sie sich überall als unentbehrlich aufspielt ...«

Während seiner Grübelei erinnerte sich Bilsheim plötzlich an einen Dokumentarfilm über Kröten. Jene sind in Liebeszeiten dermaßen erregt, dass sie auf alles springen, was ihnen in die Quere kommt: Weibchen, aber auch Männchen und sogar Steine. Sie drücken auf den Bauch ihres Partners, um die Eier hervorzulocken, die sie dann befruchten. Wer auf den Bauch eines Weibchens drückt, wird für seine Anstrengungen belohnt. Wer auf den Bauch eines Männchens drückt, erhält nichts und wechselt den Partner. Wer auf einen Stein drückt, tut sich die Arme weh und gibt auf.

Aber es gibt einen Sonderfall: die, die auf die Erdschollen drücken. Die Erdscholle ist genauso weich wie der Bauch eines Krötenweibchens. Also hören sie nicht auf zu pressen. Tagelang können sie diese unfruchtbaren Versuche wiederholen. Und sie glauben, dass es nichts Besseres zu tun gibt.

Der Kommissar lächelte. Vielleicht bräuchte man der guten Solange nur zu erklären, dass es auch andere, durchaus wirksamere Verhaltensweisen gab, als alles zu blockieren und Untergebene zu triezen. Aber er glaubte nicht daran. Er sagte sich, wenn jemand in dieser verflixten Abteilung fehl am Platz war, dann war er es.

Die anderen hinter ihm waren ebenfalls in düstere Gedanken versunken. Dieser lautlose Abstieg ging allen auf die Nerven. Seit fünf Stunden gingen sie ohne Pause immer weiter. Die meisten dachten an die Zulage, die sie nach diesem Abenteuer fordern müssten; andere dachten an ihre Frau, an ihre Kinder, an ihren Wagen oder an eine Dose Bier …

Nichts Was gibt es Angenehmeres, als das Denken einzustellen? Endlich dieser übersprudelnden Flut von mehr oder weniger nützlichen und mehr oder weniger wichtigen Gedanken ein Ende zu machen. Aufhören zu denken! Als wäre man tot und könnte wieder lebendig werden. Leer sein. Zum äußersten Ursprung zurückkehren. Nichts sein. Das nenne ich ein nobles Streben.

EDMOND WELLS
Enzyklopädie des relativen und absoluten Wissens, Bd. 1

Die Körper der beiden Soldatinnen, die reglos die ganze Nacht auf dem schlammigen Ufer gelegen haben, werden durch die ersten Sonnenstrahlen wiederbelebt.

Eine nach der anderen reaktivieren sich die Facetten der Augen von Nr. 103 683 und übermitteln ihrem Gehirn die neue Umgebung. Eine Umgebung, die einzig und allein aus einem riesigen Auge direkt über ihr besteht, das sie aufmerksam anstarrt.

Die junge Geschlechtslose stößt einen Pheromonenschrei des Entsetzens aus, der ihr die Antennen versengt. Das Auge bekommt ebenfalls Angst, es weicht hastig zurück und mit ihm das lange Horn, von dem es getragen wird. Die beiden verstecken sich unter einer Art rundem Kieselstein. Eine Schnecke!

Ringsum sind noch mehr, fünf insgesamt, die sich unter ihrem Gehäuse verstecken. Die beiden Ameisen nähern sich ihnen, streichen um sie herum. Sie versuchen sie zu beißen, aber sie wissen nicht, wo sie ansetzen sollen. Dieses wandelnde Nest ist eine uneinnehmbare Festung.

Eine Sentenz der Königin kommt ihnen in den Sinn: *Die Sicherheit ist mein ärgster Feind, sie lullt meine Reflexe und meine Entschlusskraft ein.*

Nr. 103 683 sagt sich, dass diese hinter ihrem Gehäuse verschanzten Viecher ein leichtes Leben haben. Sie fressen reglose Gräser, brauchen nie zu kämpfen, zu locken, zu jagen, zu fliehen. Nie müssen sie dem Leben die Stirn bieten. Sie haben sich also nie entwickelt.

Sie packt die Lust, sie dazu zu zwingen, ihr Gehäuse zu verlassen, ihnen zu beweisen, dass sie nicht unverwundbar sind. Im gleichen Moment schätzen zwei der fünf Schnecken, dass die Gefahr vorüber ist. Sie entlassen ihren Körper aus seinem Unterschlupf, um ihre nervliche Anspannung abzureagieren.

Sie schieben sich aufeinander zu, pressen sich Bauch an Bauch. Schleim an Schleim, vereinigen sie sich in einem klebrigen Kuss, der ihren ganzen Körper erfasst. Ihre Geschlechtsteile berühren sich.

Es passiert etwas zwischen ihnen.

Das ist sehr langsam.

Die Schnecke rechts hat ihren aus einer kalkigen Spitze geformten Penis in die mit Eiern gefüllte Vagina der Schnecke links geschoben. Letztere, ganz weg vor Liebe, bringt ihrerseits einen erigierten Penis zum Vorschein und steckt ihn in den Partner.

Beide schwelgen in der Lust, einzudringen und zugleich durchdrungen zu werden. Ausgestattet mit einer Vagina und einem Penis darüber, können sie parallel die Empfindungen beider Geschlechter erleben.

Die Schnecke rechts hat als Erste ihren männlichen Orgasmus. Sie windet sich außerordentlich und spannt sich, ihr ganzer Körper ist wie elektrisiert. Die vier Okularfühler der Hermaphroditen umschlingen sich. Der Schleim verwandelt sich in Schaum, dann in Bläschen. Das ist ein sehr enger Tanz, dessen Sinnlichkeit durch die langsamen Bewegungen noch gesteigert wird.

Die Schnecke links richtet ihre Fühler auf. Sie erreicht ebenfalls einen männlichen Orgasmus. Aber kaum hat sie aufgehört zu ejakulieren, wird ihr Körper von einer zweiten, diesmal vaginalen Welle geschüttelt. Die Schnecke rechts erlebt ihrerseits die weibliche Wonne.

Ihre Fühler sinken, ihre Liebespfeile ziehen sich zurück, ihre Vaginen schließen sich … Nach diesem vollkommenen Akt verwandeln sich die Liebhaber in gleichgepolte Magneten. Abstoßung. Ein Phänomen, so alt wie die Welt. Die beiden Maschinen zum Schenken und Empfangen der Lust trennen sich langsam, die Eier von den Spermien des Partners befruchtet.

Während Nr. 103 683 verdutzt, noch ganz unter dem Eindruck der Schönheit des Spektakels, verharrt, stürzt sich Nr. 4000 auf eine der beiden Schnecken. Sie will die postamouröse Erschöpfung ausnutzen, um dem größeren der beiden Tiere den Bauch aufzuschlitzen. Zu spät, sie haben sich wieder in ihre Gehäuse verkrochen.

Die alte Kundschafterin gibt nicht auf, sie weiß, dass sie irgendwann wieder hervorkommen werden. Sie belagert sie lange. Schließlich zwängen sich erst ein zaghaftes Auge, dann ein ganzer Fühler aus dem Gehäuse. Der Gastropode schaut nach, wie die Welt rings um sein kleines Leben aussieht.

Als der zweite Fühler erscheint, schnellt Nr. 4000 vor und beißt mit aller Kraft ihrer Mandibeln in das Auge. Sie will es heraustrennen. Aber das Weichtier zieht sich zusammen, reißt dabei die Kundschafterin mit in die Spiralen ihres Gehäuses.

Flupp!

Wie kann man sie retten?

Nr. 103 683 überlegt, schon kommt einem ihrer drei Gehirne eine Idee. Sie ergreift einen Stein mit ihren Mandibeln und beginnt mit aller Kraft auf das Gehäuse zu schlagen. Damit hat sie zwar den Hammer erfunden, aber das Schneckenhaus ist nicht aus Balsaholz. Das Klopfen ist Musik, sonst nichts. Sie muss sich etwas anderes ausdenken.

Das ist ein Glückstag, denn diesmal entdeckt die Ameise den Hebel. Sie packt einen kräftigen Zweig, ein kleiner Stein dient ihr als

Achse dabei, dann benutzt sie ihr ganzes Gewicht, um das schwere Tier umzuwerfen. Sie braucht mehrere Anläufe. Schließlich schwankt das Gehäuse hin und her, dann kippt es um. Die Öffnung zeigt nach oben. Geschafft!

Nr. 103 683 erklimmt die Spiralen, beugt sich über das hohle Gehäuse und lässt sich auf das Weichtier fallen. Nach einer langen Rutschpartie landet sie auf einer braunen, gallertartigen Masse. Angewidert von dem fetten Schleim, in dem sie watet, beginnt sie das weiche Gewebe zu zerschneiden. Ihre Säure kann sie nicht einsetzen, da sie Gefahr liefe, selbst verätzt zu werden.

Eine neue Flüssigkeit mischt sich alsbald mit dem Schleim: das durchsichtige Blut der Schnecke. Das zu Tode erschrockene Tier wird von einem Krampf geschüttelt, der die beiden Ameisen aus dem Gehäuse schleudert.

Unversehrt streicheln sie einander ausgiebig die Antennen.

Die tödlich verwundete Schnecke möchte fliehen, aber sie verliert auf dem Weg ihre Eingeweide. Die beiden Ameisen holen sie ein und haben keine Mühe, ihr den Rest zu geben. Erschrocken verkriechen sich die vier anderen Gastropoden, die ihre Fühleraugen ausgefahren haben, um die Szene zu beobachten, tief in ihre Gehäuse, um sich den Rest des Tages nicht mehr zu rühren.

An diesem Morgen stopfen sich Nr. 103 683 und Nr. 4000 mit Schneckenfleisch voll. Sie zerschneiden es in Scheiben und verzehren es als lauwarmes, im eigenen Schleim schwimmendes Steak. Sie finden sogar den mit Eiern gefüllten vaginalen Beutel. Schneckenkaviar! Eine der Lieblingsspeisen der roten Waldameisen, eine wertvolle Quelle von Vitaminen, Fett, Zucker und Proteinen …

Den Sozialkropf bis zum Rand gefüllt und mit Sonnenenergie aufgeladen, machen sie sich festen Schritts wieder auf den Weg nach Südosten.

Analyse der Pheromone (34. Experiment) Es ist mir mittels eines Massenspektrometers und eines Chromatographen gelungen, einige der Kommunikationsmoleküle der Ameisen zu identifizieren. Infolgedessen konnte ich eine chemische Analyse einer um 10 Uhr abends »abgehörten« Kommunikation zwischen einem Männchen und einer Arbeiterin vornehmen. Das Männchen hat ein Stück Toastbrot entdeckt. Hier die Analyse dessen, was es von sich gegeben hat:

- Methyl-6
- Methyl-4 Hexanon-3 (2 Ausstöße)
- Keton
- Oktanon-3

Dann erneut:

- Keton
- Oktanon-3 (2 Ausstöße)

EDMOND WELLS
Enzyklopädie des relativen und absoluten Wissens, Bd. 1

Unterwegs begegnen sie weiteren Schnecken. Sie verstecken sich allesamt, als hätten sie einander zugeflüstert: »Diese Ameisen sind gefährlich.« Eine jedoch versteckt sich nicht. Sie zeigt sich sogar unverhüllt.

Neugierig krabbeln die beiden Ameisen auf sie zu. Das Tier ist von etwas Schwerem zermalmt worden. Sein Gehäuse ist zertrümmert. Sein Körper ist geplatzt und weit im Umkreis verteilt. Nr. 103 683 muss sogleich an die geheime Waffe der Termiten denken. Sie müssen ganz in der Nähe der feindlichen Stadt sein. Sie schaut sich den Kadaver genauer an. Der Schlag war umfassend, kurz und äußerst heftig. Kein Wunder, dass es ihnen mit einer solchen Waffe gelungen ist, den Posten von La-chola-kan zu zerfetzen!

Nr. 103 683 ist fest entschlossen. Sie müssen in die Termitenstadt eindringen und diese Waffe auskundschaften, besser noch, sie gleich stehlen. Sonst läuft die ganze Föderation Gefahr, vernichtet zu werden!

Aber plötzlich kommt starker Wind auf. Sie kommen nicht mehr dazu, sich mit ihren Krallen an der Erde festzuhalten. Der Sturm trägt sie gen Himmel. Nr. 103 683 und Nr. 4000 haben keine Flügel … Dennoch fliegen sie.

Einige Stunden später – der Trupp oben döste selig vor sich hin – begann das Walkie-Talkie wieder zu rauschen.

»Hallo, Madame Doumeng! Es ist so weit, wir sind unten angekommen.«

»Und? Was sehen Sie?«

»Das ist eine Sackgasse. Wir stehen vor einer Mauer aus Beton und Stahl, die erst kürzlich errichtet worden ist. Man könnte meinen, hier wäre Schluss … Da ist noch eine Inschrift.«

»Lesen Sie vor!«

»*Wie bildet man vier gleichseitige Dreiecke mit sechs Streichhölzern?*«

»Das ist alles?«

»Nein, da sind noch Tasten mit Buchstaben. Die sind bestimmt dazu da, die Antwort einzugeben.«

»Gibt es keine Seitengänge?«

»Nichts.«

»Und die Leichen der anderen sind auch nicht zu sehen?«

»Nein, nichts … Hmm … Aber da sind Fußspuren. Als hätten jede Menge Leute genau vor dieser Mauer auf den Boden gestampft.«

»Was jetzt?«, wisperte einer der Gendarmen. »Gehen wir zurück?«

Bilsheim untersuchte aufmerksam das Hindernis. Hinter all diesen Symbolen, all diesen Stahl- und Betonplatten verbarg sich ein Mechanismus. Und außerdem, wo waren all die anderen abgeblieben?

Hinter ihm setzten sich die Gendarmen auf die Stufen. Er konzentrierte sich auf die Tasten. Kein Zweifel, man musste all diese Buchstaben in einer bestimmten Reihenfolge eingeben. Jonathan Wells war Schlosser, er hatte bestimmt ein Sicherheitssystem wie bei Haustüren benutzt. Man musste also das Kodewort finden.

Er wandte sich um.

»Habt ihr Streichhölzer, Jungs?«

Das Walkie-Talkie wurde ungeduldig.

»Hallo, Kommissar Bilsheim, was machen Sie?«

»Wenn Sie uns wirklich helfen wollen: Versuchen Sie, vier Dreiecke mit sechs Streichhölzern zu bilden. Wenn Sie die Lösung haben, sagen Sie mir Bescheid.«

»Wollen Sie mich auf den Arm nehmen, Bilsheim?«

Der Sturm flaut endlich ab. Innerhalb weniger Sekunden lässt der Wind von seinem Tanz ab. Blätter, Staub, Insekten sind wieder den Gesetzen der Schwerkraft unterworfen und stürzen, ganz nach ihrem jeweiligen Gewicht, nach unten.

Nr. 103 683 und Nr. 4000 landen einige Dutzend Köpfe voneinander entfernt auf dem Boden. Unversehrt finden sie einander wieder und untersuchen die Umgebung: eine steinige Gegend, die in nichts der Landschaft ähnelt, die sie verlassen haben. Kein einziger Baum, nur ein paar wild wachsende Gräser, die von den Launen des Winds zerstreut wurden. Sie wissen nicht, wo sie sind …

Als sie, so gut es geht, ihre Kräfte sammeln, um diesen düsteren Ort zu verlassen, beschließt der Himmel, erneut seine Macht zu zeigen. Wolken ballen sich zusammen, werden schwarz. Ein Blitz zerschneidet die Luft und entlädt die gesamte elektrische Spannung, die sich angestaut hat.

Sämtliche Tiere haben diese Nachricht der Natur verstanden. Die Frösche hüpfen davon, die Fliegen verstecken sich unter den Steinen, die Vögel fliegen tief.

Die ersten Regentropfen fallen. Die beiden Ameisen müssen schleunigst einen Unterschlupf finden. Jeder Tropfen kann tödlich sein. Sie eilen auf ein vorstehendes Gebilde zu, das sich in der Ferne abhebt, ein Baum oder Fels.

Nach und nach zeichnet sich die Formation durch den dichten Regen und den kriechenden Dunst deutlicher ab. Das ist kein Fels, auch kein Strauch. Das ist eine wahre Kathedrale aus Erde, und die Spitzen ihrer zahlreichen Türme verschwinden in den Wolken. Entsetzen.

Ein Termitenhügel! Der Termitenhügel des Ostens!

Nr. 103 683 und Nr. 4000 sind zwischen dem schrecklichen Gewitterregen und der feindlichen Stadt eingeklemmt. Sicher hatten sie vor, sie aufzusuchen, aber nicht unter solchen Bedingungen! Millionen Jahre voll Hass und Rivalität halten sie zurück.

Aber nicht lange. Schließlich sind sie hierhergekommen, um den Termitenhügel auszuspionieren. Also halten sie zitternd auf einen dunklen Eingang am Fuße des Gebäudes zu. Die Antennen aufgerichtet, Mandibeln gespreizt, die Beine leicht durchgebogen, sind sie entschlossen, ihr Leben teuer zu verkaufen. Wider Erwarten befindet sich jedoch keine Wache am Eingang des Termitenhügels.

Das ist wahrhaftig seltsam. Was geht hier vor?

Die beiden Geschlechtslosen dringen in das Innere der riesigen Stadt vor. Vor Neugier lassen sie es fast an der elementarsten Vorsicht fehlen.

Man muss sagen, dass die Räumlichkeiten in nichts einem Ameisenhügel gleichen. Die Wände sind aus einem viel weniger bröckeligen Material als Erde, ein Zement, hart wie Holz. Die Gänge sind mit Feuchtigkeit gesättigt. Es weht nicht das geringste Lüftchen. Und die Atmosphäre ist auffällig reich an Kohlendioxid.

Jetzt rücken sie schon eine ganze Weile da drinnen vor, ohne auch nur einer Wache begegnet zu sein! Das ist ganz und gar außergewöhnlich … Die beiden Ameisen bleiben stehen, berühren sich mit den Antennen, um zu beratschlagen. Der Entschluss ist schnell gefasst: Weiter!

Aber in ihrem Vorwärtsdrang haben sie sich vollkommen verlaufen. Diese seltsame Stadt ist ein Labyrinth, schlimmer noch als ihre Geburtsstadt. Selbst die Markierungsduftstoffe ihrer Drüsen finden keinerlei Halt an den Wänden. Sie wissen nicht mehr, ob sie über oder unter der Erde sind!

Sie versuchen kehrtzumachen, was ihnen auch nicht weiterhilft. Unentwegt entdecken sie neue, seltsam geformte Gänge. Sie haben sich rettungslos verirrt.

Da erblickt Nr. 103 683 ein ungewöhnliches Phänomen: ein Licht! Die beiden Soldatinnen können es nicht fassen. Dieses Licht inmitten einer verlassenen Termitenstadt, das ist einfach verrückt. Sie halten auf die Lichtquelle zu.

Es handelt sich um ein gelboranges Licht, das mitunter in Grün oder Blau umschlägt. Nach einem etwas kräftigeren Aufblitzen erlischt die Lichtquelle. Danach leuchtet sie wieder auf und beginnt zu blinken, ihr Schein spiegelt sich in dem Panzer der Ameisen.

Wie hypnotisiert rennen Nr. 103 683 und Nr. 4000 auf diesen unterirdischen Leuchtturm zu.

Bilsheim begann vor Aufregung zu tänzeln: Er hatte es begriffen! Er zeigte den Gendarmen, wie die Streichhölzer anzuordnen sind, damit sich vier Dreiecke ergeben. Verblüffte Mienen, danach begeistertes Jubeln.

Solange Doumeng, die ebenfalls Geschmack an der Sache gefunden hatte, stieß hervor: »Haben Sie's raus? Haben Sie's raus? Sagen Sie's mir!«

Aber niemand gehorchte ihr, sie hörte nur noch ein Stimmengewirr, durchsetzt von mechanischen Geräuschen. Danach kehrte Schweigen ein.

»Was ist los, Bilsheim? Sagen Sie schon!«

Das Walkie-Talkie begann fürchterlich zu rauschen.

»Hallo! Hallo!«

»Ja *(Rauschen)*, wir haben den Durchgang geöffnet. Dahinter ist ein *(Rauschen)* Gang. Er führt nach *(Rauschen)* rechts. Wir gehen weiter!«

»Warten Sie! Wie haben Sie das mit den vier Dreiecken angestellt?«

Aber Bilsheim und seine Leute konnten die Mitteilungen von der Oberfläche nicht mehr vernehmen. Der Lautsprecher ihres Geräts funktionierte nicht mehr, wahrscheinlich ein Kurzschluss. Sie empfingen nichts mehr, konnten aber noch senden.

»Ah! Das ist unglaublich. Je weiter man vorstößt, umso besser konstruiert wirkt das. Da ist ein Gewölbe, und in der Ferne ein Licht. Wir gehen hin.«

»Warten Sie, was sagen Sie da? Ein Licht da unten?«

»Da sind sie!«

»Wer ist da? Herrgott! Die Leichen? Antworten Sie!«

»Achtung …«

Man hörte eine Reihe kräftiger Detonationen, Schreie, dann brach die Verbindung ab.

Das Seil wickelte sich nicht weiter ab, dennoch blieb es gespannt. In der Annahme, es habe sich verklemmt, griffen die Polizisten oben in der Wohnung danach und zerrten daran. Sie versuchten es zu dritt … zu fünft. Plötzlich gab es nach.

Sie zogen das Seil hoch und rollten es auf, und nicht in der Küche, sondern im Esszimmer, ein solch riesiges Knäuel kam dabei heraus. Endlich hatten sie das abgerissene Ende in der Hand, es war völlig ausgefranst, als hätten Zähne daran genagt.

»Was machen wir jetzt, Madame?«, murmelte einer der Polizisten.

»Nichts, rein gar nichts. Nichts mehr. Kein Wort an die Presse, kein Wort an wen auch immer, und im Übrigen mauern Sie mir diesen Keller so schnell wie möglich zu. Die Untersuchung ist beendet. Ich schließe die Akten, und wehe, mich spricht noch jemand auf diesen Teufelskeller an! Los, beeilen Sie sich, beschaffen Sie sich Ziegelsteine und Zement. Und regeln Sie das Problem mit den Witwen der Gendarmen.«

Am späten Nachmittag, als die Polizisten gerade die letzten Steine einfügen wollten, hörten sie ein dumpfes Geräusch. Jemand kam zurück! Sie schufen eine Öffnung. Ein Kopf tauchte aus der Finsternis auf, dann der ganze Körper des Überlebenden. Ein Gendarm. Endlich würde man erfahren, was da unten vorging. Sein Gesicht war eine einzige Fratze der Angst. Einige Gesichtsmuskeln waren gelähmt, wie nach einem Schlaganfall. Ein richtiger Zombie. Seine Nasenspitze war abgerissen und blutete stark. Er zitterte, seine Augen waren verdreht.

»Gebegeeeege«, stammelte er.

Speichel rann aus seinem Mundwinkel. Er fuhr sich mit einer Hand voll tiefer Wunden, die seine Kollegen an Messerstiche denken ließen, über das Gesicht.

»Was ist passiert? Sind Sie angegriffen worden?«

»Göööობegöö!«

»Gibt es noch mehr Überlebende da unten?«

»Bögögeebebeggebee!«

Da er unfähig war, mehr hervorzubringen, verbanden sie seine Wunden. Man sperrte ihn in eine psychiatrische Anstalt und mauerte die Kellertür zu.

Jedes noch so feine Scharren der Beine auf dem Boden bewirkt eine Veränderung in der Helligkeit des Lichts. Es flackert, als hörte es sie kommen, als wäre es lebendig.

Die Ameisen bleiben stehen, um sich Gewissheit zu verschaffen. Das Licht breitet sich sogleich aus, bis es sogar die kleinsten Ritzen der Gänge erhellt. Die beiden Spioninnen verstecken sich schleunigst, um nicht von dem seltsamen Scheinwerfer erfasst zu werden. Dann nutzen sie einen plötzlichen Abfall der Helligkeit und hasten zu der Lichtquelle.

Sieh an, es handelt sich um einen phosphoreszierenden Käfer. Ein brünstiges Glühwürmchen. Kaum hat es die Eindringlinge geortet, erlischt es vollständig … Aber da nichts geschieht, glüht es allmählich schwachgrün, sozusagen vorsichtig, auf Sparflamme, wieder auf.

Nr. 103 683 gibt Duftstoffe von sich, die eine friedliche Absicht bekunden. Obwohl alle Käfer diese Sprache verstehen, antwortet das Glühwürmchen nicht. Das grüne Licht wird trüber, wechselt ins

Gelb, um nach und nach rötlich anzulaufen. Die Ameisen vermuten, dass diese neue Farbe eine Frage bedeutet.

Wir haben uns in diesem Termitenhügel verlaufen, sendet die alte Kundschafterin.

Zunächst erhalten sie keine Antwort. Nach einigen weiteren Farbabstufungen beginnt das Glühwürmchen zu blinken, was sowohl Freude wie Verärgerung heißen kann. Unschlüssig warten die Ameisen ab. Plötzlich biegt das Glühwürmchen, schneller und schneller blinkend, in einen Seitengang ein. Man könnte meinen, es wollte ihnen etwas zeigen. Sie folgen ihm.

Sie kommen in einen noch kälteren und feuchteren Bereich. Irgendwoher dringt ein trauriges Jaulen zu ihnen herüber, Verzweiflungsschreie, die sich in Form von Gerüchen und Tönen verbreiten.

Die beiden Ameisen beraten sich. Nun, wenn das Insekt auch nicht zu ihnen spricht, verstehen tut es bestens. Und als wollte es ihre Frage beantworten, leuchtet es in langen Abständen auf und erlischt wieder, ganz so, als wollte es ihnen bedeuten: *Habt keine Angst, folgt mir.*

Alle drei dringen immer tiefer in den fremden Untergrund ein und gelangen in eine sehr kalte Zone, in der die Gänge viel breiter sind.

Das Jaulen setzt wieder ein, jetzt noch stärker.

Achtung!, stößt Nr. 4000 plötzlich aus.

Nr. 103 683 dreht sich um. Das Glühwürmchen beleuchtet eine Art Monster, das sich nähert, das Gesicht zerknittert wie ein Greis, den Körper in ein transparentes weißes Leichentuch gehüllt. Die Soldatin bricht in einen intensiven Duft des Entsetzens aus, der ihren beiden Begleitern den Atem nimmt. Die Mumie kommt immer näher, sie scheint sich sogar vorzubeugen, als wollte sie zu ihnen sprechen. In Wirklichkeit fällt sie vornüber. Sie schlägt der Länge nach auf den Boden. Die Schale öffnet sich. Und der grauenhafte Greis verwandelt sich in ein Neugeborenes …

Eine Termitenpuppe!

Normalerweise müsste sie liegend in einer Ecke verharren. Aufgeschlitzt windet sich die Mumie weiter und stößt ein trauriges Jaulen aus. Daher rührten also diese Schreie!

Und es sind noch mehr Mumien da. Die drei Insekten befinden sich nämlich in einer Art Krippe. Hunderte von Termitenpuppen lehnen aufrecht nebeneinander an den Wänden. Nr. 4000 mustert sie und stellt fest, dass einige aus Mangel an Pflege verendet sind. Die Überlebenden stoßen verzweifelte Düfte aus, um die Ammen zu rufen. Sie sind schon eine ganze Weile nicht mehr ernährt worden, sie werden alle vor Hunger umkommen.

Das ist verrückt. Niemals, und sei es nur für kurze Zeit, würde ein mit der Fürsorge betrautes Insekt seine Brut verlassen. Oder aber … Der gleiche Gedanke durchzuckt die beiden Ameisen. Oder aber … alle Arbeiterinnen sind tot, und es sind nur noch die Puppen übrig geblieben!

Das Glühwürmchen blinkt erneut, fordert sie auf, ihm durch weitere Gänge zu folgen. Ein merkwürdiger Geruch erfüllt die Luft. Die Soldatin tritt auf etwas Hartes. Sie hat keine Infrarot-Ozellen und kann im Dunkeln nichts erkennen. Das lebende Licht kommt näher und beleuchtet die Beine von Nr. 103 683. Der Kadaver eines Termitensoldaten! Er sieht einer Ameise sehr ähnlich, nur dass er ganz weiß ist und keinen gesonderten Hinterleib hat …

Hunderte von weißen Kadavern bedecken den Boden. Was für ein Massaker! Und das Seltsamste: Sämtliche Körper sind unversehrt. Es hat kein Kampf stattgefunden! Der Tod muss urplötzlich eingetreten sein. Die Bewohner sind in der Haltung ihrer alltäglichen Arbeit erstarrt. Einige scheinen noch ein Gespräch zu führen oder mit ihren Mandibeln Holz zu schneiden. Was mag eine solche Katastrophe herbeigeführt haben?

Nr. 4000 untersucht diese morbiden Statuen. Sie verströmen einen stechenden Geruch. Ein Schauder überläuft die beiden Ameisen. Giftgas! Das erklärt alles: das Verschwinden der ersten gegen den Termitenstaat ausgesandten Expedition, der letzte Überlebende der zweiten Expedition, der ohne irgendeine Verletzung stirbt.

Und wenn sie selbst nichts merken, dann nur, weil sich das Gas seitdem verflüchtigt hat. Nur, warum haben dann die Puppen überlebt? Die alte Kundschafterin äußert eine Vermutung: Sie haben ein spezielles Immunsystem, vielleicht hat sie ihr Kokon gerettet … Jetzt müssten sie gegen das Gift geimpft sein. Das ist der berühmte Mithridatismus, der es den Insekten ermöglicht, mutierte Generationen zu zeugen und so sämtlichen Insektiziden zu widerstehen.

Aber wer hat dieses tödliche Gas versprüht? Ein einziges Rätsel. Einmal mehr ist Nr. 103 683 auf ihrer Suche nach der geheimen Waffe an »andere«, ebenso unverständliche Dinge geraten.

Nr. 4000 möchte gehen. Das Glühwürmchen blinkt Zustimmung. Die Ameisen verabreichen den Larven, die gerettet werden können, einige Stücke Zellulose, dann machen sie sich auf die Suche nach dem Ausgang. Das Glühwürmchen folgt ihnen. Je weiter sie vorankommen, umso mehr weichen die Kadaver der Termitensoldaten den Kadavern von Arbeiterinnen, die mit der Pflege der Königin betraut waren. Einige von ihnen haben noch Eier in ihren Mandibeln!

Die Architektur wird immer komplizierter. In die Gänge von dreieckigem Schnitt sind Zeichen eingeritzt. Das Glühwürmchen wechselt die Farbe und verbreitet nun ein bläuliches Licht. Es muss etwas wahrgenommen haben. Tatsächlich lässt sich am Ende des Gangs ein Keuchen vernehmen.

Das Trio gelangt vor eine Art Sanktuarium, von fünf riesigen Posten bewacht. Alle tot. Und der Eingang ist durch die leblosen Körper von gut zwanzig kleinen Arbeiterinnen versperrt. Die Ameisen räumen sie zur Seite, indem sie sie sich von Bein zu Bein reichen.

Auf diese Art legen sie eine beinahe perfekt kugelförmige Höhle frei. Das königliche Gemach der Termiten. Von dort stammt das Geräusch.

Das Glühwürmchen verbreitet ein schönes weißes Licht, das auf eine Art seltsame Nacktschnecke in der Mitte des Raumes fällt. Das ist die Termitenkönigin. Die Karikatur einer Ameisenkönigin. Ihr kleiner Kopf und der kümmerliche Oberkörper münden in einen fantastischen Hinterleib von fast fünfzig Kopf Länge. Dieser übermäßig entwickelte Fortsatz wird regelmäßig von Krämpfen geschüttelt.

Der kleine Kopf zuckt vor Schmerz, er stößt ein akustisches und olfaktorisches Heulen aus. Die Kadaver der Arbeiterinnen haben die Öffnung des Eingangs so gut verstopft, dass das Gas nicht hat eindringen können. Dennoch liegt die Königin im Sterben, da sie nicht verpflegt worden ist.

Schau dir ihren Hinterleib an! Die Jungen drängen von innen, und sie schafft es nicht, sie allein zur Welt zu bringen.

Das Glühwürmchen klettert an die Decke und erzeugt in aller Unschuld ein orangefarbenes Licht, jenem ähnlich, in das die Gemälde von Georges de la Tour getaucht sind.

Dank der gemeinsamen Anstrengungen der Ameisen beginnen die Eier aus dem riesigen Zeugungssack zu strömen. Ein wahrer Lebensquell. Die Königin scheint erleichtert, sie hat aufgehört zu schreien.

Sie fragt in der schlichten universellen Duftsprache, wer sie gerettet hat. Sie ist überrascht, Düfte von Ameisen wahrzunehmen. Ob sie Parasitenameisen sind?

Die Parasitenameisen, schwarze Insekten von großer Statur, die im Nordosten leben, sind eine in organischer Chemie äußerst begabte Art. Sie vermögen künstlich jedwedes Pheromon (Kennwort, Piste, Kommunikation …) zu erzeugen, indem sie kundig Säfte, Pollen und Speichel mischen.

Haben sie diese Tarnung erst einmal ausgeschieden, gelingt es ihnen beispielsweise, in eine Termitenstadt einzudringen, ohne entdeckt zu werden. Sie plündern und töten, ohne dass irgendeines ihrer Opfer sie identifizieren könnte!

Nein, wir sind keine Parasitenameisen.

Die Termitenkönigin fragt, ob es Überlebende in ihrer Stadt gebe. Nein, antworten die Ameisen. Sie äußert den Wunsch, dass man sie töte, man möge ihre Leiden abkürzen. Aber vorher möchte sie ihnen noch etwas verraten.

Ja, sie weiß, warum ihr Staat zerstört worden ist. Die Termiten haben vor kurzem das östliche Ende der Welt entdeckt. Das Ende des Planeten. Ein glattes, schwarzes Land, in dem alles Leben vernichtet ist.

Dort leben seltsame, sehr schnelle und sehr wilde Tiere. Das sind die Wächter des Endes der Welt. Sie sind mit schwarzen Platten bewaffnet, die alles zerquetschen. Und jetzt verwenden sie auch noch Giftgas!

Das erinnert an den alten Traum der Königin Bi-stin-ga. Das Ende der Welt zu erreichen. Sollte das wirklich möglich sein? Die beiden Ameisen sind völlig verdutzt.

Sie hatten bislang geglaubt, die Erde sei so groß, dass es nicht möglich ist, ihren Rand zu erreichen. Und nun gibt diese Termitenkönigin zu verstehen, das Ende der Welt sei ganz in der Nähe! Und von Ungetümen bewacht … Sollte der Traum der Königin Bi-stin-ga erfüllbar sein?

Die ganze Sache kommt ihnen so ungeheuerlich vor, dass sie nicht wissen, mit welcher Frage sie beginnen sollen.

Aber warum sind diese »Wächter des Endes der Welt« bis hierher vorgedrungen? Wollen sie die Städte des Westens überfallen?

Die große Königin weiß es auch nicht. Sie will jetzt sterben. Sie besteht darauf. Sie hat es nicht gelernt, ihr Herz anzuhalten. Man muss sie töten.

Also enthaupten die Ameisen die Termitenkönigin, nachdem sie ihnen den Weg zum Ausgang beschrieben hat. Danach verzehren sie einige kleine Eier und verlassen das imposante Gebäude, das nur noch eine Phantomstadt ist. Am Eingang hinterlassen sie ein Pheromon, das die Schilderung des Dramas dieses Ortes enthält. Denn als Kundschafterinnen der Föderation müssen sie all ihren Verpflichtungen nachkommen.

Das Glühwürmchen verabschiedet sich. Wahrscheinlich hat es sich auf der Flucht vor dem Regen auch in den Termitenhügel verirrt. Jetzt, wo es wieder schön ist, wird es seinen gewohnten Trott wiederaufnehmen: essen, Licht ausstrahlen, um Weibchen anzulocken, sich fortpflanzen, essen, Licht ausstrahlen, um Weibchen anzulocken, sich fortpflanzen … Das Leben eines Glühwürmchens eben.

Sie richten ihren Blick und ihre Antennen nach Osten. Von hier erkennen sie nicht viel, trotzdem, sie wissen: Das Ende der Welt ist nicht fern. Es liegt dort in der Gegend.

Zivilisationsschock Die Begegnung zwischen zwei Zivilisationen stellt immer einen heiklen Augenblick dar. Zu den dunkelsten Momenten, die die Menschheit erlebt hat, zählt die Versklavung der afrikanischen Schwarzen im 18. Jahrhundert.

Die meisten Völker, die als Sklaven verschleppt wurden, lebten im Landesinneren, im Flachland und in den Wäldern. Sie hatten noch nie das Meer gesehen. Plötzlich erklärte ihnen ohne erkennbaren Grund ein benachbarter König den Krieg, und statt sie zu töten, nahm er sie gefangen, fesselte sie und ließ sie in Richtung Meer marschieren.

Am Ende ihrer Reise entdeckten sie zwei unbegreifliche Dinge: 1. das unendlich weite Meer, 2. die hellhäutigen Europäer. Nun, das Meer, selbst wenn sie es noch nie gesehen hatten, war ihnen aufgrund von Erzählungen als das Reich der Toten bekannt. Die Weißen hingegen waren für sie so etwas wie Außerirdische, sie hatten einen seltsamen Geruch, sie hatten eine seltsame Hautfarbe, sie trugen seltsame Kleider.

Viele starben vor Angst, andere sprangen wie von Sinnen von den Schiffen und wurden von Haien gefressen. Die Überlebenden erwartete eine Überraschung nach der anderen. Was sahen sie? Zum Beispiel, wie die Weißen Wein tranken. Und sie waren sicher, dass es Blut sei, das Blut der Ihren.

EDMOND WELLS
Enzyklopädie des relativen und absoluten Wissens, Bd. 1

Das Weibchen Nr. 56 ist hungrig. Und nicht nur ihr Körper, sondern ein ganzes Volk verlangt nach seiner Ration. Wie soll sie die Meute ernähren, die sie in ihrem Schoß beherbergt? Sie entschließt sich, aus ihrem Loch, in dem sie legen wollte, herauszukriechen, schleppt sich über eine Strecke von ein paar Hundert Kopf und kehrt mit drei Kiefernnadeln zurück, an denen sie gierig leckt und kaut.

Das reicht nicht. Sie wäre gern auf die Jagd gegangen, doch sie hat keine Kraft mehr. Und sie selbst droht ein gefundenes Fressen für Tausende von Räubern zu werden, die in der Umgebung lauern. Also zwängt sie sich in ihr Loch, um auf den Tod zu warten.

Stattdessen kommt ein Ei zum Vorschein. Ihr erster Chlipukaner! Sie hat ihn kaum bemerkt. Sie hat ihre tauben Beine geschüttelt und mit aller Kraft auf ihre Därme gepresst. Das muss einfach gehen, sonst ist alles vorbei. Das Ei kullert heraus. Es ist klein, dunkelgrau, fast schwarz.

Wenn sie ihn ausschlüpfen lässt, wird sie eine tote Ameise gebären. Zudem … Sie wäre nicht einmal in der Lage, ihn bis zum Ausschlüpfen zu ernähren. Also frisst sie ihren ersten Sprössling.

Das versetzt ihr sogleich einen Energieschub. In ihrem Hinterleib ist ein Ei weniger, in ihrem Magen eins mehr. Dieses Opfer verleiht ihr die Kraft, ein zweites, ebenso dunkles Ei zu legen, ebenso klein.

Sie verzehrt es genießerisch. Und fühlt sich noch besser. Das dritte Ei ist kaum heller. Sie verzehrt es dennoch.

Erst beim zehnten Ei ändert die Königin ihre Strategie. Ihre Eier sind grau geworden, sie haben die Größe ihrer Augäpfel. Chli-pu-ni legt drei dieser grauen Eier, eines frisst sie, die anderen beiden lässt sie leben, wärmt sie unter ihrem Körper.

Während sie weiterhin ein Ei nach dem anderen legt, verwandeln sich die beiden Glückspilze in lange Larven, deren Gesichter in einer seltsamen Fratze erstarrt sind. Und sie beginnen zu wimmern, verlangen nach Nahrung. Die Arithmetik wird komplizierter. Von drei gelegten Eiern bräuchte sie nun eines für sich und die beiden anderen für die Larven.

Und so, in einem geschlossenen Kreis, gelingt es, aus dem Nichts etwas zu erschaffen. Wenn eine Larve groß genug ist, gibt sie ihr eine andere Larve zu essen … Das ist die einzige Möglichkeit, ihr die Proteine zu verschaffen, die zu ihrer Umwandlung in eine richtige Ameise erforderlich sind.

Aber die überlebende Larve ist immer noch hungrig. Sie windet sich, schreit. Der Schmaus, das Opfer ihrer Schwestern, hat sie nicht sättigen können. Schließlich frisst Chli-pu-ni diesen ersten Versuch, ein Kind zur Welt zu bringen.

Ich muss es schaffen, ich muss es schaffen, trichtert sie sich ein. Sie denkt an das Männchen Nr. 327 und legt fünf hellere Eier auf einmal. Zwei davon verschlingt sie, die anderen drei lässt sie wachsen.

Auf diese Weise, ein Staffellauf zwischen Kindesmord und Gebären, entsteht Leben. Drei Schritte vor, zwei zurück. Eine grausame Übung, die schließlich in den ersten Prototyp einer kompletten Ameise mündet.

Das Insekt ist winzig und recht schwächlich, da unterernährt. Aber sie hat ihren ersten Chlipukaner zustande gebracht! Der durch Kannibalismus geprägte Weg zur Gründung ihrer Stadt ist zur Hälfte geschafft. Diese degenerierte Arbeiterin kann sich in der Tat bewegen und Lebensmittel aus der Umgebung herbeischaffen: Insektenkadaver, Körner, Blätter, Pilze … Was sie auch tut.

Chli-pu-ni, endlich normal genährt, bringt nun viel hellere, viel festere Eier zur Welt. Die harten Schalen schützen die Eier vor der Kälte. Die Larven haben eine vernünftige Größe. Diese neue Generation von Nachkömmlingen ist groß und stark. Sie wird die Grundlage der Bevölkerung von Chli-pu-kan bilden.

Die erste, unterentwickelte Arbeiterin, die ihre Königin ernährt hat, wird schon bald von ihren Schwestern umgebracht und verzehrt. Danach sind alle Morde, alle Schmerzen, die der Gründung des Staates vorausgegangen sind, vergessen.

Chli-pu-kan ist geboren.

Mücken Die Mücke ist das Insekt, das sich am liebsten mit dem Menschen duelliert. Jeder von uns hat bereits irgendwann im Pyjama auf dem Bett gestanden, einen Pantoffel in der Hand, den Blick lauernd auf die makellos weiße Wand gerichtet.

Unverständnis. Was da juckt, ist nur der desinfizierende Speichel ihres Saugrüssels. Ohne diesen Speichel würde sich jeder Stich infizieren. Zudem ist die Mücke so rücksichtsvoll, immer nur zwischen zwei Schmerzrezeptoren zu stechen.

Dem Menschen gegenüber hat sich die Strategie der Mücke weiterentwickelt. Sie ist schneller geworden, unauffälliger, flinker beim Abheben. Es wird immer schwieriger, sie zu entdecken. Einige ganz kecke der letzten Generation zögern nicht, sich unter dem Kopfkissen ihres Opfers zu verstecken. Sie haben das Prinzip des »Entwendeten Briefs« von Edgar Allen Poe entdeckt: Das beste Versteck ist jenes, das in die Augen springt, da man stets in der Ferne sucht, was ganz nah ist.

EDMOND WELLS
Enzyklopädie des relativen und absoluten Wissens, Bd. 1

Großmutter Augusta betrachtete ihre bereits gepackten Koffer. Morgen würde sie in die Rue des Sybarites ziehen. Das mochte man kaum glauben, aber Edmond hatte Jonathans Verschwinden vorhergesehen und in seinem Testament geschrieben: »Wenn Jonathan stirbt oder verschwindet und wenn er selbst kein Testament verfasst hat, wünsche ich, dass Augusta Wells, meine Mutter, meine Wohnung bezieht. Wenn auch sie verschwindet oder wenn sie dieses Vermächtnis ablehnt, wünsche ich, dass Pierre Rosenfeld die Räumlichkeiten erbt. Wenn er es ebenfalls ablehnt oder verschwindet, könnte Jason Bragel dort einziehen …« Man musste zugeben, dass im Lichte der jüngsten Ereignisse Edmond allen Anlass gehabt hatte, mindestens vier Erben einzusetzen. Aber Augusta war nicht abergläubisch, zudem war sie der Auffassung, dass Edmond, so menschenfeindlich er auch war, keinerlei Grund gehabt hätte, seinen Neffen und seine Mutter in den Tod zu schicken. Und Jason Bragel war sein bester Freund gewesen!

Ein seltsamer Gedanke ging ihr durch den Kopf. Man hatte den Eindruck, Edmond habe danach getrachtet, die Zukunft vorauszuplanen, so als … begänne alles nach seinem Tod.

Seit Tagen schon ziehen sie in Richtung Sonnenaufgang. Die Gesundheit von Nr. 4000 verschlechtert sich mehr und mehr, aber die alte Kriegerin wandert weiter, ohne zu klagen. Ihr Mut und ihr Wissensdurst sind wirklich vorbildlich.

Eines Spätnachmittags, sie klettern gerade den Stamm eines Haselnussstrauchs empor, werden sie plötzlich von roten Weberameisen umzingelt. Wieder diese Tierchen aus dem Süden, die sich das Land ansehen wollen. Ihr länglicher Körper ist mit einem Giftstachel versehen, der bei der geringsten Berührung, wie jeder weiß, sofort den Tod herbeiführt. Die beiden wären lieber woanders.

Von einigen degenerierten Söldnern abgesehen, hat Nr. 103 683 in der Großen Außenwelt noch nie Weberameisen zu Gesicht bekommen. Wahrhaftig, es lohnt sich, die Gebiete des Ostens zu entdecken …

Ihr habt nicht den richtigen Pheromonpass. Raus hier! Das ist unser Gebiet!

Antennenkontakt. Die roten Weberameisen wissen sich in der Sprache der Belokanerinnen zu verständigen.

Die beiden antworten, dass sie nur auf der Durchreise sind, dass sie zum Ende der östlichen Welt gehen wollen. Die Weberameisen beraten sich.

Sie haben die beiden anderen Mitglieder der Föderation der roten Ameisen erkannt. Die ist zwar weit entfernt, aber mächtig (64 Städte nach der letzten Schwarmzeit), und der Ruf ihrer Armeen ist über den Fluss des Westens hinausgelangt. Vielleicht ist es besser, keinen Konflikt zu provozieren. Eines Tages werden die Weberameisen unweigerlich gezwungen sein, die vereinigten Gebiete der Roten zu durchqueren.

Der Antennenaufruhr lässt allmählich nach. Es ist Zeit für die Schlussfolgerung. Eine Weberameise übermittelt die Meinung der Gruppe:

Ihr könnt hier eine Nacht bleiben. Wir sind bereit, euch den Weg zum Ende der Welt zu zeigen und euch sogar dorthin zu begleiten. Als Gegenleistung überlasst ihr uns einige eurer Identifikationspheromone.

Der Handel geht in Ordnung. Nr. 103 683 und Nr. 4000 wissen, dass sie mit der Übergabe ihrer Pheromone den Weberameisen einen wertvollen Passierschein für das gesamte Gebiet der Föderation überlassen. Aber ans Ende der Welt zu gelangen und von dort zurückzukehren, dafür ist kein Preis zu hoch …

Ihre Gastgeber führen sie zu dem einige Zweige höher gelegenen Lagerplatz. Das hat keinerlei Ähnlichkeit mit allem, was sie kennen. Die Weberameisen, die sich aufs Weben wie aufs Nähen verstehen, haben ihr provisorisches Nest errichtet, indem sie die Ränder dreier großer Blätter des Haselnussstrauchs zusammengenäht haben. Eines dient als Boden, die beiden anderen als Seitenwände.

Nr. 103 683 und Nr. 4000 beobachten eine Gruppe von Weberinnen, die damit beschäftigt sind, das »Dach« vor Einbruch der Dunkelheit zu schließen. Sie wählen ein Blatt aus, das als Deckel dienen wird. Um dieses Blatt mit den drei anderen zu verbinden, bilden sie eine lebende Leiter. Dutzende von Arbeiterinnen stapeln sich übereinander, bis sie einen kleinen Berg ergeben, von dem aus man das oberste Blatt erreichen kann.

Der Stapel bricht mehrmals zusammen. Er ist zu hoch.

Darauf wenden die Weberameisen eine andere Methode an. Eine Gruppe von Arbeiterinnen schwingt sich auf das Blatt, das als Decke dienen soll, bildet eine Kette, die sich festklammert und am äußersten Rand des Blattes hängt. Die Kette lässt sich herab, und noch weiter herab, um sich mit der lebenden Leiter zu verbinden, die unten wartet. Das ist immer noch zu weit, also wird die Kette an ihrem Ende von einer Traube roter Weberameisen beschwert.

Fast reicht es, der Stängel des Blattes hat sich durchgebogen. Es fehlen nur noch ein paar Zentimeter auf der rechten Seite. Die Ameisen der Kette nehmen eine Pendelbewegung vor, um den Zwischenraum zu überbrücken. Bei jedem Schwingen dehnt sich die Kette, sie scheint zu reißen, aber sie hält. Endlich vereinigen sich die Mandibeln der Akrobaten oben und jener unten: *Klack!*

Zweiter Schritt: Die Kette schrumpft zusammen. Die Arbeiterinnen in der Mitte verlassen mit äußerster Vorsicht ihren Platz, steigen auf die Schultern ihrer Kolleginnen, und alle ziehen, um die beiden Blätter zusammenzubringen. Das obere Blatt sinkt Stück für Stück tiefer, verteilt seinen Schatten über das Dorf.

Sicher, die Kiste hat ihren Deckel, doch jetzt gilt es, sie zu verschweißen. Eine alte Weberameise stürzt in das Innere eines Hauses.

Als sie wieder hervorkommt, schwenkt sie eine große Larve. Das ist das Webgerät.

Die Ränder werden genau zusammengefügt, man achtet darauf, dass keine Löcher entstehen. Dann wird die frische Larve herbeigebracht. Die Ärmste war gerade im Begriff, ihren Kokon zu fertigen, um in aller Ruhe heranzuwachsen. Man lässt sie nicht mehr dazu kommen. Eine Arbeiterin greift einen Faden aus diesem Knäuel und beginnt ihn abzuwickeln. Mit ein wenig Speichel klebt sie das Ende an ein Blatt und reicht den Kokon ihrer Nachbarin weiter.

Die Larve spürt, dass man ihr ihren Faden entreißt, und produziert einen neuen, um den Verlust auszugleichen. Je mehr man sie entblößt, umso kälter wird ihr, und umso mehr Seide scheidet sie aus.

Die Arbeiterinnen reichen sich dieses lebende Webschiffchen von Mandibel zu Mandibel weiter und sparen dabei nicht an Garn. Wenn ihr Kind vor Erschöpfung stirbt, nehmen sie ein anderes. Zwölf Larven werden allein bei dieser Arbeit geopfert.

Nach einer Weile ist auch der zweite Rand der Decke verschlossen. Das Dorf bietet jetzt den Anblick einer grünen Kiste mit weißen Kanten. Nr. 103 683, die fast wie zu Hause darin herumwandert, fallen einige schwarze Ameisen inmitten der Menge der roten auf. Sie kann es sich nicht verkneifen, Fragen zu stellen.

Sind das Söldner?

Nein, das sind Sklaven.

Die roten Weberameisen sind doch gar nicht als Sklavenhalter bekannt … Eine von ihnen erklärt, dass sie kürzlich einer Horde von sklavenhaltenden Ameisen begegnet seien, die auf dem Weg nach Westen waren, und dass sie eine Anzahl Eier von schwarzen Ameisen gegen ein tragbares gewebtes Netz eingetauscht hätten.

Nr. 103 683 lässt so schnell nicht locker und fragt ihre Gesprächspartnerin, ob die Begegnung danach nicht in einen Kampf umgeschlagen sei. Nein, antwortet die andere, die fürchterlichen Ameisen seien bereits gesättigt gewesen, sie hatten schon viel zu viele Sklaven, außerdem hätten sie Angst vor dem tödlichen Stachel der roten gehabt.

Die aus den eingetauschten Eiern hervorgegangenen schwarzen Ameisen hatten die Duftausweise ihrer Gastgeber angenommen und dienten ihnen, als handelte es sich um ihre Eltern. Woher hätten sie auch wissen sollen, dass sie durch ihr genetisches Erbe eigentlich Raubameisen und keine Sklaven waren? Sie wissen nichts von der Welt außer dem, was ihnen die roten Weberameisen zu erzählen bereit waren.

Habt ihr keine Angst, dass sie aufmüpfig werden?

Sicher, ein paarmal hätten sie schon aufgemuckt. Im Allgemeinen schlössen die Roten derlei Vorfälle aus, indem sie die Störenfriede eliminierten. Solange die Schwarzen nicht wissen, dass sie aus einem Nest geraubt worden sind, dass sie zu einer anderen Art gehören, mangelt es ihnen an der rechten Motivation …

Die Nacht und die Kälte senken sich über den Haselnussstrauch. Man weist den beiden Kundschafterinnen eine Ecke an, in der sie ihren nächtlichen Miniwinterschlaf halten können.

Chli-pu-kan wächst nach und nach. Zuerst hat man die Verbotene Stadt angelegt. Sie wurde nicht in einem Baumstumpf errichtet, sondern in einem merkwürdigen Ding, das dort vergraben war, einer verrosteten Konservenbüchse, die einst drei Kilo Kompott enthielt, ein Relikt aus einem nahe gelegenen Waisenhaus.

In diesem neuen Palast legt Chli-pu-ni wie eine Besessene, während man sie mit Zucker, Fett und Vitaminen vollstopft.

Die ersten Töchter haben unmittelbar unter der Verbotenen Stadt eine Krippe errichtet, die mit sich zersetzendem Humus beheizt wird. Das ist am praktischsten, solange die Kuppel aus Zweigen und das Solarium, die das Ende der Bauarbeiten markieren werden, nicht fertiggestellt sind.

Chli-pu-ni will, dass ihre Stadt alle bekannten technologischen Errungenschaften ausnutzt: Pilzkulturen, Flaschenkürbisse, Herden von Blattläusen, Efeustützen, Säle zur Gärung von Honigtau, Säle zur Produktion von Getreidemehl, Säle für Söldnerinnen und Spioninnen, Säle für organische Chemie usw.

Und in allen Ecken herrscht ein reges Treiben. Die junge Königin hat es verstanden, ihren Enthusiasmus und ihre Hoffnungen zu übertragen. Sie will nicht, dass Chli-pu-kan eine föderierte Stadt wie alle anderen wird. Sie strebt danach, sie zu einem avantgardistischen Zentrum zu machen, zur Speerspitze der Ameisenzivilisation. Sie sprüht vor Ideen.

So hat man zum Beispiel in der Umgebung des 12. UG einen unterirdischen Fluss entdeckt. Ihrer Meinung nach ist das Wasser ein Element, das nur unzureichend erforscht worden ist. Man muss ein Mittel finden, es auf der Oberfläche zu überqueren.

Als Erstes wird eine Einheit beauftragt, die Insekten zu studieren, die im Süßwasser leben: Schwimmkäfer, Hüpferlinge, Wasserflöhe ... Sind sie essbar? Kann man eines Tages welche in unbewachten Lachen aufziehen?

Ihre erste berühmte Rede hält sie über das Thema der Pflanzenläuse:

Wir gehen auf eine Epoche kriegerischer Wirren zu. Die Waffen werden immer ausgeklügelter. Wir werden da nicht immer mithalten können. Eines Tages wird die Jagd draußen vielleicht Glückssache sein. Wir müssen auf das Schlimmste gefasst sein. Unsere Stadt muss sich so weit wie möglich in die Tiefe ausdehnen. Und wir müssen die Aufzucht der Pflanzenläuse intensiver betreiben als jede andere Form der Lieferung von lebensnotwendigem Zucker. Dieses Vieh muss in Ställen in den untersten Stockwerken untergebracht werden.

Dreißig ihrer Töchter ziehen aus und kehren mit zwei Pflanzenläusen zurück, die kurz davor sind, ihren Nachwuchs zur Welt zu bringen. Nach einigen Stunden sind sie im Besitz von gut hundert kleinen Pflanzenläusen, denen sie die Flügel stutzen. Sie bringen diesen Grundstock des künftigen Viehbestands in das 23. UG, wo er vor den Marienkäfern in Sicherheit ist, und versorgen ihn reichlich mit frischen Blättern und saftigen Stängeln.

Chli-pu-ni sendet Kundschafterinnen in alle Himmelsrichtungen. Einige bringen Lamellenpilzsporen mit, die sogleich in den Pilzkulturen eingepflanzt werden. Die entdeckungsfreudige Königin beschließt sogar, den Traum ihrer Mutter zu verwirklichen: Sie lässt an der Ostgrenze eine Reihe von Samenkörnern fleischfressender Pflanzen aussäen. Auf diese Weise hofft sie einen eventuellen Angriff der Termiten und ihrer Geheimwaffe aufzuhalten.

Denn das Rätsel der Geheimwaffe, die Ermordung des 327. Prinzen und die unter dem Granitfelsen versteckten Nahrungsvorräte hat sie keineswegs vergessen.

Sie schickt eine Gruppe von Abgesandten nach Bel-o-kan. Offiziell haben sie den Auftrag, der Königin die Gründung der fünfundsechzigsten Stadt und ihren Anschluss an die Föderation zu melden. Inoffiziell jedoch sollen sie versuchen, die Ermittlungen im 50. UG von Bel-o-kan fortzusetzen.

Es klingelte an der Tür, als Augusta gerade ihre kostbaren, leicht bräunlichen Fotos an der Wand befestigte. Sie vergewisserte sich, dass die Sicherheitskette eingehakt war, und öffnete die Tür einen Spaltbreit.

Vor ihr stand ein adretter Herr mittleren Alters; selbst das Revers seines Jacketts war frei von Schuppen.

»Guten Tag, Madame Wells. Darf ich mich vorstellen: Professor Leduc, ein Kollege Ihres Sohnes Edmond. Ich will nicht lange drum herum reden. Ich weiß, dass Sie bereits Ihren Enkel und Ihren Urenkel in dem Keller verloren haben. Und dass acht Feuerwehrleute, sechs Gendarmen und zwei Kriminalbeamte ebenfalls darin verschwunden sind. Dennoch, Madame … Ich würde gern dort hinuntergehen.«

Augusta war nicht sicher, ob sie recht gehört hatte. Sie stellte ihr Hörgerät auf maximale Lautstärke.

»Sie sind Professor Rosenfeld?«

»Nein. Leduc. Professor Leduc. Wie ich sehe, haben Sie schon von Rosenfeld gehört. Rosenfeld, Edmond und ich, wir sind alle drei Insektenforscher. Wir haben ein gemeinsames Spezialgebiet: die Ameisenforschung. Aber Edmond war uns um einiges voraus. Es wäre schade, wenn die Menschheit nicht davon profitieren könnte … Ich würde gern in Ihren Keller gehen.«

Wenn man schlecht hört, schaut man umso genauer hin. Sie musterte die Ohren dieses Leduc. Die menschliche Spezies hat die Besonderheit, seinen ursprünglichen Zustand in sich zu bewahren: In diesem Sinne stellt das Ohr den Fötus dar. Das Ohrläppchen entspricht dem Kopf, die Gräte der Ohrmuschel der Wirbelsäule usw. Dieser Leduc musste ein magerer Fötus gewesen sein, und für magere Föten hatte Augusta nicht viel übrig.

»Und was hoffen Sie in diesem Keller zu finden?«

»Ein Buch. Eine Enzyklopädie, in der er systematisch seine gesamte Arbeit aufgezeichnet hat. Edmond war ein Geheimniskrämer. Er hat vermutlich alles da unten vergraben und Fallen gestellt, um die Banausen zu töten oder abzuschrecken. Ich hingegen gehe als Sachkundiger hinunter, und ein Sachkundiger …«

»… kann genauso gut ums Leben kommen!«, ergänzte Augusta.

»Geben Sie mir eine Chance.«

»Treten Sie ein, Monsieur …?«

»Leduc. Professor Leduc vom Laboratorium 352 des Nationalen Forschungszentrums.«

Sie führte ihn zur Kellertür. Auf der Mauer, die die Polizei errichtet hatte, prangte in breiten roten Buchstaben eine Inschrift:

NIE WIEDER DARF JEMAND
DIESEN VERDAMMTEN KELLER BETRETEN!!!

Augusta deutete mit dem Kinn darauf.

»Wissen Sie, was die Leute in diesem Haus sagen, Monsieur Leduc? Sie sagen, das sei der Eingang zur Hölle. Sie sagen, dieser Keller sei wie eine fleischfressende Pflanze, die die Menschen verschlingt, die ihren Schlund kitzeln … Einige sind sogar dafür, den Keller zuzubetonieren.«

Sie betrachtete ihn von oben bis unten.

»Haben Sie keine Angst zu sterben, Monsieur Leduc?«

»Doch«, sagte er spöttisch lächelnd. »Doch, ich habe Angst, als ein Dummkopf zu sterben, ohne zu wissen, was auf dem Grund dieses Kellers ist.«

Nr. 103 683 und Nr. 4000 haben das Nest der Weberinnen verlassen. Zwei Kriegerinnen mit spitzem Stachel begleiten sie. Gemeinsam ziehen sie über durch kaum wahrnehmbare Pheromone markierte Duftpisten. Sie sind bereits ein paar Tausend Kopf von dem in den Zweigen des Haselstrauches gewebten Nest entfernt. Allen möglichen exotischen Tieren, deren Namen sie nicht einmal kennen, sind sie begegnet. Sicherheitshalber gehen sie ihnen aus dem Weg.

Wenn die Nacht hereinbricht, wühlen sie sich so tief wie möglich in den Boden, um sich der wohligen Wärme und dem Schutz der Nährmutter Erde anzuvertrauen.

Heute haben die beiden Weberinnen sie auf den höchsten Punkt eines Hügels geführt.

Ist das Ende der Welt noch weit?

Das ist da lang.

Von der Höhe aus sehen die beiden Waldameisen, so weit das Auge reicht, ein einziges Universum von dunklem Gestrüpp. Die Weberinnen erklären ihnen, dass ihre Mission hier ende, sie würden ihnen nicht weiter folgen. Es gebe gewisse Orte, an denen ihr Duft nicht gut gelitten sei.

Die Belokanerinnen müssten weiter geradeaus gehen bis zu den Feldern der Schnitterinnen. Jene lebten ständig in der Nähe des »Randes der Welt«; sie könnten ihnen bestimmt Auskunft geben.

Bevor sie sich von ihren Führerinnen trennen, übergeben sie ihnen die kostbaren Identifizierungspheromone der Föderation, den vereinbarten Preis der Durchreise. Dann eilen sie den Hügel hinunter auf die Felder zu, die von den erwähnten Schnitterinnen bestellt werden.

Skelett Ist es besser, sein Skelett innerhalb oder außerhalb des Körpers zu haben?

Wenn das Skelett außen ist, bildet es eine schützende Karosserie. Das Fleisch ist vor äußeren Gefahren geschützt, doch dafür wird es schlaff, beinahe flüssig. Und wenn trotz des ganzen Panzers eine Spitze nach innen dringt, sind die Schäden irreparabel.

Wenn das Skelett nur eine schmale und unbewegliche Stange im Innern der Masse bildet, ist das zuckende Fleisch allen möglichen Angriffen ausgesetzt. Die Verletzungen sind vielfach und dauerhaft. Aber gerade diese scheinbare Schwäche zwingt den Muskel und seine Fasern, härter und widerstandsfähiger zu werden.

Ich habe Menschen gesehen, die sich dank ihres Verstands »intellektuelle« Rüstungen geschmiedet hatten, die sie vor Unannehmlichkeiten schützten. Sie wirkten stärker als andere. Sie sagten: »Da pfeif ich drauf« und lachten über alles. Aber wenn ein Problem ihren Panzer durchschlug, waren die Schäden fürchterlich.

Ich habe Menschen gesehen, die bei der geringsten Kleinigkeit, bei der leichtesten Berührung litten, Schmerzen hatten, aber ihr Verstand verschloss sich deshalb nicht, sie blieben sensibel, für alles empfänglich, und sie lernten aus jeder Aggression.

EDMOND WELLS

Enzyklopädie des relativen und absoluten Wissens, Bd. 1

Die Sklavenhalterinnen greifen an!

Panik in Chli-pu-kan. Erschöpfte Kundschafterinnen verbreiten die Nachricht in der jungen Stadt.

Die Sklavenhalterinnen! Die Sklavenhalterinnen!

Ihr fürchterlicher Ruf eilt ihnen voraus. So wie manche Ameisen diese oder jene Variante der Entwicklung gewählt haben – Erziehung und Aufzucht, Horten von Vorräten, Pilzzucht oder Chemie –, haben sich die Sklavenhalterinnen einzig auf die Domäne des Kriegs spezialisiert.

Sie können nichts anderes, aber das praktizieren sie als absolute Kunst. Und ihr ganzer Körper hat sich dem angepasst. Jedes ihrer

Gelenke mündet in einen Widerhaken, ihr Chitin ist doppelt so dick wie das der roten Ameisen. An ihrem schmalen und vollkommen dreieckigen Kopf findet man keinen Halt. Ihre Mandibeln, die aussehen wie umgedrehte Elefantenstoßzähne, sind geschwungene Säbel, die sie mit furchteinflößendem Geschick handhaben.

Ihre Gepflogenheit, sich Sklaven zu halten, entspringt ihrer außergewöhnlichen Spezialisierung. Es hätte nicht viel gefehlt, und die Art wäre verschwunden, ausgerottet durch ihr eigenes Machtstreben. Vor lauter Kriegführen können diese Ameisen nicht einmal mehr ein Nest bauen, ihre Kleinen aufziehen oder gar … sich ernähren. Ihre säbelartigen Mandibeln, im Krieg ungemein wirksam, erweisen sich als unpraktisch, um sich normal zu ernähren. Dennoch, so kriegslustig sie auch sein mögen, sind die Sklavenhalterinnen nicht dumm. Was soll's, wenn sie nicht imstande sind, die für das tägliche Überleben häuslichen Aufgaben zu übernehmen … Andere werden sich an ihrer Statt darum kümmern.

Die Sklavenhalterinnen vergreifen sich mit Vorliebe an den kleinen und mittelgroßen Nestern der schwarzen, weißen oder gelben Ameisen, alles Arten, die weder einen Stachel noch eine Säuredrüse haben. Als Erstes umzingeln sie die Stadt, auf die sie ein Auge geworfen haben. Wenn die Belagerten dann feststellen, dass all ihre auswärtigen Arbeiterinnen umgebracht worden sind, beschließen sie, die Ausgänge zu verstopfen. Das ist der Augenblick, in dem die Sklavenhalterinnen ihren ersten Angriff starten. Sie durchbrechen mühelos die Verteidigungslinien, schlagen Breschen in die Stadt, verbreiten Panik in den Gängen.

Daraufhin versuchen die verängstigten Arbeiterinnen einen Ausfall, um die Eier in Sicherheit zu bringen. Genau das haben die Sklavenhalterinnen vorausgesehen. Sie sickern durch die Eingänge und zwingen die Arbeiterinnen, ihre kostbare Last abzugeben. Sie töten nur diejenigen, die um keinen Preis gehorchen wollen; bei den Ameisen tötet man nie grundlos.

Nach dem Ende des Kampfs umstellen die Sklavenhalterinnen das Nest und fordern die überlebenden Arbeiterinnen auf, die Eier wieder an ihren Platz zu bringen und sie weiterzupflegen. Wenn die Puppen schlüpfen, werden sie dazu erzogen, den Eindringlingen zu dienen, und da sie nichts von der Vergangenheit wissen, denken sie, es sei der gerechte und normale Weg, diesen großen Ameisen zu gehorchen.

Während der Beutezüge bleiben die langfristigen Sklaven im Gras versteckt zurück und warten, bis ihre Herrinnen in der Gegend aufgeräumt haben. Ist die Schlacht gewonnen, lassen sie sich als gute Hausfrauen in den Örtlichkeiten nieder, fügen die frisch erbeuteten Eier zu dem alten Vorrat hinzu, erziehen die Gefangenen und ihren Nachwuchs. So überlagern sich die Generationen der Gekidnappten je nach den Wanderungen ihrer Entführer.

In der Regel kommen auf jede dieser Räuberinnen drei Sklavinnen. Eine, um sie zu ernähren, sprich zu füttern (sie kann nur vorverdaute Nahrung fressen), eine, um sie zu waschen (ihre Speicheldrüsen sind verkümmert), und eine, um die Exkremente zu beseitigen, die sich ansonsten um den Panzer herum auftürmen und ihn verätzen würden.

Das Schlimmste, was diesen absoluten Soldatinnen passieren kann, ist natürlich, von ihren Dienerinnen verlassen zu werden. Dann stürzen sie fluchtartig aus dem gekaperten Nest und machen sich auf, um eine neue Stadt zu erobern. Finden sie diese nicht vor Einbruch der Nacht, können sie vor Hunger und Kälte sterben. Der lächerlichste Tod für diese großartigen Kriegerinnen.

Chli-pu-ni hat zahlreiche Legenden über die Sklavenhalterinnen gehört. Es heißt, es habe bereits Aufstände von Sklavinnen gegeben, und jene Sklavinnen, die ihre Herrinnen gut kannten, wären ihnen nicht unbedingt unterlegen. Es wird auch erzählt, dass manche Sklavenhalterinnen sich eine Kollektion von Eiern zulegen, um welche in allen Größen und aller Arten zu haben.

Sie stellt sich einen solchen Saal vor, der bis oben hin mit Eiern in allen Größen und Farben gefüllt ist. Und unter jeder dieser weißen Hülle … ist eine spezifische Ameisenkultur, bereit, wach zu werden und diesen primitiven Rohlingen zu dienen.

Sie reißt sich aus ihren unangenehmen Gedanken. Als Erstes muss man darüber nachdenken, wie man ihnen die Stirn bietet. Die Horde der Sklavenhalterinnen wurde im Osten gesichtet. Sie sind durch den unterirdischen Gang bei Satei gekommen. Und sind anscheinend ziemlich »gereizt«, denn sie hatten ursprünglich ein »Wandernest« bei sich, von dem sie sich hatten trennen müssen, um den Tunnel zu durchqueren. Sie haben also keine Wohnung mehr, und wenn sie Chli-pu-kan nicht einnehmen, müssen sie die Nacht draußen verbringen!

Die junge Königin versucht so ruhig wie möglich nachzudenken: *Wenn sie mit ihrem Wandernest so glücklich waren, warum hatten sie es dann nötig, den Fluss zu überqueren?* Aber sie kennt die Antwort.

Die Sklavenhalterinnen hegen gegenüber den Städten einen ebenso abgründigen wie unverständlichen Hass. Jede einzelne stellt für sie eine Drohung und eine Herausforderung dar, die ewige Rivalität zwischen den Leuten vom Land und denen in der Stadt. Die Sklavenhalterinnen wissen, dass es auf der anderen Seite des Flusses Hunderte von Ameisenstädten gibt, eine reicher und raffinierter als die andere.

Chli-pu-kan ist leider noch nicht so weit, einem solchen Ansturm standzuhalten. Sicher, seit einigen Tagen hat die Stadt gut eine Million Einwohner; sicher, sie haben an der Ostgrenze eine Mauer aus fleischfressenden Pflanzen errichtet … Aber das wird niemals reichen. Chli-pu-ni weiß, dass ihre Stadt zu jung ist, zu unerfahren. Obendrein hat sie immer noch keine Nachricht von den Abgesandten, die sie nach Bel-o-kan geschickt hat, um ihre Zugehörigkeit zur Föderation zu verkünden. Sie kann also nicht auf die Solidarität der Nachbarstädte zählen. Selbst Guayei-Tyolot ist ein paar Tausend Kopf entfernt. Es ist unmöglich, die Kriegerinnen dieses Sommernests zu benachrichtigen …

Was hätte Belo-kiu-kiuni in einer solchen Situation getan? Chli-pu-ni beschließt, einige ihrer besten Jägerinnen (sie hatten noch keine Gelegenheit, zu beweisen, dass sie Kriegerinnen sind) zu einer absoluten Kommunikation zusammenzurufen. Es ist höchste Zeit, eine Strategie auszuarbeiten.

Sie sind noch in der Verbotenen Stadt versammelt, als die in dem Strauch oberhalb der Stadt postierten Wachen verkünden, dass sie die Düfte einer herbeieilenden Armee wahrnehmen.

Alle bereiten sich vor. Es konnte keine Strategie abgesprochen werden. Man wird improvisieren. Das Klarmachen zum Gefecht wird ausgerufen, die Einheiten versammeln sich, so gut es geht (sie wissen noch nichts über die Kunst der Formation, die für einen so teuren Preis im Kampf mit den Zwerginnen erlernt wurde). Tatsächlich setzen die meisten Soldatinnen ihre Hoffnungen lieber auf die Mauer der fleischfressenden Pflanzen.

In Mali Der Stamm der Dogon in Mali ist davon überzeugt, dass bei der ursprünglichen Vermählung von Himmel und Erde ein Ameisenhaufen das Geschlecht der Erde war.

Als die aus dieser Vereinigung hervorgegangene Welt fertig war, wurde die Vulva zu einem Mund, dem Worte entwichen, Worte, in denen die Ameisen dem Menschen die Technik des Webens übermittelten.

Noch heute sind die Fruchtbarkeitsriten mit der Ameise verbunden. Die unfruchtbaren Frauen setzen sich auf einen Ameisenhaufen, um die Göttin Amma zu bitten, sie fruchtbar zu machen.

Aber die Ameisen taten noch mehr für die Menschen, sie zeigten ihnen auch, wie sie ihre Häuser bauen mussten. Und schließlich zeigten sie ihnen die Quellen. Denn die Dogon begriffen, dass sie unter Ameisenhaufen graben mussten, um Wasser zu finden.

EDMOND WELLS

Enzyklopädie des relativen und absoluten Wissens, Bd. 1

Heuschrecken hüpfen in alle Richtungen. Das ist ein Zeichen. Unmittelbar dahinter erkennen die Ameisen mit den besten Augen bereits eine Staubwolke.

Über die Sklavenhalterinnen zu reden ist schön und gut, sie angreifen zu sehen ist etwas ganz anderes. Sie haben keine Kavallerie, sie sind die Kavallerie. Ihr ganzer Körper ist kräftig und geschmeidig, ihre Beine sind dick und muskulös, ihr feiner und spitzer Kopf endet in beweglichen Hörnern, die in Wirklichkeit ihre Mandibeln sind.

Sie sind so aerodynamisch, dass keinerlei Pfeifen ihren Schädel begleitet, wenn er, von der Geschwindigkeit der Beine mitgerissen, die Lüfte zerteilt.

Das Gras legt sich nieder, wenn sie vorbeirauschen, die Erde bebt, der Sand wogt. Ihre nach vorne gerichteten Antennen stoßen derart schneidende Pheromone aus, dass man an ein Brüllen glauben könnte.

Soll man sich einschließen und der Belagerung standhalten oder hinausziehen und kämpfen? Chli-pu-ni zögert, sie hat solche Angst, dass sie nicht einmal einen Vorschlag riskiert. Darauf machen die roten Soldatinnen natürlich genau das, was sie nicht tun sollten. Sie teilen sich. Eine Hälfte verlässt die Stadt, um dem Feind auf offenem Feld zu trotzen; die andere Hälfte verschanzt sich als Reserve- und Widerstandsheer im Fall einer Belagerung.

Chli-pu-ni versucht sich an die Schlacht am Klatschmohnhügel zu erinnern, die einzige, die sie kennt. Dort hat, so scheint es ihr, die Artillerie den größten Schaden in den gegnerischen Truppen angerichtet. Also befiehlt sie, dass in vorderster Front drei Reihen von Artilleristinnen postiert werden.

Die Einheiten der Sklavenhalterinnen stürmen mittlerweile auf die Mauer der fleischfressenden Pflanzen zu. Die pflanzlichen Raubtiere senken sich, als sie vorbeistürzen, angezogen von dem Geruch warmen Fleisches. Aber sie sind viel zu langsam, und die feindlichen Kriegerinnen kommen durch, bevor es einer Dionaea gelingt, wenigstens eine von ihnen zu erwischen.

Belo-kiu-kiuni hat sich getäuscht.

Als die Angriffswelle auf sie zurollt, feuert die erste chlipukanische Reihe eine ungenau gezielte Salve ab, die höchstens zwanzig Angreiferinnen tötet. Die zweite Reihe kommt nicht einmal dazu, sich aufzustellen, die Artilleristinnen werden allesamt an der Kehle gepackt und enthauptet, bevor sie einen Tropfen Säure abschießen können.

Das ist die große Spezialität der Sklavenhalterinnen, nur den Kopf anzugreifen. Und das machen sie sehr gut. Die Schädel der jungen Chlipukanerinnen fliegen durch die Luft. Mitunter kämpfen die kopflosen Körper blindlings weiter oder nehmen zum Schrecken der Überlebenden Reißaus.

Nach zwölf Minuten ist von den roten Truppen nicht mehr viel übrig. Die zweite Hälfte verstopft die Eingänge. Da Chli-pu-kan noch keine Kuppel hat, erscheint die Stadt von oben wie ein Dutzend kleiner, von zermalmten Steinchen umgebener Krater.

Alle sind wie betäubt. Da hat man sich solche Mühe gegeben, eine moderne Stadt zu bauen, und dann muss man erleben, wie sie einer Bande von Barbaren ausgeliefert ist, die so primitiv sind, dass sie sich nicht einmal selbst ernähren können!

Chli-pu-ni kann noch so viele AK abhalten, sie findet keinen Weg, den Sklavenhalterinnen zu widerstehen. Die Bruchsteine in den Eingängen werden bestenfalls einige Sekunden halten. Und für den Kampf in den Gängen sind die Chlipukanerinnen nicht besser gerüstet als für den Kampf auf freiem Feld.

Draußen kämpfen die letzten roten Soldaten wie Teufel. Einige haben sich noch zurückziehen können, aber die meisten mussten miterleben, wie die Eingänge direkt hinter ihnen verrammelt wurden. Für sie ist alles vorbei. Sie wehren sich umso wirkungsvoller, als sie nichts mehr zu verlieren haben und denken, dass die Pfropfen in den Eingängen verstärkt werden können, wenn sie die Eindringlinge aufhalten.

Die letzte Chlipukanerin wird enthauptet, und in einem Reflex stellt sich ihr Körper vor einen der Eingänge und schlägt dort seine Krallen hinein. Ein lächerlicher Schutzwall.

Im Innern von Chli-pu-kan wartet man.

Man wartet mit schwermütiger Resignation auf die Sklavenhalterinnen. Die bloße physische Kraft beweist eine Wirksamkeit, die von der Technik immer noch nicht übertroffen wird …

Aber die Sklavenhalterinnen greifen nicht an. Wie Hannibal vor Rom zögern sie. Das Ganze erscheint zu einfach. Das muss eine Falle sein. Zwar eilt ihnen ihr Ruf als Mörderinnen überall voraus, doch auch die Roten haben ihr Renommee. Im Lager der Sklavenhalterinnen hält man sie für fähig, subtile Fallen aufzubauen. Man behauptet, dass sie sich mit Söldnertruppen zu verbünden wissen, die gerade dann auftauchen, wenn man am wenigsten damit rechnet. Man sagt auch, dass sie wilde Tiere zähmen und Geheimwaffen herstellen können, die unerträgliche Schmerzen zufügen. Zudem, so wohl sich die Sklavenhalterinnen im Freien fühlen, so ungern sind sie von Mauern umgeben.

Jedenfalls sprengen sie die Barrikaden an den Eingängen nicht. Sie warten ab. Sie haben genug Zeit. Schließlich wird die Nacht erst in ungefähr fünfzehn Stunden hereinbrechen.

In dem Ameisenhaufen wundert man sich. Warum greifen sie nicht an? Chli-pu-ni gefällt das nicht. Es beunruhigt sie, dass sich der Gegner »sich so verhält, dass er sich ihrer Denkweise entzieht«. Er hat es gar nicht nötig zu warten, da er stärker ist. Einige ihrer Töchter äußern schüchtern die Meinung, man versuche vielleicht, sie auszuhungern. Eine solche Aussicht kann den roten Ameisen nur neuen Mut machen: Dank ihrer Ställe im Keller, ihrer Pilzkulturen, den mit Honigtau vollgestopften Ameisenzisternen sind sie in der Lage, eine Belagerung von gut zwei Monaten auszuhalten.

Aber Chli-pu-ni glaubt nicht an eine Belagerung. Was die Ameisen da oben suchen, ist ein Nest für die Nacht. Sie denkt an Belo-kiu-kiunis berühmten Ausspruch: *Wenn der Feind stärker ist, dann verhalte dich so, dass du dich seiner Denkweise entziehst.* Ja, gegen diese Rohlinge hilft nur modernste Technik, das wäre die Rettung.

Die fünfhunderttausend Chlipukanerinnen halten eine AK nach der anderen ab. Endlich entsteht eine interessante Debatte. Eine kleine Arbeiterin stößt hervor:

Der Irrtum war, dass wir Waffen oder Strategien nachahmen wollten, die bereits von unseren Vorfahren in Bel-o-kan angewendet wur-

den. Wir dürfen nicht kopieren, wir müssen unsere eigenen Lösungen finden, um unsere eigenen Probleme zu lösen.

Kaum geht dieses Pheromon um, verschwindet die geistige Sperre. Rasch wird ein Entschluss gefasst. Alle machen sich an die Arbeit.

Janitscharen Im 14. Jahrhundert schuf Sultan Murad I. ein etwas eigenartiges Armeecorps, das man die »Janitscharen« taufte (aus dem türkischen *Yeniçeri*, »neue Miliz«). Die Armee der Janitscharen hatte eine Besonderheit. Sie bestand ausschließlich aus Waisen. Tatsächlich entführten die türkischen Soldaten, wenn sie ein armenisches oder slawisches Dorf plünderten, ganz junge Kinder und sperrten sie in eine militärische Eliteschule, von der aus sie nichts vom Rest der Welt mitbekamen. Einzig in der Kunst des Kampfes erzogen, erwiesen sich diese Kinder als die besten Kämpfer des ganzen ottomanischen Reichs und verheerten schonungslos die Dörfer, in denen ihre eigentlichen Familien wohnten. Nie kamen die Janitscharen auf den Gedanken, an der Seite ihrer Eltern gegen ihre Kidnapper zu kämpfen. Ihre Macht nahm ständig zu, was schließlich Sultan Mahmut II. beunruhigte, der sie massakrieren ließ und ihre Schule 1826 in Brand steckte.

EDMOND WELLS

Enzyklopädie des relativen und absoluten Wissens, Bd. 1

Professor Leduc hatte zwei große Koffer mitgebracht. Aus dem einen holte er das verblüffende Modell eines benzingetriebenen Presslufthammers hervor. Er machte sich unverzüglich daran, die von den Polizisten errichtete Mauer zu bearbeiten, bis er ein kreisrundes Loch gebohrt hatte, groß genug, um hindurchzuklettern.

Als das Hämmern ein Ende hatte, bot ihm Großmutter Augusta einen Kräutertee an, aber Leduc lehnte ab mit der Erklärung, dass er dann Gefahr liefe, im Keller Wasser lassen zu müssen. Er knöpfte sich den zweiten Koffer vor und entnahm ihm eine komplette Speläologenausrüstung.

»Meinen Sie, das geht so tief hinunter?«

»Um ehrlich zu sein, Madame: Ich habe, bevor ich gekommen bin, Erkundigungen über dieses Gebäude eingezogen. Es wurde in der Renaissance von protestantischen Wissenschaftlern bewohnt, die einen Geheimgang angelegt haben. Ich bin fast sicher, dass dieser Gang in den Wald von Fontainebleau führt. Auf diesem Weg entkamen diese Protestanten ihren Verfolgern.«

»Aber sollten all die Leute, die jetzt hinuntergestiegen sind, in den Wald gelangt sein, dann verstehe ich nicht, weshalb sie sich nicht mehr melden. Mein Enkel, seine Frau, mein Urenkel, dazu ein gutes Dutzend Feuerwehrleute und Gendarmen, lauter Personen, die keinen Grund haben, sich zu verstecken. Sie haben Familie, Freunde. Sie sind keine Protestanten, und Religionskriege gibt es auch nicht mehr.«

»Sind Sie da so sicher, Madame?«

Er schaute sie merkwürdig an.

»Die Religionen tragen heute andere Namen, sie nennen sich großspurig Philosophien und ... Wissenschaften. Aber sie sind nicht weniger dogmatisch.«

Er ging ins Nebenzimmer, um seine Höhlenkleidung anzuziehen. Als er in seinem eng anliegenden Anzug wieder auftauchte, den Kopf in einen knallroten, mit einer Stirnlampe versehenen Helm gezwängt, hätte Augusta am liebsten laut gelacht.

Er fuhr fort, als ob nichts wäre:

»Nach den Protestanten sind Sekten aller Schattierungen hier eingezogen. Einige widmeten sich alten heidnischen Bräuchen, andere verehrten die Zwiebel, den schwarzen Rettich und was weiß ich ...«

»Zwiebel und Rettich sind gut für die Gesundheit. Ich kann verstehen, dass man dafür schwärmt. Die Gesundheit ist das Allerwichtigste ... Schauen Sie, ich bin schwerhörig, bald senil, und ich sterbe jeden Tag ein wenig mehr.«

Er glaubte sie trösten zu müssen.

»Seien Sie doch nicht so pessimistisch, Sie sehen noch kerngesund aus.«

»Ach nein! Wie alt schätzen Sie mich?«

»Ich weiß nicht … Vielleicht sechzig, siebzig Jahre.«

»Hundert bin ich, Monsieur! Ich bin vor einer Woche hundert Jahre alt geworden, und ich bin am ganzen Körper krank, und das Leben wird mir von Tag zu Tag unerträglicher, vor allem, seit ich alle verloren habe, die mir teuer waren.«

»Ich verstehe Sie, Madame, das Alter ist eine schwere Prüfung.«

»Haben Sie noch mehr von diesen treffsicheren Pointen auf Lager?«

»Aber Madame …«

»Kommen Sie, beeilen Sie sich! Wenn Sie bis morgen nicht zurück sind, werde ich die Polizei benachrichtigen, und die wird dann bestimmt eine dicke Mauer bauen, durch die niemand mehr hindurchkommt …«

Nr. 4000 wird unablässig von den Schlupfwespenlarven gequält, selbst in den kältesten Nächten findet sie keinen Schlaf mehr.

Also wartet sie ruhig auf den Tod und widmet sich dabei spannenden und riskanten Aktivitäten, für die sie unter anderen Umständen niemals den Mut aufgebracht hätte. Beispielsweise den Rand der Welt zu entdecken.

Sie sind noch auf dem Weg zu den Schnitterinnen. Nr. 103 683 nutzt die Zeit, um sich einige Lektionen ihrer Ammen ins Gedächtnis zu rufen. Sie haben ihr erklärt, die Erde sei ein Würfel, und Leben gebe es nur auf seiner oberen Seite.

Was wird sie sehen, wenn sie endlich das Ende, den äußersten Rand der Welt, erreicht? Wasser? Die Leere eines anderen Himmels? Ihre Begleiterin auf Abruf und sie selbst werden mehr wissen als alle Kundschafterinnen, als alle roten Ameisen seit Anbeginn der Zeiten!

Erstaunt sieht ihre Gefährtin mit an, wie sich der Schritt von Nr. 103 683 in einen entschlossenen Marsch verwandelt.

Als sich die Sklavenhalterinnen am Nachmittag dazu entschließen, die Eingänge zu stürmen, sind sie überrascht, auf keinerlei Widerstand zu stoßen. Dabei wissen sie genau, dass sie nicht die gesamte

Armee der Roten vernichtet haben, selbst wenn man die geringe Größe der Stadt berücksichtigt. Also, auf der Hut sein …

Sie rücken umso vorsichtiger vor, als sie, die normalerweise im Freien leben, wo sie sich eines ausgezeichneten Sehvermögens erfreuen, unter der Erde völlig blind sind. Die roten Geschlechtslosen sehen dort auch nicht mehr, aber sie sind wenigstens daran gewöhnt, sich in den Eingeweiden dieser finsteren Welt zu bewegen.

Die Sklavenhalterinnen erreichen die Verbotene Stadt. Sie ist vollkommen verlassen. Auf dem Boden liegen jede Menge Nahrungsmittel, alle in einwandfreiem Zustand! Sie gehen tiefer. Die Speicher sind prall gefüllt, und vor kurzem war noch jemand in diesen Sälen, kein Zweifel.

Im 5. UG finden sie frische Pheromone. Sie versuchen die Gespräche zu entschlüsseln, die dort geführt wurden, aber die Roten haben einen Thymianzweig hinterlegt, dessen Geruch sämtliche Düfte unkenntlich macht.

6. UG. Es gefällt ihnen nicht, dass sie so »unter Tage« eingeschlossen sind. Stockfinster ist es in dieser Stadt! Wie können es Ameisen nur ertragen, ständig in diesem engen Raum eingepfercht zu sein, der dunkel ist wie der Tod?

Im 8. UG entdecken sie noch frischere Pheromone. Sie beschleunigen den Schritt – die Roten können nicht mehr weit sein.

Im 10. UG überraschen sie eine Gruppe von Arbeiterinnen, die Eier schwenken und vor den Eindringlingen Reißaus nehmen. Das ist es also! Endlich geht ihnen ein Licht auf, die ganze Stadt hat sich in die tiefsten Stockwerke zurückgezogen und hofft auf diese Weise ihre kostbare Brut zu retten.

Jetzt, da alles ersichtlich geworden ist, lassen die Sklavenhalterinnen jede Vorsicht fahren und stürmen mit ihrem berühmten Pheromonenkriegsgeschrei durch die Gänge. Die chlipukanischen Arbeiterinnen schaffen es nicht, sie abzuschütteln, und dabei sind sie schon im 13. UG.

Plötzlich sind die eiertragenden Flüchtlinge auf rätselhafte Weise verschwunden. Der Gang, durch den sie liefen, mündet in einen ungeheuer großen Saal, dessen Boden mit Lachen von Honigtau übersät ist. Die ersten Sklavenhalterinnen stürzen instinktiv vor, um den kostbaren Likör zu schlecken, bevor er von der Erde aufgesogen wird.

Hinter ihnen drängeln die anderen Kriegerinnen, aber der Saal ist wirklich riesig, es ist genug Platz und Honigtau für alle da. Süß ist er, zuckersüß! Das ist bestimmt einer dieser Säle mit den Ameisenzisternen, eine Sklavenhalterin hat davon gehört: *Eine angeblich moderne Technik, die darin besteht, eine arme Arbeiterin dazu zu zwingen, ihr Leben lang mit dem Kopf nach unten und extrem gedehntem Hinterleib an der Decke zu hängen.*

Sie machen sich einmal mehr über diese Städterinnen lustig, während sie sich an deren Honigtau laben. Aber plötzlich erregt ein Detail die Aufmerksamkeit einer Kriegerin. Es ist überraschend, dass ein solch wichtiger Saal nur einen einzigen Eingang hat …

Sie kommt nicht dazu, weiter darüber nachzudenken. Die Roten sind fertig mit dem Graben. Eine Wasserflut spritzt aus der Decke. Die Sklavenhalterinnen versuchen durch den Gang zu fliehen, aber dieser ist jetzt durch einen großen Felsen versperrt. Und das Wasser steigt. Diejenigen, die nicht bereits durch den Aufprall des Wassers niedergestreckt wurden, wehren sich mit aller Kraft.

Die Idee zu dieser Falle ist der roten Kriegerin gekommen, die darauf hingewiesen hat, dass man nicht die Vorfahren kopieren dürfe. Anschließend hat sie die Frage gestellt: *Was ist die Besonderheit unserer Stadt?* Als Antwort nur ein einziges Pheromon: *Der unterirdische Bach im 12. UG.*

Also haben sie eine Rinne gegraben, den Boden mit dicken, wasserundurchlässigen Blättern abgedeckt und so eine Art Kanal geschaffen. Der Rest hing eher mit der Technik der Zisternen zusammen. Sie haben ein großes Becken in einer Kammer eingerichtet und dessen Zentrum mit einem Zweig angebohrt. Das Schwierigste war, den Bohrzweig über der Wasseroberfläche zu halten. Dieses heikle Unterfangen wurde von an der Decke hängenden Ameisen erfolgreich bewältigt.

Die Sklavenhalterinnen unten zappeln und strampeln. Die meisten sind bereits ertrunken, aber als sich das gesamte Wasser in den unteren Saal ergossen hat, steht es so hoch, dass es einigen Kriegerinnen gelingt, durch das Loch in der Decke zu steigen. Die Roten haben keine Mühe, sie mit Säurestrahlen zu erledigen.

Eine Stunde später rührt sich keine der Sklavenhalterinnen mehr. Die Königin Chli-pu-ni hat gesiegt. Sie gibt ihre erste historische Sentenz von sich: *Je höher das Hindernis, umso größer die Verpflichtung, über uns hinauszuwachsen.*

Ein dumpfes und regelmäßiges Klopfen ließ Augusta in die Küche eilen, wo sich Professor Leduc gerade durch das Loch in der Mauer zwängte. Also so was, nach achtundvierzig Stunden! Endlich kommt mal jemand zurück, und dann muss es ausgerechnet dieser Fiesling sein, dessen Verschwinden ihr ganz egal gewesen wäre!

Sein Höhlenanzug war zerfetzt, aber er selbst war unversehrt. Er hatte ebenfalls nichts erreicht, das sah man ihm an der Nase an.

»Und?«

»Was, und?«

»Haben Sie sie gefunden?«

»Nein …«

Augusta war aufgewühlt. Zum ersten Mal kehrte jemand lebend und nicht verrückt aus diesem Loch zurück. Es war also möglich, dieses Abenteuer zu bestehen!

»Ja, was ist denn nun da unten? Führt das in den Wald von Fontainebleau, wie Sie meinten?«

Er schälte sich aus seinem Helm.

»Geben Sie mir bitte erst etwas zu trinken. Ich habe all meine Vorräte aufgebraucht, und ich habe seit gestern Mittag nichts mehr getrunken.«

Sie brachte ihm eine Tasse Kräutertee, den sie in einer Thermosflasche warm hielt.

»Soll ich Ihnen sagen, was da unten ist? Da ist eine Wendeltreppe, die über mehrere Hundert Meter steil nach unten führt. Dann kommt eine Tür, dahinter ein rot schimmernder Gang voller Ratten und ganz am Ende eine Mauer, die Ihr Enkel Jonathan gebaut haben muss. Eine sehr starke Mauer, ich habe vergeblich versucht, mit dem Presslufthammer ein Loch zu bohren. Vermutlich verschiebt oder dreht sie sich, sie ist nämlich mit einer Tastatur für ein Kodewort versehen.«

»Eine Tastatur für ein Kodewort?«

»Ja, wahrscheinlich muss man darauf das Lösungswort der Frage eintippen.«

»Was für eine Frage?«

»Wie bildet man vier gleichseitige Dreiecke mit sechs Streichhölzern?«

Augusta konnte nicht umhin, laut aufzulachen. Was den Wissenschaftler zutiefst ärgerte.

»Sie kennen die Lösung!«

Prustend stieß sie hervor:

»Nein! O nein! Ich kenn die Lösung nicht! Aber die Frage, die kenn ich!«

Und sie lachte, lachte. Professor Leduc brummelte:

»Ich habe stundenlang danach gesucht. Sicher, mit Dreiecken, die V-förmig verschachtelt sind, kommt man zu einem Ergebnis, aber die sind nicht gleichseitig.«

Er packte seine Sachen ein.

»Wenn Sie einverstanden sind, werde ich einen befreundeten Mathematiker fragen und noch einmal zurückkommen.«

»Nein!«

»Wie? Nein?«

»Ich habe Ihnen eine Chance gegeben, das war die einzige! Wenn Sie sie nicht nutzen konnten, dann ist es jetzt zu spät. Schaffen Sie diese beiden Koffer hier raus. Auf Wiedersehen, Monsieur!«

Sie rief ihm nicht einmal ein Taxi. Ihre Abneigung hatte die Oberhand gewonnen. Er hatte etwas an sich, das sie entschieden nicht riechen konnte.

Sie setzte sich in die Küche, vor die beschädigte Mauer. Jetzt hatte sich die Sachlage geändert. Sie fasste den Entschluss, Jason Bragel und diesen Rosenfeld anzurufen. Sie hatte sich entschieden, sich vor ihrem Tod noch ein wenig zu amüsieren.

Menschliche Pheromone Wie die Insekten, die über Düfte kommunizieren, verfügt auch der Mensch über eine olfaktorische Sprache, in der er sich unbewusst mit seinesgleichen unterhält.

Da wir keine Antennen als Sender haben, scheiden wir unsere Pheromone durch Achselhöhlen, Brüste, Kopfhaut und Geschlechtsteile aus.

Diese Botschaften werden unbewusst wahrgenommen, sind deshalb aber nicht weniger wirkungsvoll. Der Mensch hat fünfzig Millionen olfaktorischer Nervenenden, fünfzig Millionen Zellen, die imstande sind, Millionen von Gerüchen zu identifizieren, obwohl unsere Sprache nur vier Gerüche kennt.

Wie nutzen wir diese Form der Kommunikation?

Zunächst einmal als sexuellen Appell. Ein Mann kann sich sehr gut zu einer Frau hingezogen fühlen, weil er ihren natürlichen Duft schätzt (der überdies viel zu oft von künstlichen Düften überlagert wird!). Ebenso kann er eine andere abstoßend finden, deren Pheromone ihn nicht »ansprechen«.

Der Vorgang ist recht subtil. Die beiden Wesen bemerken das olfaktorische Gespräch, das sie miteinander geführt haben, nicht einmal. Man könnte zu Recht sagen, »die Liebe ist blind«.

Der Einfluss der menschlichen Pheromone kann auch in puncto Aggression zutage treten. Wie bei den Hunden wird ein Mensch, der den Geruch mit der Botschaft »Angst« auf Seiten seines Widersachers wahrnimmt, ganz natürlich Lust haben, jenen anzugreifen.

Zu guter Letzt: Eine der erstaunlichsten Folgen der Auswirkung menschlicher Pheromone ist wohl die Synchronisierung der Menstruationszyklen. Man hat in der Tat beobachtet, dass Frauen, die zusammenleben, Gerüche absondern, die den jeweiligen Organismus dahingehend beeinflussen, dass sie gleichzeitig ihre Regel bekommen.

EDMOND WELLS
Enzyklopädie des relativen und absoluten Wissens, Bd. 1

Sie erblicken die ersten Schnitterinnen inmitten gelber Felder. Eigentlich sollte man eher von Holzfällerinnen sprechen, denn ihr Getreide ist erheblich größer als sie, und sie müssen die Stängel ganz unten anschneiden, damit die nahrhaften Körner zu Boden fallen.

Daneben besteht ihre Haupttätigkeit darin, sämtliche Pflanzen zu vernichten, die um ihre Felder herum wachsen. Dazu benutzen sie ein Vertilgungsmittel eigener Produktion: die Indolessigsäure, die sie mit einer Hinterleibsdrüse versprühen.

Die Schnitterinnen schenken Nr. 103 683 und Nr. 4000 bei deren Eintreffen kaum Beachtung. Sie haben noch nie rote Ameisen gesehen, und für sie sind diese beiden Insekten bestenfalls entflohene Sklavinnen oder zwei Ameisen, die auf der Suche nach der Lomechusadroge sind. Kurzum, Landstreicherinnen oder Drogenabhängige.

Schließlich jedoch identifiziert eine der Schnitterinnen ein Molekül des Duftes der roten Weberameisen. Gefolgt von einer Kameradin, verlässt sie ihren Arbeitsplatz und kommt näher.

Ihr habt die Weberinnen getroffen? Wo sind sie?

Die Belokanerinnen erfahren im Laufe des Gesprächs, dass die Weberinnen vor einigen Wochen das Nest der Schnitterinnen angegriffen haben. Sie haben mit ihren Giftstacheln über hundert Arbeiterinnen und Männchen wie Weibchen getötet, danach haben sie den gesamten Vorrat an Getreidemehl geraubt. Die Armee der Schnitterinnen hat nach ihrer Rückkehr von einem Feldzug in den Süden, wo sie neue Samenkörner gesucht haben, nur die Schäden konstatieren können.

Die beiden räumen ein, dass sie die Blutroten tatsächlich getroffen haben. Sie geben die Richtung an, in welcher jene zu finden sind. Man fragt sie aus, und sie berichten von ihrer eigenen Odyssee.

Ihr seid auf der Suche nach dem Rand der Welt?

Ja.

Die Schnitterinnen brechen in ein schallendes Pheromonenlachen aus. Warum lachen sie? Sollte es den Rand der Welt nicht geben?

Doch, es gibt ihn, und ihr habt ihn erreicht! Abgesehen von der Ernte ist es unser Hauptstreben, den Rand der Welt zu überschreiten.

Die Schnitterinnen bieten an, die beiden »Touristinnen« am nächsten Morgen zu diesem metaphysischen Ort zu führen. Der Abend vergeht mit Gesprächen im Schutz des kleinen Nests, das die Schnitterinnen in der Rinde einer Buche eingerichtet haben.

Und die Wächterinnen des Randes der Welt?, fragt Nr. 103 683.

Keine Sorge, die bekommt ihr früh genug zu sehen.

Stimmt es, dass sie eine Waffe haben, die eine ganze Armee auf einen Schlag vernichten kann?

Die Schnitterinnen sind überrascht, dass die beiden Fremden derlei Einzelheiten kennen.

Das ist richtig.

Nr. 103 683 wird also die Lösung des Rätsels der geheimen Waffe erfahren!

In dieser Nacht hat sie einen Traum. Sie sieht die Erde, die rechtwinklig endet, und eine Wand aus Wasser, die bis zum Himmel reicht, und aus dieser Wand kommen blaue Ameisen mit verheerend zerstörerischen Akazienzweigen. Und das Ende eines dieser Zauberzweige braucht etwas nur zu berühren, einerlei was, schon ist es vernichtet.

VIER

DAS ENDE DES WEGS

Augusta saß den ganzen Tag vor sechs Streichhölzern. Die Mauer war eher psychologisch als real, so viel hatte sie begriffen. Edmonds berühmtes »Man muss anders denken!« … Ihr Sohn hatte etwas entdeckt, das war gewiss, und er verbarg es mit Hilfe seiner Intelligenz.

Sie rief sich die Schlupfwinkel seiner Kindheit ins Gedächtnis, seine »Höhlen«. Er hatte versucht – vielleicht weil man sie ihm samt und sonders zerstört hatte –, eine zu bauen, die völlig unzugänglich war, eine Stelle, wo ihn niemand stören würde … Etwas wie ein innerer Ort, der seinen Frieden nach außen projizierte, seinen Frieden und … seine Unsichtbarkeit.

Augusta schüttelte die Schlaffheit ab, die sie befiel. Eine Begebenheit aus ihrer eigenen Jugend fiel ihr wieder ein. Das war in einer Winternacht, sie war noch ganz klein, und sie hatte begriffen, dass es Zahlen unter null geben konnte … 3, 2, 1, 0 und dann – 1, – 2, – 3 … Zahlen, die verkehrt herum waren. Als würde man einen Handschuh umkrempeln. Die Null war also nicht das Ende oder der Anfang von allem. Es gab eine andere unendliche Welt auf der anderen Seite. Das war, als hätte man die Mauer der »Null« gesprengt.

Sie musste damals wohl sieben oder acht Jahre alt gewesen sein, aber ihre Entdeckung hatte sie aufgewühlt, und sie hatte die ganze Nacht nicht geschlafen.

Umgekehrte Zahlen … Das war eine andere Dimension, die sich da eröffnete. Die dritte Dimension. Der Raum!

Herrgott!

Ihre Hände zittern vor Aufregung, sie weint, aber sie schafft es, die Streichhölzer zu packen. Sie legt drei zu einem Dreieck zusammen, dann hält sie die drei anderen jeweils an eine Ecke und richtet sie auf, so dass sie in einer Spitze zusammentreffen.

Das ergibt eine Pyramide. Eine Pyramide und vier gleichseitige Dreiecke.

Da ist es, das östliche Ende der Erde. Ein verblüffender Ort. Nichts Natürliches, nichts Irdisches. Ganz anders, als ihn sich Nr. 103 683 vorgestellt hat. Der Rand der Welt ist schwarz, nie zuvor hat sie etwas derart Schwarzes gesehen! Das ist hart, glatt, lauwarm und riecht nach Mineralöl.

Statt eines vertikalen Ozeans finden sie Luftströmungen von unglaublicher Heftigkeit vor.

Lange versuchen sie zu verstehen, was hier vorgeht. Von Zeit zu Zeit ist ein Vibrieren zu spüren. Seine Intensität nimmt exponentiell zu. Dann plötzlich erzittert der ganze Boden, ein starker Wind hebt ihre Antennen an, ein Höllenlärm lässt die Trommelfelle ihrer Schienen klappern. Ein heftiges Gewitter, möchte man meinen, aber kaum tritt das Phänomen deutlich zutage, da hat es bereits aufgehört. Lediglich einige Staubspiralen sinken noch auf die Erde.

Nicht wenige Kundschafter der Schnitterinnen haben diese Grenze überschreiten wollen, aber die Wächter passen auf. Denn dieser Lärm, dieser Wind, dieses Vibrieren, das sind sie, die Wächter des Randes der Welt, die alles erschlagen, was auf die schwarze Erde vorzudringen versucht.

Ob diese Wächter sie bereits gesehen haben? Noch bevor die Roten eine Antwort erhalten, ertönt erneut ein lautes Getöse, das sich nach einer Weile wieder legt. Eine der sechs Schnitterinnen, die sie begleiten, behauptet, dass es bislang noch niemand geschafft habe, über dieses »verwunschene Stück Erde« zu gehen und lebend zurückzukommen. Die Wächter vernichten alles.

Die Wächter ... Niemand anders als sie können La-chola-kan und die Expedition mit dem Männchen Nr. 327 angegriffen haben. Aber weshalb haben sie das Ende der Welt verlassen und sind nach Westen gezogen? Wollen sie in die Welt einmarschieren?

Die Schnitterinnen wissen auch nicht mehr als die Roten. Können sie sie wenigstens beschreiben? Nein, sie wissen nur, dass alle, die sich den Wächtern genähert haben, vernichtet worden sind. Sie wissen nicht einmal, welcher Kategorie von Lebewesen jene zuzuordnen sind: Sind das riesige Insekten? Vögel? Pflanzen? Die Schnitterinnen wissen nur, dass sie immens schnell, immens stark sind. Eine Kraft, die schier unbegreiflich ist, die alles übersteigt, was man kennt ...

In diesem Augenblick ergreift Nr. 4000 ebenso plötzlich wie unvorhergesehen die Initiative. Sie verlässt die Gruppe und wagt sich auf das verbotene Terrain vor. Wenn sie schon sterben muss, dann will sie wenigstens versuchen, den Rand der Welt zu überschreiten, einfach so, dreist und frech. Die anderen schauen ihr bestürzt nach.

Sie rückt langsam vor, lauert auf das geringste Vibrieren, auf den geringsten todverheißenden Duft in den empfindlichen Enden ihrer Beine. Nun ... Fünfzig Kopf hat sie hinter sich, hundert, zweihundert, vierhundert, sechshundert, achthundert. Nichts. Unverletzt, heil.

Hinten jubelt man ihr zu. Von ihrem Platz aus sieht sie unregelmäßige weiße Streifen, die nach rechts und links verlaufen. Auf der schwarzen Erde ist alles tot; nicht das geringste Insekt, keine einzige Pflanze. Und der Boden ist dermaßen schwarz ... Das ist gar keine richtige Erde.

Sie erkennt Pflanzen, weit vorn. Könnte es sein, dass es eine Welt hinter dem Ende der Welt gibt? Sie sendet einige Pheromone in Richtung ihrer am sicheren Ufer gebliebenen Kolleginnen, um ihnen von all dem zu erzählen, aber auf eine solch große Entfernung ist es schwierig, Dialoge zu führen.

Sie macht kehrt, doch im gleichen Augenblick brechen erneut das Beben und dieser ungeheure Lärm los. Die Wächter kehren zurück! Sie rennt mit aller Kraft, um ihre Gefährtinnen zu erreichen.

Die sind wie versteinert für den Bruchteil einer Sekunde, in dem mit einem enormen Dröhnen eine bestürzende Masse am Himmel vorbeifliegt. Die Wächter sind vorübergezogen, der Geruch nach Mineralöl hat sich verstärkt. Und Nr. 4000 ist verschwunden.

Die Ameisen rücken näher an den Rand und sehen, was passiert ist. Nr. 4000 ist zermalmt worden, und zwar derart, dass ihr Körper nur noch ein Zehntelkopf dick ist, als wäre er in den schwarzen Boden eingedrückt!

Von der alten belokanischen Kundschafterin ist nichts mehr übrig. Gleichzeitig nehmen die von den Schlupfwespeneiern verursachten Qualen ein Ende. Man kann erkennen, dass eine Larve dieser Wespe ihren Rücken durchbohrt hat, kaum mehr als ein weißer Punkt mitten auf dem platten roten Körper …

So schlagen die Wächter des Randes der Welt also zu. Man hört einen Lärm, nimmt einen Luftzug wahr, und im nächsten Moment ist alles zerstört, pulverisiert, vernichtet. Nr. 103 683 hat das Phänomen noch nicht ganz analysiert, als eine erneute Verpuffung zu hören ist. Der Tod schlägt also auch dann zu, wenn niemand seine Schwelle überschreitet. Wieder fällt Staub zur Erde.

Nr. 103 683 möchte dennoch nicht auf die Überquerung verzichten. Sie denkt an Satei. Das Problem ist ähnlich gelagert. Wenn man oben nicht durchkommt, muss man eben unten durch. Man muss diese schwarze Erde als einen Fluss betrachten, und das beste Mittel, einen Fluss zu passieren, besteht darin, einen Tunnel zu graben.

Sie redet darüber mit den sechs Schnitterinnen, die sogleich hellauf begeistert sind. Das ist so einleuchtend, dass sie nicht begreifen, weshalb sie nicht längst darauf gekommen sind! Und so machen sie sich daran, mit aller Kraft ihrer Mandibeln zu schaufeln.

Jason Bragel und Professor Rosenfeld waren nie begeisterte Kräuterteetrinker, doch jetzt waren sie im Begriff, es zu werden. Augusta erzählte ihnen alles haarklein. Sie teilte ihnen mit, dass sie von ihrem Sohn nach ihr als nächste Erben der Wohnung bestimmt worden seien. Wahrscheinlich wären sie, wie sie selbst, eines Tages versucht, den Untergrund zu erforschen. Da wäre es doch sinnvoller, wenn sie mit vereinten Kräften vorgingen.

Nach dieser Einleitung redeten sie alle drei sehr wenig. Sie verstanden sich wortlos. Ein Blick, ein Lächeln … Keiner von ihnen hatte je eine solch spontane geistige Osmose erlebt. Das ging über den reinen Intellekt hinaus; man hätte meinen können, sie seien geboren, um einander zu ergänzen, als würden ihre genetischen Programme ineinandergreifen und verschmelzen. Das war Zauberei. Augusta war steinalt, und doch fanden die beiden anderen, sie sei wunderschön …

Sie kamen auf Edmond zu sprechen; ihre Zuneigung zu dem Verstorbenen, die frei von jedem Hintergedanken war, erstaunte sie selbst. Jason Bragel redete nicht von seiner Familie, Daniel Rosenfeld redete nicht von seiner Arbeit, Augusta redete nicht von ihrer Krankheit. Sie beschlossen, noch am gleichen Abend hinabzusteigen. Sie wussten, das war das Einzige, was sie zu tun hatten, hier und jetzt.

Lange hat man Lange hat man geglaubt, die Informatik im Allgemeinen und speziell die Programme künstlicher Intelligenz würden die Begriffe des Menschen vermischen und unter neuen Blickwinkeln präsentieren. Kurzum, man erwartete von der Elektronik eine neue Philosophie. Aber selbst wenn man sie anders präsentiert, bleibt die ursprüngliche Materie ein und dieselbe: Gedanken, die von der menschlichen Vorstellungskraft hervorgebracht wurden. Das ist eine Sackgasse.

Der beste Weg, das Denken zu erneuern, besteht darin, aus der menschlichen Vorstellungskraft auszubrechen.

EDMOND WELLS

Enzyklopädie des absoluten und relativen Wissens, Bd. 1

Chli-pu-kan gedeiht an Größe und Intelligenz, ist jetzt eine »erwachsene« Stadt. Unter Anwendung der Wassertechnologien hat man ein ganzes Netz von Kanälen unterhalb des 12. UG geschaffen. Diese Wasserarme ermöglichen einen raschen Nahrungstransport von einem Ende der Stadt zum anderen.

Die Chlipukanerinnen hatten Zeit genug, die Techniken des Transports auf dem Wasserweg weiterzuentwickeln. Das Nonplusultra stellt ein treibendes Heidelbeerblatt dar. Man braucht bloß die richtige Strömung zu wählen und kann in aller Ruhe über eine beträchtliche Entfernung reisen. Von den Pilzkulturen im Osten zu den Stallungen im Westen zum Beispiel.

Die Ameisen hoffen, dass es ihnen eines Tages gelingt, Schwimmkäfer abzurichten. Diese großen, mit Luftsäcken unter den Deckflügeln ausgestatteten Unterwasserkäfer schwimmen in der Tat sehr schnell. Wenn man sie dazu bringen könnte, die Blätter anzuschieben, verfügten diese Flöße über einen Antrieb, der weniger zufällig wäre als die Strömungen.

Chli-pu-ni bringt eine weitere futuristische Idee vor. Sie erinnert sich des Nashornkäfers, der sie aus dem Spinnennetz befreit hat. Welch vollkommene Kriegsmaschine! Diese Käfer haben nicht nur ein großes Horn und einen undurchdringlichen Panzer, zudem fliegen sie mit hoher Geschwindigkeit. Chli-pu-ni denkt unverblümt an eine ganze Legion dieser Tiere, eine ganze Legion mit zehn Artilleristinnen auf dem Kopf jedes einzelnen. Sie sieht bereits, wie diese quasi unverwundbaren Besatzungen über die feindlichen Truppen herfallen und sie mit Säure überschwemmen …

Einziges Hindernis: Wie alle Käfer erweisen sich auch die Nashornkäfer als äußerst schwierig zu zähmen, da es nicht einmal gelingt, ihre Sprache zu verstehen! Also sind zehn Arbeiterinnen ständig damit beschäftigt, deren Duftemissionen zu entschlüsseln und zu versuchen, ihnen die Pheromonensprache der Ameisen beizubringen.

Wenn die Ergebnisse vorerst auch mäßig sind, schaffen es die Chlipukanerinnen doch, ihr Vertrauen zu gewinnen, indem sie sie mit Honigtau vollstopfen. Nahrung ist schließlich die am weitesten verbreitete Insektensprache.

Dieser kollektiven Dynamik zum Trotz ist Chli-pu-ni besorgt. Drei Trupps von Abgesandten hat sie in Richtung Föderation losgeschickt, um Chli-pu-kan als fünfundsechzigste Stadt anerkennen zu lassen, und sie hat immer noch keine Antwort. Sollte Belo-kiu-kiuni das Bündnis ablehnen?

Je mehr sie darüber nachdenkt, umso mehr ist Chli-pu-ni davon überzeugt, dass ihre gesandten Spioninnen Fehler begangen haben, dass sie sich von den Kriegerinnen mit dem Felsengeruch haben abfangen lassen. Sofern sie nicht der halluzinierenden Droge im 50. UG verfallen sind … Oder gab es etwa noch andere Möglichkeiten?

Sie möchte Gewissheit haben. Sie will weder auf die Anerkennung durch die Föderation noch auf die Fortführung der Ermittlungen verzichten! Sie beschließt, Nr. 801 loszuschicken, ihre beste und scharfsinnigste Kriegerin. Um der jungen Soldatin sämtliche Trümpfe in die Hand zu geben, nimmt die Königin einen Gedankenaustausch mit ihr vor, so dass jene ebenso viel über das Geheimnis weiß wie sie selbst. Nr. 801 wird:

Ihr Auge, das sieht
Ihre Antenne, die fühlt
Ihre Kralle, mit der Chli-pu-kan zuschlägt.

Die alte Dame hatte einen Rucksack bis zum Rand mit Lebensmitteln und Getränken, darunter drei Thermosflaschen mit heißem Kräutertee, vollgestopft. Bloß nicht den gleichen Fehler machen wie dieser Fiesling Leduc, der schnell wieder zurückkommen musste, weil er den Faktor Nahrung vernachlässigt hat … Andererseits, hätte er jemals das Kodewort erraten? Augusta hatte ihre Zweifel.

Jason Bragel hatte unter anderem eine Tränengasgranate, ein dickes Modell, und drei Gasmasken besorgt; Daniel Rosenfeld hatte seinerseits eine Fotokamera mitgenommen, das Neueste, was es auf dem Markt gab.

Inzwischen kreisten sie durch das steinerne Karussell. Wie all ihre Vorgänger rief der Abstieg auch in ihnen Erinnerungen, fast vergessene Gedanken wach. Kindheit, erster Schmerz, Fehler und Irrtümer, enttäuschte Liebe, Egoismus, Stolz, Gewissensbisse …

Ihre Körper bewegten sich mechanisch, fern jeder Müdigkeit. Sie drangen in das Fleisch des Planeten, in ihre Vergangenheit vor. Ah, wie lang war doch das Leben, und wie vernichtend konnte es sein, viel leichter als schöpferisch …

Endlich gelangten sie an eine Tür. Eine Tür mit einer Inschrift:

Im Augenblick des Todes empfindet die Seele dasselbe wie jene, die in die großen Mysterien eingeweiht werden.

Zunächst ist alles eine beschwerliche Reise, eine beunruhigende, endlose Fahrt durch die Finsternis.

Dann, kurz vor dem Ende, ist der Schrecken am größten. Schaudern, Zittern, kalter Schweiß, Entsetzen.

Dieser Phase folgt fast unmittelbar ein Aufstieg zum Licht, eine jähe Erleuchtung.

Ein wundervoller Lichtschein zieht den Blick auf sich, man durchquert Plätze und Weiden von unübertroffener Reinheit, auf denen Stimmen und Musik erklingen.

Heilige Worte flößen religiösen Respekt ein. Der vollkommene und eingeweihte Mensch wird frei, und er feiert das Mysterium.

Daniel macht ein Foto.

»Ich kenne diesen Text«, behauptet Jason. »Er ist von Plutarch.«

»Ein hübscher Text, wahrhaftig.«

»Jagt Ihnen das keine Angst ein?«, fragt Augusta.

»Doch, aber das ist Absicht. Außerdem heißt es, dass auf den Schrecken die Erleuchtung folgt. Also, gehen wir schrittweise vor. Wenn ein wenig Schrecken vonnöten ist, lassen wir uns eben erschrecken.«

»Genau, die Ratten …«

Es war, als hätte es gereicht, sie zu erwähnen. Sie waren da. Die drei Forscher spürten ihre unauffällige Gegenwart, spürten sie an dem Leder ihrer Schaftstiefel. Daniel drückte erneut auf den Auslöser. Das Blitzlicht offenbarte das abstoßende Bild eines ganzen Teppichs aus grauen Kugeln und schwarzen Ohren. Jason verteilte hastig die Masken, bevor er großzügig sein Tränengas versprühte. Die Nager brauchten keine zweite Aufforderung …

Der Abstieg ging weiter, und zwar noch lange.

»Wie wäre es mit einem kleinen Picknick, meine Herren?«, schlug Augusta vor.

Also picknickten sie. Der Zwischenfall mit den Ratten schien vergessen, alle drei waren bester Laune. Da es ein wenig kalt war, beendeten sie ihren Imbiss mit einem tüchtigen Schluck Schnaps und einem guten brühwarmen Kaffee. Kräutertee gab es normalerweise nur am Nachmittag.

Sie müssen lange graben, bis sie in eine Zone gelangen, wo die Erde locker ist. Endlich dringt, einem Sehrohr gleich, ein Antennenpaar an die Oberfläche: Unbekannte Gerüche überschwemmen es.

Die Luft ist rein. Sie sind auf der anderen Seite des Randes der Welt. Immer noch keine Mauer aus Wasser. Aber eine Welt, die wahrlich in nichts der anderen gleicht. Im Vordergrund sind noch einige Bäume und Grasflecken zu erkennen, aber dahinter erstreckt sich eine graue, harte, glatte Wüste. Kein einziger Ameisen- oder Termitenhügel in Sicht.

Sie riskieren einige Schritte. Aber um sie herum prasseln riesige schwarze Dinge auf den Boden. Ein wenig wie die Wächter, nur dass diese Dinge hier mehr aufs Geratewohl niedergehen.

Und das ist nicht alles. In der Ferne erhebt sich ein gigantischer Monolith, so hoch, dass ihre Antennen seine Spitze nicht wahrnehmen. Er verdunkelt den Himmel, er erdrückt die Erde.

Das muss die Mauer des Endes der Welt sein, und dahinter ist das Wasser, denkt Nr. 103 683.

Sie rücken noch ein wenig weiter vor, um plötzlich und unverhofft einer Gruppe von Schaben gegenüberzustehen, die sich an einer Stelle zusammendrängen. Durch ihren durchsichtigen Panzer sind sämtliche Eingeweide, sämtliche Organe und sogar das Blut zu erkennen, das durch die Adern strömt! Grauenhaft! Drei der Schnitterinnen treten den Rückzug an und werden von einem herabstürzenden Teil erschlagen.

Nr. 103 683 und ihre drei letzten Gefährtinnen beschließen trotz allem, weiterzugehen. An porösen kleinen Mauern vorbei halten sie weiter auf den unendlich hohen Monolithen zu. Plötzlich geraten sie in eine Gegend, die sie noch mehr verunsichert. Der Boden ist rot und hat eine körnige Oberfläche wie eine Erdbeere. Sie entdecken eine Art Brunnen und wollen gerade hinabsteigen, um ein wenig Schatten zu finden, als plötzlich eine schwere weiße Kugel von mindestens zehn Kopf Durchmesser am Himmel auftaucht, auf dem Boden aufprallt und sie verfolgt. Sie werfen sich in den Brunnen … und haben gerade noch Zeit, sich gegen die Wand zu drücken, bevor die Kugel auf den Grund prallt.

Zu Tode erschrocken steigen sie wieder hinaus und laufen los. Der Boden ringsum ist blau, grün oder gelb, und überall sind diese Brunnen und diese weißen Kugeln, die einen verfolgen. Diesmal haben sie genug, jeder noch so große Mut hat seine Grenzen. Diese Welt ist viel zu anders, als dass man sie ertragen könnte.

Und so fliehen sie Hals über Kopf, stürzen in den unterirdischen Gang und kehren schleunigst in die normale Welt zurück.

Zivilisation (Fortsetzung) Ein anderer großer Aufeinanderprall von Zivilisationen: die Begegnung von Okzident und Orient.

Die Annalen des Chinesischen Reichs berichten (um das Jahr 115 unserer Zeitrechnung) von der Ankunft eines Schiffes wahrscheinlich römischen Ursprungs, das vom Sturm gebeutelt worden war und nach tagelangem Herumtreiben an der chinesischen Küste strandete.

Nun, die Passagiere waren Akrobaten und Gaukler, die, kaum auf festem

Boden, das Wohlwollen der Bewohner dieses unbekannten Landes gewinnen wollten, indem sie ihnen eine Vorstellung gaben. Die Chinesen sperrten Mund und Augen auf, als sie diese Fremden mit den langen Nasen sahen, die Feuer spien, ihre Gliedmaßen verknoteten, Frösche in Schlangen verwandelten usw.

Mit Fug und Recht schlossen sie daraus, dass der Westen mit Clowns und Feuerschluckern bevölkert war. Und es vergingen Jahrhunderte, bis sich die Gelegenheit bot, diesen Irrtum aufzuklären.

EDMOND WELLS

Enzyklopädie des relativen und absoluten Wissens, Bd. 1

Endlich standen sie vor Jonathans Mauer. *Wie bildet man vier Dreiecke aus sechs Streichhölzern?* Daniel versäumte nicht, ein Foto zu schießen. Augusta tippte das Wort »Pyramide« ein, und die Mauer glitt langsam zur Seite. Augusta war stolz auf ihren Enkel.

Sie gingen hindurch, und bald darauf hörten sie, wie sich die Mauer wieder zurückschob. Jason beleuchtete die Wände; überall Felsen, aber nicht mehr derselbe wie vorhin. Vor der Mauer war er rot, jetzt gelb, schwefelgeädert.

Die Luft jedoch blieb erträglich. Sie glaubten sogar einen leichten Luftzug zu spüren. Hatte Professor Leduc Recht? Mündete dieser Tunnel in den Wald von Fontainebleau?

Plötzlich stießen sie auf eine weitere Horde von Ratten, die viel aggressiver waren als die, denen sie zuvor begegnet waren. Jason verstand, was da vorging, hatte jedoch keine Zeit, es den anderen zu erklären: Sie mussten die Masken wieder aufsetzen und Gas versprühen. Jedes Mal, wenn sich die Mauer öffnete, was sicher nicht oft vorgekommen war, wechselten Ratten auf Nahrungssuche aus der »roten« in die »gelbe Zone« über. Aber während die in der roten Zone noch einigermaßen zurechtkamen, hatten die anderen – die Auswanderer – nichts Nahrhaftes gefunden und begonnen, sich gegenseitig aufzufressen.

Und Jason und seine Freunde waren nun an die Überlebenden geraten, mit anderen Worten, an die Wildesten. Bei ihnen erwies sich das Tränengas glattweg als unwirksam. Sie griffen an! Sie sprangen hoch, versuchten, sich an die Arme zu krallen …

Daniel, am Rande der Hysterie, schoss eine grelle Blitzlichtsalve ab, doch diese grausigen Biester wogen mehrere Kilo und hatten keine Angst vor Menschen. Die ersten Verletzungen waren zu sehen. Jason zog sein Fahrtenmesser, erstach zwei Ratten und warf sie den anderen zum Fraß vor. Augusta feuerte mehrere Schüsse mit einem kleinen Revolver ab … Auf diese Weise gelang es ihnen, Reißaus zu nehmen. Gerade noch rechtzeitig!

Als ich klein war Als ich klein war, blieb ich stundenlang auf der Erde liegen und betrachtete die Ameisenhaufen. Das erschien mir »wirklicher« als das Fernsehen.

Zu den Rätseln, die mir ein Ameisenhaufen bot, gehörte jenes: Warum brachten sie nach den Verwüstungen, die ich anrichtete, manche der Verletzten zurück und ließen die anderen sterben? Alle waren von der gleichen Größe … Nach welchen Auswahlkriterien wurde ein Individuum für interessant erachtet und ein anderes für belanglos?

EDMOND WELLS
Enzyklopädie des relativen und absoluten Wissens, Bd. 1

Sie liefen durch den gelbgeäderten Tunnel.

Schließlich gelangten sie vor ein Stahlgitter. Eine Öffnung in der Mitte verlieh ihm eine gewisse Ähnlichkeit mit einer Reuse. Das Ganze bildete einen Kegel, der sich so sehr verengte, dass ein mittelschwerer menschlicher Körper hindurchpasste, ohne jedoch, aufgrund der Spitzen am Ende des Kegels, wieder umkehren zu können.

»Das ist eine neuere Arbeit …«

»Hmm, sieht aus, als wünschten diejenigen, die diese Tür und diesen Trichter angefertigt haben, nicht, dass jemand zurückkehrt …«

Augusta erkannte erneut das Werk Jonathans, des Meisters der Türen und Metalle.

»Sehen Sie!«

Daniel richtete seine Lampe auf eine Inschrift:

Hier endet das Bewusstsein
Wollen Sie in das Unbewusste zurückkehren?

Sie standen mit offenem Mund da.

»Was sollen wir tun?«

Alle dachten dasselbe.

»Jetzt sind wir schon so weit gelangt, da wäre es schade aufzugeben. Ich schlage vor, wir machen weiter!«

»Ich gehe als Erster«, meinte Daniel und schob seinen Pferdeschwanz in seinen Kragen, damit er nicht hängen blieb.

Einer nach dem anderen krochen sie durch die stählerne Reuse.

»Komisch«, sagte Augusta, »ich hab das Gefühl, als hätte ich eine solche Erfahrung schon einmal gemacht.«

»Sie waren schon einmal in einer engen Reuse, die einem verwehrt, wieder umzukehren?«

»Ja. Das ist sehr lange her.«

»Was heißt für Sie lange her …?«

»Oh, ich war noch jung, ich glaube, ich war … ein, zwei Sekunden alt.«

Wieder zurück in ihrer Stadt, erzählen die Schnitterinnen von ihren Abenteuern auf der anderen Seite der Welt, dem Land der Ungeheuer und unerklärlichen Erscheinungen. Die Schaben, die schwarzen Platten, der gigantische Monolith, der Brunnen, die weißen Kugeln … Das ist zu viel! Unmöglich, in einer derart grotesken Welt eine Ansiedlung zu gründen.

Nr. 103 683 bleibt in einer Ecke, um neue Kraft zu sammeln. Sie überlegt. Wenn ihre Schwestern ihren Bericht vernehmen, werden sie sämtliche Karten ändern und die Grundlagen ihrer Planetologie überdenken müssen. Sie sagt sich, dass es an der Zeit ist, zur Föderation zurückzukehren.

Seit der Reuse hatten sie bestimmt gut zehn Kilometer zurückgelegt … Nun ja, woher sollte man das genau wissen, und außerdem machte sich allmählich die Müdigkeit bemerkbar.

Sie kamen zu einem winzigen Bach, der quer durch den Tunnel verlief und dessen Wasser ungewöhnlich warm und schwefelhaltig war.

Daniel blieb abrupt stehen. Ihm war, als hätte er Ameisen gesehen, die sich, Flößern gleich, auf einem Blatt von der Strömung treiben ließen! Er nahm sich zusammen; wahrscheinlich die Ausdünstungen des Schwefelstaubs, die ihm »Hirngespinste« einjagten …

Ein paar Hundert Meter weiter trat Jason auf einen knackenden Gegenstand. Er richtete seine Lampe darauf. Der Brustkorb eines Skeletts! Er stieß einen gellenden Schrei aus. Daniel und Augusta ließen ihre Taschenlampen umherschweifen und entdeckten zwei weitere Skelette, eines davon hatte die Größe eines Kindes. Konnte es sein, dass das Jonathan und seine Familie waren?

Sie machten sich wieder auf den Weg, und schon bald waren sie gezwungen zu rennen: Ein lautes Rascheln verriet, dass sich die Ratten wieder näherten. Das Gelb der Wände schlug in Weiß um. Kalk. Erschöpft gelangten sie endlich ans Ende des Tunnels. An eine Wendeltreppe, die nach oben führte!

Augusta feuerte ihre beiden letzten Kugeln auf die Ratten ab, dann stürmten sie die Treppe hinauf. Jason war noch geistesgegenwärtig genug, um zu bemerken, dass sie andersherum gedreht war als die erste, das heißt, dass Auf- und Abstieg jeweils im Uhrzeigersinn verliefen.

Die Nachricht erregt Aufsehen. Eine Belokanerin ist in der Stadt aufgekreuzt. Ringsum heißt es nur, das müsse eine Abgesandte der Föderation sein, die gekommen ist, um den offiziellen Anschluss von Chli-pu-kan als fünfundsechzigste Stadt zu verkünden.

Chli-pu-ni ist nicht so optimistisch wie ihre Töchter. Sie misstraut dieser Besucherin. Wenn es nun eine der Kriegerinnen mit dem Felsenduft ist, von Bel-o-kan ausgesandt, um die Stadt der aufrührerischen Königin zu infiltrieren?

Was macht sie für einen Eindruck?

Vor allem wirkt sie sehr müde! Sie muss von Bel-o-kan aus in einem fort gelaufen sein, um die Strecke in mehreren Tagen zu schaffen.

Hirtinnen hätten sie entdeckt, als sie erschöpft durch die Gegend irrte. Sie habe bislang noch nichts geäußert, man habe sie direkt in den Saal mit den nahrungsspeichernden Ameisen geführt, damit sie wieder zu Kräften komme.

Bringt sie her! Ich werde allein mit ihr sprechen, aber ich will, dass Wachen am Eingang des königlichen Gemachs bleiben, um auf ein Zeichen von mir einzugreifen.

Chli-pu-ni hat sich immer gewünscht, Nachrichten aus ihrer Geburtsstadt zu erhalten, aber jetzt, da eine Repräsentantin von dort auftaucht, geht ihr als Erstes durch den Kopf, diese als Spionin zu betrachten und zu töten. Sie will abwarten, bis sie sie vor sich hat, aber wenn die Abgesandte nur das geringste Molekül von Felsengeruch aufweist, wird sie sie ohne Zögern umbringen lassen.

Die Belokanerin wird hereingeführt. Kaum erkennen die beiden einander, springen sie mit weit geöffneten Mandibeln aufeinander zu und nehmen … eine höchst intensive Trophallaxis vor. Ihre Erregung ist so stark, dass es ihnen nicht sofort gelingt, sich zu äußern.

Chli-pu-ni stößt das erste Pheromon aus.

Wie weit ist die Untersuchung gediehen? Sind es die Termiten?

Nr. 103 683 erzählt, dass sie den Fluss des Ostens überquert und die Termitenstadt besucht hat, dass jene zerstört wurde und es keine Überlebenden gegeben hat.

Und? Wer steckt hinter all dem?

Die wahren Urheber all dieser unbegreiflichen Ereignisse sind nach Meinung der Kriegerin die Wächter des östlichen Randes der Welt. Äußerst seltsame Tiere, die man weder sieht noch riecht. Sie tauchen urplötzlich am Himmel auf, und alles stirbt!

Chli-pu-ni hört aufmerksam zu. Eines jedoch, fügt Nr. 103 683 hinzu, bleibt unerklärlich: Wie haben es die Wächter des Randes der Welt geschafft, die Soldatinnen mit dem Felsengeruch für ihre Zwecke einzuspannen?

Chli-pu-ni hat da ihre eigene Vorstellung. Sie erzählt, dass die Soldatinnen mit dem Felsengeruch weder Spioninnen noch Söldnerinnen seien, sondern eine geheime Einheit mit dem Auftrag, das Stressniveau des Staatswesens zu überwachen. Sie unterdrücken jedwede Information, die die Stadt ängstigen könnte … Sie berichtet, wie diese Killerinnen Nr. 327 ermordet und den Versuch unternommen haben, auch sie selbst zu töten.

Und die Nahrungsvorräte unter dem Felsen? Und der Gang im Granit?

Darauf weiß Chli-pu-ni keine Antwort. Sie hat eben aus diesem Grund Spioninnen ausgesandt, die versuchen werden, dieses doppelte Rätsel zu lösen.

Die junge Königin schlägt ihrer Freundin eine Stadtbesichtigung vor. Unterwegs erklärt sie ihr, welch ungeheure Möglichkeiten das Wasser bietet. Der Fluss des Ostens zum Beispiel werde von jeher als tödlich angesehen, dabei sei das nur Wasser, sie selbst sei hineingefallen und keineswegs daran gestorben. Vielleicht könne man diesen Fluss eines Tages auf Blätterflößen hinabfahren und so den nördlichen Rand der Welt entdecken … Chli-pu-ni gerät ins Schwärmen: Sicher gebe es auch am nördlichen Ende Wächter, und vielleicht könnte man sie dazu anstacheln, gegen die des östlichen Endes zu kämpfen.

Nr. 103 683 merkt, dass Chli-pu-ni vor kühnen Projekten strotzt. Nicht alle scheinen realisierbar, aber was bereits in die Tat umgesetzt wurde, ist beeindruckend: Noch nie hat die Soldatin so weite Pilzkulturen oder Stallungen gesehen, noch nie hat sie Flöße gesehen, die auf unterirdischen Kanälen treiben …

Aber am meisten überrascht sie das letzte Pheromon der Königin.

Wenn ihre Abgesandten binnen vierzehn Tagen nicht zurück seien, beteuert sie, werde sie Bel-o-kan den Krieg erklären. Sie glaubt, dass ihre Geburtsstadt dieser Welt nicht mehr angepasst ist. Die bloße Existenz der Kriegerinnen mit dem Felsenduft zeigt, dass Bel-o-kan eine Stadt ist, die sich der Wirklichkeit nicht mehr offen stellt. Eine fröstelnde Stadt, wie eine Schnecke. Einst war sie revolutionär, jetzt ist sie überholt. Sie muss abgelöst werden. Chli-pu-ni ist der Ansicht, dass sich die Föderation rasch entwickeln wird, wenn sie sich an die Spitze setzt. Gemeinsam mit den anderen vierundsechzig Städten müssten ihre Initiativen beträchtliche Ergebnisse zeitigen. Sie gedenkt bereits, die Wasserläufe zu erobern und eine fliegende Legion aufzustellen, die sich der Nashornkäfer bedient.

Nr. 103 683 zögert. Sie hatte vor, Bel-o-kan aufzusuchen und dort über ihre Odyssee zu berichten, aber Chli-pu-ni bittet sie, auf ihr Vorhaben zu verzichten.

Bel-o-kan hat eine ganze Armee aufgestellt, »damit man nichts erfährt«. Zwinge die Stadt nicht dazu, etwas zu erkennen, was sie nicht erkennen will.

Das obere Ende der Wendeltreppe ist durch einige Stufen aus Aluminium verlängert. Die stammen bestimmt nicht aus der Renaissance! Die drei gelangen zu einer weißen Tür. Wieder eine Inschrift:

Und ich kam zu einer Mauer, die aus Kristallen bestand und von Feuerzungen umgeben war. Und das machte mir langsam Angst.

Dann schritt ich durch die Feuerzungen bis zu einem großen Haus, das aus Kristallen errichtet war.

Und die Mauern des Hauses waren wie eine Flut von schachbrettartigen Kristallen, und seine Fundamente waren aus Kristall.

Seine Decke war wie die Bahn der Sterne.

Und zwischen ihnen waren Feuersymbole.

Und der Himmel war klar wie Wasser. (ENOCH, I)

Sie stoßen die Tür auf, steigen einen sehr steilen Gang hinauf. Plötzlich gibt der Boden unter ihren Füßen nach – eine Falltür! Ihr Fall ist lang, so lang … dass sie die Angst verlieren, sie haben das Gefühl zu fliegen. Sie fliegen!

Ihr Sturz wird von einem Trapezkünstlernetz aufgefangen, ein riesiges Netz mit engen Maschen. Auf allen vieren tasten sie durch die Dunkelheit. Jason Bragel ortet eine weitere Tür – diesmal jedoch nicht mit einem Kode, sondern mit einer schlichten Klinke. Leise ruft er seine Begleiter. Dann öffnet er sie.

Greis In Afrika betrauert man eher den Tod eines alten Mannes als den eines Neugeborenen. Der Greis bedeutete eine Menge von Erfahrungen, von denen der Rest des Stammes profitieren konnte, während das Neugeborene, das nicht gelebt hat, sich seines Todes nicht einmal bewusst ist.

In Europa trauert man um das Neugeborene, weil man sich sagt, dass es bestimmt wunderbare Dinge hätte vollbringen können, wenn es gelebt hätte. Dem Tod eines Greises hingegen schenkt man wenig Aufmerksamkeit. Er hat auf jeden Fall sein Leben gelebt.

EDMOND WELLS
Enzyklopädie des relativen und absoluten Wissens, Bd. 1

Der Ort ist in ein bläuliches Licht getaucht.

Eine Kirche, eine Art Tempel ohne ein einziges Bild, ohne eine einzige Statue. Augusta muss an die Worte von Professor Leduc denken. Bestimmt haben sich die Protestanten früher hierher zurückgezogen, wenn sie gnadenlos verfolgt wurden.

Der Saal unter dem steinernen Gewölbe ist quadratisch, geräumig, wunderschön. In der Mitte steht als einziges dekoratives Element eine alte Orgel. Davor ein Notenpult, auf dem ein dicker Aktendeckel liegt.

Die Wände sind voller Inschriften, von denen viele, selbst für den Blick eines Laien, eher der Schwarzen als der Weißen Magie nahezustehen scheinen. Leduc hatte Recht, die Sekten müssen in diesem unterirdischen Schlupfwinkel einander abgelöst haben. Und früher dürfte es hier keine verschiebbare Wand, keinen Trichter und keine Falltür mit Netz gegeben haben.

Sie hören ein Plätschern wie von fließendem Wasser. Die Ursache sehen sie nicht sofort. Das bläuliche Licht kommt von rechts. Dort befindet sich eine Art Laboratorium mit Computern und Reagenzgläsern. Sämtliche Geräte sind eingeschaltet, und die Bildschirme der Computer erzeugen diesen bläulichen Schimmer, der den Tempel erhellt.

»Das macht euch stutzig, was?«

Sie schauen sich an. Keiner von ihnen hat ein Wort gesagt. Oben an der Decke leuchtet eine Lampe auf.

Sie drehen sich um. Jonathan Wells kommt in einem weißen Bademantel auf sie zu. Er ist durch eine Tür hinter dem Laboratorium in den Tempel eingetreten.

»Guten Tag, Großmutter Augusta! Guten Tag, Jason Bragel! Guten Tag, Daniel Rosenfeld!«

Keiner Antwort fähig, sperren die drei Augen und Ohren auf. Er ist also nicht tot! Er hat hier unten gelebt! Wie kann man hier leben? Sie wissen nicht, was sie zuerst fragen sollen …

»Willkommen in unserer kleinen Gemeinschaft!«

»Wo sind wir?«

»Ihr seid hier in einer zu Beginn des 17. Jahrhunderts von Androuet Du Cerceau gebauten protestantischen Kirche. Androuet ist durch den Bau des Hôtel Sully in der Rue Saint-Antoine in Paris berühmt geworden, aber ich finde, diese unterirdische Kirche ist sein

Meisterwerk. Kilometerlange in den Stein gehauene Tunnel. Ihr habt bemerkt, auf der ganzen Strecke ist genügend Luft zum Atmen. Er muss Luftschächte angebracht haben, oder er hat es verstanden, die Luftansammlungen in den natürlichen Stollen zu nutzen. Wir sind nicht einmal in der Lage, zu verstehen, wie er das angestellt hat. Sicher sind euch auch die Bäche aufgefallen, die einige Abschnitte des Tunnels durchlaufen. Seht mal, einer davon kommt genau hier heraus.«

Er deutet auf die Ursache des unentwegten Plätscherns, einen mit Skulpturen verzierten Springbrunnen hinter der Orgel.

»Im Laufe der Zeit haben sich viele Leute hierher zurückgezogen, um Frieden und Ausgeglichenheit für so manche Dinge zu finden, die … sagen wir: viel Aufmerksamkeit erforderten. Onkel Edmond hat in einem alten, obskuren Schriftstück von der Existenz dieses Schlupfwinkels erfahren, und genau hier hat er gearbeitet.«

Jonathan tritt noch näher; eine seltene Sanftmut und Unbekümmertheit gehen von ihm aus. Augusta ist völlig baff.

»Aber ihr seid sicher erschöpft. Folgt mir.«

Er stößt die Tür auf, durch die er erschienen ist, und führt sie in einen Raum, in dem mehrere Liegesofas kreisförmig angeordnet sind.

»Lucie«, ruft er, »wir haben Besuch!«

»Lucie? Ist sie auch hier?«, ruft Augusta erfreut aus.

»Hmm, wie viele seid ihr denn hier?«, fragt Daniel.

»Bislang waren wir achtzehn: Lucie, Nicolas, die acht Feuerwehrleute, der Inspektor, die fünf Gendarmen, der Kommissar und ich. Kurzum, sämtliche Leute, die sich die Mühe gemacht haben, hinabzusteigen. Ihr werdet sie bald sehen. Entschuldigt, aber für unsere Gemeinschaft ist es jetzt vier Uhr morgens, und da schlafen alle. Ich bin der Einzige, der von eurer Ankunft geweckt wurde. Was habt ihr nur für einen Radau in den Gängen veranstaltet, sagt mal …«

Lucie erscheint, ebenfalls in einen Bademantel gehüllt.

»Guten Tag!«

Sie tritt lächelnd näher und küsst sie alle drei. Hinter ihr schieben Gestalten im Pyjama den Kopf durch die Öffnung einer Tür, um die »Neuankömmlinge« zu betrachten.

Jonathan holt Gläser und eine große Karaffe, die er mit dem Wasser aus dem Brunnen füllt.

»Wir lassen euch einen Moment allein, um uns anzuziehen und alles vorzubereiten. Wir empfangen nämlich alle Neuen mit einer kleinen Feier, aber dass ihr mitten in der Nacht auftauchen würdet, wussten wir nicht … Bis gleich!«

Augusta, Jason und Daniel rühren sich nicht. Das Ganze ist einfach unglaublich. Unvermittelt kneift sich Daniel in den Unterarm. Augusta und Jason finden diese Idee ausgezeichnet und machen es ihm nach. Aber nein, die Wirklichkeit übertrifft den Traum manchmal um Längen. Köstlich verwirrt, schauen sie sich an und beginnen zu lächeln.

Einige Minuten später sind alle versammelt. Sie sitzen auf den Sofas. Augusta, Jason und Daniel haben inzwischen ihre Fassung wiedergewonnen und sind jetzt vor allem neugierig.

»Ihr habt vorhin von Luftschächten gesprochen. Sind wir hier tief unter der Erde?«

»Nein, höchstens drei, vier Meter.«

»Dann können wir also von hier aus wieder ins Freie gelangen?«

»Nein, nein. Jean Androuet Du Cerceau hat seine Kirche genau unter einem flachen Felsen von absoluter Härte gebaut – unter einem Granitblock!«

»Der jedoch ein Loch von der Größe eines Arms hat«, ergänzt Lucie. »Diese Öffnung diente ebenfalls zur Ventilation.«

»Diente?«

»Ja, jetzt wird dieser Durchbruch zu anderen Zwecken genutzt. Das ist nicht weiter schlimm, es gibt andere, seitliche Luftschächte. Ihr merkt, man erstickt hier keineswegs …«

»Man kommt also nicht heraus?«

»Nein. Jedenfalls nicht nach oben.«

Jason wirkt ziemlich besorgt.

»Aber Jonathan, weshalb hast du dann diese Mauer, diese Reuse, diese Falltür, dieses Netz angebracht …? Wir sitzen hier ja vollkommen fest!«

»Eben, das ist so beabsichtigt. Das hat mich einiges an Zeit und Aufwand gekostet. Aber es war unumgänglich. Als ich zum ersten Mal in diese Kirche kam, habe ich dieses Notenpult entdeckt. Außer der *Enzyklopädie des relativen und absoluten Wissens* fand ich darauf einen Brief meines Onkels an mich. Hier ist er.«

Lieber Jonathan,
Du hast dich trotz meiner Warnungen entschlossen, in den Keller hinabzusteigen. Du bist also mutiger, als ich dachte. Bravo. Die Aussicht, dass du es schaffen würdest, war meines Erachtens nicht größer als eins zu fünf. Deine Mutter hat mir von deiner krankhaften Angst vor der Dunkelheit erzählt. Wenn du jetzt hier bist, dann heißt das, dass es dir (unter anderem) gelungen ist, dieses Hindernis zu überwinden, und dass deine Willenskraft stärker geworden ist. Wir werden sie brauchen.

Du findest in diesem Aktendeckel die Enzyklopädie des relativen und absoluten Wissens, *die an dem Tag, da ich diese Worte schreibe, genau 288 Kapitel umfasst, in denen von meiner Arbeit die Rede ist. Ich möchte, dass du sie fortführst – es lohnt sich.*

Den Schwerpunkt dieser Forschungen bildet die Ameisenzivilisation. Nun, du wirst es lesen und wirst es verstehen. Aber vorab habe ich eine sehr wichtige Bitte an dich. Indem du jetzt diesen Brief liest, bedeutet das auch, dass ich keine Zeit für Vorrichtungen hatte, um mein Geheimnis zu schützen (wäre ich dazu gekommen, hättest du einen anderen Brief vorgefunden).

Ich bitte dich, sie zu konstruieren. Ich habe bereits ein paar Skizzen angefertigt, aber ich denke, du wirst diese Anregungen aufgrund deiner eigenen Kenntnisse verbessern können. Das Ziel dieser Vorrichtungen ist einfach. Es geht darum, dass man einerseits nicht so leicht in meine Höhle vordringen kann, andererseits jedoch diejeni-

gen, denen es gelingt, nie wieder zurückkehren, um zu erzählen, was sie entdeckt haben.

Ich hoffe, du bringst das zustande, und möge dir dieser Ort den gleichen »Reichtum« verschaffen, den er mir gegeben hat.

Edmond

»Jonathan hat sich darauf eingelassen«, erklärt Lucie. »Er hat sämtliche Fallen gebaut, die Edmond geplant hat, und wie Sie feststellen konnten, schnappen sie zu.«

»Und die Leichen? Sind das Leute, die sich von den Ratten haben erwischen lassen?«

»Nein.« Jonathan lächelt. »Ich kann euch versichern, dass es in diesen unterirdischen Gängen keine Toten mehr gegeben hat, seit sich Edmond hier niedergelassen hat. Die Leichen, die ihr gesehen habt, liegen mindestens fünfzig Jahre dort. Wer weiß, welche Dramen sich früher hier abgespielt haben. Irgendeine Sekte ...«

»Dann kommen wir hier also nie mehr raus?«, erkundigte sich Jason beunruhigt.

»Nie mehr.«

»Man müsste das Loch oberhalb des Netzes erreichen (in acht Meter Höhe!), die Reuse in umgekehrter Richtung passieren, was unmöglich ist (und irgendwelches Gerät, um sie einzuschmelzen, haben wir nicht), zudem die Mauer überwinden, wobei Jonathan auf dieser Seite keinerlei Vorrichtung angebracht hat, sie zu öffnen ...«

»Von den Ratten ganz zu schweigen ...«

»Wie hast du es geschafft, da unten Ratten anzusiedeln?«, fragte Daniel.

»Das war Edmonds Idee. Er hat ein besonders dickes und aggressives Paar *Rattus norvegicus* in einem Felsspalt ausgesetzt und einen großen Nahrungsvorrat hinterlassen. Er wusste, dass das eine Zeitbombe war. Ratten vermehren sich, wenn sie wohlgenährt sind, mit rasender Geschwindigkeit. Sechs Junge pro Monat, die ihrerseits nach zwei Wochen zeugungsfähig sind ... Um sich vor ihnen zu schützen, benutzte er ein Spray mit einem aggressiven Pheromon, das diese Nager abschreckt.«

»Dann haben also die Ratten Ouarzazate getötet?«, fragte Augusta.

»Ja, leider. Und Jonathan hatte nicht vorausgesehen, dass die Ratten, die auf die andere Seite der ›Pyramiden-Mauer‹ gelangen, noch wilder wurden.«

»Ein Kollege von uns, der schon immer eine fürchterliche Angst vor Ratten hatte, ist völlig ausgerastet, als ihm eines dieser dicken Viecher ins Gesicht sprang und ihm ein Stück von der Nase abgebissen hat. Er ist auf der Stelle zurückgelaufen, noch ehe die Mauer wieder zuging. Haben Sie oben etwas von ihm gehört?«

»Ich habe munkeln hören, er sei verrückt geworden und sitze inzwischen in einer geschlossenen Anstalt«, antwortete Augusta, »aber das sind Gerüchte.«

Sie steht auf, um sich ein Glas Wasser zu holen, bemerkt jedoch, dass der Tisch voller Ameisen ist. Sie stößt einen Schrei aus und fegt sie unwillkürlich mit dem Handrücken zur Seite. Jonathan springt auf und packt sie am Handgelenk. Sein harter Blick passt nicht zu der ausgeprägten Heiterkeit, die bislang in der Gruppe geherrscht hat; und das nervöse Zucken seines Mundes, das geheilt schien, ist wieder da.

»Mach das … nie … wieder!«

Belo-kiu-kiuni ist allein in ihrer Loge. Geistesabwesend verschlingt sie einige ihrer Eier, ihr Lieblingsessen.

Sie weiß, dass diese sogenannte Nr. 801 keine Botschafterin der neuen Stadt ist. Nr. 56, oder auch Königin Chli-pu-ni, wie sie sich jetzt nennt, hat sie ausgesandt, um weitere Nachforschungen anzustellen.

Sie braucht sich keine Sorgen zu machen, ihre Kriegerinnen mit dem Felsenduft dürften problemlos mit ihr fertig werden. Die Hinkende vor allem ist ungemein begabt darin, andere von der Last des Lebens zu erlösen – eine wahre Künstlerin!

Dennoch, das ist schon das vierte Mal, dass ihr Chli-pu-ni Abgesandte schickt, die ein wenig neugierig sind. Die ersten wurden getötet, noch bevor sie den Saal mit der Droge fanden. Die zweite und die dritte Gruppe sind den Halluzinationen hervorrufenden Substanzen des vergifteten Koleopters zum Opfer gefallen.

Diese Nr. 801 nun ist offenbar unmittelbar nach ihrer Unterredung mit ihr, der Königin, hinabgestiegen. Wahrhaftig, sie haben es immer eiliger, zu sterben! Andererseits dringen sie mit jedem Mal tiefer in die Stadt ein. Und wenn eine von ihnen trotz allem den Weg findet? Wenn sie das Geheimnis entdeckt? Und womöglich den Duft davon verbreitet …?

Eine der Kriegerinnen mit dem Felsengeruch stürmt hinein.

Die Spionin hat es geschafft, an der Droge vorbeizukommen! Sie ist unten!

Nun denn, das musste ja so kommen …

666 ist der Name des Tieres (Die Offenbarung des Johannes). Aber wer ist für wen das Tier?

EDMOND WELLS

Enzyklopädie des relativen und absoluten Wissens, Bd. 1

Jonathan lässt das Handgelenk seiner Großmutter los. Damit keine Verlegenheit aufkommt, schlägt Daniel ein anderes Thema an.

»Und dieses Labor am Eingang, wozu dient das?«

»Das ist der Stein des Weisen! All unsere Anstrengungen dienen nur dem einen Ziel: mit ihnen in Verbindung zu stehen!«

»Mit ihnen …? Mit wem?«

»Mit ihnen: den Ameisen. Folgt mir.«

Sie verlassen den Raum in Richtung Laboratorium. Jonathan, der sich in seiner Rolle als Nachfolger Edmonds sichtlich wohl fühlt, nimmt ein mit Ameisen gefülltes Reagenzglas vom Labortisch und hält es in Augenhöhe.

»Schaut her, das sind Geschöpfe. Und zwar vollwertige Geschöpfe, keine kleinen, unbedeutenden Insekten. Und das, das hat mein Onkel sofort begriffen ... Die Ameisen bilden die zweite große Zivilisation auf der Erde. Und Edmond ist eine Art Kolumbus, der zwischen unseren Zehen einen anderen Kontinent entdeckt hat. Er hat als Erster erfasst, dass man, bevor man außerirdische Wesen in den letzten Winkeln des Weltalls sucht, erst einmal Kontakt mit den ... innerirdischen aufnehmen sollte.«

Niemand sagt einen Ton. Augusta erinnert sich. Eines Tages, Jonathan war noch gar nicht auf der Welt, ist sie durch den Wald von Fontainebleau spaziert, und plötzlich hat sie gespürt, wie unter ihren Sohlen Scharen von winzig kleinen Tierchen knackten. Sie war auf eine Gruppe von Ameisen getreten. Sie hatte sich hinabgebeugt. Sie waren allesamt tot, aber eines blieb rätselhaft. Sie hatten sich so ausgerichtet, dass sie einen Pfeil mit nach innen gekehrter Spitze bildeten ...

Jonathan hat das Reagenzglas abgestellt. Er nimmt seine Rede wieder auf: »Nach seiner Rückkehr aus Afrika hat Edmond dieses Gebäude, den Keller, schließlich die Kirche entdeckt. Das war der ideale Ort, hier hat er sein Labor eingerichtet ... Der erste Schritt seiner Forschungen bestand darin, die Pheromonensprache der Ameisen zu entschlüsseln. Diese Maschine hier ist ein Massenspektrometer. Wie der Name sagt, zeigt es ein Spektrum einer Masse, es zerlegt jede Materie, indem es die Atome aufzählt, aus denen sie zusammengesetzt ist ... Ich habe die Aufzeichnungen meines Onkels gelesen. Am Anfang setzte er seine Versuchstierchen unter eine Glasglocke, die über ein Saugrohr mit dem Massenspektrometer verbunden war. Dann brachte er eine Ameise mit einem Stück Apfel in Berührung, diese traf eine andere Ameise und teilte ihr unweigerlich mit ›Da drüben gibt es Apfel‹. Nun ja, das war die Ausgangshypothese. Er saugte die ausgeschiedenen Pheromone an, entschlüsselte sie und gelangte zu einer chemischen Formel ... ›Im Norden gibt es Apfel‹ heißt zum Beispiel: ›Methyl4 Methylpyrrol2 Carboxylat‹. Die Mengen sind verschwindend gering, in der Größenordnung von 2 bis 3

Pikogramm (10^{-12} g) pro Satz … Aber das reichte. Auf diese Weise wusste er ›Apfel‹ und ›im Norden‹ zu sagen. Er setzte das Experiment mit einer Vielzahl von Gegenständen, Lebensmitteln oder Situationen fort. So erhielt er ein richtiges Wörterbuch der Ameisensprache. Nachdem er zunächst nur den Namen von gut hundert Früchten, rund dreißig Blumen und einem Dutzend Richtungsangaben erkannt hatte, schaffte er es schließlich, die Pheromone für Alarm, Freude, Vorschlag, Beschreibung und so weiter herauszufinden, und er ist sogar fortpflanzungsfähigen Ameisen begegnet, die ihm beigebracht haben, wie man die ›abstrakten Emotionen‹ des siebten Antennensegments ausdrückt … Ihnen nur ›zuzuhören‹ reichte jedoch nicht. Er wollte mit ihnen reden, einen richtigen Dialog aufnehmen.«

»Sagenhaft!«, entfuhr es Professor Daniel Rosenfeld.

»Er hat angefangen, für jede chemische Formel eine bestimmte akustische Entsprechung in Form von Silben zu finden. Methyl4 Methylpyrrol2 Carboxylat hieß beispielsweise MT4MTP2CX, dann Miticamitipidicixu. Schließlich hat er in den Speicher des Computers eingegeben: Miticamitipi = Apfel; und: dicixu = befindet sich im Norden. Der Computer übersetzt in beide Richtungen. Wenn er ›dicixu‹ erkennt, übersetzt er es zu ›befindet sich im Norden‹. Und wenn man ›befindet sich im Norden‹ eintippt, formt er diesen Satz in ›dicixu‹ um, was einen Ausstoß von Carbxylat durch eine Art Sprechgerät auslöst …«

»Ein Sprechgerät?«

»Ja, dieser Apparat hier.«

Er deutete auf eine Art Vitrine, die sich aus Tausenden von kleinen Phiolen zusammensetzte, die jeweils in einem kleinen Röhrchen endeten, das wiederum an eine elektrische Pumpe angeschlossen war.

»Die in den Phiolen enthaltenen Atome werden von dieser Pumpe angesaugt, dann in diesen Apparat befördert, der sie sichtet und genau nach der von dem elektronischen Wörterbuch angegebenen Dosierung sortiert.«

»Sagenhaft«, wiederholt Daniel Rosenfeld, »einfach sagenhaft. Ist es ihm wirklich gelungen, Kontakt aufzunehmen?«

»Hmm … Ich glaube, dazu lese ich Ihnen am besten seine Aufzeichnungen in der *Enzyklopädie* vor.«

Gesprächsfetzen Auszug der ersten Unterhaltung mit einer *Formica rufa* vom Typ Kriegerin.

Mensch: Empfangen Sie mich?
Ameise: krrrrrrr.
Mensch: Ich sende, empfangen Sie mich?
Ameise: krrrrrrrkrrrkrrrrrrrr. Hilfe.

(Anm.: Die Dosierung wurde mehrfach geändert. Vor allem war der Ausstoß viel zu stark, er hat das Versuchsobjekt erstickt. Der Emissionsschalter muss auf 1 gestellt werden. Der Schalter für den Empfang hingegen muss auf 10 hochgedreht werden, damit kein Molekül verloren geht.)

Mensch: Empfangen Sie mich?
Ameise: Bugu.
Mensch: Ich sende, empfangen Sie mich?
Ameise: Sgugnu. Hilfe. Ich bin eingeschlossen.

Auszug der dritten Unterhaltung.
(Anm.: Das Vokabular ist diesmal auf achtzig Wörter ausgedehnt worden. Der Ausstoß war immer noch zu stark. Neue Einstellung, der Knopf muss fast auf null gestellt werden.)

Ameise: Was?
Mensch: Was sagen Sie?
Ameise: Ich verstehe nichts. Hilfe!
Mensch: Reden wir langsamer!
Ameise: Sie senden zu stark! Meine Antennen sind übersättigt. Hilfe! Ich bin eingeschlossen.
Mensch: Und jetzt, geht es so?

Ameise: Nein, wissen Sie denn nicht, wie man sich unterhält?

Mensch: Na ja ...

Ameise: Wer sind Sie?

Mensch: Ich bin ein großes Tier. Ich heiße ED-MOND. Ich gehöre zu den MENSCHEN.

Ameise: Was sagen Sie? Ich verstehe nichts. Hilfe! Zu Hilfe! Ich bin eingeschlossen ...!

(Anm.: Fünf Sekunden nach diesem Dialog ist das Versuchsobjekt gestorben. War der Ausstoß immer noch zu stark? Hatte es Angst?)

Jonathan unterbricht seine Lektüre.

»Ihr seht, das ist gar nicht so einfach! Es reicht nicht, Vokabeln zu sammeln, um mit ihnen zu reden. Außerdem funktioniert die Ameisensprache nicht so wie unsere. Es werden nicht nur die eigentlichen Gesprächsemissionen wahrgenommen, sondern auch die Emissionen, die von den anderen elf Antennensegmenten ausgehen. Jene geben die Identität des Individuums an, seine Sorgen, seine Psyche ... So etwas wie ein Gesamtbild der geistigen Verfassung, das für das interindividuelle Verständnis unerlässlich ist. Deshalb hat Edmond aufgeben müssen. Ich lese euch seine Notizen vor.

Was bin ich dumm *Was bin ich dumm!*
Selbst wenn es Außerirdische gibt, wären wir nicht in der Lage, sie zu verstehen. Unsere Zeichen wären mit Sicherheit nicht identisch. Wir würden auf sie zugehen und ihnen die Hand reichen, was für sie vielleicht eine Drohgebärde wäre.
Wir vermögen nicht einmal die Japaner mit ihrem rituellen Selbstmord zu verstehen oder die Inder mit ihren Kasten. Wir schaffen es nicht einmal, uns unter Menschen zu verständigen ... Wie konnte ich mir nur einbilden, die Ameisen verstehen zu können!«

Der Hinterleib von Nr. 801 ist nur noch ein Stumpf. Auch wenn es ihr rechtzeitig gelungen ist, den Drogenkäfer zu töten: Der Kampf gegen die Kriegerinnen mit dem Felsenduft hat sie verdammt schrumpfen lassen. Was soll's – umso besser: Ohne Hinterleib ist sie leichter.

Sie biegt in den breiten Gang ein, der sich durch den Granit zieht. Wie haben Mandibeln einen solchen Tunnel schaffen können?

Weiter unten entdeckt sie, was ihr Chli-pu-ni geschildert hat: einen Saal mit Unmengen von Nahrungsmitteln. Kaum hat sie einige Schritte durch diesen Saal getan, findet sie einen anderen Ausgang. Sie geht hindurch und befindet sich auf einmal in einer Stadt, einer ganzen Stadt mit Felsengeruch! Eine Stadt unter der Stadt.

»Er ist also gescheitert?«

»Er hatte in der Tat lange an diesem Fehlschlag zu knabbern. Er dachte, es gebe keinen Ausweg, seine Ethnozentrik habe ihn verblendet. Doch dann haben ihn die Scherereien, die er mit anderen hatte, zur Räson gerufen. Auslöser war sein alter Menschenhass gewesen.«

»Was ist passiert?«

»Sie erinnern sich, Professor, Sie selbst haben mir einmal erzählt, dass er für eine Firma namens ›Sweetmilk Corporation‹ gearbeitet hat, und dass er dort mit seinen Kollegen aneinandergeraten ist.«

»In der Tat!«

»Einer seiner Vorgesetzten hatte sein Büro durchsucht. Und dieser Vorgesetzte war niemand anders als Marc Leduc, der Bruder von Professor Laurent Leduc!«

»Dem Insektenforscher?«

»Höchstpersönlich.«

»Das ist unglaublich … Er ist bei mir vorbeigekommen, hat sich als Edmonds Freund ausgegeben und ist in den Keller hinabgestiegen.«

»Er war im Keller?«

»Ja, aber mach dir keine Sorgen, er ist nicht weit gekommen. Er hat das Kodewort für die Mauer nicht gefunden, daraufhin ist er umgekehrt.«

»Hm, er hat auch bei Nicolas vorbeigeschaut, um die *Enzyklopädie* an sich zu bringen. Na schön … Marc Leduc war nämlich aufgefallen, dass Edmond wie besessen an dem Entwurf einer Maschine arbeitete. Es ist ihm gelungen, Edmonds Büroschrank zu öffnen, und dabei ist ihm ein Aktendeckel, die *Enzyklopädie des relativen und absoluten Wissens*, in die Hände gefallen. Als er den Sinn dieses Apparats erfasst hat – und es gab genug Anmerkungen, um den Sinn zu begreifen –, hat er seinem Bruder davon erzählt. Der hat sich natürlich sehr dafür interessiert und hat ihn sogleich gebeten, die Dokumente zu stehlen … Aber Edmond hatte bemerkt, dass man seine Sachen durchwühlt hatte, und um sie vor weiteren Zugriffen zu schützen, hat er vier Schlupfwespen in der Schublade platziert. Als sich Marc Leduc dann wieder ans Werk gemacht hat, ist er von diesen Insekten gestochen worden, die zudem die unangenehme Eigenschaft haben, ihre gefräßigen Larven in dem Körper zurückzulassen, in den sie ihren Stachel geschlagen haben. Am nächsten Tag hat Edmond die Spuren der Stiche entdeckt und den Schuldigen öffentlich entlarven wollen. Die Fortsetzung kennen Sie – er ist selbst gefeuert worden.«

»Und die Brüder Leduc?«

»Marc Leduc hat seine Strafe bekommen! Die Wespenlarven haben ihn von innen zerfressen. Das hat sehr lange gedauert, mehrere Jahre, wie es scheint. Da die Larven nicht aus diesem riesigen Körper entweichen konnten, um sich in Wespen zu verwandeln, haben sie sich auf der Suche nach einem Ausgang kreuz und quer gegraben. Am Ende waren die Schmerzen so unerträglich, dass er sich vor einen U-Bahn-Zug geworfen hat. Das habe ich zufällig in der Zeitung gelesen.«

»Und Laurent Leduc?«

»Er hat alles versucht, um an den Apparat zu gelangen …«

»Sie sagten, Edmond habe darüber wieder Lust bekommen, seine Arbeit fortzusetzen. Welcher Zusammenhang besteht zwischen diesen alten Geschichten und seinen Forschungen?«

»In der Folge hat sich Laurent Leduc direkt an Edmond gewandt. Er hat ihm gestanden, dass er über seine ›Maschine, die mit den Ameisen redet‹ im Bilde sei. Er gab vor, er sei daran interessiert, mit ihm zusammenzuarbeiten. Edmond stand einem solchen Vorschlag nicht unbedingt ablehnend gegenüber, er selbst kam ja nicht so recht vom Fleck, und so überlegte er, ob ihm fremde Hilfe nicht willkommen war. ›Es kommt die Zeit, da kann man allein nicht weiter‹, heißt es in der Bibel. Edmond war bereit, Leduc in seinen Schlupfwinkel zu führen, aber erst wollte er ihn besser kennenlernen. Als Laurent dann anfing, die Ordnung und Disziplin bei den Ameisen zu rühmen, und hervorhob, dass ein Dialog mit ihnen es dem Menschen bestimmt ermöglichen würde, sie zu imitieren, hat Edmond rot gesehen. Er hat einen Anfall bekommen und Leduc aufgefordert, sich nie wieder bei ihm blicken zu lassen.«

»Puuuh, das wundert mich nicht«, seufzt Daniel. »Leduc gehört zu einer Sippe von Insektenforschern, einer der schlimmsten innerhalb der deutschen Schule, die die Menschheit dadurch ändern will, dass man in gewisser Hinsicht die Lebensweise der Tiere imitiert. Der Sinn für das eigene Territorium, die Disziplin der Ameisen ... da gerät man schnell ins Schwärmen.«

»Und so hatte Edmond einen Vorwand, um sich wieder ans Werk zu machen. Er würde den Dialog mit den Ameisen aus einer ... politischen Sicht aufnehmen. Er glaubte, dass sie einem anarchistischen System gemäß lebten, und wollte sich dies von ihnen bestätigen lassen.«

»Natürlich!«, murmelte Bilsheim.

»Das war eine große Herausforderung. Mein Onkel hat lange nachgedacht, dann kam er zu dem Schluss, das beste Mittel, mit ihnen in Verbindung zu treten, sei, einen ›Ameisenroboter‹ zu konstruieren.«

Jonathan schwenkte einen Stoß von Blättern voller Zeichnungen.

»Das sind die Pläne dazu. Edmond hat ihn ›Doktor Livingstone‹ getauft. Er ist aus Plastik. Ich brauche nicht zu betonen, welche Uhrmacherkunst die Anfertigung dieses kleinen Meisterwerks erforderte! Nicht nur, dass sämtliche Gelenke originalgetreu nachgebaut sind und von mikroskopisch kleinen Elektromotoren bewegt werden, die an eine Batterie im Hinterleib angeschlossen sind, auch die Antenne besteht tatsächlich aus elf Segmenten, die in der Lage sind, gleichzeitig elf verschiedene Pheromone auszustoßen ...! Der einzige Unterschied zwischen Doktor Livingstone und einer echten Ameise: Er ist mit elf feinen Schläuchen von der Größe eines Haares verbunden, die wiederum in einer Art Nabelschnur von der Größe eines Bindfadens zusammenlaufen.«

»Großartig! Einfach großartig!«, ruft Jason hingerissen.

»Aber wo ist dieser Doktor Livingstone?«, fragt Augusta.

Eine Horde von Kriegerinnen, die nach Felsen riechen, verfolgt sie. Nr. 801 nimmt Reißaus. Plötzlich entdeckt sie einen sehr breiten Gang und stürzt darauf zu. Sie kommt in einen riesigen Saal, in dem eine merkwürdige Ameise von weit überdurchschnittlicher Größe zu sehen ist.

Nr. 801 nähert sich ihr vorsichtig. Die Düfte dieser sonderbaren Ameise stimmen nur zur Hälfte. Ihre Augen leuchten nicht, ihre Haut wirkt wie mit einer schwarzen Tinktur gefärbt ... Die junge Chlipukanerin würde gern wissen, was das bedeutet. Wie kann man so wenig Ameise sein?

Aber schon haben die Soldatinnen sie aufgestöbert. Die Hinkende tritt allein vor, um sie zum Duell zu fordern. Sie springt ihr an die Antennen und verbeißt sich darin. Die beiden wälzen sich über den Boden.

Nr. 801 erinnert sich des Ratschlags ihrer Mutter: *Achte darauf, wo dein Gegner mit Vorliebe zuschlägt, das ist oft sein eigener schwacher Punkt* ... Und in der Tat, kaum bekommt sie die Antennen der Hinkenden zu fassen, windet sich diese wie von Sinnen. Die Ärmste, sie muss hypersensible Antennen haben! Nr. 801 hackt sie ihr jäh ab, und es gelingt ihr, zu fliehen. Aber jetzt ist ihr eine Meute von über fünfzig Killerinnen auf den Fersen.

»Ihr wollt wissen, wo sich Doktor Livingstone aufhält? Schaut euch die Leitungen an, die von dem Massenspektrometer ausgehen …«

Tatsächlich erkennen sie eine Art durchsichtige Röhre, die dem Labortisch entlang zur Wand verläuft, von dort zur Decke steigt und schließlich in einer Holzkiste mündet, die in der Mitte der Kirche hängt, hoch über der Orgel. Diese Kiste ist wahrscheinlich mit Erde gefüllt. Die Neuankömmlinge renken sich den Hals aus, um sie genauer in Augenschein zu nehmen.

»Ihr habt doch gesagt, über unseren Köpfen sei ein unzerstörbarer Felsen«, bemerkt Augusta.

»Ja, aber ich habe auch gesagt, dass es einen Luftschacht gibt, den wir nicht mehr benutzen …«

»Und dass wir ihn nicht mehr benutzen«, ergänzt Inspektor Galin, »liegt nicht daran, dass etwa wir ihn verstopft hätten!«

»Wenn ihr es nicht wart …«

»… dann waren sie es!«

»Die Ameisen?«

»Richtig! Über dieser Felsenplatte befindet sich eine gigantische Stadt, die von roten Waldameisen errichtet worden ist, ihr wisst schon, das sind diese Insekten, die diese großen Haufen aus kleinen Zweigen in den Wäldern bauen …«

»Nach Edmonds Schätzungen sind es über zehn Millionen!«

»Zehn Millionen? Die könnten uns ja allesamt umbringen!«

»Nein, keine Bange, wir haben nichts zu befürchten. Zum einen reden sie mit uns und kennen uns. Zum anderen wissen nicht alle Ameisen der Stadt von unserer Existenz.«

Während Jonathan noch spricht, fällt eine Ameise aus der Kiste an der Decke und landet auf Lucies Stirn. Lucie versucht sie aufzulesen, aber Nr. 801 gerät in Panik und irrt durch ihren roten Haarschopf, krabbelt über ihr Ohrläppchen, stürzt den Nacken hinab in ihre

Bluse, umkurvt den Bauchnabel, huscht über die weiche Haut der Oberschenkel, fällt auf den Knöchel und springt von dort auf den Boden. Einen Moment lang sucht sie die Orientierung … dann rennt sie auf einen der seitlichen Luftschächte zu.

»Was hat sie?«

»Wer weiß? Jedenfalls hat die frische Luft des Schachts sie angezogen, sie dürfte keine Probleme haben, hinauszufinden.«

»Aber da findet sie doch ihre Stadt nicht wieder, sie wird weit im Osten der Föderation landen, oder nicht?«

Die Spionin ist entflohen! Wenn das so weitergeht, müssen wir die sogenannte fünfundsechzigste Stadt angreifen …

Die Soldatinnen mit dem Felsenduft haben mit gesenkten Antennen Bericht erstattet. Nachdem sie sich zurückgezogen haben, sinnt Belo-kiu-kiuni eine Weile über diesen schweren Fehlschlag ihrer Geheimhaltungspolitik nach. Müde, sehr müde, denkt sie zurück, wie alles angefangen hat.

Als sie noch ganz jung war, ist auch sie mit einem dieser grauenhaften Phänomene konfrontiert worden, welche die Existenz riesiger Wesen vermuten lassen. Das war kurz nach ihrer Schwarmzeit; sie hat gesehen, wie eine große schwarze Platte mehrere fruchtbare Königinnen zerquetscht hat, ohne sie überhaupt verspeisen zu wollen. Später, nachdem sie ihre Stadt gegründet hat, war es ihr gelungen, eine Versammlung zu diesem Thema zu organisieren, bei der die meisten Königinnen – Mütter und Töchter – zugegen waren.

Sie erinnert sich. Als Erste hat Zubi-zubi-kan geredet. Sie hat erzählt, dass mehrere ihrer Expeditionen einem Regen von rosaroten Kugeln ausgesetzt gewesen seien, der über hundert Todesopfer gefordert habe.

Die anderen Schwestern hatten sie überboten. Jede hatte ihre Liste von Toten und Versehrten aufgestellt, die den rosaroten Kugeln und den schwarzen Platten zum Opfer gefallen waren.

Cholb-gahi-ni, eine alte Mutter, hat bemerkt, dass Zeugenaussagen zufolge die rosaroten Kugeln sich anscheinend nur in Fünfertrupps bewegten.

Eine andere Schwester, Rubg-fayli-ni, hatte eine reglose rosarote Kugel ungefähr dreihundert Kopf unter der Erde gefunden. Die Kugel sei von einer weichen Substanz mit sehr starkem Geruch umschlossen gewesen. Man habe sie mit den Mandibeln angebohrt und sei schließlich auf harte weiße Stängel gestoßen ... So als hätten diese Tiere ihre Panzer nicht außen, sondern in ihrem Innern.

Am Ende der Versammlung waren die Königinnen übereingekommen, dass derlei Erscheinungen jegliches Verständnis überstiegen, und sie hatten beschlossen, absolutes Stillschweigen zu bewahren, um keine Panik in den Ameisenstädten aufkommen zu lassen.

Sie selbst, Belo-kiu-kiuni, hat schon bald ihre eigene »Geheimpolizei« aufgestellt, eine Arbeitsgruppe, die damals fünfzigtausend Soldatinnen umfasste. Ihre Aufgabe: sämtliche Zeugen der beiden Phänomene der rosaroten Kugeln und der schwarzen Platten eliminieren, um keine Panik in der Stadt aufkommen zu lassen.

Eines Tages jedoch hatte sich etwas Unglaubliches ereignet.

Eine Arbeiterin aus einer unbekannten Stadt war von den Kriegerinnen mit dem Felsenduft festgenommen worden. Belo-kiu-kiuni hatte sie schonend behandelt, denn was diese Arbeiterin erzählte, war noch ungewöhnlicher als alles, was man jemals gehört hatte.

Sie behauptete, von den rosaroten Kugeln entführt worden zu sein! Diese hätten sie, zusammen mit ein paar Hundert anderen Ameisen, in ein durchsichtiges Gefängnis geworfen. Dort habe man alle möglichen Experimente mit ihnen vorgenommen. Am häufigsten habe man sie unter eine Glocke gesteckt, wo sie sehr konzentrierten Düften ausgesetzt waren. Anfangs sei das sehr schmerzhaft gewesen, dann seien die Düfte nach und nach schwächer geworden, und am Ende hätten sie sich in Worte verwandelt!

Zu guter Letzt hätten die rosaroten Kugeln durch die Vermittlung dieser Gerüche und Glocken mit ihnen geredet und sich als riesige Tiere vorgestellt, die sich selbst »Menschen« nannten. Sie hätten erklärt, dass es in dem Granit unterhalb der Stadt einen Durchbruch gebe, und dass sie mit der Königin reden wollten. Sie könne sicher sein, dass ihr nichts zustoßen werde.

Danach war alles sehr schnell gegangen. Belo-kiu-kiuni hatte die »Ameisenbotschafterin« getroffen, Dok-tor Li-ving-stone, eine seltsame Ameise mit einem durchsichtigen Darmfortsatz. Aber man konnte mit ihr reden.

Sie hatten sich lange unterhalten. Am Anfang hatten sie einander überhaupt nicht verstanden. Aber beide waren von der gleichen Begeisterung erfüllt. Und hatten sich offenbar so vieles zu sagen …

In der Folge hatten die Menschen die mit Erde gefüllte Kiste am Ausgang des Schachts angebracht. Und Belo-kiu-kiuni hatte diese neue Stadt mit Eiern versehen. Insgeheim, ohne dass ihre anderen Kinder davon erfahren hatten.

Aber Bel-o-kan 2 war mehr als die Stadt der Kriegerinnen mit dem Felsenduft. Sie war die Verbindung zwischen der Welt der Ameisen und der Welt der Menschen. Sie war der ständige Aufenthaltsort von Dok-tor Li-ving-stone (ein ziemlich lächerlicher Name, wenn man es sich überlegt).

Gespräch (Auszüge) *Auszüge aus dem achtzehnten Gespräch mit der Königin Belo-kiu-kiuni:*

Ameise: Das Rad? Unglaublich, dass wir nicht auf den Gedanken gekommen sind, das Rad zu verwenden. Wenn ich bedenke, dass wir alle sehen konnten, wie diese Mistkäfer ihre Kugeln rollen … Dass niemand von uns daraus das Rad hergeleitet hat.

Mensch: Wie gedenkst du diese Information zu verwerten?

Ameise: Das weiß ich im Moment noch nicht.

Auszug aus dem sechsundfünfzigsten Gespräch mit der Königin Belo-kiu-kiuni:

Ameise: Du wirkst traurig.
Mensch: Das muss an einem Fehler meiner Duftorgel liegen. Seit ich die emotionale Sprache hinzugefügt habe, hat die Maschine anscheinend Aussetzer.
Ameise: Du wirkst traurig.
Mensch: ...
Ameise: Sagst du nichts mehr?
Mensch: Ich glaube, das ist reiner Zufall. Aber ich bin tatsächlich traurig.
Ameise: Was ist los?
Mensch: Ich hatte ein Weibchen. Bei uns leben die Männchen sehr lange, also leben wir in Paaren, ein Männchen je Weibchen. Ich hatte ein Weibchen, und ich habe es vor einigen Jahren verloren. Und ich habe es geliebt, ich kann es nicht vergessen.
Ameise: »Lieben«, was heißt das?
Mensch: Vielleicht, dass wir die gleichen Gerüche hatten ...?

Belo-kiu-kiuni erinnert sich an das Ende des *Men-schen Ed-mond*. Das war während des ersten Krieges gegen die Zwergameisen. Edmond hatte ihnen helfen wollen. Er hatte seinen Untergrund verlassen. Aber durch die ständige Verwendung der Pheromone war er damit regelrecht imprägniert. So sehr, dass er, ohne es zu wissen, im Wald für ... eine rote Ameise der Föderation gehalten wurde. Und als die Tannenwespen (mit denen sie sich zu jener Zeit im Krieg befanden) seine Identitätsdüfte wahrnahmen, fielen sie geschlossen über ihn her.

Sie töteten ihn, weil sie ihn für einen Belokaner hielten. Er muss glücklich gestorben sein.

Später hatten dieser Jonathan und seine Gemeinschaft die Verbindung wieder aufgenommen ...

Er gießt noch ein wenig Met in das Glas der drei Neuen, die nicht aufhören, ihn mit Fragen zu bestürmen.

»Dann ist Doktor Livingstone also imstande, unsere Worte da oben zu übertragen?«

»Ja, und wir, ihre Worte zu hören. Ihre Antworten erscheinen auf diesem Bildschirm. Edmond hat es tatsächlich geschafft!«

»Aber was erzählen sie? Was erzählt er ihnen?«

»Hmm … Nachdem die Sache gelungen war, werden Edmonds Aufzeichnungen ein wenig diffus. Es sieht so aus, als hätte er keinen Wert darauf gelegt, alles zu notieren. Nehmen wir an, dass sie zunächst einander beschrieben haben. Einer hat dem anderen seine Welt geschildert. Daher wissen wir, dass ihre Stadt Bel-o-kan heißt, dass sie der Dreh- und Angelpunkt einer Föderation von ein paar Hundert Millionen Ameisen ist.«

»Unglaublich!«

»Im Weiteren waren beide Seiten der Auffassung, dass es zu früh sei, die Information unter ihrer jeweiligen Bevölkerung zu verbreiten. Deshalb haben sie die Vereinbarung getroffen, absolutes Stillschweigen über ihren ›Kontakt‹ zu bewahren.«

»Aus diesem Grund hat Edmond auch so sehr darauf bestanden, dass Jonathan all diese technischen Spielereien durchführt«, mischt sich einer der Feuerwehrmänner ein. »Er wollte auf keinen Fall, dass die Leute zu früh davon erfahren. Ihm graute vor dem ganzen Tohuwabohu, das der Rundfunk, das Fernsehen, die Zeitungen bei einer solchen Nachricht veranstalten würden. Die Ameisen wären die große Mode! Er sah es schon kommen, die Werbespots, Schlüsselanhänger, T-Shirts, die Auftritte der Rockstars … der ganze Krampf, der auf eine solche Entdeckung folgen würde.«

»Belo-kiu-kiuni, ihre Königin, glaubte ihrerseits, dass ihre Töchter sogleich gegen diese gefährlichen Fremden würden kämpfen wollen«, fügt Lucie hinzu.

»Nein, die beiden Zivilisationen sind noch nicht reif, sich kennenzulernen und – hören wir auf, uns was vorzumachen – einander zu verstehen … Die Ameisen sind weder faschistisch noch anarchistisch, noch royalistisch … Sie sind Ameisen, und alles, was ihre Welt betrifft, unterscheidet sich von unserer. Das macht überdies ihren Reichtum aus.«

Diese leidenschaftliche Erklärung stammt von Kommissar Bilsheim; er hat sich entschieden verändert, seit er die Erdoberfläche verlassen hat – und seine Chefin, Solange Doumeng.

»Die deutsche Schule und die italienische Schule irren sich«, sagt Jonathan, »weil sie versuchen, die Ameisen in ein durch ein ›menschliches‹ Begriffsvermögen geprägtes System zu zwängen. Eine solche Analyse ist zwangsläufig plump. Das ist, als würden sie versuchen, unser Leben zu verstehen, indem sie es mit ihrem vergleichen. Gewissermaßen ein Myrmecomorphismus ... Dabei ist jede ihrer Eigenarten, und sei sie noch so unbedeutend, faszinierend. Wir verstehen die Japaner, Tibetaner oder die Hindus nicht, aber ihre Kultur, ihre Philosophie sind aufregend, selbst wenn sie durch unseren westlichen Geist verzerrt werden! Und die Zukunft unserer Erde gehört der Mischrasse, das ist so klar wie nur etwas.«

»Aber was können uns die Ameisen denn bringen, was Kultur betrifft?«, wundert sich Augusta.

Jonathan gibt Lucie wortlos ein Zeichen; sie verschwindet für einige Sekunden und kehrt mit etwas zurück, das wie ein Marmeladentopf aussieht.

»Seht her, schon allein das hier ist ein Schatz! Honigtau von Blattläusen. Los, probiert mal!«

Augusta tunkt vorsichtig den Zeigefinger hinein.

»Hmmmm, das ist sehr süß ... aber ungeheuer lecker! Das schmeckt ganz anders als Bienenhonig.«

»Siehst du! Hast du dich denn nicht gefragt, wie wir uns hier in dieser beidseitigen Sackgasse unter der Erde ernähren?«

»Ja, doch ...«

»Die Ameisen ernähren uns mit ihrem Honigtau und ihrem Mehl. Sie legen da oben Vorräte für uns an. Aber das ist nicht alles, wir haben auch ihre landwirtschaftlichen Techniken kopiert, um Lamellenpilze anzubauen.«

Er hebt den Deckel eines großen hölzernen Kastens an. Darunter sind weiße Pilze zu sehen, die auf einem Bett aus vergorenen Blättern wachsen.

»Galin ist unser großer Pilzexperte.«

Letzterer lächelt bescheiden.

»Ich muss noch viel lernen.«

»Nun gut, Pilze, Honig … Ihr müsst ja an Eiweißmangel leiden.«

»Für die Proteine ist Max zuständig.«

Einer der Feuerwehrmänner deutet zur Decke.

»Ich sammele sämtliche Insekten ein, die die Ameisen in den kleinen Kasten neben der großen Kiste legen. Wir kochen sie, damit sich die Häutchen lösen. Was übrig bleibt, ist wie klitzekleine Garnelen, überdies schmeckt es genauso und sieht auch so aus.«

»Wir sind in der Tat wie Kosmonauten, die ständig in einer Weltraumstation leben und zuweilen mit außerirdischen Nachbarn in Kontakt stehen.«

Alle lachen. Eine Ladung guter Laune kitzelt das Rückenmark. Jonathan schlägt vor, in den Salon zurückzugehen.

»Wisst ihr, ich habe lange nach einem Weg gesucht, mit meinen Freunden friedlich zusammenzuleben. Ich habe es mit Kommunen, besetzten Häusern, Gemeinschaften nach dem Vorbild Fouriers versucht. Am Ende habe ich geglaubt, ich sei nur ein Traumtänzer, um nicht zu sagen ein Trottel. Aber hier … hier passiert etwas. Wir sind schlicht gezwungen, zusammenzuleben, uns zu ergänzen, gemeinsam zu denken. Wir haben keine Wahl: Wenn wir uns nicht verstehen, werden wir sterben. Es ist keine Flucht möglich. Nun, ich weiß nicht, ob das an der Entdeckung meines Onkels liegt oder an dem, was uns die Ameisen durch ihre bloße Existenz hier über unseren Köpfen lehren, aber bislang funktioniert unsere Gemeinschaft wie geschmiert!«

»Das klappt, und zwar ganz von selbst …«

»Manchmal haben wir das Gefühl, wir produzieren eine gemeinsame Energie, aus der jeder beliebig schöpfen kann. Das ist ganz seltsam.«

»Davon habe ich schon im Zusammenhang mit den Rosenkreuzern und einigen Freimaurergruppen gehört«, sagt Jason. »Sie nennen das *Egregor*: das geistige Kapital der ›Herde‹. Eine Art Becken, in das jeder seine Kraft entleert, damit eine Suppe entsteht, die jedem nutzt … Im Allgemeinen gibt es immer einen Dieb, der sich der Energie anderer zu persönlichen Zwecken bedient.«

»Hier haben wir dieses Problem nicht. Man kann keine persönlichen Ambitionen haben, wenn man in einer kleinen Gruppe unter der Erde lebt …«

Schweigen.

»Zudem reden wir immer weniger, wir brauchen das nicht mehr, um einander zu verstehen.«

»Ja, hier passiert etwas. Aber wir verstehen es noch nicht und haben auch noch keine Kontrolle darüber. Wir sind längst nicht am Ziel, wir sind noch auf halbem Weg.«

Erneutes Schweigen.

»Kurz und gut, ich hoffe, es wird euch in unserer kleinen Gemeinschaft gefallen.«

Nr. 801 kommt erschöpft in ihrer Geburtsstadt an. Geschafft! Sie hat es geschafft.

Chli-pu-ni nimmt sofort einen Gedankenaustausch vor, um zu erfahren, was geschehen ist. Was sie hört, bestätigt sie in ihren schlimmsten Befürchtungen hinsichtlich des unter der Granitplatte verborgenen Geheimnisses.

Sie beschließt, Bel-o-kan unverzüglich militärisch anzugreifen. Die ganze Nacht über rüsten sich ihre Soldatinnen. Die ultramoderne fliegende Legion ist fertig.

Nr. 103 683 macht einen Vorschlag. Während ein Teil der Armee von vorne angreift, könnten zwölf Legionen heimlich einen Bogen um die Stadt schlagen, um einen Sturm auf den Stumpf mit dem königlichen Gemach zu unternehmen.

Das Universum strebt Das Universum geht in Richtung Komplexität. Vom Wasserstoff zum Helium, vom Helium zum Kohlenstoff. Immer komplexer, immer ausgeklügelter, so die Entwicklung, die die Dinge nehmen.

Von allen bekannten Planeten ist die Erde der komplizierteste. Sie befindet sich in einer Zone, in der ihre Temperatur schwanken kann. Ihre Oberfläche besteht aus Meeren und Bergen. Doch wenn ihr Spektrum an Lebensformen auch praktisch unbegrenzt ist, so gibt es doch zwei, die durch ihre Intelligenz über die anderen hinausragen. Die Ameisen und die Menschen.

Man könnte meinen, Gott habe den Planeten Erde ausgesucht, um ein Experiment anzustellen. Er hat zwei Gattungen mit zwei völlig konträren Philosophien auf den Weg des Bewusstseins geschickt, um zu sehen, welche schneller vorankommt.

Das Ziel ist vermutlich, zu einem kollektiven planetarischen Bewusstsein zu gelangen: der Zusammenschluss sämtlicher Hirne der Gattung. Das ist meines Erachtens die nächste Phase des Abenteuers des Bewusstseins. Die nächste Stufe der Kompliziertheit.

Die beiden führenden Gattungen haben indes getrennte Wege beschritten:

Um intelligenter zu werden, hat der Mensch sein Hirn aufgebläht, bis es eine geradezu monströse Größe hatte. Eine Art dicker Blumenkohl.

Um zu dem gleichen Ergebnis zu gelangen, haben die Ameisen stattdessen Tausende von kleinen Hirnen verwandt, die durch sehr subtile Kommunikationssysteme miteinander verbunden waren.

Unter dem Strich erbringt diese Masse von kleinen Bröckchen ebenso viel Materie und Intelligenz wie der menschliche Blumenkohl. Der Kampf geschieht mit ebenbürtigen Waffen.

Aber was wäre, wenn diese beiden Formen von Intelligenz, statt getrennte Wege zu gehen, kooperierten ...?

EDMOND WELLS

Enzyklopädie des relativen und absoluten Wissens, Bd. 1

Jean und Philippe interessieren sich für nichts als fürs Fernsehen, höchstens noch für den Flipper. Selbst der nagelneue, kürzlich erst mit hohem Kostenaufwand angelegte Minigolfplatz interessiert sie nicht mehr. Und erst die Spaziergänge durch den Wald … Für sie gibt es nichts Schlimmeres, als wenn ihnen der Aufpasser befiehlt, frische Luft zu schnappen.

Sicher, letzte Woche, als sie die Frösche aufgeblasen haben, das war schon amüsant, aber das Vergnügen war ein wenig kurz.

Heute jedoch scheint Jean eine Betätigung eingefallen zu sein, die Interesse verdient. Er zieht seinen Freund aus der Gruppe von Waisenkindern, die dämlicherweise welke Blätter sammelt, um noch dämlichere Bilder damit zu machen, und zeigt ihm eine Art Zementkegel. Ein Termitenhügel.

Sie zögern nicht, ihn mit den Füßen zu zertrampeln, aber es kommt nichts raus, der Hügel ist leer. Philippe beugt sich herab und schnüffelt.

»Die hat der Straßenwärter abgemurkst. Riech mal, das stinkt nach Vertilgungsmittel, die sind da drinnen alle krepiert.«

Enttäuscht wollen sie sich gerade wieder zu den anderen gesellen, als Jean auf der anderen Seite des kleinen Bachs, unter einem Strauch halb verdeckt, eine Pyramide erblickt.

Volltreffer! Ein beeindruckender Ameisenhaufen, ein richtiger Dom, mindestens einen Meter hoch! Lange Kolonnen von Ameisen gehen ein und aus, Hunderte, Tausende von Arbeiterinnen, Soldatinnen, Kundschafterinnen. Hierhin ist das DDT noch nicht gekommen.

Jean hüpft vor Aufregung von einem Bein aufs andere.

»He, hast du so was schon mal gesehn?«

»O nein, du willst doch nicht schon wieder Ameisen fressen … Die letzten haben ätzend geschmeckt …«

»Wer redet denn von fressen? Du hast ’ne richtige Stadt vor dir, so was wie New York oder Mexiko. Weißt du nicht mehr, was die im Fernsehen gesagt haben? In so ’nem Ding wimmelt es von Viechern. Guck dir diese Bekloppten an, die ackern wie blöd!«

»Na ja … Hast du vergessen, wie Nicolas am Ende vor lauter Interesse an Ameisen verschwunden ist? Ich bin sicher, er hatte Ameisen im Keller, und die haben ihn aufgefressen. Ich hab keine Lust, neben diesem Ding rumzustehn. Das gefällt mir nicht! Scheißameisen, gestern hab ich welche gesehn, die krochen aus 'nem Loch auf dem Minigolfplatz, vielleicht wollten die da ihr Nest bauen … Verdammte Drecksameisen!«

Jean rüttelt ihn an der Schulter.

»Na eben! Du magst keine Ameisen, und ich auch nicht. Wir bringen sie um! Wir rächen unseren Kumpel Nicolas!«

Der Vorschlag weckt Philippes Interesse.

»Sie umbringen?«

»Na klar, warum nicht? Wir stecken diese Stadt an! Stell dir vor, ganz Mexiko in Flammen, weil es uns so passt!«

»Okay, wir stecken sie an. Ja. Für Nicolas …«

»Warte, ich hab noch 'ne bessere Idee: Wir blasen da Unkrautmittel rein, das gibt 'n richtiges Feuerwerk.«

»Genial …«

»Pass auf, wir haben elf Uhr, in zwei Stunden treffen wir uns hier wieder. Dann geht uns der Aufpasser nicht auf den Keks, und alle anderen sind in der Mensa. Ich besorg das Unkrautmittel. Du siehst zu, dass du 'ne Schachtel Streichhölzer auftreibst, das ist besser als 'n Feuerzeug.«

»Alles klaro!«

Die Infanterieeinheiten rücken rasch vor. Wenn die anderen föderierten Städte fragen, wohin sie ziehen, antworten die Chlipukanerinnen, dass im Westen eine Eidechse gesichtet worden ist, und dass die Hauptstadt sie um Unterstützung gebeten hat.

Über ihnen summen die Nashornkäfer, in ihrem Schwung kaum gebremst durch das Gewicht der Artilleristinnen, die auf ihren Köpfen sitzen.

13 Uhr. In Bel-o-kan herrscht buntes Treiben. Man nutzt die Hitze, um die Eier, die Puppen und die Pflanzenläuse im Solarium anzuhäufen.

»Ich hab Brennspiritus mitgebracht, damit das noch besser hochgeht«, erklärt Philippe.

»Bestens«, sagt Jean. »Ich hab Unkrautmittel gekauft. Zwanzig Franc die Dose – diese Ausbeuter!«

Belo-kiu-kiuni spielt mit ihren fleischfressenden Pflanzen. Seit sie da sind, fragt sie sich, warum sie eigentlich nie einen Schutzwall daraus gemacht hat, wie sie es ursprünglich vorhatte.

Dann denkt sie wieder an das Rad. Wie kann man diese geniale Idee verwerten? Vielleicht könnte man eine große Zementkugel anfertigen, sie mit den Fußspitzen ins Rollen bringen und damit die Feinde zerquetschen. Sie sollte den Plan aufs Tapet bringen.

»Okay, ich hab alles draufgeschüttet, den Spiritus und das Unkrautmittel.«

Während Jean spricht, klettert eine Ameisenkundschafterin an ihm hoch. Sie klopft mit den Antennen gegen den Stoff seiner Hose.

Sie scheinen eine riesige lebende Struktur zu sein. Können Sie mir Ihre Identifikationsdüfte geben?

Er nimmt sie und zerquetscht sie zwischen Daumen und Zeigefinger. Der gelbe und schwarze Saft läuft über seine Finger.

»Die hat's jetzt schon erwischt«, erklärt er. »Na schön, mach Platz, hier fliegen gleich die Fetzen!«

»Supergyros gibt das!«, ruft Philippe.

»Die reinste Apokalypse!«, kichert Jean.

»Was schätzt du, wie viele sind da drin?«

»Bestimmt Millionen. Angeblich haben letztes Jahr Ameisen hier in der Gegend 'ne Villa überfallen.«

»Die werden wir auch rächen«, sagte Jean. »Los, duck dich hinter den Baum da.«

Belo-kiu-kiuni denkt an die Menschen. Daran, ihnen beim nächsten Mal weitere Fragen zu stellen. Wie setzen sie das Rad ein?

Jean lässt ein Streichholz aufflammen und wirft es auf die Kuppel aus Zweigen und Kiefernnadeln. Dann läuft er los, um keinen Splitter abzubekommen.

Da ist sie, die chlipukanische Armee erblickt die Hauptstadt. Wie groß sie ist!

Belo-kiu-kiuni beschließt, unverzüglich mit den Menschen zu sprechen. Sie muss ihnen auch sagen, dass sie ihnen problemlos mehr Honigtau liefern kann; die Produktion lässt sich dieses Jahr gut an.

Das Streichholz fällt auf die Zweige der Kuppel.

Die chlipukanische Armee ist nah genug. Sie rüstet zum Angriff.

Jean springt hinter die große Kiefer, wo Philippe bereits in Deckung gegangen ist.

Das Streichholz fällt auf eine Stelle, die weder mit Spiritus noch mit Unkrautvertilgungsmittel getränkt ist. Es geht aus.

Die Jungen richten sich auf.

»Verdammter Mist!«

»Ich weiß, was wir machen. Wir legen 'n Stück Papier drauf, dann haben wir 'ne große Flamme, die garantiert bis zu dem Spiritus kommt.«

»Hast du Papier dabei?«
»Öh … bloß ’ne Metrofahrkarte.«
»Gib her.«

Eine Schildwache oben auf der Kuppel entdeckt etwas Mysteriöses: Nicht nur, dass mehrere Viertel seit einer Weile nach Alkohol riechen, jetzt steckt auch noch mitten auf der Spitze ein gelbes Stück Holz. Sie setzt sich sogleich mit einer Arbeitszelle in Verbindung, damit dieser Alkohol abgewaschen und der gelbe Balken entfernt wird.

Eine andere Schildwache kommt zur Tür Nr. 5 gelaufen.

Alarm! Alarm! Eine Armee roter Ameisen greift uns an!

Die Fahrkarte brennt. Die beiden Jungen gehen erneut hinter der Kiefer in Deckung.

Eine dritte Schildwache sieht eine große Flamme am Ende des gelben Holzstücks auflodern.

Die Chlipukanerinnen rücken im Sturmschritt vor, wie sie es bei den Sklavenhalterinnen gesehen haben.

Erste Explosion.

Die gesamte Kuppel fängt Feuer.

Verpuffungen, Funken.

Trotz der sich ausbreitenden Hitze versuchen Jean und Philippe die Augen offen zu halten. Das Spektakel enttäuscht sie nicht. Das trockene Holz brennt wie Zunder. Als die Flammen das Desinfektionsmittel erreichen, fliegt alles in die Luft. Weitere Detonationen. Grüne, rote, braune Funkengarben spritzen aus der »Stadt der verirrten Ameise«.

Die chlipukanische Armee hält inne. Das Solarium mit allen Eiern, dem gesamten Vieh flammt als Erstes auf, dann greift das Feuer auf die gesamte Kuppel über.

Die Verbotene Stadt wird gleich in den ersten Sekunden der Katastrophe erfasst. Die Ammen sind regelrecht zerplatzt. Kriegerinnen rennen herbei, um die Königin, die einzige Eierlegerin, herauszuholen. Zu spät, sie ist an den giftigen Gasen erstickt.

Der Alarm verbreitet sich im Nu. Alarmstufe 1: aufstachelnde Pheromone werden ausgestoßen; Alarmstufe 2: unheilverkündendes Trommeln dröhnt durch sämtliche Gänge; Alarmstufe 3: »Verrückte« rennen durch die Tunnel und geben ihre Panik weiter; Alarmstufe 4: alles Wertvolle (Eier, Fortpflanzungsfähige, Vieh, Nahrung ...) wird in die Tiefe transportiert, während in Gegenrichtung die Soldatinnen nach oben eilen, um sich dem Kampf zu stellen.

Oben in der Kuppel sucht man nach Lösungen. Artillerieeinheiten gelingt es, einige Bereiche zu löschen, indem sie schwach konzentrierte Ameisensäure einsetzen. Als diese improvisierte Feuerwehr den Erfolg ihrer Bemühungen sieht, bespritzt sie als Nächstes die Verbotene Stadt. Vielleicht kann man das königliche Gemach retten, wenn man es befeuchtet.

Aber das Feuer siegt. Die eingeschlossenen Ameisen ersticken an den giftigen Dämpfen. Weißglühende Brückenbögen stürzen auf die entsetzten Massen. Die Panzer schmelzen und verbiegen sich wie Plastik in einer heißen Pfanne.

Nichts widersteht dem Ansturm dieser ungeheuren Hitze.

Episode Ich habe mich geirrt. Wir sind nicht ebenbürtig, wir sind keine Konkurrenten. Die Anwesenheit der Menschen ist nur eine kurze »Episode« in ihrer unbestrittenen Herrschaft auf Erden.

Sie sind viel, viel zahlreicher als wir. Sie haben mehr Städte, sie bewohnen viel mehr ökologische Nischen. Sie leben in trockenen, eisigen, heißen oder feuchten Zonen, in denen kein Mensch überleben könnte. Wohin unser Blick auch fällt, überall gibt es Ameisen.

Sie waren hundert Millionen Jahre vor uns da, und danach zu urteilen, dass sie einer der wenigen Organismen waren, die der Atombombe widerstanden haben, werden sie sicher noch hundert Millionen Jahre nach uns da sein.

Wir sind nur ein Zwischenspiel von drei Millionen Jahren in ihrer Geschichte. Im Übrigen, wenn eines Tages außerirdische Wesen auf unserem Planeten landen, werden sie da keinen Fehler machen. Sie werden sich zweifelsohne mit ihnen unterhalten. Mit ihnen: den wahren Herren der Erde.

EDMOND WELLS
Enzyklopädie des relativen und absoluten Wissens, Bd. 1

Am nächsten Morgen ist die Kuppel gänzlich verschwunden. Der schwarze Stumpf steht vollkommen kahl in der Mitte der Stadt.

Fünf Millionen Bürgerinnen sind tot. Sämtliche Ameisen, die sich in der Kuppel und seiner unmittelbaren Umgebung befanden.

All jene, die so geistesgegenwärtig waren, nach unten zu gehen, sind unversehrt.

Die Menschen, die unter der Stadt leben, haben nichts bemerkt. Die riesige Granitplatte hat sie abgeschirmt. Und das Ganze hat sich während einer ihrer künstlichen Nächte abgespielt.

Belo-kiu-kiunis Tod stellt den größten Verlust dar. Ohne ihre Eierlegerin ist das Volk ernstlich bedroht.

Die chlipukanische Armee indes hat sich an der Bekämpfung des Feuers beteiligt. Kaum erfahren die Kriegerinnen von Belo-kiu-kiunis Tod, entsenden sie Boten zu ihrer Stadt. Einige Stunden später erscheint, getragen von einem Nashornkäfer, Chli-pu-ni persönlich, um sich die Schäden anzusehen.

Als sie zu der Verbotenen Stadt kommt, ist die Feuerwehr noch im Begriff, die Asche zu begießen. Es gibt nichts mehr zu bekämpfen. Sie erkundigt sich, und man erzählt ihr, wie sich die unbegreifliche Katastrophe abgespielt hat.

Da es keine fruchtbaren Königinnen mehr gibt, wird sie selbstverständlich die neue Belo-kiu-kiuni und bezieht das königliche Gemach der Hauptstadt.

Jonathan wacht als Erster auf. Er ist überrascht, den Drucker des Computers rattern zu hören.

Auf dem Bildschirm steht ein Wort.

Warum?

Sie haben also während der Nacht gesendet. Sie wollen sich unterhalten. Er tippt den üblichen Satz, der jedem Dialog vorausgeht.

Mensch: Guten Tag, ich bin Jonathan.

Ameise: *Ich bin die neue Belo-kiu-kiuni. Warum?*

Mensch: Die neue Belo-kiu-kiuni? Wo ist die alte?

Ameise: *Ihr habt sie getötet. Ich bin die neue Belo-kiu-kiuni. Warum?*

Mensch: Was ist passiert?

Ameise: *Warum?*

Damit bricht die Verbindung ab.

Jetzt weiß sie alles.

Sie, die Menschen, haben das getan.

Mutter kannte sie.

Sie hat sie immer schon gekannt.

Sie hat die Nachricht geheim gehalten.

Sie hat die Hinrichtung all derer befohlen, die den geringsten Hinweis hätten geben können.

Sie hat ihnen, den Menschen, sogar gegen ihr eigenes Volk geholfen.

Die neue Belo-kiu-kiuni betrachtet ihre leblose Mutter. Als die Wachen kommen, um den Körper abzuholen und auf die Deponie zu werfen, schreckt sie hoch.

Nein, dieser Kadaver wird nicht weggeschafft.

Sie untersucht die alte Belo-kiu-kiuni, die bereits die Gerüche des Todes verströmt.

Sie regt an, dass die abgerissenen Glieder mit Harz wieder angeklebt werden. Dass man dem Körper seine Weichteile entnimmt und durch Sand ersetzt.

Sie will ihn in ihrer Loge aufbewahren.

Chli-pu-ni, die neue Belo-kiu-kiuni, versammelt einige Kriegerinnen. Sie schlägt vor, die Hauptstadt nach modernen Gesichtspunkten wieder aufzubauen. Ihrer Meinung nach waren die Kuppel und der Stamm viel zu verwundbar. Und man muss sich auch auf die Suche nach unterirdischen Flüssen machen, ja sogar überlegen, ob man nicht Kanäle bohrt, die alle Städte der Föderation miteinander verbinden. Für sie liegt darin die Zukunft, in der Zähmung des Wassers. Auf diese Weise kann man sich besser vor Bränden schützen, aber auch schneller und gefahrlos reisen.

Und was ist mit den Menschen?

Sie antwortet ausweichend:

Die sind nicht besonders interessant.

Die Kriegerin lässt nicht locker:

Und wenn sie uns wieder mit ihrem Feuer angreifen?

Je stärker der Feind ist, umso mehr sind wir verpflichtet, über uns hinauszuwachsen.

Und die, die unter dem großen Felsen leben?

Belo-kiu-kiuni gibt keine Antwort. Sie bittet darum, allein gelassen zu werden, dann wendet sie sich dem Kadaver der alten Belo-kiu-kiuni zu.

Die neue Königin neigt behutsam den Kopf und senkt ihre Antennen auf die Stirn ihrer Mutter. Und so verharrt sie sehr lange, reglos, wie in einen ewigen Gedankenaustausch versunken.

TEIL II

DER TAG DER AMEISEN

Alles ist in einem	ABRAHAM
Alles ist Liebe	JESUS CHRISTUS
Alles ist Ökonomie	KARL MARX
Alles ist sexuell	SIGMUND FREUD
Alles ist relativ	ALBERT EINSTEIN

Und dann?

EDMOND WELLS
Enzyklopädie des relativen und absoluten Wissens

ERSTES ARKANUM

DIE MEISTER AM FRÜHEN MORGEN

1. Panorama

Dunkelheit.

Ein Jahr ist vergangen. Am mondlosen Himmel der Augustnacht pulsieren Sterne. Endlich verschwimmt die Finsternis. Licht. Nebelschleier legen sich über den Wald von Fontainebleau. Bald löst eine große purpurne Sonne sie auf. Jetzt funkelt alles vor Tau. Die Spinnweben verwandeln sich in orientalische Deckchen voll orangefarbener Perlen. Es wird ein heißer Tag werden.

Unter dem Gezweig wimmeln winzige Wesen. Auf den Gräsern, unter den Farnen. Überall. Sie gehören allen Arten an, und sie sind zahllos. Der Tau, das reine Nass, wäscht die Erde, bereitet sie vor auf das merkwürdigste Abent…

2. Drei Spioninnen im Herzen

Rasch, wir müssen weiter.

Der Duftbefehl ist unmissverständlich: Keine Zeit mehr für müßige Beobachtungen. Die drei dunklen Silhouetten eilen den Geheimgang entlang. Diejenige, die an der Decke läuft, lässt ihre Fühler locker über den Boden streifen. Man bittet sie, herunterzukommen, aber sie versichert, sich so wohler zu fühlen. Sie betrachtet die Realität gern auf den Kopf gestellt.

Niemand besteht darauf. Warum auch? Das Trio teilt sich auf, um in einen engeren Gang einzutauchen. Ehe sie den kleinsten Schritt wagen, sondieren sie jeden Winkel. Im Augenblick wirkt alles so ruhig, dass es fast schon verdächtig ist.

Endlich sind sie im Herzen der Stadt angekommen, einer zweifellos streng überwachten Zone. Ihre Schritte werden kürzer. Die Wände des Gangs sind zunehmend glatt poliert. Sie rutschen auf Stückchen welken Laubs aus. Ein Gefühl von Beklommenheit überflutet alle Gefäße ihrer roten Panzer.

Sie sind nun im Saal.

Sie schnuppern die Gerüche darin. Der Ort riecht nach Harz. Koriander und Kohle. Dieser Raum ist eine ganz neue Erfindung. In allen anderen Ameisenstädten dienen die Kammern nur dazu, die Nahrung oder die Eier zu lagern. Doch letztes Jahr kurz vor dem Winterschlaf hat jemand einen Vorschlag verkündet:

Wir dürfen unsere Gedanken nicht mehr in Vergessenheit geraten lassen.
Die Intelligenz des Volkes wandelt sich zu rasch.
Die Gedanken unserer Vorfahren sollen unseren Kindern nutzen.

Die Vorstellung, Gedanken zu bewahren, war bei den Ameisen ganz neu. Dennoch hatte sie eine große Mehrheit der Bürgerinnen begeistert. Jede war herbeigekommen, um die Pheromone ihres Wissens in die dafür vorgesehenen Behälter zu entleeren. Dann hatte man ihre sämtlichen Kenntnisse nach Themen sortiert und von da an in dieser riesigen Kammer gesammelt: in der »Chemischen Bibliothek«.

Die drei Besucherinnen wandern trotz ihrer Nervosität voller Bewunderung hindurch. Die Zuckungen ihrer Antennen verraten ihre innere Erregung.

Um sie herum sind in Sechserreihen fluoreszierende eiförmige Behälter aufgereiht, umgeben von Schwefeldämpfen, die ihnen das Aussehen warmer Eier verleihen. Doch diese durchsichtigen Schalen bergen kein werdendes Leben. In ihre Sandstollen gezwängt, strotzen sie vor Duftberichten über Hunderte von katalogisierten Themen: die Geschichte der Königinnen der Ni-Dynastie, allgemeine Biologie, Zoologie (viel Zoologie), organische Chemie, oberirdische Geografie, Geologie der unterirdischen Sandschichten, Strategie der berühmtesten Massenschlachten, Territorialpolitik der vergangenen zehntausend Jahre. Man findet dort sogar Küchenrezepte oder Pläne der verrufensten Winkel der Stadt.

Antennenbewegungen.

Schnell, schnell, beeilen wir uns, sonst …

Rasch reinigen sie mit Hilfe der hunderthaarigen Bürste ihrer Ellbogen ihre Fühler. Sie machen sich daran, die Kapseln zu untersuchen, in denen sich die Gedächtnispheromone stapeln. Um sie genau zu identifizieren, fahren sie mit dem empfindlichen Ende ihrer Antennen über die Eier.

Auf einmal erstarrt eine der drei Ameisen. Sie hat das Gefühl, ein Geräusch gehört zu haben. Ein Geräusch? Jede von ihnen denkt, dass es diesmal so weit ist, diesmal werden sie enttarnt.

Sie warten fieberhaft. Wer kann das sein?

3. Bei den Saltas

»Mach auf, das ist bestimmt Mademoiselle Nogard!«

Sébastien Salta erhob sich und drehte den Türknauf.

»Guten Tag«, sagte er.

»Guten Tag, ist es fertig?«

»Ja, es ist fertig.«

Die drei Salta-Brüder holten gemeinsam eine große Kiste aus Polystyrol und hoben daraus eine oben offene und mit braunen Kügelchen gefüllte Glaskugel. Alle beugten sich über den Behälter, und Caroline Nogard konnte sich nicht zurückhalten, die rechte Hand hineinzustecken. Zwischen ihren Fingern rann ein wenig dunkler Sand. Sie schnupperte an den Körnern, wie sie es bei einem Kaffee mit köstlichem Aroma getan hätte.

»Hat Sie das große Anstrengung gekostet?«

»Ungeheure«, erwiderten wie aus einem Mund die drei Salta-Brüder.

Und einer von ihnen fügte hinzu: »Aber die Mühe hat sich gelohnt!«

Sébastien, Pierre und Antoine Salta waren Hünen. Jeder war wohl um die zwei Meter groß. Sie knieten sich nieder, um selbst ihre langen Finger hineinzustecken.

Die merkwürdige Szene erhellte der orangegelbe Lichtschein dreier Kerzen in einem hohen Leuchter.

Caroline Nogard umwickelte den Glasbehälter sorgfältig mit zahlreichen Schichten aus Schaumgummi und verstaute ihn in einem Koffer. Sie betrachtete die drei Riesen und lächelte ihnen zu. Dann verabschiedete sie sich schweigend.

Pierre Salta stieß einen Seufzer der Erleichterung aus:

»Diesmal schaffen wir's, glaube ich!«

4. VERFOLGUNGSJAGD

Falscher Alarm. Es war nur das Rascheln eines welken Blattes. Die drei Ameisen nehmen ihre Untersuchung wieder auf.

Sie beschnüffeln nacheinander die mit flüssigen Informationen vollgestopften Behälter.

Schließlich finden sie, was sie suchen.

Zum Glück ist es ihnen nicht allzu schwer gefallen, es zu entdecken. Sie ergreifen den kostbaren Gegenstand, reichen ihn von Bein zu Bein weiter. Es ist ein mit Pheromonen gefülltes und mit einem Tropfen Kiefernharz hermetisch abgeschlossenes Ei. Sie entkapseln es. Ein erster Duft überschwemmt ihre elf Antennensegmente.

Entschlüsseln verboten.

Perfekt. Es gibt kein besseres Qualitätssiegel. Sie legen das Ei hin und stecken begierig die Antennenspitzen hinein.

Der Dufttext steigt in die verschlungenen Wege ihres Gehirns.

Entschlüsseln verboten.
Gedächtnispheromon Nr. 81
Thema: Autobiographie

Ich heiße Chli-pu-ni.

Ich bin die Tochter von Belo-kiu-kiuni.

Ich bin die 333. Königin der Ni-Dynastie und die einzige Legerin der Stadt Bel-o-kan.

Ich habe nicht immer so geheißen. Ehe ich Königin wurde, war ich die 55. Frühlingsprinzessin. Denn das ist meine Kaste und meine Legenummer.

In meiner Jugend glaubte ich, dass die Stadt Bel-o-kan die Grenze des Universums sei. Ich glaubte, dass wir, die Ameisen, die einzigen zivilisierten Wesen unseres Planeten seien. Ich glaubte, dass die Termiten, die Bienen und die Wespen wilde Völkerscharen seien, die aus bloßem Obskurantismus unsere Bräuche ablehnten.

Ich glaubte, dass die anderen Ameisenarten degeneriert und die Zwergameisen zu klein seien, um uns anzufechten.

Damals lebte ich ununterbrochen eingeschlossen in der Kammer der jungfräulichen Prinzessin, im Inneren der Verbotenen Stadt. Mein einziger Ehrgeiz bestand darin, eines Tages meiner Mutter gleich zu werden und wie sie eine politische Föderation zu errichten, die den Unbilden der Zeit und des Wetters widerstehen würde.

Bis zu dem Tag, an dem ein verletzter junger Prinz, Nr. 327, in meine Kammer gekommen ist und mir eine merkwürdige Geschichte erzählt hat. Er behauptete, eine Jagdexpedition sei von einer neueren Waffe mit verheerender Wirkung gänzlich aufgerieben worden.

Damals verdächtigten wir die Zwergameisen, unsere Rivalinnen, und schlugen im vergangenen Jahr die große Schlacht am Klatschmohnhügel. Sie hat uns mehrere Millionen Soldatinnen gekostet, aber wir haben gesiegt. Und dieser Sieg hat uns den Beweis für unseren Irrtum geliefert. Die Zwerginnen besaßen keine flächendeckende Geheimwaffe.

Danach dachten wir, die Schuldigen seien die Termiten, unsere Erbfeindinnen. Wieder ein Irrtum. Die große Termitenstadt im Osten ist zu einer Geisterstadt geworden. Ein geheimnisvolles Chlorgas hat alle Einwohner vergiftet.

Daraufhin haben wir in unserer eigenen Stadt nachgeforscht und sind dabei leider auf eine Geheimarmee gestoßen, die glaubte, die Gemeinschaft zu schützen, indem sie ihr allzu beängstigende Informationen vorenthielt. Diese Mörderinnen gaben einen bestimmten Felsengeruch ab und behaupteten, die Rolle der weißen Blutkörperchen zu erfüllen. Sie stellten die Selbstzensur unserer Gesellschaft dar. Uns wurde bewusst, dass unser Gemeinschaftsorganismus von einem Immunsystem mit allen Mitteln in Unwissenheit gehalten wurde.

Doch nach der außergewöhnlichen Odyssee der geschlechtslosen Kriegerin Nr. 103 683 haben wir es schließlich durchschaut.

Am östlichen Ende der Welt gibt es …

Eine der drei Ameisen unterbricht die Lektüre. Sie hat das Gefühl, dass noch jemand da ist. Die Rebellinnen verstecken sich, lauern. Nichts rührt sich. Eine Antenne lugt schüchtern aus ihrem Versteck hervor, bald gefolgt von fünf weiteren.

Die sechs Fühler werden zu Radargeräten und vibrieren mit 18 000 Bewegungen pro Sekunde. Alles, was in der Umgebung mit einem Duft behaftet ist, wird sofort identifiziert.

Abermals falscher Alarm. Es ist niemand in der Nähe. Sie nehmen die Entschlüsselung des Pheromons wieder auf.

Am östlichen Ende der Welt gibt es Herden von tausendfach riesigen Tieren. Die Ameisenmythen beschreiben sie mit dichterischen Worten. Doch sie sind mit keiner Dichtung zu beschreiben.

Die Ammen erzählen uns von ihrer Existenz, um uns mit Schreckensgeschichten zum Schaudern zu bringen. Sie sind weitaus schrecklicher.

Bis dahin hatte ich diesen Geschichten von riesenhaften Ungeheuern nicht viel Glauben geschenkt, von Wächtern des Endes des Planeten, die in Fünferherden lebten. Ich glaubte, es handele sich nur um Märchen für jungfräuliche und unbedarfte Prinzessinnen.

Jetzt weiß ich, dass es SIE gibt.

SIE waren für die Zerstörung der ersten Jagdexpedition verantwortlich.

SIE haben die Gase verströmt, die die Termitenstadt vergiftet haben.

SIE haben die Feuersbrunst gelegt, die Bel-o-kan verwüstet und meine Mutter getötet hat.

SIE: die FINGER.

Ich wollte sie übersehen. Aber jetzt kann ich es nicht mehr.

Überall im Wald stößt man auf ihre Anwesenheit.

Jeden Tag bestätigen die Berichte der Kundschafterinnen, dass sie sich ein Stück weiter unserer Welt nähern und sehr gefährlich sind.

Daher habe ich heute die Entscheidung getroffen, die Meinen davon zu überzeugen, einen Feldzug gegen die FINGER zu führen. Es wird eine große bewaffnete Expedition werden, um alle FINGER des Planeten auszurotten, solange es noch Zeit ist.

Die Botschaft ist so aufwühlend, dass sie ein paar Sekunden brauchen, um sie zu verarbeiten. Die drei Spioninnen wollten es wissen. Na schön, jetzt wissen sie es!

Ein Feldzug gegen die Finger.

Es gilt, die anderen um jeden Preis zu warnen. Wenn sie nur noch ein wenig mehr davon erfahren könnten. Gemeinsam tauchen sie ihre Antennen wieder ein.

Um diesen Ungeheuern den Garaus zu machen, schlage ich vor, dass der Feldzug von dreiundzwanzig Legionen Angriffsinfanterie, vierzehn Legionen leichter Artillerie, fünfundvierzig Legionen Nahkampftruppen für jedes Gelände, neunundzwanzig Legionen …

Noch ein Geräusch. Diesmal besteht kein Zweifel mehr. Unter einer Kralle knirscht trockene Erde. Die drei Eindringlinge heben ihre Hinterleiber noch voller geheimer Informationen. Alles ist zu leicht gewesen. Sie sind in eine Falle gelaufen. Sie sind davon überzeugt, dass man sie in die Chemische Bibliothek nur hat vordringen lassen, um sie besser entlarven zu können.

Ihre Beine knicken sprungbereit ein. Zu spät. Die anderen sind da. Die Rebellinnen haben gerade noch Zeit, die Schale mit dem kostbaren Gedächtnispheromon an sich zu reißen und durch einen Quergang zu fliehen.

In der belokanischen Duftsprache wird Alarm geschlagen. Es handelt sich um ein Pheromon, dessen chemische Formel »C8-H18-O« lautet. Die Reaktion erfolgt unmittelbar. Schon ist das Aneinanderreiben der Beine Hunderter von Kriegerinnen zu hören.

Die Eindringlinge flüchten mit dem Bauch am Boden. Es wäre zu schade, jetzt zu sterben, wo sie als einzige Rebellinnen in die Chemische Bibliothek vorgedrungen sind und mit Erfolg das vermutlich wichtigste Pheromon der Königin Chli-pu-ni entschlüsselt haben!

Verfolgungsjagd durch die Gänge der Stadt. Die Ameisen laufen so schnell, dass sie wie bei einer Bobrallye in Spiralen durch die Tunnelröhre kreisen.

Manchmal sprinten sie, anstatt sich wiederaufzurichten, einfach an der Decke weiter. Allerdings sind die Begriffe oben und unten in einem Ameisenhaufen relativ. Mit Krallen kann man überall laufen und sogar rennen.

Wie sechsbeinige Rennwagen rasen sie mit atemberaubender Geschwindigkeit dahin. Hie und da bricht der Stollen ein.

Es geht auf und ab und rundherum. Flüchtende und Verfolgerinnen springen über einen Abgrund. Alle kommen knapp hinüber, bis auf eine, die strauchelt und abstürzt.

Vor der ersten Rebellin taucht ein schimmernder Schutzschild auf. Sie hat keine Zeit zu begreifen, was ihr geschieht. Unter dem Schutzschild richtet sich die Spitze eines Hinterleibs voller Ameisensäure auf. Der kochendheiße Strahl verwandelt die Ameise sogleich in weichen Brei. Die zweite Rebellin macht entsetzt kehrt und stürzt sich in einen Seitengang.

Verteilen wir uns!, brüllt sie in ihrer Geruchssprache. Ihre sechs Beine wühlen sich tief in den Boden – das kostet Energie. Eine Soldatin erscheint an ihrer linken Flanke. Beide laufen so schnell, dass die Kriegerin ihre Beute weder mit ihren Mandibeln zu fassen bekommt, noch einen gezielten Säurestrahl auf sie richten kann. Darum rammt sie sie und versucht, sie gegen die Wand zu drängen.

Mit einem dumpfen Geräusch prallen die Panzer gegeneinander. Die beiden Ameisen, die mit über 0,1 km/h durch die engen Gänge schießen, stecken beide harte Schläge ein. Sie versuchen einander Krallenhiebe zu versetzen. Sie stechen sich mit den Mandibeln.

Sie rasen mit solcher Geschwindigkeit, dass keine bemerkt, wie der Gang sich weiter verengt und zu einer Tunnelröhre wird, in der die Gejagte und ihre Verfolgerin kollidieren. Die beiden Boliden explodieren, und im weiten Umkreis fliegen Chitinfetzen herum.

Die dritte Rebellin prescht kopfüber an der Decke entlang. Eine Artilleristin nimmt sie aufs Korn und zerschmettert mit einem gezielten Schuss ihr rechtes Hinterbein. Unter dem Schock lässt die Spionin das Ei fallen, in welchem das Gedächtnispheromon der Königin enthalten ist.

Eine Wache klaubt das unschätzbare Objekt auf.

Eine andere feuert zehn Tropfen Säure ab und verflüssigt eine Antenne der Überlebenden. Die Wucht der Salve beschädigt die Decke, und deren Trümmer blockieren vorübergehend den Durchgang.

Die kleine Rebellin kann einen Moment Atem holen, aber sie weiß, dass sie nicht weit kommen kann. Nicht nur, dass sie ein Bein und eine Antenne eingebüßt hat, die Wachen dürften mittlerweile sämtliche Ausgänge versperrt haben.

Schon sind die Soldatinnen hinter ihr. Säurestrahlen werden abgefeuert. Sie verliert ein weiteres Bein, diesmal vorne. Trotzdem läuft sie mit ihren vier übrigen weiter und schafft es, sich in eine Nische des Gangs zu ducken.

Eine Wache zielt auf sie, doch auch die Verletzte verfügt noch über Säure. Sie schwenkt den Hinterleib, geht schnell in Schussposition und feuert auf die Kriegerin. Volltreffer! Die andere war weniger geschickt, sie hat ihr nur das mittlere linke Bein abgetrennt. Nun bleiben ihr nur noch drei. Die letzte der Spioninnen humpelt keuchend weiter. Um jeden Preis muss sie diesem Hinterhalt entkommen und die übrigen Rebellinnen vor dem Kreuzzug gegen die Finger warnen.

Sie ist dort entlang, dort, sendet eine Soldatin, die den verkohlten Kadaver der Duellantin gefunden hat.

Wie kann sie von hier entkommen? Die Flüchtige gräbt sich, so gut sie kann, in die Decke ein. Die anderen dürften kaum daran denken, nach oben zu schauen.

Die Decke ist zweifellos der ideale Ort für einen improvisierten Unterschlupf.

Die Wachen entdecken sie erst bei ihrem zweiten Durchgang, als eine von ihnen etwas von oben heruntерträufeln sieht. Das durchsichtige Blut der Rebellin!

Verfluchte Schwerkraft!

Die dritte Rebellin lässt sich zwischen das Geröll fallen und schlägt mit ihren verbliebenen Beinen und ihrer einzigen noch brauchbaren Antenne um sich. Eine Soldatin packt ein Bein von ihr und dreht es so lange, bis es abbricht. Eine andere durchbohrt ihr den Brustkasten mit der Spitze ihrer säbelförmigen Mandibel. Trotzdem reißt sie sich los. Noch bleiben ihr zwei Beine, um sich hinkend davonzuschleppen. Aber ein endgültiges Entkommen gibt es nicht. Aus einer Mauer kommt eine lange Mandibel hervor und trennt ihr mitten im Lauf den Kopf ab. Der Schädel springt auf und rollt den abschüssigen Gang hinunter.

Der Rest des Körpers schafft noch etwa zehn Schritte, ehe er langsamer wird, innehält und schließlich zusammenbricht. Die Wachen sammeln die Stücke ein und werfen sie auf den Schuttplatz der Stadt, zu den Hüllen ihrer beiden Spießgesellinnen. So geht's denen, die zu neugierig sind!

Sie lassen die Leichen zurück wie drei Marionetten, die unglücklicherweise vor Beginn einer Vorstellung kaputtgegangen sind.

5. Es geht los

In der Zeitung *Echo am Sonntag*:

MYSTERIÖSER DREIFACHMORD
IN DER RUE DE LA FAISANDERIE

Am Donnerstag wurden in einem Wohnhaus in der Rue de la Faisanderie in Fontainebleau drei Leichen entdeckt. Die Gründe für den Tod von Sébastien, Pierre und Antoine Salta, drei Brüdern, die zusammenwohnten, sind unbekannt.

Das Viertel gilt gemeinhin als sicher. Geld oder Wertgegenstände wurden nicht geraubt, Einbruchsspuren waren nicht festzustellen. Bisher wurde auch keine mögliche Tatwaffe gefunden.

Die voraussichtlich heiklen Untersuchungen wurden dem berühmten Kommissar Jacques Méliès von der Kriminalpolizei Fontainebleau anvertraut. Diese seltsame Geschichte könnte für die Fans von Krimirätseln zum Thriller des Sommers werden. Der Mörder wird sich in Acht nehmen müssen. L. W.

6. ENZYKLOPÄDIE

Schon wieder Sie?

Sie haben also den zweiten Band meiner *Enzyklopädie des relativen und absoluten Wissens* entdeckt.

Der erste lag gut sichtbar auf dem Pult des unterirdischen Tempels, dieser hier war schwieriger aufzuspüren, stimmt's? Bravo.

Wer sind Sie genau? Mein Neffe Jonathan? Meine Tochter?

Nein, weder der eine noch die andere.

Guten Tag, unbekannter Leser!

Ich würde Sie gern besser kennen. Nennen Sie vor den Seiten dieses Buches Ihren Namen, Alter, Geschlecht, Beruf, Staatsangehörigkeit.

Wofür interessieren Sie sich im Leben?

Was sind Ihre Schwächen?

Ach, gleichviel. Ich weiß, wer Sie sind.

Ich spüre Ihre Hände, die meine Seiten streicheln. Das ist im Übrigen recht angenehm. Auf Ihren Fingerspitzen, in den Windungen Ihrer Fingerabdrücke errate ich ihre geheimsten Eigenschaften.

Alles ist bis in Ihre winzigsten Teile eingeschrieben. Ich nehme dort sogar die Gene Ihrer Vorfahren wahr.

Wenn man bedenkt, dass diese Tausende von Menschen nicht zu früh sterben durften. Dass sie einander verführen, sich paaren mussten, bis es zu Ihrer Geburt kam!

Heute habe ich den Eindruck, als stünden Sie mir direkt gegenüber. Nein, lächeln Sie nicht. Bleiben Sie ganz natürlich. Lassen Sie mich tiefer in Ihnen lesen. Sie sind viel mehr, als Sie sich vorstellen.

Sie sind nicht bloß ein Name und ein Vorname mit einer Sozialgeschichte.

Sie sind 71 % klares Wasser, 18 % Kohlenstoff, 4 % Stickstoff, 2 % Kalzium, 2 % Phosphor. 1 % Kalium, 0,5 % Schwefel, 0,5 % Natrium, 0,4 % Chlor. Plus einem guten Suppenlöffel voll verschiedener Spurenelemente: Magnesium, Zink, Mangan, Kupfer, Jod, Nickel, Brom, Fluor, Silizium. Plus einer Prise Kobalt, Aluminium, Molybdän, Vanadium, Blei, Zinn, Titan, Bor.

Das ist das Rezept Ihres Daseins.

Alle diese Materialien stammen aus der Verbrennung der Sterne, und man kann sie andernorts als in Ihrem Körper finden. Ihr Wasser ähnelt dem irgendeines Ozeans. Ihr Phosphor macht Sie zum Genossen der Streichhölzer. Ihr Chlor ist identisch mit dem, das man zum Desinfizieren von Schwimmbädern benutzt.

Aber Sie sind nicht bloß das.

Sie sind eine chemische Kathedrale, ein erstaunlicher Baukasten mit Mengenverhältnissen, Gleichgewichten und Mechanismen von kaum vorstellbarer Komplexität. Denn Ihre Moleküle setzen sich ihrerseits aus Atomen, Teilchen, Quarks und Vakuum zusammen, das Ganze verknüpft durch elektromagnetische und elektronische Kräfte sowie solche der Gravitation, deren Feinheit Ihr Vorstellungsvermögen übersteigt.

Wie dem auch sei! Wenn Sie es geschafft haben, diesen zweiten Band zu finden, heißt das, dass Sie durchtrieben sind und schon vieles von meiner Welt wissen. Was haben Sie mit den Kenntnissen gemacht, die Ihnen der erste Band geliefert hat? Eine Revolution? Eine Evolution? Gar nichts, vermute ich.

Also machen Sie es sich jetzt bequem, um besser lesen zu können. Halten Sie den Rücken gerade. Atmen Sie ruhig. Entspannen Sie Ihren Mund.

Hören Sie mir zu!

Nichts, was Sie in Raum und Zeit umgibt, ist nutzlos. Auch Sie selbst sind nicht nutzlos. Ihr flüchtiges Leben hat einen Sinn. Es führt nicht in eine Sackgasse. Alles hat einen Sinn. Während Sie mich, der ich hier spreche, lesen, verspeisen mich Maden. Was rede ich? Ich diene jungen vielversprechenden Kerbelschößlingen als Dünger. Die Menschen meiner Generation haben nicht begriffen, worauf ich hinauswollte.

Für mich ist es zu spät. Das Einzige, was ich hinterlassen kann, ist eine winzige Spur ... dieses Buch.

Für mich ist es zu spät, aber für Sie nicht. Haben Sie es sich bequem gemacht? Entspannen Sie Ihre Muskeln. Denken Sie an nichts anderes mehr als an das Universum, in dem Sie nur ein winziges Staubkorn sind.

Stellen Sie sich die Zeit gerafft vor. Flutsch, Sie werden geboren, aus Ihrer Mutter gestoßen wie ein Kirschkern. Zack, zack, Sie stopfen sich mit Tausenden bunter Gerichte voll und verwandeln dabei einige Tonnen Pflanzen und Tiere in Exkremente. Peng, Sie sind tot.

Was haben Sie aus Ihrem Leben gemacht?

Bestimmt nicht genug.

Handeln Sie! Tun Sie etwas, etwas Geringes vielleicht, aber frohen Mutes! Machen Sie etwas aus Ihrem Leben, ehe Sie sterben. Sie sind nicht zu nichts geboren. Entdecken Sie, wozu Sie geboren sind. Was ist Ihre winzige Mission? Sie sind nicht zufällig geboren.

Geben Sie acht.

EDMOND WELLS
Enzyklopädie des relativen und absoluten Wissens, Bd. 2

7. VERWANDLUNGEN

Sie hat es nicht gern, wenn man ihr sagt, was sie tun soll.

Die dicke, grün-schwarz-weiß behaarte Raupe entfernt sich von der Libelle, die ihr rät, sich vor den Ameisen in Acht zu nehmen, und begibt sich ganz ans Ende des Eschenzweiges.

Mit Kriech- und Wellenbewegungen gleitet sie dahin. Erst setzt sie ihre sechs Vorderbeine auf. Ihre sechs Hinterbeine schließen sich dank der Krümmungen an, die sie mit ihrem Körper macht.

Am Ende ihres Ausgucks angekommen, spuckt die Raupe etwas

Klebespeichel aus, um ihr Hinterteil zu befestigen, und lässt sich mit dem Kopf nach unten fallen.

Sie ist sehr müde. Sie ist mit ihrem Leben als Larve fertig. Ihre Leiden haben ein Ende. Jetzt heißt es Verwandlung oder Tod.

Still!

Sie mummelt sich in einen Kokon aus einem festen, aber feinen Kristallfaden ein.

Ihr Körper wird zu einem Zauberkessel.

Auf diesen Tag hat sie lange, lange gewartet. So lange.

Der Kokon wird hart und weiß. Der Wind wiegt diese seltsame helle Frucht.

Einige Tage später bläst der Kokon sich auf, als wollte er gleich einen Seufzer ausstoßen. Seine Atmung wird regelmäßiger. Er bebt. Es vollzieht sich eine ganze Alchemie. In ihm mischen sich Farben, seltene Zutaten, zarte Aromen, überraschende Düfte, Säfte, Hormone, Lacke, Fette, Säuren, Fleisch und sogar etwas Kruste.

Alles wird angepasst, mit unvergleichlicher Genauigkeit zugemessen, mit dem Ziel, ein neues Wesen herzustellen. Und dann platzt die Schale oben auf. Aus der Silberhülle taucht schüchtern eine Antenne auf und entrollt ihre Spirale.

Die Silhouette, die sich aus der Grabwiege löst, hat nichts mehr mit der Raupe gemein, aus der sie hervorgegangen ist.

Eine Ameise, die in der Gegend herumgestreunt ist, hat diesen heiligen Augenblick beobachtet. Zunächst von der Pracht dieser Verwandlung hingerissen, kommt sie bald zur Vernunft und ruft sich ins Gedächtnis, dass es sich nur um ein Stück Wild handelt. Sie galoppiert auf den Ast, um das wunderbare Tier zu töten, ehe es sich aus dem Staub macht.

Der feuchte Körper des Falters löst sich ganz aus dem Ei seines Ursprungs. Die Flügel gehen auf. Prächtige Farben. Schillern der leichten, zerbrechlichen und zugespitzten Flügel. Dunkle Zackenmuster, aus denen unbekannte Farbtöne hervorstechen: fluoreszierendes Gelb, mattes Schwarz, leuchtendes Orange, Karmesinrot, Zinnoberrot und Perlmuttanthrazit.

Die Jägerin schwenkt ihren Hinterleib unter ihren Thorax, um sich in Schussposition zu stellen. Mit ihrem Geruch und ihrem Gesichtssinn nimmt sie den Schmetterling aufs Korn.

Der Falter bemerkt die Ameise. Er ist gebannt von der Spitze des Hinterleibs, die auf ihn zielt, weiß jedoch, dass von dort der Tod kommen kann. Er will ganz und gar noch nicht sterben. Nicht jetzt. Das wäre wirklich schade.

Vier kugelrunde Augen starren einander an.

Die Ameise betrachtet den Schmetterling. Er ist zwar hinreißend, aber die Eier müssen mit Fruchtfleisch versorgt werden. Nicht alle Ameisen sind Vegetarierinnen, weit gefehlt. Diese hier ahnt, dass ihre Beute sich zum Abheben bereitmacht, und nimmt deren Bewegung vorweg, indem sie ihr Schussorgan zeigt. Der Schmetterling nützt diesen Augenblick, um sich in die Lüfte zu erheben. Der fehlgeleitete Säurestrahl durchbohrt seine Schwingen und bildet dort ein kleines, vollkommen rundes Loch.

Der Schmetterling verliert ein wenig an Höhe, das Loch in seinem rechten Flügel lässt ein Pfeifen durch. Die Ameise ist eine Eliteschützin und sich sicher, ihn getroffen zu haben. Doch der Falter erhebt sich dennoch in die Lüfte. Seine noch feuchten Flügel trocknen bei jedem Schlag ein bisschen mehr. Er gewinnt an Höhe, erkennt unten seinen Kokon, ganz ohne Wehmut.

Die Jägerin liegt immer noch auf der Lauer. Noch ein Schuss. Ein Blatt schiebt sich vor das tödliche Projektil wie von einer Brise des Schicksals bewegt. Der Schmetterling weicht mit den Flügeln aus und fliegt munter fort.

Die Soldatin Nr. 103 683 aus Bel-o-kan hat danebengeschossen. Ihr Ziel ist nunmehr außer Reichweite. Verträumt betrachtet sie den fliegenden Falter und beneidet ihn einen Augenblick lang. Wohin er wohl zieht? Er scheint sich in Richtung Ende der Welt zu bewegen.

Tatsächlich verschwindet der Falter gen Osten. Er fliegt schon seit mehreren Stunden, und als der Himmel grau zu werden beginnt, entdeckt er in der Ferne ein Licht und stürzt sich sofort darauf.

Er ist wie gebannt und hat nur noch ein Ziel: zu dieser sagenhaften Helle zu kommen. Nachdem er in höchster Eile bis auf ein paar Zentimeter an die Lichtquelle herangekommen ist, beschleunigt er noch ein wenig, um die Ekstase rascher genießen zu können.

Er ist ganz nah an der Flamme. Seine Flügelspitzen stehen kurz davor, Feuer zu fangen. Er schert sich nicht darum, er will sich hineinstürzen, diese warme Kraft genießen. In der Sonne schmelzen. Wird er darin verglühen?

8. Méliès löst das Rätsel des Todes der Saltas

»Nein?«

Er zog einen Kaugummi aus der Tasche und steckte ihn in den Mund.

»Nein, nein, nein. Lassen Sie keine Journalisten herein. Ich will meine Leichen in aller Ruhe untersuchen, und danach werden wir ja sehen. Und löschen Sie mir die Kerzen auf diesem Leuchter aus! Warum sind sie überhaupt angesteckt worden? Ach, es hat in dem Gebäude einen Stromausfall gegeben? Aber jetzt ist doch wieder Strom da, oder? Also bitte, riskieren wir keinen Brand.«

Jemand blies die Kerzen aus. Ein Falter, dessen Flügelspitzen bereits glommen, entging gerade noch der Einäscherung.

Der Kommissar kaute geräuschvoll seinen Kaugummi und inspizierte dabei die Wohnung in der Rue de la Faisanderie.

Zu Beginn des 21. Jahrhunderts hatte sich im Vergleich zum vorigen Jahrhundert nur wenig geändert. Die Techniken der Kriminalisten hatten sich indes leicht entwickelt. Die Leichen wurden jetzt mit Formaldehyd und durchsichtigem Wachs überzogen, damit sie genau in der Stellung blieben, in der sie sich im Augenblick des Hinscheidens befunden hatten. Die Polizei konnte so in aller Seelenruhe den Schauplatz des Verbrechens untersuchen. Diese Methode war viel praktischer als die veralteten Kreideumrisse.

Diese Vorgehensweise konnte einem durchaus ans Gemüt gehen, aber die Untersucher hatten sich schließlich an den Anblick ihrer Opfer gewöhnt, an die offenen Augen, die vollkommen mit durchsichtigem Wachs bedeckten Körper, wie erstarrt im Augenblick ihres Todes.

»Wer war als Erster hier?«

»Inspektor Cahuzacq.«

»Emile Cahuzacq? Wo ist er? Ach, unten ... Sehr schön, sagen Sie ihm, er soll zu mir kommen.«

Ein junger Polizist sagte zögernd: »Ah, Kommissar ... Da ist eine Journalistin vom *Echo am Sonntag*, die behauptet ...«

»Die was behauptet? Nein! Im Augenblick keine Journalisten. Holen Sie mir Emile.«

Méliès ging im ganzen Wohnzimmer auf und ab, ehe er sich über Sébastien Salta beugte. Sein Gesicht berührte fast das verzerrte Antlitz mit den verdrehten Augen, den aufgerissenen Lidern, den aufgeblähten Nasenflügeln, dem weit aufgesperrten Mund, der herausgestreckten Zunge. Er erkannte sogar Zahnprothesen und die Spuren von dessen letzter Mahlzeit. Der Mann musste Erdnüsse und Rosinen gegessen haben.

Dann wandte Méliès sich den Leichnamen der beiden anderen Brüder zu. Pierres Augen waren aufgerissen, der Mund ebenfalls weit geöffnet. Das Wachs hatte die Gänsehaut konserviert, die seine Haare zu Berge stehen ließ. Antoines Gesicht schließlich war durch eine scheußliche Grimasse des Entsetzens entstellt.

Der Kommissar zog eine Leuchtlupe aus seiner Tasche und besah sich die Epidermis von Sébastien Salta. Die Haare waren steif wie Lanzen. Auch er war in einer Gänsehaut erstarrt.

Vor Méliès zeichnete sich eine vertraute Silhouette ab. Inspektor Cahuzacq. Vierzig Jahre gute und treue Dienste bei der Kriminalpolizei von Fontainebleau. Graue Schläfen, spitzer Schnurrbart, beruhigender Bauch. Cahuzacq war ein stiller Mensch, der sich in der Gesellschaft seinen Platz zurechtgezimmert hatte. Sein einziger Wunsch bestand darin, friedlich und ohne zu viel Aufhebens in Pension zu gehen.

»Also, du warst als Erster hier, Emile?«

»Stimmt genau.«

»Und was hast du gesehen?«

»Na, das Gleiche wie du. Ich hab sofort die Leichen zuwachsen lassen.«

»Gute Idee. Was hältst du davon?«

»Keine Verletzungen, keine Abdrücke, keine Tatwaffe, keine Möglichkeit, herein- oder herauszukommen ... Zweifellos eine verzwickte Angelegenheit für dich!«

»Danke.«

Kommissar Jacques Méliès war jung, knapp zweiunddreißig, aber er hatte bereits einen Ruf als gute Spürnase. Er pfiff auf die Routine und verstand es, bei den kompliziertesten Fällen eine originelle Lösung zu finden.

Nach dem Abschluss eines soliden naturwissenschaftlichen Studiums hatte Jacques Méliès auf eine brillante Forscherkarriere verzichtet, um sich seiner einzigen Leidenschaft zu widmen: dem Verbrechen. Anfangs waren es Bücher, die ihn auf die Reise ins Land der Fragezeichen einluden. Er hatte sich mit Krimis vollgestopft. Von Richter Ti über Maigret, Hercule Poirot, Dupin oder Rick Deckard bis zu Sherlock Holmes hatte er sich an dreitausend Jahren polizeilicher Ermittlungen satt gefressen.

Sein persönlicher Gral war das perfekte Verbrechen, das immer wieder mal gestreift, aber nie wirklich umgesetzt wurde. Um sich besser vervollkommnen zu können, hatte er sich ganz selbstverständlich am Institut für Kriminalwissenschaft von Paris eingeschrieben. Dort erlebte er seine erste Autopsie an einer frischen Leiche (und seine erste Ohnmacht). Dort lernte er, wie man mit einer Haarnadel ein Schloss öffnet, eine selbst gebastelte Bombe herstellt oder sie entschärft. Er erkundete die tausenderlei Todesarten des Menschen.

Etwas jedoch enttäuschte ihn bei seinen Kursen: Das Ausgangsmaterial war schlecht. Man kannte nur die Verbrecher, die sich hatten fassen lassen. Die Deppen also. Von den anderen, den Intelligenten, wusste man nichts, da man sie ja nie aufgespürt hatte. Hätte einer dieser straflos Ausgegangenen enthüllt, wie man das perfekte Verbrechen ausführt?

Der einzige Weg, es herauszubekommen, war, bei der Polizei zu arbeiten und sich selbst auf die Jagd zu begeben. Und eben das tat er. Mühelos erklomm er die hierarchischen Stufen. Seinen ersten schönen Coup landete er, als er seinen eigenen Lehrer für die Entschärfung von Sprengkörpern festnehmen ließ – eine gute Deckung für den Führer einer Terroristengruppe!

Kommissar Méliès machte sich daran, den Salon zu durchstöbern, suchte mit den Augen den kleinsten Winkel ab.

»Sag mal, Emile, als du gekommen bist, waren da Fliegen hier drin?«

Der Inspektor antwortete, dass er nicht darauf geachtet habe. Als er angekommen sei, seien die Türen und Fenster zu gewesen, aber dann habe man die Fenster geöffnet, und wenn Fliegen dagewesen seien, hätten sie genug Zeit gehabt, davonzufliegen.

»Ist das wichtig?«, fragte er besorgt.

»Ja. Na ja, nein. Sagen wir, es ist schade. Hast du eine Akte über die Opfer?«

Cahuzacq holte aus seiner Umhängetasche einen Aktendeckel. Der Kommissar sah sich die verschiedenen Papiere darin an.

»Was hältst du davon ...?«

»Eine Sache ist da ganz interessant ... Alle Saltas waren von Beruf Chemiker, aber einer der drei, Sébastien, war nicht so harmlos, wie es auf den ersten Blick scheint. Er hat ein Doppelleben geführt.«

»Sieh einer an ...«

»Dieser Salta war der Spielsucht verfallen. Seine große Leidenschaft war das Pokern. Er hatte den Spitznamen ›Pokerriese‹. Nicht bloß wegen seiner Größe, sondern weil er sagenhafte Summen setzte. Vor kurzem hat er viel verloren. Er steckte in einer Schuldenspirale. Die einzige Möglichkeit, um da wieder rauszukommen, sah er darin, immer höher zu spielen.«

»Woher weißt du das alles?«

»Ich hab neulich erst im Spielermilieu rumgeschnüffelt. Er war ziemlich in der Klemme. Anscheinend hat man gedroht, ihn umzubringen, wenn er nicht ganz flink zahlt.«

Nachdenklich hielt Méliès mit dem Kauen inne.

»Was diesen Sébastien betrifft, hat's also ein Motiv gegeben …«

Cahuzacq schüttelte den Kopf.

»Du meinst, dass er ihnen zuvorgekommen ist und sich selbst den Rest gegeben hat?«

Der Kommissar überhörte die Frage und drehte sich erneut zur Tür um: »Als du gekommen bist, war sie von innen gut verriegelt, oder?«

»Ganz genau.«

»Und die Fenster auch?«

»Sogar alle Fenster!«

Méliès fing wieder an, eifrig auf seinem Kaugummi herumzukauen.

»Woran denkst du?«, fragte Cahuzacq.

»An einen Selbstmord. Das mag zwar einfältig wirken, aber mit der Hypothese vom Selbstmord lässt sich alles erklären. Es gibt keine Spuren von Fremdeinwirkung, weil niemand von außen eingedrungen ist. Alles hat sich in einem geschlossenen Raum abgespielt. Sébastien hat seine Brüder umgebracht und dann sich selber.«

»Ja, aber mit welcher Waffe denn?«

Méliès schloss die Lider, um besser nach einer Eingebung suchen zu können. Schließlich verkündete er: »Ein Gift. Ein starkes Gift mit Langzeitwirkung. So was wie Zyanid mit Karamellumhüllung. Wenn das Karamell im Magen schmilzt, wird sein tödlicher Inhalt freigesetzt. Wie eine chemische Bombe mit Zeitverzögerung. Du hast mir doch gesagt, er war Chemiker?«

»Ja, am LAC.«

»Sébastien Salta hat also keine Mühe gehabt, sich eine Waffe zu basteln!«

Cahuzacq schien noch nicht so ganz überzeugt.

»Warum haben sie dann alle so entstellte Gesichter?«

»Der Schmerz. Wenn das Zyanid in den Magen eindringt, tut es sehr weh. Wie ein Geschwür, nur tausendmal schlimmer.«

»Ich kann verstehen, wenn Sébastien Salta Selbstmord begangen hat«, meinte Cahuzacq noch immer zweifelnd, »aber warum sollte er seine beiden Brüder umbringen, für die kein Risiko bestand?«

»Um ihnen die Schande des Bankrotts zu ersparen. Außerdem gibt es bekanntlich eine menschliche Neigung, die ganze Familie mit in den Tod zu nehmen. Im alten Ägypten haben sich die Pharaonen doch mit ihren Frauen bestatten lassen, mit ihren Dienern, ihren Tieren und ihren Möbeln! Man hat Angst, allein hinüberzugehen, also nimmt man seine Nächsten mit …«

Allmählich geriet der Inspektor durch die Gewissheit des Kommissars ins Wanken. Es mochte zu einfach oder nachlässig erscheinen: Nur mit der Selbstmordhypothese ließ sich das Fehlen jeglicher fremden Spur erklären …

»Ich fasse also zusammen«, fuhr Méliès fort. »Warum ist alles zugesperrt? Weil sich alles drinnen abgespielt hat. Wer ist der Mörder? Sébastien Salta. Was die Tatwaffe? Ein Gift mit Langzeitwirkung aus eigener Herstellung! Was das Motiv? Verzweiflung, Unfähigkeit, sich den riesigen Spielschulden zu stellen.«

Emile Cahuzacq kriegte sich nicht ein. So einfach war es also zu lösen, das Rätsel, das von den Zeitungen als »Thriller des Sommers« angekündigt worden war? Und das sogar ohne jegliche Überprüfung, Gegenüberstellung von Zeugen, Indiziensuche, kurz, das ganze Trara des Gewerbes. Der Ruf von Kommissar Méliès ließ kaum Platz für Zweifel. Seine Argumentation war jedenfalls die einzig logisch mögliche.

Ein Polizist in Uniform trat vor: »Es ist immer noch diese Journalistin vom *Echo am Sonntag* da, die Sie interviewen möchte. Sie wartet schon seit über einer Stunde und besteht darauf …«

»Sieht sie gut aus?«

»Sie sieht sogar sehr gut aus. Eine Eurasierin, glaube ich.«

»Ach? Wie heißt sie? Tschung Li oder Mang Schi-nang?«

Der andere erwiderte: »Ganz und gar nicht. Laetitia Ouelle oder so ähnlich.«

Jacques Méliès zögerte, aber ein Blick auf seine Uhr gab den Ausschlag: »Sagen Sie dieser jungen Dame, dass es mir leid tut, aber ich habe keine Zeit mehr. Gleich kommt meine Lieblingssendung im Fernsehen: ›Denkfalle‹. Kennst du die, Emile?«

»Vom Hörensagen, aber gesehen habe ich sie nie.«

»Mensch, das musst du! Das müsste ein Pflichtgehirntraining für alle Kripoleute sein.«

»Ach, weißt du, für mich ist das zu spät.«

Der Polizist hüstelte: »Und die Journalistin vom *Echo am Sonntag*?«

»Sagen Sie ihr, dass ich der zentralen Presseagentur eine Erklärung abgeben werde. Sie braucht sich bloß davon inspirieren zu lassen.«

Der Polizist gestattete sich eine kleine Zusatzfrage: »Und haben Sie schon eine Lösung für den Fall?«

Jacques Méliès lächelte wie ein Fachmann, der von einem zu leichten Rätsel enttäuscht ist. Er vertraute ihm jedoch an: »Es handelt sich um einen Doppelmord und einen Selbstmord, alles durch Vergiften. Sébastien Salta hat bis zum Hals in Schulden gesteckt und war fix und fertig, er wollte ein für alle Mal Schluss machen.«

Daraufhin bat der Kommissar alle hinaus. Er machte persönlich das Licht aus und die Tür wieder zu.

Der Tatort war wieder menschenleer.

Die vom Wachs glänzenden Leichen spiegelten die roten und blauen Neonlichter wider, die auf der Straße blinkten. Die bemerkenswerte Leistung von Kommissar Méliès hatte sie jeder tragischen Aura beraubt. Ganz einfach drei Gifttote.

Dort, wo Méliès auftauchte, war es mit der Hexerei vorbei.

Eine Meldung im Vermischten, nichts weiter. Drei hyperrealistische Gestalten, von bunten Blitzlichtern beleuchtet. Drei Bürgerseelen, erstarrt wie die mumifizierten Opfer von Pompeji.

Ein gewisses Unbehagen blieb jedoch bestehen: Die Maske vollkommenen Entsetzens, die diese Gesichter verkrampfte, schien darauf hinzuweisen, dass sie etwas viel Grässlicheres erlebt hatten als die Ausbreitung der Lavamassen des Vesuv.

9. Stelldichein mit einem Schädel

Nr. 103 683 findet sich damit ab, dass ihre Jagd vergebens war. Der schöne, neue Schmetterling ist nicht zurückgekehrt. Sie wischt die Spitze ihres Unterleibs mit einem Klaps ihres behaarten Beins ab und macht sich auf den Weg zum Ende des Asts, um den verlassenen Kokon einzusammeln. Diese Art Gegenstand lässt sich in einem Ameisenhaufen immer gebrauchen. Er kann als Honigamphore wie auch als tragbare Feldflasche dienen.

Nr. 103 683 reinigt sich die Antennen und bewegt sie mit 12 000 Vibrationen pro Sekunde, um in der Nähe vielleicht etwas anderes von Interesse aufzuspüren. Nicht mal der Schatten einer Beute. Na wenn schon.

Nr. 103 683 ist eine rote Ameise aus der Föderationsstadt Bel-o-kan. Sie ist eineinhalb Jahre alt, was vierzig Menschenjahren entspricht. Sie gehört zur Kaste der geschlechtslosen Kundschafterinnen. Sie trägt ihre Antennen hoch aufgerichtet. Die Haltung ihres Halses und ihres Thorax zeugt von ihrem gewachsenen Selbstbewusstsein. Eine ihrer Bürstensporen im Schienbein ist gebrochen, aber die Maschinerie ist insgesamt noch vollkommen funktionstüchtig, selbst wenn die Karosserie von Schrammen übersät ist.

Ihre kleinen Halbkugelaugen überprüfen die Szenerie durch das Sieb ihrer Augenfacetten. Weitwinkelblick. Sie kann gleichzeitig nach vorne, nach hinten und nach oben schauen. In der Umgebung regt sich nichts.

Sie klettert von dem Strauch, indem sie sich der Ankerborsten unter den Enden ihrer Beine bedient. Diese kleinen fasrigen Kugeln sondern eine haftende Substanz ab, die es ihr ermöglicht, sich auf völlig glatten Flächen zu bewegen, sogar in der Senkrechten, sogar rückwärts.

Nr. 103 683 nimmt eine Duftspur auf und läuft in Richtung ihrer Stadt. Die Gräser um sie herum ragen als grüner Hochwald auf. Sie trifft zahlreiche belokanische Arbeiterinnen, die emsig die gleichen Duftwege entlanglaufen. Stellenweise haben Straßenarbeiterinnen die Strecke unterirdisch verlegt, damit ihre Benutzer nicht von den Sonnenstrahlen gestört werden.

Unvorsichtigerweise überquert eine Nacktschnecke die Ameisenstraße. Die Soldatinnen vertreiben sie sofort, indem sie sie mit ihren Mandibelspitzen stechen. Der Weg wird sofort von dem Schleim gereinigt, den sie hinterlassen hat.

Nr. 103 683 trifft ein sonderbares Insekt. Es hat nur einen Flügel und kriecht direkt auf dem Boden dahin. Aus der Nähe betrachtet ist es nur eine Ameise, die einen Libellenflügel transportiert. Man grüßt sich. Diese Jägerin hat mehr Glück gehabt als sie. Denn unverrichteter Dinge oder mit einem Schmetterlingskokon zurückzukehren macht keinen großen Unterschied.

Der Umriss der Stadt beginnt sich abzuzeichnen. Dann verschwindet der Himmel über ihr. Es ist nur noch ein Berg aus Zweigen da.

Das ist Bel-o-kan.

Von einer verirrten Ameisenkönigin gegründet (Bel-o-kan bedeutet »Stadt der verirrten Ameise«), bedroht von den Kriegen zwischen den Ameisen, von Wirbelstürmen, Termiten, Wespen und Vögeln, überdauert die Stadt Bel-o-kan schon seit über fünftausend Jahren.

Bel-o-kan, der Hauptsitz der roten Waldameisen von Fontainebleau.

Bel-o-kan, die stärkste politische Kraft der Region.

Bel-o-kan, der Ameisenhaufen, wo die Evolutionäre Bewegung entstanden ist.

Jede Bedrohung stärkt die Stadt. Jeder Krieg macht sie schlagkräftiger. Jede Niederlage macht sie intelligenter.

Bel-o-kan, die Stadt mit den sechsunddreißig Millionen Augen, mit den hundertacht Millionen Beinen, mit den achtzehn Millionen Gehirnen. Lebendig und glanzvoll.

Nr. 103 683 kennt dort sämtliche Kreuzungen, sämtliche unterirdischen Brücken. In ihrer Kindheit hat sie die Säle besucht, wo die weißen Pilze gezüchtet werden, und jene, wo die Läuseherden gemolken werden, oder jene, in denen Ameisen als Zisternen reglos von der Decke hängen. Sie ist durch die Gänge der Verbotenen Stadt gelaufen, die einst von den Termiten in das Holz eines Kiefernstumpfs gegraben worden sind. Sie ist Zeugin sämtlicher Verbesserungen gewesen, die die neue Königin Chli-pu-ni durchgeführt hat, ihre alte Abenteuergefährtin.

Chli-pu-ni ist diejenige, die die »Evolutionäre Bewegung« erfunden hat. Sie hat auf den Titel einer neuen Belo-kiu-kiuni verzichtet und ihre eigene Dynastie gegründet: die der Königinnen mit dem Namen Chli-pu-ni. Sie hat die Einheit des Längenmaßes geändert: Es gibt nicht mehr den Kopf (3 mm), sondern den Schritt (1 cm). Da die Belokanerinnen immer weitere Reisen unternahmen, war fortan eine größere Einheit nötig gewesen.

Im Rahmen der Evolutionären Bewegung hat Chli-pu-ni die Chemische Bibliothek errichten lassen, und vor allem hat sie alle Arten von Parasiten gesammelt, die sie auf ihre zoologischen Pheromone hin studiert. Sie versucht vor allem die Arten zu zähmen, die fliegen oder schwimmen können. Mistkäfer und Gelbrandkäfer …

Nr. 103 683 und Chli-pu-ni haben sich lange nicht gesehen. An die junge Königin heranzukommen ist schwierig; sie ist zu beschäftigt mit dem Eierlegen und den Reformen für ihre Stadt. Die Soldatin hat dennoch nicht ihre gemeinsamen Abenteuer in den unterirdischen Gewölben der Stadt vergessen, die Nachforschungen, die sie beide gemeinsam angestellt haben, um die Geheimwaffe zu entdecken, die Lomechusa, mit deren Droge sie beinahe vergiftet worden wären, den Kampf gegen die Spioninnen mit dem Felsgeruch.

Nr. 103 683 erinnert sich auch an ihre große Reise nach Osten, an ihre Berührung mit dem Ende der Welt, mit dem Land der Finger, wo alles, was lebt, stirbt.

Schon mehrmals hat die Soldatin darum gebeten, eine neue Expedition auszurüsten. Sie hat zur Antwort bekommen, dass es hier zu viel zu tun gebe, um Selbstmordkommandos an die Grenzen des Planeten zu schicken.

Das alles ist Vergangenheit.

Für gewöhnlich denkt die Ameise nie an die Vergangenheit, im Übrigen auch nicht an die Zukunft. Sie ist sich im Allgemeinen nicht einmal ihrer Existenz als Individuum bewusst. Ohne einen Begriff von »ich«, »mein« oder »dein« verwirklicht sie sich nur durch die Gemeinschaft, für die Gemeinschaft. Da es kein Eigenbewusstsein gibt, gibt es auch keine Furcht vor dem eigenen Tod. Die Ameise kennt keine existentielle Angst.

Doch in Nr. 103 683 hatte sich eine Verwandlung vollzogen. Ihre Reise an den Rand der Welt hatte in ihr ein »Ich«-Bewusstsein entstehen lassen, zwar noch rudimentär, aber trotzdem sehr schwer für sie zu akzeptieren. Sobald man an sich zu denken beginnt, tauchen die »abstrakten« Probleme auf. Bei den Ameisen heißt das die »Krankheit der Seelenstimmungen«. Sie trifft im Allgemeinen die Fortpflanzungsfähigen. Schon allein die Tatsache, dass man sich fragt: »Leide ich an der Krankheit der Seelenstimmungen?«, belegt aus der Sicht der Ameisen, dass man bereits ernsthaft erkrankt ist.

Nr. 103 683 ist also bemüht, sich keine Fragen zu stellen. Doch das fällt schwer …

Um sie herum ist die Straße jetzt breiter. Der Verkehr ist beträchtlich dichter geworden. Sie reibt sich an der Menge, versucht, sich nur noch als ein winziges Teilchen in einer Masse zu fühlen, die ihren Verstand übersteigt. Die anderen sein, durch die anderen leben, sich durch seine Umgebung vervielfältigt fühlen, was gibt es Freudigeres?

Munter hüpft sie über die verstopfte Straße. Jetzt ist sie vor dem Zugang zum vierten Tor der Stadt. Wie üblich ein totales Chaos! Es ist so viel los, dass der Durchgang verstopft ist. Der Eingang Nr. 4 müsste vergrößert und in den Verkehrsfluss ein wenig Disziplin gebracht werden. Zum Beispiel dadurch, dass diejenigen, welche die am wenigsten sperrige Beute tragen, den anderen Platz machen. Oder dass jene, die zurückkommen, das Vorrecht vor denen haben, die herauswollen. Stattdessen ein Stau, die Plage aller Metropolen!

Nr. 103 683 hat es ihrerseits gar nicht so eilig, ihren armseligen leeren Kokon einzubringen. Beim Warten darauf, dass die Dinge sich klären, beschließt sie, einen kleinen Spaziergang über den Schuttplatz zu machen. Als sie noch jung war, hat sie es geliebt, im Unrat zu spielen. Mit den Kameradinnen ihrer Kriegerkaste hat sie Schädel hochgeworfen und sie in der Luft mit einem Säurestrahl zu erreichen versucht. Man musste seine Giftdrüse schnell drücken. So ist Nr. 103 683 übrigens zur Eliteschützin geworden. Dort, auf dieser Mülldeponie, hat sie gelernt, schneller als jeder Mandibelbiss blankzuziehen und zu zielen.

Ach, die Deponie … Die Ameisen bauen immer eine vor ihrer Stadt. Sie erinnert sich an eine fremde Söldnerin, die, als sie zum ersten Mal nach Bel-o-kan kam, ausgerufen hatte: »Die Deponie sehe ich, aber wo ist die Stadt?« Man muss zugeben, dass diese hohen Hügel aus Leichen, Getreidespreu und verschiedenen Abfällen die Neigung haben, das Vorfeld der Stadt zu überfluten. Bestimmte Eingänge *(Hilfe!)* sind total davon verstellt, und anstatt sie freizuräumen, werden lieber anderswo neue Durchgänge gegraben.

(Hilfe!)

Nr. 103 683 dreht sich um. Sie hat den Eindruck gehabt, dass jemand gerade einen Duft geseufzt hat. *Hilfe!* Diesmal ist sie sich sicher. Ein deutlicher Kommunikationsduft strömt aus diesem Abfallhaufen. Fängt jetzt schon der Müll zu sprechen an? Sie tritt näher, wühlt mit den Antennenspitzen einen Stapel Leichen durch.

Hilfe!

Gerufen hat eines der drei Trümmer dort. Nebeneinander liegen der Kopf eines Marienkäfers, der Kopf eines Heupferdchens und der Kopf einer roten Ameise. Sie tastet sie alle ab und entdeckt einen kaum wahrnehmbaren Lebensduft an einem Stück der roten Ameise, etwa auf Höhe der Antennen. Die Soldatin packt daher den Kopf zwischen ihre beiden Vorderbeine und hält ihn vor ihr Gesicht.

Es muss etwas bekannt werden, sendet die Schädelkugel aus, an der linkisch eine einzelne Antenne hängt.

Wie unanständig! Ein Schädel, der sich noch äußern will! Diese Ameise hat also nicht genug Anstand, den Frieden im Tod anzunehmen. Nr. 103 683 ist einen Augenblick lang versucht, den Schädel hoch in die Luft zu werfen, um ihn dann mit einem Säurestrahl zu zersetzen, genauso wie sie es früher zum Vergnügen tat. Doch nicht allein die Neugier hält sie zurück: *Es gilt stets die Botschaften derer aufzufangen, die senden wollen,* lautet ein altes Ameisensprichwort.

Antennenbewegung. Nr. 103 683 gibt zu erkennen, dass sie gemäß der Vorschrift alles empfangen wird, was dieser unbekannte Kopf aussenden will.

Der Schädel hat immer größere Schwierigkeiten zu denken. Er weiß jedoch, dass er sich an eine bedeutsame Information erinnern muss. Er weiß, dass er seine Gedanken bis oben in seine einzige Antenne aufsteigen lassen muss, damit die Ameise, deren Körper er einst verlängerte, nicht vergebens gelebt hat.

Aber da er nicht mehr ans Herz angeschlossen ist, wird der Kopf nicht mehr mit Flüssigkeit versorgt. Die Gehirnwindungen sind bereits ein bisschen trocken. Die elektrischen Funktionen arbeiten hingegen, sind noch zufriedenstellend. Im Gehirn ist noch eine kleine Pfütze Neurotransmitter übrig. Neuronen nutzen diese geringe Feuchtigkeit und verbinden sich, kleine elektrische Kurzschlüsse beweisen, dass die Gedanken noch zu einigen sinnvollen Abwägungen gelangen.

Die Erinnerung kehrt zurück.

Sie waren zu dritt. Drei Ameisen. Aber von welcher Art? Rote. Rote Rebellinnen! Aus welchem Nest? Aus Bel-o-kan. Sie hatten sich in die Chemische Bibliothek eingeschlichen, um … um dort ein äußerst überraschendes Gedächtnispheromon zu lesen. Und wovon war bei diesem Pheromon die Rede? Von etwas Wichtigem. Etwas so

Wichtigem, dass die Föderationswache Jagd auf sie gemacht hat. Ihre beiden Freundinnen sind tot. Von den Kriegerinnen umgebracht. Der Schädel trocknet weiter aus. Drei Tote für nichts und wieder nichts, wenn er sich nicht erinnert. Er muss die Information hochkommen lassen. Er muss es. Es ist unabdingbar.

Vor den Augenkugeln des Schädels steht eine Ameise, die zum fünften Mal fragt, was er mitzuteilen habe.

Im Gehirn wird eine neue Blutlache aufgespürt. Sie lässt sich dazu benutzen, ein wenig nachzudenken. Die elektrische und chemische Schnittstelle umfasst ein ganzes Erinnerungsfeld und das Sende-Empfangs-System. Gestärkt von der Energie einiger Proteine und von Zuckerverbindungen, die noch im Vorderlappen übrig sind, gelingt es dem Gehirn, eine Botschaft zu übermitteln.

Chli-pu-ni will einen Kreuzzug losschicken, um SIE alle umzubringen. Die Rebellinnen müssen dringend benachrichtigt werden.

Nr. 103 683 begreift nichts. Diese Ameise, oder besser gesagt: dieser Ameisenrest, spricht von »Kreuzzug«, von »Rebellinnen«. In der Stadt soll es Rebellinnen geben? Das ist ja was ganz Neues! Doch die Soldatin spürt, dass der Schädel nicht mehr lang wird Zwiesprache halten können. Nur kein Molekül bei unnötigen Abschweifungen verlieren. Was ist die richtige Frage angesichts eines so bestürzenden Satzes? Die Worte kommen wie von selbst aus ihren Antennen.

Wo finde ich diese »Rebellinnen«, um sie zu benachrichtigen?

Der Schädel unternimmt noch einen Versuch, er vibriert stark.

Über den neuen Nashornkäferställen … Eine Scheindecke …

Nr. 103 683 geht aufs Ganze.

Gegen wen ist dieser Kreuzzug gerichtet?

Der Schädel zittert. Seine Antennen wackeln. Schafft er es, noch ein halbes Pheromon auszuspucken?

Ein an der Antenne kaum wahrnehmbarer Nachgeschmack taucht auf. Er enthält nur ein einziges Duftwort. Nr. 103 683 berührt ihn mit dem letzten Abschnitt ihres Empfindungsapparates. Sie schnuppert. Dieses Wort kennt sie. Sie kennt es nur zu gut.

Finger.

Jetzt sind die Antennen des Schädels vollkommen ausgetrocknet. Sie zerbröseln. In dieser schwarzen Kugel bleibt nicht der geringste Informationsduft.

Nr. 103 683 ist völlig fassungslos.

Ein Kreuzzug, um alle Finger zu massakrieren …

Ausnahmslos.

10. Guten Abend, Nachtfalter

Warum ist das Licht so plötzlich verloschen? Der Schmetterling hatte zwar das Feuer gespürt, das ihm die Flügel verzehren wollte, aber er war zu allem bereit, um von der Ekstase des Lichts zu kosten … Er war so nahe am Erfolg gewesen, dieser Verschmelzung mit der Wärme!

Der enttäuschte Falter kehrt in den Wald von Fontainebleau zurück und schwingt sich ganz hoch zum Himmel empor. Er fliegt lange, ehe er den Ort erreicht, wo er seine Verwandlung vollzogen hat.

Dank seinen Tausenden von Augenfacetten kann er vom Himmel aus die Landschaft klar erkennen. In der Mitte der Ameisenhaufen Bel-o-kan. Darum herum kleine Städte und Dörfer, die von den roten Königinnen angelegt wurden. Die ganze Ansiedlung nennen sie die »Föderation von Bel-o-kan«. Tatsächlich hat diese hier eine solche politische Bedeutung erlangt, dass man bereits von einem Reich sprechen kann. Im Wald wagt niemand mehr die Vorherrschaft der roten Ameisen in Frage zu stellen.

Sie sind am intelligentesten, am besten organisiert. Sie können mit Werkzeugen umgehen, haben die Termiten und die Zwergameisen besiegt. Sie erlegen Tiere, die hundertmal größer sind als sie. Kein Zweifel, dass sie im Wald die wahren Herrscher sind, und die einzigen.

Im Westen von Bel-o-kan erstrecken sich gefährliche Gefilde, wo es von Spinnen und Gottesanbeterinnen nur so wimmelt. (Schmetterling, sei auf der Hut!)

Im Südosten ist eine kaum weniger wilde Gegend voller Killerwespen, Schlangen und Schildkröten (Gefahr).

Im Osten gibt es alle Arten von Ungeheuern mit vier, sechs oder acht Beinen und genauso vielen Mäulern, Giftzähnen und Pfeilen, die einen vergiften, erdrücken, zermalmen, verflüssigen.

Im Nordosten gibt es eine ganz neue Bienenstadt, den Stock von Askolein. Dort leben wilde Bienen, die unter dem Vorwand, ihre Pollenerntezonen erweitern zu wollen, schon mehrere Wespennester zerstört haben.

Noch weiter im Osten befindet sich ein Fluss namens »Allesfresser«, denn er verschlingt sofort alles, was sich auf seiner Oberfläche niederlässt. Darum sollte man dort Vorsicht walten lassen.

Sieh an, auf der Uferböschung ist eine neue Stadt entstanden. Neugierig nähert sich der Schmetterling. Sie muss vor kurzem von Termiten errichtet worden sein. Die auf dem höchsten Bergfried des Ortes platzierte Artillerie versucht sofort, den Eindringling abzuschießen. Doch dieser schwebt zu weit oben, als dass ihn diese Schurken gefährden könnten.

Der Falter dreht ab, überfliegt die Steilhänge im Norden, die schroffen Berge, welche die große Eiche umgeben. Dann steigt er nach Süden hinab, dem Land der Gespenstheuschrecken und der roten Pilze.

Plötzlich macht er ein Schmetterlingsweibchen aus, das bis in diese Höhe den starken Duft seiner Geschlechtshormone ausströmt. Er eilt ihm entgegen, um es aus der Nähe zu betrachten. Seine Farben sind noch auffälliger als seine eigenen. Es ist so schön! Aber es bleibt seltsam reglos. Eigenartig. Es besitzt die Ausdünstungen, die Formen und die Beschaffenheit einer Schmetterlingsdame, aber … So eine Gemeinheit! Es ist eine Blume, die sich durch Nachahmung für etwas ausgibt, was sie nicht ist. An dieser Orchidee ist alles falsch: die Gerüche, die Flügel, die Farben. Reiner botanischer Beschiss! Leider hat der Schmetterling das zu spät bemerkt. Seine Beine kleben fest. Von dort kann er sich nicht mehr lösen.

Der Schmetterling schlägt so heftig mit den Flügeln, dass der Luftzug die Pollenschirmchen aus einer Pusteblume entreißt. Sachte rutscht er an den schalenförmigen Rändern der Orchidee entlang. In Wirklichkeit ist diese Blumenkrone nichts anderes als ein weit aufgerissener Magen. Am Grund der Schale verbergen sich die Verdauungssäuren, die es dieser Blume ermöglichen, einen Schmetterling zu verspeisen.

Ist das das Ende? Nein, das Glück zeigt sich in Gestalt zweier zu einer Zange gebogenen Finger, die ihn an den Flügeln packen und ihn aus der Gefahr befreien, um ihn in einen durchsichtigen Topf zu werfen.

Der Topf überquert eine große Entfernung.

Dann wird der junge Schmetterling in ein Lichtfeld gebracht. Die Finger nehmen ihn aus dem Topf, tauchen ihn in eine gelbe, stark riechende Substanz, die seine Flügel härtet. Keine Möglichkeit mehr, sich aufzuschwingen. Dann packen die Finger einen riesigen Pfahl und mit einem festen Stoß … rammen sie ihn in sein Herz. Als Grabspruch befestigen sie gleich über seinem Kopf ein Schildchen: »Papilio vulgaris«.

11. ENZYKLOPÄDIE

Zivilisationsschock Die Begegnung zwischen zwei Zivilisationen stellt immer einen heiklen Augenblick dar. Die Ankunft der ersten Europäer in Mittelamerika war der Anlass für eine ungeheure Verwechslung. Die Religion der Azteken lehrte, dass eines Tages Boten des gefiederten Schlangengottes Quetzalcoatl auf die Erde kommen würden. Sie würden weißhäutig sein, auf großen Vierbeinern thronen und Donner spucken, um die Gottlosen zu strafen.

Als man ihnen also im Jahre 1519 meldete, dass gerade spanische Reiter an der mexikanischen Küste gelandet seien, dachten die Azteken, es würde sich um die »Teules« (also »Götter«, in der Aztekensprache Nahuatl) handeln.

Im Jahre 1511, einige Jahre vor deren Erscheinen, hatte ein Mann sie jedoch vorgewarnt. Guerrero war ein spanischer Matrose, der an den Küsten Yucatáns gestrandet war, als Cortés' Truppen noch auf den Inseln Santo Domingo und Cuba im Quartier lagen.

Guerrero wurde ohne weiteres von der einheimischen Bevölkerung akzeptiert und heiratete eine Eingeborene. Er kündigte an, dass die Konquistadoren bald landen würden. Er versicherte ihnen, dass sie weder Götter noch Gesandte der Götter seien. Er warnte sie, sich vor ihnen in Acht zu nehmen. Er lehrte sie, sich zu ihrer Verteidigung Armbrüste zu fertigen. (Bis dahin benützten die Indios nur Pfeile und Äxte mit Spitzen aus Obsidian; doch die Armbrust war die einzige Waffe, die die metallenen Panzer von Cortés' Männern zu durchschlagen vermochte.) Guerrero erklärte immer wieder, dass sie die Pferde nicht zu fürchten brauchten, und empfahl ihnen vor allem, nicht angesichts der Feuerwaffen in Panik zu geraten. Das seien weder Zauberwaffen noch Stücke eines Blitzes. »Wie ihr selbst sind auch die Spanier aus Fleisch und Blut. Sie können besiegt werden«, wiederholte er unentwegt. Und um es zu beweisen, brachte er sich selbst einen Schnitt bei, aus dem das allen Menschen gemeinsame rote Blut floss.

Guerrero unterwies die Indianer seines Dorfes mit solcher Ausdauer und solchem Erfolg, dass Cortés' Konquistadoren zu ihrer Überraschung erstmals in Amerika auf eine ausgebildete Indioarmee trafen, die ihrem Angriff mehrere Wochen lang widerstand.

Doch die Nachricht hatte sich nicht über dieses Dorf hinaus verbreitet. Als im September 1519 der Aztekenkönig Montezuma zur Begegnung mit der spanischen Armee aufbrach, führte er als Geschenk für diese Wagen voller Edelsteine mit sich. Noch am selben Abend wurde er ermordet. Ein Jahr später zerstörte Cortés mit der Gewalt seiner Kanonen die Aztekenhauptstadt Tenochtitlán, nachdem er zuvor durch eine dreimonatige Belagerung die dortige Bevölkerung ausgehungert hatte. Guerrero kam übrigens um, während er einen nächtlichen Angriff auf ein spanisches Fort organisierte.

EDMOND WELLS
Enzyklopädie des relativen und absoluten Wissens, Bd. 2

12. Laetitia tritt noch nicht in Erscheinung

Nach der raschen Auflösung des Falls Salta wurde Kommissar Jacques Méliès zum Polizeipräfekten Charles Dupeyron bestellt. Der Leiter der Polizei legte großen Wert darauf, ihm persönlich zu gratulieren.

In einem reich geschmückten Salon vertraute der Präfekt ihm sogleich an, dass diese »Geschichte mit den Brüdern Salta« an höchster Stelle einen nachhaltigen Eindruck hinterlassen habe. Einige unter den prominentesten Politikern hätten seine Untersuchung als »Beispiel für Schnelligkeit und Effektivität nach französischer Art« bezeichnet.

Darauf fragte der Präfekt ihn, ob er verheiratet sei. Überrascht antwortete Méliès, er sei Junggeselle, doch da sein Gegenüber nicht locker ließ, gab er zu, dass er es wie alle anderen halte, er flattere, gleich einem Schmetterling, mal hierhin, mal dorthin und versuche dabei, sich keine Geschlechtskrankheit einzuhandeln.

Charles Dupeyron riet ihm daraufhin, sich eine Frau zu suchen. Das damit verbundene gesellschaftliche Ansehen würde es ihm erlauben, in die Politik zu gehen. Für den Anfang könne er ihn sich gut als Abgeordneten oder Bürgermeister vorstellen. Er unterstrich, die Nation bräuchte, wie alle Nationen, Leute, die komplizierte Probleme zu lösen wüssten. Wenn er, Jacques Méliès, in der Lage sei, herauszufinden, wie drei Menschen hinter verschlossenen Türen umgebracht worden waren, könne er zweifellos auch andere heikle Fragen lösen, zum Beispiel: Wie man der Arbeitslosigkeit begegnet, wie man die Sicherheit in den Vorstädten gewährleistet, wie man das Defizit der Sozialversicherungen zurückführt, wie man den Haushalt ausgleicht. Kurz, sämtliche kleinen Rätsel, denen sich die Führer eines Landes tagtäglich gegenübersähen.

»Wir brauchen Menschen, die dazu imstande sind, ihren Verstand zu benutzen, und wie die Zeiten heute sind, werden solche Menschen rar«, klagte der Präfekt. »Sie sollten daher wissen, dass ich, falls Sie sich in das Abenteuer Politik stürzen wollen, der Erste sein werde, der Sie dabei unterstützt.«

Jacques Méliès erwiderte, dass ihn an einem Rätsel das Abstrakte und Zufällige reize. Er werde sich niemals dazu hergeben, nach Macht zu streben. Die anderen zu beherrschen sei zu ermüdend. Was sein Gefühlsleben angehe, so sei es darum gar nicht so schlecht bestellt, und er ziehe es vor, dass es seine Privatsache bleibe.

Der Präfekt Dupeyron lachte aus vollem Herzen, legte ihm die Hand auf die Schulter und versicherte ihm, dass er in seinem Alter ganz genauso gedacht habe. Doch später habe er sich geändert. Nicht das Bedürfnis, die anderen zu beherrschen, habe ihn angetrieben, sondern das Bedürfnis, von niemandem beherrscht zu werden.

»Man muss reich sein, um das Geld verachten zu können, man muss Macht haben, um die Macht verachten zu können.«

Als er jung war, hatte Dupeyron es daher akzeptiert, die Stufen der menschlichen Hierarchie eine nach der anderen zu erklimmen. Jetzt weiß er sich gegen alles gefeit, er fürchtet die Zukunft nicht mehr, er hat zwei Erben gezeugt und in eine der teuersten Privatschulen der Stadt gesteckt, er besitzt eine Luxuslimousine, viel Freizeit und ist von Hunderten von Höflingen umgeben. Was will man mehr?

Ein Kind bleiben, das von Krimis begeistert ist, dachte Méliès, behielt es jedoch lieber für sich.

Als das Gespräch beendet war und der Kommissar die Präfektur verließ, bemerkte er in der Nähe des Gitterzauns eine riesige Tafel voller Wahlplakate mit diversen Parolen: »Für eine Demokratie der wahren Werte, wählen Sie die Sozialdemokraten!« »Nein zur Krise! Genug mit den falschen Versprechungen. Schließen Sie sich der Bewegung der radikalen Republikaner an!« »Retten Sie den Planeten – Unterstützen Sie die nationalökologische Erneuerungsbewegung!« »Erhebt Euch gegen die Ungerechtigkeit! Kommt zur unabhängigen Volksfront!«

Und überall die gleichen Gesichter gut genährter Typen, die ihre Sekretärin zur Geliebten haben und sich für den Boss halten! So einer sollte er dem Rat des Präfekten nach werden. Ein Würdenträger!

Für Méliès bestand kein Zweifel. Zum Teufel mit den Ehren, lieber waren ihm sein Lotterleben, sein Fernseher und seine polizeilichen Untersuchungen. »Wenn du keine Scherereien bekommen willst, hab keinen Ehrgeiz«, pflegte sein Vater zu empfehlen. Keine Wünsche, keine Qualen. Heutzutage würde er vielleicht hinzufügen: »Hab nicht den gleichen Ehrgeiz wie alle diese Schwachköpfe, denk dir ein eigenes Streben aus, das über das banale Leben hinausgeht.«

Jacques Méliès war bereits zweimal verheiratet gewesen, und beide Male hatte er sich scheiden lassen. Mit Vergnügen hatte er an die fünfzig Fälle gelöst. Er besaß eine Wohnung, eine Bibliothek, einen Freundeskreis. Damit war er zufrieden. Jedenfalls gab er sich damit zufrieden.

Über den Place du Poids-de-l'Huile, die Avenue du Maréchal-de-Lattre-de-Tassigny und die Rue de la Butte-aux-Cailles ging er zu Fuß nach Hause.

Überall um ihn herum liefen die Leute in alle Richtungen, hupten nervöse Autofahrer, klopften Frauen an den Fenstern lärmend ihre Teppiche. Gören rannten hintereinander mit Wasserpistolen her. »Peng, peng, peng, ihr seid alle drei tot!«, kreischte einer von ihnen. Diese Kinder, die gerade Räuber und Gendarm spielten, erzürnten Jacques Méliès zutiefst.

Er kam vor seinem Wohnhaus an. Es war ein großer Komplex, der ein vollkommenes Quadrat von hundertfünfzig Metern Länge und Breite bildete. Um die Fernsehantennen flatterten Raben. Wie immer lag die Concierge in ihrer Loge auf der Lauer und streckte den Kopf durch das Fenster.

»Guten Tag, Monsieur Méliès! Wissen Sie, ich hab in der Zeitung hier gelesen, was über Sie gesagt wird. Die sind doch bloß neidisch!«

Er war erstaunt: »Wie bitte?«

»Ich bin mir jedenfalls sicher, dass Sie Recht haben.«

Zu seiner Wohnung hinauf nahm er jeweils vier Stufen auf einmal. Dort erwartete ihn wie gewöhnlich Marie-Charlotte. Sie liebte ihn leidenschaftlich, und wie jeden Tag hatte sie ihm seine Zeitung geholt. Als er die Tür aufmachte, hatte sie sie bereits zwischen den Zähnen.

»Lass das los, Marie-Charlotte!«, befahl er ihr.

Sie gehorchte ihm auf der Stelle, und Méliès stürzte sich fieberhaft auf das *Echo am Sonntag*. Er brauchte nicht lange zu suchen, um dort sein Foto zu entdecken und darüber die fette Schlagzeile:

WENN DIE POLIZEI SICH EINMISCHT
Leitartikel von Laetitia Wells

»Die Demokratie gewährt viele Rechte. Sie gestattet es uns unter anderem, Respekt zu fordern, selbst wenn wir nicht mehr unter den Lebenden weilen. Dennoch wird dieses Recht der verstorbenen Familie Salta verweigert. Nicht nur ist das Geheimnis dieses Dreifachmordes weiter ungeklärt, darüber hinaus wird der verstorbene Sébastien Salta, ohne dass er sich noch verteidigen könnte, beschuldigt, seine beiden Brüder ermordet zu haben, ehe er sich selbst gerichtet hätte.

Man schert sich nicht darum, denn es ist eben bequemer, einen Toten zu beschuldigen, der keinen Anwalt mehr zu Hilfe nehmen kann. Das dreifache Verbrechen in der Rue de la Faisanderie hat uns wenigstens besser mit der Persönlichkeit von Kommissar Jacques Méliès vertraut gemacht. Dieser Mann nimmt es sich im Wissen um seine Berühmtheit heraus, bei seiner Untersuchung schamlos zu pfuschen. Indem er der zentralen Presseagentur gegenüber erklärt, die Brüder Salta seien alle an einer Vergiftung gestorben, erlaubt Kommissar Méliès sich nicht nur ein voreiliges Urteil über einen Fall, der viel komplizierter ist, als es zunächst den Anschein hat, sondern beleidigt darüber hinaus auch noch die Toten!

Selbstmord? Nach einem kurzen Blick auf die sterbliche Hülle von Sébastien Salta kann ich versichern, dass dieser Mann dem grässlichsten aller Schrecken zum Opfer gefallen ist. In seinem Gesicht stand das blanke Entsetzen!

Es fällt scheinbar leicht zu glauben, dass der Urheber eines doppelten Brudermordes nach der Tat von heftigsten Gewissensbissen gepeinigt wurde und der Gesichtsausdruck daher rührt. Aber wer nur ein bisschen Ahnung von der menschlichen Psychologie besitzt – und für Kommissar Méliès scheint dies nicht zu gelten –, weiß, dass ein Mann, der imstande ist, ein tödliches Gift in das Essen zu mischen, das er dann mit seiner Familie teilt, derlei seelische Regungen längst hinter sich gelassen hat. Sein Gesicht dürfte nur noch den endlich wiedergefundenen Seelenfrieden ausdrücken.

Also die Schmerzen? Die von einem Gift ausgelösten sind nicht so stechend. Und noch steht nicht fest, welcher Art das Gift war, das alles erklären soll. Ich bin persönlich zum Leichenschauhaus gegangen, da mir die Polizei nicht gestattete, am Ort des Verbrechens Nachforschungen anzustellen. Ich habe den Gerichtsmediziner befragt, der mir verraten hat, dass an den Leichen der drei Brüder Salta keine Autopsie vorgenommen wurde. Die Akten wurden also geschlossen, ohne dass man die genaue Ursache ihres Ablebens kennt. Welcher Mangel an Seriosität bei Kommissar Méliès, diesem so gut beleumundeten Kriminalisten!

Dieser allzu rasche Abschluss des Falles Salta gibt Anlass zum Nachdenken und sogar zur Besorgnis. Mit gutem Recht kann man sich fragen, ob das Ausbildungsniveau im höheren Dienst unserer Polizei hoch genug ist, um der Gewitztheit der neuen Kriminalität begegnen zu können. L. W.«

Méliès knüllte die Zeitung zusammen und fluchte.

13. Nr. 103 683 stellt sich Fragen

Finger!

Die Finger!

Ein noch nie gekanntes Zittern überkommt Nr. 103 683.

Normalerweise kennen die Ameisen keine Angst. Aber ist Nr. 103 683 noch »normal«? Als der Schädel von der Müllhalde das Duftwort *Finger* aussprach, weckte er in ihr eine schlafende, da seit Tausenden von Generationen nicht benutzte Zone ihres Gehirns. Die Zone der Angst.

Wenn die Soldatin bisher an das Ende der Welt zurückdachte, zensierte sie ihre Erinnerungen. In ihrem Gedächtnis radierte sie ihre Begegnung mit den Fingern aus. Die Finger und ihre phänomenale Macht, ihre unverständliche Beschaffenheit, ihr Drang zum blindwütigen Töten.

Aber dieser Schädel, der dämliche Fetzen eines krepierten Gerippes, hat genügt, um die Zone der Angst wiederzubeleben. Früher war Nr. 103 683 eine unerschrockene Kriegerin, stets in der vordersten Front der Legionen, die sich der Armee der Zwergameisen stellten. Spontan hatte sie sich vorgenommen, in den unheilvollen Osten aufzubrechen. Sie hatte Tiere gejagt, deren Kopf so weit oben war, dass man ihn nicht mehr sah. Doch die Begegnung mit den Fingern hatte ihr jegliches Ungestüm genommen.

Nr. 103 683 erinnert sich vage an diese apokalyptischen Ungetüme. Sie sieht ihre Freundin wieder vor sich, die alte Nr. 4000, von einer hyperschnellen schwarzen Wolke platt gewalzt wie ein Blatt.

Manche nannten sie »Wächter des Endes der Welt«, »unendliche Tiere«, »harte Schatten«, »Holzbrecher«, »Todesstinker« …

Doch seit kurzem hatten sich alle Ameisen der Gegend darauf geeinigt, dem verwirrenden Phänomen ein und denselben Namen zu geben:

Die Finger!

Die Finger: Diese Dinger, die von nirgendwoher auftauchen und Tod säen. Die Finger: Diese Tiere, die unter ihren Schritten alles zermalmen. Die Finger: Diese Klumpen, die die kleinen Städte zermatschen und zerstampfen. Die Finger: Diese Schatten, die den Wald mit Dingen verschmutzen, die jeden vergiften, der davon kostet. Wenn sie bloß daran denkt, fährt Nr. 103 683 schon vor Ekel zusammen.

Sie ist zwischen zwei Gefühlen hin und her gerissen: der – ihrer Art fremden – Angst und einem anderen, das ihr hingegen in höchstem Maße eigen ist – der Neugier!

Seit hundert Millionen von Jahren laufen die Ameisen dem ewigen Fortschritt nach. Die von der Königin Chli-pu-ni ausgerufene Evolutionäre Bewegung ist lediglich eine unter vielen Ausdrucksformen dieses typisch ameisenhaften Bedürfnisses nach dem immer Weiteren, Höheren, Stärkeren.

Nr. 103 683 entgeht dem nicht. Ihre Neugier verscheucht ihre Angst. Schließlich ist ein ausgebluteter Schädel, der von Rebellinnen und einem Kreuzzug gegen die Finger spricht, nichts Alltägliches! Sie reinigt ihre Antennen, ein Zeichen für das Bedürfnis nach Orientierung.

Sie richtet sich gen Himmel auf, der unglaublich aussieht.

Die Luft ist schwül, als würde irgendwo ein feindliches Wesen auf der Lauer liegen, bereit, aufzutauchen, um die Stadt anzugreifen. Die Zweige in der Umgebung werden von einer plötzlichen Brise geschüttelt. Die Bäume scheinen ihr zu sagen: Nimm dich in Acht!, aber in Wahrheit beachten die Bäume sie gar nicht. Sie sind so groß, dass sie nicht auf die Dramen achten, die sich zwischen ihren Wurzeln abspielen. Nr. 103 683 mag die Bäume nicht besonders, die stets einfach alles tatenlos geschehen lassen. Als ob sie unbesiegbar wären! Es kommt indessen vor, dass Bäume zusammenkrachen, vom Sturm zerschlagen, vom Blitz eingeäschert oder einfach von Termiten untergraben. Dann ist es an den Ameisen, ihren Fall gleichgültig zu betrachten.

Ein Sprichwort der Zwergameisen trifft es genau: *Die Großen sind stets zerbrechlicher als die Kleinen.*

Sind die Finger womöglich bewegliche Bäume?

Nr. 103 683 verliert keine Zeit, darüber nachzudenken. Sie hat ihren Entschluss gefasst: Sie will das Gerede des Schädels nachprüfen.

Durch einen engen Durchgang in der Nähe der Deponie dringt sie in ihren Ameisenhaufen ein und stößt auf die Ringstraße. Von dort gehen breite Avenuen ab, die zur Verbotenen Stadt führen. Doch die nimmt sie nicht. Sie wählt so abschüssige Wege, dass sie sich mit ihren Krallen festklammern muss. Sie lässt sich in einen steilen Gang gleiten, stößt auf ein Netz von Stollen, die trotz des üblichen Verkehrs nicht allzu verstopft sind.

Mit dem Transport von Nahrungsmitteln und Zweigen beschäftigte Arbeiterinnen grüßen Nr. 103 683. Bei den Ameisen gibt es keinen persönlichen Ruhm, aber dennoch wissen hier viele, dass diese Soldatin dort drüben war, im Land der Finger. Sie hat das Ende der Welt gesehen, sie hat sich über den gefürchteten Rand des Planeten gebeugt.

Nr. 103 683 richtet ihre Antenne auf und erkundigt sich nach dem Ort, wo sich die Käferställe befinden. Eine Arbeiterin erläutert ihr, dass sie im 20. UG, Richtung Südsüdwest, links hinter den Gärten mit den schwarzen Pilzen liegen.

Sie macht sich auf den Weg.

Nach der Feuersbrunst im vergangenen Jahr ist viel Arbeit geleistet worden. Das alte Bel-o-kan verfügte über fünfzig Ober- und fünfzig Untergeschosse. Nach Chli-pu-nis neuem Entwurf rühmt sich die Stadt heute, achtzig Obergeschosse zu besitzen. Wegen des Granitfelsens, der schon immer als Fundament diente, ist in der Tiefe nichts verändert worden.

Auf ihrem Weg bewundert die Soldatin ihre unablässig verbesserte Metropole.

75. OG: Hier befinden sich die wärmegeregelten Kinderkrippen mit dem vermodernden Humus, der Trockensaal für die Puppen mit dem feinen Sand, der die Feuchtigkeit aufnimmt. Dank eines Schlittensystems mit sanfter Hanglage lassen sich die Eier von nun an leichter zu den Stockwerken für die Intensivpflege hinabrollen. Dort werden sie ständig von Ammen mit schweren Hinterleibern eingespeichelt. Auf diese Weise werden sie durch die transparente Hülle des Kokons hindurch mit allen Proteinen und Antibiotika versorgt, die zu ihrem vollkommenen Wachstum notwendig sind.

20. OG: Hier befinden sich die Vorräte an Trockenfleisch, Obst und Pilzmehl. Um dem Verrotten vorzubeugen, ist alles sorgfältig mit Ameisensäure überzogen.

18. OG: Fässer aus fetten Blättern umschließen dampfende Säuren für militärische Experimente. Mit den Enden ihrer langen Kiefer testen Chemikerinnen den Wirkungsgrad jeder Säure. Einige werden aus Obst gewonnen, so zum Beispiel die Apfelsäure aus Äpfeln. Andere haben einen weniger alltäglichen Ursprung: Die Oxalsäure wird aus Sauerampfer hergestellt, die Schwefelsäure aus gelben Steinen. Zur Jagd ist die neue sechzigprozentig konzentrierte Ameisensäure ideal. Sie brennt ein wenig in den Eingeweiden, richtet jedoch unvergleichliche Verwüstungen an. Nr. 103 683 hat sie bereits ausprobiert.

15. OG: Der Exerziersaal ist höher gelegt worden. Hier üben sich die Kriegerinnen im Nahkampf. Die neuen Finten werden peinlich genau auf Gedächtnispheromonen gespeichert, die für die Chemische Bibliothek bestimmt sind. Die aktuelle Entwicklung geht nicht mehr dahin, dem Gegner an den Kopf zu springen, sondern vielmehr darin, ihm ein Bein nach dem anderen abzutrennen, bis er sich nicht mehr bewegen kann. Ein Stück weiter üben sich Artilleristinnen darin, auf zehn Schritt Entfernung aufgestellte Körper mit einem präzisen Strahl zu zersetzen.

9. UG: Hier befinden sich die Läuseställe. Die Königin Chli-pu-ni hat Wert darauf gelegt, dass sich alle Ställe innerhalb der Stadt befinden, um nicht wieder Gefahr zu laufen, dass die Herden von wilden Marienkäfern angegriffen werden. Arbeiterinnen sind damit beschäftigt, die Läuse mit Stechpalmenstückchen zu traktieren, damit sie rascher ihren Saft abgeben.

Die Fortpflanzungsrate der Läuse ist gestiegen. Sie liegt jetzt bei zehn Stück pro Sekunde. Nr. 103 683 hat das Glück, im Vorübergehen einem seltenen Phänomen beizuwohnen. Eine Laus kommt mit einem Läuschen nieder, das selbst beim Gebären ist und ein noch kleineres Läuschen zur Welt bringt. So wird man in einer Sekunde Mutter und Großmutter!

14. UG: Die Pilzfelder erstrecken sich, so weit das Auge reicht; sie werden von Kompostbecken gespeist, wo jeder seine Exkremente ablagert. Bäuerinnen schneiden die überstehenden Rhizome ab, andere bringen das Ameisengift aus, das sie vor Parasiten schützt.

Plötzlich springt vor Nr. 103 683 ein grünes Tier auf, das seinerseits von einem anderen grünen Tier verfolgt wird. Sie scheinen miteinander zu kämpfen. Sie fragt in der Runde, was das für merkwürdige Insekten sind. Stinkende Höhlenwanzen, erläutert man ihr. Die sind die ganze Zeit beim Begatten. Auf alle denkbaren Weisen, egal wo und egal mit wem. Das ist sicher das mit der ungewöhnlichsten Sexualität begabte Wesen des Planeten. Chli-pu-ni studiert sie mit Vorliebe.

Zu allen Zeiten und in allen Ameisenhaufen hat es zahlreiche Mitbewohner gegeben. Über zweitausend Arten von Insekten, Tausendfüßlern, Spinnen, die ständig in einem Ameisenhaufen leben und von den Ameisen voll und ganz geduldet werden, sind gezählt worden. Manche nutzen dies, um dort ihre Verwandlung zu vollziehen, andere reinigen die Räume, indem sie die Abfälle auffressen.

Doch Bel-o-kan ist die erste Stadt, wo sie »wissenschaftlich« studiert werden. Die Königin Chli-pu-ni behauptet, dass jedes beliebige Insekt abgerichtet und in eine furchterregende Waffe umgewandelt werden kann. Ihrer Meinung nach hat jedes Subjekt seine eigene Verwendungsweise, die sich im Gespräch offenbart. Man brauche nur aufmerksam zu sein.

Im Augenblick ist Chli-pu-ni damit recht erfolgreich. Es ist ihr gelungen, mehrere Käferarten »zu zähmen«, indem sie sie gefüttert, ihnen einen Unterschlupf gebaut, sie von ihren Krankheiten geheilt hat, wie man es früher schon mit den Läusen tat. Der eindrucksvollste Erfolg der Königin besteht darin, dass sie es geschafft hat, Nashornkäfer zu bändigen.

20. UG: Südsüdwestliches Viertel, links hinter den Gärten mit den schwarzen Pilzen. Die Auskunft war richtig. Die Käfer befinden sich am Ende des Gangs.

14. Enzyklopädie

Angst Um zu erklären, warum Ameisen keine Angst kennen, muss man sich vor Augen halten, dass der ganze Ameisenhaufen wie ein einziger Organismus ist. Dort spielt jede Ameise die gleiche Rolle wie eine Zelle im menschlichen Körper.

Fürchten sich die Ränder unserer Nägel davor, abgeschnitten zu werden? Zittern die Haare an unserem Kinn vor dem Nahen des Rasierapparates? Schreckt unsere große Zehe davor zurück, dass wir sie benützen, die Temperatur in einem vielleicht kochend heißen Bad zu testen?

Sie haben keine Angst, weil sie nicht als unabhängige Einheiten existieren. Ebenso zieht unsere linke Hand, wenn sie die rechte zwickt, nicht deren Unmut auf sich, und wenn unsere rechte Hand mit mehr Ringen geschmückt ist als unsere linke, wird diese nicht neidisch werden. Sorgen ade, wenn man sich selbst vergisst, um nur noch ans Ganze des Gemeinschaftsorganismus zu denken. Das ist vielleicht eines der Geheimnisse, weshalb die Welt der Ameisen sozial so erfolgreich ist.

Edmond Wells

Enzyklopädie des relativen und absoluten Wissens, Bd. 2

15. Laetitia tritt noch immer nicht in Erscheinung

Als sein Zorn verraucht war, machte Jacques Méliès seine Aktentasche auf und zog die Akte Salta heraus. Er wollte sich noch einmal genau alle Details ansehen und vor allem die Fotos. Eine ganze Weile beugte er sich über die Großaufnahme von Sébastien Salta mit weit aufgerissenem Mund. Von seinen Lippen schien sich ein Schrei zu lösen. Ein Entsetzensschrei? Ein »Nein« angesichts des unausweichlichen Todes? Die Identität seines Mörders? Je länger er das Foto betrachtete, umso niedergeschlagener, beschämter fühlte er sich.

Schließlich riss er sich los, sprang zornentbrannt auf und versetzte der Wand vor ihm einen Fausthieb.

Die Journalistin vom *Echo am Sonntag* hatte Recht. Er hatte sich blamiert.

Er hatte den Fall unterschätzt. Eine hervorragende Lektion in Sachen Demut. Es gibt keinen schlimmeren Fehler, als Situationen oder Menschen zu unterschätzen. Vielen Dank, Madame oder Mademoiselle Wells!

Aber warum hatte er sich bei diesem Fall als so unfähig erwiesen? Aus Faulheit? Weil er die Gewohnheit angenommen hatte, immer Erfolg zu haben. Infolgedessen hatte er sich zu etwas hinreißen lassen, was kein Polizist, nicht einmal der grünste Neuling in dem Gewerbe, getan hätte: Er hatte eine Untersuchung verpfuscht. Und sein Ruf war so gut, dass niemand außer dieser Journalistin ihn im Verdacht hatte, auf dem Holzweg zu sein.

Er musste ganz von vorn anfangen. Eine schmerzliche, aber notwendige Infragestellung! Besser jedoch, heute zuzugeben, sich getäuscht zu haben, als auf seinem Irrtum zu beharren.

Das Problem war, dass er es, falls es sich nicht um einen Selbstmord handelte, mit einer verdammt haarigen Angelegenheit zu tun hatte. Wie hatten Mörder in einen verschlossenen Raum eindringen und ihn verlassen können, ohne Spuren zu hinterlassen? Wie kann man jemanden töten, ohne ihm Wunden beizubringen oder eine Tatwaffe zu benutzen? Das Geheimnis übertraf sämtliche guten Krimis, die er bisher gelesen hatte.

Er wurde von ganz ungewohnter Erregung gepackt.

Und wenn er jetzt endlich auf das perfekte Verbrechen gestoßen wäre?

Er dachte an den Fall des Doppelmords in der Rue Morgue, der in der Erzählung von Edgar Allan Poe so gut dargestellt ist. In dieser auf wahren Tatsachen beruhenden Geschichte werden eine Frau und ihre Tochter tot in ihrer verschlossenen Wohnung aufgefunden. Hermetisch verschlossen, und zwar von innen. Die Frau hat es mit der Rasierklinge erwischt, die Tochter ist erschlagen worden. Keine Spuren von Vergewaltigung, aber von brutalen, tödlichen Schlägen. Am Ende der Untersuchung wird der Mörder gefasst: Ein aus einem Zirkus entlaufener Orang-Utan war über die Dächer in die Wohnung eingedrungen. Bei seinem Auftauchen schrien die Opfer vor Schreck los. Ihr Gekreische trieb den Affen zum Wahnsinn, um sie zum Schweigen zu bringen, tötete er sie. – Er floh auf dem gleichen Weg, wie er gekommen war, stieß dabei mit dem Rücken gegen den Rahmen des Schiebefensters und brachte es damit zum Zufallen – so, als sei es die ganze Zeit von innen verschlossen gewesen.

Beim Fall der Brüder Salta war die Lage ähnlich, nur dass niemand ein Fenster hatte schließen können, indem er mit dem Rücken dagegenrammte.

Aber war das so sicher? Méliès machte sich sofort auf den Weg, um den Schauplatz zu inspizieren.

Der Strom war abgeschaltet worden, aber er hatte seine Leuchtlupe mitgebracht. Er untersuchte das Zimmer, das von den blinkenden Neonlichtern der Straße erhellt wurde. Sébastien Salta und seine Brüder lagen noch immer da, eingewachst, erstarrt, als befänden sie sich gerade irgendeinem ekelhaften Schrecken aus der Hölle der Großstadt gegenüber.

Da die verriegelte Tür nicht in Frage kam, überprüfte der Kommissar die Fenster. Ihre raffinierten Riegel ermöglichten es keinesfalls, sie von außen zu schließen, und sei es durch Zufall.

Er machte sich daran, die kaum tapezierten Wände nach einem Geheimgang abzuklopfen. Er hob die Bilder an, um zu sehen, ob sie einen Tresor verbargen. In dem Zimmer befanden sich zahlreiche Wertgegenstände: ein goldener Kerzenständer, eine silberne Statuette, eine HiFi-Kompaktanlage … Jeder Einbrecher hätte sie mitgehen lassen.

Auf einem Stuhl lagen Kleidungsstücke. Routiniert tastete er sie ab. Bei der Berührung fiel ihm etwas auf. Im Stoff der Weste befand sich ein winzig kleines Loch. Wie ein Mottenloch, jedoch vollkommen quadratisch. Er legte die Weste zurück und dachte nicht weiter darüber nach. Dann zog er eines seiner unvermeidlichen Kaugummipäckchen aus der Tasche und ließ dabei den Artikel aus dem *Echo am Sonntag* zu Boden fallen, den er sorgfältig ausgeschnitten hatte.

Nachdenklich las er den Artikel von Laetitia Wells noch einmal.

Sie sprach von einer Fratze des Entsetzens. Das stimmte. Diese Menschen schienen aus schierer Angst gestorben zu sein. Aber was könnte einen wohl zu Tode erschrecken?

Er tauchte in seine eigenen Erinnerungen hinab. Als Kind hatte er einmal einen hartnäckigen Schluckauf. Seine Mutter befreite ihn davon, indem sie sich eine Wolfsmaske anlegte und ihn damit erschreckte. Er stieß einen Schrei aus, und eine Sekunde lang schien sein Herz stehen zu bleiben. Sofort nahm seine Mutter die Maske ab und überhäufte ihn mit Küssen. Vorbei war's mit dem Schluckauf.

Alles in allem war Jacques Méliès in beständiger Angst aufgewachsen. Die weniger schlimmen Ängste: die Angst, krank zu werden, die Angst, mit dem Auto zu verunglücken, die Angst vor dem Herrn, der einem Bonbons anbietet und einen entführt, die Angst vor der Polizei. Die drängenderen Ängste: die Angst, sitzenzubleiben, die Angst, am Ausgang des Gymnasiums erpresst zu werden, die Angst vor Hunden.

Eine Menge weiterer Erinnerungen an Schrecknisse aus der Kindheit kamen ihm ins Bewusstsein.

Jacques Méliès erinnerte sich an die schlimmste aller Ängste. Seine große Angst.

Als er noch ganz klein war, hatte er eines Nachts in seinem Bett etwas zappeln spüren. Dort, wo er sich am sichersten glaubte, hockte ein Ungeheuer! Einen Moment wagte er es nicht, die Füße unter die Bettdecke zu stecken, dann nahm er sich zusammen und schob sich nach und nach darunter.

Aber plötzlich nahmen seine Zehen einen warmen Atem wahr. Igitt. Ja, er war sich sicher! In seinem Bett steckte ein widerwärtiges Ungeheuer und wartete nur darauf, dass seine Füße näher kamen, um sie zu verschlingen. Glücklicherweise reichte er nicht ganz bis nach unten. Er war nicht groß genug, aber er wuchs jeden Tag, und seine Füße näherten sich der Falte der Bettdecke, wo sich der Zehenfresser versteckt hielt.

Der kleine Méliès hatte mehrere Nächte lang auf dem Boden geschlafen oder auf der Decke. Davon bekam er Krämpfe, das war keine Lösung. Er hatte sich also durchgerungen, unter der Bettdecke zu schlafen, verlangte aber von seinem Körper, von allen seinen Muskeln, von allen seinen Knochen, nicht zu sehr zu wachsen, damit er niemals bis ganz nach unten reichte. Vielleicht war er deshalb nicht so groß wie seine Eltern.

Jede Nacht war eine Prüfung gewesen. Er hatte jedoch einen Trick herausbekommen. Er drückte seinen Plüschteddy fest in seine Arme. Mit ihm fühlte er sich bereit, dem unten in seinem Bett hockenden Ungeheuer zu trotzen. Und dann versteckte er sich unter der Decke und ließ nichts herausschauen, keinen Arm, nicht das kleinste Härchen oder Stückchen Ohr. Denn ihm schien klar zu sein, dass das Ungeheuer in der Nacht versuchen würde, um das Bett herumzugehen und ihn von der anderen Seite am Kopf zu packen.

Morgens fand seine Mutter eine Kugel aus Laken und Decken, in der ihr Sohn und sein Teddy begraben waren. Sie hatte nie den Versuch unternommen, dieses seltsame Verhalten zu begreifen. Und Jacques hatte sich auch nicht die Mühe gemacht zu erzählen, wie er zusammen mit seinem Teddy die ganze Nacht einem Ungeheuer Widerstand geleistet hatte.

Weder er noch das Ungeheuer hatten den Kampf jemals gewonnen. Und geblieben war ihm lediglich die Angst. Die Angst, größer zu werden und etwas Entsetzlichem gegenüberzustehen, das er nicht einmal identifiziert hatte. Etwas mit roten Augen, aufgeworfenen Lefzen und einem Mordshunger.

Der Kommissar kam wieder zu sich, packte seine Leuchtlupe und untersuchte den Schauplatz des Verbrechens ernsthafter als beim ersten Mal.

Oben, unten, links, rechts.

Nicht die geringste Spur dreckiger Fußabdrücke auf dem Teppichboden, nicht ein fremdes Haar, kein Fingerabdruck auf den Fensterscheiben. Auch keine fremden Fingerabdrücke auf den Gläsern.

Er ging in die Küche. Er leuchtete mit dem schmalen Strahl seiner Leuchtlupe.

Er beschnupperte und kostete die Gerichte, die herumstanden. Emile war so geistesgegenwärtig gewesen, sogar die Nahrungsmittel zu überziehen. Der gute Emile! Jacques Méliès schnupperte an der Wasserkaraffe. Kein Giftgeruch. Die Fruchtsäfte und das Soda wirkten gleichermaßen harmlos.

Die Brüder Salta trugen die Fratze des Entsetzens im Gesicht. Sicherlich eine Angst, die derjenigen der beiden Frauen beim Doppelmord in der Rue Morgue glich, als sie einen schwerfälligen Affen durch das Fenster ihres Salons eindringen sahen. Er dachte an diesen Fall zurück. Sicherlich hatte der Orang-Utan selbst große Angst gehabt, denn er tötete die beiden Frauen ja, um ihrem Schreien ein Ende zu machen. Er hatte Angst vor ihrem Gebrüll gehabt.

Noch ein Drama wegen Verständigungsschwierigkeiten. Man hat Angst vor dem, was man nicht versteht.

Während er dies dachte, bemerkte er, dass sich etwas hinter dem Vorhang bewegte, und ihm blieb fast das Herz stehen. Der Mörder war zurückgekommen! Der Kommissar ließ seine Leuchtlupe fallen, sie verlöschte. Jetzt blieben nur noch die Neonlichter der Straße, die abwechselnd angingen, um nacheinander das Wort »Go-Go-Bar« zu buchstabieren.

Jacques Méliès wollte sich verstecken, sich nicht mehr rühren, sich vergraben. Er nahm seinen Mut in beide Hände, hob seine Leuchtlupe auf, schob den verdächtigen Vorhang zurück. Da war nichts. Oder vielleicht war es der unsichtbare Mann.

»Ist da jemand?«

Nicht das geringste Geräusch. Bestimmt ein Luftzug.

Er konnte nicht länger dableiben, er beschloss, die Nachbarn aufzusuchen.

»Guten Tag, entschuldigen Sie, Polizei.«

Ein eleganter Herr stand vor ihm.

»Polizei. Ich habe Ihnen nur zwei oder drei Fragen an der Tür zu stellen.«

Jacques Méliès zückte ein Notizbuch.

»Waren Sie am Abend des Verbrechens da?«

»Ja.«

»Haben Sie etwas gehört?«

»Keinen Knall, aber sie haben plötzlich losgebrüllt.«

»Gebrüllt?«

»Ja, sehr laut gebrüllt. Diese Schreie waren entsetzlich. Das hat eine halbe Minute gedauert, und dann kam nichts mehr.«

»Sind die Schreie gleichzeitig erfolgt oder nacheinander?«

»Eher gleichzeitig. Das war wirklich ein unmenschliches Gekreisch. Sie haben bestimmt sehr gelitten. Es war, als würden sie alle drei gleichzeitig umgebracht. Was für eine Geschichte! Ich kann Ihnen sagen, seitdem ich diese Leute schreien hörte, habe ich Probleme mit dem Schlafen. Außerdem beabsichtigte ich, hier auszuziehen.«

»Was meinen Sie, was es gewesen sein könnte?«

»Ihre Kollegen waren bereits da. Anscheinend hat ein Ass von der Polizei … Selbstmord diagnostiziert. Ich glaube ja nicht so recht daran. Sie waren etwas Schrecklichem begegnet, aber was, das weiß ich nicht. Jedenfalls hat es keinen Lärm gemacht.«

»Danke.«

Eine fixe Idee nistete sich in seinem Kopf ein.

(Ein wild gewordener, lautloser Wolf, der keine Spuren hinterlässt, hat diese Morde begangen.)

Aber er wusste, dass es das keinesfalls war. Und wenn es das nicht war, was hatte dann größeren Schaden angerichtet als ein Orang-Utan, der mit einer Rasierklinge bewaffnet auf den Dächern auftauchte? Ein Mensch, ein genialer und wahnsinniger Mensch, der das Rezept für das perfekte Verbrechen entdeckt hatte.

16. ENZYKLOPÄDIE

Wahnsinn Alle werden wir tagtäglich etwas mehr wahnsinnig und jeder auf eine andere Art. Deshalb verstehen wir einander so schlecht. Ich selbst spüre bei mir Paranoia und Schizophrenie. Außerdem bin ich überempfindlich, was meine Wirklichkeitswahrnehmung verzerrt. Das weiß ich. Daher versuche ich, anstatt diesen Wahnsinn nur zu ertragen, ihn vielmehr als Motor für alle meine Vorhaben zu benützen. Doch je mehr Erfolg ich damit habe, desto wahnsinniger werde ich. Und je wahnsinniger ich werde, desto eher erreiche ich die Ziele, die ich mir setze. Der Wahnsinn ist ein in jedem Schädel wohnender wutentbrannter Löwe. Man darf ihn auf keinen Fall erlegen. Es reicht, ihn zu erkennen und zu zähmen. Dieser abgerichtete Löwe wird einen dann viel weiter bringen als jeder Lehrer, jede Schule, Droge oder Religion. Doch wie bei jeder Kraftquelle besteht das Risiko, zu viel mit seinem eigenen Wahnsinn zu spielen: Manchmal wendet sich der Löwe überreizt gegen den, der ihn zähmen wollte.

EDMOND WELLS
Enzyklopädie des relativen und absoluten Wissens, Bd. 2

17. TRITTSPUREN

Nr. 103 683 hat die Käferställe gefunden. Eigentlich ist es ein großer Saal, wo Nashornkäfer von eindrucksvoller Statur eingestellt sind. Ihr Körper besteht aus dicken, schwarzen und körnigen Platten, die ineinanderstecken. Hinten: runde, glatte Formen. Vorne: eine Chitinkappe, die in einem langen, gestählten Horn ausläuft, das zehnmal größer als ein Rosendorn ist.

Soweit Nr. 103 683 weiß, ist jedes dieser Flugtiere sechs Schritte lang und drei breit. Sie halten sich gern im Halbschatten auf, haben paradoxerweise aber die Schwäche, vom Licht angezogen zu werden. In der Welt der Insekten ist die Helligkeit eine Verlockung, der nur wenige von ihnen zu widerstehen vermögen.

Diese großen Tiere fressen Sägemehl und faulige Knospen. Sie lassen ihren stinkenden Kot überall fallen, denn die Decken sind hier sehr niedrig, so dass sie nur wenig Bewegungsfreiheit haben. Arbeiterinnen sind mit dem Ausmisten beauftragt, aber anscheinend sind sie schon lange nicht mehr durchgegangen.

Das Abrichten solcher Käfer war keine einfache Sache. Königin Chli-pu-ni hatte die Idee, sich mit ihnen zu verbünden, nachdem einer von ihnen sie aus einem Spinnennetz gerettet hatte. Sobald sie Königin geworden war, stellte sie sie zu einer Fluglegion zusammen. Doch bislang hatte sich keine Gelegenheit ergeben, sie in den Kampf zu führen, zudem hatten sie ihre Säuretaufe noch nicht empfangen, und niemand wusste, wie diese friedlichen Pflanzenfresser in einer Kriegssituation reagieren würden, angesichts von Horden wutentbrannter Soldatinnen.

Nr. 103 683 schlängelt sich zwischen den Beinen dieser geflügelten Mastodonten durch. Sie ist sehr beeindruckt von der Erfindung, die den Käfern als Tränke dient: Ein Blatt inmitten des Raums enthält einen riesigen Wassertropfen, dessen Haut sich in die Länge zieht, sobald eines der Tiere dort seinen Durst stillt.

Chli-pu-ni hat diese Käfer per Duftsprache anscheinend überzeugt, sich in Bel-o-kan niederzulassen. Sie ist stolz auf ihre diplomatischen Fähigkeiten. *Um zwei unterschiedliche Denksysteme zusammenzuschließen, braucht man nur eine Kommunikationsweise zu finden,* erläutert sie im Rahmen ihrer Evolutionären Bewegung. Um das zu erreichen, ist ihr alles recht: Futtergaben, Passdüfte, Beruhigungspheromone. Ihrer Meinung nach sind zwei Tiere, die sich verständigen, nicht mehr dazu imstande, einander umzubringen.

Bei der letzten Versammlung der Föderationsköniginnen haben einige Teilnehmerinnen eingewandt, dass die am weitesten verbreitete Reaktion bei allen Arten die ist, alles auszurotten, was anders ist: Wenn der eine kommunizieren und der andere töten wolle, erwische es immer ersteren. Worauf Chli-pu-ni feinsinnig erwidert hat, dass das Töten alles in allem bereits eine Form von Kommunikation sei, wenn auch die elementarste von allen. Um zu töten, müsse man sich nähern, schauen, prüfen, die Reaktionen seines Gegners vorhersehen. Sich also für ihn interessieren.

Ihre Evolutionäre Bewegung war reich an Paradoxen!

Nr. 103 683 reißt sich vom Schauspiel der Käfer los, um ihre Suche nach dem Geheimgang wiederaufzunehmen, der sie zu den Rebellinnen führen soll.

An der Decke wittert sie Trittspuren. Es gibt sogar welche in alle Richtungen, als habe man die Laufrichtung verwischen wollen. Doch die Soldatin ist auch eine unvergleichliche Aufklärerin und versteht es, die frischesten Abdrücke zu erkennen und ihnen zu folgen.

Diese führen sie zu einem kleinen Höcker, der tatsächlich einen Eingang tarnt. Dort muss es sein. Sie vergräbt ihren Schmetterlingskokon, der sie mehr als alles andere behindert, schiebt ihren Kopf, dann ihren ganzen Körper in den Gang und wagt sich vorsichtig voran. Es riecht nach jemandem.

Nach Rebellinnen ... Wie kann es in einem so homogenen Stadtorganismus wie Bel-o-kan Rebellinnen geben? Das ist, als hätten irgendwo in einem Eingeweidewinkel die Zellen beschlossen, nicht mehr das allgemeine Spiel des Körpers mitzumachen. Man könnte das mit einer Blinddarmentzündung vergleichen. Nr. 103 683 ist dabei, eine Blinddarmentzündung aufzudecken, die alles Leben in der Stadt bedroht.

Wie viele gehören zu der Verschwörung? Was sind ihre Beweggründe? Je weiter sie vordringt, umso mehr will sie sich vergewissern. Da sie nun weiß, dass es eine Rebellenbewegung gibt, will sie sie auch enttarnen, ihren Aufbau und ihr Ziel verstehen.

Sie rückt vor. Da sind frische Gerüche. Vor kurzem sind in diesem engen Tunnel Bürgerinnen durchgekommen. Plötzlich wird sie von zwei Beinen mit vier Krallen am Leib gepackt und abrupt nach vorn gezogen. Sie wird durch den Gang geschleift und kommt in einem Saal heraus. Zwei Mandibeln zwicken ihr in den Hals und versuchen sie zu würgen.

Nr. 103 683 wehrt sich. Durch die Panzer, die sich um sie drängen, erkennt sie einen Raum mit sehr niedriger Decke. Ziemlich groß. Auf einen Antennenblick hin muss er dreißig auf zwanzig Schritt messen und – getarnt durch eine eingezogene Decke – den ganzen Käferstall überspannen.

Dort befindet sich eine Hundertschaft Ameisen, die sie einkreisen. Mehrere von ihnen prüfen argwöhnisch die Identifikationsgerüche des Eindringlings.

18. Enzyklopädie

Wie wird man sie los? Wenn mich jemand fragt, wie man die Ameisen loswird, die die Küche heimsuchen, entgegne ich: Mit welchem Recht gehört Ihre Küche Ihnen mehr als den Ameisen? Sie haben sie gekauft? Stimmt. Aber von wem? Von anderen Menschen, die sie aus Zement hergestellt und mit Nahrungsmitteln angefüllt haben, die aus der Natur stammen. Es ist eine Übereinkunft zwischen Ihnen und anderen Menschen, dass diese bearbeiteten Stücke Natur Ihnen zu gehören scheinen. Doch es ist eben bloß eine Übereinkunft zwischen Menschen. Sie gilt also auch nur für die Menschen. Warum soll Ihnen die Tomatensauce in Ihrem Schrank mehr als den Ameisen gehören? Diese Tomaten gehören der Erde! Der Zement gehört der Erde. Das Metall Ihrer Gabeln, die Früchte in Ihrer Konfitüre, die Ziegelsteine Ihrer Mauern stammen von diesem Planeten. Der Mensch hat ihnen lediglich Namen, Etiketten und Preise aufgeklebt. Das macht ihn nicht zum »Eigentümer«. Die Erde und ihre Reichtümer sind für alle ihre Bewohner frei verfügbar …

Doch ist diese Einsicht noch zu neuartig, um verstanden zu werden. Wenn Sie trotz allem entschlossen sind, sich dieser winzigen Konkurrentinnen zu entledigen, ist die »harmloseste« Methode noch das Basilikum. Stellen Sie eine kleine Basilikumpflanze in die zu schützenden Räume. Die Ameisen mögen die Ausdünstungen des Basilikums nicht und werden es vorziehen, die Wohnung Ihres Nachbarn aufzusuchen.

Edmond Wells

Enzyklopädie des relativen und absoluten Wissens, Bd. 2

19. Die Rebellinnen

Nr. 103 683 stellt sich den Rebellinnen mit raschen Antennenbewegungen vor. Sie sei Soldatin. Sie versichert, auf der Müllhalde einen Schädel gefunden zu haben, der sie gebeten habe, hierherzukommen, um mitzuteilen, dass bald ein Kreuzzug gegen die Finger ausgerufen werde.

Die Ankündigung zeitigt ihre Wirkung. Ameisen können nicht lügen. Sie haben den Nutzen einer Lüge noch nicht begriffen.

Die Umklammerung lässt nach. Um sie herum wackeln die Antennen. Nr. 103 683 fängt Pheromone auf, die von einem Überfall auf die Chemische Bibliothek sprechen. Einige der Rebellinnen vermuten, dass die Soldatin wohl mit einem der drei Mitglieder des Kommandos gesprochen hat. Schon zu lange habe man keine Nachricht mehr von ihnen.

Aus dem wenigen, was sie aufzuschnappen vermag, versteht Nr. 103 683, dass sie es mit einer wahrhaftigen Geheimbewegung zu tun hat, die alles unternimmt, um auch geheim zu bleiben. Die Rebellinnen fahren fort, ihre Information zu kommentieren. Vor allem der Ausdruck »Kreuzzug gegen die Finger« macht ihnen Sorgen. Sie wirken fassungslos. Indes sind einige auch unschlüssig, wie mit der unerwünschten Besucherin zu verfahren sei. Sie stelle eine Gefahr dar, da sie jetzt ihren Schlupfwinkel kennt, ohne selbst eine Rebellin zu sein.

Wer bist du?

Nr. 103 683 sendet alle Merkmale aus, die sie charakterisieren: ihre Kaste, ihre Legenummer, ihren Heimatameisenhügel … Die Rebellinnen sind verblüfft. Vor ihnen befindet sich tatsächlich die Soldatin Nr. 103 683, die einzige Rote, die das Ende der Welt berührt hat und von dort zurückgekommen ist.

Man lässt sie frei. Aus Respekt hält man sogar Abstand. Es entspinnt sich ein Dialog.

Bei den Ameisen spricht man mit Hilfe von Düften, den Pheromonen, welche die Antennensegmente aussenden. Ein Pheromon ist ein Hormon, das den Körper verlassen, in der Luft schweben und in einen anderen Körper eindringen kann. Wenn eine Ameise etwa eine Empfindung hat, sendet sie sie mit ihrem ganzen Körper aus, und alle Ameisen um sie herum nehmen sie zur gleichen Zeit wie sie selbst wahr. Eine Ameise in Bedrängnis teilt ihre Not sofort ihrer Umgebung mit, woraufhin die anderen alles unternehmen, ihr zu helfen und damit die leidvolle Botschaft zu beenden.

Jedes der elf Antennensegmente schickt eine Wellenlänge an Duftworten aus, so als ob viele Stimmen gleichzeitig sprechen, jede auf ihrer eigenen Wellenlänge. Einige haben die Untertöne und geben die Grundinformationen aus, andere senden in den höheren Lagen die Zusatzinformationen.

Die gleichen Segmente dienen als Ohren. So dass jeweils mit elf Mündern gesprochen und mit elf Ohren gehört wird. Das Ganze gleichzeitig. Infolgedessen sind die Unterhaltungen sehr nuancenreich. Bei einem Ameisengespräch erfährt man sicher elfmal so schnell elfmal so viele Dinge wie bei einem Menschengespräch. Wenn ein Mensch die Begegnung zweier Ameisen beobachtet, bekommt er daher den Eindruck, dass sie sich kaum mit den Antennenenden berühren, um gleich wieder ihrer jeweiligen Beschäftigung nachzugehen. Dennoch ist durch diesen winzigen Kontakt alles gesagt worden.

Hinkend tritt eine Soldatin vor (sie hat nur fünf Beine) und fragt, ob sie nicht die alte Weggefährtin des Prinzen Nr. 327 und der Prinzessin Chli-pu-ni sei.

Nr. 103 683 bejaht dies.

Die Hinkende erklärt ihr, dass sie sie lange gesucht habe, um sie zu töten. Aber mittlerweile habe sich die Lage verkehrt, und sie sendet einen höhnischen Duft aus:

Jetzt sind wir die gesellschaftlichen Außenseiter, und du bist die Norm.

Die Zeiten ändern sich.

Die Hinkende schlägt eine Trophallaxis vor. Ihre Gesprächspartnerin erklärt sich einverstanden, und beide küssen sich auf den

Mund und streicheln sich die Antennen, bis die im Sozialkropf der Geberin gelagerte Nahrung sich ganz in den Magen von Nr. 103 683 geleert hat.

Kommunizierende Röhren. Verdauungssysteme, die gleichfalls miteinander kommunizieren.

Die Hinkende leert ihre Energie aus, die Besucherin füllt sich damit. Sie denkt an ein Ameisensprichwort aus dem 43. Jahrtausend zurück: *Man bereichert sich an dem, was man gibt, und verarmt an dem, was man nimmt.*

Sie hätte die Gabe jedoch nicht zurückweisen können.

Die Rebellinnen führen sie darauf in ihrem Schlupfwinkel herum. Dort finden sich Getreidespeicher, Honigtauvorräte, Eier voller Gedächtnispheromone.

Nr. 103 683 weiß nicht, warum, aber alle diese Verschwörerinnen erscheinen ihr gar nicht so fürchterlich. Sie wirken eher auf sie, als wollten sie vor allem ihr Geheimnis bewahren, und nicht wie nach politischer Macht dürstende Aufwieglerinnen.

Die Hinkende kommt näher und macht ihr vertrauliche Mitteilungen. Früher seien die Rebellinnen unter einem anderen Namen bekannt gewesen. Sie seien die »Kriegerinnen mit dem Felsengeruch« gewesen, jene Geheimpolizei unter dem Befehl der Königin Belo-kiu-kiuni, der Mutter der jetzigen Königin Chli-pu-ni. Sie seien damals allmächtig gewesen und standen kurz davor, unter der großen Bodenplatte der Stadt eine parallele Geheimstadt anzulegen. Ein zweites Bel-o-kan.

Die Hinkende gibt zu, dass sie, die Kriegerinnen mit dem Felsengeruch, diejenigen seien, die alles getan hätten, um den Prinzen Nr. 327, die Prinzessin Nr. 56 (Chli-pu-ni) und sie selbst, die Soldatin Nr. 103 683, zu beseitigen. Damals habe niemand gewusst, dass es die Finger tatsächlich gebe. Die Königin Belo-kiu-kiuni hatte fürchten müssen, ihre Untertanen würden von Panik ergriffen werden, wenn sie entdeckten, dass diese riesigen Tiere mit einer fast genauso entwickelten Intelligenz begabt seien wie die roten Waldameisen.

Belo-kiu-kiuni habe damals ein Abkommen mit dem Botschafter der Finger geschlossen: Sie würde jegliche Information in Bezug auf die Existenz der Finger unterdrücken, und diese würden im Gegenzug über alles schweigen, was sie schon über die Intelligenz der Ameisen wussten oder in der Folgezeit erfahren würden. Jeder musste dafür sorgen, die Seinen von dem Geheimnis fernzuhalten.

Die Königin Belo-kiu-kiuni war der Meinung, dass die beiden Zivilisationen noch nicht so weit seien, einander zu verstehen. Sie beauftragte daher ihre Kriegerinnen mit dem Felsengeruch damit, alle auszuschalten, die die Existenz der Finger entdeckt hätten.

Dieser Befehl forderte seinen Preis.

Die Hinkende gibt zu, den fortpflanzungsfähigen Prinzen Nr. 327 getötet zu haben, genauso wie Tausende weiterer Ameisen, welche auf diese oder jene Weise erfahren hatten, dass die Finger nicht bloß ein schlichtes Märchen sind, sondern tatsächlich existieren und einige gar durch den Wald laufen.

Nr. 103 683 ist sehr gespannt. Ob das hieße, dass es zwischen den roten Ameisen und den Fingern zu einem Gespräch gekommen sei?

Die Hinkende bestätigt das. In einer Höhle unter der Stadt haben sich Finger eingerichtet. Sie hätten eine Maschine und einen Ameisenbotschafter gebaut, der es auch ihnen ermögliche, Pheromone auszusenden und zu empfangen. Die Maschine heiße »Stein des Weisen«, der Botschafter »Doktor Livingstone«; das seien fingerliche Bezeichnungen. Durch ihren Dolmetscher hätten Finger und Ameisen das Wesentliche in Erfahrung bringen können:

»Wir sind von unterschiedlicher Größe, wir sind verschieden, aber beide haben wir auf diesem Planeten eine intelligente Zivilisation aufgebaut.«

Das sei der erste Kontakt gewesen. Es habe noch viele andere gegeben. Die Finger seien Gefangene ihrer Höhle unter der Stadt gewesen, und Belo-kiu-kiuni habe sie ernährt und ihr Überleben gesichert. Die Unterhaltung sei eine ganze Jahreszeit lang regelmäßig fortgesetzt worden. Dank der Finger habe Belo-kiu-kiuni das Prinzip des Rads entdeckt, aber sie sei bei der Feuersbrunst in ihrer Stadt umgekommen, ehe sie damit ihrem Volk habe nützen können.

Nachdem Chli-pu-ni Königin geworden sei, wollte sie den Kontakt mit den Fingern nicht fortsetzen. Sie befahl, diese nicht mehr weiter zu ernähren, sowie den Durchgang, der zum zweiten Bel-o-kan und damit zur Höhle der Finger führte, mit Wespenzement zu verschließen. Auf diese Weise habe sie diese zum Verhungern verurteilt.

Parallel dazu habe die Garde von Chli-pu-ni die Kriegerinnen mit dem Felsengeruch gejagt. Die neue Herrscherin habe nicht gewollt, dass auch nur die geringste Spur dieser schändlichen Kollaboration zwischen den Ameisen und den Fingern erhalten bleibe. Für eine Rote, die für den Kontakt unter den Arten eintrat, habe sie sich in diesem Fall merkwürdig intolerant gezeigt.

An einem Tag sei fast die Hälfte der Kriegerinnen des anderen Bel-o-kan zu Tode gebracht worden. Die Entkommenen hätten sich in Wände und Decken eingegraben. Um zu überleben, hätten sie beschlossen, ihren Erkennungsgeruch aufzugeben, und sich einen neuen Namen gewählt. Sie seien die »Pro-Finger-Rebellinnen« geworden.

Nr. 103 683 betrachtet diese sogenannten Rebellinnen. Die meisten von ihnen humpeln. Die Garde der Königin hat ihnen das Leben schwergemacht. Aber es gibt auch Junge, die vollkommen gesund sind. Diese Soldatinnen haben sich womöglich leichtfertig von den Erzählungen über eine parallele Zivilisation verführen lassen.

Doch was für ein Wahnsinn, alle diese Belokanerinnen in einen Schwesternkampf zu ziehen! Und wozu im Grunde? Für die Finger, von denen man letztlich nicht viel weiß.

Die Hinkende sagt, dass die Rebellinnen ihre Bewegung jetzt geeint hätten. Sie verfügten nun über ein Hauptquartier, hier über der Zwischendecke des Käferstalls. Und sie verstünden es, so unauffällige Gerüche abzusondern, dass es den Föderationssoldatinnen noch nicht gelinge, sie zu identifizieren.

Doch wozu dient diese Geheimbewegung?

Die Hinkende lässt die Spannung einen Augenblick dauern, um die Wirkung zu erhöhen. Dann erklärt sie kurzerhand, auch die unter dem Boden eingerichteten Finger seien noch am Leben. Die Rebellinnen hätten den Wespenzement aufgebrochen, den Zugang im Granit wieder geöffnet und die Nahrungszufuhr wieder aufgenommen.

Wolle Nr. 103 683 ebenfalls Rebellin werden? Die Soldatin zögert, doch wie immer ist die Neugier stärker. Zum Zeichen der Zustimmung beugt sie die Antennen nach hinten. Alle gratulieren einander. Die Bewegung hat jetzt eine Kriegerin in ihren Reihen, die am Ende der Welt war. Zahlreiche Rebellinnen bieten ihr eine Trophallaxis an, und Nr. 103 683 kann kaum schnell genug allen ihren Mund darbieten. Von all diesen nahrhaften Küssen wird ihr warm!

Die Hinkende setzt sie davon in Kenntnis, dass die Rebellinnen ein Kommando mit dem Auftrag losschicken wollen, Zisternen zu stehlen und sie unter den Boden zu bringen, um die Finger besser versorgen zu können. Wenn sie Doktor Livingstone kennenlernen wolle, sei dies eine gute Gelegenheit.

Das lässt sich Nr. 103 683 nicht zweimal sagen. Sie hat es eilig, dieses unter der Stadt versteckte Nest der Finger zu entdecken. So lange schon ist sie von den Fingern wie besessen. Das könnte sie aus ihrer »Krankheit der Seelenstimmungen« reißen und gleichzeitig ihre Neugier befriedigen.

Dreißig tapfere Rebellensoldatinnen versammeln sich, und nachdem sie sich am Honigtau gesättigt haben, um ihre Energien aufzutanken, machen sie sich auf den Weg zum Saal der Zisternenameisen. Nr. 103 683 befindet sich unter ihnen.

Wenn sie nur nicht auf einen der Wachtrupps stoßen.

20. FERNSEHEN

Sie beobachtete jeden, der herein und heraus ging.

Die Concierge saß getreulich auf ihrem Posten hinter ihrem angelehnten Fenster.

Kommissar Méliès ging zu ihr hin.

»Sagen Sie, Madame, darf ich Ihnen eine Frage stellen?«

Sie dachte, es müsse sich um eine Nörgelei wegen der schmutzigen Fahrstuhlspiegel handeln. Trotzdem nickte sie.

»Was hat Ihnen im Leben am meisten Angst gemacht?«

Komische Frage. Sie dachte lange nach, denn sie befürchtete, eine Dummheit zu sagen und ihren berühmten Mieter zu enttäuschen:

»Ich denke, die Ausländer. Ja, die Ausländer. Die sind doch überall. Sie nehmen den Leuten die Arbeit weg. Sie greifen sie nachts an den Straßenecken an. Die sind einfach nicht so wie wir! Man weiß nie, was sie im Schilde führen.«

Méliès nickte und dankte ihr. Er war bereits im Treppenhaus, als sie ihm noch ganz versonnen nachrief: »Gute Nacht, Herr Kommissar!«

In seiner Wohnung entledigte er sich seiner Schuhe und machte es sich vor dem Fernseher bequem. Es gab nichts Besseres als Fernsehen, um die Maschinerie zum Halten zu bringen, die sich nach einem Tag voller Nachforschungen am Abend in seinem Kopf drehte. Wenn man schläft, träumt man; das ist bereits Arbeit. Das Fernsehen dagegen leert einem den Verstand. Die Neuronen legen sich zur Ruhe, und alle Ampeln im Gehirn hören zu blinken auf. Welcher Genuss!

Er griff nach der Fernbedienung.

Kanal 1675, amerikanischer Fernsehfilm: »Also Bill, dir geht es also schlecht, wie, du hast dich für den Besten gehalten, und jetzt wird dir klar, dass du bloß ein armes Schwein bist, wie alle anderen auch …«

Er zappte:

Kanal 877: Werbung: »Mit Krak-Krak, ein für allemal Schluss mit Ihren …«

Er zappte wieder.

Ihm standen 1825 Sender zur Verfügung, aber nur Kanal 622 begeisterte ihn täglich um Punkt 20 Uhr mit seiner Starsendung: »Denkfalle«.

Vorspann. Fanfaren. Auftritt des Moderators. Beifall.

Der Mann strahlt:

»Welche Freude, Sie wiederzusehen, Sie alle, die Sie unserem Kanal 622 die Treue halten. Willkommen zur hundertvierzigsten Sendung von ›Denk-‹«

»›-falle‹!«, schallt es im Chor.

Marie-Charlotte drückte sich gegen seine Knie und verlangte Streicheleinheiten. Er gab ihr ein wenig Thunfischpastete. Thunfischpastete mochte Marie-Charlotte noch lieber als Streicheleinheiten.

»Für diejenigen, die unsere Sendung womöglich zum ersten Mal entdecken, erinnere ich an die Regeln.«

Buhrufe im Saal gegen diese Langweiler.

»Danke. Also, das ist im Prinzip einfach. Wir stellen ein Rätsel. Der Kandidat oder die Kandidatin hat die Lösung zu finden. Das ist die ›Denk-‹«

»›-falle‹!«, trompetet das Publikum.

Noch immer strahlend fährt der Moderator fort:

»Für jede richtige Antwort gibt es einen Scheck über zehntausend Franc sowie einen Joker, um einen Fehler auszugleichen und die Chance auf weitere zehntausend Franc zu wahren. Schon seit mehreren Monaten ist Madame … äh … Juliette … Ramirez unser Champion. Hoffen wir, dass sie auch heute nicht gestürzt wird. Stellen Sie sich nochmals vor, Madame … Ramirez. Was sind Sie von Beruf?«

»Briefträgerin.«

»Sie sind verheiratet?«

»Ja, und mein Mann sitzt jetzt sicher zu Hause am Bildschirm.«

»Na dann, guten Abend, Monsieur Ramirez! Und haben Sie Kinder?«

»Nein.«

»Was haben Sie für Hobbys?«

»Ach … Kreuzworträtsel … Kochen …«

Beifall.

»Mehr, noch mehr«, befiehlt der Moderator. »Madame Ramirez hat es verdient.«

Stärkerer Beifall.

»Und nun, Madame Ramirez, fühlen Sie sich bereit für ein neues Rätsel?«

»Ich bin bereit.«

»Dann öffne ich den Umschlag, in dem es steckt, und lese Ihnen unser Rätsel des Tages vor.«

Trommelwirbel.

»Das Rätsel lautet: Wie heißt die nächste Zeile in folgender Reihenfolge?«

Mit einem Filzstift schreibt er Ziffern an eine weiße Tafel.

1
11
21
1211
111221
312211

Nahaufnahme der Kandidatin, die ein zögerndes Gesicht aufsetzt: »Hm … Das ist nicht gerade einfach!«

»Lassen Sie sich Zeit, Madame Ramirez. Sie haben Zeit bis morgen. Doch um Ihnen zu helfen, hier der Schlüsselsatz, der Sie auf den richtigen Weg bringen wird. Achtung, hören Sie gut zu: ›Je intelligenter man ist … desto weniger Lösungschancen hat man.‹«

Ohne etwas zu begreifen, klatscht der Saal Beifall.

Der Moderator grüßt:

»Liebe Fernsehzuschauer und -zuschauerinnen, greifen auch Sie zu den Kugelschreibern! Und bis morgen, wenn Sie Lust dazu haben!«

Jacques Méliès zappte zu den Regionalnachrichten. Eine zu stark geschminkte Frau mit tadelloser Frisur leierte gleichgültig den Text herunter, der auf ihrem Prompter ablief: »Nach dem glänzenden Erfolg von Kommissar Jacques Méliès im Fall Salta hat Präfekt Dupeyron vorgeschlagen, den hervorragenden Kriminalpolizisten in den Rang eines Offiziers der Ehrenlegion zu erheben. Wie aus gut unterrichteter Quelle verlautet, überprüft das Präsidialamt die Kandidatur wohlwollend.«

Angeekelt schaltete Jacques Méliès seinen Apparat ab. Was sollte er jetzt tun? Weiterhin den Star spielen und den Fall begraben oder stur bleiben, den Versuch unternehmen, die Wahrheit herauszubekommen – und auf seinen Ruf als unfehlbare Spürnase zu pfeifen?

Im Grunde wusste er genau, dass ihm keine Wahl blieb. Der Reiz des perfekten Verbrechens war zu stark. Er griff nach dem Telefon:

»Hallo, ist dort das Leichenschauhaus? Geben Sie mir den Arzt …« (Eine lästige kleine Melodie.) »… Hallo, Doktor, ich brauche eine lückenlose Autopsie der Brüder Salta … Ja, es eilt!«

Er legte auf, wählte eine andere Nummer:

»Hallo, Emile? Kannst du mir die Akte über die Journalistin vom *Echo am Sonntag* raussuchen? Genau, Laetitia Dingsda. Gut, triff mich in einer Stunde im Leichenschauhaus. Und ach, Emile, eine kleine Frage: Was auf der Welt macht dir am meisten Angst? … Ach was, das? Irre. Ich hätte nie gedacht, dass das irgendjemandem Angst machen kann … Na schön, ab zum Leichenschauhaus.«

21. ENZYKLOPÄDIE

Indianerfalle Die kanadischen Indianer gebrauchen eine höchst primitive Bärenfalle. Sie besteht aus einem großen, mit Honig eingeschmierten Stein, der an einem Seil von einem Baum herabhängt. Wenn ein Bär ihn bemerkt und für einen Leckerbissen hält, kommt er näher und versucht den Stein zu packen, wobei er ihm Schläge mit den Tatzen versetzt. Er löst damit eine Schaukelbewegung aus, und jedes Mal, wenn der Stein zurückschwingt, bekommt der Bär einen Hieb. Der Bär verliert die Geduld und haut immer fester zu. Und je heftiger er zuhaut, umso heftiger auch der Aufprall des Steins. Bis zu seinem endgültigen K.O.

Der Bär ist nicht imstande zu denken: »Und wenn ich diesen Kreislauf der Gewalt anhalten würde?« Er empfindet nichts als Frustration. »Man versetzt mir Schläge, also gebe ich sie heraus!«, sagt er sich. Daher seine ungeheure Wut. Wenn er jedoch zu schlagen aufhören würde, bliebe der Stein stehen, der Bär würde sich beruhigen und dann vielleicht merken, dass es sich nur um einen toten Gegenstand an einem Seil handelt. Er bräuchte dieses bloß mit seinen Fangzähnen abzutrennen, der Stein würde herunterfallen, und er könnte den Honig ablecken.

EDMOND WELLS
Enzyklopädie des relativen und absoluten Wissens, Bd. 2

22. MISSION IM SAAL DER ZISTERNEN

Hier im 40. Stockwerk unter der Erde wimmelt es nur so. Der August lastet schwer, und die Hitze macht alle nervös, sogar nachts, sogar tief unten.

Aufgeregte belokanische Kriegerinnen beißen grundlos die Passanten. Arbeiterinnen laufen mit dem Honigtau zwischen den Kammern zur Eierpflege und den Vorratskammern hin und her. Im Ameisenhügel Bel-o-kan ist es heiß.

Die Masse der Bürgerinnen fließt wie lauwarme Lymphe dahin.

Der Trupp der dreißig Rebellinnen schleust sich unauffällig in den Saal der Zisternenameisen ein. Voller Bewunderung betrachten sie deren »Sumos«. Die Zisternenameisen bilden eine Art praller, goldglänzender Trauben mit dunkelroten Streifen. Diese Trauben bestehen eigentlich aus den aufs Äußerste gedehnten Chitinpanzern einzelner Ameisen, die den Kopf nach oben, den Hinterleib nach unten an der Decke hängen.

Arbeiterinnen saugen eifrig den gehaltvollen Nektar aus ihnen heraus und füllen auch die leeren Kröpfe auf.

Manchmal kommt die Königin Chli-pu-ni persönlich, um sich an den Zisternen gütlich zu tun. Ihre Anwesenheit lässt diese phänomenalen Insekten gleichgültig, deren Unbeweglichkeit sie zu einer Philosophie der Trägheit geführt hat. Manche behaupten, ihre Gehirne seien geschrumpft. Der Gebrauch stärkt das Organ, mangelnder Gebrauch zerstört es. Die einzige Beschäftigung der Zisternen besteht darin, sich zu füllen oder sich zu entleeren, sie werden nach und nach zu binären Maschinen umfunktioniert.

Außerhalb dieses Saals vermögen sie nichts wahrzunehmen oder zu begreifen. Sie werden in die Unterkaste der Zisternenameisen geboren, und als solche sterben sie auch.

Man kann sie jedoch auch lebendig abnehmen. Dazu genügt es, ein Pheromon auszusenden, das »Wanderung« bedeutet. Die Zisternen sind zwar Reservoire, aber bewegliche Reservoire, darauf programmiert, sich bei einer Wanderung transportieren zu lassen.

Die Rebellinnen prüfen einige Zisternen von der richtigen Größe. Sie nähern sich ihren Antennen und sprechen die Formel »Wanderung« aus. Daraufhin regt sich das riesige Insekt langsam, löst seine Beine nacheinander von der Decke und steigt herunter. Sofort wird es aufgefangen, damit es nicht vom eigenen Gewicht erdrückt wird.

Wo geht's denn hin?, fragt eines von ihnen.

Nach Süden.

Die Zisternen diskutieren nicht und lassen sich von den Rebellinnen forttragen. Diese müssen sich zu sechst zusammentun, um eines von diesen Fässern zu schleppen. Wenn man bedenkt, dass diese ganze Anstrengung nur den Fingern dient!

Wissen sie es wenigstens zu schätzen?, erkundigt sich Nr. 103 683.

Sie beschweren sich, dass wir ihnen nicht genug bringen!, antwortet eine Rebellin.

Die Undankbaren!

Vorsichtig macht sich das Kommando wieder in die unteren Stockwerke auf. Dort ist endlich der winzige Spalt in der Granitdecke. Auf der anderen Seite befindet sich der Saal, in dem Doktor Livingstone mit ihnen sprechen wird.

Nr. 103 683 zittert. Mit den schrecklichen Fingern zu sprechen soll also so einfach sein?

Die Unterhaltung lässt aber noch auf sich warten. Denn die Rebellinnen werden plötzlich von Wachen gejagt, die in dem Viertel eine Routinepatrouille machen. Rasch lassen sie ihre Zisternen fallen, um schneller fliehen zu können.

Das sind Rebellinnen!

Eine Soldatin hat den Erkennungsduft entziffert, den sie für unentschlüsselbar gehalten hatten. Die Alarmpheromone wallen, los geht die Verfolgungsjagd.

Die Föderationskriegerinnen sind schnell, schaffen es aber nicht, die Rebellinnen einzuholen. Daher errichten sie Sperren und schneiden damit bestimmte Wege ab, als wollten sie sie alle irgendwo zusammentreiben.

Die Soldatinnen jagen das Kommando in rasendem Tempo die Stockwerke hoch. 40., 30., 16., 14. UG. Sicher treiben sie ihre Beute auf einen bestimmten Ort zu. Nr. 103 683 ahnt die Falle, ohne ein Schlupfloch zu sehen. Vor ihr liegt nur noch ein Ausgang. Wenn die Föderierten ihn offen gelassen haben, dann haben sie ihre Gründe dafür! Doch was bleibt ihnen für eine Wahl, als dort hindurchzulaufen?

Die Rebellinnen kommen in eine Kammer voller fürchterlicher stinkender Wanzen. Ihre Antennen richten sich vor einem grauenerregenden Schauspiel auf!

Den Rücken gespickt voller kleiner Vaginen, laufen kreuz und quer stinkende Wanzenweibchen herum, verfolgt von Männchen, die ihr spitzes Geschlechtsteil mit dem Bohrerende schwenken. Weiter hinten schieben sich homosexuelle Männchen in langen grünen Trauben ineinander. Alles ist voll von ihnen, überall wimmelt und krabbelt es. Die Bohrer der Männchen sind aufgerichtet, bereit, die Chitinhäute zu durchdringen.

Ehe die Rebellinnen sich's versehen, stürzen sich die verfluchten Insekten auch schon auf sie. Eine Ameise bricht zusammen, platt gewalzt von einer dicken Schicht brünstiger Stinkwanzen. Keine hat die

Zeit, ihren Hinterleib freizumachen, um sich mit Säureschüssen zu verteidigen. Die Bohrer der Männchen durchdringen ihre Panzer.

Nr. 103 683 wehrt sich verzweifelt.

23. Enzyklopädie

Wanze Von allen Formen der Sexualität im Tierreich ist die der Bettwanzen *(Cimex lectularius)* die erstaunlichste. Keine menschliche Fantasie reicht in die Nähe derartiger Perversion. Erste Besonderheit: der Priapismus. Die Bettwanze hört keinen Augenblick lang auf, sich zu paaren. Einige Exemplare haben über zweihundertmal am Tag Verkehr.

Zweite Besonderheit: die Homosexualität und die Zoophilie.

Den Bettwanzen fällt es schwer, ihre Artgenossen zu erkennen. Und noch schwerer fällt es ihnen, unter diesen Artgenossen die Männchen von den Weibchen zu unterscheiden. 50 % ihres Verkehrs sind gleichgeschlechtlich, 20 % finden mit artfremden Tieren statt, nur 30 % werden mit Weibchen vollzogen. Dritte Besonderheit: der Bohrerpenis. Die Bettwanzen sind mit einem langen Geschlechtsteil mit spitzem Horn ausgestattet. Mittels dieses einer Spritze vergleichbaren Werkzeugs durchbohren die Männchen die Panzer und spritzen ihren Samen irgendwohin, in den Kopf, den Bauch, die Beine, den Rücken und selbst das Herz ihrer Dame! Der Vorgang zieht die Gesundheit der Weibchen kaum in Mitleidenschaft, aber wie soll man unter solchen Umständen in andere Umstände kommen? Daher die ... Vierte Besonderheit: die schwangere Jungfrau. Von außen betrachtet wirkt ihre Vagina unversehrt, und dennoch hat sie einen Penisstoß in den Rücken empfangen. Es stellt sich die Frage, wie die männlichen Spermatozoen im Blut überleben können? Tatsächlich werden die meisten von ihnen durch das Immunsystem zerstört wie gewöhnliche fremde Mikroben. Um die Wahrscheinlichkeit zu vergrößern, dass etwa hundert dieser männlichen Gameten ihr Ziel erreichen, ist die Menge des freigesetzten Spermas sagenhaft. Wenn man die männlichen Wanzen zum Vergleich auf menschliche Größe hochrechnet, würden sie bei jeder Ejakulation dreißig Liter Sperma abgeben. Von dieser Menge überlebt eine ganz kleine Zahl. In den Winkeln der Arterien versteckt, in die Adern eingegraben, warten sie, bis ihre Zeit gekommen ist. Sie überwintern sogar in dem Weibchen. Im Frühling versammeln sich alle Spermatozoen aus dem Kopf, den Beinen und dem Bauch um die Eierstöcke herum, durchdringen sie und nisten sich dort ein. Der Kreislauf setzt sich problemlos fort.

Fünfte Besonderheit: die Weibchen mit vielen Geschlechtsteilen. Da sie sich von den rabiaten Männchen am ganzen Körper durchbohren lassen, sind die Wanzenweibchen von Narben bedeckt, die braune Schlitze mit einem hellen Rand bilden. Wie Zielscheiben! Man kann dadurch genau feststellen, wie viele Paarungen das Weibchen vollzogen hat.

Die Natur hat diese Unanständigkeit durch sonderbare Adaptionen befördert. Generation um Generation haben sich zahllose Mutationen ergeben. Die weiblichen Wanzen werden mittlerweile bereits mit braunen, von einem hellen Schein umgebenen Flecken auf dem Rücken geboren. Jeder Fleck entspricht einem Hilfsgeschlechtsteil, das unmittelbar mit dem Hauptgeschlechtsteil verbunden ist. Diese Besonderheit ist tatsächlich durch alle Entwicklungsstufen zu verfolgen: zunächst keinerlei Narben, dann einige Auffanggefäßnarben bei der Geburt, schließlich voll ausgebildete Sekundärvaginen im Rücken.

Sechste Besonderheit: die Selbsthörnung. Was geschieht, wenn ein Männchen von einem anderen Männchen durchbohrt wird? Das Sperma überlebt und wandert seiner Gewohnheit gemäß in die Gegend der Eierstöcke. Da es keine findet, wird es durch die Gefäße seines Wirts geschwemmt und vermischt sich mit dessen eigenen Spermatozoen. Ergebnis: Wenn das passive Männchen seinerseits eine Dame durchbohrt, spritzt es ihr seine eigenen Spermatozoen, aber auch die des Männchens, mit dem es gleichgeschlechtlichen Verkehr gehabt hat.

Siebte Besonderheit: der Hermaphroditismus. Die Natur stellt mit ihrem Lieblingsversuchskaninchen immer neue sexuelle Experimente an. Auch die Wanzenmännchen sind mutiert. In Afrika lebt die Wanze *Afrocimex constrictus*, deren Männchen mit kleinen sekundären Vaginen im Rücken geboren werden. Diese sind jedoch nicht fruchtbar. Anscheinend sind sie zum Schmuck da oder um zum gleichgeschlechtlichen Verkehr zu ermuntern.

Achte Besonderheit: das Kanonengeschlechtsteil, das auf Entfernung schießt. Bestimmte tropische Wanzenarten, die Blumenwanzen, sind damit ausgestattet. Der Spermakanal bildet eine große, dicke, schneckenförmige Röhre, in der die Samenflüssigkeit zusammengepresst wird. Das Sperma wird dann mit hoher Geschwindigkeit durch spezielle Muskeln aus dem Körper geschleudert. So zielt ein Männchen, wenn es in ein paar Zentimetern Entfernung ein Weibchen wahrnimmt, mit seinem Penis auf die Vaginazielscheiben am Rücken des Fräuleins. Der Strahl hat eine solche Wucht, dass das Sperma den Panzer zu durchdringen vermag, der an diesen Stellen dünner ist.

EDMOND WELLS
Enzyklopädie des relativen und absoluten Wissens, Bd. 2

24. VERFOLGUNG IM UNTERGRUND

Ehe sie fällt, stößt eine Rebellin einen gellenden und rätselhaften Duftschrei aus:

Die Finger sind unsere Götter.

Dann sinkt sie der Länge nach hin, und ihr Körper bildet ein Kreuz mit sechs Armen.

Der Reihe nach brechen alle ihre Gefährtinnen zusammen, und Nr. 103 683 hört einige von ihnen denselben merkwürdigen Satz wiederholen:

Die Finger sind unsere Götter.

Die rasenden Wanzen durchbohren und vergewaltigen sie unter dem Blick der Föderierten, die offensichtlich nicht die Absicht haben, der Qual ein Ende zu bereiten.

Nr. 103 683 weigert sich, so schnell zu sterben. Nicht ehe sie weiß, was das Wort »Götter« bedeutet. Von maßlosem Zorn ergriffen, peitscht sie mit ihren Antennen auf die unzähligen Wanzen ein, die an ihrer Brust hängen, und wirft sich dann mit gesenktem Kopf den Soldatinnen entgegen – ein gelungener Überraschungseffekt. Die Kriegerinnen sind vom Schauspiel dieser blutigen Orgie zu sehr gefesselt, um sie aufzuhalten. Sie fassen sich jedoch rasch.

Doch Nr. 103 683 ist keine Anfängerin in Sachen Verfolgungsjagd. Sie läuft an die Decke und kratzt mit ihren weit ausgebreiteten Antennen die Wand ab. Erdkrümel bröckeln herunter. Die Soldatin errichtet auf diese Weise eine regelrechte Sandmauer zwischen sich und ihren Verfolgerinnen. Sie stellt sich in Schussposition und feuert auf die Wachen, ohne sie jedoch aufzuhalten. Denn als mehrere von ihnen das Hindernis gemeinsam überwinden, kann die Soldatin sie nicht alle mit einem Schlag niedermähen. Im Übrigen ist ihr Säurevorrat inzwischen so gut wie erschöpft.

Das ist eine Rebellin! Haltet sie auf!

Nr. 103 683 eilt durch Schächte, die ihr bekannt vorkommen. Aber klar, sie ist einmal im Kreis gelaufen und befindet sich nun wieder im Saal der Zisternen.

Aus ihrem Bein verliert sie ein wenig Blut. Sie muss sich um jeden Preis verstecken. Sie klettert zur Decke und drückt sich gegen die Beine einer Reservoirameise. Durch seinen Umfang verbirgt das Insekt sie vollkommen, wenn die Soldatinnen unten in den Saal einbrechen.

Mit ihren Antennen spähen die Föderierten in jeden Winkel.

Nr. 103 683 hakt ein Bein der Zisternenameise los, die sie verdeckt.

Was fällt dir ein?, erkundigt sich diese tranig.

Wanderung, erwidert ihr Nr. 103 683 mit Bestimmtheit. Und sie löst ein zweites, dann ein drittes Bein. Doch diesmal lässt sich die andere nicht übertölpeln.

Was denn, was denn … Willst du wohl sofort damit aufhören!

Unten haben die Föderierten eine Lache von durchsichtigem Blut aufgespürt. Sie suchen. Eine Wache bekommt einen Tropfen auf den Kopf und hebt die Antennen.

Alles klar, ich hab sie gefunden!

Fieberhaft reißt Nr. 103 683 ein Bein und noch ein Bein ab. Die Zisterne hängt nur noch an zwei Krallen und gerät in Panik: *Häng mich sofort wieder an meinen Platz!*

Die Wache dreht sich um und richtet ihren Hinterleib aus, um an die Decke zu zielen.

Nr. 103 683 schneidet das letzte Bein mit einem Säbelhieb ihrer Mandibeln durch. Genau als die Soldatin schießt, fällt die orangefarbene Zisterne auf sie. Verdoppelt die Explosionswucht der flüssigen

Masse. Nr. 103 683 hat kaum Zeit gehabt, von ihrem Posten zu springen, da fliegen bereits im ganzen Raum die Fetzen des Hinterleibs umher.

Frische Föderationssoldatinnen tauchen auf. Nr. 103 683 zögert. Wie viel Säure hat sie noch übrig? Genug für drei Schuss. Sie beschließt, die Beine von Zisternen zu pulverisieren.

Drei Reservoirameisen werden erledigt, ihre Befestigungen zermalmt. Sie fallen und zerplatzen auf der Meute der Verfolgerinnen. Dennoch gelingt es einer von ihnen, sich ganz klebrig vor Honigtau loszumachen.

Nr. 103 683 hat ihre Säure jetzt verschossen. Sie stellt sich trotzdem in Schießstellung, in der Hoffnung, die andere einzuschüchtern, und erwartet stoisch den heißen Strahl, der sie erledigt.

Nichts kommt. Ist die andere etwa auch trocken? Es kommt zum Nahkampf. Die Mandibeln packen zu und versuchen, das Chitin zu durchschneiden.

Die Eroberin des Endes der Welt ist erfahrener. Sie wirft ihre Gegnerin auf den Rücken, zieht ihr den Kopf nach hinten. Doch gerade als sie ihr den Gnadenstoß geben will, tippt ein Bein sie an, als wolle es ihr eine Trophallaxis anbieten.

Warum willst du sie töten?

Nr. 103 683 lässt ihre Antennen kreisen, um die Sendequelle besser zu identifizieren.

Sie hat die freundlichen Ausdünstungen bereits erkannt.

Es ist die Königin persönlich. Ihre ehemalige Gefährtin, die Wegbereiterin ihrer ersten Odyssee …

Um sie herum tauchen kampfbereite Soldatinnen auf, aber die Herrscherin sendet einen kaum wahrnehmbaren Geruch aus, der ihnen mitteilt, dass diese Ameise unter ihrem Schutz steht.

Folge mir, meint Königin Chli-pu-ni.

25. Es wird kompliziert

Die Stimme wird dringlicher.

»Folgen Sie mir bitte.«

Unter dem rohen Neonlicht war eine doppelte Reihe von Leichen aufgereiht, jede mit einem Schildchen an der großen Zehe. Der Saal verströmte einen Duft von Äther und Ewigkeit.

Leichenschauhaus Fontainebleau.

»Hierher, Kommissar«, sagte der Gerichtsmediziner.

Sie gingen zwischen den Leichen hindurch, von denen die einen mit einer Plastikhaube, die anderen mit einem weißen Laken bedeckt waren. Jedes Etikett trug einen Namen und Angaben über den Zeitpunkt und die Umstände des Todes des Betreffenden: 15. März, auf der Straße durch Messerstiche umgebracht; 3. April, von einem Bus überfahren; 5. Mai, Selbstmord durch Sturz aus dem Fenster …

Vor drei großen Zehen blieben sie stehen. Deren Schildchen gaben an, dass sie zu Sébastien, Pierre und Antoine Salta gehörten. Méliès konnte vor Ungeduld nicht mehr an sich halten.

»Haben Sie herausgefunden, woran sie gestorben sind?«

»Mehr oder weniger … An einer starken Gefühlserregung. An einer sehr starken, würde ich sagen.«

»Angst?«

»Schon möglich. Oder Überraschung. Ungeheurer Stress jedenfalls. Sehen Sie sich die Ergebnisse auf diesem Blatt an: Alle drei haben einen zehnfach höheren Adrenalinspiegel als normal.«

Méliès sagte sich, dass die Journalistin Recht hatte.

»Sie sind also aus Angst gestorben …«

»Nicht unbedingt, denn der emotionale Schock ist nicht der einzige Grund für die Todesfälle hier. Sehen Sie.« Er legte eine Röntgenaufnahme auf einen Leuchttisch. »Das Röntgen hat ergeben, dass ihre Körper voller kleiner Geschwüre sind.«

»Worauf könnten die zurückzuführen sein?«

»Ein Gift. Ganz sicher ein Gift, aber ein neuartiges. Bei Zyanid ist zum Beispiel nur eine große Verletzung festzustellen. Hier hingegen sind es viele.«

»Wie sieht also Ihre Diagnose aus, Doktor?«

»Es mag Ihnen merkwürdig vorkommen. Ich würde sagen, sie haben zunächst einen Schreck erlitten, und dann sind die Blutungen im Magen und den Eingeweiden eingetreten, die allesamt tödlich waren.«

Der Mann im weißen Kittel packte seine Unterlagen zusammen und streckte ihm die Hand hin.

»Noch eine Frage, Doktor. Was macht Ihnen Angst?«

Der Arzt seufzte.

»Ach, ich hab so viel erlebt. Jetzt berührt mich, glaube ich, nichts mehr so richtig.«

Kommissar Méliès verabschiedete sich und verließ das Leichenschauhaus Kaugummi kauend und noch verwirrter, als er es betreten hatte. Er wusste, dass er nun eine harte Nuss zu knacken hatte.

26. Enzyklopädie

Erfolg Die Ameisen sind von allen Vertretern des Planeten Erde die erfolgreichsten. Sie bevölkern eine Rekordzahl ökologischer Nischen. Ameisen finden sich in den Wüstensteppen am Rand des Polarkreises ebenso wie in den Dschungeln am Äquator, in den europäischen Wäldern, den Bergen, den Schluchten, an den Stränden der Ozeane, an den Rändern der Vulkane und sogar im Inneren menschlicher Behausungen. Ein Beispiel extremer Anpassungsfähigkeit: Um die Hitze der Wüste Sahara auszuhalten, die bis auf 60° C steigen kann, hat eine Ameise, die *Formica cataglyphis*, einzigartige Überlebenstechniken entwickelt. Sie läuft auf zwei von sechs Beinen, um sich auf dem glühend heißen Boden nicht zu verbrennen. Sie atmet flach, um ihre Feuchtigkeit nicht zu verdunsten und auszutrocknen. Es gibt keinen Kilometer festen Bodens, der frei von Ameisen wäre. Die Ameise ist das Tier, das auf der Oberfläche des Globus am meisten Städte und Dörfer gebaut hat. Die Ameise hat es verstanden, sich allen ihren natürlichen Feinden und allen klimatischen Verhältnissen anzupassen: Regen,

Hitze, Trockenheit, Kälte, Feuchtigkeit, Wind. Neuere Forschungen haben erwiesen, dass je ein Drittel der tierischen Biomasse und der Amazonaswälder aus Ameisen und Termiten besteht. Und das im Verhältnis von acht Ameisen auf eine Termite.

EDMOND WELLS
Enzyklopädie des relativen und absoluten Wissens, Bd. 2

27. KÖNIGLICHES WIEDERSEHEN

Die plattköpfigen Pförtnerinnen treten zur Seite, um sie vorbeizulassen. Sie laufen jetzt Seite an Seite durch die Holzgänge der Verbotenen Stadt: Nr. 103 683, die Soldatin, die vor über einem Jahr am finalen Angriff auf Bel-o-kan beteiligt war, und ihre Königin, die seither nie etwas von sich hat hören lassen. Hatte sie ihre alte Gefährtin vergessen?

Sie betreten die königlichen Gemächer. Chli-pu-ni hat die Wohnstatt ihrer Mutter umgestaltet und sie mit einem schönen Samt aus der Innenseite von Kastanienrinden auskleiden lassen. In der Mitte des Saals liegt – welch grässlicher Anblick – der ausgeweidete und durchscheinende Leichnam von Belo-kiu-kiuni, ihrer eigenen Mutter!

Das ist in den Annalen der Ameisen sicher das erste Mal, dass eine Königin dauernd neben dem konservierten Leichnam ihrer Gebärerin liegt. Diejenige, gegen die sie einst in den Krieg gezogen ist und die sie besiegt hat.

Chli-pu-ni und Nr. 103 683 stellen sich genau in die Mitte des vollkommen ovalen Raums. Endlich berühren sie gegenseitig ihre Antennen.

Unsere Begegnung ist kein Zufall, meint die Herrscherin. Sie habe ihre Elitesoldatin seit langem gesucht. Sie brauche sie. Sie wolle einen Kreuzzug gegen die Finger ausrufen, alle Nester zerstören, die sie jenseits des östlichen Endes der Welt gebaut haben. Nr. 103 683 sei am geeignetsten, die rote Armee gegen das Land der Finger zu führen.

Die Rebellinnen hatten die Wahrheit gesagt. Chli-pu-ni will tatsächlich einen großen Krieg gegen die Finger führen.

Nr. 103 683 zögert. Gewiss ist sie begierig darauf, wieder gen Osten zu ziehen. Aber jetzt gibt es auch diese in ihren Körper eingebrannte Angst, die jeden Augenblick wieder hervorzubrechen droht. Die Angst vor den Fingern.

Während des ganzen Winterschlafs, der auf ihre Abenteuer folgte, hat sie ausschließlich von den Fingern geträumt, von rosigen Riesenkugeln, denen ganze Städte nichts als leichte Beute sind!

Häufig ist Nr. 103 683 wie gerädert aufgewacht, mit feuchten Antennen.

Was ist los?, fragt die Königin.

Ich habe Angst vor den Fingern, die jenseits des Endes der Welt leben.

Was ist das: Angst?

Das ist der Wunsch, nicht in Situationen zu geraten, die man nicht meistern kann.

Da erzählt Chli-pu-ni ihr, wie sie beim Lesen der Pheromone ihrer Mutter eines entdeckt habe, das auch den Begriff »Angst« enthalte. Dieses Pheromon erkläre, dass Individuen, wenn sie unfähig seien, einander zu verstehen, »Angst« voreinander hätten.

Und laut Belo-kiu-kiuni ließen sich viele für unmöglich gehaltene Dinge durchaus verwirklichen, sobald die Angst voreinander einmal überwunden sei.

Nr. 103 683 erkennt darin die Art Aphorismus, die der alten Königin teuer war. Mit einer leichten Bewegung der rechten Antenne fragt Chli-pu-ni, ob die Angst die Soldatin außerstande setze, den Kreuzzug anzuführen.

Nein. Die Neugier ist stärker als die Angst.

Chli-pu-ni ist beruhigt. Ohne die Erfahrung ihrer Gefährtin von früher hätte ihr Kreuzzug unter einem schlechten Vorzeichen begonnen.

Wie viele Soldatinnen wären deiner Meinung nach erforderlich, um alle Finger auf der Erde zu töten? Du willst doch, dass ich alle Finger auf der Erde töte?

Ja. Offensichtlich. Chli-pu-ni will es. Die Finger müssen ausgerottet, von der Welt ausgelöscht werden. Sie sind dumm, riesige Parasiten. Sie regt sich auf, beugt und streckt die Antennen. Sie pocht darauf: Die Finger seien eine Gefahr, nicht nur für die Ameisen, sondern für alle Tiere, alle Pflanzen, alle Mineralien. Sie wisse es, sie spüre es. Sie sei von der Rechtmäßigkeit ihrer Sache überzeugt.

Nr. 103 683 wird ihr gehorchen. Sie überschlägt kurz die Zahlen. Um mit einem einzigen Finger fertig zu werden, braucht man mindestens fünf Millionen gut ausgebildete Soldatinnen. Und sie ist davon überzeugt, dass es auf der Erde mindestens, mindestens … vier Herden gibt, das heißt zwanzig Finger!

Hundert Millionen Soldatinnen dürften kaum reichen.

Nr. 103 683 sieht das riesige schwarze Band, wo nichts wächst. Und all die Kundschafterinnen, die in einem Durcheinander aus Erschütterungen, Rauch und Kohlenwasserstoff mit einem einzigen Schlag platt gedrückt wurden wie das allerfeinste Blatt.

Auch das gehört zum östlichen Ende der Welt.

Chli-pu-ni schweigt einen Moment. Sie macht einige Schritte in ihrer Geburtskammer, knabbert mit den Spitzen ihrer Mandibeln Weizenhülsen. Als sie sich endlich mit gesenkten Antennen wieder an sie wendet, versichert sie, mit vielen Ameisen gesprochen zu haben, um sie von der Notwendigkeit dieses Kreuzzuges zu überzeugen. Sie verfüge über keine politische Macht. Sie sende Vorschläge aus. Die Gemeinschaft entscheide. Im Übrigen teilten nicht alle ihre Schwestern und Töchter ihren Standpunkt. Sie fürchteten ein Wiederaufkommen der Kriege mit den Zwergameisen und den Termiten. Sie wollten nicht, dass durch den Kreuzzug die Föderation ohne Verteidigung bleibe.

Chli-pu-ni habe mit vielen aufgeschlossenen Bürgerinnen gesprochen. Sie hätten Überlegungen angestellt, die Königin auch. Gemeinsam seien sie auf eine Zahl von achtzigtausend gekommen.

Achtzigtausend Legionen?

Nein, achtzigtausend Soldatinnen. Chli-pu-nis Meinung nach reicht diese Zahl bei weitem. Wenn Nr. 103 683 sie wirklich für zu lächerlich halten sollte, sei die Königin mit einigen zusätzlichen Anreizen einverstanden, um hundert bis zweihundert Kriegerinnen mehr zur Verfügung zu stellen. Aber das sei das Höchste, was sie haben könne!

Nr. 103 683 überlegt. Die Königin ist sich über das Ausmaß der Aufgabe nicht im Klaren! Achtzigtausend Soldatinnen, um gegen alle Finger der Erde anzugehen, das ist verrückt!

Doch ihre ewige Neugier quält sie. Wie könnte sie sich eine so kostbare Gelegenheit entgehen lassen? Sie versucht, sich Mut zu machen. Schließlich hätte sie mit achtzigtausend Soldatinnen ein bedeutendes Expeditionskorps zur Verfügung. Ein wenig Wagemut, und die Sache ist geritzt! Sie wird es sicher nicht schaffen, alle Finger zu töten, aber sie wird viel besser begreifen, wer sie sind und wie sie funktionieren.

Einverstanden: achtzigtausend Soldatinnen. Nr. 103 683 möchte dennoch zwei Fragen stellen. Warum dieser Kreuzzug? Und warum diese ganze Feindseligkeit gegen die Finger, wenn ihre Mutter Belo-kiu-kiuni ihnen doch Achtung entgegenbrachte?

Die Königin wendet sich zu einem Gang am hinteren Ende des Saals.

Komm. Ich geleite dich zu einem Besuch in der Chemischen Bibliothek.

28. Laetitia tritt beinahe in Erscheinung

In dem Raum herrschte Lärm, er war verraucht, mit Tischen, Stühlen und Kaffeemaschinen vollgestopft. Tastaturen klapperten, auf Bänken lümmelten sich maulende Penner, an die Gitterstäbe ihrer Käfige geklammerte Typen beschwerten sich, dass es so nicht gehe und sie mit ihrem Anwalt telefonieren wollten.

Auf einem Plakat waren Gaunervisagen ausgestellt, je nach Höhe des Kopfgeldes geordnet. Der Tarif schwankte zwischen tausend und fünftausend Franc. Die Zahlen waren eher bescheiden, wenn man bedenkt, dass ein Mensch in seinem Körper organische Produkte beherbergt (Nieren, Herz, Hormone, Blutgefäße, verschiedene Flüssigkeiten), deren Gesamthandelswert eher um die fünfundsiebzigtausend Franc liegt.

Als Laetitia Wells im Kommissariat auftauchte, schauten zahlreiche Augenpaare auf. Diese Wirkung erzielte sie immer.

»Zum Büro von Kommissar Méliès, bitte?«

Eine untere Charge in Uniform verlangte ihre Vorladung zu sehen, ehe er ihr bedeutete: »Dahinten, vor den Toiletten.«

»Danke.«

Sobald sie zu seiner Tür hereinkam, verspürte der Kommissar ein Stechen im Herzen.

»Ich suche Kommissar Méliès.«

»Der bin ich.«

Mit einer Handbewegung bot er ihr einen Platz an. Er konnte es nicht fassen. Noch niemals im Leben hatte er eine so schöne Frau gesehen. Keine seiner Eroberungen, ob in jüngster oder vor längerer Zeit, konnte ihr das Wasser reichen.

Was ihm zuerst auffiel, waren ihre lila Augen. Dann kam ihr Madonnagesicht, ihr zierlicher Körper und die Duftaura, die von ihm ausging. Bergamotte, Vetiver, Mandarine, Gallussäure, Sandelholz, das Ganze von einer Prise Moschus vom Pyrenäensteinbock erhöht, so etwa die chemische Analyse. Doch Jacques Méliès vermochte nichts als Entzücken zu schnuppern.

Noch ehe er ihre Worte verstand, ließ er sich von deren Klang mitreißen. Was hatte sie gesagt? Er bemühte sich, die Fassung wiederzugewinnen. Sein Gehirn war mit all den Informationen über Augen, Nase und Ohren voll beschäftigt!

»Danke, dass Sie gekommen sind«, stotterte er schließlich.

»Nein, ich danke Ihnen, dass Sie sich zu diesem Interview bereiterklärt haben, wo Sie doch erst so zurückhaltend waren.«

»Nein, nein, ich stehe in Ihrer Schuld. Sie haben mir bei diesem Fall die Augen geöffnet. Es war nur gerecht, dass ich Sie empfange.«

»Schön. Sie sind anständig. Darf ich unser Gespräch auf Band aufnehmen?«

»Wie Sie möchten.«

Er redete. Er gab belanglose Worte von sich, war aber wie hypnotisiert von dem Gesicht der jungen Frau, ihren ganz schwarzen, mit einem langen Pony à la Louise Brooks geschnittenen Haaren, ihren mandelförmigen lila Augen, die über hohen Wangenknochen in die Breite gezogen waren. Ihre vollen Lippen hatte sie diskret rosa geschminkt. Ihr violettes Kostüm verriet die Hand eines Couturiers. Ihr Schmuck, ihre Haltung, alles an ihr atmete große Klasse.

»Darf ich rauchen?«

Er nickte, hielt ihr einen Aschenbecher hin, und sie schwang eine kleine, ziselierte Zigarettenspitze. Sie zündete den Tabak an und stieß eine blaue Rauchwolke mit einem opiumartigen Beigeruch aus. Dann holte sie ein Notizbuch aus ihrer Tasche und fing an, ihn auszufragen: »Ich habe gehört, Sie haben endlich eine Autopsie angeordnet. Stimmt das?« Er bejahte.

»Was ist dabei herausgekommen?«

»Angst plus Gift. In gewisser Weise haben wir beide Recht. Ich persönlich glaube nicht, dass Autopsien ein ideales Mittel sind. Sie können uns nicht alles verraten.«

»Hat die Blutanalyse eine Spur von Gift ergeben?«

»Nein. Aber das heißt nichts. Es gibt Gifte, die sich nicht nachweisen lassen.«

»Haben Sie am Ort des Verbrechens Spuren gefunden?«

»Keine.«

»Einbruchsspuren?«

»Nicht die geringste.«

»Eine Ahnung hinsichtlich des Motivs?«

»Wie ich bereits in der Pressemeldung erklärt habe, hatte Sébastien Salta viel Geld beim Spielen verloren.«

»Was ist Ihre ganz persönliche Meinung zu der Sache?«

Er seufzte: »Ich habe keine mehr … Doch darf ich Ihnen meinerseits eine Frage stellen? Anscheinend haben Sie Erkundigungen bei Psychiatern eingezogen?«

In ihren lila Pupillen las er Überraschung.

»Bravo! Sie sind gut unterrichtet!«

»Das gehört zu meinem Beruf. Haben Sie herausbekommen, was drei Menschen so viel Angst einzujagen vermag, dass sie auf der Stelle daran sterben?«

Sie zögerte: »Ich bin Journalistin. Mein Beruf besteht darin, mir bei der Polizei Informationen zu besorgen, nicht, ihr welche zu liefern.«

»Na gut, sagen wir, es handelt sich um ein schlichtes Tauschgeschäft, aber Sie sind natürlich nicht dazu verpflichtet, darauf einzugehen.«

Sie löste ihre schlanken, in Seidenstrümpfe gehüllten Beine.

»Was macht Ihnen denn Angst, Kommissar?« Sie starrte ihn von unten an, während sie sich vorbeugte, um ihre Asche in den Aschenbecher zu streifen. »Nein, antworten Sie mir nicht. Das ist zu intim. Meine Frage war fast unanständig. Angst ist ein so komplexes Gefühl. Sie ist die erste Empfindung des Höhlenmenschen. Sie ist etwas sehr Altes und Mächtiges, die Angst. Sie wurzelt in unserer Fantasie, daher können wir sie nicht kontrollieren.«

Mit langen Zügen paffte sie an ihrer Zigarette und drückte sie dann aus. Danach hob sie den Kopf und lächelte ihn an: »Kommissar, ich glaube, wir sehen uns einem Rätsel gegenüber, das uns richtig fordert. Ich habe diesen Artikel geschrieben, weil ich fürchtete, es würde uns Ihretwegen durch die Lappen gehen.« Sie schaltete das Tonband ab. »Kommissar, Sie haben mir nichts gesagt, was ich nicht schon gewusst hätte. Aber ich werde Ihnen etwas verraten.« Und schon stand sie auf. »Dieser Fall Salta ist sehr viel interessanter, als Sie glauben. Da wird es sehr bald zu neuen Verwicklungen kommen.«

Er fuhr hoch: »Was wissen Sie davon?«

»Mein kleiner Finger ...« Sie machte eine lässige Handbewegung, verzog ihre bezaubernden Lippen zu einem geheimnisvollen Lächeln und kniff ihre lila Augen zusammen.

Dann verschwand sie mit der Geschmeidigkeit einer Katze.

29. Die Suche nach dem Feuer

Nr. 103 683 war noch niemals in der Chemischen Bibliothek gewesen. Der Ort ist wirklich beeindruckend. So weit das Auge reicht, sind Eier voller lebendiger Flüssigkeiten aufgereiht. Jedes enthält Zeugnisse, Beschreibungen, einzigartige Gedanken.

Während sie zwischen den Reihen durchgehen, erzählt Chli-pu-ni, sie habe, als sie die Verbotene Stadt einnahm, entdeckt, dass ihre Mutter Belo-kiu-kiuni mit den Fingern im Untergrund in Verbindung stand. Sie habe geglaubt, sie würden eine eigenständige Zivilisation bilden. Sie habe sie gefüttert, und im Gegenzug hätten sie ihr sonderbare Dinge beigebracht. Das Rad zum Beispiel.

Für die Königin Belo-kiu-kiuni seien die Finger segensreiche Tiere gewesen. Wie sie sich irrte! Chli-pu-ni habe jetzt den Beweis dafür. Alle Belege stimmen überein: Die Finger setzten Bel-o-kan in Brand und töteten so Belo-kiu-kiuni, die einzige Königin, die sie habe verstehen wollen.

Die traurige Wahrheit sei, dass ihre Zivilisation auf dem Feuer beruhe. Darum habe Chli-pu-ni die Verbindung zu ihnen abgebrochen und sie nicht mehr füttern wollen. Darum habe sie den Tunnel durch den Granit versiegelt. Darum sei sie bestrebt, sie vom Antlitz der Erde auszulöschen.

Immer zahlreichere Expeditionsberichte unterstrichen die gleiche Information: Die Finger entzünden Feuer, sie spielen mit dem Feuer, sie stellen mit Hilfe des Feuers Gegenstände her. Die Ameisen dürften diesen Verrückten nicht erlauben, so weiterzumachen. Das würde geradewegs in die Apokalypse führen. Das Beispiel von Bel-o-kan beweise es.

Feuer! … Nr. 103 683 wird von Ekel erfasst. Jetzt versteht sie Chli-pu-nis Besessenheit besser. Alle Ameisen wissen, was Feuer heißt. Einst hatten auch sie dieses Element entdeckt. Wie die Menschen: durch Zufall. Der Blitz hatte in einem Bäumchen eingeschlagen. Ein brennender Zweig war ins Gras gefallen. Eine Ameise war näher herangegangen, um das Stückchen Sonne, das alles um sich herum verkohlte, besser sehen zu können.

Alles, was ungewöhnlich ist, versuchen die Ameisen in ihr Nest zu schleppen. Diesmal schlug der erste Versuch fehl. Die folgenden ebenfalls. Stets erlosch die Flamme auf dem Weg dorthin. Doch schließlich gelang es einer klugen Späherin, die es mit immer längeren Zweigen versuchte, einen bis an den Rand des Ameisenhügels zu bringen. Sie hatte bewiesen, dass es möglich war, Sonnenstückchen zu transportieren. Ihre Schwestern feierten sie.

Was für ein Wunder das Feuer war! Es brachte Energie, Licht, Wärme. Und was für schöne Farben! Rot, Gelb, Weiß und sogar Blau.

Das war erst vor kurzem gewesen, vor kaum fünfzig Millionen Jahren. Bei den in Gemeinschaft lebenden Insekten erinnert man sich noch daran.

Das Problem: Die Flamme verlosch nach einer Weile. Man musste also darauf warten, dass wieder der Blitz einschlug, und leider war er oft von Regen begleitet, der das Feuer auslöschte.

Um ihren brennenden Schatz besser zu hüten, hatte eine Ameise den Einfall gehabt, ihn in ihre Stadt aus trockenen Zweigen zu bringen. Ein fataler Einfall! Das Feuer hielt zwar länger vor, entzündete aber sofort die Kuppel aus Zweigen und führte so zum Tod Tausender von Eiern, Arbeiterinnen und Soldatinnen.

Diesmal feierte man die Erfinderin nicht. Doch in Wahrheit stand die Suche nach dem Feuer erst am Anfang. So sind die Ameisen. Sie fangen immer mit den schlechtesten Lösungen an, ehe sie durch verschiedene Anpassungen nach und nach die beste entdecken.

Die Ameisen dachten lange über das Problem nach.

Chli-pu-ni nimmt das Gedächtnispheromon auf, das die entsprechenden Forschungen enthält.

Man hatte zunächst wahrgenommen, dass das Feuer sehr ansteckend war. Es genügte, sich ihm zu nähern, um selber in Flammen aufzugehen. Paradoxerweise war es zugleich sehr empfindlich. Das schlichte Schlagen eines Schmetterlingsflügels, und es war nur noch schwarzer Rauch davon übrig, der sich in der Luft auflöste. Wenn die Ameisen ein Feuer auslöschen wollten, war es für sie immer noch am leichtesten, wenig konzentrierte Ameisensäurestrahlen darauf zu schießen. Die vorauseilenden Bastlerinnen, die eine zu starke Säure in die Glut spritzten, fingen Feuer wie Schweißbrenner und verwandelten sich in lebende Fackeln.

Später dann, vor siebenhundertfünfzigtausend Jahren, entdeckten die Ameisen, indem sie alles und jedes ausprobierten (das ist ihre Form der Wissenschaft) wiederum zufällig, dass man Feuer erzeugen konnte, ohne auf einen Blitz zu warten. Als eine Arbeiterin zwei sehr trockene Blätter aneinander rieb, entdeckte sie, dass von ihnen zunächst Rauch aufstieg und sie sich dann entzündeten. Das Experiment wurde wiederholt und untersucht. Von da an konnten sie ein Feuer nach Belieben entfachen.

Auf die schöne Entdeckung folgte eine Phase der Euphorie. Jedes Nest entdeckte fast täglich neue Anwendungen dafür. Das Feuer zerstörte die zu hinderlichen Bäume, zerkleinerte die härtesten Materialien, belebte die Energien am Ende des Winterschlafs, heilte bestimmte Krankheiten und verschönerte ganz allgemein die Farbe der Dinge.

Die Begeisterung begann zu schwinden, als unvermeidlich der militärische Einsatz des Feuers begann. Vier Ameisen, die mit einem langen, brennenden Zweig bewaffnet waren, konnten fortan eine gegnerische Stadt von einer Million Bewohnern in weniger als einer halben Stunde vernichten.

Es gab auch Waldbrände. Die Ameisen beherrschten die ansteckende Wirkung des Feuers schlecht. Sobald etwas zu glimmen begann, genügte ein Windhauch, um ein Feuer anzufachen, das mit dem schwach konzentrierten Säurestrahl der Brandschutz-Ameisen nicht mehr einzudämmen war.

Fing ein Busch Feuer, dauerte es nicht lange, bis er es von Baum zu Baum weitergab, und dann waren es rasch nicht mehr dreihunderttausend einzelne Tiere, sondern dreißigtausend Ameisenhügel, die binnen eines Tages in Schutt und Asche gelegt wurden.

Wie eine Seuche dezimierte das Feuer alles: die dicksten Bäume, die größten Tiere und sogar die Vögel. Dem Überschwang folgte die Ablehnung. Die völlige, einhellige Ablehnung. Die Freude der ersten Tage lag lange zurück. Das Feuer war zu gefährlich. Alle in Gemeinschaft lebenden Insekten einigten sich darauf, es mit dem Bann zu belegen und für tabu zu erklären.

Niemand durfte sich mehr dem Feuer nähern. Wenn in einem Baum der Blitz einschlug, hatten alle den Befehl, sich zu entfernen. Wenn trockene Späne Funken fingen, war jedermann verpflichtet, sie auszulöschen. Die Anweisungen überquerten die Ozeane. Bald wussten alle Ameisen des Planeten, alle Insekten, dass sie vor dem Feuer fliehen mussten und vor allem nicht versuchen durften, es sich untertan zu machen.

Es blieben nur noch ein paar Fliegen und Schmetterlingsarten, die sich weiterhin in die Flammen stürzten. Aber die waren eben lichtsüchtig.

Die anderen hielten sich streng an die Vorschriften. Wenn ein Nest oder ein einzelnes Tier sich anschickte, im Krieg Feuer einzusetzen, verbündeten sich alle anderen, ob groß, ob klein, sofort, um es zu vernichten.

Chli-pu-ni gab das Gedächtnispheromon wieder zurück.

Die Finger haben die verbotene Waffe benutzt und benutzen sie noch immer, bei allem, was sie tun. Die Zivilisation der Finger ist eine solche des Feuers. Wir müssen sie daher zerstören, ehe sie den ganzen Wald in Brand stecken.

Die Königin sendet einen Geruch wilder Entschlossenheit.

Nr. 103 683 ist perplex. Chli-pu-ni zufolge stellen die Finger ein Epiphänomen dar. Zeitweilige Mieter der Erdoberfläche. Und ganz bestimmt vorübergehende Mieter. Sie sind erst seit drei Millionen Jahren da und werden wohl nicht mehr lange bleiben.

Nr. 103 683 wäscht sich die Antennen.

Für gewöhnlich lassen die Ameisen die Arten auf der Erdkruste aufeinander folgen, leben und sterben, ohne sich darum zu kümmern. Warum also dieser Kreuzzug?

Chli-pu-ni besteht darauf:

Sie sind zu gefährlich. Wir können nicht warten, bis sie von selbst untergehen.

Nr. 103 683 meint:

Es scheint, als ob einige Finger unter der Stadt leben.

Wenn Chli-pu-ni die Finger bekämpfen wolle, warum fange sie dann nicht mit denen an?

Die Königin zeigt sich zunächst erstaunt darüber, dass die Soldatin über das Geheimnis Bescheid weiß. Dann erklärt sie, die Finger dort unten seien keine Bedrohung. Sie wüssten nicht, wie sie aus ihrem Loch herauskommen sollten. Sie seien eingesperrt. Es genüge, sie verhungern zu lassen, und das Problem löse sich von selbst. Sie seien vielleicht bereits tot.

Das wäre schade.

Die Königin hebt ihre Antennen.

Warum? Magst du die Finger? Hat deine Reise ans Ende der Welt es dir ermöglicht, mit ihnen zu sprechen?

Die Soldatin bietet ihr die Stirn.

Nein. Aber es wäre für die Zoologie schade, denn wir wissen nichts über die Sitten und die Beschaffenheit dieser Riesentiere. Und es wäre schade um den Kreuzzug, denn wir würden ans Ende der Welt ziehen, ohne unsere Feinde so recht zu kennen.

Die Königin wird nachdenklich. Die Soldatin erkennt ihre Chance.

Doch was für ein Glücksfall! Wir verfügen zu Hause über ein Nest voller Finger. Warum sollen wir uns das nicht zunutze machen?

Daran habe Chli-pu-ni nicht gedacht. Nr. 103 683 habe Recht. Es sei wahr, diese Finger seien Gefangene, alles in allem genauso wie die Milben, die sie im Zoologiesaal studiere. Die Nussschale, in welche die Milben gezwängt sind, bieten ihr ein unendlich kleines Vivarium. Die Höhle der Finger böte ihr ein unendlich großes …

Einen Augenblick lang ist die Königin versucht, auf die Soldatin zu hören, ihr »Fingerium« besonnen weiter zu erhalten, die letzten Finger zu retten, soweit noch welche leben, und vielleicht sogar den Dialog mit ihnen wiederaufzunehmen. Um der Wissenschaft willen.

Man könnte sie eigentlich domestizieren und sie in riesige Reittiere verwandeln! Wenn man ihnen Nahrung gibt, werden sie sich sicherlich unterwerfen.

Doch plötzlich passiert etwas Unvorhergesehenes.

Aus dem Nichts wirft sich eine Kamikazeameise auf Chli-pu-ni und versucht sie zu enthaupten. Nr. 103 683 erkennt in der Königinmörderin eine Rebellin aus dem Käferstall. Sie macht einen Satz und erschlägt die Rebellin durch einen Hieb ihrer Mandibeln, ehe diese ihre dreiste Tat verüben kann.

Die Königin ist reglos geblieben.

Sieh nur, wozu die Finger fähig sind! Sie haben die Ameisen mit dem Felsengeruch in Fanatikerinnen verwandelt, die bereit sind, ihre eigene Herrscherin zu ermorden. Nr. 103 683, du siehst, dass man mit ihnen nicht reden darf. Die Finger sind keine Tiere wie alle anderen. Sie sind zu gefährlich. Sogar ihre Worte vermögen uns zu töten.

Chli-pu-ni führt aus, dass sie über die Existenz einer Rebellinnenbewegung informiert sei, deren Mitglieder weiterhin in Kontakt mit den Fingern stünden, welche unter dem Boden dahindämmerten. Im Übrigen studiere sie die Finger auf diese Weise. Ihr ergebene Spioninnen hätten sich in die Rebellinnenbewegung eingeschleust und würden sie über alles unterrichten, was aus dem Fingerium komme. Sie wisse auch, dass Nr. 103 683 mit den Rebellinnen in Verbindung stehe. Sie betrachte dies als eine gute Sache. So könne auch sie, die Soldatin, ihre Unterstützung leisten.

Am Boden liegend rafft die Königinmörderin ihre letzten Kräfte zusammen, um ein letztes Mal auszustoßen:

Die Finger sind unsere Götter.

Und dann regt sie sich nicht mehr. Sie ist tot. Die Königin schnuppert an der Leiche.

Was bedeutet das Wort »Götter«?

Das fragt Nr. 103 683 sich auch. Die Königin geht im königlichen Gemach auf und ab und wiederholt immer wieder, wie drängend die Vernichtung der Finger sei. Sie zähle auf ihre erfahrene Soldatin, um diese ungeheure Aufgabe zu bewältigen.

Na schön. Nr. 103 683 benötigt zwei Tage, um ihre Truppen zu sammeln. Und dann los! Nieder mit allen Fingern der Welt!

30. Göttliche Botschaft

Vermehrt Eure Gaben,
Setzt Euer Leben ein, opfert Euch,
Die Finger sind wichtiger als die Ameisen oder die Eier.
Vergesst niemals, dass
Die Finger allgegenwärtig und allmächtig sind.

Die Finger können alles, denn die Finger sind Götter.
Die Finger können alles, denn die Finger sind groß.
Die Finger können alles, denn die Finger sind mächtig.
So lautet die Wahrheit.

Der Urheber dieser Botschaft schaltete rasch die Maschine ab, ehe die anderen ihn entdeckten.

31. Zweiter Streich

Caroline Nogard verabscheute Familienmahlzeiten. Sie war stets bestrebt, sie rasch hinter sich zu bringen, um endlich wieder in Ruhe an ihrem »Werk« arbeiten zu können.

Um sie herum wurde gestikuliert, geschwatzt, die Teller herumgereicht, gekaut, über Probleme gestritten, die sie lächerlich fand.

»Was für eine Hitze!«, sagte ihre Mutter.

»Der Kerl im Fernsehen hat angekündigt, dass die Hundstage erst anfangen. Er hat gesagt, das ist wegen der Umweltverschmutzung am Ende des 20. Jahrhunderts«, ergänzte ihr Vater.

»Da ist Opa dran schuld. Zu seiner Zeit, in den 90er Jahren, haben sie rückhaltlos alles verschmutzt. Man hätte seine ganze Generation vor Gericht stellen sollen«, wagte sich ihre kleine Schwester vor.

Sie saßen nur zu viert am Tisch, aber die drei anderen reichten, um Caroline Nogard zu nerven.

»Wir gehen gleich ins Kino. Willst du mit, Caroline?«

»Nein, danke, Mama! Ich habe mir Arbeit mit heimgebracht.«

»Um acht Uhr abends?«

»Ja. Die Arbeit ist wichtig.«

»Wie du willst. Wenn du in deiner Freizeit lieber schuftest, als dich mit uns zu amüsieren, dann ist das dein gutes Recht …«

Sie hielt es vor Ungeduld nicht mehr aus, als sie endlich die Tür hinter sich zweimal abschloss. Schnell holte sie ihren Koffer, nahm die Glaskugel voller Körnchen heraus, leerte den Inhalt in einen Metallbehälter, den sie über dem Bunsenbrenner erhitzte.

Dadurch erhielt sie einen braunen Brei. Erst ging nur ein Lufthauch davon aus, dann grauer Rauch, schließlich eine Flamme, die zunächst von Rauch getrübt war, aber bald schön, klar und rein brannte.

Der Vorgang war wohl etwas altmodisch, aber in diesem Stadium ging es nicht anders. Zufrieden begutachtete sie ihr Werk, als es läutete.

Sie öffnete einem Mann mit rötlichem, fast rotem Bart. Maximilien MacHarious befahl den beiden großen Windhunden, die er an silberglänzenden Leinen führte, sich hinzulegen, und fragte noch vor jeder Begrüßung:

»Ist es fertig?«

»Ja, ich habe die letzten Schritte zu Hause durchgeführt, aber das Wichtigste ist schon im Labor erledigt worden.«

»Sehr schön. Es gab keine Schwierigkeiten?«

»Nicht die mindeste.«

»Es hat niemand etwas mitbekommen?«

»Niemand.«

Sie schüttelte die ockerfarben gewordene heiße Masse in eine dicke Flasche und reichte sie ihm.

»Ich kümmere mich um alles. Sie können sich jetzt ausruhen«, sagte er.

»Auf Wiedersehen.«

Mit einem verschwörerischen Zeichen verschwand er neben seinen beiden Windhunden im Aufzug.

Wieder allein, fühlte Caroline Nogard sich von einer schweren Last befreit. Jetzt, dachte sie, kann sie nichts mehr aufhalten. Ihnen würde gelingen, woran so viele gescheitert waren.

Sie schenkte sich ein kühles Bier ein, das sie langsam genoss. Dann zog sie ihren Arbeitskittel aus und schlüpfte in einen rosa Bademantel. Auf einem Ärmel bemerkte sie ein winziges viereckiges Loch. Sie würde nicht lange brauchen, um es zu flicken. Sie nahm Nadel und Faden und setzte sich vor den Fernseher.

Es war Zeit für »Denkfalle«. Caroline Nogard schaltete ein.

Fernsehen.

Madame Ramirez war noch immer dabei, mit ihren Allüren einer Durchschnittsfranzösin und ihrer so überzeugenden Schüchternheit, wenn sie ihre Lösungen erläuterte oder die vorhergehenden logischen Schritte.

Der Moderator zog mit ihr seine übliche Show ab.

»Ja, was denn, Sie haben's nicht rausgekriegt? Schauen Sie sich die Tafel hier gut an, und sagen Sie unseren Zuschauerinnen und Zuschauern, was Ihnen bei diesen Zahlen einfällt.«

»Na ja, wissen Sie, die Aufgabe ist wirklich einzigartig. Es handelt sich um eine Dreiecksfolge, die von der einfachen Einheit ausgeht und auf etwas viel Komplizierteres zuläuft.«

»Bravo, Madame Ramirez! Machen Sie auf diesem Weg weiter, und Sie finden die Lösung!«

»Am Anfang steht die Zahl eins. Man könnte ... man könnte fast meinen ...«

»Die Fernsehzuschauerinnen und Fernsehzuschauer lauschen Ihnen, Madame Ramirez! Und das Publikum im Saal wird Sie anfeuern.«

»Na los, Madame Ramirez. Was könnte man fast meinen?«

»Ein heiliger Text. Die Zahl 1 teilt sich, um zwei Zahlen zu ergeben, die ihrerseits wieder vier Zahlen ergeben. Das ist fast wie …«

»Fast wie?«

»Wie das Vorspiel zu einer Geburt. Das anfängliche Ei teilt sich zuerst in zwei, dann in vier Zellen, dann immer weiter. Ganz intuitiv erinnert mich dieses Schaubild an eine Geburt, an ein Wesen, das auftaucht und sich entfaltet. Das ist ziemlich metaphysisch.«

»Genau, Madame Ramirez, genau. Was für ein großartiges Rätsel Sie uns anvertraut haben. Das ist Ihres Scharfsinns würdig und verdient den Applaus des Publikums.«

Applaus.

Der Moderator heizte die Spannung an.

»Und welches Gesetz regiert diese Folge? Nach welcher Regel vollzieht sich diese Geburt, Madame Ramirez?«

Verdrossenes Gesicht der Kandidatin.

»Ich komme nicht drauf … Ah, ich setze meinen Joker ein.«

Enttäuschtes Raunen im Saal. Das erste Mal, dass Madame Ramirez nicht weiter weiß.

»Madame Ramirez, sind Sie sich ganz sicher, dass Sie einen Ihrer Joker verbraten wollen?«

»Was soll ich sonst machen!«

»Wie schade, Madame Ramirez, nach einem so schönen fehlerfreien Rennen …«

»Dieses Rätsel ist was ganz Besonderes. Es lohnt sich, länger dabei zu bleiben, also müssen Sie mir helfen.«

»Sehr schön. Wir hatten Ihnen schon einen Satz gegeben: ›Je intelligenter man ist, desto weniger Lösungschancen hat man.‹ Der zweite lautet: ›Alles vergessen, was man gelernt hat.‹«

Verdrossenes Gesicht der Kandidatin.

»Und was soll das heißen?«

»Tja! Das sollen Sie herausfinden, Madame Ramirez. Aber um Ihnen zu helfen, sage ich Ihnen, dass Sie wie bei einer Psychoanalyse in Ihrem Inneren eine Kehrtwendung machen müssen. Vereinfachen

Sie. Ersetzen Sie die vertrauten Mechanismen der Logik und des Nachdenkens durch das Nichts.«

»Das ist gar nicht so einfach. Sie verlangen von mir, dass ich das Denken durch Denken ausschalte.«

»Tja, genau darum heißt unsere Sendung ›Denk…‹«

»›…falle‹!«, setzte der Saal im Chor fort.

Die Leute klatschten von selbst.

»Mit Ihrem Joker haben Sie auch einen Anspruch auf eine weitere Zeile an der Tafel.«

Dort stand:

1
11
21
1211
111221
312211

Mit dem Filzstift schrieb er dazu:

13112221

Großaufnahme des verdutzten Gesichts von Madame Ramirez. Sie blinzelte. Murmelte Einsen, Zweien, Dreien, als würde es sich um das Rezept für einen Napfkuchen mit Pflaumen handeln. Die Verteilung der Dreien genau beachten. Dagegen nicht mit den Einsen geizen.

»Also, Madame Ramirez, geht's jetzt besser?«

Ganz konzentriert gab Madame Ramirez keine Antwort und brummelte ein »Hmmm«, das heißen sollte: »Diesmal krieg ich's, glaube ich, raus.«

Der Moderator respektierte ihre Konzentration beim Nachdenken.

»Ich hoffe, dass auch Sie, liebe Fernsehzuschauerinnen und Fernsehzuschauer, sich unsere neue Zeile sorgfältig aufgeschrieben haben. Also, bis morgen, wenn Sie Lust dazu haben!«

Beifall. Abspann. Trommeln, Trompeten, Geschrei.

Caroline Nogard schaltete den Apparat ab. Ihr schien es, als würde sie ein leises Geräusch hören. Sie machte ihre Näharbeit fertig. Perfekt, man sah nicht mehr das Geringste von dem bösen kleinen Loch. Sie räumte Faden und Schere weg. Wieder ein Geräusch wie Papierrascheln.

Es kam aus dem Badezimmer. Eine Maus konnte es nicht sein. Sie hätte beim Laufen über die Fliesen nicht diese Art Geräusch gemacht. Also, einer oder mehrere Einbrecher? Was taten sie im Badezimmer?

Auf gut Glück suchte sie in der Kommode den kleinen Revolver Kaliber 6 mm, den ihr Vater dort vorsorglich für solche Fälle versteckt hatte. Um den oder die Eindringlinge besser überraschen zu können, schaltete sie den Fernseher wieder ein, drehte die Lautstärke auf und schlich sich auf leisen Sohlen zum Badezimmer.

Ein paar Rapper grölten etwas von ihrer Revolte.

»Eure Häuser, eure Läden, alles, alles verbrennen wir, alles, alles, alles …«

Caroline Nogard drückte sich gegen die Tür, umklammerte mit beiden Händen fest ihren Revolver, wie sie es in amerikanischen Fernsehserien gesehen hatte. Mit einem Schlag stieß sie die Tür auf.

Es war niemand da, aber dennoch war das Geräusch deutlich zu vernehmen, es kam immer lauter von hinter dem Duschvorhang. Sie riss ihn mit einer raschen Geste beiseite.

Zunächst machte sie einen Schritt vor, um besser zu begreifen, was sie da sah. Dann kreischte sie entsetzt auf, sie schoss vergebens das ganze Magazin leer, wich keuchend zurück und stieß die Tür mit einem Fuß zu. Zum Glück steckte der Schlüssel auf der richtigen Seite. Sie drehte ihn zweimal um und wartete, am Rand eines hysterischen Anfalls.

»Es« würde ja wohl nicht durch die Tür kommen!

Aber »es« kam durch. Und verfolgte sie sogar.

Sie ächzte, rannte los, warf mit allerlei Kleinkram danach. Sie wehrte sich mit Händen und Füßen. Doch was hätte sie gegen einen solchen Gegner schon ausrichten können?

32. Etwas zum Staunen

Sie putzte sich den Kopf mit dem Kamm ihres Unterschenkels.

Nr. 103 683 weiß wirklich nicht mehr, woran sie ist.

Sie fürchtet die Finger und ... hat die Aufgabe, sie alle umzubringen. Gerade hatte sie angefangen, an die Sache der Rebellinnen zu glauben und ... muss sie verraten. Sie hat das Ende der Welt mit gerade zwanzig Kundschafterinnen erreicht und ... hält nun achtzigtausend für lächerlich.

Doch was sie vor allem beschäftigt, ist die Rebellinnenbewegung an sich. Sie hatte geglaubt, sich mit besonnenen Abenteurerinnen zu verbünden, und siehe da, sie hat es mit Halbverrückten zu tun, die bei jeder Gelegenheit dieses nichtssagende Wort von sich geben: »Götter«.

Selbst das Benehmen der Königin ist merkwürdig. Für eine Ameise redet sie viel zu viel. Das ist nicht normal. Sie will alle Finger umbringen, lässt aber die unter ihrer eigenen Stadt außer Acht. Sie behauptet, die Zukunft liege im Studium der fremden Arten und weigert sich, Nutzen aus ihrem Fingerium zu ziehen, um mit der exotischsten und beunruhigendsten Spezies Experimente durchzuführen.

Chli-pu-ni hat ihr nicht alles gesagt. Die Rebellinnen auch nicht. Man misstraut ihr oder versucht, sie zu manipulieren. Sie kommt sich vor wie der Spielball der Königin oder der Rebellinnen, vielleicht sogar beider zugleich.

Plötzlich fällt ihr etwas auf: Etwas Derartiges hat es noch in keinem Ameisenhügel auf dieser Welt gegeben. Man könnte meinen, in Bel-o-kan hätte alle Welt den Verstand verloren. Jeder Einzelne hat plötzlich eigenständige Gedanken, ist von Seelenstimmungen befangen, kurz: Sie sind alle weniger ameisenhaft als zuvor. Sie mutieren. Die Rebellinnen sind Mutantinnen.

Auch Chli-pu-ni ist eine Mutantin. Und ebenso wie Nr. 103 683 selbst zurzeit dazu neigt, sich als Einzelwesen zu betrachten, kommt sie sich auch nicht mehr wie eine ganz normale Ameise vor. Was ist mit Bel-o-kan los?

Außerstande, diese Frage zu beantworten, will Nr. 103 683 erst einmal begreifen, was die Rebellinnen zu ihrem sonderbaren Ausruf treibt.

Was sind denn »Götter«?

Sie macht sich auf den Weg zu den Nashornkäferställen.

33. Enzyklopädie

Totenkult Das erste Charakteristikum einer denkenden Zivilisation ist der »Totenkult«.

Solange die Menschen ihre Leichen zusammen mit ihrem Abfall wegwarfen, waren sie nicht mehr als Tiere. Am Tag, an dem sie anfingen, sie zu begraben oder zu verbrennen, geschah etwas Unumkehrbares. Sich um seine Toten zu kümmern heißt, sich das Vorhandensein eines Jenseits vorzustellen, einer gedanklichen Welt, die über der sichtbaren Welt liegt. Sich um seine Toten zu kümmern heißt, das Leben als schlichten Übergang zwischen zwei Dimensionen zu betrachten. Alle religiösen Verhaltensmuster leiten sich daher ab.

Der erste Totenkult wird für die mittlere Altsteinzeit angenommen, vor etwa siebzigtausend Jahren. Damals haben bestimmte Menschenstämme angefangen, ihre Leichen in Gräben mit den Maßen 1,40 x 1 x 0,30 m zu bestatten.

Die Angehörigen des Stammes legten neben den Verstorbenen Fleischstücke, Gegenstände aus Feuerstein und Schädel erlegter Tiere. Anscheinend wurde während dieser Bestattungen eine gemeinsame Mahlzeit des ganzen Stammes eingenommen.

Bei den Ameisen sind, vor allem in Indonesien, einige Arten entdeckt worden, die ihre verstorbene Königin noch bis einige Tage nach ihrem Tod weiterfüttern. Dieses Verhalten ist umso überraschender, als die Oleinsäuregerüche, die von den Toten ausgehen, ihnen eindeutig ihren Zustand zu erkennen geben.

Edmond Wells

Enzyklopädie des relativen und absoluten Wissens, Bd. 2

34. Der unsichtbare Mann

Kommissar Méliès kniete vor der Leiche von Caroline Nogard. Auf dem Gesicht mit den verdrehten Augen lag noch immer diese Schreckensstarre, diese Maske entsetzten Staunens.

Er drehte sich zu Inspektor Cahuzacq um.

»Offenbar keine Fingerabdrücke, Emile?«

»Leider nein. Wir fangen wieder von vorne an: keine Wunden, keine Waffe, kein Einbruch, keine Anhaltspunkte. Das gleiche Spiel!«

Der Kommissar zog seine Kaugummis heraus.

»Natürlich war die Tür verschlossen«, meinte Méliès.

»Drei Schlösser waren zu, zwei offen. Anscheinend hat sie im Augenblick ihres Todes versucht, eines der Schlösser an der Panzertür zu bewegen.«

»Womit die Frage bleibt, ob sie es auf- oder zumachen wollte«, brummelte Méliès. Er beugte sich hinunter, um sich die Stellung der Hände anzusehen. »Um aufzumachen!«, rief er aus. »Der Mörder war hier drin, und sie hat zu fliehen versucht … Du warst als Erster da, Emile?«

»Wie üblich.«

»Waren Fliegen da?«

»Fliegen?«

»Ja, Fliegen. Insekten der Art Drosophila, wenn dir das lieber ist!«

»Darüber hast du dir schon bei den Saltas den Kopf zerbrochen. Warum interessiert dich das?«

»Die Fliegen sind sehr wichtig! Ausgezeichnete Informantinnen für einen Detektiv. Einer von meinen Lehrern hat behauptet, alle seine Fälle dadurch zu lösen, dass er allein die Fliegen untersucht.«

Der Inspektor blieb einen Augenblick lang skeptisch. Noch so ein Nussknackertrick, den sie einem in den neuen Polizeischulen beibrachten! Cahuzacq vertraute weiterhin auf die guten alten Methoden, ging aber dennoch auf die Frage ein:

»Ja, ich hab mich an die Saltas erinnert und mich danach umgeschaut. Die Fenster sind diesmal zugeblieben, und wenn Fliegen da waren, dann sind sie immer noch da. Aber warum versteifst du dich so darauf?«

»Die Fliegen sind ganz wichtig. Wenn welche da sind, heißt das, dass es irgendwo einen Durchschlupf gibt. Wenn nicht, heißt das, dass die Wohnung hermetisch abgeschlossen ist.«

Als der Kommissar alles mit seinen Augen abgraste, entdeckte er schließlich in einer Ecke der weißen Zimmerdecke eine Fliege.

»Schau nur, Emile! Siehst du sie, da oben?«

Als wäre es ihr unangenehm, beobachtet zu werden, flog die Fliege davon.

»Sie zeigt uns ihren Luftschacht! Schau hin, Emile! Der kleine Spalt über dem Fenster, da muss sie hereingekommen sein.«

Die Fliege drehte ein paar Runden und landete dann auf einem Sessel.

»Von hier aus kann ich dir sagen, dass es eine grüne Fliege ist. Also eine Fliege von der zweiten Abteilung.«

Was war das wieder für ein Jargon? Méliès erläuterte es:

»Sobald ein Mensch stirbt, eilen die Fliegen herbei. Aber nicht irgendwelche Fliegen und auch nicht irgendwann. Die Reihenfolge ist festgelegt. Im Allgemeinen treffen zunächst die blauen Schmeißfliegen ein *(Calliphora)*, die Fliegen der ersten Abteilung. Sie sind innerhalb von fünf Minuten nach Eintritt des Todes da. Sie mögen warmes Blut. Wenn ihnen das Gelände geeignet erscheint, legen sie ihre Eier im Fleisch ab und verschwinden dann wieder, wenn die Leiche zu stark zu riechen beginnt. Sogleich werden sie von der zweiten Abteilung abgelöst, den grünen Vollfliegen *(Muscida)*. Die bevorzugen leicht verwestes Fleisch. Sie kosten davon, legen ihre Eier und überlassen das Feld der dritten Abteilung, den grauen Fleischfliegen *(Sarcophaga)*, die stärker zersetztes Fleisch schätzen. Schließlich kommen die Käsefliegen *(Piophila)* und die Speckfliegen *(Ophira)*. So folgen einander fünf Schwadronen von Fliegen auf unseren Überresten. Jede begnügt sich mit ihrem Teil und lässt den der anderen unberührt.«

»Wir sind nicht viel wert«, seufzte der Inspektor ein wenig angeekelt.

»Das kommt darauf an, für wen. Eine einzige Leiche reicht als Festschmaus für mehrere Hundert Fliegen.«

»Na schön. Aber was hat das mit unserer Untersuchung zu tun?«

Jacques Méliès bewaffnete sich mit seiner Leuchtlupe und sah sich die Ohren von Caroline Nogard an.

»Im Inneren der Ohrmuschel finden sich Blut und Eier von grünen Fliegen. Das ist sehr interessant. Normalerweise hätten wir auch Larven von blauen Fliegen finden müssen. Also ist die erste Abteilung hier nicht vorbeigekommen!«

Der Inspektor begann zu begreifen, welche großartigen Informationen das Beobachten von Fliegen liefern konnte.

»Und warum sind sie nicht vorbeigekommen?«

»Weil etwas, jemand, vermutlich der Mörder, sich fünf Minuten nach Eintritt des Todes noch neben der Leiche aufgehalten haben muss. Die blauen Fliegen haben es nicht gewagt, sich zu nähern. Dann hat der Körper angefangen, sich zu zersetzen, und hat sie nicht mehr interessiert. Daraufhin sind die grünen angekommen. Und sie hat nichts gestört. Also ist der Mörder fünf Minuten lang geblieben, nicht länger, und dann abgehauen.«

So viel Logik beeindruckte Emile Cahuzacq. Méliès selbst schien aber nicht zufrieden. Er fragte sich, was die blauen Fliegen daran gehindert haben mochte, sich zu nähern.

»Man könnte meinen, wir haben es mit dem unsichtbaren Mann zu tun …«

Er verstummte. Wie Méliès hatte er im Badezimmer ein Geräusch gehört.

Sie rannten dorthin. Rissen den Duschvorhang weg. Nichts.

»Ja, man könnte meinen, es ist der unsichtbare Mann, ich habe das Gefühl, dass er im Zimmer ist.«

Er schauderte.

Nachdenklich kaute Méliès auf seinem Kaugummi.

»Jedenfalls ist er in der Lage, ein und aus zu gehen, ohne Fenster oder Türen zu öffnen. Er ist nicht nur unsichtbar, dein Mörder, sondern kann auch durch Wände gehen!« Er drehte sich zu dem eingewachsten Opfer um, dessen Gesicht schreckensstarr war. »Und ein grauenhafter Anblick. Was hat sie denn so gemacht, diese Caroline Nogard? Hast du was in deiner Akte?«

Cahuzacq blätterte in einem Dossier mit dem Namen der Toten.

»Kein Freund. Keine Verwicklungen. Sie hatte keine Feinde, die sie bis auf den Tod gehasst hätten. Hat als Chemikerin gearbeitet.«

»Sie auch?«, staunte Méliès. »Wo denn?«

»Im LAC.«

Die beiden Männer sahen einander verblüfft an. Im LAC: dem Labor für Allgemeine Chemie, dem Unternehmen, wo Sébastien Salta gearbeitet hatte!

Endlich hatte man den gemeinsamen Nenner, der kein bloßer Zufall sein konnte. Endlich eine Fährte.

35. Gott ist ein besonderer Geruch

Sie führen dorthin.

Die Soldatin erkennt die Gerüche, die es ihr erlauben, den Geheimsaal der Rebellinnen zu finden.

Ich brauche eine Erklärung.

Eine Gruppe Rebellinnen umringt Nr. 103 683. Sie könnten sie ohne weiteres töten, greifen sie aber nicht an.

Was ist das, »Götter«?

Wieder einmal führt die Hinkende das Wort.

Sie gibt zu, dass sie der Soldatin nicht alles gesagt haben, unterstreicht aber, allein die Tatsache, dass man ihr die Existenz der Pro-Finger-Bewegung verraten habe, sei ein enormer Vertrauensbeweis. Eine Geheimorganisation, die von allen Wachen des Volkes gejagt werde, vertraue sich für gewöhnlich nicht jedermann an.

Die Hinkende versucht, eine Antennenhaltung einzunehmen, die Freiheit bedeutet.

Sie erklärt, dass sich in Bel-o-kan derzeit etwas Wesentliches für ihre Stadt abspiele, für alle Städte, sogar für die ganze Art. Der Erfolg oder Misserfolg der Rebellinnenbewegung könne den Ameisen der Welt den Verlust oder Gewinn Tausender von Jahren Evolution einbringen. Unter diesen Umständen zähle ein einzelnes Leben nicht. Die Hingabe jedes Einzelnen sei ebenso erforderlich wie absolute Geheimhaltung. In diesem Spiel, gibt die Hinkende zu, sei Nr. 103 683 eine entscheidende Figur. Sie bedaure, ihr nicht alles anvertraut zu haben. Diese Nachlässigkeit wolle sie wiedergutmachen.

Feierlich schließen sich die beiden Ameisen in der Mitte des Raums zusammen, um sich dem Zeremoniell einer AK hinzugeben, einer Absoluten Kommunikation. Dank der AK sieht, spürt und versteht eine Ameise sofort alles, was im Geist ihrer Gesprächspartnerin ist. Der Inhalt wird nicht einfach nur gesendet und empfangen: Er wird von den beiden Ameisen gemeinsam erlebt.

Nr. 103 683 und die Hinkende legen ihre Antennensegmente aneinander. Es ist, als würden elf Münder und elf Ohren miteinander verschmelzen, als seien beide nunmehr ein einziges Insekt mit zwei Köpfen.

Die Hinkende verströmt die Pheromone ihrer Geschichte.

Als im vergangenen Jahr das große Feuer Bel-o-kan verwüstet und die Königin Belo-kiu-kiuni getötet habe, hätten die Ameisen mit dem Felsengeruch ihren Nutzen für Chli-pu-ni verloren. Die neue Herrscherin habe große Attacken gegen sie begonnen. Da seien die Ameisen mit dem Felsengeruch zu Rebellinnen geworden und hätten sich in diesem Schlupfwinkel versteckt. Dann hätten sie den Durchgang im Granitboden wieder aufgebrochen, sie hätten die Finger mit gestohlener Nahrung gefüttert, vor allem aber hätten sie die Gespräche mit deren Vertreter Doktor Livingstone fortgesetzt.

Anfangs sei alles wie am Schnürchen gelaufen. Doktor Livingstone habe einfache Nachrichten gesendet: »Wir haben Hunger«, »Warum weigert die Königin sich, mit uns zu sprechen?« Die Finger hätten sich über das Treiben der Rebellinnen auf dem Laufenden gehalten und ihnen geraten, bei ihren Kommandooperationen zum Nahrungsdiebstahl so vorsichtig wie möglich vorzugehen. Die Finger bräuchten außerordentliche Mengen an Futter, und es sei nicht immer leicht, es ihnen unbemerkt zu liefern.

Alles sei im Rahmen des Normalen geblieben. Aber eines Tages hätten die Finger eine Botschaft völlig anderer Art gesendet. Diese Duftnachricht habe behauptet, die Ameisen hätten die Finger unterschätzt, die Finger hätten es bisher nicht gesagt, aber in Wirklichkeit seien sie die Götter der Ameisen.

»Götter«? Was bedeutet dieses Wort?, hätten sie sich gefragt.

Die Finger hätten ihnen erklärt, was Götter seien. Demnach seien das die Tiere, die die Welt errichtet hätten. Die Ameisen seien alle Teil ihres »Spiels«.

Eine dritte Ameise stört die AK. Voller Eifer sagt sie:

Die Götter haben alles erfunden, sie sind allmächtig, sie sind allgegenwärtig. Sie beobachten uns ununterbrochen. Die uns umgebende Wirklichkeit ist nur ein Schauspiel, das die Götter sich ausgedacht haben, um uns auf die Probe zu stellen.

Wenn es regnet, dann, weil die Götter Wasser ausgießen.

Wenn es heiß ist, dann, weil die Götter das Brennen der Sonne höher eingestellt haben.

Wenn es kalt ist, dann, weil sie es heruntergedreht haben.

Die Finger sind Götter.

Die Hinkende übersetzt diese erstaunliche Botschaft. Nichts auf der Welt würde ohne die Götter existieren. Die Ameisen seien ihre Geschöpfe. Sie würden sich bloß in einer künstlichen Welt durchschlagen, die die Götter sich zum Vergnügen geschaffen hätten.

Das habe Doktor Livingstone an jenem Tag gesagt.

Nr. 103 683 ist perplex. Warum würden die Finger unter diesen Umständen dann unter dem Boden der Stadt sterben? Warum seien sie unter der Erde gefangen? Warum erlaubten sie einer Ameise, einen Kreuzzug gegen sie auszurufen?

Die Hinkende räumt ein, dass in den Behauptungen von Doktor Livingstone einige Lücken klaffen. Ihr hauptsächlicher Vorteil bestehe jedoch darin, dass sie erklären, warum es die Ameisen gibt und warum die Welt so ist, wie sie ist.

Woher kommen wir? Wer sind wir? Wohin gehen wir? Die Vorstellung von »Göttern« liefert endlich eine Antwort auf diese Fragen.

Wie dem auch sei, damit war der Keim gepflanzt. Diese erste »gottgläubige« Rede habe eine Handvoll Rebellinnen erleichtert und viele andere beunruhigt. Dann seien nur normale Erklärungen gefolgt, die nichts von »Göttern« gesagt hätten.

Sie hätten nicht mehr daran gedacht, bis einige Tage später das aufsehenerregende Wort »gottgläubig« laut und vernehmlich aus den Antennen von Doktor Livingstone erschallte. Er habe abermals ein von den Fingern beherrschtes Universum postuliert, behauptet, dass es keinen Zufall gebe, dass alles, was sich hienieden ereigne, aufgezeichnet und hinterlegt werde. Dass diejenigen, welche die »Götter« nicht achteten oder fütterten, bestraft würden.

Nr. 103 683 stehen vor Erstaunen die Antennen zu Berge. Wenngleich ihre Vorstellungskraft für Ameisenverhältnisse bereits beachtlich weit reichte, hätte sie doch niemals einen so fantastischen Gedanken zu fassen vermocht, dass Riesentiere die Welt beherrschen und jeden einzelnen Bewohner überwachen. Sie sagt sich, dass die Finger wirklich reichlich zu tun haben müssen.

Trotzdem hört sie sich den Bericht der Hinkenden an.

Die Rebellinnen hätten schnell begriffen, dass Doktor Livingstone zwei völlig verschiedene Gesprächshaltungen einnehme. Wenn er daher von den Göttern sprach, so gab man den Gottgläubigen Bescheid, und die anderen zogen sich zurück. Wenn er »normale« Themen behandelte, blieben die Gottgläubigen aus. So dass sich mit der Zeit im Schoß der Pro-Finger-Rebellinnengemeinschaft eine Kluft aufgetan habe. Es gebe Gottgläubige und Ungläubige, aber es sei zu keiner Zwietracht zwischen ihnen gekommen. Selbst wenn Letztere der Meinung seien, dass Erstere ein völlig irrationales, der Ameisenkultur fremdes Verhalten entwickelt hätten.

Nr. 103 683 klinkt sich aus. Sie putzt sich die Antennen und fragt in die Runde:

Wer von euch sind die Gottgläubigen?

Eine Ameise tritt vor.

Ich heiße Nr. 23 und glaube an die Existenz der allmächtigen Götter.

Die Hinkende tuschelt ihr zu, dass die Gottgläubigen allerlei solche phrasenhaften Sätze daherreden, selbst wenn sie manchmal ihren Sinn nicht verstünden. Das scheine sie jedoch nicht zu stören, im Gegenteil. Je unverständlicher die Worte seien, desto lieber würden sie sie nachplappern.

Nr. 103 683 ihrerseits begreift nicht, wie dieser Doktor Livingstone zwei total unterschiedliche Persönlichkeiten haben könne.

Das sei vielleicht das große Geheimnis der Finger, erwidert die Hinkende. Ihre zwei Seiten. Bei ihnen existiere das Einfache gleich neben dem Vielschichtigen, die alltäglichen Pheromone neben abstrakten Botschaften.

Sie fügt hinzu, dass augenblicklich die Gottgläubigen in der Minderzahl seien, ihre Anhängerschaft jedoch stetig wachse.

Eine junge Soldatin läuft herbei und schwenkt den Schmetterlingskokon, den die Soldatin am Eingang zum Stall vergraben hatte.

Das gehört dir, oder?

Das bejaht Nr. 103 683, streckt ihre Antennen zu der Neuangekommenen aus und fragt sie:

Und du? Was bist du? Gottgläubige oder Ungläubige?

Die junge Ameise senkt schüchtern den Kopf. Sie weiß, wer mit ihr spricht: eine berühmte und erfahrene Soldatin. Sie wägt die Bedeutung ihrer Antwort ab. Doch dann schießen die Worte mit Inbrunst aus dem tiefsten Inneren ihrer drei Gehirne:

Ich heiße Nr. 24. Ich glaube an die Existenz der allmächtigen Götter.

36. Enzyklopädie

Gedanke Der menschliche Gedanke vermag alles.

In den fünfziger Jahren löscht ein englisches Containerschiff, das Flaschen mit Madeira aus Portugal transportiert, seine Ladung in einem schottischen

Hafen. Ein Matrose begibt sich in die Kühlkammer, um zu überprüfen, ob alles richtig geliefert worden ist. Ein zweiter Matrose, der ihn nicht bemerkte, verschließt die Tür von außen. Der Gefangene schlägt mit Leibeskräften gegen die Wände, aber keiner hört ihn, und das Schiff sticht wieder nach Portugal in See.

Der Mann entdeckt ausreichend Nahrungsmittel, weiß jedoch, dass er in diesem Gefrierraum nicht lange überleben kann. Er rafft sich dazu auf, Stunde um Stunde, Tag um Tag den Bericht seines Leidensweges mit einem Metallstück in die Wände zu ritzen. Mit wissenschaftlicher Genauigkeit beschreibt er seinen Todeskampf. Wie die Kälte ihn erstarren lässt, ihm die Nase, die Finger und die Zehen erfrieren, dass sie zerbrechlich wie Glas werden. Er erzählt, wie die beißende Luft zu einem unerträglichen Brennen wird. Wie sein ganzer Körper nach und nach zu einem Eisblock versteinert.

Als das Schiff in Lissabon vor Anker geht, öffnet der Kapitän den Container und findet den toten Matrosen. An den Wänden liest er das peinlich genaue Tagebuch seiner grässlichen Qual.

Doch damit ist das Erstaunlichste noch nicht gesagt. Der Kapitän überprüft die Temperatur im Container. Das Thermometer zeigt 19° C an. Da der Container keine Waren mehr enthielt, war das Kühlsystem auf der Rückfahrt nicht eingeschaltet gewesen. Der Mann war allein deshalb gestorben, weil er zu frieren geglaubt hatte. Er war seiner eigenen Einbildung zum Opfer gefallen.

EDMOND WELLS

Enzyklopädie des relativen und absoluten Wissens, Bd. 2

37. MISSION MERKUR

Ich möchte Doktor Livingstone sehen.

Der Wunsch von Nr. 103 683 darf nicht erhört werden. Mit ihren Antennen mustert die Gemeinschaft der Rebellinnen sie beharrlich.

Wir brauchen dich für etwas anderes.

Die Hinkende erklärt es. Als die Soldatin sich am Abend zuvor bei der Königin befunden habe, sei eine Gruppe von Rebellinnen durch den Spalt unter dem Granitboden geschlüpft. Sie hätten Doktor Livingstone getroffen und ihm den Kreuzzug gegen die Finger angekündigt.

Hat Doktor Livingstone dabei gottgläubig oder nicht gottgläubig geredet?, erkundigt sich Nr. 103 683.

Nein. Es war der nicht gottgläubige, vernünftige und konkrete, und er sprach von einfachen und offensichtlichen Dingen, die alle mit ihren Antennen nachvollziehen konnten. Jedenfalls seien Doktor Livingstone und die Finger, deren Sprecher er ist, nicht aus der Fassung geraten, als sie gehört hätten, dass eine Mission zum Ende der Welt aufbrechen werde, um alle Finger auszurotten. Sie hätten dies, ganz im Gegenteil, wie eine sehr gute Nachricht aufgenommen und sogar gesagt, es handele sich um eine einmalige Gelegenheit, die sie nicht verpassen dürften.

Die Finger hätten lange nachgedacht. Dann habe Doktor Livingstone ihnen Anweisungen gegeben, Befehle für eine eigene Mission, die sie »Mission Merkur« genannt hätten. Sie sei so unmittelbar mit dem Kreuzzug gen Osten verknüpft, dass sie kaum davon zu unterscheiden sei.

Da du die Truppen aus Bel-o-kan anführen wirst, bist du auch am besten geeignet, diese Mission Merkur durchzuführen.

Nr. 103 683 erfährt von ihrer neuen Aufgabe.

Achtung! Sei dir der Wichtigkeit deines Erfolges wohl bewusst. Die Mission Merkur kann das Antlitz der Welt verändern.

38. UNTEN

»Glaubst du denn, dass die Mission Merkur Erfolg haben kann?« Augusta Wells hatte gerade ihren Plan den Ameisen dargelegt. Die alte Frau fuhr sich mit einer vom Rheuma verkrüppelten Hand über die Stirn und seufzte: »Mein Gott, wenn nur diese kleine rote Ameise ankommt!«

Schweigend betrachteten alle die alte Frau. Einige lächelten. Sie waren gezwungen, sich diesen Rebellenameisen anzuvertrauen. Sie hatten keine Wahl. Den Namen der mit der Mission Merkur beauftragten Ameise kannten sie nicht, aber alle beteten, dass sie dem Tod entrinnen möge.

Augusta Wells schloss die Augen. Jetzt waren sie schon seit einem Jahr hier unten, mehrere Meter unter der Erde. Trotz ihrer hundert Jahre erinnerte sie sich an alles.

Erst einmal an ihren Sohn Edmond, der nach dem Tod seiner Frau in der Rue des Sybarites 3 eingezogen war, einen Katzensprung entfernt vom Wald von Fontainebleau. Als auch er ein paar Jahre später aus dem Leben geschieden war, hatte er seinem Neffen Jonathan als Erben einen Brief hinterlassen. Es war ein sonderbarer Brief, der als einzigen Satz einen Ratschlag enthielt: »Niemals den Keller betreten.«

Mit der Zeit hätte Augusta Wells beinahe geglaubt, dass diese Warnung geradezu eine Aufforderung dazu gewesen war. Schließlich hatte Parmentier den Absatz seiner Kartoffeln, von denen niemand etwas wissen wollte, dadurch gefördert, dass er sie auf ein abgeschlossenes Feld pflanzte, das von Plakaten umringt war: »Betreten absolut verboten«. Von der ersten Nacht an klauten Diebe die wertvollen Knollen, und ein Jahrhundert später waren die Fritten aus der Ernährung der Weltbevölkerung nicht mehr wegzudenken.

Jonathan war also in den verbotenen Keller gestiegen. Er war nicht wieder heraufgekommen. Seine Frau Lucie hatte sich auf die gefährliche Suche nach ihm begeben. Dann sein Sohn Nicolas. Dann Feuerwehrleute unter der Leitung von Inspektor Gérard Galin. Dann Polizisten unter der Führung von Kommissar Alain Bilsheim. Schließlich sie selbst, Augusta Wells, in Gesellschaft von Jason Bragel und Professor Daniel Rosenfeld.

Insgesamt hatten sich achtzehn Personen die unendliche Wendeltreppe hinuntergewagt. Alle hatten sie die Ratten bekämpft, das Rätsel mit den sechs Streichhölzern, die vier Dreiecke bilden, gelöst. Sie waren durch die Schleuse gegangen, die den Körper wie bei der Geburt zusammendrückt. Sie waren wieder hochgestiegen und in die

Falle gelaufen. Sie hatten ihre kindlichen Ängste überwunden und die Täuschungen des Unbewussten, die Erschöpfung, das Bild des Todes.

Am Ende ihres langen Marsches hatten sie den unterirdischen Tempel entdeckt, der im Renaissancestil unter einer großen Granitplatte errichtet worden war, über welcher wiederum ein Ameisenhügel thronte. Jonathan hatte ihnen das Geheimlabor von Edmond Wells gezeigt. Er hatte ihnen die Beweise für das Genie seines alten Onkels vor Augen geführt, insbesondere seine Maschine, die er »Stein des Weisen« getauft hatte und die es möglich machte, die Geruchssprache der Ameisen zu verstehen und mit ihnen zu sprechen. Aus der Maschine ragte eine Röhre, die an eine Sonde angeschlossen war, genauer gesagt an eine Ameise aus Plastik, die zugleich als Lautsprecher und Mikrofon diente. Dieser Apparat war ihr Botschafter beim Ameisenvolk, Doktor Livingstone.

Durch seine Erfindung hatte Edmond Wells sich mit der Königin Belo-kiu-kiuni unterhalten. Sie hatten keine Zeit gehabt, viele Worte zu wechseln, aber doch genug, um zu begreifen, wie groß die Kluft zwischen ihren beiden Hochkulturen noch war.

Jonathan hatte die von seinem Onkel zurückgelassene Fackel übernommen und die ganze Gruppe mit dessen Leidenschaft angesteckt. Er redete gern davon, dass sie Kosmonauten in einer Raumkapsel seien, die mit Außerirdischen zu kommunizieren versuchten. Er behauptete: »Wir tun hier etwas, das sich als das faszinierendste Experiment unserer Generation herausstellen könnte. Wenn es uns nicht gelingt, mit den Ameisen zu sprechen, dann schaffen wir es auch nicht mit einer anderen Form von Intelligenz, ob irdisch oder außerirdisch.«

Da hatte er zweifelsohne Recht. Was nützt es, im Recht zu sein, wenn man seiner Zeit voraus ist? Ihre utopische Gemeinschaft blieb nicht lange vollkommen. Sie waren die schwierigsten Probleme angegangen, von den trivialsten wurden sie aufgehalten.

Ein Feuerwehrmann meinte eines Tages zu Jonathan: »Wir sind vielleicht wie Kosmonauten in ihrer Kapsel, aber die hätten dafür gesorgt, eine gleiche Anzahl von Männern und Frauen mitzunehmen. Wir sind hier nämlich fünfzehn Männer in der Blüte ihres Lebens, und es gibt nur eine einzige Frau. Von der Alten und dem Kleinen reden wir lieber nicht!«

Jonathan antwortete schlagfertig: »Bei den Ameisen kommen auf ein Weibchen schließlich auch fünfzehn Männchen!«

Sie hätten gerne darüber gelacht.

Sie wussten nicht viel von dem, was da oben im Ameisenhügel ablief, nur dass die Königin Belo-kiu-kiuni tot war und ihre Nachfolgerin nicht mit ihnen reden wollte. Sie war sogar so weit gegangen, ihnen die Lebensmittelzufuhr abzuschneiden.

Ohne Kontakt und Nahrung war ihr Experiment bald zur Hölle geworden. Achtzehn ausgehungerte Menschen, eingeschlossen unter der Erde: Der Situation ließ sich nicht leicht Herr werden.

Kommissar Alain Bilsheim hatte eines Morgens als Erster die »Opfertruhe« leer gefunden. Daraufhin hatten sie sich mit ihren Vorräten beholfen, vorwiegend Pilzen, die sie hier unter der Erde anzubauen gelernt hatten. Dank der unterirdischen Quelle fehlte es ihnen nicht an Frischwasser, und dank der Belüftungskanäle nicht an Luft.

Aber was waren Luft, Wasser und Pilze für eine Fastenkur!

Einer der Polizisten war schließlich durchgedreht. Fleisch, er verlangte rotes Fleisch. Er schlug vor, dass man den, der den anderen als Frischfleisch dienen würde, auslosen sollte.

Augusta Wells erinnerte sich daran, als hätte die grauenhafte Szene sich erst gestern abgespielt.

»Ich will etwas zu essen!«, geiferte der Polizist.

»Es ist aber nichts da!«

»Doch! Wir! Wir können einander essen. Eine gewisse Anzahl von uns muss sich durch Losentscheid opfern, damit die anderen überleben.«

Da war Jonathan Wells aufgestanden.

»Wir sind keine Tiere. Nur die Tiere fressen einander gegenseitig auf. Wir aber sind Menschen, Menschen!«

»Keiner zwingt dich, zum Kannibalen zu werden, Jonathan. Wir respektieren deine Ansichten. Aber wenn du dich weigerst, Menschenfleisch zu essen, kannst du ja trotzdem als Mahlzeit dienen.«

Daraufhin machte der Polizist einem seiner Kollegen ein verschwörerisches Zeichen. Gemeinsam packten sie Jonathan und versuchten ihn zu erschlagen. Es gelang ihm, sich mit Fausthieben loszureißen. Nicolas Wells mischte sich in die Schlägerei ein.

Die Rauferei weitete sich aus. Anhänger und Gegner des Kannibalismus schlugen sich auf die jeweilige Seite. Bald prügelten sich alle, bald floss Blut. Manche Schläge wurden mit der Absicht zu töten ausgeteilt. Die Liebhaber von Menschenfleisch hatten sich mit Flaschenscherben, Messern und Holzscheiten bewaffnet, um schneller an ihr Ziel zu gelangen. Sogar Augusta, Lucie und der kleine Nicolas hatten zu toben angefangen, zugepackt, Tritte und Fausthiebe ausgeteilt. Einmal biss die Großmutter in einen Unterarm, der in Reichweite ihres Mundes war, aber ihr Gebiss brach glatt auseinander. Der menschliche Muskel ist doch recht fest.

Einige Meter unter der Erde isoliert, kämpften sie mit der Verbissenheit in die Enge getriebener Tiere. Man schließe achtzehn Katzen einen Monat lang in eine Kiste von einem Quadratmeter ein, dann bekommt man vielleicht einen Eindruck von der Wildheit des Scharmützels, das sich an jenem Tag die Utopistengruppe lieferte, die die Evolution der Menschheit hatte weiterbringen wollen.

Ohne Polizei oder Zeugen hatten sie jegliche Zurückhaltung aufgegeben.

Es gab einen Toten. Einen Feuerwehrmann, der einem Messerstich zum Opfer gefallen war. Betreten unterbrachen die anderen sofort den Kampf und betrachteten das Unglück. Keiner dachte daran, den Toten aufzufressen.

Die Gemüter waren beruhigt. Professor Daniel Rosenfeld setzte der Auseinandersetzung ein Ende: »Wir sind schon ganz schön tief gefallen! In uns steckt noch immer der Höhlenmensch, und man muss nur ganz leicht an der dummen Schicht unserer Höflichkeit kratzen, schon kommt er wieder zum Vorschein. Fünftausend Jahre Zivilisation wiegen nicht schwer.« Er seufzte. »Wie die Ameisen sich über uns lustig machen würden, wenn sie jetzt sähen, wie wir uns der Nahrung wegen gegenseitig umbringen!«

»Aber …«, meinte ein Polizist.

»Schweige, menschliche Larve!«, donnerte der Professor. »Kein sozial lebendes Insekt, nicht einmal eine Schabe, würde es wagen, sich so aufzuführen, wie wir es gerade getan haben. Wir halten uns für die Krone der Schöpfung, pah! Da kann ich bloß lachen. Die Gruppe hier, die den Auftrag hat, den Menschen der Zukunft vorwegzunehmen, benimmt sich wie ein Rudel Ratten. Schaut euch an, was ihr aus eurer Menschlichkeit gemacht habt.«

Keiner erwiderte etwas. Die Blicke fielen abermals auf die Leiche des Feuerwehrmanns. Ohne ein Wort halfen alle mit, ihm in einer Ecke des Tempels ein Grab auszuheben. Mit einem kurzen Gebet wurde er begraben. Nur äußerste Gewalttätigkeit hatte der Gewalt mit einem Schlag Einhalt gebieten können. Sie vergaßen die Bedürfnisse ihrer Mägen, leckten ihre Wunden.

»Ich habe nichts gegen eine schöne Lektion in Philosophie, aber ich möchte trotzdem wissen, wie wir überleben sollen«, brachte dann Inspektor Gérard Galin vor.

Der Gedanke, einander aufzuessen, war zwar herabwürdigend. Aber was sollte man zum Überleben sonst tun? Er schlug vor: »Und wenn wir alle gleichzeitig Selbstmord begehen? Wir würden den Leiden und Demütigungen entkommen, die uns diese neue Königin Chli-pu-ni auferlegt.«

Der Vorschlag rief kaum Begeisterung hervor. Galin tobte:

»Aber verflucht noch mal, warum benehmen die Ameisen sich uns gegenüber so bösartig? Wir sind die einzigen Menschen, die sich dazu herablassen, mit ihnen zu reden, noch dazu in ihrer Sprache, und das ist ihr Dank dafür. Dass sie uns verrecken lassen!«

»Ach, darüber braucht man sich nicht zu wundern«, sagte Professor Rosenfeld. »Zur Zeit der Geiselnahmen im Libanon haben die Kidnapper vorzugsweise diejenigen umgebracht, die Arabisch konnten. Sie hatten Angst, verstanden zu werden. Vielleicht fürchtete diese Chli-pu-ni ebenfalls, verstanden zu werden.«

»Wir müssen unbedingt einen Weg finden, hier rauszukommen, ohne uns gegenseitig zu fressen oder Selbstmord zu begehen!«, rief Jonathan aus.

Sie verfielen in Schweigen und grübelten nach, so gut es ihre gefräßigen Bäuche ihnen erlaubten.

Dann hatte Jason Bragel eine Idee: »Ich glaube, ich weiß, wie ...«

Da erinnerte sich Augusta Wells und lächelte. Sie wusste, wie.

ZWEITES ARKANUM

DIE UNTERIRDISCHEN GÖTTER

39. VORBEREITUNGEN

Du weißt, wie du's machen musst, ja?

Die Ameise antwortet nicht.

Du weißt, wie du's machen musst, wenn du einen Finger töten willst?, präzisiert die Interessentin.

Keinen blassen Schimmer.

Überall in der Stadt bereiten sich Gruppen von Soldatinnen auf den großen Kreuzzug gegen die Finger vor. Die Infanteristinnen wetzen ihre Mandibeln. Die Artilleristinnen pumpen sich voll Säure.

Die schnellen Infanteristinnen, die man als Kavallerie betrachten kann, schneiden sich die Haare an den Beinen, um noch windschlüpfriger zu sein, wenn sie losstürmen, um Tod und Verheerung zu säen.

Alle reden nur noch von den Fingern, vom Ende der Welt und den neuen Kampftechniken, die es ermöglichen sollen, diese Ungetüme zu vernichten.

Auf das Ereignis herrscht Vorfreude wie auf eine gefährliche, aber aufregende Jagd.

Eine Artilleristin tankt sich mit ätzender sechzigprozentiger Säure voll. Das Gift ist so konzentriert, dass ihr die Spitze des Hinterleibs raucht.

Damit schaffen wir die Finger!, bekräftigt sie.

Beim Reinigen ihrer Antenne rät eine alte Soldatin, die schon einmal eine Schlange erledigt haben will:

Die Finger sind bestimmt nicht so wild, wie immer erzählt wird.

Eigentlich weiß niemand so recht, woran man mit den Fingern ist. Außerdem hätten die meisten Belokanerinnen weiterhin geglaubt, dass die Erzählungen über die Finger Märchen seien und es sie nicht gebe, wenn Chli-pu-ni nicht zum Kreuzzug gegen sie aufgerufen hätte.

Manche Soldatinnen behaupten, dass Nr. 103 683, die Kundschafterin, die schon am Ende der Welt war, sie anführen werde. Über diese erfahrene Feldherrin freuen sich die Truppen.

Kleine Gruppen machen sich auf den Weg zu den Sälen mit den Zisternenameisen, um sich voller Zuckerenergie zu laden. Die Kriegerinnen wissen nicht, wann das Signal zum Aufbruch gegeben werden wird, aber sie stehen alle bereit, und zwar bestens gerüstet.

Unauffällig mischen sich etwa zehn gottgläubige Rebellinnen unter die bewaffnete Menge. Sie sagen nichts, fangen aber sorgfältig die Pheromone auf, die durch die Säle ziehen. Ihre Antennen beben ohne Unterlass.

40. Die gekidnappte Stadt

Pheromon: Expeditionsbericht
Herkunft: Soldatin aus der Kaste geschlechtsloser Jägerinnen
Thema: schwerer Zwischenfall
Speichlerin: Aufklärerin Nr. 230

Die Katastrophe hat sich heute am frühen Morgen ereignet. Der Himmel hat sich mit einem Mal verdunkelt. Die Föderationsstadt Giu-likan wurde vollständig von Fingern umzingelt. Die Elitelegionen haben zusammen mit den Truppen schwerer Artillerie sogleich einen Ausfall unternommen.

Es wurde alles versucht. Vergebens: Einige Grad nach dem Verschwinden der Finger hat ein flaches, hartes Gebilde die Erde aufgerissen und sich gleich neben der Stadt eingegraben, dabei Säle durchschnitten, Eier zermalmt, Gänge zerstört. Dann hat das flache Gebilde die ganze Stadt erschüttert und hochgehoben. Ich wiederhole in aller Deutlichkeit: die ganze Stadt hochgehoben! Mit einem Schlag!

Alles ist sehr schnell gegangen. Wir wurden in eine Art große, durchsichtige, steife Schale geworfen. Unsere Stadt ist auf den Kopf gestellt worden. Die Gebärkammern wurden umgestoßen, die Getreidevorräte sind ausgelaufen. Unsere Eier sind überall hingerollt. Unsere Königin wurde gefangen genommen und verletzt. Ich verdanke meine Unversehrtheit nur einer Reihe wilder Sprünge, mit deren Hilfe ich rechtzeitig vom Rand der großen durchsichtigen Schale hüpfen konnte.

Die ganze Luft war vom Geruch der Finger verpestet.

41. EDMONDPOLIS

Laetitia Wells stellte den Ameisenhaufen, den sie gerade im Wald von Fontainebleau ausgegraben hatte, in ein großes Aquarium. Sie drückte ihr Gesicht an die warme Scheibe.

Diejenigen, die sie beobachtete, sahen sie offenbar nicht. Die neue Lieferung roter Waldameisen *(Formica rufa)* wirkte besonders lebhaft. Schon mehrmals hatte Laetitia ein wenig schwächliche Ameisen mitgebracht. Rote Großkopfameisen *(Pheidole)* oder schwarze Wegameisen *(Lasius niger)*, die in erster Linie verängstigt waren. Sie rührten keine neue Nahrung an. Sie flüchteten, sobald die junge Frau die Hand ausstreckte. Und dann gaben sie nach einer Woche den Geist auf. Man darf nicht glauben, dass alle Ameisen intelligent sind, weit gefehlt. Es gibt eine Menge ein wenig im Geiste schlichte Arten. Die kleinste Unregelmäßigkeit in ihrer alltäglichen Routine, und sie verzweifeln völlig, dumm, wie sie sind.

Diese Art benahm sich hingegen zu ihrer vollen Zufriedenheit. Die Waldameisen beschäftigten sich ununterbrochen. Sie schleppten Späne hin und her, rieben ihre Antennen aneinander oder balgten sich. Sie steckten voller Leben, viel mehr als alle Ameisen, die sie bisher kennengelernt hatte. Sobald Laetitia ihnen neue Gerichte vorsetzte, kosteten sie davon. Wenn sie einen Finger in das Aquarium steckte, versuchten sie hineinzubeißen oder an ihm hochzuklettern.

Laetitia hatte den Boden des Wohngefäßes mit Gips ausgelegt, um die Feuchtigkeit darin zu halten. Die Ameisen hatten auf dem Gips ihre Gänge eingerichtet. Links eine kleine Kuppe aus Zweigen. In der Mitte ein Sandstrand. Rechts die von Tälern durchzogenen Moose, die als Garten dienten. Laetitia hatte eine Plastikflasche mit Zuckerwasser angebracht, die mit einem Wattestopfen verschlossen war, damit die Ameisen aus dieser Zisterne trinken konnten. In der Mitte des Strands ein Aschenbecher in Form eines Amphitheaters, der mit fein geschnittenen Apfelschnitzen und Tarama gefüllt war.

Tarama schienen diese Insekten zu mögen …

Während alle Leute über Ameisenplagen klagen, gab Laetitia Wells sich große Mühe, um sie bei sich zu Hause am Leben zu halten. Das Hauptproblem beim Ameisenhaufen im Wohnzimmer war, dass die Erde darin vermoderte. Daher musste sie, so wie man das Wasser der Goldfische regelmäßig auswechseln muss, alle vierzehn Tage die Erde für die Ameisen erneuern. Um das Wasser für die Fische auszuwechseln, reicht es, zum Kescher zu greifen, aber mit der Erde für die Ameisen war es ein Aufwand. Man brauchte zwei Aquarien: das alte mit der ausgetrockneten Erde und das neue mit der feuchten Erde. Sie verband beide mit einer Röhre. Die Ameisen wanderten dann in das feuchtere Erdreich. Ihr Umzug konnte einen ganzen Tag dauern.

Laetitia hatte mit ihren Ameisenhaufen schon einige Überraschungen erlebt. Eines Morgens hatte sie zum Beispiel entdeckt, dass alle Bewohnerinnen ihres Aquariums – oder besser gesagt: Terrariums – sich den Hinterleib abgeschnitten hatten. Hinter der Scheibe türmten sie sich zu einem grausigen Hügel. Als hätten die Ameisen unter Beweis stellen wollen, dass sie der Gefangenschaft den Tod vorzogen.

Andere ihrer Untermieter wider Willen hatten alles daran gesetzt zu entwischen. Mehr als einmal war die junge Frau mit einer Ameise auf dem Gesicht aufgewacht. Wenn dort eine spazierenging, dann hieß das, dass vermutlich gerade eine Hundertschaft von ihnen durch die Wohnung zog. Dann musste sie sich auf die Jagd begeben, sie mit einem Teelöffel und einem Reagenzglas wieder einfangen, ehe sie sie wieder in ihr Gefängnis aus Glas steckte.

In der Hoffnung, die Haftbedingungen ihrer Gäste und damit ihre Moral zu verbessern, hatte Laetitia in dem Terrarium ein Gärtchen aus Bonsaipflanzen und Blumen eingerichtet. Damit sich die Ameisen in einer abwechslungsreichen Landschaft bewegen konnten, hatte sie sich eine Ecke mit Kieseln, eine Ecke mit Baumsprossen, eine Ecke mit Geröll einfallen lassen. Damit sie wieder Geschmack an der Jagd bekamen, setzte sie in ihrem »Edmondpolis«, wie sie es nannte, sogar lebende kleine Heuschrecken aus. Die Soldatinnen machten sich einen Spaß daraus, sie zwischen den Bonsai zu Tode zu hetzen.

Außerdem boten ihr die roten Ameisen noch die größte Überraschung. Als sie zum ersten Mal den Deckel des Terrariums hochhob, steckten ihr alle den Hinterleib entgegen und feuerten alle auf einmal ihre Säurestrahlen ab. Zufällig atmete sie einen Schwall dieser gelben Wolke ein. Sogleich war ihr Sehvermögen beeinträchtigt. Laetitia hatte rote und grüne Halluzinationen. Was für eine Entdeckung! Man konnte von den Ausdünstungen des Ameisenhügels »high« werden!

Sofort notierte sie das Phänomen in ihrem Merkheft. Sie wusste bereits, dass es eine seltene Krankheit gab, deren Opfer wie magnetisiert von Ameisenhügeln angezogen wurden. Sie legten sich stundenlang dort hinein und stopften sich mit Ameisen voll, um, wie man annahm, ihr Blutdefizit mit Ameisensäure auszugleichen. Jetzt wusste sie, dass die Leute in Wirklichkeit nach der psychedelischen Wirkung der Ameisensäure suchten.

Als sie wieder ganz bei Sinnen war, räumte sie die Gerätschaften weg, die sie zum Unterhalt ihrer Stadt brauchte (Pipette, Enthaarungspinzette, Reagenzglas und andere), und ließ ihr Hobby ruhen, um sich ganz ihrer Arbeit als Journalistin zu widmen. Wie ihre vorigen Artikel sollte sich auch der nächste mit dem mysteriösen Fall der Brüder Salta beschäftigen, den sie schleunigst aufklären wollte.

42. ENZYKLOPÄDIE

Macht der Worte Was Worte doch für eine Macht besitzen!

Derjenige, der hier mit Ihnen spricht, ist schon lange tot, und dennoch bin ich dieser Sammlung von Buchstaben, die ein Buch bilden, höchst dankbar. Dank diesem Buch lebe ich. Ich geistere auf immer darin herum, und es raubt mir dafür die Kraft. Sie wollen einen Beweis dafür? Na schön: Ich, die Leiche, ich, der Kadaver, ich, das Skelett, kann Ihnen, dem Leser, der Sie noch leben, Befehle geben. Ja, so tot ich auch bin, kann ich Sie beeinflussen. Wo Sie auch sind, gleich, auf welchem Kontinent, gleich, in welcher Zeit, kann ich Sie zwingen, mir zu gehorchen. Einfach, indem ich Ihnen diese *Enzyklopädie des relativen und absoluten Wissens* in die Hand drücke. Und ich will es Ihnen gleich beweisen. Mein Befehl lautet:

BLÄTTERN SIE UM!

Sehen Sie? Sie haben mir gehorcht. Ich bin tot, und Sie haben mir trotzdem gehorcht. Ich bin in diesem Buch. Ich lebe durch dieses Buch. Und dieses Buch wird die Macht seiner Worte nie missbrauchen, denn dieses Buch ist Ihr Diener. Befragen Sie es immer weiter. Es wird Ihnen stets zur Verfügung stehen. Die Antwort auf alle Fragen wird immer irgendwo in oder zwischen seinen Zeilen geschrieben stehen.

EDMOND WELLS
Enzyklopädie des relativen und absoluten Wissens, Bd. 2

43. EIN PHEROMON, DAS MAN KENNEN MUSS

Chli-pu-ni hat Nr. 103 683 holen lassen. Ihre Wachen haben sie überall gesucht und sie schließlich im Viertel der Nashornkäferställe gefunden. Sie führen sie in die Chemische Bibliothek.

Dort befindet sich die Königin, halb sitzend. Sie muss ein Pheromon nachgeschlagen haben, denn ihre Antennenspitzen sind noch davon getränkt.

Ich habe lange über das nachgedacht, was wir miteinander besprochen haben.

Chli-pu-ni erkennt zunächst einmal an, dass achtzigtausend Soldatinnen tatsächlich zu wenig scheinen mögen, um alle Finger auf Erden zu töten. Es habe sich gerade ein Zwischenfall ereignet, eine schreckliche Katastrophe, die im Hinblick auf die Kraft dieser Ungetüme das Schlimmste ahnen lasse. Finger hätten gerade die Stadt Giu-li-kan entführt. Sie hätten die ganze Stadt in einer durchsichtigen Riesenschale weggetragen!

Ein solches Wunder kann Nr. 103 683 kaum glauben. Wie sollte das geschehen sein und warum?

Die Königin weiß es nicht. Es sei alles so schnell gegangen, und die einzige Überlebende stehe noch unter dem Schock des Desasters. Doch der Fall Giu-li-kan sei nicht der einzige. Tagtäglich würden neue Zwischenfälle mit den Fingern gemeldet.

Es ist, als würden die Finger sich rasend schnell vermehren. Als hätten sie beschlossen, den Wald zu stürmen. Tagtäglich würde ihre Gegenwart spürbarer.

Was denn die Zeugen sagten? Nur wenige Aussagen würden übereinstimmen. Einige sprächen von schwarzen, flachen Tieren, andere von runden, rosafarbenen.

Anscheinend habe man es mit merkwürdigen Wesen zu tun, einer Anomalie der Natur.

Nr. 103 683 gerät ins Grübeln.

(Und wenn sie doch unsere Götter sind? Sind wir dann dabei, uns gegen unsere Götter zu erheben?)

Chli-pu-ni bittet die Soldatin, ihr zu folgen. Sie führt sie bis zum Gipfel der Kuppel. Dort werden sie von mehreren Kriegerinnen begrüßt, die die Herrscherin umringen. Für die einzige Gebärerin ist es gefährlich, ins Freie zu gehen. Ein Vogel könnte sich die unentbehrliche Verkörperung des Geschlechts von Bel-o-kan schnappen.

Schon sind Artilleristinnen in Stellung gegangen, bereit, den ersten Schatten aufs Korn zu nehmen, der ihnen ins Blickfeld gerät.

Chli-pu-ni geht um die Spitze der Kuppel herum und kommt zu einem freigeräumten Platz, wo sich die Startpiste befindet. Dort sind mehrere Nashornkäfer stationiert und weiden sich friedlich an Knospen. Die Königin fordert Nr. 103 683 auf, einen von ihnen zu besteigen. Sein schwarzer, leicht kupfriger Panzer funkelt.

Das ist ein Wunder unserer Evolutionären Bewegung. Wir haben es geschafft, diese dicken Flieger abzurichten. Versuch dich mal daran.

Nr. 103 683 hat keine Ahnung vom Steuern der Käfer.

Chli-pu-ni gibt ihr einige Pheromone als Ratschläge mit:

Halte deine Antennen stets in Reichweite der seinen. Gib ihm den Weg, den er einschlagen soll, dadurch an, dass du ganz stark daran denkst. Dein Flieger gehorcht dir schnell, das wirst du selber feststellen. Und versuch in den Kurven nicht dadurch auszugleichen, dass du dich in die Gegenrichtung legst. Mach jede der Bewegungen des Käfers mit.

44. Das LAC ist, was Sie wollen

Das LAC hatte einen weißen Adler mit drei Köpfen als Logo. Zwei waren so stark geneigt, als würden sie absterben. Der dritte spie stolz gereckt einen silbrigen Wasserstrahl.

Wenn man die Anzahl und den Rauch der Fabrikschlote sah, musste man sich fragen, ob nicht sämtliche Gegenstände im Land hier produziert würden. Das Unternehmen bildete eine richtige kleine Stadt, in der man sich mit Elektroautos fortbewegte.

Während Kommissar Méliès und Inspektor Cahuzacq auf das Gebäude Y zufuhren, erläuterte ihnen der Verkaufsleiter, dass das LAC hauptsächlich chemische Verbindungen herstellte, die als Grundlage für Arzneimittel, Haushaltswaren, Plastikgegenstände und Nahrungsmittel dienten. Zweihundertfünfzig miteinander konkurrierende Wasch- und Reinigungsmittel seien aus ein und demselben Seifenpulver des LAC hervorgegangen. Auf der Grundlage ein und derselben Käsepaste des LAC würden sich dreihundertfünfundsechzig verschiedene Marken die Kundschaft der Supermärkte streitig machen. Aus den synthetischen Harzpasten des LAC würden Spielzeuge und Möbel hergestellt …

Das LAC sei ein internationaler Trust mit Sitz in der Schweiz. Das Konsortium sei Weltführer auf unzähligen Gebieten: Zahnpasta, Wachs, Kosmetika …

Im Block Y wurden die Polizisten bis zu den Labors der Brüder Salta und Caroline Nogards geführt. Wie sie überrascht feststellten, lagen deren Arbeitsplätze direkt nebeneinander. »Kannten sie einander?«, fragte Méliès.

Der pickelige Chemiker im weißen Kittel, der sie in Empfang genommen hatte, antwortete prompt: »Sie haben manchmal zusammengearbeitet.«

»Hatten sie in letzter Zeit ein gemeinsames Projekt?«

»Ja, aber sie wollten es vorläufig geheim halten. Sie weigerten sich, mit den Kollegen darüber zu sprechen. Es sei noch zu früh, behaupteten sie.«

»Worauf waren sie spezialisiert?«

»Sie waren Generalisten. Sie hatten mit vielen unserer Forschungs- und Entwicklungsbereiche zu tun. Mit Wachsen, Scheuerpulvern, Bastelleim. Sie waren an allen Anwendungsbereichen der Chemie interessiert. Sie taten sich oft zusammen, und das mit Erfolg. Doch was ihre letzte Arbeit betrifft – ich sage es noch mal –, über die haben sie mit keinem geredet.«

Cahuzacq kam auf seine fixe Idee zurück und fragte: »Haben sie womöglich an einem Produkt gearbeitet, das jemanden durchsichtig machen kann?«

Der Chemiker kicherte: »Um die Menschen unsichtbar zu machen? Machen Sie Witze?«

»Ganz und gar nicht. Ich meine es ganz ernst.«

Der Experte schien verblüfft.

»Na schön, ich erkläre es Ihnen: Unser Körper kann nie durchsichtig werden. Wir bestehen aus viel zu komplizierten Zellen, als dass ein Forscher, und sei er auch genial, ihn plötzlich so kristallklar wie Wasser werden lassen könnte.«

Cahuzacq beharrte nicht weiter darauf. Die Wissenschaften waren noch nie seine Stärke gewesen. Trotzdem beschäftigte ihn noch etwas.

Méliès zuckte die Achseln und fragte: »Kann ich die Phiolen mit den Substanzen sehen, an denen sie gearbeitet haben?«

»Na ja …«

»Spricht irgendwas dagegen?«

»Ja. Es war schon jemand da, um sie abzuholen.«

Méliès las auf einem Regal ein Haar auf. »Eine Frau«, sagte er.

»In der Tat, eine Frau. Aber …«

Ganz selbstsicher fuhr der Kommissar fort: »Sie ist zwischen fünfundzwanzig und dreißig. Ihre Körperpflege ist tadellos. Sie ist Eurasierin, und ihr Blutsystem funktioniert bestens.«

»Ist das eine Frage?«

»Nein. Ich sehe es, wenn ich mir das Haar hier auf dem Regal ansehe, dem einzigen Fleck, an dem kein Staub liegt. Irre ich mich?«

Der Mann war beeindruckt. »Sie irren sich nicht. Wie haben Sie das alles so genau herausbekommen?«

»Das Haar ist glatt, also vor kurzem gewaschen worden. Riechen Sie, es ist noch parfümiert. Die Haarstruktur ist kräftig, stammt somit von einem jungen Menschen. Es hat einen breiten Durchmesser, was typisch für Orientalen ist. Es ist stark gefärbt, also ist das Blutsystem in hervorragendem Zustand. Und ich kann Ihnen sogar verraten, dass diese Frau für das *Echo am Sonntag* arbeitet.«

»Jetzt nehmen Sie mich aber hoch. Das haben Sie alles an einem einzigen Haar gesehen?«

Er ahmte Laetitia Wells bei ihrem ersten Gespräch nach: »Nein, das hat mir mein kleiner Finger verraten.«

Cahuzacq wollte beweisen, dass auch er Gespür hatte: »Was hat diese Dame hier mitgehen lassen?«

»Sie hat überhaupt nichts mitgehen lassen«, antwortete der Chemiker. »Sie hat uns gefragt, ob sie die Phiolen mit zu sich nehmen dürfte, um sie in aller Ruhe zu untersuchen. Aus unserer Sicht hat nichts dagegen gesprochen.«

Als er sah, wie aufgebracht der Kommissar war, entschuldigte er sich: »Wir haben nicht gewusst, dass Sie kommen und sich auch dafür interessieren würden. Sonst hätten wir sie natürlich für Sie aufgehoben.«

Méliès machte kehrt und zerrte Cahuzacq mit: »Also, ich glaube, von dieser Laetitia Wells können wir noch viel lernen.«

45. Testflug mit dem Nashornkäfer

Nr. 103 683 sitzt auf dem Nacken des Käfers. Das Luftschiff ist gut vier Schritt lang und zwei breit. Von ihrem Posten sieht sie geradeaus vor sich wie einen vorspringenden Bug das gekrümmte Vorderhorn des Käfers. Es hat viele Aufgaben: Es dient als Lanze, um Bäuche zu durchbohren, als Zielkorn für Säurestrahlen, als Enterhaken, als Rammbock.

Das unmittelbarste Problem bleibt für die tapfere Soldatin jedoch, wie sie ihr Gefährt lenken soll. Durchs Denken, hatte Chli-pu-ni ihr geraten.

Also auf zum Versuch. Antennenkontakt.

Nr. 103 683 konzentriert sich auf den Start. Aber wie soll dieser dicke schwarze Koleopter die Schwerkraft überwinden?

Ich will fliegen. Also los, heben wir ab.

Nr. 103 683 bleibt keine Zeit zum Staunen. Das Tier war ihr schwerfällig und linkisch vorgekommen, aber schon bewegt sich hinter ihr etwas mit dem Fauchen einer gut geölten Maschinerie. Zwei braune Deckflügel haben sich nach vorne geschoben. Zwei breite, durchsichtig braune Flügel kreisen, entfalten sich und fangen nervös zu schlagen an. Sogleich erfüllt ein ohrenbetäubender Krach die Luft. Chli-pu-ni hat vergessen, ihre Soldatin zu warnen, dass der Käfer beim Flug sehr laut ist. Das Dröhnen wird noch lauter. Alles bebt. Nr. 103 683 hat keine Zeit mehr, sich vor dem zu fürchten, was jetzt kommen mag.

Ihr Gesichtsfeld wird von Spiralen aus Staub und Sägemehl verdeckt. Eine seltsame Wirkung: Nicht ihr Flugtier scheint zu steigen, sondern die Stadt in der Erde zu versinken. Die Königin, die ihr von unten mit den Antennen zuwinkt, wird immer kleiner. Als Nr. 103 683 sie nicht mehr erkennen kann, stellt sie fest, dass sie sich jetzt in gut tausend Schritt Höhe befindet.

Ich will geradeaus.

Der Käfer schlägt sofort die entsprechende Richtung ein und rast unter noch größerem Lärm seiner dunklen Flügel dahin.

Fliegen! Sie fliegt!

Der Traum aller Geschlechtslosen – sie verwirklicht ihn jetzt. Die Schwerkraft überwinden, die Dimension der Luft erobern, ganz wie die Fortpflanzungsfähigen beim Hochzeitsschwarm!

Undeutlich nimmt Nr. 103 683 Libellen, Fliegen, Wespen wahr, die an ihr vorbeifliegen. Direkt voraus wittert sie Vogelnester. Gefahr. Sie befiehlt dringend eine Kurve. Aber da oben ist es nicht wie auf dem Boden; man kann nicht kehrtmachen, ohne die Flügel um mindestens 45° zu drehen. Und als der Käfer gehorcht, wackelt alles.

Die Ameise rutscht, versucht, sich am Chitin ihres Flugtiers festzukrallen, verliert den Halt, zerfurcht vergebens den schwarzen Lack, von dem sich winzige Späne lösen. Weil sie keinen Haltepunkt findet, rutscht sie unweigerlich an der Flanke des Insekts entlang.

Sie fällt ins Leere.

Sie hört nicht zu fallen auf. Der Käfer bemerkt nichts. Nr. 103 683 sieht, wie er seine Kurve zu Ende fliegt und sich mutig in neue luftige Höhen schwingt.

Währenddessen fällt die Ameise und fällt und fällt und fällt. Der Boden rast auf sie zu, mit seinen Pflanzen und seinen Grimassen schneidenden Felsen. Sie dreht sich und dreht sich, ihre Antennen wirbeln unkontrolliert herum.

Und dann der Aufprall!

Sie bekommt alles auf die Beine ab, prallt hoch, fällt ein Stück weiter wieder herunter, prallt noch einmal hoch. Zum Glück fängt ein Moosbett den letzten Stoß auf.

Die Ameise ist ein so leichtes und so widerstandsfähiges Insekt, dass sie durch einen freien Fall nicht zerschmettert wird. Selbst wenn sie von einem sehr hohen Baum stürzt, setzt sie ihren Weg fort, als ob nichts gewesen wäre.

Nr. 103 683 ist durch das Schwindelgefühl bei ihrem Sturz bloß etwas durcheinander. Sie richtet ihre Antennen wieder nach vorn, wäscht sich rasch und macht sich auf den Weg in ihre Stadt.

Chli-pu-ni hat sich nicht von der Stelle gerührt. Sie befindet sich noch immer auf der Kuppel, als Nr. 103 683 wieder neben ihr erscheint.

Verlier nicht den Mut. Fang von vorn an.

Die Königin begleitet die Soldatin zur Abflugbrücke.

Außer den achtzigtausend Soldatinnen kannst du auf die siebenundsechzig abgerichteten Nashornkäfersöldner zählen. Die werden dir eine beträchtliche Kampfkraft verleihen. Du musst sie zu steuern lernen.

Auf einem anderen Koleopter startet Nr. 103 683 aufs Neue. Der erste Versuch war zwar kein Erfolg, aber vielleicht versteht sie sich mit ihrem neuen Schlachtross besser.

Gleichzeitig startet rechts neben ihr eine Artilleristin. Sie fliegen Seite an Seite, und die andere gibt ihr Zeichen. Bei dieser Geschwindigkeit zirkulieren die Pheromone praktisch nicht mehr. Damit es darauf nicht ankommt, haben die Pionierinnen bald eine Zeichensprache anhand von Antennenbewegungen erfunden. Je nachdem, ob sie aufgerichtet oder eingeknickt sind, bilden die Antennenstäbe eine Art Morsesprache, die auf die Entfernung hin verständlich ist.

Die Artilleristin zeigt an, dass man die Antennen des Flugtiers loslassen und auf seinem flachen Rücken herumlaufen kann. Man braucht sich nur ein paar gute Haltepunkte zu suchen, indem man die Krallen unter den Warzen des Panzers einhakt. Sie scheint diese Technik vollkommen zu beherrschen. Dann zeigt sie, dass man an den Beinen des Käfers entlanggehen kann. Von dort aus kann man den Hinterleib ausrichten und auf alles schießen, was unten vorbeigleitet.

Nr. 103 683 hat einige Schwierigkeiten, all diese akrobatischen Verrenkungen zu meistern, aber bald hat sie vergessen, dass sie in zweitausend Schritt Höhe dahinflitzt. Sie klammert sich an ihr Flugtier. Als es im Sturzflug über die Gräser rast, schafft es die Soldatin, zu schießen und eine Blume zu köpfen.

Der Treffer muntert sie auf. Sie denkt, dass man mit siebenundsechzig dieser Kriegsmaschinen mindestens ein paar von diesen Gö… ein paar von diesen Fingern zermalmen kann!

Erst Steilflug, dann Sturzflug, befiehlt sie ihrem Käfer.

Die Soldatin fängt an, Geschmack an dem Geschwindigkeitsgefühl in ihren Antennen zu bekommen. Was für eine fliegende Streitmacht, und was für ein Fortschritt für die Ameisenzivilisation! Und sie gehört der ersten Generation an, die dieses Wunder erlebt: auf einem Käfer fliegen!

Die Geschwindigkeit berauscht sie. Ihr Sturz vorhin hat keine ernsten Folgen gehabt, und von nun an lässt alles sie glauben, dass sie auf diesem Luftschiff kaum ein Risiko läuft. Sie befiehlt Spiralen, Loopings, Sprünge … Nr. 103 683 kann von dem tollen Gefühl gar nicht genug bekommen. Alle ihre Johnston-Organe, die auf ihre Lage im Raum ansprechen, sind kurzgeschlossen. Sie weiß nicht mehr, wo oben und unten ist, vorne und hinten. Sie vergisst jedoch nicht, dass sie, sobald ein Baum vor ihr auftaucht, schnell einen Haken schlagen muss.

Ganz versunken in ihr Spiel mit dem Luftschiff, bemerkt sie gar nicht, dass der Himmel sich bedrohlich verdüstert. Es dauert eine Weile, bis sie bemerkt, dass ihr Streitross nervös geworden ist. Es gehorcht den Richtungsangaben nicht mehr, nimmt keine Befehle zum Höhenflug mehr entgegen. Es verliert sogar unmerklich an Höhe.

46. Lied

Gedächtnispheromon Nr. 85
Thema: Evolutionslied
Speichlerin: Königin Chli-pu-ni

Ich bin die große Verunsicherung.

Ich bringe jeden Einzelnen von seinem alltäglichen Weg ab, was alle mit Schrecken erfüllt.

Ich rede von bizarren Tatsachen und zukünftigen Welten voller Widersprüche, die uns bevorstehen.

Ich bin eine Perversion des Systems, doch das System muss pervertiert werden, um sich zu entwickeln.

Keiner spricht so schüchtern, linkisch und unsicher wie ich.

Keiner hat meine unendliche Schwäche.

Keiner meine genetische Bescheidenheit.

Denn die Gefühle ersetzen meine Intelligenz.

Denn ich habe kein Wissen und keine Kenntnisse, die mich beschweren.

Allein die Intuition, die in der Luft liegt, leitet meine Schritte.

Und woher diese Intuition kommt, weiß ich nicht.

Und will es nicht erfahren.

47. Die Idee

Augusta Wells erinnerte sich.

Jason Bragel hatte in die Hand gehustet, alle hatten einen Kreis um ihn gebildet und tranken umso mehr von seinen Worten, als sie längst nicht mehr die mindeste Idee hatten, wie sie dort wieder herauskommen sollten.

Ohne Nahrung, ohne die geringste Möglichkeit, aus dieser unterirdischen Höhle zu gelangen, ohne Möglichkeit, mit der Welt über ihnen zu kommunizieren – wie sollten da siebzehn Menschen, darunter eine Hundertjährige und ein kleiner Junge, aufs Überleben hoffen? Jason Bragel hielt sich ganz gerade.

»Fangen wir von vorn an. Wer hat uns hierher geführt? Edmond Wells. Er hat gewollt, dass wir in dieser Höhle leben und sein Werk fortführen. Er hatte geahnt, dass wir unter Umständen in eine bedrohliche Lage geraten würden, da bin ich mir sicher. Der Weg in den Keller stellte einen individuellen Initiationsritus dar. Und jetzt haben wir es mit einer schwierigen Probe bei unserem kollektiven Initiationsritus zu tun. Was jeder von uns allein geschafft hat, muss uns jetzt gemeinsam gelingen. Alle haben wir das Rätsel mit den vier Dreiecken gelöst, weil wir es geschafft haben, unsere Denkweise zu ändern. Wir haben in unserem Verstand eine Tür aufgemacht. Dort müssen wir weitermachen. Auch dazu hat Edmond uns einen Schlüssel in die Hand gegeben. Wir sehen ihn nicht, weil unsere Angst uns blind macht.«

»Hör auf, so geheimnisvoll zu tun! Was für ein Schlüssel? Was für eine Lösung meinst du?«, maulte ein Feuerwehrmann.

Jason ließ sich nicht beirren: »Erinnert euch an das Rätsel mit den vier Dreiecken. Da wurde verlangt, dass wir unsere Denkweise ändern. ›Man muss anders denken‹, hat Edmond immer wieder gesagt. ›Man muss anders denken …‹«

Ein Polizist rief: »Aber wir stecken doch hier fest wie die Ratten! Das ist eine Tatsache. Es gibt keine Art, anders darüber zu denken.«

»Nein. Es gibt mehrere. Wir stecken mit unserem Körper fest, aber nicht mit unserem Geist.«

»Worte, Worte und noch mehr Worte! Wenn du einen Vorschlag zu machen hast, dann los! Wenn nicht, dann halt die Klappe!«

»Der Säugling, der aus dem Leib seiner Mutter kommt, begreift nicht, warum er nicht mehr in warmem Wasser gebadet wird. Er möchte wieder in die mütterliche Zuflucht, aber die Tür ist verschlossen. Er hält sich für einen Fisch, der nie an der offenen Luft leben kann. Ihm ist kalt, das Licht blendet ihn, es ist zu laut. Außerhalb des Mutterleibs ist die Hölle. Wie wir jetzt hält er sich für außerstande, die Probe zu bestehen, weil er glaubt, physiologisch nicht für diese neue Welt gemacht zu sein. Alle haben wir diesen Augenblick erlebt. Trotzdem sind wir nicht gestorben. Wir haben uns der Luft angepasst, dem Licht, dem Lärm, der Kälte. Wir sind vom Fötus im Wasser zum Säugling mit Luftatmung mutiert. Wir sind vom Fisch zum Säugetier mutiert.«

»Ja, und weiter?«

»Jetzt erleben wir die gleiche kritische Situation. Passen wir uns weiter an, lassen wir uns auf diese neue Welt ein!«

»Er spinnt, er spinnt ganz gewaltig!«, rief Gérard Galin aus und verdrehte die Augen.

»Nein«, murmelte Jonathan Wells, »ich glaube, ich verstehe, was er sagen will. Wir finden die Lösung, weil wir keinen anderen Ausweg haben, als sie zu finden.«

»Ja, klar, suchen kann man nach der Lösung natürlich immer. Wir haben ja auch gar nichts anderes zu tun, während wir darauf warten, vor Hunger zu krepieren.«

»Lasst Jason reden«, befahl Augusta. »Er ist noch nicht fertig.«

Jason Bragel ging zum Pult und griff nach der *Enzyklopädie des relativen und absoluten Wissens.*

»Ich habe sie gestern Nacht noch einmal gelesen. Ich war davon überzeugt, dass die Lösung zwischen all diesen Buchstaben steht. Ich habe lange gesucht und schließlich den Abschnitt gefunden, den ich euch gern laut vorlesen möchte. Hört gut zu.«

48. Enzyklopädie

Homöostase Jede Lebensform ist nach Homöostase bestrebt. »Homöostase« bedeutet Gleichgewicht zwischen den inneren und den äußeren Lebensbedingungen.

Jedes lebende Gebilde funktioniert durch Homöostase. Die Vögel haben zum Fliegen hohle Knochen. Das Kamel hat Wasserreserven, um in der Wüste zu überleben. Das Chamäleon ändert seine Pigmentierung, um seinen Feinden zu entgehen. Diese Arten haben sich wie viele andere bis zum heutigen Tag dadurch erhalten, dass sie sich an alle Umwälzungen in ihrer Umwelt anpassten. Diejenigen, die zu keinem Einklang mit der Außenwelt gefunden haben, sind ausgestorben. Die Homöostase ist die Fähigkeit zur Selbstregulierung unserer Organe im Verhältnis zu äußeren Zwängen.

Man ist immer wieder überrascht festzustellen, bis zu welchem Punkt jedermann die härtesten Prüfungen zu überstehen und seinen Organismus daran anzupassen vermag. Im Krieg, unter Umständen, unter denen der Mensch gezwungen ist, zum Überleben über sich hinauszuwachsen, hat man erlebt, dass Leute, die bis dahin nichts als Bequemlichkeit und Ruhe gewohnt gewesen waren, sich ohne Murren mit Wasser und trocknem Brot zufriedengegeben haben. In wenigen Tagen lernen in den Bergen verirrte Städter essbare Pflanzen zu erkennen und Tiere, vor denen sie sich immer geekelt haben, zu jagen und zu essen: Maulwürfe, Spinnen, Mäuse, Schlangen ...

Robinson Crusoe von Daniel Defoe oder *Die geheimnisvolle Insel* von Jules Verne sind Bücher, die die menschliche Fähigkeit zur Homöostase preisen.

Alle befinden wir uns auf der ständigen Suche nach Homöostase, denn schon unsere Zellen sind darum bestrebt. Sie gieren beständig nach einem Maximum an Nährlösung in der optimalen Temperatur und frei von giftigen Substanzen. Doch wenn es erforderlich ist, passen sie sich an. So sind die Leberzellen eines Säufers besser auf die Aufnahme von Alkohol eingestellt als die eines Abstinenzlers. Die Lungenzellen eines Rauchers bilden Resistenzen gegen das

Nikotin. König Mithridates hatte seinen Körper sogar darauf trainiert, Arsen auszuhalten.

Je feindlicher die Umgebung ist, umso stärker zwingt sie die Zelle oder das Individuum, bislang nicht bekannte Fähigkeiten zu entwickeln.

EDMOND WELLS
Enzyklopädie des relativen und absoluten Wissens, Bd. 2

Dem Vorlesen folgte langes Schweigen. Jason Bragel brach es, um den entscheidenden Punkt noch mehr zu verdeutlichen.

»Wenn wir sterben, dann nur deshalb, weil wir es nicht geschafft haben, uns an diese extreme Umgebung anzupassen.«

Gérard Galin explodierte:

»Extreme Umgebung, du hast gut reden! Haben sich die Gefangenen von Ludwig XI. in ihren Zellen von gerade einem Quadratmeter vielleicht an ihre Gitter angepasst? Können die standrechtlich Erschossenen die Haut ihres Oberkörpers härter machen, um die Kugeln abprallen zu lassen? Sind die Japaner widerstandsfähiger gegen radioaktive Strahlung geworden? Du machst mir Spaß! An bestimmte Umstände kann man sich nicht anpassen, selbst beim besten Willen nicht!«

Alain Bilsheim ging auf das Pult zu.

»Dein Abschnitt aus der *Enzyklopädie* war ja ganz interessant, aber ich sehe nicht, inwiefern er uns konkret betrifft.«

»Aber was Edmond uns sagt, ist doch ganz klar: Wenn wir überleben wollen, müssen wir mutieren.«

»Mutieren?«

»Ja. Mutieren. Zu Höhlentieren werden, die unter der Erde leben und sich von wenigem ernähren. Die Gruppe als Mittel zum Widerstand und zum Überleben nutzen.«

»Das heißt?«

»Wir haben uns die Kommunikation mit den Ameisen verdorben und leiden in unserem Körper, weil wir nicht weit genug gegangen sind. Wir sind Menschen geblieben, fröstelnd, aber von uns überzeugt.«

Dem stimmte Jonathan Wells zu: »Jason hat Recht. Den Weg, der uns rein physisch bis zum Ende des Kellers geführt hat, haben wir geschafft. Das war erst die Hälfte der Strecke. So oder so zwingen uns die Umstände, unsere Reise fortzusetzen.«

»Willst du damit sagen, dass es einen Keller nach dem Keller gibt?«, spöttelte Galin. »Du willst, dass wir unter dem Tempel graben, um den Keller des Tempels zu finden, der uns dann wer weiß wohin führt?«

»Nein. Versteh mich doch! Eine Hälfte des Wegs war körperlich, und wir haben sie mit unserem Körper zurückgelegt. Die andere betrifft unsere Psyche, und die haben wir noch vor uns. Jetzt müssen wir umdenken, in unserem Kopf mutieren. Es hinnehmen, wie die Höhlentiere zu leben, zu denen wir geworden sind. Einer von uns hat einmal gesagt, unsere Gruppe könnte nicht mit einer Frau auf fünfzehn Männer funktionieren. Für eine menschliche Gesellschaft trifft das zu, aber für eine Insektengesellschaft?«

Lucie Wells schreckte auf. Sie hatte kapiert, wohin die Argumentation ihres Mannes führte. Damit sie alle gemeinsam überlebten, unter der Erde und mit wenigen Nahrungsmitteln, war der einzige Ausweg, dass sie sich verwandelten … sich verwandelten – in …

Allen lag im gleichen Moment das gleiche Wort auf den Lippen: Ameisen.

49. Regen

Die Luft ist mit Elektrizität gesättigt. Der Blitz entfacht einen Sturm mehr oder weniger negativer Ionen. Dann folgt ihm ein ernstes Grollen, danach zerreißt ein erneuter Blitz den Himmel in tausend Stücke und wirft auf das Laub ein beunruhigendes, weißlich-violettes Licht.

Die Vögel fliegen tief, tiefer als die Fliegen.

Erneutes Donnergrollen. Eine Wolke in Form eines Ambosses teilt sich. Der Panzer des Flugkäfers erstrahlt. Nr. 103 683 fürchtet, von dieser leuchtenden Fläche zu rutschen. Sie hat das gleiche Gefühl von Ohnmacht wie damals, als sie den Fingern gegenüberstand, den Wächtern des Endes der Welt.

Wir müssen zurück, funkt ihr der Käfer zu.

Doch schon fällt dichter Regen. Jeder Tropfen kann sich als tödlich herausstellen. Riesigen Kristallzapfen folgen schwere Spitzen. Jeder Kontakt mit den Flügeln des großen Insekts wäre das Ende.

Der Koleopter gerät in Panik. Inmitten dieses massiven Bombardements fliegt er im Zickzack und versucht alles, um zwischen den Tropfen durchzukommen. Nr. 103 683 hat völlig die Kontrolle verloren. Sie klammert sich einfach mit all ihren Krallen und den Saugnäpfen unten an den Füßen fest. Alles geht sehr schnell. Sie würde gern ihre Kugelaugen schließen, denn sie sehen alle Gefahren gleichzeitig: vorne, hinten, oben, unten! Aber die Ameisen haben keine Lider. Ach, wie sie es eilig hat, wieder zu den Läusen zu kommen!

Ein feines verirrtes Tröpfchen trifft Nr. 103 683 mit voller Wucht und klebt ihr die Antennen gegen den Thorax. Das Wasser schaltet ihre Antennen aus und hindert sie daran, die folgenden Geschehnisse mit ihren Sinnen wahrzunehmen.

Es ist, als würde man ihr den Ton abdrehen. Ihr bleibt nur noch das Bild, und das wird dadurch umso schauderhafter.

Der große Käfer ist erschöpft.

Die Zickzackbewegungen zwischen den lanzenartigen Tropfen gestalten sich immer schwieriger. Jedes Mal wird der Rand der Flügel nass und das ganze Fluggespann schwerer.

Mit knapper Not weichen sie einer schweren Wasserkugel aus. Der Wasserkäfer macht einen Schwenk von 45° und entgeht mit einer Kurve einer zweiten, noch dickeren. Gerade noch. Doch das Wasser berührt sein Bein, es spritzt auf seine Antennen.

Noch ein Lichtblitz. Eine Explosion.

Den Bruchteil einer Sekunde lang nimmt der Flieger die Außenwelt nicht mehr wahr. Als hätte er geniest. Bis er wieder die Kontrolle über die Strecke hat, ist es zu spät. Sie rasen direkt auf eine Säule aus kristallklarem Wasser zu, die in den Lichtblitzen funkelt.

Der Skarabäus bremst, indem er seine Flügel senkrecht stellt. Aber sie fliegen zu schnell. Bei diesem Tempo zu bremsen ist unmöglich. Sie machen eine Drehung überschlagen sich mehrmals.

Nr. 103 683 packt den Panzer ihres fliegenden Streitrosses so fest, dass ihre Krallen das Chitin durchbohren. Ihre nassen Fühler peitschen ihr in die Augen und bleiben dort kleben.

Sie donnern gegen eine Wassersäule, von der sie in eine Kette aus Regentropfen zurückprallen. Eine Flutwelle schwappt über sie. Sie sind jetzt zehnmal so schwer wie normalerweise. Wie eine reife Birne fallen sie auf die Zweigdecke der Stadt.

Der Nashornkäfer zerplatzt, mit gebrochenem Horn, zerborstenem Kopf. Seine Deckflügel schweben zum Himmel, als wollten sie allein weiterfliegen. Da Nr. 103 683 eine leichte Ameise ist, geht sie unversehrt aus der Katastrophe hervor. Aber der Regen gönnt ihr keine Verschnaufpause. Mehr schlecht als recht wischt sie sich die Antennen ab und flitzt auf eine Pforte der Stadt zu.

Dort ist ein Luftloch. Arbeiterinnen haben es verstopft, um die Stadt vor einer Überschwemmung zu schützen, aber Nr. 103 683 gelingt es, das Hindernis zu durchstoßen. Im Inneren wird sie von Wachen beschimpft. Ob sie sich nicht im Klaren darüber sei, dass sie die ganze Stadt in Gefahr bringe? Tatsächlich folgt ihr ein winziges Rinnsal. Die Soldatin kümmert sich nicht darum, sie galoppiert weiter, während Maurerinnen sich beeilen, die Sicherheitsschleuse wieder zu schließen.

Als sie erschöpft, aber immerhin im Trockenen stehen bleibt, bietet eine mitleidige Arbeiterin ihr eine Trophallaxis an. Die Errettete nimmt sie dankbar an.

Die beiden Insekten stellen sich einander gegenüber und fangen an, sich auf den Mund zu küssen, um das Futter hochzuwürgen, das in ihrem Sozialkropf gelagert ist. Hitze, die Hingabe ihres Körpers, alles, was guttut.

Dann begibt Nr. 103 683 sich eilends in einen Tunnel und saust durch mehrere Rundgänge.

50. LABYRINTH

Düstere Schächte und feuchte Röhren. Dort schwelten ungewöhnliche Gerüche. Am Boden lagen verfaulte Futterreste und bunte Abfälle. Der Untergrund blieb an den Sohlen kleben, die Mauern schwitzten Feuchtigkeit.

Es bildeten sich Grüppchen. Penner, Bettler, Möchtegern-Musiker und echte Aussteiger klebten ekelerregend zusammen.

Einer von ihnen näherte sich, in eine rote Jacke geschnürt, der zahnlose Mund zu einem fiesen Lächeln erstarrt: »Ach, das kleine Fräulein spaziert so ganz allein durch die Metro? Weiß sie denn nicht, dass das gefährlich ist? Wie wär's mit einem Leibwächter?«

Er lachte und tänzelte um sie herum.

Bei entsprechender Gelegenheit wusste Laetitia Wells, wie man mit Rüpeln umgeht. Sie verhärtete ihren lila Blick, die violette Iris wurde beinahe blutrot und bedeutete ihm unmissverständlich: »Hau ab!« Der Mann verzog sich brummelnd.

»Pass bloß auf, du Klugscheißerin! Wenn dich einer anfällt, dann hast du's so gewollt!«

Diesmal hatte die Methode gut geklappt, aber das hieß nichts für andere Male. Die Metro war zwar mittlerweile das einzige Verkehrsmittel, mit dem man anständig vorankam, gleichzeitig aber auch Zufluchtsort für die Raubtiere der Moderne.

Als sie auf den Bahnsteig kam, verpasste sie gerade einen Zug. In der Gegenrichtung fuhren zwei, drei Züge, während um sie herum die Menge wuchs und bereits Vermutungen geäußert wurden, es könnte einen unangemeldeten Streik geben oder es habe vielleicht mal wieder so ein Idiot die schlechte Idee gehabt, ein paar Stationen vorher Selbstmord zu begehen.

Endlich tauchten zwei Lichtkugeln auf. Ein jähes Kreischen der Bremsen bohrte sich in ihr Trommelfell. Am Bahnsteig entlang schob sich die lange Röhre aus bemaltem, verrostetem Blech. Sie trug alle möglichen Graffiti: »Tod den Arschlöchern«, »Zum Teufel mit dem, der dies liest«, »Babylon dein Ende naht«, »Fuck Bastard Crazy Boys Territory«, ganz zu schweigen von den Kleinanzeigen und obszönen Bildchen, die rasch mit einem Filzstift oder einem Messer gekritzelt worden waren.

Als die Türen aufgingen, stellte sie zu ihrem Unmut fest, dass der Wagen schon völlig überfüllt war. Gesichter und Hände drängten sich gegen die Scheiben. Keiner schien den Mut zu haben, um Hilfe zu rufen.

Sie wusste nicht mehr, was alle diese Leute täglich dazu trieb, sich zu über fünfhundert freiwillig (und sie zahlten sogar dafür) in eine heiße, wenige Kubikmeter große Blechbüchse zu zwängen. Kein Tier wäre so verrückt, sich aus freien Stücken einer solchen Situation auszuliefern!

Zu allem Übel sah sich Laetitia dem sauren Atem einer Alten in Lumpen ausgesetzt, den Düften des Erbrochenen eines kleinen Jungen, den eine nach billigem Parfüm stinkende Frau auf den Armen hielt, einem Maurer, der nach Schweiß muffelte. Neben ihr befanden sich auch ein sehr schicker Herr, der ihr den Hintern zu streicheln versuchte, ein Kontrolleur, der ihren Fahrschein verlangte, ein Arbeitsloser, der um Kleingeld oder Essensbons bettelte, und ein Gitarrist, der sich trotz des Lärms die Kehle aus dem Leib schrie.

Fünfundvierzig Gören einer Vorschulklasse nutzten die allgemeine Unachtsamkeit aus, um mit den Spitzen ihrer Kugelschreiber das Kunstleder ihrer Sitze zu durchbohren, eine Schwadron Soldaten brüllte: »Null! Entlassen!« Der Atem Hunderter von Menschen beschlug die Scheiben.

Laetitia Wells atmete die verpestete Luft langsam ein, biss die Zähne zusammen und ertrug geduldig ihr Leid. Schließlich hatte sie keinen Grund zum Klagen. Sie hatte von ihrer Wohnung bis zu ihrem Arbeitsplatz nur eine halbe Stunde Fahrt. Manche Leute verbrachten hier zur Stoßzeit drei Stunden täglich!

Kein Science-Fiction-Autor hatte dergleichen je vorhergesehen. Eine Zivilisation, bei der die Leute es hinnahmen, zu Tausenden in Blechbüchsen gepfercht zu werden!

Die Maschine setzte sich in Bewegung, glitt funkenstiebend über die Schienen.

Laetitia Wells schloss die Augen, um Ruhe zu finden und zu vergessen, wo sie war. Ihr Vater hatte sie gelehrt, durch Beherrschung der Atmung gelassen zu bleiben. Sobald man seinen Atem im Griff hatte, musste man versuchen, den Herzschlag zu bändigen, um ihn zu verlangsamen.

Lästige Gedanken hinderten sie daran, sich zu konzentrieren. Sie dachte an ihre Mutter zurück … nein, vor allem nicht daran denken … nein.

Sie schlug die Augen wieder auf, beschleunigte den Rhythmus ihres Herzens und ihrer Atmung wieder.

Es war Platz geworden. Es gab sogar einen freien Sitzplatz. Sie stürzte sich darauf und schlief ein. Sie würde sowieso erst an der Endhaltestelle aussteigen. Und je weniger sie sich dessen bewusst war, in der Metro zu sein, desto besser ging es ihr.

51. Enzyklopädie

Alchemie Jegliche alchemistische Handlung zielt darauf ab, die Entstehung der Welt nachzuahmen oder zu rekonstruieren. Dazu sind sechs Vorgänge nötig. Das Ausglühen. Das Gären. Das Ausflocken. Die Verdampfung. Die Schmelze. Die Sublimation. Diese sechs Vorgänge laufen in vier Phasen ab: der schwarzen, einer Phase des Verkochens. Der Weißen, einer Phase des Verdunstens. Der roten, einer Phase des Vermischens. Und schließlich der Sublimation, die das Goldpulver erbringt. Dieses Pulver gleicht dem des Zauberers Merlin in der Artus-Legende. Es genügt, es auf einen Menschen oder eine Sache zu legen, damit dieser oder diese vollkommen wird. Viele Märchen und Mythen verbergen in ihrem Aufbau dieses Rezept. Zum Beispiel Schneewittchen. Schneewittchen ist das Ergebnis einer alchemistischen Zubereitung. Wie erhält man es? Mit den sieben Zwergen (oder Gnomen – darin steckt das Wort *gnosis*: Wissen). Diese sieben Zwerge stellen sieben Metalle dar: Blei, Zinn, Eisen, Kupfer, Quecksilber, Silber und Gold, die ihrerseits den sieben Gestirnen zugeordnet sind: Saturn, Jupiter, Mars, Venus, Merkur, Mond und Sonne, die wiederum den sieben Hauptcharakterzügen des Menschen zugeordnet werden: mürrisch, einfältig, verträumt usw.

EDMOND WELLS
Enzyklopädie des relativen und absoluten Wissens, Bd. 2

52. DER WASSERKRIEG

Die Blitze streifen noch immer über den gepeinigten Himmel, doch keine Ameise hat die Muße, die majestätischen goldbraunen Wolken zu bewundern, die von Strahlen aus weißem Licht zerrissen werden. Das Gewitter ist allzu bedrohlich.

Die Tropfen fallen wie Bomben auf die Stadt, und die Kriegerinnen, die sich draußen zu einer späten Jagd aufgehalten haben, werden von den flüssigen Geschossen getroffen.

Im Inneren von Bel-o-kan wird die Katastrophe durch eines der Experimente, die Chli-pu-ni im Frühjahr versucht hat, noch verschärft.

Die Königin hat Kanäle graben lassen, um den Verkehr zwischen den einzelnen Stadtvierteln zu beschleunigen. Die Ameisen bewegen sich darauf mit schwimmenden Blättern fort. Doch durch den Wolkenbruch schwellen diese unterirdischen Rinnsale zu Flüssen an, deren Tosen einzudämmen sich eine Unmenge von Wachen vergebens abmüht.

Auf der Spitze der Kuppel spitzt die Lage sich zu. Hagelkörner haben die aus Zweigen bestehende Schutzschicht der Stadt durchschlagen. An mehreren Breschen dringt Wasser ein.

Nr. 103 683 versucht mehr schlecht als recht die größte Lücke abzudichten.

Alle ins Solarium, gibt sie aus, *die Brut muss gerettet werden!*

Eine Gruppe Soldatinnen stürzt ihr nach und stellt sich mutig den entfesselten Wogen. Der obere Saal des Solariums hat nichts mehr von seiner gewohnten Helligkeit. An der Decke versuchen völlig verängstigte Arbeiterinnen, die Löcher mit abgefallenem Laub zuzustopfen. Doch gleich kommt das Wasser wieder durch und fließt in langen Silberbändern auf den Boden. Alles ist durchweicht. Unmöglich, alle kostbaren Kokons zu retten – es sind zu viele. Den Ammen bleibt gerade noch Zeit, ein paar frühreife Larven in Sicherheit zu bringen. Den Arbeiterinnen hastig zugeworfene Eier zerplatzen auf dem Boden.

Da denkt Nr. 103 683 an die Rebellinnen. Wenn das Wasser immer tiefer hinab vordringt, bis zu den Käferställen, kommen sie alle um!

Alarmstufe 1: Die Erregungspheromone breiten sich aus, so gut sie können, meistens mit Wasserdampf vermischt.

Alarmstufe 2: Soldatinnen, Arbeiterinnen, Ammen, Fortpflanzungsfähige, alle trommeln mit der Spitze des Hinterleibs gegen die Wände, voller Wut und Verbissenheit. Dieses wilde »Klar zum Gefecht!« bringt die ganze Stadt zum Erbeben.

Pam, pam, pam. Alarm! Tausendmal Alarm!

Allgemeine Panik!

Sogar die Ameisen, die schon in Pfützen festsitzen, versuchen durch das Wasser hindurch auf den Boden zu schlagen, um die ganze Stadt in Alarmbereitschaft zu versetzen. Es donnert, wie das Blut laut pocht, wenn man völlig außer Atem ist.

Das Herz der Stadt rast.

Als Echo ertönen die Hagelkörner, die die Kuppel durchlöchern. *Ploch, ploch, ploch.*

Was können Mandibeln, selbst wenn sie geschärft sind, schon gegen Wassertropfen ausrichten?

Alarmstufe 3: Die Situation ist höchst kritisch. Einige hysterisch gewordene Arbeiterinnen laufen wild durcheinander. Ihre gespannten Fühler schütten unverständliche Pheromonenschreie aus. In ihrer Aufregung verletzen manche sogar ihre Artgenossinnen.

Das bei den roten Ameisen stärkste Alarmpheromon ist eine von der Dufour-Drüse abgesonderte Substanz: Ein flüchtiger Kohlenwasserstoff, dessen chemische Formel $C_{10}H_{22}$ lautet. Ein Duft, der stark genug ist, eine Amme mitten im Winterschlaf zum Toben zu bringen.

Ohne die Aufopferung der Pförtnerinnen würde die Sturzflut auch die Verbotene Stadt nicht verschonen. Dadurch, dass diese heldenhaften Schildwachen die Eingänge mit ihren flachen Schädeln hermetisch verschlossen halten, haben sie die eindringende Flüssigkeit daran gehindert, den Baumstumpf in der Mitte zu überfluten. Alle in der Verbotenen Stadt und vor allem die Königin Chli-pu-ni sind unversehrt.

Dagegen schießt das Wasser jetzt in die Läusekammern.

Die grünen Tierchen stoßen lächerliche Duftpiepser aus.

Bei der Flucht in die Enge getrieben, können die Hirtinnen nur eine Handvoll von ihnen retten, die gerade gebären wollen.

Überall wird versucht, Dämme zu errichten. Man bemüht sich, denjenigen zu verstärken, der in einem strategisch wichtigen Hauptgang aufgeworfen worden ist, will mit allen Kräften den wütenden Strom aufhalten. Doch der Kraft des Wassers lässt sich nicht widerstehen. Der Damm bekommt Risse, fängt an zu bröckeln und bricht. Das Bollwerk birst und setzt mit einem Schlag eine Wasserkugel frei, von der die mutigen Maurerinnen fortgerissen werden.

Das Wasser schleift die Toten mit sich und dringt in die Gänge ein, bringt Gewölbe zum Einsturz, schwemmt Brücken fort, zerstört die ganze unterirdische Topographie, ehe es sich auf die Pilzgärten ergießt. Auch dort bleibt den Bäuerinnen kaum Zeit, ein paar der kostbaren Sporen zu pflücken und dann zu verschwinden.

Die berühmten Wasserkäfer, die Chli-pu-ni so gern bändigen wollte, sind überall; glücklich, in ihrem eigenen Element zu toben, verschlingen sie Läuse, Ameisenleichen und Larven im Todeskampf.

Über vielerlei Umwege, an Hindernissen vorbei, erreicht Nr. 103 683 die Nashornkäferställe. Die armen Tiere flattern dahin und dorthin, um dem Ertrinken zu entkommen. Aber die Decke ist so niedrig, dass sie in ihrer Panik bald dagegenstoßen.

Und wie überall sorgen auch hier emsige Arbeiterinnen, der Gefahr nicht achtend, dafür, einige der Kleinen zu retten und runde Fladen voller Eier ins Trockene zu schieben. Dennoch wissen sie, dass die Verluste unvermeidlich und riesengroß sein werden.

Nasse Beine zu haben versetzt die Käfer in Schrecken und bringt sie dazu, mit dem Horn in die Decke zu stoßen. Nr. 103 683 verdankt es allein ihrer Wachsamkeit als Kriegerin, dass sie heil zwischen den heftigen Schlägen durchkommt.

Endlich erreicht sie den Eingang zum Versteck der Rebellinnen. Gottgläubige und Ungläubige, alle sind sie da. Doch während Letztere nervös herumlaufen, bleiben Erstere merkwürdig ruhig. Die Katastrophe kommt für sie nicht überraschend.

Wir haben den Göttern nicht genügend Nahrung geliefert, darum ersäufen sie uns.

Nr. 103 683 unterbricht ihre Suada. Bald gebe es keine Sicherheitsausgänge mehr. Wenn sie die Rebellinnenbewegung retten wollten, sollten sie unverzüglich Leine ziehen.

Schließlich hören sie auf sie und folgen ihr auf den Fersen. Als sie das Versteck räumen, streckt ihr die Ameise Nr. 24 den Schmetterlingskokon entgegen, den sie bei ihrem letzten Besuch dort gelassen hatte.

Für die Mission Merkur. Das darfst du nicht vergessen.

Anstatt noch lange zu diskutieren, lädt Nr. 103 683 sich den Kokon auf und zieht die Rebellinnen hinter sich her. Doch jetzt ist eine Durchquerung des Stalls unmöglich. Der ganze Raum ist überflutet. Auf dem Wasser treiben Nashornkäfer und auch Ameisen.

Es muss sofort ein neuer Tunnel gegraben werden. Nr. 103 683 erteilt Befehle.

Sie müssen schnell machen, denn der Wasserspiegel in der Kammer steigt allmählich.

Alle hier gelagerten Nahrungsmittel treiben dahin.

Das Wasser steigt immer schneller.

Die Gottgläubigen denken indes gar nicht daran, sich zu beklagen. Die meisten ergeben sich in den gerechten Zorn der Götter.

Sie sind davon überzeugt, dass der zerstörerische Regen sie nur trifft, um Chli-pu-nis Kreuzzug zu verhindern.

53. Bittere Erinnerungen

»Entschuldigen Sie, Mademoiselle!«

Sie war gemeint.

Als Laetitia Wells die Augen wieder aufschlug, war sie noch nicht an der Endstation angekommen. Eine Frau hatte sie angesprochen.

»Entschuldigen Sie, Mademoiselle. Ich glaube, ich bin mit meinen Nadeln an Sie gestoßen.«

»Das macht nichts«, seufzte Laetitia.

Die Frau strickte etwas aus bonbonrosa Wolle. Sie beanspruchte ein extra Stück Platz, um ihr Strickwerk ausbreiten zu können.

Laetitia Wells betrachtete die Fadenspinne, die ihre Finger bewegte. Die Nadeln vervielfältigten die fließenden Maschen mit eindringlichem Klappern.

Ihr rosarotes Werk sah aus wie Babywäsche. *Welches arme Kind will sie nur in diese wattierte Zwangsjacke sperren?*, dachte Laetitia Wells. Als hätte die Frau die Frage gehört, bleckte sie ein herrliches Emailgebiss.

»Das ist für meinen Sohn«, verkündete sie stolz.

Im selben Moment blieb Laetitias Blick an einem Plakat hängen: »Unser Land braucht Kinder. Kampf der sinkenden Geburtenrate!«

Laetitia Wells wurde ein bisschen böse. Kinder machen! Sie sagte sich, dass dies der wesentliche Auftrag der Art sei: sich fortpflanzen, sich vermehren, sich massenweise ausbreiten. Sie haben keine interessante Gegenwart gehabt? Leben Sie durch Ihre Brut weiter. Denken

Sie zunächst an die Quantität, die Qualität kommt dann vielleicht nach.

Nicht jede Gebärerin war sich dessen bewusst, aber sie gehorchte der ewigen Propaganda, die sich durch jegliche Politik jeglicher Nation zieht: die Macht der Menschen auf Erden zu vermehren.

Laetitia Wells hatte Lust, diese Mama an den Schultern zu packen und ihr geradewegs ins Gesicht zu sagen: »Nein, machen Sie keine Kinder, halten Sie sich zurück, ein wenig Scham, verflucht! Nehmen Sie Verhütungsmittel, bieten Sie denen, die Sie lieben, Kondome an, bringen Sie Ihre fruchtbaren Freundinnen zur Vernunft, wie Sie gern zur Vernunft gebracht worden wären. Auf ein geglücktes Kind kommen hundert verpfuschte. Das lohnt die Mühe nicht. Die Verpfuschten reißen dann die Macht an sich, und das Ergebnis sieht man. Wenn Ihre Mutter etwas genauer überlegt hätte, hätte Sie Ihnen dieses ganze Leid erspart. Rächen Sie sich an Ihren Kindern nicht durch die schlimmste Schweinerei, die Ihre Eltern Ihnen angetan haben: Sie zur Welt zu bringen. Hören Sie auf, einander zu lieben. Wachsen Sie, aber vermehren Sie sich nicht.«

Bei ihren Anfällen von Misanthropie (in ihrem Stadium war es bereits Menschheitsphobie) blieb ihr jedes Mal ein bitterer Geschmack im Mund. Doch das Verwirrendste daran war, dass sie das nicht einmal als unangenehm empfand.

Sie fasste sich wieder, lächelte der Fadenspinne zu.

Dieses Gesicht ihr gegenüber, das vor Mutterglück strahlte, erinnerte sie, nein … es durfte nicht … es erinnerte sie … an ihre eigene Mutter. Ling-Mi.

Ling-Mi Wells war an Leukämie erkrankt. Der Blutkrebs kannte keine Gnade. Ling-Mi, ihre sanfte Mutter, die ihr nie Antwort gab, wenn sie fragte, was der Arzt gesagt habe. Zu Laetitia sagte Ling-Mi immer wieder: »Mach dir keine Sorgen. Ich werde wieder gesund. Die Ärzte sind optimistisch, und die Medikamente wirken immer besser.« Aber im Waschbecken gab es oft rote Spuren, und das Röhrchen mit Schmerzmitteln war meistens leer. Ling-Mi überschritt alle vorgeschriebenen Dosen. Dann linderte nichts mehr ihre Schmerzen.

Eines Tages war ein Krankenwagen gekommen und hatte sie in die Klinik gebracht. »Reg dich nicht auf. Dort haben sie alle nötigen Geräte und Spezialisten, um mich wieder gesund zu machen. Pass auf die Wohnung auf, sei brav, wenn ich nicht da bin, und besuch mich jeden Abend.«

Ling-Mi hatte Recht gehabt: Im Krankenhaus hatten sie alle möglichen Maschinen. So dass es ihr nicht zu sterben gelang. Dreimal hatte sie versucht, Selbstmord zu begehen, und dreimal hatte man sie in letzter Minute gerettet. Sie wehrte sich. Sie hatten sie mit Riemen bewegungsunfähig gemacht und mit Morphium vollgepumpt. Als Laetitia ihre Mutter besuchte, sah sie genau, dass ihre Arme von den Spritzen und Transfusionen voller Hämatome waren. Innerhalb eines Monats war Ling-Mi Wells zu einer alten, runzligen Frau geworden. »Wir retten sie, machen Sie sich keine Sorgen, wir retten sie«, versicherten die Ärzte. Aber Ling-Mi wollte nicht gerettet werden.

Sie hatte ihre Tochter am Arm gefasst und gemurmelt: »Ich will ... sterben.« Aber was kann ein Mädchen von vierzehn Jahren schon tun, wenn seine Mutter ihm einen solchen Wunsch anvertraut? Das Gesetz verbot es, jemanden sterben zu lassen. Vor allem wenn der oder die Betreffende die tausend Franc täglich für die Zimmerkosten einschließlich Pflege und Vollpension bezahlen konnte.

Edmond Wells war seit der Einlieferung seiner Frau ins Krankenhaus ebenfalls gealtert. Ling-Mi hatte ihn um Hilfe für den großen Sprung gebeten. Eines Tages, als sie es nicht mehr aushielt, fügte er sich schließlich. Er brachte ihr bei, wie man seinen Atem und die Herzschläge verlangsamt.

Er hatte sich zu einer Hypnosesitzung bereiterklärt. Natürlich war bei der Szene keiner dabei, aber Laetitia wusste, wie ihr Vater ihr beim Einschlafen geholfen hatte: »Du bist ruhig, ganz ruhig. Dein Atem ist wie eine Welle, die vor und zurück rollt. Ganz sanft. Vor und zurück. Dein Atem ist ein Meer, das sich in einen See verwandeln will. Vor und zurück. Jedes Atmen ist langsamer und tiefer als das vorhergehende. Jedes Einatmen gibt dir mehr Kraft und Sanftheit. Du spürst deinen Körper nicht mehr, du spürst deine Füße nicht mehr, du spürst deine Hände nicht mehr, deinen Oberkörper, deinen Kopf. Du bist eine leichte, gefühllose Feder, die im Wind treibt.«

Ling-Mi war davongeflogen.

Auf ihrem Gesicht hatte sich ein heiteres Lächeln abgezeichnet. Sie war gestorben, als wäre sie eingeschlafen. Die Ärzte vom Wiederbelebungsdienst hatten sofort die Alarmglocken schrillen lassen. Sie hatten sich auf sie gestürzt wie Wiesel, die einen Reiher am Fortschweben hindern wollen. Doch diesmal hatte Ling-Mi glatt gewonnen.

Danach war für Laetitia ein persönliches Rätsel zu lösen geblieben: Krebs. Und eine fixe Idee: ihr Hass auf die Ärzte und andere, die über das Schicksal der Menschheit bestimmten. Sie war davon überzeugt, wenn es niemandem gelungen war, den Krebs auszurotten, so lag das daran, dass niemand ein echtes Interesse an einer Lösung hatte.

Um ein reines Gewissen zu haben, wäre sie sogar selbst Krebsspezialistin geworden. Sie wollte beweisen, dass Krebs nicht unbesiegbar ist, sondern die Ärzte unfähig waren und ihre Mutter hätten retten können, anstatt es ihr noch schwerer zu machen. Aber sie war gescheitert. Jetzt war ihr nur noch ihr Hass auf die Menschen und ihre Leidenschaft für Rätsel geblieben.

Der Journalismus hatte es ihr möglich gemacht, ihren Hass mit ihrem tiefsten Streben zu vereinbaren. Mit ihrer Feder konnte sie Ungerechtigkeiten anzeigen, die Massen aufhetzen. Heuchlern den Garaus machen. Leider hatte sie schnell gemerkt, dass unter den Heuchlern an vorderster Stelle ihre Arbeitskollegen standen. Groß beim Reden, in den Taten klein. In ihren Leitartikeln geißelten sie das Unrecht, doch für das Versprechen einer Gehaltserhöhung waren sie sofort zu den schlimmsten Niederträchtigkeiten bereit. Im Vergleich zur Medienwelt kam ihr das Ärztemilieu vor wie ein Hort reizender Menschen.

Doch bei der Presse hatte sie sich ihre ökologische Nische geschaffen, ihr Jagdgebiet. Sie hatte sich mit der Auflösung einiger rätselhafter Verbrechen einen Namen gemacht. Im Augenblick hielten ihre Kollegen Abstand, warteten ihren Sturz ab. Sie durfte nicht straucheln.

Als nächste Trophäe würde sie den Fall Salta-Nogard an ihre Wand heften. Pech für den eifrigen Kommissar Méliès!

Endlich kam die Endstation. Sie stieg aus.

»Schönen Abend, Mademoiselle«, sagte die Strickerin zu ihr und räumte ihre Babykleidung weg.

54. Enzyklopädie

Wie Vor einem Hindernis besteht der erste Reflex eines Menschen darin, sich zu fragen: »Warum gibt es dieses Problem, und wer ist daran schuld?« Er sucht die Schuldigen und die Strafe, die man ihnen auferlegen sollte, damit dies nicht wieder vorkommt.

In der gleichen Situation fragt die Ameise sich zuerst: »Wie und mit wessen Hilfe kann ich dieses Problem lösen?«

In der Ameisenwelt gibt es nicht den geringsten Begriff von Schuld.

Es wird immer einen großen Unterschied zwischen denen geben, die sich fragen: »Warum klappt das nicht?«, und denen, die sich fragen: »Wie sollen wir es anstellen, dass es klappt?«

Derzeit gehört die Menschenwelt zu denen, die sich fragen, »Warum?«, aber es kommt der Tag, an dem die, die sich fragen, »Wie?«, die Macht übernehmen werden ...

Edmond Wells

Enzyklopädie des relativen und absoluten Wissens, Bd. 2

55. Wasser, Wasser, nichts als Wasser

Zäh arbeiten Krallen und Kiefer. Graben und weiter graben, einen anderen Ausweg gibt es nicht. Um die verbissenen Rebellinnen herum bebt und zittert der Boden.

Das Wasser fegt durch die ganze Stadt. Alle schönen Vorhaben, alle großartigen, fortschrittlichen Umsetzungen von Chli-pu-ni sind nur mehr Trümmer, die von den Fluten fortgetragen werden. Eitelkeiten, es waren also nichts als Eitelkeiten, die Gärten, die Pilzkulturen, die Ställe, die Zisternensäle, die Winterspeicher für das Getreide, die wärmeregulierten Krippen, das Solarium, die Wassernetze … Sie verschwinden in dem Orkan, als wären sie nie da gewesen.

Plötzlich explodiert eine Seitenwand des Hilfstunnels. Das Wasser schießt in Strömen herein. Nr. 103 683 und ihre Gefährtinnen werfen sich ins Zeug, um noch schneller voranzukommen. Aber die Aufgabe ist unmöglich, und der Sog erfasst sie.

Nr. 103 683 macht sich keine Illusionen über das Schicksal, das sie alle erwartet. Sie sind schon bis zum Bauch nass, und das Wasser steigt rasch weiter.

56. Untertauchen

Untertauchen. Sie war jetzt vollkommen von den Fluten bedeckt.

Sie konnte nicht mehr atmen. Sie blieb eine ganze Weile im Nass und dachte an nichts mehr.

Sie liebte das Wasser.

Unter dem Wasser ihrer Badewanne quollen ihre Haare, ihre Haut wurde wie Karton. Laetitia Wells nannte das ihr tägliches Baderitual.

So entspannte sie sich: ein wenig warmes Wasser und Stille. Sie fühlte sich ganz wie die Prinzessin vom See.

Jeden Tag blieb sie ein bisschen länger unter Wasser.

Sie zog ihre Knie bis ans Kinn hoch wie ein Fötus in seinem Fruchtwasser und wiegte sich langsam in einem Wassertanz, dessen Sinn sie allein kannte.

Sie fing an, sich den Kopf von allem Mist frei zu machen: Fort mit dem Krebs, fort mit den Saltas *(Ding, Dong)*, fort mit der Redaktion des *Echos am Sonntag*, fort mit ihrer Schönheit *(Ding, Dong)*, fort mit der Metro, fort mit den Gebärmaschinen. Großes Reinemachen.

Ding, Dong.

Sie tauchte aus dem Wasser auf. Außerhalb des Wassers wirkte alles trocken. Trocken, feindlich *(Ding, Dong)* … laut.

Sie hatte nicht geträumt. Es läutete an der Tür.

Sie kletterte aus der Badewanne, wie ein Lurch, der die Luftatmung entdeckt.

Sie nahm einen großen Bademantel, hüllte sich darin ein und ging mit kurzen Schritten ins Wohnzimmer.

»Wer ist da?«, fragte sie durch die Tür.

»Polizei!«

Sie schaute durch den Spion und erkannte Kommissar Méliès.

»Was fällt Ihnen ein, um dieser Zeit aufzukreuzen?«

»Ich habe einen Durchsuchungsbefehl.«

Sie erklärte sich bereit, aufzumachen.

Er wirkte entspannt.

»Ich war beim LAC, und dort hat man mir gesagt, dass Sie die Phiolen mit den chemischen Produkten mitgehen ließen, an denen die Brüder Salta und Caroline Nogard gearbeitet hatten.«

Sie holte die Phiolen und reichte sie ihm. Nachdenklich betrachtete er sie.

»Mademoiselle Wells, darf ich fragen, was da drin ist?«

»Ich brauche Ihnen die Arbeit nicht vorzukauen. Das chemische Gutachten wurde von meiner Zeitung bezahlt. Die Ergebnisse gehören nur ihr und sonst niemandem.«

Er stand noch immer in seinem zerknautschten Anzug auf der Türschwelle, beinahe eingeschüchtert von dieser so schönen Frau, die ihn herausforderte.

»Mademoiselle Wells, darf ich bitte hereinkommen? Können wir uns einen Moment unterhalten? Ich werde Sie nicht lange stören.«

Er musste durch einen heftigen Regenschauer gelaufen sein. Er war ganz durchnässt. Auf dem Fußabstreifer bildete sich bereits eine kleine Pfütze. Sie seufzte.

»Na gut, aber ich habe nicht viel Zeit für Sie.«

Er wischte seine Schuhe umständlich ab, ehe er ins Wohnzimmer kam.

»Scheußliches Wetter.«

»Nach den Hundstagen die Wolkenbrüche.«

»Die Jahreszeiten stehen alle kopf, von der Hitze und der Trockenheit geht's gleich zur Kälte und Nässe.«

»Also, kommen Sie herein, setzen Sie sich. Möchten Sie etwas trinken?«

»Was haben Sie anzubieten?«

»Ambrosia.«

»Was ist denn das?«

»Wasser, Honig und Hefe, das Ganze verrührt und dann vergoren. Das war das Getränk der olympischen Götter und der keltischen Druiden.«

»Die olympischen Götter lasse ich mir eingehen.«

Sie schenkte ihm ein Glas ein und verschwand dann.

»Warten Sie kurz, ich muss mir erst die Haare trocknen.«

Sobald Méliès aus dem Bad das Fauchen des Föns hörte, sprang er auf, entschlossen, diese Pause zu nutzen, um die Wohnung zu inspizieren.

Die Wohnung hatte große Klasse. Alles war geschmackvoll eingerichtet. Jadestatuen, die verschlungene Paare darstellten. Halogenlampen strahlten Bildtafeln aus dem Bereich der Biologie an, die an den Wänden hingen. Er ging näher heran und betrachtete eine davon. Etwa fünfzig Ameisenarten aus der ganzen Welt waren dort aufgelistet und präzise gezeichnet.

Der Fön dröhnte weiter.

Es gab schwarze Ameisen mit weißen Härchen, die Motorradpolizisten ähnelten *(Rhopalothrix orbis)*, Ameisen, deren gesamter Brustpanzer mit Hörnern gespickt war *(Acromyrmex versicolor)*, andere mit einem Rüssel, an dessen Ende sich eine Zange befand *(Orectognathus antennatus)* oder mit langen Haarsträhnen, die sie wie Hippies aussehen ließen *(Aperostigma megacephala)*. Dass Ameisen so verschiedene Gestalt haben konnten, erstaunte den Kommissar.

Aber er war nicht zur Insektenkunde hier. Er sah eine schwarzlackierte Tür und wollte sie öffnen. Sie war verschlossen. Er zog eine Haarnadel aus seiner Tasche und machte sich am Schloss zu schaffen, als der Lärm des Föns plötzlich aufhörte. Rasch setzte er sich wieder hin.

Die Louise-Brooks-Frisur saß jetzt, und Laetitia Wells hatte ein langes schwarzes Seidenkleid angezogen, das an der Taille gerafft war. Méliès versuchte, sich nicht beeindrucken zu lassen.

»Sie interessieren sich für Ameisen?«, fragte er weltläufig.

»Nicht übermäßig«, sagte sie. »Aber mein Vater. Der war ein großer Ameisenkenner. Er hat mir die Tafeln zu meinem zwanzigsten Geburtstag geschenkt.«

»Professor Edmond Wells war Ihr Vater?«

Sie staunte: »Sie kennen ihn?«

»Ich habe von ihm gehört. Bei uns, bei der Polizei, kennen wir ihn vor allem als Besitzer dieses verfluchten Kellers in der Rue des Sybarites. Erinnern Sie sich an den Fall, bei dem um die zwanzig Personen in einem endlosen Keller verschwunden sind?«

»Natürlich! Diese Personen waren unter anderen mein Cousin, meine Cousine, mein Neffe und meine Großmutter.«

»Komische Geschichte, was?«

»Wie kommt es, dass Sie keine Nachforschungen über das Verschwinden angestellt haben, wo Sie doch Rätsel so lieben?«

»Ich war zu dieser Zeit an einer anderen Sache dran. Um den Keller hat sich Kommissar Bilsheim gekümmert. Das hat ihm im Übrigen kein Glück gebracht. Wie die anderen auch ist er nie wieder raufgekommen. Aber Sie lieben ja die Rätsel ebenfalls, glaube ich …«

Sie lächelte hintergründig.

»Ich liebe es vor allem, sie aufzuklären«, meinte sie.

»Sie glauben, dass Sie den Mörder der Brüder Salta und Caroline Nogards finden werden?«

»Ich will's jedenfalls probieren. Das wird meinen Lesern gefallen.«

»Sie wollen mir also nicht erzählen, wie weit Sie bei Ihren Nachforschungen gekommen sind?«

Sie schüttelte den Kopf.

»Besser wir gehen jeder seinen eigenen Weg. So kommen wir einander nicht in die Quere.«

Méliès nahm sich einen von seinen Kaugummis. Sobald er anfing zu kauen fühlte er sich immer gleich wohler. Er erkundigte sich: »Was ist hinter der schwarzen Tür?«

Die Frage kam so abrupt, dass Laetitia Wells einen Moment lang irritiert war. Eine kurze, rasch verhüllte Verlegenheit.

Sie zuckte die Achseln.

»Mein Arbeitszimmer. Das zeige ich Ihnen nicht. Ein echtes Heiligtum.«

Daraufhin zog sie eine Zigarette heraus, steckte sie auf eine lange Zigarettenspitze und zündete sie mit einem Feuerzeug in Form eines Raben an.

Méliès kam auf seine Sorgen zurück: »Sie wollen das Geheimnis Ihrer Nachforschungen wahren. Ich werde Ihnen hingegen sagen, wie weit ich gekommen bin.«

Sie blies eine kleine perlmuttfarbene Rauchwolke aus.

»Wie Sie möchten.«

»Fassen wir zusammen. Unsere vier Opfer waren beim LAC beschäftigt. Man könnte an ein düsteres Motiv wie beruflichen Neid denken. In großen Unternehmen sind Rivalitäten nicht selten. Die Leute reißen sich dort darum, befördert zu werden oder ein höheres Gehalt zu bekommen, und in der Welt der Wissenschaft sind die Leute oft geldgierig. Die Hypothese mit dem rivalisierenden Chemiker ist plausibel, geben Sie's zu. Er hat seine Opfer durch ein starkes Mittel mit Langzeitwirkung vergiftet. Das passt absolut zu den Geschwüren im Verdauungstrakt, die bei der Autopsie festgestellt wurden.«

»Sie verrennen sich wieder, Kommissar. Sie sind besessen von Ihrer Idee mit dem Gift und vernachlässigen unentwegt die Angst. Auch ein supergroßer Stress kann zu Geschwüren führen, und unsere vier Opfer haben alle große Angst gehabt. Die Angst, Kommissar, Angst ist der Schlüssel zur Lösung, und weder Sie noch ich haben bis jetzt verstanden, was den Schrecken ausgelöst hat, der ihnen allen im Gesicht geschrieben stand.«

Méliès protestierte: »Natürlich habe ich mich nach dem Schrecken gefragt und nach allem, was den Leuten Angst machen kann.«

Sie blies eine neue Tabakwolke aus.

»Und was macht Ihnen Angst, Kommissar?«

Sie hatte ihn kalt erwischt, denn er hatte ihr die Frage stellen wollen.

»Na ja … hm …«

»Es gibt doch sicher etwas, das Sie mehr ängstigt als alles andere, oder?«

»Das will ich Ihnen sagen, aber dafür sagen Sie mir genauso aufrichtig, was Sie erschreckt.«

»Einverstanden.«

Er zögerte, dann stotterte er.

»Ich habe … ich habe Angst … ich habe Angst vor Wölfen.«

»Wölfen?«

Sie brach in Lachen aus und wiederholte »vor Wölfen – vor Wölfen«. Sie stand auf und schenkte ihm Ambrosia nach.

»Ich habe die Wahrheit gesagt, jetzt sind Sie dran.«

Sie stand auf und schaute aus dem Fenster. Sie schien in der Ferne etwas Interessantes wahrzunehmen.

»Hm … ich, ich habe … ich habe Angst … ich habe Angst vor Ihnen.«

»Hören Sie auf, sich lustig zu machen, Sie haben mir versprochen, ehrlich zu sein.«

Sie drehte sich um und stieß eine neue Rauchwolke aus. Ihre lila Augen funkelten durch den türkisfarbenen Rauch wie Sterne.

»Aber ich bin doch ehrlich. Ich habe Angst vor Ihnen, und durch Sie vor der ganzen Menschheit. Ich habe Angst vor Männern, Frauen, Alten, Kindern. Wir führen uns alle wie die Barbaren auf. Ich finde uns körperlich hässlich. Keiner von uns ist so schön wie ein Tintenfisch oder eine Fliege …«

»Na, also wirklich!«

An der Haltung der jungen Frau hatte sich etwas geändert. Ihr so gut beherrschter Blick schien einen winzigen Makel zu offenbaren. In diesen Augen lag Wahnsinn. Sie war von einem Gespenst besessen und lieferte sich nach und nach dem Irrsinn aus. Überall brachen die

Barrieren. Es gab keine Zensur mehr. Sie hatte vergessen, dass sie mit einem Polizeikommissar redete, den sie kaum kannte.

»Ich finde uns angeberisch, hochmütig, selbstzufrieden, stolz, weil wir Menschen sind. Ich habe Angst vor den Bauern, den Priestern und den Soldaten, ich habe Angst vor den Ärzten und den Kranken, ich habe Angst vor denen, die mir Böses, und vor denen, die mir Gutes wollen. Wir zerstören alles, was wir anfassen. Wir beschmutzen, was uns nicht zu zerstören gelingt. Dieser unglaublichen Fähigkeit, alles in den Schmutz zu ziehen, entrinnt nichts. Ich bin sicher, dass die Marsianer nur deshalb nicht bei uns landen, weil sie Angst haben, dass wir mit ihnen genauso umgehen wie mit den Tieren um uns herum, ja sogar mit uns selbst. Ich bin nicht stolz darauf, ein Mensch zu sein. Ich habe Angst, große Angst vor meinesgleichen.«

»Denken Sie wirklich, was Sie da sagen?«

Sie zuckte die Achseln.

»Vergleichen Sie die Zahl der Menschen, die von Wölfen getötet wurden, mit der Zahl von Menschen, die von Menschen getötet wurden: Finden Sie nicht, dass meine Angst, wie soll ich sagen, gerechtfertigter ist als Ihre?«

»Sie haben Angst vor den Menschen? Aber Sie sind doch ein Mensch!«

»Das weiß ich nur zu gut, und im Übrigen habe ich auch manchmal Angst … vor mir selber.«

Verblüfft betrachtete er ihre plötzlich hassverzerrten Züge. Mit einem Mal entspannte sie sich.

»Ach, denken wir an etwas anderes! Wir haben doch beide Rätsel gern. Das trifft sich gut, jetzt ist nämlich gerade Zeit für unsere landesweite Rätselsendung. Ich biete Ihnen das Gastlichste an, was es in unserer Zeit gibt, ein wenig mit mir fernzusehen.«

»Danke«, sagte er.

Sie fummelte mit ihrer Fernbedienung herum und suchte nach der »Denkfalle«.

57. Enzyklopädie

Kräftebericht An Ratten wurde folgendes Experiment vorgenommen. Um ihre Schwimmfähigkeit zu testen, sperrte Didier Desor, ein Forscher des Labors für Verhaltensbiologie an der Universität Nancy, sechs von ihnen in einen Käfig, dessen einziger Ausgang auf ein Bassin ging, das sie durchqueren mussten, um zu einem Futterverteiler zu gelangen. Schnell stellte sich heraus, dass die sechs Ratten das Futter nicht gemeinsam schwimmend aufsuchten. Es ergab sich folgende Rollenverteilung: zwei ausgebeutete Schwimmerinnen, zwei ausbeutende Nichtschwimmerinnen, eine unabhängige Schwimmerin und eine Nichtschwimmerin als Prügelknabe. Die beiden Ausgebeuteten holten sich das Futter, indem sie unter Wasser schwammen. Wenn sie in den Käfig zurückkamen, hielten ihnen die Ausbeuterinnen die Köpfe so lang unter Wasser, bis sie ihre Beute hergaben. Erst als sie die beiden Ausbeuterinnen gefüttert hatten, konnten die beiden Ausgebeuteten ihren eigenen Anteil verzehren. Die Ausbeuterinnen schwammen nie, sie begnügten sich damit, die Schwimmerinnen zu schlagen, um an Futter zu kommen. Die Unabhängige war eine ausreichend kräftige Schwimmerin, um den Ausbeuterinnen zu widerstehen. Der Prügelknabe schließlich war zum Schwimmen nicht in der Lage und genauso wenig dazu, die Schwimmer einzuschüchtern, daher sammelte diese Ratte die bei den Kämpfen abfallenden Brosamen. Die gleiche Struktur – zwei Ausgebeutete, zwei Ausbeuterinnen, eine Unabhängige und ein Prügelknabe – zeigte sich in allen zwanzig Käfigen, mit denen das Experiment wiederholt wurde. Um den Mechanismus dieser Hierarchie besser zu verstehen, wurden sechs Ausbeuterinnen zusammengesperrt. Sie kämpften die ganze Nacht. Am Morgen leisteten zwei von ihnen Frondienste, eine schwamm allein, eine andere ertrug alles. Genauso wurde mit den Ratten, die sich unterwarfen, verfahren. Am nächsten Morgen spielten zwei von ihnen die Paschas.

Doch was einem wirklich Anlass zum Nachdenken gibt, ist, dass man, als die Rattenschädel geöffnet wurden, um das Gehirn zu untersuchen, feststellte, dass die am meisten gestressten die Ausbeuterinnen waren. Sie hatten offenbar Angst gehabt, dass ihnen die Ausgebeuteten nicht mehr gehorchen.

Edmond Wells

Enzyklopädie des relativen und absoluten Wissens, Bd. 2

58. Im Trockenen

Das Wasser leckt ihnen den Rücken. Nr. 103 683 und ihre Gefährtinnen graben wie wild in der Decke. Alle Körper sind von brauner Gischt bedeckt, als sie endlich – was für ein Wunder! – in einem trockenen Raum herauskommen.

Gerettet.

Schnell dichten sie den Eingang ab. Wird das Sandmäuerchen halten? Ja, der Sturzbach fließt daran vorbei und ergießt sich in schwächere Gänge. In dem kleinen Saal aneinandergequetscht, fühlen sich die Ameisen der Gruppe schon besser.

Die Rebellinnen zählen durch: Nur etwa fünfzig von ihnen haben überlebt. Eine Handvoll Gottgläubiger murmelt noch immer: *Wir haben den Fingern nicht genug Nahrung gebracht. Darum haben sie den Himmel geöffnet.*

In der Weltsicht der Ameisen ist der Planet Erde nämlich ein Würfel, der von einer Wolkendecke überwölbt wird, die den »Oberen Ozean« hält. Jedes Mal wenn das Gewicht des oberen Ozeans zu schwer wird, reißt die Decke auf und lässt das fallen, was dann Regen heißt.

Die Gottgläubigen behaupten ihrerseits, dass diese Risse in der Wolkendecke auf Krallenschläge der Finger zurückzuführen seien. Wie dem auch sei und in Erwartung besserer Tage helfen alle einander, so gut sie können. Manche geben sich Mund an Mund einer Trophallaxis hin. Andere reiben sich aneinander, um ihre Wärmereserven zu schonen.

Nr. 103 683 drückt ihre Mundtaster an die Wand, spürt die Stadt noch immer unter den Angriffen des Wassers beben.

In Bel-o-kan rührt sich nichts mehr. Die Stadt ist von diesem vielgestaltigen Feind geschlagen, der seine durchsichtigen Beine in jede Ritze steckt. Verflucht sei der Regen, der noch gewandter, noch anpassungsfähiger, noch bescheidener ist als die Ameisen. Naive Soldatinnen schlitzen mit Mandibelhieben die Tropfen auf, die auf sie zukullern. Wenn man einen davon umbringt, hat man es anschließend mit vieren zu tun. Wenn man dem Regen einen Tritt versetzt, hält er einem das Bein fest. Wenn man mit Säure auf den Regen schießt, wird der Regen kräftiger. Wenn man den Regen rammt, umschließt er einen und hält einen gefangen.

Die Opfer der Überschwemmung sind nicht mehr zu zählen.

Alle Poren der Stadt stehen weit offen.

Bel-o-kan ertrinkt.

59. FERNSEHEN

Auf dem Bildschirm erscheint das nervöse Gesicht von Madame Ramirez. Seitdem sie bei ihrem neuen Rätsel danebengegriffen hat, dem mit der Zahlenfolge, hat sich die Zuschauerrate verdoppelt. War es das sadistische Vergnügen, jemanden bis dahin Unfehlbaren plötzlich wanken zu sehen? Oder lag es daran, dass das Publikum, weil es sich leichter mit den Verlierern identifizieren kann, diesen oft den Vorzug vor den Gewinnern gibt?

Mit seiner wie üblich guten Laune fragte der Moderator: »Also, Madame Ramirez, haben Sie die Lösung gefunden?«

»Nein. Noch immer nicht.«

»Konzentrieren Sie sich, Madame Ramirez! Woran müssen Sie bei unserer Ziffernfolge denken?«

Die Kamera schwenkte erst auf die Tafel, dann auf Madame Ramirez, die vor sich hin grübelte: »Je länger ich mir diese Folge ansehe, desto mehr komme ich durcheinander. Das ist etwas Besonderes, ganz Besonderes. Trotzdem scheinen sich mir bestimmte Rhythmen zu wiederholen ... Die Eins steht immer am Ende ... Gruppen von Zweien in der Mitte ...«

Sie ging näher an die Tafel, auf der die Ziffern standen, und machte wie eine Schulmeisterin Bemerkungen: »Man könnte an eine Exponentialfolge denken. Aber es ist eigentlich keine. Ich hatte an eine Ordnung zwischen den Einsen und den Zweien gedacht, doch da taucht die Ziffer Drei auf und breitet sich ebenfalls aus.

Dann habe ich vermutet, dass es vielleicht gar keine Ordnung gibt. Wir haben es mit einer Welt voller Chaos zu tun, mit zufällig verteilten Ziffern. Dennoch sagt mir mein weiblicher Instinkt, dass das nicht stimmt, dass Ihre Reihenfolge nicht dem Zufall entspringt.«

»Also, woran müssen Sie bei dieser Tafel denken, Madame Ramirez?«

Das Gesicht von Madame Ramirez hellte sich auf: »Jetzt werden Sie lachen«, sagte sie. Der Saal brach in Beifall aus.

»Lassen Sie Madame Ramirez nachdenken«, schaltete der Moderator sich ein. »Sie denkt an etwas. An was, Madame Ramirez?«

»An die Entstehung des Universums«, sagte sie mit einem Stirnrunzeln. »Ich denke an die Entstehung des Universums. Die Eins ist der göttliche Funke, der auflodert und sich dann teilt. Ist es möglich, dass Sie mir als Rätsel die mathematische Gleichung vorlegen, die das Universum beherrscht? Was Einstein sein Leben lang vergebens gesucht hat? Den Gral aller Physiker der Welt?«

Endlich einmal machte der Moderator ein geheimnisvolles Gesicht, wie es ganz dem Gegenstand der Sendung entsprach. »Wer weiß, Madame Ramirez! ›Denk…‹«

»›…falle‹!«, schrie das Publikum wie aus einem Mund.

»Ja, ›Denkfalle‹ kennt keine Grenzen. Also, Madame Ramirez, Antwort oder Joker?«

»Joker. Ich brauche eine zusätzliche Information.«

»Die Tafel!«, verlangte der Moderator.

Er trat vor die bekannte Auflistung:

1
11
21
1211
111221
312211
13112221

Dann schrieb er, wieder ohne auf seinen Zettel zu schauen, dazu:

1113213211

»Ich erinnere an die Schlüsselsätze. Der erste lautete: ›Je intelligenter man ist, desto weniger Lösungschancen hat man.‹ Der zweite lautete: ›Alles vergessen, was man gelernt hat.‹ Und jetzt biete ich Ihrem Scharfsinn einen dritten an: ›Wie beim Universum ist die Quelle dieses Rätsels vollkommene Einfachheit.‹«

Beifall.

»Darf ich Ihnen einen Rat geben, Madame Ramirez?«, fragte der Moderator wieder ganz aufgeräumt.

»Ich bitte darum«, erwiderte die Kandidatin.

»Ich glaube, Madame Ramirez, dass Sie nicht einfach genug sind, nicht dumm genug, in einem Wort: nicht leer genug. Ihre Intelligenz stellt Ihnen ein Bein. Legen Sie in Ihren Zellen den Rückwärtsgang ein, finden Sie das kleine, naive Mädchen wieder, das noch in Ihnen steckt. Und Ihnen, liebe Fernsehzuschauerinnen und -zuschauer sage ich: Bis morgen, wenn Sie Lust haben!«

Laetitia Wells schaltete das Gerät aus.

»Diese Sendung wird immer lustiger«, sagte sie.

»Haben Sie die Lösung des Rätsels entdeckt?«

»Nein, und Sie?«

»Auch nicht. Wir müssen wohl zu intelligent sein, wenn Sie mich fragen. Dieser Moderator hat bestimmt Recht.«

Für Méliès war es an der Zeit zu gehen. Er steckte die Phiolen in die Tasche.

An der Tür fragte er noch: »Warum helfen wir einander nicht, anstatt uns jeder allein abzumühen?«

»Weil ich es gewohnt bin, allein zu arbeiten, und weil Polizei und Presse nie gut zusammenpassen.«

»Keine Ausnahme?«

Sie schüttelte ihr kurzes ebenholzfarbenes Haar.

»Keine Ausnahme. Also, Kommissar, auf dass der Bessere gewinne!«

»Weil Sie es so wollen: Auf dass der Bessere gewinne!«
Er verschwand im Treppenhaus.

60. Aufbruch zum Kreuzzug

Erschöpft tritt der Regen den Rückzug an. Er weicht an allen Fronten zurück. Auch ihm droht ein Raubtier. Es heißt Sonne. Die alte Verbündete der Ameisenzivilisation hat lange auf sich warten lassen, ist aber trotzdem noch rechtzeitig eingetroffen. Schnell hat sie die klaffenden Wunden des Himmels wieder zugeklebt. Der obere Ozean tropft nicht mehr auf die Welt.

Die dem Unglück entronnenen Belokanerinnen kriechen heraus, um sich zu trocknen und aufzuwärmen. Ein Regen ist wie ein Winterschlaf, bei dem die Kälte durch Nässe ersetzt wird. Nur noch schlimmer. Die Kälte schläfert einen ein, aber die Nässe bringt einen um!

Draußen wird dem siegreichen Gestirn gehuldigt. Einige stimmen die alte Ruhmeshymne an:

Sonne, durchdringe unsre hohlen Panzer
Bewege unsre schmerzenden Muskeln
Und vereine unsre ungleichen Gedanken.

Überall in der Stadt wird das Duftlied aufgenommen. Bel-o-kan hat dennoch eine ganz gehörige Tracht Prügel abbekommen. Das bisschen, was noch von der Kuppel übrig ist, zermalmt von der Wucht der Hagelkörner, speit kleine klare Wasserstrahlen mit schwarzen Klümpchen aus: mit den Leichen der Ertrunkenen.

Die Nachrichten, die aus den anderen Städten eintreffen, sind auch nicht gerade erhebend. Ein Wolkenbruch soll also genügt haben, um die stolze Föderation der roten Ameisen im Wald zu vernichten? Ein schlichter Regen, um ein ganzes Reich auszulöschen?

Die Ruine der Kuppel gibt ein Solarium frei, wo die Kokons nur noch nasse Kügelchen sind, die in einer Schlammsuppe schwimmen. Und wie viele Ammen haben den Tod gefunden, als sie die Kleinen zwischen ihren Beinen schützen wollten? Einige haben es geschafft, die Ihren zu retten, indem sie sie mit den Beinspitzen über ihre Köpfe hochgehalten haben.

Die wenigen Überlebenden unter den Pförtnerinnen schälen sich aus den Eingängen zur Verbotenen Stadt. Fassungslos betrachten sie das Ausmaß der Katastrophe. Selbst Chli-pu-ni ist über das Ausmaß der Schäden bestürzt.

Wie soll man unter diesen Umständen etwas Festes bauen? Wozu die ganze Intelligenz, wenn ein wenig Wasser genügt, um die Welt in den Zustand der ersten Tage der Ameisenzivilisation zurückzuversetzen?

Auch Nr. 103 683 und die Rebellinnen verlassen ihre Deckung. Die Soldatin eilt sogleich zu ihrer Königin.

Nach allem, was passiert ist, werden wir wohl auf unseren Kreuzzug gegen die Finger verzichten müssen.

Chli-pu-ni hält inne, wägt das Pheromon ab. Dann bewegt sie ruhig die Antennen, antwortet mit Nein; der Kreuzzug gehöre zu den vordringlichen Projekten, die durch nichts in Frage gestellt werden dürften. Sie fügt hinzu, dass ihre Elitetruppen, die im Inneren des Baumstumpfs der Verbotenen Stadt einquartiert sind, unversehrt geblieben, und dass auch Rhinozeroskäfer in Reserve gehalten worden seien.

Wir müssen die Finger töten, und wir werden es tun.

Es bestehe jedoch ein Größenunterschied: Anstatt achtzigtausend Soldatinnen werde Nr. 103 683 nur noch … dreitausend zur Verfügung haben. Geringere Mannschaftsstärken, gewiss, aber altgedient und kampfbereit. Ebenso werde es statt der ursprünglich vorgesehenen vier Geschwader fliegender Koleopter nur eines geben, dreißig Kopf stark, aber das sei besser als gar nichts.

Dem stimmt Nr. 103 683 zu und legt zum Zeichen ihres Einverständnisses die Antennen nach hinten. Dennoch bleibt sie hinsichtlich des Schicksals, das die dürftige Expedition erwartet, pessimistisch.

Daraufhin zieht Chli-pu-ni sich zurück und setzt ihre Inspektion fort. Manche Sperren haben gehalten und damit ganze Viertel gerettet. Doch die Verluste sind ungeheuerlich, und vor allem die Kokons und die nächste Generation sind dezimiert worden. Chli-pu-ni beschließt, ihren Legerhythmus zu steigern, um ihre Stadt schnellstmöglich wieder zu bevölkern. Sie hat noch Millionen von frischen Spermatozoen in ihrer Spermathek.

Und da nun einmal Eier gelegt werden müssen, wird sie welche legen.

Überall in Bel-o-kan wird repariert, gefüttert, eine Analyse der Schäden erstellt, nach Lösungen gesucht.

So leicht geben die Ameisen sich nicht geschlagen.

61. Steinöl

In seinem Zimmer im Hotel Bellevue untersuchte Professor Maximilien MacHarious den Inhalt des Reagenzglases. Die Substanz, die Caroline Nogard ihm übergeben hatte, hatte sich in eine schwarze Flüssigkeit verwandelt, die wie Steinöl aussah.

Es klingelte. Die beiden Besucher wurden erwartet. Es handelte sich um ein äthiopisches Forscherehepaar, Gilles und Suzanne Odergin.

»Alles in Ordnung?«, fragte der Mann sofort.

»Alles läuft genau nach Plan«, antwortete Professor MacHarious ruhig.

»Sind Sie sicher? Bei den Saltas geht keiner mehr ans Telefon.«

»Ach was! Die sind wahrscheinlich in Urlaub gefahren.«

»Caroline Nogard geht auch nicht mehr ans Telefon.«

»Sie haben alle so schwer gearbeitet! Es ist doch normal, dass sie sich ein wenig Ruhe gönnen wollen.«

»Ein wenig Ruhe?«, spottete Suzanne Odergin.

Sie öffnete ihre Handtasche und schwenkte mehrere Zeitungsausschnitte, die vom Tod der Brüder Salta und Caroline Nogards berichteten.

»Lesen Sie denn nie Zeitung, Professor MacHarious? Die Presse bezeichnet diese Fälle bereits als ›Thriller des Sommers‹! Heißt das bei Ihnen ›nach Plan‹?«

Der rothaarige Professor schien durch diese Neuigkeit nicht sonderlich beunruhigt. »Wo gehobelt wird, fallen Späne.«

Die Äthiopier waren eindeutig höchst beunruhigt.

»Hoffen wir nur, dass wir die Sache hinter uns bringen, ehe wir all unser Holz verraspelt haben.«

MacHarious lächelte. Er zeigte ihnen das Reagenzglas auf der Matratze.

»Da ist es, unser Meisterstück.«

Gemeinsam bewunderten sie die schwarze Flüssigkeit mit den bläulichen Reflexen. Professor Odergin steckte das kostbare Fläschchen unsagbar vorsichtig in die Innentasche seiner Jacke.

»Ich weiß nicht, was los ist, MacHarious, aber seien Sie trotzdem vorsichtig.«

»Machen Sie sich keine Sorgen. Meine beiden Windhunde passen schon auf mich auf.«

»Ihre Windhunde!«, rief die Frau aus. »Die haben nicht mal gebellt, als wir gekommen sind. Schöne Wachhunde!«

»Weil sie heute Abend nicht hier sind. Der Tierarzt hat sie zu einer Untersuchung dabehalten. Aber morgen sind sie wieder zurück, um mich zu behüten, meine treuen Beschützer.«

Die Äthiopier verabschiedeten sich. Erschöpft legte Professor MacHarious sich schlafen.

62. Die Rebellinnen

Die entkommenen Rebellinnen haben sich in der Umgebung von Bel-o-kan unter einer Erdbeerblüte versammelt. Deren Fruchtaroma wird ihre Unterhaltung verwischen, falls eine dreiste Antenne hier in der Gegend herumschnüffeln sollte. Nr. 103 683 hat sich der Gruppe angeschlossen. Sie fragt, was sie jetzt zu tun gedächten, die paar wenigen, die noch da seien.

Ihre Führerin, eine Ungläubige, antwortet ihr: *Wir sind nur wenige, aber wir wollen die Finger nicht sterben lassen. Wir werden uns noch mehr anstrengen, um sie zu versorgen.*

Die Antennen heben sich der Reihe nach, um ihre Zustimmung zu signalisieren. Die Flut hat ihre Entschlossenheit nicht untergraben.

Eine Gottgläubige wendet sich an Nr. 103 683 und zeigt auf den Schmetterlingskokon: *Du musst jetzt los. Deswegen. Geh mit diesem Kreuzzug ans Ende der Welt. Es muss sein, für die Mission Merkur.*

Versuch ein Fingerpaar mitzubringen, verlangt eine andere, *wir wollen sie hegen, um zu sehen, ob sie sich in der Gefangenschaft vermehren.*

Nr. 24, die Jüngste in der Gruppe, will mit Nr. 103 683 mitkommen. Sie wolle die Finger sehen, sie riechen, sie berühren. Doktor Livingstone genüge ihr nicht. Er sei nur ein Dolmetscher. Sie wolle direkten Kontakt zu den Göttern, selbst wenn sie dann nur ihrer Vernichtung beiwohnen könne. Sie bleibt beharrlich. Sie könne Nr. 103 683 nützlich werden, zum Beispiel dadurch, dass sie sich während der Schlachten um den Kokon kümmere.

Für die anderen Rebellinnen eine offenbar überraschende Kandidatin.

Warum? Was ist denn an dieser Ameise so besonders?, fragt Nr. 103 683.

Die junge Geschlechtslose lässt die anderen nicht antworten und besteht darauf, die Soldatin auf ihrer neuen Odyssee zu begleiten.

Nr. 103 683 nimmt ihre Hilfe an, ohne weitere Fragen zu stellen. Sie spürt an deren Ausdünstungen, dass an dieser Nr. 24 eigentlich nichts Schlechtes ist. Während der Reise wird sie noch reichlich Gelegenheit haben, den »Makel« herauszubekommen, weshalb ihre Genossinnen sie nicht ernst nehmen.

Doch jetzt verlangt auch noch eine zweite Rebellin, mit auf die Reise gehen zu dürfen. Es ist die ältere Schwester von Nr. 24: Nr. 23.

Nr. 103 683 beschnuppert sie und stimmt zu. Diese Freiwilligen werden ihr willkommene Verbündete sein.

Der Kreuzzug solle am nächsten Morgen mit dem ersten Sonnenstrahl aufbrechen. Die beiden bräuchten bloß hier auf sie zu warten.

63. Leben und Tod von MacHarious

Professor Maximilian MacHarious war sich sicher, ein Geräusch gehört zu haben, unter seiner Bettdecke. Etwas hatte ihn aus seinem Schlaf gerissen, und jetzt blieb er liegen, reglos, mit gespannten Nerven. Schließlich schaltete er seine Nachttischlampe ein und beschloss, aufzustehen. Kein Zweifel, die Decke vibrierte aufgrund winziger Erschütterungen.

Ein Wissenschaftler seines Kalibers wird sich doch nicht so leicht einschüchtern lassen. Auf allen vieren und mit dem Kopf voraus tauchte er wieder unter seine Laken. Erst lächelte er, halb belustigt, halb neugierig, als er entdeckte, durch was diese Erschütterungen hervorgerufen worden waren. Aber als Es ihn ansprang, eingezwängt, wie er in seiner Höhle aus Stoff war, hatte er nicht einmal mehr die Zeit, sich das Gesicht zuzudecken.

Wenn sich in diesem Augenblick jemand in dem Zimmer befunden hätte, hätte er glauben können, das Bett würde von einer Liebesnacht durchgerüttelt.

Aber es war keine Liebesnacht. Es war eine Todesnacht.

64. ENZYKLOPÄDIE

Mutation Als die Chinesen Tibet annektierten, siedelten sie dort chinesische Familien an, um zu beweisen, dass in dem Land auch Chinesen lebten. Aber der geringe Luftdruck in Tibet ist schwer auszuhalten. Er führt bei denen, die nicht an ihn gewöhnt sind, zu Schwindelanfällen und Ödemen. Und durch ein unerklärliches physiologisches Rätsel stellte sich heraus, dass die chinesischen Frauen dort nicht gebären konnten, während die tibetanischen Frauen in den höchstgelegenen Dörfern problemlos niederkamen. Alles war so, als würde die tibetanische Erde die Eindringlinge als organisch ungeeignet zurückweisen.

EDMOND WELLS
Enzyklopädie des relativen und absoluten Wissens, Bd. 2

65. DER LANGE MARSCH

Beim Morgengrauen beginnen die Soldatinnen, sich dort zu drängeln, wo einst das Osttor Nr. 2 gewesen ist und jetzt nur noch ein Haufen nasser und zerstreuter Halme liegt.

Diejenigen, denen kalt ist, machen kleine Streckübungen mit den Beinen, um sie zu lockern und sich aufzuwärmen. Andere wetzen ihre Mandibeln oder üben Kampfaufstellungen und Finten.

Schließlich geht die Sonne über der Armee auf und lässt ihre Panzer funkeln. Die Stimmung steigt. Alle wissen, dass sie einen großen Augenblick erleben.

Da erscheint Nr. 103 683. Viele erkennen und begrüßen sie. Die Soldatin wird von den beiden Rebellinnenschwestern flankiert. Nr. 24 trägt den Schmetterlingskokon, durch den verschwommen etwas Dunkles schimmert.

Was ist denn das, der Kokon da?, fragt eine Kriegerin.

Nahrung, nichts als Nahrung, antwortet Nr. 24.

Jetzt kommen auch die Nashornkäfer. Auch wenn es nur noch dreißig sind, verfehlen sie ihre Wirkung nicht! Alles drängt sich, um sie aus der Nähe zu betrachten. Man will sie abheben sehen, aber sie erklären, dass sie sich nur aufschwingen, wenn es wirklich erforderlich ist. Im Augenblick werden sie marschieren wie alle anderen auch.

Alles zählt durch, spricht sich Mut zu, beglückwünscht sich, füttert sich. Verteilung von Honigtau und Beinstückchen ertrunkener Läuse, die aus den Trümmern gefischt wurden. Bei den Ameisen wird nichts weggeworfen. Auch tote Eier und Larven werden verspeist. Nass wie Schwämme kreisen die Fleischstücke zwischen den Reihen, werden ausgewrungen, dann gierig verzehrt.

Kaum ist dieser kalte Imbiss eingenommen, fordert von irgendwoher ein Signal die Menge auf, sich in Marschordnung aufzustellen. Auf zum Kreuzzug gegen die Finger!

Abmarsch.

Die Ameisen setzen sich in einem langen Zug in Bewegung. Bel-o-kan schickt seinen bewaffneten Arm nach Osten. Die Sonne verbreitet allmählich eine angenehme Wärme. Soldatinnen stimmen die alte Dufthymne an:

Sonne, durchdringe unsre hohlen Panzer,
Bewege unsre schmerzenden Muskeln
Und vereine unsre ungleichen Gedanken.

Rundherum fallen alle ein:

Wir sind alle Sonnenstaub,
Mögen die Lichtperlen unsere Gedanken erfüllen
Wie auch unsere Gedanken eines Tages Perlen des Lichts sind.
Wir bestehen alle aus Wärme.
Wir sind alle Sonnenstaub.
Möge die Erde uns den rechten Weg weisen!
Wir durchqueren sie in allen Richtungen, bis wir den Ort finden,
an dem wir nicht mehr weiterzugehen brauchen.
Wir sind alle Sonnenstaub.

Die Söldnerinnen von den Stachelameisen kennen die Pheromone der Worte nicht. Darum begleiten sie den Gesang dadurch, dass sie mit ihren Hinterleibstielchen kratzen. Um ihre Musik zu erzeugen, bewegen sie die Chitinspitze ihres Thorax auf dem gestreiften Abschnitt an ihrem untersten Hinterleibsring. So bringen sie einen Ton hervor, der an das Zirpen der Grillen erinnert, aber trockener und nicht so klangvoll ist.

Als das Kriegslied zu Ende ist, marschieren die Ameisen schweigend los. Von Gleichschritt kann zwar keine Rede sein, doch ihre Herzen schlagen alle im gleichen heftigen Rhythmus.

Alle denken sie an die Finger und die schrecklichen Sagen, die sie über diese Ungetüme gehört haben. Aber in solcher Gemeinschaft kommen sie sich allmächtig vor und schreiten frohgemut voran. Selbst der aufkommende Wind scheint entschlossen, den großen Kreuzzug voranzutreiben und ihm die Aufgabe zu erleichtern.

An der Spitze des Zugs schnüffelt Nr. 103 683 an den Gräsern und Zweigen, die über ihren Fühlern vorbeistreifen.

Überall um sie herum findet sich der Geruch. Die Tierchen, die verängstigt flüchten, die bunten Blumen, die sie mit ihren verführerischen Düften anzulocken versuchen, die düsteren Stämme, die sicherlich feindliche Kommandos verbergen, die Adlerfarne voller Feuerwanzen …

Ja, alles ist da. Wie beim ersten Mal. Alles ist von diesem einzigartigen Duft markiert: dem Duft des großen Abenteuers, das jetzt beginnt!

66. Enzyklopädie

Parkinson'sches Gesetz Das Parkinson'sche Gesetz (das nichts mit der gleichnamigen Krankheit zu tun hat) besagt, dass ein Unternehmen, je größer es wird, umso mittelmäßigere, aber nichtsdestoweniger überbezahlte Leute einstellt. Warum? Ganz einfach, weil die vorhandenen Führungskräfte Angst davor haben, dass Konkurrenten an die Macht kommen. Die beste Art und Weise, sich gefährliche Rivalen vom Leib zu halten, besteht darin, unfähige Mitarbeiter einzustellen. Die beste Art und Weise, bei ihnen jeglichen Versuch zu unterdrücken, Wellen zu schlagen, ist, sie zu gut zu bezahlen. So kann sich die herrschende Kaste stets in ruhiger Gewissheit wiegen.

EDMOND WELLS

Enzyklopädie des relativen und absoluten Wissens, Bd. 2

67. EIN NEUES VERBRECHEN

»Professor Maximilian MacHarious war eine Kapazität an der Fakultät für Chemie der Universität von Arkansas. Er war zu einem Besuch in Frankreich und seit einer Woche in diesem Hotel abgestiegen«, berichtete Inspektor Cahuzacq, in seiner Akte blätternd.

Jacques Méliès ging im Zimmer umher und machte Notizen.

Ein Wachpolizist streckte den Kopf zur Tür herein: »Eine Journalistin vom *Echo am Sonntag* möchte Sie sehen, Kommissar. Soll ich sie hereinlassen?«

»Ja.«

Laetitia Wells kam herein, wie immer toll aussehend in einem ihrer Kostüme aus schwarzer Seide.

»Guten Tag, Kommissar.«

»Guten Tag, Mademoiselle Wells! Was führt Sie denn Schönes hierher? Ich dachte, wir sollten jeder für sich arbeiten, auf dass der Bessere gewinne.«

»Das hindert uns doch nicht, uns gleichzeitig am Schauplatz des Rätsels aufzuhalten. Schließlich analysieren wir doch auch jeder auf seine Art das Problem, wenn wir ›Denkfalle‹ schauen … Also, haben Sie die Phiolen des LAC begutachten lassen?«

»Ja. Laut Labor könnte es sich um ein Gift handeln. Es ist eine ganze Menge Zeug drin, von dem ich den Namen wieder vergessen habe. Eines giftiger als das andere. Man kann alle möglichen Insektizide daraus herstellen, haben sie gesagt.«

»Na schön, Kommissar, jetzt wissen Sie genauso viel darüber wie ich. Und die Autopsie von Caroline Nogard?«

»Herzstillstand. Zahlreiche innere Blutungen. Immer das gleiche Lied.«

»Hmm … Und der da? Noch so ein Schrecken?«

Der rothaarige Forscher lag auf dem Bauch. Sein Kopf war den Besuchern zugewandt, als wolle er sein verblüfftes und entsetztes Zeugnis ablegen. Die Augen waren herausgequollen, der Mund hatte irgendwelchen widerwärtigen Schleim ausgespien, der jetzt in dem langen Bart klebte, die Ohren bluteten noch … Eine merkwürdige weiße Haarsträhne hing ihm über die Stirn; da war zu klären, ob der Mann sie schon vor seinem Tod gehabt hatte. Méliès fiel außerdem auf, dass er die Hände auf den Unterleib gepresst hielt.

»Wissen Sie, wer das ist?«, fragte er.

»Unser neues Opfer ist oder vielmehr war Professor Maximilian MacHarious, ein weltweit anerkannter Spezialist für Insektizide.«

»Ja genau, für Insektizide … Wer könnte ein Interesse daran haben, brillante Erfinder von Insektiziden zu ermorden?«

»Eine Liga zum Schutz der Natur?«, meinte Laetitia.

»Sicher, und warum nicht gleich die Insekten selbst?«, spottete Méliès.

Laetitia schüttelte ihren braunen Pony.

»Warum eigentlich nicht? Nur, dass bloß die Menschen Zeitung lesen!«

Sie hielt ihm einen Zeitungsausschnitt hin, in dem die Ankunft von Professor MacHarious in Paris gemeldet wurde – er wollte an einem Seminar über die weltweiten Probleme mit Insektenplagen teilnehmen. Es war sogar angegeben, dass er im Hotel Bellevue wohnte.

Jacques Méliès las den Artikel und gab ihn Cahuzacq, der ihn in seine Akte legte. Dann begann er, das Zimmer akribisch zu durchkämmen. Laetitias Anwesenheit stachelte ihn an, seine handwerkliche Sorgfalt unter Beweis zu stellen. Wieder keine Waffe, keine Einbruchsspuren, keine Fingerabdrücke auf den Fensterscheiben, keine erkennbaren Verletzungen. Wie bei den Saltas, wie bei Caroline Nogard: nicht der geringste Anhaltspunkt.

Und auch hier war die »erste Abteilung« der Fliegen nicht vorbeigekommen. Der Mörder musste also noch fünf Minuten in der Nähe des Toten geblieben sein, als würde er über die Leiche wachen oder das Zimmer von jeder verräterischen Spur säubern.

»Haben Sie etwas gefunden?«, fragte Cahuzacq.

»Die Fliegen haben wieder Angst gehabt.«

Der Inspektor wirkte verwirrt. Laetitia erkundigte sich: »Die Fliegen? Was haben die Fliegen damit zu tun?«

Der Kommissar war sichtlich befriedigt, wieder ein wenig in Führung zu gehen, und hielt ihr einen kleinen Vortrag über die Fliegen: »Der Gedanke, bei der Lösung von Kriminalfällen die Fliegen zu Hilfe zu nehmen, stammt von einem gewissen Professor Brouardel. Im Jahr 1890 wurde in einem Pariser Kaminschacht ein völlig eingeräucherter Fötus entdeckt. In der Wohnung hatte es in den letzten Monaten mehrere Mieterwechsel gegeben. Wer davon hatte den kleinen Leichnam versteckt? Brouardel löste das Rätsel. Er entdeckte im Mund des Opfers Fliegeneier, bestimmte ihren Reifegrad und konnte so auf eine Woche genau das Datum feststellen, an dem der Fötus in den Kamin gelegt worden war. Die Schuldigen konnten festgenommen werden.«

Die schöne Journalistin konnte ihren Ekel nicht verbergen, was Méliès ermunterte, genauso fortzufahren: »Ich selbst habe dank dieser Methode einmal herausgefunden, dass ein in seiner Schule tot aufgefundener Lehrer tatsächlich im Wald ermordet worden war, ehe man ihn ins Klassenzimmer gebracht hatte, um so einen Rachemord durch einen Schüler vorzutäuschen. Die Fliegen sind auf ihre Weise zu Zeugen geworden. Die an der Leiche entdeckten Larven stammten eindeutig von einer Fliegenart, die in Waldgebieten lebt.«

Laetitia dachte daran, dass diese Theorie ihr eines Tages als Thema für einen Artikel gerade recht kommen könnte.

Mit seinem Vortrag zufrieden, ging Méliès zum Bett zurück. Mittels seiner Leuchtlupe fand er schließlich ein winziges, vollkommen quadratisches Loch unten an der Schlafanzughose des Opfers. Die Journalistin hatte sich neben ihn gestellt. Nach kurzem Zögern sagte er schließlich zu ihr: »Sehen Sie dieses kleine Loch? Genau das gleiche habe ich auf der Jacke von einem der Saltas gesehen. Genau dieselbe Form …«

SSSsssssssssss …

Dieses typische Geräusch klang dem Kommissar in den Ohren. Er schaute zur Decke hoch und bemerkte dort eine Fliege. Sie machte ein paar Schritte, hob ab und kreiste dann über ihren Köpfen. Ein Polizist, den das Geräusch störte, wollte sie verscheuchen, aber der Kommissar hielt ihn davon ab. Er verfolgte sie mit seinem Blick und wollte wissen, wo sie sich hinsetzte.

»Sehen Sie!«

Nach mehrmaligem Kreisen, das die Geduld aller Polizisten und der Journalistin strapazierte, landete die Fliege schließlich auf dem Hals der Leiche. Dann glitt sie unter sein Kinn. Sie verschwand unter Professor MacHarious.

Jacques Méliès ging neugierig näher und drehte die Leiche um, um zu sehen, wohin die Fliege krabbelte.

Da sah er das Geschriebene.

Professor MacHarious hatte mit letzter Kraft seinen Zeigefinger in das Blut getaucht, das aus seinen Ohren lief, um ein Wort auf die Bettdecke zu schreiben. Danach war er darüber zusammengebrochen, vielleicht, um zu verhindern, dass der Mörder die Botschaft sah, vielleicht, weil er in diesem Moment sein Leben aushauchte …

Alle Anwesenden kamen näher, um die sieben Buchstaben zu lesen.

Die Fliege war dabei, mit ihrem Rüssel das Blut aufzusaugen, das den ersten Buchstaben bildete: »A«. Als sie mit ihrer Vorspeise fertig war, schlürfte sie das »M«, das »E«, das »I«, das »S«, das »E« und das »N«.

68. Ein Brief an Laetitia

Laetitia, meine Tochter, mein Schatz,
verurteile mich nicht.

Ich habe es nicht ausgehalten, nach dem Tod Deiner Mutter bei Dir zu bleiben, denn jedes Mal, wenn ich Dich ansah, sah ich sie, und das war wie ein Stoß mit einem glühenden Messer in mein Herz.

Ich gehöre nicht zu den standhaften Menschen, die nichts erschüttert und die die Zähne zusammenbeißen, wenn es stürmt. In solchen Augenblicken neige ich eher dazu, alles aufzugeben und mich wie ein abgestorbenes Blatt treiben zu lassen.

Ich weiß, ich habe mich für das entschieden, was im Allgemeinen als das feigste Verhalten gilt: die Flucht. Doch nichts anderes hätte uns, Dich und mich, retten können.

Du wirst also allein aufwachsen, Du wirst Dich selber erziehen, Du wirst in Dir die Kraft und den Schutz finden müssen, die Dich weiterbringen. Das ist nicht die schlechteste Schule, im Gegenteil. Im Leben ist man immer allein, und je früher man sich darüber klar wird, desto besser erträgt man es.

Finde Deinen Weg.

Niemand in meiner Familie weiß etwas von Deiner Existenz. Mein kostbarstes Geheimnis habe ich immer zu wahren verstanden. Wenn Du diesen Brief bekommst, bin ich sicherlich schon tot. Es hat also keinen Zweck, nach mir zu suchen. Ich habe meine Wohnung meinem Neffen Jonathan vermacht. Geh nicht dorthin, sprich nicht mit ihm, fordere nichts.

Dir hinterlasse ich ein ganz anderes Erbe. Den gewöhnlichen Sterblichen mag dieses Geschenk wertlos erscheinen. Es ist jedoch höchst kostbar für einen neugierigen und unternehmungslustigen Verstand. Und was das betrifft, vertraue ich auf Dich.

Es handelt sich um die Pläne für eine Maschine, die es ermöglicht, die Duftsprache der Ameisen zu entschlüsseln. Ich habe sie »Stein der Weisen« getauft, weil sie eine einzigartige Möglichkeit darstellt, eine

Brücke zwischen zwei Arten, zwei Zivilisationen zu bauen, die beide hoch entwickelt sind.

Kurz gesagt: Diese Maschine ist ein Übersetzer. Durch ihr Verfahren können wir die Ameisen nicht nur verstehen, sondern auch mit ihnen sprechen. Mit den Ameisen reden! Begreifst Du, was das heißt?

Ich habe sie noch kaum benutzt, aber sie eröffnet mir bereits so viele wunderbare Perspektiven, dass der Rest Leben, der mir noch bleibt, nicht dafür ausreichen wird.

Setze mein Werk fort. Trage den Stab weiter. Später wirst Du ihn an einen anderen Menschen Deiner Wahl weiterreichen, damit diese Vorrichtung nie in Vergessenheit gerät. Aber handle mit allerhöchster Vorsicht: Es ist noch zu früh dafür, dass die Intelligenz der Ameisen den Menschen im vollen Licht erscheint. Sprich nur mit denen davon, die Dir nützlich sein können, um auf Deinem Weg voranzukommen.

Vielleicht ist es meinem Neffen Jonathan inzwischen gelungen, den Prototyp zu bedienen, den ich im Keller zurückgelassen habe. Ich bezweifle es, ehrlich gesagt, aber es spielt keine Rolle.

Was Dich angeht, so denke ich, dass dieser Weg, wenn er Dich anspricht und Dir das Ganze nicht gleichgültig ist, erstaunliche Überraschungen für Dich bereithält.

Meine Tochter, ich liebe Dich,

Edmond Wells

P.S. Anbei die Pläne für den Stein der Weisen.
P.P.S. Anbei auch der zweite Band meiner Enzyklopädie des relativen und absoluten Wissens. *Unten im Keller meiner Wohnung gibt es ein weiteres Exemplar davon. Dieses Werk versucht, alle Bereiche des Wissens abzudecken, natürlich mit einem Schwerpunkt auf der Entomologie. Die* Enzyklopädie des relativen und absoluten Wissens *ist eine Fundgrube. Jeder entdeckt dort, was er gesucht hat. Jeder Leser zieht einen anderen Sinn daraus, denn die* Enzyklopädie *findet ihren Widerhall im Leben des Lesers und passt sich seiner eigenen Weltsicht an.*

Betrachte sie als einen Führer, einen Freund, den ich Dir hiermit schicke.

P.P.P.S. Weißt Du noch, dass ich Dir, als du klein warst, ein Rätsel gestellt habe? Ich habe Dich gefragt, wie man aus sechs Streichhölzern zu vier gleichseitigen Dreiecken kommt. Ich hatte Dir einen Satz genannt, um Dir bei der Lösung zu helfen: »Man muss anders denken.« Du hast eine gewisse Zeit gebraucht, aber schließlich hast du die Lösung gefunden. Sich der dritten Dimension öffnen. Anders als nur in der Fläche denken. Ich will Dir noch ein Rätsel stellen, das den zweiten Schritt bedeutet. Kannst Du, wieder mit sechs Streichhölzern, nicht vier, sondern sechs gleichseitige Dreiecke bilden? Dieser zweite Satz, der Dir bei der Lösung helfen soll, scheint auf den ersten Blick in Widerspruch zum ersten zu stehen. Hier ist er: »Man muss genauso denken wie der andere.«

69. Der Marsch von zwanzigtausend Meilen

Der Kreuzzug rückt voran, der Wald verändert sich. Stellenweise hat die Erosion des Kalks es den Sandsteinblöcken ermöglicht, wie Milchzähne hervorzuragen. Heidekraut, Moose und Farndschungel wechseln miteinander ab.

Von der Affenhitze im August stimuliert, erreichen sie in Rekordzeit die östlichen Außenposten der Föderation: Liviukan, Zubi-zubikan, Zedi-bei-nakan … Überall bietet man ihnen Kokons voller Honigtau, Heuschreckenschinken, mit Getreide gefüllte Grillenköpfe an. In Zubi-zubi-kan wird ihnen sogar eine Herde von hundertsechzig Läusen zum Melken auf der Reise dargebracht.

Und dann ist von den Fingern die Rede. Alle reden davon. Wer hat nicht schon Zwischenfälle mit den Fingern erlebt? Ganze Expeditionen wurden platt gedrückt aufgefunden.

Die Stadt Zubi-zubi-kan war ihnen jedoch noch nie direkt ausgesetzt. Die Zubizubikanerinnen würden liebend gern den Kreuzzug verstärken, aber die Jagdsaison auf Marienkäfer fange bald an, und im Übrigen bräuchten sie alle verfügbaren Mandibeln, um ihre riesigen Viehherden zu schützen.

In Zedi-bei-nakan, der folgenden Etappe, einer herrlichen Stadt in den Wurzeln einer Buche, ist man nicht so knauserig. Tapfer wird eine Legion Artilleristinnen aufgestellt, die mit der neuen sechzigprozentigen Supersäure ausgestattet sind. Und dazu bekommen sie noch zwanzig Kokonamphoren, die randvoll mit dieser Munition sind.

Auch hier haben die Finger Schäden angerichtet. Mit riesigen Nadeln haben sie Zeichen in die Baumrinde geschnitzt. Der Buche ist das sehr schlecht bekommen, und sie hat angefangen, einen giftigen Saft abzusondern, der sie beinahe alle umgebracht hätte. Die Zedibeinakanerinnen mussten ausziehen, bis die Rinde vernarbt war.

Und wenn die Finger Wohltäter wären, deren Taten wir nicht begreifen können?

Die naive Zwischenfrage von Nr. 24 wird mit fassungslosem Staunen aufgenommen. Wie kann man bei einem Kreuzzug gegen die Finger eine solche Bemerkung von sich geben?

Nr. 103 683 eilt der vorlauten Kameradin zu Hilfe. Sie erklärt, dass man in Bel-o-kan keine Bedenken habe, alle Möglichkeiten in Betracht zu ziehen, eine Übung, deren Ziel darin bestehe, sich nie vom Feind überrumpeln zu lassen.

Eine Belokanerin bringt den Zedibeinakanerinnen das neueste Evolutionslied bei, das Mutter Chli-pu-ni aus Anlass des Kreuzzuges komponiert hat:

Die Wahl Deines Feindes bestimmt Deinen Wert.
Wer eine Eidechse bekämpft, wird zur Eidechse,
Wer einen Vogel bekämpft, wird zum Vogel,
Wer eine Spinne bekämpft, wird zur Spinne.

Und wird, wer einen Gott bekämpft, zum Gott?, fragt sich Nr. 103 683.

Jedenfalls entzückt das Liedchen die Zedibeinakanerinnen. Viele fragen die Kreuzzüglerinnen nach den Errungenschaften der Evolution, die ihre Königin eingeführt hat. Die Belokanerinnen lassen sich nicht zweimal bitten und erzählen, wie ihre Stadt es geschafft hat, die Nashornkäfer zu bändigen, die plötzlich zu gefeierten Stars werden. Sie sprechen vom Weitertransport auf den Binnenkanälen, von den neuen Waffen, den neuen landwirtschaftlichen Methoden und den baulichen Veränderungen im Inneren der Stadt.

Wir wussten gar nicht, dass die Evolutionäre Bewegung ein solches Ausmaß angenommen hat, meint die Königin Zedi-bei-nikiuni.

Natürlich lässt keine einen Mucks von den Verheerungen des jüngsten Wolkenbruchs verlauten noch von der Existenz der Pro-Finger-Bewegung im Herzen der Stadt.

Die Zedibeinakanerinnen sind wirklich beeindruckt. Wenn man bedenkt, dass sich noch vor einem Jahr die fortschrittlichsten Techniken der Ameisen auf die Läusezucht, den Anbau von Pilzen und die Vergärung von Honigtau beschränkt haben!

Schließlich erörtern die Ameisen den eigentlichen Kreuzzug. Nr. 103 683 erläutert, dass die Armee den Fluss überqueren, das Ende der Welt überwinden und von da an so breit wie möglich ausschwärmen werde, um keinem Finger Zeit zum Türmen zu lassen.

Die Königin Zedi-bei-nikiuni fragt sich, ob die dreitausend Soldatinnen der Hauptstadt reichen, um alle Finger der Welt auszurotten. Nr. 103 683 gibt zu, selber durchaus Zweifel zu hegen, und das trotz der Unterstützung durch die Fluglegion.

Die Königin Zedi-bei-nikiuni denkt nach, dann erklärt sie sich bereit, dem Kreuzzug eine Legion leichter Kavallerie zur Verfügung zu stellen. Das sind Soldatinnen auf langen Beinen, die extrem schnell laufen und sicher dazu in der Lage sind, flüchtige Finger einzuholen.

Dann spricht die Königin von etwas anderem. Von den Übergriffen einer neuen Stadt. Einer Ameisenstadt? Nein, einer Bienenstadt, dem Stock Askolein, der früher Goldstock hieß. Die Stadt sei ganz in der Nähe errichtet worden, im vierten Baum rechts von der großen, bemoosten Eiche. Es sei normal, dass sie dort ihre Pollen ernten würden. Ganz und gar nicht normal sei es dagegen, dass sie nicht zögerten, gelegentlich Ameisenkonvois anzugreifen. Dieses Piratentum wäre bei Wespen keine Überraschung. Aber bei Bienen erscheine es recht beunruhigend.

Zedi-bei-nikiuni geht so weit zu glauben, dass diese Bienen Expansionsgelüste hegen. Sie attackierten die Konvois in immer größerer Nähe zu deren Mutterstadt. Die Ameisen hätten große Mühe, sie zurückzuschlagen. Meistens würden sie aus Angst vor einem Stoß mit dem Giftstachel lieber ihre Beute fahren lassen.

Stimmt es, dass die Bienen sterben, sobald sie zugestochen haben?, fragt ein Nashornkäfer.

Alle sind überrascht, dass ein Käfer sich so direkt an Ameisen wendet, aber da er ja schließlich auch an dem Kreuzzug teilnimmt, lässt eine Zedibeinakanerin sich dazu herab, ihm zu antworten: *Nein, nicht immer. Sie sterben nur, wenn sie ihren Stachel zu tief hineinstoßen.*

Noch ein entzauberter Mythos.

Es ist eine Menge nützlicher Informationen ausgetauscht worden, aber schon bricht die Nacht herein. Die Belokanerinnen danken der Stadt Zedi-bei-nakan für die großzügig gewährte Verstärkung. Die beiden Völkerscharen tauschen zahlreichen Trophallaxen aus. Gemeinsam waschen sie sich die Antennen, ehe die Kälte alle zu einem Pflichtschlaf ruft.

70. Enzyklopädie

Ordnung Ordnung gebiert Unordnung, Unordnung gebiert Ordnung. Theoretisch besteht, wenn man ein Ei verquirlt, um ein Omelett zuzubereiten, eine unendlich geringe Wahrscheinlichkeit, dass das Omelett wieder die Form des Eis annimmt, aus dem es hervorgegangen ist. Doch diese Wahrscheinlichkeit besteht. Und je mehr Unordnung man in dieses Omelett bringt, umso mehr vervielfachen sich die Chancen, die Ordnung des ursprünglichen Eis wiederzugewinnen.

Die Ordnung ist also nur eine Kombination aus Unordnungen. Je weiter sich unser geordnetes Universum ausbreitet, umso mehr gerät es in Unordnung. Eine Unordnung, die, sich ihrerseits ausbreitend, neue Ordnungen gebiert, bei denen es keineswegs ausgeschlossen ist, dass eine mit der anfänglichen Ordnung identisch ist. Geradewegs vor uns, in Raum und Zeit, am Ende unseres chaotischen Universums, befindet sich womöglich der Urknall.

EDMOND WELLS
Enzyklopädie des relativen und absoluten Wissens, Bd. 2

71. DER RATTENFÄNGER

Ding, Dong. Laetitia Wells öffnete rasch.

»Guten Tag, Kommissar. Kommen Sie wieder zum Fernsehen?«

»Ich will bloß ein bisschen diskutieren, meine Ideen präsentieren. Hören Sie mir einfach zu, das reicht mir, ich werde Sie nicht bitten, mir Ihre Gedanken zu verraten.«

Sie ließ ihn hereinkommen.

»Na gut, Kommissar, ich bin ganz Ohr.«

Sie bot ihm einen Sessel an, setzte sich ihm gegenüber und schlug ihre langen Beine übereinander.

Ehe er loslegte, bewunderte er erst ihr griechisch gerafftes Kleid und die Jadearbeiten in ihrem feinen Haar.

»Gestatten Sie, dass ich rekapituliere. Der Mörder ist jemand, der in einen geschlossenen Raum einzudringen und sich darin zu bewegen vermag, der Schrecken hervorruft, der keine Spuren hinterlässt und sich anscheinend nur an Chemikern vergreift, die auf Insektizide spezialisiert sind.«

»Und der den Fliegen Angst macht«, fügte Laetitia hinzu. Sie schenkte dabei zwei Flöten Ambrosia ein und sah ihn mit ihren großen lila Augen an.

»Ja«, fuhr er fort. »Doch dieser MacHarious hat uns einen neuen Anhaltspunkt geliefert: das Wort ›Ameisen‹. Man könnte also daran denken, dass wir es mit Ameisen zu tun haben, die die Hersteller von Insektiziden angreifen. Der Gedanke ist natürlich amüsant, aber …«

»Aber nicht besonders realistisch.«

»Genau.«

»Die Ameisen hätten Spuren hinterlassen«, meinte die Journalistin. »Sie hätten sich zum Beispiel für die Nahrungsmittel interessiert, die herumlagen. Keine Ameise kann der Anziehungskraft eines frischen Apfels widerstehen. Es lag aber einer unversehrt auf dem Nachttisch von MacHarious.«

»Gut beobachtet.«

»Also bleibt uns nur dieser Mord hinter verschlossenen Türen, ohne Spuren, ohne Waffe, ohne Einbruch. Vielleicht haben wir nur nicht genug Fantasie, um dahinterzukommen.«

»Verdammt, es gibt doch keine zehntausend Möglichkeiten, zum Mörder zu werden.«

Laetitia Wells lächelte geheimnisvoll.

»Wer weiß? Die Krimis entwickeln sich. Versuchen Sie sich vorzustellen, was eine Agatha Christie des Jahres 5000 schreiben würde oder ein Conan Doyle vom Mars, dann kommen Sie bei Ihren Nachforschungen weiter, da bin ich mir sicher.«

Jacques Méliès schaute sie an, und seine Augen waren von Laetitia Wells' Schönheit erfüllt.

Diese stand verwirrt auf und holte sich ihre Zigarettenspitze. Sie steckte sich eine an und suchte Schutz hinter einer Wand aus opiumhaltigem Rauch.

»Sie schreiben in Ihrem Artikel, ich sei zu selbstsicher und höre nicht genug auf die anderen. Sie hatten Recht. Aber es ist nie zu spät, sich zu bessern. Lachen Sie jetzt nicht, aber ich habe das Gefühl, dass ich durch den Kontakt zu Ihnen schon angefangen habe, anders zu denken, offener … Jetzt bin ich sogar schon so weit, Ameisen zu verdächtigen!«

»Wieder Ihre Ameisen!«, meinte sie fast überdrüssig.

»Warten Sie. Vielleicht wissen wir noch nicht alles über die Ameisen. Sie könnten Komplizen haben. Kennen Sie die Geschichte vom Rattenfänger von Hameln?«

»Ist mir wieder entfallen.«

»Eines Tages«, fing er an, »wurde die Stadt Hameln von Ratten heimgesucht. Überall wimmelte es davon. Es waren so viele, dass die Leute nicht mehr wussten, wie sie damit fertig werden sollten. Je mehr sie umbrachten, desto mehr neue kamen. Sie fraßen alle Lebensmittel auf, vermehrten sich blitzschnell. Die Einwohner dachten schon daran, alles zurückzulassen und die Stadt aufzugeben. Da bot ein junger Mann ihnen an, die Stadt gegen eine gute Belohnung zu retten. Die Räte hatten nichts zu verlieren, daher nahmen sie das Angebot ohne Widerrede an. Da fing der Junge an, Flöte zu spielen. Hingerissen versammelten die Ratten sich um ihn und folgten ihm, als er fortging. Der Flötenspieler lockte sie zum Fluss, wo sie alle ertranken. Doch als er seine Belohnung einforderte, lachten ihn die erleichterten Räte aus!«

»Na und?«, fragte Laetitia.

»Na und? Stellen Sie sich eine vergleichbare Situation vor: ein Flötenspieler, der in der Lage wäre, Ameisen zu lenken. Ein Mensch, der sich an ihren schlimmsten Feinden rächen will, den Erfindern von Insektiziden!«

Endlich war es ihm gelungen, das Interesse der jungen Frau zu wecken. Sie starrte ihn mit ihren weit aufgerissenen lila Augen an: »Fahren Sie fort.«

Sie wirkte nervös und stieß eine große Tabakwolke aus.

Er blieb stumm, wie von neuer Erregung gepackt. Überall in seinen elektrischen Gehirnströmen machte es: »Dringdring, gewonnen.«

»Ich glaub, ich hab's.«

Laetitia Wells blickte ihn sonderbar an.

»Was haben Sie?«

»Es ist ein Mann, der die Ameisen abgerichtet hat! Sie dringen in das Innere der Opfer ein und versetzen ihnen Stiche … mit ihren Mandibeln … daher die inneren Blutungen, dann kommen sie wieder heraus, zum Beispiel durch die Ohren. Das würde erklären, warum viele Leichen aus den Ohren bluten. Dann nehmen sie wieder Aufstellung, tragen ihre Verletzten fort. Das dauert fünf Minuten, genau die Zeit, die Fliegen der ersten Abteilung fernzuhalten … Was meinen Sie dazu?«

Vom Anfang seiner Erklärung an teilte Laetitia Wells nicht die Begeisterung des Polizisten. Sie zündete sich noch eine Zigarette an. Sie gab zu, dass er womöglich Recht habe, aber ihrer Kenntnis nach gebe es keine Möglichkeit, Ameisen so abzurichten, dass man ihnen befehlen könne, in ein Hotel zu gehen, das richtige Zimmer zu suchen, dort jemanden zu töten und dann in aller Ruhe wieder in ihren Ameisenhaufen zurückzukehren.

»Doch, die Möglichkeit muss es geben. Und ich werde sie finden. Da bin ich mir sicher.«

Jacques Méliès schlug die Hände zusammen. Er war mit sich zufrieden.

»Sehen Sie, man braucht sich gar nicht die Krimis im Jahr 5000 vorzustellen! Ein bisschen Köpfchen und gesunder Menschenverstand reichen schon«, erklärte er.

Nun runzelte Laetitia Wells die Stirn.

»Bravo, Kommissar. Es scheint, als hätten Sie ins Schwarze getroffen.«

Méliès verabschiedete sich. Sein erstes Ziel war, dass er sich bei dem Gerichtsmediziner erkundigen wollte, ob die inneren Verletzungen seiner Opfer von Mandibeln verursacht sein konnten.

Wieder allein, zog Laetitia Wells mit besorgter Miene den Schlüssel hervor, mit dem sich die schwarze Lacktür aufschließen ließ, schnitt einen Apfel in feine Scheiben und gab den fünftausend Ameisen ihres Terrariums zu fressen.

72. Wir sind alle Ameisen

Jonathan Wells hatte in der *Enzyklopädie des relativen und absoluten Wissens* einen Abschnitt gefunden, der davon berichtete, dass es vor mehreren Tausend Jahren auf einer Pazifikinsel Ameisenanbeter gegeben habe. Laut Edmond Wells hatten diese Menschen außergewöhnliche psychische Fähigkeiten entwickelt, indem sie ihre Nahrungsaufnahme verringerten und meditierten.

Ihre Gemeinschaft sei aus unbekannten Gründen erloschen und mit ihr ihre Geheimnisse und Mysterien.

Nach reiflicher Überlegung hatten die siebzehn Bewohner des unterirdischen Tempels beschlossen, sich an diese Erfahrung anzulehnen, ob sie nun auf Tatsachen beruhte oder nicht.

Der spürbarer werdende Mangel an Nahrungsmitteln zwang sie, mit ihrer Energie zu haushalten. Die geringste Bewegung wog schwer. Sie sprachen immer weniger, aber verstanden einander paradoxerweise immer besser. Ein Blick, ein Lächeln, eine Bewegung mit dem Kinn genügten, um sich zu verständigen. Ihre Aufmerksamkeit war erheblich größer geworden. Beim Gehen waren sie sich jedes Muskels bewusst, jeder in Bewegung gesetzten Sehne. In Gedanken folgten sie dem Hin und Her ihres Atems.

Ihr Geruchssinn und ihr Gehör hatten jene Schärfe gewonnen, die man gewöhnlich nur den Tieren und Steinzeitmenschen zuschreibt. Und ihren Geschmackssinn hatte das chronische Fasten geschärft. Sogar die kollektiven oder individuellen Halluzinationen, die von der Unterernährung hervorgerufen wurden, hatten ihren Sinn.

Als Lucie Wells zum ersten Mal gewahr wurde, dass sie direkt in den Gedanken der anderen las, war sie entsetzt. Dieses Phänomen hatte für sie etwas Unanständiges. Aber da es sich um den so rechtschaffenen Verstand von Jason Bragel handelte, fand sie Gefallen daran, sich darin zu vertiefen.

Die Nahrungsmittel wurden tagtäglich weniger und die psychischen Erfahrungen immer stärker. Nicht unbedingt zum Besseren. An körperliche Aktivität und frische Luft gewöhnt, unterdrückten die ehemaligen Feuerwehrleute und Polizisten manchmal Anfälle von Wut oder Klaustrophobie.

Abgemagert, ausgezehrt, das Gesicht beherrscht von den glänzender und dunkler gewordenen Augen, wurden alle so unkenntlich, dass sie einander schließlich gleichsahen. Man könnte sagen, sie hatten aufeinander abgefärbt. (Nur Nicolas Wells, der wegen seines jugendlichen Alters besser ernährt wurde, unterschied sich noch deutlich von den anderen.)

Sie mieden die aufrechte Haltung (die für entkräftete Menschen zu anstrengend ist) und saßen lieber im Schneidersitz oder gingen sogar auf allen vieren. Nach und nach folgte der Angst der ersten Tage eine Art Heiterkeit.

Handelte es sich dabei um eine Form von Wahnsinn?

Und dann hatte plötzlich eines Morgens der Drucker des Computers gesurrt. Eine Gruppe von Rebellinnen der roten Stadt Bel-o-kan wollte den nach dem Tod der vorigen Königin unterbrochenen Kontakt wieder aufnehmen. Sie bedienten sich dazu der Sonde Doktor Livingstone. Sie wollten den Menschen helfen. Tatsächlich kamen die ersten Nahrungsmittelhilfen durch den Spalt, der sich durch die Granitplatte über ihnen zog.

73. Mutation

Dank der Unterstützung durch die Pro-Finger-Rebellinnen wussten Augusta Wells und ihre Gefährten jetzt, dass sie lange überleben konnten. Sie hatten ihre Ernährung auf einem niedrigen, aber regelmäßigen Niveau stabilisiert. Sie waren sogar wieder ein wenig zu Kräften gelangt.

Alles in allem lief es in dieser Hölle gar nicht so schlecht. Auf den Vorschlag von Lucie Wells hin hatten sie beschlossen, ihre Namen aus der Menschenoberwelt aufzugeben. Da sie sich nun alle glichen, brauchten sie nur mehr Nummern. Das zeitigte eine bemerkenswerte Wirkung. Seinen Namen zu verlieren hieß, auf das Gewicht der Geschichte seiner Vorfahren zu verzichten. Sie waren wie neugeboren: Alle waren sie gemeinsam auf die Welt gekommen.

Seinen Vornamen zu verlieren hieß, dass man darauf verzichtete, sich von anderen zu unterscheiden.

Auf den Vorschlag von Daniel Rosenfeld (alias Nr. 12) hin beschlossen sie, sich eine neue Sprache zu suchen. Jason Bragel (alias

Nr. 14) entdeckte einen Weg. »Der Mensch verständigt sich dadurch, dass er mit dem Mund Schallwellen aussendet. Doch die sind zu kompliziert, zu durcheinander. Warum senden wir nicht alle eine einzige Schallwelle aus, durch die wir alle in Schwingungen versetzt werden?«

Die Dinge nahmen eine seltsame Wendung im Stil einer religiösen Hindusekte, aber es blieb ihnen keine Wahl. Hatte das Schicksal sie nicht letzten Endes in eine andere Dimension versetzt, auf eine andere Daseinsebene? Da musste man mitspielen, und die Erfahrungen, denen sie sich auslieferten, begeisterten sie.

Sie setzten sich im Schneidersitz – die Gelenkigeren im Lotussitz – mit geradem Rücken in einen Kreis und hakten sich unter. Sie beugten sich nach vorn, damit ihre Köpfe sich in der Mitte der Rosette berührten. Dann gab jeder seinen Ton von sich. Seine eigene Schallschwingung. Schließlich brachten alle ihr Timbre zum Einklang, so dass sie auf einem Ton zusammenfanden. Durch häufiges Üben sangen alle so tief sie konnten; ihre Stimme kam jeweils aus der Tiefe ihres Unterleibs.

Sie hatten die Silbe »OM« gewählt. Die Ursprünglichkeit ihres Klanges, der dem Gesang der Erde und des unendlichen Raums entstammt, durchdringt alles, so dass OM der Laut des Schweigens der Berge wie auch der Lärm des Tohuwabohus in einem Restaurant ist.

Ihre Augen fielen zu. Ihre Atmung verlangsamte sich, wurde tiefer, synchron. Sie wurden leichter, vergaßen alles, zerschmolzen in dem Klang. Waren der Klang. OM, der Klang, mit dem alles beginnt und alles endet.

Die Zeremonie dauerte lang. Danach löste sich der Kreis ruhig auf; manche verzogen sich in ihre Ecke, anderen gingen dieser oder jener Beschäftigung nach: aufräumen, die mageren Nahrungsreserven verwalten, mit den »Rebellinnen« reden.

Nur Nicolas nahm an diesen Ritualen nicht teil. Die anderen waren der Ansicht, er sei zu jung, um frei darüber entscheiden zu können. Ebenso waren sie sich alle einig gewesen, dass er am besten ernährt werden sollte. Schließlich ist bei den Ameisen der kostbarste Schatz die Brut.

Die Ameisen ... Eines Tages versuchten sie sich mittels Telepathie mit ihnen zu verständigen. Ergebnislos. Man durfte sich eben nicht zu viel erträumen. Sogar untereinander wurden sie ernüchtert: Die Telepathie funktionierte nur bei jedem zweiten Versuch richtig, und dann nur unter der Bedingung, dass es bei keinem der beiden Beteiligten eine Form von Widerstand gab.

Die alte Augusta erinnerte sich.

So waren sie nach und nach zu Ameisen geworden. Zumindest in ihren Köpfen.

74. Enzyklopädie

Nacktmull Der Nacktmull *(Heterocephalus glaber)* lebt in Ostafrika, zwischen Äthiopien und Nordkenia. Dieses Tier ist blind und trägt auf seiner rosa Haut kein Fell. Mit seinen Beißzähnen kann es mehrere Kilometer lange Tunnel graben.

Doch das Erstaunlichste kommt noch. Der Nacktmull ist das einzige bekannte Säugetier, dessen Sozialverhalten dem der Insekten gleicht! Eine Kolonie von Nacktmullen besteht aus durchschnittlich fünfhundert Einzeltieren, die sich wie bei den Ameisen in drei Hauptkasten untergliedern: Fortpflanzungsfähige, Arbeiterinnen, Soldatinnen. Ein einziges Weibchen, gewissermaßen die Königin, kann pro Wurf bis zu dreißig Junge zur Welt bringen, und zwar von allen Kasten. Um die einzige »Gebärerin« zu bleiben, sondert sie mit ihrem Urin eine Geruchssubstanz ab, welche bei den übrigen Weibchen des Nests die Fortpflanzungshormone blockiert. Das Zusammenleben der Art in Kolonien lässt sich vielleicht dadurch erklären, dass der Nacktmull in fast wüstenhaften Gegenden lebt. Er frisst Knollen und Wurzeln, die manchmal sehr groß und oft weit verzweigt sind. Ein einzelner Nager kann kilometerweit geradeaus graben, ohne etwas zu finden, und würde dann mit Sicherheit vor Hunger und Erschöpfung sterben. Das Leben in der Gemeinschaft vervielfacht die Chancen, etwas zum Fressen zu finden, umso mehr, als die kleinste Knolle, die gefunden wird, zu gleichen Stücken unter allen verteilt wird.

Der einzige bemerkenswerte Unterschied zu den Ameisen: Die Männchen überleben die Begattung.

EDMOND WELLS
Enzyklopädie des relativen und absoluten Wissens, Bd. 2

75. AM MORGEN

Eine sehr schwere rosafarbene Kugel nähert sich. Sie sendet ihr die Botschaft »Ich bin deinem Volk nicht feindlich gesinnt«, aber die Kugel bleibt nicht stehen und zerdrückt sie.

Mit einem Schlag erwacht Nr. 103 683. Wegen ihrer ständigen Alpträume hat sie ihren Körper darauf programmiert, ihre Schlafdauer zu beschränken und bei der geringsten Temperaturschwankung aufzuwachen.

Schon wieder hat sie von den Fingern geträumt. Sie darf nicht mehr an sie denken. Wenn sie vor den Fingern Angst hat, kann sie diese im entscheidenden Augenblick nicht richtig bekämpfen, denn ihre Angst wird sie vom Kampf ablenken.

Sie erinnert sich an eine Ameisensage, die Mutter Belo-kiu-kiuni damals ihren Schwestern und ihr erzählt hat. Die Duftworte sind in ihrer Vorerinnerung noch da, und sie braucht ihnen nur einen Hauch Feuchtigkeit zu geben, damit sie wieder voll erwachen.

»Eines Tages lag Gum-gum-ni, eine Königin unserer Dynastie, voller Sehnsucht in ihrer Gebärkammer. Sie litt an der Krankheit der Seelenstimmungen. Drei Fragen vernebelten ihre Gedanken und beanspruchten ihr ganzes Denkvermögen:

Was ist der wichtigste Augenblick im Leben?

Was ist die wichtigste Sache, die es zu vollbringen gilt?

Was ist das Geheimnis des Wohlbefindens?

Sie sprach mit ihren Schwestern darüber, ihren Töchtern, mit den fruchtbarsten Geistern der Föderation, ohne eine Antwort zu bekommen, die sie zufriedengestellt hätte. Man sagte ihr, dass sie krank sei, dass die drei Fragen, die sie beschäftigten, für das Überleben des Volkes nicht von entscheidender Bedeutung waren.

So zurückgewiesen, fiel die Königin dem Siechtum anheim. Das Volk machte sich Sorgen. Wenn die Stadt nicht ihre einzige Gebärerin verlieren wollte, musste sie sich, und das zum ersten Mal, ernsthaft mit abstrakten Problemen beschäftigen.

Der wichtigste Augenblick? Die wichtigste Sache? Das Geheimnis des Wohlbefindens?

Alle boten Antworten an.

Der wichtigste Augenblick sei der, in dem man esse, weil die Nahrung Energie zuführe ... Die wichtigste Sache, die es zu tun gelte, sei, sich fortzupflanzen, um die Art zu erhalten und die Masse der Soldatinnen zu vermehren, die die Stadt verteidigten ... Das Geheimnis des Wohlbefindens sei die Wärme, denn die Wärme sei die Quelle chemischer Fülle ...

Keine der Lösungen stellte die Königin Gum-gum-ni zufrieden. Also verließ sie ihr Nest und brach allein in die Große Außenwelt auf. Dort musste sie sich ihr Überleben schwer erkämpfen. Als sie drei Tage später zurückkehrte, befand sich ihre Gemeinschaft in einem beklagenswerten Zustand. Doch die Königin hatte ihre Antworten. Die Erleuchtung war ihr mitten in einem erbarmungslosen Scharmützel mit wilden Ameisen gekommen. Der wichtigste Augenblick sei das Jetzt, denn man könne nur an der Gegenwart etwas ändern. Und wenn man sich nicht mehr um seine Gegenwart kümmere, verpasse man auch seine Zukunft. Die wichtigste Sache sei es, sich dem zu stellen, was da ist. Wenn die Königin sich nicht der Ameisenkriegerin entledigt hätte, die sie habe töten wollen, wäre sie selbst ums Leben gekommen. Und das Geheimnis des Wohlbefindens hatte sie nach dem Kampf entdeckt: Es bestehe darin, am Leben zu sein und auf der Erde zu wandeln. Ganz einfach.

Den gegenwärtigen Moment auskosten.
Sich mit dem auseinandersetzen, was wir vor Augen haben.
Auf Erden wandeln.

Das sind die drei großen Lebensrezepte, die uns Königin Gum-gum-ni hinterlassen hat.«

Nr. 24 gesellt sich zu der Soldatin.

Sie will sich zu ihrem Glauben an die »Götter« äußern.

Nr. 103 683 braucht keine Erklärung, sie gebietet ihr mit einer Antennenbewegung Schweigen und lädt sie ein, mit ihr ein paar Schritte vor der föderierten Stadt spazierenzugehen.

Schön hier, was?

Nr. 24 gibt keine Antwort. Nr. 103 683 sagt ihr, dass sie zwar hier seien, um auf die Finger zu treffen und sie zu töten, dass es aber auch andere wichtige Dinge gebe: da zu sein, zu reisen. Vielleicht sei der beste Augenblick ja nicht, wenn sie die Mission Merkur zum Erfolg geführt hätten oder wenn die Finger besiegt wären, sondern vielleicht sei er ja gerade jetzt, in diesem Moment, in dem sie beide da seien, am frühen Morgen, von befreundeten Ameisen umgeben.

Nr. 103 683 erzählt ihr die Geschichte der Königin Gum-gum-ni.

Nr. 24 sendet, sie glaube, ihre Mission sei von viel »wichtigerer« Art als diese Geschichte mit den Seelenstimmungen. Sie sei buchstäblich gefesselt von der Vorstellung, dass sie den Fingern nahe sein, ja sie womöglich sogar sehen und berühren würde.

Sie würde mit niemandem tauschen wollen. Nr. 24 fragt, ob Nr. 103 683 sie schon gesehen habe.

Ich meine sie gesehen zu haben, aber ich weiß es eigentlich nicht, ich weiß es nicht mehr, weißt du, Nr. 24, sie sind so anders als wir.

Das habe Nr. 24 sich schon gedacht.

Nr. 103 683 will sich nicht wieder auf eine Pheromondebatte einlassen. Aber ihr Instinkt sagt ihr, dass die Götter keine Finger sind: Die Götter gibt es vielleicht, aber dann sehen sie ganz anders aus. Vielleicht diese üppige Natur, diese Bäume, dieser Wald, dieser sagenhafte Reichtum an Fauna und Flora, der sie umgibt … Ja, es würde ihr leichter fallen, in diesem fantastischen Schauspiel, das die Erde ihr einfach darbietet, ihren Glauben zu finden.

Gerade erstreckt sich ein Streifen rosiges Licht am Horizont. Die Soldatin zeigt mit ihrer Antennenspitze darauf.

Schau, wie schön das ist!

Nr. 24 gelingt es nicht, diese Gefühlsregung zu teilen. Da stößt Nr. 103 683 fast trotzig aus:

Ich bin Gott, denn ich kann der Sonne befehlen, aufzugehen.

Nr. 103 683 richtet sich auf ihren vier Hinterbeinen auf, zeigt mit ihren Antennen zum Himmel und deklamiert ein gepfeffertes Pheromon:

Sonne, geh auf, ich befehle es dir!

Da wirft die Sonne einen Strahl über die hohen Gräser. Der Himmel gibt sich einem Fest aus Farben hin: Ocker, Violett, Lila, Rot, Orange, Gold. Das Licht, die Wärme, die Schönheit, alles erscheint in dem Augenblick, in dem die Ameise es verlangt hat.

Vielleicht unterschätzen wir unsere eigenen Möglichkeiten, meint Nr. 103 683.

Nr. 24 hat Lust zu erwidern: »Die Finger sind unsere Götter«, aber die Sonne ist so schön, dass sie schweigt.

DRITTES ARKANUM

MIT SÄBEL UND MANDIBEL

76. WIE MARILYN MONROE MIT DER MEDICI FERTIG WIRD

Die beiden Äthiopier bildeten ein sehr einiges Paar, das vom gleichen Ideal zusammengeschweißt wurde.

Schon als Gilles Odergin noch ganz klein war, verbrachte er Stunden mit dem Betrachten von Ameisenhügeln. Er hatte bei sich zu Hause Ameisen halten wollen, in leeren Marmeladegläsern. Bei ihrem ersten Fluchtversuch erschlug seine Mutter sie wütend mit dem Pantoffel.

Trotzdem gab er nicht auf und unternahm weitere Zuchtversuche, die er besser verborgen und hermetisch abgeschlossen durchführte. Doch die Ameisen gingen immer wieder ein, ohne dass er wusste, warum.

Lange glaubte er der Einzige zu sein, der diesen Tierchen so viel Interesse entgegenbrachte, bis er eines Tages am Institut für Entomologie in Rotterdam Suzanne kennenlernte. Sie fühlten sich beide gleichermaßen unwiderstehlich von den Ameisen angezogen, was sie einander sofort näherbrachte.

Sie war, wenn das überhaupt möglich war, noch leidenschaftlicher bei der Sache als er. Sie hatte Terrarien eingerichtet, konnte eine große Zahl ihrer Untermieterinnen voneinander unterscheiden, gab ihnen Namen und zeichnete den kleinsten Vorfall bei ihren Schützlingen auf. Beide verbrachten sie ihre Samstage damit, Ameisen zu beobachten.

Später, als beide noch immer in Europa und schon verheiratet waren, passierte etwas Schreckliches. Suzanne hatte damals sechs Königinnen in ihrem Ameisenhaufen. Die mit den kurzen Antennen hatte sie Kleopatra getauft; diejenige, an deren Kopf die Spuren eines Scherenhiebs zu sehen waren, nannte sie Maria Stuart. Die mit den gekräuselten Beinen war Madame Pompadour; die »geschwätzigste«, das heißt, diejenige, welche ihre Wahrnehmungsorgane unablässig bewegte, war Eva Perón; Marilyn Monroe war die putzsüchtigste, und die aggressivste hieß Katharina von Medici.

Im Einklang mit ihrem Charakter stellte Letztere eine Gruppe von Mörderinnen zusammen und ließ ihre Rivalinnen eine nach der anderen ausschalten. Ohne sich in diesen Kleinkrieg einzumischen, beobachteten die Odergins, wie die Häscher der Medici sich der anderen Königinnen bemächtigten, sie bis zur Tränke schleppten, wo sie sie ersäuften, und sie dann auf die Müllhalde warfen.

Es geschah jedoch, dass Marilyn Monroe diese Bartholomäus-Nacht überlebte. Sie kroch aus den Abfällen hervor, stellte eilends ihre eigene Gruppe von Häschern zusammen und ließ Katharina von Medici umbringen.

Diese grausigen Abrechnungen entsetzten die beiden Liebhaber der Ameisenzivilisation. Sie waren erschüttert. Die Ameisenwelt war also noch grausamer als die Menschenwelt. Das war zu viel. Von einem Tag auf den anderen fingen sie an, die Ameisen ebenso inbrünstig zu hassen, wie sie sie zuvor geliebt hatten.

Kaum waren sie wieder in Äthiopien, schlossen sie sich einer breiten Bewegung zum Kampf gegen die Insekten des afrikanischen Kontinents an. Auf diese Weise kamen sie in Berührung mit den berühmtesten und besten Spezialisten auf ihrem Gebiet.

Professor Odergin nahm das Reagenzglas heraus und hielt es sich mit den gemessenen Gesten eines Priesters vor die Augen. Seine Frau goss genauso feierlich ein weißes Pulver hinein. Kreidestaub, um genau zu sein. Dann schüttete sie die Mischung in eine Zentrifuge und fügte noch mehrere milchige Flüssigkeiten hinzu, Schloss das

Gerät und schaltete es ein. Fünf Minuten später hatte das Ganze eine schöne silbriggraue Färbung.

Da kam ein Mann, um sie zu warnen. Auch er war Wissenschaftler. Er war groß und hager und hieß Cygneriaz. Professor Miguel Cygneriaz.

»Wir müssen schnell machen. ›Sie‹ kommen gleich zu uns. Maximilian MacHarious ist ebenfalls tot«, sagte er. »Wie weit ist die Operation Babel?«

»Alles ist bereit«, bekräftigte Gilles und zeigte ihm das Reagenzglas mit der silbrigen Flüssigkeit.

»Bravo. Diesmal haben wir, glaube ich, gewonnen. Sie können nichts mehr gegen uns machen. Aber Sie müssen abreisen, ehe sie von neuem zuschlagen.«

»Kennen Sie die Namen der Leute, die uns Knüppel zwischen die Beine werfen wollen?«

»Das muss ein Grüppchen von Pseudo-Ökologen sein. Sie wissen nicht einmal, was sie tun.«

Gilles Odergin seufzte.

»Kaum hat man mit was begonnen, kommt eine feindliche Kraft daher und macht einem einen Strich durch die Rechnung. Warum nur?«

Miguel Cygneriaz zuckte die Achseln.

»Das ist doch immer so. Wir müssen einfach die Schnelleren sein.«

»Aber wer sind unsere Feinde?«

Miguel Cygneriaz machte ein verschwörerisches Gesicht.

»Wollen Sie das wirklich wissen? Wir kämpfen gegen … Kräfte der Erde. Sie sind überall. Und vor allem sind sie da drin, tief in den Winkeln unseres eigenen Verstands versteckt … Glauben Sie mir, das ist das Schlimmste!«

Gilles und Suzanne Odergin starben genau dreißig Minuten nachdem Professor Miguel Cygneriaz die silbrige Substanz mitgenommen hatte.

77. Das Idol der Insekten

Wir brauchen noch mehr Opfergaben.
Wenn Ihr Eure Götter nicht ehrt,
Können wir Euch durch Erde, Feuer und Wasser strafen.

Die Finger dürfen töten, denn die Finger sind Götter.
Die Finger dürfen töten, denn die Finger sind groß.
Die Finger dürfen alles, denn die Finger sind mächtig.

Das ist die Wahrheit.

Die Finger, die gerade diese anmaßende Nachricht gesendet haben, fliegen plötzlich hoch bis zu einem Nasenloch, das drei von ihnen ausgiebig bearbeiten; dann lassen sie davon ab, rollen eine Kugel, die einen Mistkäfer vor Neid hätte erblassen lassen, und schnalzen sie fort.

Schließlich wandern die Finger noch weiter hinauf, um eine Stirn zu stützen, hinter der sich jemand sagt, gute Arbeit geleistet zu haben. Und zwar eine Arbeit, die nicht jeder Erstbeste schafft.

78. Kreuzzug

Zu den beiden Ameisen gesellt sich nach und nach der Rest der Armee.

Nr. 103 683 hebt eine Antenne, spürt die aufgehende Sonne, die sie jetzt richtig erwärmt. Um sie herum herrscht Gewimmel.

Belokanerinnen, aber auch Zedibeinakanerinnen, die zum Zuschauen gekommen sind. Sie ermuntern lebhaft ihre beiden Legionen von Artillerie und leichter Kavallerie, aber auch den restlichen Kreuzzug.

Nr. 23 wetzt ihre Mandibeln, Nr. 24 wacht über den Schmetterlingskokon. Nr. 103 683 verfolgt regungslos das Ansteigen der Temperatur. Bei genau 20° schnaubt sie und gibt das Pheromonsignal zum Aufbruch. Es handelt sich um ein gleichermaßen leichtes und doch widerstandsfähiges Rekrutierungspheromon aus Hexansäure ($C_6H_{12}O_2$).

Sogleich marschieren Soldatinnen los, bilden eine erste Kolonne, die anwächst und in einem großen Aufmarsch von Antennen, Hörnern, Augenkugeln und prallen Hinterleibern aufbricht.

Der erste Kreuzzug gegen die Finger ist wieder unterwegs. Er findet bald seinen Rhythmus und bahnt sich unaufhaltsam einen Weg zwischen den Gräsern, die knirschend weichen.

Insekten, Würmer, Nager und Reptilien gehen dem Zug lieber aus dem Weg. Die wenigen Mutigen, die ihn aus sicherem Versteck vorbeiziehen sehen, können sich gar nicht darüber beruhigen, Nashornkäfer Seite an Seite mit roten Ameisen zu erblicken.

Ganz vorne schwärmen die Kundschafterinnen geschäftig nach rechts und links aus, suchen dem Gros der Truppen den geradesten, am wenigsten unfallträchtigen Weg.

Diese normalerweise sehr wirkungsvolle Vorsichtsmaßnahme vermeidet nicht, dass die Armee plötzlich auf ein unvorhergesehenes Hindernis trifft. Die Soldatinnen laufen aufeinander auf und drängen sich am Rand eines riesigen Kraters von mindestens hundert Schritt Durchmesser. Was für eine Bestürzung! Denn sie brauchen nicht lang, um dieses Loch zu erkennen: Das ist alles, was von der Stadt Giu-li-kan noch da ist. Eine verwunderte Soldatin hatte ja erzählt, auf welch abscheuliche Weise die Stadt aus dem Boden gerissen und dann in einer riesigen durchsichtigen Schale weggetragen worden war … Das also war das Werk der Finger! Dazu waren sie also fähig!

Eine kräftige Ameise wendet sich mit gespannten Antennen an ihre Schwestern. Es ist Nr. 9. Alle kennen ihren Hass auf die Finger. Sie breitet ihre Mandibeln weit aus und stößt ein starkes Pheromon aus:

Wir werden uns rächen! Für jede von uns werden wir zwei Finger töten.

Alle Teilnehmerinnen des Kreuzzugs haben immer wieder gehört, dass es keine hundert Finger auf der Erde gebe, aber sie saugen die erzürnte Botschaft dennoch auf. Vom Zorn aufgewühlt gehen sie um den Abgrund herum und setzen ihren Weg fort.

Bei aller Erregung vergessen sie ihre Vorsicht nicht. Daher stellen sie sich, wenn sie eine zu sonnige Savanne oder Wüste durchqueren, so auf, dass ihre Artilleristinnen Schatten haben. Die Säure darf auf keinen Fall überhitzt werden, so dass sie explodiert und dabei nicht nur die Trägerin, sondern auch deren Nachbarinnen tötet. Das gilt besonders für die hyperkonzentrierte sechzigprozentige Säure: Man stelle sich die Druckwelle und die Verheerungen in den Reihen der Soldatinnen vor!

Sie erreichen eine Rinne, vermutlich ein Überbleibsel der jüngsten Sintflut. Nr. 103 683 meint, die Rinne könne nicht lang sein und lasse sich im Süden umgehen. Man hört nicht auf sie, man darf keine Zeit verlieren! Aufklärerinnen werfen sich ins Wasser und bilden, einander an den Beinen fassend, einen Ponton. Bis die Truppe drüben ist, werden wohl vierzig von ihnen leblos zurückbleiben. Wenn man etwas will, muss man den Preis dafür bezahlen.

Als der zweite Abend anbricht, würden sie gern einen Termitenhügel oder einen feindlichen Ameisenhaufen besetzen. Aber es ist keiner in Sicht. Sie befinden sich in verlassenem Ödland, wo nichts als Ulmen wachsen.

Eine alte Kriegerin macht den Vorschlag, sie sollten in der Weise zusammenrücken und sich aufeinanderstellen, dass sie ein Biwak bilden. Sie weiß nicht, dass weit entfernt von hier die Rasse der Magnan-Ameisen auf ebendiese Art die Nacht verbringen. Den Rand dieses provisorischen Nestes bildet ein Saum beißbereiter Mandibeln. Im Inneren des Biwaks sind »lebende« Kammern für die kälteempfindlichen Käfer sowie für die Kranken und Verwundeten eingerichtet. Das Ganze umfasst zehn Stockwerke von Gängen und Räumen.

Sobald ein Tier an diesem braunen Kürbis schnuppert, wird es sofort mit Ameisensaft bespritzt. Ein junger Gimpel und eine Eidechse, die dachten, sie seien abgehärtet, bezahlen ihre Neugier so mit einem entsetzlichen Tod.

Während die außen aufgestellten Ameisen in Alarmbereitschaft bleiben, beruhigen und verlangsamen sich im Inneren die Bewegungen. Jede rollt sich in dem Teil einer Kammer oder eines Gangs ein, der ihr zugewiesen worden ist.

Die Kälte bricht herein. Alle schlafen ein.

79. Enzyklopädie

Kleinster gemeinsamer Nenner Der den Menschen geläufigste Kontakt mit Tieren ist der mit Ameisen. Natürlich findet man Völker, die noch nie einen Hund oder eine Katze, eine Biene oder eine Schlange gesehen haben, aber man wird nie Menschen finden, die nicht wenigstens einmal im Leben eine Ameise haben auf sich herumkrabbeln lassen. Dieses Erlebnis ist uns allen gemein. Und aus der Beobachtung einer Ameise auf unserer Hand haben wir folgende Grundinformationen bezogen. Erstens: Die Ameise bewegt ihre Antennen bzw. Fühler, um zu begreifen, was mit ihr geschieht. Zweitens: Sie geht überallhin, wo sie kann. Drittens: Sie klettert über die zweite Hand, wenn man ihr mit dieser den Weg abschneidet. Viertens: Man kann eine Ameisenkolonne dadurch aufhalten, dass man mit einem angefeuchteten Finger einen Strich vor ihnen zieht (die Insekten bleiben dann dort wie vor einer unsichtbaren, unüberwindlichen Mauer stehen und gehen schließlich um sie herum). Das wissen wir alle. Dennoch ist dieses kindliche Wissen, dieses primitive Wissen, das alle unsere Vorfahren und alle unsere Zeitgenossen mit uns teilen, zu nichts nütze. Denn es wird weder auf der Schule aufgegriffen (wo Ameisen unwirsch durchgenommen werden: zum Beispiel, indem man die Teile des Ameisenkörpers auswendig lernt – ehrlich gesagt, wozu?), noch nützt es einem bei der Berufswahl.

Edmond Wells

Enzyklopädie des relativen und absoluten Wissens, Bd. 2

80. Abendliche Besucher

Er hatte richtig vermutet. Der Gerichtsmediziner hatte es ihm bestätigt: Die inneren Verletzungen konnten sehr wohl von Ameisenbissen herrühren. Den Schuldigen hatte Jacques Méliès vielleicht noch nicht, aber er war sich sicher, auf der richtigen Fährte zu sein.

Zu aufgeregt, um schlafen zu können, schaltete er den Fernseher ein und erwischte zufällig die nächtliche Wiederholung von »Denkfalle«. Madame Ramirez hatte ihr schüchternes Getue aufgegeben und strahlte jetzt.

»Also, Madame Ramirez, haben Sie es diesmal herausbekommen?«

»Ja, ja, ich hab's! Diesmal hab ich die Lösung des Rätsels, glaub ich, gefunden!«

Donnernder Applaus.

»Wirklich?«, staunte der Moderator.

Madame Ramirez schlug die Hände zusammen wie ein kleines Mädchen.

»Ja, ja, ja!«, rief sie aus.

»Na, dann erklären Sie es uns, Madame Ramirez.«

»Ihre Schlüsselsätze haben mir geholfen«, sagte sie. »›Je intelligenter man ist, desto weniger Lösungschancen hat man‹, ›Alles vergessen, was man gelernt hat‹, ›Wie beim Universum, ist die Quelle dieses Rätsels vollkommene Einfachheit‹ ... Ich habe begriffen, dass ich wieder ein Kind werden musste, um es zu lösen. Zurückgehen, zur Quelle zurückkehren, ganz so, als würde diese Reihe, die die Ausdehnung des Universums darstellt, wieder zu dem anfänglichen Urknall zurückfinden. Ich musste wieder schlicht denken, meine Kinderseele wiederfinden.«

»Das hieß aber weit ausholen, was, Madame Ramirez ...«

Die Kandidatin war richtig in Fahrt und ließ sich nicht unterbrechen: »Wir Erwachsene, wir wollen immer klüger sein, aber ich hab mich gefragt, was passieren würde, wenn man anders herum vorginge, von der Routine abwiche und genau das Gegenteil unserer Gewohnheiten täte.«

»Bravo, Madame Ramirez.«

Vereinzelter Beifall. Wie Méliès wartet das Publikum auf das, was kommt.

»Also, wie reagiert ein kluger Kopf angesichts dieses Rätsels? Bei der Zahlenfolge sieht er erst einmal ein mathematisches Problem vor sich. Er sucht also nach dem gemeinsamen Nenner dieser Ziffern. Er addiert, subtrahiert, multipliziert, zerhackt alle diese Ziffern. Aber er zerbricht sich den Kopf vergebens, weil es nämlich nicht um Mathematik geht … Und wenn es kein mathematisches Problem ist, dann ist es also ein sprachliches.«

»Scharfsinnig, Madame Ramirez.« Es wird geklatscht.

Die Kandidatin nützt die Beifallsbezeugungen, um wieder zu Atem zu kommen.

»Doch wie soll man einer Zahlenfolge einen sprachlichen Sinn geben, Madame Ramirez?«

»Dadurch, dass man es wie die Kinder macht, dadurch, dass man sagt, was man sieht. Die Kinder, die ganz kleinen Kinder, sagen, wenn sie eine Zahl sehen, das Wort dafür. Für sie entspricht die Zahl ›sechs‹ ihrer Lautfolge, wie ›Kuh‹ dem vierbeinigen Tier mit Euter entspricht. Das ist eine Konvention. Man bezeichnet die Dinge nach den willkürlichen Lauten, die überall auf der Welt anders sind. Doch der Name, die Vorstellung und das Ding ergeben schließlich überall nur eines.«

»Sie sind ja heute ganz philosophisch, Madame Ramirez. Doch unsere Fernsehzuschauerinnen und -zuschauer wollen etwas Konkretes. Also, die Lösung?«

»Wenn ich ›1‹ schreibe, wird mir ein Kind, das kaum lesen kann, sagen: ›Das ist eine Eins.‹ Also schreibe ich ›eine Eins‹. Ich zeige ihm, was ich gerade geschrieben habe, und es wird mir sagen, was es sieht: ›zwei Einsen‹, also ›2 1‹. Und so weiter. Das ist die Lösung. Man braucht nur die obere Linie zu benennen, um die folgende zu erhalten. Unser Kleiner liest also in der Linie darunter: ›eine Zwei, zwei Einsen‹. 1211. Ich zähle das auf und erhalte 111221, dann 312211, dann 13112221. Ich glaube nicht, dass so schnell eine ›Vier‹ kommt!«

»Sie sind großartig, Madame Ramirez! Und Sie haben gewonnen!«

Der Saal applaudiert frenetisch, und auf einer kleinen Wolke hat Méliès den Eindruck, man klatsche ihm Beifall.

Der Moderator ruft zur Ordnung:

»Wir wollen uns aber doch nicht auf unseren Lorbeeren ausruhen, Madame Ramirez?«

Die Frau trippelt, lächelt, schneidet eine Grimasse, legt die vermutlich eher feuchten als frischen Hände auf die geröteten Wangen.

»Lassen Sie mich wenigstens erst wieder zu klarem Verstand kommen.«

»Ach, Madame Ramirez, Sie haben unser Zahlenrätsel so glänzend gelöst, doch schon kommt unsere neue ›Denk…‹«

»›…falle‹!«

»… die uns wie immer von einem anonymen Fernsehzuschauer zugesandt wurde. Hören Sie sich unser neues Problem gut an: Können Sie mit sechs Streichhölzern, ich wiederhole: mit sechs Streichhölzern, sechs gleich große gleichseitige Dreiecke bilden, ohne sie zu unterbrechen oder zusammenzukleben?«

»Sechs Dreiecke, sagen Sie? Sind Sie sicher, dass es sich nicht um sechs Streichhölzer und vier Dreiecke handelt?«

»Sechs Streichhölzer, sechs Dreiecke«, wiederholt der Moderator beharrlich.

»Also ein Dreieck pro Streichholz?«, erschrickt die Kandidatin.

»Ganz genau, Madame Ramirez. Und diesmal lautet der erste Schlüsselsatz: ›Man muss genauso denken wie sein Gegenüber.‹ Also, liebe Fernsehzuschauerinnen und -zuschauer, alle ans Denken. Und bis morgen, wenn Sie Lust dazu haben!«

Jacques Méliès schaltete ab, legte sich hin und schlief schließlich ein. Seine Begeisterung verfolgte ihn bis in den Schlaf. In seinen wirren Träumen vermischten sich Laetitia Wells, ihre lila Augen und ihre Insektentafeln, Sébastien Salta und sein Horrorfilmgesicht, der Präfekt Dupeyron, der die Politik aufgab, um eine Karriere als Gerichtsmediziner zu beginnen, die Kandidatin Ramirez, die ihrem Denken nie in die Falle ging …

Einen Gutteil der Nacht wälzte er sich unter seinen Laken hin und her, während seine Träume ihr Ständchen weiterspielten. Er schlief tief. Er schlief weniger tief. Er schlief nicht mehr. Er schreckte hoch. Da war doch ein schwaches Vibrieren, wie ein Klopfen auf der Matratze, das er unten an seinem Bett wahrgenommen hatte. Der Alptraum aus seiner Kindheit suchte ihn wieder heim: das Ungeheuer, der wilde Wolf mit den hasserfüllten roten Augen … Er fasste sich wieder. Er war doch inzwischen erwachsen. Ganz wach, schaltete er das Licht ein und stellte fest, dass sich unterhalb seiner Füße eine kleine Erhebung befand, die sich bewegte.

Er sprang aus dem Bett. Die Beule war da, deutlich zu sehen. Er schlug mit der Faust darauf und hörte ein Jaulen. Dann sah er verdutzt zu, wie Marie-Charlotte sich hinkend aus den Laken schälte. Die Arme flüchtete sich miauend in seine Arme. Um sie zu trösten, streichelte er sie und massierte ihr die Pfote, der er wehgetan hatte. Da er entschlossen war, diese Nacht wieder etwas zu Kräften zu kommen, schloss er Marie-Charlotte dann bei einem Stück Thunfischpastete mit Estragon in der Küche ein. Er trank ein Glas Wasser aus dem Kühlschrank und sah fern, bis er ganz trunken von Bildern war.

In hohen Dosen hatte das Fernsehen eine beruhigende Wirkung, wie ein Analgetikum. Man kam sich flauschig vor, der Kopf war von allem befreit, die Augen voller Probleme, die einen nichts angingen. Ein Genuss.

Er legte sich wieder hin und fing diesmal an, wie jedermann davon zu träumen, was er im Fernsehen gesehen hatte: das heißt einen amerikanischen Film, Werbespots, einen japanischen Zeichentrickfilm, ein Tennisspiel und ein paar Mordszenen aus den Nachrichten.

Er schlief. Er schlief tief. Er schlief weniger tief. Er schlief nicht mehr.

Wahrhaftig, das Schicksal hatte es auf ihn abgesehen. Wieder sah er eine kleine Düne, die sich unten an seinem Bett bewegte. Wieder schaltete er das Licht ein. War da wieder seine Bonsaikatze Marie-Charlotte zugange? Er hatte die Tür hinter ihr doch fest zugemacht.

Schnell sprang er auf. Er sah, wie die Düne sich in zwei, in vier, in acht, in sechzehn, in zweiunddreißig teilte, in eine Hundertschaft kaum merklicher Höcker, die sich aufs obere Ende seiner Laken zubewegten. Er wich einen Schritt zurück. Und betrachtete entsetzt die Ameisen, die sein Kopfkissen stürmten.

Sein erster Reflex bestand darin, sie mit der flachen Hand abzukehren. Gerade rechtzeitig besann er sich eines Besseren. Auch Sébastien Salta und die anderen mussten versucht haben, sie mit der Hand wegzufegen. Es gibt keinen schlimmeren Fehler, als seinen Feind zu unterschätzen.

Daher ergriff Jacques Méliès vor diesen winzigen Tierchen, deren genaue Art festzustellen er nicht eine Sekunde vergeudete, die Flucht. Die Ameisen verfolgten ihn anscheinend, aber zufällig hatte seine Wohnungstür nur ein Schloss, so dass er die Wohnung verlassen konnte, ehe die Truppe ihn einholte. Im Treppenhaus hörte er das grässliche Miauen der armen Marie-Charlotte, die von diesen verfluchten Insekten gerade zerfleddert wurde.

Das alles erlebte er wie in Trance, wie im Zeitraffer. Mit bloßen Füßen und im Schlafanzug auf der Straße, gelang es ihm, ein Taxi anzuhalten. Er beschwor den Fahrer, ihn zum Hauptkommissariat zu bringen.

Jetzt war er sich sicher: Der Mörder wusste, dass er das Geheimnis der ermordeten Chemiker gelöst hatte. Und er hatte ihm seine kleinen Killerinnen geschickt.

Doch nur eine Person wusste, dass er das Rätsel gelöst hatte. Eine einzige Person!

81. Enzyklopädie

Dualität Die gesamte Bibel lässt sich in ihrem ersten Buch zusammenfassen: der Genesis. Die ganze Genesis lässt sich in ihrem ersten Kapitel zusammenfassen. Demjenigen, das von der Erschaffung der Welt berichtet. Dieses ganze Kapitel lässt sich wiederum in seinem ersten Wort zusammenfassen. *Bereschit.*

Bereschit bedeutet »am Anfang«. Dieses ganze Wort lässt sich in seiner ersten Silbe zusammenfassen, *Ber*. Das bedeutet »was geboren worden ist«. Diese Silbe lässt sich ihrerseits in ihrem ersten Buchstaben zusammenfassen, dem B, das »Beth« ausgesprochen wird und als offenes Viereck mit einem Punkt in der Mitte geschrieben wird. Dieses Viereck symbolisiert das Haus oder die Gebärmutter, die das Ei enthält, den Fötus, den kleinen Punkt, der geboren werden soll.

Warum beginnt die Bibel mit dem zweiten Buchstaben des Alphabets und nicht mit dem ersten? Weil das B die Dualität der Welt darstellt und das A ihre ursprüngliche Einheit. Das B ist der Ausfluss, die Projektion dieser Einheit. Das B ist das andere. Aus dem »Einen« hervorgegangen, sind wir »zwei«. Aus dem A hervorgegangen, sind wir im B. Wir leben in einer dualen Welt und in der Sehnsucht - ja der Suche - nach der Einheit, dem Aleph, dem Punkt, von dem alles ausgegangen ist.

EDMOND WELLS

Enzyklopädie des relativen und absoluten Wissens, Bd. 2

82. IMMER GERADEAUS

Das Biwak wird von einem herunterfallenden Ahornsamen erschüttert, einem jener pflanzlichen Propeller, die ihre Samenkörner weit forttragen. Das Wirbeln ihrer doppelten Membranflügel macht sie für die Ameisen gefährlich. Diesmal ist der Bau der Kreuzzüglerinnen einfach auseinandergefallen und auf dem Boden verstreut worden, ehe sie ihren Weg fortgesetzt haben.

Die Soldatinnen beginnen einen Disput über den Zwischenfall. Sie vergleichen die Risiken verschiedener natürlicher Geschosse. Einige meinen, die schlimmsten seien die Schirmchen des Löwenzahns, die an den Antennen kleben bleiben und jegliche Verständigung stören. Für Nr. 103 683 ist in dieser Hinsicht nichts so schlimm wie Springkraut. Sobald man an den Früchten schnuppere, rollten sich heftig Wollknäuel auf und schleuderten ihre Körner bisweilen über hundert Schritt weit.

Es wird gequatscht, aber das verlangsamt den Marsch des langen Zuges keineswegs. Ab und zu reiben die Ameisen ihren Bauch am Boden, damit ihre Dufour-Drüse eine Duftspur als Wegweiser für ihre Schwestern in der Nachhut hinterlässt.

Oben flattern viele Vögel, die andere Gefahren als die Flugsamen bergen. Darunter finden sich südländische Grasmücken mit bläulichem Gefieder, Feldlerchen, aber vor allem eine Vielzahl von Spechten, Bunt-, Schwarz- und Grünspechten. Im Wald von Fontainebleau sind das die häufigsten Vogelarten.

Einer von ihnen, ein Schwarzspecht, ist bedrohlich nahe gekommen. Er geht vor der Kolonne der roten Ameisen in Stellung und nimmt sie mit seinem Schnabel aufs Korn. Dann setzt er zum Sturzflug an, fängt sich ab und rast im Tiefflug dahin. Die entsetzten Ameisen laufen in alle Richtungen davon.

Das Ziel des Vogels besteht jedoch nicht darin, ein paar armselige einzelne zu fangen. Als er sich senkrecht über einer Schwadron Soldatinnen befindet, lässt er ein weißes Stück Kot fallen, das sie völlig mit Dreck verschmiert. Das wiederholt er mehrmals und erwischt so etwa dreißig Ameisen. Ein Alarmruf geht durch die Armee.

Nicht davon essen! Nicht davon essen!

Tatsächlich sind die Exkremente der Spechte oft von Bandwürmern infiziert. Wer davon kostet …

83. Enzyklopädie

Bandwürmer Bandwürmer sind einzellige Parasiten, die im ausgewachsenen Stadium im Gedärm von Spechten leben. Mit dem Kot des Vogels werden sie ausgeschieden. Man könnte meinen, dieser sei sich dessen bewusst, so häufig kommt es vor, dass er die Ameisenstädte mit seinen Exkrementen bombardiert.

Wenn die Ameisen ihre Stadt von diesen weißen Spuren säubern wollen, fressen sie sie und werden von den Bandwürmern verseucht. Die Parasiten stören ihr Wachstum und verändern die Pigmentierung ihrer Panzer, so dass sie heller werden. Die angesteckten Ameisen werden krank, ihre Reflexe werden langsamer, und so sind die vom Kot eines Grünspechts angesteckten Ameisen seine ersten Opfer, wenn dieser eine Stadt angreift.

Diese Albinoameisen sind nicht nur langsamer, sondern sie lassen sich durch ihr heller gewordenes Chitin auch leichter in den dunklen Gängen der Stadt aufspüren.

EDMOND WELLS
Enzyklopädie des relativen und absoluten Wissens, Bd. 2

84. DIE ERSTEN GEFALLENEN

Der Vogel bombardiert sie jetzt weiter. Er wendet eine mittelfristige Strategie an: erst vergiften, dann die geschwächten Ameisen beim nächsten Angriff einsammeln.

Die Soldatinnen fühlen sich machtlos. Nr. 9 brüllt gen Himmel, dass sie auf dem Weg seien, die Finger zu töten, und dass der dumme Vogel mit seinem Angriff ihren gemeinsamen Feind schütze. Aber der Specht nimmt die Duftbotschaften nicht wahr. Er vollführt einen Looping rückwärts und fällt über die Kolonne der Kreuzzügler her.

Alle zur Luftabwehr!, sendet eine alte Kriegerin.

Schwerbewaffnete Artilleristinnen klettern so schnell wie möglich auf hohe Grashalme. Sie schießen im Vorbeiflug auf den Vogel, der eindeutig zu schnell ist. Daneben! Noch schlimmer: Zwei Artilleristinnen feuern mit ihren Schüssen über Kreuz aufeinander!

Aber während der Schwarzspecht sich anschickt, seinen Kotabwurf zu wiederholen, erlebt er vor sich ein gar nicht alltägliches Schauspiel. Dort schwebt ein Nashornkäfer dank seines asynchronen Flügelschlags beinahe reglos in der Luft, und auf seinem Vorderhorn sitzt merkwürdigerweise eine Ameise in Schussposition. Es ist Nr. 103 683. Ihr Anus raucht, denn sie hat sich mit der hyperkonzentrierten sechzigprozentigen Säure vollgetankt.

Mit ihrem prekären Gleichgewicht kommt die Ameise nicht weit. Der Vogel wird sie vernichten, er ist unverhältnismäßig viel größer, stärker und schneller. Ihr Hinterleib wird von einem unkontrollierbaren Zittern erfasst, sie kann nicht mehr zielen.

Da denkt sie an die Finger. Die Angst vor den Fingern übersteigt jede andere Angst. Sie wird nicht kneifen: Wenn man schon mal in der Nähe der Finger war, lässt man sich doch nicht von einem Vogel auf Jagd beeindrucken.

Sie richtet sich wieder auf und schießt mit einem Stoß die ganze Giftladung aus ihrem Beutel ab. Feuer! Der Specht hat keine Zeit gehabt, wieder an Höhe zu gewinnen. Geblendet kommt er von seiner Bahn ab, streift einen Baumstamm, prallt ab und fällt zu Boden. Es gelingt ihm jedoch zu fliehen, ehe die Einsatzkräfte der Schlächterinnen Bein an ihn gelegt haben.

Aus diesem Zwischenfall erwächst Nr. 103 683 beträchtliches Prestige. Niemand weiß, dass sie ihre Angst durch eine noch viel größere überwunden hat.

Die Kreuzzüglerinnen gewöhnen sich nun an, sich auf den Mut von Nr. 103 683 zu beziehen, auf ihre Erfahrung, auf ihre Geschicklichkeit beim Schießen. Wer sonst hätte es geschafft, einen großen Raubvogel mitten im Flug aus der Bahn zu werfen?

Diese gestiegene Beliebtheit hat noch etwas anderes zur Folge: Zum Zeichen liebevoller Vertrautheit wird ihr Name zum Kosenamen verkürzt. Von nun an nennen alle Kreuzzüglerinnen sie nur noch Nr. 103.

Ehe sie sich wieder auf den Weg machen, ergeht an diejenigen, die Spechtkot abbekommen haben, der Rat, sich Trophallaxen zu verkneifen, um die anderen nicht anzustecken.

Nachdem die Reihen sich wieder geschlossen haben, nähert Nr. 23 sich Nr. 103.

Was ist los? Nr. 24 ist verschwunden. Sie wird eine Weile lang vergeblich gesucht. Der Schwarzspecht hat doch keine von ihnen geschnappt! Das Verschwinden von Nr. 24 ist sehr ärgerlich, weil mit ihr der Schmetterlingskokon der Mission Merkur abhanden gekommen ist.

Unmöglich, die anderen davon in Kenntnis zu setzen. Unmöglich, noch länger zu warten. Pech für Nr. 24. Das Volk geht über das Individuum.

85. Untersuchung

Méliès kam allein zur Wohnung des Ehepaars Odergin. Die äthiopische Wissenschaftlerin saß im Schneidersitz in einer Wanne ohne Wasser. Auf ihrem Kopf war cremiger, grüner Shampooschaum, ansonsten zeigte sie die schon bekannten Merkmale: Gänsehaut, Schreckensfratze und aus den Ohren gelaufenes Blut. Das gleiche Schema in der Toilette nebenan, nur dass ihr Ehemann auf der Schüssel saß, mit nach vorn gekipptem Oberkörper und auf die Füße gerutschter Hose.

Eigentlich warf Jacques Méliès kaum einen Blick auf die beiden Leichen. Er wusste jetzt, woran er war, und sauste gleich zur Privatwohnung von Emile Cahuzacq.

Der Inspektor war überrascht, seinen Chef zu so früher Stunde bei sich auftauchen zu sehen, nur einen Schlafanzug unter dem Trenchcoat. Er kam ungelegen. Cahuzacq war gerade dabei, sich seinem Lieblingshobby hinzugeben: dem Präparieren von Schmetterlingen.

Ohne darauf zu achten, verkündete der Kommissar gleich:

»Alter Kumpel, es ist so weit! Diesmal haben wir den Mörder!«

Der Inspektor machte ein skeptisches Gesicht.

Méliès bemerkte das Durcheinander auf dem Schreibtisch seines Untergebenen.

»Ja, was bastelst du denn da?«

»Ich? Ich sammle Schmetterlinge. Na und? Hab ich dir das nicht erzählt?«

Cahuzacq verschloss seine Flasche mit Ameisensäure, pinselte abschließend die Flügel eines Spinners ein, dann behandelte er ihn mit einer stumpfen Pinzette.

»Hübsch, oder? Hier, schau … Das hier ist ein Kiefernspinner. Ich habe ihn vor ein paar Tagen im Wald von Fontainebleau gefunden. Komisch, einer seiner Flügel hat ein vollkommen rundes Loch, und der andere ist beschnitten. Vielleicht habe ich eine neue Art entdeckt.«

Méliès beugte sich hinunter und schnitt ein angewidertes Gesicht.

»Deine Schmetterlinge sind ja tot! Du hängst Leichen nebeneinander auf. Würdest du dich gern unter ein Glas mit dem Schild *Homo sapiens* legen lassen?«

Der alte Inspektor machte ein saures Gesicht: »Du interessierst dich eben für Fliegen, ich für Schmetterlinge. Jeder hat seine Marotten.«

Méliès klopfte ihm auf die Schulter.

»Na, na, reg dich nicht auf. Wir haben keine Zeit zu verlieren, ich hab den Mörder gefunden. Komm mit, wir spießen jetzt einen schönen Schmetterling von ganz anderer Art auf.«

86. Verirrt

Gut, man muss sich ins Unvermeidliche fügen. Es ist weder da noch dort, noch dort, noch dort.

Nicht der geringste Ameisenduft in dieser Ecke. Wie hat sie sich nur so schnell verlaufen können, was ist geschehen? Als der Specht auf sie alle zielte, rief eine Soldatin, man müsse sich retten, sich verstecken. Sie ist ihr so brav gefolgt, dass sie sich jetzt verlaufen hat, allein in der Großen Außenwelt. Sie ist jung, sie hat keine Erfahrung und ist weit weg von den Ihren. Und auch weit weg von den Göttern.

Aber wie hat sie sich nur so schnell verlaufen können? Daran ist ihre Unerfahrenheit schuld, ihr mangelnder Orientierungssinn.

Das weiß sie, darum glaubten die anderen nicht, dass sie den Mumm haben würde, zum Kreuzzug aufzubrechen.

Alle nannten sie »Nr. 24, die von Geburt an Verirrte«.

Sie umklammert ihre kostbare Last: den Schmetterlingskokon. Diesmal kann ihr Verirren unvorstellbare Folgen haben. Nicht nur für sie, sondern für das ganze Nest, vielleicht sogar für die ganze Art. Sie muss um jeden Preis wieder ein Pistenpheromon finden. Sie lässt ihre Antennen mit 25 000 Bewegungen pro Sekunde schwingen und spürt nichts Bedeutendes auf. Sie ist völlig aufgeschmissen.

Ihre Last wird bei jedem Schritt schwerer und sperriger.

Sie legt den Kokon ab, wäscht sich fahrig die Antennen und schnuppert lebhaft die Luft um sich ab. Sie nimmt einen Geruch nach Wespennest wahr. Wespennest, Wespennest … Sie muss sich wohl in der Nähe des Nests der roten Wespen befinden. Das ist im Norden. Ganz die falsche Richtung. Im Übrigen bestätigen ihr ihre Johnston-Organe, die empfindlich auf die Magnetfelder der Erde reagieren, dass sie weitab vom Weg ist.

Einen Moment lang hat sie das Gefühl, von einer Schnake belauert zu werden. Doch das muss Einbildung sein. Sie nimmt den Kokon wieder auf und geht schnurstracks geradeaus.

Na gut, diesmal ist sie endgültig in die Irre gelaufen.

Seit ihrer frühesten Kindheit hat Nr. 24 sich immer wieder verirrt. Schon in den Gängen der Geschlechtslosen, als sie erst ein paar Tage alt war, verirrte sie sich, später verlief sie sich in der Stadt, und sobald sie Gelegenheit bekam, den Ameisenhaufen zu verlassen, fing sie an, sich in der Natur zu verlaufen.

Am Ende jeder ihrer Expeditionen gab es einen Augenblick der Unsicherheit, wenn eine andere Ameise fragte: *Wo ist nur Nr. 24 abgeblieben?*

Die arme Jägerin stellte sich im Übrigen die gleiche Frage: *Wo bin ich?*

Sie hatte zwar das Gefühl, diese Blume, dieses Stück Holz, diesen Felsen, dieses Gestrüpp schon einmal gesehen zu haben, obwohl … diese Blume vielleicht doch eine andere Farbe hatte. Meistens lief sie dann auf der Suche nach der Pheromonpiste ihrer Expedition im Kreis herum.

Dennoch wurde sie immer wieder auf die Pfade der Großen Außenwelt geschickt, denn durch ein merkwürdiges genetisches Versehen hatte Nr. 24 für eine Geschlechtslose ein hervorragendes Sehvermögen. Ihre Augäpfel waren fast so gut entwickelt wie bei den Fortpflanzungsfähigen. Sie wiederholte immer wieder, dass sie zwar gute Augen hatte, nicht aber gute Antennen, doch alle Missionen wollten sie dabeihaben, um durch Nr. 24 eine gute Sichtkontrolle über den Ablauf zu haben. Und immer wieder ging sie verloren.

Bisher war es ihr stets so recht und schlecht gelungen, wieder ins Nest zurückzukehren. Doch diesmal ist es anders, das Ziel heißt nicht, wieder ins Nest zurückzukehren, sondern ans Ende der Welt zu kommen. Ob sie dazu in der Lage ist?

In der Stadt bist du ein Teil der anderen, allein bist du ein Teil des Nichts, wiederholt sie für sich selbst.

Gen Osten. Sie läuft dahin, verzweifelt, verlassen, dem erstbesten Räuber ausgeliefert. Sie marschiert schon lange, als sie auf einmal von einer deutlichen Bodensenke aufgehalten wird, die einen guten Schritt tief ist. Sie untersucht ihren Rand und stellt schließlich fest, dass es sich um zwei benachbarte Senken handelt, zwei flache Vertiefungen, von denen die größere die Hälfte eines Ovals darstellt, die andere, tiefere einen Halbkreis bildet. Die Durchmesser dieser beiden sonderbaren Abdrücke verlaufen parallel und liegen etwa fünf Schritt auseinander.

Nr. 24 schnuppert, tastet, leckt, schnüffelt noch einmal. Der Geruch ist genauso ungewöhnlich wie der Rest. Unbekannt, neu … Nach anfänglicher Verwirrung wird Nr. 24 von einer lebhaften Erregung erfasst. Sie hat keine Angst mehr. Im Abstand von ungefähr sechzig Schritt folgen weitere Riesenspuren. Nr. 24 ist sich absolut sicher, dass sie es mit Spuren von Fingern zu tun hat. Ihr Wunsch ist erhört worden. Die Finger leiten sie, zeigen ihr den Weg!

Sie läuft auf der Fährte der Götter. Endlich wird sie ihnen begegnen.

87. Die Götter sind zornig

Fürchtet Eure Götter.
Eure Opfergaben sind zu wenig,
Zu dürftig für unsere Größe.

Ihr behauptet, der Regen habe Eure Speicher zerstört.
Das war Eure Strafe,
Denn Ihr habt uns nicht genug Opfergaben gebracht.

Ihr behauptet, der Regen habe Eure Rebellinnenbewegung dezimiert.
Lasst sie stärker als zuvor wiedererstehen.

Lehrt alle die Macht der Götter!
Sendet Selbstmordkommandos
Und räumt die Speicher der Verbotenen Stadt.

Fürchtet Eure Götter!

Die Finger können alles, denn die Finger sind Götter.
Die Finger können alles, denn die Finger sind groß.
Die Finger können alles, denn die Finger sind mächtig.

Das ist die Wahrheit.

Die Finger schalten die Maschinen ab und sind stolz darauf, Götter zu sein.

Nicolas legt sich unauffällig wieder hin. Mit offenen Augen träumt er lächelnd vor sich hin. Wenn er eines Tages lebendig aus diesem Loch herauskommen sollte, dann wird er was zu erzählen haben: seinen Schulkameraden, der ganzen Welt! Er wird die Notwendigkeit von Religionen erklären. Und er wird berühmt werden, indem er beweist, dass es ihm gelungen ist, den religiösen Glauben in der Welt der Insekten zu verankern.

88. Erste Scharmützel

Bereits in den Gebieten unter belokanischer Kontrolle sind die Zahl der Opfer und das Ausmaß der durch den Vorbeimarsch des ersten Kreuzzugs angerichteten Schäden beträchtlich.

Die roten Soldatinnen fürchten sich nämlich vor nichts.

Einem Maulwurf, der zwischen dieser Masse von Ameisen hat wühlen wollen, bleibt gerade noch Zeit, vierzehn Opfer zu verschlingen. Schon fallen die Ameisen über ihn her und zerstückeln ihn. Über den langen Zug legt sich ein Mantel des Schweigens. Vor ihm verschwindet alles. So folgen der anfänglichen Jagdbegeisterung die Not und unverzüglich der Hunger.

In der Schneise der Verheerung, die der Kreuzzug hinterlässt, finden sich jetzt auch verhungerte Ameisen.

Angesichts dieser katastrophalen Lage sprechen Nr. 9 und Nr. 103 sich ab. Sie schlagen vor, dass die Aufklärerinnen in Gruppen von fünfundzwanzig losziehen. Mit einem solchen Fächer vorneweg dürften sie logischerweise viel unauffälliger und damit für die Bewohner des Waldes weniger bedrohlich sein. Diejenigen, die murren und von Rückzug sprechen, bekommen klipp und klar zur Antwort, der Hunger müsse sie vielmehr zur Eile antreiben, nach vorn. Nach Osten. Als nächstes Wildbret gäbe es Finger.

89. Die Schuldige wird endlich gefasst

In ihrer Wanne ausgestreckt und ihrem Lieblingsvergnügen, dem Tauchen mit angehaltenem Atem, hingegeben, ließ Laetitia Wells ihre Gedanken schweifen. Sie stellte fest, dass sie schon lange keinen Liebhaber mehr gehabt hatte, sie, die sie so viele besessen hatte und ihrer immer so schnell überdrüssig geworden war. Sie dachte sogar daran, sich Jacques Méliès ins Bett zu holen. Er brachte sie manchmal zwar ein wenig auf, hatte jedoch den Vorteil, da zu sein, in Reichweite, und das in einem Augenblick, da sie das Bedürfnis nach einem männlichen Wesen verspürte.

Ach, es gab auf der Welt so viele Männer … Aber keinen aus dem gleichen Stoff wie ihr Vater. Ihre Mutter Ling-Mi hatte Glück gehabt, dass sie sein Leben teilen durfte. Ein Mann, der allem gegenüber offen war, spontan und lustig, der gerne Scherze machte. Und liebevoll, so liebevoll!

Niemand konnte Edmond das Wasser reichen. Sein Geist umfasste einen Raum, der keine Grenzen kannte. Edmond funktionierte wie ein Seismograph, er registrierte sämtliche geistigen Erschütterungen seiner Zeit, alle gewichtigen Ideen, er machte sie sich zu eigen, verarbeitete sie … und spuckte sie neu wieder aus, als seine eigenen Ideen. Die Ameisen waren bloß ein Vorwand gewesen. Ebenso gut hätte er die Sterne, Medizin oder den Widerstand von Metallen studieren können, er hätte genauso Hervorragendes geleistet. Er war ein wahrhaft universeller Geist gewesen, ein Abenteurer von besonderem Schlag, ebenso bescheiden wie genial.

Vielleicht gab es irgendwo einen zweiten Mann mit genauso gewandtem Verstand, der sie unablässig in Erstaunen versetzen und nie langweilen würde? Bisher hatte sie noch keinen solchen kennengelernt …

Sie stellte sich vor, eine Kontaktanzeige aufzugeben: »Abenteurer gesucht …« Die Antworten schreckten sie schon im Vorhinein ab.

Sie steckte den Kopf aus dem Wasser, holte tief Luft und tauchte wieder unter. Ihre Gedanken hatten einen anderen Weg eingeschlagen. Ihre Mutter, der Krebs …

Da ihr plötzlich die Luft ausging, tauchte sie wieder auf. Ihr Herz pochte heftig. Sie stieg aus der Wanne und schlüpfte in ihren Bademantel.

An der Tür klingelte es.

Sie nahm sich die Zeit, sich etwas zu beruhigen, dreimal lang ausatmen, dann ging sie zur Tür.

Wieder Méliès. Sie fing bereits an, sich an seine Überfälle zu gewöhnen, aber jetzt zweifelte sie doch, ihn wiederzuerkennen. Er trug

Imkerkleidung, sein Gesicht war durch einen Strohhut mit Musselinschleier maskiert, und er trug Gummihandschuhe. Sie runzelte die Stirn, als sie hinter dem Kommissar drei Männer sah, die genauso ausstaffiert waren. Eine dieser Silhouetten erkannte sie als Inspektor Cahuzacq wieder. Sie unterdrückte ein Lachen.

»Kommissar! Was hat dieser maskierte Besuch zu bedeuten?«

Es kam keine Antwort. Méliès trat zur Seite, und die beiden nicht identifizierten Masken – mit Sicherheit zwei Polypen – kamen näher; dann schloss ihr der Kräftigere von beiden eine Handschelle ums rechte Handgelenk. Laetitia Wells glaubte zu träumen. Der Gipfel war, als Inspektor Cahuzacq mit von der Maske entstellter und gedämpfter Stimme herunterleierte: »Sie sind verhaftet. Die Anklage lautet auf Mord und Mordversuch. Von jetzt an kann alles, was Sie sagen, gegen Sie verwendet werden. Natürlich haben Sie das Recht, jede Aussage zu verweigern, solange Ihr Anwalt nicht dabei ist.«

Dann zerrten die Polizisten Laetitia zu der schwarzen Tür hinüber und pflanzten sich davor auf. Méliès lieferte eine schnelle und brillante Demonstration seiner Talente als Einbrecher: Die Tür hielt ihm nicht stand.

»Sie hätten mich um den Schlüssel bitten können, anstatt alles zu demolieren!«, protestierte die Verhaftete.

Vor dem Terrarium mit den Ameisen und einem Arsenal an Computern stockten die vier Polizisten.

»Was ist das?«

»Vermutlich die Mörder der Brüder Salta, Caroline Nogards, MacHarious' und des Ehepaars Odergin«, sagte Méliès düster.

Sie schrie: »Sie täuschen sich! Ich bin nicht der Rattenfänger von Hameln. Sie glauben mir nicht? Das ist ein einfaches Ameisennest, das ich mir letzte Woche aus dem Wald von Fontainebleau mitgebracht habe. Außerdem sind sie nie hier herausgekommen, seitdem ich sie da hineingesteckt habe. Keine Ameise wird je einem Menschen gehorchen. Man kann sie nicht abrichten. Das sind keine Hunde oder Katzen. Sie sind frei. Verstehen Sie mich, Méliès? Sie sind frei, sie richten sich nur nach ihrem eigenen Kopf, und niemand kann sie beeinflussen oder manipulieren. Das hatte bereits mein Vater begriffen. Sie sind frei. Darum wird dauernd versucht, sie zu zerstören. Es gibt nur wilde und freie Ameisen! Ich bin nicht Ihr Mörder!«

Der Kommissar achtete nicht auf ihre Proteste und wandte sich an Cahuzacq: »Du nimmst mir das alles mit, den Computer und die Ameisen. Wir werden ja sehen, ob die Größe ihrer Mandibeln den inneren Verletzungen der Leichen entspricht. Du lässt Siegel anbringen und führst die Dame direkt vor den Untersuchungsrichter.«

Da wurde Laetitia heftig: »Ich bin nicht Ihr Täter, Méliès! Sie täuschen sich schon wieder! Offensichtlich ist das eine Spezialität von Ihnen!«

Er wollte nicht auf sie hören.

»Jungs«, meinte er zu seinen Untergebenen, »passt auf, dass euch nicht eine von diesen Ameisen entwischt. Das sind alles Beweisstücke.«

Jacques Méliès befand sich im Zustand höchsten Glücks. Er hatte das komplizierteste Rätsel seiner Epoche gelöst. Er hatte den Gral des perfekten Verbrechens gestreift. Er hatte gesiegt, wo sonst niemand Erfolg gehabt hätte. Und er hatte das Motiv der Mörderin: Sie war die Tochter von Edmond Wells, des berühmtesten und besessensten Ameisenanhängers des Planeten.

Er ging fort, ohne auch nur einmal den lila Blick Laetitias gekreuzt zu haben.

»Ich bin unschuldig. Sie begehen die größte Dummheit Ihrer Karriere. Ich bin unschuldig.«

90. ENZYKLOPÄDIE

Zivilisationsschock 53 v. Chr. stürzt sich der General Marcus Licinius Crassus, Prokonsul von Syrien, aus Neid auf die Erfolge Julius Cäsars, seinerseits in große Eroberungszüge. Cäsar hat seinen Feldzug im Westen bis nach Britannien ausgedehnt, Crassus will den Orient erobern, bis hin ans Meer. Er zieht Richtung

Osten. Nur liegt das Reich der Parther auf seinem Weg. An der Spitze eines riesigen Heeres greift er es an. Es kommt zur Schlacht von Carrhae, bei der jedoch der Partherkönig Surena den Sieg davonträgt. Mit der Eroberung des Orients ist es mit einem Schlag vorbei.

Dieser Versuch hatte unerwartete Folgen. Die Parther machten zahlreiche Gefangene unter den Römern, die ihnen in ihrem Heer beim Kampf gegen das Königreich der Kuschan dienten. Die Parther wurden ihrerseits geschlagen, und ihre Römer fanden sich als Teil des Heers der Kuschan wieder, die selbst im Krieg mit den Chinesen lagen. Die Chinesen errangen den Sieg, so dass die reisenden Gefangenen schließlich bei den Truppen des Kaisers von China landeten. Dort ist man zwar verblüfft ob der weißen Männer, bewundert aber vor allem ihre Kenntnisse im Bau von Katapulten und anderen Belagerungsmaschinen. Man übernimmt sie, lässt sie sogar frei und gibt ihnen eine Stadt zum Geschenk. Die Heimatlosen heiraten Chinesinnen und machen ihnen Kinder. Als römische Unterhändler ihnen Jahre später anboten, sie in die Heimat zurückzubringen, lehnten sie ab und erklärten, in China glücklicher zu sein.

EDMOND WELLS
Enzyklopädie des relativen und absoluten Wissens, Bd. 2

91. PICKNICK

Um der Hitzewelle im August zu entgehen, hatte der Präfekt Dupeyron beschlossen, seine kleine Familie zum Picknick unter dem ländlichen Laubdach des Walds von Fontainebleau auszuführen. Die Kinder, Georges und Virginie, hatten sich dafür mit Allzweckschuhen ausgerüstet. Seine Gattin Cécile hatte die Aufgabe übernommen, eine kalte Mahlzeit vorzubereiten, die Charles nun unter den spöttischen Blicken der anderen in einer riesigen Kühlbox transportierte.

Um elf Uhr morgens war es an diesem Sonntag schon schrecklich heiß. Sie stürzten sich unter die Bäume, Richtung Westen. Die Kinder trällerten ein Liedchen, das sie im Kindergarten gelernt hatten:

»Be-bop-a-lula, she is my baby.« Cécile war bemüht, sich auf den ausgetretenen Wegen nicht die Knöchel zu verstauchen.

Dupeyron selbst schwitzte zwar fürchterlich, war aber für dieses Schuleschwänzen dankbar – weit weg von den Leibwächtern, Sekretärinnen, Pressesprechern und anderen Höflingen jeglicher Art. Das »Zurück zur Natur« hatte immer wieder seinen Reiz. Als er an einem reichlich ausgetrockneten Bach anlangte, schnupperte er vergnügt die Luft voller Blumendüfte und schlug vor, sich in der Nähe im Gras niederzulassen.

Gleich erhob Cécile Einwände: »Du findest dich wohl witzig! Hier muss es doch von Mücken wimmeln! Als ob du nicht wüsstest, dass ich die Erste bin, die gestochen wird, wenn auch nur eine einzige da ist!«

»Sie mögen das Blut von Mama, weil es süßer ist«, spottete Virginie und schwenkte den Schmetterlingskescher, den sie in der Hoffnung mitgebracht hatte, die Sammlung ihrer Schulklasse zu bereichern.

Im letzten Jahr hatten sie mit den Flügeln von achthundert Schuppenflüglern ein großes Bild gemacht, das ein Flugzeug am Himmel darstellte. Dieses Mal wollten sie tatsächlich die Schlacht von Austerlitz nachbilden.

Dupeyron schlug einen versöhnlichen Ton an. Er wollte sich diesen schönen Tag nicht wegen ein paar Mücken verderben lassen.

»Na schön, gehen wir ein Stück weiter. Da unten scheint eine Lichtung zu sein.«

Die Lichtung war eine viereckige Stelle voll Klee, so groß wie eine Küche, und daher mit großzügig viel Schatten. Dupeyron stellte seine Kühlbox ab, öffnete sie und holte ein großes weißes Tischtuch heraus.

»Hier haben wir's wunderbar. Kinder, helft eurer Mutter, den Tisch zu decken.«

Er machte sich daran, eine Flasche hervorragenden Bordeaux zu öffnen, und handelte sich damit gleich einen Rüffel von seiner Frau ein: »Gibt's denn nichts Dringenderes? Die Kinder kabbeln sich schon, und du denkst nur ans Trinken! Kümmere dich doch mal um deine Vaterpflichten!«

Georges und Virginie bewarfen sich mit Erdklumpen. Seufzend rief er sie zur Ordnung:

»So, das reicht jetzt, Kinder! Georges, du bist der Junge, geh mit gutem Beispiel voran!«

Der Präfekt packte seinen Sohn am Hosenboden und drohte ihm mit der Hand.

»Siehst du die? Wenn du weiter deine Schwester ärgerst, fängst du links und rechts eine. Lass dir das gesagt sein.«

»Aber Papa, sie ist doch schuld, nicht ich.«

»Ich will nicht wissen, wer. Bei dem geringsten Blödsinn bist du dran.«

Das kleine Kommando von fünfundzwanzig Aufklärerinnen ist dem Gros der Truppe weit vorausgeeilt und kämmt alles durch. Als Greifarme des Heeres verfügen sie über Pistenpheromone, mit deren Hilfe die Masse der Kreuzzüglerinnen den besten Weg wählen kann.

Die Gruppe, die am weitesten vorgerückt ist, wird von Nr. 103 geleitet.

Die Dupeyrons mampften gemütlich in der Schwüle unter den Bäumen. Die Anstrengung war so groß, dass jetzt sogar die Kinder still waren. Madame Dupeyron rollte die Augen und brach das Schweigen: »Ich glaube, hier gibt es auch Mücken. Jedenfalls sind es Insekten. Ich höre Gesumm.«

»Hast du schon einmal einen Wald ohne Insekten gesehen?«

»Ich frage mich, ob dein Picknick eine so gute Idee war«, seufzte sie. »Wir hätten es an der Normandieküste viel besser gehabt. Du weißt doch, dass Georges Allergien hat!«

»Ich bitte dich, hör auf, den Kleinen zu verhätscheln. Du machst ihn noch endgültig zum Schwächling!«

»Aber hör doch! Insekten – und zwar überall.«

»Keine Sorge, ich habe daran gedacht, ein gutes Insektenspray mitzunehmen.«

»Ach, gut … Und welche Marke?«

Signal einer Aufklärerin: *Nicht identifizierte Gerüche aus Nordnordost.*

An nicht identifizierten Gerüchen mangelt es nicht. Davon gibt es auf der weiten Welt Milliarden. Aber der besonders dringliche Tonfall der Botin löst bei dem Kommando sofort Alarm aus. Reglos verharren sie in Lauerstellung. Die Luft durchziehen wenig geläufige Düfte.

Eine Kriegerin lässt ihre Mandibeln rasseln, überzeugt, einen Geruch nach Waldschnepfe aufgespürt zu haben. Antennenkontakt, es wird beratschlagt. Nr. 103 ist der Meinung, man solle trotzdem vorrücken, und sei es, um das Tier zu identifizieren. Alle nehmen ihrem Ratschlag zufolge Aufstellung.

Die fünfundzwanzig gehen dem Aroma bis zu seiner Quelle nach. Sie landen auf einem großen, bedeckten Platz, einem ganz ungewöhnlichen Ort mit weißem Boden, der von winzigen Löchern übersät ist.

Bevor etwas unternommen wird, gilt es Vorsichtsmaßnahmen zu treffen. Fünf Aufklärerinnen laufen zurück, um auf den Gräsern die chemische Fahne der Föderation zu hinterlassen. Es genügen ein paar Tropfen Tetradecylacetat ($C_6H_{22}O_2$), um dem ganzen Planeten anzuzeigen, dass sich hier das Gebiet von Bel-o-kan befindet.

Das beruhigt sie ein wenig. Ein Land zu kennzeichnen heißt bereits, es zu kennen.

Sie machen einen Besuch.

Zwei massige Türme zeichnen sich ab. Vier Aufklärerinnen fangen an, hochzuklettern. Der runde, bauchige Gipfel hat ebenfalls Löcher, aus denen salzige oder pfeffrige Gerüche kommen. Sie würden sich die Substanzen gern aus der Nähe ansehen, aber die Öffnungen sind zu klein, als dass sie sich durchzwängen könnten. Enttäuscht klettern sie wieder herunter.

Na dann nicht, die Technikerinnen, die ihnen nachfolgen, werden das Problem schon knacken. Kaum sind sie wieder unten, werden sie von einer anderen, noch merkwürdigeren Sehenswürdigkeit angezogen, einer Reihe einbalsamierter Hügel, die aber eine sehr unnatürliche Form haben. Sie klettern hinauf und breiten sich über die Täler und Bergrücken aus. Sie tasten, sie sondieren.

Essbar!, ruft die Erste, der es gelungen ist, durch die harte Oberfläche zu dringen. Unter dem, was sie für einen Stein gehalten hat, schmeckt es sehr gut! Nichts als Proteine in unvorstellbaren Mengen! Mit vollem Mund sendet sie auf einer begeisterten Frequenz die Neuigkeit aus.

»Was essen wir danach?«

»Es gibt Spießchen.«

»Mit was denn?«

»Lamm, Speck und Tomaten.«

»Nicht schlecht, und was gibt's dazu?«

Die Ameisen lassen es nicht dabei. Von diesem ersten Erfolg berauscht, füllen sie sich ein wenig den Kropf und schwärmen über das weiße Tischtuch aus. Ein Trupp von vier Aufklärerinnen bleibt in einer weißen Schachtel voll gelber Gelatine stecken. Sie wehren sich lang, ehe sie in der weichen Masse versinken.

»Was dazu? Eine Sauce Béarnaise vom Händler.«

Nr. 103 verliert sich inmitten eines riesigen Haufens gelber Gebilde, deren Oberfläche bei jedem Schritt knirscht und kracht. Da brechen ganze Stücke weg. Nr. 103 springt nach allen Seiten, um nicht erdrückt zu werden, und kaum hat sie Fuß gefasst, springt sie wieder woandershin, um sich vor einem Sturz zu retten, der sie in dieser kristallinen, mürben Materie begraben würde.

»Ach, toll! Chips!«

Eine unerwartete Rutschpartie auf einer Art fettiger Lasur reißt sie endlich aus diesem Alptraum. Entlang einer Gabel nimmt sie die Erkundungen wieder auf. So eilt sie von Überraschung zu Überraschung, von einem süßen zu einem sauren Geschmack, von einem bitteren zu einem scharfen. Sie patscht zwischen einem grünen Gemüse herum, nähert sich vorsichtig der roten Creme.

»Gurken in Aspik, Ketchup.«

Mit ganz fiebrigen Antennen ob so vieler exotischer Entdeckungen überquert Nr. 103 eine weite, hellgelbe Fläche, von der ein starker Fermentierungsgeruch ausgeht. Zwischen den Hohlräumen spazieren und amüsieren sich Schwestern. Das Ding ist eine ununterbrochene Folge von vollkommen runden und zarten Höhlen. Man kann es mit dem Kiefer durchbohren, und dann wird die gelbe Mauer durchsichtig.

»Greyerzer Käse!«

Nr. 103 ist entzückt, hat aber keine Zeit, ihnen ihre Eindrücke über dieses merkwürdige Land mitzuteilen, wo man alles essen kann. Ein tiefer, dumpfer Laut, stark wie der Wind, fährt auf sie herab wie Donnergrollen.

»Inne wiebeln sinja Aeise.«

Eine rosa Kugel taucht am Himmel auf und zerquetscht systematisch acht Kundschafterinnen. *Ptsch, ptsch, ptsch.* Das dauert keine drei Sekunden. Der Überraschungseffekt ist vollkommen. Diese edlen Kriegerinnen sind alle von kräftiger Natur. Dennoch vermag keine den geringsten Widerstand zu leisten. Ihre festen, kupfrigen Rüstungen zerplatzen, ihr Fleisch und ihr Blut mischen sich in einem spritzenden Brei. Lächerliche braune Pfannkuchen auf dem makellos weißen Boden.

Die Soldatinnen des Kreuzzugs glauben ihren Sinnen nicht zu trauen.

Die rosa Kugel setzt sich in der Tat in einer langen Säule fort. Kaum hat sie ihr Zerstörungswerk vollendet, entfalten sich langsam vier weitere Säulen neben ihr.

Es sind fünf!

FINGER!

Es sind Finger!!!!! Finger!!!!!

Nr. 103 ist sich sicher. Sie sind da! Sie sind da! So schnell, so nah, so stark! Die Finger sind da!!!!! Sie stößt ihre stärksten Alarmpheromone aus.

Achtung, das sind Finger! Finger!

Nr. 103 spürt, wie sie von einer Welle schierer Angst überflutet wird. In ihren Gehirnen kocht es, in ihren Beinen zittert es. Ihre Mandibeln gehen unvermittelt abwechselnd auf und wieder zu.

FINGER! Es sind FINGER! Alle verstecken!

Gemeinsam erheben sich die Finger gen Himmel, überlagern sich, so dass nur noch ein einzelner hervorsticht. Der ist gespannt wie ein Sporn. Sein rosafarbenes, plattes Ende verfolgt die Kundschafterinnen und zerdrückt sie problemlos.

Instinktiv versteckt Nr. 103 sich mutig, aber nicht waghalsig, in einer Art großer sandfarbener Höhle.

Alles ist so schnell gegangen, dass sie keine Zeit gehabt hat, sich richtig klar darüber zu werden, was passiert ist. Indessen hat Nr. 103 sie sehr wohl wiedererkannt.

Das waren … Finger!

Die Angst kehrt in einer zweiten, noch heftigeren Welle zurück.

Diesmal kann sie an nichts Schrecklicheres denken, um ihre Angst auszuschalten. Sie sieht sich dem gegenüber, was am schrecklichsten, unverständlichsten und vielleicht mächtigsten auf der Welt ist. FINGERN!

Die Angst ist überall in ihrem Körper. Sie zittert, sie ringt nach Atem.

Es ist sonderbar: Auf Anhieb hat sie es nicht so recht verstanden, aber jetzt, da sie beschützt ist, in der Ruhe ihres provisorischen Unterschlupfs, da erreicht die Angst den höchsten Grad. Da draußen sind eine Menge Finger, die gekommen sind, um abzurechnen.

Und wenn die Finger Götter sind?

Sie hat ihnen getrotzt, sie sind zornig. Sie ist nur eine armselige Ameise, die sterben wird. Chli-pu-ni hatte Recht sich aufzuregen, niemals hätte jemand geahnt, sie so nah bei der Föderation anzutreffen! Sie haben also das Ende der Welt überschritten und fallen in den Wald ein!

Nr. 103 dreht in der warmen, beigefarbenen Höhle eine Runde. Sie klopft hysterisch mit ihrem Hinterleib, um den ganzen Stress loszuwerden, den sie seit ein paar Sekunden angehäuft hat.

Sie braucht lange, um ihre Selbstbeherrschung wiederzugewinnen, dann, als die Angst sich ein wenig verzogen zu haben scheint, sieht sie sich vorsichtigen Schritts diese seltsame Höhle mit den Gewölbebögen an. Das Innere ist von schwarzen Lamellen geschmückt. Sie schwitzen warmes, geschmolzenes Fett. Das Ganze sondert einen ekelerregenden, muffigen Geruch an der Grenze des Erträglichen ab.

»Teil mal das gebratene Huhn. Es sieht so lecker aus.«

»Wenn uns doch bloß diese Ameisen in Ruhe ließen!«

»Ich habe schon eine Menge erledigt.«

»Na ja, du mit deiner Natur, du bist schuld daran! Schau, da und da sind auch noch welche.«

Nr. 103 überwindet ihren Abscheu, durchquert die warme Grotte und kapselt sich an einem Ende ein.

Sie streckt ihre Antennen aus und erlebt tatsächlich das Unglaubliche. Die rosafarbenen Kugeln, schreckliche Räuber, spüren alle ihre Gefährtinnen auf. Sie stöbern sie unter den Gläsern auf, unter den Tellern, unter den Servietten, dann machen sie mit ihrem Leben kurzen Prozess.

Es ist ein Blutbad.

Einige versuchen, auf ihre Angreifer Säurestrahlen abzufeuern. Vergebens. Die rosaroten Kugeln fliegen, springen, hüpfen überall herum, lassen ihren winzigen Gegnerinnen keine Chance.

Dann wird alles ruhig.

Die Luft ist von den Oleinsäuregerüchen erfüllt, die den Ameisentod anzeigen.

Die Finger patrouillieren in Fünfergruppen über das Tischtuch.

Den Verwundeten wird der Rest gegeben, sie werden zu Fladen zermalmt und weggekratzt, damit es keine Flecken gibt.

»Iebhing, ib mir ie oße Schere.«

Plötzlich zertrümmert eine riesige Spitze die Decke der Höhle und zieht mit ohrenbetäubendem Krachen die Ränder auseinander.

Nr. 103 schreckt hoch. Sie macht einen Satz nach vorn. Schnell. Fliehen. Schnell. Schnell. Da oben sind die grässlichen Götter.

Sie galoppiert, was ihre sechs Beine hergeben.

Die rosa Säulen brauchen eine Zeit lang zum Reagieren.

Sie scheinen vollkommen fassungslos, sie dort herauskrabbeln zu sehen. Sie machen sich sofort an ihre Verfolgung.

Nr. 103 probiert alle Tricks. Sie schlägt enge Haken und macht auf halbem Weg kehrt. Ihre Herzkammer pocht zum Zerbersten, aber noch lebt sie. Vor ihr fallen zwei Säulen herunter. Durch das Sieb ihrer Augen sieht sie zum ersten Mal die fünf riesenhaften Silhouetten sich vor dem Horizont abzeichnen. Sie wittert ihre scharfen Gerüche. Die Finger patrouillieren.

Entsetzlich.

Da löst sich in ihrem Kopf etwas. Sie hat solche Angst, dass sie das Undenkliche tut. Reiner Wahnsinn. Anstatt zu fliehen, springt sie auf ihre Verfolger!

Der Überraschungseffekt ist vollkommen.

Geschwind klettert sie an den Fingern hoch. Eine Rakete auf einem Trampolin. Oben auf dem Berg angekommen, springt sie ins Leere.

Ihr Sturz wird von den rosa Kugeln aufgefangen.

Sie schließen sich, um sie zu zerquetschen.

Sie taucht darunter weg und fällt noch tiefer, diesmal ins Gras.

Schnell versteckt sie sich unter einem dreiblättrigen Klee. Sie sieht, wie die rosafarbenen Säulen die Pflanzen in ihrer Umgebung durchkämmen. Die Fingergötter wollen sie aufspüren. Aber zwischen den niedrigen Gänseblümchen ist sie in ihrem Element. Sie werden sie nicht wiederfinden.

Nr. 103 läuft, ihre Antennen schwirren von all den Eindrücken. Diesmal besteht kein Zweifel: Sie hat sie gesehen, sie hat sie berührt, sie hat sie sogar überlistet.

Das ist jedoch keine Antwort auf die wesentliche Frage: *Sind die Finger Götter?*

Der Präfekt Dupeyron wischte sich an seinem karierten Taschentuch die Hände ab.

»Na, seht ihr, wir haben sie erledigt, und sogar ohne Insektenspray.«

»Das ändert nichts daran, dass ich es dir gesagt habe, Liebling, der Wald hier ist nicht sauber.«

»Ich hab hundert umgebracht!«, rühmte sich Virginie.

»Und ich noch viel mehr, viel mehr als du!«, rief Georges.

»Beruhigt euch, Kinder … Haben sie Zeit gehabt, sich an unserem Essen zu vergreifen?«

»Ich hab eine aus dem Huhn kommen sehen.«

»Ich will kein Huhn, das von Ameisen verdreckt ist!«, brüllte Virginie.

Dupeyron verzog das Gesicht.

»Wir werden doch so ein schönes gebratenes Huhn nicht wegwerfen, bloß weil eine Ameise es berührt hat!«

»Die Ameisen sind schmutzig, sie übertragen Krankheiten, das hat unsere Lehrerin in der Schule gesagt.«

»Wir essen das Huhn trotzdem«, beharrte der Vater.

Georges hockte sich auf alle viere.

»Da ist uns eine entwischt.«

»Umso besser! Dann sagt sie den anderen, dass sie nicht hierherkommen sollen. Virginie, hör auf, der Ameise die Beine auszureißen, sie ist doch schon tot.«

»Nein, nein, Mama. Sie zappelt noch ein bisschen.«

»Na schön, aber dann leg die Stücke nicht aufs Tischtuch, wirf sie weiter fort. Können wir endlich in Ruhe essen?«

Sie hatte beim Sprechen die Augen zum Himmel gerollt und hielt dort verdutzt inne. Eine Wolke aus gehörnten Käfern sammelte sich gerade klein, aber lautstark einen Meter über ihrem Kopf zu einem Kreis. Als sie sah, dass sie dort schweben blieben, wurde sie blass.

Ihr Mann schaute auch nicht besser drein. Er hatte gerade festgestellt, dass das Gras schwarz geworden war: Sie waren von einer Flut von Ameisen umzingelt. Womöglich Millionen davon!

In Wirklichkeit waren es bloß die dreitausend Soldaten des ersten Kreuzzugs gegen die Finger, verstärkt von den Käfern aus Zedibei-nakan. Sie drangen entschlossen vor, sämtliche Mandibeln waren ausgefahren.

Mit unsicherer Stimme stieß der Gatte und Vater hervor:

»Liebling, gib mir schnell die Dose Insektenspray.«

92. Enzyklopädie

Ameisensäure Die Ameisensäure ist ein wichtiger Bestandteil des Lebens. Der Mensch hat übrigens etwas davon in seinen Zellen. In der zweiten Hälfte des 19. Jahrhunderts wurde die Ameisensäure dazu benutzt, Nahrungsmittel oder Tierkadaver zu konservieren. Aber man verwendete sie vor allem, um Flecken aus den Laken zu entfernen.

Da man nicht wusste, wie man diese chemische Substanz synthetisch herstellt, holte man sie sich direkt aus den Insekten. Man häufte Tausende von Ameisen in eine Ölpresse, an deren Schraube gedreht wurde, bis ein gelblicher Saft herausfloss.

Sobald er gefiltert war, wurde dieser »Ameisensirup« in allen Drogerien als flüssiger Fleckenlöser verkauft.

Edmond Wells

Enzyklopädie des relativen und absoluten Wissens, Bd. 2

93. Endstadium

Professor Miguel Cygneriaz wusste jetzt, dass dem Endstadium nichts mehr im Weg stand.

In seinen Händen hielt er die absolute Waffe gegen die Kräfte der Erde.

Er nahm die silbrige Flüssigkeit und schüttete sie in eine Schale. Dann goss er eine rote Flüssigkeit hinzu und machte sich an das, was man in der Chemie im Allgemeinen zweite Gerinnung nennt.

Das Substrat nahm daraufhin verschiedene Farben an, wie die Schwanzfedern eines Pfaus.

Professor Cygneriaz stellte das Gefäß in einen Fermenter. Er brauchte nur noch zu warten. Die letzte Phase benötigte nur noch eine Zutat, welche sich bislang schlecht mit Maschinen beherrschen lässt: Zeit.

94. Die Finger blasen zum Rückzug

Die ersten Linien von Schützinnen sind gerade zum Angriff bereit, als sie plötzlich von einer grünen Wolke umhüllt werden, die sie zum Husten bringt.

Weiter oben stürzen sich gleichzeitig die Nashornkäfer auf die beweglichen, fließenden Berge. In Höhe des Kapillarendschungels von Cécile Dupeyron feuern die Artilleristinnen ihre Säuresalven ab. Die einzige Wirkung ist, dass drei junge Läuse massakriert werden, die sich gerade dort einnisten wollten.

Eine weitere Gruppe Artilleristinnen konzentriert ihre Schüsse auf eine dicke rosafarbene Kugel. Woher sollen sie wissen, dass es sich um die große Zehe einer Frau handelt, die aus einer Sandalette vorlugt?

Sie werden sich etwas anderes einfallen lassen müssen, denn Ameisensäure ist den Menschen ungefähr so abträglich wie Limonade, und jetzt sind neue grüne Wolkenformationen aus Insektenspray dabei, in den belokanischen Reihen schwer zu wüten.

Sucht ihre Löcher, keift Nr. 9, eine Botschaft, die sofort von allen wiederholt wird, die Erfahrung mit Kämpfen gegen Säugetiere und Vögel haben.

Tapfer stürmen mehrere Legionen auf die Titanen ein. Entschlossen hauen sie ihre Kiefer in die Textilfasern und verursachen große Schäden an einem Baumwoll-T-Shirt und an einer Shorts aus dem gleichen Gewebe. Das Sweatshirt von Virginie Dupeyron (30 % Acryl, 20 % Polyamid) stellt sich hingegen als regelrechte Rüstung heraus, bei der die Beißzangen der Ameisen keinen rechten Erfolg erzielen.

»Ich hab eine in der Nase. Aua!«

»Schnell, das Insektenspray!«

»Wir können das Insektenspray doch nicht auf uns selbst anwenden!«

»Zu Hilfe!«, stöhnte Virginie.

»Was für eine Plage!«, rief Charles Dupeyron und versuchte mit der Hand die Käfer zu zerstreuen, die um seine Familie herumbrummten.

»Wir werden doch nie mit diesen Unge…«

…heuern fertig. Sie sind zu groß, zu stark. Sie sind unfassbar.

Fieberhaft besprechen Nr. 103 und Nr. 9 am Hals des jungen Georges die Lage. Nr. 103 fragt, ob man exotische Gifte mitführe. Nr. 9 erwidert, es gebe da was, Wespen- oder Bienengift. Sie wolle es gleich holen. Die Schlacht tobt noch, als sie zurückkommt und zwischen den Beinen ein Ei voll der gelben Flüssigkeit hält, die normalerweise aus dem Stachel der Bienen kommt.

Wie willst du es ihm denn einflößen? Wir haben doch keinen Stachel.

Nr. 103 antwortet nicht. Sie haut ihre Mandibel in das rosige Fleisch und gräbt sie so tief wie möglich hinein. Diesen Vorgang wiederholt sie mehrere Male, denn das Gelände ist gleichermaßen weich als auch widerstandsfähig. Ja, endlich! Sie braucht nur noch die gelbe Flüssigkeit in das rote, brennende Loch zu gießen.

Hauen wir ab.

In der Geländefalte gibt es kein Ausruhen. Das Riesentier wird von Krämpfen gepackt, es würgt, zittert und macht viel Lärm.

Georges Dupeyron knickt mit den Knien ein, dann kippt er zur Seite.

Georges wird von den kleinen Drachen niedergestreckt.

Georges fällt. Vier Legionen Ameisen verlieren sich in seinen Haaren, aber anderen gelingt es, seine sechs Löcher zu finden.

Nr. 103 ist beruhigt.

Diesmal gibt es keinen Zweifel. Sie haben einen erwischt!

Mit einem Schlag quält sie die Angst vor den Fingern nicht mehr. Wie schön es ist, wenn eine Angst vorbei ist! Sie fühlt sich frei.

Georges Dupeyron liegt am Boden und rührt sich nicht mehr.

Nr. 9 stürmt vor, klettert auf sein Gesicht und krabbelt über die rosige Masse.

So ein Finger ist ja eine regelrechte Landschaft. So wenig sie davon auch abläuft, macht es doch mindestens hundert Schritt in der Breite und zweihundert in der Länge aus!

Es gibt dort alles: Höhlen, Täler, Berge, Krater.

Nr. 9, die mit den längsten Mandibeln des Kreuzzugs ausgestattet ist, glaubt, dass der Finger noch nicht vollständig tot ist. Sie erklimmt die Augenbrauen, bleibt an der Nasenwurzel genau zwischen den beiden Augen stehen, an der Stelle, die bei den Hindus »drittes Auge« heißt. Sie hebt die Spitze ihrer rechten Mandibel.

Die Klinge blitzt in den Sonnenstrahlen wie ein herrliches Excalibur. Dann gräbt sie sie mit einem trockenen Schlag, *tscht!*, so weit wie möglich in die rosige Masse.

Mit einem schmatzenden Geräusch macht Nr. 9 ihren Chitinsäbel wieder los.

Sofort spritzt ein roter Geysir unterhalb ihrer Antennen hoch.

»Liebling! Schau, Georges sieht gar nicht gut aus!«

Charles Dupeyron ließ die Dose ins Gras fallen und beugte sich über seinen Sohn. Die Farbe seiner Backen hatte ins Pfingstrosenrot gewechselt, er atmete schwer. Ameisen liefen in ganzen Trauben auf ihm herum.

»Er hat einen allergischen Schock!«, rief der Präfekt aus. »Er braucht schnell eine Spritze, einen Arzt …«

»Verschwinden wir von hier, schnell!«

Ohne sich die Zeit zu nehmen, ihre Picknickutensilien einzusammeln, flüchtet die Familie Dupeyron zum Auto. Charles trägt seinen Sohn auf den Armen.

Nr. 9 ist rechtzeitig abgesprungen. Sie leckt an dem Fingerblut, das noch an ihrer rechten Schere klebt.

Von jetzt an wissen es alle.

Die Finger sind nicht unverwundbar. Man kann ihnen wehtun. Man kann sie mit Bienengift besiegen.

95. Nicolas

Die Welt der Finger ist so schön, dass noch keine Ameise sie begreifen kann.
Die Welt der Finger ist so friedlich, dass Unruhe und Krieg aus ihr vertrieben wurden.
Die Welt der Finger ist so harmonisch, dass jeder darin in dauernder Verzückung lebt.

Wir besitzen Mittel, die uns erlauben, nie arbeiten zu müssen.
Wir besitzen Mittel, dank derer wir uns mit hoher Geschwindigkeit im Raum bewegen können.

Wir besitzen Mittel, um uns ohne die geringste Anstrengung ernähren zu können.
Wir können fliegen.
Wir können unter Wasser tauchen.
Wir können sogar diesen Planeten verlassen, bis über den Himmel hinaus.

Die Finger können alles, denn die Finger sind Götter.
Die Finger können alles, denn die Finger sind groß.
Die Finger können alles, denn die Finger sind mächtig.

Das ist die Wahrheit.

»Nicolas!«

Der Junge schaltete rasch die Maschine ab und tat so, als würde er in der *Enzyklopädie des relativen und absoluten Wissens* lesen.

»Ja, Mama?«

Lucie Wells kam herein. Sie war mager und schmächtig, aber ihr düsterer Blick wurde von einer fremden Kraft belebt.

»Du schläfst nicht? Es ist aber doch Zeit für unsere künstliche Nacht.«

»Weißt du, manchmal stehe ich auf, um in der *Enzyklopädie* zu lesen.«

Sie lächelte.

»Da hast du Recht. Von diesem Buch kann man so viel lernen.« Sie fasste ihn an den Schultern. »Sag mal, Nicolas, hast du immer noch keine Lust, bei unserem telepathischen Kreis mitzumachen?«

»Nein, nicht gleich. Ich weiß, dass ich noch nicht so weit bin.«

»Wenn du es bist, dann spürst du es ganz von selber. Mach dir keinen Druck.«

Sie umarmte ihn fest und massierte ihm den Rücken. Er löste sich sanft, immer unempfänglicher für diese Bezeugungen von Mutterliebe.

Sie hauchte ihm ins Ohr:

»Im Moment kannst du es nicht begreifen, aber eines Tages …«

96. Nr. 24 tut, was sie kann (im Rahmen ihrer Möglichkeiten)

Nr. 24 läuft, wie sie hofft, nach Südosten. Sie fragt alle Tiere, denen sie sich ohne allzu große Gefahr nähern kann.

Ob sie den Kreuzzug hätten vorbeiziehen sehen? Aber die Duftsprache der Ameise hat noch nicht den Status einer universellen Sprache. Ein Rosenkäfer behauptet jedoch gehört zu haben, die Belokanerinnen hätten sich eine Schlacht mit den Fingern geliefert und sie für sich entschieden.

Das ist unmöglich, denkt Nr. 24 sofort. Die Götter lassen sich nicht besiegen! Auf dem Weg fragt sie jedoch weiter und erfährt gerade genug, um sicherzugehen, dass es tatsächlich eine Auseinandersetzung gegeben hat. Aber unter welchen Umständen und mit welchem Ausgang?

Sie war nicht dabei. Sie hat ihre Götter nicht sehen dürfen. Noch schlimmer: Sie hat ihnen den Kokon der Mission Merkur nicht übergeben können. Verflucht seien ihre Schwäche und ihr mangelhafter Orientierungssinn!

Sie bemerkt ein Wildschwein auf dem Weg. Das läuft bestimmt schneller als sie. Besessen von ihrem Wunsch, wieder zu ihren roten Schwestern zu kommen und, wer weiß, in die Nähe der Finger zu gelangen, krabbelt sie an seinem Bein hoch. Sie braucht nicht lang zu warten, schon rast das Wildschwein los. Das Problem ist nur, es drängt zu sehr in Richtung Norden. Sie muss im Lauf abspringen.

Sie hat Glück. Es taucht ein Eichhörnchen auf, in dessen Fell sie sich sogleich einnistet. Es läuft in Richtung Nordosten, doch der schnelle Nager bleibt plötzlich auf dem Gipfel eines Baums stehen, und Nr. 24 muss erneut abspringen, umso rasch wie möglich wieder auf den Boden zu kommen.

Sie hat zwar ein schönes Stück Weg zurückgelegt, ist aber immer noch allein. Sie fühlt sich schlecht dabei; sie muss wieder Selbstvertrauen gewinnen: Sie glaubt an die Finger, die allmächtigen Götter. Na schön, sie muss sie anrufen, damit sie sie zum Kreuzzug zurück und zu ihnen geleiten.

O ihr Finger, verlasst mich nicht in dieser entsetzlichen Welt. Macht, dass ich meine Schwestern wiederfinde.

Sie knickt die Antennen ein, als könnte sie dadurch besser in Kontakt zu ihren Meistern treten. In diesem Augenblick bemerkt sie hinter sich einen sehr vertrauten Geruch.

Du!

Nr. 24 ist vor Freude außer sich.

Beim Anblick des Kokons ist Nr. 103 erleichtert; sie war auf der Suche nach Neuigkeiten über Askolein, den Goldenen Bienenstock. Auch sie ist sehr froh, die junge gottgläubige Rebellin wiederzufinden.

Du hast den Schmetterlingskokon nicht verloren?

Sie zeigt ihr das kostbare Gefäß, und gemeinsam schließen sie sich wieder dem Rest der Truppe an.

97. Enzyklopädie

Raum-Zeit-Problem Um ein Atom herum befinden sich mehrere Elektronenschalen, einige nah am Kern, andere weiter weg. Wenn ein äußeres Ereignis eines dieser Elektronen zwingt, die Schale zu wechseln, kommt es sofort zu einer Energieentladung in Form von Licht, Wärme oder Strahlung.

Ein Elektron in einer niedrigen Schicht in eine höhere zu überführen ist so, als würde man den Einäugigen ins Land der Blinden versetzen. Er strahlt, er macht den Eindruck, er ist der König. Wenn man hingegen ein Elektron einer höherwertigen Schale in eine niederwertigere versetzt, wirkt es wie ein vollkommener Idiot.

Das ganze Universum ist ähnlich aufgebaut, wie eine Lasagne. Verschiedene Zeit-Raum-Gefüge existieren nebeneinander, überlagern einander in verschiedenen Schichten. Manche sind schnell und komplex, andere langsam und schlicht. Dieser Schichtaufbau findet sich auf allen Daseinsstufen. So ist eine sehr intelligente und findige Ameise, in die Menschenwelt versetzt, nur ein ungeschicktes und ängstliches Tierchen. Ein dummer und unwissender Mensch wird, in einen Ameisenhügel geworfen, zu einem allmächtigen Gott. Das heißt nicht, dass eine Ameise, die in Kontakt mit den Menschen gestanden hat, nicht viel lernen würde. Zurück bei ihresgleichen, verleiht ihr die Kenntnis des höherwertigen Zeit-Raum-Gefüges eine gewisse Macht über die Ihren. Ein gutes Mittel, Fortschritte zu machen, besteht darin, erfahren zu haben, wie es als Paria in einer höheren Dimension ist, und dann in die eigene Ursprungsdimension zurückzukehren.

EDMOND WELLS
Enzyklopädie des relativen und absoluten Wissens, Bd. 2

98. UNSERE FREUNDE, DIE FLIEGEN

Auf der Lichtung der Finger angekommen, wo jetzt die Kreuzzüglerinnen kampieren, beharrt Nr. 24 weiter darauf, dass ihre roten Schwestern keinen Gott getötet haben können. Gegenüber Nr. 103 meint sie unbeirrbar, sie müssten ein anderes Riesentier mit einem Finger verwechselt haben.

Und wenn es doch ein Finger gewesen sein sollte, dann habe er sich womöglich nur tot gestellt. Er habe so ihre Reaktion überprüfen, den Grad ihres Eifers messen wollen. Mit ihrer berüchtigten Naivität holt Nr. 24 zum Gnadenstoß aus: Wenn der Finger tot sei, wo sei dann seine Leiche hingekommen?

Nr. 103 wird ein wenig verlegen, mehr nicht. Sie behauptet, kreuz und quer auf einem herumgelaufen zu sein und jetzt eine viel genauere Vorstellung von dem Problem zu haben.

Während sie dies alles Nr. 24 mitteilt, keimt in ihren Gehirnen ein Gedanke: Warum nicht ein Gedächtnispheromon über die Finger anlegen? Sie nimmt ein wenig Speichel und schreibt:

Pheromon: Zoologie
Thema: Die Finger
Speichlerin: Nr. 103 683
Jahr: 100 000 667

1. *Die Finger existieren.*
2. *Die Finger sind verwundbar. Man kann sie mit Bienengift töten.*
   Anmerkung zu Punkt 2.:
   a) *Es mag andere Arten geben, die Finger zu töten, aber bislang hat sich nur das Bienengift als wirksam erwiesen.*
   b) *Man bräuchte eine enorme Menge Bienengift, um alle Finger zu töten.*
   c) *Die Finger zu töten bleibt dennoch schwierig.*
3. *Die Finger sind viel größer, als wir es mit unseren Augen ermessen können.*
4. *Die Finger sind warm.*
5. *Die Finger sind mit einer Schicht aus Pflanzenfasern bedeckt. Wie eine farbige Kunsthaut. Diese blutet nicht, wenn man sie mit dem Kiefer durchbeißt. Nur die Haut darunter blutet.*

Sie hebt ihre Antennen, um ihre Erinnerung zu sammeln, dann schluckt sie.

6. *Die Finger haben einen starken Geruch, der nichts Bekanntem ähnelt.*

Sie bemerkt eine Gruppe von Fliegen, die um eine dunkelrote Pfütze kreisen.

7. *Die Finger haben rotes Blut wie die Vögel.*

Dieser Blutstropfen zieht eine Schar brummender Fliegen an.

8. *Wenn die Finger G…*

Unmöglich, unter solchen Bedingungen zu arbeiten, wirklich. Die Fliegen sind mitten beim Festschmaus. Man versteht sein eigenes Wort nicht mehr. Nr. 103 muss unterbrechen und will die Aasfresser vertreiben.

Aber wenn sie es recht bedenkt, könnten die Fliegen dem Kreuzzug nützen.

99. Enzyklopädie

Morgengabe Bei den grünen Fliegen frisst das Weibchen während der Paarung das Männchen. Die Gefühle machen ihr Appetit, und der erstbeste Kopf in ihrer Nähe scheint ihr ein hervorragendes Mahl. Doch das Männchen will seine Schöne nicht begatten und dabei von ihr verspeist werden. Daher hat das grüne Fliegenmännchen eine Strategie erfunden, um sich aus dieser klassischen Dramensituation zu ziehen, sozusagen Eros ohne Thanatos erleben. Er bringt ein Stück Futter als »Morgengabe« mit. Wenn die grüne Fliegendame also Hunger bekommt, kann sie von einem Stück Fleisch kosten und ihr Partner sie derweil gefahrlos bespringen. Bei einer noch weiter entwickelten Art bringt das Männchen das Insektenfleisch in einen durchsichtigen Kokon eingewickelt mit und gewinnt damit noch etwas mehr kostbare Zeit.

Eine dritte Fliegenart hat die Konsequenzen daraus gezogen, dass die Zeit, die zum Öffnen des Geschenks nötig ist, vom Standpunkt des Männchens aus mehr zählt als die Güte des Geschenks selbst. Bei dieser dritten Art ist die Kokonverpackung besonders fest, umfangreich und – leer. In der Zeit, bis das Weibchen den Betrug bemerkt, hat das Männchen sein Geschäft schon erledigt.

Infolgedessen passen alle ihr Verhalten an. Bei den Fliegen des dritten Typs zum Beispiel schüttelt das Weibchen den Kokon, um zu überprüfen, ob er nicht leer ist. Doch ... auch hier ist vorgesorgt. Das vorausschauende Männchen versieht das Geschenkpäckchen mit seinen Exkrementen, die gerade schwer genug sind, um als Fleischstückchen durchzugehen.

Edmond Wells

Enzyklopädie des relativen und absoluten Wissens, Bd. 2

100. Laetitia ist geflüchtet

Im Gefängnis bat Kommissar Méliès, Laetitia Wells sehen zu dürfen. Er fragte den Direktor: »Wie hat sie auf ihre Einlieferung reagiert?«

»Gar nicht. Sie reagiert nicht.«

»Was wollen Sie damit sagen?«

»Seitdem sie hier ist, schläft sie. Sie hat nichts gegessen, nicht einmal einen Schluck Wasser getrunken. Sie hat sich nicht gerührt. Sie schläft, und nichts kann sie wecken.«

»Wie lang schläft sie schon?«

»Zweiundsiebzig Stunden.«

Diese Reaktion hatte Jacques Méliès nicht erwartet. Für gewöhnlich weinten, fluchten und schrien die Frauen, die er verhaftete, keinesfalls jedoch schliefen sie.

Da klingelte das Telefon.

»Für Sie«, meinte der Direktor.

Es war Inspektor Cahuzacq.

»Chef, ich bin beim Gerichtsmediziner, und es gibt ein kleines Problem. Von den Ameisen der Journalistin, na ja, da rührt sich nur noch eine. Was sagst du dazu?«

»Ich sage, ich sage … Ich sage, dass sie Winterschlaf halten, das ist alles.«

»Mitten im August?«, staunte der Inspektor.

»Ja, natürlich!«, versicherte Méliès. »Emile? Sag dem Gerichtsmediziner, dass ich später vorbeischaue.«

Mit bleichem Gesicht legte Jacques Méliès auf.

»Laetitia Wells und ihre Ameisen überwintern.«

»Wie bitte?«

»Ja, das habe ich in Biologie gelernt. Wenn es kalt ist, wenn es regnet, wenn ihre Königin verschwunden ist, stellen die Insekten jegliche Aktivität ein und verlangsamen ihren Herzrhythmus bis hin zum Schlaf oder zum Tod.«

Die beiden Männer rannten durch die Haftanstalt bis zur Zelle von Laetitia Wells. Sie waren schnell wieder beruhigt. Aus der Kehle der jungen Frau kam ein sanftes Schnurren. Méliès griff nach ihrem Handgelenk und stellte fest, dass der Puls … ein wenig langsam war. Er schüttelte sie, bis sie aufwachte.

Laetitia öffnete ihre lila Augen einen Spaltbreit, schien Schwierigkeiten zu haben, sich zurechtzufinden, und erkannte erst allmählich den Kommissar. Lächelnd schlief sie wieder ein. Méliès zog es vor, vorläufig nicht auf die gemischten Gefühle zu achten, die ihn umtrieben.

Er wandte sich an den Gefängnisdirektor: »Morgen früh wird sie sicher ihr Frühstück verlangen, Sie werden schon sehen. Darauf wette ich.«

Unter der dünnen Haut der Lider rollten die lila Augen nach links, rechts und von oben nach unten, als würden sie so besser den Bildern eines Traums folgen können. Es war sonderbar. Laetitia schien sich sozusagen in die Welt der Träume geflüchtet zu haben.

101. Propaganda

Na, das ist doch ganz einfach.

So fängt Nr. 23 ihre Rede an. Sie hat sich neben Nr. 24 in die Höhle eines Sandsteinfelsens gestellt. Ihnen gegenüber steht eine Rotte von dreiunddreißig Ameisen.

Sie hatten ihre Propagandaversammlungen erst innerhalb des Lagers abhalten wollen, aber dann klugerweise darauf verzichtet: Dort drin haben die Wände Antennen.

Nr. 23 richtet sich auf vier Beinen auf.

Die Finger haben uns geschaffen und auf die Erde gesetzt, damit wir ihnen dienen. Sie beobachten uns, und wir müssen uns davor hüten, ihnen zu missfallen, denn sie können uns bestrafen. Wir dienen ihnen, und sie geben uns dafür einen Teil ihrer Macht ab.

Die Mehrheit der Teilnehmerinnen gehört zu den Opfern der Bandwurmbomben des Schwarzspechts. Sei es, weil sie nicht mehr viel zu verlieren haben oder weil sie Trost in ihrem Unglück suchen, Tatsache ist: Die Albinos sind den Argumenten der Gottgläubigen zugänglich. Oft fassungslos und manchmal skeptisch, würden sie alle gern auf eine Welt jenseits des Todes hoffen.

Dazu muss man sagen, dass die armen Albinos Schweres durchmachen. Nach und nach von einer krankhaften Melancholie erfasst, schleppen sie sich am Ende des Zugs dahin; sie fragen sich zu Recht nach dem Sinn des Daseins. Es kommt vor, dass sie sich weit zurückfallen lassen und so zur leichten Beute für Räuber aller Art werden.

Dabei würde jede Soldatin, die sähe, dass eine Kranke angegriffen wird, ihr ohne Zaudern zu Hilfe eilen. Die Solidarität unter den Ameisen gilt ausnahmslos für alle, und um vieles mehr bei einem Unternehmen wie dem ersten Kreuzzug.

Wie dem auch sei, die Botschaft der Gottgläubigen ist verführerisch und trifft auf beifällige Antennen, auch bei den Unversehrten. Sonderbarerweise scheinen die in der Sandsteinhöhle versammelten Ameisen vergessen zu haben, dass sie ihre Stadt nur deshalb verließen, um diejenigen auszurotten, die sie jetzt schon beinahe anbeten.

Trotzdem werden schwache Einwände laut, Fragen, die Verunsicherung säen könnten. Doch Nr. 23 hat eine Antwort parat: *Worauf es ankommt, ist, sich den Fingern zu nähern. Um alles Übrige braucht ihr euch nicht zu kümmern. Die Finger sind Götter, und sie sind unsterblich.*

Was soll man darauf antworten? Dennoch hebt eine rote Kundschafterin ihre Antenne:

Warum senden die Finger nichts, das uns anweist, was wir tun sollen?

Sie sprechen mit uns, versichert Nr. 23. *In Bel-o-kan stehen wir im dauernden Kontakt mit den Fingern.*

Eine Artilleristin: *Wie kann man mit den Fingern sprechen?*

Antwort: *Man muss intensiv an sie denken. Die Götter nennen das »Gebet«. Jedes Gebet wird von den Göttern gehört, woher es auch kommen mag.*

Eine weiße Ameise stößt ein Verzweiflungspheromon aus:

Können die Finger einen von Bandwürmern heilen?

Die Finger können alles.

Daraufhin fragt eine Soldatin: *Das Volk befiehlt uns, alle Finger zu töten – was also sollen wir tun?*

Nr. 23 wirft einen scheelen Blick auf die Fragerin und bewegt ganz ruhig ihre Fühler.

Nichts. Wir tun nichts. Wir halten uns raus und sehen zu. Fürchten wir nicht um die Götter. Sie sind allgewaltig. Verbreitet einfach das

Wort von Doktor Livingstone. Lasst uns immer zahlreicher so zusammenkommen. Vorsichtig. Und vor allem: Beten wir!

Für die meisten ist es das erste Mal, dass sie sich gegenüber dem Volk rebellisch verhalten. Das finden sie sehr aufregend. Selbst wenn es die Finger nicht geben sollte.

102. Enzyklopädie

Gott Gott ist per definitionem allmächtig und allgegenwärtig. Wenn es ihn gibt, ist er folglich überall und vermag alles. Doch wenn er alles vermag, vermag er dann auch eine Welt zu erschaffen, in der es ihn nicht gibt und wo er nichts vermag?

Edmond Wells

Enzyklopädie des relativen und absoluten Wissens, Bd. 2

103. Askolein, der Goldene Bienenstock

Senkrechte Acht. Umgekehrte Acht. Spiralacht. Acht.

Man bleibt stehen.

Doppelacht. Wechsel des Winkels zur Sonne.

Enge waagrechte Acht. Weite waagrechte Acht.

Die Botschaft könnte nicht eindeutiger sein.

Antwort: Acht, weite waagrechte Acht, Doppelacht, umgekehrte Acht. Dann Weitergabe an den nächsten Luftknotenpunkt.

Die Bienen zeichnen kreisend ihre Informationen in den Himmel.

Um anzugeben, dass das Futter sich in mehr als hundert Metern Entfernung befindet, bilden sie Achten, deren Mittelachse Richtung und Entfernung anzeigt.

Die Stadt an der großen Tanne in der Nähe des Flusses trägt den Duftnamen Askolein, was auf Bienisch »Goldener Bienenstock« bedeutet.

Sie umfasst sechstausend Einwohner.

Eine askoleinische Kundschafterin, die diese Nachricht aufgefangen hat, hebt blitzschnell ab. Im Slalom schwirrt sie zwischen den Disteln durch, schwebt die Böschung hinauf, überfliegt eine große Ameisenkolonne, die zwischen dem Gras wimmelt (na, was tun denn die Ameisen in der Ecke hier?). Sie umfliegt die große Eiche, gleitet über die Zone der Sandklumpen.

Da drüben, da sieht's interessant aus. Sie lässt ihre Flügel langsamer schlagen. Die Biene kreist über wilden Narzissen, taucht ihre Beine in die Staubbeutel unbekannter Blüten, merkt bei längerem Nachdenken, dass es Margeriten sind, stößt ihre feine Vielfachzunge in das gelbe Puder und kehrt dann ein paar Augenblicke später zurück, die Schenkelchen mit frischen Pollen überzogen.

Sie landet auf der Flugpiste des Bienenstocks und fängt sofort an, auf einer Frequenz von 280 Hertz mit den Flügeln zu schlagen.

Bsssss bsss bsss. 280 Hertz sind die Frequenz, mit der eine Biene eine möglichst große Zahl Arbeiterinnen zusammenscharen kann, die mit Futterfragen befasst sind.

Mit 260 Hertz würde sie Arbeiterinnen anziehen, denen die Verwaltung und die Sorge für die Brut obliegt. Mit 300 Hertz würde sie Kriegsalarm auslösen.

Die Kundschafterin stellt sich auf ein Sechseck aus Wachs und beginnt zu tanzen. Auch diesmal zeichnet sie Achten, jedoch zweidimensionale, auf der Fläche des gewachsten Bienenstockbodens. Rasch erzählt sie von ihrem Abenteuer. Sie gibt die Richtung an, die Entfernung und die genaue Güte der Blütengruppe, die sie besucht hat. Ihrer Meinung nach sind es Margeriten.

Da die Quelle relativ nah liegt, tanzt sie schnell, ansonsten würde sie sich mehr Zeit lassen. Ein wenig so, als würde sie die Anstrengung des weiten Flugs nachahmen wollen.

In ihren »getanzten« Bericht bezieht sie auch die Position der Sonne und deren Bewegungsrichtung mit ein.

Kameradinnen eilen herbei. Sie haben verstanden, dass es zahlreiche Blüten abzuernten gibt, aber sie möchten etwas über die Güte dieser Quelle wissen. Manchmal sind die Blumen mit Vogelkot bedeckt, manchmal sind sie verwelkt, manchmal sind sie schon von Bienen aus einem anderen Stock geplündert.

Einige klopfen nervös mit ihrem Hinterleib auf die Wachswaben.

Wir wollen Näheres wissen, sagen sie in der Bienensprache.

Die Aufklärerin lässt sich nicht lange bitten. Sie würgt ihren Pollen heraus: *Probiert, meine Schönen, ihr werdet sehen, erste Wahl!*

Dieser Tanz, dieser Dialog, dieser Austausch findet in völliger Dunkelheit statt, aber am Ende hebt eine Gruppe zu einer Mission ab, deren Einzelheiten sie schon größtenteils kennen.

Ermattet stopft die Kundschafterin die Proben, die sie zum Beweis mitgebracht hatte, wieder in sich hinein. Dann begibt sie sich zum königlichen Gemach, wo sich die Königin der askoleinischen Bienen befindet, Nr. 67 mit dem Namen Zaha-haer-scha.

Diese war am Ende eines Kampfes, den sie mit etwa zwanzig ihrer königlichen Schwestern auszutragen hatte, auf den Thron des Bienenkönigreichs gelangt. Die Bienen erzeugen stets zu viele Königinnen, aber da sie nur eine pro Stadt brauchen, kämpfen diese in der Gebärkammer, bis nur noch eine als Siegerin übrig bleibt.

Das ist eine etwas barbarische Auswahlmethode, aber sie gestattet es, an die Spitze der Stadt die zäheste und kampfeslustigste Biene zu stellen.

Die Bienenkönigin, zu erkennen an ihrem einfarbig gelben Hinterleib, lebt vier Jahre lang, und wenn alles gutgeht, kann sie pro Tag tausend Eier legen.

Der Bienenstock Askolein befindet sich ostnordöstlich des Ameisenhügels Bel-o-kan. Es ist eine perfekte Stadt, in deren orangefarbenen Wachswaben es von unzähligen Sammlerinnen wimmelt. Hier glänzt und duftet alles. Gelb, schwarz, rosa und orange. Arbeiterinnen geben sich von Bein zu Bein den kostbaren Honig weiter.

Ein Stück weiter wird in einem Wachsgefäß das »Gelée Royale«, die Brutmilch, gebraut.

Noch etwas weiter befindet sich der Lehrsaal für die jungen Bienen.

Die Erziehung der Bienen gehorcht stets den gleichen Regeln. Sobald eine Biene aus ihrer Zelle kommt, wird sie von ihren Schwestern gefüttert. Anschließend macht sie sich an die Arbeit. Während ihrer drei ersten Lebenstage beschäftigt sie sich mit Hausarbeiten. Am dritten Tag vollzieht sie eine körperliche Wandlung, woraufhin neben dem Mund die Drüsen erscheinen, welche die Brutmilch erzeugen. Damit wird sie zur Amme. Diese Drüsen verlieren später an Bedeutung, und nach und nach nehmen andere Drüsen am unteren Hinterleib ihre Funktion auf. Es sind die Wachsdrüsen, die das nötige Wachs zum Bauen und Reparieren der Waben absondern.

So wird die Biene vom zwölften Tag an zur Maurerin.

Sie errichtet Zellen, aus denen die Wachswaben bestehen. Vom achtzehnten Tag an hören auch diese Drüsen auf zu arbeiten. Die Arbeiterin wird dann zur Wächterin, bis sie sich mit der Außenwelt vertraut gemacht hat, danach Sammlerin. Sie stirbt als Sammlerin.

Die Kundschafterin kommt in das königliche Gemach. Sie will mit ihrer Königin und Mutter über die merkwürdige Ameisenkolonne sprechen, doch diese scheint in eine Unterhaltung vertieft zu sein … mit – sie kann ihren Antennen kaum glauben – … mit einer Ameise. Ausgerechnet. Und dann auch noch einer Ameise von der belokanischen Föderation! Von weitem fängt sie das Gespräch der beiden Insekten auf.

Was lässt sich da tun?, fragt die Bienenkönigin.

Als diese Ameise im Bienenstock ankam, wusste keiner so recht, was sie da zu suchen hatte. Man ließ sie eher vor Überraschung denn aus Sympathie in die Goldene Stadt ein.

Was hatte eine Ameise in einem Bienenstock verloren!

Dann berichtete Nr. 23 von den außergewöhnlichen Umständen, die ihr Kommen rechtfertigten.

Die Belokanerinnen, ihre eigenen Schwestern, seien verrückt geworden. Sie hätten einen Kreuzzug gegen die Finger ausgerufen und bereits einen von ihnen getötet. Nr. 23 erklärt, dass der Zug auf jeden Fall die Bienen angreifen werde, die seinen Weg kreuzten. Sie rate der

Bienenarmee, die ihr als furchtbar bekannt sei, die Initiative zu ergreifen und die Kolonne der Kreuzzüglerinnen anzugreifen, wenn sie sich im Hahnenfußtal befänden.

Ein Hinterhalt? Du schlägst mir vor, deinen Artgenossinnen einen Hinterhalt zu legen?

Die Bienenkönigin ist überrascht. Man hatte ihr zwar berichtet, dass die Ameisen sich immer sonderbarer aufführen würden, man hat ihr vor allem von den Söldnerinnen erzählt, die im Tausch gegen Futter ihr eigenes Nest bekämpften, aber bisher hatte sie nur so halb daran geglaubt. Es beeindruckt sie sehr, nun eine Ameise vor sich zu haben, die ihr den besten Ort nennt, um die Ihren zu töten.

Die Ameisen sind eindeutig noch viel verkommener, als sie dachte. Falls das nicht eine Falle ist. Diese sogenannte Verräterin könnte zum Beispiel gekommen sein, um die Bienenarmee ins Hahnenfußtal zu locken, während das Gros des Kreuzzugs inzwischen den Bienenstock angreift. Das wäre schon eher zu begreifen.

Die Königin Zaha-haer-scha lässt ihre Rückenflügel vibrieren.

In einer elementaren Duftsprache, die sogar die Ameisen verstehen, fragt sie:

Warum verrätst du die Deinen?

Die Ameise erläutert es ihr: Die Belokanerinnen wollten alle Finger auf Erden töten. Die Finger seien jedoch Teil der Vielfalt der Welt, und wenn die Ameisen ganze Arten ausrotteten, würden sie den Planeten ärmer machen. Jede Art habe ihren Nutzen, und das Genie der Natur erweise sich in der Vielfalt ihrer Lebensformen.

Eine davon zu zerstören sei ein Verbrechen.

Die Ameisen hätten schon viele Tiere massakriert. Sie hätten es wissentlich getan, ohne zu versuchen, sie zu verstehen oder mit ihnen zu sprechen. Ein Teil der Natur sei durch schlichte Unkenntnis ausgelöscht worden.

Die Soldatin Nr. 23 hütet sich zu erklären, dass die Finger Götter seien und sie selbst eine Gottgläubige. Sie sagt nicht, dass »die Finger allmächtig« sind, auch wenn sie das ganz stark denkt. Wie sollte eine Bienenkönigin schon derart abstrakte Begriffe verstehen?

Sie übernimmt die Argumente der nichtgläubigen Rebellinnen.

Diese Sprache ist leichter für jemanden zu verdauen, der nie einen Gedanken daran verschwendet hat, dass es Götter geben könnte.

Von den Fingern weiß man praktisch gar nichts. Sie haben uns sicher viel beizubringen. Auf ihrer Höhe, bei ihrer Größe sehen sie sich Problemen gegenüber, die wir uns nicht einmal vorstellen können …

Ihrer Meinung nach müsse man die Finger schonen. Oder wenigstens ein paar von ihnen retten, um sie zu studieren.

Diese Sprache versteht die Königin, doch sie sieht sich absolut nicht betroffen von diesem Ameisen-Finger-Krieg. Sie hätten zurzeit Grenzstreitigkeiten mit einem Nest schwarzer Wespen, die alle ihre militärischen Kräfte mobil machen würden. Nun beginnt die Königin Zaha-haer-scha – nicht ohne ein gewisses Vergnügen – eine Schlacht zwischen Bienen und Wespen zu beschreiben.

Die Fluggeschwader Tausender von Hautflüglern, die durcheinanderschwirren, die Zweikämpfe hoch in den Lüften, die Zusammenstöße von Giftstacheln, die Finten, die Ausfälle, die gekreuzten Befreiungshiebe! Sie gibt zu, eine begeisterte Anhängerin der Kunst des Stachelfechtens zu sein. Und diesen Sport kennen nur die Bienen und Wespen. Es sei nicht leicht, mitten im Flug geschickte Stachelhiebe auszuteilen. Fröhlich ahmt sie ein Duell gegen eine eingebildete Gegnerin nach und zählt die ausgeteilten Hiebe auf. Hier ein Mühlumschwung, ein Degenstoß, eine Quartdeckung, eine Quintdeckung, eine Primdeckung, eine Parade nach rechts.

Das Ende ihres Hinterleibs ist nur mehr eine Flügeldicke vom Kopf der Ameise entfernt. Als diese sich jedoch nicht übermäßig beeindruckt zeigt, setzt die Königin ihre Beschreibung der Schlacht fort. Ausfall rückwärts, kurze Bindung, doppelte Übertragung, Angriffsverlängerung, Nachhieb …

Nr. 23 unterbricht sie und erklärt unnachgiebig, die Bienen seien ganz im Gegenteil sehr von diesem Ameisen-Finger-Krieg betroffen. Nr. 103, eine ihrer erfahrensten Kriegerinnen, habe entdeckt, dass man die Finger mit Bienengift töten könne. Im Augenblick könne man sie nur damit töten.

Der Kreuzzug werde daher notgedrungen Askolein angreifen, um sich das Gift zu holen.

Ameisen? Die uns so weit weg von ihrer Föderation angreifen? Du bist ja nicht bei Sinnen!

In diesem Augenblick wird in allen Waben des Goldenen Bienenstocks Kriegsalarm geschlagen.

104. Die Insekten sind uns nicht wohlgesonnen

Jetzt war Professor Miguel Cygneriaz an der Reihe, dem Seminar seinen Beitrag über den Kampf gegen die Insekten vorzutragen. Er stand auf und stellte dem Publikum eine Weltkarte voller schwarzer Flecken vor: »Diese schwarzen Punkte stellen Kriegsgebiete dar, nicht zwischen Menschen, sondern gegen Insekten. Überall kämpfen wir gegen die Insekten. In Marokko, in Algerien, in Senegal bekämpfen wir die Heuschreckeninvasionen. In Peru wird von den Moskitos die Malaria übertragen, in Ostafrika bekommt man von der Tsetsefliege die Schlafkrankheit, in Mali hat eine Läuseplage eine Typhusepidemie ausgelöst. Im Amazonasgebiet, in Äquatorialafrika, in Indonesien kämpfen die Menschen gegen die Invasion von Magnan-Ameisen. In Libyen werden die Kühe von der Rinderbremse hingerafft. In Venezuela gehen wild gewordene Wespen auf Kinder los. In Frankreich wurde, ganz hier in der Nähe, im Wald von Fontainebleau, mitten bei einem Picknick eine Familie von einer Kolonne Roter Waldameisen angegriffen. Und von den Kartoffelkäfern, die die Kartoffelpflanzungen zerstören, will ich gar nicht reden; ebenso wenig von den Termiten, die an den Holzhäusern knabbern, bis diese über ihren Bewohnern zusammenfallen, den Motten, die sich von unserer Kleidung ernähren, den Schaben, die über unsere Hunde herfallen … So sieht die Wirklichkeit aus. Seit einer Million Jahren befindet sich der Mensch im Kriegszustand gegen die Insekten, und der Kampf hat erst angefangen. Da der Gegner klein ist, wird er unterschätzt. Man glaubt, ein Klaps genügt, um ihn zu zerquetschen. Irrtum! Die Insekten lassen sich nur schwer ausrotten. Sie passen sich an Gifte an, sie mutieren, um widerstandsfähiger gegen Insektizide zu werden, sie vervielfachen sich, um den Ausrottungsversuchen zu entgehen. Die Insekten sind unsere Feinde. Doch neun von zehn Tieren sind Insekten. Es gibt nur eine Handvoll Menschen, ja Säugetiere im Vergleich zu Milliarden und Abermilliarden von Ameisen, Termiten, Fliegen, Moskitos. Unsere Vorfahren hatten ein Wort, um diese Feinde zu bezeichnen. Sie nannten sie die chthonischen Kräfte, die Kräfte der Erde. Die Insekten vertreten die chthonischen Kräfte, das heißt alles, was niedrig, kriechend, unterirdisch, versteckt, unvorhersehbar ist!«

Jemand meldete sich.

»Professor Cygneriaz, wie kann man die chto... die Insekten, meine ich, bekämpfen?«

Der Wissenschaftler lächelte in sein Publikum.

»Erst einmal dadurch, dass wir aufhören, sie zu unterschätzen. So haben wir in meinem Labor in Santiago de Chile entdeckt, dass die Ameisen ›Vorkosterinnen‹ aufgestellt haben. Jedes Mal, wenn ein Ameisenhügel es mit neuer Nahrung zu tun bekommt, haben sie die Aufgabe, diese zu probieren. Wenn sie nach zwei Tagen kein verdächtiges Symptom aufweisen, verspeisen ihre Schwestern ihrerseits die neue Nahrung. Dies erklärt die begrenzte Wirkung der meisten Insektizide mit organischem Phosphor. Wir haben daher ein neues Insektizid mit Langzeitwirkung entwickelt, das erst zweiundsiebzig Stunden nach seiner Einnahme zu wirken beginnt. Wir hoffen, dass dieses neue Gift sich trotz der Sicherheitsvorkehrungen in der Ameisenstadt ausbreitet.«

»Professor Cygneriaz, was halten Sie von Laetitia Wells, der Frau, der es gelungen ist, Ameisen so abzurichten, dass sie Chemiker töten, die sich mit Insektiziden beschäftigen?«

Der Experte richtete seinen Blick zum Himmel.

»Von jeher hat es Menschen gegeben, die von Insekten fasziniert waren. Erstaunlich ist doch nur, dass ein solches Verhalten nicht schon früher aufgetreten ist. Ich habe unter diesen Morden sehr gelitten. Die meisten der Opfer waren Mitarbeiter und Freunde von mir. Doch wie dem auch sei, jetzt ist Mademoiselle Wells außerstande, Schäden anzurichten, und in wenigen Tagen werde ich Ihnen das Wundermittel vorstellen, das auf dem ganzen Planeten wirken kann und uns so teuer zu stehen gekommen ist. Sein Deckname lautet: ›Babel‹. Wenn Sie mehr darüber wissen wollen, kommen Sie morgen zur gleichen Zeit hierher.«

Pfeifend ging Professor Cygneriaz zu Fuß in sein Hotel zurück. Er war zufrieden mit der Wirkung, die seine Ausführungen auf die Zuhörer gehabt hatten.

Als er in seinem Zimmer die Armbanduhr abnahm, bemerkte er in seiner Manschette ein kleines viereckiges Loch, achtete aber kaum darauf.

Er ruhte sich auf seinem Bett von den Strapazen des Tages aus, als er aus dem Badezimmer ein Geräusch kommen hörte. Immer war was mit den Leitungen nicht in Ordnung, sogar in den besten Häusern!

Er stand auf, machte ruhig die Tür zum Badezimmer zu und entschied, dass es Zeit zum Essen war. Um in den Speisesaal zu gelangen, hatte er die Wahl zwischen dem Aufzug und der Treppe. Müde, wie er war, nahm er lieber den Aufzug.

Das war ein Fehler.

Die Anlage blieb zwischen zwei Stockwerken hängen.

Gäste, die in der nächsten Etage warteten, hörten, wie Miguel Cygneriaz Entsetzensschreie ausstieß und gleichzeitig mit aller Kraft gegen die Stahlwände hämmerte.

»Noch einer mit Platzangst«, meinte eine Frau.

Doch als ein Angestellter die Kabine wieder in Gang brachte, fand er nur noch seine Leiche. Der Schreckensfratze nach zu urteilen, musste der Mann mit dem Teufel gerungen haben.

105. Träume

Jonathan schlief nicht. Seitdem die Gemeinschaftszeremonien so intensiv geworden waren, fiel es ihm immer schwerer, Schlaf zu finden.

Besonders gestern hatte er ein schreckliches Erlebnis gehabt. Während sie alle den Gemeinschaftslaut, die absolute Welle OM, von sich gaben, hatte er etwas Außergewöhnliches empfunden. Sein ganzer Körper war von dieser Welle angesogen worden. Wie eine Hand, die sich aus einem Handschuh löst, hatte etwas in ihm versucht, sich aus seiner menschlichen Hülle zu befreien.

Jonathan hatte zwar Angst gehabt, doch hatte ihn die Anwesenheit der anderen zugleich beruhigt. So hatte er in Gestalt seines OM oder, wenn man will, als Ektoplasma oder Seele seinen Körper verlassen und mit den anderen den Granitfelsen hinauf zum Ameisenhaufen durchquert.

Das Phänomen hatte nicht lang angedauert. Schnell war er wieder in seine fleischliche Hülle zurückgekehrt, als hätte ihn ein Gummiband zurückgezogen.

Es war ein kollektiver Traum gewesen. Das konnte nur ein kollektiver Traum gewesen sein.

Da sie alle in der Nähe der Ameisen lebten, träumten sie alle von ihnen. Er erinnerte sich an einen Abschnitt in der *Enzyklopädie*, die von Träumen handelte. Er machte sich mit Hilfe einer Taschenlampe daran, auf dem Pult in den Seiten des kostbaren Buches zu blättern.

106. Enzyklopädie

Traum Im hintersten Winkel eines malaiischen Waldes lebte ein Stamm von Eingeborenen, die Senoi. Sie bauten ihr ganzes Leben um ihre Träume herum auf. Sie wurden übrigens »Traumvolk« genannt.

Jeden Morgen saßen sie beim Frühstück um das Feuer herum, und jeder redete nur von den Träumen der vergangenen Nacht. Wenn ein Senoi geträumt hatte, einem anderen Schaden zugefügt zu haben, musste er dem Betroffenen ein Geschenk machen. Wenn er geträumt hatte, von einem der Anwesenden geschlagen worden zu sein, musste der Angreifer sich entschuldigen und ihm etwas schenken, um Verzeihung zu erlangen.

Bei den Senoi galt die Traumwelt als reicher an Lehren als das wirkliche Leben. Wenn ein Kind geträumt hatte, einen Tiger gesehen zu haben und vor ihm geflohen zu sein, gab man ihm auf, in der folgenden Nacht abermals von der Raubkatze zu träumen, gegen sie zu kämpfen und sie zu töten. Die Alten erklärten ihm, wie es das zu bewerkstelligen hatte. Wenn es dem Kind daraufhin nicht gelang, mit dem Tiger fertig zu werden, wurde es vom ganzen Stamm getadelt.

Wenn man im Wertesystem der Senoi von sexuellen Beziehungen träumte, musste man bis zum Orgasmus gelangen und danach in der Wirklichkeit dem oder der gewünschten Geliebten mit einem Geschenk danken. Gegenüber den feindseligen Gegnern in den Alpträumen musste man siegreich bleiben und vom Feind ein Geschenk fordern, um ihn sich zum Freund zu machen. Der begehrteste Traum war der vom Fliegen. Die ganze Gemeinschaft gratulierte demjenigen, der einen Flugtraum gehabt hatte. Wenn ein Kind zum ersten Mal vom Fliegen berichtete, war das wie eine Taufe. Man überhäufte es mit Geschenken, dann erklärte man ihm, wie es im Traum in unbekannte Länder fliegen und exotische Gaben mitbringen konnte.

Westliche Ethnologen waren von den Senoi fasziniert. Ihre Gesellschaft kannte keine Gewalt und keine Geisteskrankheiten. Es war eine Gesellschaft ohne Stress und ohne kriegerischen Ehrgeiz. Die Arbeit beschränkte sich auf das zum Überleben absolut Notwendige.

Die Senoi gingen in den siebziger Jahren unter, als der Teil des Waldes, wo sie lebten, zum Roden freigegeben wurde. Dennoch können wir alle damit beginnen, ihr Wissen anzuwenden.

Erst einmal jeden Morgen den Traum der vorigen Nacht aufzeichnen, ihm einen Namen geben, das Datum festhalten. Dann mit seiner Umgebung darüber sprechen, zum Beispiel beim Frühstück, wie die Senoi. Noch weiter gehen, indem man die Grundregeln der Traumsteuerung anwendet. Vor dem Einschlafen die Wahl für den Traum treffen: Berge wachsen lassen oder die Farbe des Himmels verändern, exotische Orte besuchen, bestimmten Tieren begegnen.

Im Traum ist jeder allmächtig. Der erste Test der Traumsteuerung besteht im Fliegen. Die Arme ausbreiten, schweben, im Sturzflug niedersausen, in einer Spirale wieder aufsteigen: Alles ist möglich.

Die Traumsteuerung erfordert ein aufbauendes Lernen. Die »Flugstunden« verleihen Sicherheit und Ausdrucksfähigkeit. Kinder brauchen nur fünf Wochen, um ihre Träume lenken zu können. Bei den Erwachsenen sind vielleicht mehrere Monate nötig.

EDMOND WELLS
Enzyklopädie des relativen und absoluten Wissens, Bd. 2

Jason Bragel trat zu Jonathan neben das Pult. Er sah, dass dieser sich für Träume interessierte, und vertraute ihm an, ebenfalls von den Ameisen geträumt zu haben. Es sei ihnen gelungen, alle Menschen zu töten, und die »Wellsianer« seien die einzigen Überlebenden der Menschheit gewesen.

Sie sprachen über die Mission Merkur, die Rebellinnen, die Probleme mit der neuen Königin Chli-pu-ni.

Jason Bragel wollte wissen, warum Nicolas noch immer nicht an ihrer Gemeinschaftszeremonie teilnahm. Jonathan Wells erwiderte, sein Sohn habe diesen Wunsch noch nicht geäußert, und es sei erforderlich, dass er selbst das Bedürfnis habe. Man könne ihm weder raten noch ihn zwingen, mitzumachen.

»Aber …«, meinte Jason.

»Unser Wissen ist nicht ansteckend, wir sind keine Sekte: Wir dürfen niemanden überreden. Nicolas wird an dem Tag eingeweiht, an dem er es wünscht. Die Einweihung ist eine Art Tod. Eine schmerzliche Metamorphose. Das muss von ihm ausgehen, und niemand darf ihn beeinflussen. Ich schon gar nicht.«

Die beiden Männer hatten einander verstanden. Mit langsamen Bewegungen legten sie sich wieder schlafen. Und sie träumten, durch geometrische Formen zu fliegen. Sie durchquerten Zahlen, die plastisch am Himmel schwebten. Eins. Zwei. Drei. Vier. Fünf. Sechs. Sieben.

107. In den Waben grollt es

Senkrechte Acht.

Umgekehrte Acht.

Spiralacht. Acht. Doppelacht. Waagrechte Acht. Wechsel des Winkels zur Sonne. Drei Runden.

Diesmal herrscht sofort Alarmstufe 3. Laut den Angaben der Luftknotenpunkte besteht das angreifende Korps aus fliegenden Ameisen. Die Königin überlegt: Nur die Prinzen und Prinzessinnen der Ameisen können fliegen, und das zu einem bestimmten Zweck, der Paarung am Himmel.

Dennoch: Die Bienen an den Knotenpunkten bestätigen es. Es sind wirklich Ameisen, die durch die Lüfte auf Askolein zuhalten. Sie fliegen in einer Höhe von tausend Kopf und mit einer Geschwindigkeit von zweihundert Kopf pro Sekunde.

Senkrechte Acht.

Frage: *Anzahl der Subjekte?*

Antwort: *Im Augenblick unmöglich abzuschätzen.*

Frage: *Handelt es sich um rote Ameisen aus Bel-o-kan?*

Antwort: *Ja. Sie haben bereits fünf von unseren Verständigungsknoten zerstört.*

Ungefähr zwanzig Arbeiterinnen umringen Zaha-haer-scha. Die Königin bedeutet ihrem Hof, dass es keinen Grund zur Panik gebe. Sie fühle sich in diesem Wachs und Honig geweihten Tempel geschützt. Eine Bienenkolonie kann bis zu achtzigtausend Tiere umfassen. Die ihre ist nur sechstausend Kopf stark, aber ihre Aggressionspolitik gegenüber den benachbarten Nestern (ein bei den Bienen höchst seltenes Verhalten) hat sie in der ganzen Region berühmt und berüchtigt gemacht.

Zaha-haer-scha fragt sich, warum diese Ameise sie gewarnt hat. Sie redete von einem Kreuzzug gegen die Finger … Ihre eigene Mutter hatte ihr einst von den Fingern erzählt: *Die Finger sind anders, eine andere Raum-Zeit-Dimension. Man darf Finger und Insekten nicht vermischen. Wenn du Finger bemerkst, kümmere dich nicht um sie, und sie kümmern sich nicht um dich.*

Zaha-haer-scha hat dieses Prinzip buchstabengetreu befolgt. Sie hat ihre Töchter gelehrt, sich nie mit den Fingern abzugeben, weder um sie anzugreifen, noch um ihnen zu Hilfe zu kommen. Man müsse so tun, als gebe es sie nicht.

Sie bittet ihren Hof um einen Augenblick Ruhe und nutzt diesen, um ein wenig Honig zu naschen. Der Honig ist das Lebenselixier. Alles an ihm wird vom Organismus angenommen, so rein ist dieser Stoff.

Zaha-haer-scha glaubt, dass sich der Krieg vielleicht vermeiden ließe. Diese Belokanerinnen wollen einfach verhandeln, damit die Bienen ihren Kreuzzug unbeschadet passieren lassen. Und selbst wenn sich Ameisen in der Luft befinden sollten, heißt das noch lange nicht, dass sie alle Techniken des Luftkampfes beherrschen! Sie haben zwar keine Mühe gehabt, die Luftknotenpunkte der Bienen zu zerstören, aber was könnten sie schon gegen eine Militärstaffel aus Askolein ausrichten?

Nein, sie werden beim ersten Scharmützel gegen die Ameisen nicht gleich den Stachel einziehen. Die Bienen werden sich dem Gegner stellen und siegen.

Sogleich beruft die Königin ihre Kriegstreiberinnen ein, sehr nervöse Bienen, die es verstehen, ihre Nervosität auf andere zu übertragen. Zaha-haer-scha gibt den Schlachtbefehl aus: *Ihr dürft euch den Belokanerinnen nicht im Stock stellen, fangt sie in der Luft ab!*

Sofort wird die Botschaft weitergetragen, Kriegerinnen nehmen Aufstellung. Sie heben in einem dichten Geschwader ab, bilden ein V, Angriffsplan Nr. 4, ähnlich wie bei den Verteidigungsschlachten gegen die Wespen.

Alle Flügel in der Goldenen Stadt vibrieren mit einer Frequenz von 300 Hertz und erzeugen eine Art schwaches Motorbrummen. *Bzzz bzzzzzzzz bzzz.* Die Stacheln sind eingefahren, sie werden nur in dem Moment ausgefahren, in dem sie den Tod bringen sollen.

108. RÜCKSCHLAG

Der Präfekt Charles Dupeyron ging im Zimmer auf und ab. Er hatte Kommissar Jacques Méliès kommen lassen und war nicht besonders guter Laune.

»Manchmal schenkt man jemandem Vertrauen und wird dann enttäuscht.«

Jacques Méliès versagte sich die Bemerkung, dass dies in der Politik oft der Fall sei.

Der Präfekt Charles Dupeyron ging mit vorwurfsvoller Miene auf ihn zu.

»Ich habe an Sie geglaubt. Warum haben Sie sich nur in derart lächerlicher Weise auf die Tochter von Professor Wells gestürzt? Die noch dazu Journalistin ist!«

»Sie war die Einzige, die wusste, dass ich endlich eine Spur hatte. Sie züchtete in ihrer Wohnung Ameisen. Und genau am selben Abend sind Ameisen in mein Schlafzimmer eingedrungen.«

»Ja und, was soll ich denn sagen? Sie wissen genau, dass ich mitten im Wald von Milliarden von Ameisen angegriffen wurde.«

»Ach, apropos, wie geht es Ihrem Sohn, Monsieur?«

»Er ist vollkommen wiederhergestellt. Ach, reden wir nicht davon! Der Arzt hat einen Bienenstich diagnostiziert. Wir waren von oben bis unten voller Ameisen, und alles, was er als Erklärung gefunden hat, war: ein Bienenstich! Und denken Sie, das Unglaublichste dabei ist, dass er Georges ein Serum gegen Bienengift verabreicht hat, und sofort war er wieder auf den Beinen.« Der Präfekt schüttelte den Kopf. »Ich habe wahrhaftig gute Gründe, um den Ameisen böse zu sein. Ich habe den Regionalrat gebeten, einen Sanierungsplan auszuarbeiten. Eine gute Bestäubung des Walds von Fontainebleau mit DDT, und man kann jahrelang auf den Kadavern dieses Ungeziefers picknicken!«

Er setzte sich hinter seinen großen Régence-Schreibtisch und fuhr noch immer unzufrieden fort: »Ich habe die sofortige Freilassung von Laetitia Wells angeordnet. Der Mord an Professor Cygneriaz hat Ihre Verdächtige entlastet und unsere ganze Polizei zum Gespött gemacht. Dieser neue Schnitzer kommt uns sehr ungelegen.«

Méliès wollte gerade protestieren, doch der Präfekt redete sich weiter in Rage: »Ich habe darum gebeten, Mademoiselle Wells eine Entschädigung wegen moralischer Vorverurteilung zu zahlen. Das wird sie natürlich nicht daran hindern, in ihrer Zeitung zu schreiben, was sie von unserer Behörde hält. Wenn wir den Kopf oben behalten wollen, müssen wir so schnell wie möglich den tatsächlichen Mörder dieser Chemiker auftreiben. Eines der Opfer hat mit seinem Blut das Wort ›Ameisen‹ geschrieben. Allein im Telefonbuch von Paris tragen vierzehn Personen diesen Nachnamen. Ich bin sehr für direkte Lösungen. Wenn ein tödlich Verletzter mit letzter Kraft das Wort ›Ameisen‹ schreibt, denke ich schlicht und einfach, dass es sich um den Namen seines Mörders handelt. Suchen Sie also in dieser Richtung weiter.«

Jacques Méliès biss sich auf die Lippen.

»Das ist ja so einfach, Monsieur, dass ich nicht einmal daran gedacht habe.«

»Also an die Arbeit, Kommissar. Ich lege keinen Wert darauf, für Ihre Fehler verantwortlich gemacht zu werden.«

109. ENZYKLOPÄDIE

Ausschwärmen Bei den Bienen folgt das Ausschwärmen einem außergewöhnlichen Ritus. Plötzlich entscheidet eine Stadt, ein Volk, ein ganzes Königreich, in der Blüte des Wohlstands, alles in Frage zu stellen. Nachdem sie ihre Untertanen zum Erfolg geführt hat, fliegt eine alte Königin fort und lässt ihre kostbarsten Schätze zurück: Nahrungsreserven, einen gut ausgestatteten Wohnort, einen prächtigen Palast, Vorräte an Wachs, Harz. Pollen, Honig und Brutmilch. Und wem überlässt sie alles? Wilden Neugeborenen.

Von ihren Arbeiterinnen begleitet, verlässt die Herrscherin den Bienenstock, um sich an einem ungewissen, fremden Ort niederzulassen, an den sie vermutlich nie gelangen wird. Einige Minuten nach ihrem Aufbruch rebellieren die Bienenkinder und entdecken ihre verlassene Stadt. Jedes weiß aus Instinkt, was es zu tun hat. Die geschlechtslosen Arbeiterinnen eilen, den Prinzessinnen beim Ausschlüpfen zu helfen. Die in ihren heiligen Kapseln eingepferchten Schönen im Zauberwald erleben ihren ersten Flügelschlag. Doch die erste von ihnen, die laufen kann, heftet auch noch ein Blutbad an ihre Fahnen. Sie rast zu den übrigen Bienenprinzessinnen und drückt sie mit ihren kleinen Mandibeln platt. Sie hindert die Arbeiterinnen daran, sie zu befreien. Sie durchsticht ihre Schwestern mit ihrem Giftstachel. Je mehr sie umbringt, umso mehr beruhigt sie sich. Wenn eine Arbeiterin eine königliche Wiege schützen will, stößt die als Erste erwachte Prinzessin einen »Bienenwutschrei« aus, der sich völlig von dem Gebrumm unterscheidet, das man normalerweise aus einem Bienenstock hört. Daraufhin senken ihre Untertanen zum Zeichen der Unterwerfung den Kopf und lassen die Verbrechen geschehen.

Manchmal wehrt eine Prinzessin sich, und es kommt zu Prinzessinnenkämpfen. Doch wenn nur noch zwei Bienenprinzessinnen übrig sind, die einander im Zweikampf gegenüberstehen, sind sie seltsamerweise nie in der Lage, sich mit ihrem Stachel gegenseitig zu durchbohren. Eine muss unbedingt überleben. Trotz ihres Verlangens zu herrschen, gehen sie nie das Risiko ein, beide gleichzeitig zu sterben und den Bienenstock verwaist zurückzulassen.

Die letzte und einzige überlebende Prinzessin verlässt daraufhin den Bienenstock, um sich im Flug von den Männchen begatten zu lassen. Eine oder zwei Umkreisungen der Stadt, und sie kommt zurück, um mit dem Eierlegen anzufangen.

Edmond Wells
Enzyklopädie des relativen und absoluten Wissens, Bd. 2

110. Hinterhalt

Das Bienengeschwader braust schneidig durch die Luft. Eine Askoleinerin sendet einer ihrer Nachbarinnen zu: *Sieh dir die Achten am Horizont an. Unsere tanzenden Botinnen verkünden eindeutig, dass die Belokanerinnen fliegen.*

Die andere versucht, sich zu beruhigen: *Nur die Fortpflanzungsfähigen können fliegen. Vielleicht handelt es sich um einen Gruppenhochzeitsflug? Was könnte uns der schaden?*

Die Biene ist sich ihrer eigenen Kraft und der ihrer Truppe bewusst. Am Ende ihres Hinterleibs spürt sie ihren Stachel, bereit, die Panzer der tollkühnen Ameisen zu vernichten. In ihren Eingeweiden spürt sie die süßen, stärkenden Honigreserven und die scharfen, brennenden Giftreserven. Die Sonne steht hinter ihr und blendet ihre zukünftigen Gegnerinnen, die Ameisen.

Einen Augenblick lang erfasst sie sogar Mitleid mit den abenteuerlustigen Insekten, die ihren Wagemut teuer werden bezahlen müssen. Doch die tanzenden Botinnen müssen gerächt werden. Und diese Ameisen müssen lernen, dass alles, was über dem Boden liegt, unter der Kontrolle der Bienen steht.

In der Ferne zeichnet sich eine dichte Wolke ab, Typ junge Stratokumulus.

Wir verstecken uns in dieser kleinen Wolke und fallen über sie her, sobald sie näher kommen.

Doch kaum sind sie bis auf hundert Flügelschläge an diesen Schlupfwinkel herangekommen, da geschieht das Unvorstellbare – die Bienen trauen ihren Antennen nicht. Ihren Augen übrigens auch nicht. Durch den Überraschungseffekt reduzieren sie ihre Flügelschläge von 300 auf 50 pro Sekunde.

Ehe sie die graue Wolke erreichen, bremsen sie ab.

GRAU

VIERTES ARKANUM

DIE ZEIT DER AUSEINANDERSETZUNGEN

111. Herr Ameisen

Beim ersten Klingeln öffnet ein beleibter Mann die Tür.

»Herr Oliver Ameisen?«

»Der bin ich. Worum geht es?«

Méliès schwenkte seinen in den Farben der Trikolore gestreiften Ausweis.

»Polizei. Kommissar Méliès. Darf ich hereinkommen und Ihnen ein paar Fragen stellen?«

Der Mann, ein Grundschullehrer, war der letzte mit dem Namen »Ameisen« im Telefonbuch. Méliès zeigte ihm Fotos der Opfer und fragte ihn, ob er sie wiedererkenne.

»Nein«, meinte sein Gegenüber erstaunt.

Der Kommissar befragte ihn, was er zur Tatzeit gemacht habe. Herr Oliver Ameisen hatte sowohl Zeugen als auch Alibis. Er sei immer in der Schule oder bei seiner Familie gewesen. Nichts sei leichter zu beweisen als das.

Frau Helene Ameisen tauchte jetzt in einem Bademantel mit Schmetterlingsmuster auf. Da kam dem Kommissar eine Idee: »Benutzen Sie Insektizide, Herr Ameisen?«

»Natürlich nicht. Schon in meiner Kindheit hat es Dummköpfe gegeben, die mich als ›dreckige Ameise‹ beschimpft haben. Dadurch fühle ich mich mit diesen Insekten solidarisch, die mit dem Schuhabsatz gedankenlos zertreten werden. Darum gibt es in diesem Haus genauso wenig ein Insektizid wie einen Strick bei einem Herrn Galgen, wenn Sie verstehen, was ich meine.«

Da erschien Ophelia Ameisen und drückte sich an ihren Vater. Das Mädchen trug die dicken Brillengläser einer Klassenbesten.

»Das ist meine Tochter«, sagte der Lehrer. »Sie hat auf unseren Nachnamen reagiert, indem sie sich einen Ameisenhaufen in ihr Zimmer gestellt hat. Zeig ihn dem Herrn, meine Liebe.«

Ophelia führte den Kommissar zu einem großen Aquarium, das dem von Laetitia Wells glich. Es war voller Insekten und von einer Kuppel aus Zweigen gekrönt.

»Ich dachte, der Verkauf von Ameisenhaufen sei verboten«, meinte Méliès.

Das Mädchen protestierte: »Ich hab ihn doch nicht gekauft. Ich hab ihn mir im Wald geholt. Man muss nur tief genug graben, damit die Königin nicht entwischen kann.«

Herr Oliver Ameisen war auf seine Tochter sehr stolz.

»Die Kleine will einmal Biologin werden, wenn sie groß ist.«

»Entschuldigen Sie, ich habe keine Kinder und wusste nicht, dass Ameisen als Spielzeug in Mode sind.«

»Sie sind kein Spielzeug. Die Ameisen sind in Mode, weil unsere Gesellschaft immer mehr lebt wie sie. Und vielleicht meint ein Kind, wenn es sie beobachtet, seine eigene Welt besser begreifen zu können. Das ist alles. Haben Sie schon einmal ein paar Minuten damit verbracht, ein Aquarium voller Ameisen einzurichten, Herr Polizist?«

»Äh … nein. Im Allgemeinen suche ich ihre Gesellschaft nicht …«

Insgeheim fragte Jacques Méliès sich, ob es an ihm lag, dass er die ganzen verrückten Ameisenliebhaber anzog, oder ob sie wirklich so weit verbreitet waren.

»Wer ist denn der?«, fragte Ophelia Ameisen.

»Ein Kommissar.«

»Was ist ein Kommissar?«

112. DIE SCHLACHT IN DER KLEINEN WOLKE

Die Flocken der Stratokumuluswolke regnen langsam herab.

Erst erkennen die Bienen aus der Goldenen Stadt es nicht so recht: Es scheinen dicke Brummfliegen zu sein, die aus einer Öffnung in der grauen Wolke hervorschießen.

Doch bald merken die Askoleinerinnen, mit wem sie es zu tun haben.

Das sind keine dicken Fliegen! Das nicht …

Es sind Käfer. Nicht irgendwelche Maikäfer oder Mistkäfer, nein: Nashornkäfer.

Welch geradezu dantesker Anblick, diese dicken, brummenden und gehörnten Tiere, besetzt von kleinen lebendigen Kanonen, die zum Abschuss ihrer Ladungen bereit sind.

Wie haben sie es nur geschafft, diese großen Tiere zu zähmen und sie dazu zu überreden, mit ihnen zu kämpfen?, fragen sich die Bienen sofort.

Sie haben keine Zeit, sich weitere Fragen zu stellen, denn im Nu verdunkeln etwa zwanzig dieser Nashornkäfer den Himmel über ihnen. Schon stürzen sich die Ungetüme auf sie, und die roten Artilleristinnen feuern.

Die V-Formation der Bienen ist jetzt dabei, in eine W-Formation überzugehen und dann sogar zu einer XYZ-Formation. Ein kunterbuntes Durcheinander.

Der Überraschungseffekt ist vollkommen. Jeder Käfer ist mit vier oder fünf Artilleristinnen bestückt, welche die Bienen mit ihren kräftigen Ameisensäuresalven ins Visier nehmen.

Der Bienenschwarm bremst ab, fasst sich wieder. Die Askoleinerinnen zücken ihren Stachel.

Punktlinienformation!, gibt eine Askoleinerin aus. *Nehmt euch die Flieger vor!*

Die zweite Linie Nashornkäfer erzielt eine geringere Wirkung. Die Bienen gehen ihnen aus dem Weg, indem sie unter ihrem Bauch durchfliegen, dann wieder aufsteigen, um ihren Hals zu erreichen und ihren Stachel bis zum Heft hineinzubohren. Jetzt stürzen die Käfer und ihre ungeschickten Lenker aus schwindelerregender Höhe.

Ein getanzter Befehl ergeht: *Attacke! Sturmangriff!*

Es regnet askoleinische Stacheln.

Die Bienen sind mit einem Dorn in Form einer Harpune ausgestattet. Wenn er im Fleisch eines Opfers stecken bleibt, reißt die Biene bei dem Versuch, sich loszumachen, ihre Giftdrüse heraus und stirbt. Der Panzer der Ameisen behält den Dorn zwar nicht zurück, ganz anders jedoch der der Käfer.

In den folgenden Minuten stürzen mehrere Nashornkäfer ab, aber sie ziehen sich zu einer fliegenden Raute zusammen und halten gegen das letzte Dreieck aus Killerbienen stand.

Die geometrischen Formen der Soldatinnenmassen lösen sich auf. Die Ameisenraute wird zu mehreren kleinen und kompakteren. Das Bienendreieck öffnet sich zu einem Ring.

Da wird auf einer Senkrechten von etwa hundert übereinandergeschichteten Schlachtfeldetagen gekämpft. Es ist wie ein Schachspiel auf hundert parallelen Ebenen.

Je näher man kommt, desto aufregender wird es. Die Armada der belokanischen Luftschiffe funkelt. Die Bienen nützen die heißen Luftströme aus, um aufzusteigen und die sanftmütigen Käfer zu entern. Sie sind wie eine Schar kleiner Boote, die hinter großen Schiffen her sind.

Die Salven mit sechzigprozentiger Ameisensäure brausen wie Orgelpfeifen aus flüssigem Feuer. Die eingeäscherten Flügel rauchen, die getroffenen Bienen versuchen ihren Schwung zu nutzen, um sich wie Pfeilchen in den Panzer der Käfer zu verhaken.

Wenn die Stacheln zu nah sind und die Artilleristinnen es nicht schaffen, auf sie anzulegen, zerbeißen sie diese mit ihren Mandibeln.

Das Spiel ist riskant. Oft rutscht der Stachel ab und bohrt sich in den Mund. Dann tritt fast augenblicklich der Tod ein.

In der Luft schwebt ein Geruch nach verbranntem Honig.

Die Bienen haben kein Gift mehr. Ihre Spritzen können den tödlichen Stoff nicht mehr injizieren. Die Artilleristinnen haben keine

Säure mehr. Ihre flüssigen Flammenwerfer sind nicht mehr einsatzbereit. Bei den letzten Scharmützeln heißt es nur mehr Mandibeln gegen trockene Stacheln. Der Schnellere und Schlagfertigere wird gewinnen!

Manchmal gelingt es den Nashornkäfern, die Bienen auf ihr Stirnhorn zu spießen. Ein besonders geschickter Käfer entwickelt gar eine eigene Technik: Er rammt die Bienen mit seiner Flanke und nimmt sie dann auf sein Horn. Vier unglückliche Kämpferinnen aus Askolein stecken auf dieser Spitze, die aussieht wie ein Spießchen mit gelb-schwarz gestreiften Früchten.

Nr. 103 streckt eine Biene nieder, kurz bevor diese Nr. 9 töten kann. Sie stößt ihr die rechte Mandibel in den Rücken.

Bei den Insekten gibt es keinen verbotenen Schlag. Alles ist erlaubt, damit man am Leben bleibt.

Dann stürzt sich Nr. 9 allein auf ihrem Nashorn in ein Gewühl von Bienen in Kampfformation. Sogleich bauen ihre Gegnerinnen eine mit Piken gespickte Reihe vor ihr auf. Ihre nach vorn gerichteten spitzen Stacheln würden mehr als eine Ameise abschrecken, aber Nr. 9 hat auf ihrem Nashorn eine derartige Geschwindigkeit erreicht, dass nichts mehr sie aufhalten kann. Das Horn dringt durch die Linie aus Dornen. Das Gewühl bricht auseinander.

Auf ihren beiden Hinterbeinen stehend, ficht Nr. 103 mit ihren Kiefersäbeln gegen die Stachelflorette von zwei ohrenbetäubenden Bienen. Doch ihr Nashorn verliert an Höhe. Um sein Stirnhorn herum stecken überall schwarze Harpunen wie Banderillas, und es fällt ihm schwerer, seine Flugbahn einzuhalten.

Das Tier ist erschöpft. Es verliert weiter an Höhe. Es verliert überall Blut. Jetzt ist es schon auf Höhe der Begonien.

Nr. 103 legt eine Bruchlandung hin.

Die Bienen befinden sich noch immer über ihr, aber eine Schwadron Fußartilleristinnen vertreibt sie rasch.

Nr. 103 hat jetzt etwas anderes, sehr Wichtiges zu tun.

Über dem Gemenge der Kämpferinnen tanzen die Bienen Achten, um die Kämpfe zu kommentieren.

Wir brauchen frische Truppen.

Im Bienenstock startet die Verstärkung.

Die neuen Geschwader bestehen aus jungen, aber mutigen Bienen – die meisten sind zwanzig oder dreißig Tage alt.

Nach einer Stunde haben die Belokanerinnen zwölf der dreißig Nashörner verloren, die ihnen zur Verfügung standen, sowie hundertzwanzig Artilleristinnen von den dreihundert an der Schlacht beteiligten.

Auf der anderen Seite sind von den siebenhundert Askoleinerinnen, die gegen die kleine Wolke losgeschickt worden waren, vierhundert Kriegerinnen gefallen. Die Überlebenden zögern. Ist es besser, sich bis zum Ende zu schlagen oder zum Schutz ins Nest zurückzukehren? Sie entscheiden sich für Letzteres.

Als die Käfer und ihre belokanischen Artilleristinnen ihrerseits in dem Goldenen Bienenstock landen, kommt er ihnen merkwürdig leer vor. An ihrer Spitze steht Nr. 9. Die Roten wittern eine Falle und zögern an der Schwelle.

113. Enzyklopädie

Solidarität Solidarität entsteht aus Schmerz und nicht aus Freude. Jeder fühlt sich demjenigen, mit dem er einen beschwerlichen Augenblick geteilt hat, näher als dem, mit dem er etwas Glückliches erlebt hat.

Das Unglück ist die Quelle von Solidarität und Einigkeit, während das Glück entzweit. Warum? Weil sich bei einem gemeinsamen Triumph jeder mit seinem eigenen Verdienst zu kurz gekommen fühlt. Jeder bildet sich ein, der eigentliche Urheber des gemeinsamen Erfolges zu sein.

Wie viele Familien haben sich wegen eines Erbes entzweit? Wie viele Rock-'n'-Roll-Bands bleiben zusammengeschweißt ... bis zum Erfolg? Wie viele politische Bewegungen sind auseinandergebrochen, sobald sie an der Macht waren?

Etymologisch kommt das Wort »Sympathie« übrigens von *syn pathein*, was »mit jemandem leiden« bedeutet. Und ebenso leitet sich das englische oder französische »compassion« aus dem Lateinischen *cum patior* her, das ebenfalls »mit jemandem leiden« bedeutet.

Indem man sich die Leiden der Märtyrer für die eigene Sache vorstellt, kann man einen Augenblick lang aus seiner unerträglichen Individualität ausbrechen.

Der Zusammenhalt und die Kraft einer Gruppe beruhen auf der Erinnerung an einen gemeinsam erlebten Leidensweg.

EDMOND WELLS
Enzyklopädie des relativen und absoluten Wissens, Bd. 2

114. Im Bienenstock

Nr. 9 steigt von ihrem Schlachtross und schnüffelt mit den Antennen. In der Nähe landen weitere Ameisen. Eilige Beratung.

Kommandoformation auf sehr gefährlichem Gelände.

In einem kompakten Viereck dringen sie in den feindlichen Bienenstock ein. Innen sind ihnen die Nashornkäfer von keinem Nutzen mehr. Sie bekommen ein paar Stückchen Rinde zum Grasen, damit sie geduldig an der Schwelle ausharren.

Die Belokanerinnen haben das Gefühl, ein Heiligtum zu schänden. Diesen Ort hat noch keine Nicht-Biene betreten. Die Mauern aus Wachs scheinen die Ameisen verschlingen zu wollen. Vorsichtig wagen sie sich vor.

Die Wände mit ihrer makellosen Geometrie werfen Goldreflexe. Der Honig spiegelt sich im Glanz einiger einfallender Lichtstrahlen. Die Wachsplatten sind mit Harz zusammengeschweißt, dem rötlichen Leim, den die Bienen auf den Schuppen von Kastanien- und Weidenknospen sammeln.

Rührt nichts an!, ruft Nr. 9.

Zu spät. Die vom Honig angelockten Ameisen wollen davon kosten und bleiben sofort darin stecken. Unmöglich, sie dort wieder herauszuziehen, ohne dass man selbst in diesem Treibsand versinkt.

Die Artilleristinnen, die noch ein bisschen Säure vorrätig haben, legen den Rückwärtsgang ein, um auf jeden unvorhergesehenen Angreifer schießen zu können.

Alles riecht nach Zucker und Hinterlist.

Rührt nichts an!

Sie wittern die Anwesenheit askoleinischer Arbeiterinnen und Soldatinnen, die in den Wachsreihen versteckt bereitliegen, um sich auf sie zu stürzen, wenn der Befehl dazu ergeht.

Die Kreuzzüglerinnen gelangen zu einem sechseckigen Gitter, das dem Herzen eines Kernreaktors ähnelt. Nur dass sich hier statt Uranstangen die zukünftigen Bürgerinnen der Goldenen Stadt befinden. Es sind achthundert Zellen voller Eier, zwölfhundert Zellen mit Larven und zweitausendfünfhundert Zellen, die weiße Nymphen bergen. Die innerste Zone besteht aus sechs noch wichtigeren Zellen. Hier wachsen die Larven der fortpflanzungsfähigen Prinzessinnen heran.

Die Ameisen sind von der Architektur beeindruckt. Sie ist der Ausdruck einer Zivilisation in voller Blüte. Ganz anders als die anarchischen, auf gut Glück, zufällig und nach dem Gesetz des geringsten Aufwands gebauten Gänge der Ameisenstädte. Sind die Ameisen womöglich nicht so intelligent und geschickt wie die Bienen? Man könnte es beinahe glauben, bedenkt man die Masse des Bienengehirns, das viel größer als das der Ameisen ist. Andererseits haben die biologischen Studien der Königin Chli-pu-ni bewiesen, dass die Intelligenz nicht allein eine Frage des Gehirnvolumens ist. Das Stielchenglied, ein Erbe des komplizierten Nervensystems der Insekten, ist bei den Ameisen viel ausgeprägter.

Die Belokanerinnen marschieren weiter und entdecken einen Schatz: einen zum Bersten mit Nahrungsmitteln gefüllten Saal. Dort befinden sich zehn Kilo Honig, das heißt zwanzigmal das Gewicht aller Bewohnerinnen des Bienenstocks. Die Roten diskutieren unter nervösen Antennenbewegungen.

Das Abenteuer ist eindeutig zu gefährlich. Sie machen kehrt und gehen Richtung Ausgang.

Nieder mit den Flüchtigen! Schlagen wir die Eindringlinge, solange sie in unseren Mauern eingeschlossen sind, meint eine Biene. Überall spucken die sechseckigen Waben Bienenkriegerinnen aus.

Unter den Schlägen der Giftdorne fallen die Ameisen reihenweise. Diejenigen, die am Boden festgeklebt sind, haben nicht einmal die Ehre gehabt, an der Schlacht teilzunehmen.

Nr. 9 gelingt es jedoch, mit dem Großteil des Kommandos aus dem Bienenstock zu entwischen. Die Ameisen besteigen ihre Schlachtrösser und heben ab, während eine Schar Askoleinerinnen sie verfolgt und dabei Triumphdüfte verströmt.

Doch während die Goldene Stadt sich im Innern schon bereitmacht, den Erfolg zu feiern, knackt es bedrohlich. Die Decke von Askolein bricht ein, und Ameisen, Hundertschaften von Ameisen, tauchen im Bienenstock auf.

Nr. 103 hat eine perfekte Strategie ausgearbeitet. Während die Bienen die Ameisenarmada verfolgten, ist sie auf einen Baum geklettert und hat Tausende von Belokanerinnen zum Sturm auf die von ihren fliegenden Soldatinnen verlassene Stadt geführt.

Passt auf, dass ihr nicht alles kaputt schlagt. Erledigt so wenige Feindinnen wie möglich. Nehmt lieber die fortpflanzungsfähigen Larven als Geiseln!, gibt Nr. 103 aus, während sie die Leibwache der Königin Zaha-haer-scha niedermäht.

In wenigen Sekunden befinden sich alle fortpflanzungsfähigen Larven mit dem Hals im Zangengriff der Kreuzzüglerinnen. Die Stadt ergibt sich. Askolein kapituliert.

Die Herrscherin hat alles durchschaut. Das Eindringen des Kommandos war nur ein Ablenkungsmanöver. Währenddessen haben die Ameisen ohne Flugtiere das Dach ihres Nests durchbohrt und eine viel gefährlichere zweite Front eröffnet.

So wurde die »Schlacht in der kleinen grauen Wolke« gewonnen, die in dieser Region zum Markstein der endgültigen Eroberung der dritten Dimension durch die Ameisen wurde.

So, und jetzt?, fragt die Bienenkönigin. *Wollt ihr uns töten?*

Nr. 9 erwidert, dies sei nie die Absicht der Roten gewesen. Ihr einziger Feind seien die Finger. Sie allein seien das Ziel ihres Kreuzzuges. Die Ameisen von Bel-o-kan hätten nichts gegen die Bienen. Sie bräuchten schlichtweg ihr Gift, um die Finger zu töten.

Die Finger müssen ja recht wichtig sein, wenn sie so viel Aufmerksamkeit verdienen, meint Zaha-haer-scha.

Nr. 103 fordert außerdem eine Hilfslegion der Bienen. Die Herrscherin erklärt sich einverstanden. Sie bietet ein Elitegeschwader an, die Blumengarde. Sofort fangen dreihundert Bienen an zu brummen. Nr. 103 erkennt sie wieder. Das sind die Soldatinnen, die den Reihen der Belokanerinnen die meisten Verluste beigebracht haben.

Zusätzlich verlangen die Kreuzzüglerinnen vom Goldenen Bienenstock Herberge für die Nacht und Honigvorräte für den Weg.

Die Königin von Askolein fragt: *Warum bekämpft ihr die Finger so hartnäckig?*

Nr. 9 erläutert, dass die Finger das Feuer einsetzten. Daher stellten sie eine Gefahr für alle Arten dar. Einst hätten die Insekten einen Pakt geschlossen: eine Union gegen die Feuerbenutzer. Es sei an der Zeit, diesen Pakt in die Tat umzusetzen.

Daraufhin bemerkt Nr. 9, wie Nr. 23 aus einer Wabe kommt.

Was hast du dort getrieben?, fragt Nr. 9 mit aufgerichteten Antennen.

Ich habe nur eine Runde gedreht, um das königliche Gemach zu besichtigen, meint Nr. 23 beiläufig. Die beiden Ameisen haben ohnehin nicht das beste Verhältnis, und es wird zusehends schlechter.

Nr. 103 trennt sie und fragt, wo Nr. 24 hingekommen sei.

Nr. 24 ist bei der Schlussattacke abhanden gekommen. Sie hat gekämpft, hat eine Biene verfolgt und … und jetzt weiß sie nicht mehr so recht, wo sie sich befindet. All die vielen Zellenreihen verwirren sie. Dennoch lässt sie den Schmetterlingskokon nicht los. Sie biegt um eine Wabenecke und hofft, sich dem Rest des Kreuzzugs vor dem nächsten Morgen wieder anschließen zu können.

115. In der feuchten Hitze der Metro

In der kompakten Masse des Waggons war Jacques Méliès zum Ersticken zumute. Eine Kurve schleuderte ihn gegen den Bauch einer Frau. Eine etwas heisere Stimme schimpfte: »Können Sie nicht aufpassen?«

Zunächst erkannte er die Melodie der Worte wieder. Gleich darauf entzifferte er durch den Schmutz- und Schweißgeruch die süße Botschaft eines Parfums. Bergamotte, Vetiver, Mandarine, Gallussäure, Sandelholz und eine Prise Moschus vom Pyrenäensteinbock. Das Parfum sagte: *Ich bin Laetitia Wells.*

Und sie war es. Mit ihrem lila Blick funkelte sie ihn wütend an und musterte ihn feindselig. Die Türen gingen auf. Neunundzwanzig Fahrgäste stiegen aus, fünfunddreißig ein. Noch dichter gedrängt als zuvor, nahmen alle den Atem der anderen wahr.

Sie starrte ihn immer fester an, wie eine Brillenschlange, die sich bereitmacht, ein Mangustenbaby zu verschlingen, und seine Faszination gestattete ihm nicht, seinen Blick abzuwenden.

Sie war unschuldig. Er hatte vorschnell gehandelt. Früher hatten sie Ideen ausgetauscht. Sie waren sich sogar sympathisch gewesen. Sie hatte ihm Ambrosia angeboten. Er hatte ihr gegenüber seine Angst vor Wölfen zugegeben und sie ihre Angst vor den Menschen. Wie er sich nach diesen intimen Augenblicken sehnte, die allein durch seine Schuld verdorben waren.

»Mademoiselle Wells, ich möchte Ihnen sagen, wie sehr …«

Ein Halt gab ihr Gelegenheit, sich zwischen den Leibern durchzuschlängeln und zu verschwinden.

Nervösen Schrittes eilte sie die Gänge der Metro entlang. Sie lief beinahe, um so schnell wie möglich diesem düsteren Ort zu entfliehen. Sie fühlte sich von obszönen Blicken abgeschätzt. Und um dem Ganzen die Krone aufzusetzen, benutzte Kommissar Méliès auch noch die gleiche Linie wie sie!

Dunkle Gänge. Feuchte Schächte. Ein von bleichen Neonröhren erhelltes Labyrinth.

»Hey, Puppe! Machen wir einen Spaziergang?«

Drei finstere Gestalten lösten sich aus dem Schatten. Drei Gauner in Vinylblousons, von denen einer sie schon vor ein paar Tagen angesprochen hatte. Sie ging schneller, aber die anderen folgten ihr, der Boden hallte vom Klang ihrer Absätze wider.

»So ganz allein? Hast du nicht Lust, ein Schwätzchen zu halten?«

Sie blieb abrupt stehen. In ihren Pupillen stand »Haut ab!« geschrieben. Neulich hatte es funktioniert. Heute hatte es keine Wirkung auf diese Idioten.

»Diese hübschen Äuglein gehören Ihnen?«, fragte ein großer Bärtiger.

»Nein, die sind gemietet«, meinte einer seiner Spießgesellen.

Dreckiges Gelächter. Schulterklopfen. Der Bärtige zog ein Schnappmesser heraus.

Mit einem Schlag ging ihre ganze Selbstsicherheit flöten, und da sie sich nun in der Rolle des Opfers befand, nahmen die anderen sogleich die des Raubtiers ein. Sie wollte abhauen, aber die drei Gauner versperrten ihr gemeinsam den Weg. Einer von ihnen packte ihren Arm und drehte ihn ihr auf den Rücken.

Sie stöhnte.

Der Gang war beleuchtet und keineswegs verlassen. Leute gingen an der Gruppe vorbei und beschleunigten ihre Schritte, während sie so taten, als würden sie nichts merken. Einen Messerstich fängt man sich so schnell ein …

Laetitia Wells geriet in Panik. Gegen diese Rohlinge wirkte keine ihrer üblichen Waffen. Der Bärtige, der Glatzkopf, der Vierschrötige hatten bestimmt auch einmal eine Mutter gehabt, die lächelnd blaue Babywäsche für sie strickte.

Die Augen der Räuber funkelten, und die Leute gingen weiter um sie herum, wurden in der Nähe dieser kleinen Zusammenrottung schneller.

»Was wollt ihr? Geld?«, stotterte Laetitia.

»Dein Geld holen wir uns später. Jetzt interessieren wir uns erst mal für dich«, lachte der Glatzkopf.

Schon schnitt der Bärtige mit der gezückten Messerspitze die Knöpfe ihrer Jacke nacheinander ab.

Sie wehrte sich.

Das durfte doch nicht wahr sein. Es war vier Uhr nachmittags. Jemand musste doch endlich reagieren und Alarm schlagen!

Der Bärtige stieß einen Pfiff aus, als er den Busen sah.

»Ein bisschen klein, aber trotzdem ganz hübsch, findet ihr nicht?«

»Das ist das Problem mit den Asiatinnen. Sie haben alle Körper wie kleine Mädchen. Reicht nicht ganz für die Hand eines richtigen Mannes.«

Laetitia Wells widerstand der Ohnmacht. Sie war mitten in einem Anfall von Menschenangst. Schmutzige Männerhände streiften sie, berührten sie, wollten ihr wehtun. Ihre Angst war so schlimm, dass sie sich nicht einmal übergeben konnte. Sie blieb wie angewurzelt stehen, wie eine Gefangene, unfähig, ihren Peinigern zu entkommen. Das »Halt, Polizei« hörte sie kaum.

Das Messer unterbrach seine Arbeit.

Ein Mann mit gezücktem Revolver zeigte einen mit den Farben der Trikolore gestreiften Ausweis.

»Scheiße, die Bullen! Hauen wir ab, Jungs. Dich Schlampe erwischen wir ein anderes Mal.«

Sie rannten los.

»Bleibt, wo ihr seid!«, rief der Polizist.

»Genau«, meinte der Glatzkopf. »Brat uns eins über, und sie machen dir den Prozess.«

Jacques Méliès ließ seinen Revolver sinken und sie verdrückten sich.

Allmählich gewann Laetitia Wells wieder die Kontrolle über ihren Atem. Es war vorbei. Sie war gerettet.

»Na, geht's wieder? Haben sie Ihnen nicht zu sehr zugesetzt?«

Sie schüttelte verneinend den Kopf. Nach und nach fasste sie sich wieder. Er nahm sie ganz selbstverständlich in die Arme, um sie zu beruhigen: »Jetzt wird alles wieder gut.«

Und ebenso selbstverständlich schmiegte sie sich an ihn. Sie war erleichtert. Sie hätte nie geglaubt, eines Tages so glücklich über das Auftauchen von Kommissar Méliès zu sein.

Sie schaute ihn an; die Wogen in ihren lila Augen hatten sich geglättet. Kein tigerhaftes Glimmen mehr, nur noch sanft vom Wind bewegte Wellchen.

Jacques Méliès klaubte die Knöpfe ihrer Jacke auf.

»Ich muss mich wohl bei Ihnen bedanken«, sagte sie.

»Nicht der Rede wert. Ich sag's noch mal: Ich will mich bloß mit Ihnen unterhalten.«

»Und worüber?«

»Über diese Sache mit den Chemikern, die uns beide beschäftigt. Ich war blöd. Ich brauche Ihre Hilfe. Ich habe ... Ihre Hilfe immer gebraucht.«

Sie zögerte. Aber wie hätte sie ihn in Anbetracht der Umstände nicht auf ein weiteres Glas Ambrosia zu sich nach Hause einladen können?

116. ENZYKLOPÄDIE

Zivilisationsschock Papst Urban II. rief 1096 den ersten Kreuzzug zur Befreiung Jerusalems aus. Teilnehmer waren entschlossene, aber militärisch völlig unerfahrene Pilger. An ihrer Spitze: Gautier Sans-Avoir und Peter von Amiens. Die Kreuzzügler drangen nach Osten vor, ohne überhaupt zu wissen, welche Länder sie durchquerten. Als sie nichts mehr zu essen hatten, plünderten sie alles auf ihrem Weg und richteten dabei im Westen mehr Unheil an als im Osten. Ausgehungert verfielen sie dem Kannibalismus. Diese »Verfechter des wahren Glaubens« verwandelten sich schnell in eine wilde und gefährliche Rotte Lumpengesindel. Der König von Ungarn, gleichwohl selbst Christ, war erzürnt über die Schäden, die diese Habenichtse angerichtet hatten, und beschloss, sie zu töten, um seine Bauern vor ihren Übergriffen zu schützen. Den wenigen Überlebenden, die es schafften, bis zur Küste von Kleinasien zu gelangen, ging ein solcher Ruf als Barbaren voraus, die halb Menschen, halb Tiere seien, dass ihnen die Einwohner von Nikäa ohne das geringste Zaudern den Rest gaben.

EDMOND WELLS

Enzyklopädie des relativen und absoluten Wissens, Bd. 2

117. In Bel-o-kan

In Bel-o-kan landen Botenmücken. Alle bringen sie die gleiche Nachricht. Die Kreuzzüglerinnen sollen unter Einsatz von Bienengift einen Finger getötet haben. Dann hätten sie den Bienenstock Askolein angegriffen und besiegt. Auf ihrem Weg könne ihnen nichts widerstehen.

In der ganzen Stadt bricht heller Jubel aus.

Königin Chli-pu-ni ist entzückt. Sie hatte ja schon immer gewusst, dass die Finger verwundbar waren. Jetzt war der Beweis dafür erbracht. Auf dem Gipfel der Erregung meint sie zum Leichnam ihrer Mutter gewandt: *Wir können sie töten, wir können sie besiegen. Sie sind uns nicht überlegen.*

Einige Stockwerke unter der Verbotenen Stadt versammeln sich die Pro-Finger-Rebellinnen in einem geheimen Saal, der noch enger ist als ihre ehemalige Zuflucht über den Nashornkäferställen.

Wenn unsere Legionen wirklich einen Finger töten konnten, heißt das, dass sie keine Götter sind, meint eine Ungläubige.

Sie sind unsere Götter, bekräftigt eine Gottgläubige nachdrücklich. Ihrer Meinung nach haben die Kreuzzüglerinnen geglaubt, einen Finger zu erwischen, tatsächlich aber ein anderes rundes, rosafarbenes Tier angegriffen. Voller Eifer wiederholt sie: »Die Finger sind unsere Götter.«

Indessen beschleichen einige der unbeirrbarsten Gottgläubigen die ersten Zweifel. Und sie begehen den Irrtum, darüber direkt mit dem mechanischen Propheten zu sprechen: dem berühmten Doktor Livingstone.

118. Göttlicher Zorn

Gott Nicolas rast.

Was ist das denn – Ameisen, die zu widersprechen wagen? Gottlose, Frevlerinnen, Lästerinnen? Diese Heidinnen müssen zur Räson gebracht werden.

Wenn er sich nicht als schrecklicher, rachsüchtiger Gott erweist, das weiß er, wird seine Herrschaft nicht lang dauern.

Er setzt sich an die Tastatur des Computers, der seine Worte in Pheromone überträgt:

Wir sind Götter
Wir vermögen alles.
Unsere Welt ist überlegen.

Wir sind unbesiegbar,
Und niemand darf unsere Herrschaft in Zweifel ziehen.

Verglichen mit uns seid ihr nur unreife Larven.
Von der Welt versteht ihr nichts.

Achtet und nährt uns.
Die Finger können alles, denn die Finger sind Götter.
Die Finger können alles, denn die Finger sind groß.
Die Finger können alles, denn die Finger sind mächtig.

Das ist die Wahr…

»Was machst du denn da, Nicolas?«

Schnell schaltete er das Gerät ab.

»Schläfst du nicht, Mama?«

»Der Tastenlärm hat mich aufgeweckt. Mein Schlaf ist so leicht geworden, dass ich manchmal nicht mehr weiß, wann ich schlafe, wann ich träume und wann ich voll in der Wirklichkeit lebe.«

»Du bist in einem Traum, Mama. Leg dich wieder hin!«

Er führte sie langsam zu ihrem Bett zurück.

Lucie Wells murmelte: »Was hast du mit dem Computer gemacht, Nicolas?« Aber der Schlaf umfing sie wieder, ehe sie die Frage richtig stellen konnte. Sie träumte, wie ihr Sohn den »Stein der Weisen« benutzte, um die Funktionsweise der Ameisenzivilisation besser zu begreifen.

Nicolas hingegen dachte, dass er noch einmal knapp davongekommen war. In Zukunft würde er besser aufpassen müssen.

119. Geteilte Meinungen

Eine lange, düstere Kolonne zieht unter dem Gestrüpp aus Salbei, Majoran, Thymian und Blauklee dahin. Die Spitze des ersten Kreuzzugs gegen die Finger in der Geschichte der Ameisen führt Nr. 103 an, weil sie die einzige ist, die den Weg kennt, der ans Ende der Welt und dann ins Fingerland führt.

Wartet auf mich! Wartet auf mich!

Beim Aufwachen hat Nr. 24 sich umgehört, und schließlich haben die Fliegen ihr gezeigt, wie sie wieder zur Karawane findet.

Sie gesellt sich nach vorn zu Nr. 103.

Hast du wenigstens deinen Kokon nicht verloren?

Nr. 24 ist entrüstet. Sie neigt vielleicht zum Leichtsinn, aber die Bedeutung ihrer Last ist ihr durchaus bewusst. Die Mission Merkur geht über alles. Nr. 103 beruhigt sie und schlägt ihr vor, immer an ihrer Seite zu bleiben. So laufe sie noch weniger Gefahr, sich zu verirren. Nr. 24 ist einverstanden und folgt ihr auf dem Fuße.

Dahinter stimmt Nr. 9, vom Zirpen einer Gruppe Maulwurfsgrillen begleitet, ein Kriegslied an, um die Truppe in Stimmung zu bringen:

Tod den Fingern, Soldatinnen, Tod den Fingern!
Wenn du sie nicht tötest, zerquetschen sie dich.
Sie stecken deine Stadt in Brand
Und massakrieren die Ammen.
Sie sind alle schwach.
Sie haben keine Augen,
Und sie sind bösartig.

Tod den Fingern, Soldatinnen, Tod den Fingern.
Morgen soll uns keiner entkommen.

Im Augenblick sind es eher die Kleintiere der näheren Umgebung, die den Kreuzzug mit ihrem Leben bezahlen. Die Prozession verbraucht insgesamt durchschnittlich vier Kilo Insektenfleisch pro Tag.

Ganz zu schweigen von den durch die Roten geplünderten Nestern.

Wenn die Dörfer von dem nahenden Kreuzzug verständigt werden, ziehen sie es meist vor, sich ihm anzuschließen, als dass sie seine Raubzüge erdulden. Weshalb die Kreuzzüglerinnen immer mehr werden.

Als sie von Askolein aufgebrochen sind, waren sie erst zweitausenddreihundert. Jetzt sind sie schon zweitausendsechshundert in einer bunt zusammengewürfelten Truppe, in der Ameisen aller Form und Größe dominieren. Sogar die Luftflotte ist wiederaufgebaut. Sie ist jetzt zweiunddreißig Nashornkäfer stark, zu denen dreihundert Kriegerinnen der Bienenlegion gekommen sind, außerdem eine Familie aus siebzig Fliegen, die völlig undiszipliniert hin und her schwirren. Der Kreuzzug umfasst jetzt also wieder fast dreitausend Teilnehmer.

Am Mittag legt er eine Rast ein, weil die Hitze unerträglich wird.

Alle suchen Schutz unter den schattigen Wurzeln einer Eiche, um ein unverhofftes Schläfchen einzulegen. Nr. 103 nutzt die Pause, um einen Probeflug zu absolvieren. Sie bittet eine Biene, sie auf ihrem Rücken zu tragen.

Das Experiment ist nur von kurzer Dauer. Die Biene erweist sich als schlechtes Flugtier, denn sie erzeugt zu starke Vibrationen. Unmöglich, unter diesen Umständen einen Säurestrahl zielsicher abzufeuern. Dann eben nicht. Das Bienengeschwader wird ohne Piloten fliegen.

In einer Ecke hält Nr. 23 erneut eine Propagandaversammlung ab. Diesmal hat sie es geschafft, viel mehr Zuhörerinnen als bei der letzten Zusammenkunft um sich zu scharen.

Die Finger sind unsere Götter!

Das Publikum nimmt im Chor den Slogan der Gottgläubigen auf. Die Ameisen begeistern sich daran, alle gleichzeitig ein und dasselbe Pheromon auszustoßen.

Aber warum dann dieser Kreuzzug?

Das ist kein Kreuzzug, sondern eine Begegnung mit unseren Meistern.

Ein Stück weiter leitet Nr. 9 eine völlig andere Kampagne.

Sie spricht vor etwa hundert Soldatinnen, die sich ihr aufgrund der schrecklichen Berichte über die Finger angeschlossen haben, denen zufolge sie imstande sind, in wenigen Sekunden eine ganze Stadt zu entführen. Beim Zuhören erschaudern alle.

Und noch ein Stück weiter steht Nr. 103. Sie schweigt. Sie empfängt. Genauer gesagt sammelt sie alles, was ihr die fremden Arten über die Finger erzählt haben, um ihr zoologisches Pheromon zu vervollständigen.

Eine Fliege berichtet, von zehn Fingern verfolgt worden zu sein, die es darauf angelegt hätten, sie platt zu drücken.

Eine Biene erzählt, sie sei in einem durchsichtigen Becher gefangen gewesen, während Finger sie von außen verhöhnt hätten.

Ein Maikäfer berichtet, gegen ein weiches, rosafarbenes Tier geprallt zu sein. Vielleicht war es ein Finger.

Eine Grille behauptet, in einen Käfig gesperrt, mit Salat gefüttert und dann freigelassen worden zu sein. Ihre Kerkermeister seien mit Sicherheit Finger gewesen, weil ihr die Nahrung von rosafarbenen Kugeln gebracht worden sei.

Rote Ameisen versichern, mit ihrem Gift einen rosafarbenen Klumpen beschossen zu haben, der sofort geflüchtet sei.

Eifrig speichert Nr. 103 alle Einzelheiten dieser Zeugenaussagen in ihrem zoologischen Pheromon über die Finger.

Dann wird die Temperatur wieder erträglich, und die Ameisen machen sich abermals auf den Weg.

Der Kreuzzug marschiert voran, immer weiter voran.

120. Schlachtplan

Laetitia Wells hatte es eilig, sich den Körper vom Schmutz der Metro abzuwaschen. Sie schlug Méliès vor, in ihrem Wohnzimmer fernzusehen, während sie ihr Bad nahm.

Er machte es sich auf der Couch bequem und schaltete den Apparat ein, während Laetitia im Wasser zum Fisch wurde.

Nachdenken unter Wasser. Sie sagte sich, dass sie zwar gute Gründe hatte, Méliès zu verabscheuen, aber genauso gute, ihm dankbar zu sein, dass er im rechten Moment eingeschritten war. Sie waren quitt.

Im Wohnzimmer saß Méliès vor seinem Lieblingsspielzeug mit dem Lächeln eines Kindes und verfolgte aufmerksam seine Lieblingssendung.

»Also, Madame Ramirez, haben Sie's herausgekriegt?«

»Äh … Vier Dreiecke aus sechs Streichhölzern, das sehe ich ja ein, aber sechs Dreiecke aus sechs Streichhölzern, das will mir nicht in den Kopf.«

»Schätzen Sie sich glücklich. ›Denkfalle‹ hätte von Ihnen genauso gut verlangen können, aus siebzigtausend Streichhölzern einen Eiffelturm zu errichten …« Gelächter und Beifall. »Aber unsere Sendung verlangt von Ihnen bloß, dass sie aus sechs Streichhölzern sechs Dreiecke bilden.«

»Ich nehme einen Joker.«

»Na schön. Um Ihnen zu helfen, noch ein Satz: ›Es ist wie ein Tropfen Tinte, der in ein Glas Wasser fällt.‹«

In ihrem üblichen Bademantel und mit einem Handtuch als Turban auf dem Kopf tauchte Laetitia wieder auf. Méliès schaltete den Fernseher aus.

»Ich möchte Ihnen für Ihr Eingreifen danken. Sie sehen, ich hatte Recht, Méliès. Der Mensch ist unser schlimmstes Raubtier. Meine Angst ist vollkommen logisch.«

»Übertreiben wir nicht. Es waren bloß ein paar Gauner ohne viel Mumm.«

»Ob einfach Faulenzer oder Mörder, hätte für mich nichts geändert. Die Menschen sind schlimmer als die Wölfe. Sie können nicht einmal ihre primitivsten Triebe beherrschen.«

Jacques Méliès erwiderte nichts und stand auf, um das Ameisenterrarium zu betrachten, das die junge Frau jetzt gut sichtbar mitten in ihrem Wohnzimmer aufgestellt hatte.

Er legte einen Finger an die Scheibe, aber die Ameisen schenkten ihm keinerlei Beachtung. Für sie war er nur ein Schatten.

»Sie sind wieder zum Leben erwacht?«, fragte er.

»Ja. Ihr ›Eingreifen‹ hat neun Zehntel von ihnen das Leben gekostet, aber die Königin hat überlebt. Als Puffer und Schutz wurde sie von Arbeiterinnen umringt.«

»Sie legen wirklich ein merkwürdiges Verhalten zutage. Kein menschliches, aber ein … merkwürdiges.«

»Jedenfalls würde ich, wenn nicht ein weiterer Mord an einem Chemiker passiert wäre, noch immer in Ihren Kerkern hocken, und sie wären alle tot.«

»Nein, Sie wären so oder so freigelassen worden. Das Gutachten des Gerichtsmediziners hat ergeben, dass die Verletzungen der Brüder Salta und der Übrigen nicht von Ihren Ameisen verursacht worden sein können. Ihre Kiefer sind zu kurz. Ich war wieder einmal zu voreilig und dumm.«

Ihre Haare waren jetzt trocken. Sie verließ das Zimmer und schlüpfte in ein Kleid aus weißer Seide mit Jademustern.

Als sie mit einem Krug Ambrosia zurückkam, meinte sie: »Nachdem der Untersuchungsrichter meine Freilassung angeordnet hat, können Sie natürlich leicht behaupten, mich schon für unschuldig gehalten zu haben.«

Er protestierte: »Immerhin hatte ich ein paar ernstzunehmende Anhaltspunkte. Sie können die Tatsachen nicht leugnen. Es sind tatsächlich Ameisen gekommen, um mich in meinem Bett zu überfallen. Sie haben meine Katze Marie-Charlotte tatsächlich getötet. Ich habe sie mit eigenen Augen gesehen. Nicht ›Ihre‹ Ameisen haben die Brüder Salta, Caroline Nogard, Maximilien MacHarious, die Odergins und Miguel Cygneriaz getötet, aber es waren trotzdem Ameisen. Laetitia, ich sage Ihnen noch einmal, ich habe immer Ihre Hilfe gebraucht. Teilen wir unsere Ideen miteinander.« Er sprach mit Nachdruck. »Dieses Rätsel erregt Sie genauso wie mich. Arbeiten wir zusammen, fernab von der Gesetzesmühle. Ich weiß nicht, wer der Rattenfänger von Hameln ist, aber er ist ein Genie. Wir müssen ihm einen Strich durch die Rechnung machen. Allein schaffe ich das nie, aber mit Ihnen und Ihrem Wissen über die Ameisen und die Menschen …«

Sie zündete sich in ihrer Zigarettenspitze eine lange Zigarette an. Sie dachte nach. Er setzte sein Plädoyer fort: »Laetitia, ich bin kein Krimiheld, ich bin ein ganz normaler Mensch. Darum kommt es vor, dass ich mich täusche, eine Untersuchung vermassele, Unschuldige einsperre. Ich weiß, dass das ein schwerer Irrtum war. Es tut mir leid, und ich will es wiedergutmachen.«

»Na schön. Ich bin bereit, mit Ihnen zusammenzuarbeiten. Aber nur unter einer Bedingung.«

»Verlangen Sie, was Sie wollen.«

»Wenn wir den oder die Schuldigen gefunden haben, überlassen Sie mir exklusiv den Bericht über die Untersuchung.«

»Kein Problem.«

Er streckte ihr die Hand hin.

Sie zögerte, ehe sie sie annahm.

»Ich verzeihe immer zu schnell. Vermutlich begehe ich jetzt den dümmsten Fehler meines Lebens.«

Sie machten sich sogleich an die Arbeit. Jacques Méliès legte ihr alle Stücke der Akte vor: Fotos der Leichen, Autopsieberichte, Zusammenfassungen über die Vergangenheit der Opfer, Röntgenaufnahmen der inneren Verletzungen, Beobachtungen über die Fliegen.

Laetitia gab ihm nichts von ihren eigenen Nachforschungen, erkannte aber bereitwillig an, dass alles auf die Idee »Ameisen« hinauslief. Die Ameisen waren die Waffe, und die Ameisen waren das Motiv.

Das Wesentliche blieb damit noch herauszufinden: wer sie steuerte und wie.

Sie prüften eine Liste mit terroristischen Umweltbewegungen und fanatischen Tierfreunden, die alle Tiere im Zoo sowie alle Insekten und Vögel in Käfigen befreien wollten. Laetitia schüttelte den Kopf.

»Wissen Sie, Méliès, selbst wenn jegliche Schuld auf sie zu deuten scheint, halte ich Ameisen nicht für fähig, Hersteller von Insektiziden umzubringen.«

»Und warum nicht?«

»Sie sind zu intelligent dafür. Vergeltung zu üben ist eine menschliche Vorstellung. Die Rache ist eine Idee der Menschen. Wir sind dabei, unsere eigenen Gefühle auf die Ameisen zu übertragen. Warum sollten die Ameisen die Menschen angreifen, wenn sie doch nur zu warten brauchen, bis die einander von ganz allein vernichtet haben?«

Dieses Argument ließ Jacques Méliès sich einen Augenblick lang durch den Kopf gehen.

»Ob es Ameisen sind, ein Rattenfänger von Hameln oder ein Mensch, der die Schuld auf Ameisen lenken will – es lohnt sich doch trotzdem, den oder die Täter zu suchen, oder? Und sei es nur, um Ihre kleinen Freundinnen zu entlasten?«

»Stimmt.«

Sie betrachteten alle Teile des Puzzles, die auf dem großen Tisch im Wohnzimmer ausgebreitet lagen. Sie waren beide davon überzeugt, genügend Teilstücke zu besitzen, um ihre logische Verbindung aufzudecken.

Plötzlich sprang Laetitia auf.

»Verlieren wir keine Zeit. Alles, was wir wollen, ist doch eigentlich, den Mörder zu entlarven. Dazu ist mir was in den Sinn gekommen. Etwas ganz Einfaches. Passen Sie auf!«

121. Enzyklopädie

Zivilisationsschock Gottfried von Bouillon setzte sich an die Spitze des zweiten Kreuzzuges zur Befreiung Jerusalems und des Heiligen Grabs. Diesmal wurden die etwa hunderttausend Pilger von viertausendfünfhundert Rittern in Kriegsrüstung begleitet. Größtenteils handelte es sich um jüngere Söhne des Adels, die wegen des Erstgeburtsrechts keinen Anspruch auf ein Lehen hatten. Unter dem Deckmantel der Religion hofften diese Adligen ohne Erbteil, fremde Burgen zu erobern und endlich Land zu besitzen.

Was ihnen auch gelang. Jedes Mal, wenn sie ein Schloss einnahmen, ließen die Ritter sich dort nieder und vergaßen den Kreuzzug. Oft kämpften sie untereinander um den Besitz der Ländereien einer eroberten Stadt. Prinz Bohemond von Tarent zum Beispiel beschloss, auf eigene Rechnung die Stadt Antiochia unter seine Gewalt zu bringen. Die Kreuzzügler mussten einige der Ihren bekämpfen, um sie davon zu überzeugen, beim Kreuzzug zu bleiben. Paradoxerweise verbündeten sich abendländische Adlige, um besser ans Ziel zu gelangen und ihre Kampfgefährten auszuschalten, mit morgenländischen Emiren. Diese zögerten ihrerseits nicht, sich mit anderen Emiren zu vereinen, um dagegenzuhalten. Es kam der Moment, wo man nicht mehr wusste, wer gegen wen kämpfte noch um was. Viele hatten gar das ursprüngliche Ziel des Kreuzzugs vergessen.

Edmond Wells
Enzyklopädie des relativen und absoluten Wissens, Bd. 2

122. In den Bergen

In der Ferne zeichnen sich die Umrisse von Hügeln, dann von Bergen ab. Die eingeborenen grauen Ameisen haben den ersten Gipfel »Torfberg« genannt – wegen des trockenen Torfs, der sich dort kräuselt. Er ist nicht allzu schwer zu überqueren.

Die Kreuzzüglerinnen haben einen schmalen, aber niedrigen Pass entdeckt. Die hohen Wände aus weißem, grauem und sandfarbenem Stein wechseln einander ab und geben so die Stufen ihrer Geschichte preis. In dem alterslosen Felsen haben sich Fossilienspuren in Form von Spiralen oder Hörnern erhalten.

Auf die Schluchten folgen Canyons. Jeder Spalt ist für die Ameisensoldatinnen ein tödlicher Abgrund, in den zu rutschen verhängnisvoll wäre.

Die Kälte stellt den Konvoi auf eine harte Probe, und alle sind bemüht, rasch dort herauszukommen. Den Ameisen, die sich über die Kälte beklagen, bieten mitfühlende Bienen ein wenig Honig an, damit sie wieder zu Kräften kommen.

Nr. 103 ist beunruhigt. Sie erinnert sich nicht, jemals über diese Gebirgsregion geklettert zu sein. Pah! Mag sein, dass sie zu weit nach Norden abgekommen sind, doch es genügt ja, in Richtung Sonne zu marschieren, um ans Ende der Welt zu gelangen. Ja, sie brauchen nur geradeaus weiterzugehen.

Der öde Felsen hat ihnen nur gelbe Flechten als Salat anzubieten. Es gibt dort vor allem ein bestimmtes Moos, *Funaria hygrometrica* oder Drehmoos, das so genannt wird, weil seine Kapseln sich zusammenziehen, sobald die Luftfeuchtigkeit steigt.

Endlich ein Tal mit Bergamottebäumen. Das lange Marschieren im Freien steigert das Sehvermögen der Kreuzzüglerinnen, schließlich bestimmt der Bedarf die Leistungsfähigkeit der Organe. Sie ertragen das Licht immer besser, suchen nicht mehr nach schattigen Zonen und können Landschaften erkennen, die sich über dreißig Schritt entfernt von ihren Facettenaugen befinden.

Das bewahrt die Kundschafterinnen allerdings nicht davor, in eine Falle von Sandläufern zu geraten. Diese kleinen Käfer graben Verstecke in den Boden und tarnen sie. Sobald sie eine Erschütterung bemerken, kommen sie hoch und schnappen sich die Spaziergängerinnen.

Danach stößt die Karawane auf eine Barriere aus Brennnesseln. Für die Ameisen ist das, als würde vor ihnen plötzlich eine Mauer aus riesigem Stacheldraht aufragen, in dem sich sofort ihre Beine verfangen.

Sie kommen ohne allzu große Schäden durch. Das wirkliche Hindernis liegt ein Stück weiter: eine Spalte und unmittelbar dahinter ein Wasserfall. Sie wissen nicht, wie sie zugleich diese Schlucht und eine flüssige Mauer überwinden sollen. Bienen wagen den Versuch und stürzen in den Wasserfall.

Das Wasser vernichtet alles, was fliegt, sagen die Fliegen.

Und erst recht dieser Vorhang aus wildem Eiswasser.

Den Schmetterlingskokon fest umklammernd, tritt Nr. 24 vor. Sie habe vielleicht einen Lösungsvorschlag. Als sie sich eines Tages im Westwald verirrt habe – es sei verrückt, was man für interessante Entdeckungen mache, wenn man sich verlaufen hätte und nach dem Rückweg suche –, habe sie gesehen, wie eine Termite mit Hilfe eines Stückchens Holz ein Rinnsal überquert hätte, das an einem Felsen herunterplätscherte. Die Termite habe das Ende des Holzstücks in den Wasserfall gelegt und sei dann in seinem Inneren hinübergekrochen.

Die Ameisen machen sich sofort an die Arbeit, einen dicken Ast oder dergleichen zu suchen. Sie finden ein dickes Schilfrohr. Das würde einen perfekten, beweglichen Tunnel abgeben. Sie hieven das Schilfrohr also mit ihren Beinen hoch und lassen es langsam hinübergleiten, bis es die Wasserfallmauer überbrückt. Natürlich ertrinken bei dem Manöver einige Arbeiterinnen, aber die Wasserpflanze rückt unaufhaltsam vor und stößt auf keinen Widerstand.

Dann machen sich die Maulwurfsgrillen daran, das Innere auszuhöhlen, bis sie einen wasserdichten Zylinder erhalten, der es den Kreuzzüglerinnen ermöglicht, den Abgrund und die Wassersperre zu überwinden.

Das ist eine schwere Probe für die Nashörner, deren Deckflügel ein wenig klemmen, aber mit einem bisschen Schieben gelangen sie alle durch.

123. Am folgenden Donnerstag

Ausschnitt aus dem *Echo am Sonntag*:

Überschrift: HOCHRANGIGER GAST

Professor Takagumi von der Universität Yokohama wird am nächsten Donnerstag im Konferenzraum des Hotels Beau Rivage sein neues Insektizid vorstellen. Der japanische Wissenschaftler behauptet, entdeckt zu haben, wie man Ameisenplagen mittels einer neuen, synthetisch hergestellten toxischen Substanz verhindern kann. Professor Takagumi wird seine Forschungen erläutern. Bis zum Tag seines Vortrags entspannt er sich im Hotel Beau Rivage und bespricht sich mit seinen französischen Kollegen.

124. Die Grotte

Nach dem Tunnel eine Höhle. Doch die Kreuzzüglerinnen sind nicht in einer Sackgasse gelandet. Die Grotte geht in einem langen, felsigen Gang weiter, wo normalerweise frische Luft zirkuliert.

Und der Kreuzzug marschiert voran, immer weiter voran.

Die Ameisen umgehen große Kalkbrocken, Stalagmiten. Diejenigen an der Decke klettern über Stalaktiten. Manchmal sind Stalagmiten und Stalaktiten zu langen Säulen zusammengewachsen. Dann ist es schwer, oben und unten auseinanderzuhalten!

In der Grotte wimmelt es von einer ganz eigenen Fauna. Es gibt dort regelrecht lebende Fossilien. Die meisten sind blind und farblos. Weiße Kellerasseln laufen eilends davon, Tausendfüßler schleppen sich dahin, Springschwänze hüpfen nervös herum. In den Pfützen schwimmen durchsichtige Garnelen mit Fühlern, die länger als ihr Körper sind.

In einem Hohlraum spürt Nr. 103 eine Gruppe Bettwanzen auf, die sich mit ihrem bohrerförmigen Geschlechtsorgan den üblichen Sexorgien hingeben. Die Belokanerin tötet mehrere von ihnen.

Eine Ameise probiert eine von der Säure von Nr. 103 geschmorte Wanze. Sie sagt, das Fleisch schmecke heiß und verbrannt besser als trocken und roh.

Tja, sagt sie sich, man könnte in Säurebädern Fleisch kochen.

Gastronomische Entdeckungen werden oft so gemacht. Per Zufall.

125. Enzyklopädie

Allesfresser Die Herren der Erde können nur Allesfresser sein. Alle möglichen Sorten von Nahrung verschlingen zu können ist eine unabdingbare Voraussetzung dafür, sich mit seiner Art in Raum und Zeit auszubreiten. Um sich als Herr des Planeten zu behaupten, muss man alle Formen von Nahrung verspeisen können, die dieser hervorbringt.

Ein Tier, das von einer einzigen Nahrungsquelle abhängt, sieht sein Dasein in Frage gestellt, wenn diese verschwindet. Wie viele Vogelarten sind einfach deshalb ausgestorben, weil sie sich von einer einzigen Insektenart ernährten und diese Insekten fortgewandert waren, ohne dass sie ihnen hätten folgen können? Die Beuteltiere, die sich nur von Eukalyptusblättern ernähren, sind ebenfalls nicht in der Lage, zu wandern oder in entwaldeten Zonen zu überleben. Ebenso wie die Ameise, die Schabe, das Schwein und die Ratte hat der Mensch dies begriffen. Diese fünf Arten probieren, essen und verdauen fast jegliche Nahrung oder auch deren Abfälle. Die fünf Arten können daher den Titel des Herrschertiers der Welt beanspruchen. Noch ein gemeinsames Merkmal: Die fünf Arten wechseln dauernd ihren Speiseplan, um sich besser an ihre Umwelt anzupassen. Sie alle sind daher gezwungen, sich Tests auszusetzen, ehe sie neue Nahrung verzehren, um so Epidemien und Vergiftungen vorzubeugen.

Edmond Wells

Enzyklopädie des relativen und absoluten Wissens, Bd. 2

126. Der Köder

Als die Meldung im *Echo am Sonntag* erschien, hatten Laetitia Wells und Jacques Méliès bereits unter dem Namen Professor Takagumi ein Zimmer im Hotel Beau Rivage gebucht. Ein paar Trinkgelder an die richtigen Leute erlaubte es ihnen, dort eine Scheinwand einzuziehen und dahinter einen sehr raffinierten Kontrollmechanismus einzurichten.

Übers ganze Zimmer verteilt stellten sie Videokameras auf, die beim geringsten Luftzug ein empfindliches Warnsystem auslösten. Schließlich legten sie in das Bett eine Puppe mit japanischen Zügen. Dann legten sie sich auf die Lauer.

»Ich wette, dass die Ameisen kommen!«, schlug Kommissar Méliès vor.

»Die Wette gilt. Ich wette, dass es ein Mensch ist.«

Sie brauchten nur noch zu warten, welcher Fisch an ihrem Haken anbeißen würde.

127. Erkundungsflug

Weit vorne leuchtet ein winziger Schein.

Die Luft wird wärmer. Die Kreuzzüglerinnen beschleunigen ihr Tempo. In einem langen Pulk verlassen sie die düstere Kälte der Grotte und geraten auf ein sonniges Steilufer.

In der Luft schwirren Libellen. Und wo Libellen sind, ist auch ein Fluss. Der Kreuzzug ist nicht mehr weit vom Ziel, so viel steht fest.

Nr. 103 sucht sich das schönste Nashorn aus, dasjenige, das »Großes Horn« genannt wird, weil es den längsten Nasenfortsatz hat. Sie hakt sich mit ihren Krallen im Chitin fest und bittet es, zu einem Aufklärungsflug abzuheben. Zwölf berittene Artilleristinnen folgen ihr als Schutzgeleit für den Fall einer unangenehmen Begegnung mit einem Vogel.

Gemeinsam reiten sie auf dem Wind dahin und rasen im Sturzflug auf den Fluss zu, der von Lichtpailletten funkelt.

Gleitflug zwischen den Luftströmen.

In vollkommener Synchronisation richten die zwölf fliegenden Insekten ihre Flügelspitzen an einer gedachten Achse aus und drehen nach links ab.

Das Manöver vollzieht sich so schnell, dass Nr. 103 durch die Zentrifugalkraft an ihr Luftross gedrückt wird.

Die Reinheit der Luft macht sie trunken.

An diesem blauen Himmel wirkt alles so klar, so sauber. Vorbei der Ansturm von vielerlei Düften, der die Insekten zu beständiger Aufmerksamkeit nötigt. Nur noch der durchsichtige Strom durchsichtiger Luft ist übrig.

Die zwölf Käfer verlangsamen ihre Flügelschläge. Still schweben sie dahin.

Unten zieht eine Prozession von Formen und Farben vorbei.

Das Geschwader setzt zum Tiefflug an. Die herrlichen Luftschiffe gleiten zwischen Trauerweiden und Erlen durch.

Auf »Großes Horn« fühlt Nr. 103 sich wohl. Durch das enge Zusammenleben mit den Nashornkäfern hat sie gelernt, sie voneinander zu unterscheiden. Ihr Flugtier besitzt nicht nur das höchste und spitzeste Horn des ganzen Geschwaders, sondern auch die muskulösesten Beine und längsten Flügel. Und »Großes Horn« hat noch einen Vorteil: Er ist der einzige Käfer, der sich überlegt hat, wie er fliegen muss, um den Artilleristinnen die beste Schussposition zu ermöglichen. Er weiß auch, wann er umzukehren hat, wenn er von einem fliegenden Räuber verfolgt wird.

Mit einfachen Düften fragt Nr. 103, ob die Käfer die Reise genießen. »Großes Horn« antwortet, dass der Marsch durch den düsteren Gang mühsam gewesen sei. Die dicken Koleopter bräuchten Platz. Außerdem hätten er und einige seiner Gefährten zufällig Gespräche mitbekommen, bei denen von »Göttern« die Rede gewesen sei. Sei Götter eine andere Bezeichnung für die Finger?

Nr. 103 antwortet ausweichend. Die »Krankheit der Seelenstimmungen« darf nicht auf die Söldner übergreifen. Andernfalls würde die Polemik sich verschärfen, und mit dem Kreuzzug wäre Schluss, noch ehe er das Ende der Welt erreicht hätte.

»Großes Horn« meldet eine Torfzone. Im Torf wühlen die Käfer des Südens nämlich gern. Manche von ihnen sind wirklich staunenswert. Alle Käfer haben ihre Eigenheiten, keine Art gleicht der anderen. Auch diese Südländer könnten beim Kreuzzug von Nutzen sein. Warum nicht welche anwerben? Nr. 103 ist einverstanden. Jede Hilfe ist willkommen.

Sie fliegen.

Um den Fluss herum erfüllt der balsamische Duft von Schierling, Sumpfvergissmeinnicht und Geißbart die Luft. Unten gleitet ein Teppich aus weißen, rosigen und gelben Seerosen vorbei wie ein Klecks von schlecht verteiltem buntem Konfetti.

Das Geschwader kreist über dem Fluss. Auf halbem Weg zwischen den beiden Ufern liegt eine kleine Insel mit einem Baum in der Mitte.

Die Luftreiterinnen gleiten über das Wogen des Flusses. Die Beine der Nashornkäfer streichen über die Gischt der Wellen.

Doch Nr. 103 findet noch immer nicht Satei, den berühmten Hafen, der in Wirklichkeit ein unterirdischer Gang ist, durch den man unter dem Fluss durchgehen kann. Die Kreuzzüglerinnen müssen vom vorgesehenen Weg abgekommen sein, und zwar weit. Sie werden lang marschieren müssen.

Die fliegenden Kundschafterinnen kehren zurück und verkünden, dass alles in Ordnung sei, dass man weiterziehen müsse.

Wie ein Sirupstrom steigt die Armee den Steilhang hinab: die Ameisen mit Hilfe der klebrigen Ankerborsten an ihren Beinen, die Käfer flatternd, die Bienen im Sturzflug und die Mücken krakeelend.

Unten erstreckt sich ein Strand mit feinem, beigefarbenem Sand und hellen Dünen, auf denen ein paar vereinzelte Grashalme wachsen, aber vor allem Strandhafer und Sandpilzsporen. Gute Speisen für die Ameisen.

Nr. 103 sagt, dass man, um den Hafen von Satei zu erreichen, die Böschung entlang nach Süden ziehen müsse. Die Karawane setzt sich in Bewegung.

Zusammen mit den anderen Nashornkäfern setzt sich »Großes Horn« vom Gros der Truppe ab. Sie hätten eine Mission zu erfüllen, sagen sie, und würden später wieder zu den anderen stoßen.

Beim Vormarsch entdecken die Aufklärerinnen weiße Klümpchen, die gut nach Schnecken riechen. Sie haben genug vom Strandhafer, und diese Eier sehen lecker aus. Nr. 9 warnt sie. Bevor sie etwas futterten, müsse erst geprüft werden, ob die Nahrung nicht giftig sei. Einige hören auf sie, andere fressen sich voll.

Was für ein Irrtum! Es sind keine Eier, sondern Schneckenspucke. Und dazu noch Schneckenspucke, die mit Würmern infiziert ist!

128. Enzyklopädie

Zombies Der Zyklus des Großen Leberegels *(Fasciola hepatica)* bietet sicher eines der größten Geheimnisse der Natur. Dieses Tier würde einen ganzen Roman verdienen. Wie sein Name sagt, handelt es sich um einen Parasiten, der in der Leber von Schafen gedeiht. Der Wurm ernährt sich von Blut und Leberzellen und legt seine Eier dort ab. Doch in der Schafleber können die Eier nicht keimen. Es erwartet sie eine regelrechte Rundreise.

Die Eier verlassen ihren Wirt auf dem gleichen Weg wie die Exkremente. Sie gelangen in die kalte und trockene Außenwelt. Nach der Reifezeit schlüpft aus ihnen eine winzige Larve. Diese wird von einem neuen Wirt verspeist: der Schnecke.

Im Körper der Schnecke vermehren sich die Wurmlarven, ehe sie mit dem Schleim ausgestoßen werden, den der Bauchfüßler an Regentagen ausspuckt.

Doch damit haben sie erst die Hälfte ihres Weges zurückgelegt.

Dieser Schleim in Form von weißen Perlentrauben zieht häufig Ameisen an. Dank dieses »Trojanischen Pferdes« dringen die Würmer in den Insektenorganismus ein. Im Sozialkropf der Ameisen bleiben sie aber nicht lang. Sie verlassen ihn wieder, indem sie Tausende von Löchern in ihn bohren und so in ein Sieb verwandeln, das sie mit einem Leim abdichten; dieser Leim wird hart und ermöglicht es der Ameise, den Vorfall zu überleben. Die Ameise darf daran nicht eingehen; sie ist unabdingbar, um den Kreis zum Schaf zu schließen. Außerdem lässt nichts erahnen, welches Drama sich im Inneren des Ameisenkörpers abspielt, in dem die Larven sich entwickeln.

Aus den Larven werden schließlich Würmer, die in die Leber eines Schafs zurückkehren müssen, um den Wachstumskreislauf zu vervollständigen.

Doch was tun, damit ein Schaf eine Ameise verschlingt, wo es doch kein Insektenfresser ist?

Generationen von Würmern haben sich die Frage stellen müssen. Das Problem war umso schwieriger zu lösen, als die Schafe nur in den kühlen Stunden die hohen Gräser abweiden und die Ameisen in den warmen Stunden ihr Nest verlassen, um im kühlen Schatten der Wurzeln dieser Gräser zu wandern. Wie sie am gleichen Ort und zur gleichen Stunde zusammenbringen?

Die Würmer haben das Problem so gelöst, dass sie sich im Körper der Ameise verteilen. Etwa zehn richten sich im Brustkorb ein, etwa zehn in den Beinen, etwa zehn im Hinterleib und ein einziger im Gehirn.

Sobald sich dieser eine Wurm im Gehirn der Ameise festsetzt, verändert diese ihr Verhalten ... Jawohl! Dieser primitive kleine Wurm, der dem Pantoffeltierchen nahesteht und damit einem der niedersten Einzeller, steuert von nun an die so komplizierte Ameise.

Ergebnis: Während am Abend alle Arbeiterinnen schlafen gehen, verlassen die mit den Würmern kontaminierten Ameisen ihre Stadt. Schlafwandlerisch laufen sie voran und steigen auf die Spitzen der Halme, um sich dort festzuhalten. Und nicht auf irgendwelche Halme! Sondern auf diejenigen, die die Schafe am liebsten haben: Luzerne und Hirtentäschel.

Zum Erstarren gebracht, warten die Ameisen darauf, gefressen zu werden.

Das ist die Aufgabe des Wurms im Gehirn: seinen Wirt jeden Abend zum Verlassen des Nests zu bewegen, damit er von einem Schaf gefressen wird. Denn wenn die Ameise, sobald am Morgen die Wärme wiederkommt, nicht von einem Schaf verzehrt worden ist, gewinnt sie die Kontrolle über ihr Gehirn und ihren freien Willen wieder. Sie fragt sich, was sie da oben auf einem Grashalm zu suchen hat. Geschwind klettert sie wieder herunter, um in ihr Nest zurückzukehren und ihre gewohnten Pflichten zu erfüllen. Bis zum nächsten Abend, an dem sie als der Zombie, zu dem sie geworden ist, gemeinsam mit ihren von Würmern infizierten Genossinnen wieder das Nest verlässt, um aufs Gefressenwerden zu warten.

Dieser Zyklus stellt die Biologen vor zahlreiche Probleme. Erste Frage: Wie kann der im Gehirn versteckte Wurm nach draußen sehen und der Ameise befehlen, auf diese oder jene Pflanze zu klettern? Zweite Frage: Der Wurm, der das Gehirn der Ameise lenkt, stirbt, sobald das Schaf die Ameise verschluckt - und zwar er allein. Warum opfert er sich auf diese Weise? Alles läuft so ab, als würden die Würmer es hinnehmen, dass einer von ihnen, und zwar der beste, stirbt, damit alle anderen ihr Ziel erreichen und den Fortpflanzungszyklus vollenden.

EDMOND WELLS

Enzyklopädie des relativen und absoluten Wissens, Bd. 2

129. SCHWEISSGEBADET

Am ersten Tag kam niemand, um über den fingierten Professor Takagumi herzufallen.

Jacques Méliès und Laetitia Wells schafften sich Vorräte von selbst erhitzten Konserven und dehydrierten Nahrungsmitteln an. Sie hatten sich wie für eine Belagerung eingerichtet. Um sich die Zeit zu vertreiben, spielten sie Schach. Laetitia konnte es besser als Méliès, dem grobe Schnitzer unterliefen.

Wütend über die Überlegenheit seiner Partnerin, zwang er sich dazu, sich besser zu konzentrieren. Er brachte seine Figuren in Verteidigungsstellung, mit Bauernlinien, die jegliche gegnerische Initiative blockierten. Die Partie wurde bald zu einer Grabenschlacht à la Verdun. Die Läufer, die Springer, die Dame und die Türme wurden daran gehindert, Blitzattacken zu führen, und hoben einander auf.

»Selbst beim Schachspielen haben Sie Bammel!«, rief Laetitia.

»Ich und Bammel?«, entrüstete Méliès sich. »Sobald ich ein bisschen Platz lasse, brechen Sie durch meine Linien. Wie soll ich denn sonst spielen?«

Plötzlich erstarrte sie, einen Finger auf den Lippen, und forderte ihn auf zu schweigen. Sie glaubte ein leises Geräusch gehört zu haben, irgendwo im Zimmer des Hotels Beau Rivage.

Sie blickten auf die Kontrollschirme. Nichts. Und doch war Laetitia Wells sich sicher, dass der Mörder da war. Das Blinken des Bewegungsdetektors bestätigte es.

»Der Mörder ist da«, flüsterte sie.

Die Augen auf den Kontrollschirm geheftet, rief der Kommissar: »Ja. Ich sehe ihn. Es ist eine einzelne Ameise. Sie klettert auf das Bett!«

Laetitia warf sich auf Méliès' Hemd, knöpfte es schnell auf, hob ihm die Arme hoch, zog ein Taschentuch heraus und tupfte damit mehrmals die Achselhöhlen des Polizisten ab.

»Was ist denn in Sie gefahren?«

»Lassen Sie mich machen. Ich glaube, ich habe verstanden, wie unsere Killerin vorgeht.«

Sie stieß die Scheinwand zur Seite, und noch ehe die Ameise die Höhe der Tagesdecke erreicht hatte, rieb sie die Puppe mit dem Taschentuch ein, das mit dem Schweiß aus den Achselhöhlen von Méliès getränkt war. Dann versteckte sie sich schnell wieder neben ihm.

»Aber …«, fing er an.

»Seien Sie still und schauen Sie.«

Die Ameise auf dem Bett näherte sich der Puppe. Sie schnitt ein winziges viereckiges Stück aus dem Schlafanzug des angeblichen Professors Takagumi. Dann verschwand sie, wie sie gekommen war: durchs Badezimmer.

»Ich begreife nichts«, meinte Méliès. »Die Ameise hat unseren Mann doch nicht angegriffen. Sie hat sich damit zufriedengegeben, ein kleines Stück Stoff mitzunehmen.«

»Das war für den Geruch, bloß für den Geruch, Kommissar.«

Da sie die Leitung der Operation übernommen zu haben schien, fragte er: »Und was tun wir jetzt?«

»Wir warten. Der Mörder wird kommen. Jetzt bin ich mir sicher.«

Méliès war verblüfft.

Sie blickte ihn mit ihren strahlenden lila Augen an und erklärte es ihm: »Diese einzelne Ameise hat mich an eine Geschichte erinnert, die mir mein Vater einmal erzählt hat. In Afrika hatte er beim Stamm der Baule gelebt. Dieses Volk hatte ein ganz erstaunliches Mittel gefunden, Leute umzubringen. Wenn einer ganz unauffällig jemanden töten wollte, beschaffte er sich einen Fetzen von der Kleidung des künftigen Opfers. Dann legte er es in einen Sack, in den er bereits eine Giftschlange gesteckt hatte. Dann hängte er den Sack über einen Topf mit kochendem Wasser. Die Schmerzen machten die Schlange rasend, und sie verband diese Tortur mit dem Geruch des Gewebes. Man brauchte sie nur noch im Dorf freizulassen. Sobald sie einen Geruch witterte, der jenem des Kleidungsfetzens ähnelte, biss sie zu.«

»Sie glauben also, dass der Geruch des Opfers unseren Mörder leitet?«

»Genau. Schließlich gewinnen die Ameisen alle ihre Informationen aus Gerüchen.«

Méliès jubelte: »Jetzt geben Sie endlich zu, dass Ameisen die Mörder sind!«

Sie beruhigte ihn.

»Bis jetzt ist niemand umgebracht worden. Das einzige Delikt besteht in einem leicht angeschlitzten Schlafanzug.«

Er dachte nach, dann explodierte er: »Aber Sie haben diesem Kleidungsstück meinen Geruch verliehen! Jetzt werden sie mich umbringen wollen!«

»Noch immer Bammel, Kommissar … Es genügt, dass Sie sich sorgfältig unter den Achseln waschen und sich dann mit Deodorant besprühen. Und vorher werden wir unseren Professor Takagumi reichlich mit Ihrem Schweiß einreiben.«

Méliès war ganz und gar nicht beruhigt. Er schob sich einen Kaugummi zwischen seine zusammengebissenen Zähne.

»Aber sie haben mich schon einmal überfallen!«

»… und Sie sind ihnen entkommen, wie mir scheint. Zum Glück habe ich an alles gedacht und das Gerät mitgebracht, das Sie am ehesten entspannen kann.«

Sie zog aus ihrer Handtasche einen kleinen tragbaren Fernseher.

130. Die Schlacht in den Dünen

Der Marsch durch die Dünenwüste ist lang.

Die Schritte werden immer schwerer.

Ein feiner Sandfilm klebt an den Panzern, trocknet die Lippen aus und bringt die Chitingelenke zum Knirschen.

Die Harnische sind ganz mit Staub bedeckt, so dass sie nicht mehr glänzen.

Und der Kreuzzug rückt voran, immer weiter voran.

Die Bienen haben keinen Krafthonig mehr anzubieten.

Die Sozialkröpfe sind leer. Die Ankerborsten an den Beinen knacken bei jedem Schritt wie Säckchen mit bröckligem Gips.

Die Kreuzzüglerinnen sind erschöpft, doch da taucht eine neue Gefahr auf. Am Horizont wirbelt eine Staubwolke hoch, wird größer, kommt näher. In diesem Irisieren ist die Art der feindlichen Legionen schlecht auszumachen.

Auf dreitausend Schritt Entfernung sind sie schon besser zu erkennen. Es handelt sich um ein Termitenheer. Die Termitensoldatinnen, zu erkennen an ihrem birnenförmigen Kopf, verspritzen Leim, in dem die ersten Reihen der Ameisen sich verfangen.

Die Hinterleiber der Ameisen feuern ihre ätzenden Säuresalven ab. Die Reiterei der Termiten löst sich auf, aber die Ameisen haben zu spät geschossen, die gegnerische Horde überfällt sie und bricht in das Zentrum der Vorneverteidigung der Ameisen ein.

Aufeinanderprallende Mandibeln.

Panzergetöse.

Der leichten Reiterei der Ameisen bleibt nicht einmal Zeit, sich zu rühren, da ist sie schon von Termitentruppen umringt.

Feuer!, befiehlt Nr. 103. Doch die zweite Linie schwerer Artillerie, die mit sechzigprozentiger Säure bestückt ist, traut sich nicht, auf dieses Gewühl aus kämpfenden Ameisen und Termiten zu schießen. Der Befehl wird nicht befolgt. Die Gruppen gehen nach eigenem Gutdünken vor. Die beiden Flanken des Kreuzzugheeres versuchen sich freizukämpfen, um das Termitenheer von hinten anzugreifen, doch sie führen ihr Manöver zu langsam aus.

Der Termitenleim drückt die Bienen beim Versuch zu starten nieder. Sie verstecken sich im Sand, ebenso wie die Fliegen und wie Nr. 24 mit ihrem Kokon.

Nr. 103 ist überall, sie ermutigt die Infanterie, sich zu geschlossenen Karrees neu zu gruppieren. Sie ist erschöpft. *Ich werde alt,* sagt sie sich, als sie danebenschießt.

Überall weichen die Kreuzzüglerinnen zurück. Was ist aus den strahlenden Siegerinnen über die Finger geworden? Was aus den Eroberinnen der Goldenen Bienenstadt?

Die toten Ameisen türmen sich. Ganze tausendzweihundert sind noch übrig und vermeinen, bald dem gleichen schrecklichen Schicksal zu begegnen.

Sind sie verloren?

Nein, denn Nr. 103 sieht in der Ferne eine zweite Wolke auftauchen. Diesmal sind es Freunde. »Großes Horn« ist zurückgekommen und hat die schreckenerregendste Armee im Schlepptau.

Sie kreisen lärmend über ihnen, und alle erblicken sie mit einer Mischung aus Bewunderung und Entsetzen. Das sind wahrhaftige Dämonen, entsprungen aus einer mittelalterlichen Höllenvision.

Herrlich rasen sie dahin, klappern und rasseln mit all ihren lackierten Gelenken.

Darunter finden sich Stierkäfer, Riesenkäfer mit dreizackigem Horn, Maikäfer und große fliegende Hirschkäfer mit ihren Zangenhörnern.

Es ist eine elitäre Auswahl der erstaunlichsten Vertreter aus der Familie der Käfer, die dem Ruf des »Großen Horns« gefolgt sind.

Diese prächtigen Ungetüme sind mit Piken, Lanzen, Hörnern, Spitzen, Schilden und Krallen ausgerüstet. Ihre Deckflügel sind farbig wie Wappen, einige haben auf dem Rücken rosa und schwarz gezeichnete Fratzen, andere tragen fluoreszierende Flecken.

Kein Schmied könnte derartige Rüstungen erschaffen. Ihre Helme verleihen ihnen das Aussehen wackerer Prinzen, wie aus einem Bilderbuch-Mittelalter.

Unter dem Kommando von »Großes Horn« vollführen die etwa zwanzig Käfer eine Kehrtwende. Sie beziehen Stellung und stürzen sich dann auf die dichtesten Rotten von Termitensoldatinnen.

Noch nie hat Nr. 103 etwas so Aufregendes gesehen.

Verblüffung in den Reihen der Termiten. Bei dieser neuen Waffe funktioniert ihr Leim nicht mehr. Die flüssigen Projektile gleiten an den dicken, gehämmerten Harnischen ab.

Die Termiten blasen zum Rückzug.

»Großes Horn« landet neben Nr. 103.

Steig auf!

Abflug.

Unter den Beinen ihres Luftrosses zieht sich das Schlachtfeld wie ein tobendes Fließband dahin.

Nr. 103 setzt sich an die Spitze ihres Heeres, um die Verfolgung der Flüchtigen aufzunehmen. Von ihrem Fluggefährt herab feuert sie genau gezielte Schüsse, die jedes Mal ins Schwarze treffen.

Feuer!, brüllt sie aus Leibeskräften. *Feuer!*, und die Ameisen verschießen im Laufen ihre Säure.

131. Militärstrategisches Pheromon

Gedächtnispheromon Nr. 61
Thema: Militärstrategie
Datum der Einspeichelung: 44. Tag des Jahres 100 000 667

Jede Militärstrategie zielt zunächst darauf, den Gegner aus dem Gleichgewicht zu bringen.

Instinktiv versucht dieser wiederum, den Stoß durch Einsatz entgegengerichteter Kräfte zu kompensieren.

Doch statt ihn abzublocken, muss man die Bewegung des Gegners verstärken, bis er durch seinen eigenen Schwung fortgerissen wird.

Einen kurzen Moment lang ist der Gegner dann besonders verwundbar. Das ist der Augenblick, um ihm beizukommen. Verpasst man die-

sen Moment, muss man wieder von vorn beginnen, doch dann wird der Feind viel misstrauischer.

132. Krieg

Feuer!

Einige vage schwarze Silhouetten laufen durch das heftige Geschützfeuer.

Die Panzer der Besiegten rauchen. Die Soldaten graben sich ein, um nicht zerfetzt zu werden. Einige Gruppen verstecken sich in den Dünen.

Granatengetöse. Maschinengewehrgeknatter. In der Ferne steigt schwerer schwarzer Rauch von den brennenden Ölquellen empor, durch den keine Sonne mehr dringt.

»Machen Sie das aus. Das reicht!«

»Mögen Sie keine Nachrichten?«, fragte Méliès und stellte die Lautstärke des Fernsehers leiser, wo gerade die Nachrichten aus aller Welt liefen.

»Die menschliche Dummheit ermüdet einen schnell«, meinte Laetitia. »Noch immer nichts?«

»Noch immer nichts.«

Die junge Frau wickelte sich in eine Decke ein.

»Dann schlafe ich ein bisschen. Wenn sich was tut, wecken Sie mich auf, Kommissar.«

»Das tue ich hiermit. Einer der Bewegungsdetektoren hat sich gerade eingeschaltet.«

Beide beobachteten die Bildschirme.

»In dem Zimmer bewegt sich was.«

Sie schalteten nacheinander die Videomonitore ein, sahen aber nichts.

»›Sie‹ sind da«, verkündete Méliès.

»›Er‹ ist da«, korrigierte Laetitia ihn. »Es ist nur ein Signal auf dem Bildschirm zu sehen.«

Méliès machte eine Flasche Mineralwasser auf. Er fuhr sich für alle Fälle noch einmal mit einer feuchten Kompresse unter den Armen entlang und bestäubte sich mit Parfum, um jegliches Risiko auszuschließen.

»Rieche ich noch nach Schweiß?«, fragte er.

»Sie duften nach Babyöl.«

Sie sahen noch immer nichts, aber jetzt hörten sie eine Art Kratzen auf dem Fußboden.

Jacques Méliès schaltete die Mikros der Videokameras ein, mit denen das Zimmer gespickt war.

»›Sie‹ nähern sich dem Bett.«

Vor der Kamera, die sich in Bodenhöhe befand, erschien die Schnauze einer zerzausten Maus, die nach Nahrung suchte.

Sie brachen in Lachen aus.

»Schließlich sind die Ameisen ja nicht die einzigen Tiere, die unter Menschen leben«, rief Laetitia aus. »Diesmal lege ich mich aber endgültig hin, und wecken Sie mich erst, wenn Sie mir was zu zeigen haben, das ernstzunehmender ist.«

133. ENZYKLOPÄDIE

Energie Wenn man auf einem Jahrmarkt in eine Achterbahn steigt, hat man zwei Möglichkeiten zur Wahl. Die eine: sich in einen hinteren Wagen zu setzen und die Augen zuzumachen. In diesem Fall empfindet der Freund heftiger Gefühle eine ungeheure Angst. Er ist der Geschwindigkeit ausgeliefert, und jedes Mal, wenn er die Lider halb öffnet, wird seine Furcht verzehnfacht.

Die zweite Möglichkeit besteht darin, dass man sich vorne in den ersten Wagen setzt, die Augen weit aufsperrt und sich vorstellt, man würde fliegen und immer schneller werden. In diesem Fall empfindet der Genießer einen Eindruck von berauschender Macht. Ebenso wirkt Hardrock, wenn er aus einem Lautsprecher schrillt und man nicht darauf vorbereitet ist, gewalttätig und ohrenbetäubend. Man erträgt ihn mehr schlecht als recht. Wenn man es jedoch will, braucht man dieser Energie nicht hilflos ausgeliefert zu sein, sondern kann sie zum eigenen Nutzen einsetzen. Der Zuhörer ist dann wie gedopt und von dieser muskulösen Gewalt in Hochspannung versetzt.

Alles, was Energie freisetzt, ist gefährlich, wenn man ihm ausgeliefert ist, und bereichert, wenn man es zum eigenen Nutzen kanalisiert.

EDMOND WELLS
Enzyklopädie des relativen und absoluten Wissens, Bd. 2

134. DER TOTENKULT

Die zwölf letzten Gottgläubigen haben sich in ihrem neuen Schlupfwinkel versammelt, den sie in der Nähe der Kompostgräben in Bel-o-kan provisorisch eingerichtet haben.

Voller Bewunderung betrachten sie ihre Toten.

Königin Chli-pu-ni ist entschlossen, alle Rebellinnen umzubringen. Eine nach der anderen werden sie gefasst, während sie die Finger zu ernähren versuchen. Alle Ungläubigen sind bereits verschwunden, und die Rebellinnenbewegung wird nur durch diese paar Gottgläubigen vertreten, die wundersamerweise die Überschwemmung und die Verfolgungen überlebt haben.

Niemand hört mehr auf sie. Niemand schließt sich ihnen noch an. Sie sind zu Parias geworden und wissen, dass es mit ihnen aus ist, sobald die Wachen ihren Bau entdecken.

Mit ihren Antennenspitzen stupsen sie drei Leichen ehemaliger Gefährtinnen an, die sich zum Sterben bis hierher geschleppt hatten. Die Gottgläubigen machen sich bereit, sie zur Müllhalde zu bringen.

Plötzlich erhebt eine von ihnen Einspruch. Verdutzt wird sie von den anderen gemustert. Wenn man diese Märtyrerinnen nicht auf den Müll wirft, stinken sie in ein paar Stunden nach Oleinsäure.

Die Rebellin bleibt stur. Die Königin bewahre ja auch die Leiche ihrer toten Mutter in ihrem Gemach auf. Warum es ihr nicht gleichtun? Warum nicht die Leichen der Freundinnen aufbewahren? Je mehr es davon gebe, umso mehr beweise das, was für eine große Schar Mitstreiterinnen die Bewegung der Gottgläubigen gehabt hat.

Die zwölf Ameisen tasten ihre Fühler ab. Was für ein überraschender Einfall! Die Leichen nicht mehr wegwerfen …

Alle gemeinsam treten sie in Absolute Kommunikation. Vielleicht hat ihre Schwester ja einen Weg gefunden, der Bewegung der Gottgläubigen neuen Schwung zu verleihen. Die Toten aufbewahren, das wird vielen gefallen!

Eine Rebellin schlägt vor, sie in den Mauern zu bestatten, damit sich ihr Oleinsäuregeruch nicht verbreitet. Damit ist diejenige, die den Einfall hatte, nicht einverstanden: *Nein, im Gegenteil, man muss sie sehen. Tun wir es der Königin Chli-pu-ni nach. Weiden wir das Fleisch aus, und bewahren wir nur die hohlen Panzer auf!*

135. Der Termitenhügel

Die Termiten suchen eiligst das Weite.

Attacke!, schreit Nr. 103 von »Großes Horn« herunter, um ihre Kreuzzüglerinnen zum Kampf anzufeuern.

Laufschritt!, gibt Nr. 9 aus, ebenfalls von ihrem Flugross aus.

Die Luftartilleristinnen schießen pausenlos, säen Säure und Tod.

Auf der Seite der Termiten herrscht ein heilloses Durcheinander. Alle laufen Zickzack, um den Himmelsungeheuern und den tödlichen Salven ihrer Pilotinnen zu entwischen. Jede kämpft nur noch für sich. In völliger Auflösung galoppieren die Termiten auf ihre Stadt zu, einer großen Zementfestung, die sie vor kurzem am Westufer des Flusses errichtet haben.

Schon von außen wirkt das Gebäude beeindruckend. Die ockerfarbene Zitadelle besteht aus einer zentralen Kuppel, überragt von drei Bergfrieden, welche ihrerseits mit sechs Türmchen bestückt sind. In Höhe des Bodens sind alle Eingänge mit Kieselsteinen verbarrikadiert. Durch Ritzen in Form von Schießscharten werden sie von einigen Schildwachen gesichert.

Als die Kreuzzüglerinnen die feindliche Burg stürmen, tauchen in den senkrechten Spalten die Nasutisoldatinnen auf und gießen Leim über die Angreiferinnen aus.

Fünfzig Gefallene beim ersten Ansturm. Dreißig bei der zweiten Welle. Diejenigen, die von oben nach unten schlagen, sind immer im Vorteil gegenüber denen, die von unten nach oben schießen.

Es bleibt also keine andere Lösung als ein Luftangriff. Die Nashornkäfer durchbohren die Türmchen mit ihren Hörnern, die Hirschkäfer reißen ganze Bergfriede voller entsetzter Bewohnerinnen um, aber der Leim wirkt weiterhin Wunder, und in der Termitenstadt Moxiluxun beginnt man ein wenig aufzuatmen.

Die Verwundeten werden versorgt, die Breschen abgedichtet, die Speicher für eine lange Belagerung eingerichtet, die Wachen abgelöst.

Die Termitenkönigin von Moxiluxun gibt keine Furcht zu erkennen. Der stumme, unauffällige König neben ihr hüllt sich in Schweigen. Bei den Termiten überleben die Männchen den Hochzeitsflug und bleiben dann bei ihrem Weibchen im königlichen Gemach.

Eine Spionin flüstert mit verschwörerischer Miene, was alle schon wissen: Die roten Ameisen von Bel-o-kan hätten einen Kreuzzug gegen den Osten ausgerufen und auf ihrem Weg mehrere Ameisendörfer und eine Bienenstadt niedergemacht.

Man erzählt sich, dass Chli-pu-ni, ihre neue Königin, den Versuch unternommen habe, die Föderation durch alle möglichen Neuerungen in den Bereichen Architektur, Landwirtschaft und Industrie zu entwickeln.

Die jungen Königinnen halten sich immer für klüger als die alten, meint voller Ironie die alte Königin von Moxiluxun.

Die Termiten stimmen ihr mit beifälligen Düften zu.

Da ertönt der Alarm.

Die Ameisen dringen in die Stadt ein!

Die Informationen, die zwischen den Antennen der Termiten kreisen, kommen so überraschend, dass die Herrscherin sie kaum zu glauben vermag.

Werren (auch Maulwurfsgrillen genannt) hätten die unteren Stockwerke aufgebohrt. Ihre großen Vorderbeine hätten es ihnen ermöglicht, rasch unterirdische Gänge zu buddeln. Jetzt würden sie in breiter Front vorrücken, und hinter ihnen würden Hunderte von Ameisensoldatinnen alles plündern.

Ameisen? Haben Werren gezähmt?

Das Undenkbare ist wahr. Dank dieser unterirdischen Armee wird zum ersten Mal eine Termitenstadt von unten nach oben angegriffen. Wer hätte auch eine unterirdische Offensive ahnen können, unter Umgehung der Stadtpforten? Die moxiluxunischen Strateginnen wissen nicht, wie sie reagieren sollen.

In den untersten Sälen staunt Nr. 103 über die Raffinesse der Termitenstadt. Alles ist so gebaut, dass an jedem Ort die gewünschte Temperatur herrscht. Artesische Brunnen erschließen in über hundert Schritt Tiefe Wasserpfützen, die frische Luft mitführen. Die warme Luft wird von den Pilzgärten erzeugt, die in den oberen Geschossen über dem königlichen Palast liegen. Von dort gehen mehrere Kamine aus. Manche von ihnen erheben sich in Richtung der Bergfriede, um das Kohlegas zu entsorgen. Andere ziehen die Kühle aus dem Keller an und reichen ins königliche Gemach und die Krippen hinunter.

Und jetzt? Greifen wir die Brut an?, fragt eine belokanische Soldatin.

Nein, erklärt Nr. 103. *Bei den Termiten ist es anders. Besser, wir fallen erst über die Pilzgärten her.*

Die Kreuzzüglerinnen ergießen sich in die porösen Gänge. In den unterirdischen Geschossen sind die moxiluxunischen Truppen blind. Dem Druck der Ameisen bieten sie nur schwachen Widerstand, aber je höher diese vordringen, desto wütender werden die Kämpfe. Jedes Viertel wird unter hohen Verlusten beider Seiten erobert. In der völligen Finsternis hält jede ihre Erkennungspheromone zurück, um nicht zum Ziel für den verborgenen Gegner zu werden.

Es kostet jedoch weitere zweihundert Tote, um bis zu den Termitengärten vorzudringen.

Den Moxiluxunerinnen bleibt nur noch, sich zu ergeben. Ohne ihre Pilze sind die Termiten außerstande, Zellulose zu verdauen, und sterben alle an Entkräftung: Erwachsene, Brut und Königin.

Werden die siegreichen Ameisen sie bis zur letzten massakrieren, wie es üblich ist?

Nein. Diese Belokanerinnen sind wirklich erstaunlich. Im königlichen Gemach erklärt Nr. 103 der Herrscherin, dass die Roten nicht im Krieg gegen die Termiten stehen, sondern gegen die Finger, die jenseits des Flusses leben. Im Übrigen hätten sie Moxiluxun nicht angegriffen, wenn die Einwohner von dort nicht auf sie losgegangen wären. Alles, was die Ameisenschar jetzt wolle, sei, im Termitenhügel übernachten zu dürfen und die Hilfe der Moxiluxunerinnen zu erhalten.

136. Sie sind überführt

»Kommt gar nicht in Frage, schlagen Sie sich das aus dem Kopf!«

Laetitia zog sich verärgert die Decke über die Augen.

»Kommt gar nicht in Frage, dass ich aufstehe«, murmelte sie. »Das ist sicher wieder ein falscher Alarm.«

Méliès schüttelt sie heftiger.

»Aber ›sie‹ sind da«, schrie er beinahe.

Die Eurasierin willigte ein, ihre Decke wieder herunterzuziehen und ein vernebeltes lila Auge aufzuschlagen. Auf allen Kontrollschirmen marschierten Hunderte von Ameisen voran. Laetitia sprang auf, drehte am Zoom, bis der Pseudoprofessor Takagumi deutlich zu sehen war: Sein Körper wurde von Krämpfen erschüttert.

»Sie sind dabei, ihn von innen zu zerfleddern«, hauchte Méliès.

Eine Ameise näherte sich der Scheinmauer und schien mit ihren Antennenspitzen zu schnüffeln.

»Rieche ich wieder nach Schweiß?«, fragte der Kommissar beunruhigt.

Laetitia schnupperte an seinen Achselhöhlen.

»Nein, nur nach Lavendel. Sie haben nichts zu befürchten.«

Offenbar teilte die Ameise ihre Ansicht, denn sie machte kehrt, um neben ihren Gefährtinnen an dem Gemetzel teilzunehmen.

Unter den Ansturm im Innern erbebte die Puppe. Dann ließ die Bewegung nach, und sie sahen aus dem linken Ohr ihrer Puppe eine Kolonne kleiner Ameisen herauskommen.

Laetitia Wells streckte Méliès eine Hand hin.

»Bravo. Sie hatten Recht, Kommissar. Unglaublich, aber ich habe sie gesehen, mit eigenen Augen gesehen, Ameisen, die Hersteller von Insektiziden ermorden! Und trotzdem kann ich einfach nicht daran glauben!«

Als mit den modernsten Methoden vertrauter Polizist hatte Méliès ins Ohr der Puppe einen Tropfen eines radioaktiven Mittels geträufelt. Eine der Ameisen müsste unweigerlich mit den Beinen hineintreten, so dass sie damit imprägniert war. Jetzt würde sie ihnen die Fährte verraten, der es zu folgen galt! Operation gelungen!

Auf den Bildschirmen liefen die Ameisen um die Puppe herum und kämmten alles ab, als würden sie jegliche Spur des Verbrechens verwischen wollen.

»Jetzt haben wir eine Erklärung für die fünf Minuten ohne Fliegen! Nach vollbrachter Tat sammeln sie ihre eventuellen Verwundeten und alles andere ein, was ihren Weg verraten könnte. Währenddessen trauen sich die Fliegen nicht heran.«

Auf den Bildschirmen stellten die Ameisen sich im Gänsemarsch auf und liefen wieder ins Bad. Dort stiegen sie in den Siphon des Waschbeckens und verschwanden allesamt darin.

Méliès war entzückt.

»Dank des Röhrennetzes in der Stadt können sie überall eindringen, in alle Wohnungen, ohne den geringsten Bruch!«

Laetitia teilte seine Freude nicht.

»Für mich bleiben da noch zu viele ungeklärte Fragen«, sagte sie. »Wie sollen diese Insekten die Zeitung gelesen haben, eine Adresse gefunden haben, begriffen haben, dass ihr Überleben davon abhängt, Leute umzubringen, die Insektizide entwickeln? Das kapier ich nicht.«

»Wir haben die Tierchen schlicht unterschätzt … Erinnern Sie sich, dass Sie mir vorgeworfen haben, den Gegner zu unterschätzen? Jetzt tun Sie es. Ihr Vater war Entomologe, und trotzdem haben Sie nie erfasst, wie weit sie entwickelt sind. Sie können mit Sicherheit Zeitung lesen und ihre Feinde aufspüren. Jetzt haben wir den Beweis dafür.«

Dies wies Laetitia zurück.

»Also, lesen werden sie nun wohl wirklich nicht können! So lang hätten sie uns bestimmt nicht getäuscht. Haben Sie einen Begriff davon, was das heißen würde? Sie würden alles über uns wissen und sich trotzdem als kleines Getier behandeln lassen, das mit dem Absatz zerdrückt wird!«

»Sehen wir wenigstens nach, wohin sie ziehen.«

Der Polizist holte aus einem Etui einen Geigerzähler heraus, der über längere Strecken empfindlich war. Die Nadel war auf die Radioaktivität der Substanz eingestellt, mit dem die Ameise imprägniert war. Der Apparat bestand aus einer Antenne und einem Bildschirm, wo man in einem schwarzen Kreis einen grünen Punkt blinken sah. Der grüne Punkt rückte langsam voran.

»Wir brauchen nur noch unserer Verräterin zu folgen«, meinte Méliès.

Draußen hielten sie ein Taxi an. Der Fahrer konnte kaum begreifen, dass seine Kunden nicht schneller als 0,1 Stundenkilometer fahren wollten, der Fortbewegungsgeschwindigkeit der Mörderbande. Normalerweise hatten die Leute es so eilig! Vielleicht hatten sich die beiden seinen Wagen nur zum Flirten ausgesucht? Er warf einen Blick in den Rückspiegel. Nein, sie waren viel zu sehr mit Reden beschäftigt, während ihr Blick auf einen merkwürdigen Gegenstand in ihren Händen geheftet war.

137. Enzyklopädie

Zivilisationsschock Im 16. Jahrhundert landeten als erste Europäer portugiesische Abenteurer in Japan. Sie legten an einer Insel vor der Westküste an, wo sie vom örtlichen Gouverneur sehr höflich empfangen wurden. Er zeigte großes Interesse an den neuen Techniken, die diese »Langnasen« mitbrachten. Vor allem die Arkebusen taten es ihm an, und er tauschte eine davon gegen Seide und Reis ein. Dann befahl der Gouverneur dem Schlossschmied, die wundersame Waffe nachzubauen. Doch der Handwerker erwies sich als außerstande, das Gehäuse hinten zu verschließen. Jedes Mal explodierte die Arkebuse japanischer Herstellung dem Benutzer ins Gesicht. Als die Portugiesen wieder bei ihm landeten, bat der Gouverneur daher den Bordschmied, seinem eigenen Schmied beizubringen, wie man das Gehäuse so verschließt, dass es bei einer Detonation nicht explodiert.

So gelang es den Japanern, Feuerwaffen in großer Zahl herzustellen, wodurch alle Kriegsregeln in ihrem Land über den Haufen geworfen wurden. Bis dahin hatten nämlich nur die Samurai gekämpft, und zwar mit dem Säbel. Der Shogun Oda Nobugana schuf ein Korps Arkebusiere, die er lehrte, wie man mit Feuerstößen feindliche Reiterei zum Halt bringt. Neben dieser materiellen Unterstützung ließen die Portugiesen ein zweites Geschenk zurück, das geistiger Natur war: das Christentum. Sie schickten dafür ihre Jesuiten dorthin, die zunächst wohlwollend aufgenommen wurden. Die Japaner hatten bereits mehrere Religionen verdaut, und so war für sie das Christentum nur noch eine weitere. Doch die Unduldsamkeit der christlichen Lehren erboste sie schließlich. Was sollte diese katholische Religion, die behauptete, dass alle anderen Glaubensbekenntnisse Irrtümer seien? Die versicherte, dass ihre Ahnen, denen sie unbedingte Verehrung angedeihen ließen, angeblich gerade in der Hölle brieten, weil sie nicht getauft worden waren?

So viel Sektierertum entsetzte die japanische Bevölkerung. Sie folterten und massakrierten die meisten Jesuiten. Beim Shimabara-Aufstand wurden dann jene Japaner, die bereits zum Christentum bekehrt waren, ausgelöscht.

Von da an unterbanden die Japaner jegliches westliche Eindringen. Geduldet wurden lediglich holländische Kaufleute, die auf einer Insel vor der Küste isoliert wurden. Und diese Kaufleute durften lange keinen Fuß auf den Hauptarchipel setzen.

EDMOND WELLS
Enzyklopädie des relativen und absoluten Wissens, Bd. 2

138. Im Namen unserer Kinder

Verwirrt schwenkt die Termitenkönigin ihre Antennen. Plötzlich hält sie inne und stellt sich den Ameisen, die in ihr Gemach eingedrungen sind.

Ich werde euch helfen, sagt sie. *Ich werde euch helfen – nicht, weil ich von euren Ameisensäurestrahlen bedroht werde, sondern weil die Finger auch unsere Feinde sind.*

Die Finger, erklärt sie, hätten vor nichts und niemandem Achtung. Sie würden lange Stangen mit einem Seidenfaden daran schwingen, an dessen Ende Fliegenkinder, Maden, aufgespießt und schrecklichen Qualen ausgesetzt seien. Die Finger würden sie eintauchen und hochziehen, bis barmherzige Fische bereit seien, ihnen ein Ende zu bereiten.

Um ihre Seidenfäden zu bestücken, hätten die Finger es gewagt, noch weiter zu gehen. Einer von ihnen habe sich über Moxiluxun, ihre eigene Stadt, hergemacht. Sie hätten die Gänge eingeschlagen, die Speicher geplündert, das königliche Gemach eingedrückt. Und was hätten diese Barbaren gesucht? Die Larven. Sie hätten sie sich geschnappt und entführt.

Die Termiten glaubten ihre Larven schon verloren, als die Jäger auftauchten, an deren Angelruten einige davon zappelten und mit ihren Pheromonen um Hilfe riefen.

Wie hätten sie sie retten sollen? Mit Hilfe der Wasserkäfer. Diese Tiere dienten den Termiten als Boote.

Als Boote?

Die Königin erklärt es ihnen: Die Ameisen hätten es fertiggebracht, Nashornkäfer abzurichten, um sie als Schlachtrosse zu benutzen; die Termiten ihrerseits hätten Wasserkäfer gezähmt, um sich von ihnen über das Wasser transportieren zu lassen. Es genüge, sich auf ein Vergissmeinnichtblatt zu setzen und sich dann von ihnen anschubsen zu lassen. Natürlich sei die Sache nicht einfach gewesen. Anfangs hätten die Frösche die meisten Nachen in Stücke gerissen.

Die gesamte Wasserwelt sei den Termiten feindlich gesinnt gewesen, bis sie gelernt hätten, in die Froschmäuler Leim zu schießen oder sich gegen das Entern der dicken Fische zu wehren, indem sie sie mit ihren Mandibeln gestochen hätten.

Unglücklicherweise sei es den Termitenbooten nicht gelungen, die Larven zu retten. Die Finger hätten sie ertränkt, ehe sie Zeit gehabt hätten, sie zu erreichen. Der Vorgang habe es ihnen jedoch ermöglicht, ihre Schiffstechnik zu entwickeln und die Kontrolle über die Flussoberfläche zu gewinnen.

Ihr habt Recht, ruft die Königin von Moxiluxun, *so kann's nicht weitergehen. Es ist an der Zeit, dass wir uns zusammentun, um diese Finger zur Vernunft zu bringen, die unsere Städte zerstören, Feuer einsetzen und unsere Kinder foltern.*

Und im Namen des alten Bundes gegen die Feuernutzer bietet die Königin dem Kreuzzug vier Legionen Nasutisoldatinnen, zwei Legionen Coptotermitinnen und zwei Legionen Rhinotermitinnen an, alles Unterkasten der Termiten, deren Gestalt sich an die verschiedenen Kampfweisen angepasst hat.

Vergessen wir den Hass zwischen Ameisen und Termiten. Vor allem anderen müssen wir den Untaten dieser Monster ein Ende bereiten.

Um den Kreuzzug schneller voranzubringen, bietet die Königin zur Überquerung des Flusses ihre Flotte an. Moxiluxun hat sich einen eigenen Hafen eingerichtet, an einer windgeschützten Bucht, die in einen feinen Sandstrand ausläuft.

Die Ameisen begeben sich auf den Kies. Überall liegen lange Vergissmeinnichtblätter herum. Auf einigen befindet sich Termitenfutter, das darauf wartet, gelöscht zu werden. Andere sind leer und bereit, zu neuen Gegenden aufzubrechen. Die Termiten haben eine künstliche Reede aus Zellulose gebaut, um ihre Nachen zu schützen. Auf einem Damm haben sie sogar kleine Schilfrohrhalme angepflanzt, um ihren Hafen besser vor Wind und Wellen zu sichern.

Was befindet sich auf der Insel vor uns?, erkundigt sich Nr. 103.

Nichts. Nur diese junge Büffelhornakazie, die die Termiten nicht gefressen hätten, weil sie diese Art von Zellulose nicht mochten.

Trotzdem diene die Insel als vollkommene Zuflucht, falls ein Sturm aufkomme.

Nr. 103 und Nr. 24 samt ihrem Kokon besteigen eines der Vergissmeinnichtblätter, das auf der Oberseite mit einem durchsichtigen Flaum bedeckt ist. Ameisen und Termiten schließen sich ihnen an. Einige schieben das Boot zum Wasser und springen dann rasch auf, um sich die Beine nicht nass zu machen.

Ein Moxiluxuner taucht seine Antennen ins Wasser und gibt ein Pheromon frei, woraufhin sich zwei Gestalten nähern. Es sind mit der Termitenstadt befreundete Wasserkäfer. Sie atmen unter Wasser, indem sie eine Luftblase zwischen ihren Deckflügeln einschließen. Dank dieser Sauerstoffreserve können sie lange unter Wasser bleiben. Ihre Vorderbeine sind mit Saugnäpfen ausgestattet, die normalerweise der Paarung dienen, jetzt aber zum Schieben an dem Blatt befestigt werden.

Auf das ins Wasser gelassene chemische Signal hin schicken die Käfer sich an, die Wogen mit ihren langen Hinterbeinen zu durchpflügen, und allmählich gewinnen die Termitenschiffe an Fahrt.

Und der Kreuzzug rückt voran, immer weiter voran.

139. Vereinigung

Augusta Wells und ihre unterirdischen Gefährten hatten sich zu einer neuerlichen Gemeinschaftssitzung im Kreis zusammengesellt. Nacheinander stießen sie einen Laut aus, ehe sie bei OM zusammenfanden, dem einzigartigen Ton. Sie ließen ihn erklingen, bis er in ihren Lungen verstummt war und in ihren Schädeln schwang.

Die anschließende Stille wurde nur vom Geräusch der verlangsamten Atemzüge beeinträchtigt.

Jede Sitzung war anders. Diesmal waren alle von einer Energie durchdrungen, die von der Decke kam. Einer Energie, die fern und doch imstande war, den Felsen bis zu ihnen zu durchdringen.

Die *Enzyklopädie* enthielt einen Abschnitt, wo von kosmischen Wellen die Rede war, deren Kämme so weit auseinanderliegen, dass sie jegliche Materie zu durchdringen vermögen, einschließlich Wasser und Sand.

Jason Bragel spürte in seinem Körper verschiedene Energien, die alle von Lauten verkörpert wurden. Am Anfang stand eine Grundenergie: U. Sie verzweigte sich in zwei Unterenergien: A und UA. Diese zergliederten sich in vier weitere Laute: UO, UE, E, O. Diese unterteilten sich in weitere acht, dann in zwei und endeten bei den Tönen I und UI. Insgesamt zählte er siebzehn, die in Gestalt einer Pyramide in Höhe seines Solarplexus zusammenkamen.

Diese Laute bildeten eine Art Prisma, welches das weiße Lautlicht OM aufnahm und es in alle Grundfarben zerlegte.

Konzentration. Ausdehnung.

Sie atmeten die Farben und die Laute.

Einatmen. Ausatmen.

Die Mitglieder der Gruppe waren nur noch sechzehn ruhige, von Lauten und Lichtern erfüllte Prismen.

Nicolas sah ihnen spöttisch zu.

140. Werbung

»An den schönen Tagen wimmelt es in unseren Häusern und Gärten vor Kakerlaken, Ameisen, Mücken und Spinnen. Um sie loszuwerden, gibt es nur ein Mittel: das Pulver von KRAK-KRAK.

Mit Krak-Krak bleiben Sie den ganzen Sommer lang ungestört! Es trocknet die Insekten durch Wasserentzug aus, bis sie zerbrechen wie dünnes Glas.

Krak-Krak-Pulver. Krak-Krak-Spray. Krak-Krak-Rauch.

Krak-Krak heißt Hygiene!«

141. Ein Fluss

Allmählich gewinnt das Vergissmeinnichtblatt an Tempo. Das Insektenboot rückt geradeaus vor, schneidet durch den wabernden Dunst, richtet sogar den Bug auf, als sich vor ihm weißer Schaum bildet. Um es herum sind hundert andere Schiffe voller Antennen und Mandibeln zu erkennen. Zweitausend Kreuzzüglerinnen auf hundert Booten, das ist eine große Flotte.

Der glatte Wasserspiegel wird von Wellen gestört.

Mücken, die von den moxiluxunischen Nachen aufgeweckt worden sind, fliegen, in ihrem Mückenkauderwelsch murrend, davon.

Eine Nasutisoldatin ist auf dem Bug ihres Bootes postiert und weist einer anderen den besten Weg. Mittels Pheromonen, die sie ins Wasser ablässt, leitet diese die Kommandos dann an die Wasserkäfer weiter.

Es gilt die Wasserlöcher zu meiden, die aufragenden Felsen und auch die linsenförmigen Algen, die alles blockieren.

Die zerbrechlichen Nachen gleiten über den ruhigen, matt schimmernden Fluss.

Die Stille wird von dem blaugrünen Kielwasser der Käferbeine kaum durchbrochen, die sich in der Strömung abmühen. Über ihnen ergießt eine Trauerweide all ihre langen Blätter.

Nr. 103 taucht mit ihren Antennen und ihren Augen unter Wasser. Da unten wimmelt es vor Leben. Sie macht die verschiedensten Arten lustiger Wassertiere aus: vor allem Wasserflöhe und Wasserschnecken. Diese winzigen roten Schalentiere bewegen sich in alle Richtungen. Alle, die den Wasserkäfern nahe kommen, werden von diesen Biestern aufgesogen.

Und Nr. 9 bemerkt, dass es auch oben vor Leben wimmelt … An der Wasseroberfläche rast ein Schwarm Kaulquappen auf sie zu.

Achtung! Kaulquappen!

Ihre schwarze Haut schillert, sie flitzen mit hohem Tempo auf die Insektenflottille zu.

Kaulquappen! Kaulquappen!

Die Nachricht wird an alle Termitenboote weitergegeben. Die Wasserkäfer erhalten den Befehl, den Rhythmus ihrer Schwimmstöße zu steigern. Die Ameisen brauchen nichts zu tun, von ihnen wird nur verlangt, dass sie sich gut an die Blatthärchen klammern.

Nasutisoldatinnen, in Kampfstellung!

Die Termiten mit den birnenförmigen Köpfen stoßen ihr Horn auf die Wasseroberfläche.

Eine Kaulquappe stürzt sich vor und beißt in das Vergissmeinnichtblatt des Boots Nr. 24. Dieses kommt vom Weg ab. Es wird von einem Wirbel erfasst und beginnt, sich zu drehen.

Eine zweite Kaulquappe macht sich über das Boot von Nr. 103 her.

Nr. 9 legt an und schießt aus nächster Nähe auf sie. Das dunkle, schwammige Tier ist getroffen, springt aber in einem letzten Reflex noch ein Stück weiter auf das Blatt, fängt an, um sich zu schlagen und peitscht mit seinem langen, schwarzen Schwanz auf das Blatt ein. Ameisen und Termiten werden allesamt weggefegt und stürzen ins Wasser. Nr. 9 und Nr. 103 werden rechtzeitig wieder von einem anderen Boot aufgefischt.

Einige weitere Vergissmeinnichtblätter werden von den Kaulquappen versenkt. Es gibt fast tausend Ertrunkene.

In diesem Moment greift »Großes Horn« mit seinen Käfern zum zweiten Mal ein. Seit Beginn der Überfahrt schweben sie über der Flotte. Sobald sie sehen, dass die Kaulquappen die Vergissmeinnichtblätter umkippen und sich auf die Ertrunkenen stürzen, sausen sie im Sturzflug ab, durchbohren von allen Seiten die jungen, weichen Lurche und steigen dann wieder auf, ehe sie nass werden.

Bei dieser gefahrvollen Akrobatik ertrinken mehrere Käfer, aber die meisten heben wieder ab, das Horn mit zuckenden Kaulquappen gespickt, die mit ihren nassen schwarzen Schwänzen die Luft peitschen.

Diesmal machen die Kaulquappen kehrt.

Die Schiffbrüchigen werden gerettet. Jetzt sind nur noch fünfzig mit gut tausend Kreuzzüglerinnen völlig überfüllte Boote übrig. Das

Schiff von Nr. 24 (das sich während der Schlacht verfahren hatte) schließt sich mit groben Stößen wieder der Hauptflotte an.

Endlich ertönt der Pheromonenschrei, auf den alle warten.

Land in Sicht.

142. Ein grüner Punkt in der Nacht

Die Aufregung hatte ihren Höhepunkt erreicht.

»Fahren Sie nach rechts. Langsam, langsam. Wieder nach rechts. Jetzt nach links. Geradeaus. Langsamer. Weiter geradeaus«, verlangte Kommissar Méliès.

Laetitia Wells und Jacques Méliès rutschten ungeduldig auf der Rückbank hin und her, gespannt darauf, ans Ende ihrer Suche zu gelangen.

Der Taxifahrer folgte resigniert ihren Anweisungen.

»Wenn wir so weiterfahren, würge ich bald den Motor ab.«

»Es sieht so aus, als würden sie sich auf den Rand des Waldes von Fontainebleau zubewegen«, sagte Laetitia und verdrehte vor Ungeduld die Hände.

Im weißen Licht des Vollmondes zeichnete sich am Ende der Straße bereits das Laubwerk ab.

»Langsamer, fahren Sie doch langsamer!«

Hinter ihnen hupten wütende Autofahrer. Nichts ist hinderlicher für den Verkehrsfluss als eine Verfolgungsjagd im Schneckentempo! Für die, die nicht daran beteiligt sind, ist es besser, wenn so eine Jagd mit halsbrecherischer Geschwindigkeit stattfindet!

»Jetzt nach links!«

Der Fahrer seufzte philosophisch: »Wollen Sie nicht lieber zu Fuß gehen? Im Übrigen ist links die Einfahrt verboten.«

»Egal, Polizei!«

»Na schön. Wie Sie wollen.«

Doch die Durchfahrt war von Fahrzeugen versperrt, die aus der Gegenrichtung kamen. Die mit dem radioaktiven Stoff imprägnierte

Ameise befand sich bereits am Rand des Wahrnehmungsbereichs. Die Journalistin und der Kommissar sprangen während der Fahrt aus dem Taxi, doch das war bei diesem Tempo nicht besonders gefährlich. Méliès warf einen Geldschein hin, ohne sich um das Wechselgeld zu kümmern. Seine Kunden hatten sich vielleicht ein wenig merkwürdig benommen, aber jedenfalls waren sie nicht knauserig, dachte der Fahrer, als er rasch kehrtmachte.

Sie hatten das Signal wieder aufgefangen. Die Meute rückte tatsächlich auf den Wald von Fontainebleau zu.

Jacques Méliès und Laetitia Wells kamen in ein Viertel mit kleinen, schäbigen Häuschen, die von Straßenlaternen erhellt wurden. In dieser armseligen Gegend war kein Mensch auf der Straße, aber dafür bellten viele Hunde, wenn sie vorbeigingen, große Schäferhunde. Sobald sie jemanden auf der Straße sahen, fingen sie an zu bellen und gegen die Gitter zu springen.

Jacques Méliès war sehr mulmig zumute, seine Wolfsphobie umgab ihn mit einer Wolke aus Angstpheromonen, die die Hunde witterten. Das machte sie noch beißwütiger.

Einige sprangen hoch, um die Absperrungen zu überwinden. Andere versuchten, mit ihren Bissen die Holzzäune zu durchbrechen.

»Haben Sie Angst vor Hunden?«, fragte die Journalistin den Kommissar ganz blass. »Beherrschen Sie sich. Es ist jetzt nicht der richtige Moment, sich gehen zu lassen. Unsere Ameisen entwischen uns noch.«

Genau in diesem Augenblick kläffte ein großer Schäferhund noch lauter als alle übrigen, zerfetzte mit seinen Mahlzähnen den Zaun und schaffte es, eine Latte zu verschieben. Seine wilden Augen rollten. Für ihn war jemand, der so viele Angstpheromone ausströmte, eine echte Provokation. Dieser Schäferhund hatte schon erschrockene Kinder erlebt, Großmütter, die plötzlich schneller liefen, doch noch nie hatte jemand so sehr nach einem Opfer gerochen.

»Was ist denn mit Ihnen los, Kommissar?«

»Ich … kann nicht weiter.«

»Sie machen wohl Witze, das ist doch bloß ein Hund.«

Der Schäferhund verbiss sich noch mehr im Zaun. Eine zweite Latte brach heraus. Die funkelnden Zähne, die roten Augen, die spitzen schwarzen Ohren: Im Kopf von Méliès war das der wilde Wolf. Der, der unten in seinem Bett hockte.

Der Kopf des Hundes kam durch die Latten. Dann eine Pfote, dann der ganze Körper. Er war draußen und rannte sehr schnell. Der wilde Wolf war draußen. Es gab keinen Schutzschirm mehr zwischen den spitzen Zähnen und der weichen Kehle.

Kein Hindernis mehr zwischen der reißenden Bestie und dem zivilisierten Menschen.

Jacques Méliès wurde weiß wie ein Leintuch und rührte sich nicht mehr.

Gerade noch rechtzeitig stellte Laetitia sich zwischen Hund und Mensch. Sie starrte das Tier mit einem kalten lila Blick an, der besagte: »Ich habe keine Angst vor dir.«

Da stand sie, mit geradem Rücken, gespreizten Schultern, der Haltung der Selbstsicheren und dem harten Blick, die einst der Abrichter im Hundezwinger gehabt hatte, als er dem Schäferhund beibrachte, wie man ein Haus schützt.

Mit eingezogenem Schwanz machte das Tier kehrt und verzog sich ängstlich wieder hinter seine Umzäunung.

Méliès' Gesicht war immer noch bleich, und er zitterte vor Angst und Kälte. Ohne nachzudenken nahm Laetitia ihn wie ein Kind in ihre Arme, um ihn zu beruhigen und aufzuwärmen. Sie drückte ihn sacht an sich, bis er lächelte.

»Wir sind quitt. Ich habe Sie vor dem Hund gerettet, Sie mich vor den Menschen. Sehen Sie, wir brauchen einander.«

»Schnell, das Signal!«

Der grüne Punkt war kurz davor, vom Sichtschirm zu verschwinden. Sie rannten, bis er wieder in der Mitte des Kreises war.

Die Häuschen reihten sich aneinander, alle gleich, manchmal mit Schildern an der Tür, auf denen »Hausieren verboten« stand. Und überall Hunde, schlecht gepflegte Rasenflächen, von Prospekten überquellende Briefkästen, Wäscheleinen voller Klammern, morsche

Tischtennisplatten, hier und da ein maroder Caravan. Die einzige Spur menschlichen Lebens: das blaue Fernsehlicht in den Fenstern.

Die radioaktive Ameise galoppierte unter ihren Füßen in den Abwasserkanälen dahin. Der Wald rückte immer näher. Der Polizist und die Journalistin folgten dem Signal.

Sie bogen in eine Straße, die auf den ersten Blick den übrigen glich. »Rue Phoenix« stand auf dem Wegweiser. Doch zwischen den Wohnhäusern sahen sie ein paar Läden auftauchen. In einem Fast-Food-Laden sinnierten fünf Jugendliche bei sechsprozentigem Bier. Auf den Flaschenetiketten stand zu lesen: »Achtung: Missbrauch gefährlich.« Dasselbe stand auf den Zigarettenpäckchen. Die Regierung hatte vor, ähnliche Etiketten auf die Gaspedale der Autos sowie auf alle frei verkäuflichen Waffen zu kleben.

Sie kamen am Supermarkt »Konsumtempel« vorbei, am Café »Freundestreff«, ehe sie vor einem Spielwarenladen stehen blieben.

»Sie haben gerade angehalten. Hier.«

Sie sahen sich um. Das Geschäft wirkte alt. In den Schaufenstern lagen verstaubte Waren: Plüschhasen, Gesellschaftsspiele, Miniautos, Puppen, Bleisoldaten, Kosmonauten- und Feensammlungen, Attrappen und Witzspiele … Über dieser Unordnung blinkte eine anachronistische bunte Girlande.

»Sie sind da. Sie sind tatsächlich da. Der grüne Punkt rührt sich nicht mehr.«

Méliès drückte Laetitia ganz fest die Hand: »Sie sind überführt!«

Vor Freude sprang er ihr um den Hals. Er hätte sie gern geküsst, aber sie stieß ihn zurück.

»Ruhig Blut, Kommissar. Die Arbeit ist noch nicht zu Ende.«

»Sie sind angekommen. Sehen Sie selbst, das Signal leuchtet noch auf, aber es wandert nicht mehr.«

Sie schüttelte den Kopf, hob den Blick. Über dem Schaufenster stand in großen blauen Neonlettern: »Arthur – der Spielzeugkönig«.

143. In Bel-o-kan

In Bel-o-kan berichtet eine Fliegenbotin Chli-pu-ni: Sie sind am Fluss angekommen.

Sie schildert die Einzelheiten. Nach der Schlacht gegen die Fluglegionen des Bienenstocks Askolein habe der Kreuzzug sich im Gebirge verirrt, er habe einen Wasserfall überquert, sich dann mit einem neuen Termitenhügel am Ufer des Flusses Allesfresser eine große Schlacht geliefert.

Die Herrscherin hält die Informationen auf einem Gedächtnispheromon fest.

Und wie wollen sie jetzt hinüberkommen? Unter dem Satei durch?

Nein, die Termiten hätten Wasserkäfer abgerichtet und würden sie dazu benutzen, ihre Flotte aus Vergissmeinnichtblättern anzuschieben.

Daran zeigt Chli-pu-ni sich sehr interessiert. Ihr ist es nie gelungen, diese Wasserkäfer richtig zu zähmen.

Die Gesandte schließt mit schlechten Nachrichten. Der Zug sei anschließend von Kaulquappen angegriffen worden. Alle diese Zwischenfälle hätten die Reihen der Kreuzzüglerinnen gelichtet. Es seien nur noch tausend übrig, darunter sehr viele Verwundete. Nur noch wenige hätten sechs unversehrte Beine.

Die Königin macht sich keine allzu großen Sorgen. Selbst mit ein paar Beinen weniger genüge ein Heer von tausend Kreuzzüglerinnen, noch dazu kampferprobten, um alle Finger auf Erden zu töten. Natürlich dürften sie keine weiteren Verluste erleiden.

144. Enzyklopädie

Acacia Cornigera Bei der *Acacia cornigera* oder Büffelhornakazie handelt es sich um eine Ameisen-Akazie, also einen Strauch, der sonderbarerweise nur dann zu einem ausgewachsenen Baum wird, wenn in ihm Ameisen wohnen. Damit er gedeiht, müssen die Ameisen ihn tatsächlich pflegen und schützen. Um

Ameisen anzulocken, hat der Baum sich daher im Lauf der Jahre in einen lebenden Ameisenhaufen verwandelt.

Alle seine Äste sind hohl, und in jedem von ihnen ist ein Netz von Gängen und Kammern angelegt, die allein der Bequemlichkeit der Ameisen dienen.

Noch besser: In diesen Gängen leben oft weiße Läuse, deren Honigtau das Entzücken der Ameisensoldatinnen und -arbeiterinnen ist. Die Akazie bietet den Ameisen, die sich in ihr niederlassen wollen, also Wohnung und Schutz. Zum Ausgleich erfüllen diese ihre Gastpflichten. Sie räumen alle Raupen, außen auf dem Baum lebende Läuse, Schnecken, Spinnen und andere Holzschädlinge ab, die den Zweigen hinderlich sein könnten. Jeden Morgen schneiden sie mit den Mandibeln den Efeu und andere Kletterpflanzen ab, die auf dem Baum schmarotzen möchten.

Die Ameisen entsorgen die abgestorbenen Blätter, kratzen die Flechten ab, pflegen den Baum mit ihrem desinfizierenden Speichel.

Eine solch gelungene Zusammenarbeit zwischen Pflanzen und Tierart ist in der Natur selten anzutreffen. Dank den Ameisen überragt die Büffelhornakazie oft die anderen Bäume, die ihr die Sonne nehmen könnten. Sie beherrscht die anderen Wipfel und fängt so die Sonnenstrahlen direkt ein.

EDMOND WELLS
Enzyklopädie des relativen und absoluten Wissens, Bd. 2

145. DIE INSEL MIT DER AMEISEN-AKAZIE

Der kriechende Nebel löst sich auf und bringt eine merkwürdige Umgebung zum Vorschein. Einen Strand, Riffe, Felsklippen.

Das vorderste Termitenboot läuft auf einem Gestade mit grünem Moos auf. Flora und Fauna dort ähneln nichts Bekanntem. Zwischen Wolken aus Mücken und Libellen schwirren Fliegen mit Morastgeruch. Die Pflanzen wirken wie aufgestellt, wurzellos. Die Blüten sind dürftig, die Blätter hängen in Strähnen herunter. Unter den Algen ist der Boden hart. Von der Gischt angenagt, ist der Fels von zahlreichen Höhlungen durchbrochen und wirkt wie ein schwarzer Schwamm.

Ein Stück weiter wird die Erde wohnlicher, und mitten darauf thront die junge Büffelhornakazie. Sie ist vermutlich aus einem Samenkorn hervorgegangen, das vom Wind zufällig auf diese Insel geweht wurde. Wasser, Erde, Luft – diese drei Elemente haben genügt, der Pflanze Leben einzuhauchen. Zu ihrem Wachstum fehlt ihr jedoch eines: Ameisen. Von jeher ist ihren Genen die Ehe mit den Ameisen eingeschrieben.

Sie wartet schon seit zwei Jahren auf sie. So viele ihrer Akazienschwestern haben diese kosmische Begegnung verpasst! Sie verdankt dieses glückliche Zusammentreffen indirekt den Fingern. Den gleichen Fingern, die in ihre Rinde »Gilles und Nathalie« geritzt haben, diese Narbe, an der sie so krankt!

Plötzlich erbebt Nr. 103. Mitten auf der Insel liegt ein Gegenstand, der nur zu deutliche Erinnerungen auslöst. Dieser Vorsprung … ja, das kann kein Zufall sein. Das ist es. Der Turm voller Löcher mit der runden Spitze. Die erste Anomalie, die sie im weißen Land entdeckt hatten. Ohne etwas zu sagen, verlässt sie die Gruppe und betastet das Ding. Es ist hart, durchsichtig und enthält innen weißes Pulver. Genau wie beim letzten Mal.

Die Termitensoldatinnen kommen ihr nach. Antennenkontakt.

Was ist denn los? Warum hat sie die Gruppe verlassen?

Nr. 103 erklärt, dieser Gegenstand sei sehr wichtig.

Ja, sehr wichtig, wiederholt Nr. 23, *es handelt sich um einen von den göttlichen Fingern geschaffenen Gegenstand! Es ist ein Monolith der Götter!*

Sogleich fangen die Gottgläubigen an, eine ähnliche Statue aus Lehm zu formen.

Die begeisterungsfähigen Ameisen beschließen, mehrere Tage in diesem Friedenshafen zu verbringen, um sich von den Aufregungen der Reise zu erholen, die Wunden der Kriegerinnen zu verbinden und wieder frische Kräfte zu schöpfen.

Alle wissen diese Rast zu schätzen.

Nr. 103 macht ein paar Schritte, und gleich fällt ihr etwas auf. Ihre für die Magnetfelder der Erde empfindlichen Johnston-Organe jucken.

Sie befinden sich auf einem Hartmann-Knoten!

Die Kreuzzüglerinnen sind nicht weit von einem Hartmann-Knoten entfernt!

Die Hartmann-Knoten sind Zonen mit einem besonderen Magnetfeld. Die Ameisen bauen ihre Nester im Allgemeinen genau über diesen Punkten. Es handelt sich um Kreuzungen von positiv geladenen Erdmagnetlinien. Bei vielen Tieren (vor allem Säugetieren) lösen diese Punkte Unwohlsein aus, für die Ameisen hingegen sind sie Garanten des Wohlergehens.

Mittels dieser in die Erdkruste gestochenen Akupunkturstellen könnten sie mit ihrem Mutterplaneten Zwiesprache halten, Wasserquellen aufspüren, Erderschütterungen ausmachen. So ist ihre Stadt an die Welt angeschlossen.

Nr. 103 sucht den genauen Ort, wo die Energien am stärksten sind. Da entdeckt sie, dass der Hartmann-Knoten unmittelbar unter der Büffelhornakazie liegt.

In Begleitung von Nr. 24 und Nr. 9 macht sie sich sogleich daran, auf den Baum zu klettern. An einer Stelle ist die Rinde dünner. Gemeinsam schneiden sie die Schutzkapsel ab und entjungfern den Baum. Ein Wunder! Hier befindet sich ein leeres Ameisennest, das makellos sauber ist und nur auf sie wartet!

Sie stürzen sich in die Wurzeln voller Kammern, die nur noch von Ameisen bewohnt zu werden brauchen. Manche weisen architektonische Merkmale auf, die sie als Speicher und Gebärkammer erkennen lassen. Es gibt sogar schon Ställe, wo sich weiße, flügellose Läuse zu schaffen machen.

Die Belokanerinnen besichtigen die unverhoffte Wohnstatt. Alle Zweige sind hohl; der Saft rinnt in den dünnen Wänden der Stadt. Zum Willkommen des Ameisenvolkes setzt der deflorierte Baum seine herzlichsten Harzdüfte frei.

Voll Bewunderung entdeckt Nr. 24 die Folge pflanzlicher Kammern. Vor Rührung öffnet sie die Mandibeln und lässt den Schmetterlingskokon los. Doch sie vergisst ihre Aufgabe nicht. Schnell hebt sie ihn wieder auf.

Eine alte Kundschafterin teilt ihr mit, dass dieses »geschenkte Nest« einen Preis habe. Wenn man hier wohnen wolle, müsse man den Baum versorgen. Das sei eine Dauerpflicht, man müsse in seinem Herzen Gärtnerin sein. Sie gehen wieder hinaus, und die alte Kriegerin zeigt der jungen einen Trieb der Quendel-Seide und erklärt ihr die Sache.

Die Quendel-Seide entwickele sich durch die Berührung mit jeglicher Art von Fäulnis. Dann sprieße ein Stängel aus der Erde, der sich ausrolle und langsam, so etwa mit zwei Umdrehungen pro Stunde, kreise.

Sobald dieser Stiel einen Strauch gefunden habe, lasse er seine Wurzeln absterben und entwickele Saugdornen, die sich in den Busch bohrten und es auf dessen Saft abgesehen hätten. Die Quendel-Seide sei der wahre Vampir in der Pflanzenwelt.

Nr. 103 zeigt gerade auf einen dieser Triebe, die nicht weit von der Akazie wachsen. Er dreht sich so langsam, dass man den Eindruck hat, es handele sich um eine vom Wind verursachte natürliche Bewegung.

Nr. 24 zückt ihre besonders scharfen Mandibeln und schickt sich an, die Quendel-Seide in Stücke zu hacken.

Nein, meint Nr. 103. *Wenn du sie zerschneidest, wird jedes einzelne Stück aktiv. Eine in zehn Teile geschnittene Quendel-Seide ist gleich zehn ihrer Triebe.*

Die Ameise erzählt, einmal einem ganz erstaunlichen Phänomen beigewohnt zu haben. Zwei nebeneinander wachsende Sprösslinge der Quendel-Seide hätten auf der Suche nach einem Busch zum Aussaugen gekreist. Da sie keinen fanden, hätten sie sich umeinander geschlungen und sich gegenseitig den Saft ausgesogen, bis sie beide gestorben seien.

Was soll man dann tun? Wenn man die hier wachsen lässt, dann findet sie irgendwann die Akazie und wickelt sich um ihren Stamm, gibt Nr. 24 zu bedenken.

Man muss sie ausreißen und sofort ins Wasser werfen.

Gesagt, getan. Sie nutzen die Gelegenheit, um auch alle anderen Pflanzen zu beseitigen, die sich als schädlich für die Akazie erweisen könnten. Dann jagen sie alle Würmer, kleinen Nager und Raupen, die in der Umgebung zu finden sind.

Mit einem Mal hören sie ein regelmäßiges Ticktack. Das ist eine Totenuhr, ein Käfer, der mit regelmäßigem Klopfen Löcher ins Holz schlägt. Ein zweites Ticktack antwortet ihm.

Das ist ein Totenuhrmännchen, das sein Weibchen ruft, erklärt eine Termite, die es schon oft mit diesen Konkurrenten zu tun hatte. Tatsächlich scheinen die Schläge einander zu antworten, als würde es sich um den Gesang zweier Trommeln handeln. Sie lassen sich problemlos aufspüren, dann werden der Totenuhr-Romeo und seine Julia verspeist.

Sobald das Lager aufgeschlagen ist, wird gemeinsame Front gegen gemeinsame Feinde gemacht.

Die Kreuzzüglerinnen richten sich für die Nacht in dem Baum ein, der eine Stadt ist.

Alle erkundschaften voll Verwunderung die hohle Akazie.

In der Krypta des größten Asts wird gegessen.

Ameisen, Termiten, Bienen und kleine Käfer machen Trophallaxen. Die Läuse werden gemolken, ihr süßer Honigtau verteilt. Dann kommt wie bei jedem Biwak das ewige Thema Finger wieder zur Sprache, der Grund ihres Unternehmens.

Die Finger sind Götter, behauptet eine belokanische Gottgläubige.

Götter? Was ist das?, erkundigt sich eine moxiluxunische Termite.

Nr. 23 erklärt, die Götter seien Mächte, die alles beherrschen.

Voll Verblüffung entdecken die Bienen, Fliegen und Termiten, dass es mitten im Herzen des Kreuzzugs Ameisen gibt, die die Finger so sehr verehren, dass sie glauben, sie seien der Ursprung der Welt.

Die Diskussionen gehen weiter. Jeder will seinen Standpunkt erläutern.

Die Götter gibt es nicht.

Die Götter fliegen.

Nein, die Götter kriechen.

Sie können unter Wasser gehen.

Sie ernähren sich von Fleisch!

Nein, sie sind Pflanzenfresser.

Sie ernähren sich überhaupt nicht, sondern leben von einer Energiereserve, die sie von Geburt an haben.

Die Finger sind Pflanzen.

Nein, Reptilien.

Die Finger sind zahlreich.

Es muss mindestens zehn oder fünfzehn von ihnen geben, die in Herden von fünf Stück über den Planeten wandern.

Die Finger sind unsterblich.

Gar nicht, wir haben vor ein paar Tagen einen getötet.

Das war kein richtiger Finger!

Was war es denn dann?

Die Finger sind unantastbar.

Die Finger haben Nester aus Zement wie die Wespen.

Nein, sie schlafen auf den Bäumen wie die Vögel.

Sie halten gar keinen Winterschlaf!

Halt, nur nicht zu viel fantasieren. Die Finger müssen Winterschlaf halten. Alle Tiere halten Winterschlaf.

Die Finger ernähren sich von Holz, denn eine Termite hat schon einige Bäume gesehen, die auf seltsame Weise angebohrt waren.

Nein, die Finger ernähren sich von Ameisen.

Die Finger ernähren sich nicht, sie leben von einer Energiereserve, die sie von Geburt an haben, das habe ich euch doch gerade schon erklärt.

Die Finger sind rosig und rund.

Sie können auch schwarz und flach sein.

Die Debatte geht weiter. Gottgläubige und Ungläubige stehen gegeneinander. Mit ihren Wahnsinnsideen bringen Nr. 23 und Nr. 24 Nr. 9 zur Verzweiflung.

Wir müssen dieses Geschmeiß töten, ehe es noch weitere Kreuzzüglerinnen ansteckt, sagt sie, und Nr. 103 solle bezeugen, welches Risiko diese internen Feindinnen darstellen.

Die Soldatin schüttelt ihre Antennen.

Nein. Lassen wir sie. Sie sind Teil der Vielfalt der Welt.

Nr. 9 ist verdutzt. Es ist merkwürdig, seit Beginn des Kreuzzugs haben alle den Eindruck, sich zu verändern. Die Ameisen erörtern jetzt abstrakte Themen. Sie empfinden immer mehr Gefühle und Ängste. Sind die Roten etwa von einer »Krankheit der Seelenstimmungen« befallen? Oder werden sie weniger Ameise?

Sie stehen vor dem Kampf gegen Ungeheuer und diskutieren auch noch! Da geht man besser schlafen. Die Akazie, die so glücklich ist, wie nur Bäume es sein können, wird über ihren Schlaf wachen.

Draußen klagen quakend die Nachtkröten, dass sie sich nicht an dieser Fülle von Insekten gütlich tun können, die durch ihre Burg aus Fasern und Saft geschützt sind.

Die Kreuzzüglerinnen sind alle eingeschlafen, außer den Zombie-Ameisen, die von den Leberwürmern gelenkt werden und im Gänsemarsch ins Freie gehen, um auf einen Halm zu klettern und darauf zu warten, dass sie abgeweidet werden. Doch auf der Insel befindet sich kein einziges Schaf. Am Morgen haben sie ihre Eskapade völlig vergessen und gesellen sich wieder zu ihren Kameradinnen.

FÜNFTES ARKANUM

DER HERR DER AMEISEN

146. Gottglaube

Die Rebellinnen flitzen mit Höchstgeschwindigkeit durch die Gänge der Stadt. Diese Zisternenameise zu Doktor Livingstone zu bringen – das schaffen sie nie. Einige opfern sich, um die Föderationswachen aufzuhalten.

Die Säurestrahlen spritzen. Eine Gottgläubige bricht zusammen, dann noch eine.

Die Überlebenden werden nach und nach zu den Sälen mit den Bettwanzen abgedrängt. Doch bevor sie alle krepieren, will Chli-pu-ni es wissen. Sie lässt sich eine dieser Fanatikerinnen vorführen.

Warum tut ihr das?, fragt sie.

Die Finger sind unsere Götter.

Immer die gleiche Leier. Nachdenklich bewegt Königin Chli-pu-ni ihre Antennen. Seit kurzem hat die Rebellinnenbewegung aus unbekannten Gründen wieder Zulauf. Nach Aussage der königlichen Spioninnen war es nur noch ein gutes Dutzend, und jetzt sind es wieder um die hundert.

Die Jagd auf die Rebellinnen muss verstärkt werden. Sie sind zu gefährlich geworden.

147. Der Spielwarenladen

»Und was tun wir jetzt?«, fragte Laetitia Wells.

»Wir gehen rein«, bestimmte Jacques Méliès selbstsicher.

»Glauben Sie, die lassen uns rein?«

»Ich habe eigentlich nicht vorgehabt, an der Tür zu klingeln. Nehmen wir das Fenster an der Seite. Wenn jemand was dagegen hat, zücke ich einen gefälschten Durchsuchungsbefehl. Ich habe immer einen bei mir.«

»Das ist ja eine saubere Einstellung!«, schimpfte die Journalistin. »Offenbar ist die Kluft zwischen Polizei und Gangstern gar nicht so breit.«

»Mit Ihren freundlichen Skrupeln und schönen Gefühlen kommen Sie bei Kriminellen nicht weiter. Also los!«

Sie war zu neugierig, um weiter zu zetern, und folgte ihm, als er an einer Regenrinne über die Mauer kletterte.

Die Menschen kommen an senkrechten Flächen eben nur mühsam voran. Sie rissen sich die Hände auf und waren ein paarmal knapp davor, abzustürzen, ehe sie die Terrasse erreichten. Zum Glück hatte das Haus nur ein einziges Stockwerk.

Sie schöpften wieder Atem. Der grüne Punkt war immer noch da, reglos in der Mitte des Kreises. Laetitia und Méliès befanden sich jetzt vielleicht nur noch fünf oder sechs Meter von den Killerameisen weg. Die Fenstertür am Balkon war angelehnt. Sie gingen hinein.

Im Schein von Méliès' Taschenlampe erkannte man ein schlichtes Schlafzimmer, dann ein großes Bett mit roter Tagesdecke, einen normannischen Kleiderschrank, an den Wänden Blümchentapeten und einige Reproduktionen von Gebirgslandschaften. Das Zimmer roch nach einer Mischung aus Lavendel und Naphthalin.

Das Wohnzimmer dahinter war im Stil eines Möbelsupermarktes eingerichtet. Sessel mit gedrechselten Beinen und Hängeleuchter. Eine Sammlung orientalischer Parfumflakons auf einer Konsole war die einzige originelle Note.

Ein wenig weiter erspähten sie ein Licht. Da saßen sicher Leute beim Abendessen in der Küche und klebten mit den Augen am Fernseher.

Méliès schaute auf seinen Bildschirm.

»Die Ameisen sind jetzt über uns«, flüsterte er. »Es muss einen Speicher geben.«

Sie suchten nach einer Falltür in der Decke. Im Flur entdeckten sie vor dem Bad eine Leiter, die nach oben führte. Dort sahen sie überraschenderweise den Schein einer Lampe.

»Steigen wir hinauf«, sagte Méliès und zückte seinen Revolver.

Sie kamen in einer merkwürdigen Mansarde heraus. In der Mitte stand ein Terrarium, das dem von Laetitia ähnelte, aber zehnmal so groß war. Von diesem Riesenkasten gingen Röhren aus, die an einen Computer angeschlossen waren, der seinerseits mit einer Vielzahl bunter Glasbehälter verbunden war. Links weiteres Computerzubehör, eine Matratze, ein Mikroskop, ein Gewirr aus Stromkabeln und Transistoren. *Die Höhle eines verrückten Wissenschaftlers,* dachte die junge Frau laut, als hinter ihnen ein Ruf ertönte:

»Hände hoch!«

Vorsichtig drehten sie sich um. Erst einmal sahen sie ein Gewehr mit langem Lauf auf sich gerichtet. Dann über dem Gewehr ein erstaunlich bekanntes Gesicht. Den Rattenfänger von Hameln kannten sie schon lange!

148. Enzyklopädie

Bombardierkäfer Die Bombardierkäfer *(Brachinus crepitans)* sind mit einem »Kanonenorgan« ausgestattet. Wenn sie angegriffen werden, sondern sie Rauch ab, auf den eine Detonation folgt. Diese wird von dem Insekt dadurch erzeugt, dass es zwei chemische Substanzen aus zwei verschiedenen Drüsen freisetzt. Die eine scheidet eine Lösung aus, die 25 % Wasserstoffperoxid und 10 % Hydrochinon enthält. Die andere erzeugt ein Enzym, die Peroxidase. Wenn die beiden Substanzen sich in einer Brennkammer vermischen, erhitzt sich das Gebräu auf 100° C, die Temperatur kochenden Wassers: daher der Rauch; dann entsteht ein Dampfstrahl aus Salpetersäure: daher die Detonation.

Wenn man sich dem Bombardierkäfer mit der Hand nähert, feuert seine Kanone sofort eine Wolke aus roten Tröpfchen aus, die ätzen und streng riechen. Die Salpetersäure hinterlässt auf der Haut Brandblasen.

Die Käfer zielen, indem sie die bewegliche Öffnung an ihrem Hinterleib ausrichten, in dem sich die explosive Mischung bildet. So können sie ein Ziel auf einige Zentimeter Entfernung treffen. Falls sie es verfehlen, genügt der Detonationsknall, um jegliche Angreifer in die Flucht zu schlagen.

Ein Bombardierkäfer hat normalerweise drei bis vier Salven in Reserve. Einige Entomologen haben jedoch Arten entdeckt, die, wenn sie gereizt werden, bis zu vierundzwanzigmal hintereinander schießen können.

Die Bombardierkäfer sind orange und silberblau. Sie sind sehr leicht zu erkennen. Es scheint fast, als würden sie sich dank ihrer Kanone so unverwundbar fühlen, dass sie sich getrost in bunte Gewänder kleiden können. Ganz allgemein verfügen alle Käferarten, die auffällige Farben und Deckflügel mit ausgefallenen Mustern haben, über eine »Abwehrvorrichtung«, mit der sie Neugierige auf Abstand zu halten vermögen.

Anmerkung: Da Mäuse wissen, dass dieses Insekt trotz seiner »Vorrichtung« ein Leckerbissen ist, springen sie auf die Bombardierkäfer und drücken ihnen sofort den Hinterleib in den Sand, ehe die explosive Mischung ihre Wirkung entfalten kann. Die Schüsse verpuffen dann im Sand, und wenn das Insekt seine ganze Munition verschossen hat, verschlingt die Maus es vom Kopf her.

EDMOND WELLS
Enzyklopädie des relativen und absoluten Wissens, Bd. 2

149. EIN STRAHLENDER MORGEN

In der Höhlung eines zarten Zweiges der Ameisen-Akazie erwacht Nr. 24. Sie entdeckt längs des Zweiges kleine Löcher, die wie Bullaugen aussehen und dazu dienen, die Zellen mit Luft zu versorgen. Sie durchsticht die Membran einer Scheidewand und entdeckt einen

Saal, in dem sich bestens eine Krippe einrichten lässt. Die übrigen Ameisen schlafen noch. Nr. 24 geht etwas frische Luft schnappen.

Die Blattstiele der Akazie tragen Nektarreservoire für die Erwachsenen und Korpuskel mit Kinderportionen für die Larven. Diese Nahrungsmittel stecken randvoll mit Proteinen und Fettkörpern, die sich hervorragend als Nahrung für Ameisen jeden Alters eignen.

Das Felsufer knirscht unter dem Ansturm der ersten kleinen Wellen. In der Luft liegen scharfe, mentholhaltige, aber auch moschusartige Gerüche.

Am Strand erleuchtet die rot glimmende Sonne den Fluss, auf dessen Oberfläche die Wasserwanzen schlittern. Ein abgestorbenes Holzzweigchen dient als Pier. Nr. 24 erkennt im durchsichtigen Wasser Blutegel und Mückenlarven in dichten Trauben.

Nr. 24 läuft zur Nordseite der Insel. Eine richtige Wiese aus den runden, grünen Körnchen der Wasserlinsen, in der ab und zu die Kugelaugen eines Frosches auftauchen, schwappt sanft an die dortige Steilküste. Nicht weit davon befindet sich eine Bucht, in der weiße Seerosen mit violettem Saum sich, wie immer, Punkt sieben Uhr geöffnet haben und sich auch erst gegen Abend wieder schließen werden. Die beruhigende Wirkung der Seerosen ist in der Insektenwelt berühmt. In Notzeiten dient ihr äußerst stärkehaltiges Rhizom sogar als Nahrung.

Die Natur denkt stets an alles, sagt sich Nr. 24. Zu jedem Übel gibt es stets auch ein Heilmittel. So wachsen am Rand des Brackwassers Trauerweiden, deren Borke Salizylsäure (den Hauptbestandteil des Aspirins) enthält; damit lassen sich die Krankheiten behandeln, die man sich an derart ungesunden Orten zuzieht.

Die Insel ist klein. Schon steht Nr. 24 am Ostufer. Es ist verziert von Amphibienpflanzen, deren Stiele im Wasser stehen. Auch Pfeilkraut, Knöterich und Ranunkeln gedeihen hier und geben dieser grünen Welt violette und weiße Farbtupfer.

Darüber schwirren Libellenpaare. Die Männchen versuchen, mit ihren beiden Geschlechtsteilen die Weibchen zu behalten. Eines der Geschlechtsteile sitzt unter dem Thorax des Männchens und ein weiteres am Ende seines Hinterleibs, das Weibchen hat dementsprechend ein Geschlechtsorgan hinter dem Kopf und ein weiteres am Ende des Hinterleibs. Bei der Paarung müssen alle vier Geschlechtsorgane gleichzeitig miteinander verkoppelt werden, was eine komplizierte Akrobatik erfordert.

Nr. 24 setzt ihren Streifzug über die Insel fort.

Die Sumpfpflanzen im Süden wurzeln direkt in der Erde. Dort finden sich Schilfrohr, Binsen, Schwertlilien und Minze. Plötzlich tauchen zwischen den Rohren zwei scharfe Augen auf. Die Augen betrachten Nr. 24. Sie kommen näher. Sie gehören einem Salamander. Es handelt sich um eine Eidechsenart, deren schwarzes Kleid gelb und orange marmoriert ist. Ihr Kopf ist rund und flach, ihr Rücken von grauen Warzen überzogen, den letzten Überresten der Zacken ihrer Vorfahren, der Dinosaurier. Das Tier kommt näher. Die Salamander verspeisen bevorzugt Insekten, aber sie sind so langsam, dass ihre Beute ihnen meistens entwischt. Also warten sie lieber darauf, dass der Regen sie erschlägt, um sie dann einzusammeln.

Nr. 24 galoppiert zu ihrem Akazienversteck zurück.

Alarm, schreit sie in ihrer Duftsprache, *ein Salamander, ein Salamander!*

Die Hinterleiber zielen durch die Schießscharten in der Akazie. Es regnet eine Salve Säure, die ihr behäbiges Ziel problemlos trifft. Dem Salamander mit seiner dicken, dunklen Haut kann das nichts anhaben. Die Ameisen stürzen sich auf ihn und versuchen, seine Haut mit ihren Mandibeln zu durchbohren, doch sie verenden sofort an deren hochgiftigen Ausscheidungen. So besiegt ein Langsamer mitunter die Schnellen.

Im Gefühl seiner Unverwundbarkeit streckt der Salamander bedächtig ein Bein nach einem Ast voller Artilleristinnen aus. Und … piekst sich an einem Dorn der Ameisen-Akazie. Er blutet, betrachtet entsetzt sein Bein und huscht rasch zurück ins Schilf. Das Unbewegliche hat über den Langsamen obsiegt.

Alle Bewohnerinnen des Baums gratulieren diesem, als würde es sich um ein Tier handeln, das ihnen gegen einen Räuber zu Hilfe geeilt ist. Sie reinigen ihn von den letzten Parasiten, die sich noch in seinen Zweigen aufhalten, und spritzen ihm ein paar Gramm Kompost zwischen seine Wurzeln.

Mit der ansteigenden Morgenhitze geht jede ihren Aufgaben nach. Die Termiten versuchen ein vom Fluss angeschwemmtes Stück Holz zu durchbohren. Jede Art tummelt sich auf ihrem Lieblingsgebiet. Die Akazieninsel liefert ihnen alles, was sie benötigen, und schirmt sie von Räubern ab.

Der Fluss ist reich an Nahrung: Wasserklee, aus dem die Ameisen den Saft pressen, bis sie ein zuckerhaltiges Bier bekommen, Sumpfvergissmeinnicht, Seifenkraut, das die Wunden desinfiziert, Wasserhanf, in dessen Nadeln sich Fische verfangen, deren Fleisch den roten Waldameisen einen neuartigen Leckerbissen beschert.

Unter den Schwärmen von Mücken und Libellen wollen alle das Inselleben fern der immer gleichen Aufgaben der Großstädte genießen.

Plötzlich ist heftiger Lärm zu vernehmen. Zwei Hirschkäfermännchen sind in einen Kampf verstrickt.

Die beiden großen, mit Zangen und spitzen Hörnern bewehrten Käfer umkreisen einander, dann packen sie mit ihren imposanten Scheren zu, stemmen sich gegenseitig hoch und versuchen, einander auf den Rücken zu werfen. Die Chitinplatten prallen aufeinander, die Hörner knallen zusammen. Ein Ringkampf inmitten von viel Staub und Lärm. Sie fliegen auf und prügeln sich am Himmel weiter.

Alle Zuschauerinnen sind entzückt, diesem herrlichen Zweikampf beiwohnen zu dürfen. Und schon klappern im Publikum die Mandibeln, denn auch sie haben Lust, miteinander zu raufen und sich zu prügeln.

Das Blatt wendet sich zugunsten des großen Käfers; der andere stürzt rücklings ab und rudert dabei mit den Beinen in der Luft. Der siegreiche Kämpfer reckt zum Zeichen des Triumphs seine langen Zangen gen Himmel.

Nr. 103 sieht in diesem Zwischenfall ein Zeichen. Sie weiß, dass sich die friedvollen Stunden auf der Akazieninsel dem Ende zu neigen. Voller Ungeduld wollen die Tiere den Kreuzzug fortsetzen. Wenn sie hierbleiben, würden die Geschlechterkämpfe und Rivalitäten, die Streitereien und Zänkereien zwischen den Arten wieder aufleben. Das Bündnis würde Risse bekommen. Die Ameisen würden die Termiten bekriegen, die Bienen die Fliegen, die eine Käferart die andere.

Diese zerstörerischen Energien müssen auf ein gemeinsames Ziel hin kanalisiert werden. Der Kreuzzug muss fortgesetzt werden. Sie teilt ihre Gedanken den anderen mit. Man fasst den Entschluss, morgen früh mit der ersten Wärme wieder aufzubrechen.

Sie haben es sich zur Gewohnheit gemacht, allabendlich in ihren naturgeschaffenen Behausungen noch ein wenig über dieses und jenes zu plaudern.

Heute schlägt eine Ameise vor, jede von ihnen solle zu Ehren des Kreuzzugs ihre Geburtsnummer durch einen Namen ersetzen, wie es die Königinnen tun.

Einen Namen?

Warum nicht …

Ja, geben wir einander Namen.

Wie wolltet ihr mich denn nennen?, fragt Nr. 103.

Es wird vorgeschlagen, sie »Die Führende« zu nennen oder »Die Vogelbezwingerin« oder »Die Angstvolle«. Doch sie beschließt, dass sie am deutlichsten durch ihren Zweifel und ihre Neugier charakterisiert sei. Ihre Unwissenheit ist ihr größter Stolz. Sie möchte »Die Zweifelnde« genannt werden.

Ich möchte »Die Wissende« genannt werden. Denn ich weiß, dass die Finger unsere Götter sind, verkündet Nr. 23.

Ich möchte »Die, die eine Ameise ist« genannt werden, meint Nr. 9, *denn ich kämpfe für die Ameisen und gegen alle ihre Feinde.*

Mir sollt ihr den Namen »Die …«

Früher war das Wort »ich« tabu. Die Tatsache, dass sie sich einen Namen geben, zeugt von ihrem Bedürfnis, nicht mehr als Teil eines Ganzen, sondern als eigenständiges Individuum wahrgenommen zu werden.

Nr. 103 ist genervt. Das ist ja alles nicht normal. Sie richtet sich auf vier Beinen auf. Sie verlangt, diese Idee fallenzulassen.

Macht euch bereit, morgen brechen wir in aller Frühe auf. So früh wie möglich.

150. Enzyklopädie

Auroville Das Abenteuer von Auroville (verkürzt für Auroreville) in der Nähe des indischen Pondicherry zählt zu den interessantesten Experimenten der menschlichen Utopistengemeinde. Sri Aurobindo, ein bengalischer Philosoph, und Mirra Alfassa (»die Mutter«), eine französische Philosophin, unternahmen dort den Versuch, das ideale Dorf zu gründen. Es sollte die Form einer Galaxie haben, so dass alles auf seinen runden Mittelpunkt hin ausgerichtet ist. Sie erwarteten Menschen aus allen Ländern. Hauptsächlich kamen Europäer auf der Suche nach einer absoluten Utopie. Männer und Frauen bauten Windräder, Fabriken für Kunsthandwerk, Kanalisationen, ein Rechenzentrum, eine Ziegelei. Sie legten in diesem trockenen Gebiet Pflanzungen an. Die Mutter schrieb mehrere Bücher, in denen sie von ihren geistigen Experimenten erzählte. Und alles lief bestens, bis Mitglieder der Gemeinde beschlossen, die Mutter zu ihren Lebzeiten zur Göttin zu erheben. Sie wies diese Ehre zunächst zurück. Doch da Sri Aurobindo gestorben war, gab es niemanden mehr neben ihr, der stark genug gewesen wäre, sie zu unterstützen. Sie vermochte ihren Anbetern nicht lang zu widerstehen. Sie mauerten sie in ihrem Zimmer ein und beschlossen, dass die Mutter, wenn sie sich weigerte, zur lebendigen Göttin zu werden, eben eine tote Göttin werden sollte. Sie war sich ihres göttlichen Wesens vielleicht noch nicht bewusst geworden, doch das hieß noch lange nicht, dass sie nicht dennoch eine Göttin war!

Die Bilder der letzten Auftritte der Mutter zeigen sie niedergeschlagen und wie unter Schock. Sobald sie von ihrer Einkerkerung und von der Behandlung zu sprechen versucht, die ihre Bewunderer ihr angedeihen lassen, schneiden diese ihr das Wort ab und führen sie in ihr Zimmer zurück. Die Mutter wird nach und nach zu einer alten Dame, völlig gezeichnet von den Prüfungen, die ihr Tag um Tag diejenigen auferlegen, die sie zu verehren behaupten. Dennoch gelingt es der Mutter, Freunden von früher heimlich eine Nachricht zukommen zu lassen:

Man versuche sie zu vergiften, um sie zu einer toten Göttin zu machen, die dann leichter zu verehren sei. Ihr Hilferuf verhallt ungehört. Diejenigen, die der Mutter zu helfen versuchen, werden umgehend aus der Gemeinschaft ausgeschlossen. Als letztes Ausdrucksmittel blieb ihr das Orgelspiel in ihrem Zimmer, durch das sie ihr tragisches Schicksal mitteilte.

Nichts geschah. Die Mutter starb 1973, vermutlich an einer starken Dosis Arsen. Auroville bereitete ihr die Totenfeierlichkeiten einer Göttin.

Ohne sie jedoch hielt nichts mehr die Gemeinschaft zusammen. Sie begann sich aufzulösen. Ihre Mitglieder richteten sich gegeneinander. Sie vergaßen die Utopie von einer idealen Welt und zerrten sich gegenseitig vor die Tribunale. Zahlreiche Prozesse überschatteten eines der urzeitlichsten und zeitweise gelungensten Gemeinschaftsexperimente in der Menschheitsgeschichte.

EDMOND WELLS
Enzyklopädie des relativen und absoluten Wissens, Bd. 2

151. NICOLAS

Schlagt euch bis zum Letzten.

Er wusste, dass die von Chli-pu-ni gnadenlos verfolgte Bewegung der Gottgläubigen nur mühsam zu erneuern war. Um Wirkung zu erzielen, muss ein Gott sich dazu imstande erweisen, seine Reden dem aktuellen Geschehen anzupassen. Nicolas Wells, der sich den Schlaf der gesamten unterirdischen Gemeinde zunutze machte, hatte sich vor den Übersetzungsapparat gesetzt. Er hatte kurz nach einer Inspiration gesucht, dann hatte er angefangen, auf die Tastatur zu hämmern wie ein junger Mozart. Wenn er auch keine Musik hervorbrachte, so doch Duftsinfonien, die ihn zum Gott machen sollten.

Schlagt euch bis zum Letzten.
Schickt Missionen mit Opfergaben los, koste es, was es wolle.
Weil ihr uns nicht ausreichend verköstigt habt, erlebt ihr jetzt Leiden und Tod.

Die Finger können alles, denn die Finger sind Götter.
Die Finger können alles, denn die Finger sind groß.
Die Finger können alles, denn die Finger sind mächtig.

Das ist die Wahr…

»Nicolas, du bist auf? Was treibst du da? Du schläfst nicht?«

Jonathan Wells rieb sich gähnend die Augen und näherte sich ihm von hinten.

Panik. Nicolas Wells wollte den Apparat abschalten, drückte aber den falschen Knopf. Anstatt den Strom abzustellen, verstärkte er die Helligkeit des Bildschirms.

Jonathan genügte ein einziger Blick, um alles zu erraten. Er hatte nur mehr Zeit, den letzten Satz zu lesen, hatte aber alles begriffen.

Sein Sohn gab sich als Gott der Ameisen aus, um diese zu zwingen, sie mit Nahrung zu versorgen.

Jonathan riss die Augen weit auf. Auf einen Schlag begriff er die weitreichenden Konsequenzen dieser List.

NICOLAS HAT DIE AMEISEN DAZU GEBRACHT, AN GÖTTER ZU GLAUBEN!

Angesichts dieser verblüffenden Erkenntnis war er einen Moment sprachlos.

Nicolas wusste nicht, was er tun sollte. Er stürzte zu seinem Vater hin.

»Das musst du verstehen, Papa. Ich habe es getan, um uns zu retten, damit sie uns ernähren …«

Jonathan Wells war fassungslos.

Nicolas stotterte: »Ich wollte den Ameisen beibringen, dass sie uns verehren. Schließlich sind wir ihretwegen hier unten. Also ist es auch an ihnen, uns da wieder rauszuholen. Und sie haben uns ja auch keine Nahrung mehr gebracht, sie haben uns aufgegeben, damit wir verhungern. Einer hat doch darauf reagieren und was tun müssen. Also hab ich nachgedacht und die Lösung gefunden. Wir sind tausendmal intelligenter als die Ameisen, tausendmal stärker, tausendmal größer. Jeder x-beliebige Mensch ist für diese Tierchen ein Riese. Wenn sie uns für Götter hielten, würden sie uns nicht fallenlassen. Also habe ich gottgläubige Ameisen geschaffen, und mir ist es zu verdanken, wenn ihr noch ein bisschen Honigtau und Pilze zu essen habt. Ich, der zwölfjährige Nicolas, habe euch gerettet, euch Erwachsene, die ihr euch für Insekten haltet!«

Jonathan Wells zögerte nicht. Zwei schallende Ohrfeigen hinterließen auf den Backen seines Sohnes fünf rote Finger. Das Geräusch weckte die anderen auf. Im Nu erfassten alle das Problem.

»Nicolas …!«, rief die Großmutter entsetzt.

Nicolas brach in Schluchzen aus. Die Großen kapieren nie was. Unter dem eisigen Blick seiner Eltern verwandelte der rachsüchtige Gott sich in einen heulenden Jungen.

Jonathan Wells hob wieder die Hand, um ihn zu bestrafen. Seine Frau stoppte ihn.

»Nein. Bring die Gewalt nicht wieder an diesen Ort zurück. Es ist uns schwer genug gefallen, sie von hier zu vertreiben!«

Doch Jonathan war außer sich.

»Er hat seine Vorrechte als Mensch missbraucht. Er hat die Vorstellung von Gott in die Ameisenwelt eingeführt! Wer kann die Folgen einer solchen Tat vorhersehen? Religionskriege, die Inquisition, Fanatismus, Intoleranz … Und all das wegen meines Sohns.«

Lucie predigte Geduld: »Wir sind alle mit schuld daran.«

»Wie soll man einen solchen Schnitzer wieder ausbügeln?«, seufzte Jonathan. »Ich sehe keine Lösung.«

Sie packte ihren Ehemann an den Schultern.

»Doch. Mir kommt bereits eine in den Sinn. Sprich mit deinem Sohn.«

152. Gründung der Freien Gemeinschaft der Cornigera-Akazie (FGC)

Morgengrauen. Auch heute betrachtet Nr. 24 wieder den diesigen Horizont.

Sonne, geh auf!

Und die Sonne gehorchte ihr.

Ganz allein am Ende eines Zweigs betrachtet Nr. 24 die Schönheit der Welt und denkt nach. Falls es Götter gibt, haben sie es nicht nötig, als Finger aufzutreten. Sie haben es nicht nötig, sich in riesige Tiermonster zu verwandeln. Und doch sind sie da. In diesen süßen Leckereien, die der Baum hervorgebracht hat, um die Ameisen anzulocken. In den strahlenden Rüstungen der Käfer. Im Kühlsystem des Termitenhügels. In der Schönheit des Flusses und im Duft der Blumen, in der Verkommenheit der Wanzen und im Chrom der Schmetterlingsflügel, im köstlichen Läusehonigtau und im tödlichen Bienengift, in den gezackten Bergen und dem friedlichen Fluss, im todbringenden Regen und in der kraftspendenden Sonne!

Wie Nr. 23 möchte sie gern glauben, dass eine höhere Macht die Welt regiert. Doch genau die, das hat sie gerade begriffen, ist überall und in allem. Sie wird nicht nur durch die Finger verkörpert!

Sie selbst ist Gott, Nr. 23 ist Gott, und die Finger sind Götter. Weiter braucht man gar nicht zu suchen. Alles ist da, in Reichweite der Antennen, der Mandibeln.

Sie erinnert sich an die Ameisensage, die ihr Nr. 103 erzählt hat. Jetzt versteht sie sie voll und ganz. *Was ist der beste Augenblick? Jetzt! Was ist das Beste, was man tun kann? Sich mit dem beschäftigen, was man vor sich hat. Was ist das Geheimnis des Glücks? Auf Erden zu wandeln!*

Sie richtet sich auf.

Sonne, steige noch höher empor und werde weiß.

Und wieder gehorcht die Sonne folgsam.

Nr. 24 setzt sich in Bewegung und lässt ihren Kokon los. Sie ist nicht mehr auf der Suche. Sie hat alles begriffen. Den Kreuzzug fortzusetzen ist unnötig. Sie hat sich immer verirrt, weil sie nie ihren Platz gefunden hatte. Jetzt weiß sie, dass ihr Platz hier ist. Sie braucht nur noch diese Insel entsprechend herzurichten, und ihr einziger Ehrgeiz besteht darin, jede Sekunde wie ein wundersames Lebensgeschenk zu nutzen.

Sie hat keine Angst mehr vor der Einsamkeit. Und sie hat keine Angst mehr vor den anderen. Wenn man am rechten Platz ist, hat man vor nichts Angst.

Rasch begibt sich Nr. 24 auf die Suche nach Nr. 103.

Sie findet sie bei den Vergissmeinnichtbooten, die sie mit ihrem Speichel flickt.

Antennenkontakt.

Sie gibt ihr den Kokon zurück.

Ich will diesen Schatz nicht länger tragen. Du musst ihn allein tragen. Ich bleibe hier. Ich brauche nichts mehr zu beweisen, ich habe genug vom Kämpfen, ich habe genug vom Verirren.

Auf diese Rede hin richten sich vor Überraschung sämtliche Antennen der anwesenden Ameisen auf. Verdutzt nimmt Nr. 103 den Schmetterlingskokon entgegen.

Die beiden Insekten berühren einander leicht mit den Antennenspitzen.

Ich bleibe hier, wiederholt Nr. 24. *Hier baue ich eine Stadt.*

Aber du hast schon Bel-o-kan, deine Heimatstadt!

Gerne gibt die junge Ameise zu, dass Bel-o-kan eine große und mächtige Föderation sei. Nur würden die Rivalitäten zwischen Ameisenstädten sie nicht mehr interessieren. Sie habe genug von diesen Kasten, die allen von Geburt an eine Rolle aufzwingen. Sie wolle weit weg von ihnen und weit weg von den Fingern leben. Mit allem wieder bei null anfangen.

Aber dann bist du allein!

Wenn auch andere auf der Insel bleiben wollen, sind sie willkommen.

Eine Rote kommt näher. Auch sie sei des Kreuzzugs müde. Sie sei weder für die Finger noch gegen sie. Sie seien ihr gleichgültig. Der

Meinung sind auch sechs weitere Ameisen, auch sie weigern sich, die Insel zu verlassen.

Zwei Bienen und zwei Termiten beschließen ihrerseits, sich von dem Kreuzzug loszusagen.

Die Frösche werden euch alle auffressen, behauptet Nr. 9.

So was glauben sie nicht. Mit ihren Dornen wird die Büffelhornakazie sie gegen Räuber schützen.

Ein Käfer und eine Fliege laufen in das Lager von Nr. 24 über. Dann weitere zehn Ameisen, fünf Bienen und fünf Termiten.

Wie hätte man sie halten sollen?

Eine Rote gibt zu erkennen, dass sie gottgläubig sei, aber dennoch hier zu leben wünsche. Nr. 24 antwortet, dass ihre Gemeinschaft hinsichtlich der Finger weder für noch gegen die Gottgläubigen sei. Auf der Insel dürfe jeder denken, was er wolle.

Denken ..., erbebt Nr. 103.

Zum ersten Mal bilden Tiere eine utopische Gemeinschaft. Sie geben ihr den Pheromonnamen »Stadt Cornigera« und fangen an, sich in dem Baum einzurichten. Die Bienen, die noch etwas Brutmilch voller Hormone haben, wandeln die Geschlechtslosen, die es wünschen, in Fortpflanzungsfähige um. So entstehen Königinnen, und die Gemeinde kann Bestand haben.

Nr. 103 bleibt einen Moment regungslos, überrascht von dieser Entscheidung. Dann beleben sich ihre Antennen, und sie bittet alle, die den Kreuzzug fortführen wollen, Aufstellung zu nehmen.

153. Enzyklopädie

Verständigung zwischen den Bäumen Bestimmte Akazienarten in Afrika weisen staunenswerte Eigenschaften auf. Wenn eine Gazelle oder eine Ziege sich daranmacht, sie abzuweiden, verändern sie die chemischen Bestandteile ihres Saftes dergestalt, dass er giftig wird. Sobald das Tier merkt, dass der Baum nicht mehr denselben Geschmack hat, beißt es in einen anderen. Die Akazien sind jedoch in der Lage, einen Duft zu verströmen, der von den benachbarten Akazien aufgefangen wird und sie sofort vor der Anwesenheit des Räubers warnt. In wenigen Minuten werden sämtliche Bäume ungenießbar. Daraufhin entfernen sich die Pflanzenfresser und suchen sich eine Akazie, die zu weit weg ist, um den Warnruf aufgefangen zu haben. Nun ist es aber so, dass durch die Herdenhaltung Ziegen und Akazien mitunter auf engem Raum zusammenleben. Die Folge: Sobald die erste betroffene Akazie alle anderen gewarnt hat, bleibt den Tieren nichts anderes mehr übrig, als von den giftigen Bäumen zu fressen. Auf diese Weise sind zahlreiche Herden vergiftet gestorben. Der Grund dafür ist den Menschen erst nach langer Zeit aufgegangen.

EDMOND WELLS

Enzyklopädie des relativen und absoluten Wissens, Bd. 2

154. NOCH ZWEI SCHRITTE BIS ZUM ENDE DER WELT

Es ist Mittag. Während die Pionierinnen sich weiter auf der Cornigera-Insel einrichten, bewaffnet Nr. 103 die Vergissmeinnichtboote. Die Kreuzzüglerinnen gehen an Bord und halten sich am Flaum der Blätter fest.

Fliegen starten als Kundschafterinnen, um vor der Landung das andere Ufer abzusuchen. Sie haben die Aufgabe, die beste, und das heißt die ungefährlichste Anlegestelle zu finden.

Alle Boote verlassen die Reede. Die Mitglieder der Freien Gemeinschaft Cornigera begleiten sie bis zum Wasser und helfen ihnen, die Schiffe in den Fluss zu schieben. Die Antennen schnellen hoch, um Ermutigungspheromone auszutauschen. Es bleibt offen, was schwieriger ist: eine freie Gesellschaft auf einer verlassenen Insel zu begründen oder die Ungeheuer in der anderen Welt zu bekämpfen. Beide Gruppen wünschen einander Ausdauer. Was auch geschehe, dürfe man das einmal gesteckte Ziel nicht aufgeben.

Die Boote entfernen sich vom Strand, die an die Vergissmeinnichtblätter geklammerten Schiffer sehen die von den Gottgläubigen errichteten Tonstatuen immer kleiner werden. Die Flotte rückt in einer Linie vor.

Die von den Ruderkäfern angetriebenen zerbrechlichen Gefährte gleiten geschwind dahin. Über ihnen schlagen die Käfer Vögel zurück, die sich der schwimmenden Karawane nähern wollen. Und der Kreuzzug rückt voran, immer voran.

In die laue Luft steigt ein Pheromonkriegslied auf:

Sie sind groß und überall,
Tod den Fingern, Tod den Fingern.
Unsere Speicher verbrennen sie,
Tod den Fingern, wir kriegen sie!
Unsere Städte entführen sie,
Tod den Fingern, Tod den Fingern.
Die kleinen Würmer pfählen sie,
Tod den Fingern, nieder mit ihnen.
Sie lassen uns keinen Platz zum Leben,
Tod den Fingern, Tod den Fingern.

Ab und an zeigen Plötzen, Forellen und Katzenwelse ihre Rückenflossen. Aber auch hier sind die Nashornkäfer auf der Hut. Sobald eines dieser Flussungetüme ein Boot bedroht, stoßen sie ihm ohne Zaudern ihre Stirnlanzen in die Schuppen.

Die Fliegenkundschafterinnen kommen erschöpft zurück und landen auf den Blättern wie auf Flugzeugträgern. Sie haben nicht nur ganz in Ufernähe das Ende der Welt entdeckt, sondern auch eine Steinbrücke zum Anlanden. Ein Glücksfall.

Das Graben eines Tunnels können sie sich sparen! Nr. 103 ist hocherfreut.

Wo ist diese Brücke?

Ein Stück weiter nördlich. Ihr braucht euch bloß mit der Strömung dorthin treiben zu lassen.

Die Kreuzzüglerinnen erzittern: Das Ende der Welt ist jetzt ganz nah.

Ohne große Schäden erreicht die Flotte das gegenüberliegende Ufer. Nur ein einziges Boot wurde von einem Wassermolch verschlungen. Das sind eben die Gefahren ihrer Reise!

Aufstellung von Legionen und Arten. Vorwärts, marsch!

Die Fliegen haben nicht gelogen.

Welche Erregung bei denen, die noch nie einen Blick auf das Ende der Welt erhascht haben! Dort liegt es, das von Sagen und Geheimnissen umrankte schwarze Band. Dort rollen riesige Blöcke mit schwindelerregender Schnelligkeit in einem staubigen Dunst, der nach Rauch und Kohlenwasserstoff stinkt. Ihre Vibrationen sind von ungeahnter Stärke. Sie haben nichts Natürliches mehr an sich.

Für Nr. 103 sind die dunklen Klötze, die dort dahinrasen, die Wächter des Endes der Welt. Außerdem, meint sie, handele es sich um Finger in verwandelter Gestalt.

Los, greifen wir sie an!, ruft eine Termitensoldatin.

Nein, nicht die und auch nicht hier.

Nr. 103 vertritt die Meinung, dass das schwarze Band den Fingern eine wundersame Macht verleihe. Es sei besser, sie auf einem weniger gefährlichen Terrain anzugreifen. Auf der anderen Seite des Endes der Welt, also auf der anderen Seite der Brücke, seien sie leichter zu besiegen.

In jeder Armee gibt es verrückte Draufgänger. Eine Termite will die Sache klären. Sie nähert sich dem schwarzen Band und wird sofort platt gewalzt wie ein Blatt. Doch so sind die Insekten. Sie müssen alles erst einmal ausprobieren, ehe sie sich überzeugen lassen.

Nach diesem Zwischenfall defiliert der Kreuzzug Nr. 103 über die Brücke und macht sich mit vorsichtigen Schritten zu dem großen unbekannten Territorium auf den Weg, wo die Fingerherden weiden.

155. Ein bekanntes Gesicht

Von der Leiter aus hatte jemand auf sie angelegt, von dem nur der Oberkörper und das Gewehr über der Falltür aufgetaucht waren. Als die betreffende Person die paar Sprossen hochkletterte, um sich ihnen gegenüberzustellen, stöberte Jacques Méliès verzweifelt in den

Windungen seines Gehirns und dachte: *Dieses Gesicht kenne ich doch.*

Wie ihm lag auch Laetitia Wells ein Name auf der Zunge, ohne dass er ihr eingefallen wäre.

»Lassen Sie Ihren Revolver fallen, Monsieur!« Méliès warf seinen Revolver zu Boden. »Setzen Sie sich auf die Stühle da.«

Dieser Tonfall, diese Stimme …

»Wir sind keine Einbrecher«, fing Laetitia an. »Mein Begleiter ist sogar …«

Sofort schnitt der Kommissar ihr das Wort ab: »… aus dem Viertel hier. Ich wohne um die Ecke.«

»Spielt keine Rolle«, meinte die Person und fesselte sie mit Hilfe von Stromkabeln an ihre Stühle.

»So, jetzt können wir schon gemütlicher miteinander reden.«

Wer war das doch nur …

»Was tun Sie hier bei mir, Kommissar Méliès, und Sie, Laetitia Wells, Journalistin vom *Echo am Sonntag*? Und dann auch noch gleich zusammen. Ich hatte immer gedacht, Sie beide würden einander hassen. Sie hat Sie in der Presse beleidigt, Sie haben sie ins Gefängnis gesteckt. Und jetzt sind Sie beide da, wie Taschendiebe auf dem Jahrmarkt, in meinem Haus, und das um Mitternacht.«

»Nur weil …«

Abermals wurde Laetitia unterbrochen.

»Ich weiß genau, was mir Ihren reizenden Besuch verschafft, lassen Sie nur. Ich weiß zwar noch nicht, wie, aber Sie sind meinen Ameisen gefolgt.«

Von unten rief eine Stimme herauf: »Was ist denn los, Liebling? Mit wem redest du da oben im Speicher?«

»Mit ungebetenen Gästen.«

Ein zweiter Kopf, ein zweiter Körper kamen durch die Falltür zum Vorschein. Beide dachten sie: *Den kenne ich nicht.*

Es war ein Herr mit langem weißem Bart in einem grau-rot karierten Hemd. Er sah aus wie ein Weihnachtsmann, aber ein Weihnachtsmann, der vom Alter ausgezehrt und am Ende seiner Kräfte war.

»Darf ich vorstellen: Monsieur Méliès und Mademoiselle Wells. Sie haben unsere kleinen Freundinnen bis hierher begleitet. Wie? Das werden sie uns gleich verraten.«

Der Weihnachtsmann wirkte erschüttert.

»Aber sie sind ja beide berühmt! Er als Polizist und sie als Journalistin. Du darfst sie nicht umbringen, sie nicht. Außerdem können wir mit dem Töten nicht so weitermachen …«

Die Frau fragte trocken: »Du willst, dass wir aufgeben, Arthur? Du willst, dass wir die Sache hinschmeißen?«

»Ja«, erwiderte Arthur.

Sie bettelte beinahe: »Aber wenn wir aufhören, wer übernimmt dann unsere Aufgabe? Es gibt niemand, niemand …«

Der Mann mit dem weißen Bart rang die Hände.

»Wenn die uns gefunden haben, dann schaffen andere es auch. Dann heißt's wieder töten, immer weiter töten! Wir hätten unsere Mission ja doch nie zu Ende gebracht. Wenn man einen beseitigt, kommen zehn neue. Ich habe diese viele Gewalt satt …«

»Den Weihnachtsmann habe ich nie gesehen. Aber sie, sie …« Ganz mit dem Durcheinander in ihrem Kopf beschäftigt, vermochte Laetitia gar nicht dem Gespräch zu folgen, bei dem es ja immerhin um ihr und Méliès' Leben ging.

Arthur wischte sich mit einem Handrücken voller dunkler Flecken den Schweiß von der Stirn. Die Unterhaltung hatte ihn erschöpft. Er suchte etwas, woran er sich hätte festhalten können, fand nichts und fiel ohnmächtig zu Boden.

Schweigend starrte die Frau die beiden jungen Leute an. Dann band sie sie los. Sofort rieben sie sich Knöchel und Handgelenke.

»Helfen Sie mir wenigstens, ihn in unser Bett zu tragen«, meinte sie.

»Was hat er?«, erkundigte sich Laetitia.

»Ein Unwohlsein. Es kommt zurzeit immer häufiger. Mein Mann ist krank, schwer krank. Nur weil er gespürt hat, dass sein Tod nicht mehr weit ist, hat er sich Hals über Kopf in dieses Abenteuer gestürzt.«

»Ich war Ärztin«, sagte Laetitia. »Wollen Sie, dass ich ihn abhöre? Ich kann ihm vielleicht helfen.«

Die Frau machte ein trauriges Gesicht.

»Nicht nötig. Ich weiß genau, woran er leidet. Krebs im Endstadium.«

Vorsichtig legten sie Arthur auf die Bettdecke. Die Frau des Kranken bereitete eine Spritze mit einer Mischung aus Beruhigungsmitteln und Morphium vor.

»Lassen wir ihn jetzt ausruhen. Er braucht Schlaf, um wieder ein bisschen zu Kräften zu kommen.«

Jacques Méliès sah sie lange an.

»Jetzt hab ich's. Ich erkenne Sie wieder.«

Im selben Moment löste sich in Laetitias Kopf dasselbe Signal. Natürlich – auch sie erkannte diese Frau wieder!

156. ENZYKLOPÄDIE

Gleichzeitigkeit Ein wissenschaftliches Experiment, das 1901 gleichzeitig in mehreren Ländern durchgeführt wurde, zeigte, dass Mäuse bei einer Reihe von vorgegebenen Intelligenztests 6 von 20 Punkten erzielten. Als 1965 in denselben Ländern exakt derselbe Test wiederholt wurde, erreichten die Mäuse dabei durchschnittlich 8 von 20 möglichen Punkten.

Die geographische Verteilung hatte mit diesem Phänomen nichts zu tun. Die europäischen Mäuse waren nicht mehr und nicht weniger intelligent als die amerikanischen, afrikanischen, australischen oder asiatischen. Auf allen Erdteilen hatten die Mäuse von 1965 ein besseres Ergebnis erzielt als ihre Ahnen im Jahr 1901. Auf der ganzen Erde hatten sie Fortschritte gemacht. Es war, als würde es eine weltweite »Mäuseintelligenz« geben, die sich im Laufe der Jahre gesteigert hatte.

Für die Menschen wurde nachgewiesen, dass bestimmte Erfindungen gleichzeitig in China, Indien und Europa gemacht wurden: das Feuer, das Pulver, das Weben zum Beispiel. Auch heutzutage noch werden Entdeckungen innerhalb eines begrenzten Zeitraums an verschiedenen Stellen des Globus gemacht.

Alles deutet darauf hin, dass gewisse Ideen in der Luft liegen, jenseits der Atmosphäre, und dass diejenigen, die imstande sind, sie zu erfassen, dazu beitragen, den globalen Wissensstand der eigenen Spezies zu erhöhen.

EDMOND WELLS
Enzyklopädie des relativen und absoluten Wissens, Bd. 2

157. JENSEITS DER WELT

Der Kreuzzug rückt vor, klettert die Steilfelsen entlang. Auf der anderen Seite der Brücke ragen hohe, würfelförmige Gebilde gen Himmel empor. Sie scheinen keine Wurzeln zu haben. Die Ameisen machen halt und betrachten diese vollkommen geformten, hohen und steilen Gebirgsketten: Sind das womöglich Fingernester?

Sie befinden sich im Land jenseits des Endes der Welt, dem Land der Finger!

Ein intensiveres Gefühl, als sie es jemals zuvor empfunden haben, überkommt sie.

Dort stehen sie, die Fingernester! Kolossal, gigantisch, tausendmal dicker und höher als die ältesten Bäume im Wald! Ihre kühlen Schatten erstrecken sich über mehrere Tausend Schritt. Die Finger bauen sich maßlos große Nester. Nicht einmal die Natur selbst bringt etwas Vergleichbares hervor.

Nr. 103 erstarrt. Diesmal hat sie den Mut aufgebracht, weiterzumachen, das Ende der Welt zu überschreiten, über das Mögliche hinauszugehen. Sie ist jetzt in jenem Jenseits, das sie schon so lange heimsucht: außerhalb jeglicher Zivilisation.

Hinter ihr bewegen andere Insekten zaudernd die Fühlerspitzen.

Eine ganze Weile verharren die Kreuzzüglerinnen still, reglos, wie erstarrt angesichts solcher Gewalt. Die Gottgläubigen werfen sich nieder. Die anderen stellen einander Fragen über die unendlich große, fremde Welt voll gerader Linien.

Die Soldatinnen nehmen neu Aufstellung und zählen durch. Achthundert von ihnen sind im Feindesland angekommen – doch wie sollen sie die Finger töten, wenn die sich in solchen Festungen verschanzen? So ein Nest müssen sie angreifen!

Die Fluglegionen aus Käfern und Bienen sind Hilfskräfte, die nur im Falle eines Problems eingreifen sollen. Alle sind sich einig, und auf das Signal hin stürmt das Heer der Kreuzzüglerinnen auf den Eingang des Gebäudes zu.

Vom Himmel fällt ein seltsamer Vogel, eine schwarze Platte. Sie zerquetscht vier Termitensoldatinnen. Jetzt regnet es auf allen Seiten schwarze Platten: Sie zertrümmern die Panzer der Artilleristinnen.

Sind das Flieger?

Bei diesem ersten Angriff kommen über siebzig Soldatinnen ums Leben.

Doch die Kreuzzüglerinnen verlieren nicht den Mut. Sie blasen zum Rückzug, um dann einen zweiten Angriff zu starten.

Vorwärts, Marsch! Legen wir sie alle um!

Diesmal bildet die Ameisenarmee eine Spitze. Die Legionen stoßen vor.

Es ist elf Uhr, und viele Leute haben gerade ihre Post aufgegeben. Nur wenige bemerken die kleinen schwarzen Flecken, die unauffällig über den Boden gleiten. Die Räder der Handwägelchen, die Mokassins und die Sportschuhe walzen die kleinen dunklen Silhouetten platt.

Sie haben uns entdeckt und greifen von allen Seiten an, schreit eine Soldatin, ehe sie umgemäht wird.

Das Pheromon zum Rückzug wird ausgesandt. Weitere sechzig Gefallene.

Antennenberatung.

Wir müssen dieses Fingernest einnehmen, egal, was es kostet.

Nr. 9 schlägt vor, die Legionen eine andere Aufstellung nehmen zu lassen. Sie sollen eine Schwenkbewegung versuchen. Es ertönt der Befehl, gleich welche Sohle zu erklimmen.

Attacke!

Die Artilleristinnen in vorderster Linie verpulvern ihr Gift auf dem Gummi eines Basketballschuhs. Einige schneiden in das glänzende Kunstleder eines Paars Damenschuhe.

Rückzug. Durchzählen. Wieder zwanzig Gefallene.

Die Götter sind unverwundbar, meint die Gruppe der Gottgläubigen triumphierend, die sich von Anfang betend von den Kämpfern ferngehalten hat.

Nr. 103 weiß nicht, was sie tun soll. Sie umklammert noch immer ihren Schmetterlingskokon für die Mission Merkur und traut sich nicht, bei den gefährlichen Angriffen teilzunehmen.

Die große Angst vor den Fingern kehrt leise wieder und überkommt sie. Sie scheinen tatsächlich unbesiegbar zu sein.

Doch Nr. 9 gibt nicht auf. Sie beschließt, mit den Fluglegionen loszuschlagen. Die gesamte Armee stellt sich in der Platane auf, die gegenüber der Post steht. Nr. 9 besteigt einen Käfer und beordert die Bienen auf beide Flanken ihrer Formation.

Als sie die klaffende Öffnung des Fingernests sieht, stößt sie kriegerische Anfeuerungspheromone aus.

Die Nashornkäfer senken den Kopf, damit ihr Horn genau in der Zielrichtung liegt.

Auf die Finger!

Eine Postangestellte schließt die Glastür. Es zieht, wie sie sagt.

Die Kreuzzüglerinnen sehen nichts. Sie fliegen mit vollem Tempo, als die durchsichtige Wand auftaucht. Keine Zeit zum Bremsen.

Die Käfer zerplatzen und tröpfeln an der Tür herunter. Die Schützinnen auf ihrem Rücken versinken in ihren Kadavern.

»Hagelt es?«, fragt eine Postkundin.

»Nein, das müssen die Kinder von Madame Letiphue sein. Die spielen mit Kieseln. Das macht ihnen Spaß.«

»Die werden doch nicht die Scheibe einwerfen, oder?«

»Keine Sorge. Die ist dick.«

Die Verletzten, die sich noch gesund pflegen lassen, werden weggeschafft. Bei diesem Angriff hat der Kreuzzug erneut achtzig Soldatinnen eingebüßt.

Die Finger sind viel zäher, als wir geglaubt haben, meint eine Ameise.

Nr. 9 will nicht aufgeben. Die Termiten auch nicht. Sie sind zu weit marschiert und haben zu viele Hindernisse überwunden, um sich jetzt von schwarzen Platten und durchsichtigen Wänden aufhalten zu lassen.

Unter der Platane wird ein Biwak für die Nacht aufgeschlagen.

Alle bleiben zuversichtlich. Morgen ist auch noch ein Tag.

Die Ameisen wissen schon, welchen Preis, wie viel Zeit und welche Mittel sie aufwenden müssen. Und am Ende haben sie stets Erfolg. Das ist ja bekannt.

Eine Kundschafterin entdeckt eine Ritze an der Stirnseite des Nests, das sie zuvor angegriffen haben. Einen rechteckigen Spalt. Vielleicht handelt es sich um einen verborgenen Eingang? Ohne den anderen etwas davon zu sagen, macht sie sich zu einem Erkundungsgang auf. Sie dringt durch den Spalt ein, in den Symbole eingeritzt sind, die in einer anderen Raum-Zeit-Dimension »Luftpost« bedeuten, und fällt auf mehrere flache, weiße Platten. Sie beschließt, sich in eine davon einzuschmuggeln, um zu sehen, was darin ist. Als sie wieder hinaus will, wird sie von einer weißen Wand zurückgedrängt. Also bleibt sie auf der Stelle und wartet.

Und so wurde drei Jahre später zur allgemeinen Überraschung entdeckt, dass in Nepal ein Nest typisch französischer roter Ameisen entstanden war – mitten im Himalaja. Viel später fragten sich die Entomologen, wie diese Ameisen so weit hatten reisen können. Am

Ende kamen sie zu dem Schluss, dass es sich um eine parallele Art handeln müsse, die der französischen Ameise aus reinem Zufall glich.

158. Sie ist es

»Sie erkennen mich?«

Jacques Méliès war sich sicher.

»Sie sind … Juliette Ramirez, die Starkandidatin von ›Denk…‹«

»›…falle‹«, beendete Laetitia den Satz.

Die Journalistin versuchte mit gerunzelter Stirn, den sonderbaren Zusammenhang zwischen der Rätselmeisterin, dem falschen Weihnachtsmann und der Bande von Killerameisen herzustellen.

An Auseinandersetzungen gewöhnt, versuchte der Polizist, Juliette Ramirez zu beruhigen, die ihm am Rande eines Nervenzusammenbruchs schien.

»Wissen Sie, wir lieben diese Sendung! Mit Experimenten, die einfacher sind, als sie aussehen, bringt sie einen dazu, die Welt mit anderen Augen zu sehen. Anders zu denken.«

»Anders denken!«, seufzte Madame Ramirez, ohne ihre Schluchzer noch länger zurückhalten zu können.

Ungeschminkt, unfrisiert und in einem alten Bademantel statt einem ihrer getupften Kleider wirkte sie älter und müder als auf dem kleinen Bildschirm. Die brillante Kandidatin war nur noch eine ältliche Dame.

»Hier, mein Mann Arthur«, sagte sie und zeigte auf den Mann auf dem Bett. »Der ist der Herr der Ameisen. Trotzdem ist alles meine Schuld, alles. Nachdem Sie uns jetzt aufgestöbert haben, kann ich das Geheimnis nicht länger bewahren. Ich will Ihnen alles erzählen.«

159. Klarstellung

»Nicolas, ich muss mit dir reden.«

Das Kind senkte den Kopf und erwartete die väterliche Standpauke.

»Ja, Papa, das war nicht gut von mir«, sagte er folgsam. »Ich tu's auch nie wieder.«

»Über deine Schliche will ich jetzt gar nicht sprechen, Nicolas«, erwiderte Jonathan mild. »Sondern von unserem Leben hier unten. Du hast dich entschieden, ›normal‹ weiterzuleben, wenn man das so sagen kann, während wir uns entschieden haben, uns wie ›Ameisen‹ zu verhalten. Einige von uns sind der Meinung, dass du dich an unseren Gemeinschaftssitzungen beteiligen musst. Ich finde, dass wir dich erst über unsere Gemütsverfassung aufklären sollten, um dir dann die freie Wahl zu lassen.«

»Ja, Papa.«

»Verstehst du, was wir da tun?«

Der Junge murmelte mit gesenktem Blick: »Ihr setzt euch in einen Kreis, ihr singt zusammen, und ihr esst immer weniger.«

Der Vater hatte sich darauf eingestellt, Geduld zu zeigen.

»Das sind nur die äußeren Aspekte unseres Tuns. Es gibt noch andere. Sag mir, Nicolas, wie viele Sinne hast du?«

»Fünf.«

»Und die wären?«

»Gesichtssinn, Gehörsinn … äh … Tastsinn, Geschmackssinn und Geruchssinn«, zählte der Junge wie beim Abhören in der Schule auf.

»Und weiter?«, fragte Jonathan.

»Na ja, das ist alles.«

»Sehr schön. Du hast mir fünf Körpersinne genannt, die es uns ermöglichen, die physische Wirklichkeit wahrzunehmen. Es gibt aber noch eine Wirklichkeit, eine psychische, und die kann man dank der fünf psychischen Sinne erfassen. Wenn du dich mit deinen fünf Körpersinnen zufrieden gibst, so ist das, als würdest du nur die fünf Finger deiner linken Hand benützen. Warum nimmst du nicht auch die fünf Finger deiner rechten Hand dazu?«

Davon war Nicolas zumindest verblüfft:

»Welche sind denn das, die fünf psychischen Sinne, wie du es nennst?«

»Empfindung, Vorstellungsvermögen, Intuition, universelles Gewissen und Inspiration.«

»Ich hab gedacht, mit meinem Kopf denke ich eben, und aus.«

»Aber nein. Es gibt unzählige Arten zu denken. Unser Gehirn ist wie ein Computer. Man kann es so programmieren, dass es fantastische Sachen macht, die man sich kaum vorstellen kann. Es ist ein Instrument, das uns zur Verfügung steht, dessen vollständige Gebrauchsanweisung wir aber nicht begriffen haben. Im Moment nutzen wir so etwa 10 % davon. In tausend Jahren können wir vielleicht 50 % nutzen und in einer Million Jahren 90 %. In unserem Kopf sind wir noch Babys. Wir begreifen erst die Hälfte von dem, was um uns vorgeht.«

»Da übertreibst du aber. Die moderne Wissenschaft …«

»Nein, nein! Die Wissenschaft ist nichts. Sie ist bloß dazu gut, die Leute zu beeindrucken, die sich nicht damit auskennen. Die wahren Wissenschaftler wissen, dass wir nichts wissen, und dass wir, je größere Fortschritte wir machen, nur immer deutlicher unsere Unwissenheit erkennen.«

»Aber Onkel Edmond hat doch viel gewusst …«

»Nein. Onkel Edmond weist uns den Weg zu unserer Emanzipation. Er zeigt uns, wie man sich Fragen stellen muss, aber er liefert uns die Antworten nicht mit. Wenn man anfängt, die *Enzyklopädie des relativen und absoluten Wissens* zu lesen, bekommt man das Gefühl, alles besser zu verstehen. Doch wenn man dann weiterliest, bekommt man das Gefühl, von nichts mehr etwas zu verstehen.«

»Ich finde aber schon, dass ich verstehe, was in dem Buch steht.«

»Da hast du aber Glück.«

»Er spricht von der Natur, den Ameisen, dem Weltall, dem Sozialverhalten, den Auseinandersetzungen zwischen den Arten auf der

Erde … Ich habe sogar Küchenrezepte und Rätsel gefunden. Wenn ich das Buch lese, komme ich mir klüger vor und allmächtig.«

»Da kannst du dich wirklich glücklich schätzen. Je mehr ich lese, umso deutlicher wird mir, wie vieles unbegreiflich ist, und wie weit wir von unseren Zielen entfernt sind. Sogar das Buch hilft uns nicht weiter. Es besteht nur noch aus einer Folge von Wörtern, die sich ihrerseits wieder aus Buchstaben zusammensetzen. Die Buchstaben sind Zeichen, und die Wörter versuchen, die Dinge, die Ideen und die Tiere, für die sie stehen, zu erfassen. Das Wort ›weiß‹ hat seine eigene Schwingung, aber der Begriff ›weiß‹ wird in anderen Sprachen durch andere Wörter ausgedrückt: blanco, white usw. Das beweist, dass das Wort ›weiß‹ nicht genügt, um die Farbe zu definieren. Es ist eine Annäherung, die irgendwann mal von wer weiß wem erfunden worden ist. Die Bücher sind Folgen von Wörtern, die Bücher sind Folgen lebloser Symbole, Folgen von Annäherungen …«

»Aber die *Enzyklopädie des relativen und absoluten Wissens …*«

»Die *Enzyklopädie* ist verglichen mit dem gelebten Leben nichts. Kein Buch kann je einem Augenblick des Nachdenkens über das gegenwärtige Geschehen gleichkommen.«

»Jetzt verstehe ich dein Gerede nicht mehr!«

»Entschuldige, das war ein bisschen schnell. Sagen wir, dass du mir zuhörst, wenn ich mit dir spreche, und dass das schon wichtig ist.«

»Natürlich hör ich dir zu. Warum soll ich dir nicht zuhören?«

»Zuhören ist etwas sehr Schwieriges … es erfordert große Aufmerksamkeit.«

»Du bist komisch, Papa.«

»Entschuldige, ich habe mich nicht auf dich eingestellt. Ich möchte dir was zeigen. Mach die Augen zu und hör mir gut zu. Stell dir eine Zitrone vor. Siehst du sie? Sie ist gelb, sehr gelb, sie glänzt in der Sonne. Sie ist rau und riecht stark. Merkst du den Duft?«

»Ja.«

»Gut. Jetzt nimmst du ein spitzes und scharfes großes Messer. Du schneidest die Zitrone in Scheiben: Die Zitrone geht auf. In der

Scheibe ist im Sonnenlicht ein richtiges Netz aus saftigem Fruchtfleisch zu sehen. Du drückst auf die Scheibe und siehst, wie das Fruchtfleisch zerplatzt, der Saft herausläuft, gelb, duftend … Riechst du es?«

Nicolas lässt die Augen zu.

»Ja, ja.«

»Gut, jetzt sag mir, ob dir das Wasser im Mund zusammenläuft?«

»Äh«, er schnalzte mit der Zunge, »ja, hinten ist mein Mund ganz voll Spucke. Wie kann das sein?«

»Das ist die Macht deiner Gedanken über deinen Körper. Siehst du, bloß weil du an eine Zitrone denkst, kannst du einen physiologisch unkontrollierbaren Effekt auslösen.«

»Das ist ja großartig.«

»Es ist ein erster Schritt. Wir brauchen uns nicht als Götter auszugeben, wir sind es schon lange und wissen es nicht.«

Der Junge war begeistert.

»Ich will lernen, so wie ihr zu sein. Bitte, Papa, bring mir bei, wie ich alles mit meinem Verstand kontrollieren kann. Bring's mir bei. Was muss ich machen?«

160. Die Lomechusadroge

Die Bürgerkriege in der Stadt nehmen immer größere Ausmaße an. Die gottgläubigen Rebellinnen haben ein ganzes Viertel besetzt – das mit den Zisternenameisen. Von dort aus versorgen sie die Finger ununterbrochen mit Honigtau.

Paradoxerweise haben diese aufgehört, durch Doktor Livingstone zu ihnen zu sprechen. Die Stimme des Propheten ist verstummt.

Dieses Schweigen vermindert keineswegs den Eifer der Gläubigen. Systematisch werden die toten Gottgläubigen in einem Raum zusammengelegt, den die Rebellinnen vor den Schlachten aufsuchen. Mit diesen meist in Kampfhaltung erstarrten Statuen simulieren sie Trophallaxen und Gespräche.

Alle diejenigen, die ein einziges Mal einen Fuß in die Totenhalle setzen, kommen mit verklärten Antennendüften wieder heraus. Die Toten nach ihrem Hinscheiden unversehrt zu erhalten bedeutet, den Einzelwesen Bedeutung zu verleihen.

Die Gottgläubigen behaupten als einzige in der Stadt, dass die Bürgerinnen nicht nur Individuen seien, die man auf die Welt kommen lasse und später ohne Bedauern fortwirft.

Die gottgläubigen Rebellinnen haben eine Art zu reden, die wie die Lomechusadroge wirkt. Sobald sie mit ihren Pheromonen die Götter anrufen, kann man sich ihren Signalen nicht mehr entziehen.

Die von der »Fingerreligion« angesteckten Ameisen arbeiten dann nicht mehr, sorgen nicht mehr für die Brut, denken nur noch daran, Nahrung zu stehlen, um sie unter den Fußboden zu bringen, in das Fingerium.

Königin Chli-pu-ni scheint dieses Wiederaufflammen der Rebellinnenbewegung nicht zu stören. Sie fordert lediglich Neuigkeiten vom Kreuzzug.

Aus der Fliegenquelle verlautet, dass die Kreuzzüglerinnen jetzt das Ende der Welt überwunden und den Kampf gegen die Finger bereits aufgenommen haben.

Großartig, meint die Königin. *Die armen Finger! Es wird ihnen noch einmal leidtun, dass sie uns herausgefordert haben! Wenn wir sie dort drüben endgültig besiegt haben, hat die Rebellinnenbewegung hier keine Daseinsberechtigung mehr.*

161. Enzyklopädie

Erzählen Die Wörter »erzählen« und »zählen« haben im Deutschen fast den gleichen Lautwert. Es lässt sich aber feststellen, dass diese Übereinstimmung zwischen Ziffern und Buchstaben in praktisch allen Sprachen vorkommt. Wörter zählen und Ziffern erzählen – wo liegt der Unterschied? Im Englischen heißt zählen *»to count«*, erzählen *»to recount«*. Im Französischen zählen *»compter«*, erzählen *»conter«*. Im Hebräischen erzählen *»lesaper«*, zählen *»lisepor«*. Im Chinesischen zählen *»shu«*, erzählen *»shu«*.

Ziffern und Buchstaben sind seit den Anfängen der Sprache eins. Jeder Buchstabe entspricht einer Ziffer, jede Ziffer einem Buchstaben. Das haben die Israeliten schon im Altertum begriffen; darum ist die Bibel ein magisches Buch voller wissenschaftlicher Erkenntnisse, die als Erzählungen verschlüsselt sind. Wenn man jedem Satz den Zahlenwert seiner ersten Buchstaben zuweist, kommt man auf Formeln und Assoziationen, die nichts mehr mit Sagen oder Religion zu tun haben.

EDMOND WELLS
Enzyklopädie des relativen und absoluten Wissens, Bd. 2

162. ZWISCHENFALL

Die Insekten machen sich zur großen Offensive bereit. Da liegt das Fingernest, gleich vor ihnen, und verhöhnt sie auf unerträgliche Weise.

Das Heer der Kreuzzüglerinnen ist fest entschlossen. Sie werden kämpfen bis zum Umfallen, denn dieses erste Nest ist ein Symbol. Es darf ihnen nicht standhalten. Die Legionen stellen sich nach Einsatzmöglichkeiten auf. Auf »Großes Horn« sitzend, schlägt Nr. 103 vor, in kompakten Karrees anzugreifen, die ausweichen sollen, sobald Finger auftauchen. Diese Strategie habe man bei der Schlacht am Klatschmohnhügel mit gutem Erfolg gegen die Zwerginnen angewandt.

Alle waschen sich. Es kommt zu letzten Trophallaxen. Die Antreiberinnen setzen ihre wildesten Pheromone frei.

Attacke!

Die Schlachtreihe der letzten fünfhundertsiebzig Kreuzzüglerinnen rückt vor, furchterregend und zu allem entschlossen. Über ihren Antennen schwirren die Bienen, die ihren Giftstachel gezückt haben. Die Käfer lassen die Mandibeln rasseln.

Nr. 9 will wieder ein Loch zu bohren versuchen und Bienengift hineingießen. Schließlich ist das die einzige Jagdtechnik, die bisher gegen die Finger gefruchtet hat.

Es ist so weit! Die erste und zweite Reihe leichter Infanterie setzen sich in Bewegung, und die Reiterinnen mit den langen, feingliedrigen Beinen geben ihren Tieren die Sporen. Eine prächtige Armee, dieser Haufen aus Belokanerinnen, Zedibeinakanerinnen, Askoleinerinnen und Moxiluxunerinnen. Die Käfer wollen ihre Artgenossen rächen, die an der aus dem Nichts aufgetauchten durchsichtigen Wand zerschellt sind.

Auch die dritte und vierte Angriffswelle stürmt los. Sie bestehen aus leichter und schwerer Artillerie.

Die fünfte und sechste Angriffswelle bereiten sich darauf vor, den sterbenden Fingern den Rest zu geben, indem sie ihnen mit ihren spitzen Mandibeln Bienengift injizieren. Noch nie hat eine Insektenarmee so weit weg von den jeweiligen Nestern gekämpft. Alle sind sich bewusst, dass von dieser Schlacht womöglich die Eroberung aller Randgebiete des Planeten abhängt!

Im Übrigen geht es um mehr als nur eine Schlacht. Es geht um einen Krieg, bei dem zweifelsohne die Herrschaft über die Welt auf dem Spiel steht. Der Sieger wird zeigen, wer der Herr über diesen Planeten ist!

Nr. 9 ist sich völlig im Klaren darüber, und wenn man sieht, wie aggressiv sie ihre Mandibeln anspannt, ahnt man schon, dass sie nicht gerade rücksichtsvoll sein wird.

Die Kreuzzüglerinnen sind nur noch ein paar Schritte von dem Fingernest entfernt, das sie so verhöhnt.

Halb neun. Die Tür zum Postamt ist gerade aufgeschlossen worden. Die ersten Kunden kommen herein, ohne zu ahnen, was ihnen blüht.

Die Insekten wechseln vom Trott zum Galopp.

Vorwärts, Attacke!

Am Morgen um halb neun fährt die städtische Reinigung vorbei. Ein kleiner Kippwagen voller Seifenwasser, der den Gehsteig besprengt.

Was ist denn jetzt los?

Entsetzen unter den Kreuzzüglerinnen: Ein saurer Wassersturm geht auf sie nieder. Die Armee wird umgeworfen und eingetaucht. *Auflösen!,* brüllt Nr. 103.

Die über vierzig Schritt hohe Welle ersäuft alle. Das Wasser spritzt in den Himmel hoch und trifft die Fluglegionen.

Die Kreuzzüglerinnen sind allesamt voller Lauge.

Ein paar Käfer schaffen es, fortzufliegen und dabei Trauben verängstigter Ameisen mitzunehmen. Alle schlagen sich um ein Plätzchen. Die Ameisen stoßen die Termiten weg. Von wegen Solidarität und Einvernehmen zwischen ihren Völkern! Alle wollen nur noch den eigenen Panzer retten.

Mit Passagieren beschwert, flattern die Käfer mühevoll dahin und werden zum gefundenen Fressen für fette Tauben.

Am Boden ist die Hölle los.

Von dem Taifun werden ganze Legionen ausgelöscht. Die panzerbewehrten Körper der Soldatinnen rollen über das Pflaster und purzeln dann in den Rinnstein.

Das Ende eines schönen Kriegsabenteuers. Nach vierzig Sekunden intensiver Besprengung mit Seifenlauge rückt das Kreuzzugsheer nicht mehr weiter voran. Von den dreitausend Insekten verschiedener Arten, die sich vereinigt hatten, um ein für allemal mit den Fingern aufzuräumen, ist nur noch eine Handvoll Krüppel am Leben. Die meisten Soldatinnen sind von den tosenden Wellen des städtischen Reinigungsdienstes weggespült worden.

Gottgläubige, Ungläubige, Ameisen, Bienen, Käfer, Termiten, Fliegen – alle werden unterschiedslos von dem flüssigen Tornado fortgeschwemmt.

Und dabei hat der städtische Angestellte, der den Wagen fuhr, nicht das Geringste bemerkt! Kein Mensch hat mitgekriegt, dass der Homo sapiens soeben die Große Schlacht um den Planeten gewonnen hat. Die Leute gehen weiter ihren Beschäftigungen nach, überlegen, was sie zu Mittag essen sollen, denken an die lästigen Hausarbeiten und den Stress im Büro.

Die Insekten hingegen wissen ganz genau, dass sie den Krieg und die Welt verloren haben.

Alles ist so schnell gegangen und so endgültig gewesen, dass man sich die Katastrophe kaum vorstellen kann. Innerhalb von vierzig Sekunden sind all die Beine, die kilometerweit gelaufen sind, all die Mandibeln, die unter den schlimmsten Umständen gekämpft haben, all die Antennen, die die Gerüche der exotischsten Gebiete wahrgenommen haben, nichts weiter als lose Teile, die auf einer olivbraunen Brühe treiben.

Der erste Kreuzzug gegen die Finger rückt nicht mehr weiter voran und wird auch nie mehr voranrücken. Er ist in einem Schwall Seifenlauge untergegangen.

163. Nicolas

Nicolas Wells schloss sich den anderen an. Mit seiner eigenen Wellenlänge bereicherte er die kollektive Schwingung: OM. Einmal spürte er, wie er zu einer materielosen, leichten Wolke wurde und aufstieg, immer weiter aufstieg, bis er die Materie durchdrang. Das war tausendmal besser, als ein Ameisengott zu sein. Frei! Er war frei!

164. Offene Rechnungen

Nr. 9 hat einen Überlebensreflex. Sie gräbt ihre Krallen fest in eine Rinne des Gullydeckels. Bedauerlicherweise befindet sie sich mitten in der Fußgängerzone. Nr. 103 hat ihrerseits gerade noch Zeit gehabt, mit »Großes Horn« aufzufliegen und dem Zyklon zu entgehen. Sie ist unversehrt. Das Gleiche gilt für Nr. 23, die sich in ein Loch im Teer geduckt hat.

Ein Stück weiter ergreifen die Käfer die Flucht und tragen ihre Piloten mit sich fort. Ein paar überlebende Termiten machen sich davon. Sie bedauern, dass sie nicht auf der Akazieninsel geblieben sind.

Die drei Belokanerinnen schaffen es, wieder zueinanderzufinden.

Sie sind zu stark für uns, meint Nr. 9 verzweifelt und wischt sich die von dem Reinigungsmittel gereizten Augen und Antennen.

Die Finger sind Götter. Die Götter sind allmächtig. Wir verkünden es unablässig, und ihr glaubt uns nicht. Jetzt habt ihr die Bescherung!, seufzt Nr. 23.

Nr. 103 zittert noch vor Angst. Ob die Finger nun Götter sind oder nicht, ändert nichts daran, dass sie schrecklich sind.

Sie reiben einander, machen verzweifelte Trophallaxen, wie es nur diejenigen können, die einen endgültig vernichteten Kreuzzug überlebt haben.

Für Nr. 103 ist das Abenteuer jedoch nicht auf diesem Platz zu Ende gegangen. Sie hat eine Mission zu erfüllen. Sie drückt ihren Schmetterlingskokon so fest, dass Nr. 9, die bisher nicht auf ihn geachtet hatte, fragt: *Was ist denn in dem Ding, das du seit Beginn des Kreuzzugs mit dir rumschleppst?*

Nichts Besonderes.

Zeig her.

Nr. 103 weigert sich.

Nr. 9 ist empört. Sie erklärt der Soldatin, dass sie sie schon immer als Spionin im Dienst der Finger im Verdacht gehabt habe. Nr. 103 habe sie wohl geradewegs in diesen Hinterhalt gelockt und dabei so getan, als sei sie ihre Führerin!

Nr. 103 übergibt ihre Last Nr. 23 und nimmt das Duell an.

Die beiden Ameisen stellen sich einander gegenüber, reißen ihre Mandibeln so weit wie möglich auf, spreizen ihre Antennen. Sie umkreisen einander, um ihre jeweiligen Schwachpunkte ausfindig zu machen. Dann kracht es plötzlich. Sie stürzen sich aufeinander, verletzen sich an den Panzern, rasseln mit der Brust gegeneinander.

Nr. 9 peitscht mit ihrer linken Mandibel durch die Luft und stößt sie in den Chitinpanzer ihrer Gegnerin. Es fließt durchsichtiges Blut.

Durch eine Körpertäuschung weicht Nr. 103 einem zweiten Schlag aus. Ihre Gegnerin wird vom eigenen Schwung fortgerissen, und sie nutzt die Gelegenheit, um ihr ein Fühlerende abzuzwicken.

Lassen wir diesen überflüssigen Kampf! Es sind doch nur noch wir übrig. Willst du denn das Werk der Götter vollkommen machen?

Nr. 9 ist jenseits jeglicher Vernunft. Alles, was sie will, ist, ihre heile Antenne in den Augenbereich der Verräterin zu bohren.

Knapp verfehlt sie ihr Ziel. Nr. 103 will mit Säure schießen, sie bringt ihren Hinterleib in Stellung und feuert einen ätzenden Tropfen ab, der sich im Hosenschlag eines Briefträgers verliert.

Auch Nr. 9 schießt, und nun ist der Giftbeutel von Nr. 103 leer. Die Herausforderin glaubt den Moment gekommen, um ihrer Beute den Garaus zu machen, doch die Soldatin ist noch nicht am Ende ihrer Kräfte. Mit weit aufgerissenen Mandibeln rast sie los, schnappt sich das mittlere linke Bein von Nr. 9 und reißt es nach hinten.

Nr. 9 macht mit dem rechten Hinterbein von Nr. 103 das Gleiche. Jetzt kommt's darauf an, wer wem zuerst ein Glied ausreißt.

Nr. 103 erinnert sich an eine ihrer Kampflektionen.

Wenn man fünfmal auf die gleiche Art angreift, wettet die Gegnerin darauf, dass der sechste Angriff genauso wie die fünf vorigen ausfällt. Dann kann man sie leicht überraschen.

Fünfmal schlägt Nr. 103 mit ihrer Fühlerspitze auf den Mund von Nr. 9 ein. Jetzt braucht sie nur noch auszunutzen, dass die andere die Mandibeln eingezogen hat, um ihr an den Hals zu springen. Mit einem trockenen Schlag köpft sie die Ameise.

Der Kopf von Nr. 9 kugelt über das schmierige Pflaster.

Er bleibt liegen. Die Gegnerin kommt näher, um ihn zu betrachten. Die besiegten Antennen zappeln. Bei den Ameisen bewahren alle Körperteile selbst nach dem Tod eine gewisse Unabhängigkeit.

Du täuschst dich, Nr. 103, meint der Schädel von Nr. 9.

Die Soldatin hat den Eindruck, schon einmal eine Szene mit einem Schädel erlebt zu haben, der seine letzte Botschaft loswerden wollte. Doch das war weit von hier und die Botschaft eine andere. Es war auf der Müllhalde von Bel-o-kan, und was ihr die Rebellin damals gesagt hatte, hat den Lauf ihres Daseins völlig verändert.

Die Antennen der Toten von Nr. 9 bewegen sich weiter.

Du täuschst dich, Nr. 103. Du meinst, man kann mit allen umspringen, wie man will, aber das geht nicht. Man muss sich entscheiden. Entweder bist du für die Ameisen, oder du bist für die Finger. Mit hübschen Einfällen entgeht man der Gewalt nicht. Der Gewalt entgeht man nur durch Gewalt. Heute hast du gewonnen, weil du stärker warst als ich. Bravo. Doch einen Rat will ich dir geben: Werde nie schwächer, denn dann wird dich keines deiner schönen abstrakten Prinzipien retten.

Nr. 23 kommt herbei und schießt in den zu geschwätzigen Schädel. Sie gratuliert der Soldatin und reicht ihr den Kokon.

Nun, du weißt, was dir zu tun bleibt.

Das weiß Nr. 103.

Und du?

Nr. 23 antwortet nicht gleich. Sie weicht aus. Sie gibt sich als Dienerin der Fingergötter aus. Die Finger würden ihr schon sagen, was sie tun soll, wenn es so weit ist. In der Zwischenzeit werde sie durch die Welt jenseits der Welt schweifen.

Nr. 103 wünscht ihr viel Glück. Dann besteigt die Soldatin »Großes Horn«. Sie hält sich an seinen Antennen fest. Der Käfer klappt seine Deckflügel hoch und entfaltet seine langen, braunen Flügel. Kontakt. Die von Nerven durchzogenen Segel bauschen sich in der verschmutzten Luft von Fingerland. Nr. 103 startet und eilt auf den Gipfel des ersten Fingernests zu, das vor ihr steht.

165. Der Meister der Heinzelmännchen

Es war Morgen geworden, doch Laetitia Wells und Jacques Méliès hörten noch immer wie gebannt Juliette Ramirez bei der Erzählung ihrer ungewöhnlichen Geschichte zu.

Sie wussten bereits, dass der Mann, der wie ein pensionierter Weihnachtsmann aussah, ihr Gatte Arthur Ramirez war. Sie erfuhren, dass er schon als Kind ein leidenschaftlicher Bastler gewesen war. Er stellte Spielzeug her: Flugzeuge, Autos, Schiffe, die er mit einer Fernbedienung steuerte. Gegenstände und Roboter gehorchten dem geringsten seiner Befehle. Seine Freunde hatten ihm den Spitznamen »Meister der Heinzelmännchen« gegeben.

»Jeder Mensch hat eine Gabe, die er nur auszubauen braucht. Ich habe zum Beispiel eine Freundin, die eine Künstlerin im Kreuzstichsticken ist. Ihre Teppiche sind …«

Doch ihren Zuhörern waren die Wunder, die man mit der Kreuzstichstickerei vollbringen konnte, völlig schnuppe. Madame Ramirez fuhr fort: »Arthur hatte begriffen: Wenn er die Menschheit um etwas bereichern konnte, dann dank seines Geschicks beim Bauen von Fernsteuerungen.«

Natürlich orientierte er sich am Roboterbau und machte spielend sein Ingenieurdiplom. Er erfand den automatischen Radwechsler für Reifenpannen, den in den Kopf transplantierbaren Walkman und sogar den ferngesteuerten Rückenkratzer.

Im letzten Krieg entwickelte er den »Stahlwolf«. Diese vierbeinigen Roboter waren natürlich viel standfester als die zweibeinigen Androiden. Außerdem waren sie mit zwei Infrarotkameras ausgerüstet, um auch im Dunkeln zielen zu können, sowie mit zwei Maschinengewehren auf Höhe der Nasenlöcher und einer kurzen 35-mm-Waffe im Maul. Die »Stahlwölfe« griffen bei Nacht an. Soldaten steuerten sie gut geschützt auf über fünfzig Kilometer Entfernung. Diese Roboter erwiesen sich als so wirksam, dass kein Feind übrig blieb, um ihre Existenz zu bezeugen.

Eines Tages jedoch bekam Arthur die streng geheimen Bilder zu Gesicht, auf denen die von seinen »Stahlwölfen« angerichteten Schäden zu sehen waren. Die mit der Steuerung der »Stahlwölfe« betrauten Soldaten waren dem Spielfieber verfallen und hatten, wie bei einem Videospiel, alles massakriert, was sich auf ihren Bildschirmen rührte.

Angewidert hatte Arthur sich vorzeitig in den Ruhestand versetzen lassen und diesen Spielwarenladen eröffnet. Sein Talent wollte er von nun an in den Dienst der Kinder stellen, denn die Erwachsenen waren für den Umgang mit seinen Erfindungen zu verantwortungslos.

Da lernte er Juliette kennen, die schon damals Briefträgerin war. Sie brachte seine Post: Zahlungsanweisungen, Ansichtskarten, Einschreiben. Es war Liebe auf den ersten Blick. Sie heirateten und lebten glücklich in ihrem Haus an der Rue Phoenix, bis sich eines Tages jenes Missgeschick ereignete. So nannte sie den Vorfall: »Missgeschick«.

Während sie wie immer ihre Post verteilte, wurde sie von einem Hund angefallen. Er schnappte nach ihrer Tasche, schlug seine Hauer hinein und riss ein Paket auf.

Juliette drehte ihre Runde zu Ende und nahm das beschädigte Päckchen mit nach Hause. Mit seinen geschickten Fingern sollte Arthur es reparieren, so dass der Adressat nie etwas davon bemerken würde. Das würde ihr mögliche Scherereien mit Kunden ersparen, die sich immer gleich beschwerten.

Arthur Ramirez reparierte das Paket nie.

Als er sich daran zu schaffen machte, erweckte der Inhalt sein Interesse: ein dickes Konvolut von ein paar Hundert Seiten Umfang, die Pläne für eine merkwürdige Maschine, ein Brief. Seine natürliche Neugier siegte über seine ebenso natürliche Diskretion: Er las das Konvolut, er las den Brief, er sah sich die Pläne an.

Und ihr Leben war über den Haufen geworfen.

Arthur Ramirez fiel einer einzigartigen fixen Idee zum Opfer: den Ameisen. Im Speicher richtete er ein riesiges Terrarium ein. Er behauptete, die Ameisen seien intelligenter als die Menschen, denn das Zusammenwirken aller Einzelnen in einem Ameisenhügel übersteige die Summe der Verstandeseinheiten, aus der es sich zusammensetze. Bei den Ameisen gelte gewiss 1 + 1 = 3. Die soziale Synergie funktioniere. Die Ameisen würden eine neuartige Lebensform demonstrieren: als Gruppe. Seiner Meinung nach bringe das schlichtweg eine Evolution des menschlichen Denkens mit sich.

Erst viel später erfuhr Juliette Ramirez, was auf den Plänen dargestellt war. Sie handelten von einer Maschine, die ihr Erfinder »Stein des Weisen« getauft hatte. Sie verwandelte die menschlichen Silben in Ameisenpheromone und umgekehrt, so dass man mit dem Ameisenvolk sprechen konnte.

»Aber ... aber das ist ja das Projekt meines Vaters!«, rief Laetitia aus.

Madame Ramirez fasste sie an der Hand.

»Das weiß ich, und wo Sie jetzt da sind, schäme ich mich so. Das Paket hatte nämlich Ihr Vater, Edmond Wells, abgeschickt, und der Empfänger, der waren Sie, Mademoiselle Wells. Das Konvolut enthielt das Manuskript des zweiten Bandes seiner *Enzyklopädie des relativen und absoluten Wissens*, die Pläne betrafen seine Übersetzungsmaschine zwischen Französisch und Ameisisch. Und der Brief ... der Brief war für Sie«, sagte sie und holte aus einer Buffetschublade ein sorgsam zusammengefaltetes weißes Blatt Papier.

Laetitia riss es ihr beinahe aus der Hand.

Sie las: *Laetitia, meine liebe Tochter, verurteile mich nicht ...*

Sie verschlang die geliebte Schrift, die mit weiteren zärtlichen Worten endete und von Edmond Wells unterzeichnet war. Sie war angewidert, am Rand der Tränen. Sie brüllte:

»Diebe, Sie sind einfach Diebe! Das war für mich bestimmt, das war alles für mich bestimmt! Mein einziges Erbe haben Sie mir gestohlen. Das geistige Vermächtnis meines Vaters haben Sie mir geraubt! Ich hätte sterben können, ohne je gewusst zu haben, dass seine letzten Gedanken mir galten! Wie konnten Sie nur ...«

Sie brach zusammen, und Méliès legte tröstend einen Arm um ihre zerbrechlichen Schultern; ihr Leib wurde von unterdrückten Schluchzern geschüttelt.

»Verzeihen Sie uns«, sagte Juliette Ramirez.

»Ich war mir sicher, dass es so einen Brief gab. Ja, ich war mir ganz sicher! Mein ganzes Leben habe ich darauf gewartet!«

»Vielleicht sind Sie uns weniger böse, wenn ich Ihnen versichere, dass das geistige Vermächtnis Ihres Vaters nicht in die falschen Hände gefallen ist. Nennen Sie es Zufall oder Schicksal ... Es ist, als hätte die Vorsehung gewollt, dass uns dieses Paket erreicht.«

Arthur Ramirez hatte sich umgehend an den Nachbau der Maschine gemacht. Er hatte sogar einige Verbesserungen angebracht. So dass das Ehepaar jetzt mit den Ameisen in seinem Terrarium Gespräche führte. Jawohl, sie unterhielten sich mit Insekten!

Zwischen Empörung und Erstaunen hin und her gerissen, war Laetitia wie betäubt. Wie Méliès wollte sie eilends erfahren, wie die Geschichte weiterging.

»Was war das anfangs für ein Glücksgefühl!«, sagte die Frau. »Die Ameisen erklärten uns, wie ihre Föderationen funktionierten, erzählten von ihren Kriegen, den Kämpfen zwischen den Arten. Wir entdeckten also ein paralleles Universum – unter unseren Sohlen und hochgradig intelligent. Wissen Sie, die Ameisen haben Werkzeuge, sie haben ihre eigene Landwirtschaft, sie haben Schneidetechniken entwickelt. Sie kennen sogar abstrakte Begriffe wie Demokratie, Kastenwesen, Arbeitsteilung, gegenseitige Hilfeleistung ...«

Mit ihrer Hilfe hätten sie ihre Denkweise besser kennengelernt. Arthur Ramirez habe ein Computerprogramm ausgearbeitet, das den »Geist des Ameisenhaufens« nachstellen könne. Gleichzeitig erfand er winzige Roboter: »Ameisen aus Stahl«.

Sein Ziel war es, einen künstlichen Ameisenhaufen mit Hunderten von Robotern zu schaffen. Jede sollte mit unabhängiger Intelligenz ausgestattet sein (einem Computerprogramm in einem elektronischen Chip), sich jedoch an den Gesamtorganismus anschließen können, um gemeinsam zu denken und zu handeln. Juliette Ramirez suchte nach Worten: »Wie soll ich mich ausdrücken? Das Ganze war ein einziger Computer aus verschiedenen Elementen, oder besser: Ein zerlegtes Gehirn aus solidarischen Neuronen. 1 + 1 = 3, also 100 + 100 = 300.«

Seine »Ameisen aus Stahl« hielt Arthur Ramirez zur Eroberung des Weltraums für absolut geeignet. Warum sollte man daher, anstatt eine elektronische Sonde zu fernen Planeten zu senden, wie es üblicherweise gemacht wurde, nicht tausend kleine elektronische Sonden mit ihrer zugleich individuellen und kollektiven Intelligenz losschicken? Wenn eine von ihnen ausfallen oder kaputtgehen sollte, würden neunhundertneunundneunzig andere die Verbindung zur Erde aufrechterhalten, während bei einer einzigen großen Sonde im Fall eines dummen mechanischen Defekts das ganze Weltraumprogramm scheiterte.

Méliès verhehlte seine Bewunderung nicht.

»Auch in Bezug auf Kriegsgerät«, meinte er, »ist es leichter, einen großen, sehr intelligenten Roboter zu zerstören als tausend kleine, die einfacher, dafür aber solidarischer sind.«

»Das ist das Grundprinzip der Synergie«, unterstrich Madame Ramirez. »Das Zusammenwirken übertrifft die Summe der einzelnen Talente.«

Nur leider fehlte den Ramirez' für all ihre großen Projekte das Geld. Die Miniaturteile sind teuer, und weder der Spielwarenladen noch Juliettes Tätigkeit als Postbotin warf genug ab, um die Materialien zu bezahlen. Da kam Arthur Ramirez' fruchtbarer Verstand auf einen neuen Einfall: Juliette sollte bei der Sendung »Denkfalle« mitmachen. Zehntausend Franc am Tag – was für ein Segen! Er schickte an die Produzenten die besten Rätsel aus der *Enzyklopädie des relativen und absoluten Wissens* von Edmond Wells. Sie löste sie. Die Rätsel von Wells wurden regelmäßig angenommen, denn niemand dachte sich bessere aus.

»Also alles ein abgekartetes Spiel«, empörte sich Méliès.

»Es ist immer alles ein abgekartetes Spiel«, sagte Laetitia. »Interessant ist bloß, auf welche Weise es abgekartet ist. Ich begreife zum Beispiel nicht, warum Sie so lang so getan haben, als könnten Sie das Rätsel mit den Einsen, Zweien und Dreien nicht lösen.«

Die Antwort darauf war einfach.

»Weil die Goldgrube von Edmond Wells nicht unerschöpflich ist. Mit den Jokern kann ich das Spiel verlängern und trotzdem jeden Tag meine zehntausend Franc heimbringen!«

Die Gewinne ermöglichten dem Paar ein bequemes Leben, während Arthur bei der Weiterentwicklung seiner »Ameisen aus Stahl« und seines Dialogs zwischen den Arten Fortschritte machte. In der besten aller parallelen Welten ging alles gut, bis zu dem Tag, an dem

Arthur bei einer Reklame im Fernsehen zu zittern anfing. Werbung für ein Produkt des LAC: »Kommt Krak-Krak ins Haus, ist's mit Insekten aus.« In Großaufnahme wehrte sich eine Ameise gegen ein Gift, das sie von innen zerfraß.

Arthur war aufgebracht. Was für eine Gemeinheit, einen so winzigen Gegner zu vergiften! Eine der Ameisen aus Stahl war fertig. Er schickte sie auf der Stelle los, um die Labors des LAC auszuspionieren. Die mechanische Ameise entdeckte, dass die Brüder Salta zusammen mit internationalen Experten an einem noch grässlicheren Projekt namens »Babel« arbeiteten.

Das Vorhaben war so abscheulich, dass sogar die berühmtesten Insektizidforscher unter vollkommener Geheimhaltung daran arbeiteten, aus Angst, die Umweltbewegungen gegen sich aufzubringen.

»Babel«, meinte Madame Ramirez, »ist das absolute Ameisenvernichtungsmittel. Die Chemiker haben es nie geschafft, mit herkömmlichen Giften auf der Basis von organischem Phosphor wirksam gegen die Ameisen vorzugehen. Babel ist aber gar kein Gift. Es ist vielmehr eine Substanz, welche die Antennenkontakte zwischen den Ameisen zu stören vermag.«

Im Endstadium war Babel ein Pulver, das man nur auf den Boden zu streuen brauchte, um seinen Geruch mit sämtlichen Ameisenpheromonen zu verbinden. Mit einem einzigen Gramm ließen sich ganze Quadratkilometer verseuchen. Alle Ameisen in der Gegend würden außerstande gesetzt, zu senden und zu empfangen. Ohne Verständigungsmöglichkeit aber weiß die einzelne Ameise nicht, ob ihre Königin lebt, was sie zu tun hat, was für sie gut oder gefährlich ist. Wenn man die gesamte Erdoberfläche mit diesem Produkt behandelte, gäbe es in fünf Jahren keine Ameisen mehr. Sie würden lieber sterben, als einander nicht mehr verstehen.

Die Ameise ist nämlich ganz und gar auf Verständigung angewiesen!

Diese grundlegende Tatsache hatten die Brüder Salta und ihre Kollegen begriffen. Doch für sie waren die Ameisen nur Ungeziefer, das es auszurotten galt. Sie waren stolz darauf, herausgefunden zu haben, dass man bei den Ameisen nicht das Verdauungssystem, sondern das Gehirn vergiften musste.

»Entsetzlich!«, seufzte die Journalistin.

»Durch seine mechanische Spionin hatte mein Mann sämtliche Teile der Akte in der Hand. Diese Chemikerbande hatte die Absicht, ein für allemal die Ameisen von der Oberfläche der Erde zu tilgen.«

»Und in diesem Moment hat Monsieur Ramirez beschlossen, einzugreifen?«, fragte der Kommissar.

»Ja.«

Laetitia und Méliès war bereits klar, wie Arthur vorgegangen war. Seine Frau bestätigte es: Er schickte eine Kundschafterin los, um ein Stück Stoff mit dem Körpergeruch des künftigen Opfers auszuschneiden. Dann ließ er das ganze Volk los, das den Träger des entsprechenden Dufts ins Jenseits beförderte.

Der Kommissar war sichtlich erfreut, richtig geraten zu haben, und meinte als echter Fachmann anerkennend: »Ihr Gatte hat die raffinierteste Mordtechnik erfunden, von der ich je gehört habe.«

Dieses Kompliment brachte Juliette Ramirez zum Erröten.

»Ich weiß nicht, wie die anderen vorgehen, aber unsere Methode hat sich jedenfalls als sehr effektiv erwiesen. Und wer hätte uns schon verdächtigen können? Wir hatten alle Alibis der Welt. Unsere Ameisen handelten unabhängig. Wir konnten Hunderte von Kilometern vom Schauplatz des Geschehens weg sein.«

»Wollen Sie damit sagen, dass Ihre Killerameisen autonom waren?«, staunte Laetitia.

»Selbstverständlich. Ameisen zu Hilfe zu nehmen ist nicht nur eine neue Mordtechnik, sondern auch eine neue Art, eine Aufgabe durchzudenken. Selbst wenn diese Aufgabe eine Todesmission ist! Das ist womöglich der Gipfel der künstlichen Intelligenz! Ihr Vater, Mademoiselle, hatte genau das begriffen. Er erklärt es in seinem Buch. Sehen Sie!«

Sie las ihnen den Abschnitt aus der *Enzyklopädie* vor, wo es darum ging, wie das Konzept des Ameisenhaufens die künstliche Intelligenz der Computer revolutionieren könnte.

Die zu den Saltas entsandten Ameisen waren nicht ferngesteuert. Sie waren autonom. Doch sie waren darauf programmiert, eine Wohnung aufzusuchen, einen Geruch wiederzuerkennen, alles zu töten, was nach diesem Duft roch, und dann jeglichen Hinweis auf das Verbrechen verschwinden zu lassen. Weitere Befehle lauteten: alle Zeugen des Dramas auszuschalten, sofern es welche gab. Vor dem Rückzug jeglichen Geruch nach Leben tilgen.

Die Ameisen bewegten sich durch die Abflussrohre und Abwasserkanäle. Sie tauchten geräuschlos auf und mordeten dadurch, dass sie die Körper von innen durchsiebten.

»Eine perfekte, nicht dingfest zu machende Waffe!«

»Und trotzdem sind Sie ihr entwischt, Kommissar. Man muss nämlich nur davonrennen, um dem Tod zu entgehen. Unsere Ameisen aus Stahl bewegen sich sehr langsam. Das dürften Sie auf Ihrem Weg hierher festgestellt haben. Die meisten Leute sind jedoch so entsetzt, wenn unsere Ameisen sie angreifen, dass sie vor Angst und Überraschung erstarren, anstatt zur Tür zu stürzen und abzuhauen. Außerdem sind die Schlösser heutzutage so kompliziert, dass man mit zittrigen Händen Mühe hat, sie schnell genug zu entriegeln, um dem Anschlag zu entrinnen. Das ist ein Paradox unserer Zeit: Die Leute mit den besten Sicherheitsvorkehrungen saßen am aussichtslosesten in der Patsche!«

»So also sind sie alle ums Leben gekommen: die Brüder Salta, Caroline Nogard, Maximilien MacHarious, das Ehepaar Odergin und Miguel Cygneriaz!«, fasste der Polizist zusammen.

»Ja. Das waren die acht Initiatoren des Projekts ›Babel‹. Wir haben unsere Killerinnen zu Ihrem Professor Takagumi geschickt, weil wir Angst hatten, dass uns ein japanischer Teilnehmer entgangen war.«

»Sie haben uns von der Effektivität Ihrer Heinzelmännchen überzeugt! Dürfen wir sie sehen?«

Madame Ramirez stieg zum Dachboden hinauf, um eine Ameise zu holen. Man musste sie sich sehr genau ansehen, um zu erkennen, dass es sich nicht um ein lebendiges Insekt handelte, sondern um einen beweglichen Automaten. Antennen aus Metall, zwei winzige Videokameras mit Weitwinkelobjektiv in Höhe der Augen, ein Hinterleib, der dank einer Druckkapsel Gift versprühen konnte, rasierklingenscharfe, nicht oxidierende Mandibeln. Der Roboter bezog seine Energie aus einer Lithiumbatterie im Brustkasten. Ein Mikroprozessor im Kopf steuerte sämtliche Gelenkmotoren und verarbeitete die von den künstlichen Sinnen gelieferten Informationen.

Mit der Lupe in der Hand bewunderte Laetitia dieses Meisterwerk der Miniaturisierung und Uhrmacherkunst: »Was es nicht für Einsatzmöglichkeiten für dieses kleine Spielzeug gibt! Spionage, Krieg, Eroberung des Weltraums, Reform der künstlichen Intelligenzsysteme … Und es sieht genauso aus wie eine Ameise.«

»Das Aussehen allein genügt nicht«, betonte Madame Ramirez. »Um wirklich effektiv zu funktionieren, musste auch die genaue Mentalität einer Ameise kopiert und implantiert werden. Hören Sie, was Ihr Vater dazu sagt!«

Sie blätterte die *Enzyklopädie* durch und zeigte ihr einen Abschnitt.

166. ENZYKLOPÄDIE

Anthropomorphismus Die Menschen denken stets auf ein und dieselbe Weise; sie beurteilen alles nach ihren Maßstäben und Werten. Denn sie sind stolz und zufrieden mit ihrem Gehirn. Sie halten sich für logisch, sie meinen, vernünftig zu sein. So sehen sie alles immer von ihrem Standpunkt aus: Ihrer Meinung nach kann die Intelligenz nur menschlich sein, genauso wie das Gewissen und die Fantasie. Frankenstein ist ein Mythos vom Menschen, der in der Lage ist, einen anderen Menschen zu erschaffen, so wie Gott Adam erschuf. Immer die gleiche Schablone! Sogar wenn sie Androiden herstellen, reproduzieren die Menschen ihre eigenen Seins- und Verhaltensweisen. Sie werden sich vielleicht eines Tages einen Roboter zum Präsidenten oder Papst wählen, aber das wird nichts an ihrer Denkweise ändern. Und doch gibt es auch andere! Die Ameisen lehren uns eine davon. Die Außerirdischen werden uns vielleicht andere beibringen.

EDMOND WELLS

Enzyklopädie des relativen und absoluten Wissens, Bd. 2

Lässig kaute Jacques Méliès seinen Kaugummi.

»Das ist ja alles ganz interessant. Jetzt beschäftigt mich vor allem noch eine Frage: Warum wollten Sie mich umbringen, Madame Ramirez?«

»Ach, am Anfang hatten wir kein Misstrauen gegen Sie, sondern gegen Mademoiselle Wells. Wir haben ihre Artikel gelesen und gewusst, dass etwas in ihr steckte. Von Ihnen wussten wir nicht mal, dass es Sie gab.«

Méliès' Kauen wurde nervöser. Juliette fuhr fort: »Um Mademoiselle Wells zu überwachen, haben wir bei ihr eine mechanische Ameise eingeschleust. Unsere Spionin hat uns von den Aufzeichnungen Ihrer Gespräche berichtet. Dadurch ist uns klar geworden, dass Sie von beiden der hellere Kopf waren. Mit Ihrer Geschichte vom Rattenfänger von Hameln waren Sie uns schon fast auf die Spur gekommen. Daraufhin haben wir beschlossen, die Bande auf Sie zu hetzen.«

»Und deshalb bin ich beschuldigt worden. Zum Glück haben Sie mit Ihren Morden weitergemacht …«

»Professor Cygneriaz hatte das Endprodukt in Händen. Das war das Hauptziel unserer Vernichtungsaktion.«

»Und wo ist dieses berühmte Ameisengift ›Babel‹ jetzt?«

»Nach dem Tod von Professor Cygneriaz hat eines unserer Kommandos das Reagenzglas mit dieser Pest vernichtet. Nach unserer Kenntnis gibt es kein zweites. Hoffen wir, dass nicht eines Tages neue Forscher auf dieselbe Idee kommen. Edmond Wells hat geschrieben, dass die Ideen in der Luft liegen … Die guten und die schlechten!«

Sie seufzte.

»Na, jetzt wissen Sie alles. Ich habe alle Ihre Fragen beantwortet und Ihnen nichts vorenthalten.«

Madame Ramirez streckte die Hände aus, als würde sie erwarten, dass Méliès ein Paar Handschellen aus der Tasche zog.

»Klagen Sie mich an. Verhaften Sie mich. Sperren Sie mich ein. Aber ich bitte Sie: Lassen Sie meinen Mann in Frieden. Er ist ein guter Mensch. Er konnte den Gedanken an eine Welt ohne Ameisen einfach nicht ertragen. Er wollte den Reichtum der Erde retten, der von ein paar selbstherrlichen Wissenschaftlern bedroht wurde. Lassen Sie Arthur bitte in Frieden. Er ist sowieso schon vom Krebs zum Tode verurteilt.«

167. Keine Neuigkeiten sind schlechte Neuigkeiten

Was gibt es Neues vom Kreuzzug?

Nichts.

Was? Es gibt keine Neuigkeiten? Ist denn keine Fliegenbotin aus dem Osten zurückgekehrt?

Chli-pu-ni führt ihre Fühler an die Lippen und wäscht sie ausgiebig. Sie spürt, dass die Dinge nicht so einfach liegen. Vielleicht sind die Ameisen erschöpft, weil sie die Finger getötet haben?

Königin Chli-pu-ni will wissen, ob das Rebellinnenproblem geregelt sei. Eine Soldatin antwortet, es handle sich momentan um zwei- bis dreihundert, die schwer aufzuspüren seien.

168. Enzyklopädie

Das Elfte Gebot Letzte Nacht hatte ich einen seltsamen Traum. Ich bildete mir ein, Paris sei von einer großen Schaufel in einen durchsichtigen Topf gesteckt worden. Sobald die Stadt in dem Topf war, wurde alles dermaßen durchgeschüttelt, dass der Eiffelturm die Wand meines Badezimmers durchbohrte. Alles wurde umgeworfen, ich rollte an der Zimmerdecke entlang, gegen mein geschlossenes Fenster drückten sich Tausende von Fußgängern. Die Autos steckten in den

Kaminen, die Straßenlaternen kamen durch die Fußböden. Die Möbel kullerten herum, und ich flüchtete aus meiner Wohnung. Draußen ging alles drunter und drüber, der Arc de Triomphe lag in Stücken, die Kathedrale Notre-Dame stand auf dem Kopf; ihre Türme hatten sich fest in die Erde gebohrt. Aus dem aufgerissenen Boden sprangen Metrowaggons und spuckten ihren Menschenbrei aus. Ich lief mitten durch die Trümmer und kam zu einer riesigen Glaswand. Dahinter befand sich ein Auge. Ein einziges Auge, das so groß wie der ganze Himmel war und mich beobachtete. Einmal, als das Auge meine Reaktion testen wollte, klopfte es mit etwas, das für mich wie ein riesenhafter Löffel aussah, gegen die Wand. Es ertönte ein ohrenbetäubender Glockenschlag. Alle Wohnungsfenster, die noch heil waren, zerbarsten. Das Auge betrachtete mich immer noch: Es war hundertmal größer als eine Sonne. Ich würde mir nicht wünschen, dass so etwas passiert. Seit diesem Traum suche ich im Wald nicht mehr nach Ameisenhügeln. Dieser Traum hat mich zu einem elften Gebot angeregt, das ich selbst erfüllen will, ehe ich es meiner Umgebung auftrage: Anderen nichts tun, von dem ich nicht will, dass man es mir tut. Und mit »andere« meine ich »alle anderen«.

EDMOND WELLS
Enzyklopädie des relativen und absoluten Wissens, Bd. 2

169. IM SCHABENLAND

Eine Katze sieht ein merkwürdiges Tier vorbeifliegen. Durch das Balkongitter schlägt sie mit der Pfote danach. Der Käfer »Großes Horn« stürzt ab. Nr. 103 bleibt gerade noch genug Zeit zum Abspringen, ehe er auf dem Boden aufschlägt.

Sie fängt den Aufprall mit ihren Beinen ab. Dreizehn Stockwerke, das ist doch recht hoch.

Der Käfer hingegen hat weniger Glück. Sein schwerer Panzer zerplatzt auf dem Boden. Das ist das Ende des tapferen »Großen Horns«, des herrlichen Luftkämpfers.

Der Sturz von Nr. 103 ist von einer großen Tonne voller Müll abgefedert worden. Was für ein wundersamer Ort! Hier ist alles essbar – das nutzt sie zu einer stärkenden Mahlzeit. Es riecht stark nach unzähligen Düften und Dünsten, die sie in der kurzen Zeit nicht alle identifizieren kann.

Dort oben auf einem zerrissenen Kochbuch hat sie eine flüchtige Silhouette ausgemacht. Es sind sogar mehrere. Tausende von Silhouetten beobachten sie scheel. Ihre langen Fühler werden immer zahlreicher.

Es gibt also Insekten, die im Fingerland leben!

Sie erkennt sie. Es sind Schaben.

Überall sind welche. Sie kommen aus einer Konservendose, aus einem kaputten Pantoffel, aus einer toten Ratte, aus einem Waschmittelpaket mit gefräßigen Enzymen, aus einem Joghurtbecher mit aktiven Bakterienkulturen, aus einer ausgelaufenen Batterie, aus einer Sprungfeder, aus einem blutverkrusteten Heftpflaster, aus einer Schachtel Beruhigungsmittel, aus einer Schachtel Schlafmittel, aus einer Schachtel Aufputschmittel, aus einer Schachtel Tiefgefrorenem, deren Verfallsdatum abgelaufen ist und die somit ungeöffnet weggeworfen wurde, aus einer Büchse Sardinenfilets. Die Schaben kreisen Nr. 103 ein. So große hat sie noch nie gesehen. Sie haben braune Deckflügel und sehr lange, gebogene Antennen ohne Bindeglieder. Sie riechen übel, nicht ganz so schlimm zwar wie die Stinkwanzen, doch ist ihr ekelerregender Gestank durchdringender und in den Geruchsschattierungen des Abfalls ausgeprägter.

Ihre Flanken sind durchscheinend, so dass man durch das Chitin die pulsierenden Eingeweide sehen kann, die Herzschläge, die in die feinen Äderchen gepumpten Blutströme. Nr. 103 ist beeindruckt.

Eine alte Schabe mit widerlichen Ausdünstungen (Richtung ranziger Honig), gelblichen Deckflügeln und Beinen, die von kleinen Häkchen übersät sind, wendet sich olfaktorisch an Nr. 103.

Sie fragt, was sie hier zu suchen habe.

Nr. 103 antwortet ihr, dass sie die Finger in ihrem Nest aufsuchen wolle.

Die Finger! Sämtliche Schaben scheinen sich über sie lustig zu machen.

Ob sie tatsächlich … Finger gesagt habe?

Ja, was ist denn daran so komisch?

Die Finger sind überall. Es ist nicht besonders schwierig, ihnen zu begegnen, meint die alte Schabe.

Könnt ihr mich in eines ihrer Nester führen?, fragt die Ameise.

Die alte Schabe kommt näher.

Weißt du denn wirklich, was das ist … die Finger?

Nr. 103 schaut ihr ins Gesicht.

Das sind riesige Tiere.

Nr. 103 versteht nicht, was die alte Schabe ihr sagen will.

Schließlich gibt ihr die Greisin Antwort: *Die Finger sind unsere Sklaven.*

Das mag Nr. 103 kaum glauben. Die Riesenfinger sollen Sklaven der kleinen, abstoßenden Schaben sein?

Erklärt mir das.

Die Alte erzählt, wie die Schaben den Fingern beigebracht hätten, ihnen tagtäglich Tonnen verschiedener Nahrungsmittel hinzukippen. Die Finger würden für Schutz, Nahrung und Wärme sorgen. Sie stünden ihnen zu Befehl und würden sich um sie kümmern.

Kaum hätten die Schaben ein paar Proben von den allmorgendlichen Gabenbergen gekostet, die ihnen die Finger darbringen, würden schon andere Finger kommen und die Tafel abräumen. Auf diese Weise gebe es immerzu ganz frisches, erstklassiges Essen, und zwar reichlich.

Andere Schaben erzählen, dass auch sie früher im Wald gelebt hätten. Doch dann hätten sie das Fingerland entdeckt und sich dort niedergelassen. Seitdem hätten sie es nicht mehr nötig, auf die Jagd zu gehen, um sich zu versorgen. Die von den Fingern dargebrachte Nahrung sei süß, fetthaltig, abwechslungsreich und – bewege sich vor allem nicht.

Es ist jetzt vielleicht fünfzehn Jahre her, dass unser entferntester Vorfahr kein Kleinwild mehr zu jagen brauchte. Jeden Tag fällt alles ganz frisch vom Himmel, von den Fingern serviert, versichert eine dicke Schabe mit schwarzem Rücken.

Redet ihr mit den Fingern?, erkundigt sich Nr. 103, fassungslos ob dieser Neuigkeiten, aber auch angesichts dessen, was sie wohl oder übel sehen muss: Berge von Nahrung!

Die alte Schabe erklärt, dass es nicht nötig sei, mit ihnen zu reden. Sie gehorchten, ohne dass eine Schabe darauf bestehen müsse.

Das heißt – einmal seien die Opfergaben etwas verspätet gekommen. Die Schaben hätten ihrer Verärgerung dadurch Ausdruck verliehen, dass sie mit dem Hinterleib gegen die Mauer klopften, und am nächsten Tag sei die Nahrung endlich wieder zur rechten Zeit gebracht worden. Im Allgemeinen würden die Abfälle täglich heruntergekippt.

Könnt ihr mich zu ihrem Nest führen?, fragt die Ameise.

Beratung. Sie scheinen nicht alle damit einverstanden. Die alte Schabe gibt das Ergebnis der Abstimmung bekannt.

Wir führen dich erst zu ihrem Nest, wenn du imstande bist, dich der »höchsten« Probe zu stellen.

Der höchsten Probe?

Die Schaben führen die Soldatin in den Müllraum im ersten Untergeschoss des Gebäudes. Dort gibt es eine Ecke voll mit alten Möbeln, Haushaltsgeräten und Kartons.

Sie bringen Nr. 103 an eine ganz bestimmte Stelle.

Was ist denn nun diese »höchste Probe« genau?

Eine Schabe erwidert, dass der Vorgang im Wesentlichen darin bestehe, jemandem zu begegnen.

Jemandem? Wem denn? Einem Feind?

Ja, einem Feind, der viel kräftiger ist als du, antwortet die Schabe geheimnisvoll.

Sie gehen im Gänsemarsch.

Die Ameise wird zu der bestimmten Stelle geführt. Dort sieht Nr. 103 eine andere Ameise mit zerzausten Kopfhaaren. Eine wild aussehende Soldatin. Sie ist ebenfalls von Schaben umringt.

Nr. 103 stößt ihre Fühler nach vorn und bemerkt gleich die erste Merkwürdigkeit: Diese Ameise hat überhaupt keinen Passgeruch! Vermutlich handelt es sich um eine Söldnerin, die den Nahkampf gewohnt ist, denn Beine und Brust sind von einer Unzahl von Mandibelhieben gezeichnet.

Sie weiß zwar nicht, warum, aber die Ameise, die ihr hier unter diesen merkwürdigen Umständen vorgestellt wird, ist ihr sofort unsympathisch. Kein Geruch, Hungerleidergetue, angeberischer Gang, Beinhärchen, die seit wenigstens zwei Tagen nicht mehr abgeleckt wurden – wirklich eine höchst unangenehme Ameise.

Wer ist dieses Subjekt?, fragt Nr. 103 die Schaben, die gespannt auf ihre Reaktionen lauern.

Jemand, der darauf bestanden hat, genau dich zu treffen, lautet die Antwort.

Nr. 103 beginnt zu grübeln. Warum will diese Ameise sie treffen, und warum spricht sie jetzt nicht mit ihr? Nr. 103 macht einen Test: Sie tut so, als würde sie einnicken, dann öffnet sie auf einmal sperrangelweit ihre Kieferscheren in Einschüchterungspose. Wird die andere sich unterwerfen oder die Herausforderung annehmen? Kaum hat sie ihre Mandibeln in Kampfposition gebracht, zieht auch die andere mit ihren Lippensäbeln blank.

Wer bist du?

Keine Antwort. Die andere hat bloß ihre Antennen aufgerichtet.

Was tust du hier? Gehörst du zum Kreuzzug?

Sie wird sich wieder schlagen müssen.

Nr. 103 unternimmt einen deutlicheren Versuch der Einschüchterung und wackelt mit ihrem Hinterleib, als würde sie gleich aus nächster Nähe schießen wollen. Die andere darf nicht wissen, dass ihr Säurevorrat leer ist.

Die Ameise gegenüber reagiert genauso. Die beiden Vertreterinnen des Ameisenvolks sind der gaffenden Neugier der Schaben ausgeliefert. Jetzt versteht Nr. 103 die Probe besser. Eigentlich wollen die Schaben bei einem Ameisenduell zuschauen und danach die Siegerin in ihren Stamm aufnehmen.

Nr. 103 tötet ungern andere Ameisen. Sie weiß jedoch, dass ihre Mission wichtiger ist (eine Schabe hat sich bereiterklärt, während des Kampfes den Kokon für sie zu halten). Und schließlich findet sie das Wesen ihr gegenüber immer abstoßender. Wer ist die denn schon, die Angeberin, die nicht redet und nicht einmal Nr. 103 erkannt hat, die erste Ameise, die bis ans Ende der Welt gekommen ist!

Ich bin Nr. 103 683!

Die andere richtet wieder ihre Antennen auf, erwidert aber immer noch nichts. Beide bleiben in Schussposition.

Wir werden doch wohl nicht aufeinander schießen, meint Nr. 103. Sie vermutet, dass die andere eine volle Säuretasche hat.

Sie horcht in ihren Körper und spürt, dass sie noch einen letzten Tropfen Säure in ihrem Beutel hat. Wenn sie schnell feuert, bleibt ihr vielleicht der Vorteil der Überraschung.

Mit der vollen Kraft ihrer Hinterleibsmuskeln schleudert sie ihren Tropfen los.

Doch durch bloßen Zufall schießt die andere genau im gleichen Moment, so dass die beiden Tropfen einander aufheben und wie in Zeitlupe herunterfallen. (In Zeitlupe? Dass etwas Flüssiges an der Luft abrutscht, hat man ja noch nie erlebt; doch sie achtet nicht darauf.) Nr. 103 greift mit weit aufgerissenen Mandibeln an und stößt gegen etwas Hartes. Die Spitze ihrer Kiefer trifft genau auf die Mandibelspitzen der anderen!

Nr. 103 überlegt. Ihre Gegnerin scheint schnell und zäh zu sein und ihre Schläge so genau vorauszuahnen, dass sie sie genau in der Sekunde und an der Stelle abwehrt, wo sie sie platzieren will.

Unter diesen Umständen ist eine Auseinandersetzung alles andere als wünschenswert.

Sie dreht sich zu den Schaben um und erklärt, gegen diese Ameise nicht kämpfen zu können, da sie eine rote sei wie sie selbst.

Ihr müsst uns entweder alle zwei aufnehmen oder keine.

Diese Ankündigung überrascht die Schaben nicht. Sie sagen ihr einfach, dass sie gesiegt habe. Das versteht Nr. 103 nicht. Also verklickern sie es ihr. Es habe keine Gegnerin gegeben, nie habe ihr eine Gegnerin gegenübergestanden. Ihr Gegenüber sei immer sie selbst gewesen.

Das versteht Nr. 103 noch immer nicht.

Die Schaben antworteten ihr, dass sie sie vor eine Zauberwand gestellt hätten, die mit einem Stoff überzogen sei, durch den man »sich selbst gegenübersteht«.

Dadurch können wir viel über Fremde in Erfahrung bringen. Vor allem, wie sie sich selbst einschätzen, sagt die alte Schabe.

Was gibt es für eine bessere Art, jemanden zu beurteilen, als ihn in eine Situation zu bringen, wo er offen zugibt, wie er auf seine eigene Erscheinung reagieren würde?

Diese Zauberwand hätten die Schaben rein zufällig entdeckt. Die Reaktionen seien interessant gewesen. Einige hätten sich stundenlang mit ihrem eigenen Abbild geschlagen, andere hätten sich beschimpft. Die meisten hätten das Tier, das vor ihnen aufgetaucht sei, als »aggressionswürdig« eingestuft, da es keinen Geruch oder zumindest nicht denselben wie sie selbst gehabt habe.

Nur wenige würden versuchen, mit ihrem eigenen Spiegelbild auszukommen.

Von den anderen verlangen wir, dass sie uns akzeptieren, dabei akzeptieren wir uns nicht einmal selbst ..., philosophiert die Schabengreisin. Warum solle man jemandem helfen wollen, der sich nicht einmal selbst helfen will? Wie solle man jemanden achten, der sich nicht selbst achtet?

Die Schaben sind sehr stolz darauf, die »höchste Probe« erfunden zu haben. Ihrer Meinung nach gibt es kein einziges Tier, ganz gleich ob winzig klein oder riesengroß, das dem Anblick seines eigenen Spiegelbilds zu widerstehen vermag.

Zur gleichen Zeit wie ihr Double wendet Nr. 103 sich wieder dem Spiegel zu.

Offenbar hat sie noch nie zuvor einen gesehen. Einen Moment lang meint sie, dass dies sicher das größte Wunder ist, das sie je erlebt hat. Eine Wand, die ein anderes Ich erscheinen lässt, das auch noch gleichzeitig dieselben Bewegungen macht!

Womöglich hat sie die Schaben unterschätzt. Wenn sie in der Lage sind, Zauberwände herzustellen, sind sie vielleicht tatsächlich die Herren der Finger!

Weil du dich schließlich selbst angenommen hast, nehmen wir dich an; weil du dir schließlich selbst hast helfen wollen, wollen wir dir helfen, verkündet die alte Schabe.

170. Die müden Krieger ruhen aus

Laetitia Wells ging mit Jacques Méliès die Rue Phoenix hinunter. Neckisch fasste sie ihn am Arm.

»Ich bin überrascht, dass Sie sich so vernünftig verhalten haben. Ich war mir nämlich sicher, dass Sie das nette alte Paar auf der Stelle verhaften würden. Normalerweise sind die Polizisten ja ziemlich schwer von Begriff und mit dem Festnehmen schnell bei der Hand.«

Er machte sich los.

»Menschenkenntnis war noch nie Ihre Stärke.«

»Wie böswillig!«

»Das ist doch normal. Sie hassen die Menschen! Sie haben nie den Versuch gemacht, mich zu verstehen. Sie sehen in mir bloß einen Hohlkopf, den man dauernd zur Vernunft bringen muss.«

»Aber Sie sind doch ein großer Hohlkopf!«

»Selbst wenn ich ein Hohlkopf bin, haben Sie noch lang nicht das Recht, über mich zu urteilen. Sie stecken voller Vorurteile. Sie lieben niemanden. Sie hassen alle Menschen. Um es Ihnen recht zu machen, ist es besser, man hat statt zwei sechs Beine und statt Lippen Mandibeln!« Er stellte sich dem jetzt harten lila Blick. »Sie verzogenes Kind! Sie geben dauernd damit an, dass Sie Recht haben! Wenn ich im Unrecht wäre, dann bliebe ich wenigstens bescheiden, also ich jedenfalls.«

»Sie sind doch bloß ein ...«

»... müder Mann, der zu viel Geduld mit einer Journalistin gehabt hat, die ihre Zeit damit verbringt, mich zu diffamieren, um sich bei ihren Lesern beliebt zu machen!«

»Sie brauchen mich gar nicht zu beschimpfen, ich gehe.«

»Ja, genau. Es ist ja so viel leichter, sich zu verdrücken, als sich die Wahrheit anzuhören. Und wohin wollen Sie gehen? Wollen Sie an Ihre Schreibmaschine stürzen und die Geschichte an die große Glocke hängen? Ich bin lieber ein Polizist, der sich irrt, als eine Journalistin, die Recht hat. Ich habe die Ramirez' in Frieden gelassen, doch Ihretwegen, nur weil Sie sich interessant machen wollen, laufen sie Gefahr, den Rest ihrer Tage doch noch hinter Gittern zu verbringen!«

»Ich erlaube Ihnen nicht …«

Sie wollte ihn ohrfeigen. Er fing ihr Handgelenk mit einer warmen, festen Hand ab. Ihre Blicke trafen direkt aufeinander, schwarze Pupillen gegen lila Pupillen. Ebenholzwald gegen tropischer Ozean. Sofort überkam beide das Bedürfnis, in Gelächter auszubrechen, und gemeinsam prusteten sie los. Aus vollem Hals.

Was denn! Sie hatten das Rätsel ihres Lebens gelöst, waren mit einer anderen Welt in Berührung gekommen, einer parallelen, wundersamen Welt, einer Welt, in der die Menschen solidarische Roboter herstellten, mit den Ameisen redeten, das perfekte Verbrechen beherrschten. Und jetzt standen sie hier in dieser tristen Rue Phoenix und kabbelten sich wie Kinder, während sie gemeinsam und Hand in Hand ihre Gedanken hätten miteinander teilen, über diese Augenblicke außerhalb der Zeit hätten nachdenken sollen.

Laetitia verlor beinahe das Gleichgewicht und setzte sich, um weiterlachen zu können, auf den Gehsteig. Es war drei Uhr morgens. Sie waren jung, sie waren ausgelassen, und sie waren kein bisschen müde.

Sie kam als Erste wieder zu Atem.

»Es tut mir leid«, sagte sie. »Ich hab mich dumm benommen.«

»Nein, du nicht. Ich.«

»Doch, ich.«

Von neuem überkam sie das Lachen. Ein später Zecher, der etwas mitgenommen nach Hause kam, betrachtete mitleidig das junge Paar ohne Unterschlupf, das zum Herumtollen nur den Gehsteig hatte. Méliès half Laetitia beim Aufstehen.

»Gehen wir.«

»Und was machen wir?«, fragte Laetitia.

»Du willst doch wohl nicht die Nacht auf dem Gehsteig verbringen, oder?«

»Warum denn nicht?«

»Laetitia, du Vernunftmensch, was ist los mit dir?«

»Ich hab es satt, vernünftig zu sein, das ist los! Die Unvernünftigen haben Recht. Ich will wie alle Ramirez' der Welt sein!«

Er zog sie in eine Ecke unter einem Vordach, damit der Morgentau nicht ihr seidiges Haar und ihren zarten Körper benetzte, der sich so verführerisch unter dem schwarzen Kostüm abzeichnete.

Sie waren einander ganz nah. Ohne zu zögern, streckte er seine Hand aus, um ihr übers Gesicht zu streicheln. Sie entzog sich ihm.

171. Ein Schneckenmärchen

Nicolas warf sich auf seinem Bett herum.

»Mama, ich kann mir nicht verzeihen, dass ich mich als Gott der Ameisen ausgegeben habe. Was für ein Fehler! Wie kann ich das je wiedergutmachen?«

Lucie Wells beugte sich über ihn: »Was ist gut, was ist schlecht – wer weiß das schon?«

»Es ist doch klar, dass das schlecht ist. Ich schäme mich so. Ich hab die größte Dummheit gemacht, die man sich vorstellen kann.«

»Wir können nie so genau wissen, was gut und was schlecht ist. Soll ich dir eine Geschichte erzählen?«

»O ja, bitte, Mama!«

»Es ist ein chinesisches Märchen. Es waren einmal zwei Mönche, die spazierten im Garten eines taoistischen Klosters. Plötzlich entdeckte einer von beiden eine Schnecke, die über den Weg kroch. Sein Begleiter hätte sie aus Unachtsamkeit beinahe zertreten, da hielt er ihn gerade noch zurück. Er bückte sich und hob das Tierchen auf. ›Sieh da, jetzt hätten wir beinahe die Schnecke getötet. Dabei stellt das Tierchen doch ein Leben dar und damit auch ein Schicksal, das weitergehen muss. Die Schnecke soll leben und die Zyklen ihrer Reinkarnation fortsetzen.‹ Und ganz sacht setzte er die Schnecke wieder ins Gras. ›Du Narr!‹, rief der andere Mönch wütend aus. ›Wenn du diese dumme Schnecke rettest, bringst du den Salat in Gefahr, den unser Gärtner so sorgsam zieht. Um irgendein Leben zu retten, zerstörst du das Werk unserer Brüder.‹

Beide stritten sie sich alsdann unter den neugierigen Blicken eines dritten Mönchs, der gerade vorbeikam. Da sie sich nicht einigen konnten, meinte der erste Mönch: ›Legen wir die Sache dem Abt vor. Er allein ist weise genug, um zu entscheiden, wer von uns beiden Recht hat.‹ Also begaben sie sich zum Abt, der Mönch war neugierig geworden und folgte ihnen. Der erste Mönch erzählte, wie er die Schnecke gerettet und damit ein heiliges Leben erhalten habe, in dem Tausende von zukünftigen oder vergangenen Daseinsformen verborgen waren. Der Abt lauschte ihm, nickte und sprach dann: ›Du hast getan, was sich ziemte. Du hast recht getan.‹ Der zweite Mönch sprang auf. ›Wie denn? Eine Schnecke zu retten, die den Salat frisst und das Gemüse schädigt, soll etwas Gutes sein? Er hätte die Schnecke vielmehr zertreten sollen, um die Nutzpflanzen zu schützen, dank deren wir jeden Tag gut zu essen haben!‹ Der Abt lauschte ihm, nickte und sprach: ›Das stimmt. Das hätte sich gehört. Du hast Recht.‹ Da trat der dritte Mönch, der bis dahin still geschwiegen hatte, vor: ›Aber ihre Ansichten schließen einander aus. Wie können sie da alle beide Recht haben?‹ Der Abt betrachtete den dritten Beteiligten lang. Er überlegte, nickte und sprach: ›Das ist wahr. Auch du hast Recht.‹«

Beruhigt schnarchte Nicolas leise unter dem Laken. Zärtlich deckte Lucie ihn zu.

172. Enzyklopädie

Wirtschaft Früher waren die Wirtschaftswissenschaftler der Ansicht, eine gesunde Gesellschaft müsse expandieren. Die Wachstumsrate war der Gradmesser für die Gesundheit des Systems: Staat, Unternehmen, Lohnaufkommen. Es ist jedoch unmöglich, immer mit gesenktem Kopf vorwärtszustürmen. Es ist Zeit, mit der Expansion Schluss zu machen, ehe sie uns über den Kopf wächst und uns erdrückt. Der wirtschaftlichen Expansion kann keine Zukunft beschieden sein. Es gibt nur einen dauerhaften Zustand: das Gleichgewicht der Kräfte. Von einer gesunden Nation, einer gesunden Gesellschaft, einem gesunden Arbeiter kann man dann reden, wenn die Nation, die Gesellschaft, der Arbeiter nicht ihre Umwelt beeinträchtigen und nicht von ihr beeinträchtigt werden. Wir dürfen nicht länger auf Eroberung ausgehen, sondern müssen uns vielmehr der Natur und dem Kosmos einpassen. Es darf nur ein Grundsatz gelten: Harmonie. Gegenseitige harmonische Durchdringung von Innen- und Außenwelt. Ohne Gewalt und ohne Anmaßung. An dem Tag, an dem die menschliche Gesellschaft nicht das Gefühl ihrer Überlegenheit hegt und auch keine Angst mehr vor Naturphänomenen empfindet, wird sich der Mensch in Homöostase mit seinem Universum befinden. Er wird nicht mehr auf die Zukunft ausgerichtet sein. Er wird keine fernen Ziele mehr anpeilen. Er wird schlicht und einfach in der Gegenwart leben.

Edmond Wells

Enzyklopädie des relativen und absoluten Wissens, Bd. 2

173. Abenteuer in einem Schacht

Sie klettern durch einen unebenen Gang. Mit ihren Mandibeln umklammert Nr. 103 den Schmetterlingskokon der Mission Merkur. Der Aufstieg geht langsam vonstatten. Manchmal erhellt von oben ein Licht den endlosen Korridor. Dann machen die Schaben der Ameise ein Zeichen, sich gegen die Wand zu drücken und ihre Fühler nach hinten zu legen.

Sie kennen sich im Fingerland wirklich gut aus. Denn gleich nach dem Lichtsignal ist ein fürchterlicher Krach zu hören, und ein schwerer riechender Klumpen stürzt den senkrechten Gang herab.

»Hast du den Abfallsack in den Müllschacht geworfen, Liebling?«

»Ja. Es war der letzte. Denk daran, neue zu kaufen, und zwar größere. In die hier ist wirklich zu wenig reingegangen.«

In der Erwartung neuer Lawinen marschieren die Insekten voran.

Wo führt ihr mich hin?

Dort, wo du hinwillst.

Sie erklimmen mehrere Stockwerke, dann bleiben sie stehen.

Hier ist es, sagt die alte Schabe.

Begleitet ihr mich?, fragt Nr. 103.

Nein. In einem Schabensprichwort heißt es: »Jeder für sich.« Sieh selber zu, wie du durchkommst. Du selbst bist dir deine beste Verbündete.

Daraufhin zeigt die Greisin ihr ein kleines Loch in der Klapptür des Müllschachts, durch die Nr. 103 direkt auf dem Spülbecken in der Küche herauskommt.

Den Kokon fest umklammernd, macht Nr. 103 sich auf den Weg.

Wozu bin ich denn eigentlich hierhergekommen?, fragt sie sich. Obwohl sie doch solche Angst vor den Fingern hat, spaziert sie nun mitten in deren Nest herum!

Doch sie ist nun so weit von ihrer Stadt, von ihrer Welt entfernt, dass ihr am besten scheint, weiter vorzudringen, immer weiter vorzudringen.

Die Ameise wandert durch dieses fremde Land, wo alle Formen streng geometrisch sind. Sie erkundet die Küche und knabbert dabei an einem herumliegenden Brotkrümel.

Um sich Mut zu machen, singt die letzte Überlebende des Kreuzzugs ein belokanisches Liedchen:

Es kommt der Augenblick,
Da steht das Feuer gegen das Wasser,
Da steht der Himmel gegen die Erde,
Da steht das Oben gegen das Unten,
Da steht das Kleine gegen das Große.
Es kommt der Augenblick,
Da steht das Einfache gegen das Vielfache,
Da steht der Kreis gegen das Dreieck,
Da steht das Schwarz gegen den Regenbogen.

Doch noch während sie diese Melodie trällert, spürt sie, wie die Angst sie abermals überkommt und ihre Beine zu zittern anfangen. Wenn das Feuer gegen das Wasser steht, sprüht der Dampf; wenn der Himmel gegen die Erde steht, wird alles vom Regen überschwemmt; wenn das Oben gegen das Unten steht, ist alles im Taumel …

174. Kontakt abgerissen

»Ich hoffe, dein Schnitzer hat keine allzu schlimmen Folgen.«

Nach dem »göttlichen« Zwischenfall hatten sie beschlossen, den »Stein der Weisen« zu zerstören. Nicolas bereute zwar, was er getan hatte, aber es war besser, ihn vor neuen Gottesanwandlungen zu bewahren. Schließlich war er ja noch ein Kind. Wenn der Hunger zu sehr an ihm nagte, war er womöglich zu neuen Dummheiten fähig.

Jason Bragel holte das Herz des Computers heraus, und alle trampelten entschlossen darauf herum, bis es völlig zerbröselt war.

Den Kontakt zu den Ameisen endgültig abgebrochen, dachten sie.

Es war gefährlich, in einer so zerbrechlichen Welt zu viel Macht besitzen zu wollen. Edmond Wells hatte Recht. Es war noch zu früh, und der geringste Fehler konnte verheerende Auswirkungen auf ihre ganze Zivilisation haben.

Nicolas blickte seinem Vater direkt in die Augen.

»Keine Angst, Papa. Sie haben von dem, was ich ihnen erzählt habe, bestimmt nicht viel kapiert.«

»Hoffen wir's, mein Sohn, hoffen wir's.«

Die Finger sind unsere Götter, keift mit glühendem Pheromon eine Rebellin, die von einer Wand herunterspringt. Sofort reckt eine Soldatin unter ihrem Thorax den Hinterleib vor und schießt. Die Gottgläubige zerschmilzt. In einem letzten Reflex legt die Rebellin ihren rauchenden Körper zu einem sechsarmigen Kreuz aus.

175. Yin und Yang

Im Morgengrauen schlenderten Laetitia Wells und Jacques Méliès ohne Eile zur Wohnung der jungen Journalistin. Zum Glück war es nicht weit. Wie die Ramirez', wie früher ihr Vater, hatte sie sich für ein Leben am Rand des Waldes von Fontainebleau entschieden. Ihr Wohnviertel war allerdings viel ansprechender als das um die Rue Phoenix. Hier gab es eine Fußgängerzone mit Luxusgeschäften, viele große Grünflächen und sogar einen Minigolfplatz. Und natürlich ein Postamt.

Im Wohnzimmer zogen sie ihre nassen Kleider aus und fläzten sich auf die Sessel.

»Bist du noch müde?«, fragte Méliès sanft.

»Nein, ich habe ja wenigstens ein bisschen geschlafen.«

Bei ihm wiesen nur die Gliederschmerzen darauf hin, dass er die ganze Nacht kein Auge zugetan hatte, weil er zu sehr damit beschäftigt war, Laetitia anzuschauen. Sein Verstand war wach, bereit zu neuen Rätseln, zu neuen Abenteuern. Sollte sie ihm doch ruhig andere Drachen zeigen, die es zu bezwingen galt!

»Ein bisschen Ambrosia? Das Getränk der olympischen Götter und der Ameisen …«

»Sag dieses Wort nie wieder. Ich will nie, nie, nie wieder was von Ameisen hören.«

Sie stützte sich auf die Armlehne seines Sessels. Sie stießen miteinander an.

»Schluss mit dem Chemiker-Fall und adieu, Ameisen!«

Méliès seufzte.

»Mir ist vielleicht komisch … Ich bin zu wach zum Schlafen und zu faul zum Arbeiten. Spielen wir vielleicht eine Partie Schach, wie in den guten alten Zeiten im Hotel Beau Rivage, als wir den Ameisen aufgelauert haben?«

»Nichts mehr von Ameisen!«, lachte Laetitia.

Noch nie hab ich in so kurzer Zeit so viel gelacht, dachten sie beide gleichzeitig.

»Ich hab eine bessere Idee«, meinte die junge Frau. »Halma. Da kommt's nicht drauf an, die Steine des Gegners zu schlagen, sondern man muss sie benützen, um mit seinen eigenen schnell weiterzukommen.«

»Na, hoffentlich ist das nicht zu kompliziert. Wenn ich mir anschaue, wie weich meine Birne ist … Aber bring's mir nur bei.«

Laetitia Wells holte ein sechseckiges Spielbrett aus Marmor mit einem sechsarmigen Stern darauf.

Sie erklärte die Spielregeln: »Jede Sternspitze bildet ein Spielfeld mit sechs Glassteinen. Jedes Feld hat eine eigene Farbe. Man muss versuchen, seine Steine so schnell wie möglich in das gegenüberliegende Spielfeld zu bringen. Es wird so gezogen, dass man über die eigenen Steine und die des anderen springt. Zum Springen braucht nur das Feld hinter dem Stein frei zu sein. Man kann über so viele Steine springen, wie man will, und auch in alle Richtungen, solange dahinter Platz zum Weiterhüpfen ist.«

»Und wenn man über keinen Stein springen kann?«

»Man kann in alle Richtungen Feld für Feld weiterziehen.«

»Darf man die übersprungenen Steine wegnehmen?«

»Nein, nein, anders als beim Damespiel wird kein Stein rausgeworfen. Man nutzt einfach die freien Felder, um sich einen Weg zu suchen, der möglichst schnell zu der gegenüberliegenden Sternspitze führt.«

Sie fingen zu spielen an.

Bald hatte Laetitia sich einen Weg aus Spielsteinen mit jeweils einem freien Feld dazwischen gebahnt. Einer nach dem anderen nahmen ihre Steine diese Autobahn, um so weit wie möglich zu kommen.

Méliès machte es genauso. Am Ende der ersten Partie hatte er alle seine Steine in das Feld der Journalistin gebracht. Alle bis auf einen vergessenen Nachzügler. Bis er diesen einzelnen hinübergeholt hatte, hatte die junge Frau ihren Rückstand aufgeholt.

»Du hast gewonnen«, stellte er fest.

»Für einen Anfänger hast du dich echt gut aus der Affäre gezogen. Jetzt weißt du, dass man bloß keinen Stein vergessen darf. Man muss immer daran denken, sie alle so schnell wie möglich rüberzuschaffen, ohne einen zu übersehen.«

Er hörte ihr nicht zu. Wie hypnotisiert starrte er das Spielbrett an.

»Jacques, ist dir nicht gut?«, fragte sie beunruhigt. Natürlich, nach so einer Nacht …

»Nein, nein, das nicht. Mir könnte es gar nicht besser gehen. Aber schau dir mal das Spiel an. Schau's dir gut an.«

»Ich schau's an. Und jetzt?«

»Und jetzt!«, rief er aus. »Das ist doch die Lösung!«

»Ich hab gedacht, wir hätten schon alles gelöst.«

»Aber das doch nicht«, beharrte er. »Das letzte Rätsel von Madame Ramirez nicht. Du weißt schon noch: Wie bildet man aus sechs Streichhölzern sechs Dreiecke?« Vergebens betrachtete sie das Sechseck. »Schau nochmal hin. Man braucht die Streichhölzer bloß zu einem sechsarmigen Stern zu legen. So wie hier bei dem Spiel. So dass sich die zwei Dreiecke überschneiden!«

Laetitia sah sich das Spielbrett genauer an.

»Der Stern ist ein Davidstern«, sagte sie. »Er symbolisiert die Kenntnis des Mikrokosmos vereint mit der Kenntnis des Makrokosmos. Die Vermählung des unendlich Kleinen mit dem unendlich Großen.«

»Die Idee gefällt mir«, sagte er und lehnte sein Gesicht an ihres.

So blieben sie, Wange an Wange, und betrachteten das Spielbrett.

»Man könnte es auch als die Vereinigung von Himmel und Erde bezeichnen«, meinte er. »In dieser idealen geometrischen Figur vervollständigt, vermischt, vereint sich alles. Die Felder durchdringen einander und bewahren dabei doch ihre Eigenheit. Das ist die Vermischung von Oben und Unten.«

Rasch fielen ihnen Vergleiche ein.

»Von Yin und Yang.«

»Von Licht und Finsternis.«

»Von Gut und Böse.«

»Von Kalt und Warm.«

Auf der Suche nach weiteren Gegensätzen runzelte Laetitia die Stirn.

»Von Weisheit und Torheit?«

»Von Herz und Verstand.«

»Von Aktiv und Passiv.«

»Der Stern«, fasste Méliès zusammen, »ist wie dein Halmaspiel, wo jeder von seinem Standpunkt ausgeht und dann den des anderen einnimmt.«

»Darum der Schlüsselsatz für das Rätsel: ›Man muss genauso denken wie der andere‹«, erwiderte Laetitia. »Aber ich hab noch ein paar weitere Gedankenassoziationen für dich. Was hältst du von der Vereinigung von ›Schönheit und Intelligenz‹?«

»Und du von Männlich … und Weiblich?«

Er rückte mit seiner Wange, auf der ein stacheliger Bartansatz wuchs, noch näher an Laetitias samtiges Gesicht. Er wagte es, ihr mit seinen Fingern durch das seidige Haar zu fahren.

Diesmal stieß sie ihn nicht zurück.

176. Eine übernatürliche Welt

Nr. 103 klettert vom Spülbecken herunter, wandert über den Staubsauger, läuft in den Gang, erklimmt einen Stuhl, steigt an einer Wand empor, versteckt sich hinter einem Bild, kommt wieder hervor, wuselt wieder hinunter, krabbelt über den steilen Rand der Kloschüssel.

Auf dem Boden ist ein kleiner See, aber sie hat keine Lust, hinunterzusteigen. Sie geht ins Bad, wittert den Mentholgeruch aus einer schlecht zugeschraubten Zahnpastatube, den süßen Duft des Aftershaves, trippelt über ein Stück Seife, rutscht in eine Flasche mit Ei-Shampoo und entrinnt gerade noch dem Ertrinken. Sie hat genug gesehen. In dem Nest befindet sich kein einziger Finger.

Sie macht sich wieder auf den Weg.

Sie ist allein. Sie sagt sich, dass sie das elementarste wie einfachste Überbleibsel des Kreuzzugs darstellt. Schließlich führt alles auf das Individuum zurück. Und noch hat sie die Wahl: für oder gegen die Finger zu sein.

Kann Nr. 103 sie allesamt ganz allein vernichten?

Bestimmt. Aber das dürfte nicht einfach werden.

Schon allein deshalb, weil die Kreuzzüglerinnen sich zu dreitausend zusammentun mussten, um einen einzigen dieser Riesen zu töten!

Je länger sie darüber nachdenkt, umso mehr wird sie sich bewusst, dass sie den Gedanken daran aufgeben muss, ganz allein alle Finger auf Erden zu töten.

Sie gelangt zu einem Aquarium mit Fischen und bleibt lange an der Wand kleben, um diese komischen Vögel zu betrachten, die so farbenfroh und sorglos sind und strahlend bunt schillern.

Dann krabbelt Nr. 103 unter der Wohnungstür durch, nimmt die Haupttreppe und steigt ein Stockwerk höher.

Sie schlüpft in die zweite Wohnung und setzt ihre Erkundungen fort: Bad, Küche, Wohnzimmer. Sie verirrt sich im Kassettenrekorder, besichtigt einen Moment lang die elektronischen Bauteile, kommt wieder heraus, dringt in ein Schlafzimmer ein. Niemand da. Kein einziger Finger in Sicht.

Sie schlängelt sich wieder in den Müllschacht und krabbelt noch ein Stockwerk höher. Küche, Bad, Wohnzimmer. Keiner da. Sie bleibt stehen, spuckt ein Pheromon aus und schreibt ihre Beobachtungen über die Gebräuche der Finger hinein:

Pheromon: Zoologie
Thema: Die Finger
Speichlerin: Nr. 103 683
Jahr: 100 000 667

Die Finger scheinen alle gleich gebaute Nester zu haben. Es sind große Höhlen aus undurchdringlichem Fels. Sie sind würfelförmig und übereinandergetürmt. Diese Höhlen sind meistens warm. Die Decke ist weiß und der Boden mit einer Art farbigem Rasen bedeckt. Sie leben nur selten darin.

Sie läuft auf den Balkon hinaus, klettert unter Zuhilfenahme der Ankerborsten unter ihren Beinen die Fassade empor und kommt zu einer neuen Wohnung, die den anderen gleicht. Sie kommt ins Wohnzimmer. Dort sind endlich Finger. Sie rückt vor. Sie verfolgen sie, um sie zu töten. Ihren Kokon fest umklammernd, hat Nr. 103 gerade noch Zeit zu entwischen.

177. Enzyklopädie

Orientierung Die Mehrzahl der Menschheitsepen hat sich von Ost nach West abgespielt. Zu allen Zeiten sind die Menschen dem Lauf der Sonne gefolgt und haben wissen wollen, wo diese Feuerkugel verschwand. Odysseus, Christoph Kolumbus, Attila ... alle haben geglaubt, dass die Lösung im Westen liege. Nach Westen aufzubrechen heißt, die Zukunft erfahren zu wollen.

So wie einige sich gefragt haben, »wohin« sie geht, wollten andere wissen, »woher« sie kommt. Nach Osten zu ziehen heißt, den Ursprung der Sonne, aber auch seinen eigenen ergründen zu wollen. Marco Polo, Napoleon, der Hobbit

Bilbo (einer der Helden aus Tolkiens *Herr der Ringe*) sind Figuren des Ostens. Wenn es etwas zu entdecken geben sollte, dachten sie, dann ist es dort, weit hinten, wo alles beginnt, einschließlich des Tages.

In der Symbolik der Abenteurer bleiben noch zwei Richtungen. Deren Bedeutung ist folgende: Nach Norden zu ziehen heißt, Hindernisse zu suchen, um die eigenen Kräfte daran zu messen. Gen Süden zu gehen heißt, Ruhe und Frieden zu suchen.

EDMOND WELLS
Enzyklopädie des relativen und absoluten Wissens, Bd. 2

178. IRRFAHRT

Lange irrt Nr. 103 mit ihrem kostbaren Bündel durch die übernatürliche Welt der Finger. Sie besichtigt zahlreiche Nester. Manchmal sind sie leer, manchmal wird sie von Fingern verfolgt, die sie töten wollen.

Einen Augenblick lang ist sie versucht, die Mission Merkur fallenzulassen. Doch es wäre ja schade, eine so weite Strecke zurückgelegt zu haben, sich so sehr angestrengt zu haben und jetzt aufzugeben. Sie muss liebenswürdige Finger finden. Den Ameisen freundlich gesonnene Finger.

Nr. 103 besucht fast hundert Wohnungen. Die Ernährung ist für sie kein Problem. Überall liegen Unmengen von Nahrungsmitteln herum. Aber so ganz allein in diesen eckigen Räumen fühlt sie sich wie auf einen anderen Planeten versetzt, wo alles geometrisch und mit übernatürlichen Farben geschmückt ist: glänzendes Blau, Mattbraun, Neonblau, leuchtendes Orange, Grüngelb.

Ein verwirrendes Land!

Fast ohne Bäume, Pflanzen, Sand, Gras. Nichts als Gegenstände oder glatte, kalte Materialien.

Fast keine Fauna. Nur ein paar Milben, die fliehen, wenn sie sich ihnen nähert, als hätten sie Angst vor dieser Wilden aus dem Wald.

Nr. 103 verirrt sich in einem Scheuerlumpen, strampelt durch eine Mehlbüchse, erkundet Schubladen mit überraschendem Inhalt.

Kein Wiedererkennen mit Auge und Geruchssinn mehr. Nur noch tote Formen, tote Pulver, leere oder mit Ungetümen gefüllte Nester.

Und sie ist allein, so allein, so weit von den Ihren!

Sehnsuchtsvoll wünscht sie sich in die beruhigende Pyramide von Bel-o-kan zurück, zum Treiben ihrer Schwestern, der sanften Wärme der Trophallaxen, dem verführerischen Duft der Pflanzen, die danach verlangen, befruchtet zu werden, dem tröstlichen Schatten der Bäume. Wie ihr die Felsen fehlen, wo man sich so gut mit Wärmeenergie volltanken kann, die Pheromonpisten zwischen den Gräsern!

Und wie zuvor der Kreuzzug rückt Nr. 103 voran, immer weiter voran. Ihre Johnston-Organe werden von einer Menge fremder Frequenzen verwirrt: elektrischen Wellen, Radiowellen, Lichtwellen, Magnetwellen. Die Welt jenseits der Welt ist nichts als ein Tohuwabohu aus falschen Informationen.

Sie irrt von einem Gebäude zum anderen, je nachdem an einem Rohr, einer Telefonleitung oder einer Wäscheleine entlang.

Nichts. Kein Willkommenszeichen. Die Finger haben sie nicht wiedererkannt.

Nr. 103 ist verstört.

Müde ist sie beim »Wozu?« und beim »Wofür?« angelangt, als sie plötzlich ungewohnte Pheromone wahrnimmt. Ein Duft nach roten Waldameisen. Glücklich flitzt sie auf die wundersamen Gerüche zu. Je schneller sie galoppiert, desto deutlicher erkennt sie diese Duftfahne: Giu-li-kan, das Nest, das von den Fingern kurz vor Beginn des Kreuzzugs entführt wurde!

Der köstliche Duft zieht sie an wie ein Liebhaber.

Ja. Da steht unbeschädigt das Nest Giu-li-kan. Und auch seine Bevölkerung ist unversehrt. Sie möchte sich mit ihren Schwestern unterhalten, sie berühren, aber zwischen ihnen erhebt sich eine harte, durchsichtige Wand, die jeden Kontakt verhindert. Die Stadt ist in einem Würfel eingeschlossen. Sie klettert auf das Dach. Dort befinden sich Löcher, die zwar zu klein sind, um die Antennen aneinander zu reiben, aber genügen, um sich durch sie zu verständigen.

Die Giulikanerinnen erzählen ihr, wie sie zu diesem künstlichen Nest getragen worden sind. Seit sie mit Gewalt hier hineingesetzt worden seien, würden sie von fünf Fingern studiert. Nein, diese Finger seien nicht aggressiv. Sie töteten nicht. Einmal jedoch habe sich etwas Ungewöhnliches ereignet. Andere Finger, die sie nicht gekannt hätten, hätten sie abermals weggebracht und rücksichtslos durchgeschüttelt, so dass dabei viele Giulikanerinnen ums Leben gekommen seien.

Doch seitdem sie wieder hier seien, habe es keine Probleme mehr gegeben. Die fünf netten Finger würden sie verköstigen, über sie wachen, sie beschützen.

Nr. 103 jubiliert. Ob sie wohl endlich die Gesprächspartner gefunden hat, die sie schon so lange sucht?

Mit Düften und Gesten zeigen ihr die in dem künstlichen Nest gefangenen Ameisen, wie sie zu den »liebenswürdigen« Fingern kommt.

179. Wohlgeruch

Augusta Wells befand sich in der Gemeinschaftsrunde. Alle stießen den Laut OM aus, so dass sich eine schöne geistige Blase bildete, in der sie alle sich aneinanderschmiegten.

Dort oben, einen Meter über ihren Köpfen und einen halben Meter unterhalb der Decke, in einem unwirklichen Schwebezustand, empfand man keinen Hunger mehr, keine Angst, keine Kälte, man vergaß sich, man war nur ein bisschen denkender Dunst in der Schwebe.

Doch Augusta Wells klinkte sich hastig aus der Blase aus. Sie rematerialisierte sich in ihrem Körper aus Fleisch und Blut. Sie war nicht konzentriert genug. Irgendetwas beschäftigte sie. Ein parasitärer Gedanke. Sie blieb mit ihrem Geist und ihrem Ego am Boden. Der Zwischenfall mit Nicolas gab ihr zu denken.

Sie überlegte, dass die Menschenwelt für eine Ameise sehr beeindruckend sein musste. Die Ameisen wären nie dazu in der Lage zu begreifen, was ein Auto ist oder eine Kaffeemaschine oder ein Fahrscheinentwerter. Das lag jenseits ihrer Vorstellungskraft. Augusta Wells überlegte, dass der Abstand zwischen dem Ameisenuniversum und dem unverständlichen Universum der Menschen vielleicht genauso groß ist wie der Abstand, der das menschliche Universum von einer höheren (göttlichen?) Dimension trennt.

Vielleicht gibt es in einer höheren Raum-Zeit-Dimension einen Nicolas. Man fragt sich, warum Gott so oder so handelt, aber vielleicht ist ja nur ein unwissender Knabe am Werk, der sich aus Langeweile amüsiert?

Von diesem Gedanken war Augusta Wells bestürzt und erregt zugleich.

Wenn die Ameisen nicht in der Lage sind, sich einen Fahrscheinentwerter vorzustellen, welche Maschinen, welche originellen Vorstellungen müssen dann die Götter der höheren Raum-Zeit-Dimension haben?

Das waren bloß zufällige, unnütze Überlegungen. Sie konzentrierte sich wieder und fand in die wohlige spirituelle Gemeinschaftsblase zurück.

180. Das Ziel rückt näher

Hier ist es voller Geräusche, Gerüche und Wärme. Hier gibt es lebendige Finger, das steht fest.

Nr. 103 geht auf die Zone der Geräusche und Schwingungen zu und versucht dabei, sich nicht allzu sehr in dem Dschungel des dicken roten Teppichbodens zu verlaufen. Ihr Weg ist mit weichen Hindernissen übersät. Überall auf dem Boden liegt eine Menge üppiger Gewebe herum.

Die letzte Kreuzzüglerin klettert über das Sakko von Jacques Méliès, dann über seine Hose; danach setzt sie ihren Weg über ein schwarzes Seidenkostüm fort, rückt auf dem Hemd des Kommissars vor. Ein Stück weiter steigt sie auf den Bergen hinauf und hinunter, die von Laetitia Wells' Büstenhalter gebildet werden. Sie nähert sich der Turbulenzzone.

Vor ihr liegt ein Stück gehäkelter Tagesdecke. Sie erklimmt es. Je höher sie steigt, umso mehr wackelt es. Es gibt Fingerdüfte, Fingerwärme, Fingergeräusche: Da oben sind sie, das steht fest. Endlich findet sie sie. Sie entkapselt ihren Schmetterlingskokon und holt ihren Schatz heraus. Die Mission Merkur steht kurz vor ihrem Abschluss. Sie krabbelt auf den Gipfel des Betts.

Komme, was da wolle.

Laetitia Wells schloss ihre lila Augen. Sie spürte, wie die Yang-Energie ihres Gefährten sich mit ihrer Yin-Energie vereinte. Ihre vereinigten Körper tanzten im Einklang. Als Laetitia die Augen wieder aufschlug, schreckte sie hoch. Praktisch vor ihrer Nase befand sich eine Ameise, die zwischen ihren Kiefern ein winzig kleines, zusammengefaltetes Stück Papier schwenkte.

Ein bestürzender Anblick! Sie bewegte sich nicht weiter, krümmte sich, machte sich los.

Diese abrupte Unterbrechung überraschte Jacques Méliès.

»Was ist denn los?«

»Auf dem Bett ist eine Ameise!«

»Sie muss aus deinem Terrarium entwischt sein. Wir haben heute genug mit Ameisen zu tun gehabt. Fang sie ein, und lass uns weitermachen, wo wir aufgehört haben!«

»Nein, warte, die hier ist nicht wie die anderen. Sie hat was Außergewöhnliches.«

»Ist es ein Roboter von Arthur Ramirez?«

»Nein, das ist eine springlebendige Ameise. Und du wirst mir vielleicht nicht glauben, aber sie hat ein gefaltetes Stück Papier zwischen den Mandibeln. Anscheinend will sie es uns geben!«

Der Kommissar brummte, war aber bereit, sich die Sache anzusehen. Tatsächlich erblickte er eine Ameise, die ein Stückchen zusammengefaltetes Papier trug.

Vor sich sieht Nr. 103 ein Schiff voller Finger.

Normalerweise setzt sich das Fingertier aus zwei Herden von fünf Fingern zusammen. Doch dieses muss ein höheres Tier sein, weil es dicker ist und nicht nur über zwei, sondern über vier Herden von fünf Fingern verfügt. Das heißt über zwanzig Finger, die sich von einer rosafarbenen Wurzel aus emporrecken.

Nr. 103 rückt vor und hält mit den Kieferbacken den Brief hin. Dabei versucht sie, sich nicht von der natürlichen Angst unterkriegen zu lassen, die ihr diese ungewöhnlichen Wesen einflößen.

Sie denkt zurück an die Schlacht mit den Fingern im Wald und hat Lust, sich auf allen sechsen aus dem Staub zu machen. Aber es wäre ja zu blöd, wenn sie sich jetzt nicht stellen würde, wo sie schon fast am Ziel ist.

»Na los, versuch herauszukriegen, was sie zwischen ihren Scheren hält.«

Ganz langsam streckte Jacques Méliès seine Hand nach der Ameise aus. Er murmelte: »Bist du dir ganz sicher, dass sie mich nicht beißt oder mit Ameisensäure bespritzt?«

»Du wirst mir doch nicht sagen wollen, dass du vor einer kleinen Ameise Angst hast?«, flüsterte Laetitia ihm ins Ohr.

Die Finger kommen näher, und die Angst überflutet sie. Nr. 103 erinnert sich an die Lektionen, die sie in Bel-o-kan gelernt hat, als sie noch klein war. Im Angesicht eines Räubers muss man vergessen, dass er stärker ist. Man muss an etwas anderes denken. Die Ruhe bewahren. Der Räuber erwartet stets, dass man vor ihm flieht, und sein Verhalten ist daran angepasst. Doch wenn man bleibt, wo man ist, vor ihm, unerschütterlich, ohne seine Angst zu zeigen, gerät er außer Fassung und traut sich nicht anzugreifen.

Die fünf Finger rücken sacht auf sie zu.

Sie wirken überhaupt nicht fassungslos.

»Pass bloß auf, dass du sie nicht erschreckst. Warte, langsamer, sonst haut sie ab!«

»Ich bin mir sicher, dass sie sich bloß nicht rührt, um mich zu beißen, wenn ich ganz nah dran bin.«

Trotzdem ließ er seine Hand langsam, aber stetig auf sie zugleiten.

Die Finger, die auf sie zukommen, wirken gleichgültig. Nicht das geringste Zeichen von feindlichem Verhalten. Misstrauen. Das muss ein Hinterhalt sein. Doch Nr. 103 schwört sich, nicht zu flüchten.

Keine Angst haben. Keine Angst haben. Keine Angst haben. Na los, sagt sie sich, ich bin von so weit hergekommen, um sie zu treffen, und jetzt, wo sie da sind, habe ich nur eins im Sinn: mit meinen sechs Beinen die Fliege zu machen. Nur Mut, Nr. 103, du hast ihnen schon einmal gegenübergestanden und hast es überlebt.

Es ist jedoch nicht leicht, zuzusehen, wie fünf rosa Kugeln, die zehnmal höher und dicker sind als man selbst, auf einen zukommen und sich dabei noch zu sagen, dass man bloß keinen Mucks machen soll.

»Sachte, sachte, du siehst doch, dass du ihr Angst machst: Ihre Fühler hören überhaupt nicht mehr zu zittern auf.«

»Lass mich nur machen, sie gewöhnt sich schon daran, dass meine Hand allmählich näher kommt. Tiere haben vor langsamen, regelmäßigen Erscheinungen keine Angst. Piano, piano, piano.«

Es ist der Instinkt. Sobald die Finger nur noch zwanzig Schritt weit weg sind, wird Nr. 103 von der Versuchung gepackt, ihre Mandibeln weit zum Angriff zu öffnen. Doch zwischen ihren Scheren steckt das zusammengefaltete Papier. Sie ist geknebelt, sie kann nicht einmal mehr beißen. Sie stößt ihre Antennenspitzen nach vorn.

In ihrem Kopf herrscht Chaos. Ihre drei Gehirne streiten sich, und jedes will seine Meinung durchsetzen: »Hauen wir ab!«

»Nur keine Panik. Wir sind doch nicht umsonst so weit gereist.«

»Wir gehen drauf dabei!«

»So oder so, die Finger sind zu nah, um noch rechtzeitig zu entwischen!«

»Halt, sie ist doch schon halb tot vor Schreck«, befahl Laetitia Wells.

Seine Hand hielt inne. Die Ameise wich drei Schritt zurück und rührte sich dann nicht mehr.

»Siehst du, wenn ich aufhöre, hat sie am meisten Angst.«

Einen Augenblick lang hofft Nr. 103 auf eine Gnadenfrist, aber die Finger rücken wieder voran. Wenn sie nichts tut, dann werden sie sie in ein paar Sekunden berühren! Nr. 103 hat schon zu spüren bekommen, was ein Klaps von den Fingern bedeutet. Sie erinnert sich an die beiden Möglichkeiten, angesichts von Unbekanntem zu reagieren: handeln oder es über sich ergehen lassen. Da sie es nicht über sich ergehen lassen will, handelt sie!

Fantastisch: Die Ameise war ihm auf die Hand gekrabbelt! Jacques Méliès war entzückt. Doch die Ameise rannte, flitzte über ihn, benutzte seinen Arm als Trampolin, sprang ab und landete auf der Schulter von Laetitia Wells.

Vorsichtig rückt Nr. 103 voran. Hier riecht es besser als auf dem anderen Finger. Sie nimmt sich die Zeit, alles, was sie sieht und riecht, zu analysieren. Wenn sie heil hier herauskommen sollte, wird ihr das später bei ihrem zoologischen Pheromon über die Finger von Nutzen sein. Es ist schon komisch, auf einem Finger zu sein. Es ist eine flache, hellrosa Fläche, die von Rinnen durchzogen wird. Darauf findet man in regelmäßigen Abständen kleine Brunnen voll süßlichem Schweiß.

Nr. 103 macht ein paar Schritte auf der weißen Rundung von Laetitias Schulter. Diese rührt sich nicht. Sie hat zu große Angst, die Ameise zu zerquetschen. Das Insekt klettert auf ihren Hals, dessen seidige Beschaffenheit sie entzückt. Sie rückt zum Mund vor und stützt sich mit dem ganzen Gewicht ihrer Beine auf diese dunkelroten kleinen Kissen. Einen Moment lang verirrt sie sich in der Höhle von Laetitias linkem Nasenloch, die alles versucht, um nicht niesen zu müssen.

Sie kriecht wieder aus der Nase heraus und beugt sich über den linken Augapfel. Der ist feucht und beweglich. Inmitten eines elfenbeinfarbenen Ozeans liegt eine lila Insel. Dorthin traut sie sich nicht, weil sie Angst hat, mit den Beinen kleben zu bleiben. Sie tut gut daran, denn schon bedeckt eine Art große Membran, die in einer schwarzen Bürste endet, den Augapfel.

Nr. 103 nimmt wieder den Weg über den Hals, dann rutscht sie zwischen den Brüsten durch. Na so was, da stolpert sie doch über ein paar rote Flecken! Von der feinen Beschaffenheit der Brüste bezaubert, nimmt sie eine Brustwarze in Angriff, deren rosiger Gipfel sich verändert. Oben bleibt sie stehen, um sich ein paar Notizen zu machen. Sie weiß, dass sie auf einem Finger steht und dass dieser ihr erlaubt, ihn zu besichtigen. Die Giulikanerinnen haben Recht. Die Finger hier sind eigentlich nicht aggressiv. Von der Spitze der Brustwarze aus hat sie eine unverstellte Aussicht auf die andere Brust und das Bauchtal.

Sie kommt wieder herunter und bewundert die helle, warme, weiche Fläche.

»Rühr dich nicht! Sie läuft auf deinen Nabel zu.«

»Ich möchte schon, aber es kitzelt.«

Nr. 103 fällt in den Nabelbrunnen, steigt wieder heraus, galoppiert über die langen Oberschenkel, krabbelt auf das Knie, steigt wieder auf das Schienbein herunter und kraxelt auf das Vorgebirge des Fußes.

Dort sieht sie die fünf kleinen, dicken und verkrüppelten Finger, deren Enden rot gefärbt sind. Sie klettert wieder das Bein hinauf, sprintet über die Waden, rutscht über ein Stück glatte weiße Haut. Sie jagt über diese warme, rosige, weichkörnige Wüste. Sie klettert über das Knie, steigt die Oberschenkel empor.

181. ENZYKLOPÄDIE

Sechs Die Zahl Sechs eignet sich vorzüglich für Beinkonstruktionen. Sechs ist die Zahl der Schöpfung. Gott erschuf die Welt in sechs Tagen und ruhte am siebenten. Nach Clemens von Alexandria wurde das Universum in sechs verschiedenen Richtungen erschaffen: den vier Himmelsrichtungen, dem Zenit (dem höchsten Punkt) und dem Nadir (dem vom Standpunkt des Beobachters aus tiefsten Punkt). In Indien heißt der sechsarmige Stern Yantra und bezeichnet den Liebesakt, die Durchdringung von Yoni und Lingam. Für die Juden stellt der Davidstern, auch Siegel Salomos genannt, die Summe aller Elemente des Universums dar. Das nach oben zeigende Dreieck steht für Feuer, das nach unten weisende für Wasser.

In der Alchemie gilt, dass jede Zacke des sechsarmigen Sterns einem Metall und einem Planeten entspricht. Die obere Zacke steht für Silber und Mond. Von links nach rechts folgen dann Venus und Kupfer, Merkur und Quecksilber, Saturn und Blei, Jupiter und Zinn, Mars und Eisen. Die richtige Verbindung der sechs Elemente und sechs Planeten ergibt in der Mitte Sonne und Gold.

In der Malerei findet der sechszackige Stern für die Darstellung aller möglichen Farbassoziationen Verwendung. Die Vereinigung aller Farbtöne ergibt in dem zentralen Sechseck weißes Licht.

EDMOND WELLS

Enzyklopädie des relativen und absoluten Wissens, Bd. 2

SECHSTES ARKANUM

DAS REICH DER FINGER

182. Noch näher am Ziel

Nr. 103 krabbelt den Oberschenkel hinauf. Doch da kommen fünf Finger, lassen sich nieder und versperren ihr den Weg, ehe sie die Leistengegend erreicht. Der Besuch ist beendet.

Nr. 103 hat Angst, zerquetscht zu werden. Doch nein – die Finger bleiben, wo sie sind, als würden sie sie zu einer Verabredung erwarten. Die Giulikanerinnen hatten ganz eindeutig Recht: Diese Finger sind nicht von der üblen Art. Sie lebt immer noch. Sie richtet sich auf ihren Hinterbeinen auf und reckt ihre Botschaft zum Himmel empor.

Langsam rückte Laetitia Wells mit den langen, lackierten Nägeln von Daumen und Zeigefinger näher und schnappte sich wie mit einer Pinzette das gefaltete Stück Papier.

Erst zögert Nr. 103, doch dann sperrt sie die Mandibeln weit auf und lässt ihre kostbare Last los. Um dieses magischen Augenblicks willen haben so viele Ameisen ihr Leben gelassen.

Laetitia Wells legte das Papier in ihre Handfläche. Es war etwa ein Viertel so groß wie eine Briefmarke, doch waren auf beiden Seiten geschriebene Zeichen zu sehen. Sie waren so klein, dass man sie nicht mehr lesen konnte. Trotzdem waren sie als menschliche Schrift zu erkennen.

»Ich glaube, die Ameise hat uns Post gebracht«, sagte Laetitia und versuchte das Stückchen Papier zu lesen.

Jacques Méliès holte seine große Leuchtlupe.

»Damit dürfte es leichter sein, den Brief zu entziffern.«

Sie setzten die Ameise in ein kleines Röhrchen, zogen sich an und beugten sich dann mit der Lupe über das Papierchen.

»Ich hab gute Augen«, versicherte Méliès, »gib mir einen Stift, und ich schreibe die Wörter auf, die ich erkenne. Danach probieren wir, uns die fehlenden zusammenzureimen.«

183. ENZYKLOPÄDIE

Termiten Ab und zu treffe ich Wissenschaftler, die sich auf Termiten spezialisiert haben. Sie behaupten dann, dass meine Ameisen zwar interessant, aber noch nicht halb so weit entwickelt seien wie die Termiten.

Die Termiten sind die einzigen sozial lebenden Insekten, ja bestimmt sogar die einzigen Tiere, die eine »vollkommene Gesellschaft« geschaffen haben. Die Termiten sind als absolute Monarchie organisiert, in der jedes Individuum glücklich seiner Königin dient, wo alle einander verstehen, einander helfen, wo keiner den geringsten Ehrgeiz oder die geringste egoistische Regung nährt.

Die Gesellschaft der Termiten ist mit Sicherheit diejenige, in der das Wort »Solidarität« den ausgeprägtesten Sinn hat. Vielleicht deshalb, weil sie die ersten Tiere waren, die Städte gebaut haben – und zwar vor über zweihundert Millionen Jahren.

Doch gerade in ihrem Erfolg liegt ihr eigener Untergang begründet. Was per definitionem vollkommen ist, lässt sich nicht weiter verbessern. In einer Termitenstadt ist daher jegliche Infragestellung, jegliche Neuerung, jegliche innere Unruhe unbekannt. Es handelt sich um einen reinen und gesunden Organismus, der so gut funktioniert, dass er nur noch in seinen mit äußerst beständigem Zement gebauten Gängen sein Glück genießt.

Die Ameisen hingegen leben in einem viel anarchischeren Gesellschaftssystem. Sie machen ihre Fortschritte dadurch, dass sie Fehler begehen, und damit beginnen sie auch all ihre Unternehmungen. Sie sind nie mit dem zufrieden, was sie haben, probieren alles aus, und das sogar unter Lebensgefahr.

Ein Ameisenhaufen ist kein stabiles System, sondern eine Gesellschaft, die sich beständig vorantastet, alle, selbst die abwegigsten Lösungen versucht – manchmal auf das Risiko der eigenen Vernichtung hin. Für mich sind das mindestens genauso viele Gründe, sich für Ameisen zu interessieren wie für Termiten.

EDMOND WELLS
Enzyklopädie des relativen und absoluten Wissens, Bd. 2

184. ENTZIFFERUNG

Nach mehreren Minuten kam Méliès beim Entziffern auf einen Satz, der Sinn ergab: »Zu Hilfe. Wir sind zu siebzehnt unter einem Ameisenhaufen eingesperrt. Die Ameise, die Ihnen diesen Brief überbringt, ist unserer Sache ganz ergeben. Sie wird Ihnen den Weg zu unserer Rettung weisen. Über uns befindet sich eine große Granitplatte. Kommen Sie mit Presslufthämmern und Spitzhacken. Machen Sie schnell. Jonathan Wells.«

Laetitia Wells richtete sich wieder auf: »Jonathan! Jonathan Wells! Mein Cousin Jonathan ruft uns zu Hilfe!«

»Du kennst ihn?«

»Ich hab ihn nie kennengelernt. Aber er ist trotzdem mein Cousin. Er wurde für tot gehalten, weil er im Keller in der Rue des Sybarites verschwunden war … Du erinnerst dich doch an den Fall mit dem Keller meines Vaters Edmond? Er war eines der ersten Opfer.«

»Anscheinend ist er noch quicklebendig, aber mit einer Gruppe von Leuten unter einem Ameisenhaufen gefangen!«

Méliès besah sich das Papierchen. Diese Botschaft war wie eine Flaschenpost. Sie war mit zitternder, womöglich todkranker Hand geschrieben worden. Wie lange trug die Ameise den Brief wohl schon mit sich herum? Er wusste, wie langsam Insekten vorankamen.

Eine Frage beschäftigte ihn. Der Brief war ganz offensichtlich auf einem normal großen Blatt geschrieben und dann mit einem Fotokopierer mehrfach verkleinert worden. Waren sie da unten so gut eingerichtet, dass sie über einen Fotokopierer und Strom dazu verfügten?

»Meinst du, das stimmt?«

»Ich kann mir kein anderes Szenarium vorstellen, warum eine Ameise sich mit einem Brief abschleppen sollte.«

»Aber was für ein Zufall soll denn das Insekt genau in deine Wohnung geführt haben? Der Wald von Fontainebleau ist groß, die Stadt Fontainebleau ist im Ameisenmaßstab noch größer, und trotzdem hat es die Botin geschafft, ausgerechnet in deiner Wohnung im vierten Stock zu landen … Das ist ein bisschen dick aufgetragen, findest du nicht?«

»Nein, es besteht eine Chance von eins zu einer Million, dass etwas geschieht, und es geschieht trotzdem.«

»Aber kannst du dir vorstellen, dass Leute unter einem Ameisenhaufen festsitzen? Leute, deren Leben vom guten Willen der Ameisen abhängt? Das ist doch einfach unmöglich. Einen Ameisenhaufen kann man mit einem Tritt umkippen.«

»Sie reden von einer Granitplatte, die ihnen den Weg versperrt.«

»Aber wie kann man sich denn unter einen Ameisenhaufen verkriechen. Da muss man ganz schön bescheuert sein. Das ist doch ein Scherz!«

»Nein. Es ist ein Geheimnis, das Rätsel des geheimnisvollen Kellers, der die verschlingt, die sich in ihn vorwagen. Das Problem besteht doch jetzt darin, die Gefangenen zu befreien. Wir haben keine Zeit zu verlieren, und ich weiß nur eine Einzige, das uns helfen kann.«

»Wer?«

Sie deutete auf das Röhrchen, in dem Nr. 103 um sich schlug.

»Sie. In dem Brief heißt es, dass sie uns bis zu meinem Cousin und seinen Gefährten führen kann.«

Sie befreiten die Ameise aus ihrem Glaskäfig. Sie hatten kein radioaktives Material zum Kennzeichnen da. Daher träufelte Laetitia ein Tröpfchen von ihrem roten Nagellack auf die Stirn des Insekts, um es mit Sicherheit wieder aus allen anderen Ameisen herauszufinden.

»Na los, meine Kleine, zeig uns den Weg!«

Entgegen jeder Erwartung rührte die Ameise sich nicht.

»Glaubst du, sie ist tot?«

»Nein, ihre Antennen bewegen sich.«

»Warum läuft sie dann nicht los?«

Jacques Méliès schubste sie mit einem Finger an.

Keine Reaktion. Nur immer nervösere Antennenbewegungen.

»Man könnte meinen, sie hat keine Lust, uns hinzuführen«, sagte Laetitia Wells. »Ich sehe nur eine Lösung. Wir müssen … mit ihr sprechen.«

»Einverstanden. Das ist eine tolle Gelegenheit zu sehen, wie der ›Stein der Weisen‹ von diesem Arthur Ramirez funktioniert.«

185. Land zu bestellen

Nr. 24 weiß nicht, von welcher Seite sie das Problem anpacken soll. Eine utopische Gemeinschaft aus mehreren Arten zu schaffen ist ja ganz schön. Es mit Hilfe einer Pflanze und geschützt vom Wasser zu tun ist sogar noch schöner. Aber wie soll man es anstellen, dass alle einander verstehen?

Die Gottgläubigen verbringen die meiste Zeit damit, ihre Monolithstatuen zu errichten, und verlangen eine Ecke, wo sie ihre Toten begraben können.

Die Termiten haben ein dickes Stück morsches Holz gefunden und bleiben darin eingenistet.

Die Bienen bauen sich in den Ästen der Büffelhornakazie einen Ministock.

Und die Ameisen richten einen Saal als Pilzgarten her.

Alles geht seinen normalen Gang. Warum sollte Nr. 24 sich solche Mühe geben, alles zu ordnen? Jeder tut in seiner Ecke, was ihm passt, solange das die anderen nicht stört.

Am Abend versammeln sich die Mitglieder der Gemeinschaft in einer Kammer der Akazie und erzählen einander Geschichten aus ihrer Welt.

Dieser gemeinnützige Augenblick, in dem alle Insekten sämtlicher Arten ihre Fühler ausstrecken, um Dufterzählungen von Bienenkriegerinnen oder Termitenarchitektinnen zu hören, ist das wichtigste Bindeglied der Gemeinschaft.

Die Gemeinschaft von Cornigera wird durch eine Vielzahl von Sagen und Märchen zusammengehalten. Duftlegenden. Ganz einfach.

Die Religion der Gottgläubigen ist bloß eine Geschichte unter anderen. Und niemand würde sich erlauben, sie gut oder schlecht zu heißen. Es kommt nur auf eines an: dass sie einen zum Träumen bringt. Und die Vorstellung von Gott bringt einen zum Träumen.

Nr. 24 schlägt vor, die schönsten Sagen der Ameisen, Bienen, Termiten und Käfer wie in der Chemischen Bibliothek in Behältern zu sammeln.

Die meerblaue Nacht erscheint in einem Bullauge der Akazie. Sie wird von einem weißen Vollmond erhellt.

Heute Abend ist es ziemlich warm, so dass die Insekten beschließen, einander ihre Geschichten am Strand zu erzählen.

Eines von ihnen erzählt: … *der Termitenkönig wanderte schon seit zwei Zyklen in der Gebärkammer seiner Königin herum, als plötzlich die Mannschaft der Baumaushöhlerinnen meldete, dass ein Totenuhr-Käfer die erotischen Schwingungen der Herrscherin störe …*

Ein anderes schildert: … *Da taucht plötzlich eine schwarze Wespe auf. Mit nach vorn gerichtetem Stachel rast sie auf mich zu. Mir bleibt kaum Zeit …*

Alle teilen zitternd die Angst, welche die Biene aus Askolein in ihrer Erinnerung wieder erlebt.

Der Duft der Narzissen um sie herum und das friedliche Plätschern des Wassers, das das Ufer liebkost, wirken beruhigend auf sie.

186. Das Jüngste Gericht

Arthur Ramirez empfing sie sehr herzlich. Es ging ihm besser. Er dankte ihnen, dass sie ihn nicht bei der Polizei angezeigt hatten. Madame Ramirez war nicht da. Sie hatte ihren Auftritt bei »Denkfalle«.

Die Journalistin und der Polizist erklärten ihm, dass sich etwas Neues ereignet habe: So unglaublich es klinge, aber eine Ameise habe ihnen eine handschriftliche Botschaft überbracht.

Sie zeigten ihm den Brief. Arthur Ramirez erkannte das Problem sofort. Er zupfte sich an seinen Barthaaren. Dann erklärte er sich bereit, seinen »Stein der Weisen« in Gang zu setzen.

Er führte sie auf den Speicher, schaltete mehrere Computer ein, beleuchtete Duftfläschchen, die Pheromone erzeugten, schüttelte durchsichtige Schläuche, um Ablagerungen auszuschließen.

Unendlich vorsichtig beförderte Laetitia Nr. 103 aus ihrem Röhrchen. Arthur setzte sie unter eine Glasglocke.

Von dieser Glocke gingen zwei Schläuche ab: Einer saugte die Duftpheromone der Ameise ab, der andere führte ihr die künstlichen Pheromone zu, in welche die menschlichen Nachrichten übersetzt waren.

Ramirez hatte sich vor sein Kommandopult gesetzt, drehte an mehreren Spornrädchen, überprüfte noch einmal die Leuchtanzeigen und stellte den Spannungsmesser ein. Alles war bereit. Er musste nur noch das Programm anwerfen, das die menschlichen Worte in Ameisendüfte umsetzte. Sein Wörterbuch Französisch-Ameisisch umfasste hunderttausend Wörter und hunderttausend Pheromonabstufungen.

Der Ingenieur setzte sich an das Mikrofon und sagte deutlich:

Senden: Grüße.

Er drückte auf einen Knopf, und auf dem Videobildschirm wurde das Wort in chemische Formeln umgesetzt, dann an die Duftphiolen weitergeleitet, die sich genau nach der Dosierung des Computerwörterbuchs entleerten. Jedes Wort hatte seinen eigenen Geruch.

Die kleine Wolke mit der Nachricht wurde mit Hilfe einer Luftpumpe in das Schlauchsystem befördert und gelangte unter die Glasglocke.

Die Ameise bewegte ihre Antennen.

Grüße.

Botschaft angekommen.

Ein Gebläse reinigte die Glocke von jeglichem störenden Geruch, damit ihre Antwort richtig aufgenommen wurde.

Die Empfangsfühler vibrierten.

Die Antwortwolke kam durch den durchsichtigen Schlauch zurück, gelangte bis zu dem Massenspektrometer und dem Chromatographen, der sie Molekül für Molekül zerlegte, um jeden flüssigen Bestandteil zu erhalten, der einem Wort entsprach.

Nach und nach erschien auf dem Computerbildschirm ein Satz.

Gleichzeitig ertönte er durch einen Stimmensynthesizer.

Alle hörten sie die Antwort der Ameise.

Empfangen: Wer seid ihr? Ich verstehe eure Pheromone schlecht.

Laetitia und Méliès staunten. Der Apparat von Edmond Wells funktionierte tatsächlich!

Senden: Du befindest dich in einer Maschine, die man zur Verständigung zwischen Ameisen und Menschen benutzen kann. Mit ihrer Hilfe können wir mit dir sprechen und verstehen, was du sendest.

Empfangen: Menschen? Was sind Menschen? Eine Art Finger?

Offensichtlich – und das war erstaunlich – war die Ameise von ihrer Maschine nicht im Geringsten beeindruckt. Sie antwortete ohne Umstände und schien sogar diejenigen zu kennen, die sie als »Finger« bezeichnete. Das Gespräch konnte also beginnen. Arthur Ramirez griff zum Mikrofon.

Senden: Ja. Wir sind die Verlängerungen der Finger.

Die Antwort hallte aus dem Lautsprecher über dem Computer:

Empfangen: Bei uns heißt ihr Finger. Ich nenne euch lieber so.

Senden: Wie du willst.

Empfangen: Wer seid ihr? Ich nehme an, ihr seid nicht Doktor Livingstone …

Alle drei waren verblüfft. Wie konnte eine Ameise von Doktor Livingstone gehört haben, und noch dazu von dem berühmten Satz: »Ich nehme an, Sie sind Doktor Livingstone?« Sie glaubten erst an einen Übersetzungsfehler oder einen Schaden im Mechanismus des Wörterbuchs Französisch-Ameisisch. Keiner kam auf den Gedanken zu lachen oder sich einzubilden, dass sie es womöglich mit einer humorvollen Ameise zu tun hatten. Sie fragten sich vielmehr, wer dieser Doktor Livingstone sein sollte, den die Ameisen kannten.

Senden: Nein, wir sind nicht »Doktor Livingstone«. Wir sind drei Menschen. Wir heißen Arthur, Laetitia und Jacques.

Empfangen: Wie habt ihr Erdisch sprechen gelernt?

Laetitia flüsterte: »Sie will wohl fragen, woher wir die Duftsprache der Ameisen können. Sie bilden sich wahrhaftig ein, dass sie die einzigen wichtigen Erdenbewohner sind …«

Senden: Es ist ein Geheimnis, das uns zufällig in die Hände gefallen ist. Und wer bist du?

Empfangen: Nr. 103 683, aber meine Gefährtinnen nennen mich lieber kurz Nr. 103. Ich bin eine Geschlechtslose aus der Kaste der Kundschafterinnen. Ich komme aus Bel-o-kan, der größten Stadt der Welt.

Senden: Und wie kommt es, dass du uns diese Botschaft überbracht hast?

Empfangen: Die Finger, die unter unserer Stadt leben, haben uns gebeten, euch dieses Päckchen zu überbringen. Sie nennen diese Aufgabe »Mission Merkur«. Weil ich die einzige war, die schon einmal in die Nähe der Finger gekommen war, haben meine Schwestern gedacht, ich sei auch die einzige, die diese Aufgabe erfüllen könne.

Nr. 103 hütete sich davor, zu erwähnen, dass sie auch die Anführerin eines Kreuzzugs zur Ausrottung aller Finger auf Erden war.

Alle drei hatten der gesprächigen Ameise bestimmte Fragen zu stellen, doch Arthur Ramirez hielt weiter die Zügel der Unterhaltung in der Hand.

Senden: In dem Brief, den du uns überbracht hast, ist von Menschen die Rede, Verzeihung, von Fingern, die unter deiner Stadt festsitzen. Du allein sollst uns zu ihnen bringen können, um sie zu retten.

Empfangen: Das stimmt.

Senden: Dann zeige uns den Weg, und wir folgen dir.

Empfangen: Nein.

Senden: Wieso denn nein?

Empfangen: Erst muss ich euch besser kennenlernen. Wie soll ich sonst wissen, dass ich zu euch Vertrauen haben kann?

Die drei Menschen waren so überrascht, dass sie nicht wussten, was sie sagen sollten.

Zwar hatten sie zweifellos viel Sympathie, ja sogar Achtung für die Ameisen übrig, aber bis dahin, dass sie eines dieser Tierchen zu ihnen »Nein« sagen hörten, war es noch ein weiter Schritt. Das kleine Klümpchen unter der Glasglocke hielt das Leben von siebzehn Menschen in seinen Krallen. Sie konnten die Ameise mit einem einfachen Daumendruck zerquetschen, und die traute sich, ihnen ihre Hilfe unter dem Vorwand zu verweigern, sie hätten sich ihr nicht richtig vorgestellt.

Senden: Warum willst du uns kennenlernen?

Empfangen: Ihr seid groß und stark, aber ich weiß nicht, ob ihr gute Absichten habt. Seid ihr Ungeheuer, wie unsere Königin Chli-pu-ni es glaubt? Allmächtige Götter, wie Nr. 23 meint? Seid ihr gefährlich? Seid ihr viele? Seid ihr intelligent? Seid ihr Barbaren? Wie entwickelt ist eure Technik? Benutzt ihr Werkzeuge? Ich muss euch doch kennen, ehe ich entscheide, ob es sich lohnt, einige von euch zu retten.

Senden: Willst du, dass jeder von uns dreien dir sein Leben erzählt?

Empfangen: Ich will nicht euch drei verstehen und beurteilen, sondern eure ganze Art.

Laetitia und Méliès blickten einander an. Wo sollten sie anfangen? Mussten sie dieser Ameise etwa die Kulturen der Antike, das Mittelalter, die Renaissance, die Weltkriege erläutern? Arthur hingegen schien die Diskussion Spaß zu machen.

Senden: Dann stell uns Fragen. Wir antworten dir und erklären dir unsere Welt.

Empfangen: Das ist zu leicht. Ihr werdet mir eure Welt im besten Licht darstellen, nur um die Finger zu retten, die Gefangene unserer Stadt sind. Sucht also einen Weg, um mich objektiver zu informieren.

Wie stur diese Nr. 103 war! Selbst Arthur wusste nicht mehr, was er sagen sollte, um sie von ihrer Gutwilligkeit zu überzeugen. Méliès tobte. Zu Laetitia meinte er wütend:

»Na schön. Dann retten wir deinen Cousin und seine Begleiter eben ohne die Hilfe dieser anmaßenden Ameise. Arthur, haben Sie eine Karte des Waldes von Fontainebleau?«

Ja, die habe er, doch sei der Wald von Fontainebleau siebzehntausend Hektar groß. Und an Ameisenhaufen mangele es auch nicht. Wo sollten sie suchen? Bei Barbizon, unter den Felsen von Apremont, in der Nähe des Franchard-Sumpfes, im Sand der Solle-Hügel?

Mit dem Graben konnten sie Jahre zubringen. Mit ihren eigenen Mitteln würden sie Bel-o-kan nie finden.

»Wir werden uns doch nicht von einer Ameise demütigen lassen!«, rief Méliès genervt.

Arthur Ramirez setzte sich für ihren Gast ein.

»Sie will uns doch bloß besser verstehen, ehe sie uns zu ihrem Nest führt. Sie hat Recht. An ihrer Stelle würde ich genauso handeln.«

»Aber wie sollen wir ihr denn ein ›objektives‹ Bild von unserer Welt vermitteln?«

Sie grübelten nach. Noch ein Rätsel! Schließlich rief Jacques Méliès: »Ich hab eine Idee!«

»Und die wäre?«, fragte Laetitia, die auf die ungestümen Initiativen des Kommissars immer mit Misstrauen reagierte.

»Das Fernsehen. Das Fern-sehen! Mensch, übers Fernsehen sind wir an die ganze Menschheit angeschlossen, können wir den Puls der ganzen Art fühlen. Das Fernsehen stellt alle Aspekte unserer Zivilisation dar. Wenn unsere Nr. 103 fernsieht, kann sie selber mit Herz und Verstand entscheiden, wer wir sind und was wir wert sind.«

187. Pheromon

AMEISENSAGE:
Entschlüsseln erlaubt
Gedächtnispheromon Nr. 123
Thema: Sage
Speichlerin: Königin Chli-pu-ni

Dies ist die Sage von den beiden Bäumen. Zwei verfeindete Ameisenarten lebten jede in ihrem Baum. Die beiden Bäume waren Nachbarn. So geschah es, dass ein Ast anfing, zur Seite zu wachsen, um den anderen Baum zu erreichen, und sich ihm auf diese Weise tagtäglich ein Stück näherte. Die beiden Arten wussten, dass der Krieg ausbrechen würde, sobald der Ast den Abstand zwischen den beiden Bäumen überbrückt hätte. Doch keine von ihnen traf Vorkehrungen dagegen. Der Krieg brach genau an dem Tag aus, an dem der Ast den Nachbarbaum streifte. Die Schlachten waren erbarmungslos. Diese Geschichte zeigt, dass es einen genau bestimmten Moment gibt, zu dem sich ein Ereignis vollzieht. Vorher ist es zu früh; danach ist es zu spät. Jeder weiß instinktiv, wann der richtige Augenblick ist.

188. Das Gewicht der Worte, der Schock der Bilder

Sie setzten Nr. 103 vor einen kleinen Farbfernseher mit LCD-Bildschirm. Da der Bildschirm für die Ameise noch immer zu groß war, platzierten sie vor ihr eine Linse, welche die Bilder auf ein Hundertstel verkleinerte. So hatte die Ameise ein perfektes Fernsehbild.

Für den Ton verknüpfte Arthur den Fernsehlautsprecher mit dem Mikrofon des »Steins der Weisen«. So konnte die belokanische Kundschafterin zugleich Bild und Duft-Ton des Fingerfernsehens empfangen.

Natürlich konnte sie so weder Musik noch Geräusche wahrnehmen; doch würde sie das Wesentliche der Kommentare und Dialoge verstehen.

Nr. 103 erzeugte einen Speicheltropfen, in dem sie ihre Beobachtungen über die Sitten der Finger aufzuzeichnen gedachte. Dann würde sie entscheiden, was diese Tiere wert waren.

Arthur Ramirez schaltete den Fernseher ein. Er drückte auf einen beliebigen Knopf seiner Fernbedienung.

Kanal 341: »Mit Krak-Krak erledigen Sie im Handumdrehen …«

Jacques Méliès schreckte hoch und schaltete schnell um. Sein glänzender Einfall war nicht ganz ohne Risiken!

Empfangen: Was ist das?, fragt Nr. 103.

Schrecken bei den Menschen. Hastig beruhigen sie sie.

Senden: Nur Reklame für ein Nahrungsmittel. Nichts Interessantes.

Empfangen: Nein, was ist das, dieses flache Licht?

Senden: Fernsehen, das am weitesten verbreitete Verständigungsmittel bei uns.

Empfangen: Das ist flaches, kaltes Feuer, oder?

Senden: Ihr kennt Feuer?

Empfangen: Natürlich, aber das hier nicht. Erklärt es!

Arthur Ramirez konnte sich kaum vorstellen, einer Ameise das Prinzip der Kathodenröhre zu erklären. Er versuchte es mit einem Vergleich:

Senden: Das ist kein Feuer. Es leuchtet hell und ist hell, aber nur deshalb, weil es ein Fenster ist, an dem alles vorbeizieht, was in unserer Kultur geschieht.

Empfangen: Und wie gelangen diese Bilder bis hierher?

Senden: Sie schweben durch die Luft.

Diese Fingertechnik versteht Nr. 103 nicht, aber sie will aufnehmen, was sie von der Welt der Finger zu sehen bekommt, als würde sie sich gleichzeitig an mehreren Stellen ihrer Stadt befinden.

Kanal 1432. Nachrichten. Maschinengewehrfeuer. Stimme aus dem Off: »Die Syraker haben ein Gas zum Töten von …«

Rasch zappte Arthur weiter.

Kanal 1445. Wahl der Miss Universum. Mädchen wackeln in einer Reihe mit den Hüften.

Empfangen: Was sind das für Insekten, die auf ihren beiden Hinterbeinen schwanken?

Senden: Das sind keine Insekten. Diese Tiere sind Menschen oder Finger, wie ihr sagt. Das sind unsere Weibchen.

Empfangen: Also so sieht ein Finger im Ganzen gesehen aus?

Die Ameise geht mit dem rechten Auge nah an das Verkleinerungsglas heran und beobachtet ausgiebig die Gestalten, die sich über den Bildschirm bewegen.

Empfangen: Ihr habt also Augen und einen Mund. Aber die liegen ganz oben bei eurem Organismus.

Senden: Hast du was anderes geglaubt?

Empfangen: Ich habe immer gedacht, ihr seid nur eine rosafarbene Masse. Ihr habt keine Antennen. Wie könnt ihr dann mit mir sprechen?

Senden: Wir verwenden ein Verständigungssystem mit Lauten, ohne dass wir dazu Antennen brauchen.

Empfangen: Und außerdem habt ihr zwei Beine zu wenig. Ihr habt nur vier! Wie könnt ihr damit laufen?

Senden: Uns genügen zum Laufen zwei Hinterbeine, aber wir haben eine Zeit lang gebraucht, um so weit zu kommen, ohne hinzufallen. Die beiden Vorderbeine benützen wir zum Beispiel dazu, Dinge zu tragen. Das ist anders als bei euch, wo alle Beine zum Laufen da sind.

Empfangen: Sind die mit den langen Haaren auf dem Schädel krank?

Senden: Manche Weibchen lassen ihr Haar wachsen, um die Männchen zu verführen.

Empfangen: Warum haben eure Weibchen keine Flügel?

Senden: Kein Finger hat Flügel.

Empfangen: Nicht einmal die Fortpflanzungsfähigen?

Senden: Nicht einmal die.

Aufmerksam beobachtet Nr. 103 den Bildschirm. Die Fingerweibchen findet sie wirklich sehr hässlich.

Empfangen: Wechselt ihr die Farbe eurer Panzer wie die Chamäleons?

Senden: Wir haben keinen Panzer. Unsere Haut ist rosig und nackt, und wir schützen sie mit Kleidungsstücken in allen möglichen Farben und mit allen möglichen Mustern.

Empfangen: Kleidungsstücke? Ist das eine Art Tarnung, damit euch eure Räuber nicht finden?

Senden: Nicht ganz. Es ist eher etwas, um sich vor Kälte zu schützen und um seine Persönlichkeit zu zeigen. Sie bestehen aus geflochtenen Pflanzenfasern.

Empfangen: Gehört das zum Liebeswerben wie bei den Schmetterlingen?

Senden: Wenn man so will. Ganz sicher ziehen unsere Frauen, wenn sie auf eine bestimmte Weise gekleidet sind, manchmal stärker die Aufmerksamkeit der Männer auf sich.

Nr. 103 fragt viel, lernt aber schnell. Manche ihrer Fragen sind schwieriger zufriedenstellend zu beantworten als andere. Zum Beispiel: »Warum bewegen sich die Augen der Finger?« Oder: »Warum sind die Individuen der gleichen Kaste nicht alle gleich groß?« Die drei Menschen versuchen, so gut sie können, Auskunft zu erteilen. Sie benützen dabei einen vereinfachten, aber klaren Wortschatz. Sie sind fast gezwungen, das Französische neu zu erfinden, so reich an Nebenbedeutungen und Feinheiten sind mitunter die Wörter, die sie immer wieder neu definieren müssen, damit die Ameise sie versteht.

Schließlich hat Nr. 103 diesen Aufmarsch von Menschenweibchen satt. Sie will etwas anderes sehen. Méliès zappt. Wenn ein Bild ihre Aufmerksamkeit fesselt, strömt sie ein »Halt!« aus.

Empfangen: Halt! Was ist das?

Senden: Ein Bericht über den Verkehr in den Großstädten.

Stimme des Kommentators aus dem Off: »Die Staus stellen eines der größten Probleme unserer Metropolen dar. Eine einschlägige Untersuchung hat ergeben: Je mehr Autobahnen und Straßen man baut, umso mehr Autos werden gekauft, und umso häufiger kommt es zu Staus.«

Auf dem Bildschirm sind lange Reihen zwischen gräulichen Rauchwolken stehender Autos zu sehen. Kameraschwenk auf die kilometerlangen Schlangen von Wohnwagen, Lastwagen, Autos und Bussen.

Empfangen: Ach ja, die Staus in den großen Metropolen, die sind überall eine Plage! Etwas anderes.

Bilderfolge.

Empfangen: Halt! Was ist denn das?

Senden: Eine Dokumentarsendung über den Hunger auf der Welt.

Ausgezehrte Körper, Kinder mit Mündern voller Fliegen, ausgemergelte Säuglinge, die an den schlaffen und leeren Brüsten ihrer hageren Mütter hängen, alterslose Menschen mit starrem Blick …

Die gleichgültige Stimme des Kommentators: »Die Trockenheit in Äthiopien richtet weitere Verheerungen an. Schon seit fünf Monaten herrscht Hunger, und nun steht eine Invasion von Wanderheuschrecken bevor. An Ort und Stelle versuchen Ärzte der internationalen Gemeinschaft mit dürftigen Mitteln der einheimischen Bevölkerung zu helfen.«

Empfangen: Was sind denn Ärzte?

Senden: Finger, die anderen Fingern helfen, wenn sie krank oder in Not sind, auch wenn sie nicht aus ihrem Revier stammen oder die gleiche Hautfarbe haben. Nicht alle Finger sind rosa, es gibt auch gelbe und schwarze auf der Welt.

Empfangen: Auch bei unserer Art können die Farben verschieden sein. Das genügt manchmal schon, damit Feindschaft ausbricht.

Senden: Bei uns auch.

Kanal 1227, 1226, 1225. Halt.

Empfangen: Was ist das?

Méliès erkennt das Bild sofort: »Wir sind auf dem verschlüsselten Kanal. Das ist ein … Pornofilm.«

Kein Entrinnen. Ramirez erklärt es, so gut er kann. Nr. 103 will die Wahrheit wissen.

Empfangen: Was ist das?

Senden: Das sind Filme, bei denen man sieht, wie die Finger sich fortpflanzen …

Die Ameise betrachtet die Bilder mit großem Interesse.

Kommentar von Nr. 103.

Empfangen: Macht ihr es mit dem Kopf?

Senden: Äh … nein … eigentlich nicht, antwortet Laetitia ziemlich verlegen.

Das Paar auf dem Bildschirm wechselt die Stellung und umarmt sich.

Kommentar von Nr. 103:

Empfangen: Eigentlich liebt ihr euch wie die Schnecken, indem ihr euch auf dem Boden herumwälzt. Das kann nicht besonders angenehm sein. Das muss doch überall reiben.

Genervt zappt Laetitia Wells weiter.

Kanal 1124. Ein Gewimmel von kleinen schwarzen Punkten.

Empfangen: Halt. Was ist das?

Kein Entrinnen. Eine Tiersendung über die Insekten.

Senden: Ein … ein Bericht über die »Ameisen«.

Empfangen: Was ist denn das, Ameisen?

Sie zögern, die nicht gerade löblichen Bilder über die Ameisenart zu kommentieren, die hier nicht mehr als eine wimmelnde Masse ist.

Empfangen: Was ist das, Ameisen?

Senden: Ähm, das ist zu schwierig zu erklären.

Ramirez zögert. Dann gibt er zu:

Senden: Die Ameisen … das seid ihr.

Empfangen: Das sind wir?

Nr. 103 reckt den Hals. Selbst bei Großaufnahmen schafft sie es nicht, ihre Schwestern zu erkennen, denn ihr Gesichtsfeld ist rund, während das der Menschen flach ist.

In etwa erkennt sie das Bild von einem Hochzeitsflug. Prinzessinnen und Männchen fliegen auf.

Nr. 103 lauscht dem Reporter und lernt vieles über ihre Art. Sie wusste nicht, dass es auf der Erde so viele Ameisen gibt. Sie wusste nicht, dass bestimmte Arten in Australien, die man »Feuerameisen«

nennt, über so stark konzentrierte Ameisensäure verfügen, dass sie damit Bäume verätzen können.

Nr. 103 macht sich Notizen über Notizen. Sie kommt von diesem Fenster gar nicht mehr los, an dem so geschwind so viele interessante Informationen vorbeirauschen.

Die folgenden Stunden waren vollständig dieser intensiven Fernsehbestrahlung gewidmet.

Am dritten Tag sieht Nr. 103 einer Show mit Komikern zu. Mehrere Schauspieler schnappen sich ein Mikrofon und erzählen Geschichten, die den Saal zum Kreischen bringen.

Ein rundlicher, lustiger Mann quasselt drauflos: »Kennen Sie den Unterschied zwischen einer Frau und einem Politiker? Nein? Na dann. Wenn eine Frau Nein sagt, dann heißt das Vielleicht, wenn sie Vielleicht sagt, dann heißt das Ja, und wenn sie Ja sagt, dann gilt sie als Schlampe. Wenn hingegen der Politiker Ja sagt, dann heißt das Vielleicht, wenn er Vielleicht sagt, dann heißt das Nein, und wenn er Nein sagt, dann gilt er als Schweinehund!«

Der Saal gluckst.

Die Ameise reibt sich die Antennen.

Empfangen: Ich habe nichts verstanden …

Senden: Das ist zum Lachen, erklärt Arthur Ramirez.

Empfangen: Lachen? Was ist das?

Laetitia Wells bemühte sich, den Humor der Finger zu erläutern. Vergebens versuchte sie, die Geschichte des Irren zu erzählen, der seine Decke neu streicht. Und dann andere Witze. Doch ohne die Bezugspunkte der menschlichen Kultur liefen sie alle ins Leere.

Senden: Gibt es in eurer Welt nichts, was euch zum Lachen bringt?, fragte Jacques Méliès.

Empfangen: Erst muss ich doch wissen, was Lachen ist. Ich begreife wirklich nicht, um was es geht!

Sie versuchten, einen Ameisenwitz zu erfinden: »Eine Ameise streicht ihre Decke neu …«, aber das Ergebnis war nicht besonders glücklich. Man hätte wissen müssen, was für die Bewohnerin eines Ameisenhügels wichtig war und was nicht.

Für den Augenblick verzichtet Nr. 103 darauf, es zu begreifen; sie hält lediglich in ihrem zoologischen Pheromon fest: »Die Finger müssen sich merkwürdige Geschichten erzählen, die physiologische Erscheinungen hervorrufen. Sie machen sich gern über alles lustig.«

Es wurde weitergezappt.

»Denkfalle«. Madame Ramirez tauchte auf und hatte noch immer das Rätsel mit den sechs Dreiecken und den sechs Streichhölzern zu lösen. Sie tat weiterhin so, als würde sie die Antwort nicht kennen, aber Laetitia und Jacques wussten jetzt, dass Madame Ramirez längst alle Antworten kannte.

Sie zappten.

Ein Film über das Leben Albert Einsteins. Vereinfachte Erklärungen seiner astrophysikalischen Theorien. Nr. 103 findet daran unverhofft Interesse.

Empfangen: Anfangs konnte ich die Finger nicht voneinander unterscheiden. Doch nachdem ich jetzt so viele Fingergestalten gesehen habe, erkenne ich die Unterschiede. Der zum Beispiel ist ein Männchen, stimmt's? Das sehe ich daran, dass er kurze Haare hat.

Eine Reportage über Fettleibigkeit. Magersucht und Fettsucht werden erklärt. Die Ameise ist entrüstet.

Empfangen: Was sind denn das für Individuen, die kreuz und quer essen! Essen ist doch die einfachste und natürlichste Sache der Welt. Sogar eine Larve weiß schon, wie sie sich zu ernähren hat. Wenn eine Zisternenameise anschwillt, weil sie sich voll Nahrung stopft, dann tut sie dies für das Gemeinwohl und ist stolz auf ihren dicken Körper – nicht wie diese Fingerweibchen, die jammern, weil sie es nicht schaffen, ihre Nahrung zu beschränken.

Nr. 103 erwies sich als unermüdliche Fernsehzuschauerin.

Die Ramirez' hatten ihren Spielzeugladen geschlossen. Laetitia und Jacques schliefen im Gästezimmer. Alle wechselten sich ab, um die Ameise zufriedenzustellen.

Nr. 103 giert nach Informationen aller Art. Alles interessiert sie: die Fußballregeln, Tennis, Spiele, die Kriege zwischen den Fingern, die Politik der Staaten, die Hochzeitsfeiern der Finger. Von den Zeichentrickfilmen ist sie wegen der einfachen und klaren Darstellung hingerissen. Beim *Krieg der Sterne* bricht sie in Begeisterung aus. Sie versteht zwar nicht das ganze Drehbuch, doch erinnern manche Szenen sie an die Schlacht um den Goldenen Bienenstock.

Sie zeichnet alles in ihrem zoologischen Pheromon auf. Diese Finger haben eine Fantasie!

189. Enzyklopädie

Welle Alles – ob Gegenstand, Idee oder Person – lässt sich auf eine Welle zurückführen. Eine Formwelle, eine Lautwelle, eine Bildwelle, eine Geruchswelle. Zwischen diesen Wellen kommt es, wenn sie sich nicht im unendlichen leeren Raum befinden, gezwungenermaßen zu Interferenzen.

Das Interessante daran ist das Studium der Objektwellen, der Ideen. Was passiert, wenn man Rock 'n' Roll mit klassischer Musik vermischt? Was passiert, wenn man Philosophie und Informatik miteinander vermischt? Was passiert, wenn man asiatische Kunst mit westlicher Technik vermischt?

Wenn man einen Tropfen Tinte ins Wasser schüttet, dann haben die beiden Stoffe ein sehr niedriges, gleichförmiges Informationsniveau. Der Tintentropfen ist schwarz, und das Wasser ist durchsichtig. Wenn die Tinte ins Wasser tropft, löst sie eine Trübung aus.

Bei dieser Berührung ist der interessanteste Augenblick der, in dem chaotische Formen erscheinen. Der Augenblick vor der Auflösung. Die Wechselwirkung zwischen den beiden verschiedenen Elementen führt zu einem sehr abwechslungsreichen Gebilde. Es entstehen komplizierte Spiralen, verzerrte Formen und alle möglichen Fäden, die sich nach und nach zu grauem Wasser auflösen. In der Welt der Objekte ist dieses abwechslungsreiche Gebilde nur schwer zu fixieren, doch in der Welt des Belebten kann ein Zusammentreffen sich dem Gedächtnis einbrennen und haften bleiben.

Edmond Wells

Enzyklopädie des relativen und absoluten Wissens, Bd. 2

190. Chli-pu-ni quält sich

Chli-pu-ni ist beunruhigt. Fliegenbotinnen aus dem Osten berichten, dass vom Kreuzzug gegen die Finger nichts mehr übrig sei. Er sei vollständig von einer Fingerarmee vernichtet worden, die Stürme mit »stechendem Wasser« geschleudert hätten.

So viele Legionen, so viele Soldatinnen, so viele vertane Hoffnungen, ganz umsonst!

Die Königin von Bel-o-kan steht vor der Leiche ihrer Mutter und fragt sie um Rat. Doch der Panzer ist leer und hohl. Er antwortet ihr nicht. Nervös schleicht Chli-pu-ni durch ihre Gebärkammer. Arbeiterinnen wollen sich ihr nähern, um sie zu streicheln und zu beruhigen. Sie weist sie brüsk ab.

Sie bleibt stehen und streckt ihre Fühler in die Höhe.

Es muss doch einen Weg geben, sie zu vernichten.

Sie eilt in die Chemische Bibliothek und sendet dabei ständig dieses Pheromon aus.

Es muss doch auf jeden Fall einen Weg geben, sie zu vernichten.

191. Was sie von uns hält

Schon seit fünf Tagen schaute Nr. 103 ohne die mindeste Ruhepause fern. Sie hatte nur eine kleine Bitte gehabt: Sie brauche eine kleine Kapsel, um darin ihre zoologischen Pheromone über die Finger aufzubewahren.

Laetitia schaute ihre Gefährten an: »Diese Ameise wird echt noch fernsehsüchtig!«

»Sie scheint zu begreifen, was sie sieht«, meinte Méliès.

»Vermutlich bloß ein Zehntel von dem, was über den Bildschirm flimmert. Mehr nicht. Sie sitzt wie ein Neugeborenes vor dem Apparat. Was sie nicht kapiert, deutet sie auf ihre Weise.«

Der Meinung war Arthur Ramirez nicht.

»Ich glaube, dass Sie sie unterschätzen. Ihre Kommentare zum syrakisch-syranischen Krieg sind sehr zutreffend. Außerdem weiß sie die Zeichentrickfilme von Tex Avery zu schätzen.«

»Ich unterschätze sie ganz und gar nicht«, erwiderte Méliès, »und gerade deswegen mach ich mir Sorgen. Wenn sie sich bloß für die Comics interessieren würde! Gestern hat sie mich gefragt, warum wir uns so anstrengen, einander Leid zuzufügen.«

Davon waren alle betroffen. Sie wurden alle von ein und derselben Frage gequält: *Was soll sie bloß von uns halten?*

»Wir müssen aufpassen, dass sie keine zu negativen Bilder von unserer Welt mitkriegt. Es genügt ja, rechtzeitig umzuschalten«, fügte der Kommissar hinzu.

»Nein«, wandte der Meister der Heinzelmännchen ein. »Das Experiment ist zu interessant. Zum ersten Mal beurteilt uns ein lebendiges Wesen, das kein Mensch ist. Lassen wir unsere Ameise bei ihrem Urteil doch frei sagen, was wir im Ganzen gesehen wert sind.«

Sie setzten sich wieder alle drei vor den »Stein der Weisen«. Der hohe Gast unter der Glasglocke klebte noch immer mit dem Kopf vor dem LCD-Bildschirm. Die Ameise zappelte mit den Antennen und speichelte mit Hochdruck Pheromone, während sie einer Wahlsendung folgte. Ganz offensichtlich lauschte sie sehr aufmerksam der Ansprache des Staatspräsidenten und machte sich dabei viele Notizen.

Senden: Grüße, Nr. 103.

Empfangen: Grüße, Finger.

Senden: Ist alles in Ordnung?

Empfangen: Ja.

Damit Nr. 103 den Sendungen nach eigenem Belieben folgen konnte, bastelte Ramirez schließlich eine Minifernbedienung, mit der die Ameise sich von ihrer Experimentierglocke aus durchzappen konnte. Das Insekt gebrauchte und missbrauchte das Gerät.

Das Experiment dauerte noch ein paar Tage an.

Die Neugier der Ameise schien unerschöpflich. Sie verlangte den Fingern dauernd weitere Erläuterungen ab. Was versteht man unter

Kommunismus, dem Verbrennungsmotor, der Kontinentalverschiebung, Computern, Prostitution, der Rentenversicherung, Trusts, dem Haushaltsdefizit, der Eroberung des Weltraums, atomar betriebenen U-Booten, Inflation, Arbeitslosigkeit, Faschismus, Wetterkunde, Restaurants, Lotto, Boxen, Verhütung, Studienreform, Gerichtsbarkeit, Landflucht …? Nr. 103 hat bereits drei zoologische Pheromone über die Finger angelegt.

Am zehnten Tag konnte Laetitia Wells nicht mehr. Vielleicht hatte sie die Menschen bisher kaum geschätzt, aber Familiensinn hatte sie stets gehabt. So war ihr Cousin Jonathan jetzt womöglich zum Tode verurteilt, während die rettende Ameise, die er ihnen geschickt hatte, wie angewurzelt vor ihrem Empfangsgerät hocken blieb.

Senden: Bist du jetzt bereit, uns nach Bel-o-kan zu führen?, fragte sie die Ameise.

Ein Moment des Schweigens, während Laetitias Herz rasend schnell schlug. Die anderen neben ihr lauerten genauso ängstlich auf den Urteilsspruch des Insekts.

Empfangen: Ihr wollt also mein Urteil hören? Na schön. Ich glaube, ich habe genug gesehen, um euch beurteilen zu können.

Sie löst ihren Kopf vom Fernsehbildschirm und setzt sich auf die Hinterbeine.

Empfangen: Ich behaupte natürlich nicht, euch genau zu kennen; eure Zivilisation ist so kompliziert … aber … über das Wesentliche bin ich mir schon im Klaren.

Sie hält sie hin, spielt mit der Spannung. Nr. 103 hat mit der Manipulation anderer Wesen wirklich große Erfahrung.

Empfangen: Eure Zivilisation ist sehr kompliziert, aber um das Wesentliche zu begreifen, habe ich genug gesehen. Ihr seid verkommene Tiere und missachtet alles, was euch umgibt, weil sich alles nur darum dreht, das anzusammeln, was ihr »Geld« nennt. Eure historischen Rückblenden jagen mir Entsetzen ein: Es sind nichts als Aneinanderreihungen von Morden im Großen wie im Kleinen. Erst tötet ihr, dann redet ihr. Außerdem vernichtet ihr euch gegenseitig, und ihr vernichtet die Natur.

Das fing ja gut an! Mit so viel Härte hatten die drei Menschen nicht gerechnet.

Empfangen: Dennoch gibt es bei euch Dinge, die mich faszinieren. Ach, eure Zeichnungen! Ich bewundere vor allem diesen einen Finger … Leonardo da Vinci. Der Einfall, Zeichnungen anzufertigen, um seine Deutung der Welt darzulegen, und nutzlose Gegenstände allein aus Gründen der schönen Ästhetik herzustellen, ist einfach großartig! Als würde man Düfte nicht nur zur Verständigung erzeugen, sondern einfach, weil es so schön ist, sie einzuatmen! Diese freie und nutzlose Schönheit, die ihr Kunst nennt, ist euer Vorteil gegenüber unserer Zivilisation. Wir besitzen nichts Derartiges in unseren Städten. Eure Zivilisation ist reich an ihrer Kunst und ihren überflüssigen Leidenschaften.

Senden: Du bist also einverstanden, uns nach Bel-o-kan zu führen?

Noch will die Ameise darauf nicht antworten.

Empfangen: Bevor ich zu euch gekommen bin, habe ich Schaben kennengelernt. Sie haben mir etwas beigebracht: Es werden die geliebt, die fähig sind, sich selbst zu lieben, es wird denen geholfen, die sich selbst helfen wollen …

Ihrer selbst und ihrer Argumente gewiss wackelt sie mit den Antennen.

Empfangen: Das ist doch die entscheidende Frage: Würdet ihr an meiner Stelle eure eigene Art positiv beurteilen?

Welch unangenehme Frage. Laetitia durfte man sie natürlich nicht stellen. Arthur Ramirez auch nicht.

Die Ameise fuhr mit ihrer Argumentation seelenruhig fort.

Empfangen: Versteht ihr mich? Liebt ihr euch selbst genug, dass man euch lieben will?

Senden: Na ja …

Empfangen: Wenn ihr euch selbst nicht genug liebt, wie soll man erwarten, dass ihr eines Tages Wesen lieben könnt, die so anders sind als wir!

Senden: Das heißt …

Empfangen: Sucht ihr nach den richtigen Pheromonen, um mich zu überzeugen? Lasst es sein. Die Erklärungen, die ich von euch erwartet habe, hat mir euer Fernsehen geliefert. Ich habe dort Dokumentarberichte und Reportagen gesehen, in denen Finger einander geholfen haben, wo Finger in weit entfernte Nester geeilt sind, um anderen Fingern beizustehen, wo rosige Finger braune Finger gepflegt haben. Wir, die Ameisen, wie ihr uns nennt, würden niemals so viel tun. Wir helfen den weit entfernten Nestern nicht, wir helfen den Ameisen anderer Arten nicht. Und dann habe ich Reklame für Teddybären gesehen. Das sind nur Gegenstände, und dennoch wurden sie von Fingern gestreichelt, von Fingern umarmt. Also haben die Finger ein Übermaß an Liebe zu verschenken.

Alles hatten sie erwartet, nur das nicht. Nicht, dass die Menschheit ein nicht-menschliches Wesen verführen könnte, weil es die Werke Leonardo da Vincis, Ärzte für notleidende Menschen und Teddybären gibt!

Empfangen: Das ist noch nicht alles. Ihr pflegt eure Brut gut. Ihr hofft, dass die Finger der Zukunft besser als die von heute sein werden. Ihr strebt nach Fortschritt. Ihr seid wie unsere Soldatinnen, die sich opfern, um eine Brücke zu bilden, über die ihre Schwestern einen Bach überqueren können. Die Jungen gehen hinüber, und damit sie hinübergehen können, sind die Alten zum Sterben bereit. Ja, alles, was ich gesehen habe – Filme, Nachrichten, Werbung –, zeugt von dem Bedauern, nicht mehr zu sein, als ihr seid, und von eurer Hoffnung, dass ihr besser werdet. Und aus dieser Hoffnung entspringt euer »Humor«, fließt eure »Kunst« …

Laetitia hatte Tränen in den Augen. Es hatte eine Ameise kommen müssen, um ihr die menschliche Spezies zu erklären und sie dazu zu bringen, sie zu lieben. Nach der Rede von Nr. 103 würde sie nicht mehr dieselbe sein. Ihre Menschenangst war von einer Ameise geheilt worden! Plötzlich hatte sie Lust, ihre Zeitgenossen besser kennenzulernen. Es gab ja wirklich tolle Leute darunter. Diese Ameise hatte das durch ein paar Stunden Fernsehen kapiert, während sie es ihr ganzes Leben lang nicht bemerkt hatte.

Die junge Frau beugte sich zum Mikrofon vor und brachte heraus:

Senden: Also willst du uns helfen?

Nr. 103 reckte unter ihrer Glasglocke die Antennen und meinte ganz feierlich:

Empfangen: Wir können nicht gegen euch kämpfen, und ihr könnt nicht gegen uns kämpfen. Keine unserer beiden Arten ist stark genug, um die andere auszurotten. Da wir einander nicht vernichten können, sind wir wohl verpflichtet, einander zu helfen. Es gibt Dinge, die wir von eurer Welt lernen können, und wir dürfen euch keinesfalls töten, ehe wir sie kennen.

Senden: Du bist also bereit, uns nach Bel-o-kan zu führen?

Empfangen: Ich bin bereit, euch bei der Rettung eurer unter der Stadt eingeschlossenen Freunde zu helfen, weil ich jetzt zu einer Zusammenarbeit zwischen unseren Zivilisationen bereit bin.

In diesem Augenblick wurde Arthur Ramirez wieder ohnmächtig.

192. Die Dinosaurier

Hier liegt ein historisches Gedächtnispheromon, das die Jahrtausende überdauert hat.

Chli-pu-ni nähert sich mit ihren Fühlern der Kapsel voller stark duftender Flüssigkeiten. Ein Grau in Grau von Gerüchen. Sofort steigt der aromatische Text in ihre Antennen auf.

Geschichtspheromon
Speichlerin: Königin Belo-kiu-kiuni XIV.

Die Ameisen waren nicht immer die Herren der Erde.

Früher wurde ihnen dieser Titel von anderen Arten streitig gemacht, die für andere Denkweisen standen.

So setzte die Natur vor mehreren Millionen von Jahren auf die Eidechse. Bis dahin waren die Eidechsen lediglich Tiere von normaler Größe gewesen, Fische mit Beinen.

Diese Echsen kämpften jedoch unablässig miteinander. Darum mutierte ihr Körper nach und nach, um sich an die Einzelkämpfe anzupassen. Sie wurden immer größer und aggressiver.

Ihre äußere Gestalt entwickelte sich. Die Eidechsen wurden zu Giganten. Wir konnten sie nicht mehr töten, selbst wenn wir uns zu zwanzig, dreißig oder gar hundert Ameisen zusammentaten. Die Eidechsen waren jetzt zu stark. Sie waren so zahlreich und zerstörerisch, dass sie zur größten tierischen Macht auf der Erde wurden.

Einige waren so groß, dass ihr Kopf über die Baumwipfel ragte. Es waren keine Eidechsen mehr, sondern Dinosaurier.

Die Herrschaft dieser ungeheuren Monster dauerte lang, und wir dachten überall in unseren Ameisenhügeln nach.

Wir haben die schrecklichen Termiten besiegt, also müssen wir doch auch in der Lage sein, mit diesen Dinosauriern zurande zu kommen, hieß es überall. Dennoch wurden alle Ameisenkommandos, die gegen die Dinosaurier loszogen, aufgerieben.

Hatten wir unsere Meister gefunden? Schon fanden sich einige Ameisenhügel damit ab, den Dinosauriern die Herrschaft über ihre Jagdgründe zu überlassen. Sie flüchteten vor ihren Tritten, lebten in der Furcht vor ihren hassenswerten Zweikämpfen, in deren Verlauf der Boden erbebte. Sogar die Termiten ließen ihre Mandibeln sinken.

Da gab eine Königin aus einem Nest von Magnan-Ameisen den Befehl aus: Alle Städte gemeinsam gegen diese Ungetüme.

Die Botschaft war einfach, sie verfehlte auf dem ganzen Planeten ihre Wirkung nicht. Die Ameisenhügel setzten ihren inneren Kriegen ein Ende. Keine Ameise durfte mehr eine andere Ameise töten, gleich welcher Art oder Größe. Das Große Bündnis der Welt war geboren.

Zwischen den Städten liefen Botinnen hin und her, um alle von den Stärken und Schwächen der Dinosaurier zu unterrichten. Diese Untiere schienen unangreifbar, doch jedes Tier hat seine Schwäche. So hat es die Natur gewollt. Diese Schwäche galt es zu entdecken, und wir haben sie entdeckt. Die Schwachstelle im Panzer war bei den Dinosauriern der Anus.

Man brauchte nur durch diese Pforte in sie einzudringen und sie von innen zu zerstören. Diese Nachricht verbreitete sich rasch. Überall stürzten sich die Ameisen auf diesen empfindlichen Weg. Reiterei, Fußvolk, Schützinnen bekämpften nicht mehr Krallen, Beine und Zähne, sondern Verdauungssäfte, weiße Blutkörperchen, Muskelreflexe.

Es gibt erschreckende Erzählungen von Heeren, die sich auf leisen Sohlen in die feindlichen Eingeweide wagten. Die Soldatinnen nahmen Biegung um Biegung im Dickdarm, als mit einemmal vom Ende des Tunnels eine tödliche Kugel auf sie zugeschossen kam: ein Kotfladen.

Die Kriegerinnen rannten davon, flüchteten in die Falten der Eingeweide. Manchmal blieb der Übelkeit erregende Brocken in einem Winkel stecken. Manchmal riss er das Heer mit und zermalmte es.

Zum Hauptgegner der Ameisenlegionen wurde der Mist. Wie viel Tausende von Ameisen wurden von einer Kotlawine erschlagen! Wie viele ertranken in einer Flut schlammiger Brühe! Wie viele Kommandos erstickten an den Gasen eines einzigen Furzes!

Die meisten Ameisenlegionen schafften es jedoch, die Eingeweideröhren rechtzeitig zu durchbohren.

So brachen unter dem Ansturm der Winzlinge die Fleischberge der Saurier einer nach dem anderen zusammen. Fleischfresser, Pflanzenfresser, solche mit gezackten Schwänzen, mit Lanzen, mit Hörnern, mit Giftdrüsen, mit Schuppenpanzern – alle erlagen sie den Millionen winziger entschlossener Chirurginnen. Ein einfaches Mandibelpaar erwies sich als viel wirkungsvoller als ein Horn, das größer war als ein Baum.

Die Ameisen brauchten ein paar Hunderttausend Jahre, um allen Dinosauriern den Garaus zu machen.

Und dann merkten sie eines Tages im Frühling, dass der Himmel aufgeklart hatte. Es gab keine Dinosaurier mehr. Nur die kleinen Eidechsen waren verschont geblieben.

Chli-pu-ni löst ihre Antennen und geht nachdenklich in der Chemischen Bibliothek auf und ab.

Die Erde hatte also verschiedene Bewohner erlebt, die sich einer nach dem anderen als allmächtige Meister aufspielen wollten. Alle hatten sie ihre Ruhmestage gesehen, ehe die Ameisen ihnen wieder Bescheidenheit beigebracht hatten.

Die Ameisen sind die einzigen wahrhaften Besitzer der Erde. Chli-pu-ni war stolz darauf, dieser Art anzugehören.

Wir Kleinen wissen, wie man die Großen erledigt, die sich als grausam erweisen. Wir Kleinen haben Verstand und können unlösbar scheinende Probleme lösen. Wir Kleinen brauchen uns von den lebenden Bergen, die sich für unfehlbar halten, keine Lektion erteilen zu lassen.

Die Ameisenzivilisation hat als einzige so lang überdauert, weil sie es verstanden hat, sich aller Konkurrenten zu entledigen.

Die Herrscherin bedauert es, die Finger, die unter dem Ameisenhügel lebten, nicht studiert zu haben. Wenn sie auf Nr. 103 gehört hätte, hätte sie durch Beobachtung deren Schwäche entdeckt, und der Kreuzzug wäre ruhmreich verlaufen, anstatt vernichtet zu werden.

Doch vielleicht ist es ja noch nicht zu spät? Vielleicht leben unter der Granitplatte ja noch ein paar Finger. Sie weiß, wie viel Mühe die Gottgläubigen sich gegeben haben, um ihnen Nahrung zu bringen.

Chli-pu-ni beschließt, in das Fingerium hinabzusteigen, um mit diesem Doktor Livingstone zu sprechen, den die Spioninnen so rühmen.

193. KREBS

Nr. 103 merkt, dass in der Welt der Finger etwas Ungewöhnliches vor sich geht. Da oben bewegen sich aufgeregt Schatten. In der Luft liegt eine Art Todesgeruch. Sie fragt:

Empfangen: Stimmt was nicht?

Senden: Arthur ist ohnmächtig geworden. Er ist krank. Er hat am ganzen Körper Krebs. Ein Leiden, das sich nicht heilen lässt. Meine Mutter ist daran gestorben. Diesem Übel sind wir wehrlos ausgeliefert.

Empfangen: Was ist Krebs?

Senden: Eine Krankheit, bei der die Zellen auf anarchische Weise wuchern.

Um sich besser konzentrieren zu können, wäscht die Ameise sich die Fühler.

Empfangen: Dieses Phänomen ist bei uns auch bekannt. Es ist aber keine Krankheit. Euer Krebs ist keine Krankheit.

Senden: Was denn dann?

Zum ersten Mal hat ein Mensch dieses »Was« ausgestoßen, das Nr. 103 so oft wiederholt hat. Und jetzt ist es an der Ameise, Fragen zu beantworten.

Empfangen: Vor langer Zeit waren auch wir von dem betroffen, was ihr »Krebs« nennt. Viele von uns sind daran gestorben. Ein paar Millionen Jahre lang haben wir diese Geißel als unheilbares Unglück betrachtet, und diejenigen, die daran gelitten haben, hauchten lieber gleich ihr Leben aus, indem sie ihre Herzschläge anhielten. Und dann …

Überrascht hörten die drei Menschen zu.

Empfangen: Und dann haben wir begriffen, dass wir das Problem von einem falschen Standpunkt aus betrachteten. Wir mussten das, was wir zunächst als Krankheit angesehen hatten, auf eine andere Weise untersuchen und verstehen. Und seit über hundert Millionen Jahren ist in unserer Zivilisation niemand mehr an Krebs gestorben. Ach, wir fallen zwar vielen anderen Krankheiten zum Opfer, aber mit dem Krebs ist es bei uns vorbei.

Vor Verblüffung hauchte Laetitia die Glasglocke so stark an, dass sie beschlug.

Senden: Ihr habt ein Heilmittel gegen Krebs gefunden?

Empfangen: Klar, ich nenne es euch. Aber erst muss ich ein bisschen frische Luft schnappen. Unter dieser Glocke ist es zum Ersticken.

Vorsichtig setzte Laetitia Nr. 103 in eine Streichholzschachtel, die unten mit einer bequemen Baumwollmatratze gepolstert war. Dann trug sie sie auf den Balkon.

Die Soldatin schnupperte die frische Brise. Von hier aus nahm sie sogar die fernen Ausdünstungen des Waldes auf.

»Pass auf, stell sie nicht auf das Geländer«, rief Jacques Méliès. »Sie darf auf keinen Fall abstürzen. Diese Ameise ist ein echter Schatz. Sie ist bereit, Menschenleben zu retten, und dann behauptet sie auch noch, das Heilmittel gegen Krebs zu kennen. Wenn das stimmt …«

Mit ihren Händen bildeten sie eine Wiege um die Streichholzschachtel herum. Bald schloss sich Madame Ramirez ihnen an. Sie hatte ihren Mann ins Bett gebracht. Jetzt schlief er.

»Unsere Ameise behauptet, ein Heilmittel gegen Krebs zu kennen«, verkündete Méliès ihr.

»Dann müssen wir sie zum Reden bringen, und zwar schnell! Arthur hat nicht mehr viel Zeit.«

»Warten Sie noch ein paar Minuten«, meinte Laetitia. »Sie hat den Wunsch geäußert, ein bisschen Luft zu schöpfen. Das muss man verstehen. Sie hat ein paar Tage lang unter dieser Glocke verbracht und ununterbrochen ferngesehen. Kein Tier der Welt könnte das aushalten!«

Doch schon verlor die Frau die Geduld.

»Sie kann sich später erholen. Jetzt müssen wir erst meinen Mann retten. Es eilt.«

Juliette Ramirez stürzte sich auf Laetitias Arm. Die junge Frau wich zurück, um sie daran zu hindern, ihr die Schachtel wegzuschnappen. Einen Moment lang hing der Nachen aus Karton im Leeren. Madame Ramirez zog an Laetitias Handgelenk, und das genügte.

Sie fällt. Einen Augenblick lang schwebt Nr. 103 auf ihrem weichen fliegenden Teppich. Dann fällt und fällt sie und fällt immer weiter. Das Nest der Finger ist hoch!

Als sie das Metalldach eines Autos sieht, dreht sie durch und springt ein paarmal hoch. Sie läuft kreuz und quer. Wo sind die »freundlichen« Finger mit ihrem Sprechapparat hingekommen? Sie flitzt herum und stößt Pheromone aus, die keiner mehr entziffern kann.

Laetitia, Juliette, Arthur, Jacques! Wo seid ihr? Ich habe genug Luft geschöpft. Holt mich wieder hinauf, damit ich euch alles erzählen kann!

Das Auto, auf dem sie gelandet ist, fährt los.

Mit sämtlichen Beinen klammert Nr. 103 sich an der Antenne fest. Um sie herum pfeift der Wind. Noch nie, nicht einmal auf dem »Großen Horn«, ist sie so schnell vorwärtsgekommen.

194. Enzyklopädie

Zivilisationsschock Indien ist ein Land, das alle Kräfte aufzehrt. Sämtliche Militärführer, die sich an dem Land versuchten, haben sich daran aufgerieben. In dem Maße, wie sie sich ins Landesinnere wagten, färbte Indien auf sie ab, sie verloren ihre Kampfkraft und begeisterten sich an den Feinheiten der indischen Kultur. Indien ist wie ein weicher Schwamm, der alles aufsaugt. Kaum waren sie angekommen, hatte Indien sie besiegt.

Die erste bedeutende Invasion war die der muslimischen Türken. Im Jahr 1206 nahmen sie Delhi ein. Es folgten fünf Sultansdynastien, die alle versuchten, sich des indischen Subkontinents vollständig zu bemächtigen. Doch beim Marsch nach Süden lösten die Truppen sich auf. Die Soldaten wurden des Tötens müde, verloren den Geschmack am Kämpfen und ließen sich von den indischen Bräuchen bezaubern. Die Sultane endeten in Dekadenz.

Die letzte Dynastie, die der Lodi, wurde von einem König mongolischer Abstammung, dem Timuriden Babur, gestürzt. Er begründet 1527 das Mogulreich und lässt, kaum bis ins Herz Indiens vorgedrungen, die Waffen ruhen, um sich stattdessen an Malerei, Literatur und Musik zu begeistern.

Akbar, einem seiner Nachfahren, gelang es schließlich, Indien zu einen. Er versuchte es mit Sanftheit und erfand eine Religion, für die er aus allen Religionen seiner Zeit schöpfte und alles zusammenführte, was an ihnen Friedliches war. Einige Jahrzehnte später jedoch versuchte Aurangseb, ein weiterer Nachfahr Baburs, den Islam auf der Halbinsel gewaltsam durchzusetzen. Indien erhob sich und zerfiel. Dieser Subkontinent lässt sich durch Gewalt nicht zähmen. Am Anfang des 19. Jahrhunderts gelang es den Engländern, alle Faktoreien und die großen Städte zu erobern. Aber das gesamte Land beherrschten sie nie. Sie begnügten sich damit, Kantone zu schaffen, »kleine Viertel mit englischer Kultur«, die einer völlig indischen Umgebung eingepflanzt wurden.

So, wie Russland von der Kälte geschützt wird und Japan oder England vom Meer, wird Indien von einer geistigen Mauer geschützt, an der alle kleben bleiben, die in das Land eindringen.

Noch heute wird jeder Tourist, der sich auch nur einen Tag in diesen Schwamm wagt, von den Fragen nach dem Wozu und Wofür gepackt und ist versucht, jegliche Unternehmung einzustellen.

EDMOND WELLS

Enzyklopädie des relativen und absoluten Wissens, Bd. 2

195. EINE AMEISE IN DER GANZEN STADT

Jacques Méliès beugte sich über das Geländer.

»Sie ist abgestürzt.«

Alle sahen hinunter und versuchten etwas zu erkennen.

»Sie muss tot sein …«

»Vielleicht nicht. Ameisen können große Stürze verkraften.«

In Juliette Ramirez kam Bewegung.

»Finden Sie sie wieder! Sie ist die Einzige, die meinen Mann und Ihre Freunde unter dem Ameisenhügel retten kann.«

Sie sausten die Treppe hinunter und kämmten den Parkplatz ab.

Laetitia Wells suchte unter den Autoreifen. Juliette Ramirez graste die kleinen Büsche ab, die unten an dem Wohnblock entlang zur Zierde gepflanzt waren. Jacques Méliès klingelte bei allen Nachbarn unter ihnen, um zu sehen, ob die Ameise nicht durch einen Windstoß auf einem Balkon gelandet war.

»Haben Sie vielleicht zufällig eine Ameise mit einem roten Fleck am Kopf gesehen?«

Natürlich hielten die Leute ihn für verrückt, doch dank seines Dienstausweises ließen sie ihn trotzdem überall herumstöbern.

Sie verbrachten den ganzen Tag mit Suchen.

»Was sollen wir bloß machen? Gott weiß, wo Nr. 103 ist.«

Juliette Ramirez wollte nicht aufgeben.

»Wenn diese Ameise wirklich weiß, wie man Krebs behandelt, müssen wir sie um jeden Preis wiederfinden.«

Sie suchten noch lang. An Insekten herrschte kein Mangel. Doch nicht einmal mit seiner Leuchtlupe entdeckten sie rote Waldameisen mit einem roten Fleck auf der Stirn.

»Wenn wir sie nur radioaktiv markiert hätten anstatt mit Nagellack!«, tobte Méliès.

Sie stimmten sich ab.

»Es muss doch eine Möglichkeit geben, eine Ameise sogar in einer Stadt wie Fontainebleau zu finden.«

»Notieren wir alle Ideen, die uns durch den Kopf gehen. Dann treffen wir gemeinsam eine Auswahl«, meinte Madame Ramirez.

Sie sprühten vor Ideen.

»Die ganze Stadt Meter für Meter mit Feuerwehr und Militär abkämmen.«

»Alle Ameisen, die wir antreffen, fragen, ob sie nicht eine mit einem roten Fleck auf der Stirn haben vorbeigehen sehen.«

Doch keine Lösung stellte sie zufrieden. Schließlich meinte Laetitia: »Und wenn wir eine Anzeige in die Zeitung setzen?«

Sie sahen einander an. Die Idee war vielleicht gar nicht so dumm, wie sie schien. Sie grübelten noch ein wenig nach, doch keiner von ihnen hatte eine bessere.

196. ENZYKLOPÄDIE

Sieg Warum ist jede Art von Sieg unerträglich? Warum wird man nur von der beruhigenden Wärme der Niederlage angezogen? Vielleicht, weil eine Niederlage nur das Vorspiel zu einem Umschwung sein kann, während der Sieg uns eher dazu anregt, das gleiche Verhalten beizubehalten. Die Niederlage ist innovativ, der Sieg konservativ. Vage spüren alle Menschen diese Wahrheit. Die Klügsten haben versucht, nicht den schönsten Sieg, sondern die schönste Niederlage zu erringen. Vor dem dargebotenen Rom machte Hannibal kehrt. Cäsar bestand darauf, an den Iden des März auszugehen.

Ziehen wir unsere Lehren aus diesen Erfahrungen.

Man kann seine Niederlage nie früh genug vorbereiten. Man kann den Sprungturm nie hoch genug bauen, um sich ins leere Schwimmbecken zu stürzen.

Das Ziel eines klarsichtigen Lebens ist der Ruin, der den Zeitgenossen als Lehre dient. Denn man wird nie aus dem Sieg klug, sondern aus der Niederlage.

EDMOND WELLS
Enzyklopädie des relativen und absoluten Wissens, Bd. 2

197. Aufruf an die Bevölkerung

Phantombild unter der Rubrik »Vermisste Tiere« des *Echos am Sonntag*. Ein mit der Feder gezeichneter Ameisenkopf.

Bildunterschrift: »Achtung! Passen Sie gut auf! Das ist kein Scherz. Die hier abgebildete Ameise kann möglicherweise das Leben von siebzehn Menschen in Todesgefahr retten. Die folgenden Angaben helfen Ihnen, jegliche Verwechslung mit anderen Ameisen auszuschließen:

Nr. 103 683 ist eine rote Ameise. Sie ist also nicht ganz schwarz. Kopf und Brust sind orangebraun. Nur der Hinterleib ist dunkel.

Größe: 3 mm. Der Panzer ist gestreift. Die Fühler sind kurz. Wenn man einen Finger nach ihr ausstreckt, schießt sie sofort einen Säurestrahl ab. Die Augen sind relativ klein, die Mandibeln groß und gedrungen.

Besonderes Kennzeichen: ein roter Fleck auf der Stirn.

Wenn Sie sie finden und zu erkennen glauben, dann lesen Sie sie auf, selbst wenn Sie sich nicht ganz sicher sind, schützen Sie sie und rufen Sie 31 41 59 26 an. Fragen Sie nach Laetitia Wells. Sie können auch die Polizei anwählen und Kommissar Jacques Méliès verlangen.

100 000 Franc Belohnung für jeden Anruf, der zum Auffinden von Nr. 103 683 führt.«

Laetitia, Jacques und Juliette Ramirez bemühten sich, mit den Ameisen aus dem Terrarium zu sprechen, mit Ameisen, die sie zufällig auf der Straße auflasen. Obwohl diejenigen aus dem Terrarium schon von Bel-o-kan gehört hatten, waren sie doch nicht in der Lage, sie hinzuführen. Sie wussten nicht einmal, wo sie sich gerade befanden. Und was das Geheimnis mit dem Krebs betraf, kapierten sie nicht im Geringsten, worum es ging!

Die gleiche Unwissenheit bei den Ameisen aus den Straßen, Gärten und Häusern.

Sie mussten feststellen, dass die meisten Ameisen eher dumm waren. Sie interessierten sich für nichts. Sie kapierten nichts. Sie dachten nur ans Fressen.

So begannen Jacques Méliès, Juliette Ramirez und Laetitia Wells zu ermessen, dass Nr. 103 ein Fall für sich war. Ihr intellektuelles Auftreten machte sie einzigartig.

Laetitia Wells klaubte mit einer kleinen Pinzette die Kapseln auf, in denen Nr. 103 ihre zoologischen Pheromone über die Finger abgelegt hatte.

Diese Nr. 103 hatte eindeutig alles über ihre Welt und ihre Zeit begreifen wollen. Selten hatte es so viel Neugier und Wissensdurst gegeben, nicht einmal bei den Menschen. *Nr. 103 ist wirklich ein außergewöhnliches Wesen,* sagte sich Laetitia Wells.

Einen Augenblick lang hatte sie fast Lust zu beten. Wie anders ließ sich wohl eine Ameise in einer Menschenstadt finden, wenn nicht durch ein Wunder?

198. In der Totenhalle

Von einer Eskorte aus Wachen mit langen Mandibeln begleitet, begibt Königin Chli-pu-ni sich nach unten. Sie wirft sich vor, nie mit Doktor Livingstone gesprochen zu haben. Sie weiß bereits, welche Fragen sie stellen will. Auch wie sie ihren Schwächen auf die Schliche kommt, hat sie sich schon zurechtgelegt. Und sie hat sich vorgenommen, ihnen zu essen zu geben. Man muss sie ernähren, um sie zu ködern, so wie man die wilden Läuse ködert, ehe man ihnen die Flügel stutzt und sie in Ställe sperrt.

10. UG: Sie wird von neuem Eifer ergriffen. Die Königin beschleunigt ihren Schritt. Ja, sie will ihnen zu essen geben und mit ihnen reden. Sie will sich Notizen machen und zahlreiche neue zoologische Pheromone über die Finger anlegen.

Ihre Wachen tänzeln um sie herum. Alle spüren, dass sich heute etwas ganz Bedeutendes ereignen wird. Die Königin der Föderation, die Begründerin der Evolutionären Bewegung, ist endlich bereit, mit den Fingern zu sprechen, sie zu studieren, um sie leichter töten zu können.

12. UG: Chli-pu-ni sagt sich, dass es wirklich dumm von ihr war, nicht schon früher auf Nr. 103 gehört zu haben. Sie hätte schon längst mit den Fingern reden sollen. Sie hätte auf ihre Mutter hören sollen. Belo-kiu-kiuni hatte mit ihnen geredet. Und es ließ sich so einfach bewerkstelligen.

20. UG: Vorausgesetzt, die Finger da unten sind noch am Leben! Vorausgesetzt, sie hat mit ihrem Willen, sich abzuheben und etwas anderes als ihre Vorfahren zu tun, nicht alles verdorben. Sie hätte nicht das Gegenteil tun sollen, und auch nicht das Gleiche, sondern weitermachen müssen. Das Werk der Mutter fortsetzen, anstatt es zu verleugnen.

Um sie herum wimmelt ihr Volk wie jeden Tag. Die Ameisen grüßen sie mit den Fühlerspitzen. Aber die meisten sind trotzdem überrascht, ihre Königin so tief in die Stadt hinabgehen zu sehen.

40. UG: Chli-pu-ni läuft jetzt mit ihrer ganzen Truppe dahin und murmelt immer wieder: »Wenn es nur nicht zu spät ist.« Sie biegt in mehrere Gänge ab und kommt in einem Saal heraus, den sie nicht kennt. Einem Saal von erstaunlichem Ausmaß, der vor mindestens einer Woche in diesen gering bevölkerten Stockwerken eingerichtet worden sein muss.

Plötzlich steht sie den Gottgläubigen gegenüber! Es sind die Leichname sämtlicher toten Rebellinnen, die man hier aufgebahrt hat. Hunderte regloser Ameisen scheinen die ungebetene Besucherin herausfordernd anzustarren.

In der Stadt gibt es konservierte Leichen! Die königlichen Antennen weichen verdutzt zurück. Die belokanischen Soldatinnen, die ihr nachfolgen, sind ebenfalls entsetzt.

Was tun alle diese Toten hier? Sie müssten doch auf dem Depot liegen! Die Königin und die Soldatinnen machen ein paar Schritte zwischen den Exponaten dieser düsteren Ausstellung. Die toten Ameisen liegen größtenteils in Kampfstellung da, mit weit aufgesperrten Mandibeln, nach vorne gerichteten Antennen, bereit, einen vielleicht ebenso reglosen Feind anzuspringen.

Einige der Leichen haben sogar noch Schrammen von den Wanzenpenissen. Wenn man bedenkt, dass sie auf ihre königliche Veranlassung hin getötet worden sind …

Chli-pu-ni hat ein komisches Gefühl.

Sie ist beeindruckt: Sie liegen alle da … wie Mutter in ihrer königlichen Kemenate.

Doch das sind noch nicht alle Überraschungen.

Es kommt ihr so vor, als hätte sich zwischen den völlig reglosen Ameisen etwas gerührt.

Ja, fast die Hälfte von ihnen bewegt sich. Ist das ein Wunder, eine Nachwirkung des uralten Lomechusa-Honigtaus, der Droge, die sie einst unvorsichtigerweise gekostet hat?

Grässlich!

Überall bewegen sich Leichen.

Und es ist gar kein Hirngespinst! Die Soldatinnen um sie herum werden von Hunderten von Gespenstern angegriffen. Überall wird gekämpft. Die Wachen der Königin haben zwar lange Mandibeln, aber die Gottgläubigen sind in der Überzahl. Der Überraschungseffekt und die von diesem seltsamen Ort verursachte Anspannung sind für die Kriegerinnen der Königin von Nachteil.

Die Gottgläubigen schwenken beim Kämpfen ihre Fühler, um unablässig ein und dasselbe Pheromon auszustoßen:

Die Finger sind unsere Götter.

199. FUNDE

Blitzschnell stürzte Laetitia Wells auf den Speicher, atemlos, wo Jacques Méliès und Juliette Ramirez sich bemühten, zwischen den Hunderten von Briefen und Telefonanrufen auszuwählen, die ihnen ihr Appell an die Bevölkerung eingetragen hatte.

»Sie ist gefunden worden! Jemand hat sie gefunden!«, rief sie.

Keiner von beiden reagierte.

»Es gibt bereits achthundert Schwindler, die schwören, sie gefunden zu haben«, meinte Méliès. »Sie klauben irgendeine Ameise auf, schmieren ihr ein bisschen rote Farbe auf die Stirn und fordern ihre Belohnung!«

Juliette Ramirez setzte noch eins drauf: »Es sind sogar welche mit Spinnen oder Käfern gekommen, die rot angeschmiert waren.«

»Nein, nein. Diesmal ist es ernst. Es handelt sich um einen Privatdetektiv, der seit unserem Aufruf durch die Stadt marschiert und dabei dauernd eine Lupenbrille trägt ...«

»Und warum glaubst du, dass er wirklich unsere Nr. 103 gefunden hat?«

»Er hat mir am Telefon erzählt, dass der Fleck auf der Stirn nicht rot, sondern gelb ist. Und wenn ich meinen Nagellack zu lang trage, dann wird er gelblich.«

Das Argument stach tatsächlich.

»Zeig uns erst mal das Tierchen.«

»Er hat sie nicht. Er behauptet, sie gefunden zu haben. Er hat sie aber nicht zu fassen bekommen. Sie ist ihm zwischen den Fingern durchgeschlüpft.«

»Wo hat er sie gesehen?«

»Jetzt haltet euch gut fest! Es wird nicht einfach.«

»Wo denn? Sag schon!«

»In der Metro-Station von Fontainebleau!«

»In einer Metro-Station?«

»Aber jetzt ist es doch sechs Uhr, Stoßzeit! Dort wird ein ungeheures Gedränge sein«, rief Méliès aufgeregt.

»Jede Sekunde ist kostbar. Wenn wir uns diese Gelegenheit durch die Lappen gehen lassen, dann kommt uns Nr. 103 endgültig abhanden, und dann …«

»Nichts wie hin!«

200. Entspannung

Zwei dicke Ameisen mit grünen Augen und verzerrter Miene nähern sich einem Wust aus Würstchen, Marmeladegläsern, Pizzas und Sauerkraut.

»Hähähä, die Menschen schauen grade nicht! Schlagen wir zu!«

Die beiden Ameisen stürzen sich auf die Mahlzeit. Sie benutzen einen Dosenöffner, um Konserven mit Ragout aufzumachen, sie schenken sich Sektflöten voll Champagner ein und stoßen miteinander an.

Plötzlich werden sie von einem Scheinwerfer angestrahlt. Aus einer Dose kommt eine gelbe Wolke gesprüht.

Die beiden Ameisen schlagen die Lider hoch und reißen die dicken grünen Augen weit auf. Sie kreischen: »Zu Hilfe! HAUSREIN!«

»Nein, nein, nicht HAUSREIN! Alles, nur nicht HAUSREIN!«

Schwarze Rauchwolken.

»Errrrggggg.«

Die beiden Ameisen fallen um. Kameraschwenk. Ein Mann hält eine Spraydose mit der fetten Aufschrift: HAUSREIN.

Lächelnd sagt er in die Kamera: »Bei dem schönen Wetter und den steigenden Temperaturen vermehren sich Kakerlaken, Ameisen und Schaben. Die Lösung dagegen heißt HAUSREIN. HAUSREIN erledigt unterschiedslos alles, was in Ihren Schränken wimmelt. HAUSREIN ist für Kinder gefahrlos und zu Insekten erbarmungslos. HAUSREIN – ein neues Produkt des LAC. LAC heißt Effizienz.«

201. Verfolgungsjagd in der Metro

Sie waren völlig aus dem Häuschen. Jacques Méliès, Laetitia Wells und Juliette Ramirez drängelten sich rücksichtslos durch die Passanten.

»Haben Sie zufällig eine Ameise gesehen?«

»Wie bitte?«

»Sie muss hier entlanggekommen sein, da bin ich mir sicher, die Ameisen mögen das Halbdunkel. Wir müssen in den finsteren Ecken suchen.«

Jacques Méliès fuhr einen Metrobenutzer an: »Passen Sie doch auf, wo Sie hintreten, Mensch, Sie bringen sie noch um!«

Niemand kapierte etwas von dem Zirkus.

»Ich bringe sie um? Wen denn? Was denn?«

»Nr. 103!«

Und wie gewöhnlich gingen die meisten Fahrgäste an ihnen vorbei und wollten nichts von den Störenfrieden sehen oder hören.

Méliès lehnte sich an die gekachelte Wand.

»Ruhig Blut, eine Ameise in einer Metrostation finden zu wollen, ist wie eine Nadel im Heuhaufen zu suchen.«

Laetitia Wells schlug sich an die Stirn.

»Aber das ist es doch! Warum haben wir nicht früher daran gedacht! Eine Nadel in einem Heuhaufen suchen ...«

»Was willst du damit sagen?«

»Wie stellt man es an, um eine Nadel in einem Heuhaufen zu finden?«

»Das ist unmöglich.«

»Aber nein, es ist möglich. Man muss nur die richtige Methode anwenden. Eine Nadel in einem Heuhaufen zu finden ist kinderleicht: Man zündet das Heu an und fährt dann mit einem Magneten durch die Asche.«

»Na schön. Aber was hat das mit Nr. 103 zu tun?«

»Es ist bloß ein Bild. Wir müssen nur die richtige Methode finden. Und es muss eine geben!«

Sie konzentrierten sich. Eine Methode!

»Jacques, du bist doch Polizist. Dann bitte erst mal den Stationsvorsteher darum, alle Leute rauszuschicken.«

»Das tut der nie – es ist Stoßzeit!«

»Sag ihm, es ist Bombenalarm! Das Risiko, ein paar Tausend Tote auf dem Gewissen zu haben, geht er nie ein.«

»Okay.«

»Juliette, sind Sie in der Lage, einen Pheromonsatz zu fabrizieren?«

»Was für einen?«

»›Treffpunkt in der hellsten Zone.‹«

»Kein Problem! Ich kann sogar einen Viertelliter davon herstellen, den wir dann mit einem Zerstäuber versprühen können.«

»Super.«

Jacques Méliès war begeistert.

»Jetzt versteh ich. Du willst auf dem Bahnsteig einen starken Scheinwerfer aufstellen, damit sie zu uns läuft.«

»Die roten Ameisen in meinem Terrarium sind immer aufs Licht zugelaufen. Warum sollen wir's nicht probieren ...«

Juliette Ramirez stellte den Duftsatz »Treffpunkt in der hellsten Zone« her und kam mit diesem Aufruf in einem Parfumzerstäuber zurück.

Über Lautsprecher wurden alle Fahrgäste gebeten, ruhig und geordnet die Station zu verlassen. Alle schoben, drückten, kreischten, schubsten. Jeder für sich und Gott für alle.

Jemand rief »Feuer!«. Da brach Panik aus. Der Ausruf wurde von allen weitergegeben. Die Menge stürzte los. Die Absperrgitter wurden umgestoßen. Die Leute prügelten sich, um durchzukommen. Die Lautsprecher konnten noch so oft befehlen: »Bleiben Sie ruhig, nur keine Panik«, die Worte hatten genau den gegenteiligen Effekt.

Angesichts dieses Sohlengetrappels um sie herum beschließt Nr. 103, sich im Spalt eines Kachelbuchstabens der Station Fontainebleau zu verstecken. Im sechsten des Alphabets. Im Buchstaben F. Dort wartet sie ab, bis sich das Tohuwabohu aus fingerlichen Schweißgerüchen beruhigt.

202. Enzyklopädie

Abrakadabra Die Zauberformel »abrakadabra« bedeutet auf Hebräisch: »Es geschehe, wie es gesagt wurde« (das heißt, dass das Gesagte zum Leben erwachen soll). Im Mittelalter wurde dieser Spruch zur Bekämpfung von Fieber gesprochen. Dann wurde der Begriff von Gauklern übernommen, die damit anzeigten, dass ihre Nummer sich dem Ende näherte und die Zuschauer gleich den Höhepunkt des Schauspiels erleben würden (den Augenblick, in dem die Worte zum Leben erwachten?). Der Satz ist jedoch gar nicht so sinnlos, wie er auf den ersten Blick scheinen mag. Man muss den Spruch aus den neun Buchstaben (im Hebräischen werden die Vokale nicht geschrieben, so dass sich aus HA BE RA HA CA DA AB BE RE HA ergibt: HBR HCD BRH) in neun Stufen folgendermaßen aufschreiben, bis man nach und nach zu dem »H« am Anfang gelangt, das für den Buchstaben Aleph steht, einen kehligen Verschlusslaut, der im lateinischen Alphabet keine direkte Entsprechung hat und hier durch ein »H« angedeutet wird:

HBR HCD BRH
HBR HCD BR
HBR HCD B
HBR HCD
HBR HC
HBR H
HBR
HB
H

Diese Aufteilung ist so angelegt, dass sie möglichst viele Himmelsenergien auffängt und sie bis zu den Menschen herableitet. Man muss sich diesen Glücksbringer als Trichter vorstellen, um den herum der Spiraltanz der Buchstaben, die

die Formel »habracadabrah« bilden, zu einem Wirbelsturm anschwillt. An seinen Enden schnappt er die Kräfte der höhergelegenen Raum-Zeit-Dimension auf und konzentriert sie.

EDMOND WELLS

Enzyklopädie des relativen und absoluten Wissens, Bd. 2

203. Eine Ameise in der Metro

Das war's, die Menge hat sich zerstreut. Nr. 103 verlässt ihr Versteck und marschiert durch die langen Metrogänge. An diesen Ort wird sie sich bestimmt nie gewöhnen. Sie mag das harte, weiße Neonlicht nicht.

Plötzlich riecht sie in der Luft eine Pheromonbotschaft: »Treffpunkt in der hellsten Zone.« Diesen Duftakzent erkennt sie. Er stammt von der Übersetzungsmaschine der Finger. Gut! Jetzt braucht sie nur den hellsten Winkel zu suchen.

204. Begegnung unmöglich

Überall in der Stadt Bel-o-kan wird gefochten. Von der Decke stürzen Rebellinnen herab. Keine Soldatin eilt der Königin zu Hilfe. Zwischen den ausgetrockneten Hüllen der Gottgläubigen wird gekämpft. Doch rasch wendet sich das Blatt zugunsten der Überzahl.

Chli-pu-ni ist von offenbar feindlichen Mandibeln umgeben. Man könnte glauben, dass diese Ameisen ihre königlichen Pheromone nicht erkennen. Eine von ihnen kommt mit weit aufgerissenen Mandibeln näher, als wolle sie sie enthaupten. Und beim Näherkommen ruft die Killerin: *Die Finger sind unsere Götter.*

Das ist die Lösung. Sie muss die Finger wiedertreffen. Chli-pu-ni hat nicht die Absicht, sich töten zu lassen. Sie wirft sich ins Getümmel, schiebt die Kieferzangen und Antennen beiseite, die sie aufzuhalten versuchen, galoppiert in die nach unten führenden Gänge. Es gibt nur noch eine Richtung: die Finger.

45\. UG. 50. UG. Rasch entdeckt sie den Durchschlupf, der unter die Stadt führt. Die rebellischen Gottgläubigen laufen ihr hinterher. Sie wittert feindliche Pheromone.

Chli-pu-ni durchquert den Granittunnel und dringt in das »Zweite Bel-o-kan« ein, in die Geheimstadt, die ihre Mutter einst gebaut hat, um sich hier mit den Fingern zu unterhalten.

In der Mitte befindet sich eine Silhouette, von der eine große Röhre abgeht.

Chli-pu-ni weiß, wer dieses schlecht geschnitzte Wesen aus Harz ist. Die Spioninnen haben ihr seinen Namen verraten: Doktor Livingstone.

Die Königin nähert sich ihm. Die Gottgläubigen schließen zu ihr auf, sie kreisen sie ein, lassen sie jedoch auf den Stellvertreter ihrer Götter zugehen.

Die Herrscherin berührt die Antennen der Pseudo-Ameise.

Ich bin Königin Chli-pu-ni, sagt sie mit ihrem ersten Antennensegment.

Gleichzeitig stößt sie mit ihren anderen elf Antennensegmenten durcheinander auf sämtlichen Geruchswellenlängen eine Vielzahl von Informationen aus.

Ich habe vor, euch zu retten. Von jetzt an kümmere ich mich darum, euch zu ernähren. Ich will mit euch sprechen.

Die Gottgläubigen rühren sich nicht, als würden auch sie ein Wunder erwarten.

Doch es geschieht nichts. Seit mehreren Tagen sind die Götter verstummt, und sogar mit der Königin wollen sie nicht reden.

Chli-pu-ni erhöht die Duftkraft ihrer Botschaften. Nicht die geringste Regung bei Doktor Livingstone. Er rührt sich nicht.

Plötzlich zuckt der Königin mit der Lebhaftigkeit und Leuchtkraft eines Blitzes ein Gedanke durch den Kopf.

Die Finger gibt es nicht. Die Finger hat es nie gegeben.

Eine riesige Irreführung, Gerüchte, Geschichten, falsche Informationen, die über die Pheromone mehrerer Königinnengenerationen und durch kranke Ameisen auf ihrem Weg weiterverbreitet wurden.

Nr. 103 hat gelogen. Mutter Belo-kiu-kiuni hat gelogen. Die Rebellinnen lügen. Die ganze Welt lügt.

Die Finger gibt es nicht und hat es nie gegeben.

Hier hören ihre Gedanken auf. Ein Dutzend gottgläubige Mandibelklingen durchbohren ihre Brustwehr.

205. Auf der Suche nach Nr. 103

Der Stationsvorsteher hatte alle Lichter ausgeschaltet, wie Méliès es ihm befohlen hatte. Dann hatte er ihnen eine sehr starke Taschenlampe zur Verfügung gestellt, um damit den Bahnsteig zu beleuchten. Juliette Ramirez und Laetitia Wells hatten das Lockpheromon im ganzen Bahnhof versprüht. Jetzt konnten sie nur noch ungeduldig und mit Herzklopfen warten, ob Nr. 103 zu ihrem Scheinwerfer kam.

Nr. 103 nimmt harte Schatten wahr, die von einem weitaus stärkeren Licht geworfen werden als die ihr bekannten Neonröhren. Gemäß der Botschaft der »freundlichen« Finger läuft sie auf die helle Zone zu. Dort müssen sie sie erwarten. Wenn sie wieder bei ihnen ist, kommt alles wieder in Ordnung.

Wie lang ihnen das Warten wurde! Jacques Méliès konnte nicht ruhig sitzen und ging im Gang auf und ab. Er zündete sich eine Zigarette an.

»Mach sie aus. Der Rauchgeruch könnte sie vertreiben. Sie hat Angst vor Feuer.«

Der Polizist trat seine Zigarette mit dem Absatz aus und lief weiter auf und ab.

»Hör doch auf, herumzulaufen. Du zertrittst sie noch, wenn sie von dort kommt.«

»Mach dir da mal keine Sorgen, eins tu ich seit Tagen ohne Unterbrechung: Ich pass auf, wo ich die Füße hinsetze.«

Nr. 103 sieht neue Platten auf sich zukommen. Dieses Pheromon ist eine Falle. Killerfinger haben die Botschaft ausgestreut, um sie zu töten. Sie flieht.

Laetitia Wells entdeckte sie in dem Lichtkegel.

»Schaut! Eine einzelne Ameise. Das ist bestimmt Nr. 103. Sie ist gekommen, und du hast ihr mit deinen Sohlen Angst gemacht. Wenn sie wegläuft, verlieren wir sie wieder aus den Augen.«

Sie näherten sich mit kleinen Schritten, aber Nr. 103 floh.

»Sie erkennt uns nicht. Für sie sind alle Menschen Berge«, sagte Laetitia verzweifelt.

Sie hielten ihr Finger und Hände hin, aber Nr. 103 schlug Haken, wie sie es schon beim Picknick getan hatte. Sie flitzte auf den Schotter zu.

»Sie erkennt uns nicht. Sie erkennt unsere Hände nicht. Sie weicht unseren Fingern aus! Was sollen wir bloß tun?«, rief Méliès aus. »Wenn sie vom Bahnsteig verschwindet, finden wir sie auf den Gleisen nie wieder!«

»Sie ist eine Ameise. Bei Ameisen läuft alles nur über Düfte. Hast du einen Filzstift? Die Tinte riecht stark, zumindest stark genug, um sie aufzuhalten.«

Laetitia beeilte sich, vor Nr. 103 eine dicke Linie zu ziehen.

Sie läuft, sie rennt, doch plötzlich taucht vor ihr eine stark alkoholische Duftmauer auf. Nr. 103 bremst mit sämtlichen Beinen, läuft an dieser ekelerregenden Mauer entlang, als wäre sie eine unsichtbare, aber unüberwindliche Grenze, dann umgeht sie sie und läuft weiter.

»Sie läuft um den Filzstiftstrich herum!«

Laetitia beeilte sich, ihr den Weg mit ihrem Stift zu versperren. Schnell zog sie drei Striche in Form eines dreieckigen Gefängnisses.

Ich bin zwischen diesen Duftmauern gefangen, sagte sich Nr. 103. *Was soll ich tun?*

Sie rafft ihren ganzen Mut zusammen und springt über den Filzstiftstrich, als wäre er eine Glasmauer, und läuft atemberaubend schnell, ohne zu sehen, wohin.

So viel Bravour und Kühnheit hatten die Menschen nicht erwartet. Sie schauten sich ungläubig an.

»Da ist sie«, rief Méliès und zeigte mit dem Finger.

»Wo denn?«, fragte Laetitia.

»Achtung …!«

Laetitia Wells verlor das Gleichgewicht. Alles lief wie in Zeitlupe ab. Um sich wieder zu fangen, machte sie einen kleinen Schritt zur Seite. Ein reiner Reflex. Die Spitze ihres hochhackigen Schuhs hob sich und senkte sich dann wieder auf …

»NNNEEEEIIIIHIIIIIIINNN!«, kreischte Juliette Ramirez.

Mit ganzer Kraft stieß sie Laetitia weg, ehe ihr Fuß den Boden berührte.

Zu spät.

Nr. 103 hat keinen Ausweichreflex. Sie sieht einen Schatten, der über ihr niederkommt, und hat nur noch Zeit zu denken, dass ihr Leben hier endet. Reich war es, ihr Leben. Wie auf einem Fernsehbildschirm flitzen in ihren Gehirnen die Bilder vorbei. Der Krieg am Klatschmohnhügel, die Eidechsenjagd, der Blick auf das Ende der Welt, die Käferflüge, die Ameisen-Akazie, der Spiegel bei den Schaben und so viele Schlachten, ehe sie die Fingerzivilisation entdeckte … den Fußball, Miss Universum … den Dokumentarbericht über die Ameisen.

206. Enzyklopädie

Kuss Bisweilen werde ich gefragt, was die Menschen sich von den Ameisen abgeguckt haben. Meine Antwort: den Kuss auf den Mund. Lange Zeit glaubte man, die alten Römer hätten mehrere Jahrhunderte vor unserer Zeitrechnung den Kuss auf den Mund erfunden. Tatsächlich haben sie einfach die Insekten beobachtet. Sie haben begriffen, dass die Ameisen, wenn sie einander mit den Lippen berühren, etwas Großzügiges tun, das ihre Gesellschaft zusammenschweißt. Den ganzen Sinn dessen haben sie nie begriffen, aber sie haben sich gesagt, dass sie diese Berührung nachahmen mussten, um den gleichen Zusammenhalt wie die Ameisenhaufen zu erreichen. Sich auf den Mund zu küssen heißt, eine Trophallaxis nachzumachen. Doch bei der echten Trophallaxis wird Nahrung weitergereicht, während beim menschlichen Kuss lediglich Speichel ohne Nährwert weitergegeben wird.

Edmond Wells

Enzyklopädie des relativen und absoluten Wissens, Bd. 2

207. Nr. 103 im Jenseits

Fassungslos betrachteten sie den zermalmten Körper von Nr. 103.

»Ist sie tot …?«

Das Tierchen regte sich nicht mehr. Kein bisschen.

»Sie ist tot!«

Juliette Ramirez hämmerte mit der Faust gegen die Wand.

»Alles vorbei! Wir können meinen Mann nicht mehr retten. Unsere ganze Mühe war umsonst.«

»Es ist doch zu blöd! So nah am Ziel! Wir hätten's beinah geschafft.«

»Arme Nr. 103 … Dieses außergewöhnliche Leben, und dann ein einfacher Schuh mit …«

»Ich bin schuld, ich bin schuld«, jammerte Laetitia immer wieder.

Jacques Méliès war pragmatischer.

»Was machen wir mit ihrer Leiche? Wir werden sie ja wohl nicht wegschmeißen!«

»Wir müssen ihr ein kleines Grab errichten …«

»Nr. 103 war keine x-beliebige Ameise. Sie war ein Odysseus oder ein Marco Polo aus einer niederen Raum-Zeit-Dimension. Eine Schlüsselfigur für ihre Zivilisation. Sie hat mehr als ein Grab verdient.«

»An was hast du denn gedacht? Ein Denkmal?«

»Ja.«

»Aber im Moment weiß doch keiner außer uns, was sie geleistet hat. Niemand weiß, dass sie eine Brücke zwischen unseren Welten gebaut hat.«

»Wir müssen es überall bekanntmachen, wir müssen die ganze Welt aufrütteln«, meinte Laetitia Wells. »Diese Geschichte ist einfach zu wichtig. Damit müssen wir noch weiterkommen.«

»Wir werden nie wieder eine so begabte ›Botschafterin‹ wie Nr. 103 finden. Sie hat dafür die nötige Neugier und Offenheit mitgebracht. Das ist mir beim Gespräch mit den anderen Ameisen klar geworden. Sie war einmalig.«

»Unter einer Milliarde Ameisen müssten wir doch eine genauso Begabte finden können.«

Doch sie wussten, dass das unmöglich war. Sie fingen an, Nr. 103 ins Herz zu schließen, wie Nr. 103 sie ins Herz geschlossen hatte. Ganz einfach. Nur aus wohlverstandenem Interesse. Die Ameisen brauchen die Menschen, um Zeit zu gewinnen. Die Menschen brauchen die Ameisen, um Zeit zu gewinnen.

Wie schade! Wie schade, so nah am Ziel zu scheitern.

Sogar Jacques Méliès war mitgenommen. Er versetzte den Bänken Fußtritte.

»Wirklich zu blöd!«

Laetitia Wells machte sich Vorwürfe.

»Ich hab sie nicht gesehen. Sie war so klein. Ich hab sie nicht gesehen!«

Alle starrten sie den reglosen kleinen Körper an. Ein Objekt. Wenn man diese arme, verzerrte Hülle sah, wäre man nie auf die Idee gekommen, dies sei Nr. 103 gewesen, die Anführerin des ersten Kreuzzugs gegen die Finger.

Sie versammelten sich um den Leichnam.

Plötzlich riss Laetitia die Augen weit auf und schreckte hoch.

»Sie hat sich bewegt!«

Sie musterten das reglose Insekt.

»Wunschdenken«, meinte Méliès.

»Nein, ich hab nicht geträumt. Ich schwöre euch, dass ich gesehen habe, wie sie eine Antenne bewegt hat. Kaum wahrnehmbar, aber ein bisschen.«

Sie sahen einander an, beobachteten das Insekt lange. In diesem Tier steckte nicht mehr das kleinste Fünkchen Leben. Sie war in einer Art Schmerzkrampf erstarrt. Ihre Antennen waren aufgerichtet, ihre sechs Beine wie zu einer langen Reise angewinkelt.

»Ich … ich bin mir sicher, dass sie ein Bein bewegt hat!«

Jacques Méliès fasste Laetitia an der Schulter. Er begriff, dass sie vor Erschütterung sah, was sie sehen wollte.

»Tut mir leid. Bestimmt ein reiner Leichenreflex.«

Juliette Ramirez wollte Laetitia nicht im Zweifel lassen. Sie hob den kleinen Körper auf und hielt ihn sich ans Ohr. Sie legte ihn sogar in ihre Ohrmuschel.

»Glaubst du, du hörst ihr Herz schlagen?«

»Wer weiß? Ich hab ein gutes Gehör. Ich würde die geringste Bewegung wahrnehmen.«

Laetitia Wells nahm den Leichnam der Heldin an sich und legte ihn auf eine Bank. Sie kniete sich hin und hielt vorsichtig einen Spiegel vor die Mandibeln der Ameise.

»Hoffst du, ihren Atem zu sehen?«

»Die Ameisen atmen doch, oder?«

»Ihr Atem ist zu leicht, als dass wir davon das Mindeste sehen könnten.«

Stumm vor Zorn starrten sie das zertretene Tier an.

»Sie ist tot. Sie ist mausetot!«

»Nr. 103 war die Einzige, die auf unseren Bund zwischen den Arten gehofft hat. Sie war sich klar, dass es dauern würde, aber sie hatte sich eine gegenseitige Durchdringung unserer beiden Zivilisationen vorgestellt. Sie hatte eine Bresche geschlagen, gemeinsame Nenner gefunden. Sie war schon dabei, ein bisschen zu … vermenschlichen. Sie hat unseren Humor und unsere Kunst zu schätzen gewusst. Alle diese nutzlosen Dinge, die sie gesagt hat … die dabei so faszinierend waren.«

»Wir werden uns eine andere heranziehen.«

Jacques Méliès drückte Laetitia fest an sich und tröstete sie.

»Wir nehmen uns eine andere und bringen auch ihr bei, was die Kunst und der Humor der … Finger sind!«

»Es gibt keine zweite wie sie. Es ist meine Schuld … meine Schuld«, wiederholte Laetitia Wells.

Alle hatten sie die Augen auf den Körper von Nr. 103 geheftet. Es folgte langes Schweigen.

»Wir werden ihr ein würdiges Begräbnis bereiten«, sagte Juliette Ramirez.

»Wir bestatten sie auf dem Friedhof von Montparnasse neben den größten Denkern des Jahrhunderts. Es wird ein ganz kleines Grab, und darauf schreiben wir: ›Sie war die Allererste.‹ Und wir bleiben die einzigen, die den Sinn der Inschrift verstehen.«

»Wir stellen kein Kreuz auf.«

»Und Blumen und Kränze gibt es auch nicht.«

»Nur einen kleinen Zweig im Zement. Denn sie hat sich den Ereignissen immer gestellt, auch wenn sie Angst hatte.«

»Und sie hatte immer Angst.«

»Wir versammeln uns jedes Jahr an ihrem Grab.«

»Ich persönlich komme nicht gern auf meine Misserfolge zurück.«

Juliette Ramirez hauchte: »Es ist so schade.«

Mit der Spitze ihres Fingernagels tippte sie die Antennen von Nr. 103 an.

»Komm, wach jetzt auf! Du hast uns ganz schön drangekriegt. Wir haben dich für tot gehalten. Zeig uns jetzt, dass alles bloß ein Witz war. Du hast einen Witz gemacht, wie wir, die Menschen. Siehst du, du hast es geschafft, du hast den Ameisenhumor erfunden.«

Sie trägt den Leichnam unter die Halogentaschenlampe.

»Vielleicht mit ein bisschen Wärme …«

Alle betrachteten sie den Kadaver von Nr. 103. Méliès musste einfach ein kleines Gebet murmeln: »Mein Gott, mach, dass sie …«

Doch noch immer passierte nichts.

Laetitia Wells vergoss eine Träne. Sie floss ihr übers Nasenbein, um eine Backe herum, blieb einen Moment im Kinngrübchen hängen und fiel dann neben die Ameise.

Ein salziger Spritzer erwischte die Antenne von Nr. 103.

Da geschah etwas. Die Augen gingen weit auf, die Körper beugten sich nach vorn.

»Sie hat sich bewegt!«

Die Antenne wackelte abermals.

Laetitia holte aus ihrem Augenwinkel eine zweite Träne und feuchtete damit die Antenne an.

Wieder eine kaum wahrnehmbare Bewegung.

»Sie lebt. Sie lebt. Nr. 103 lebt!«

Juliette Ramirez rieb sich mit einem skeptischen Finger über den Mund.

»Noch haben wir nicht ganz gewonnen.«

»Sie ist verdammt schwer verletzt, aber sie lebt.«

»Wir brauchen einen Tierarzt.«

»Einen Tierarzt für Ameisen gibt es nicht!«, rief Jacques Méliès.

»Wer soll Nr. 103 nur retten? Ohne Hilfe stirbt sie!«

»Was sollen wir nur tun? Was nur?«

»Wir bringen sie durch und zwar schnell.«

Sie waren überreizt und umso hilfloser, als sie sich doch so sehr gewünscht hatten, sie möge sich bewegen, und nun, da sie sich tatsächlich bewegt hatte, nicht wussten, wie sie sie retten sollten. Laetitia Wells hätte sie gern gestreichelt, sie beruhigt, sich entschuldigt. Aber für die Raum-Zeit-Dimension der Ameisen kam sie sich zu tollpatschig, zu linkisch vor, sie würde nur alles verschlimmern. In diesem Augenblick wäre sie gern eine Ameise gewesen, um sie zu lecken, ihr eine gute Trophallaxis zu verabreichen …

Sie rief: »Nur eine Ameise kann sie retten, wir müssen sie zu den Ihren zurückbringen.«

»Nein, sie ist voller parasitärer Gerüche. Nicht einmal eine Ameise aus ihrem eigenen Nest würde sie erkennen. Sie würden sie umbringen. Wir sind die Einzigen, die etwas tun können.«

»Wir bräuchten mikroskopisch kleine Messer, Pinzetten …«

»Wenn das alles ist, dann nichts wie los!«, schrie Juliette Ramirez. »Schnell zurück nach Hause, vielleicht ist noch nicht alles verloren. Habt ihr noch eine Streichholzschachtel?«

Wieder setzte Laetitia Wells Nr. 103 ungeheuer vorsichtig in eine Streichholzschachtel. Sie zwang sich, zu glauben, dass das Stück Taschentuch, mit dem sie diese ausgekleidet hatte, kein Leichentuch war, sondern ein Laken, dass sie keinen Sarg trug, sondern eine Krankenbahre.

Nr. 103 sendet mit der Antennenspitze schwache Rufe aus, als wüsste sie, dass sie mit ihren Kräften am Ende ist, und als wollte sie ein letztes Lebewohl sagen.

Sie kamen an die Oberfläche zurück, rannten und bemühten sich dabei, die Streichholzschachtel mit der Verletzten nicht zu sehr zu schütteln.

Draußen warf Laetitia ihre Schuhe vor Wut in den Rinnstein.

Sie hielten ein Taxi an, forderten den Fahrer auf, so schnell wie möglich und doch ohne allzu große Erschütterungen zu fahren.

Der Fahrer erkannte seine Fahrgäste wieder. Das waren die gleichen, die beim letzten Mal verlangt hatten, dass er nicht schneller als 0,1 Stundenkilometer fuhr. Man gerät doch immer an dieselben Armleuchter. Entweder haben sie es nicht eilig genug oder zu eilig!

Trotzdem raste er zur Adresse der Ramirez'.

208. PHEROMON

Pheromon: Zoologie
Thema: Die Finger
Speichlerin: Nr. 103 683
Jahr: 100 000 667

PANZER: Die Finger haben eine weiche Haut. Um sie zu schützen, bedecken sie sie mit Stücken aus geflochtenen Pflanzenfasern oder auch mit Metallstücken, die sie »Autos« nennen.

GESCHÄFTE: Die Finger haben von Handelsbeziehungen keine Ahnung. Sie sind so naiv, dass sie ganze Schaufeln voll Nahrung gegen ein einziges Stück nicht essbares buntes Papier tauschen.

FARBE: Wenn man einem Finger länger als drei Minuten die Luft nimmt, verfärbt er sich.

BALZVERHALTEN: Die Finger haben ein komplexes Balzverhalten. Zu diesem Zweck begeben sie sich oft an besondere Orte, die sie »Nachtlokale« nennen. Dort tummeln sie sich stundenlang miteinander und ahmen so den Geschlechtsakt nach. Wenn beide mit der Vorführung des anderen zufrieden sind, begeben sie sich anschließend in ein Zimmer, um sich fortzupflanzen.

NAMEN: Die Finger nennen sich untereinander: Menschen. Und uns Erdbewohnerinnen nennen sie: Ameisen.

BEZIEHUNGEN ZUR UMWELT: Ein Finger kümmert sich nur um sich selbst. Von Natur aus empfindet der Finger ein starkes Bedürfnis, alle anderen Finger zu töten. Die »Gesetze«, ein strenger, künstlich geschaffener Sozialcode, dienen dazu, ihre Mordgelüste zu mäßigen.

SPEICHEL: Die Finger können sich mit ihrem Speichel nicht waschen. Um sich zu waschen, brauchen sie eine Maschine, die »Badewanne« heißt.

WELTBILD: Die Finger glauben, dass die Erde rund ist und sich um die Sonne dreht!

TIERE: Die Finger kennen die sie umgebende Natur sehr schlecht. Sie halten sich für die einzigen intelligenten Wesen.

209. Operation Letzte Chance

»Messer!«

Jeder Wunsch von Arthur wurde sofort erfüllt.

»Messer.«

»Pinzette Nr. 1!«

»Pinzette Nr. 1.«

»Skalpell!«

»Skalpell.«

»Naht!«

»Naht.«

»Pinzette Nr. 8!«

»Pinzette Nr. 8.«

Arthur Ramirez operierte. Als die drei anderen mit der im Sterben liegenden Nr. 103 nach Hause zurückgekommen waren, war er wach gewesen und hatte sich von seiner Ohnmacht erholt. Er hatte sofort begriffen, was seine Gefährten von ihm erwarteten, und die Ärmel hochgekrempelt. Da er für diese heikle Operation alle seine Sinne beieinander behalten wollte, hatte er die Beruhigungsmittel abgelehnt, die seine Frau ihm angeboten hatte.

Jetzt standen Jacques Méliès, Laetitia Wells und Juliette Ramirez um ihn herum, über den winzigen improvisierten Operationstisch gebeugt, den der Meister der Heinzelmännchen unter einem Mikroskop eingerichtet hatte. Dieses war an eine Videokamera angeschlossen. Alle konnten der Operation an einem Bildschirm folgen.

Über diesen Tisch waren schon viele reparaturbedürftige Roboterameisen gegangen, doch nun war es zum ersten Mal eine Ameise aus Chitin und Blut in lebensbedrohlichem Zustand.

»Blut!«

»Noch mehr Blut!«

Da sie Nr. 103 retten wollten, hatten sie vier echte Ameisen zerquetschen müssen, um das für die Transfusion nötige Blut zu gewinnen. Sie hatten keine Sekunde gezögert. Nr. 103 war einzigartig und verdiente das Opfer einiger Exemplare ihrer Art.

Für diese Minitransfusionen hatte Arthur eine mikroskopische Nadel zugespitzt und sie in den weichen Teil des linken Hinterbeingelenks gestochen.

Der Stegreif-Chirurg wusste nicht, ob die Ameise unter seinen Handgriffen litt, aber angesichts ihres prekären Zustands hatte er lieber auf eine Anästhesie verzichtet.

Arthur fing damit an, dass er das Mittelbein wieder einrenkte. Auch beim linken Vorderbein ging es problemlos. Durch seine Arbeit an den Roboterameisen hatte er sich eine große Fingerfertigkeit erworben.

Der Brustkorb war platt gedrückt. Mit einer feinen Pinzette bog er ihn wieder in Form, wie man es bei einem eingedellten Kotflügel macht, dann verklebte er die Stelle, wo das Chitin aufgeplatzt war, mit Leim. Dieser Leim diente ihm auch dazu, den durchbohrten Hinterleib wieder zusammenzuflicken, nachdem er ihn vorher mittels einer winzigen Pipette voll Blut gepumpt hatte.

»Zum Glück sind der Kopf und die Antennen unversehrt!«, rief er. »Die Spitze Ihres Absatzes war so schmal, dass nur der Thorax und der Hinterleib zerquetscht wurden.«

Unter dem Licht der Mikroskoplampe findet Nr. 103 wieder zu Kräften. Sie streckt den Kopf ein wenig und nuckelt langsam an dem Honigtropfen, den ihr ein Finger vor die Mandibeln gelegt hat.

Arthur richtete sich auf, wischte sich den Schweiß von der Stirn und seufzte: »Ich glaube, sie ist über den Berg. Jetzt braucht sie aber ein paar Tage Ruhe, bis sie wieder ganz auf den Beinen ist. Legt sie in eine dunkle, warme und feuchte Ecke.«

210. Enzyklopädie

Wie sieht der Weg aus? Wir müssen uns den Menschen des Jahres Hundert Millionen vorstellen (der dann so viel Erfahrung hat wie die Ameisen heutzutage).

Dieser Mensch muss ein Bewusstsein haben, das hunderttausendmal entwickelter ist als das unsere. Unserem Ur-hoch-100 000-Enkel muss geholfen werden. Darum müssen wir den goldenen Weg finden. Den Weg, der es gestattet, mit unnötigen Formalismen möglichst wenig Zeit zu verlieren. Den Weg, der einen Rückschritt unter dem Druck sämtlicher Reaktionäre, Barbaren und Tyrannen verhindert. Wir müssen das Tao finden, den Weg, der zum höchsten Bewusstsein führt. Dieser Weg wird sich durch die Vielzahl unserer Erfahrungen bahnen. Um ihn leichter zu finden, müssen wir unsere Blickwinkel verändern, dürfen wir uns nicht auf eine Denkweise versteifen, gleich auf welche. Selbst wenn sie richtig ist. Die Ameisen weisen uns ein geistiges Experiment: sich an ihre Stelle zu versetzen. Versetzen wir uns aber auch an die Stelle der Bäume, der Fische, der Wellen, der Wolken, der Steine.

Der Mensch des Jahres Hundert Millionen wird mit den Bergen sprechen können müssen, um aus ihrer Erinnerung zu schöpfen. Sonst war alles vergebens.

Edmond Wells

Enzyklopädie des relativen und absoluten Wissens, Bd. 2

211. Das Loch

Drei Tage Genesung, und Nr. 103 war von ihren Quetschungen wieder vollkommen hergestellt. Sie aß fast normal – sogar Häppchen Heuschreckenfleisch und Getreidebrei. Sie bewegte ihre beiden Antennen normal. Sie leckte sich ununterbrochen ihre Wunden, um den Leim abzubekommen und um sie außerdem mit ihrem Speichel zu desinfizieren.

Arthur Ramirez hatte seine Patientin in eine Pappschachtel verlegt, die mit wasserfreundlicher Baumwolle ausgelegt war, damit jede

Erschütterung vermieden wurde. Täglich zeichnete er die jeweiligen Fortschritte auf. Das gebrochene Bein funktionierte nicht besonders gut, aber Nr. 103 glich das dadurch aus, dass sie das Hüftgelenk verschob.

»Sie braucht eine Art Krankengymnastik, damit ihre fünf Beine wieder Muskeln ansetzen«, meinte Jacques Méliès.

Er hatte Recht. Arthur stellte Nr. 103 auf ein winziges Rollband, und abwechselnd brachten sie sie alle zum Laufen, damit ihre Schenkel wieder funktionstüchtig wurden.

Die Soldatin war jetzt wieder genug bei Kräften, um die Gespräche fortzusetzen.

Zehn Tage nach dem Unfall kamen sie daher zu der Ansicht, dass es an der Zeit sei, die Rettungsmannschaft für Jonathan Wells und seine Gefährten loszuschicken.

Jacques Méliès forderte Emile Cahuzacq und drei Polizisten niederen Dienstgrades an. Laetitia Wells und Juliette Ramirez waren mit von der Partie. Arthur war von der Krankheit und den Aufregungen der letzten Tage so geschwächt, dass er lieber bequem in seinem Sessel ihre Heimkehr erwartete.

Sie waren mit Schaufeln und Spaten bewaffnet. Nr. 103 sollte sie führen. Auf in den Wald von Fontainebleau!

Laetitias Finger setzten die Ameise ins Gras. Um sicherzugehen, dass sie sie nicht wieder verlören, hatte sie der Kundschafterin einen Nylonfaden um das Hinterleibsgelenk gebunden. Eine Art Leine.

Nr. 103 schnuppert die Düfte in der Umgebung und weist mit den Antennen die Richtung.

Nach Bel-o-kan geht's da drüben lang.

Um schneller voranzukommen, hoben die Finger sie auf und transportierten sie ein Stück weiter. Es genügte, dass sie ihre Fühler bewegte, um ihnen anzuzeigen, dass sie neue Anhaltspunkte brauchte. Dann setzten sie sie wieder auf die Erde, und sie wies ihnen wieder den Weg.

Nach einer Stunde überquerten sie an einer seichten Stelle einen Bach und drangen dann ins Unterholz vor. Sie mussten sehr langsam vorgehen, damit Nr. 103 den entsprechenden Duftgleisen gut zu folgen vermochte.

Nach drei Stunden machten sie ein Stück vor sich einen großen Reisigklumpen aus.

Die Ameise gab zu verstehen, dass sie angekommen waren.

»Das also ist Bel-o-kan?«, staunte Méliès, der unter anderen Umständen ein solches Hügelchen gar nicht wahrgenommen hätte.

Sie gingen schneller.

»Und jetzt, Chef?«, fragte ein Polizist.

»Jetzt graben wir.«

»Aber ohne die Stadt zu beschädigen, unbedingt ohne die Stadt zu beschädigen«, beharrte Laetitia und drohte mit dem Finger. »Vergesst nicht, dass wir Nr. 103 versprochen haben, ihrer Stadt nichts zu tun.«

Inspektor Cahuzacq grübelte über das Problem nach.

»Na schön, es reicht ja, direkt daneben zu graben. Wenn die Höhle groß ist, dann stoßen wir auf jeden Fall darauf. Und wenn wir nicht darauf stoßen, dann machen wir schräg unter dem Nest weiter.«

»Okay!«, meinte Laetitia.

Sie gruben wie die Piraten auf einer Schatzinsel. Bald waren die Polizisten voller Erde und Schlamm, aber noch immer war unter ihren Schaufeln kein Fels zu sehen.

Der Kommissar ermunterte sie zum Weitermachen.

Zehn Meter, zwölf Meter, und noch immer nichts. Ameisen, vermutlich Soldatinnen aus Bel-o-kan, kamen angelaufen, um zu erfahren, was diese schrecklichen Erschütterungen in der Nähe der Stadt hervorrief, die beinahe die äußeren Ringstraßen zum Einsturz brachten.

Emile Cahuzacq gab ihnen zur Beruhigung Honig.

Die Polizisten hatten das Schaufeln allmählich satt. Schließlich bekamen sie das Gefühl, ihre eigenen Gräber auszuheben, doch der Chef schien entschlossen, bis zum bitteren Ende weiterzumachen, und so blieb ihnen keine Wahl.

Die Belokanerinnen beobachteten sie in immer größerer Zahl.

Das sind Finger, meinte eine Arbeiterin, die den womöglich vergifteten Honig nicht angenommen hatte.

Finger, die gekommen sind, um sich für unseren Kreuzzug zu rächen!

Juliette Ramirez begriff, was diese kleinen Kreaturen umtrieb.

»Schnell, fangen wir alle ein, ehe sie Alarm schlagen!«

Zusammen mit Laetitia und Méliès warf sie alle mit Klumpen aus Gras und Erde in Gefängnisschachteln, über denen sie ein Pheromon versprühte: Beruhigt euch, es wird alles gut.

Anscheinend glückte das Manöver. In den Schachteln blieb es ruhig.

»Wir müssen uns trotzdem beeilen, sonst haben wir bald sämtliche Armeen der Föderation auf dem Hals«, meinte der Champion von »Denkfalle«.

»Alle Zerstäuber der Welt könnten die nicht ruhigstellen.«

»Machen Sie sich keine Sorgen mehr«, meinte ein Polizist. »Wir haben's geschafft. Hier klingt's hohl. Wir müssen über der Grotte sein.«

Er rief: »Hallo, ist da unten wer?«

Keine Antwort. Sie leuchteten mit einer Taschenlampe hinunter.

»Eine Kirche, könnte man meinen«, stellte Cahuzacq fest. »Und ich sehe niemanden.«

Ein Polizist griff sich ein Seil, verknotete es an einem Baum und ließ sich mit der Taschenlampe hinunter. Cahuzacq folgte ihm. Sie liefen durch alle Zimmer, ehe sie den anderen oben zuschrien:

»Wir haben's geschafft. Wir haben sie gefunden. Sie sehen noch ganz lebendig aus, schlafen aber.«

»Bei dem ganzen Radau, den wir angestellt haben, ist das doch unmöglich. Wenn wir sie nicht aufgeweckt haben, dann sind sie tot.«

Jacques Méliès stieg hinunter, um selbst nachzusehen. Er leuchtete durch den Saal und entdeckte dort überrascht einen Brunnen, EDV-

Geräte, das Surren elektrischer Apparaturen. Er drang zum Schlafsaal vor, wollte einen der dort liegenden Männer rütteln und wich zurück, weil er den Eindruck hatte, ein Skelett berührt zu haben: Der Arm, den er gepackt hatte, war völlig fleischlos.

»Sie sind tot«, wiederholte er.

»Nein …«

Méliès schreckte hoch.

»Wer hat da gesprochen?«

»Ich«, murmelte eine schwache Stimme.

Er drehte sich um. Hinter ihm stand ein ausgezehrtes Wesen und lehnte sich gegen eine Wand.

»Nein, wir sind nicht tot«, brachte Jonathan Wells hervor und hielt sich mit einem Arm fest. »Wir haben Sie nicht mehr erwartet, meine Herren.«

Sie starrten einander an. Jonathan Wells blinzelte nicht.

»Haben Sie uns nicht graben hören?«, fragte Jacques Méliès.

»Doch, aber wir haben lieber bis zum letzten Moment geschlafen«, gibt Professor Daniel Rosenfeld von sich.

Alle standen sie auf. Sie waren dünn und völlig ruhig.

Die Polizisten waren tief bestürzt. Diese Leute sahen nicht mehr wie Menschen aus.

»Sie müssen schrecklich Hunger haben!«

»Nein, geben Sie uns nicht gleich zu essen – das könnte unser Tod sein. Wir haben uns nach und nach daran gewöhnt, so zu leben, von wenig.«

Emile Cahuzacq traute seinen Sinnen nicht.

»Also so was!«

Die Leute aus dem Untergrund zogen sich bedächtig an und machten ein paar Schritte. Als sie das Tageslicht wahrnahmen, wichen sie zurück. Es war zu stark für sie.

Jonathan Wells scharte ein paar seiner unterirdischen Gefährten um sich. Sie bildeten einen Kreis, und Jason Bragel sprach die Frage aus, die sich alle bereits gestellt hatten:

»Gehen wir oder bleiben wir?«

212. Enzyklopädie

Vitriol »Vitriol« ist eine andere Bezeichnung für Schwefelsäure. Lange hat man geglaubt, »Vitriol« bedeute, »was glasig macht«. Der Sinn des Wortes ist jedoch nicht so leicht zu erschließen. Es wurde eigentlich aus den ersten Buchstaben einer Grundformel gebildet, die aus der Antike stammt. V.I.T.R.I.O.L.: Visita Interiora Terrae Rectificando Occultem Lapidem (Besuche das Innere der Erde, und wenn du dich besserst, findest du den verborgenen Stein).

Edmond Wells
Enzyklopädie des relativen und absoluten Wissens, Bd. 2

213. Vorbereitungen

Chli-pu-nis Leichnam thront im Totensaal, dort, wo die Gottgläubigen ihn aufgebahrt haben.

Ohne eine eierlegende Königin ist Bel-o-kan vom Aussterben bedroht. Die roten Ameisen brauchen unbedingt eine Königin. Nur eine einzige zwar, aber eben eine Königin.

Das wissen alle. Gottgläubig zu sein oder nicht kann die Stadt jetzt nicht retten. Auch wenn die Jahreszeit dafür schon vorbei ist, müssen sie ein Wiedergeburtsfest organisieren.

Die Nachzüglerinnen unter den Prinzessinnen, die im Juli nicht ausgeflogen sind, werden eingesammelt, die dümmlichen Männchen gejagt, die an den Tagen der Hochzeitsschwärme nicht aus der Stadt gefunden haben. Sie werden vorbereitet.

Zur Rettung der Stadt ist eine Paarung erforderlich.

Ob die Finger Götter sind oder nicht – wenn die Ameisen sich nicht innerhalb von drei Tagen eine fruchtbare Königin beschaffen, sterben alle Belokanerinnen.

Daher werden die Prinzessinnen mit zuckrigem Honigtau vollgestopft, um sie für den Liebesakt auf Trab zu bringen. Den zurückgebliebenen Männchen wird geduldig der Ablauf des Hochzeitsflugs erklärt.

In der schwülen Mittagshitze versammelt sich das Volk unter der Kuppel der Stadt. Schon seit Tausenden von Jahren ruft das Fest der Wiedergeburt den gleichen Jubel hervor, doch dieses Jahr steht das Leben der Stadtgemeinschaft auf dem Spiel. Nie wurde ein Hochzeitsflug so sehr ersehnt!

Eine Königin muss unbedingt lebendig wieder in Bel-o-kan landen.

Duftlärm. Die Prinzessinnen sind da, in ihren Brautkleidern, die aus nichts weiter als zwei Flügeln bestehen. Die Artilleristinnen stehen bereit, um die Stadt zu verteidigen, falls sich Vögel nähern wollen.

214. Zoologisches Pheromon

Pheromon: Zoologie
Thema: Die Finger
Speichlerin: Nr. 103 683
Jahr: 100 000 667

VERSTÄNDIGUNG: Die Finger verständigen sich untereinander, indem sie durch den Mund akustische Schwingungen ausstoßen. Diese werden von einer freien Membran aufgefangen, die sich an den seitlichen Öffnungen ihres Kopfes befindet. Diese Membran nimmt die Laute auf und wandelt sie in elektrische Impulse um. Sinn erhalten die Laute dann durch das Gehirn.

FORTPFLANZUNG: Die Fingerweibchen können sich das Geschlecht, die Kaste oder auch die Gestalt ihrer Brut nicht aussuchen. Jede Geburt ist eine Überraschung.

GERUCH: Die Finger riechen nach Kastanienöl.

ERNÄHRUNG: Manchmal essen die Finger nicht aus Hunger, sondern aus Langeweile.

GESCHLECHT: Bei den Fingern gibt es keine Geschlechtslosen. Es gibt nur Männchen und Weibchen. Sie haben auch keine Königin, die Eier legt.

HUMOR: Die Finger kennen ein Gefühl, das uns vollkommen fremd ist. Sie nennen es »Humor«. Ich begreife nicht, worum es sich dabei handelt. Es scheint aber interessant zu sein.

ANZAHL: Die Finger sind zahlreicher, als man normalerweise denkt. Sie haben weltweit etwa zehn Städte mit mindestens tausend Fingern gebaut. Meiner Schätzung nach muss es auf der Erde gut zehntausend Finger geben.

TEMPERATUR: Die Finger sind mit einer inneren Temperaturregulierung ausgestattet, durch die sie den Körper warm halten können, selbst wenn es in der Außenwelt kalt ist. Durch dieses System können sie auch nachts und im Winter aktiv bleiben.

AUGEN: Die Finger können ihre Augen unabhängig vom Rest des Schädels bewegen.

GANG: Die Finger gehen auf zwei Beinen, ohne das Gleichgewicht zu verlieren. Diese in ihrer physiologischen Entwicklung noch relativ neue Stellung beherrschen sie noch nicht ganz.

KÜHE: Die Finger melken Kühe (dicke Tiere von ihrer Größe), wie wir unsere Läuse melken.

215. Wiedergeburt

Sie beschlossen, hinauszugehen. Sie waren sehr würdevoll. Sie waren weder am Sterben noch krank. Sie waren lediglich geschwächt. Sehr geschwächt.

»Sie könnten uns wenigstens danken«, murrte Cahuzacq in seinen Bart.

Sein Kollege Alain Bilsheim hörte ihn. »Noch vor einem Jahr hätten wir euch die Füße geküsst. Jetzt ist es entweder zu früh oder zu spät.«

»Aber wir haben euch schließlich gerettet!«

»Vor was denn?«

Cahuzacq brauste auf. »In meinem ganzen Leben habe ich keinen derartigen Undank erlebt! Ihr könnt es einem wirklich vermiesen, seinen Nächsten zu helfen …«

Er spuckte auf den Boden des unterirdischen Tempels.

Nacheinander kletterten die Gefangenen über die Strickleiter ins Freie. Die Sonne blendete sie. Sie verlangten nach Binden, mit denen sie sich die Augen schützen konnten. Sie setzten sich direkt auf den Boden.

»Erzählt schon!«, rief Laetitia aus. »Rede mit mir, Jonathan! Ich bin deine Cousine Laetitia Wells, die Tochter von Edmond. Sag mir, wie ihr es da unten so lange ausgehalten habt.«

Jonathan fungierte als Gruppensprecher seiner Gemeinschaft: »Wir haben einfach den Entschluss gefasst zu leben, und zwar gemeinsam zu leben. Das ist alles. Wir reden lieber nicht so viel. Entschuldige bitte.«

Die alte Augusta Wells setzte sich auf einen Stein. Sie machte den Polizisten ablehnende Zeichen.

»Kein Wasser, kein Essen. Geben Sie uns bloß Decken, denn hier draußen ist uns kalt, und«, fügte sie kichernd hinzu, »wir haben kaum mehr Fett, das uns schützt.«

Laetitia Wells, Jacques Méliès und Juliette Ramirez hatten erwartet, Todkranken zu Hilfe zu eilen. Nun wussten sie nicht mehr so recht, wie sie sich gegenüber diesen seelenruhigen Skeletten verhalten sollten, die sich ihnen gegenüber so hochmütig benahmen.

Sie packten sie in ihre Autos, fuhren sie zu einer vollständigen Untersuchung ins Krankenhaus und stellten fest, dass ihr Gesundheitszustand besser war, als sie befürchtet hatten. Alle wiesen natürlich zahlreiche Mangelerscheinungen an Vitaminen und Proteinen auf, aber sie hatten weder innere oder äußere Verletzungen, noch waren ihre Zellen verkümmert.

Ein Gedanke ging Juliette Ramirez wie eine telepathische Botschaft durch den Kopf:

Und sie tauchten aus den Eingeweiden der sie nährenden Erde auf wie seltsame Säuglinge, wie die ersten Vertreter einer neuen Menschheit.

Ein paar Stunden später unterhielt Laetitia Wells sich mit dem Psychotherapeuten, der die Befreiten untersucht hatte.

»Ich weiß nicht, was los ist«, sagte er. »Sie sprechen fast überhaupt nicht. Sie lächeln mich an, als würden sie mich alle für blöd halten, und das bringt einen ziemlich durcheinander, das muss ich zugeben. Doch das Erstaunlichste daran ist ein sonderbares Phänomen, das mich beunruhigt hat. Wenn man einen von ihnen berührt, spüren alle die Geste, als würden sie zu einem einzigen Organismus gehören. Und das ist noch nicht alles!«

»Was denn noch?«

»Sie singen.«

»Sie singen?«, wiederholte Méliès fassungslos. »Das müssen Sie falsch verstanden haben. Vielleicht liegt es daran, dass sie sich jetzt nur schwer wieder an Worte gewöhnen oder …«

»Nein. Sie singen, das heißt, sie stoßen verschiedene Laute aus und treffen sich dann auf dem gleichen Ton, den sie lange halten. Dieser eine Ton bringt das ganze Krankenhaus zum Schwingen und gibt ihnen anscheinend Kraft.«

»Sie sind verrückt geworden!«, rief der Kommissar.

»Dieser Ton ist vielleicht ein Sammellaut wie in den gregorianischen Gesängen«, warf Laetitia ein. »Mein Vater hat sich sehr dafür interessiert.«

»Ein Sammellaut für Menschen, wie der Geruch ein Sammelzeichen für einen Ameisenhaufen ist«, beendete Juliette Ramirez den Gedanken.

Kommissar Méliès wirkte besorgt.

»Sprechen Sie vor allem mit niemandem davon, und stecken Sie mir diese schöne neue Welt bis auf weiteres in Quarantäne.«

216. Totempfähle

Ein Angler, der eines Tages durch den Wald von Fontainebleau spazierte, stieß auf ein verwirrendes Schauspiel. Auf einem Inselchen zwischen den beiden Armen eines Baches sah er kleine Statuetten aus Lehm. Sie waren vermutlich mit winzigen Werkzeugen bearbeitet worden, denn sie trugen zahlreiche mikroskopisch kleine Spatelspuren.

Diese Statuetten, die in die Hunderte gingen, sahen alle genau gleich aus. Man hätte sie fast für Minisalzfässer halten können.

Neben dem Angeln hatte der Spaziergänger eine zweite Leidenschaft: die Archäologie.

Diese in alle Richtungen aufgestellten Totemzeichen erinnerten ihn sofort an die Statuen auf den Osterinseln.

Vielleicht, dachte er, lebte auf den Osterinseln ein Liliputanervolk, das einst hier in diesem Wald gewohnt hatte? Vielleicht hatte er es ja mit den letzten Spuren einer uralten Kultur zu tun, deren Mitglieder nicht größer als ein Kolibri waren? Mit Gnomen? Mit Heinzelmännchen?

Der Angler und Archäologe untersuchte die Insel nicht allzu genau. Sonst hätte er kleine Grüppchen aller Arten von Insekten bemerkt, die damit beschäftigt waren, sich mit den Fühlern zu berühren, um sich alle möglichen Geschichten zu erzählen.

Und er hätte begriffen, wer die wirklichen Erbauer dieser Lehmstatuetten waren.

217. Krebs

Nr. 103 hatte ihr erstes Versprechen gehalten: Die Leute von unter der Stadt waren gerettet. Juliette Ramirez beschwor sie, nun auch ihr zweites zu halten: das Geheimnis des Krebses zu offenbaren.

Die Ameise setzt sich wieder unter die Glocke namens »Stein der Weisen« und stößt eine lange Duftrede aus.

Biologisches Pheromon für die Finger
Speichlerin: Nr. 103
Thema: »Was ihr ›Krebs‹ nennt«

Wenn ihr Menschen es nicht schafft, den Krebs auszurotten, liegt das daran, dass eure Wissenschaft überholt ist. Beim Krebs macht euch eure

Analysemethode blind. Ihr seht die Welt nur auf eine Weise: die eure. Denn ihr seid Gefangene eurer Vergangenheit. Durch Experimente ist es euch gelungen, bestimmte Krankheiten zu heilen. Ihr habt daraus geschlossen, dass man nur durchs Experimentieren mit allen Krankheiten fertig werden kann. Das habe ich bei euren Wissenschaftssendungen im Fernsehen beobachtet. Um ein Phänomen zu begreifen, messt ihr es, steckt es in eine Schublade, ordnet es ein und zerlegt es in immer kleinere Elemente. Ihr habt das Gefühl, dass ihr der Wahrheit umso näher kommt, je kleiner ihr es zerhackt.

Doch nicht dadurch, dass ihr eine Grille in Stücke schneidet, erfahrt ihr, warum sie zirpt. Nicht dadurch, dass ihr mit euren Lupen die Zellen einer Orchideenblüte untersucht, versteht ihr, warum diese Blume so schön ist.

Um die Elemente, die uns umgeben, zu begreifen, muss man sich an ihre Stelle versetzen, in ihre Gesamtheit. Und am besten, wenn sie noch leben. Wenn ihr die Grille verstehen wollt, versucht zehn Minuten lang nachzuempfinden, was eine Grille sehen und erleben kann.

Wenn ihr die Orchidee verstehen wollt, versucht euch als Blume zu fühlen. Versetzt euch lieber an die Stelle der anderen, als sie in Stücke zu zerlegen und sie von den Elfenbeintürmen eures Wissens herab zu beobachten.

Keine eurer großen Erfindungen wurde von konventionellen Gelehrten im weißen Kittel gemacht. Im Fernsehen habe ich einen Bericht über eure großen Erfindungen gesehen. Sie beruhten immer auf Unfällen beim Hantieren: Töpfe, deren Dampf einen Deckel hochhob, von Kindern gebissene Hunde, Äpfel, die von einem Baum fielen, durch Zufall vermischte Produkte.

Um euer Krebsproblem zu lösen, hättet ihr Dichter anstellen sollen, Philosophen, Schriftsteller, Maler. Kurz, Schaffende voller Intuition und Inspiration. Nicht Leute, die alle Erfindungen ihrer Vorgänger auswendig gelernt haben.

Eure klassische Wissenschaft ist überholt.

Eure Vergangenheit hindert euch daran, eure Gegenwart zu sehen. Eure früheren Erfolge hindern euch daran, jetzt neue zu erringen. Eure einstigen Ruhmestaten sind eure schlimmsten Gegner. Ich habe eure

Wissenschaftler im Fernsehen gesehen. Sie wiederholen ständig nur Dogmen, und eure Schulen zügeln mit ihren auf immer erstarrten Versuchsprotokollen nur jegliche Vorstellungskraft. Dann unterzieht ihr eure Schüler Prüfungen, um sicherzugehen, dass sie sich nicht trauen, etwas daran zu ändern.

Darum bringt ihr es nicht fertig, den Krebs zu heilen. Für euch ist alles ähnlich. Weil man die Cholera mit einem bestimmten Mittel besiegt hat, kommt man mit dem gleichen Vorgehen auch zum Sieg über den Krebs.

Doch der Krebs verdient es, dass man sich mit ihm als solchem befasst. Er ist eine Erscheinung für sich.

Ich will euch die Lösung sagen. Ich werde euch lehren, wie wir Ameisen, die ihr so spielend zertretet, das Krebsproblem gelöst haben.

Uns fiel auf, dass es unter uns ein paar seltene Individuen gab, die Krebs hatten, aber nicht daran starben. So haben wir, statt die vielen zu studieren, die daran starben, angefangen, jene wenigen zu studieren, die erkrankt waren und plötzlich grundlos wieder gesund wurden. Wir haben nach dem kleinsten gemeinsamen Nenner zwischen ihnen gesucht. Wir haben lange gesucht, sehr lange. Und wir haben herausgefunden, was den meisten dieser »Wunderameisen« gemeinsam war: eine höhere Verständigungsfähigkeit mit ihrer Umwelt, als die Durchschnittsameise sie hat.

Da kam uns eine Eingebung: Und wenn der Krebs ein Verständigungsproblem sein sollte? Der Verständigung mit wem, werdet ihr mich fragen. Nun ja, der Verständigung mit anderen Wesen.

Wir haben im Körper der Kranken nachgeforscht: Dort waren keine Wesen aufzufinden. Keine Sporen, keine Mikroben, keine Würmer. Da hatte eine Ameise einen genialen Einfall: den Ausbreitungsrhythmus der Krankheit zu beobachten. Und wir haben herausgefunden, dass dieser Rhythmus eine Sprache war! Die Krankheit entwickelte sich anhand einer Welle, die sich als eine Art Sprache analysieren ließ.

Jetzt hatten wir also eine Sprache, doch noch keinen Sender. Das war nicht wichtig. Wir haben die Sprache entziffert. Grob gesagt, bedeutete sie: »Wer seid ihr, wo bin ich?«

Da haben wir es begriffen. Die vom Krebs Betroffenen sind in Wirklichkeit unfreiwillige Behältnisse außerirdischer Wesen, die sich nicht erfassen lassen. Außerirdischer, die eigentlich nichts weiter als eine Verständigungswelle sind … Als die Welle auf die Erde kam, hatte sie keine andere Idee, um sich verständlich zu machen: Sie reproduzierte, was sie umgab. Und da sie in lebenden Körpern landete, reproduzierte die Welle die Zellen, die sie umgaben, um Botschaften auszusenden wie: »Hallo, wer seid ihr, unsere Absichten sind nicht feindlich, wie heißt euer Planet?«

Das war es, was uns umbrachte: Willkommensformeln, Fragen verirrter Touristen.

Und das bringt auch euch um.

Um Arthur Ramirez zu retten, müsst ihr einen »Stein der Weisen« herstellen wie den, der es euch ermöglicht, mit den Ameisen zu reden, doch diesmal, um die Sprache des Krebses zu übersetzen. Beobachtet seine Rhythmen, seine Welle, reproduziert sie, manipuliert sie, um eurerseits eine Antwort zu senden. Natürlich braucht ihr mir nicht zu glauben. Doch ihr verliert nichts, wenn ihr es mit dieser Methode versucht.

Von diesem merkwürdigen Vorschlag waren Jacques Méliès, Laetitia Wells und die Ramirez' verwirrt. Mit dem Krebs sprechen …? Doch Arthur, der Meister der Heinzelmännchen, hatte nur noch ein paar Tage zu leben und das unter grässlichen Bedingungen. Sicher sagte alles in ihnen: Das ist absurd. Diese Ameise hat kein Recht, uns Lektionen in Medizin zu erteilen. Diese Argumentation ist völlig daneben. Doch Arthur würde sterben. Warum sollten sie es also nicht mit diesem auf den ersten Blick absurden Weg probieren? Sie würden ja sehen, wo er hinführte.

218. KONTAKTE

Dienstag, 14 Uhr 30. Gemäß dem lange vereinbarten Termin wird Kommissar Méliès von Raphaël Hisaud empfangen, dem Forschungsminister. Er stellt ihm Madame Juliette Ramirez und Mademoiselle Laetitia Wells vor und präsentiert ihm eine Flasche, in der sich eine Ameise bewegt. Die Unterredung sollte zwanzig Minuten dauern – es werden achteinhalb Stunden daraus. Und am nächsten Tag noch einmal acht.

Donnerstag, 19 Uhr 23. Der französische Staatspräsident Régis Malrout empfängt in seinem Salon den Forschungsminister Raphaël Hisaud. Auf dem Speiseplan stehen Orangensaft, Croissants, Rühreier und die Überbringung einer Botschaft, die der Forschungsminister für enorm wichtig hält.

Der Präsident beugt sich über die Croissants. »Was verlangen Sie da von mir? Ich soll mit einer Ameise sprechen? Nein, nein und tausendmal nein! Selbst wenn sie siebzehn Menschen das Leben gerettet hat, die unter einem Ameisenhügel eingeschlossen waren, wie Sie behaupten. Sind Sie sich denn über Ihren Vorschlag im Klaren? Dieser Fall Wells steigt Ihnen zu Kopf! Na, ich will den Inhalt dieses Gesprächs mal vergessen, aber sprechen Sie mich nie wieder darauf an, nie wieder!«

»Es geht nicht um irgendeine Ameise. Es geht um Nr. 103. Eine Ameise, die bereits mit Menschen gesprochen hat. Außerdem ist sie die Repräsentantin der größten Ameisenföderation in der Region. Einer Föderation, die achtzig Millionen Kopf stark ist!«

»Achtzig Millionen was? Sie sind ja verrückt, aber wirklich! Ameisen! Insekten. Tierchen, die man mit einem Finger zerquetscht … Jetzt fallen Sie doch nicht auf ein paar krumme Touren von irgendwelchen Hochstaplern herein, Hisaud. Die Geschichte kauft Ihnen doch keiner ab. Die Wähler müssen denken, dass wir sie mit Gutenachtgeschichten dazu bringen wollen, im Stehen einzuschlafen, damit wir sie dann leichter mit neuen Steuern aufs Kreuz legen können. Ganz zu schweigen von den Reaktionen der Opposition … Ich kann das Gelächter schon hören!«

»Wir wissen sehr wenig über die Ameisen!«, wandte der Minister ein.

»Wenn wir mit ihnen wie mit intelligenten Wesen sprechen, stellen wir bestimmt fest, dass wir viel von ihnen zu lernen haben.«

»Wollen Sie etwa auf diese schwachsinnigen Theorien über Krebs zu sprechen kommen? Ich habe in der Regenbogenpresse davon gelesen. Sie wollen mir doch wohl nicht erzählen, dass Sie das ernst nehmen, Hisaud?«

»Die Ameisen sind die am weitesten verbreiteten Tiere auf Erden, und sie gehören sicher zu den ältesten und am besten entwickelten. Millionen von Jahren lang hatten sie Zeit, Dinge zu lernen, von denen wir nichts wissen. Wir Menschen sind erst seit drei Millionen Jahren auf der Erde. Und unsere moderne Zivilisation ist höchstens fünftausend Jahre alt. Von einer so erfahrenen Gesellschaft können wir sicher etwas lernen. Die Ameisen ermöglichen uns eine Vorstellung von dem, wie unsere Gesellschaft in hundert Millionen Jahren aussieht.«

»Davon habe ich schon gehört, aber es ist Unsinn. Es sind … Ameisen! Wenn Sie Hunde gesagt hätten, dann hätte ich es zur Not noch verstanden. Ein Drittel unserer Wähler hält Hunde, aber Ameisen!«

»Wir brauchen doch nur …«

»Das reicht. Lassen Sie sich das gesagt sein, mein Lieber! Ich will nicht der erste Staatspräsident der Welt sein, der mit einer Ameise spricht. Ich lege keinen Wert darauf, dass die ganze Erde sich meinetwegen den Bauch vor Lachen hält. Weder meine Regierung noch ich werden uns mit diesen Tierchen lächerlich machen. Ich will von Ameisen nichts mehr hören.«

Wütend nahm der Präsident sich eine Gabel voll Rührei und stopfte sie in sich hinein.

Der Forschungsminister blieb gleichmütig.

»Nein, ich werde Ihnen immer wieder davon erzählen. Bis Sie Ihre Meinung ändern. Es haben mich Leute besucht. Sie haben mir alles mit einfachen Worten erklärt, und ich habe sie verstanden. Wir haben heute die Chance in der Hand, ganze Jahrhunderte zu überspringen, einen großen Satz in die Zukunft zu machen. Die werde ich uns nicht entgehen lassen.«

»Albernheiten!«

»Hören Sie mich an. Ich werde eines Tages sterben, Sie werden auch sterben. Da wir beide zum Untergang verurteilt sind, warum sollten wir nicht eine originelle, neuartige Spur unseres Daseins auf Erden hinterlassen? Warum sollten wir nicht Verträge in den Bereichen Wirtschaft, Kultur ... ja sogar Verteidigung mit den Ameisen schließen? Schließlich handelt es sich um die zweitstärkste Macht auf Erden.«

Präsident Malrout bekommt ein Stück Toast in den falschen Hals und hustet.

»Und warum sollen wir in den Ameisenhaufen keine französischen Konsulate eröffnen, wenn Sie schon dabei sind!«

Der Minister lächelte nicht.

»Ja, daran habe ich bereits gedacht.«

»Unglaublich, Sie sind unglaublich!«, rief der Präsident aus und machte eine aufgebrachte Geste gen Himmel.

»Vergessen Sie, dass es um Ameisen geht. Stellen Sie sich vor, es wären Außerirdische. Es sind keine Außerirdischen, sondern Innerirdische. Ihr einziger Fehler besteht darin, dass sie winzig klein sind und unseren Planeten seit jeher besetzen. Darum bemerkten wir nicht mehr, dass sie etwas Wunderbares an sich haben.«

Der Präsident sah ihm unverwandt in die Augen.

»Was soll ich Ihrer Meinung nach tun?«

»Nr. 103 offiziell treffen«, erwiderte Hisaud ohne Zaudern.

»Wer ist das?«

»Eine Ameise, die uns gut kennt und uns gegebenenfalls als Vermittler dienen könnte. Sie laden sie in den Élysée-Palast ein, zum Beispiel zu einem zwanglosen Frühstück – sie isst höchstens einen Tropfen Honig. Es spielt keine große Rolle, was Sie zu ihr sagen. Was zählt, ist, dass sich unser Staatsoberhaupt mit ihr unterhält. Madame Ramirez wird Ihnen den Pheromonübersetzer zur Verfügung stellen. Technische Probleme haben Sie dann keine.«

Der Präsident geht im Zimmer auf und ab, blickt lange auf den Garten hinaus. Er scheint das Für und Wider abzuwägen.

»Nein. Klipp und klar nein! Ich lasse mir lieber die Gelegenheit entgehen, meiner Epoche den Stempel aufzudrücken, als mich der Lächerlichkeit preiszugeben. Ein Präsident, der mit einer Ameise spricht … Was wir da für ein Gelächter ernten würden!«

»Aber …«

»Schluss damit. Mit Ihren Ameisengeschichten haben Sie meine Geduld lange genug missbraucht. Die Antwort lautet nein, endgültig nein. Auf Wiedersehen, Hisaud!«

219. Epilog

Die Sonne steht im Zenit. Über den Wald von Fontainebleau zieht sich ein weites, helles Licht. Fremdartige Spinnennetze verwandeln sich in glitzernde Deckchen. Es ist warm.

Unter den Zweigen wackeln kleine, unbedeutende Wesen. Der Horizont ist karmesinrot. Die Farne schlafen ein. Das Licht erschlägt alles und alle. Die starke, reine Strahlung trocknet die Szenerie aus, wo sich eines unter vielen Abenteuern abgespielt hat.

Und weit über den Sternen, in den Tiefen des Firmaments, dreht sich langsam die Galaxie, gleichgültig gegenüber dem, was in ihrem Planetenstaub passiert.

Doch für ein kleines Ameisendorf auf der Erde ist es das letzte Wiedergeburtsfest der Saison. Einundachtzig Prinzessinnen aus Bel-o-kan schwingen sich zur Rettung der Dynastie auf.

Zwei Menschen, die dort vorbeigehen, sehen sie.

»Schau mal, Mama, die ganzen Fliegen!«

»Das sind keine Fliegen. Das sind Ameisenköniginnen. Denk mal an den Dokumentarfilm, den du im Fernsehen gesehen hast. Das ist ihr Hochzeitsflug. Sie lassen im Flug die Männchen zu sich kommen. Und dann fliegen vielleicht einige von ihnen weit weg, um neue Reiche zu gründen.«

Die Prinzessinnen fliegen hoch in den Himmel hinauf. Hoch und immer höher, um den Meisen zu entgehen. Die Männchen holen sie ein. Gemeinsam steigen sie weiter und weiter. Die Helligkeit verschluckt sie, und nach und nach gehen sie in den glühenden Strahlen des Sonnengestirns auf. Wärme, Helligkeit, Licht. Alles wird weiß, blendend weiß.

WEISS.

TEIL III

DIE REVOLUTION DER AMEISEN

Für Jonathan

1 + 1 = 3
(zumindest hoffe ich das von ganzem Herzen)

EDMOND WELLS
Enzyklopädie des relativen und absoluten Wissens, Bd. 3

ERSTES SPIEL
HERZ

1. Ende

Die Hand hat das Buch aufgeschlagen.

Die Augen wandern von links nach rechts und dann, sobald sie am Ende einer Zeile angelangt sind, nach unten.

Die Augen weiten sich.

Nach und nach ergeben die vom Gehirn ausgewerteten Wörter ein Bild, ein riesiges Bild.

Hinten im Schädel leuchtet der breite innere Panoramabildschirm des Gehirns auf. Das ist der Anfang.

Das erste Bild zeigt …

2. Waldspaziergang

… das riesige Weltall, meerblau und eiskalt.

Richten wir unseren Blick auf eine Region, die mit unzähligen bunten Galaxien übersät ist.

Am Rand einer dieser Galaxien: eine alte, gleißende Sonne.

Stellen wir das Bild noch etwas schärfer ein.

Um diese Sonne kreist ein kleiner, warmer Planet, marmoriert mit perlmuttfarbenen Wolken.

Unter diesen Wolken: violette Ozeane, gesäumt von ockerfarbenen Kontinenten.

Auf diesen Kontinenten: Bergketten, Ebenen, riesige grüne Wälder.

Unter dem Geäst der Bäume: Tausende von Tierarten, darunter zwei besonders weit entwickelte.

Schritte.

Jemand ging durch den Frühlingswald.

Es war ein junges Menschenkind mit langem, glattem schwarzem Haar. Das Mädchen trug eine schwarze Jacke und einen langen Rock von derselben Farbe. Komplizierte reliefartige Muster zeichneten die hellgraue Iris der Augen.

Beschwingt lief sie durch den frühen Märzmorgen. Ihre Brust erzitterte unter der Bewegung.

Auf ihrer Stirn und über dem Mund perlten Schweißtropfen, die sie rasch einsog, sobald sie ihr in die Mundwinkel liefen.

Das junge Mädchen mit den hellgrauen Augen hieß Julie und war neunzehn Jahre alt. Sie streifte mit ihrem Vater Gaston und ihrem Hund Achille durch den Wald. Plötzlich blieb sie abrupt stehen. Vor ihr ragte ein Granitfelsen wie ein riesiger Finger über einer Schlucht auf.

Sie trat bis zur Felsspitze vor.

Unterhalb schien ein Weg zu verlaufen, der abseits der ausgetretenen Pfade zu einem kleinen Tal führte.

Julie legte ihre Hände trichterförmig vor den Mund. »He, Papa, ich glaube, ich habe einen neuen Weg entdeckt! Komm her!«

3. Verkettung

Sie läuft geradeaus, rast den Abhang hinunter, weicht den Pappelschößlingen aus, die wie purpurrote Spindeln um sie herum emporragen.

Flügelschlagen. Schmetterlinge entfalten ihre schillernden Flügel und jagen einander in der Luft.

Ein hübsches Blatt zieht ihren Blick auf sich, ein köstliches Blatt von der Sorte, die einen alle Vorhaben vergessen lässt. Sie weicht von ihrem Weg ab, nähert sich.

Ein wunderbares Blatt! Man braucht es bloß viereckig zurechtschneiden, ein bisschen zu zermahlen und einzuspeicheln, damit es in Gärung übergeht und eine kleine weiße Kugel voll süß duftender Myzelien ergibt. Mit ihren Mandibeln trennt die alte rote Waldameise den Stiel ab und wuchtet das Blatt wie ein riesiges Segel über ihren Kopf.

Bedauerlicherweise kennt sich das Insekt nicht mit den Gesetzen des Segelns aus. Kaum ist das Blatt gehisst, fängt es den Wind. Trotz ihrer Kraft ist die alte rote Ameise als Gegengewicht viel zu leicht. Sie gerät aus dem Gleichgewicht und ins Schwanken. Mit allen Beinen klammert sie sich an den Ast, aber die Brise ist viel zu stark. Die Ameise wird fortgerissen und hebt ab.

Sie lässt ihre Beute gerade noch rechtzeitig los, bevor die Höhe bedrohlich werden könnte.

Das Blatt schwebt träge nach unten.

Die alte Ameise beobachtet es und sagt sich: Nicht weiter schlimm, es gibt genügend andere, kleinere Blätter.

Das Blatt kreiselt sehr lange, bis es sanft auf dem Boden landet.

Eine Nacktschnecke bemerkt das hübsche Pappelblatt. Welch leckerer Schmaus in Aussicht!

Eine Eidechse sieht die Schnecke und will sie verschlingen, da entdeckt auch sie das Blatt. Lieber warten, bis die Schnecke es sich einverleibt hat, dann wird sie noch saftiger sein. Sie belauert die Mahlzeit aus der Ferne.

Ein Wiesel wird auf die Eidechse aufmerksam und macht sich bereit, sie zu fressen, als es bemerkt, dass diese darauf zu warten scheint, bis die Schnecke das Blatt verzehrt. Es beschließt, sich ebenfalls zu gedulden. Drei Lebewesen, die einander ökologisch ergänzen, harren geduldig aus.

Plötzlich sieht die Schnecke, dass eine andere Schnecke angekrochen kommt. Ob die ihr den Schatz rauben will? Ohne Zeit zu vergeuden, macht sie sich über das verlockende Blatt her und verschlingt es bis zur letzten Faser.

Kaum hat sie ihre Mahlzeit beendet, stürzt sich die Eidechse auf sie und saugt sie wie eine Nudel auf. Jetzt ist der Augenblick für das Wiesel gekommen, einen Satz zu machen und sich die Eidechse zu schnappen. Es läuft los, springt über die Wurzeln, stößt aber unvermutet gegen etwas Weiches …

4. Ein neuer Weg

Das junge Mädchen mit den hellgrauen Augen sah das Wiesel nicht kommen. Es sprang plötzlich aus einem Dickicht und prallte gegen ihre Beine.

Vor Schreck glitt ihr Fuß über den Rand des Granitfelsens. Aus dem Gleichgewicht gebracht, sah sie den gähnenden Abgrund unter sich. Nicht fallen, bloß nicht fallen!

Sie ruderte wild mit den Armen. Die Zeit schien stillzustehen.

Würde sie abstürzen oder nicht?

Einen Augenblick lang glaubte sie, es schaffen zu können, aber eine leichte Brise griff in ihre langen schwarzen Haare und verwandelte sie in ein zerzaustes Segel.

Alles verschwor sich gegen sie. Der Wind blies. Ihr Fuß rutschte noch ein Stück weiter ab. Der Boden gab nach. Sie riss ihre hellgrauen Augen weit auf. Ihre Pupillen weiteten sich. Die Wimpern flatterten.

Es gab kein Halten mehr. Sie stürzte in die Schlucht. Beim Fallen bedeckten die langen schwarzen Haare ihr Gesicht, als wollten sie es schützen.

Sie versuchte sich an den wenigen Pflanzen festzuklammern, die auf dem Steilhang wuchsen, aber sie boten keinen Halt, und Julies Hoffnungen schwanden, denn ihre Finger vermochten nur Blüten abzureißen. Sie rollte über Kieselsteine, verbrannte sich an einem Vorhang aus Brennnesseln, riss sich die Hände an einem Dornbusch blutig und schlitterte in ein Feld von Farnen, wo sie ihren Sturz zu beenden hoffte. Doch leider verbarg sich hinter den großen Wedeln ein zweiter, noch steilerer Abgrund. Sie verletzte sich an dem Gestein. Auch ein zweites Farndickicht erwies sich als trügerisch. Immer weiter ging es abwärts. Insgesamt durchbrach sie sieben Pflanzenvorhänge, zerkratzte sich an wilden Himbeersträuchern und wirbelte Sträuße von Gänseblümchen durcheinander. Ihr Fuß stieß gegen einen spitzen Felsen, und stechender Schmerz zuckte in ihrer Ferse. Endlich landete sie in dem klebrig-braunen Schlamm einer Pfütze.

Sie setzte sich auf, rappelte sich mühsam hoch und wischte sich mit Pflanzenwedeln ab. Ihre Kleider, ihr Gesicht, ihre Haare – alles war mit bräunlichem Morast überzogen. Er war ihr sogar in den Mund geraten und schmeckte bitter.

Während sie ihren schmerzenden Fuß massierte und sich von dem Schreck zu erholen versuchte, glitt etwas Kaltes und Schleimiges über ihr Handgelenk. Sie zuckte zusammen. Eine Schlange! Sie war in ein Schlangennest gefallen: Da waren sie und krochen auf sie zu.

Sie stieß einen gellenden Schrei aus.

Schlangen haben zwar kein Gehör, können aber mit ihrer überaus empfindlichen Zunge Luftschwingungen wahrnehmen. Dieser Schrei kam für sie einer Explosion gleich. Verängstigt flohen sie in alle Richtungen. Besorgte Mutterschlangen legten sich schützend um ihre Nachkommen, indem sie ein zuckendes S bildeten.

Julie fuhr sich mit der Hand übers Gesicht, schob eine lästige Haarsträhne beiseite, die ihr in die Augen hing, spuckte die bittere Erde aus und versuchte, den Abhang zu erklimmen, aber er war zu steil, und ihre Ferse schmerzte. Sie gab es auf, setzte sich wieder hin und rief: »Hilfe, Papa, Hilfe! Ich bin hier unten. Hilf mir! Hilfe!«

Sie schrie sich heiser. Vergebens. Allein und verletzt saß sie auf dem Grund einer Schlucht, und ihr Vater unternahm nichts. Ob er sich ebenfalls verirrt hatte? Wer würde sie dann hier tief im Wald finden, unter so dichtem Farngestrüpp?

Ihr Herz klopfte zum Zerspringen. Wie sollte sie nur aus dieser Falle herauskommen?

Julie wischte sich die Schlammspritzer von der Stirn und blickte um sich. Rechts, am Rand des Grabens, sah sie einen dunkleren Bereich im hohen Gras. Mühsam humpelte sie dorthin. Disteln und Zichorien verdeckten den Eingang zu einer Art Erdtunnel. Sie fragte sich, welches Tier diesen Riesenbau gegraben haben mochte. Für einen Hasen, Fuchs oder Dachs war er zu groß. Bären gab es in diesem Wald nicht. Ob es vielleicht die Behausung eines Wolfs war?

Die Höhle war zwar ziemlich niedrig, aber ein mittelgroßer Mensch konnte mühelos hineinkriechen. Ihr war dabei nicht ganz geheuer, aber sie hoffte, dass es irgendwo einen zweiten Ausgang gab. Deshalb kroch sie auf allen vieren in den Lössstollen.

Sie tastete sich voran. Der Tunnel wurde immer dunkler und kälter. Unter ihrer Hand lief etwas Stachliges davon. Ein ängstlicher Igel hatte sich zur Kugel zusammengerollt, ehe er in die Gegenrichtung flüchtete. In völliger Dunkelheit robbte sie weiter, mit gesenktem Kopf, auf Ellbogen und Knien. Sie hatte einst sehr lange gebraucht, um laufen zu lernen. Während die meisten Kinder schon mit einem Jahr dazu imstande sind, hatte sie sich achtzehn Monate Zeit gelassen. Der aufrechte Gang war ihr gefährlich vorgekommen. Auf allen vieren fühlte sie sich wesentlich sicherer. Man sah alles, was auf dem Boden herumlag, aus größerer Nähe, und wenn man hinfiel, war es kein Sturz. Gern hätte sie den Rest ihres Lebens auf dem Teppichboden verbracht, wenn ihre Mutter und die Kindermädchen sie nicht gezwungen hätten, aufrecht zu gehen.

Dieser Stollen nahm überhaupt kein Ende. Um sich Mut zu machen, zwang sie sich, ein Liedchen zu trällern:

Eine grüne Maus
lief durchs grüne Gras.
Wir packen sie am Schwanz,
zeigen sie den Leuten.
Sagen uns die Leute:
Taucht sie doch in Öl,
taucht sie dann in Wasser,
und schon habt ihr
eine schöne warme Schnecke!

Sie sang das Lied viermal hintereinander, immer lauter. Ihr Gesangslehrer, Professor Jankelewitsch, hatte ihr beigebracht, sich in die Vibrationen ihrer Stimme wie in einen schützenden Kokon einzuhüllen. Aber hier war es zu kalt, um sich die Kehle aus dem Hals zu schreien. Vor ihrem eisigen Mund bildeten sich Dampfwolken, und schließlich verklang das Liedchen in einem heiseren Räuspern.

Wie ein dickköpfiges Kind, das eine Dummheit zu Ende führen will, dachte Julie nicht daran umzukehren. Sie kroch unter der Oberhaut des Planeten immer weiter voran.

In der Ferne glaubte sie ein schwaches Licht zu sehen.

Erschöpft nahm sie an, dass es sich um eine Halluzination handle, doch dann spaltete sich das Licht in viele winzige gelbe Punkte auf, von denen manche blinkten.

Das junge Mädchen stellte sich einen Moment lang vor, in dieser Höhle seien Diamanten verborgen, doch als sie näher herankam, erkannte sie Leuchtkäfer, die auf einem Würfel saßen.

Ein Würfel?

Sie streckte die Finger aus, und sofort erloschen die Leuchtkäfer und verschwanden. In dieser totalen Finsternis konnte Julie sich nicht auf ihre Augen verlassen. Sie musste sich ausschließlich ihres Tastsinns bedienen. Der Würfel war glatt. Er war hart und kalt. Es war weder ein Stein noch ein Felsbrocken. Ein Griff, ein Schloss … dieser Gegenstand war von Menschenhand geschaffen.

Ein kleiner, würfelförmiger Koffer.

Mit letzter Kraft kroch sie aus dem Tunnel zurück ins Freie. Fröhliches Bellen von oben verkündete ihr, dass ihr Hund und ihr Vater sie gefunden hatten. Mit einer Stimme, die wegen der Entfernung sehr gedämpft klang, rief er: »Julie, bist du da unten, mein Mädchen? Antworte bitte, gib mir ein Zeichen!«

5. Ein Zeichen

Sie vollführt mit dem Kopf eine Dreiecksbewegung. Das Pappelblatt zerreißt. Die alte rote Ameise nimmt sich ein anderes und verspeist es unter dem Baum, ohne es lang gären zu lassen. Die Mahlzeit schmeckt zwar fade, ist aber wenigstens nahrhaft. Pappellaub gehört nicht zu ihren Lieblingsgerichten, sie bevorzugt Fleisch, aber da sie seit ihrer Flucht noch nichts gegessen hat, kann sie jetzt nicht wählerisch sein.

Nach beendetem Mahl vergisst sie nicht, sich zu säubern. Mit dem Ende eines Beins packt sie ihre lange rechte Antenne und biegt sie bis zu ihren Lippen herunter. Dann schiebt sie sie unter den Mandibeln hindurch bis zur Mundöffnung und saugt an ihr, um sie zu reinigen.

Sobald beide Antennen mit Speichelschaum überzogen sind, poliert sie sie in der kleinen borstigen Ritze unterhalb ihrer Beine.

Die alte rote Ameise dehnt die Gelenke ihres Unterleibs, ihres Oberleibs und ihres Halses, bis zur Grenze des Möglichen. Dann säubert sie mit ihren Beinen die Facettenaugen. Ameisen haben keine Lider, die ihre Augen schützen und feucht halten könnten. Wenn sie nicht dauernd daran denken, ihre Linsen zu pflegen, sehen sie bald nur noch verschwommen.

Je sauberer die Facetten werden, desto besser erkennt sie, was sie vor sich hat. Halt, da ist etwas! Es ist groß, sogar riesig, es ist voller Stacheln, und es bewegt sich.

Vorsicht – Gefahr! Aus einer Höhle kommt ein mächtiger Igel.

Nichts wie weg! Der Igel, eine imposante Kugel voll spitzer Pfeile, greift sie mit weit aufgerissenem Maul an.

6. Begegnung mit einem erstaunlichen Menschen

Sie war am ganzen Körper zerkratzt. Instinktiv reinigte sie die tiefsten Verletzungen mit ein wenig Speichel. Humpelnd trug sie den würfelförmigen Koffer in ihr Zimmer und setzte sich aufs Bett. Von links nach rechts hingen über ihr an der Wand Poster von der Callas, von Che Guevara, den Doors und Attila, dem Hunnen.

Mühsam stand Julie wieder auf und ging ins Bad. Sie duschte heiß und rieb sich kräftig mit ihrer Lavendelseife ab. Dann hüllte sie sich in ein großes Handtuch, schlüpfte in Badeschlappen und fing an, ihre schwarzen Kleider von den lehmfarbenen Erdklumpen zu reinigen.

Ihre Schuhe konnte sie nicht mehr anziehen, denn ihre Ferse war dick angeschwollen. Sie holte ein altes Paar Sommersandalen aus dem Schrank, deren Riemen nicht auf die Ferse drückten und ihren Zehen Platz ließen. Julie hatte nämlich kleine, aber sehr breite Füße. Die große Mehrheit der Fabrikanten stellte für Frauen nur schmales, spitzes Schuhwerk her, was leider zu vielen schmerzhaften Schwielen führte.

Erneut massierte sie sich die Ferse. Zum ersten Mal spürte sie, was sich alles in diesem Körperteil befand, so als hätten ihre Knochen, Muskeln und Sehnen nur darauf gewartet, sich durch einen Unfall bemerkbar machen zu können. Jetzt waren sie alle da und bekundeten ihre Existenz durch Schmerzsignale.

Leise sagte sie vor sich hin: »Hallo, Ferse.«

Es amüsierte sie, einen Teil ihres Körpers so zu begrüßen. Sie interessierte sich für ihre Ferse nur, weil diese wehtat. Aber wenn sie es sich genau überlegte: Wann dachte sie schon an ihre Zähne, solange sie sich nicht mit Karies meldeten? Ebenso nahm man das Vorhandensein eines Blinddarms nur im Fall einer Entzündung zur Kenntnis. In ihrem Körper musste es eine ganze Menge Organe geben, von deren Dasein sie nichts wusste, weil sie bisher nie so unhöflich gewesen waren, durch Schmerzsignale auf sich aufmerksam zu machen.

Ihr Blick fiel wieder auf den Koffer. Dieses Ding aus dem Innern der Erde faszinierte sie. Sie nahm ihn zur Hand und schüttelte ihn. Das Schloss war mit einer Zahlenkombination aus fünf Zahnrädern gesichert.

Der Koffer bestand aus dickem Metall, dem nur eine Bohrmaschine etwas anhaben könnte. Julie betrachtete das Schloss. Jedes Zahnrad war mit Ziffern und Symbolen versehen. Sie spielte auf gut Glück daran herum. Die Chance, zufällig die richtige Kombination zu finden, war vielleicht eins zu einer Million.

Erneut schüttelte sie den Koffer. Er enthielt etwas Wichtiges, einen einzigartigen Gegenstand, davon war sie überzeugt, und das Geheimnis spannte sie auf die Folter.

Ihr Vater kam mit dem Hund ins Zimmer. Er war ein großer, rothaariger Kerl und trug einen Schnurrbart. In seiner Golfhose sah er wie ein schottischer Jagdhüter aus. »Geht's dir besser?«, fragte er.

Sie nickte.

»Du bist in eine Schlucht gefallen, zu der man nur durch eine Mauer aus Brennnesseln und Dornen gelangt«, erklärte er. »Die Natur hat sie vor Neugierigen und Spaziergängern geschützt. Sie ist nicht einmal auf der Karte eingezeichnet. Zum Glück hat Achille dich gewittert. Was wären wir ohne Hunde!«

Er tätschelte liebevoll seinen Irish Setter, der zum Dank einen silbrigen Speichelfaden auf das Hosenbein tropfen ließ und freudig japste.

»Was für eine Geschichte!«, fuhr Gaston fort. »Merkwürdig, dieses Zahlenschloss. Vielleicht ist es eine Art Tresor, den Einbrecher nicht aufbekommen haben.«

Julie schüttelte ihre dunkle Mähne. »Nein.«

Ihr Vater dachte über die Sache nach. »Wenn Münzen oder Goldbarren drin wären, wäre er viel schwerer, und wenn es Geldscheine wären, würde man sie rascheln hören. Vielleicht sind es Drogen. Oder … eine Bombe.«

Julie zuckte mit den Schultern. »Oder der Kopf eines Menschen.«

»Dann hätten Jivaro-Indianer erst einen Schrumpfkopf daraus machen müssen«, wandte er ein. »Dein Köfferchen ist für einen normalen Menschenkopf viel zu klein.«

Er schaute auf die Uhr, erinnerte sich an eine wichtige Verabredung und verließ das Zimmer. Sein Hund folgte ihm schwanzwedelnd und laut hechelnd.

Wieder schüttelte Julie ihren Koffer. Sollte sich tatsächlich ein Kopf darin befinden, hatte sie ihm durch das viele Rütteln bestimmt die Nase gebrochen. Plötzlich widerte das Ding sie an, und sie beschloss, sich nicht mehr damit zu beschäftigen. In drei Monaten hatte sie Abitur, und wenn sie nicht noch ein Jahr in der letzten Klasse verbringen wollte, musste sie jetzt ihren Stoff wiederholen.

Also nahm sie ihr Geschichtsbuch heraus und fing mit der Lektüre an. 1789. Die Französische Revolution. Der Sturm auf die Bastille. Chaos. Anarchie. Die Größen jener Zeit: Marat, Danton, Robespierre, Saint-Just. Terror. Die Guillotine …

Blut, Blut und nochmals Blut. *Die Geschichte ist nur eine Aneinanderreihung von Gemetzeln,* dachte sie und klebte sich ein Pflaster auf eine Abschürfung, die wieder blutete. Je weiter sie las, desto deprimierter fühlte sie sich. Die Guillotine erinnerte sie an den Kopf im Koffer.

Fünf Minuten später machte sie sich mit einem großen Schraubenzieher über das Schloss her. Der Koffer ließ sich nicht knacken, nicht einmal, als sie mit einem Hammer auf den Schraubenzieher klopfte, um die Hebelwirkung zu verstärken. *Ich bräuchte eine Brechstange,* dachte sie, und dann: *Verdammt, ich schaffe das nie*!

Sie nahm sich wieder ihr Geschichtsbuch und die Französische Revolution vor. Der Volksgerichtshof. Der Konvent. Die Hymne von Rouget de Lisle. Die blau-weiß-rote Fahne. Freiheit, Gleichheit, Brüderlichkeit. Der Bürgerkrieg. Mirabeau. Chénier. Der Prozess gegen den König. Und immer wieder die Guillotine … Wie sollte man sich für diese vielen Massaker erwärmen?

In einem Deckenbalken knisterte es. Eine Termite. Das rührige Insekt brachte sie auf eine Idee.

Horchen.

Sie legte ein Ohr ans Kofferschloss und drehte langsam am ersten Rädchen, bis sie ein ganz leises Klicken hörte. Das Zahnrad war eingeschnappt. Diesen Vorgang wiederholte sie noch viermal, und tatsächlich sprang das Schloss quietschend auf. Ihr empfindliches Gehör war ein besseres Werkzeug gewesen als Schraubenzieher und Hammer.

An den Türrahmen gelehnt, staunte ihr Vater: »Du hast es aufgekriegt? Wie denn?«

Er betrachtete die Kombination. Sie lautete: 1 + 1 = 3.

»Hmm, sag mir nichts – ich weiß schon. Du hast nachgedacht. Da waren drei Zahnräder mit Ziffern, dazwischen zwei mit Symbolen. Daraus hast du geschlossen, dass es sich um eine Gleichung handeln muss. Und dann hast du dir gedacht, dass jemand, der ein Geheimnis hüten will, nicht auf eine logische Gleichung wie 2 + 2 = 4 zurückgreift. Also hast du es mit 1 + 1 = 3 versucht. Diese Gleichung findet sich oft in alten Riten. Sie bedeutet, dass zwei Talente gemeinsam mehr vermögen, als man zunächst glauben mag.«

Julies Vater zog seine rotblonden Brauen hoch und strich sich den Schnurrbart glatt: »So bist du doch draufgekommen, stimmt's?«

Julie betrachtete ihn mit einem spöttischen Leuchten in ihren hellgrauen Augen. Ihr Vater mochte es nicht, wenn man sich über ihn lustig machte, sagte aber nichts. Sie lächelte. »Nein.«

Dann drückte sie auf den Verschluss, und der Deckel des würfelförmigen Koffers sprang auf.

Vater und Tochter beugten sich darüber.

Mit ihren zerkratzten Händen holte Julie den Gegenstand heraus und hielt ihn unter die eingeschaltete Schreibtischlampe.

Es war ein Buch. Eine dicke Schwarte, aus der an manchen Stellen eingeklebte Zeitungsausschnitte ragten. In kalligraphischen großen Lettern stand ein Titel auf dem Umschlag:

Enzyklopädie des relativen und absoluten Wissens
von Professor Edmond Wells

»Komischer Titel«, knurrte Gaston. »Dinge sind entweder relativ oder absolut. Sie können nicht beides zugleich sein. Das ist ein Widerspruch.«

Darunter stand in kleinerer Schrift:

Bd. 3

Und wieder darunter war eine Zeichnung: ein Kreis um ein Dreieck, dessen Spitze nach oben wies, und darin ein Ypsilon. Wenn man genauer hinschaute, sah man, dass das Ypsilon aus drei Ameisen bestand, die sich mit ihren Fühlern berührten. Die linke Ameise war schwarz, die rechte weiß, und die mittlere, die den Stamm des Ypsilons bildete, war halb weiß und halb schwarz.

Unter dem Dreieck stand die Formel, mit der sich der Koffer öffnen ließ: 1 + 1 = 3.

»Sieht wie ein altes Zauberbuch aus«, murmelte Gaston. Dagegen glaubte Julie, als sie den glänzenden Einband betrachtete, dass es ganz neu sei. Sie strich zärtlich darüber. Er fühlte sich glatt und zart an.

Sie schlug die erste Seite auf und las.

7. Enzyklopädie

Guten Tag Guten Tag, unbekannter Leser.

Zum dritten Mal guten Tag oder auch zum ersten Mal. Ehrlich gesagt, ob Sie dieses Buch als Erstes oder als Letztes entdecken, spielt überhaupt keine Rolle.

Dieses Buch ist eine Waffe, um die Welt zu verändern.

Nein, lächeln Sie nicht. Das ist möglich. Sie können es. Jemand braucht etwas nur wirklich zu wollen, damit es wahr wird. Eine winzige Ursache kann eine große Wirkung zeitigen. Es heißt, der Flügelschlag eines Schmetterlings in Honolulu genüge, um in Kalifornien einen Taifun zu entfesseln. Und Ihr Atem ist doch stärker als der Flügelschlag eines Schmetterlings, oder?

Ich bin tot. Leider kann ich Ihnen deshalb nur indirekt helfen, mit diesem Buch.

Ich schlage Ihnen vor, eine Revolution anzuzetteln. Oder vielleicht sollte ich lieber sagen: eine »Evolution«. Denn unsere Revolution braucht weder so gewaltsam noch so spektakulär wie die früheren Revolutionen zu sein.

Ich stelle sie mir eher als geistige Revolution vor. Eine Revolution der Ameisen. Unauffällig. Gewaltlos. Eine Reihe kleiner Veränderungen, die man für unbedeutend halten könnte, die aber zusammengenommen schließlich Berge versetzen.

Ich glaube, dass frühere Revolutionen sich durch Ungeduld und Intoleranz versündigten. Auch die Utopisten planten nur kurzfristig voraus, weil sie um jeden Preis noch zu ihren Lebzeiten die Früchte ihrer Arbeit sehen wollten.

Man muss aber lernen zu säen, damit andere später und andernorts ernten können.

Reden wir darüber. Während unseres Dialogs steht es Ihnen frei, mir zuzuhören oder wegzuhören. (Dem Kofferschloss haben Sie bereits gelauscht, das ist also ein Beweis, dass Sie zuhören können, nicht wahr?)

Möglicherweise irre ich mich. Ich bin kein Meisterdenker, auch kein Guru oder Heiliger. Ich bin ein Mensch, der sich dessen bewusst ist, dass das Abenteuer der Menschheit erst ganz am Anfang steht. Noch sind wir prähistorische Individuen. Unsere Unkenntnis ist grenzenlos, und es gilt noch fast alles zu erfinden.

Es gibt so vieles zu tun ... Und Sie sind zu so vielen wunderbaren Dingen imstande.

Ich bin nur eine Welle, die sich mit Ihrer Welle – der Welle des Lesers – überlagert. Diese Begegnung oder Interferenz ist hochinteressant. Darum wird dieses Buch für jeden Leser anders sein. Fast so, als ob es lebendig wäre und sich Ihrer jeweiligen Bildung anpasste, Ihren jeweiligen Erinnerungen, Ihrer jeweiligen Sensibilität.

Wie werde ich mich als Buch verhalten? Ganz einfach – indem ich Ihnen einfache kleine Geschichten über Revolutionen erzähle, über Utopien, über das Verhalten von Menschen und Tieren. Dann liegt es an Ihnen, die entsprechenden Schlüsse daraus zu ziehen, nach Antworten zu suchen, die Ihnen auf Ihrem persönlichen Weg weiterhelfen. Ich selbst habe Ihnen keine Wahrheiten zu verkünden.

Wenn Sie es wollen, wird dieses Buch lebendig. Und ich hoffe, dass es Ihnen zum Freund wird, zu einem Freund, der Ihnen helfen kann, sich selbst und die Welt zu verändern.

Wenn Sie jetzt bereit sind und es wirklich wollen, schlage ich vor, dass wir gemeinsam etwas Wichtiges tun: umblättern.

EDMOND WELLS

Enzyklopädie des relativen und absoluten Wissens, Bd. 3

8. KURZ VOR DEM PLATZEN

Daumen und Zeigefinger ihrer rechten Hand berührten die Ecke der Seite, hoben sie an und wollten umblättern, als aus der Küche die Stimme ihrer Mutter ertönte: »Das Essen ist fertig!«

Zum Lesen blieb keine Zeit mehr.

Mit ihren neunzehn Jahren war Julie sehr zierlich. Ihre glänzend schwarze Mähne fiel glatt und seidig wie ein Vorhang bis auf ihre Hüften herab. Die blasse, fast durchsichtige Haut ließ manchmal die bläulichen Adern an Händen und Schläfen durchscheinen. Die hellen, mandelförmigen Augen waren lebhaft und warm, ständig in Bewegung, so dass sie wie ein unruhiges kleines Tier wirkte. Mitunter brach jedoch ein jäher Blitzstrahl aus ihnen hervor, als ob dieser alles vernichten wollte, was ihr missfiel.

Julie hielt ihr Äußeres für unscheinbar. Darum betrachtete sie sich nie im Spiegel, benutzte nie Parfum oder Make-up, auch keinen Nagellack. Wozu auch – ihre Nägel waren sowieso immer abgekaut.

Auf Kleidung legte sie ebenfalls keinen Wert. Sie versteckte ihren Körper unter weiten, dunklen Gewändern.

Ihre Schullaufbahn war ungleichmäßig verlaufen. Bis zur letzten Klasse war sie ihren Mitschülern um ein Jahr voraus gewesen, und alle Lehrer hatten ihr intellektuelles Niveau und ihre geistige Reife gerühmt. Aber seit drei Jahren ging gar nichts mehr. Mit siebzehn war sie durchs Abitur gefallen. Mit achtzehn wieder. Jetzt, mit neunzehn, wollte sie es zum dritten Mal versuchen, obwohl ihre Noten mittelmäßiger denn je waren.

Ihr schulisches Versagen hatte mit einem bestimmten Ereignis begonnen: dem Tod ihres Gesangslehrers, eines alten, schwerhörigen Tyrannen, der mit originellen Methoden unterrichtete. Er hieß Jankelewitsch und war überzeugt, dass Julie Talent hatte und daran arbeiten sollte.

Er hatte ihr die Zwerchfell- und die Lungenatmung ebenso beigebracht wie die richtige Hals- und Schulterhaltung. All das wirkte sich nämlich auf die Qualität des Gesangs aus.

Sie hatte bei ihm bisweilen das Gefühl, ein Dudelsack zu sein, den ein Instrumentenbauer mit aller Gewalt vervollkommnen wollte. Von ihm lernte sie, wie man die Herzschläge mit der Atmung in Einklang brachte, aber er vernachlässigte auch die Arbeit am Mienenspiel nicht und lehrte sie, wie man Gesichtszüge und Mundstellung verändern musste, um eine maximale Wirkung zu erzielen.

Schülerin und Lehrer hatten sich wunderbar ergänzt. Obwohl der ergraute Lehrer fast taub war, konnte er allein durch die Beobachtung ihrer Mundbewegungen und dadurch, dass er ihr seine Hand auf den Bauch legte, die Qualität der Töne erkennen, die sie hervorbrachte. Die Schwingungen ihrer Stimme vibrierten in seinen Knochen.

»Ich bin taub? Na und! Beethoven war es auch und hat trotzdem ganz gute Arbeit geleistet«, knurrte er oft.

Er hatte Julie erklärt, dass der Gesang eine Macht besäße, die weit über Klangschönheit hinausginge. Er lehrte sie, ihre Gefühle zu modulieren, um Stress zu überwinden und allein durch ihre Stimme Ängste zu vergessen, und er lehrte sie auch, dem Gesang der Vögel zu lauschen, die einen wesentlichen Beitrag zu ihrer Ausbildung leisten könnten.

Wenn Julie sang, wuchs aus ihrem Innern ein Energiestrahl wie ein Baum empor, und ihr Empfinden dabei kam der Ekstase nahe.

Der Lehrer wollte sich nicht mit seiner Taubheit abfinden und hielt sich deshalb über neue Heilverfahren auf dem Laufenden. Eines Tages gelang es einem besonders fähigen jungen Chirurgen, ihm eine elektronische Prothese in den Schädel zu implantieren, die seine Behinderung vollständig behob.

Von da an nahm der alte Gesangslehrer den Lärm der Welt wahr, die wirklichen Töne, die wirkliche Musik. Er hörte die Stimmen der Leute und die Hitparade im Radio. Er hörte Autohupen und Hundegebell, das Prasseln des Regens und das Rauschen der Bäche, das Klappern von Schritten und das Quietschen von Türen. Er hörte Niesen und Lachen, Seufzen und Schluchzen. Und überall in der Stadt hörte er ununterbrochen dröhnende Fernsehgeräte.

Der Tag seiner Heilung, der eigentlich ein Glückstag hätte sein müssen, wurde zu einem Tag der Verzweiflung. Jankelewitsch stellte fest, dass die realen Töne keineswegs dem ähnelten, was er sich vorgestellt hatte. Alles war nur Krach und Missklang, alles war schrill, plärrend, unerträglich. Die Welt war nicht voller Musik, sondern voller Lärm. Eine so große Enttäuschung konnte der alte Mann nicht verkraften. Er dachte sich einen Selbstmord aus, der seinen Idealen entsprach, stieg auf den Glockenturm der Kathedrale Notre-Dame und legte seinen Kopf unter den Klöppel. Punkt zwölf starb er, hinweggefegt von der Wucht der gewaltigen und musikalisch vollkommenen Glockenschläge.

Julie hatte durch seinen Tod nicht nur einen Freund verloren, sondern auch den Mentor, der ihr geholfen hatte, ihre größte Begabung zu entwickeln.

Gewiss, sie hatte einen anderen Gesangslehrer gefunden, einen von denen, die sich damit begnügten, ihre Schüler Tonleitern üben zu lassen. Er zwang Julie, ihre Stimme auf Register auszudehnen, die ihren Kehlkopf überforderten. Das war sehr schmerzhaft, und kurz darauf diagnostizierte ein Hals-Nasen-Ohren-Arzt Knötchen an ihren Stimmbändern. Der Gesangsunterricht musste sofort abgebrochen werden, sie wurde operiert und war, während ihre Stimmbänder vernarbten, mehrere Wochen lang völlig stumm. Und danach war es ihr schwergefallen, ihre Stimme auch nur zum Sprechen zu gebrauchen.

Seither suchte sie nach einem echten Gesangslehrer, der sie anleiten könnte, so wie Jankelewitsch es getan hatte. Weil sie keinen fand, kapselte sie sich immer mehr von der Umwelt ab.

Jankelewitsch hatte immer behauptet, wenn man eine Begabung besitze und sie nicht nutze, gleiche man jenen Kaninchen, die nichts Hartes kauten: Nach und nach verlängerten sich deren Schneidezähne, würden krumm, wüchsen ohne Ende, bohrten sich durch den Gaumen und schließlich von unten nach oben ins Gehirn. Um diese Gefahr zu veranschaulichen, hatte der Lehrer bei sich zu Hause einen Kaninchenschädel stehen, bei dem die Schneidezähne oben wie zwei Hörner herausragten. Dieses makabre Ding zeigte er gern schlechten Schülern, um sie zum Arbeiten anzuhalten. Er hatte sogar mit roter Tinte auf den Schädel geschrieben:

Seine natürliche Begabung nicht zu pflegen ist die größte aller Sünden.

Da Julie ihre Begabung nun nicht mehr pflegen konnte, wurde sie zunächst sehr aggressiv und litt danach eine Zeit lang an Magersucht, gefolgt von Bulimie, wobei sie kiloweise Gebäck verschlang, mit leerem Blick, Abführ- oder Brechmittel immer griffbereit.

Sie machte keine Hausaufgaben mehr, schlief während des Unterrichts ein, hatte Probleme mit der Atmung und litt bald auch an Asthmaanfällen. Alles, was ihr das Singen Gutes gebracht hatte, wendete sich nun zum Schlechten.

Julies Mutter setzte sich als Erste an den Esstisch.

»Wo wart ihr heute?«, fragte sie.

»Wir sind im Wald spazierengegangen«, antwortete der Vater.

»Hat Julie sich dort so aufgeschürft?«

»Sie ist in eine Schlucht gefallen«, erklärte Gaston. »Zum Glück ist nicht allzu viel passiert, aber sie hat sich an der Ferse verletzt. Außerdem hat sie dort unten ein seltsames Buch gefunden ...«

Die Mutter interessierte sich aber nur noch für die dampfenden Speisen auf ihrem Teller. »Das könnt ihr mir später erzählen. Essen wir schnell! Gebratene Wachteln darf man nicht warten lassen. Sie müssen heiß sein, damit sie schmecken.«

Ein gezielter Gabelstoß ließ aus der Wachtel Dampf aufsteigen, so als würde Luft aus einem Fußball entweichen. Sie packte den Vogel, saugte ihn durch die Schnabelöffnung aus, brach mit den Fingern die Flügel ab, schob sie sich zwischen die Lippen und knackte schließlich mit den Zähnen die kleinen, widerspenstigen Knochen.

»Isst du nichts? Schmeckt es dir nicht?«, fragte sie Julie.

Das Mädchen starrte den gebratenen Vogel an, der mit einem dünnen Faden zusammengebunden war und schnurgerade auf ihrem Teller lag. Sein Kopf war mit einer Rosine geschmückt, die wie ein Zylinder wirkte. Die leeren Augenhöhlen und der halb geöffnete Schnabel erweckten den Eindruck, als wäre der Vogel plötzlich durch ein schreckliches Ereignis mitten aus seinen Beschäftigungen gerissen worden, durch ein Ereignis, vergleichbar dem Vesuvausbruch, der Pompeji unter sich begraben hatte.

»Ich mag kein Fleisch«, murmelte Julie.

»Das ist kein Fleisch, sondern Geflügel«, korrigierte die Mutter, fuhr dann aber in versöhnlichem Ton fort: »Du willst doch nicht wieder magersüchtig werden. Du musst bei Kräften bleiben, damit du dein Abitur schaffst und Jura studieren kannst. Nur weil dein Vater sein Examen in Jura gemacht hat, leitet er jetzt die Rechtsabteilung des Forstamtes, und nur weil er diese Position innehat, haben es dir seine entsprechenden Beziehungen ermöglicht, die Abiturklasse noch einmal wiederholen zu dürfen. Jetzt bist du an der Reihe, Jura zu studieren.«

»Ich pfeif auf Jura!«, verkündete Julie.

»Du musst dein Studium schaffen, um ein vollwertiger Teil der Gesellschaft zu werden.«

»Ich pfeif auf die Gesellschaft!«

»Was interessiert dich denn dann?«

»Gar nichts.«

»Womit verbringst du deine Zeit? Hast du eine große Liebe?«

»Ich pfeif auf die Liebe.«

»Ich pfeif auf … ich pfeif auf … Etwas anderes bekommt man von dir nicht mehr zu hören. Irgendwas oder irgendwer muss dich doch interessieren«, beharrte die Mutter. »So hübsch, wie du bist, müssen die Jungen sich doch um dich reißen.«

Julie schnitt eine Grimasse. Ihre hellgrauen Augen funkelten. »Ich habe keinen Freund, und ich weise dich darauf hin, dass ich noch Jungfrau bin.«

Das Gesicht der Mutter spiegelte empörtes Erstaunen wider. Dann lachte sie schallend: »Neunzehnjährige Jungfrauen gibt es heutzutage nur noch in Science-Fiction-Romanen.«

»Ich habe weder die Absicht, mir einen Liebhaber zu nehmen, noch will ich heiraten«, fuhr Julie fort. »Und weißt du auch, warum? Weil ich Angst habe, so zu werden wie du.«

Die Mutter hatte sich wieder gefasst. »Meine arme Kleine, du bist einfach ein Problembündel. Zum Glück habe ich für dich schon einen Termin bei einem Psychotherapeuten vereinbart. Für nächsten Donnerstag.«

Solche Auseinandersetzungen zwischen Mutter und Tochter waren nichts Ungewöhnliches. Diese dauerte noch eine ganze Stunde, und Julie verzehrte von ihrem Abendessen nur eine eingelegte Kirsche, die als Verzierung auf der Mousse aus weißer Schokolade lag.

Der Vater verzog trotz der vielen Tritte, die Julie ihm ans Schienbein versetzte, wie üblich keine Miene und hütete sich, in den Streit einzugreifen.

»Also, Gaston, nun sag doch was!«, forderte seine Frau ihn endlich auf.

»Julie, hör auf deine Mutter«, erklärte er lakonisch, während er seine Serviette faltete. Gleich darauf stand er auf und sagte, dass er früh schlafen gehen wolle, weil er am nächsten Morgen in aller Frühe mit seinem Hund eine große Wanderung vorhabe.

»Darf ich mitkommen?«, fragte seine Tochter.

Er schüttelte den Kopf. »Diesmal nicht. Ich möchte mir die Schlucht, die du entdeckt hast, etwas näher anschauen, und außerdem hat deine Mutter Recht – anstatt im Wald herumzulaufen, solltest du lieber büffeln.«

Als er sich hinabbeugte, um ihr einen Gutenachtkuss zu geben, flüsterte Julie: »Papa, lass mich nicht im Stich.«

Er tat so, als hätte er nichts gehört. »Träum schön«, sagte er nur und verließ das Zimmer.

Julie hatte keine Lust auf ein weiteres Zwiegespräch mit ihrer Mutter. Sie tat so, als müsste sie dringend auf die Toilette, verriegelte die Tür und setzte sich auf den Klodeckel. Sie hatte das Gefühl, längst in einen Graben gefallen zu sein, in einen viel tieferen als den im Wald, in einen Abgrund, aus dem niemand sie befreien konnte.

Um ganz mit sich allein zu sein, machte sie das Licht aus, und um sich zu trösten, summte sie wieder vor sich hin: »Eine grüne Maus lief durchs grüne Gras …«, aber sie verspürte eine schreckliche Leere. Sie fühlte sich verloren in einer Welt, die über ihren Verstand ging. Sie fühlte sich ganz klein, so winzig wie eine Ameise.

9. Von der Schwierigkeit, sich zu behaupten

Die Ameise galoppiert mit aller Kraft ihrer sechs Beine dahin; ihre Fühler fliegen im Wind nach hinten, ihr Unterkiefer rasiert Moos und Flechten ab.

Sie hastet im Zickzack zwischen Ringelblumen, Stiefmütterchen und Ranunkeln hindurch, aber ihr Verfolger gibt nicht auf. Der Igel, dieser mit spitzen Stacheln gepanzerte Riese, verpestet die Luft mit seinem schrecklichen Moschusgestank. Die Erde erbebt unter seinen Pfoten. Fetzen von Feinden hängen in seinen Stacheln, und wenn die Ameise sich die Zeit nähme, ihn genauer zu betrachten, könnte sie sehen, dass unzählige Flöhe sich auf ihm tummeln.

Die alte rote Ameise springt über eine Böschung hinweg, in der Hoffnung, ihren Verfolger abzuschütteln. Der Igel wird jedoch nicht einmal langsamer. Seine Stacheln sind auch als Stoßdämpfer äußerst nützlich. Er rollt sich einfach zur Kugel zusammen, wenn es bergabwärts geht, und stellt sich dann wieder auf seine vier Beine.

Die Ameise läuft noch schneller. Plötzlich taucht ein glatter weißer Tunnel vor ihr auf. Sie erkennt zunächst nicht, was das sein könnte. Der Eingang ist jedenfalls breit genug, um eine Ameise passieren zu lassen. Was das wohl sein mag? Für den Bau einer Heuschrecke oder Grille ist die Öffnung viel zu groß. Vielleicht die Heimstatt eines Maulwurfs oder einer Spinne?

Ihre Antennen sind so weit nach hinten gebogen, dass sie das Gebilde nicht abtasten kann. Deshalb ist sie gezwungen, sich ganz auf ihr Sehvermögen zu konzentrieren, das aber nur aus nächster Nähe völlig scharfe Bilder liefert. Viel zu spät erkennt sie, dass dieser weiße Tunnel kein Zufluchtsort ist, sondern der gähnende Schlund einer Schlange.

Von einem Igel verfolgt, und vor sich eine Schlange! Diese Welt ist wirklich nicht für Einzelwesen geschaffen.

Die alte rote Ameise sieht nur einen einzigen Ausweg: einen Zweig, an dem sie rasch hochklettern kann. Schon dringt die lange Schnauze des Igels in den Rachen der Schlange ein.

Höchste Zeit für ihn, sich hastig zurückzuziehen und die Schlange in den Hals zu beißen, die sich schon zusammenringelt, weil sie es gar nicht schätzt, wenn jemand ihren Schlund heimsucht.

Von ihrem Zweig aus beobachtet die alte rote Ameise interessiert den Kampf ihrer beiden Feinde.

Langer, kalter Schlauch gegen warme, stechende Kugel. Die schwarz gesprenkelten Augen der Viper verraten weder Furcht noch Hass, nur äußerste Konzentration hinsichtlich der Aufgabe, ihren Kopf in die günstigste Position zu bringen. Der Igel gerät hingegen in Panik. Er bäumt sich auf und versucht, den Bauch des Reptils mit seinen Stacheln anzugreifen. Das Tier ist unglaublich beweglich. Seine kleinen, krallenbewehrten Beine schlagen auf die Schuppen ein, die den Stacheln Widerstand leisten. Doch die eisige Peitsche rollt sich zusammen und geht ihrerseits zum Angriff über. Die Viper öffnet den Mund und entblößt klickend ihre Giftzähne, aus denen flüssiger Tod sickert. An und für sich sind Igel gegen die giftigen Bisse von Vipern gut geschützt, es sei denn, diese verletzen sie genau an der zarten Schnauze.

Bevor die Schlacht entschieden ist, wird die Ameise davongetragen. Zu ihrer großen Überraschung setzt sich der Zweig, an den sie sich geklammert hat, langsam in Bewegung. Anfangs glaubt sie, der Wind sei schuld daran, doch als der Zweig sich von seinem Ast löst und zu kriechen beginnt, versteht sie gar nichts mehr. Der Zweig klettert schwankend auf einen anderen Ast, legt eine kurze Rast ein und beginnt, den Baumstamm zu erklimmen.

Verblüfft lässt sich die alte Ameise von dem Zweig forttragen. Nach einer Weile wirft sie einen Blick nach unten und begreift endlich. Der Zweig hat Augen und Beine. Kein botanisches Wunder, nein. Das ist gar kein Zweig, sondern eine Gespenstschrecke.

Diese Insekten mit länglichen, feingliedrigen Körpern schützen sich durch Mimikry gegen ihre Feinde: Sie nehmen das Aussehen der Zweige, Blätter oder Stängel an, auf denen sie sich niederlassen. Der Gespenstschrecke ist ihr Täuschungsmanöver so gut gelungen, dass ihr Körper sogar eine typische Holzfaserung aufweist, mit braunen Flecken und Kerben, so als hätte eine Termite daran genagt.

Ein weiterer Trumpf der Gespenstschrecke: Ihre Langsamkeit trägt noch zur Mimikry bei. Niemand greift etwas fast Unbewegliches an. Die alte Ameise hat einmal ein Liebesspiel zwischen zwei Gespenstschrecken beobachtet. Das Männchen hatte sich dem etwas größeren Weibchen genähert, indem es alle zwanzig Sekunden ein Bein vor das andere setzte. Das Weibchen hatte sich ein wenig entfernt, und das Männchen war viel zu träge gewesen, um es einzuholen. Doch das war nicht weiter tragisch. Bedingt durch die legendäre Langsamkeit der Männchen, haben die Weibchen eine originelle Lösung des Problems der Fortpflanzung entwickelt: die Parthenogenese, die Jungfrauengeburt. Eine Befruchtung ist nicht mehr notwendig. Gespenstschrecken brauchen keinen Partner mehr zu finden, um Nachkommen zur Welt bringen zu können. Es genügt, sich Kinder zu wünschen, um sie auch zu bekommen.

Die Gespenstschrecke, auf der die rote Ameise sitzt, erweist sich als Weibchen, denn plötzlich beginnt sie, Eier zu legen, eines nach dem anderen, natürlich ganz langsam. Sie fallen von Blatt zu Blatt, wie harte Regentropfen. Die Tarnungskünste dieser Insekten sind so perfekt, dass ihre Eier wie Körner aussehen.

Die Ameise knabbert ein bisschen an dem vorgeblichen Zweig, um festzustellen, ob er essbar ist. Doch die Gespenstschrecken verstehen es auch, sich tot zu stellen. Sobald das Weibchen die Spitzen der Mandibeln spürt, erstarrt es und lässt sich zu Boden fallen.

Die alte rote Ameise lässt sich davon jedoch nicht irreführen. Nachdem die Schlange und der Igel inzwischen das Weite gesucht haben, folgt sie der Gespenstschrecke nach unten und verspeist sie. Das seltsame Geschöpf zuckt sogar im Todeskampf kein einziges Mal. Zur Hälfte aufgefressen, bleibt es genauso regungslos wie ein echter Zweig. Nur eine Kleinigkeit ist verräterisch: Aus seinem Hinterleib fallen immer noch körnige Eier.

Genug Aufregungen für diesen Tag! Es wird kühler – Zeit zum Schlafen. Die Ameise gräbt sich zwischen Erde und Moos ein. Morgen wird sie wieder versuchen, den Weg zu ihrem Geburtsort zu finden. Sie muss die anderen unbedingt warnen, bevor es zu spät ist.

In aller Ruhe reinigt sie ihre Antennen, um die Umgebung klar und deutlich identifizieren zu können. Dann verschließt sie ihre kleine Höhle mit einem Steinchen, weil sie nicht mehr gestört werden will.

10. Enzyklopädie

Unterschiedliches Wahrnehmungsvermögen Man nimmt von der Welt nur das wahr, worauf man vorbereitet ist. Für ein physiologisches Experiment wurden Katzen von Geburt an in einen kleinen Raum gesperrt, der mit vertikalen Mustern tapeziert war. Sobald sie das Alter erreicht hatten, in dem das Gehirn voll ausgebildet ist, wurden sie aus diesem Raum entfernt und in Kisten gesetzt, die mit horizontalen Linien tapeziert waren. Diese Linien führten zu Essensverstecken und zu Klapptüren ins Freie, doch es gelang keiner der Katzen, sich zu ernähren oder ins Freie zu gelangen. Ihr Wahrnehmungsvermögen war auf vertikale Linien eingeschränkt.

Unser eigenes Wahrnehmungsvermögen ist genauso begrenzt. Wir können gewisse Gegebenheiten nicht begreifen, weil wir perfekt darauf konditioniert wurden, die Dinge nur auf eine ganz bestimmte Art und Weise wahrzunehmen.

EDMOND WELLS
Enzyklopädie des relativen und absoluten Wissens, Bd. 3

11. DIE MACHT DER WÖRTER

Ihre Hand öffnete und schloss sich nervös, krallte sich sodann ins Kissen. Julie träumte. Sie träumte, sie wäre eine mittelalterliche Prinzessin. Eine Riesenschlange hatte sie gefangen und wollte sie verschlingen. Sie hatte Julie in schmutzigbraunen Treibsand geschleudert, wo es von jungen umherkriechenden Schlangen nur so wimmelte, und Julie drohte darin zu versinken. Ein junger Prinz in einer Rüstung aus bedrucktem Papier galoppierte auf einem weißen Hengst herbei und kämpfte mit der Riesenschlange. Er schwenkte ein langes, spitzes rotes Schwert und flehte die Prinzessin an, durchzuhalten. Er komme ihr gleich zu Hilfe.

Doch die Riesenschlange setzte ihr Maul wie einen Feuerwerfer ein, und die Papierrüstung war dem Prinzen von geringem Nutzen. Ein einziger Funke genügte, um sie in Brand zu setzen. Mit einer Schnur gefesselt, lagen er und sein Pferd bald auf einem Teller, umgeben von aschgrauem Püree.

Der schöne Prinz hatte seine ganze Pracht eingebüßt: Seine Haut war schwarzbraun, seine Augenhöhlen waren leer, und sein Kopf wurde von einer Rosine gekrönt.

Die Riesenschlange packte Julie mit ihren Giftzähnen, zog sie aus dem Treibsand heraus und schleuderte sie stattdessen in eine Mousse aus weißer Schokolade mit Grand Marnier.

Sie wollte schreien, aber die Mousse überschwemmte sie, drang in ihren Mund und hinderte sie daran, auch nur einen Ton hervorzubringen.

Julie fuhr aus dem Schlaf hoch. Ihre Angst war so groß, dass sie sich sofort vergewissern musste, ob sie nicht wirklich die Stimme verloren hatte. »A-a-a-a-a-a, A-a-a-a«, brachte sie mühsam hervor.

Diese Alpträume vom Verlust der Stimme suchten sie immer häufiger heim. Manchmal wurde sie gefoltert, und man schnitt ihr die Zunge ab. Manchmal verstopfte man ihr den Mund mit Lebensmitteln. Manchmal wurden ihr die Stimmbänder mit einer Schere zerschnitten. War es wirklich unvermeidlich, im Schlaf zu träumen? Sie hoffte, wieder einschlafen zu können und die restliche Nacht an nichts mehr zu denken.

Als sie einen Blick auf den Wecker warf, stellte sie fest, dass es sechs Uhr morgens war. Draußen war es noch dunkel. Sterne schimmerten hinter dem Fenster. Sie hörte Schritte im Erdgeschoss, Schritte und leises Gebell. Ihr Vater brach, wie angekündigt, frühzeitig zu einem Waldspaziergang mit seinem Hund auf.

»Papa, Papa …«

Unten fiel die Tür ins Schloss.

Julie legte sich wieder hin und versuchte einzuschlafen, aber vergeblich.

Was verbarg sich jenseits der ersten Seite der *Enzyklopädie des relativen und absoluten Wissens* von Professor Edmond Wells?

Sie griff nach dem dicken Buch. Darin war sehr viel von Ameisen und Revolutionen die Rede. Es riet ihr ohne Umschweife, eine Revolution anzuzetteln, und es beschrieb eine Zivilisation, die ihr dabei behilflich sein könnte. Sie riss ihre hellgrauen Augen weit auf. Zwischen kurzen Texten in kleiner Schrift tauchte hier und dort plötzlich – manchmal mitten in einem Wort – ein Großbuchstabe oder eine kleine Zeichnung auf.

Sie las aufs Geratewohl:

Der Plan dieses Werkes kopiert den Tempel Salomos. Der erste Buchstabe jedes Kapitelanfangs entspricht einer Maßangabe des Tempels.

Julie runzelte die Stirn. Welcher Zusammenhang konnte zwischen Buchstaben und der Architektur eines Tempels bestehen?

Sie blätterte weiter.

Die *Enzyklopädie* war ein riesiges Sammelsurium an verschiedenen Informationen, Zeichnungen und Grafiken. Gemäß dem Titel enthielt sie didaktische Texte, aber es gab darin auch Gedichte, ungeschickt ausgeschnittene Prospekte, Kochrezepte, Listen von Computerprogrammen, Zeitschriftenartikel, aktuelle Bilder oder erotische Fotos berühmter Frauen, die wohl den Zweck von Buchillustrationen erfüllen sollten.

Es gab auch Kalender mit genauen Angaben, wann man welche Gemüse- und Obstsorten pflanzen sollte, es gab Collagen seltener Stoffe und Papiere, Karten des Himmelsgewölbes und Linienpläne der U-Bahnen von Großstädten, Auszüge von Privatbriefen, mathematische Rätsel, perspektivische Schemata von Renaissancegemälden.

Manche Abbildungen waren sehr grausam – Bilder von Gewalt, Tod und Katastrophen. Einige Texte waren mit roter, blauer oder parfümierter Tinte geschrieben. Manche Seiten schienen sogar mit unsichtbarer Tinte oder Zitronensaft beschrieben worden zu sein, und anderswo war die Schrift so winzig, dass man sie nur mit einer Lupe hätte entziffern können.

Julie entdeckte Pläne imaginärer Städte, Biografien historischer – aber in Vergessenheit geratener – Persönlichkeiten, Ratschläge zur Herstellung seltsamer Maschinen …

Plunder oder Schatz? Wie auch immer – Julie dachte, dass sie mindestens zwei Jahre benötigen würde, um alles zu lesen. Plötzlich blieb ihr Blick an ein paar ungewöhnlichen Porträts haften. Sie stutzte, aber sie hatte sich nicht getäuscht: Es handelte sich tatsächlich um Köpfe. Nicht um Menschenköpfe, sondern um Köpfe von Ameisen, allem Anschein nach die Büsten bedeutender Persönlichkeiten. Keine Ameise war mit einer anderen identisch. Die Größe der Augen, die Länge der Fühler, die Form des Schädels variierten beträchtlich. Und unter jedem Porträt stand ein Name, der aus einer Zahlenreihe bestand.

Julie blätterte weiter.

Zwischen den Hologrammen, Rezepten und Plänen tauchte das Thema Ameisen wie ein Leitmotiv immer wieder auf.

Partituren von Bach, sexuelle Stellungen aus dem Kamasutra, Codes der französischen Widerstandsbewegung im Zweiten Weltkrieg … Welcher eklektische und interdisziplinäre Geist hatte das alles zusammengetragen?

Biologie. Utopien. Vademekums. Gebrauchsanweisungen.

Anekdoten über Menschen und Wissenschaften. Techniken der Massenmanipulation. Hexagramme aus dem *I Ging*.

Sie las einen Satz. *Das I Ging ist ein Orakel, das – entgegen einer weit verbreiteten Meinung – nicht die Zukunft vorhersagt, sondern die Gegenwart erklärt.*

Weiter hinten fand sie Strategien von Scipio dem Älteren und Clausewitz, und sie fragte sich flüchtig, ob diese *Enzyklopädie* vielleicht ein Handbuch der Indoktrinierung war, fand dann aber auf einer anderen Seite folgenden Ratschlag:

Misstrauen Sie jeder politischen Partei, Sekte, Korporation, Religion. Sie brauchen nicht darauf zu warten, dass andere Ihnen sagen, was Sie denken müssen. Lernen Sie, selbstständig und unbeeinflusst zu denken.

Es folgte ein Zitat des Sängers Georges Brassens:

Anstatt die anderen ändern zu wollen, sollten Sie versuchen, sich selbst zu ändern.

Ein weiterer Abschnitt erregte Julies Aufmerksamkeit:

Kurze Abhandlung über die fünf äußeren und die fünf inneren Sinne: Es gibt fünf physische und fünf psychische Sinne. Die fünf Körpersinne sind: Gesichts-, Gehör-, Tast-, Geschmacks- und Geruchssinn. Die fünf psychischen Sinne sind: Empfindung, Vorstellungsvermögen, Intuition, universelles Gewissen und Inspiration. Wenn man nur mit seinen physischen Sinnen lebt, so ist das, als würde man nur die fünf Finger der linken Hand benutzen.

Lateinische und griechische Zitate. Neue Kochrezepte. Chinesische Ideogramme. Herstellung eines Molotowcocktails. Getrocknetes Laub. Ein Kaleidoskop von Bildern. Ameisen und Revolution. Revolution und Ameisen.

Julies Augen brannten. Sie fühlte sich berauscht von diesem visuellen und informativen Überfluss. Ein Satz fiel ihr auf:

Lesen Sie dieses Werk nicht der Reihe nach. Benutzen Sie es vielmehr folgendermaßen: Wenn Sie das Gefühl haben, es zu brauchen, schlagen Sie es aufs Geratewohl auf, lesen Sie die Seite, und versuchen Sie herauszufinden, ob sie Ihnen für Ihr aktuelles Problem eine interessante Information liefert.

Und weiter:

Zögern Sie nicht, Passagen zu überspringen, die Ihnen zu langatmig vorkommen. Ein Buch ist kein Heiligtum.

Julie schloss das Werk und versprach ihm, es so zu benutzen, wie man es ihr vorgeschlagen hatte. Sie zog ihre Decke zurecht, und bald atmete sie gleichmäßig, ihre Körpertemperatur senkte sich etwas, und sie schlief ruhig ein.

12. ENZYKLOPÄDIE

Paradoxer Schlaf Im Schlaf erleben wir eine besondere Phase, die als »paradoxer Schlaf« bezeichnet wird. Sie dauert 15-20 Minuten und wiederholt sich im Laufe der Nacht alle anderthalb Stunden. Weshalb trägt sie diesen Namen? Weil es paradox ist, dass man sich sogar im tiefsten Schlaf mit einer intensiven Aktivität beschäftigt.

Wenn die Nächte von Säuglingen oft sehr unruhig sind, so wegen dieses paradoxen Schlafes (Proportionen: ein Drittel normaler Schlaf, ein Drittel leichter Schlaf, ein Drittel paradoxer Schlaf). Während dieser Schlafphase kann man bei Babys oft eine seltsame Mimik beobachten, die sie wie Erwachsene – sogar wie alte Menschen – aussehen lässt. Ihre Gesichter spiegeln abwechselnd Wut, Freude, Trauer, Angst und Überraschung wider, obwohl sie diese Emotionen zweifellos noch nie erlebt haben. Man könnte sagen, dass sie jene Mienen einüben, die sie später zur Schau tragen werden.

Bei Erwachsenen reduzieren sich die Phasen des paradoxen Schlafes mit zunehmendem Alter auf ein Zehntel oder sogar ein Zwanzigstel der gesamten

Schlafzeit. Sie werden als genussreich empfunden und rufen bei Männern manchmal Erektionen hervor.

Es scheint so, als würden wir jede Nacht eine Botschaft empfangen. Man hat ein Experiment gemacht: Ein Erwachsener wurde mitten in einer paradoxen Schlafphase geweckt und gebeten zu erzählen, wovon er soeben geträumt habe. Dann ließ man ihn wieder einschlafen und rüttelte ihn während der nächsten paradoxen Schlafphase erneut wach. Dabei wurde festgestellt, dass die beiden Träume zwar verschieden sein mochten, aber doch einen gemeinsamen Nenner hatten. Alles läuft so ab, als würde der unterbrochene Traum auf andere Weise fortgesetzt, um dieselbe Botschaft zu vermitteln.

Kürzlich haben Forscher eine neue Theorie entwickelt. Ihrer Ansicht nach ist der Traum ein Mittel, um den sozialen Druck zu überwinden. Im Traum verlernen wir, was wir tagsüber gezwungenermaßen gelernt haben, was jedoch gegen unsere tiefsten Überzeugungen verstößt. Alle uns von außen aufgezwungenen Konditionierungen werden gelöscht. Solange Menschen träumen, ist es unmöglich, sie total zu manipulieren. Der Traum ist ein natürlicher Hemmschuh für den Totalitarismus.

EDMOND WELLS
Enzyklopädie des relativen und absoluten Wissens, Bd. 3

13. Allein unter den Bäumen

Der Morgen ist da. Noch ist es zwar dunkel, aber es wird schon warm. Das gehört zu den paradoxen Eigenschaften des Monats März.

Der Mond wirft sein bläuliches Licht auf das Laubwerk. Dieser helle Schein weckt die Ameise und verleiht ihr die nötige Energie, ihren Weg fortzusetzen. Seit sie allein in diesem riesigen Wald unterwegs ist, gibt es für sie kaum Ruhepausen. Spinnen, Vögel, Sandläufer, Ameisenjungfern, Eidechsen, Igel und sogar Gespenstschrecken verbünden sich, um ihr auf die Nerven zu gehen.

Von all diesen Sorgen wusste sie nichts, als sie noch dort unten lebte, in ihrer Stadt, zusammen mit allen anderen. Ihr Gehirn war damals auf »Kollektivgeist« eingestellt, und es kostete sie keine persönliche Anstrengung, nachzudenken.

Doch nun ist sie fern von ihrer Heimat, fern von den Ihren. Ihr Gehirn muss sich auf »individuelle Funktionsweise« umstellen. Ameisen besitzen die erstaunliche Fähigkeit, auf zweierlei Art funktionsfähig zu sein: im Kollektiv und als Individuum.

Im Augenblick hat sie nur die Möglichkeit, sich als Individuum zurechtzufinden, und ihr kommt es sehr mühsam vor, unablässig an sich selbst denken zu müssen, um zu überleben. Das führt auf Dauer dazu, Angst vor dem Tod zu haben. Vielleicht ist sie die erste Ameise, die ständig um ihr Leben bangt, weil sie allein lebt.

Welche Degeneration!

Sie eilt unter Ulmen dahin. Das Summen eines dicken Maikäfers veranlasst sie, den Kopf zu heben. Wie herrlich doch der Wald ist! Im Mondschein wirken alle Pflanzen weiß oder malvenfarben. Sie richtet ihre Antennen auf und ortet ein Veilchen, auf dem sich Schmetterlinge tummeln. Etwas weiter fressen Raupen mit gestreiftem Rücken Holunderblätter ab. Die Natur scheint sich besonders schön gemacht zu haben, um die Rückkehr der alten roten Ameise zu feiern.

Sie stolpert über einen trockenen Kadaver, weicht etwas zurück und schaut genau hin. Vor ihr liegt eine ganze Menge toter Ameisen, spiralförmig angeordnet. Es sind schwarze Ameisen. Sie kennt dieses Phänomen. Die Ameisen hatten sich viel zu weit von ihrem Bau entfernt, und als der kalte Abendtau einsetzte, wussten sie nicht, wohin, bildeten deshalb eine Spirale und drehten sich im Kreis, bis sie starben. Wenn man die Welt, in der man lebt, nicht versteht, dreht man sich bis zum Tod im Kreis.

Die alte rote Ameise streckt ihre Antennen aus, um die Katastrophe genauer zu untersuchen. Die Ameisen am Rand der Spirale sind als Erste gestorben, die in der Mitte zuletzt.

Sie betrachtet diese seltsame Todesspirale im malvenfarbenen Mondschein. Welch primitives Verhalten! Sie hätten doch nur unter einem Baumstumpf Schutz suchen oder ein Biwak in die Erde graben müssen, um sich gegen die Kälte zu schützen. Diesen törichten schwarzen Ameisen ist aber nichts Besseres eingefallen, als sich im Kreis zu drehen, so als könnte Tanzen die Gefahr bannen.

Mein Volk hat wirklich noch sehr viel zu lernen, meint die alte rote Ameise.

Unter Farnkraut erkennt sie die Gerüche ihrer Kindheit wieder. Der Pollenduft berauscht sie.

Es hat sehr lange gedauert, bis diese Perfektion erreicht wurde.

Zuerst sind die grünen Meeresalgen, die Ahnen aller Pflanzen, auf dem Kontinent an Land gegangen. Um dort Halt zu finden, haben sie sich in Flechten verwandelt. Die Flechten haben daraufhin eine Strategie der Verbesserung des Bodens entwickelt; sie erzeugten Erdreich, auf dem eine zweite Generation von Pflanzen gedeihen konnte, die dank ihrer tieferen Wurzeln höher und kräftiger wuchsen.

Seitdem besitzt jede Pflanze ihren Einflussbereich, aber es gibt immer noch Konfliktzonen. Die alte Ameise sieht eine Feigenbaumliane, die einen kühnen Angriff auf einen passiven Vogelkirschbaum unternimmt. Bei diesem Duell hat der arme Kirschbaum nicht die geringste Chance. Dafür verkümmern jedoch andere Feigenbaumlianen, die sich mit Sauerampfer angelegt haben, denn dessen Saft ist für sie ein tödliches Gift.

Etwas weiter verliert eine Tanne ihre Nadeln, um die Erde zu säuern, damit alle parasitären Gräser und kleinen Pflanzen vernichtet werden.

Jeder hat seine eigenen Waffen, seine eigenen Verteidigungs- und Überlebensstrategien. Die Pflanzenwelt ist gnadenlos. Der einzige Unterschied zum Tierreich besteht vielleicht darin, dass die Morde bei Pflanzen langsamer und vor allem lautlos vor sich gehen.

Manche Pflanzen ziehen blanke Waffen dem Gift vor. Man denke nur an die dornigen Blätter der Stechpalmen, an die Rasiermesser der Disteln, an die Angelhaken der Passionsblumen oder an die Stacheln der Akazien. Die alte Ameise durchquert gerade ein solches Wäldchen von Akazien, was einem Gang durch Reihen voller spitzer Klingen gleicht.

Sie reinigt ihre Antennen und richtet sie sodann steil auf, um alle Gerüche, die durch die Luft wirbeln, schärfer registrieren zu können, denn sie sucht etwas ganz Bestimmtes: eine Spur der Pheromonpiste, die in ihr Geburtsland führt. Jede Sekunde zählt. Sie muss ihre Stadt um jeden Preis warnen, bevor es zu spät ist.

Sofort fängt sie alle möglichen Duftmoleküle auf, die ihr Informationen über Leben und Sitten der hier ansässigen Tiere liefern, für die sie sich aber nicht im Geringsten interessiert.

Trotzdem verlangsamt sie ihr Tempo, um all diese verwirrenden – teilweise sogar unbekannten – Gerüche besser wahrnehmen zu können. Doch auch das nutzt ihr nichts, und deshalb entscheidet sie sich schließlich für eine andere Methode.

Sie erklimmt einen hohen Berggipfel – den Baumstumpf einer Kiefer –, strafft sich und lässt die Sensoren am Ende ihrer Fühler kreisen. Der Bereich der Duftfrequenzen, die sie empfängt, hängt von der Geschwindigkeit ihrer Antennen ab. Bei 400 Vibrationen pro Sekunde nimmt sie nichts Auffallendes wahr. Sie beschleunigt auf 600, 1000, 2000 Schwingungen pro Sekunde. Immer noch nichts Spektakuläres, nur Duftbotschaften von Pflanzen und von Insekten, die aber keine Ameisen sind: von Blumen, Pilzsporen, Käfern, von moderndem Holz und wilder Pfefferminze …

10 000 Vibrationen pro Sekunde. Bei diesem Tempo erzeugen ihre Antennen eine Luftströmung, die Staub ansaugt. Sie muss sie säubern, bevor sie ihre Bemühungen fortsetzen kann.

12 000 Vibrationen pro Sekunde. Endlich fängt sie ferne Moleküle auf, die von der Existenz einer Ameisenpiste zeugen. Gewonnen! Richtung Westsüdwest, in einem Winkel von zwölf Grad zum Stand des Mondes. Vorwärts!

14. ENZYKLOPÄDIE

Vom Interesse am Unterschied Wir alle sind Sieger, denn jeder von uns verdankt seine Existenz jenem Spermatozoon, das den Sieg über seine 300 Millionen Konkurrenten davongetragen hat.

Damit erwarb es das Recht, seine Chromosomen weiterzugeben, die bewirkten, dass Sie der sind, der Sie sind, und kein anderer.

Ihr Spermatozoon war wirklich außergewöhnlich begabt. Es hat sich nicht in irgendeinem Schlupfwinkel verkrochen. Es hat seinen Weg gemacht. Vielleicht hat es sogar gekämpft, um rivalisierenden Spermatozoen den Weg zu versperren.

Lange Zeit glaubte man, es wäre das schnellste Spermatozoon, dem es gelinge, das Ei zu befruchten, doch dem ist nicht so. Hunderte von Spermatozoen kommen gleichzeitig dort an. Und dann müssen sie – mit den Geißeln zuckend – warten. Nur ein einziges wird auserwählt sein.

Es ist demnach das Ovulum, das sich für ein ganz bestimmtes Spermatozoon entscheidet, obwohl es von Massen bedrängt wird. Forscher haben sich lange gefragt, nach welchen Kriterien diese Wahl getroffen wird. Kürzlich haben sie die Lösung gefunden: Das Ei erwählt jenes Spermatozoon, das »jene genetischen Eigenschaften aufweist, die sich am meisten von seinen eigenen unterscheiden«. Eine simple Überlebensfrage. Das Ovulum will die Probleme der Blutsverwandtschaft vermeiden. Die Natur will, dass unsere Chromosomen sich durch etwas Andersartiges bereichern, anstatt sich mit etwas Ähnlichem zusammenzutun.

EDMOND WELLS
Enzyklopädie des relativen und absoluten Wissens, Bd. 3

15. MAN SIEHT SIE VON WEITEM

Schritte. Es war sieben Uhr morgens, und die Sterne leuchteten noch hoch oben am Firmament.

Während Gaston Pinson mit seinem Hund die gewundenen Pfade im Herzen des Waldes von Fontainebleau entlangging, an der frischen Luft, in der Morgenstille, fühlte er sich wohl. Zufrieden strich er seinen roten Schnurrbart glatt. Hier kam er sich immer vor wie ein freier Mensch.

Links führte ein Serpentinenpfad einen steinigen Berg empor. Gaston schlug diesen Weg ein und gelangte zum Denecourt-Turm am Rand des Cassepot-Felsens. Von hier oben hatte man einen herrlichen Blick. Ein riesiger Mond tauchte das weite Panorama in weiches Licht.

Er setzte sich und riet seinem Hund, es ihm gleichzutun, aber der Setter blieb lieber stehen. Gemeinsam betrachteten sie den Himmel.

»Weißt du, Achille, früher haben die Astronomen Himmelskarten so gezeichnet, als würde es sich um ein flaches Deckengebilde handeln. Sie teilten den Himmel in 88 Sternbilder auf, so als bestünde er aus 88 Departements. Die meisten Konstellationen sind nicht jede Nacht zu sehen, für die Bewohner der nördlichen Hemisphäre, mit einer einzigen Ausnahme: dem Großen Bären. Er hat Ähnlichkeit mit einer Kasserolle aus vier quadratisch angeordneten Sternen, verlängert durch einen Stiel aus drei Sternen. Es waren die Griechen, die dieser Konstellation den Namen ›Großer Bär‹ gegeben haben, zu Ehren der Prinzessin Calixta, der Tochter des Königs von Arkadien. Sie war so schön, dass Hera, die Gemahlin des Zeus, sie aus Eifersucht in eine große Bärin verwandelte. Nun ja, Achille, so sind die Frauen eben: Jede ist eifersüchtig auf alle anderen.«

Der Hund schüttelte den Kopf und jaulte leise.

»Es ist interessant, diese Konstellation ausfindig zu machen, denn wenn man die Kasserolle um ihre fünffache Ausdehnung verlängert, entdeckt man, dass darüber ein Popcorn schwebt, seinerseits leicht zu erkennen: der Polarstern. Siehst du, Achille, auf diese Weise weiß man immer, wo Norden ist, und kann sich nicht verirren.«

Der Hund begriff nichts von diesen Erklärungen. Er hörte nur »Blablabla Achille blablabla Achille«. Von der Menschensprache verstand er nur diese wenigen Silben A-chil-le, mit denen er selbst gemeint war, wie er wusste. Ermüdet von so viel Blabla, legte sich der

Setter hin, Ohren am Boden, und setzte eine unbeteiligte Miene auf. Aber sein Herr, dem nach Reden zumute war, ließ sich davon nicht beeindrucken.

»Der zweite Stern am Stiel der Kasserolle«, dozierte er, »ist in Wirklichkeit ein Doppelstern, und die arabischen Krieger maßen ihr Sehvermögen daran, ob sie diese beiden Sterne – Alkor und Mizar – voneinander unterscheiden konnten.«

Gaston blickte aus schmalen Augenschlitzen zum Himmel empor. Der Hund gähnte. Schon sandte die Sonne ihre ersten Strahlen wie Pfeile aus, und die Sterne verblassten und zogen sich diskret zurück, um ihr Platz zu machen.

Er holte sein Frühstück aus dem Brotbeutel, ein Sandwich mit Schinken, Käse, Zwiebeln, Cornichons und Pfeffer, aß alles mit großem Appetit und seufzte zufrieden. Es gab einfach nichts Schöneres als früh am Morgen aufzustehen und im Wald den Sonnenaufgang zu erleben.

Eine unvergleichliche Farbenpracht. Die Sonne war rot, dann rosa, orange, gelb und schließlich weiß. Außerstande, mit so viel Prunk zu konkurrieren, trat auch der Mond den Rückzug an.

Gastons Blick schweifte von den Sternen zur Sonne, von der Sonne zu den Bäumen, von den Bäumen zum Panorama des Tales. Jetzt konnte man den riesigen wilden Wald in seiner ganzen Ausdehnung deutlich erkennen. Fontainebleau bestand aus Ebenen und Hügeln, aus Sand, Sandstein, Ton und Kalk. Es gab auch jede Menge Bäche, Schluchten und Birkenhaine.

Die Landschaft war erstaunlich vielfältig. Zweifellos war dies der abwechslungsreichste Wald Frankreichs, bevölkert von Hunderten Arten an Vögeln, Nagetieren, Reptilien und Insekten. Gaston hatte hier schon mehrmals Frischlinge und Wildschweine gesehen, und einmal sogar eine Hirschkuh mit ihrem Jungen.

Knapp sechzig Kilometer von Paris entfernt, konnte man hier immer noch glauben, die Zivilisation hätte keine Schäden angerichtet. Keine Autos, keine Hupen, keine Luftverschmutzung. Nur Stille, das Rauschen der Blätter im Wind, das Zwitschern vorlauter Vögel.

Gaston schloss die Augen und atmete begierig die feuchte Morgenluft ein. Diese 25 000 Hektar wilden Lebens verströmten Düfte, die noch kein Parfumhersteller nachahmen konnte. Reichtümer im Überfluss. Gratis.

Der Leiter der Rechtsabteilung des Forstamtes griff nach seinem Fernglas, um alles noch besser sehen zu können. Er kannte jeden Winkel dieses Waldes, wusste die Namen aller Berge, Wege und Schluchten. In der Ferne lag die Heide, Heimstatt der Heidelerche. Und noch weiter hinten erstreckte sich die Ebene von Chanfroy mit ihren aschfarbenen Hügeln.

Durchs Fernglas betrachtete er den Baum »Jupiter«, eine 400 Jahre alte Eiche von 35 m Höhe. Wie schön der Wald doch ist, staunte er wieder einmal.

Eine Ameise krabbelte auf dem Fernglasetui herum. Er wollte sie vertreiben, aber sie klammerte sich an seine Hand und kroch von dort auf seinen Pullover.

»Die Ameisen beunruhigen mich«, teilte er seinem Hund mit. »Bis vor kurzem waren ihre Bauten isoliert, doch nun gruppieren sie sich aus unerfindlichen Gründen. Sie haben Föderationen gebildet, und jetzt schließen sich die Föderationen ihrerseits zusammen, um Imperien zu schaffen. Es kommt einem fast so vor, als führten die Ameisen ein Experiment durch, das uns Menschen niemals gelungen ist, nämlich jenes der ›Supra-Soziabilität‹.«

Gaston hatte wirklich in der Zeitung gelesen, dass man immer mehr Superkolonien von Ameisenbauten entdeckte. Im französischen Jura gab es Ansammlungen von ein- bis zweitausend Stadtstaaten, die durch Pisten miteinander verbunden waren. Er war überzeugt davon, dass die Ameisen für ihre Gesellschaft das ihnen gemäße perfekteste Stadium anstrebten.

Während er die Umgebung durchs Fernglas betrachtete, fiel ihm plötzlich etwas Ungewöhnliches auf. Er runzelte die Stirn. In der Ferne, in Richtung der Sandsteinfelsen und der Schlucht, die seine Tochter entdeckt hatte, glänzte ein Dreieck zwischen den Birken. Und das war mit Sicherheit kein Ameisenhaufen.

Die glitzernde Form wurde von Ästen kaschiert, doch die geraden Kanten waren verräterisch. Die Natur kennt keine geraden Linien, folglich musste es sich entweder um ein Zelt handeln, das dort unerlaubt errichtet worden war, oder aber um Sperrmüll, den verantwortungslose Umweltverschmutzer mitten im Wald abgeladen hatten.

Bestürzt eilte Gaston den Pfad in Richtung dieses glänzenden Gebildes hinab, wobei ihm alle möglichen Vermutungen durch den Kopf gingen: Ein neuartiges Wohnwagenmodell? Ein metalliclackiertes Auto? Ein großer Spiegelschrank?

Er brauchte eine Stunde, um durch Dornen und Gestrüpp zu dem mysteriösen Ding zu gelangen, und der beschwerliche Weg ermüdete ihn.

Aus der Nähe war das Gebilde noch ungewöhnlicher. Es handelte sich weder um einen Wohnwagen noch um einen Schrank, sondern um eine Pyramide von knapp drei Meter Höhe, deren Seiten mit Spiegeln bedeckt waren. Die Spitze war durchsichtig wie Kristall.

»Na so was, mein guter Achille, das ist wirklich eine Überraschung …«

Der Hund bellte zustimmend. Er knurrte, bleckte seine kariösen Zähne und setzte seine Geheimwaffe ein: den stinkenden Atem, der schon so manche streunende Katze in die Flucht geschlagen hatte.

Gaston umrundete das Bauwerk.

Hohe Bäume und Farnkrautbüsche versteckten die Pyramide sehr gut. Wäre ein Strahl der Morgensonne nicht zufällig genau darauf gefallen, hätte Gaston sie nie entdeckt.

Es gab weder Türen noch Fenster, weder einen Schornstein noch einen Briefkasten. Nicht einmal einen Pfad, der auf einen geheimen Eingang hingedeutet hätte.

Der Setter knurrte immer noch, während er den Boden beschnupperte.

»Denkst du das Gleiche wie ich, Achille? Ich habe solche Dinger schon im Fernsehen gesehen. Vielleicht sind das … Außerirdische!«

Hunde sammeln jedoch zunächst einmal Informationen, bevor sie irgendwelche Hypothesen aufstellen. Speziell Setter. Achille schien sich besonders für die Spiegelwände zu interessieren. Gaston hielt sein Ohr daran.

»Na so was!«

Aus dem Inneren waren Geräusche zu hören. Er glaubte sogar eine Menschenstimme zu erkennen und klopfte an den Spiegel. »Hallo, ist dort jemand?«

Keine Antwort. Die Geräusche verstummten. Der Beschlag, den seine Worte auf dem Spiegel hinterlassen hatten, löste sich langsam wieder auf.

Wenn man die Pyramide aus nächster Nähe betrachtete, hatte sie eigentlich nichts Außerirdisches an sich. Sie war aus Beton, der mit Spiegelplatten verkleidet war, wie man sie in jedem Geschäft für Heimwerker kaufen konnte.

»Wer könnte die Idee gehabt haben, mitten im Wald von Fontainebleau eine Pyramide zu errichten? Hast du eine Ahnung, Achille?«

Der Hund bellte eine Antwort, die der Mensch jedoch nicht verstand.

Hinter ihm summte es leise.

Bzzz …

Gaston achtete nicht darauf. Im Wald gab es jede Menge Mücken und Bremsen. Das Summen kam näher.

Bzzz … bzzz …

Er spürte einen Stich am Hals, hob die Hand, um das lästige Insekt zu vertreiben, hielt aber mitten in der Bewegung inne. Mit weit aufgerissenem Mund drehte er sich um sich selbst und ließ die Hundeleine los. Seine Augen traten fast aus den Höhlen, und er stürzte kopfüber in einen Busch Alpenveilchen.

16. ENZYKLOPÄDIE

Horoskop In Südamerika, bei den Maya, gab es eine offizielle, obligatorische Astrologie. Jedes Kind erhielt einen spezifischen vorausschauenden Verskalender, der – auf seinem Geburtsdatum basierend – sein ganzes künftiges Leben erzählte: Wann es Arbeit finden, wann es heiraten, wann es einen Unfall haben und wann es sterben würde. Das alles sang man ihm schon in der Wiege vor, und später lernte das Kind dieses Horoskop auswendig und trällerte es vor sich hin, um zu wissen, wie sich seine Zukunft gestalten sollte.

Dieses System funktionierte großartig, denn die Astrologen der Maya stimmten ihre Prophezeiungen aufeinander ab. Wenn beispielsweise im Horoskoplied eines jungen Mannes stand, er werde an einem bestimmten Tag ein bestimmtes junges Mädchen kennenlernen, so kam diese Begegnung auch zustande, weil das Mädchen in seinem persönlichen Horoskop die entsprechenden Verse gefunden hatte. Das galt auch für Geschäfte: Versprach ein Vers jemandem, er werde an einem bestimmten Tag ein Haus kaufen, so stand andererseits im Horoskop des Verkäufers, er müsse sein Haus an ebendiesem Tag anbieten. Auch über das Datum einer Schlägerei wussten die Teilnehmer schon eine Ewigkeit zuvor Bescheid.

Diese Methode stärkte das bestehende System. Kriege wurden lange im Voraus angekündigt und beschrieben. Die Sieger standen von vornherein fest, und die Astrologen wussten sogar genau, wie viel Tote und Verletzte auf den Schlachtfeldern liegen würden. Stimmte die Zahl der Toten nicht genau mit den Prophezeiungen überein, wurden einfach Gefangene niedergemetzelt.

Wie sehr diese gesungenen Horoskope das Leben erleichterten! Nichts blieb mehr dem Zufall überlassen. Niemand hatte Angst vor dem nächsten Tag. Die Astrologen erhellten jedes Menschenleben vom Anfang bis zum Ende. Jeder kannte den Verlauf seines eigenen Lebens und wusste sogar über den Verlauf des Lebens anderer genau Bescheid.

Die Prophezeiungen der Maya gipfelten darin, dass sie den Augenblick des Weltendes festlegten. Es sollte an einem ganz bestimmten Tag des 10. Jahrhunderts (nach christlicher Zeitrechnung) erfolgen. Die Astrologen waren sich sogar über die Stunde einig geworden. Um diese Katastrophe nicht erleben zu müssen, legten die Menschen am Vorabend Feuer an ihre Städte, töteten ihre Familien und begingen Selbstmord. Die wenigen Überlebenden verließen die brennenden Städte und irrten in den Ebenen umher.

Dabei waren die Maya alles andere als borniert oder naiv. Sie hatten eine hoch entwickelte Kultur, sie kannten die Null und das Rad (obwohl sie sich über die Bedeutung dieser Entdeckung nicht im Klaren waren), sie bauten Straßen, und ihr Kalender, der in dreizehn Monate eingeteilt war, übertraf den unsrigen an Exaktheit.

Als die Spanier im 16. Jahrhundert in Yucatán ankamen, wurde ihnen nicht einmal die Befriedigung zuteil, die Maya-Zivilisation zerstören zu können, denn diese hatte sich schon lange zuvor selbst vernichtet.

Dennoch gibt es bis heute Indios, die behaupten, ferne Nachkommen der Maya zu sein. Man nennt sie Lacandonen, und ihre Kinder trällern seltsamerweise alte Lieder, in denen alle Ereignisse eines Menschenlebens aufgezählt werden. Aber niemand weiß mehr, welche Bedeutung diese Lieder einst hatten.

EDMOND WELLS
Enzyklopädie des relativen und absoluten Wissens, Bd. 3

17. BEGEGNUNG

Wohin führt dieser Weg? Sie ist erschöpft. Schon seit mehreren Tagen nimmt sie auf ihrer langen Wanderung nun schon die Gerüche einer Ameisenpiste wahr.

Einmal ist ihr etwas Merkwürdiges passiert, das sie sich nicht genau erklären kann: Sie war auf einen glatten, dunklen Gegenstand geklettert, und plötzlich wurde sie hochgehoben, musste über eine rosa Wüste laufen, auf der vereinzelte schwarze Gräser wuchsen, wurde auf geflochtene Pflanzenfasern geworfen und schließlich hoch in die Luft geschleudert.

Das musste einer von »ihnen« gewesen sein!

Sie kommen jetzt immer zahlreicher in den Wald. Doch was soll's? Sie ist noch am Leben, und das ist das Einzige, was zählt.

Die bisher sehr schwachen Pheromondüfte werden stärker. Kein Zweifel – sie befindet sich auf einer Ameisenstraße, hier zwischen Heidekraut und Feldthymian. Sie saugt den Geruch in sich ein und kann diese Mischung von Kohlenwasserstoff sofort identifizieren: $C_{10}H_{22}$ aus den Drüsen unter dem Hinterleib der Kundschafterinnen von Bel-o-kan.

Mit der Sonne im Rücken folgt die alte rote Ameise dieser Duftspur. Ringsum bildet das hohe Farnkraut grüne Gewölbe. Die Tollkirschen ragen wie Chlorophyllsäulen empor. Eichen spenden Schatten. Sie spürt, dass sie von Tausenden von Augen, Ohren und Antennen beobachtet und belauscht wird, die überall im Gras und Laub versteckt sind. Nachdem aber kein Lebewesen vor ihr auftaucht, kann sie getrost davon ausgehen, dass sie die anderen erschreckt und einschüchtert.

Sie senkt den Kopf, um noch kriegerischer zu wirken, und manche Augen verschwinden hastig.

Als sie um einen Strauch blauer Lupinen biegt, sieht sie plötzlich zwölf Silhouetten vor sich. Es sind rote Waldameisen wie sie selbst. Sie erkennt auf Anhieb den Geruch der Geburtsstadt dieser Ameisen: Bel-o-kan. Es sind also Familienangehörige. Jüngere Schwestern.

Ihre Mandibeln nach vorne gerichtet, eilt sie auf diese zivilisierten Wesen zu. Die zwölf bleiben stehen und richten überrascht ihre Antennen auf. Die alte Ameise erkennt, dass es sich um junge geschlechtslose Soldatinnen aus der Unterkaste der Kundschafterinnen und Jägerinnen handelt. Sie bittet eine von ihnen um eine Trophallaxis, und die Angesprochene bringt ihre Zustimmung zum Ausdruck, indem sie ihre Fühler nach hinten biegt.

Sogleich vollziehen die beiden Insekten das unwandelbare Ritual des Nahrungsaustausches. Zunächst übermitteln sie sich einige Informationen, indem sie sich gegenseitig mit den Fühlerspitzen auf den Schädel trommeln. Die eine erfährt auf diese Weise, was ihre Gesprächspartnerin benötigt, die andere, was ihr angeboten wird. Dann rücken sie mit geöffneten Mandibeln dicht aneinander heran, bis Mund-zu-Mund-Kontakt besteht. Die Spenderin holt aus ihrem

Kropf flüssige Nahrung hervor und übergibt sie der ausgehungerten Artgenossin. Die alte rote Ameise schluckt gierig. Ein Teil der Speise fließt in den Magen, weil sie wieder zu Kräften kommen muss, aber ein anderer Teil wird in den Kropf, den »sozialen Magen«, befördert, damit sie ihrerseits in der Lage ist, notfalls eine Schwester zu stärken. Sie zittert vor Wohlbehagen, während die zwölf jungen Kriegerinnen ihre Antennen bewegen – eine höfliche Aufforderung, dass sie sich doch vorstellen möge.

Jedes der elf Antennensegmente gibt ein spezielles Pheromon ab, wie elf Münder, die imstande sind, sich gleichzeitig in elf verschiedenen olfaktorischen Tonarten auszudrücken. Diese elf Münder können aber nicht nur senden, sondern auch empfangen wie elf Ohren.

Die junge Nahrungsspenderin berührt das erste Segment – vom Kopf aus gerechnet – der alten roten Ameise und weiß sofort ihr Alter: drei Jahre. Das zweite Segment verrät ihr Kaste und Unterkaste: geschlechtslose Soldatin, Kundschafterin und Jägerin. Das dritte informiert über Art und Geburtsort: rote Waldameise aus Bel-o-kan. Das vierte gibt die Legenummer und somit den Namen preis: Sie war das 103 683ste Ei, das die Königin im Frühling vor drei Jahren gelegt hatte, und deshalb heißt sie »Nr. 103 683«.

Die junge Ameise beendet ihre olfaktorische Befragung. Die übrigen Segmente sind nicht zum »Senden« bestimmt. Das fünfte dient dazu, Pistenmoleküle wahrzunehmen; das sechste ermöglicht einfache Dialoge, das siebente komplizierte Dialoge, und das achte ist Gesprächen mit der Königin – der Mutter – vorbehalten. Die drei letzten Segmente können als kleine Keulen eingesetzt werden.

Nr. 103 683 sondiert ihrerseits die zwölf Kundschafterinnen. Es sind junge Soldatinnen, 198 Tage alt. Doch obwohl es sich sozusagen um Zwölflinge handelt, unterscheiden sie sich beträchtlich voneinander.

Nr. 5 ist einige Sekunden vor den anderen zur Welt gekommen und somit die Älteste. Länglicher Kopf, schmaler Thorax, spitze Mandibeln, stabförmiger Hinterleib – das ergibt einen schlanken Gesamteindruck, und ihre Gesten sind präzise, wohlüberlegt.

Nr. 6, ihre unmittelbare Schwester, ist hingegen rundlich: runder Kopf, gedrungener Thorax, dicker Hinterleib. Ihre Fühler sind an den Enden spiralförmig gebogen, und sie hat einen Tick – dauernd streicht sie mit dem rechten Vorderbein über ihr Ohr, so als juckte es.

Nr. 7 – kurze Mandibeln, dicke Beine und distinguiertes Auftreten – ist perfekt gepflegt. In ihrem glänzenden Panzer spiegelt sich der Himmel. Ihre Bewegungen sind anmutig, und sie zeichnet mit dem Ende ihres Hinterleibs ständig ein »Z« in den Staub, was aber nichts zu bedeuten hat.

Nr. 8 ist behaart, sogar an der Stirn und an den Mandibeln. Sie ist schwerfällig und kraftstrotzend und bewegt sich ungeschickt. An einem Zweiglein kauend, streicht sie damit zum Spaß gelegentlich über ihre Antennen, bevor sie es wieder mit den Mandibeln bearbeitet.

Nr. 9 hat einen runden Kopf, einen dreieckigen Thorax, einen quadratischen Hinterleib und zylindrische Beine. Eine Kinderkrankheit hat auf ihrem kupferfarbenen Panzer Löcher hinterlassen, aber sie hat besonders schöne Gelenke, weiß das auch und bewegt sie deshalb fortwährend. Das erzeugt ein nicht unangenehmes Geräusch, wie von gut geölten Scharnieren.

Nr. 10 ist die kleinste, so klein, dass sie kaum noch wie eine richtige Ameise aussieht. Dafür hat sie sehr lange Antennen, und deshalb dient sie der Gruppe als olfaktorisches Radargerät. Die Bewegungen ihrer Sensoren verraten große Neugier.

Auch Nr. 11, 12, 13, 14, 15 und 16 werden von der alten Ameise in allen Einzelheiten begutachtet, bevor sie sich wieder Nr. 5 zuwendet, nicht nur, weil sie die Älteste ist, sondern auch, weil ihre Antennen von olfaktorischen Mitteilungen ganz klebrig sind, was ein Hinweis auf große Soziabilität ist; es ist wesentlich einfacher, sich mit Quasselstrippen als mit verschlossenen Artgenossen zu unterhalten.

Die beiden Ameisen nehmen Antennenkontakt auf und führen einen Dialog.

Nr. 103 683 erfährt, dass diese zwölf Soldatinnen einer neuen militärischen Unterkaste angehören, der Elitetruppe von Bel-o-kan. Sie werden als Vorhut eingesetzt, um feindliche Armeen auszuspionieren. Gelegentlich kämpfen sie gegen andere Ameisenstädte und nehmen auch an der Jagd auf große Räuber – etwa Eidechsen – teil.

Nr. 103 683 fragt, was diese Ameisen so fern vom Heimatnest zu tun haben. Nr. 5 antwortet, dass sie einen Forschungsauftrag ausführen sollen. Seit mehreren Tagen marschieren sie nun schon in östliche Richtung, auf der Suche nach dem östlichen Ende der Welt.

Für die Bewohner der Ameisenstadt Bel-o-kan hat die Welt schon immer existiert und wird immer existieren, ohne Anfang und ohne Ende. Sie stellen sich den Planeten würfelförmig vor, umgeben von Luft und umschlossen von einem Wolkenteppich. Dahinter, so glauben sie, gibt es Wasser, das manchmal als Regen durch die Wolken dringt.

Das ist ihre Kosmogonie.

Die Bürger von Bel-o-kan glauben, dass sie in unmittelbarer Nähe des östlichen Randes der Welt leben; seit Jahrtausenden senden sie Expeditionen aus, um die exakte Randstelle zu entdecken.

Nr. 103 683 signalisiert, dass auch sie eine belokanische Kundschafterin ist und sich auf dem Rückweg aus dem Osten befindet, und sie prahlt, dass es ihr bereits gelungen sei, das Ende der Welt zu erreichen.

Weil die zwölf jungen Ameisen ihr nicht glauben, schlägt sie vor, im Schutz einer Wurzel einen Kreis zu bilden und alle Antennen zusammenzuschließen.

Auf diese Weise wird sie ihnen rasch ihre Lebensgeschichte erzählen können, und dann werden diese zwölf über ihre unglaubliche Odyssee ans östliche Ende der Welt Bescheid wissen. Gleichzeitig werden sie aber auch von der düsteren Gefahr erfahren, die ihrer Heimatstadt droht.

18. Das Würmer-Syndrom

Ein schwarzer Wimpel flatterte an der Limousine, die vor dem Haus stand, wo letzte Vorbereitungen getroffen wurden.

Jeder trat an den aufgebahrten Leichnam heran und küsste ihm ein letztes Mal die Hand.

Dann wurden Gaston Pinsons sterbliche Überreste in einen großen Plastiksack mit Reißverschluss geschoben, in dem sich Naphthalinkugeln befanden.

»Wozu denn das Naphthalin?«, fragte Julie einen Angestellten des Bestattungsunternehmens.

Der schwarz gekleidete Mann setzte eine professionelle Miene auf. »Um die Würmer fernzuhalten«, erklärte er gestelzt. »Totes Menschenfleisch zieht Maden an. Glücklicherweise sind Leichname heutzutage dank dem Naphthalin geschützt.«

»Die Würmer können uns also nicht mehr fressen?«

»Unmöglich«, beteuerte der Spezialist. »Außerdem sind die Särge mit Zinkplatten verkleidet, so dass kein Lebewesen eindringen kann. Nicht einmal die Termiten schaffen das. Ihr Vater wird in seinem Grab sehr lange unversehrt bleiben.«

Männer mit dunklen Mützen schoben den Sarg in die Limousine.

Der Leichenzug geriet in einen Verkehrsstau nach dem anderen und wurde von stinkenden Abgasen umhüllt, bevor er Stunden später den Friedhof erreichte. Voran fuhr die Limousine mit dem Leichnam, gefolgt von dem Auto mit den nächsten Familienangehörigen, einem zweiten mit entfernten Verwandten, den Wagen der Freunde des Verstorbenen und schließlich den Fahrzeugen seiner Arbeitskollegen.

Alle waren schwarz gekleidet und stellten Trauermienen zur Schau. Vier Totengräber trugen den Sarg auf ihren Schultern zum Grab. Die Zeremonie ging sehr langsam vonstatten. Die Menschen stampften mit den Füßen, um sich aufzuwärmen, und flüsterten einander die üblichen Floskeln zu: »Er war ein großartiger Mensch«; »er ist viel zu früh von uns gegangen«; »welch ein Verlust für die Rechtsabteilung«; »er war ein Heiliger, ein unglaublich gütiger und großmütiger Mann«; »mit ihm haben wir einen unvergleichlichen Fachmann verloren, einen Beschützer des Waldes«.

Endlich erschien der Priester und sprach seinerseits die passenden Worte: »Staub zu Staub ... dieser bemerkenswerte Ehemann und Vater war uns allen ein Vorbild ... die Erinnerung an ihn wird in unseren Herzen lebendig bleiben ... er wurde von allen geliebt ... dies ist nicht das Ende, sondern nur ein Übergang ... Amen.«

Alle scharten sich um Julie und ihre Mutter, um ihnen zu kondolieren. Sogar Präfekt Dupeyron persönlich war erschienen.

»Danke, dass Sie gekommen sind, Herr Präfekt.«

Doch dem Präfekten schien besonders viel daran zu liegen, mit dem jungen Mädchen zu sprechen. »Mein herzliches Beileid, Mademoiselle. Dieser Verlust muss für Sie schrecklich sein.« Er ging auf Tuchfühlung und flüsterte Julie ins Ohr: »In Anbetracht der Wertschätzung, die ich Ihrem Vater entgegenbrachte, wird es für Sie in der Präfektur immer einen Platz geben. Kommen Sie zu mir, sobald Sie Ihr Jurastudium abgeschlossen haben, und ich werde Ihnen eine gute Stellung beschaffen.«

Endlich geruhte der hohe Staatsbeamte, sich der Ehefrau des Verstorbenen zuzuwenden. »Ich habe bereits einen unserer besten Kriminalbeamten beauftragt, den mysteriösen Tod Ihres Herrn Gemahls zu untersuchen. Es handelt sich um Kommissar Linart. Der Mann ist ein Ass und wird den Fall sehr schnell aufklären.«

Nach einer kurzen Pause fuhr er fort: »Natürlich respektiere ich Ihre Trauer, aber manchmal tut es gut, auf andere Gedanken zu kommen. Anlässlich der Partnerschaft unserer Stadt mit der japanischen Stadt Hachinohe findet im Galasaal von Schloss Fontainebleau am nächsten Samstag ein Empfang statt. Kommen Sie doch mit Ihrer Tochter. Ich habe Gaston gut gekannt. Er hätte bestimmt seine Freude daran, wenn Sie sich ein bisschen ablenken.«

Julies Mutter nickte zögernd, während Trockenblumen auf den Sarg geworfen wurden.

Julie trat dicht an den Rand des Grabes heran und murmelte mit zusammengebissenen Zähnen: »Schade, dass es zwischen uns nie zu einem richtigen Gespräch gekommen ist, Papa. Ich bin sicher, dass du ein patenter Kerl warst …«

Sie betrachtete den Fichtensarg und biss sich den Daumennagel ab. Das war am schmerzhaftesten. Wenn sie sich selbst Schmerz zufügte, konnte sie immerhin das Ausmaß selbst bestimmen. Auf diese Weise behielt sie die Kontrolle über ihr Leiden, anstatt passiv zu dulden.

»Schade, dass es so viel Barrieren zwischen uns gegeben hat, Papa«, schloss sie.

Unter dem Sarg hämmerte eine Schar ausgehungerter Maden ungeduldig gegen die Zinkplatte, und auch sie sagten sich: *Schade, dass es so viel Barrieren zwischen uns gibt.*

19. Enzyklopädie

Begegnung zwischen zwei Zivilisationen Der Aufeinanderprall zweier verschiedener Zivilisationen ist immer ein kritischer Augenblick.

Das Schlimmste war zu befürchten, als Kapitän John Ross, Leiter einer britischen Polarexpedition, am 10. August 1818 mit den Einwohnern Grönlands zusammentraf, den Inuit (das heißt »Menschen«, während »Eskimo« etwas abschätzig »Esser von rohem Fleisch« bedeutet). Die Inuit glaubten bis dahin, allein auf der Welt zu sein. Der Älteste schwang einen Knüppel und gab damit das Signal zum Angriff.

John Saccheus, der Dolmetscher aus Südgrönland, hatte die großartige Idee, sein Messer diesen Fremden vor die Füße zu werfen. Diese großmütige Geste verwirrte die Inuit, die sich der Waffe bemächtigten und zu schreien begannen, wobei sie sich die Nasen zuhielten.

Saccheus besaß außerdem die Geistesgegenwart, sie sogleich zu imitieren. Dadurch war das Schwierigste geschafft, denn man verspürt nicht das Bedürfnis, jemanden zu töten, der sich genauso verhält wie man selbst.

Ein alter Inuit kam näher heran, betastete Saccheus' Baumwollhemd und fragte, welches Tier ein so zartes Fell habe. Der Dolmetscher antwortete, so gut er konnte, doch da stellte der Alte ihm schon die nächste Frage: »Kommt ihr vom Mond oder von der Sonne?« Da die Inuit glaubten, die einzigen Erdbewohner zu sein, fanden sie keine andere Erklärung für diese Ankunft von Fremden.

Es gelang Saccheus, sie zu einem Treffen mit den englischen Offizieren zu überreden, und als sie an Bord des Schiffes kamen, gerieten sie zunächst beim Anblick eines Schweins in Panik, lachten aber schallend, als sie sich selbst in einem Spiegel sahen. Sie staunten über eine Uhr und fragten, ob sie essbar sei. Man bot ihnen Zwieback an, den sie misstrauisch kauten und angeekelt wieder ausspuckten. Schließlich ließen sie zum Zeichen einer Verbündung ihren Schamanen kommen, der die eigenen Geister beschwor, alle bösen Geister an Bord des englischen Schiffes zu bannen.

Am nächsten Tag hisste John Ross seine Fahne auf dem Territorium der Inuit und eignete sich damit die Reichtümer des Landes an. Ohne dass die Inuit es bemerkt hatten, waren sie innerhalb einer Stunde Untertanen der britischen Krone geworden; und schon eine Woche später tauchte ihr Land auf allen Karten auf, anstelle der früheren Bezeichnung *Terra incognita*.

EDMOND WELLS
Enzyklopädie des relativen und absoluten Wissens, Bd. 3

20. DIE ANGST VOR DEN MÄCHTIGEN

Die alte rote Ameise berichtet von unbekannten Ländern, von einer großen Reise, von einer fremden Welt. Die zwölf Kundschafterinnen trauten ihren Antennen kaum.

Alles hatte damit angefangen, dass Nr. 103 683, eine einfache Soldatin, in den Gängen der Verbotenen Stadt unweit des königlichen Gemachs unterwegs war, als plötzlich zwei fortpflanzungsfähige Ameisen, ein Männchen und ein Weibchen, auftauchten und sie um Hilfe baten. Sie behaupteten, eine ganze Jagdexpedition sei von einer Geheimwaffe vernichtet worden, die zehn Kriegerinnen auf einmal töten könne.

Nr. 103 683 hatte zunächst wie die anderen geglaubt, ihre Erbfeinde, die Zwergameisen von Shi-gae-pu, steckten dahinter. Ein Feldzug wurde unternommen, doch bei der Schlacht setzten die Zwergameisen keine riesigen flächendeckenden Waffen ein. Folglich besaßen sie keine derartigen Geheimwaffen.

Als Nächstes wurde ein anderer Erbfeind verdächtigt: die Termiten. Nr. 103 683 nahm an der Jagdexpedition zum Termitenhügel des Ostens teil, doch sie fanden eine durch Giftgas zerstörte Stadt vor. Die Termitenkönigin hatte als Einzige überlebt und behauptete, all diese Katastrophen, die sich in letzter Zeit häuften, seien das Werk von Ungetümen, von den sogenannten »Wächtern des Endes der Welt«.

Nr. 103 683 begab sich daraufhin gen Osten, überquerte den großen Strom, bestand tausend Abenteuer und entdeckte schließlich dieses sagenumwobene Ende der Welt.

Die Welt ist kein Würfel, berichtet Nr. 103 683, *und deshalb besteht ihr Rand auch nicht aus einem schwindelerregenden Abgrund, sondern ist flach.* Sie versucht ihn zu beschreiben, so wie sie ihn in Erinnerung behalten hat: eine graue und schwarze Zone mit grässlichem Benzingestank. Sobald eine Ameise sich dorthin vorwagte, wurde sie von einer schwarzen Masse, die nach Gummi roch, zermalmt. Viele Ameisen hatten es versucht und waren gestorben, denn das Ende der Welt war zwar flach, aber dennoch eine Todeszone.

Nr. 103 683 erzählt, sie hätte eigentlich umkehren wollen, doch dann sei sie auf die Idee gekommen, einen Tunnel unter diesem infernalischen Todesstreifen zu graben. Auf diese Weise sei sie auf die andere Seite des Endes der Welt gelangt und habe das exotische Land entdeckt, wo die gigantischen Tiere lebten, von denen die Termitenkönigin gesprochen hatte, diese »Wächter des Endes der Welt«.

Ihr Bericht fasziniert die zwölf jungen Kundschafterinnen.

Wer sind diese Riesentiere?, fragt Nr. 14 verwirrt.

Nach kurzem Zögern antwortet Nr. 103 683 mit einem einzigen Wort: *FINGER.*

Obwohl sie daran gewöhnt sind, die schlimmsten Raubtiere zu jagen, zucken die zwölf Soldatinnen erschrocken zusammen und unterbrechen dadurch ungewollt die Kommunikationsrunde.

Die Finger?

Dieses Wort bedeutet für sie die Beschwörung eines Alptraums.

Alle Ameisen wissen schreckliche Geschichten über die Finger zu berichten. Sie sind die gefährlichsten Ungeheuer der ganzen Schöpfung. Manche behaupten, sie seien immer zu fünft unterwegs. Andere beteuern, sie würden Ameisen völlig grundlos töten, ohne sie anschließend zu fressen.

In der Welt des Waldes hat Töten stets eine Berechtigung. Man tötet, um zu fressen. Man tötet, um sich zu verteidigen. Man tötet, um sein Jagdterritorium zu vergrößern. Man tötet, um ein Nest zu erobern. Aber die Finger verhalten sich völlig absurd. Sie töten die Ameisen einfach so, ohne ein einleuchtendes Motiv.

Aus diesem Grund wurden die Finger in der Ameisenwelt als irrsinnige Tiere angesehen, deren Verhalten unvorstellbares Grauen auslöste. Jeder kannte die scheußlichen Gerüchte, die über sie in Umlauf waren.

Die Finger …

Es hieß, sie würden ganze Städte zerwühlen, so dass die Ameisen scharenweise aus ihren eingestürzten Kammern flüchten mussten. Angeblich zerstörten die Finger sogar die Brutkammern, ein Gräuel sondergleichen!

Die Finger …

In Bel-o-kan wird erzählt, die Finger hätten vor nichts Respekt, nicht einmal vor den Königinnen. Sie verwüsteten alles. Man sagt, sie wären blind und würden aus Rache alle töten, die sehen können.

Die Finger …

In allen Berichten werden sie übereinstimmend als riesige rosa Kegel beschrieben, ohne Augen, ohne Mund, ohne Antennen, ohne Beine. Große glatte rosa Kegel mit phänomenaler Kraft, die alles ermorden, was ihnen über den Weg läuft, und nichts davon fressen.

Die Finger …

Es wird behauptet, sie würden Ameisen, die sich zu dicht an sie heranwagen, ein Bein nach dem anderen ausreißen.

Die Finger …

Niemand weiß, was der Wahrheit entspricht und was ins Reich der Legende gehört. In den Ameisenstädten haben sie tausend Beinamen: »rosa Todeskegel«, »harter Tod, der vom Himmel kommt«, »Meister der Grausamkeit«, »rosa Grauen«, »Schrecken, der zu fünft reist«, »Stadtzerstörer«, »Namenlose« …

Die Finger …

Es gibt auch Ameisen, die glauben, dass es die Finger gar nicht gibt, dass die Ammen diese Gräuelmärchen nur erzählen, um vorwitzigen Larven, die das Nest zu früh verlassen wollen, Angst einzujagen. *Geht nicht nach draußen – dort wimmelt es von Fingern!*

Wer hat das in seiner Kindheit nicht zu hören bekommen? Und wer kennt nicht die Mythen von den heldenhaften Kriegerinnen, die auszogen, um mit bloßen Mandibeln gegen die Finger zu kämpfen?

Die Finger …

Die zwölf jungen Soldatinnen zittern allein schon beim Gedanken an diese Ungeheuer. Man sagt, sie hätten es nicht nur auf Ameisen abgesehen, sondern auf alle Lebewesen. Sie spießen Würmchen an Haken auf und hängen sie ins Wasser, bis sie von Fischen gefressen werden!

Die Finger …

Sie können angeblich in kürzester Zeit hundertjährige Bäume umwerfen, und sie reißen Fröschen die Hinterbeine aus und werfen sie dann verstümmelt in den Tümpel zurück! Und das ist noch lange nicht alles. Sie spießen Schmetterlinge auf, schlagen Mücken mitten im Flug tot, durchlöchern Vögel mit kleinen runden Steinen, zerquetschen Eidechsen zu Brei, ziehen Eichhörnchen das Fell ab, plündern die Bienenstöcke und ersticken Schnecken in grünem Fett, das nach Knoblauch riecht …

Die zwölf Ameisen betrachten Nr. 103 683, diese alte Kriegerin, die behauptet, den Fingern ganz nahe gewesen und unversehrt davongekommen zu sein.

Die Finger …

Nr. 103 683 insistiert: *Die Finger breiten sich immer mehr auf der Welt aus. Jetzt beginnen sie sogar schon den Wald heimzusuchen. Man darf sie nicht mehr ignorieren.*

Nr. 5 bleibt misstrauisch. Sie schwenkt ihre Antennen: *Warum sieht man sie dann nirgends?*

Die alte Ameise hat dafür eine Erklärung: *Sie sind so groß, dass sie dadurch unsichtbar werden.*

Den zwölf Kundschafterinnen verschlägt es die Sprache. Ob diese Greisin dummes Zeug schwafelt?

Die Finger sollen also tatsächlich existieren? Die Antennen der zwölf stehen still, ohne zu senden oder zu empfangen. Das alles hört sich so verrückt an. Die Finger existieren und schicken sich an, in den Wald vorzudringen? Sie versuchen vergeblich, sich das Ende der Welt und seine Wächter, die Finger, vorzustellen.

Nr. 5 fragt die alte Kundschafterin, warum sie nach Bel-o-kan zurückkehren wolle.

Nr. 103 683 antwortet, sie wolle alle Ameisen des Planeten informieren, dass die Finger immer näher kämen, dass bald nichts mehr so sein würde wie bisher. Sie sendet ihre überzeugendsten Moleküle aus, damit die anderen ihr glauben.

Die Finger existieren tatsächlich!

Sie beharrt darauf, dass man die Welt warnen müsse. Alle Ameisen müssten erfahren, dass irgendwo dort oben, über den Wolken versteckt, die Finger sie belauern und alles verändern wollen. Die zwölf sollten die Kommunikationsrunde wieder schließen, denn sie habe ihnen noch sehr viel zu erzählen.

Nach ihrer ersten Odyssee war sie in ihre Geburtsstadt Bel-o-kan zurückgekehrt und hatte der Königin von ihren Abenteuern berichtet. Zutiefst beunruhigt hatte diese beschlossen, zum Kreuzzug aufzurufen, um alle Finger von der Erdoberfläche zu tilgen.

In kürzester Zeit hatten die Belokanerinnen eine Armee von 3000 Ameisen aufgestellt. Doch der Weg war weit, und nur 500 erreichten das Ende der Welt. Dort kam es zu einer denkwürdigen Schlacht. Die

Reste der glorreichen Armee kamen bei einem Seifenwassersturm ums Leben. Nr. 103 683 war eine der ganz wenigen Überlebenden – wenn nicht gar die einzige..

Sie überlegte damals, ob sie nach Hause zurückkehren sollte, um den anderen die schlechte Nachricht zu überbringen, aber ihre Neugier war stärker. Anstatt den Rückweg anzutreten, beschloss sie, ihre Angst zu überwinden und der anderen Seite der Welt – dem Land, wo die riesigen Finger lebten – einen Besuch abzustatten.

Und sie hat sie gesehen!

Die Königin von Bel-o-kan hatte sich geirrt. 3000 Ameisen konnten nicht alle Finger ausmerzen, weil es unvorstellbar viele von ihnen gab.

Nr. 103 683 beschreibt die Welt der Finger. In ihrer Zone haben sie die Natur zerstört und durch Gegenstände ersetzt, die sie selbst herstellen – bizarre Gegenstände, völlig geometrisch, glatt, kalt und tot.

Die alte Ameise unterbricht plötzlich ihren Bericht, denn sie riecht irgendwo in der Ferne einen Feind. Ohne lange zu überlegen, versteckt sie sich schnell zusammen mit den anderen. Um wen es sich wohl diesmal handeln mag?

21. Psychologische Logik

Damit seine Patienten sich wohlfühlten, hatte der Therapeut sein Sprechzimmer wie einen Salon eingerichtet. Moderne Gemälde mit großen roten Flecken passten seltsamerweise recht gut zu den antiken Mahagonimöbeln. Mitten im Raum stand auf einem zierlichen einbeinigen Tischchen mit runder vergoldeter Platte eine schwere rote Ming-Vase.

Hierher hatte Julies Mutter ihre Tochter während der ersten Magersuchtskrise geschickt. Der Spezialist hatte sofort etwas Sexuelles dahinter vermutet. Hatte ihr Vater sie vielleicht als Kind missbraucht?

War ein Freund der Familie zudringlich geworden? Hatte ihr Gesangslehrer sie unsittlich berührt?

Diese Vorstellung entsetzte die Mutter. Ihr kleines Mädchen in den Armen des alten Lustmolchs …, aber vielleicht würde das alles erklären.

»Möglicherweise haben Sie Recht, denn sie hat ein weiteres Problem, geradezu eine Phobie. Sie erträgt es nicht, dass man sie berührt.«

Für den Spezialisten bestand überhaupt kein Zweifel daran, dass das Mädchen einen schweren seelischen Schock erlitten hatte. Dass ihr nur die gewohnten Stimmübungen fehlten, schien ihm völlig unglaubhaft.

Er war sowieso überzeugt, dass die Mehrzahl seiner Patienten in der Kindheit sexuell missbraucht worden war. Das ging bei ihm so weit, dass er – wenn krankhaftes Verhalten keinen Hinweis auf ein Trauma dieser Art ergab – seinen Patienten vorschlug, sie sollten sich etwas Derartiges einfach einreden. Anschließend konnte er sie mühelos behandeln, und sie kamen ihr Leben lang immer wieder getreulich in seine Praxis.

Als die Mutter diesmal angerufen hatte, um einen Termin für Julie zu vereinbaren, hatte er sich erkundigt, ob das Mädchen jetzt wieder normal esse.

»Nein, noch immer nicht«, hatte die Mutter geantwortet. »Sie mäkelt an allem herum und weigert sich strikt, irgendetwas zu essen, was auch nur im Entferntesten nach Fleisch aussieht. Meiner Meinung nach ist sie immer noch magersüchtig, wenn auch in abgeschwächter Form im Vergleich zu früher.«

»Das erklärt zweifellos auch ihre Amenorrhö, nicht wahr?«, meinte der Arzt zufrieden.

»Ihre – was?«

»Sie haben mir doch anvertraut, dass Ihre Tochter, obwohl sie neunzehn ist, noch nie ihre Periode hatte. Das ist ein anormaler Rückstand in ihrer Entwicklung. Amenorrhö ist oft mit Anorexie verbunden. Der Körper besitzt seine eigene Weisheit, nicht wahr? Er produziert keine Eier, wenn er sich außerstande fühlt, einen Fötus zu ernähren …«

»Aber warum verhält sie sich so absonderlich?«

»Julie leidet unter etwas, das wir in unserem Jargon den ›Peter-Pan-Komplex‹ nennen. Sie weigert sich, erwachsen zu werden. Sie hofft, dass ihr Körper sich nicht entwickeln wird, wenn sie nichts isst, und dass sie dann für immer ein kleines Mädchen bleiben kann.«

»Ich verstehe«, seufzte die Mutter. »Zweifellos will sie aus denselben Gründen auch ihr Abitur nicht bestehen.«

»Selbstverständlich! Auch das Abitur stellt einen Übergang ins Erwachsenenalter dar. Und sie will nun einmal nicht erwachsen werden. Folglich bäumt sie sich wie ein widerspenstiges Pferd auf, um diese Hürde nicht überspringen zu müssen, nicht wahr?«

Eine Sekretärin meldete Julies Ankunft durch die Sprechanlage, und der Psychotherapeut bat sie, das Mädchen in sein Sprechzimmer zu führen.

Julie hatte Achille mitgebracht. Der Hund brauchte seinen täglichen Auslauf, und auf diese Weise war der Termin wenigstens zu irgendetwas nütze.

»Wie geht es uns, Julie?«, fragte der Therapeut.

Das junge Mädchen mit den hellgrauen Augen betrachtete diesen massigen Mann, der immer ein wenig schwitzte und dessen schütteres Haar im Nacken zu einem Pferdeschwanz zusammengebunden war.

»Julie, ich möchte dir helfen«, versicherte er mit fester Stimme. »Ich weiß, dass du im tiefsten Innern deines Herzens sehr unter dem Tod deines Vaters leidest. Aber junge Mädchen sind nun einmal schamhaft, und deshalb traust du dich nicht, deinen Schmerz zu zeigen. Das musst du aber, um dich davon befreien zu können. Andernfalls wird er wie bittere Galle in dir gären, und du wirst immer mehr leiden. Du verstehst mich, nicht wahr?«

Schweigen. Das verschlossene Gesicht blieb ausdruckslos. Der Psychotherapeut erhob sich aus seinem Sessel und legte ihr seine Hände auf die Schultern.

»Ich möchte dir helfen, Julie«, wiederholte er. »Es kommt mir so vor, als hättest du Angst. Du bist ein kleines Mädchen, das sich allein im Dunkeln fürchtet und beruhigt werden muss. Darin besteht meine Arbeit. Es ist meine Aufgabe, dir wieder Selbstvertrauen zu geben, deine Ängste zu beseitigen und dir zu ermöglichen, das Beste, was in dir schlummert, zu entwickeln, nicht wahr?«

Julie gab dem Hund ein diskretes Zeichen, dass in der kostbaren chinesischen Vase ein Knochen versteckt sei. Achille betrachtete sie mit herabhängenden Lidern, ahnte, was sie ihm sagen wollte, traute sich aber nicht, in dieser fremden Umgebung Streifzüge zu unternehmen.

»Julie, wir sind hier, um gemeinsam die Rätsel deiner Vergangenheit zu lösen. Wir werden nacheinander alle Episoden deines Lebens unter die Lupe nehmen, sogar jene, die du vergessen zu haben glaubst. Ich werde dir aufmerksam zuhören, und gemeinsam werden wir herausfinden, wie man die Geschwüre aufschneiden und die Wunden ausbrennen kann, nicht wahr?«

Julie fuhr fort, den Hund unauffällig anzuspornen. Achille starrte abwechselnd Julie und die Vase an und versuchte, den Zusammenhang zu begreifen. Sein Hundegehirn war sehr verwirrt, denn er spürte, dass das Mädchen etwas sehr Wichtiges von ihm verlangte.

Achille – Vase. Vase – Achille. Wo ist der Zusammenhang? Es ärgerte ihn oft, dass es ihm nicht gelang, die Zusammenhänge zwischen Dingen oder Ereignissen in der Menschenwelt zu erkennen. Beispielsweise hatte es sehr lange gedauert, bis er den Zusammenhang zwischen Briefträger und Briefkasten begriffen hatte. Warum füllte dieser Mann den Kasten mit Papier? Schließlich war ihm klargeworden, dass der törichte Kerl den Briefkasten für ein Tier hielt, das sich von Papier ernährte, und alle anderen Menschen ließen ihn gewähren, wahrscheinlich aus Mitleid.

Doch was erwartete Julie jetzt von ihm? Der Setter kläffte. Vielleicht würde das ja genügen, um sie zufriedenzustellen.

Der Psychotherapeut fixierte das Mädchen mit den hellgrauen Augen. »Julie, ich habe für unsere gemeinsame Arbeit zwei Ziele im

Auge. Erstens – dir neues Selbstvertrauen zu geben. Zweitens wird es aber meine Aufgabe sein, dich Demut zu lehren. Selbstvertrauen ist sozusagen das Gaspedal der Persönlichkeit, Demut die Bremse. Von dem Moment an, wo man sowohl Gas als auch Bremse unter Kontrolle hat, ist man Herr seines Schicksals und kann die Straße seines Lebens perfekt nutzen. Das verstehst du doch, Julie, nicht wahr?«

Julie blickte dem Arzt endlich in die Augen und verkündete: »Ihre Bremse und Ihr Gaspedal sind mir scheißegal! Die Psychoanalyse wurde doch nur ersonnen, um den Kindern zu helfen, sich von den verkorksten Schemata ihrer Eltern zu lösen, weiter nichts, und sogar das klappt bestenfalls in einem von hundert Fällen. Hören Sie endlich auf, mich wie eine dumme Göre zu behandeln. Ich habe genau wie Sie Freuds *Einführung in die Psychoanalyse* gelesen – und durchschaue Ihre psychologischen Tricks. Ich bin nicht krank, und wenn ich leide, so nicht infolge mangelnder Einsicht, sondern infolge zu großer Hellsichtigkeit. Ich habe durchschaut, wie veraltet, wie verkalkt, wie reaktionär diese Welt ist. Sogar Ihre sogenannte Psychotherapie wühlt doch nur in der Vergangenheit herum. Ich schaue aber nicht gern zurück. Auch beim Autofahren starre ich nicht ständig in den Rückspiegel!«

Der Arzt war überrascht. Bisher war Julie immer fast gänzlich stumm geblieben. Keiner seiner Patienten hatte sich je erlaubt, ihn so direkt anzugreifen.

»Ich sage nicht, dass du nach hinten schauen sollst. Ich sage, du sollst dich selbst genau betrachten, nicht wahr?«

»Ich will auch nicht mich selbst dauernd betrachten. Beim Autofahren muss man auch nach vorne schauen, wenn man Unfälle vermeiden will. Was Sie stört, ist doch im Grunde, dass ich viel zu … viel zu scharfsichtig bin. Deshalb reden Sie sich ein, ich wäre nicht normal. Dabei kommt Ihre Manie, jeden Satz mit ›nicht wahr?‹ zu beenden, mir krankhaft vor.«

Ohne ihn zu Wort kommen zu lassen, fuhr sie fort: »Und dann die Einrichtung Ihres Sprechzimmers! Haben Sie jemals darüber nachgedacht? Dieses viele Rot, diese Gemälde, Möbel und roten Vasen! Sind Sie von Blut fasziniert? Und der Pferdeschwanz! Wollen Sie auf diese Weise Ihre femininen Neigungen demonstrieren?«

Der Therapeut zuckte zusammen, und seine Lider flatterten. Eine Grundregel seiner Profession lautete: Man darf sich mit Patienten niemals auf Diskussionen einlassen. Er musste dieser Julie schnell Einhalt gebieten. Sie wollte ihn aus dem Gleichgewicht bringen, indem sie seine eigenen Waffen gegen ihn richtete. Offenbar hatte sie tatsächlich einige psychologische Werke gelesen. Dieses viele Rot ... Es traf zu, dass er dabei an etwas ganz Bestimmtes dachte. Und sein Pferdeschwanz ...

Er rang um Fassung, aber seine Patientin ließ ihn nicht in Ruhe.

»Im Übrigen ist es bereits symptomatisch, wenn jemand sich für den Beruf des Psychotherapeuten entscheidet. Edmond Wells hat geschrieben: ›Schauen Sie sich an, für welche Fachrichtung sich ein Arzt entscheidet, und Sie werden erkennen, welche Probleme er selbst hat. Augenärzte tragen meistens Brillen, Hautärzte leiden häufig unter Akne oder Schuppenflechte, Endokrinologen haben hormonelle Probleme, und die Psychologen sind ...‹«

»Wer ist Edmond Wells?«, fiel der Arzt ihr ins Wort, glücklich über diese Chance eines Themenwechsels.

»Ein Freund, der es wirklich gut mit mir meint«, erwiderte Julie trocken.

Der Therapeut hatte sich wieder gefasst. Seine professionellen Reflexe waren so tief verwurzelt, dass er sie jederzeit abrufen konnte. Schließlich war dieses Mädchen nur eine Patientin, und er war der Spezialist.

»Und was sonst? Edmond Wells ... Ist er mit H. G. Wells, dem Autor des *Unsichtbaren Mannes*, verwandt?«

»Nein. Mein Wells ist viel mächtiger. Er hat ein Buch geschrieben, das lebt und redet.«

Der Arzt sah jetzt, wie er aus der Sackgasse herauskommen konnte, und ging auf Julie zu.

»Und was erzählt dieses Buch, das ›lebt und redet‹?«

Er stand jetzt so dicht vor Julie, dass sie seinen Atem spürte, und das hasste sie, ganz egal, um wessen Atem es sich auch handeln mochte. Sie wandte ihr Gesicht ab, so gut es ging, aber sein Atem roch aufdringlich nach Menthol.

»Ich dachte mir doch von Anfang an, dass es in Ihrem Leben jemanden gibt, der Sie manipuliert und auf dumme Ideen bringt. Wer ist Edmond Wells? Kannst du mir sein Buch zeigen, das ›lebt und redet‹?«

Der Psychologe wusste nicht mehr so recht, ob er sie duzen oder siezen sollte, aber allmählich bekam er die Zügel der Unterhaltung wieder in die Hand. Auch Julie bemerkte das und weigerte sich, das Wortgefecht fortzusetzen. Der Therapeut wischte sich den Schweiß von der Stirn. Je mehr diese kleine Patientin ihn herausforderte, desto schöner fand er sie. Sie war einfach erstaunlich, ein junges Mädchen, das sich wie eine zwölfjährige Range gebärdete, über die Selbstsicherheit einer dreißigjährigen Frau verfügte und offenbar sehr belesen war, was besonders charmant wirkte. Er verschlang sie mit den Augen. Widerstand reizte ihn immer, und alles an ihr war hinreißend – ihr Geruch, ihre Augen und Brüste … Es kostete ihn große Willenskraft, sie nicht zu berühren und zu liebkosen.

Behände wie eine Forelle entfernte sie sich von ihm und blieb an der Tür kurz stehen, wobei sie herausfordernd lächelte. Sie vergewisserte sich – indem sie danach tastete –, dass die *Enzyklopädie des relativen und absoluten Wissens* noch in ihrem Rucksack war, den sie daraufhin schulterte. Hinter ihr fiel die Tür laut ins Schloss.

Achille war ihr gefolgt. Draußen versetzte sie ihm einen leichten Tritt. Das würde ihn lehren, einen Gegenstand, auf den sie ihn aufmerksam machte, sofort zu attackieren und kaputtzumachen.

22. Enzyklopädie

Strategie der Unberechenbarkeit Ein scharfer und logischer Beobachter ist in der Lage, jede menschliche Strategie vorherzusehen. Dennoch gibt es eine Möglichkeit, unberechenbar zu bleiben: Dazu braucht man nur einen Zufallsmechanismus in einen Entscheidungsprozess einzuführen. Beispielsweise, indem man würfelt, in welche Richtung der nächste Angriff erfolgen soll.

Der Einsatz von Chaos bei einer globalen Strategie führt nicht nur zu überraschenden Effekten, sondern bietet auch die Möglichkeit, die hinter wichtigen Entscheidungen stehende Logik geheim zu halten. Niemand kann vorhersehen, wie der Würfel fällt.

Es gibt jedoch nur wenige Generäle, die sich im Krieg trauen, das nächste Manöver den Launen des Zufalls zu überlassen. Sie glauben, auf ihre eigene Intelligenz bauen zu können. Dabei sind Würfel erwiesenermaßen die bessere Methode, den Gegner zu verunsichern, der glauben wird, irgendeinen entscheidenden Faktor der Reflexion übersehen zu haben. Aus Verwirrung wird er ängstlich reagieren und dadurch leicht zu durchschauen sein.

Edmond Wells
Enzyklopädie des relativen und absoluten Wissens, Bd. 3

23. Drei exotische Begriffe

Nr. 103 683 und ihre Gefährtinnen schieben ihre Antennen aus dem Versteck hervor, um die Neuankömmlinge identifizieren zu können. Es sind Zwergameisen aus der Stadt Shi-gae-pu, winzig, aber sehr kampflustig und gehässig.

Sie nähern sich, begierig auf eine Konfrontation mit den Belokanerinnen, deren Gerüche sie natürlich wahrgenommen haben. Aber was machen sie hier, so weit von ihrem Nest entfernt?

Nr. 103 683 glaubt, dass sie aus denselben Gründen wie ihre neuen Gefährtinnen unterwegs sind: aus Neugier. Auch die Zwergameisen wollen die östlichen Grenzen der Welt erforschen. Sie entdecken das

Versteck der roten Ameisen nicht, und diese lassen sie unbehelligt weiterziehen.

Unter einer Buchenwurzel bilden sie erneut einen Kreis, berühren einander mit den Antennenspitzen, und Nr. 103 683 setzt ihren Bericht fort.

Sie fand sich also plötzlich allein im Land der Finger wieder. Dort machte sie eine Entdeckung nach der anderen. Als Erstes traf sie die Schaben, die behaupteten, die Finger gezähmt zu haben, die ihnen tagtäglich riesige Mengen Nahrung in großen grünen Tonnen darbringen würden.

Danach besichtigte sie die Nester der Finger. Sie hatten gigantische Ausmaße, aber auch andere auffällige Merkmale. Alles war hart und quaderförmig. Es war unmöglich, einen Tunnel in die Wände zu graben. In jedem Fingernest gab es heißes Wasser, kaltes Wasser, Luft und viel tote Nahrung.

Doch das war noch nicht das Ungewöhnlichste. Zufällig hatte Nr. 103 683 einen Finger entdeckt, der den Ameisen nicht feindlich gesinnt war, einen unglaublichen Finger, der sogar eine Kommunikation zwischen den beiden Arten herstellen wollte.

Dieser Finger hatte eine Maschine konstruiert, die es ermöglichte, die olfaktorische Ameisensprache in die Gehörsprache der Finger zu transformieren. Er hatte sie selbst gebaut und verstand damit umzugehen.

Nr. 14 zieht sich aus der Gesprächsrunde zurück. Ihr reicht's! Sie hat genug Blödsinn gehört. Diese alte Ameise behauptet allen Ernstes, mit einem Finger »geredet« zu haben! Die zwölf jungen Kundschafterinnen sind sich einig: Die Alte ist zweifellos verrückt.

Nr. 103 683 verlangt, dass man ihr weiter ohne Vorurteile zuhören möge.

Nr. 5 erinnert sie daran, dass die Finger ganze Ameisenstädte zerstören. Mit einem Finger zu reden – das bedeutet Kollaboration mit dem schlimmsten Feind der Ameisen.

Ihre Schwestern wedeln zustimmend mit den Antennen.

Nr. 103 683 entgegnet, dass man immer versuchen sollte, seine Feinde gut zu kennen, sei es auch nur, um sie besser bekämpfen zu können. Der erste Feldzug gegen die Finger habe nur deshalb in einem Blutbad geendet, weil die Ameisen sich völlig falsche Vorstellungen von den Fingern gemacht hätten.

Die zwölf zögern. Sie haben keine große Lust, sich den weiteren Bericht der Alten anzuhören, weil er viel zu bestürzend ist, aber die Neugier ist bei Ameisen genetisch tief verwurzelt, und so schließt sich der Gesprächskreis erneut.

Nr. 103 683 erzählt von ihren Unterhaltungen mit »dem Finger, der kommunizieren kann«. Wie viel Wissen vermag sie den jungen Ameisen jetzt dank seinen Erklärungen zu vermitteln! Was die Ameisen von den Fingern sehen, sind nur die Verlängerungen am Ende ihrer Beine. Eine Ameise ist völlig außerstande, sich Finger vorzustellen, weil sie tausendmal größer sind als sie selbst. Wenn Ameisen glaubten, Finger hätten weder einen Mund noch Augen, so liegt das nur daran, dass diese sich in solcher Höhe befinden, dass man sie nicht sehen kann.

Die Finger besitzen sehr wohl einen Mund, Augen und Beine. Antennen fehlen ihnen, aber die brauchen sie auch nicht, denn ihr Gehör ermöglicht ihnen eine Kommunikation, und dank ihrem Sehvermögen können sie die Welt wahrnehmen. Aber das ist noch lange nicht alles! Zu den ungewöhnlichsten Eigenschaften der Finger gehört die Fähigkeit, auf ihren beiden Hinterbeinen aufrecht zu gehen. Auf nur zwei Beinen! Sie haben warmes Blut, sind sozialer Bindungen fähig und leben in Städten.

Wie viele Finger gibt es?

Mehrere Millionen.

Nr. 5 glaubt ihren Antennen nicht. Millionen dieser Riesen brauchen doch sehr viel Platz und müssten schon von weitem zu sehen sein. Wie kommt es dann, dass man ihre Existenz nicht schon viel früher bemerkt hat?

Nr. 103 683 erklärt, die Erde sei viel größer, als die Ameisen glaubten, und die meisten Finger wohnten sehr weit entfernt.

Die Finger seien eine ganz junge Tierart. Ameisen bevölkerten die Erde seit 100 Millionen Jahren, die Finger erst seit drei Millionen Jahren. Sie seien sehr lange unterentwickelt geblieben. Erst kürzlich, vor einigen tausend Jahren, hätten sie Ackerbau und Viehzucht gelernt und mit Städtebau begonnen.

Doch obwohl die Finger eine relativ zurückgebliebene Gattung seien, verfügten sie über einen enormen Vorteil gegenüber allen anderen Bewohnern des Planeten: Das Ende ihrer Vorderbeine – von den Fingern als »Hände« bezeichnet – bestehe aus fünf Teilen, mit denen sie greifen, zudrücken und zermalmen könnten. Dieser Vorteil helfe ihnen, die diversen anderen Mängel ihres Körpers auszugleichen. Weil sie keine Panzer hätten, würden sie mit Hilfe von Pflanzenfasern sogenannte »Kleidungsstücke« herstellen, und weil sie auch keine Mandibeln besäßen, würden sie sogenannte »Messer« aus glänzendem Metall verwenden. Weil ihre Beine nicht sehr leistungsfähig seien, hätten sie »Autos«, das heißt bewegliche Nester, die mit Hilfe von Feuer und Kohlenwasserstoff bewegt würden. Auf diese Weise hätten die Finger dank ihrer Hände den großen Rückstand gegenüber fortgeschrittenen Arten aufholen können.

Den zwölf jungen Ameisen fällt es sehr schwer, den Behauptungen der Alten Glauben zu schenken.

Die Finger haben ihr mit Hilfe dieser Übersetzungsmaschine alles Mögliche weisgemacht, meint Nr. 13.

Nr. 6 vermutet, ihr hohes Alter hätte die Sinne von Nr. 103 683 getrübt. Es gebe doch überhaupt keine Finger, sie seien nur ein Ammenmärchen.

Die alte Ameise fordert sie auf, an der Markierung auf ihrer Stirn zu lecken. Das sei – so behauptet sie – eine ganz spezielle Markierung, mit der die Finger sie versehen hätten, um sie unter all den vielen Ameisen auf Erden wiedererkennen zu können. Nr. 6 leckt und schnuppert. Das ist weder Vogelkot noch ein Lebensmittelrest. Nr. 6 muss zugeben, dass sie mit diesem Stoff noch nie in Berührung gekommen ist.

Das sei nicht verwunderlich, triumphiert Nr. 103 683. Diese harte und klebrige Substanz sei nur eine der vielen mysteriösen Leimsorten, die von den Fingern hergestellt werden könnten.

Sie nennen das »Nagellack«, und es gehört zu ihren seltensten Produkten. Damit zeichnen sie Geschöpfe aus, die ihnen wichtig erscheinen.

Nr. 103 683 weiß diesen konkreten Beweis für ihre Bekanntschaft mit den Fingern zu nutzen. Man müsse ihr aufs Wort glauben, um ihr Abenteuer verstehen zu können.

Daraufhin hören ihr die anderen wieder zu.

In ihrem Land der Riesen legten die Finger ein absurdes Verhalten an den Tag, das für eine normale Ameise unvorstellbar sei. Doch von all ihren komischen Ideen wären ihr – der Nr. 103 683 – besonders drei interessant und erforschenswert vorgekommen.

Der Humor,

die Kunst,

die Liebe.

Sie erklärt, Humor sei das krankhafte Bedürfnis mancher Finger, Geschichten zu erzählen, die bei ihnen krampfhafte Zuckungen hervorrufen und ihnen angeblich helfen würden, das Leben zu ertragen. Sie selbst verstehe nicht ganz, worum es sich dabei handle. Ihr »kommunizierender Finger« habe ihr sogenannte »Witze« erzählt, die bei ihr jedoch keinerlei Wirkung gezeigt hätten.

Die Kunst sei das bei Fingern genauso ausgeprägte Bedürfnis, Dinge herzustellen, die sie sehr hübsch fänden, ohne dass sie zu etwas nützlich wären. Man könne sie weder essen, noch dienten sie zum Schutz oder zu sonst etwas. Mit ihren »Händen« würden die Finger Formen fabrizieren, mit Farben herumschmieren oder Töne aneinanderfügen. Auch das rufe bei ihnen Zuckungen hervor und helfe ihnen, das Leben zu ertragen.

Und die Liebe?, fragt Nr. 10 interessiert.

Die Liebe ist noch rätselhafter.

Ein männlicher Finger, so Nr. 103 683, führe sich dann noch seltsamer als sonst auf, nur damit ein weiblicher Finger ihm eine

Trophallaxis gewähre. Bei den Fingern seien Trophallaxen nämlich keine Selbstverständlichkeit und würden manchmal sogar verweigert.

Eine Trophallaxis verweigern? Die jungen Ameisen werden immer verwirrter. Wie kann man sich nur weigern, einem anderen durch Mund-zu-Mund-Kontakt Nahrung zuzuführen?

Der Kreis rückt näher zusammen, in der Hoffnung, dann besser verstehen zu können.

Nr. 103 683 behauptet, auch die Liebe rufe bei den Fingern Zuckungen hervor und helfe ihnen, das Leben zu ertragen.

Das muss der Hochzeitsflug sein, meint Nr. 16.

Nein, es ist etwas anderes, entgegnet Nr. 103 683, aber sie will sich nicht näher dazu äußern, weil sie nicht sicher ist, alles richtig verstanden zu haben. Es kommt ihr jedoch so vor, als sei die Liebe ein exotisches Gefühl, das Insekten nicht kennen.

Die kleine Truppe ist uneins.

Nr. 10 möchte die Finger kennenlernen. Sie ist neugierig auf die Liebe, die Kunst und den Humor.

Wir brauchen doch nur selbst Liebe, Humor und Kunst zu machen, entgegnet Nr. 15.

Nr. 16 möchte das Königreich der Finger auf chemischem Wege kartografieren lassen.

Nr. 13 sagt, es sei höchste Zeit, das Universum aufzuwiegeln, eine riesige Armee aller Ameisen und aller anderen Tiere aufzustellen und mit vereinten Kräften diese tückischen Finger zu vernichten.

Nr. 103 683 schüttelt die Antennen. Es sei unmöglich, alle Finger zu töten. Viel einfacher wäre es, sie zu … zähmen.

Zähmen?, rufen ihre Gefährtinnen überrascht.

Aber ja! Die Ameisen haben doch schon eine Vielzahl von Tieren gezähmt: Blattläuse, Schildläuse … Warum sollten sie nicht auch die Finger zähmen können? Schließlich ernähren die Finger ja bereits die Schaben. Und was den Schaben gelungen ist, könnten die Ameisen zweifellos noch viel besser bewerkstelligen.

Nr. 103 683, die mit den Fingern Kontakt hatte, hält sie nicht allesamt für Ungeheuer und Todesbringer. Man müsse mit ihnen diplomatische Beziehungen knüpfen und kooperieren, damit die Finger vom Wissen der Ameisen und die Ameisen vom Wissen der Finger profitieren könnten.

Sie sei zurückgekehrt, um ihren Artgenossen diesen Vorschlag zu machen. Und die zwölf Kundschafterinnen sollten sie dabei unterstützen, denn es würde bestimmt nicht einfach sein, alle Ameisen davon zu überzeugen. Zweifellos sei es jedoch der Mühe wert.

Der Spähtrupp ist wie vom Donner gerührt. Der Aufenthalt bei jenen bizarren Riesentieren muss den Verstand von Nr. 103 683 getrübt haben. Mit den Fingern kooperieren? Sie wie Blattläuse zähmen wollen?

Genauso gut könnte man eine Allianz mit den wildesten Waldbewohnern anstreben, etwa mit den Eidechsen. Außerdem haben Ameisen überhaupt nicht die Angewohnheit, sich mit jemandem zu verbünden. Es gelingt ihnen ja nicht einmal, mit ihresgleichen friedlich zusammenzuleben. Die Welt besteht nun mal aus Konflikten, aus Kriegen zwischen Kasten, zwischen Städten, zwischen Stadtvierteln, sogar aus Bruder- und Schwesterkriegen.

Und da schlägt diese alte Kundschafterin mit der befleckten Stirn und dem Panzer, der von harten Kämpfen zeugt, eine Allianz mit den Fingern vor! Mit gigantischen Wesen, deren Augen und Münder man nicht sehen kann.

Welch aberwitzige Idee!

Nr. 103 683 insistiert. Sie wiederholt immer und immer wieder, dass die Finger – jedenfalls einige – dasselbe Ziel verfolgten: eine Kooperation zwischen Ameisen und Fingern. Sie betont, man dürfe diese Tiere nicht unter dem Vorwand verachten, dass sie anders und unbegreiflich seien.

Man braucht immer jemanden, der größer ist als man selbst, behauptet sie.

Schließlich könnten die Finger einen Baum in Windeseile fällen und in Stücke zerhacken. Deshalb wären sie hochinteressante militärische Verbündete. Wenn es zu einer Koalition käme, brauchte man ihnen nur zu sagen, welche Stadt sie zerstören sollten, und sie würden es im Nu erledigen.

Dieses Argument leuchtet den kriegerischen jungen Ameisen ein. Die alte rote Ameise ist sich dessen bewusst und geht sogar noch weiter: *Stellt euch doch nur einmal vor, wie mächtig wir wären, wenn wir bei irgendeiner Schlacht eine Legion von hundert gezähmten Fingern einsetzen könnten!*

Der Spähtrupp begreift, dass dies ein entscheidender Augenblick in der Geschichte der Ameisen ist. Wenn es der alten Ameise gelungen ist, sie zu überzeugen, könnte es ihr eines Tages vielleicht auch gelingen, ganze Ameisenstädte zu beeindrucken. Und dann …

24. Ball im Schloss

Finger verschränkten sich. Tänzer drückten ihre Partnerinnen fest an sich.

Ball im Schloss von Fontainebleau.

Zu Ehren der Partnerschaft zwischen Fontainebleau und der japanischen Stadt Hachinohe wurde in dem historischen Gebäude gefeiert. Austausch von Flaggen, Medaillen, Geschenken. Volkstänze und Volksmusik. Präsentation der Schilder

FONTAINEBLEAU – HACHINOHE
PARTNERSTÄDTE

die künftig an den Stadtgrenzen beider Orte stehen würden.

Trinksprüche mit japanischem Sake und französischem Pflaumenschnaps.

Autos, die mit den Wimpeln beider Staaten geschmückt waren, parkten im Hof, und immer noch trafen verspätete Gäste in Abendgarderobe ein.

Ganz in Schwarz betraten Julie und ihre Mutter den Ballsaal. Das junge Mädchen mit den hellgrauen Augen war an eine derartige Prachtentfaltung nicht gewöhnt.

Mitten in dem hell beleuchteten Saal spielte ein Streichorchester einen Strauss-Walzer, und Paare wirbelten herum, die Herren im schwarzen Smoking, die Damen in weißen Abendkleidern.

Livrierte Kellner boten auf Silbertabletts bunte Petits Fours an.

Die Musiker spielten schneller: die letzte Steigerung der *Schönen Blauen Donau*. Die Tänzer verwandelten sich in schwarz-weiße Kreisel, die nach schweren Parfums dufteten.

Der Bürgermeister von Fontainebleau wartete, bis der Walzer verklungen war, bevor er mit seiner Rede begann. Strahlend verkündete er seine Freude über die Partnerschaft seiner geliebten Heimatstadt mit Hachinohe. Er rühmte die japanisch-französische Freundschaft und hoffte, dass sie ewig dauern möge. Namentlich erwähnte er die wichtigsten anwesenden Persönlichkeiten: Großindustrielle, Universitätsprofessoren, hohe Beamte und Militärs, bekannte Künstler. Alle applaudierten laut.

Der Bürgermeister der japanischen Stadt antwortete mit einer kurzen Rede zum Thema Völkerverständigung, so verschieden die Kulturen auch sein mochten.

»Beide haben wir – Sie hier, wir dort – das Glück, in friedlichen Kleinstädten zu leben. Die Schönheit der Natur gedeiht hier wie dort im Rhythmus der Jahreszeiten und bereichert die Talente der Menschen«, gab er zum Besten.

Nach diesen starken Worten und neuerlichem Applaus erklang wieder ein Walzer. Zur Abwechslung drehten die Tänzer sich diesmal linksherum.

Eine Unterhaltung war bei dem Lärm sehr schwierig. Julie und ihre Mutter nahmen in einer Ecke Platz, und der Präfekt kam an ihren Tisch, um sie persönlich zu begrüßen. Er wurde von einem großen blonden Mann mit riesigen blauen Augen begleitet.

»Das ist Bezirkskommissar Maximilien Linart«, stellte der Präfekt vor. »Er ist mit der Aufklärung des mysteriösen Todes Ihres Mannes beauftragt, und Sie können ihm voll vertrauen. Als Polizeibeamter sucht er seinesgleichen, und er unterrichtet auch an der Polizeischule von Fontainebleau. Zweifellos wird er die Umstände von Gastons Tod bald geklärt haben.«

Der Kommissar streckte seine Hand aus. Austausch von Höflichkeiten und Handschweiß.

»Sehr erfreut.«

»Sehr erfreut.«

»Ganz meinerseits.«

Da es sonst nichts zu sagen gab, zogen die Herren sich wieder zurück. Julie und ihre Mutter betrachteten distanziert das fröhliche Treiben.

»Darf ich bitten, Mademoiselle?«

Ein sehr steifer junger Japaner verbeugte sich vor Julie.

»Nein, danke.«

Erstaunt über diesen Korb, blieb der Japaner einen Augenblick lang unentschlossen stehen und überlegte, welche Reaktion die französische Etikette in einem solchen Fall vom Mann erforderte. Julies Mutter kam ihm zu Hilfe.

»Seien Sie meiner Tochter nicht böse. Wir sind in Trauer. In Frankreich ist Schwarz die Farbe der Trauer.«

Erleichtert darüber, dass es keine persönliche Abweisung gewesen war, doch zugleich bekümmert, einen Fauxpas begangen zu haben, verbeugte sich der junge Mann noch tiefer. »Verzeihen Sie bitte die Störung. Bei uns ist Weiß die Farbe der Trauer.«

Der Präfekt beschloss, die Atmosphäre an seinem Tisch mit einer Anekdote aufzulockern. »Ein Eskimo schlägt ein Loch ins Eis. Er wirft seine Angelrute mit Köder aus und wartet. Plötzlich donnert eine Stimme: ›Hier gibt es keine Fische!‹ Erschrocken sucht sich der Eskimo eine andere Stelle, schlägt wieder ein Loch ins Eis, wirft die Angelrute aus und wartet. Wieder ertönt die schreckliche Stimme: ›Auch hier gibt es keine Fische.‹ Der Eskimo entfernt sich noch ein Stück und schlägt ein drittes Loch ins Eis, und wieder vernimmt er die Stimme: ›Ich sage Ihnen doch, dass es hier keine Fische gibt.‹ Der

Eskimo blickt sich nach allen Seiten um, sieht niemanden und schaut schließlich eingeschüchtert zum Himmel empor. ›Wer spricht mit mir? Ist es Gott?‹ Und die Donnerstimme antwortet: ›Nein, der Direktor der Eisbahn …‹«

Zaghaftes Lachen. Beifall. Dann eine zweite Welle von Gelächter, weil viele die Pointe nicht auf Anhieb verstanden haben.

Der japanische Botschafter gibt nun seinerseits eine amüsante Geschichte zum Besten. »Ein Mann setzt sich an einen Tisch, öffnet eine Schublade, holt einen gerahmten Spiegel hervor und blickt lange hinein, weil er glaubt, das Bild seines Vaters zu sehen. Seine Frau bemerkt, dass er diesen Rahmen oft betrachtet und ist sehr beunruhigt, weil sie denkt, es wäre das Foto seiner Geliebten. Eines Nachmittags nutzt sie die Abwesenheit ihres Mannes und schaut sich dieses seltsame Bildnis an, das ihr Mann vor ihr versteckt. Als er nach Hause kommt, fragt sie ihn eifersüchtig: ›Wer ist diese alte griesgrämige Person, deren Porträt du in deiner Schublade aufbewahrst?‹«

Wieder Applaus und höfliches Lachen. Wieder eine zweite Welle von Gelächter, weil manche die Pointe nicht auf Anhieb verstanden haben, und dann noch eine dritte Welle von Gelächter, weil einige sich den Witz erst erklären lassen mussten.

Erfreut über ihre Erfolge, erzählten Präfekt Dupeyron und der japanische Botschafter weitere Witze, wobei sie feststellten, dass es gar nicht so einfach war, welche zu finden, über die sich beide Völker amüsieren konnten, denn die kulturellen Anspielungen waren für Ausländer meistens unverständlich.

»Glauben Sie, dass es einen universellen Humor gibt, über den die ganze Welt lachen kann?«, fragte der Präfekt.

Der Oberkellner läutete mit einer Glocke und kündigte an, jetzt werde das Abendessen serviert. Schon verteilten Kellnerinnen Brotkörbchen auf den Tischen.

25. ENZYKLOPÄDIE

Backrezept für Brot (für all jene, die es vergessen haben):

Zutaten: 600 g Mehl
1 Päckchen Trockenhefe
1 Glas Wasser
2 Teelöffel Zucker
1 Teelöffel Salz, etwas Butter

Geben Sie Hefe und Zucker ins Wasser und lassen Sie diesen Vorteig eine halbe Stunde gehen, bis eine dickflüssige gräuliche Masse entstanden ist. Schütten Sie das Mehl in eine Schüssel, fügen das Salz hinzu, gießen Sie langsam die Masse hinein und rühren Sie gründlich um. Decken Sie die Schüssel zu und lassen Sie den Teig an einem warmen Ort gehen. Die ideale Temperatur ist 27° C, aber im Zweifelsfall ist eine niedrigere Temperatur besser als eine zu hohe, denn Hitze tötet die Hefe ab. Sobald der Teig gegangen ist, kneten Sie ihn mit den Händen durch und lassen ihn noch einmal 30 Minuten gehen. Backen Sie das Brot anschließend im Backofen oder in der Asche eines Holzfeuers. Sollte Ihnen beides nicht zur Verfügung stehen, können Sie das Brot auch auf einem Stein in der Sonne backen.

EDMOND WELLS
Enzyklopädie des relativen und absoluten Wissens, Bd. 3

26. EINE GROSSE GEFAHR

Nr. 103 683 verlangt von ihren Gefährtinnen noch ein wenig Aufmerksamkeit, denn sie hat ihnen noch nicht alles erzählt. Wenn sie so schnell wie möglich in ihre Geburtsstadt zurückkehren möchte, so vor allem deshalb, weil Bel-o-kan von einer schrecklichen Gefahr bedroht ist.

Die kommunizierenden Finger sind geschickte Bastler und nehmen viel Arbeit in Kauf, um etwas herzustellen, was sie benötigen.

Und weil ihnen sehr viel daran lag, dass Nr. 103 683 ihre visuelle Welt verstand, stellten sie einen Mini-Fernseher für sie her.

Was ist das – ein Fernseher?, fragt Nr. 16.

Die alte Ameise hat große Mühe, das zu erklären. Sie zeichnet mit ihren Fühlern ein Viereck. Der Fernseher sei ein Kasten mit Antennen, die jedoch keine Gerüche registrierten, sondern Bilder einfingen, die für die Welt der Finger wichtig seien.

Dann haben die Finger also doch Antennen?, wundert sich Nr. 10.

Ja, aber besondere Antennen, die sich nicht dazu eignen, Dialoge zu führen. Man kann damit nur Bilder und Töne empfangen. Diese Bilder zeigen alles, was in der Welt der Finger vorgeht, sie liefern alle Informationen, die notwendig sind, um diese Welt zu verstehen.

Nr. 103 683 weiß genau, dass das nicht leicht zu erklären und nicht leicht zu verstehen ist. Auch in diesem Fall müsse man ihr einfach aufs Wort glauben. Dank dem Fernsehen habe sie, ohne sich von der Stelle rühren zu müssen, alles über die Welt der Finger erfahren. Und eines Tages habe sie in einer Regionalsendung ein weißes Schild gesehen, nicht sehr weit von der großen Ameisenstadt Bel-o-kan entfernt.

Die zwölf Soldatinnen richten überrascht ihre Fühler auf. *Was ist das – ein Schild?*

Nr. 103 683 erklärt: Wenn die Finger irgendwo weiße Schilder aufstellen, so bedeutet das, dass sie demnächst Bäume fällen, Ameisenstädte verwüsten und alles platt walzen werden. Meistens kündigen diese weißen Schilder den Bau eines ihrer kubischen Nester an. Sie stellen ein solches Schild auf, und bald ist die ganze Region eine kahle Wüste ohne Gras, auf der dann das Fingernest errichtet wird.

Das wird bald beginnen, und deshalb muss Bel-o-kan um jeden Preis gewarnt werden, bevor die Arbeiten beginnen, die Zerstörung und Tod nach sich ziehen.

Die zwölf Kundschafterinnen überlegen.

Bei den Ameisen gibt es keinen Chef, keine Hierarchie, keine Befehle, keine Verpflichtung zum Gehorsam. Jeder macht, was er will und wann er will. Die zwölf beraten. Diese alte Ameise hat ihnen soeben mitgeteilt, ihre Geburtsstadt sei in Gefahr. Da darf man nicht lange fackeln! Sie verzichten darauf, das Ende der Welt zu erforschen, und beschließen, rasch nach Bel-o-kan zurückzukehren, um ihre Schwestern vor der Gefahr zu warnen, die jenes schreckliche »Schild der Finger« darstellt.

Vorwärts in Richtung Südwesten!

Doch obwohl es noch warm ist, bricht schon die Dämmerung herein. Es ist viel zu spät, um sich auf den Weg zu machen. Die Ameisen schmiegen sich mit Beinen und Fühlern unter der Baumwurzel aneinander und genießen die gegenseitige Wärme. Dann senken sich ihre Fühler; sie schlafen ein und träumen von der merkwürdigen Welt der Finger, dieser Riesen, deren Köpfe sich angeblich irgendwo dort oben, zwischen den Baumwipfeln, befinden.

27. Die mysteriöse Pyramide wird erwähnt

Kellner und Kellnerinnen hielten Einzug mit riesigen Platten. Aus der Ferne überwachte der Oberkellner ihren Auftritt wie ein Ballettmeister und erteilte seine Befehle durch unauffällige Gesten.

Jede Platte war ein Kunstwerk.

Spanferkel mit erstarrtem Grinsen und einer schönen roten Tomate im Maul lagen dekorativ zwischen Bergen von Sauerkraut. Pralle Kapaune warfen sich stolz in die Brust, so als störte die Kastanienfüllung sie gar nicht. Kälber präsentierten ihre Filets, Hummer hielten sich bei den Scheren und bildeten einen fröhlichen Kreis über verführerische Gemüsebeilagen hinweg, garniert mit Mayonnaise.

Präfekt Dupeyron wollte einen Toast ausbringen. Gewichtig holte er seinen üblichen »Partnerschaftszettel« hervor, der schon ziemlich abgegriffen und vergilbt war, weil er bei mehreren Diners mit ausländischen Botschaftern gute Dienste geleistet hatte, und verkündete:

»Ich erhebe mein Glas auf die Freundschaft zwischen den Völkern und auf die Verständigung zwischen allen Menschen guten Willens!

Sie interessieren uns, und ich hoffe, dass auch wir Sie interessieren. Welche Sitten, Traditionen und Technologien wir auch haben mögen – ich glaube, dass wir uns gegenseitig bereichern können, umso mehr, je größer die Unterschiede sind …«

Endlich durften die ungeduldigen Gäste wieder Platz nehmen und sich auf ihre Teller konzentrieren. Während des Essens wurde wieder geplaudert und gescherzt. Der Bürgermeister von Hachinohe erzählte von einem seiner ungewöhnlichsten Einwohner. Es handelte sich um einen Eremiten, der ohne Arme zur Welt gekommen war, aber mit den Füßen sehr gut malen konnte. Man nannte ihn »Herr der Zehen«, denn er konnte mit ihnen nicht nur malen, sondern auch Bogenschießen und sich die Zähne putzen.

Die begeisterten Zuhörer wollten wissen, ob der Mann verheiratet sei. Der Bürgermeister verneinte. Der »Herr der Zehen« habe aber viele Mätressen, und die Frauen seien aus unerfindlichen Gründen ganz verrückt nach ihm.

Präfekt Dupeyron wollte nicht zurückstehen und berichtete, auch in Fontainebleau gebe es Originale. Der extravaganteste unter ihnen sei aber zweifellos ein verrückter Gelehrter namens Edmond Wells gewesen. Dieser Pseudowissenschaftler habe seine Mitbürger davon überzeugen wollen, dass die Ameisen eine gleichwertige Zivilisation hätten, und dass es für die Menschen von großem Interesse sein könnte, mit ihnen als gleichberechtigten Partnern Kontakt aufzunehmen.

Julie glaubte zunächst, sich verhört zu haben, aber der Präfekt hatte wirklich »Edmond Wells« gesagt. Sie beugte sich vor, um ihn besser hören zu können. Auch andere Gäste waren an dieser Geschichte vom verrückten Ameisenforscher sehr interessiert. Erfreut fuhr der Präfekt fort:

»Dieser Professor Wells war von seiner Idee so besessen, dass er sogar Kontakt mit dem Staatspräsidenten aufnahm, um diesem vorzuschlagen … Sie werden nie erraten, was!« Nach einer wirkungsvollen Pause verriet er es: »Er schlug ihm vor, eine Ameisenbotschaft zu eröffnen, mit einer Ameise als Botschafter!«

Tiefes Schweigen. Jeder versuchte zu verstehen, wie ein Mensch auf eine so absurde Idee kommen konnte.

»Aber wie ist er nur auf so etwas verfallen?«, fragte die Frau des japanischen Botschafters.

Dupeyron erklärte bereitwillig: »Dieser Professor Wells behauptete, eine Maschine gebaut zu haben, die Ameisenworte in Menschenworte übersetzen könne und umgekehrt. Er glaubte, auf diese Weise wäre ein Dialog zwischen Menschen und Ameisen möglich.«

»Und kann man mit den Ameisen tatsächlich reden?«, wollte eine andere Dame wissen.

Der Präfekt hob die Schultern. »Wo denken Sie hin? Meiner Meinung nach hatte dieser hervorragende Gelehrte dem ausgezeichneten Schnaps unserer Gegend viel zu eifrig zugesprochen.«

Er gab den Kellnern ein Zeichen, die Gläser wieder zu füllen.

Bei Tisch saß auch der Direktor eines Ingenieurbüros, der sehr auf Aufträge und Zuschüsse von der Stadt erpicht war. Erfreut über die Gelegenheit, sich bei den Stadtvätern profilieren zu können, warf er eifrig ein: »Ich habe gehört, dass es gelungen ist, synthetische Pheromone herzustellen, die in der Ameisensprache ›Alarm‹ und ›Folgt mir‹ bedeuten, Signale von größter Bedeutung. Dazu braucht man nur das Molekül synthetisch wiederaufzubauen. Das kann man schon seit 1991. Durchaus vorstellbar, dass ein Team diese Technik weiterentwickelt hat und so der Wortschatz größer wurde, bis hin zu ganzen Sätzen.«

Diese ernsthafte Bemerkung machte einen peinlichen Eindruck.

»Sind Sie ganz sicher?«, knurrte der Präfekt.

»Ich habe es in einer sehr seriösen wissenschaftlichen Zeitschrift gelesen.«

Auch Julie hatte es gelesen, aber sie konnte die *Enzyklopädie des relativen und absoluten Wissens* schlecht als Quelle anführen.

Der Ingenieur fuhr fort: »Für die Reproduktion der Moleküle olfaktorischer Ameisensprache benötigt man nur zwei Geräte: einen Massenspektrografen und einen Chromatografen. Es ist eine ganz simple Analyse und Synthese von Molekülen. Man könnte sagen, dass ein Duft fotokopiert wird. Die Pheromone der Ameisensprache sind nichts anderes als Duftstoffe. Mit Hilfe eines Computers kann man folglich jedes Duftmolekül mit einem gesprochenen Wort assoziieren und umgekehrt.«

»Dass die Tanzsprache der Bienen entschlüsselt wurde, ist mir schon zu Ohren gekommen«, meinte ein anderer Gast, »aber über die Duftsprache der Ameisen habe ich noch nie etwas gehört.«

»Über Bienen wird mehr publiziert, weil sie Honig produzieren und somit ökonomisch interessant sind, während Ameisen nichts erzeugen, was den Menschen nutzt. Vielleicht schenkt man den Studien zur Erforschung ihrer Sprache deshalb so wenig Beachtung«, erwiderte der Ingenieur.

»Und vielleicht auch deshalb, weil Ameisenforschung nur von den Herstellern von Insektiziden finanziert wird!«, rief Julie mutig.

Verlegenes Schweigen breitete sich aus, und das missfiel dem Präfekten. Seine Gäste waren schließlich nicht ins Schloss gekommen, um sich Vorträge über Entomologie anzuhören, sondern um zu lachen, zu tanzen und erlesen zu speisen. Er beeilte sich deshalb, auf die komischen Aspekte von Wells' Vorschlag hinzuweisen.

»Stellen Sie sich doch einmal folgende Szene vor: In Paris wird tatsächlich eine Botschaft der Ameisen eingerichtet. Ich sehe es bildhaft vor mir! Eine kleine Ameise kommt im Frack zu einem Empfang. ›Wen darf ich melden?‹, fragt der Türhüter. ›Den Botschafter der Ameisenwelt‹, antwortet das Insekt und überreicht ihm seine winzige Visitenkarte. ›Oh, verzeihen Sie bitte‹, sagt die Botschafterin von Guatemala, ›ich glaube, ich bin vorhin aus Versehen auf Sie getreten.‹ – ›Sie irren sich‹, erwidert die Ameise, ›ich bin der neue Botschafter. Meine drei Vorgänger wurden seit Beginn des Empfangs zertreten.‹«

Die improvisierte Anekdote brachte alle zum Lachen, und der Präfekt war zufrieden, weil er die allgemeine Aufmerksamkeit wieder auf sich gelenkt hatte.

Als das Gelächter verebbte, fragte die Frau des japanischen Botschafters: »Selbst wenn man wirklich mit ihnen sprechen könnte …

Wer hätte schon Interesse daran, eine Ameisenbotschaft zu eröffnen?«

Der Präfekt senkte die Stimme, so als wollte er ein Geheimnis preisgeben: »Sie werden es nicht glauben, aber dieser komische Kauz, dieser Professor Edmond Wells, hat behauptet, die Ameisen stellten eine politische und wirtschaftliche Macht dar, natürlich in kleinerem Maßstab als wir Menschen, aber dennoch sehr beachtlich.« Er legte eine kurze Pause ein, damit seine Gäste diese aberwitzige Information verarbeiten konnten.

»Letztes Jahr«, fuhr er dann fort, »hat eine Gruppe verrückter Anhänger dieses Gelehrten den Forschungsminister und sogar den Staatspräsidenten angeschrieben und sie aufgefordert, diese Botschaft der Ameisen endlich zu eröffnen. Warten Sie, der Präsident hat uns eine Kopie dieses Schreibens geschickt. Suchen Sie sie doch bitte heraus, Antoine.«

Sein Sekretär stöberte in einem Aktenkoffer und überreichte ihm den Brief.

»Hören Sie zu, ich werde Ihnen dieses Schreiben vorlesen!«, kündigte der Präfekt an:

Wir Menschen leben seit fünftausend Jahren mit stets denselben Ideen. Die Demokratie wurde schon in der Antike von den Griechen erfunden, und auch unsere Mathematik, Philosophie und Logik ist mindestens 3000 Jahre alt. Es gibt nichts Neues unter der Sonne. Es gibt nichts Neues, weil das menschliche Gehirn immer auf ein und dieselbe Weise funktioniert. Außerdem kann es nicht seine volle Kapazität entfalten, weil die Machthaber aus Angst, ihre Positionen zu verlieren, neuartige Konzepte und Ideen unterdrücken. Deshalb entstehen immer wieder dieselben Konflikte aus denselben Gründen. Und deshalb gibt es immer wieder dieselbe Verständnislosigkeit zwischen den Generationen.

Die Ameisen ermöglichen es uns, unsere Welt mit neuen Augen zu sehen. Sie verfügen über Landwirtschaft, über eine Technologie und über soziale Strukturen, die unseren eigenen Horizont erweitern könnten. Sie haben für Probleme, die wir nicht bewältigen können, originelle Lösungen gefunden. Beispielsweise leben sie in Städten mit vielen Mil-

lionen Einwohnern, ohne dass es kriminelle Vororte, Verkehrsstaus und Arbeitslosigkeit gibt. Eine Ameisenbotschaft wäre das ideale Mittel eines Brückenschlags zwischen den beiden fortgeschrittensten irdischen Zivilisationen, die sich viel zu lange gegenseitig ignoriert haben.

Wir haben uns lange genug verachtet. Wir haben uns lange genug bekämpft. Es ist höchste Zeit, dass Menschen und Ameisen gleichberechtigt kooperieren.

Alle schwiegen verunsichert, bis der Präfekt ironisch lächelte. Nun trauten sich auch die Gäste zu grinsen oder zu kichern. Erst als das Hauptgericht – Lammbraten – serviert wurde, beruhigten sich die Gemüter.

»Dieser Edmond Wells muss wirklich ein bisschen wirr im Kopf gewesen sein«, kommentierte die Frau des japanischen Botschafters abschließend.

»Ja, ein Verrückter!«

Julie bat um das Schreiben und studierte es sehr lange, als wollte sie es auswendig lernen.

Man war schon beim Dessert, als der Präfekt den Kommissar Maximilien Linart am Ärmel zupfte und ihm leise mitteilte, dass die vielen japanischen Industriellen nicht nur wegen der Völkerfreundschaft angereist seien. Vielmehr handle es sich um Finanziers, die im Wald von Fontainebleau einen Hotelkomplex errichten wollten. Ihrer Ansicht nach wäre ein solches Hotel inmitten jahrhundertealter Bäume und unberührter Natur unweit eines historischen Schlosses eine Attraktion für Touristen aus aller Welt.

»Aber der Wald von Fontainebleau ist doch ein Naturschutzgebiet«, wunderte sich der Kommissar.

Dupeyron zuckte die Schultern. »Natürlich sind wir hier nicht auf Korsika oder an der Côte d'Azur, wo Immobilienunternehmer Brände legen lassen, um in Naturschutzgebieten bauen zu können. Aber auch wir müssen den Wirtschaftsinteressen Rechnung tragen.«

Weil Maximilien Linart ihn sprachlos anstarrte, bemühte er sich, überzeugend zu argumentieren. »Sie wissen doch genauso gut wie ich, dass diese Region eine hohe Arbeitslosenquote hat. Das führt zu

Verunsicherung und zu Finanzkrisen. Ein Hotel nach dem anderen macht pleite. Unsere Region stirbt. Wenn wir nicht rasch Abhilfe schaffen, werden die jungen Leute abwandern, und dann werden die lokalen Steuereinkünfte nicht einmal mehr zur Finanzierung der Schulen, der Verwaltungsbehörden und der Polizei ausreichen.«

Kommissar Linart fragte sich, worauf Dupeyron eigentlich hinauswollte. »Und was erwarten Sie von mir?«

»Wie weit sind Sie mit Ihrer Untersuchung über den Tod des Direktors der Rechtsabteilung des Forstamts?«

»Das ist eine merkwürdige Geschichte. Ich habe beim gerichtsmedizinischen Institut eine Autopsie beantragt«, erwiderte der Kommissar.

»In Ihrem vorläufigen Bericht habe ich gelesen, dass der Leichnam in der Nähe einer drei Meter hohen Betonpyramide aufgefunden wurde, die bisher niemandem aufgefallen war, weil sie hinter hohen Bäumen versteckt ist.«

»Das stimmt.«

»Sehen Sie! Es gibt also schon Leute, die sich über das Verbot, in einem Naturschutzgebiet zu bauen, hinwegsetzen. Dadurch haben sie, vielleicht ohne es zu wollen, einen interessanten Präzedenzfall für unsere japanischen Freunde geschaffen. Was haben Sie über diese Pyramide herausgefunden?«

»Nicht viel. Nur dass sie im Katasteramt nicht registriert ist.«

»Sie müssen unbedingt Näheres darüber in Erfahrung bringen«, beharrte der Präfekt. »Es hindert Sie doch nichts daran, die Ermittlungen zu Pinsons Tod damit zu kombinieren, etwas über den Bau dieser Pyramide herauszubekommen. Ich bin überzeugt, dass da irgendein Zusammenhang besteht.«

Sein Ton war kategorisch. Die Unterhaltung wurde von einem Bürger unterbrochen, der den Präfekten bat, seinem Kind zu einem Platz im Hort zu verhelfen.

Nach dem Dessert begannen die Gäste wieder zu tanzen. Es war schon spät, und Julie und ihre Mutter wollten nach Hause. Kommissar Linart erbot sich, sie zu begleiten.

Ein Diener brachte ihnen die Mäntel, und Linart gab ihm Trinkgeld. Während sie auf der Freitreppe warteten, bis ein Chauffeur mit der Limousine des Kommissars vorfuhr, flüsterte Dupeyron Letzterem ins Ohr: »Diese mysteriöse Pyramide interessiert mich wirklich sehr. Sie haben mich doch verstanden?«

28. MATHEMATIKSTUNDE

»Ja, Madame.«

»Nun, wenn Sie die Frage verstanden haben, wiederholen Sie sie bitte.«

»Wie bildet man mit sechs Streichhölzern vier gleich große gleichseitige Dreiecke?«

»Ausgezeichnet. Kommen Sie nach vorne, und demonstrieren Sie es uns.«

Julie stand auf und ging langsam zur Tafel. Sie hatte keine Ahnung von der Lösung dieser Aufgabe, die die Mathematiklehrerin ihr gestellt hatte. Hilfesuchend ließ sie ihren Blick durch das Klassenzimmer schweifen. Ihre Mitschüler betrachteten sie spöttisch. Zweifellos hatten alle außer ihr die richtige Antwort parat. Die Gesichter spiegelten amüsierte Gleichgültigkeit, Mitleid oder Erleichterung wider, nicht selbst aufgerufen worden zu sein.

In der ersten Reihe saßen die Streber, gleich dahinter all jene, die mit ihnen wetteiferten und selbst Klassenbeste werden wollten. Es folgten die mittelmäßigen Schüler, die sich nach Kräften abmühten, ohne große Erfolge verbuchen zu können, und ganz hinten, in der Nähe der Heizung, war der Zufluchtsort der Außenseiter.

Dort saßen die »Sieben Zwerge«, die eine Rockgruppe dieses Namens ins Leben gerufen hatten und mit ihren Klassenkameraden kaum Kontakt hielten.

»Nun, wie lautet die Lösung?«, fragte die Lehrerin.

Einer der Sieben Zwerge gestikulierte mit den Fingern, so als wollte er eine geometrische Form andeuten, die Julie jedoch nicht erkannte.

»Sehen Sie, Mademoiselle Pinson, ich verstehe ja, dass der Tod Ihres Vaters Sie mitgenommen hat, aber das ändert nichts an den mathematischen Gesetzen, die die Welt regieren. Ich wiederhole: sechs Streichhölzer, vier gleich große gleichseitige Dreiecke … Versuchen Sie, anders zu denken. Lassen Sie Ihrer Fantasie freien Lauf. Sechs Streichhölzer, vier Dreiecke … Daraus entsteht – was?«

Julie kniff ihre hellgrauen Augen zusammen. Welche Figur deutete der Junge dort hinten nur an? Jetzt bewegte er auch die Lippen, Silbe für Silbe. Pi… ro… ni… de…

»Pironide«, sagte sie.

Die Klasse lachte schallend, und Julies Komplize schnitt eine verzweifelte Grimasse.

»Man hat Ihnen schlecht eingesagt«, kommentierte die Lehrerin. »Nicht ›Pironide‹, sondern Pyramide. Diese Figur repräsentiert die dritte Dimension, die Eroberung der Höhe. Sie erinnert uns daran, dass es möglich ist, die Welt zu erweitern, indem man von einer Ebene zum Volumen fortschreitet. Stimmt's, David?«

Mit wenigen großen Schritten stand sie neben dem Jungen, der Julie hatte helfen wollen.

»David, Sie müssen noch lernen, dass man im Leben zwar betrügen darf – aber nur unter der Voraussetzung, dass man sich dabei nicht erwischen lässt. Ich habe Ihre Tricks genau gesehen. Setzen Sie sich, Julie.«

Sie schrieb an die Tafel: »Die Zeit.«

»Heute haben wir über die dritte Dimension gesprochen, über die Höhe. Morgen werden wir uns mit der vierten beschäftigen – mit der Zeit. Auch die Zeit gehört zur Mathematik. Wo, wann und wie wirkt sich ein Ereignis der Vergangenheit auf die Zukunft aus? Ich könnte Ihnen morgen beispielsweise die Frage stellen: Warum hat Julie Pinson gestern eine Sechs bekommen, und unter welchen Umständen und wann wird es ihre nächste Sechs geben?«

Spöttisches Gelächter aus den vorderen Reihen. Julie stand auf.

»Setzen Sie sich, Julie. Ich habe Sie nicht aufgerufen.«

»Nein, aber ich habe Ihnen etwas zu sagen.«

»Bezüglich der Sechs?«, fragte die Lehrerin ironisch. »Dazu ist es zu spät. Sie steht schon in meinem Notizbuch.«

Julie fixierte die Lehrerin mit ihren metallgrauen Augen. »Sie haben gesagt, es sei wichtig, anders zu denken, aber Sie selbst – Sie denken immer nur auf ein und dieselbe Weise!«

»Ich möchte Sie bitten, nicht ausfallend zu werden, Mademoiselle Pinson!«

»Ich bin nicht ausfallend. Aber Sie unterrichten ein Fach, das keinerlei praktischen Bezug zur Welt hat. Sie versuchen einfach, unseren Geist gefügig zu machen. Wenn man sich Ihre ganzen Vorträge über Dreiecke und Kreise erst einmal eingeprägt hat, wird man auch sonstigen Quatsch gedankenlos nachplappern.«

»Möchten Sie eine zweite Sechs, Mademoiselle Pinson?«

Julie zuckte die Schultern, griff nach ihrem Rucksack, ging zur Tür und schmetterte sie zwischen sich und dem allgemeinen Staunen im Klassenzimmer zu.

29. ENZYKLOPÄDIE

Säuglingstrauer Im Alter von acht Monaten erlebt das Baby einen besonderen Schmerz, den die Kinderärzte »Säuglingstrauer« nennen. Jedes Mal, wenn seine Mutter fortgeht, glaubt das Kind, dass sie nie mehr zurückkommen wird. Diese Befürchtung ruft Tränen und andere Angstsymptome hervor. Auch wenn die Mutter zurückkehrt, wird es beim nächsten Mal die gleichen Ängste haben. In diesem Alter begreift das Baby, dass es auf der Welt Dinge gibt, die es nicht beeinflussen kann. Die »Säuglingstrauer« hat ihre Ursache in der Erkenntnis, dass es ein eigenständiges Wesen ist. Ein Drama: Ich unterscheide mich von allem, was mich umgibt!

Das Baby und seine Mutter sind nicht untrennbar miteinander verbunden, deshalb kann man plötzlich allein sein, oder man wird zum Kontakt mit »Fremden, die nicht Mama sind« gezwungen (als Fremde werden alle Menschen außer Mama – und eventuell noch Papa – empfunden).

Erst im Alter von 18 Monaten akzeptiert das Kleinkind das zeitweilige Verschwinden der Mutter.

Die meisten Ängste, die der Mensch später, bis ins hohe Alter hinein, erleben wird – Angst vor der Einsamkeit, vor dem Verlust eines geliebten Wesens, vor Fremden etc. –, rühren von dieser allerersten tiefen Verstörung her.

EDMOND WELLS
Enzyklopädie des relativen und absoluten Wissens, Bd. 3

30. RUNDBLICK

Es ist kalt, doch die Angst vor dem Unbekannten gibt ihnen Kraft. Am frühen Morgen marschieren die zwölf jungen Kundschafterinnen und die alte Ameise los. Sie müssen sich beeilen, um ihre Heimatstadt vor der Gefahr des »weißen Schildes« zu warnen.

Auf einer Felsklippe, die ein Tal überragt, halten sie an, um die Landschaft zu betrachten und nach der günstigsten Abstiegsmöglichkeit zu suchen.

Das Sehvermögen der Ameisen unterscheidet sich von jenem der Säugetiere. Ihre Komplexaugen sind Gebilde aus einer Vielzahl einzelner Facetten, die ihrerseits aus einer Linse, einem Kristallkegel und neun Retinulazellen bestehen. Deshalb setzt sich für sie die wahrgenommene Umwelt aus einer Vielzahl von Bildpunkten zusammen, die zusammengefügt eine klare Sicht ermöglichen. Einzelheiten können sie nicht so gut erkennen wie die Säugetiere, doch dafür entgeht ihnen nicht die geringste Bewegung.

Von links nach rechts sehen die dreizehn Ameisen jetzt die düsteren Torfstiche der Länder des Südens, wo sich goldbraune Fliegen und streitsüchtige Bremsen tummeln, dann die großen smaragdgrünen Felsen des »Blumenbergs«, die gelbe Ebene der Länder des Nordens und den schwarzen Wald, wo im Adlerfarn kecke Finken hausen.

Ameisen können Rottöne schlecht erkennen, nehmen dafür aber jede Schattierung von Ultraviolett wahr, was ihnen ermöglicht, Blumen und Insekten im Grün zu sichten. Sie sehen an den Blüten sogar jene feinen Linien, die den Honigbienen als Landepisten dienen.

Nach den Bildeindrücken nun die noch wichtigeren Gerüche. Die Kundschafterinnen bewegen ihre Antennen mit 8000 Vibrationen pro Sekunde, um ihre Umgebung besser erschnuppern zu können. Sie nehmen sowohl fernes Wild als auch nahe räuberische Tiere wahr. Sie riechen die Ausdünstungen der Bäume und der Erde, die für sie wie ein schweres süßes Parfum duftet. Ein seltsamer Widerspruch zu ihrem bitteren, salzigen Geschmack!

Am liebsten würden die Ameisen den kürzesten Weg nach Bel-o-kan einschlagen, der durch den Glockenblumenwald führt, über dem Scharen von Schmetterlingen flattern. Doch Nr. 16, eine Spezialistin in chemischer Kartografie, warnt, dass es dort von Spinnen und Schlangen wimmelt. Außerdem durchqueren wilde Horden von Sklavenhalterameisen jene Gegend, und vor diesen Kannibalen, die von den Zwergameisen in den Norden vertrieben wurden, wäre man nicht einmal im Geäst sicher. Nr. 5 meint deshalb, am sichersten sei es wohl, die Felsklippe hinabzuklettern.

Nr. 103 683 ist begierig auf Informationen aus der Ameisenwelt. Seit sie die Föderation verlassen hat, haben wichtige politische Ereignisse stattgefunden. Sie fragt, wie denn die neue Königin von Bel-o-kan aussehe, und Nr. 5 antwortet, sie habe einen sehr kleinen Hinterleib. Wie alle Herrscherinnen dieser Stadt, so führt auch sie den Namen Belo-kiu-kiuni, aber ihr fehlt der Weitblick früherer Königinnen. Nach den Unglücksfällen des vergangenen Jahres gab es Bedarf an geschlechtsfähigen Ameisen, und um das Überleben der befruchteten Königin sicherzustellen, verzichtete man auf den Hochzeitsflug. Die Paarung fand in einer Kammer des Ameisenbaus statt.

Nr. 103 683 bemerkt, dass Nr. 5 diese Königin offenbar nicht besonders schätzt, aber dazu ist keine Ameise verpflichtet, nicht einmal, wenn es sich um ihre eigene Mutter handelt.

Mit Hilfe ihrer haftenden Sohlenballen klettern die dreizehn Soldatinnen die fast senkrechte Felswand hinab.

31. Maximilien feiert seinen Geburtstag

Kommissar Maximilien Linart war ein glücklicher Mann. Er hatte eine charmante Frau namens Scynthia und eine reizende dreizehnjährige Tochter, Marguerite. Zufrieden lebte er in einer schönen Villa und genoss sein großes Aquarium und einen imposanten Kamin, die für ihn Wohlstandssymbole waren. Mit vierundvierzig schien er alles Erstrebenswerte erreicht zu haben. Auf seine Karriere konnte er wirklich stolz sein. Er hatte so viele Kriminalfälle gelöst, dass man ihn gebeten hatte, an der Polizeischule von Fontainebleau zu unterrichten. Seine Vorgesetzten vertrauten ihm und mischten sich nicht in seine Ermittlungen ein. Seit neuestem interessierte er sich sogar für Politik und gehörte zum engsten Freundeskreis des Präfekten, der ihn auch als Tennispartner überaus schätzte.

Als er jetzt nach Hause kam, warf er seinen Hut auf die Garderobe und zog sein Sakko aus.

Im Salon saß seine Tochter vor dem Fernseher. Die blonden Zöpfe nach hinten geworfen, suchte sie die Kanäle nach der unauffindbaren idealen Sendung ab.

Kanal 67. Ein Dokumentarfilm. Das komplizierte Paarungsverhalten der Bonobo-Schimpansen von Zaire hatte die Aufmerksamkeit der Zoologen erregt. Die Männchen schlagen mit ihren erigierten Geschlechtsorganen aufeinander ein, so als wären es Degen. Ansonsten sind die Bonobos jedoch ausgesprochen friedliebend. Sie scheinen ihre Aggressionen beim Paarungsritual abzureagieren, und das befähigt sie zum gewaltfreien Zusammenleben.

Kanal 46. Regionalnachrichten. Die Angestellten der städtischen Müllabfuhr streiken für höhere Löhne und Renten und wollen ihre Arbeit erst wieder aufnehmen, wenn ihre Forderungen erfüllt werden.

Kanal 45. Ein erotischer Film. »Ja! Aaaah, oooh, aaah, oooh, o nein, o ja, ja! Weiter so … oooh … nein, nein, nein, doch, einverstanden, ja, jaaa!«

Kanal 110. Nachrichten aus aller Welt. In letzter Minute. Blutbad in einem Pariser Kindergarten, vor dem ein geparktes Auto explodiert ist. Bilanz dieses Bombenattentats: neunzehn tote und sieben verletzte Kinder, zwei tote Kindergärtnerinnen. Nägel und Schrauben sind unter den Zündstoff gemischt worden, um auf dem Spielplatz möglichst große Verwüstung anzurichten. In einer an die Presse gerichteten Botschaft hat eine Gruppe namens IP – »Islam Planétaire« – die Verantwortung für das Attentat übernommen. Die militanten Anhänger dieser Bewegung glauben, geradewegs ins Paradies zu kommen, wenn sie möglichst viele Ungläubige töten. Der Innenminister bittet die Bevölkerung, Ruhe zu bewahren.

Kanal 345. Unterhaltung. Der Witz des Tages: »Und hier ist unsere heutige komische Geschichte, die Sie Ihrerseits weitererzählen können, um Ihre Freunde zum Lachen zu bringen. Ein Wissenschaftler erforscht den Flug der Fliegen. Er reißt einer Fliege ein Bein aus und befiehlt ihr: ›Flieg!‹ Darauf registriert er, dass die Fliege auch ohne dieses Bein fliegen kann. Er reißt ihr ein zweites Bein aus und befiehlt wieder: ›Flieg!‹ Und sie fliegt wieder. Er reißt ihr einen Flügel aus und wiederholt: ›Flieg!‹ Doch die Fliege fliegt nicht mehr. Folglich notiert er: ›Wenn man einer Fliege einen Flügel ausreißt, wird sie taub.‹«

Marguerite merkte sich die Geschichte, obwohl sie wusste, dass sie damit keine großen Lacherfolge erzielen konnte, weil auch ihre Freunde diesen Witz im Fernsehen gehört haben würden.

Kanal 201. Musik. Ein neuer Clip der Sängerin Alexandrine: »… le monde est amour, amour toujours, amoooour, je t'aime, tout n'est que …«

Kanal 622. Quiz.

Marguerite legte die Fernbedienung zur Seite. Sie liebte diese Quizsendung namens ›Denkfalle‹, bei der man ein logisches Rätsel lösen musste. Ihrer Ansicht nach war das mit das Beste, was im Fernsehen geboten wurde. Der Moderator begrüßte die Zuschauer im Saal, die ihm Ovationen darbrachten, und verbeugte sich vor einer rundlichen, betagten Frau in geblümtem Nylonkleid, deren Gesicht von einer großen Hornbrille mit dicken Gläsern beherrscht wurde.

Beim Lächeln entblößte der Moderator seine strahlend weißen Zähne. »Nun, Madame Ramirez, ich werde Ihnen jetzt unser neues Rätsel stellen. Können Sie mit nach wie vor nur sechs Streichhölzern nicht etwa vier und auch nicht sechs, sondern acht gleich große gleichseitige Dreiecke bilden?«

»Es kommt mir so vor, als erreichten wir jedes Mal eine weitere Dimension«, seufzte Juliette Ramirez. »Zunächst musste man die dritte Dimension entdecken, sodann die Verschmelzung von Komplementen, und jetzt …«

»Dies ist der dritte Schritt«, fiel der Moderator ihr ins Wort. »Sie müssen den dritten Schritt finden. Aber wir setzen volles Vertrauen in Sie, Madame Ramirez. Sie sind schließlich die Starkandidatin der Denk…«

»…falle«, ergänzte das Publikum wie aus einem Munde.

Madame Ramirez wollte die sechs Streichhölzer sehen. Sofort wurden sechs lange, dünne Holzstäbe mit roten Spitzen gebracht, damit die Zuschauer im Saal und vor den Bildschirmen alles mitverfolgen konnten, was bei Zündhölzern der üblichen Größe unmöglich gewesen wäre.

Die Frau verlangte eine Lösungshilfe. Der Moderator öffnete einen Umschlag und las vor: »Der erste Satz, der Ihnen helfen soll, lautet: ›Man muss sein Bewusstseinsfeld erweitern.‹«

Kommissar Linart hörte mit halbem Ohr hin, als sein Blick plötzlich auf das Aquarium fiel. Tote Fische schwammen mit den Bäuchen nach oben an der Oberfläche.

Waren sie vielleicht an Überernährung gestorben? Oder waren sie einem Bürgerkrieg zum Opfer gefallen? In der abgeschlossenen Welt dieses Glasgefängnisses rotteten die Starken die Schwachen, die Schnellen die Langsamen aus. Hier herrschte ein Darwinismus besonderer Art: Nur die bösartigsten und aggressivsten Fische überlebten.

Weil er seine Hand ohnehin schon ins Wasser getaucht hatte, richtete er auf dem Boden das Piratenschiff aus Stuck und die Meerespflanzen aus Plastik auf. Möglicherweise hielten die Fische diese Operettendekoration ja für echt.

Dem Kommissar fiel auf, dass die Filterpumpe nicht mehr funktionierte, und er reinigte die durch Exkremente verstopften Schwammfilter. *Wie viel Dreck 25 Guppys doch machen können!*, dachte er, während er frisches Wasser nachfüllte, die Temperatur überprüfte und Nahrung ausstreute.

Die Fische im Aquarium hielten nicht das Geringste von diesen Bemühungen ihres Herrn. Sie begriffen nicht, warum die Kadaver der Guppys entfernt wurden, die sie sorgfältig an jene Stelle gebracht hatten, wo sie am schnellsten fermentieren würden, bis ihre Haut so weich war, dass man sie leicht verzehren konnte. Die Fische kamen nicht einmal dazu, gegenseitig ihren Kot aufzufressen, weil dieser sofort von der Pumpe angesaugt wurde. Die intelligentesten Aquariumsbewohner dachten seit langem über den Sinn dieses Lebens nach, bei dem jeden Tag wie durch ein Wunder Nahrung an der Wasseroberfläche auftauchte – allerdings bedauerlicherweise nur tote Nahrung.

Zwei kühle Hände legten sich auf Maximiliens Augen. »Herzlichen Glückwunsch zum Geburtstag, Papa!«

»Ich hatte ganz vergessen, dass ich heute Geburtstag habe«, behauptete er, während er Frau und Tochter umarmte.

»Aber wir nicht! Wir haben etwas vorbereitet, das dir bestimmt gefallen wird«, kündigte Marguerite an.

Sie trug einen Schokoladenkuchen mit Nüssen herbei, auf dem ein ganzer Wald von Kerzen brannte.

»Wir haben alle Schubladen durchwühlt, aber leider nur 42 Kerzen gefunden«, berichtete sie.

Er blies alle Kerzen auf einmal aus und nahm sich ein Stück Kuchen.

»Wir haben dir auch ein Geschenk gekauft!«

Seine Frau überreichte ihm eine große Schachtel. Nach einem letzten Bissen Kuchen öffnete er das Geschenk, das sich als das neuste Modell eines Laptops entpuppte.

»Was für eine großartige Idee!«, rief er staunend.

»Ich habe ein leichtes Modell mit besonders großer Speicherkapazität ausgesucht«, betonte seine Frau. »Hoffentlich hast du Spaß daran.«

»Ganz bestimmt. Danke, meine Lieben.«

Bisher hatte er sich mit dem großen Computer in seinem Büro begnügt, den er zur Textverarbeitung und Buchführung benutzte. Dieses kleine tragbare Gerät würde ihm nun endlich ermöglichen, alle anderen Möglichkeiten der modernen Computertechnik zu erkunden. Seine Frau hatte das ideale Geschenk gewählt.

Auch seine Tochter hatte ein Geschenk für ihn: ein Computerspiel namens »Evolution«. *Erschaffen Sie Zivilisationen, so als wären Sie ein Gott!* stand auf der Verpackung.

»Du beschäftigst dich doch so viel mit den Guppys in deinem Aquarium«, erklärte Marguerite. »Da dachte ich mir, dass es dich amüsieren würde, eine ganze virtuelle Welt zur Verfügung zu haben, mit Menschen, Städten, Kriegen und all so was.«

»Oh, ich und spielen ...«, murmelte Maximilien zweifelnd, umarmte seine Tochter aber herzlich, um sie nicht zu enttäuschen.

Marguerite legte die CD-Rom ein und gab sich alle Mühe, ihm die Spielregeln dieses neuesten und sehr beliebten Computerspiels zu erklären. Auf dem Bildschirm tauchte eine weite Ebene auf, und der Spieler hatte die Aufgabe, dort im Jahre 5000 v. Chr. seinen Stamm anzusiedeln. Er musste für diesen Stamm ein Dorf bauen, es durch Palisaden schützen, das Jagdrevier vergrößern, weitere Dörfer bauen, Kriege mit Nachbarstämmen bewältigen, die wissenschaftliche und künstlerische Entwicklung fördern, Straßen planen, Felder anlegen, die Landwirtschaft ankurbeln, die Dörfer in Städte verwandeln usw., damit der Stamm überleben und zu einer mächtigen Nation werden konnte.

»Anstatt dich mit 25 Fischen zu vergnügen, wirst du über Hunderttausende virtueller Menschen bestimmen können. Gefällt dir das Spiel?«

»Natürlich«, versicherte der Kommissar, aber es hörte sich nicht sehr überzeugend an.

32. Enzyklopädie

Babys brauchen Ansprache Im 13. Jahrhundert wollte Kaiser Friedrich II. in Erfahrung bringen, welches die »natürliche« Sprache der Menschen ist. Er brachte sechs Säuglinge in einem Hort unter und befahl den Ammen, sie zu füttern, in den Schlaf zu wiegen und zu baden, aber ohne jemals auch nur ein Wort mit ihnen zu sprechen. Friedrich II. hoffte auf diese Weise herauszufinden, für welche Sprache sich die Babys »ohne äußere Einflüsse« entscheiden würden. Er glaubte, es würde Griechisch oder Lateinisch sein, weil das in seinen Augen die einzigen ursprünglichen und reinen Sprachen waren. Doch das Experiment lieferte nicht die erwünschten Resultate. Keines der Babys begann zu sprechen, egal in welcher Sprache. Damit aber nicht genug: Alle sechs verkümmerten und starben schließlich. Säuglinge brauchen zum Überleben eben nicht nur Milch und Schlaf, sondern auch Ansprache. Sie ist ein unverzichtbares Lebenselement.

Edmond Wells

Enzyklopädie des relativen und absoluten Wissens, Bd. 3

33. Klopfkäfer, Ölkäfer und Blasenfüsser

Die Felsenwelt hat ihre eigene Vegetation und Fauna. Während die dreizehn Ameisen steil bergab klettern, entdecken sie unbekannte Pflanzen: rosa Nelken mit rötlichen Kelchen, Fetthennengewächse mit fleischigen Blättern und pfeffrigem Geruch, Enziane mit langen blauen Blütenblättern und Artischocken mit spitzen Blüten und harten Blättern.

Die Ameisen klammern sich an den Sandstein, um nicht in die Tiefe zu stürzen. In einer Kurve stoßen sie plötzlich auf Klopfkäfer. Diese kleinen Insekten, so etwas wie Gesteinsflöhe, haben vorstehende Augen und unglaublich zarte Fühler, die man auf den ersten Blick gar nicht sieht.

Die Klopfkäfer, die an grünen Algen lecken, haben die anrückenden Ameisen nicht bemerkt. Ameisen verirren sich selten in diese

Bergwelt, und die Klopfkäfer glaubten bisher, die Steilwand sei ein Garant für Ruhe und Sicherheit. Wenn Ameisen sich nun plötzlich auch als Bergsteiger betätigen, kann man sich seines Lebens ja nirgends mehr sicher sein!

Sie wollen sich unauffällig aus dem Staub machen.

Trotz ihres fortgeschrittenen Alters verfügt Nr. 103 683 noch über eine erstaunliche Treffsicherheit: Ihre Ameisensäure streckt die flüchtenden Klopfkäfer nieder. Die jungen Kundschafterinnen gratulieren ihr zu diesem Erfolg.

Der Spähtrupp frisst die Klopfkäfer auf und stellt überrascht fest, dass sie ähnlich saftig sind wie männliche Mücken. Genauer gesagt, liegt der Geschmack irgendwo in der Mitte zwischen dem männlicher Mücken und dem grüner Libellen, aber ohne das für Letztere typische Mentholaroma.

Die dreizehn roten Ameisen umrunden neue Blumen: weißes Glaskraut, gestreiften Süßklee und Steinbrech mit winzigen Blüten.

Ein Stück weiter überfallen sie eine Gruppe Blasenfüßer. Diese kleinen Pflanzenfresser mit ausgefransten Flügeln sind sehr knusprig. Sie knacken zwischen den Mandibeln, haben aber leider einen säuerlichen Nachgeschmack.

An Beute fehlt es hier nicht. Die Kundschafterinnen verspeisen einige purpurne Zünsler – Schmetterlinge, die nicht besonders hübsch, aber sehr wohlschmeckend sind – sowie Ölkäfer, deren Blut und Geschlechtsorgane Cantharidin enthalten, eine für Ameisen sehr anregende Substanz.

Ihre Fühler flattern an der Felswand im Wind. Nr. 14 schießt mit Säure auf ein orangefarbenes Marienkäferkind mit zwei schwarzen Punkten. Gelbes, stinkendes Blut tritt aus dessen Beingelenken hervor.

Nr. 103 683 bückt sich, um es genauer zu untersuchen. Es handelt sich um ein Täuschungsmanöver. Der Marienkäfer stellt sich tot, aber in Wirklichkeit ist der Säurestrahl an seinem Panzer abgeprallt, ohne ihn auch nur zu verletzen. Die alte Ameise kennt diese Strategie. Manche Insekten sondern eine – vorzugsweise übelriechende –

Flüssigkeit ab, wenn sie sich in Gefahr glauben, um ihre Feinde abzuschrecken, denn der Gestank verdirbt allen hungrigen Angreifern den Appetit.

Nr. 103 683 weiß, dass diese künstliche Blutung bald aufhören wird, aber der Vorfall beeindruckt sie dennoch. Sie gibt den anderen zwölf Ameisen zu verstehen, dass dieses Insekt nicht essbar ist, und gleich darauf setzt das Marienkäferkind seinen Weg fort.

Doch die Belokanerinnen sind durchaus nicht nur mit Töten und Fressen beschäftigt. Sie sind ständig auf der Suche nach dem besten Weg, schlängeln sich zwischen glatten Steinen hindurch und überqueren schwindelerregende Schluchten, indem sie sich bei den Beinen und Mandibeln fassen und mit ihren Leibern Leitern oder Brücken bilden. Dazu gehört viel gegenseitiges Vertrauen, denn wenn eine Ameise nicht fest genug zupackt, stürzt die ganze lebende Brücke ein.

Nr. 103 683 ist an solche Anstrengungen nicht mehr gewöhnt. Dort drüben, jenseits vom Ende der Welt, im künstlichen Universum der Finger, war alles in Reichweite ihrer Mandibeln.

Wäre sie nicht aus jener Welt geflüchtet, so wäre sie mittlerweile bestimmt genauso schlaff und träge wie die Finger. Im Fernsehen hat sie ja gesehen, dass sie jede Mühe scheuen. Sie können nicht einmal ihr eigenes Nest bauen. Sie können nicht mehr jagen, um sich Nahrung zu beschaffen, und sie können nicht mehr rennen, um Verfolgern zu entkommen. Aber es gibt ja auch keine Tiere mehr, die sie verfolgen würden. Nr. 103 683 denkt an ihr Leben dort drüben zurück. Womit hat sie sich die Zeit vertrieben?

Sie aß tote Nahrung, die vom Himmel fiel, sie starrte in ihren Minifernseher und diskutierte an der Maschine, die ihre Pheromone in hörbare Wörter übersetzte. Essen, fernsehen und an der Maschine namens Telefon diskutieren – das waren auch die drei Hauptbeschäftigungen der Finger.

Sie hat den zwölf jungen Ameisen nicht alles anvertraut. Es wäre unklug gewesen, ihnen zu sagen, dass die kommunikationswilligen Finger zwar sehr gesprächig, aber offenbar nicht allzu effektiv sind, denn es ist ihnen nicht einmal gelungen, andere Finger davon zu überzeugen, wie interessant es für sie wäre, die Zivilisation der Ameisen endlich kennenzulernen und einen gleichberechtigten Dialog zu führen.

Weil die Finger gescheitert sind, muss jetzt Nr. 103 683 versuchen, das Projekt in umgekehrter Richtung zu verwirklichen. Sie muss ihre Artgenossen überzeugen, ein Bündnis mit den Fingern zu schließen. Sie selbst ist felsenfest überzeugt davon, dass das im Interesse der beiden größten irdischen Zivilisationen wäre. Mit vereinten Kräften käme man bestimmt viel weiter als mit der ständigen Konfrontation.

Sie erinnert sich an ihre Flucht. Das war gar nicht einfach gewesen, denn die Finger wollten sie nicht gehen lassen. Sie hat abgewartet, bis in ihrem Minifernseher mildes Wetter vorhergesagt wurde, und dann hat sie am frühen Morgen durch einen Spalt das Weite gesucht.

Der schwierigste Teil ihrer Aufgabe liegt jedoch noch vor ihr: die Ihren zu überzeugen. Dass die zwölf jungen Kundschafterinnen ihr Projekt nicht verworfen haben, scheint ihr aber ein gutes Omen zu sein.

Die Schlucht ist überwunden, und die Ameisen-Hängebrücke löst sich auf. Man gönnt sich eine kleine Verschnaufpause, und Nr. 103 683 erlaubt den anderen großmütig, sie mit einer Kurzform ihres Namens anzureden, wie es auch schon die Soldatinnen des großen Kreuzzugs getan haben.

Mein Name ist Nr. 103 683, aber ihr könnt mich ruhig Nr. 103 nennen.

Nr. 14 erwidert, das sei nicht der längste Ameisenname, der ihnen je begegnet wäre. In ihrer Gruppe habe es früher eine Ameise namens Nr. 3642 451 gegeben. Man habe wahnsinnig viel Zeit gebraucht, um sie zu rufen. Zum Glück sei sie aber während einer Jagdexpedition einer fleischfressenden Pflanze zum Opfer gefallen.

Sie setzen ihren Abstieg fort.

34. ENZYKLOPÄDIE

Wie man sich integrieren kann Man muss sich vergegenwärtigen, dass unser Bewusstsein der sichtbare Teil unseres Denkens ist. Wir besitzen 10 % sichtbares Bewusstsein und 90 % tiefes Unterbewusstsein.

Wenn wir das Wort ergreifen, müssen die 10 % unseres Bewusstseins sich an die 90 % des Unterbewusstseins unserer Gesprächspartner wenden.

Um das zu erreichen, muss die Barriere des Misstrauens überwunden werden, die wie ein Filter wirkt und Informationen daran hindert, ins Unterbewusstsein vorzudringen.

Eines der Mittel zum Erfolg besteht darin, die Ticks der anderen zu imitieren, die besonders bei Mahlzeiten zutage treten. Nutzen Sie diesen kritischen Moment aus, um Ihr Gegenüber scharf zu beobachten. Hält es sich beim Sprechen eine Hand vor den Mund, so müssen Sie es imitieren. Wenn es seine Pommes frites mit den Fingern isst und sich ständig den Mund mit der Serviette abwischt – tun Sie es ebenfalls!

Beantworten Sie sich so simple Fragen wie: »Sieht der andere mich beim Sprechen an?« oder »Spricht er mit vollem Mund?« Indem Sie die Gewohnheiten nachahmen, die er beim Essen an den Tag legt, werden Sie automatisch die unterbewusste Botschaft übermitteln: »Ich bin vom selben Stamm wie Sie, wir haben dieselben Manieren und deshalb zweifellos auch dieselbe Erziehung und dieselben geistigen Interessen.«

EDMOND WELLS
Enzyklopädie des relativen und absoluten Wissens, Bd. 3

35. BIOLOGIESTUNDE

Nach der Mathematik die Biologie. Julie begab sich geradewegs zu den Unterrichtsräumen der »exakten Wissenschaften« mit weiß gekachelten Labortischen, Glasbehältern mit Tierföten in Formalin, schmutzigen Reagenzgläsern, schwärzlichen Bunsenbrennern und großen Mikroskopen.

Mit dem Klingelzeichen betraten die Schüler zusammen mit ihrem

Lehrer den Biologiesaal. Alle streiften vorschriftsmäßig weiße Kittel über, die ihnen das Gefühl verliehen, zur Kaste der »Wissenden« zu gehören.

Für den theoretischen Teil des Unterrichts hatte der Lehrer sich heute das Thema »Insekten« vorgenommen. Julie holte ihr Heft hervor, weil sie alles eifrig notieren wollte, um später nachzuprüfen, ob seine Ausführungen mit den entsprechenden Passagen der *Enzyklopädie* übereinstimmten.

»Die Insekten bilden 80 % des Tierreichs. Am ältesten sind die Schaben, die es seit mindestens 300 Millionen Jahren auf der Erde gibt. Als Nächstes kamen die Termiten, vor 200 Millionen Jahren, und dann, vor etwa 100 Millionen Jahren, die Ameisen. Vergegenwärtigen Sie sich bitte, dass die allerersten bekannten Vorfahren des Menschen unseren Planeten seit höchstens drei Millionen Jahren bevölkern.«

Der Biologielehrer betonte, die Insekten seien aber nicht nur die ältesten, sondern auch die zahlreichsten Erdbewohner.

»Die Entomologen kennen etwa fünf Millionen verschiedene Arten, und jeden Tag werden 100 unbekannte Arten neu entdeckt. Zum Vergleich: Bei den Säugetieren wird jeden Tag nur eine einzige bisher unbekannte Gattung gefunden.«

Er schrieb groß an die Tafel: »80 % des Tierreichs!«

Ein *Bsss* war plötzlich im Zimmer zu hören, und der Lehrer fing mit einer geschickten Geste das Insekt ein, das seinen Unterricht störte. Triumphierend hielt er den zerquetschten Körper hoch, an dem noch zwei Flügel und ein Fühler zu erkennen waren.

»Das war eine fliegende Ameise«, erklärte er. »Zweifellos eine Königin. Nur die geschlechtsfähigen Ameisen haben Flügel. Die Männchen sterben gleich nach der Begattung, die im Flug vollzogen wird. Die Weibchen fliegen allein weiter, auf der Suche nach einem Ort, wo sie ihre Eier ablegen können. Wie Sie sicher selbst schon festgestellt haben, nimmt die Zahl der Insekten immer mehr zu, seit die Temperaturen auf der Erde steigen.«

Er betrachtete die verstümmelte Ameisenkönigin.

»Der Hochzeitsflug findet im Allgemeinen kurz vor einem Gewitter statt. Das Auftauchen dieser Königin deutet also darauf hin, dass es morgen regnen wird.«

Der Biologielehrer warf die sterbende Ameise in ein Terrarium von 1 m Länge und 50 cm Höhe, in dem Frösche lebten, die sich sofort um den Leckerbissen balgten.

»Man beobachtet eine sehr starke Vermehrung der Insekten«, fuhr er fort, »die zudem immer resistenter gegen Insektizide werden. In Zukunft dürfte es in unseren Schränken noch mehr Schaben, in unserem Zucker noch mehr Ameisen, in Holztäfelungen noch mehr Termiten und in der Luft noch mehr Mücken und Ameisenprinzessinnen geben. Decken Sie sich deshalb reichlich mit Insektiziden ein.«

Während die Schüler sich noch Notizen machten, kündigte der Lehrer an, dass sie nun zum praktischen Teil des Unterrichts übergehen würden.

»Heute interessieren wir uns für das Nervensystem, speziell für die peripheren Nerven.«

Er forderte die Schüler in der ersten Reihe auf, die Glasbehälter auf dem Labortisch an ihre Klassenkameraden zu verteilen. In jedem Behälter saß ein Frosch, und der Lehrer demonstrierte an einem Exemplar, was zu tun war. Um den Frosch zu betäuben, musste man einen mit Äther getränkten Wattebausch in das Gefäß werfen, das Tier sodann herausholen, mit Nadeln auf ein Stück Gummi spießen und die Blutstropfen unter dem Wasserhahn abwaschen, um bei der weiteren Arbeit nicht behindert zu werden.

Mit Pinzette und Skalpell sollten die Schüler die Haut einschneiden, die Muskeln freilegen und schließlich mit Hilfe einer Batterie und zweier Elektroden den Nerv suchen, der für die Kontraktionen des rechten Beins zuständig war. Alle Schüler, denen es gelingen würde, Zuckungen des rechten Beins ihres Frosches hervorzurufen, würden eine Eins bekommen.

Der Lehrer ging von einem zum anderen und kontrollierte den Stand der Dinge. Einigen Schülern gelang es nicht, den Frosch zu betäuben, obwohl sie schon mehrere Wattebäusche mit Äther ins Glas geworfen hatten. Andere glaubten, ihn erfolgreich eingeschläfert zu haben, doch als sie versuchten, ihn mit Nadeln auf die Gummiunterlage zu spießen, begann der Frosch verzweifelt mit seinem noch freien Bein zu strampeln.

Julie betrachtete ihren Frosch und hatte flüchtig den Eindruck, als säße sie selbst in dem Behälter. Unweit von ihr hatte Gonzague Dupeyron seinen Frosch bereits mit zwanzig rostfreien Nadeln durchbohrt, so dass das Tier dem hl. Sebastian ähnelte. Schlecht betäubt, versuchte es sich zu befreien, doch die geschickt platzierten Nadeln verhinderten jede Bewegung, und weil es nicht schreien konnte, begriff niemand, wie sehr es litt. Ein schwaches, klagendes Quaken verhallte ungehört.

»Hör mal, ich kenne einen guten Witz. Weißt du, welches der längste Nerv im menschlichen Körper ist?«, fragte Gonzague einen seiner Nachbarn.

»Nein.«

»Der Sehnerv.«

»Aha! Und warum?«

»Man braucht uns nur ein Haar am Hintern auszureißen, und schon vergießen wir eine Träne.«

Sie lachten schallend, und Gonzague legte – zufrieden über seinen tollen Witz – den Muskel des Frosches frei und fand den Nerv. Er setzte die Elektroden an, und das rechte Bein zuckte unter Krämpfen. Der gemarterte Frosch öffnete den Mund, brachte aber, vor Schmerz gelähmt, keinen Laut mehr hervor.

»Ausgezeichnet, Gonzague, Sie haben Ihre Eins«, lobte der Lehrer. Der Primus machte sich daraufhin auf die Suche nach weiteren Nerven, die genauso interessante Reflexbewegungen hervorrufen würden. Er löste große Hautfetzen ab und legte graue Muskeln frei. In wenigen Minuten hatte er den noch lebenden Frosch vollständig gehäutet und fand immer neue Nerven, die Zuckungen auslösten.

Zwei Mitschüler gratulierten ihm und bewunderten sein Werk.

Jene Ungeschickten, die entweder zu wenig Äther verwendet oder aber die Nadeln zu zaghaft benutzt hatten, mussten verdutzt erleben, wie ihre Frösche plötzlich davonsprangen, sogar wenn die Muskeln am rechten Bein schon freigelegt waren. Mit Nadeln gespickte Frösche hüpften oder humpelten durch den Biologiesaal und riefen Gelächter, aber auch einige mitleidige Bemerkungen hervor.

Julie schloss vor Entsetzen die Augen. Sie konnte diesen Anblick einfach nicht ertragen. Wortlos verließ sie den Biologiesaal, das Glas mit ihrem Frosch in der Hand.

Sie rannte durch den Schulhof, vorbei an der Grünanlage, in deren Mitte an einem Mast die Fahne mit der Devise des Gymnasiums wehte:

AUS INTELLIGENZ ENTSPRINGT VERNUNFT.

In der Ecke, wo die Müllcontainer standen, stellte sie das Glas ab und beschloss, Feuer zu legen, doch das Blatt Papier, das sie mit ihrem Feuerzeug anzündete und in den Container warf, verkohlte nur, ohne weiteren Schaden anzurichten.

Da warnen die Zeitungen nun ständig, dass eine achtlos weggeworfene Zigarettenkippe genügt, um viele Hektar Wald zu vernichten, und ich schaffe es nicht einmal, mit Papier und Feuerzeug einen Müllcontainer in Brand zu setzen!, dachte sie wütend, ohne jedoch so leicht aufzugeben.

Endlich züngelten kleine Flammen empor. »Dieses Feuer ist schön, und es wird dich rächen, kleiner Frosch«, murmelte sie.

Sie betrachtete den brennenden Müllcontainer. Stinkende Abfälle gingen in Flammen auf – rot, gelb und weiß, dahinter die rauchgeschwärzte Mauer.

»Leb wohl, grausames Gymnasium«, seufzte Julie zufrieden und trat den Rückzug an. Sie ließ den Frosch frei, der sich mit großen Sprüngen in einem Gully versteckte, und blieb in einiger Entfernung stehen, weil sie wissen wollte, ob die ganze Schule in Flammen aufgehen würde.

36. Am Fusse der Felswand

Geschafft!

Die Ameisen sind endlich am Fuß der Felswand angelangt.

Plötzlich bekommt Nr. 103 Schluckauf und bewegt krampfhaft ihre Fühler. Die anderen nähern sich besorgt. Sie muss krank sein. Das Alter … Nr. 103 ist drei Jahre alt, und das ist die durchschnittliche Lebensdauer einer geschlechtslosen Ameise.

Ihr Leben neigt sich also dem Ende zu. Nur die fortpflanzungsfähigen Ameisen, genauer gesagt die Königinnen, können bis zu fünfzehn Jahre alt werden.

Nr. 5 ist sehr beunruhigt. Sie befürchtet, dass Nr. 103 sterben könnte, bevor sie alles über die Welt der Finger und über die Gefahr des weißen Schilds erzählt hat. Es ist ungemein wichtig, mehr darüber zu erfahren, und deshalb wäre es ein schrecklicher Verlust für die gesamte Ameisenzivilisation, wenn sie jetzt stürbe. Nr. 5 lässt ihr zur Stärkung eine Trophallaxis aus Klopfkäfern zukommen. Essen vermag zwar den Alterungsprozess nicht aufzuhalten, wirkt aber immer tröstlich.

Wir müssen gemeinsam nach einer Lösung suchen, um Nr. 103 zu retten, befiehlt sie.

In der Welt der Ameisen glaubt man, dass es für jedes Problem eine Lösung gibt, und wenn man keine findet, so bedeutet das nur, dass man nicht gründlich genug nachgedacht hat.

Nr. 103 verströmt jetzt einen unangenehmen Geruch nach Oleinsäure, der für Sterbende typisch ist.

Nr. 5 ruft ihre Schwestern zu einer Absoluten Kommunikation zusammen: Man bildet einen Kreis und berührt einander mit den Fühlerspitzen. Auf diese Weise kommt es zu einer totalen Gedankenübertragung, so als wären die zwölf Gehirne zu einem einzigen verschmolzen.

Frage: Wie kann man die biologische Zeitbombe entschärfen, die diese so wertvolle Kundschafterin bedroht?

Die verrücktesten Ideen werden vorgebracht. Jede schlägt eine Lösung vor.

Nr. 6 möchte Nr. 103 mit Wurzeln der Trauerweide aufpäppeln, deren Säure ihr zufolge sämtliche Krankheiten heilt. Man hält ihr aber entgegen, das Alter sei keine Krankheit.

Nr. 8 schlägt vor, man solle das Gehirn von Nr. 103, das all die wertvollen Informationen enthalte, in einen jungen und gesunden Körper transplantieren, beispielsweise in den von Nr. 14, die von dieser Idee aber nicht sehr angetan ist. Auch die anderen verwerfen diesen Vorschlag. Viel zu riskant, meinen alle.

Warum nicht so schnell wie möglich sämtliche Pheromone ihrer Fühler abschnuppern?, bringt Nr. 14 vor.

Es sind viel zu viele, seufzt Nr. 5.

Nr. 103 hustet jämmerlich.

Nr. 7 erinnert daran, dass Nr. 103 noch zwölf Jahre leben könnte, wenn sie eine Königin wäre.

Wenn Nr. 103 eine Königin wäre ...

Nr. 5 erwägt diese Idee. Es ist nicht ganz unmöglich, aus Nr. 103 eine Königin zu machen. Alle Ameisen wissen, dass es eine Hormonsubstanz gibt, das sogenannte »Gelée Royale«, das ein geschlechtsloses Insekt in ein geschlechtsfähiges zu verwandeln vermag.

Die AK wird noch intensiver. Unmöglich, das von Bienen produzierte »Gelée Royale« zu verwenden. Die genetischen Eigenschaften der beiden Arten sind viel zu verschieden. Allerdings haben Bienen und Ameisen gemeinsame Vorfahren: die Wespen. Auch sie verstehen sich auf die Produktion des Gelees, um auf künstliche Weise Königinnen erschaffen zu können, falls ihre Königin durch irgendeinen unglücklichen Zufall ums Leben kommt.

Endlich eine Möglichkeit, um den Alterungsprozess aufzuhalten. Die Antennen der zwölf Ameisen bewegen sich hektisch. Wie soll man das Gelee der Wespen finden?

Nr. 12 behauptet, ein Wespennest zu kennen und einmal zufällig die Verwandlung einer geschlechtslosen Wespe in ein Weibchen beobachtet zu haben. Die Wespenkönigin war an einer unbekannten Krankheit gestorben, und die Arbeiterinnen hatten eine der Ihren zur Nachfolgerin erkoren. Sie hatten sie ein dunkles, sirupartiges

Zeug schlucken lassen, und gleich darauf hatte sie die typischen Gerüche eines Weibchens verströmt. Eine andere Arbeiterin war dazu bestimmt worden, der künftigen Königin als Männchen zu dienen. Man hatte ihr eine ähnliche Substanz eingegeben, und sie hatte tatsächlich männliche Gerüche verströmt.

Der Paarung der aus Not künstlich erschaffenen geschlechtsfähigen Wespen hat Nr. 12 nicht beigewohnt, doch als sie einige Tage später an jener Stelle vorbeigekommen ist, konnte sie feststellen, dass die Bevölkerung des Wespennests mittlerweile zugenommen hatte.

Nr. 5 fragt, ob sie den Wohnort jener Wespen wiederfinden würde.

In der Nähe der großen nördlichen Eiche.

Nr. 103 verspürt plötzlich eine heftige Erregung. Geschlechtsfähig werden … Sollte das tatsächlich möglich sein? Sogar in ihren kühnsten Träumen hätte sie nicht auf ein solches Wunder zu hoffen gewagt. Sofort schöpft sie neue Kraft und neuen Mut.

Wenn es denn wirklich möglich ist, will sie geschlechtsfähig werden! Schließlich ist es ungerecht, dass einige wenige alles und die anderen gar nichts haben, nur aufgrund des Zufalls ihrer Geburt. Die alte rote Ameise stellt ihre Fühler auf und dreht sie in Richtung der großen Eiche.

Ein Problem gibt es allerdings noch: Die große Eiche ist sehr weit entfernt, und um dorthin zu gelangen, muss man die dürre nördliche Zone durchqueren, eine schreckliche weiße Wüste.

37. Erster Blick auf die mysteriöse Pyramide

Überall feuchte Bäume und Grünzeug.

Kommissar Maximilien Linart machte sich vorsichtig in Richtung der geheimnisvollen Pyramide im Wald auf den Weg. Er hatte eine Schlange gesehen, die seltsamerweise Stacheln wie ein Igel aufwies, aber er wusste, dass im Wald alle möglichen bizarren Geschöpfe lebten. Der Polizeibeamte liebte den Wald nicht. Dies war für ihn feindliches Gebiet, in dem es von kriechendem und fliegendem Getier nur so wimmelte.

Außerdem beherbergte der Wald alle möglichen Übeltäter. Früher hatten hier Räuber den Reisenden aufgelauert, und Hexen waren hier ihren dunklen Künsten nachgegangen. Die meisten revolutionären Bewegungen bildeten ihre Guerilleros im Wald aus. Schon Robin Hood hatte sich im Wald versteckt, um dem Sheriff von Nottingham das Leben schwer zu machen!

In seiner Jugend hatte Maximilien davon geträumt, den Wald verschwinden zu sehen. All diese Schlangen, Spinnen und Fliegen hatten den Menschen schon viel zu lange geplagt. Er träumte von einer Betonwelt ohne jede Spur von Dschungel. Weit und breit nichts als Betonplatten. Das wäre viel hygienischer, und außerdem könnte man große Entfernungen auf Rollschuhen zurücklegen.

Um nicht aufzufallen, hatte Maximilien sich wie ein Spaziergänger angezogen. »Die beste Tarnung ist nicht jene, die eine Landschaft kopiert, sondern jene, die sich ganz natürlich in die Landschaft integriert«, predigte er seinen Schülern an der Polizeischule immer wieder. »In der Wüste fällt ein Mann in sandfarbener Kleidung eher auf als ein Kamel.«

Endlich entdeckte er das suspekte Bauwerk und betrachtete es durchs Fernglas. Die Bäume, die sich in den großen Spiegelplatten spiegelten, verbargen den Bau recht geschickt, aber eine Einzelheit war verräterisch: Auch die Sonne spiegelte sich darin. Zwei Sonnen. Eine zu viel.

Er trat näher heran.

Spiegel waren wirklich ausgezeichnete Tarnungsmittel. Nicht umsonst wurden sie auch von Zauberkünstlern verwendet, beispielsweise wenn Mädchen in Truhen stiegen, die dann mit Schwertern oder Lanzen durchbohrt wurden. Ein simpler optischer Trick.

Er holte sein Notizbuch hervor und schrieb sorgfältig auf:

1. Untersuchung über die Pyramide im Wald
   a) Beobachtungen auf einige Distanz

Er las durch, was er geschrieben hatte, und zerriss das Blatt. Es handelte sich nicht um eine Pyramide, sondern um einen Tetraeder.

Die Pyramide hat vier Seiten plus Grundfläche, also insgesamt fünf Flächen. Der Tetraeder hat drei Seiten plus Grundfläche, also insgesamt vier Flächen. Tetra ist das griechische Wort für vier.

Er berichtigte deshalb:

1. Untersuchung über den Tetraeder im Wald

Zu Maximiliens größten Stärken gehörte seine Fähigkeit, präzise zu beschreiben, was er wirklich sah, und nicht das, was andere zu sehen glaubten. Diese Gabe der Objektivität hatte ihn schon oft vor Fehlern bewahrt.

Zeichenkurse hatten diese Begabung zusätzlich gefördert. Wenn man eine Straße sieht, ist man zunächst geneigt, zwei parallele Linien zu zeichnen, doch wenn man »objektiv« wiedergibt, was man sieht, bewirkt die Perspektive, dass eine Straße – von vorne betrachtet – einem Dreieck gleicht, mit den beiden Rändern als Fluchtlinien, die sich am Horizont treffen.

Maximilien Linart betrachtete das Bauwerk abermals durchs Fernglas und wunderte sich über sich selbst, denn sogar ihm ging der Ausdruck ›Pyramide‹ nicht aus dem Sinn, wahrscheinlich, weil sich damit etwas Rätselhaftes und Ehrfurchtgebietendes verband. Er zerriss das Blatt. Ausnahmsweise würde er auf absolute Genauigkeit verzichten.

1. Untersuchung über die Pyramide im Wald
   a) Beobachtungen auf einige Distanz: circa drei Meter hohes Bauwerk, durch Büsche und Bäume getarnt.

Er machte eine Skizze, bevor er weiterging. Einige Meter von der Pyramide entfernt waren in der lockeren Erde Fuß- und Pfotenspuren zu sehen, die zweifellos von Gaston Pinson und seinem Hund stammten. Er zeichnete auch diese Spuren und umrundete sodann den Bau. Keine Tür, keine Fenster, kein Schornstein, kein Briefkasten. Nichts, was auf eine menschliche Behausung hindeutete. Nur Beton unter Spiegelplatten und eine durchsichtige Spitze.

Einige Schritte zurücktretend, betrachtete er die Konstruktion lange und sehr aufmerksam. Form und Proportionen waren ausgewogen. Wer auch immer diese Pyramide mitten im Wald errichtet haben mochte, hatte in architektonischer Hinsicht ein Meisterwerk geschaffen.

38. Enzyklopädie

Goldene Zahl Die goldene Zahl bezeichnet ein präzises Proportionsverhältnis, mit dessen Hilfe man bauen, malen und Skulpturen bilden kann, wobei diesen Werken eine verborgene Kraft innewohnt.

Mit Hilfe dieser Zahl wurden die Cheopspyramide, der Tempel Salomos, der Parthenon und die meisten romanischen Kirchen erbaut. Auch bei vielen Renaissancegemälden wurden diese Proportionen eingehalten.

Angeblich ist jedes Bauwerk, das sich nicht dieser Zahl bedient, vom Einsturz bedroht. Man berechnet sie folgendermaßen: $\Phi = 1{,}6180335$.

Das ist das jahrtausendealte Geheimnis. Diese Zahl ist aber kein Produkt der menschlichen Fantasie. Sie kommt auch in der Natur vor. Beispielsweise müssen die Blätter an einem Baum proportional gesehen diesen Abstand haben, um sich nicht gegenseitig durch Schatten zu behindern. Und diese Zahl bestimmt auch die Lage des Bauchnabels im Verhältnis zum ganzen menschlichen Körper.

Edmond Wells

Enzyklopädie des relativen und absoluten Wissens, Bd. 3

39. Nach dem Verlassen des Gymnasiums

Die Schule war ein quadratisches Gebäude. Drei U-förmige Betonflügel und ein hohes, mit Rostschutzfarbe angestrichenes Metallgitter als vierte Seite des Quadrats.

Julie hoffte, dass die Flammen das ganze Bauwerk verzehren würden, das in ihren Augen Ähnlichkeit mit einem Gefängnis, einer Kaserne, einem Hospiz, einer Klinik oder einer Irrenanstalt hatte – kurz gesagt, mit einem jener quadratischen Orte, wo man Menschen isoliert, denen man möglichst selten auf der Straße begegnen will.

Das junge Mädchen betrachtete den Rauch, der in dichten Schwaden aus dem brennenden Müllcontainer aufstieg, doch schon tauchte der Hausmeister mit einem Feuerlöscher auf und erstickte die Flammen mit weißem Schaum.

Es war wirklich nicht leicht, die Welt zu verändern!

Julie lief ziellos durch die Stadt. Wegen des Streiks der Müllabfuhr quollen die Tonnen über: schimmelige Lebensmittel, schmutzige Papiertaschentücher und sonstige Relikte der Überflussgesellschaft … Sie hielt sich die Nase zu. Als sie durch eine reine Wohngegend mit Einfamilienhäusern kam, die um diese Zeit wie ausgestorben war, hatte sie das Gefühl, verfolgt zu werden. Sie drehte sich um, sah nichts und setzte ihren Weg fort. Doch als das unheimliche Gefühl immer stärker wurde, warf sie einen Blick in den Rückspiegel eines am Straßenrand geparkten Autos und stellte bestürzt fest, dass sie sich nicht getäuscht hatte. Drei Burschen folgten ihr in einigem Abstand. Sie kannte sie: Es waren Klassenkameraden, Musterschüler von der ersten Bank, darunter Gonzague Dupeyron, der wie immer ein Seidenhemd und einen Seidenschal trug.

Instinktiv spürte sie die Gefahr und beschleunigte ihre Schritte, doch die Jungen kamen immer näher, und rennen konnte sie nicht, weil ihre Ferse immer noch schmerzte. Sie kannte sich in diesem Viertel schlecht aus, denn es war nicht ihr üblicher Schulweg, und bog erst nach links und dann nach rechts ab. Die Schritte der Burschen hallten hinter ihr auf dem Pflaster. Rasch bog sie wieder um eine Ecke. Verdammt, eine Sackgasse! Sie versteckte sich in einem Torweg und presste ihren Rucksack mit der *Enzyklopädie* so fest an ihre Brust, als könnte das Buch ihr als Rüstung dienen.

»Sie muss hier sein«, sagte eine Stimme. »In dieser Sackgasse kann sie uns nicht entwischen.«

Sie spähten in jeden Torweg und kamen immer näher. Dem Mädchen lief kalter Schweiß über den Rücken. Es rannte zur Haustür und drückte verzweifelt auf die Klingel. »Sesam, öffne dich!«, murmelte Julie.

Hinter der Tür waren Geräusche zu hören, aber sie wurde nicht geöffnet.

»Wo bist du, kleine Pinson, Kleine, Kleine, Kleine?«, höhnte die Bande.

Julie kauerte vor der Tür nieder, die Knie bis zum Kinn hochgezogen. Drei grinsende Gesichter tauchten plötzlich auf.

Weil sie nicht fliehen konnte, stand Julie auf und stellte sich ihren Verfolgern.

»Was wollt ihr von mir?«, fragte sie mit halbwegs fester Stimme.

Sie kamen noch näher.

»Lasst mich in Ruhe!«

Betont langsam rückten die Burschen vor, entzückt über die Furcht in den hellgrauen Augen des Mädchens, das ihnen nicht entfliehen konnte.

»Hilfe!«

In der Sackgasse wurden die wenigen offenen Fenster hastig geschlossen.

»Hilfe! Polizei!«

Julie wusste genau, dass es sehr lange dauerte, bis die Polizei an irgendeinem Tatort eintraf. Einen wirksamen Schutz für bedrohte Bürger gab es nicht.

Die drei Burschen ließen sich sehr viel Zeit. Fest entschlossen, ihnen doch noch zu entkommen, griff Julie unerwartet mit gesenktem Kopf an. Sie täuschte sich erfolgreich an zwei Feinden vorbei, umschlang Gonzagues Kopf so, als wollte sie ihn küssen, und rammte ihre Stirn gegen seine Nase, was sich anhörte, als würde ein trockenes Stück Holz zerbrechen. Verblüfft griff er an die schmerzende Nase, doch da trat sie ihm schon mit dem Knie in den Unterleib. Gonzague schrie auf, krümmte sich und war vorübergehend außer Gefecht gesetzt, was Julie jedoch nichts nutzte, denn seine beiden Kameraden packten sie bei den Armen. Ihr Rucksack fiel zu Boden, und die *Enzyklopädie* rutschte heraus. Sie wollte das Buch mit dem Fuß zurückschieben, aber einer der Jungen begriff, dass es für sie wichtig war, und bückte sich danach.

»Rühr das nicht an!«, kreischte Julie, während der dritte Schüler ihre Arme nach hinten zog und mit eisernem Griff festhielt, ohne sich um ihr Strampeln zu kümmern.

Gonzagues Gesicht war zwar immer noch schmerzverzerrt, aber er rang sich ein Lächeln ab, das besagen sollte: »Pah, du hast mir überhaupt nicht weh getan!« Sofort bemächtigte er sich des Buches.

»En-zy-klo-pä-die des re-la-ti-ven und ab-so-lu-ten Wis-sens, Bd. 3«, las er Silbe für Silbe. »Was ist das denn? Hört sich wie ein Handbuch der Zauberkunst an.«

Während der stärkste Bursche Julie weiter festhielt, blätterten die beiden anderen in dem Werk. Zufällig fielen ihnen nur Kochrezepte auf.

»Puh! Typischer Weiberkram!«, rief Gonzague verächtlich und warf die *Enzyklopädie* achtlos in den Rinnstein.

Julie trat dem Jungen, der sie festhielt, so kräftig vors Schienbein, dass er sie losließ. Es gelang ihr gerade noch, das Buch an sich zu reißen, bevor es in den Gully rutschen konnte. Doch schon im nächsten Moment stürzten sich die drei Jungen wieder auf sie. Sie schlug mit den Fäusten nach ihnen und hätte ihnen liebend gern die Gesichter zerkratzt, doch bedauerlicherweise hatte sie alle Fingernägel abgebissen. Stattdessen grub sie ihre Schneidezähne in Gonzagues Wange. Blut floss.

»Die Furie hat mich gebissen!«, schrie er. »Lasst sie ja nicht los! Fesselt sie!«

Julie wurde mit Taschentüchern an eine Straßenlaterne gebunden.

»Das wirst du mir büßen«, knurrte Gonzague, während er sich die blutende Wange rieb. Er zog ein Klappmesser aus der Tasche und ließ die Klinge hervorspringen.

Julie spuckte ihm ins Gesicht.

»Haltet sie gut fest, Jungs. Ich werde ihr einige geometrische Symbole in die Haut ritzen, damit sie in Mathe endlich besser mitkommt.«

Genüsslich schlitzte er zunächst Julies langen schwarzen Rock auf, schnitt ein Stück Stoff heraus und schob es in seine Tasche. Unerträglich langsam glitt die Klinge höher.

Auch die Stimme kann sich in eine Waffe verwandeln, die Schmerz zufügt, hatte Jankelewitsch ihr beigebracht.

»IIIAAAHIIIAAHHH …«

Ihr gellender Schrei schwoll derart an, dass Fensterscheiben klirrten. Die Jungen hielten sich die Ohren zu.

»Wir werden sie knebeln müssen, um in Ruhe arbeiten zu können«, fiel einem ein.

Ein seidenes Halstuch wurde ihr in den Mund gestopft. Julie keuchte verzweifelt.

Der Nachmittag neigte sich dem Ende zu. Die Straßenbeleuchtung schaltete sich dank ihrer Fotozelle, die das Nachlassen des Tageslichts registrierte, automatisch ein, aber das Licht störte die drei Störenfriede nicht. Gonzagues Messer war bis zu Julies Knien hochgeglitten, und nun ritzte er eine horizontale Linie in ihre zarte Haut.

»Das war für den Schlag gegen die Nase!«

Eine vertikale Linie folgte, so dass ein Kreuz entstand. »Das war für den Tritt in den Unterleib!«

Ein dritter Schnitt, wieder vertikal. »Für den Biss in die Wange! Und das war erst der Anfang …«

Die Klinge glitt langsam noch höher.

»Ich werde dich häuten wie den Frosch im Biologieunterricht«, kündigte Gonzague an. »Davon verstehe ich etwas. Schließlich habe ich eine Eins bekommen. Erinnerst du dich daran? Nein, wahrscheinlich nicht. Schlechte Schüler verlassen den Unterricht ja gern vorzeitig.«

Julie war einer Ohnmacht nahe. In der *Enzyklopädie* hatte sie gelesen, dass man sich im Falle einer Gefahr, der man nicht entrinnen konnte, eine Sphäre über seinem Kopf vorstellen solle, in die man sich dann nach und nach zurückziehen könne, bis der Körper nur noch eine leere, geistlose Hülle wäre.

Eine schöne Theorie, die man sich leicht vorstellen konnte, wenn man gemütlich in einem Sessel saß, die sich aber schwer in die Tat umsetzen ließ, wenn man an eine Metallstange gefesselt war und gequält wurde.

Erregt vom Anblick dieses hübschen, wehrlosen Mädchens, streichelte der größte der drei Burschen schwer atmend Julies langes seidiges Haar und berührte mit zittrigen Fingern den zarten weißen Hals.

Julie bäumte sich in ihren Fesseln auf. Sie konnte den Kontakt mit jedem Gegenstand – sogar mit einer Messerklinge – ertragen, doch sobald ein Mensch sie berührte, geriet sie völlig außer sich. Ihre Augen verdrehten sich, sie wurde purpurrot im Gesicht, zitterte am ganzen Leib und schnaubte. Der Dicke wich zurück. Die Klinge hielt auf ihrem Weg nach oben inne.

»Sie hat einen Asthmaanfall«, erklärte der größte Junge, der so etwas schon einmal gesehen hatte.

Erschrocken traten sie weiter zurück. Ihr Opfer leiden zu sehen machte keinen Spaß, wenn nicht sie selbst ihm den Schmerz zugefügt hatten. Julie verfärbte sich violett und zerrte so heftig an ihren Fesseln, dass sie sich die Haut aufschürfte.

»Lasst sie in Ruhe!«, rief plötzlich eine Stimme.

Ein langer Schatten mit drei Beinen fiel auf das Pflaster der Sackgasse. Die Burschen drehten sich um und erkannten David, einen der Sieben Zwerge. Das dritte Bein war seine Krücke, die er seit einer Kinderlähmung zum Gehen brauchte.

»Nanu, David, hältst du dich plötzlich für Goliath?«, höhnte Gonzague. »Tut mir leid, mein Lieber, aber wir sind zu dritt, und du bist allein, ziemlich klein und nicht gerade ein Muskelprotz.«

Die drei lachten schallend. Aber nicht lange.

Andere Schatten traten neben die drei Beine. Julie erkannte die übrigen Sieben Zwerge, die Schüler aus der letzten Bank.

Die drei Musterschüler griffen an, aber die Sieben Zwerge wichen nicht zurück. Der Kräftigste von ihnen boxte seine Gegner in die Magengrube; der Asiate beherrschte Taekwondo oder etwas Ähnliches; der Magere teilte Ohrfeigen aus; die Stämmige mit den kurzen Haaren setzte ihre Ellbogen als Waffe ein; die Schlanke mit den blonden Haaren hatte zehn lange, scharfe Fingernägel; der Feminine teilte Fußtritte aus. Und David schlug mit seiner Krücke nach den Händen der drei Angreifer.

Gonzague und seine Freunde wollten sich nicht so leicht geschlagen geben. Sie formierten sich neu, teilten ihrerseits Hiebe aus und fuchtelten mit dem Messer herum, sahen aber bald ein, dass sie der Übermacht nicht gewachsen waren, und suchten das Weite.

»Wir sehen uns wieder!«, rief Gonzague den Sieben Zwergen noch drohend zu, bevor er verschwand.

Julie war fast am Ersticken. Der Sieg hatte ihren Asthmaanfall nicht beendet. David nahm ihr vorsichtig den Knebel aus dem Mund und löste ihre Fesseln.

Sobald sie frei war, stürzte sie zu ihrem Rucksack und holte eine Spraydose mit Ventolin hervor. Begierig atmete sie das Medikament ein, das ihr sofort Linderung verschaffte.

Als Nächstes schob sie die *Enzyklopädie* hastig in den Rucksack zurück.

»Ein Glück, dass wir zufällig hier vorbeikamen«, sagte Ji-woong.

Julie massierte sich die Handgelenke, um die Blutzirkulation anzuregen.

»Gonzague Dupeyron ist ihr Anführer«, erklärte Francine.

»Ja, das ist Dupeyrons Bande«, bestätigte Zoé. »Sie nennen sich ›*Schwarze Ratten*‹ und haben schon alle möglichen Dummheiten gemacht, aber die Polizei drückt ein Auge zu, weil Gonzagues Onkel der Präfekt ist.«

Julie schwieg; noch immer rang sie mühsam nach Luft, aber ihr Blick schweifte aufmerksam über die Sieben Zwerge. Der kleine Braunhaarige mit der Krücke, David, hatte ihr heute schon in der Mathestunde zu helfen versucht. Von den anderen wusste sie kaum mehr als die Vornamen: Ji-woong, der Asiat, Léopold, der schweigsame Magere, Narcisse, der feminine Spaßmacher, Francine, die zierliche Blondine, Zoé, die mürrische Stämmige, und Paul, der ausgeglichene Dicke.

Die Sieben Zwerge …

»Ich brauche niemanden«, brachte Julie keuchend hervor. »Ich komme gut allein zurecht.«

»Na so was!«, rief Zoé empört. »Undank ist der Welt Lohn! Kommt, gehen wir. In Zukunft soll diese arrogante Ziege sich wirklich allein helfen.«

Sechs Gestalten entfernten sich. Nur David zögerte. Bevor er den anderen folgte, drehte er sich noch einmal nach Julie um und sagte: »Unsere Rockband probt morgen. Du kannst mitmachen, wenn du willst. Wir spielen in dem kleinen Raum direkt unter der Cafeteria.«

Ohne ihn einer Antwort zu würdigen, verstaute Julie ihre *Enzyklopädie* sorgfältig zuunterst im Rucksack und trat den Heimweg an.

40. WÜSTE

Der Horizont erstreckt sich ins Unendliche, ohne von vertikalen Linien durchbrochen zu werden.

Nr. 103 setzt mühsam ein Bein vor das andere. Ihre Gelenke knirschen, ihre Fühler trocknen ständig aus, und sie verliert viel Kraft damit, sie nervös zu befeuchten.

Mit jeder Sekunde macht ihr das Alter mehr zu schaffen. Nr. 103 weiß, dass der Tod wie ein Schatten über ihr liegt. Wie kurz ist doch das Leben einfacher Ameisen! Wenn sie nicht bald geschlechtsfähig wird, werden ihre Lebenserfahrungen niemandem mehr von Nutzen sein können, denn dann wird der unerbittlichste Feind sie besiegt haben: die Zeit.

Ihr folgen die zwölf jungen Kundschafterinnen, die beschlossen haben, sie auf dieser Odyssee zu begleiten.

Die Ameisen machen nur Rast, wenn der feine Sand unter ihren Beinen glühend heiß wird. Sobald eine Wolke die Sonne verhüllt, marschieren sie weiter. Die Wolken wissen gar nicht, wie mächtig sie sind!

Die Landschaft besteht abwechselnd aus feinem Sand, Kieseln, Steinen und pulverisierten Mineralien. Kaum Pflanzen, kaum Tiere. Ein großartiges Panorama – rosa Sierra und hellgraue Täler.

Obwohl sie manchmal große Umwege machen müssen, um nicht in den Seen aus allzu feinem Sand zu versinken, der fast flüssig zu sein scheint, verirren sie sich nie, denn Ameisen orientieren sich nicht nur an den Pheromonpisten, sondern auch mit Hilfe des Winkels zwischen Horizont und Sonne. Bei dieser Wüstendurchquerung verwenden sie zusätzlich auch noch ihr Johnston-Organ, das aus kleinen Gehirnkanälen besteht, deren Zellen die Magnetfelder der Erde registrieren. Diese unsichtbaren Magnetfelder sorgen dafür, dass Ameisen sich überall auf dem Planeten zurechtfinden und sogar unterirdische Flüsse aufspüren können, weil das schwach salzige Wasser die Magnetfelder verändert.

Im Augenblick sagt ihr Johnston-Organ ihnen aber, dass es hier weit und breit kein Wasser gibt. Und wenn sie zu der großen Eiche gelangen wollen, müssen sie immer weiter geradeaus durch diese unwirtliche Gegend marschieren.

Sie haben immer größeren Hunger und Durst, denn in dieser weißen Einöde gibt es so gut wie keine Lebewesen. Zufällig erspähen sie jedoch schließlich zwei Skorpione, die gerade bei der Liebeswerbung sind. Diese großen Spinnentiere können sehr gefährlich sein, und deshalb beschließen die Ameisen, sie erst anzugreifen, wenn sie nach der Paarung erschöpft sein werden.

Das Skorpionweibchen, kenntlich am dicken Bauch und an der braunen Farbe, packt seinen Auserwählten bei den Scheren, so als wollte es mit ihm Tango tanzen, und schiebt ihn vor sich her. Das Männchen, heller und zierlicher, bewegt sich gefügig rückwärts. Dieser Liebestanz dauert lange, und die Ameisen beobachten ihn, ohne einen Überfall zu riskieren. Endlich bleibt das Männchen stehen, hebt eine tote Fliege auf und bietet sie dem Weibchen an. Weil die Dame keine Zähne hat, zerlegt sie die Fliege mit ihren sägeblattartigen Scheren in kleine Stücke, die sie sodann genüsslich aussaugt. Daraufhin setzen die Skorpione ihren Liebestanz fort, bis das Männchen mit einer Schere, mit Schwanz und Beinen eine Höhle gräbt, während es seine Liebste mit der anderen Schere festhält.

Als die Höhle groß genug für das Paar ist, lädt das Männchen seine Braut in die neue Wohnung ein. Gemeinsam kriechen sie unter die Erde und verschließen die Höhle. Die neugierigen Ameisen graben rasch einen Tunnel, um sich das unterirdische Spektakel nicht entgehen zu lassen. Leib an Leib, Stachel an Stachel, paaren sich die Skorpione. Und weil Liebesspiele hungrig machen, tötet das Weibchen gleich darauf ihren erschöpften Partner und verschlingt ihn, bevor sie zufrieden die Höhle verlässt.

Die Ameisen glauben, dies sei der ideale Zeitpunkt für einen Angriff, doch der Skorpion hat im Augenblick keine Lust zu kämpfen und sucht das Weite.

Leider ist er viel schneller als die Ameisen, die jetzt zutiefst bedauern, dass sie nicht schon während der Paarung zugeschlagen haben. Sie feuern dem Weibchen mit Ameisensäure hinterher, die jedoch am harten Panzer wirkungslos abprallt. Den dreizehn Kundschafterinnen bleibt nichts anderes übrig, als sich mit den kläglichen Überresten des Männchens zu begnügen. Das Fleisch schmeckt nicht gut, und sie haben hinterher immer noch Hunger.

Trotzdem setzen sie ihren Marsch durch die unendliche Wüste fort. Sand, Felsen, und noch mehr Sand. Doch da erspähen sie in der Ferne eine Kugel.

Ein Ei!

Wie kommt ein Ei mitten in die Wüste? Ist es vielleicht nur eine Fata Morgana? Nein, das Ei liegt wirklich im Sand, und die Insekten umringen es begierig und schnuppern daran.

Nr. 5 erkennt den Geruch. Es ist das Ei eines Vogels, der einer weißen Schwalbe ähnelt, einen schwarzen Schnabel und schwarze Augen hat und über eine Besonderheit verfügt: Das Weibchen baut kein Nest und legt nur ein einziges Ei, das an irgendeinem x-beliebigen Ort deponiert wird, am häufigsten auf einem Ast oder Felsen. Das Weibchen macht sich nicht einmal die Mühe, eine geschützte Nische zu suchen, deshalb braucht man sich nicht zu wundern, dass

Eidechsen, Raubvögel oder Schlangen das Ei oft verzehren. Und selbst wenn das nicht der Fall ist, genügt schon ein kräftiger Windstoß, um das Ei am Boden zerschellen zu lassen. Schlüpft ein Junges trotz dieser Gefahren wohlbehalten aus, muss es aufpassen, um nicht vom Ast oder Felsen in die Tiefe zu stürzen. Im Grunde ist es erstaunlich, dass diese leichtfertige Vogelart nicht schon längst ausgestorben ist.

Diesmal hat ein besonders sorgloses Weibchen sein einziges Ei sogar mitten in der Wüste abgelegt, wo es jedem auf Gnade und Ungnade ausgeliefert ist.

Obwohl … Vielleicht war dieser Vogel doch nicht so dumm, wie es auf den ersten Blick scheint, denkt Nr. 103. Denn hier, mitten im Wüstensand, kann das Ei wenigstens nicht in die Tiefe stürzen.

Nr. 5 nimmt Anlauf und rennt mit dem Kopf gegen die harte Eierschale an. Vergeblich! Die anderen eilen ihr zu Hilfe, doch auch diese gemeinsamen Bemühungen bleiben erfolglos. Es ist wirklich zum Verzweifeln, dass man an eine so reiche Nahrungs- und Flüssigkeitsquelle nicht herankommt!

Nr. 103 erinnert sich an eine Wissenschaftssendung im Fernsehen, die sich mit dem Hebelprinzip beschäftigte. Richtig angewandt, ermöglichte diese Methode das Heben schwerster Lasten. Vielleicht sollte man es einmal ausprobieren. Sie schlägt vor, einen trockenen Zweig unter das Ei zu schieben und sich gemeinsam an diesen Hebel zu hängen, um das Ei anzuheben und aus dem Gleichgewicht zu bringen.

Die jungen Ameisen befolgen willig ihre Anweisungen. Nr. 8 ist von diesem wissenschaftlichen Experiment besonders fasziniert, und es gelingt tatsächlich: Das riesige Ei gerät aus dem Gleichgewicht, neigt sich zur Seite und fällt schließlich um.

Bedauerlicherweise zerbricht die Schale im weichen Sand jedoch nicht, und das Ei bleibt in horizontaler Lage genauso unzugänglich wie in der Vertikale. Nr. 5 äußert gewisse Zweifel an den technischen Fähigkeiten der Finger und beschließt, lieber wieder die üblichen

Praktiken der Ameisen anzuwenden. Sie schließt ihre Mandibeln zu einem spitzen Dreieck und verwendet sie als Bohrer, indem sie den Kopf immer wieder von links nach rechts dreht. Die Schale ist wirklich stabil: Nach hundert Bewegungen ist nur ein winziger heller Streifen zu erkennen. Ein mageres Resultat für so viel Arbeit! Nr. 103 hat sich bei den Fingern daran gewöhnt, dass alles sofort funktioniert, und dadurch hat sie die Geduld und Sturheit ihrer Artgenossen eingebüßt.

Nr. 5 ist erschöpft. Nr. 13 löst sie ab, dann Nr. 12, dann eine andere Ameise. Nacheinander benutzen sie ihren Kopf als Bohrer. Es dauert länger als eine halbe Stunde, bis ein winziges Loch entsteht, aus dem eine durchsichtige Gallertmasse sickert. Die Ameisen stürzen sich gierig auf diese nahrhafte Flüssigkeit.

Nr. 5 wackelt zufrieden mit ihren Antennen. Die Techniken der Finger mögen ja sehr interessant sein, aber effektiver ist und bleibt die Arbeitsweise der Ameisen. Nr. 103 verschiebt eine Debatte über dieses Thema auf später; jetzt hat sie Besseres zu tun. Sie steckt ihren Kopf durch das Loch und labt sich an der gelben Substanz.

Der Boden ist so heiß und trocken, dass das Ei sich in ein Omelett verwandelt, doch die Ameisen sind viel zu ausgehungert, um diesem Phänomen Beachtung zu schenken. Sie essen und trinken und tanzen ausgelassen im Ei herum.

41. Enzyklopädie

Das Ei Das Vogelei ist ein Meisterwerk der Natur. Bewundern wir zunächst einmal die Struktur der Schale. Sie besteht aus dreieckigen Mineralsalzkristallen, deren Spitzen nach innen weisen. Wird von außen Druck ausgeübt, schieben sich diese Kristalle ineinander, so dass die Schale noch widerstandsfähiger wird. Hier herrscht das gleiche Prinzip wie bei den Gewölben in romanischen Kathedralen: je größer der Druck, desto stabiler die Struktur. Wird hingegen von innen Druck angewandt, so lösen sich die Dreiecke voneinander, und das ganze Gefüge bricht leicht auseinander.

Auf diese Weise ist das Ei einerseits auf der Außenseite stabil genug, um dem Gewicht der brütenden Mutter standzuhalten, und andererseits auf der Innenseite so fragil, dass ein Junges die Schale aufpicken kann.

Das Ei besitzt aber weitere erstaunliche Eigenschaften. Damit der Vogelembryo sich richtig entwickeln kann, muss er immer über dem gelben Dotter liegen. Manchmal wird das Ei jedoch umgeworfen, deshalb hängt der Dotter an zwei Hagelschnüren, die seitlich zur Schalenhaut führen. Diese federnde Aufhängevorrichtung gleicht alle Bewegungen des Eis aus und bringt den Embryo in die richtige Position zurück.

Ist das Ei gelegt, bewirkt die plötzliche Abkühlung eine Trennung der beiden inneren Eihüllen und die Entstehung einer Luftkammer, die es dem Küken erlaubt, einige Sekunden zu atmen, bevor es ausschlüpft – lange genug, um die Schale aufzupicken oder notfalls sogar zu piepsen, wenn es die Hilfe der Mutter braucht.

EDMOND WELLS

Enzyklopädie des relativen und absoluten Wissens, Bd. 3

42. DAS SPIEL *EVOLUTION*

Während er sich in der Küche des gerichtsmedizinischen Instituts ein Omelett zubereitete, wurde der Gerichtsmediziner durch ein Klingeln gestört. Der Besucher war Kommissar Maximilien Linart, der sich nach der Todesursache von Gaston Pinson erkundigen wollte.

»Möchten Sie auch ein Stück Omelett?«, fragte der Mediziner höflich.

»Nein, danke. Haben Sie die Autopsie abgeschlossen?«

Erst nachdem er gegessen und ein Glas Bier getrunken hatte, zog der Arzt seinen weißen Kittel an und führte den Polizeibeamten ins Labor, wo er sein Dossier hervorholte.

Anhand von Blutanalysen hatte der Experte eine sehr starke allergische Reaktion festgestellt, und am Hals der Leiche hatte er einen roten Punkt entdeckt. Sein Befund lautete deshalb: Tod durch Wespenstich. Das war durchaus keine Seltenheit.

»Wenn die Wespe zufällig eine Vene trifft, die direkt mit dem Herzen verbunden ist, wirkt ihr Gift tödlich«, erklärte er.

Der Kommissar war überrascht. Was er für einen Mord gehalten hatte, war also nichts weiter als ein unglückseliger Zufall gewesen: ein Wespenstich im Wald.

Doch da war immer noch diese mysteriöse Pyramide …

Vielleicht war es ja tatsächlich nur ein Zufall, aber merkwürdig war es schon, dass jemand ausgerechnet am Fuße einer unerlaubt errichteten Pyramide in einem Naturschutzgebiet an einem Wespenstich starb.

Der Kommissar dankte dem Gerichtsmediziner und machte sich mit nachdenklich gerunzelter Stirn auf den Heimweg.

»Guten Abend, Monsieur!«

Drei junge Burschen kamen ihm entgegen. Maximilien erkannte Gonzague, den Neffen des Präfekten. Er hatte blaue Flecken im Gesicht und eine Bisswunde an der Wange.

»Bist du in eine Schlägerei geraten?«, erkundigte sich der Kommissar.

»So was Ähnliches«, erwiderte Gonzague. »Wir haben einer ganzen Bande Anarchisten die Fressen poliert.«

»Interessierst du dich immer noch für Politik?«

»Wir gehören zu den *Schwarzen Ratten*, dem Stoßtrupp der Jugendorganisation der neuen extremen Rechten«, berichtete einer der anderen Jungen stolz und überreichte dem Kommissar ein Flugblatt.

AUSLÄNDER RAUS! las Maximilien und murmelte: »Aha, ich verstehe …«

»Unser Problem besteht darin, dass es uns an Waffen fehlt«, vertraute ihm der dritte Kerl an. »Wenn wir einen so tollen Revolver wie Sie hätten, würde das unsere politische Lage erheblich verbessern.«

Der Kommissar bemerkte erst jetzt, dass seine Dienstwaffe unter dem offenen Jackett zu sehen war, und knöpfte es hastig zu. »Weißt du, ein Revolver ist nichts so Großartiges, wie du glaubst, sondern nur ein Hilfsmittel, ein Werkzeug wie jedes andere auch. Worauf es wirklich ankommt, ist das Gehirn, das dem Nerv am Zeigefinger sagt, ob er auf den Abzug drücken soll oder nicht. Es ist ein sehr langer Nerv ...«

»Aber nicht der längste«, grinste einer der Burschen.

»Also dann, guten Abend«, verabschiedete sich der Kommissar, der mit dieser Art von Humor der Jugendlichen nichts anzufangen wusste.

Gonzague hielt ihn zurück. »Wissen Sie, Monsieur, wir sind für Recht und Ordnung«, verkündete er. »Sollten Sie irgendwann unsere Hilfe benötigen, so zögern Sie nicht, mit uns Kontakt aufzunehmen.«

Er überreichte Maximilien seine Visitenkarte, die dieser höflich in die Tasche schob, bevor er seinen Weg fortsetzte.

»Wir sind jederzeit bereit, der Polizei zu helfen!«, rief ihm der Schüler nach.

Der Kommissar zuckte mit den Schultern. Die Zeiten änderten sich wirklich. In seiner Jugend hätte er sich nie erlaubt, eine Respektsperson einfach anzusprechen. Und heutzutage erboten sich junge Leute ganz dreist, Hilfspolizisten zu spielen! Er beschleunigte seine Schritte, weil er es plötzlich eilig hatte, Frau und Tochter wiederzusehen.

Auf den Hauptstraßen von Fontainebleau herrschte lebhaftes Treiben. Mütter schoben Kinderwagen, Bettler verlangten ein Almosen, Frauen zogen Einkaufswägelchen hinter sich her, Kinder machten Hüpfspiele, müde Männer eilten nach einem langen Arbeitstag nach Hause, und die Ärmsten der Armen durchwühlten die Mülltonnen, die wegen des Streiks randvoll waren.

Dieser Gestank!

Maximilien ging noch schneller. Es stimmte wirklich – diesem Land fehlte es an Recht und Ordnung. Die Leute machten, was sie wollten, ohne jeden Gemeinschaftssinn!

In den Städten herrschte das Chaos. Er liebte seinen Beruf, denn als Polizist hatte man ähnliche Pflichten wie ein Gärtner: Man musste das Unkraut beseitigen, die gesunden Bäume schützen, die Hecken beschneiden – kurz gesagt, man musste einen Lebensraum so sauber und schädlingsfrei wie nur möglich erhalten.

Zu Hause fütterte er als Erstes seine Fische und stellte dabei fest, dass ein Guppy-Weibchen Junge zur Welt gebracht hatte, die es jetzt genüsslich verspeiste. In Aquarien gab es eben keine Moralvorstellungen. Er betrachtete das große Holzfeuer im Kamin, bis seine Frau ihn zum Essen rief.

Es gab Schweinskopf mit pikanter Kräutersauce und Endiviensalat. Bei Tisch wurde über den schlechten Wetterbericht und über die Nachrichten aus aller Welt gesprochen, die wie immer deprimierend waren, doch es gab auch einige erfreuliche Themen: Marguerites gute Schulnoten und Scynthias Kochkünste.

Während seine Frau das schmutzige Geschirr in die Spülmaschine einräumte, bat Maximilien seine Tochter, ihm noch einmal zu erklären, wie man jenes seltsame Computerspiel namens »*Evolution*« spielte, das sie ihm zum Geburtstag geschenkt hatte, aber Marguerite erwiderte, sie müsse noch Hausaufgaben machen, könne ihm aber ein anderes Programm in den Computer eingeben: »Person«.

Dieses Programm, so erklärte sie, vermittle die Illusion, als hätte man einen echten Gesprächspartner, denn mit Hilfe eines Synthesizers und der Lautsprecher auf beiden Seiten des Bildschirms könne der Computer ganze Sätze aneinanderreihen und eine Unterhaltung führen.

Marguerite zog sich in ihr Zimmer zurück, und der Kommissar setzte sich vor den Computer, der vor sich hin summte. Ein großes Auge erschien auf dem Bildschirm.

»Mein Name ist Person, aber Sie können mich nennen, wie Sie wollen«, verkündete der Computer durch die kleinen Lautsprecher. »Möchten Sie meinen Namen ändern?«

Amüsiert beugte sich der Kommissar über das eingebaute Mikrofon. »Ich werde dir einen schottischen Namen geben: MacYavel.«

»Von nun an bin ich MacYavel«, sagte der Computer. »Was kann ich für Sie tun?«

Das Zyklopenauge zwinkerte.

»Du sollst mir das Spiel *Evolution* beibringen. Kennst du es?«

»Nein, aber ich brauche nur die Bedienungsanleitung zu lesen«, erwiderte das Auge.

Nachdem es die Regeln studiert hatte, wurde es immer kleiner und zog sich in eine Ecke des Bildschirms zurück, damit das Spiel beginnen konnte.

»Als Erstes müssen Sie einen Stamm gründen.«

MacYavel leistete Maximilien wertvolle Hilfestellung und erklärte ihm, dass er seinen Stamm am besten in der Nähe eines Flusses ansiedeln solle, damit die Menschen Süßwasser hätten. Andererseits dürfe das Dorf nicht zu nahe an der Küste liegen, weil es dann von Piraten angegriffen werden könnte. Und es müsse für Handelskarawanen leicht erreichbar sein, weshalb ein hoher Berg ungünstig wäre.

Maximilien befolgte seine Ratschläge, und bald erschien auf dem Bildschirm ein kleines Dorf, aus dessen Strohdächern Rauch aufstieg. Kleine, gut gezeichnete Personen gingen durch die Türen aus und ein, mit ihren Alltagspflichten beschäftigt. Alles sah sehr realistisch aus.

MacYavel zeigte ihm, wie er seinem Stamm beibringen konnte, Lehmwände, Ziegel und im Feuer gehärtete Spieße zu verwenden. Natürlich wurde alles auf dem Bildschirm nur simuliert, aber mit jeder Erfindung, die Maximilien in den Sinn kam, wurde sein Dorf fortschrittlicher: In den Scheunen stapelte sich Heu, Pioniere zogen aus und gründeten neue Dörfer, und die Bevölkerung wuchs stetig – ein Zeichen von Erfolg.

Nach jeder politischen, militärischen, landwirtschaftlichen oder industriellen Entscheidung brauchte man nur auf den Knopf Zeitraum zu drücken, und schon waren zehn Jahre vergangen. Auf diese Weise konnte man sofort die mittel- und langfristigen Auswirkungen irgendwelcher Neuerungen erkennen. Oben links auf dem Bildschirm stand auf einer Tafel die jeweilige Einwohnerzahl ebenso zu lesen wie der Lebensstandard, die Nahrungsmittelreserven, die wissenschaftlichen Errungenschaften und der Stand der derzeitigen Forschungen.

Es gelang Maximilien, eine Zivilisation ins Leben zu rufen, und sein Stamm lernte sogar, Pyramiden zu bauen. Dieses Spiel ließ ihn schlagartig erkennen, wie wichtig Monumente waren, deren Errichtung er bisher für Vergeudung von Geld und Energie gehalten hatte. Monumente festigten die kulturelle Identität eines Volkes. Außerdem locken sie die kulturelle Elite der Nachbarvölker an und sichern den Zusammenhalt der Gemeinschaft, die in dem Monument ein Symbol sieht.

Doch o weh! Maximilien hatte keine Töpferwaren produzieren lassen und das Getreide nicht in hermetisch verschlossenen Behältern aufbewahrt. Deshalb wurden die Nahrungsmittelreserven seines Volkes von Kornwürmern gefressen. Mit leerem Magen vermochte seine Armee den Angriffen von Aggressoren aus dem Süden nicht standzuhalten. Alles brach zusammen.

Dieses Spiel machte ihm allmählich Spaß. In keiner Schule wurde den Kindern beigebracht, dass es lebensnotwendig ist, Töpferwaren herzustellen. Eine Zivilisation konnte untergehen, nur weil sie nicht daran gedacht hatte, das Getreide vor Würmern und Käfern zu schützen!

Seine ganze virtuelle Bevölkerung – 600 000 Personen – war ums Leben gekommen, aber sein Ratgeber MacYavel tröstete ihn mit dem Hinweis, dass er jederzeit eine neue Partie mit neuer Bevölkerung beginnen könne. Bei dem Spiel *Evolution* durfte man beliebig viele Zivilisationen entwerfen.

Bevor er auf den Knopf drückte, der alles in den Urzustand zurückversetzen würde, betrachtete der Kommissar die beiden verlassenen Pyramiden auf dem kleinen Bildschirm. Seine Gedanken schweiften vom Spiel ab.

Eine Pyramide war kein harmloses Bauwerk, sondern ein mächtiges Symbol.

Was mochte demnach das Geheimnis der realen Pyramide im Wald von Fontainebleau sein?

43. Molotowcocktail

Eine Insel des Friedens! Nach hundert Umwegen auf dem Nachhauseweg lag Julie gemütlich unter der Bettdecke und las im Schein einer Taschenlampe in der *Enzyklopädie*. Sie wollte endlich begreifen, welche Art von Revolution dieser Edmond Wells eigentlich für wünschenswert hielt.

Die Texte kamen ihr oft widersprüchlich vor. Manchmal sprach er von »Revolution«, dann wieder von »Evolution«, aber immer war von »Gewaltlosigkeit« und »Aufsehen vermeiden« die Rede. Er wollte die Mentalität der Menschen auf unauffällige Art und Weise verändern, fast heimlich.

Es wurde von vielen Revolutionen berichtet, aber bisher war offenbar keine einzige wirklich geglückt. Sie schienen entweder zu scheitern oder außer Kontrolle zu geraten.

An interessanten Stellen mangelte es trotzdem nicht. Beispielsweise fand Julie eine genaue Anleitung zur Herstellung von Molotowcocktails.

Ihr verletztes Knie schmerzte. Sie nahm den Verband ab und betrachtete die Schnittwunden. Nie zuvor hatte sie ihr Knie so bewusst wahrgenommen: jeden Knochen, jeden Muskel, jeden Knorpel. Leise murmelte sie vor sich hin: »Guten Tag, Knie!«

Und sie fügte hinzu: »Die alte Welt hat dir wehgetan, aber ich werde dich rächen!«

Sie begab sich in den Gartenschuppen, wo sie alles fand, was man zur Herstellung einer Brandbombe brauchte: eine Flasche, Natriumchlorat, Benzin und die übrigen Chemikalien. Ein Halstuch ihrer Mutter diente als Stöpsel, und schon war ihr Molotowcocktail fertig.

Julie drückte die kleine selbst gebaute Bombe an ihre Brust. Es war noch lange nicht gesagt, dass ihr Gymnasium uneinnehmbar war!

44. Im Sand

Sie sind erschöpft. Es ist lange her, seit sie etwas gegessen haben, und sie leiden an ersten Folgen des Flüssigkeitsmangels. Ihre Antennen werden steif, die Beingelenke knirschen, die Augen überziehen sich mit einer Staubschicht, und sie haben nicht mehr genug Speichel, um sie zu putzen.

Die dreizehn Ameisen fragen einen Sandfloh nach dem Weg zur großen Eiche. Kaum hat er geantwortet, da wird er auch schon gefressen. In gewissen Situationen kann man sich den Luxus, »Danke« zu sagen, einfach nicht leisten. Sie saugen den Sandfloh vollständig aus, um jedes Molekül seiner Feuchtigkeit in sich aufzunehmen.

Wenn die Wüste sich noch lange hinzieht, werden sie alle sterben. Nr. 103 kann kaum noch ein Bein vor das andere setzen.

Was gäben sie jetzt nicht für einen Tropfen Tau! Doch seit Jahren steigt die Temperatur auf dem Planeten immer schneller an. Der Frühling ist heiß, der Sommer unerträglich schwül, die Herbstzeit warm, und nur noch im Winter gibt es ein wenig Feuchtigkeit und Kälte.

Glücklicherweise kennen sie eine besondere Gangart, die sie den Ameisen der Stadt Zedi-bei-nakan abgeschaut haben. Man läuft auf nur vier Beinen. Auf diese Weise können sich jeweils zwei Beine von der Sonnenglut erholen, und nach einer Weile sind sie wieder voll einsatzfähig; dafür dürfen sich zwei andere etwas Ruhe gönnen.

Nr. 103, die sich stets für andere Arten interessiert, bewundert die Milben, die sich in dieser unwirtlichen Wüste durchaus wohlzufühlen scheinen. Sie graben sich ein, wenn es besonders heiß ist, und kommen wieder zum Vorschein, wenn es kühler wird. Die Ameisen beschließen, es ihnen nachzumachen.

Sie sind für uns genauso winzig, wie wir es für die Finger sind, und trotzdem können wir von ihnen lernen, wie man in dieser Krisensituation überlebt.

Für Nr. 103 ist das ein weiterer Beweis, dass man weder größere noch kleinere Dimensionen unterschätzen darf.

Wir haben einen Platz irgendwo in der Mitte zwischen Milben und Fingern inne.

Ein roter vierflügliger Käfer läuft vor ihnen her. Nr. 15 möchte einen Säurestrahl abfeuern, aber Nr. 103 meint, das wäre Vergeudung der kostbaren Waffe. Dieses Insekt ist nicht zufällig rot. Ins Auge fallende Farben sind in der Natur ein sicherer Hinweis auf Giftigkeit oder sonstige Tücke. Leuchtendes Rot, das alle Blicke auf sich zieht, signalisiert zugleich allen Feinden, dass ein Angriff folgenschwer wäre.

Nr. 14 wendet ein, manche Insekten würden sich rot verfärben, um den Anschein zu erwecken, sie wären giftig, obwohl sie es gar nicht sind.

Nr. 7 fügt hinzu, sie kenne zwei Schmetterlingsarten, deren Flügel dasselbe Muster hätten. Die eine Art sei giftig, die andere nicht, aber die ungiftigen Schmetterlinge seien vor Feinden genauso sicher wie die giftigen, weil die Vögel sie wegen des Flügelmusters unbehelligt ließen.

Nr. 103 meint, dass es im Zweifelsfall vernünftiger sei, keine Vergiftung zu riskieren.

Nr. 15 sieht das ein, aber Nr. 14 ist wagemutiger, verfolgt den Käfer und bringt ihn zur Strecke. Sie kostet ihre Beute, und alle glauben, dass sie gleich tot umfallen wird, aber nein: Die rote Farbe war nur ein Täuschungsmanöver, um für giftig gehalten zu werden.

Das rote Insekt ist eine willkommene Stärkung.

Während sie weitermarschieren, diskutieren die Ameisen über den Sinn dieser Mimikry und über die Bedeutung der Farben. Warum sind manche Geschöpfe bunt und andere nicht?

Eine unsinnige Diskussion, wenn man in der Wüste umzukommen droht. Nr. 103 sagt sich, dass sie durch den Kontakt mit den Fingern wahrscheinlich degeneriert ist und nun einen negativen Einfluss auf die jungen Ameisen ausübt. Jede Unterhaltung ist eine Vergeudung von Flüssigkeit, doch andererseits lenkt die interessante Diskussion von Müdigkeit und Schmerzen ab.

Nr. 16 berichtet, sie habe einmal eine Raupe gesehen, die einen Vogel einzuschüchtern versuchte, indem sie selbst die Form eines Vogelkopfs annahm. Und Nr. 9 behauptet sogar, eine Fliege beobachtet zu haben, die sich die Gestalt eines Skorpions gab, um eine Spinne abzuschrecken.

War das nun eine vollständige oder eine unvollständige Metamorphose?, fragt Nr. 14.

Bei den Insekten ist die Metamorphose ein beliebtes Gesprächsthema. Von jeher gibt es eine Kluft zwischen den Arten mit vollständiger und jenen mit unvollständiger Metamorphose. Die vollständige besteht aus vier Phasen: Ei, Larve, Puppe, Erwachsener. Das ist bei Schmetterlingen, Ameisen, Wespen, Bienen, Flöhen und Marienkäfern der Fall. Bei der unvollständigen Metamorphose gibt es nur drei Entwicklungsphasen: Ei, Larve, Erwachsener. Heuschrecken, Ohrwürmer, Termiten und Schaben werden sozusagen als winzige Erwachsene geboren und verändern sich nach und nach. Jene Insekten, denen eine vollständige Metamorphose zuteil wird, schauen oft etwas verächtlich auf die anderen herab. »Wer nie eine Puppe war, kann auch nicht richtig erwachsen werden, sondern bleibt zeit seines Lebens ein altes Baby!«, behaupten sie.

Diese Fliege hatte eine vollständige Metamorphose hinter sich, erwidert Nr. 9 im Brustton der Überzeugung.

Nr. 103 betrachtet die Sonne, die unter Aufbietung ihrer ganzen Farbenpracht langsam vom Horizont verschwindet. Seltsame Ideen, die vielleicht von einem Sonnenstich herrühren, gehen ihr durch den Kopf. Ist die Sonne ein Tier mit vollständiger Metamorphose? Machen die Finger eine vollständige Metamorphose durch? Warum hat die Natur nur sie, Nr. 103 683, in Kontakt mit diesen riesigen Ungeheuern gebracht? Warum wird einem einzelnen Geschöpf eine so schwere Verantwortung aufgebürdet?

Zum ersten Mal verspürt sie gewisse Zweifel an ihrer Mission. Hat es wirklich einen Sinn, sich Geschlechtsfähigkeit zu wünschen, die Welt weiterentwickeln zu wollen, eine Allianz zwischen Ameisen und Fingern anzustreben? Und wenn ja – warum schlägt die Natur so gewagte Wege ein, um ihre Ziele zu erreichen?

45. Enzyklopädie

Zukunftsbewusstsein Was unterscheidet den Menschen von anderen Tierarten? Die Tatsache, dass er einen abspreizbaren Daumen besitzt? Die Sprache? Das übergroße Gehirn? Der aufrechte Gang? Vielleicht ist es auch nur das Zukunftsbewusstsein. Alle Tiere leben nur in der Gegenwart und Vergangenheit. Sie analysieren, was ihnen widerfährt, und vergleichen es mit bisherigen Erfahrungen. Im Gegensatz dazu versucht der Mensch vorherzusehen, was geschehen wird. Dieser Wunsch, die Zukunft zu ergründen, ist zweifellos entstanden, als der Mensch sich in der Jungsteinzeit für Landwirtschaft zu interessieren begann. Seitdem vernachlässigte er seine bisherigen Nahrungsquellen – die Sammlerkultur und die Jagd – und war um künftige Ernten besorgt. Logischerweise hatten die Menschen unterschiedliche Zukunftsvisionen, und um diese in Worte zu fassen, brauchten sie eine Sprache. Die Sprache wurde zusammen mit dem Zukunftsbewusstsein geboren.

Die alten Sprachen verfügen über einen nur kleinen Wortschatz und eine einfache Grammatik, um über die Zukunft sprechen zu können, während diese Grammatik in den modernen Sprachen immer komplizierter wurde. Um die Verheißungen der Zukunft realisieren zu können, musste man logischerweise die Technologie weiterentwickeln. Das dürfte der Ausgangspunkt für die Erfindung allen Räderwerks gewesen sein.

Gott ist der Name, den die Menschen all dem gegeben haben, was sich ihrer Kontrolle entzog. Doch als die Technologie eine immer bessere Kontrolle über die Zukunft ermöglichte, trat Gott allmählich immer mehr in den Hintergrund und wurde von Meteorologen, Futurologen und all jenen ersetzt, die mit Hilfe von Maschinen genau zu wissen glauben, wie die Welt morgen beschaffen sein wird, und warum gerade so und nicht anders.

Edmond Wells

Enzyklopädie des relativen und absoluten Wissens, Bd. 3

46. Die Bedeutung der Augen

Maximilien Linart blieb lange vor der Pyramide stehen. Er zeichnete sie nochmals und verglich seine Zeichnung sodann sorgfältig mit dem Bauwerk, um sich zu vergewissern, dass sie in allen Einzelheiten damit übereinstimmte. In der Polizeischule lehrte er, wenn man jemanden oder etwas lange genug betrachte, erhalte man Tausende wertvoller Informationen, und in den meisten Fällen könne man allein auf diese Weise viele Rätsel lösen.

Er nannte dieses Phänomen das »Jericho-Syndrom«, obwohl er keine Posaunen erschallen ließ, um Mauern zum Einsturz zu bringen, sondern sich mit seiner scharfen Beobachtungsgabe und dem Zeichenstift begnügte.

Mit einer ähnlichen Taktik hatte er einst seine Frau Scynthia erobert, eine arrogante Schönheit, die normalerweise jedem Verehrer eine Abfuhr erteilte.

Sie war Maximilien bei einer Modenschau aufgefallen, weil sie von allen Mannequins am rätselhaftesten wirkte und deshalb allen Männern besonders begehrenswert erschien. Er hatte sie lange fixiert, und dieser durchdringende Blick hatte die junge Frau geärgert und verwirrt. Doch seine scharfe Beobachtungsgabe hatte es ihm ermöglicht, sich auf ihre Wellenlänge einzustimmen. Sie trug einen Anhänger mit ihrem Sternzeichen: Fische. Sie trug Ohrringe, die verursachten, dass die Ohrläppchen sich entzündeten. Sie benutzte ein sehr schweres Parfum.

Bei Tisch hatte er sich neben sie gesetzt und über Astrologie geredet, über die Macht der Symbole und über die Unterschiede zwischen den Sternzeichen des Wassers, der Erde und des Feuers. Nach anfänglichem Misstrauen hatte Scynthia sich entspannt und freimütig ihre eigene Meinung zum Besten gegeben. Später waren sie auf Ohrringe zu sprechen gekommen, und er hatte ihr von einer neuen antiallergischen Substanz berichtet, die es ermöglichte, Schmuck, gleich welcher Legierung, beschwerdefrei zu tragen. Noch später hatte er die Rede auf ihr Parfum, ihr Make-up, ihre Diät und ihre

Karriere gebracht. »In der Anfangsphase muss man sich ganz auf den anderen einstellen, damit er aus sich herausgeht.«

Im Anschluss an die Themen, mit denen Scynthia sich bestens auskannte, hatte er jene aufs Tapet gebracht, von denen sie keine Ahnung hatte: ausgefallene Filme, exotische Gastronomie, Bücher mit kleiner Auflage. Auch bei dieser zweiten Etappe seines Liebeswerbens hatte er eine simple Strategie angewandt, die darauf beruhte, dass schöne Frauen größten Wert darauf legen, auch intelligent zu wirken, während intelligente Frauen immer wieder hören wollen, wie schön sie sind.

Noch später hatte er ihr aus der Hand gelesen. Ihre Handlinien waren für ihn ein Buch mit sieben Siegeln, aber er erzählte ihr all das, was jeder Mensch gern hören möchte: dass sie für ein besonderes Schicksal ausersehen sei, dass sie eine große Liebe erleben, glücklich sein und zwei Söhne haben werde.

Ganz zuletzt hatte Maximilien dann so getan, als interessierte er sich für Scynthias beste Freundin, worauf sie erwartungsgemäß eifersüchtig wurde. Drei Monate später waren sie verheiratet.

Maximilien betrachtete die Pyramide. Sie würde nicht so leicht wie Scynthia zu erobern sein, vermutete er. Er trat dicht an sie heran, berührte sie, strich mit den Fingern über die Spiegelplatten.

Weil er glaubte, ein Geräusch aus dem Innern gehört zu haben, steckte er sein Notizbuch in die Tasche und presste sein Ohr an den Spiegel. Stimmen! Gar kein Zweifel – in diesem seltsamen Bau befanden sich Menschen. Er lauschte aufmerksam, bis plötzlich ein Schuss fiel.

Überrascht wich er etwas zurück. Meistens verließ er sich ausschließlich auf sein Sehvermögen, und was er nicht sehen konnte, war ihm nicht ganz geheuer. Trotzdem legte er nach kurzer Zeit sein Ohr erneut an die Spiegelplatte. Diesmal hörte er Schreie, quietschende Räder, Gepolter, klassische Musik, Pferdewiehern und das Knattern eines Maschinengewehrs.

47. Der Glücksbote

Die dreizehn Ameisen sind mit ihren Kräften völlig am Ende. Sie können sich nicht einmal mehr unterhalten, weil ihre Antennen ganz ausgedörrt sind.

Nr. 103 bemerkt plötzlich eine Bewegung am Himmel. Ein Calopteryx, eine Seejungfer! Diese großen Libellen, die es seit Urzeiten gibt, haben für Ameisen eine ähnliche Bedeutung wie Möwen für verirrte Seeleute: Sie künden davon, dass es in der Nähe eine Vegetation gibt. Die Kundschafterinnen schöpfen neuen Mut. Sie reiben sich die Augen, um ihren Blick zu schärfen und der Libelle besser folgen zu können.

Die Libelle fliegt jetzt so tief, dass sie sie mit ihren vier geäderten Flügeln fast streift, und die Ameisen bewundern das majestätische Insekt. Die Seejungfer ist wirklich eine Meisterfliegerin. Sie kann nicht nur mitten im Flug stehen bleiben, sondern ist dank der vier voneinander unabhängigen Flügel sogar in der Lage, rückwärts zu fliegen.

Der riesige Schatten verharrt über den Ameisen, fliegt weiter, macht kehrt, so als wollte er ihnen als Führer dienen. Ihr ruhiger Flug beweist, dass die Seejungfer nicht unter Flüssigkeitsmangel leidet.

Die Ameisen folgen der Libelle. Sie spüren, dass die Luft endlich etwas frischer wird. Und dann sehen sie auf dem Gipfel eines kahlen Hügels einige Grashalme. Gras! Wo es Gras gibt, gibt es Saft, und Saft bedeutet Feuchtigkeit. Sie sind gerettet.

Die dreizehn Ameisen rennen auf diese Insel des Glücks zu. Sie fressen die Gräser und einige winzige Insekten, die sich nicht wehren können. Hinter dem Hügel spüren ihre gierigen Fühler alle möglichen Blumen auf: Melisse, Narzissen, Primeln, Hyazinthen, Alpenveilchen. Es gibt auch Heidelbeeren, Holunder, Buchsbaum, Heckenrosen, Haselnusssträucher, Hagedorn und Kornelbäume. Das ist das reinste Paradies!

Noch nie haben sie eine so üppige Region gesehen. Überall Früchte, Blumen, Kräuter und kleine Lebewesen, die der Ameisensäure nicht entrinnen können. Die Luft ist voller Pollen, der Boden voller Keime. Ein Überfluss sondergleichen.

Die Ameisen schlemmen nach Herzenslust, füllen ihre Mägen und Kröpfe. Alles hat einen köstlichen Geschmack, wenn man zuvor völlig ausgehungert und fast verdurstet war. Sogar ein Löwenzahnsamenkorn ist ein Hochgenuss. Und erst der Tau auf den Blumen, dessen verschiedene Geschmacksnuancen sie bisher nie wahrgenommen haben.

Nr. 5, 6 und 7 werfen sich aus Übermut Staubfäden zu, an denen man lecken und kauen kann. Sie wälzen sich in den Pollen eines Gänseblümchens, berauschen sich daran und machen eine Art Schneeballschlacht mit den gelben Kugeln.

Sie essen, trinken, waschen sich, essen wieder, trinken wieder, waschen sich wieder. Schließlich legen sie sich ermattet ins Gras und genießen das Glück, noch am Leben zu sein.

Sie haben die große nördliche Wüste durchquert, ohne Todesopfer beklagen zu müssen. Jetzt sind sie satt, zufrieden und zu einem Schwatz aufgelegt.

Nr. 10 möchte, dass Nr. 103 ihnen noch mehr über die Finger erzählt, denn sie befürchtet, dass die alte Kundschafterin sterben könnte, ohne all ihre Geheimnisse preisgegeben zu haben.

Nr. 103 berichtet von einer seltsamen Erfindung der Finger: dreifarbigen Leuchtfeuern. Diese Signale stellen sie an ihren Pisten auf, um Verkehrsbehinderungen zu vermeiden. Bei grünem Licht betreten alle Finger die Piste, und wenn es von Orange in Rot übergeht, bleiben alle regungslos stehen, so als wären sie tot.

Nr. 5 meint, das wäre doch ein gutes Mittel, um das Eindringen der Finger in den Wald zu verhindern. Man brauche nur überall diese roten Signale aufzustellen. Aber Nr. 103 wendet ein, dass manche Finger diese Signale nicht beachten und einfach weiterlaufen. Folglich wird man sich etwas anderes einfallen lassen müssen, um sie aufzuhalten.

Was ist Humor?, will Nr. 10 wissen.

Nr. 103 möchte eine der komischen Geschichten der Finger zum Besten geben, aber weil sie sie nicht verstanden hat, kann sie sich an keine einzige mehr erinnern. Schließlich fällt ihr dann doch noch eine ein – die von der Ameise und der Grille.

Eine Grille singt den ganzen Sommer über und bittet dann eine Ameise um Nahrung, doch diese weigert sich, ihr etwas zu geben.

Die zwölf jungen Kundschafterinnen unterbrechen sie, weil sie nicht verstehen können, warum die Ameise die Grille nicht einfach verspeist. Nr. 103 antwortet, diese »Witze« seien immer unverständlich, riefen bei den Fingern aber trotzdem seltsame Zuckungen hervor. Nr. 10 möchte das Ende dieser seltsamen Geschichte erfahren.

Die Grille verhungert.

Die zwölf finden diesen Schluss absurd und stellen viele Fragen. Warum hat die Grille den ganzen Sommer über gesungen? Jeder weiß doch, dass Grillen nur singen, um die Aufmerksamkeit ihrer Sexualpartner zu erregen, und dass sie nach der Paarung verstummen. Und warum holt sich die Ameise nicht die Leiche der verhungerten Grille, um sie in Stücke zu schneiden und leckere Pasteten daraus zu machen?

Die angeregte Diskussion wird jäh unterbrochen. Die kleine Gruppe spürt, dass die Gräser erzittern, dass die Blütenblätter sich hastig schließen, dass alle Lebewesen sich verkriechen. Gefahr liegt in der Luft. Was ist los? Sind es etwa die dreizehn roten Waldameisen, die ihrer Umgebung solche Angst einjagen?

Nein! Der Himmel verdüstert sich. Es ist erst Mittag, es ist heiß, und doch scheint die Sonne einem überlegenen Gegner Platz zu machen.

Die dreizehn Ameisen richten ihre Antennen auf. Eine dunkle Wolke nähert sich hoch am Himmel. Zunächst glauben sie, es handle sich um ein Gewitter. Aber nein, diese Wolke bringt weder Regen noch Wind mit sich. Nr. 103 denkt an fliegende Finger, aber auch diese Vermutung erweist sich als falsch.

Obwohl Ameisen auf große Entfernungen nicht besonders gut sehen können, begreifen sie allmählich, worum es sich bei dieser lang gezogenen dunklen Wolke handelt. Ihre Antennen senden Schreckenssignale aus. Was sich dort oben am Himmel naht, ist …

… ein Heuschreckenschwarm!

Eine dunkle Wolke Wanderheuschrecken.

Bis vor kurzem waren sie in Europa kaum anzutreffen. Nur ganz selten drangen sie bis nach Spanien oder an die Côte d'Azur vor, doch seit der Klimaerwärmung haben sie sogar die Loire überschritten, und die Monokulturen begünstigen die Vergrößerung dieser gefährlichen Schwärme noch.

Wanderheuschrecken! Einzelne Heuschrecken sind durchaus sympathische Insekten, anmutig, höflich und wohlschmeckend, doch ein Schwarm ist die schlimmste Plage, die man sich überhaupt vorstellen kann.

Einzelne Heuschrecken treten sehr bescheiden auf und sind graufarben. Doch in Gesellschaft verfärben sie sich rot, rosa, orange und zuletzt gelb. Dieses Safrangelb signalisiert, dass sie sich auf dem Gipfel sexueller Erregung befinden. Die Männchen fressen sich voll und paaren sich mit allen Weibchen, die ihnen über den Weg laufen. Sie sind beim Sex genauso unersättlich wie beim Fressen, und um diese beiden Bedürfnisse zu befriedigen, kennt ihre Zerstörungswut keine Grenzen.

Eine einzelne Heuschrecke ist nachts aktiv und hüpft nur herum. In der Gruppe wird sie tagsüber aktiv und fliegt! Eine einzelne Heuschrecke hält sich am liebsten in Wüstengebieten auf, weil sie an Trockenheit gewöhnt ist, doch ein Schwarm sucht die Feuchtigkeit und fällt über Felder, Büsche und Wälder her.

Nr. 103 überlegt, ob das jene »Macht der Masse« ist, von der im Fernsehen der Finger oft die Rede war. In der Menge werden Hemmungen abgebaut und Konventionen gebrochen. Der Respekt vor dem Lebensrecht anderer kommt völlig abhanden.

Nr. 5 ordnet den Rückzug an, aber alle wissen, dass es dafür schon zu spät ist.

Nr. 103 betrachtet die tödliche Wolke, die immer näher kommt.

Am Boden rührt sich nichts mehr. Pflanzen und Tiere verharren schreckensstarr. Die zwölf jungen Kundschafterinnen hoffen, dass der reiche Erfahrungsschatz von Nr. 103 ihnen irgendwie zugutekommen wird.

Doch auch Nr. 103 ist ratlos. Sie überprüft den Säurevorrat in ihrem Hinterleib und fragt sich, wie viele Heuschrecken sie damit wohl zur Strecke bringen kann.

Die Wolke kreist jetzt schon so dicht über der Erde, dass man das Mahlen Abertausender gieriger Mandibeln deutlich hören kann. Die Grashalme rollen sich ängstlich zusammen. Sie wissen intuitiv, dass dieser Heuschreckenschwarm ihnen den Garaus machen wird.

Die dreizehn Ameisen bilden einen Kreis und richten ihre Hinterleiber nach oben, um jederzeit schießen zu können.

Jetzt ist es so weit! Die ersten Heuschrecken landen ungeschickt auf der Erde, und gleich darauf sind sie schon am Fressen. Sobald ein Weibchen aufsetzt, wird es sofort bestürmt, und gleich nach der Paarung beginnen die Weibchen, Eier in die Erde zu legen. Diese erschreckende Fruchtbarkeit ist die beste Waffe der Heuschrecken, viel mächtiger als Ameisensäure und sogar noch mächtiger als die rosa Kegel der Finger.

48. Enzyklopädie

Definition des Menschen Ist ein sechs Monate alter Fötus mit voll entwickelten Gliedmaßen schon ein Mensch? Und wenn ja – ist auch ein drei Monate alter Fötus ein Mensch? Ist ein soeben befruchtetes Ei ein Mensch?

Ist ein Kranker im Koma, der seit sechs Jahren sein Bewusstsein nicht zurückerlangt hat, dessen Herz jedoch schlägt und dessen Lungen atmen, noch ein Mensch?

Ist ein menschliches Gehirn, das in einer Nährlösung aufbewahrt wird, ein Mensch?

Kann ein Computer, der alle Mechanismen des menschlichen Gehirns zu reproduzieren vermag, als Mensch bezeichnet werden?

Ist ein Roboter, der äußerlich einem Menschen ähnlich sieht und ein ähnliches Gehirn wie dieser hat, ein Mensch?

Ist ein geklontes Geschöpf, das durch Genmanipulation geschaffen wurde, um bei eventuellen Insuffizienzen seines Zwillingsbruders als Organspender dienen zu können, ein Mensch?

Nichts ist selbstverständlich. In der Antike und bis ins Mittelalter hinein wurden Frauen, Ausländer und Sklaven nicht als Menschen eingestuft. Normalerweise entscheidet allein der Gesetzgeber darüber, wer ein Mensch ist und wer nicht. Man müsste ihm unbedingt Biologen, Philosophen, Informatiker, Genforscher, Theologen, Dichter und Physiker an die Seite stellen, denn in Zukunft wird es immer schwerer sein, eindeutig zu definieren, was ein »Mensch« ist.

EDMOND WELLS
Enzyklopädie des relativen und absoluten Wissens, Bd. 3

49. ÜBERGANG ZUR ROCKMUSIK

Vor der schweren Eichentür am Hintereingang des Gymnasiums stellte Julie ihren Rucksack ab und holte den selbst gebauten Molotowcocktail hervor. Ihr Feuerzeug produzierte nur Funken, aber keine Flamme, weil der Feuerstein abgenutzt war. Sie wühlte im Rucksack herum und fand schließlich eine Schachtel Streichhölzer. Nichts würde sie daran hindern, ihren Molotowcocktail gegen die Tür zu schleudern. Fasziniert betrachtete sie die kleine orangefarbene Flamme des Streichholzes, die gleich eine Explosion bewirken sollte.

»Ah, Julie, du bist also doch gekommen!«

Sie versteckte die Brandbombe hastig hinter dem Türpfosten. Welcher Störenfried war das nun schon wieder? Natürlich David.

»Du hast also beschlossen, dir unsere Musikgruppe einmal anzuhören?«, fragte er.

»So ist es.«

»Dann komm mit.«

David führte sie in den kleinen Raum unter der Cafeteria, wo die Sieben Zwerge probten. Einige stimmten schon ihre Instrumente.

»Na, so was, wir bekommen ja Besuch!«, rief Francine.

Julie schaute sich um. An den Wänden hingen Fotos der Gruppe, die bei Geburtstagsfeiern und Tanzfeiern auftrat.

Ji-woong schloss die Tür, damit sie von niemandem gestört wurden.

»Wir dachten, du würdest nicht kommen«, grinste Narcisse.

»Ich wollte einfach mal hören, wie ihr spielt, weiter nichts.«

»Zaungäste können wir hier nicht gebrauchen!«, rief Zoé. »Wir sind eine Rockband, und entweder du spielst mit, oder aber du verziehst dich wieder!«

Diese deutliche Abfuhr weckte in Julie plötzlich den Wunsch, bleiben zu dürfen.

»Was für ein Glück, dass ihr hier einen Platz ganz für euch allein habt«, seufzte sie.

»Wir brauchen unbedingt einen Raum für unsere Proben«, erklärte David, »und ausnahmsweise war der Direktor sehr entgegenkommend.«

»Ihm liegt eben viel daran, mit kulturellen Aktivitäten an seiner Schule prahlen zu können«, fügte Paul hinzu.

»Der Rest der Klasse glaubt, ihr wolltet euch einfach absondern.«

»Das stört uns nicht«, sagte Francine. »Man muss ungestört sein, um glücklich leben zu können.«

Zoé warf wieder angriffslustig den Kopf zurück. »Hast du immer noch nicht kapiert, dass wir hier proben und unter uns bleiben wollen? Du hast hier nichts verloren.«

Julie machte keine Anstalten, zu gehen, und Ji-woong griff vermittelnd ein. »Spielst du irgendein Instrument?«, fragte er freundlich.

»Nein, aber ich hatte früher Gesangsunterricht.«

»Und was singst du?«

»Ich habe eine Sopranstimme und habe hauptsächlich Lieder von Purcell, Ravel, Schubert, Fauré und Satie gesungen. Und ihr – welche Art von Musik spielt ihr?«

»Rock.«

»Das besagt noch gar nichts. Welche Art Rock?«

Paul ergriff das Wort. »Wir haben eine besondere Vorliebe für Genesis, speziell für die frühen Alben wie *Nursery Cryme*, *Foxtrot*, *The Lamb Lies Down on Broadway* bis hin zu *A Trick of the Tail* … und dann alles von Yes, wobei wir die Alben *Close to the Edge* und *Tormato* bevorzugen … und natürlich alles von Pink Floyd, aber ganz besonders *Animals, I Wish You Were Here* und *The Wall.*«

Julie nickte. »Ich verstehe … uralter Rock aus den 70er Jahren, damals progressiv, heute eher verstaubt.«

Ihre abfällige Äußerung über die Lieblingsmusik der Gruppe sorgte für eisige Mienen. Nur David kam ihr wieder zu Hilfe: »Willst du nicht versuchen, mit uns zu singen?«

Sie schüttelte ihre dunkle Haarmähne. »Nein, danke, meine Stimme ist nicht mehr in Ordnung. Ich habe eine Operation hinter mir, und der Arzt hat mir geraten, meine Stimmbänder nicht zu strapazieren.«

Ihr Blick schweifte vom einen zum anderen. In Wirklichkeit hatte sie große Lust, mit den Sieben Zwergen zu singen, und alle spürten das, aber sie hatte sich dermaßen angewöhnt, immer Nein zu sagen, dass sie nun instinktiv jeden Vorschlag ablehnte.

»Wenn du nicht singen willst – wir halten dich bestimmt nicht auf!«, wiederholte Zoé.

David verhinderte eine Eskalation. »Wir könnten es doch mit einem alten Blues versuchen – so einem Zwischending zwischen klassischer Musik und progressivem Rock. Du improvisierst den Text, so wie es dir gerade in den Sinn kommt, und brauchst deine Stimme auch nicht zu strapazieren. Es genügt, wenn du trällerst.«

Mit Ausnahme der weiterhin skeptischen Zoé stimmten alle diesem Vorschlag zu. Ji-woong deutete auf das Mikrofon in der Mitte des Raums.

»Mach dir keine Sorgen«, sagte Francine. »Auch wir haben eine klassische Ausbildung hinter uns. Ich selbst hatte fünf Jahre Klavierunterricht, aber mein Lehrer war so konformistisch, dass ich bald Lust bekam, Jazz und Rock zu spielen, nur um ihn zu ärgern.«

Alle nahmen ihre Plätze ein. Paul ging zur Verstärkeranlage und stellte die Potenziometer ein.

Ji-woong wählte am Schlagzeug ein einfaches Zweitaktmotiv, und Zoé unterstützte ihn am Bass. Narcisse spielte die üblichen Bluesakkorde: acht E, vier A, vier E, zwei H, zwei A, zwei E. David wiederholte diese Akkorde als Arpeggio auf seiner elektrischen Harfe, Francine auf ihrer Orgel. Der musikalische Rahmen war vorgegeben. Nun fehlte nur noch die Stimme.

Julie griff langsam nach dem Mikrofon. Einen Moment lang schien die Zeit stillzustehen. Dann öffneten sich ihre Lippen, und sie wagte den Sprung ins tiefe Wasser.

Sie sang zu dieser Bluesmelodie den erstbesten Text, der ihr in den Sinn kam:

Eine grüne Maus lief durchs grüne Gras …

Anfangs war ihre Stimme belegt, doch schon bei der zweiten Zeile gewannen ihre Stimmbänder an Kraft. Sie begleitete nacheinander alle Musikinstrumente und übertönte sie. Man hörte die Gitarre, die Harfe und die Orgel nicht mehr, nur noch Julies Stimme und im Hintergrund Ji-woongs Schlagzeug.

… und schon habt ihr eine schöne warme Schnecke.

Sie schloss die Augen und fügte einen reinen Ton hinzu:

Oooooooo.

Ihre Stimme sprengte den Empfindlichkeitsbereich des Mikrofons. »Der Raum ist so klein, dass ich keinen Verstärker brauche«, verkündete Julie, sang eine Note, und die Wände hallten wider. Ji-woong und David starrten sie beeindruckt an, während Paul ungläubig die Skalen seines Verstärkers betrachtete. Julies Stimme glich einem mächtigen Wasserfall, der jeden Winkel des Raums ausfüllte.

Danach trat eine lange Stille ein. Francine applaudierte als Erste, und die anderen taten es ihr nach.

»Das unterscheidet sich zwar gewaltig von dem, was wir sonst machen, aber interessant ist es«, kommentierte Narcisse, ausnahmsweise einmal ganz ernsthaft.

»Du hast die Aufnahmeprüfung glänzend bestanden«, verkündete David. »Wenn du willst, kannst du bei uns mitmachen.«

Bisher hatte Julie immer nur mit einem Lehrer gearbeitet, aber jetzt hatte sie große Lust, mit dieser Band zu singen. Als Nächstes versuchten sie es mit einem Lied von Pink Floyd: *The Great Gig in the Sky*. Julie staunte, dass ihre Stimmbänder plötzlich wieder funktionierten, dass ihre Stimme sogar hohe Töne mühelos hervorbrachte. *Willkommen, ihr Stimmbänder!,* dachte sie glücklich.

Die Sieben Zwerge wollten wissen, wo sie gelernt hatte, ihre Stimme so perfekt zu beherrschen.

»Das ist eine Sache der Technik. Man muss sehr viel üben, aber ich hatte einen großartigen Lehrer. Er hat mir beigebracht, mein Stimmvolumen voll auszuschöpfen. Manchmal musste ich in einem dunklen Raum singen und anhand der erzeugten Schallwellen die Größe des Zimmers bestimmen, oder aber ich musste auf dem Kopf stehend oder sogar unter Wasser singen.«

Julie berichtete, ihr Lehrer Jankelewitsch habe gelegentlich auch Gruppenunterricht erteilt, weil seine Schüler lernen sollten, ein »Egregor« zu formen, das heißt eine Note zusammen so zu singen, als käme sie aus einem Munde. Sie schlug vor, die Sieben Zwerge sollten das einmal mit ihr versuchen, und sang eine Note. Die anderen bemühten sich, ihr nachzusingen und den Ton zusammen zu treffen, doch das Resultat war nicht gerade überwältigend.

»Jedenfalls bist du bei uns aufgenommen«, betonte Ji-woong. »Wenn du willst, bist du von nun an unsere Sängerin.«

»Nun ja …«

»Hör endlich auf, dich so zu zieren«, flüsterte Zoé ihr unerwartet ins Ohr. »Sonst könntest du unsere Geduld überstrapazieren.«

»Also gut … einverstanden.«

»Bravo!«, rief David.

Alle gratulierten ihr, und dann wurde ihr jedes Mitglied der Band vorgestellt.

»Der große Braunhaarige, der am Schlagzeug sitzt und Schlitzaugen hat, heißt Ji-woong. Wenn man aber die Namen der Sieben Zwerge verwenden will, ist er der ›Chef‹. Ihn vermag nichts zu erschüttern, und er weiß immer Rat, sogar in den schlimmsten Krisensituationen.«

»Er ist also euer Anführer?«

»Wir haben keinen Anführer«, bekräftigte David. »Wir befürworten die selbst verwaltete Demokratie.«

»Was bedeutet das?«

»Jeder kann tun, was ihm gefällt, solange er die anderen nicht stört.«

Julie setzte sich auf einen Schemel. »Und das klappt?«

»Wir sind durch unsere Musik zusammengeschweißt. Wenn man als Gruppe musizieren will, muss man die Instrumente aufeinander abstimmen. Ich glaube, das Geheimnis unseres guten Einvernehmens besteht darin, dass wir eine richtige Rockband sein wollen.«

»Hinzu kommt noch, dass wir nur zu siebt sind. Da ist es nicht allzu schwierig, die selbst verwaltete Demokratie in die Tat umzusetzen«, fügte Zoé an.

»Zoé spielt den Bass, und bei den Sieben Zwergen ist sie der ›Brummbär‹.«

Das stämmige Mädchen mit den kurzen Haaren schnitt eine Grimasse.

»Zoé meckert und schimpft immer, bevor sie normal redet«, erläuterte Ji-woong.

»Paul bedient den Verstärker«, fuhr David fort. »Er ist unser ›Pimpel‹, weil er immer Angst hat, irgendeine Dummheit zu begehen. Alles, was halbwegs essbar aussieht, muss er probieren, weil er die Ansicht vertritt, dass man die Umwelt am besten mit seiner Zunge erforscht.«

Paul machte ein saures Gesicht.

»Léopold, der Flötist, ist unser ›Seppel‹. Angeblich soll er der Enkel eines Navajohäuptlings sein, aber weil er blond und blauäugig ist, sieht ihm das kein Mensch an.«

Léopold bemühte sich, eine genauso unergründliche Miene wie seine Vorfahren zur Schau zu tragen.

»Er interessiert sich hauptsächlich für Häuser und verbringt seine Freizeit damit, sein ideales Haus zu entwerfen.«

Die Vorstellung ging weiter.

»Francine an der elektrischen Orgel ist unsere ›Schlafmütze‹. Sie träumt immer vor sich hin und ist ein Fan von Computerspielen. Deshalb hat sie auch immer rote Augen.«

Die zierliche Blondine zündete sich lächelnd einen Marihuana-Joint an und stieß eine bläuliche Rauchwolke aus.

»Narcisse, der Gitarrist, ist unser ›Happy‹. Er macht sich über alles lustig und kann einen entweder zum Lachen oder auf die Palme bringen. Wie du siehst, ist er sehr eitel und immer gut gekleidet. Er fertigt seine Kleidung selbst an.«

Der feminine Junge zwinkerte Julie vergnügt zu und fuhr fort: »Und an der elektrischen Harfe wäre da noch David, unser ›Hatschi‹. Er ist ständig wegen etwas beunruhigt, fast schon ein Paranoiker, vielleicht wegen seiner Behinderung, aber wir kommen trotzdem gut mit ihm aus.«

»Jetzt begreife ich endlich, warum ihr euch die Sieben Zwerge nennt«, lächelte Julie.

»Zwerg ist ein anderes Wort für Gnom, und das griechische Wort *gnome* bedeutet ›Geist, Verstand, Wissen‹«, erläuterte David. »Jeder von uns hat sein eigenes Fachgebiet, und deshalb ergänzen wir uns großartig. Und du – wer bist du?«

Julie zögerte nur kurz. »Ich bin natürlich Schneewittchen.«

»Seit wann trägt Schneewittchen denn Schwarz?« grinste Narcisse.

»Mein Vater ist vor kurzem gestorben. Er war Direktor der Rechtsabteilung des Forstamts.«

»Na und?«

»Schwarz ist nun einmal die Trauerfarbe«, murmelte sie eigensinnig.

»Wartest du vielleicht wie das Schneewittchen im Märchen darauf, dass ein schöner Prinz dich mit einem Kuss aufweckt?«, fragte Paul.

»Du verwechselst Schneewittchen mit Dornröschen«, konterte Julie.

»Paul, du hast dich wieder einmal blamiert«, lachte Narcisse.

»Keineswegs, denn in allen Märchen gibt es ein Mädchen, das schlafend auf den Geliebten wartet …«

»Sollen wir nicht noch ein bisschen singen?«, schlug Julie vor, die allmählich Geschmack an der Sache fand.

Sie wählten immer schwierigere Stücke aus. *And You and I* von Yes, *The Wall* von Pink Floyd und zuletzt *Supper's Ready* von Genesis, das zwanzig Minuten dauerte und jeden als Solisten zur Geltung kommen ließ.

Trotz der verschiedenen Stilrichtungen gelang es Julie, bei jedem Stück interessante Effekte zu erzielen. Endlich beschlossen sie, nach Hause zu gehen.

»Ich habe mich mit meiner Mutter gestritten«, gestand Julie kleinlaut. »Könnte ich vielleicht bei einem von euch übernachten?«

»David, Zoé, Léopold und Ji-woong sind Internatsschüler und wohnen hier im Gymnasium«, sagte Paul. »Aber Francine, Narcisse und ich sind Externe. Wenn du willst, können wir dich abwechselnd unterbringen. Heute Nacht kannst du bei mir schlafen – wir haben ein Gästezimmer.«

Francine sah, dass Julie von der Vorstellung, bei einem Jungen zu übernachten, nicht begeistert war, und schlug deshalb vor, sie könne auch bei ihr schlafen. Dieses Angebot nahm Julie dankbar an.

50. ENZYKLOPÄDIE

Die Macht der Vokale In vielen alten Sprachen – Ägyptisch, Hebräisch, Phönizisch – gab es keine geschriebenen Vokale, sondern nur Konsonanten. Vokale repräsentieren die Stimme, und wenn man dem Wort durch grafische Darstellung eine Stimme verleiht, bekommt es zu viel Macht, weil es lebendig wird.

Ein Sprichwort sagt: »Wenn du das Wort ›Kleiderschrank‹ perfekt schreiben könntest, würde dir dieses Möbelstück auf den Kopf fallen.«

Die Chinesen hatten die gleiche Befürchtung. Im zweiten Jahrhundert n. Chr. wurde Wu Daozi, der größte Maler seiner Zeit, vom Kaiser beauftragt, einen lebensgetreuen Drachen zu malen. Der Künstler tat das auch, gab dem Drachen aber keine Augen. »Warum hast du die Augen weggelassen?«, fragte der Kaiser. »Weil er sonst davonfliegen würde«, erwiderte Wu Daozi. Der Kaiser gab nicht nach, der Künstler malte Augen, und der Legende zufolge flog der Drache wirklich davon.

EDMOND WELLS
Enzyklopädie des relativen und absoluten Wissens, Bd. 3

51. ABGESANDTE DER WOLKEN

Nr. 103 und ihre jungen Gefährtinnen kämpfen seit einigen Minuten gegen die Heuschrecken. Ihr Vorrat an Ameisensäure ist fast erschöpft, und ihnen bleibt keine andere Wahl als sich mit den Mandibeln zu verteidigen, was noch viel mühsamer ist.

Die Heuschrecken leisten keinen Widerstand. Bedrohlich sind sie nur aufgrund ihrer Vielzahl, denn immer noch hagelt es ausgehungerte Heuschrecken vom Himmel.

So weit das Auge reicht, ist die Erde mit diesen Insekten bedeckt. Nr. 103 setzt ihre Mandibel wie eine Mähmaschine ein. Sie hat nicht unzählige Abenteuer überlebt, nur um jetzt vor diesen Heuschrecken zu kapitulieren, die nur eines können: massenhaft Kinder in die Welt setzen!

Die Finger, so fällt ihr ein, haben eine effektive Methode entwickelt, um Überbevölkerung zu vermeiden: Die Weibchen schlucken Hormone in Form von Pillen, um weniger fruchtbar zu sein. Solche Pillen müsste es auch für diese Heuschrecken geben. Welchen Sinn hatte es, zwanzig Kinder zur Welt zu bringen, wenn man nur eines oder zwei benötigte? Einer so zahlreichen Nachkommenschaft konnte man ja doch keine ausreichende Pflege und Erziehung zuteil werden lassen, und die Kinder mussten notgedrungen ein Parasitendasein führen.

Nr. 103 will sich dieser Diktatur nicht beugen. Ihre Mandibeln sind vom Niedermetzeln der Heuschrecken schon ganz verkrampft.

Ein Sonnenstrahl durchdringt plötzlich die dunkle Wolke und fällt auf einen Heidelbeerstrauch. Das ist ein Zeichen. Nr. 103 beeilt sich, mit ihren jungen Anhängerinnen auf diesen Strauch zu klettern und sich an den Beeren zu stärken.

Flucht ist die einzige Überlebensmöglichkeit. Nr. 103 versucht, Ruhe zu bewahren. Sie hebt ihre Fühler zum Himmel empor. Die Erde ist ein einziger Heuschreckenteppich, aber dort oben ist die Sonne wieder zu sehen. Um sich Mut zu machen, trällert sie ein altes belokanisches Lied:

»Sonne, durchdringe unsre hohlen Panzer
Bewege unsre schmerzenden Muskeln
Und vereine unsre ungleichen Gedanken.«

Die dreizehn Ameisen hängen an den höchsten Zweigen des Heidelbeerstrauchs, doch auch hier landen jetzt immer mehr Heuschrecken, so dass sie sich bald wie Nadeln in einem Heuhaufen vorkommen.

52. Bei Francine

Siebenter Stock ohne Lift. Ganz schön anstrengend. Oben angelangt, atmeten sie tief durch. Hier oben fühlten sie sich sicher vor den Gefahren, die überall auf den Straßen lauerten.

Es war die vorletzte Etage, aber der Müll, der wegen des Streiks nicht abgeholt worden war, stank sogar bis hierher. Die Blondine mit den halblangen Haaren musste lange in ihrer großen Tasche wühlen, bis sie triumphierend einen Schlüsselbund hervorzog.

Sie öffnete die vier Schlösser und stemmte sich mit der Schulter gegen die Tür, die – wie sie erklärte – wegen der Feuchtigkeit klemmte.

Bei Francine schien es nur Computer und Aschenbecher zu geben. Was sie großartig als »Wohnung« bezeichnete, war in Wirklichkeit nur ein winziges Apartment. Eine Überschwemmung bei den Mietern über ihr hatte Schimmelflecken an der Decke hinterlassen, und die Tapete war braun verfärbt. Francine war keine gute Hausfrau, das sah man sofort. Überall lag dicker Staub. Auf Julie wirkte dieses Apartment ziemlich deprimierend.

»Fühl dich wie zu Hause«, sagte Francine und deutete auf einen Sessel, der bestimmt vom Sperrmüll stammte.

Julie setzte sich, und Francine fiel auf, dass das Knie ihrer neuen Freundin eiterte.

»Sind das die Verletzungen, die dir die *Schwarzen Ratten* zugefügt haben?«

»Ja. Sie tun nicht weh, aber ich spüre jeden Knochen und Muskel. Wie soll ich dir das erklären? Es ist so, als hätte ich meine Knie erst jetzt bewusst wahrgenommen. Ich weiß jetzt, dass ich eine Kniescheibe und Gelenke habe, die auf komplizierte Weise dafür sorgen, dass ich mein Bein biegen kann.«

Während Francine die Verletzung untersuchte, überlegte sie, ob Julie ein wenig masochistisch veranlagt war. Sie schien die Schnittwunden fast zu genießen.

»Sag mal, welche Drogen nimmst du eigentlich?«, erkundigte sie sich. »Rauchst du Gras? Ich werde dich jetzt erst mal verarzten. Irgendwo habe ich noch Watte und Pflaster.«

Julie wunderte sich sehr, dass es sie nicht störte, als Francine ihren Rock bis zu den Oberschenkeln hochschob und auch noch kommentierte: »Du hast sehr schöne Beine und solltest sie zeigen. Außerdem würde die Wunde an der Luft schneller heilen.«

Sie gab Julie einen Joint und fuhr fort:

»Ich werde dir eine gute Fluchtmöglichkeit zeigen. Mag sein, dass ich keine große Leuchte bin, aber ich habe gelernt, in mehreren parallelen Realitäten zu leben, und du kannst mir glauben, meine Liebe – es ist toll, eine Wahl zu haben. Das Leben ist wahnsinnig frustrierend, aber es wird erträglicher, wenn man sich von einer Realität in die andere zappen kann.«

Sie schaltete ihre Computer ein, und das triste Zimmer verwandelte sich in das Cockpit eines Überschallflugzeugs. Kontrolllampen blinkten, Geräte knisterten, und sofort vergaß man die schmutzigen Wände.

»Du hast wirklich eine tolle Computerausrüstung«, sagte Julie bewundernd.

»Ja, ich gebe mein ganzes Geld dafür aus. Meine größte Leidenschaft sind Computerspiele. Ich lege eine alte Platte von Genesis auf, zünde mir einen Joint an und amüsiere mich damit, künstliche Welten zu erschaffen. Im Augenblick gefällt mir *Evolution* am besten. Mit diesem Programm kann man ganze Zivilisationen zum Leben erwecken. Man lässt sie gegeneinander Krieg führen, aber man fördert auch ihre Kunst, ihre Landwirtschaft, Industrie und Handel und so weiter. Das ist ein interessanter Zeitvertreib, und man hat dabei das Gefühl, die Geschichte der Menschheit nachzuvollziehen. Möchtest du es einmal ausprobieren?«

»Warum nicht?«

Francine erklärte ihr, wie man Ackerbau betreiben, den technischen Fortschritt intensivieren, Kriege führen, Straßen bauen, Forschungsreisen initiieren, diplomatische Beziehungen mit Nachbarvölkern aufnehmen, Handelskarawanen ausschicken, Spione einsetzen, Wahlen anordnen und die kurz-, mittel- und langfristigen Konsequenzen jeder Entscheidung erkennen konnte.

»Der Gott eines Volkes zu sein ist keine einfache Aufgabe, auch wenn es sich nur um eine künstliche Welt handelt«, betonte Francine. »Wenn ich mich in dieses Spiel vertiefe, verstehe ich unsere eigene Vergangenheit besser und glaube auch unsere Zukunft voraussagen zu können. Beispielsweise habe ich begriffen, dass bei der Evolution eines Volkes eine erste Phase von Despotismus notwendig ist. Erschafft man sofort einen demokratischen Staat, kommt es eben später zum Despotismus. Das ist so ähnlich wie beim Autofahren: Man muss langsam vom ersten in den zweiten und dritten Gang schalten. Startet man im dritten, würgt man den Motor ab. Genauso verfahre ich bei meinen Völkern. Eine lange Phase Despotismus, gefolgt von einer Phase der Monarchie, und erst wenn das Volk reif genug ist, um Verantwortung zu übernehmen, lockere ich die Zügel und beschere ihm die Demokratie, die es dann auch zu schätzen weiß. Demokratische Staaten sind jedoch sehr labil, das wirst du beim Spielen selbst feststellen.«

»Glaubst du nicht, dass auch wir von jemandem manipuliert werden, der genauso mit uns spielt, wie du es mit deinen künstlichen Welten machst?«, wollte Julie wissen.

Francine lachte. »Ein Gott, meinst du? Ja, vielleicht. Ich halte das sogar für sehr wahrscheinlich. Das Problem besteht darin, dass Gott, wenn es ihn denn gibt, uns den freien Willen lässt. Anstatt uns Anweisungen zu geben, wie ich es bei meinen Völkern in *Evolution* mache, gibt er uns die Möglichkeit, auf eigene Faust herumzuexperimentieren. Meiner Meinung nach ist das unverantwortlich.«

»Vielleicht tut er das absichtlich. Er hat uns den freien Willen geschenkt und greift nicht einmal dann ein, wenn wir die größten Dummheiten machen.«

Francine überlegte. »Ich glaube, du hast Recht. Vielleicht hat er uns den freien Willen aus Neugier geschenkt, weil er sehen wollte, was wir damit anfangen.«

»Könnte es nicht auch sein, dass er gar keine gehorsamen Untertanen wollte, deren Unterwürfigkeit ihn nur gelangweilt hätte? Möglicherweise hat er uns diese unbegrenzte Freiheit aus Liebe geschenkt. Der freie Wille ist doch der größte Liebesbeweis, den ein Gott seinem Volk erzeigen kann.«

»In diesem Fall ist es ein Jammer, dass wir nicht vernünftig damit umzugehen wissen, weil es uns an Nächstenliebe mangelt.«

Francine zog es im Augenblick jedenfalls vor, ihren Untertanen Anweisungen zu geben. Das Volk auf dem Bildschirm sollte agronomische Forschung betreiben, um die Getreidequalität zu verbessern.

»Ich helfe meinen Leuten, Entdeckungen zu machen. Die Computertechnik ermöglicht uns endlich einen harmlosen Größenwahn. Ich bin eine richtungweisende Göttin.«

Eine Stunde lang amüsierten sie sich damit, ein virtuelles Volk zu beobachten und zu lenken. Julie rieb sich die Augen. Normalerweise löst jeder Wimpernschlag alle fünf Sekunden einen sieben Mikrometer dünnen Tränenfilm aus, um die Hornhaut zu befeuchten und zu säubern. Das lange Starren in den Bildschirm trocknete ihre Augen aus, und sie wandte ihren Blick von der künstlichen Welt ab.

»Als junge Göttin verlange ich eine Ruhepause«, sagte sie. »Eine Welt zu überwachen schadet den Augen. Ich bin sicher, dass sogar unser Gott nicht 24 Stunden am Tag unsere Welt beobachtet – es sei denn, er hat eine hervorragende Brille!«

Francine schaltete den Computer aus und rieb sich ebenfalls die Lider.

»Und du, Julie? Hast du irgendeine Leidenschaft, außer dem Singen?«

»Ich besitze etwas viel Besseres als deine Computer. Es passt in jede Tasche, wiegt viel weniger, enthält Millionen Informationen und hat nie eine Panne.«

»Ein Supercomputer?«, fragte Francine interessiert, während sie ihre ausgetrocknete Hornhaut mit Augentropfen beträufelte.

Julie lächelte. »Ich sagte doch: ›besser als deine Computer‹. Es schadet auch den Augen viel weniger.«

Sie holte den dicken dritten Band der *Enzyklopädie des relativen und absoluten Wissens* aus ihrem Rucksack hervor.

»Ein Buch?«, staunte Francine.

»Nicht irgendein Buch. Ich habe es in einer Höhle im Wald gefunden. Es wurde von einem weisen alten Mann geschrieben, der zweifellos die ganze Welt bereist hat, um das gesamte Wissen aller Länder und Zeiten auf allen möglichen Fachgebieten zu sammeln.«

»Du übertreibst.«

»Gut, ich gebe zu, dass ich nicht beurteilen kann, ob alles stimmt, was er schreibt – aber lies selbst mal. Du wirst überrascht sein.«

Sie blätterten gemeinsam in der *Enzyklopädie*, und Francine entdeckte eine Passage, die bestätigte, dass man mit Hilfe der Computertechnik die Welt verändern könne. Allerdings benötige man dazu einen übermächtigen Computer. Die üblichen Modelle hätten nur eine begrenzte Kapazität, weil sie hierarchisch aufgebaut seien. Wie in einer Monarchie, so dirigiere ein zentraler Mikroprozessor die peripheren elektronischen Komponenten. Deshalb müsse man auch in der Technik für Demokratie sorgen.

Anstelle eines großen zentralen Mikroprozessors, so Professor Edmond Wells, solle man viele kleine Mikroprozessoren verwenden, die simultan arbeiten, sich ständig beraten und abwechselnd Entscheidungen treffen könnten. Das Gerät, das ihm vorschwebte, nannte er »Computer mit demokratischer Struktur«.

Francine war interessiert und studierte die Pläne. »Wenn dieses futuristische Gerät hält, was es verspricht, wird es alle bisherigen Computer ins Museum verbannen. Dieser Typ hatte wirklich originelle Ideen. Er beschreibt einen völlig neuartigen Computer, der weder ein einziges Elektronengehirn noch vier parallelgeschaltete hätte, sondern fünfhundert, die zusammenarbeiten. Kannst du dir vorstellen, wie effektiv ein solches Gerät wäre?«

Francine hatte begriffen, dass die *Enzyklopädie* keine Aphorismensammlung war, sondern ein Werk, das praktikable und realisierbare Lösungen für verschiedene Lebensbereiche enthielt.

»Bis jetzt wurden immer nur Computer mit Parallelschaltung hergestellt. Doch mit Hilfe der hier beschriebenen ›demokratischen Anordnung‹ wäre jedes x-beliebige Programm um das Fünfhundertfache effektiver.«

Die beiden Mädchen sahen einander lange an. Zwischen ihnen war soeben ein sehr starkes Einverständnis entstanden. Ohne es auszusprechen, wussten beide, dass sie sich hundertprozentig aufeinander verlassen konnten. Julie fühlte sich endlich nicht mehr allein. Scheinbar grundlos lachten sie los.

53. Enzyklopädie

Rezept für Mayonnaise Es ist sehr schwierig, verschiedene Stoffe zu vermengen. Dennoch gibt es eine Substanz, die beweist, dass man aus zwei unterschiedlichen Bestandteilen einen dritten – veredelten – Stoff herstellen kann: die Mayonnaise.

Wie stellt man sie her? In einer Salatschüssel wird Eigelb und Senf mit einem Holzlöffel cremig gerührt. Langsam und in kleinen Mengen Öl hinzufügen, bis die Mischung kompakt ist. Salz, Pfeffer und zwei Zentiliter Essig hinzufügen. Wichtig: Auf die Temperatur achten. Das große Geheimnis der Mayonnaise: Ei und Öl müssen die gleiche Temperatur haben, am idealsten sind 15° C. Was die beiden Ingredienzien miteinander verbindet, sind die winzigen Luftbläschen, die beim Rühren entstehen. 1 + 1 = 3.

Ist die Mayonnaise misslungen, kann man sie retten, indem man allmählich einen Löffel Senf unterrührt. Vorsicht: Alles hängt von der langsamen Zugabe ab.

Diese Technik der Herstellung von Mayonnaise liegt im Übrigen auch dem Geheimnis flämischer Ölgemälde zugrunde. Die Brüder van Eyck hatten im 15. Jahrhundert die Idee, diese Art von Emulsion zu verwenden, um Farben von perfekter Opazität zu erhalten. Nur verwendet man in der Malerei kein Eigelb, sondern Eiweiß.

Edmond Wells

Enzyklopädie des relativen und absoluten Wissens, Bd. 3

54. Dritter Besuch

Für seinen dritten Besuch der Pyramide hatte Kommissar Linart einen Verstärker mitgenommen, den er wie ein Stethoskop an die Spiegelwand drückte.

Er lauschte aufmerksam. Wieder Schüsse, Gelächter, eine Klaviersonatine, Beifall.

Dann plötzlich Stimmen.

»Wie bildet man mit nur sechs Streichhölzern acht gleich große gleichseitige Dreiecke, ohne die Streichhölzer zu biegen oder zu brechen?«

»Können Sie mir einen weiteren Schlüsselsatz geben?«

»Selbstverständlich. Sie kennen ja unsere Spielregeln. Sie können mehrere Tage hintereinander versuchen, das Rätsel zu lösen, und wir geben Ihnen jedes Mal eine weitere Hilfestellung. Heute lautet der Satz folgendermaßen: ›Um die Lösung zu finden, brauchen Sie nur nachzudenken.‹«

Maximilien erinnerte sich an das Rätsel der sechs Streichhölzer aus der Sendung ›Denkfalle‹. All diese Geräusche hatten ihre Ursache also nur in einem eingeschalteten Fernseher!

Wer auch immer sich in dieser Pyramide ohne Tür und Fenster befinden mochte, saß ganz einfach vor dem Fernseher. Der Polizeibeamte stellte alle möglichen Vermutungen an, aber am wahrscheinlichsten schien es ihm, dass ein Eremit sich hier eingemauert hatte, um den Rest seines Lebens ungestört vor dem Fernseher verbringen zu können. Der Mann – oder die Frau – musste natürlich über große Lebensmittelreserven verfügen … Wir leben wirklich in einer verrückten Welt, dachte der Kommissar. Gewiss, das Fernsehen spielte im Leben der allermeisten Menschen eine immer größere Rolle, und auf allen Dächern gab es hohe Antennen, aber nur ein völlig Verrückter konnte auf die Idee verfallen, in einem Gefängnis ohne Türen und Fenster fernsehen zu wollen. Das musste doch eine langsame Form von Selbstmord sein, oder?

Maximilien legte seine Hände trichterförmig vor den Mund und rief dicht am Spiegel: »Wer Sie auch sein mögen – Sie haben kein Recht, hier zu sein. Diese Pyramide steht in einem Naturschutzgebiet, wo Bauen streng untersagt ist!«

Sofort verstummten alle Geräusche. Der Ton war abgestellt worden. Keine Schüsse, kein Applaus und auch keine ›Denkfalle‹ mehr. Aber auch keine Reaktion.

Der Kommissar brüllte: »Polizei! Kommen Sie heraus! Das ist ein Befehl!«

Er hörte ein leises Geräusch, so als würde irgendwo eine kleine Klapptür geöffnet, und sicherheitshalber zog er seinen Revolver und umrundete die Pyramide.

Die Waffe gab ihm das Gefühl, unbesiegbar zu sein, doch in Wirklichkeit war sie kein Trumpf, sondern ein Handicap, denn sie machte ihn unaufmerksam. Das leise Summen hinter sich nahm er überhaupt nicht wahr.

Bsss …

Er bemerkte nicht einmal, dass er gestochen wurde.

Maximilien machte noch drei Schritte und riss den Mund weit auf, ohne einen Ton hervorbringen zu können. Seine Augen traten fast aus den Höhlen, er brach in die Knie, ließ seinen Revolver fallen und fiel der Länge nach ins Gras.

Bevor seine Augen sich schlossen, sah er zwei Sonnen, die echte und ihr Spiegelbild.

55. Es sind Millionen …

Die Heuschreckenflut steigt und steigt.

Eine Idee muss her, und zwar schnell! Als Ameise muss man immer originelle Ideen haben, wenn man überleben will. Die dreizehn halten auf den letzten Ästen des Heidelbeerstrauchs eine AK ab. Ihr Kollektivgeist schwankt zwischen Panik und Mordlust. Einige stellen sich sogar schon auf den Tod ein. Nicht so Nr. 103! Sie weiß vielleicht eine Lösung: Schnelligkeit.

Die Heuschrecken bilden unten einen Teppich mit Löchern, aber wenn man schnell genug läuft, könnte man ihn vielleicht als Unterlage nutzen.

Diese Idee hört sich absurd an, aber niemand hat einen besseren Vorschlag, und weil der Strauch schon von gefräßigen Heuschrecken belagert wird, beschließt man, das Risiko einzugehen.

Nr. 103 springt als Erste auf die Rücken der Heuschrecken hinab und rast los. Die großen Insekten sind mit Fressen und Paaren so beschäftigt, dass sie die kurze Inanspruchnahme ihrer Körper kaum bemerken. Die zwölf jungen Ameisen folgen der wagemutigen alten Kriegerin, aber es ist ein weiter, beschwerlicher Weg.

Heuschreckenrücken, weit und breit nichts als Heuschreckenrücken. Ein See, ein Meer, ein Ozean von Heuschreckenrücken.

Die roten Ameisen werden kräftig durchgerüttelt. Nr. 103 rutscht einmal von einem Heuschreckenpanzer ab, und Nr. 5 kann sie gerade noch am Brustschild festhalten. Ringsum fallen Sträucher dem gierigen Schwarm zum Opfer. Endlich sehen die Ameisen in der Ferne den beruhigenden Schatten großer Bäume, die einen Wall bilden, vor dem die Heuschrecken kapitulieren. Die gewaltige Anstrengung hat sich gelohnt: Die Ameisen springen auf einen niedrigen Ast und klettern rasch höher.

Gerettet! Es ist herrlich, wieder festen Boden unter den Füßen zu haben, wenn man so lange auf schwankenden Heuschreckenrücken unterwegs war.

Sie stärken sich durch Nahrungsaustausch, töten eine verirrte Heuschrecke und fressen sie auf. Nr. 12 erweist sich wieder einmal als zuverlässiges Radargerät. Anhand der Magnetfelder ortet sie die Richtung der großen Eiche, und die Ameisen setzen sich sofort wieder in Bewegung, von Ast zu Ast, weil sie befürchten, dass die Heuschrecken auch hier den Boden besetzen könnten.

Endlich ragt ein riesiger Baum wie ein Turm vor ihnen empor. Seine Äste verhüllen den Himmel, und sein Stamm ist so dick, dass er wie eine Scheibe wirkt. Bei den Ameisen wird erzählt, diese Eiche sei 12 000 Jahre alt. Das ist vielleicht etwas übertrieben, aber der Baum ist wirklich etwas ganz Besonderes. In seiner Rinde, in seinen Blättern, Blüten und Eicheln herrscht reges Leben. Rüsselkäfer bohren Löcher in die Eicheln, um dort ihre Eier abzulegen. Spanische Fliegen mit metallschimmernden Flügeldecken laben sich an zarten Zweigen, während Holzbocklarven Tunnels in die Rinde graben. Raupen von Spannern wachsen in Blättern heran, die von ihren Eltern zusammengerollt und zu Paketen verschnürt worden sind.

Etwas weiter hängen grüne Raupen an Fäden und versuchen, die unteren Äste zu erreichen. Die Ameisen schneiden diese Fäden durch und verspeisen die Raupen. Wenn der Baum sprechen könnte, würde er sich bei ihnen bedanken.

Nr. 103 sagt sich, dass die Ameisen ihre Rolle als Räuber zumindest akzeptieren. Sie töten und fressen ohne Gewissensbisse alles, was ihnen vor die Mandibeln kommt. Hingegen wollen die Finger ihren Platz im ökologischen Kreislauf vergessen. Sie können ein Tier nicht fressen, wenn sie zusehen mussten, wie es getötet wurde. Sie verspüren nur Appetit auf Lebensmittel, die keine Ähnlichkeit mehr mit dem Tier haben: Alles muss klein geschnitten, gefärbt und vermischt sein. Zwar verspeisen die Finger auch Tiere, aber sie wollen sich den Anschein geben, als wären sie unschuldig an deren Ermordung.

Doch jetzt ist nicht der richtige Zeitpunkt für Überlegungen dieser Art. Pilze wachsen um den Stamm herum und bilden halbkreisförmige Stufen. Die Ameisen holen tief Luft und beginnen den Aufstieg.

Nr. 103 bemerkt Zeichen, die in die Rinde geschnitten sind. »Richard liebt Liz« steht in einem Herz, das von einem Pfeil durchbohrt ist. Nr. 103 kann die Schrift der Finger nicht entziffern, sie versteht nur, dass ein Messer dem Baum Schmerz zugefügt hat, denn er weint eine Träne aus orangefarbenem Harz.

Der Ameisentrupp macht einen weiten Bogen um ein Spinnennetz, in dessen Seidenfäden Leichen ohne Köpfe oder ohne Gliedmaßen hängen. Die Belokanerinnen steigen immer höher an dem Eichenturm empor. Endlich entdecken sie in den mittleren Etagen eine Art große runde Frucht, die nach unten hin durch eine Röhre verlängert ist.

»Das ist das Wespennest der großen Eiche«, sagt Nr. 16 und deutet mit ihrem rechten Fühler in Richtung des Papiergebildes.

Nr. 103 starrt fasziniert darauf, doch weil die Abenddämmerung schon hereinbricht, beschließen die Ameisen, im Schutz eines Knorrens zu übernachten.

Nr. 103 kann nicht einschlafen. Ist es wirklich möglich, dass in dieser Papierkugel das Mittel verborgen liegt, das sie in eine Prinzessin verwandeln kann?

56. Enzyklopädie

Gesellschaftlicher Wandel Die Inka glaubten an Determinismus und an Kasten. Bei ihnen gab es keine Probleme mit der Berufswahl: Der Beruf stand von Geburt an fest. Die Söhne von Landwirten wurden Landwirte, die Söhne von Soldaten - Soldaten. Um jedes Risiko zu vermeiden, wurde der Körper des Kindes sofort mit dem Kastenmerkmal versehen. Zu diesem Zweck steckten die Inka die Köpfe der Neugeborenen, deren Schädel ja noch weich sind, in spezielle Holzgestelle, die ihnen die gewünschte Form verliehen, beispielsweise quadratisch für Königskinder. Das war nicht schmerzhafter als das Tragen einer Zahnspange. Auf diese Weise waren die Söhne des Königs, sogar nackt und ausgesetzt, sofort als künftige Könige kenntlich, denn nur sie konnten die quadratischen Kronen tragen. Die Schädel von Soldatenkindern erhielten eine dreieckige, die von Bauernkindern eine spitze Form.

Bei den Inka war jeder gesellschaftliche Wandel ausgeschlossen. Die Ordnung konnte nicht durch persönlichen Ehrgeiz bedroht werden, denn die Schädelform bestimmte lebenslang den Beruf und die soziale Stellung.

Edmond Wells

Enzyklopädie des relativen und absoluten Wissens, Bd. 3

57. Geschichtsstunde

Die Schüler nahmen ihre Plätze ein und holten ihre Hefte und Kugelschreiber hervor. Die Geschichtsstunde begann.

Der Lehrer schrieb mit weißer Kreide an die Tafel: »Die Französische Revolution von 1789«, doch weil er wusste, dass man einer Klasse nie lange den Rücken zukehren durfte, drehte er sich gleich wieder um und holte einen Stapel Blätter aus seiner Mappe hervor.

»Ich habe Ihre Arbeiten korrigiert.« Er ging durch die Reihen, verteilte die Blätter und gab kurze Kommentare ab. »Achten Sie mehr auf Ihre Orthografie!« – »Sie machen Fortschritte.« – »Tut mir leid, aber Cohn-Bendit war nicht 1789 aktiv, sondern 1968.«

Er hatte mit den besten Noten begonnen und inzwischen sogar schon die Fünfer verteilt, aber Julie hatte ihre Arbeit immer noch nicht zurückbekommen.

Endlich fiel sein Satz wie ein Fallbeil: »Julie: Sechs plus. Ich habe Ihnen keine glatte Sechs gegeben, weil Sie eine recht interessante These über Saint-Just entwickeln, der Ihrer Ansicht nach die Revolution pervertiert hat.«

Julie hob angriffslustig den Kopf. »Ja, das glaube ich allerdings!«

»Was haben Sie denn gegen diesen hervorragenden Mann? Saint-Just war ein sehr charmanter und kultivierter Mensch, und er hatte in der Schule bestimmt bessere Noten als Sie.«

»Saint-Just«, erwiderte Julie, ohne sich provozieren zu lassen, »hielt eine gewaltlose Revolution für unmöglich. Er hat es selbst geschrieben: ›Die Revolution zielt darauf ab, die Welt zu verbessern, und wenn manche damit nicht einverstanden sind, muss man sie eliminieren.‹«

»Ich stelle mit Freuden fest, dass Sie doch über ein bestimmtes Wissen verfügen. Immerhin haben Sie einige Zitate im Kopf.«

Das junge Mädchen konnte ihm nicht gestehen, dass die Ideen über Saint-Just der *Enzyklopädie* entstammten.

»Aber Saint-Just hatte natürlich völlig Recht«, fuhr der Lehrer fort. »Eine gewaltlose Revolution ist unmöglich …«

Julie widersprach. »Ich glaube, wenn man tötet, wenn man Menschen zwingt, etwas zu tun, was sie nicht tun wollen, beweist man nur, dass es einem an Fantasie fehlt, dass man unfähig ist, seine Ideen auf humane Weise zu verwirklichen. Es gibt bestimmt Möglichkeiten, eine gewaltlose Revolution aufzuziehen.«

Interessiert provozierte der Lehrer seine junge Gesprächspartnerin: »Un-mög-lich! Die Weltgeschichte kennt keine gewaltlosen Revolutionen. Die beiden Wörter schließen einander aus.«

»Dann muss man die gewaltlose Revolution eben noch erfinden«, erwiderte Julie trotzig.

Zoé kam ihr zu Hilfe. »Der Rock 'n' Roll, Computertechnik … das sind gewaltlose Revolutionen, die ohne Blutvergießen die Mentalität der Menschen verändert haben.«

»Das sind doch keine Revolutionen!«, rief der Lehrer empört. »Der Rock 'n' Roll und Computer hatten keinerlei Auswirkungen auf die Politik. Sie haben keine Diktatoren vertrieben und den Bürgern keine größere Freiheit beschert.«

»Der Rock hat das tägliche Leben der Menschen mehr verändert als die Revolution von 1789, die letztlich nur zu noch schlimmerem Despotismus führte«, warf Ji-woong ein.

»Mit Rock kann man die Gesellschaft umwälzen«, bestätigte David.

Die Klasse staunte, dass Julie und die Sieben Zwerge Ansichten vertraten, die nicht im Geschichtsbuch standen.

Der Lehrer ging zum Pult und machte es sich auf seinem Stuhl bequem. »Also gut, eröffnen wir die Debatte. Nachdem unsere Rockgruppe die Errungenschaften der Französischen Revolution in Frage stellt, werden wir über Revolutionen im Allgemeinen diskutieren.«

Er hängte eine Weltkarte auf und deutete mit seinem Zeigestock auf verschiedene Erdteile und Länder.

»Der Spartakusaufstand der Antike, der Amerikanische Unabhängigkeitskrieg, die Pariser Kommune im 19. Jahrhundert, Budapest 1956, Prag 1968, die Nelkenrevolution in Portugal, die mexikanischen Revolutionen von Zapata und seinen Vorgängern, Maos ›Langer Marsch‹ in China, die sandinistische Revolution in Nicaragua, Fidel Castros Machtergreifung in Kuba – sie alle, ich wiederhole: Alle, die die Welt verändern wollten, weil sie ihre eigenen Ideen für besser als die der Herrschenden hielten, mussten kämpfen, um diese Ideen durchzusetzen. Viele sind gestorben. Das ist eben der Preis, den man bezahlen muss. Es gibt nichts umsonst. Revolutionen sind nun einmal blutig. Aus diesem Grunde fehlt auf keiner revolutionären Fahne die rote Farbe.«

Julie war nicht bereit, klein beizugeben. »Unsere Gesellschaft hat sich verändert«, widersprach sie vehement. »Man muß sich aus einer Verkrustung ohne Brutalität befreien können. Zoé hat Recht: Rockmusik und Computertechnologie sind gute Beispiele für sanfte Revolutionen. Sie benötigen keine roten Fahnen, und ihre ganze Tragweite ist noch nicht erforscht. Die Informatik ermöglicht Tausenden von Menschen, sehr schnell über riesige Entfernungen hinweg miteinander zu kommunizieren, ohne jede Gängelung durch die Machthaber. Die nächste Revolution wird sich dieser Werkzeuge zu bedienen wissen.«

Der Lehrer schüttelte den Kopf, seufzte und wandte sich an die ganze Klasse: »Glauben Sie das wirklich? Ich werde Ihnen eine kleine Geschichte über ›sanfte Revolutionen‹ und moderne Kommunikationsmittel erzählen. Im Jahre 1989, auf dem Platz des Himmlischen Friedens, glaubten chinesische Studenten, mit Hilfe moderner Technologie eine neuartige Revolution erfinden zu können. Besonders viel erhofften sie sich vom Fax. Französische Zeitungen schlugen ihren Lesern vor, zur Unterstützung der Rebellen Faxe zu schicken. Das Resultat: Die chinesische Polizei brauchte nur die Faxe aus Frankreich zu überwachen, um einen Revolutionär nach dem anderen verhaften zu können. Diese jungen Chinesen, die in Gefängnissen sitzen und gefoltert wurden, denen sogar – wie man heute weiß – gesunde Organe entnommen wurden, um sie altersschwachen Herrschenden zu implantieren – diese Chinesen werden den Franzosen, die sie per Fax unterstützten, bestimmt sehr dankbar sein! Hier haben Sie ein gutes Beispiel für den Beitrag, den moderne Technologien zum Gelingen von Revolutionen leisten.«

Lehrer und Schülerin maßen einander mit Blicken. Seine Geschichte hatte Julie ein wenig verunsichert.

Nicht nur die Klasse hatte ihre Freude an der Debatte, sondern auch der Lehrer, der sich dadurch plötzlich wieder jung fühlte. Er war früher Kommunist gewesen und hatte eine große Enttäuschung erlebt, als seine Partei ihn aufgefordert hatte, seine Sektion aus irgendwelchen obskuren Gründen lokaler Wahlbündnisse freiwillig aufzulösen. In Paris hatte man ihn und die Seinen einfach fallengelassen, um irgendwo – er wusste nicht einmal, wo – einen Parlamentssitz behalten zu können. Frustriert hatte er die Politik aufgegeben, doch das alles konnte er seinen Schülern natürlich nicht erzählen.

Julie spürte eine Hand auf ihrer Schulter. »Gib's auf«, flüsterte Ji-woong. »Er wird dir auf keinen Fall das letzte Wort lassen.«

Der Lehrer warf einen Blick auf seine Uhr. »Die Stunde ist gleich um. Nächste Woche werden wir die Russische Revolution von 1917 durchnehmen. Auch dort Hungersnöte, Massaker und liquidierte Herrscher, aber immerhin mit Balalaikaklängen und Schneegestöber als Dekoration. Alle Revolutionen ähneln sich im Grunde, nur die Umgebung und die Folklore sind verschieden.«

Er warf einen letzten Blick in Julies Richtung. »Ich verlasse mich darauf, Mademoiselle Pinson, dass Sie mir wieder interessante Gegenargumente liefern. Sie gehören zu jenen Menschen, Julie, die ich ›gewalttätige Verfechter der Gewaltlosigkeit‹ nennen möchte, und die sind oft am schlimmsten. Sie kochen Hummer auf kleiner Flamme, weil sie nicht den Mut haben, die Tiere ins kochende Wasser zu werfen. Resultat: Der Hummer leidet viel mehr und viel länger. Aber vielleicht werden Sie mir ja beantworten können, Julie, wie die Bolschewiken es hätten anstellen sollen, den Zaren ›gewaltlos‹ loszuwerden. Eine interessante Hausaufgabe …«

Die Klingel beendete die Geschichtsstunde.

58. Das Wespennest

Es ähnelt einer grauen Glocke. Wachposten der Papierwespen mit scharfen schwarzen Stacheln umschwirren das Nest.

So wie Schaben die Vorfahren der Termiten sind, sind Wespen die Ahnen der Ameisen. Bei den Insekten gibt es manchmal noch Kontakte zwischen ursprünglichen und weiterentwickelten Arten. Das ist so, als würden Menschen von heute mit den Australopitheken zusammenleben, von denen sie abstammen.

Wespen mögen zwar primitiv sein, aber sie sind nichtsdestotrotz sozial veranlagt. Sie leben gruppenweise in Nestern aus Pappmaché, obwohl diese Rohbauten weder mit den weiträumigen Honigbauten der Bienen noch mit den Ameisenstädten konkurrieren können.

Nr. 103 und ihre Gefährtinnen nähern sich dem Nest. Es kommt ihnen sehr labil vor, aber Papierwespen bauen ihre Dörfer nun einmal aus Papierpaste, die entsteht, indem sie totes oder wurmstichiges Holz lange kauen und mit ihrem Speichel verkleben.

Die Wespenwächterinnen senden Alarmpheromone aus, als sie die Ameisen sehen, die in ihre Richtung klettern. Mit abwehrbereiten Stacheln rücken sie vor, um die Eindringlinge aufzuhalten.

Die Kontaktaufnahme zwischen zwei Zivilisationen ist immer ein kritischer Augenblick, weil der erste Reflex oft zur Gewaltanwendung rät. Nr. 14 fällt eine Strategie ein, um die Wespen zu besänftigen: Sie würgt etwas Nahrung aus und bietet sie den Wespen dar. Man ist immer überrascht, wenn jemand, den man für einen Feind hält, einem ein Geschenk überreicht.

Die Wespen nähern sich misstrauisch. Nr. 14 legt ihre Antennen nach hinten, zum Zeichen, dass sie nicht angriffslustig ist. Eine Wespe klopft ihr mit den Fühlerspitzen auf den Schädel, aber Nr. 14 reagiert nicht darauf, und auch die anderen Belokanerinnen legen ihre Antennen nach hinten.

Eine Wespe gibt ihnen in olfaktorischer Sprache zu verstehen, dass sie sich hier auf Wespenterritorium befinden, wo Ameisen nichts zu suchen haben.

Nr. 14 erklärt, dass eine der Ihren dringend geschlechtsfähig werden müsse, weil das für das Überleben der ganzen Gruppe vonnöten sei.

Die Wespen beraten sich. Ihre Konversation geht auf ganz besondere Art vonstatten, nicht nur mit Hilfe von Pheromonen, sondern auch durch Gestikulieren mit den Fühlern. Überraschung wird durch Aufrichten der Antennen signalisiert, Misstrauen durch rasches Vorwärtswerfen und Interesse durch Bewegungen nur eines Fühlers. Manchmal berühren sie einander auch mit ihren weichen Fühlerspitzen. Nr. 103 nähert sich und stellt sich vor. Sie ist es, die eine Prinzessin werden möchte.

Die Wespen klopfen auch ihr auf den Schädel und schlagen ihr sodann vor, ihnen zu folgen. Sie dürfe mitkommen, aber nur sie allein.

Nr. 103 erklärt sich dazu bereit.

Am Eingang des Wespennests stehen weitere Wächterinnen. Das ist normal. Es gibt keinen anderen Zugang, so dass Feinde nur an diesem Punkt angreifen können. Außerdem wird von hier aus auch die Temperatur im Innern geregelt: Die Wächterinnen sorgen durch ständige Flügelbewegungen für eine Durchlüftung der Stadt.

Diese Papierwespen kommen Nr. 103 durchaus fortschrittlich vor. Ihr Nest besteht aus horizontalen Waben, die parallel verlaufen und jeweils eine Reihe von Zellen tragen. Diese Zellen sind hexagonal geformt, genauso wie in Bienenstöcken.

Pfeiler aus fein zerkautem grauem Papier verbinden die einzelnen Waben miteinander. Mehrere Lagen Pappmaché schützen die Randbereiche vor Kälte und Erschütterungen. Im Gegensatz zu einem Bienenstock, der eine dauerhafte Stadt ist, sind Wespennester nur für eine Saison geschaffen. Im Frühjahr macht sich eine befruchtete Wespenkönigin auf die Suche nach einem Ort, der sich zum Nestbau eignet. Sobald sie ihn gefunden hat, baut sie eine Pappzelle, in der sie ihre Eier ablegt. Wenn die Larven schlüpfen, ist die Mutter den ganzen Tag damit beschäftigt, Nahrung für sie zu beschaffen. Die Larven brauchen fünfzehn Tage, um sich in einsatzfähige Arbeiterinnen zu verwandeln, woraufhin die Königin weitere Eier legt.

Nr. 103 sieht die Brutwaben und überlegt, wie es möglich ist, dass Eier und Larven an den Decken hängen können. Dann schaut sie genauer hin und begreift, dass die Ammen eine Art Leim absondern. Die Wespen haben nicht nur Papier und Pappe erfunden, sondern auch den Klebstoff.

Nachdem es im Tierreich weder Nägel noch Schrauben gibt, ist Leim das beliebteste Hilfsmittel für alle möglichen Zwecke. Manche Insekten haben es in der Produktion zu solcher Meisterschaft gebracht, dass ihr Klebstoff sich innerhalb von Sekunden in eine harte Substanz verwandelt.

Nr. 103 wird durch den Hauptgang geführt, von dem schmale Seitengänge abgehen. Auf jeder Etage gibt es ein Loch im Boden, das eine mühelose Kommunikation zwischen den vielen Stockwerken ermöglicht. Trotzdem ist der Bau bei weitem nicht so imposant wie ein goldener Bienenstock. Hier ist alles grau in grau. Gelb-Schwarze Arbeiterinnen mit bizarren Mustern auf der Stirn zermahlen Holz und stellen die Papierpaste her, mit der sie die Wände bestreichen, wobei sie mit ihren zangenförmigen Fühlern kontrollieren, ob das Werk gelungen ist.

Andere Wespen transportieren Fleisch: betäubte Fliegen und Raupen. Ein Teil dieser Beute ist für die Larven bestimmt, die ständig hungrig sind. Wespen sind die einzigen sozialen Insekten, die ihre Brut mit rohem Fleisch füttern, das vorher nicht einmal zerkleinert wird.

Die Wespenkönigin ist größer, dicker und nervöser als ihre Töchter, die sich um sie scharen. Nr. 103 ruft sie mit Hilfe von Pheromonen herbei, die Königin nähert sich huldvoll, und die alte rote Ameise erklärt ihr, warum sie hergekommen ist: Sie wäre über drei Jahre alt, und ihr Tod nicht mehr fern. Doch nur sie allein könne ihrer Geburtsstadt eine ungemein wichtige Information übermitteln, und sie wolle nicht sterben, bevor sie diese Mission erfüllt habe.

Die Königin der Papierwespen betastet Nr. 103 mit ihren Fühlerspitzen, um die Gerüche besser wahrnehmen zu können. Sie begreift nicht, warum eine Ameise eine Wespe um Hilfe bittet. Das ist nicht üblich. Normalerweise bleibt jede Art für sich. Nr. 103 beteuert, dass sie in diesem Fall auf die Hilfe der Wespen angewiesen wäre, weil Ameisen das »Gelée Royale« nicht produzieren könnten, das sie zum Weiterleben benötigte.

Die Wespenkönigin erwidert, hier werde das ›Gelée Royale‹ zwar tatsächlich hergestellt, aber sie sehe nicht ein, warum sie dieses wertvolle Produkt an eine Ameise vergeuden solle.

Nr. 103 sendet mit großer Mühe einen Pheromonsatz, der Sekunden später von den Antennen der Wespenkönigin empfangen wird: *Ich muss geschlechtsfähig werden.*

Die Wespenkönigin ist erstaunt. Wozu soll das gut sein?

59. Enzyklopädie

Allgemeine Dreiecke Es ist manchmal schwieriger, x-beliebig als außergewöhnlich zu sein. Das lässt sich anhand von Dreiecken beweisen. Die meisten Dreiecke sind gleichschenklig (2 Seiten von gleicher Länge), rechtwinklig oder gleichseitig (3 Seiten von gleicher Länge).

Es gibt so viele exakt definierte Dreiecke, dass es sehr schwierig ist, ein Dreieck zu zeichnen, das nicht zu einer dieser Kategorien gehört. Man sollte meinen, es genüge, ein Dreieck mit verschieden langen Seiten zu zeichnen, aber das stimmt nicht. Im allgemeinen Dreieck darf es keine gleichen Winkel geben, keinen rechten Winkel und keinen Winkel über 90°. Dem Forscher Jacques Loubczanski ist es mit viel Mühe gelungen, ein echtes »allgemeines Dreieck« zu definieren. Man muss die Hälfte eines diagonal zerschnittenen Quadrats und die Hälfte eines gleichseitigen Dreiecks zusammenfügen, um ein allgemeines Dreieck zu erhalten. Es ist wirklich nicht einfach, einfach zu sein!

Edmond Wells

Enzyklopädie des relativen und absoluten Wissens, Bd. 3

60. Das Examen

Wozu will sie plötzlich geschlechtsfähig werden? Es gibt absolut keinen biologischen Grund, weshalb eine geschlechtslose Ameise, die einer geschlechtslosen Kaste entstammt, mit einem Mal fortpflanzungsfähig werden möchte!

Nr. 103 begreift, dass die Wespenkönigin sie einem Examen unterziehen will. Sie sucht nach einer besonders intelligenten Antwort, aber ihr fällt nichts Besseres ein als: »Geschlechtsfähige leben länger.«

Bei den Fingern hat sie so viele nichtssagende Fernsehdiskussionen gesehen, dass sie verlernt hat, sofort auf das Wesentliche zu kommen.

Hingegen bringt die Wespenkönigin ihre olfaktorischen Sätze mit großer Intensität vor. Wie alle Königinnen, so vermag auch sie über andere Themen als Nahrung und Sicherheit zu sprechen. Sie liebt Diskussionen und abstrakte Ideen.

In erster Linie drückt sie sich durch Gerüche aus, unterstreicht ihre Worte aber auch durch heftiges Gestikulieren mit den Fühlern. Irgendwann müsse die Ameise ja doch sterben, erklärt sie unumwunden. Wozu dann dieser Versuch, länger zu leben?

Nr. 103 erkennt, dass sie es mit einer sehr skeptischen Gesprächspartnerin zu tun hat. Und hat die Wespenkönigin nicht sogar Recht? Warum sollte ein langes Leben einem kurzen vorzuziehen sein?

Nr. 103 gibt vor, in den Genuss der besonderen Eigenschaften geschlechtsfähiger Ameisen kommen zu wollen: also einer größeren Sensibilität der Sinnesorgane, die ein intensiveres Gefühlsleben ermöglichen.

Die Wespenkönigin entgegnet, das seien keine Vorteile, sondern eher Nachteile. Empfindliche Sinnesorgane führten nur zu ständiger Furcht. Deshalb lebten die Männchen nicht lange, und die Weibchen führten ein abgeschiedenes Leben, fernab aller Gefahren der Welt. Sensibilität sei eine Quelle ständigen Unbehagens.

Nr. 103 sucht nach neuen, überzeugenderen Argumenten. Sie will geschlechtsfähig werden, um Nachkommen in die Welt setzen zu können.

Diesmal scheint die Wespenkönigin interessiert zu sein. Warum will die Ameise sich fortpflanzen? Warum genügt es ihr nicht, als Einzelwesen existiert zu haben?

Dass die Wespenkönigin ständig nach dem »Warum« fragt, ist ein Zeichen für ihre ungewöhnliche Intelligenz, denn im Allgemeinen sind soziale Insekten wie Ameisen und Wespen nur am »Wie« interessiert. Man will keine Ursachen ergründen, sondern nur wissen, wie man mit den Folgen fertig werden kann.

Die alte rote Ameise erklärt, sie wolle ihren genetischen Code weitergeben.

Die Wespenkönigin schwenkt ihre Fühler, um ihrer Skepsis Ausdruck zu verleihen. Inwiefern sei der genetische Code von Nr. 103

denn so besonders interessant? Er unterscheide sich doch in nichts von dem Code ihrer mindestens zehntausend Geschwister.

Nr. 103 weiß, worauf die Wespe hinaus will. Sie will ihr klarmachen, dass ein Einzelwesen völlig bedeutungslos ist, dass es anmaßend ist, die eigenen Gene für besonders wertvoll zu halten. Ein solches Verhalten gilt bei den Ameisen und Wespen als krankhaft und trägt den Namen »Individualismus«.

Nr. 103, die unzählige physische Duelle überlebt hat, muss zum ersten Mal ein geistiges Duell führen, und das ist viel schwieriger.

Diese Wespe ist sehr durchtrieben. Sie zwingt die alte Ameise, ein Wort auszusprechen, das bei Insekten absolut tabu ist: »Ich«. Langsam formuliert sie den unerhörten Satz, der durch Pheromone übermittelt wird:

Ich bin etwas ganz Besonderes.

Die Wespenkönigin zuckt zusammen, und ihr Hofstaat weicht erschrocken zurück. Ein soziales Insekt, das »Ich« sagt, widerspricht allen Gepflogenheiten.

Dieses Rededuell amüsiert jedoch die Wespenkönigin, die Nr. 103 wegen des Gebrauchs des Tabuwortes »Ich« nicht zurechtweist, sondern nur wissen will, über welche besonderen Eigenschaften die alte Ameise denn verfüge. Die Gemeinschaft der Papierwespen werde beurteilen, ob sie wirklich so »besonders« sei, dass es sich lohne, ihren genetischen Code an eine Nachkommenschaft weiterzugeben. Die Königin verwendet absichtlich den Ausdruck: »Wir, die Papierwespen«, um zu demonstrieren, dass sie das Kollektiv gegenüber dem egoistischen Individuum verteidigt.

Nr. 103 weiß, dass sie jetzt keinen Rückzieher mehr machen kann. In den Augen all dieser Wespen ist sie eine degenerierte Ameise, die sich nur um sich selbst kümmert. Ihr bleibt nur noch eines übrig: ihre persönlichen Vorzüge aufzuzählen.

Also erklärt sie, dass sie über die in der Insektenwelt seltene Gabe verfüge, neue Erscheinungen erforschen zu wollen, auch wäre sie eine erfahrene Kriegerin und Kundschafterin. Diese Talente könnten ihrem Volk sehr zugutekommen.

Die Wespenkönigin ist belustigt. Die alte Ameise, die mühsam nach Luft ringt, hält Neugier und Kampflust also für wertvolle Eigenschaften? Sie gibt ihr zu verstehen, Kriegstreiber seien in allen Städten eher unerwünscht, speziell, wenn sie sich auch noch in alles einmischten und für allwissend hielten.

Nr. 103 lässt ihre Fühler hängen. Die Wespenkönigin ist viel gerissener, als sie jemals für möglich gehalten hätte. Ihr, der Ameise, bleibt nichts übrig, als sich immer mehr abzumühen. Diese Prüfung erinnert sie an jene, der sie in der Welt der Schaben unterzogen wurde, die sie vor einen Spiegel gestellt und ihr Verhalten genau beobachtet hatten. Weil sie nicht gegen ihr Spiegelbild kämpfen wollte, wurde sie von den Schaben akzeptiert.

Jenes Examen hatte sie intuitiv bestanden. Die Schaben hatten ihr beigebracht, sich selbst zu akzeptieren. Aber diese Wespe stellt ihr jetzt eine viel schwierigere Aufgabe: Sie soll erklären, warum diese Eigenliebe gerechtfertigt ist.

Die Königin wiederholt ihre Frage.

Die alte Ameise beharrt auf ihren beiden Haupteigenschaften, der Neugier und Kampfkraft, die ihr geholfen hätten, so lange zu überleben, während unzählige andere Ameisen gestorben wären. Der genetische Code der Toten sei also schlechter als ihr eigener gewesen, behauptet sie.

Die Wespenkönigin hält ihr entgegen, viele ungeschickte oder feige Soldatinnen würden Kriege überleben, während mutige und fähige oft stürben. Das sei reiner Zufall, weiter nichts.

Nr. 103 muss jetzt ihr stärkstes Argument einsetzen:

Ich bin etwas Besonderes, weil ich die Finger kennengelernt habe.

Die Königin fragt erst nach kurzem Schweigen zurück: *Die Finger?*

Nr. 103 erklärt, die seltsamen Vorfälle, die sich neuerdings im Wald häuften, seien das Werk einer relativ neuen, riesigen unbekannten Tierart namens Finger. Sie, Nr. 103, habe diese Wesen kennengelernt und sogar Dialoge mit ihnen geführt. Sie kenne ihre Stärken und Schwächen.

Die Wespenkönigin lässt sich auch davon nicht beeindrucken. Auch sie kenne die Finger, erwidert sie. Das sei doch nichts Außergewöhnliches. Viele Wespen würden die sogenannten Finger treffen, die groß, langsam und weich seien und alle möglichen Leckereien mit sich führten. Manchmal würden sie Wespen in durchsichtigen Behältern einsperren, doch wenn diese Höhlen sich wieder öffneten, könnten die Wespen die Finger stechen.

Die Finger … Die Wespenkönigin hat keine Angst vor ihnen. Sie behauptet sogar, welche getötet zu haben. Gewiss, sie sind sehr groß und dick, aber sie haben keinen Panzer, und deshalb ist es sehr einfach, mit dem Stachel ihre weiche Haut zu durchbohren. Nein, so sagt sie abschließend, eine Begegnung mit den Fingern sei wirklich kein einleuchtendes Argument, um das kostbare Hormongelee der Wespen zu beanspruchen.

Darauf war Nr. 103 nun wirklich nicht gefasst. Jede Ameise, der gegenüber man die Finger erwähnt, ist begierig, weitere Informationen über sie zu erhalten. Und diese Papierwespen glaubten, schon alles über die Finger zu wissen! Welche Dekadenz! Zweifellos hat die Natur aus diesem Grunde Ameisen erschaffen. Die Wespen, ihre Vorfahren, haben ihren ursprünglichen Wissensdurst eingebüßt.

Doch diese Überlegungen helfen Nr. 103 nicht weiter. Wenn die Papierwespen ihr nicht helfen, wenn sie sich weigern, ihr das »Gelée Royale« zu geben, ist alles aus. Welch ein Jammer, nach unzähligen heldenhaften Kämpfen dem armseligsten Gegner zu unterliegen: dem Alter.

Die Wespenkönigin kann sich eine letzte ironische Bemerkung nicht verkneifen: Selbst wenn Nr. 103 geschlechtsfähig würde, könnte sie nicht davon ausgehen, dass auch ihre Kinder das Talent hätten, mit Fingern zu kommunizieren.

Nr. 103 sitzt in der Klemme.

Plötzlich bricht Unruhe aus. Nervöse Wespen melden der Königin, dass das Nest von einem Skorpion angegriffen wird.

Zweifellos ist auch er vor dem Heuschreckenschwarm geflüchtet und hat Zuflucht auf der Eiche gesucht. Normalerweise wehren Wespen alle Angreifer mit ihrem giftigen Stachel ab, aber gegen den Chitinpanzer der Skorpione sind sie machtlos.

Nr. 103 erklärt sich bereit, gegen den Feind zu kämpfen.

Wenn es dir gelingt, ihn zu besiegen, geben wir dir, was du begehrst.

Nr. 103 verlässt das Wespennest durch den röhrenförmigen Mittelgang und bewegt ihre Fühler. Am Geruch erkennt sie das Skorpionweibchen wieder, dem die Belokanerinnen in der Wüste begegnet sind. Jetzt kriechen 25 Babys auf ihrem Rücken herum und balgen miteinander.

Die alte rote Ameise greift das Skorpionweibchen auf einem terrassenförmigen Knorren der Eiche mit einem kräftigen Säurestrahl an. Für das Spinnentier ist die winzige Ameise kein ernstzunehmender Gegner, sondern eine leichte Beute. Es setzt seine Kinder behutsam ab und schlägt mit seinem tödlichen Stachel zu.

ZWEITES SPIEL
PIK

61. Arbeit an der mysteriösen Pyramide

Durchsichtige Spitze. Spiegelwände. Maximilien war wieder bei der mysteriösen Pyramide. Beim letzten Mal war seine Inspektion durch einen Insektenstich unterbrochen worden, der ihn für eine knappe Stunde außer Gefecht gesetzt hatte. Heute war er fest entschlossen, sich nicht unterkriegen zu lassen.

Er näherte sich vorsichtig.

Er berührte die Pyramide.

Er legte sein Ohr an eine der Spiegelwände und lauschte.

Einen Satz schien er in etwa zu verstehen: »Billy Joe, ich hatte dich doch gewarnt, dass du nie zurückkehren solltest!«

Wieder das Fernsehen. Offenbar ein amerikanischer Western.

Der Kommissar hatte genug gehört. Präfekt Dupeyron wünschte Resultate, und er würde sie erhalten. Maximilien hatte die nötigen Werkzeuge mitgebracht. Er öffnete seine große Tasche, holte einen Hammer hervor und schlug mit voller Wucht nach seinem eigenen Spiegelbild.

Mit ohrenbetäubendem Klirren zerbrach der Spiegel in scharfe Scherben. Vom darunterliegenden Beton stieg Staub auf. Maximilien sprang rasch zurück, um nicht von Splittern getroffen zu werden.

»Die sieben Jahre Pech muss ich eben in Kauf nehmen«, seufzte er.

Sobald die Staubwolke verflogen war, untersuchte er die Betonmauer. Immer noch weder Tür noch Fenster. Nur oben die durchsichtige Spitze.

Zwei Seiten der Pyramide waren noch mit Spiegeln verkleidet. Er zertrümmerte auch sie, ohne eine Öffnung zu entdecken, aber als er sein Ohr an den Beton presste, war der Fernseher verstummt. Jemand reagierte auf seine Gegenwart. Natürlich musste es irgendwo einen Ausgang geben. Eine Klapptür oder Ähnliches ... Wie hätte der Bewohner der Pyramide denn sonst hineinkommen sollen?

Er warf ein Lasso um die Pyramidenspitze, und dank rutschfester Schuhsohlen gelang ihm der Aufstieg. Doch auch von oben konnte er nicht den geringsten Riss, nicht das kleinste Loch im Beton erkennen, nichts, was ihm ermöglicht hätte, den oder die Insassen auszuräuchern.

»Kommen Sie freiwillig heraus! Andernfalls garantiere ich Ihnen, dass wir ein Mittel finden werden, um Sie aus Ihrem Versteck zu vertreiben!«

Maximilien kletterte an seinem Seil wieder auf den Boden hinab. Er war nach wie vor überzeugt, dass ein Eremit in diesem Betonbau hauste. In Tibet ließen sich besonders fromme Mönche in winzige Ziegelhütten ohne Türen und Fenster einmauern und verharrten dort jahrelang in völliger Abgeschiedenheit. Aber bei jenen Mönchen blieb immerhin eine Klappe offen, damit die Gläubigen ihnen Lebensmittel bringen konnten.

Der Kommissar malte sich schaudernd das Leben der Eingemauerten innerhalb von zwei Kubikmetern Raum aus, inmitten ihrer eigenen Exkremente, ohne frische Luft und ohne Heizung.

Bsss ... bsss ...

Maximilien zuckte zusammen. Es war also kein Zufall gewesen, dass ihn letztes Mal ein Insekt gestochen hatte. Zwischen den Insekten und der Pyramide gab es irgendeinen Zusammenhang; nein, er würde sich nicht wieder von einem winzigen Schutzengel des Baus besiegen lassen.

Das Summen rührte von einem großen fliegenden Insekt her, wahrscheinlich von einer Biene oder Wespe.

»Hau ab!« rief er, fuchtelte mit der Hand herum und drehte und verrenkte sich, um es nicht aus den Augen zu verlieren. Das Insekt schien nämlich zu begreifen, dass ein Angriff aus dem Hinterhalt am wirkungsvollsten war.

Es beschrieb Achten in der Luft, und plötzlich setzte es zum Sturzflug an und versuchte, Maximilien in den Kopf zu stechen, doch dessen dichtes blondes Haar stellte einen undurchdringlichen Dschungel dar.

Maximilien schlug sich auf den Kopf. Das Insekt flog hoch, setzte seine Kamikaze-Attacken jedoch fort.

Er forderte es heraus: »Was willst du von mir? Ihr Insekten seid wohl die letzten Feinde der Menschen, stimmt's? Es gelingt uns einfach nicht, euch zu eliminieren. Seit drei Millionen Jahren ärgert ihr uns nun schon, und ihr werdet wohl auch noch unsere Kinder schikanieren. Wie lange soll das so weitergehen?«

Das Insekt war von der Schimpftirade völlig unbeeindruckt. Es schwirrte ständig um ihn herum und schien nach einer Schwachstelle seines Gegners zu suchen.

Maximilien zog einen Schuh aus, hielt ihn wie einen Tennisschläger in der Hand, und war fest entschlossen, beim nächsten Angriff zuzuschlagen.

»Wer bist du, dicke Wespe? Die Hüterin der Pyramide? Kann der Eremit vielleicht Wespen zähmen?«

Als wollte es ihm eine bejahende Antwort geben, wagte das Insekt einen neuen Vorstoß. Diesmal visierte es die entblößte Wade des Kommissars an, doch bevor es mit seinem Stachel zustoßen konnte, erhielt es einen wuchtigen Schlag von der riesigen Schuhsohle.

Maximilien hatte sich gebückt wie ein Tennisspieler bei einem Lob, und eine rasche Drehung des Handgelenks hatte den Gegner aufgehalten.

Zerschmettert prallte das Insekt von der Sohle ab.

»Eins zu null! Spiel, Satz und Sieg!«, rief der Kommissar zufrieden.

Bevor er sich entfernte, legte er seine Hände noch einmal trichterförmig vor den Mund und brüllte dicht an der Betonwand: »Bilden Sie sich ja nicht ein, dass ich so leicht aufgeben werde! Ich komme immer wieder, bis ich weiß, wer sich in dieser Pyramide versteckt. Wir werden sehen, wie lange Sie durchhalten, Sie fernsehsüchtiger Eremit!«

62. ENZYKLOPÄDIE

Meditation Nach einem anstrengenden Arbeitstag tut es gut, allein zur Ruhe zu kommen.

Eine einfache Methode praktischer Meditation: Man legt sich mit leicht gespreizten Beinen auf den Rücken, die Arme neben dem Körper ausgestreckt, ohne ihn zu berühren, die Handflächen nach oben, und entspannt sich.

Als Erstes konzentriert man sich auf das verbrauchte Blut, das von den Zehen aus zurückströmt, um sich in den Lungen zu erneuern.

Beim Ausatmen stellt man sich den mit Blut gefüllten Lungenschwamm vor, aus dem sauberes, gereinigtes, mit Sauerstoff angereichertes Blut bis in die Beine, bis in die Zehenspitzen fließt.

Als Nächstes konzentriert man sich auf das verbrauchte Blut der Unterleibsorgane und begleitet es mit dem Einatmen in die Lunge. Beim Ausatmen stellen wir uns das revitalisierte Blut vor, das unsere Leber, unsere Milz, unseren Verdauungstrakt, unsere Geschlechtsorgane und Muskeln versorgt.

Beim dritten Ein- und Ausatmen begleitet man das Blut aus Händen und Fingern in die Lunge zurück, reinigt es und lässt es wieder in die Fingerspitzen strömen.

Bei der vierten Inspiration atmet man noch tiefer, schickt das Blut aus dem Gehirn mitsamt allen stagnierenden Ideen zur Reinigung in die Lunge und begleitet das von Vitalität strotzende Blut in den Schädel zurück.

Man muss sich jede einzelne Etappe gut vorstellen und die Atmung mit der ständigen Erneuerung des Organismus assoziieren.

EDMOND WELLS
Enzyklopädie des relativen und absoluten Wissens, Bd. 3

63. Duell

Der giftige Stachel des Skorpions schnellt so dicht an der alten Ameise vorbei, dass er ihre Antennen berührt.

Zum vierten Mal ist es ihr ganz knapp gelungen, den tödlichen Waffen des kupferroten Monsters zu entgehen. Sie sieht es jetzt aus nächster Nähe. Vorne sind die beiden scharfen Scheren, mit denen es sein Opfer einschließt, bevor es ihm mit dem Stachel den Garaus macht.

Acht Beine erlauben dem Ungetüm, sich sehr schnell in alle Richtungen und sogar seitwärts zu bewegen. Hinten befindet sich ein langer Schwanz aus sechs flexiblen Segmenten, mit einer scharfen Spitze am Ende, einem riesigen gelben Dorn voll tödlichen Saftes.

Wo sind die Sinnesorgane des Spinnentiers? Die Ameise sieht weder Ohröffnungen noch Fühler, nur frontale Ozellen. Als sie dem Skorpion erneut ausweicht, begreift sie plötzlich, dass es die feinen Härchen an seinen Scheren sind, mit deren Hilfe er jede noch so schwache Luftbewegung in seiner Umgebung wahrnimmt.

Nr. 103 erinnert sich an einen Stierkampf im Fernsehen der Finger. Der Matador hatte immer einen roten Mantel geschwenkt.

Sie greift nach einem purpurnen Blütenblatt, das der Wind verweht hat, und schwenkt es mit den Mandibeln. In letzter Sekunde kann sie zur Seite springen, als der Giftstachel wieder wie eine Harpune vorschnellt. Es ist viel schwieriger, einem Stachel auszuweichen als zwei Hörnern, und die müde alte Ameise denkt, dass ein Finger einen Riesenskorpion bestimmt nicht so leicht besiegen könnte wie einen Stier.

Sobald sich Nr. 103 dem Gegner zu nähern versucht, wird sie von den geöffneten Scheren bedroht. Feuert sie einen Säurestrahl aus ihrem Hinterleib ab, schließen sich die Scheren blitzartig. Sie sind Angriffs- und Verteidigungswaffen in einem. Und die acht schnellen Beine bringen den Skorpion jederzeit in die beste Position, um parieren und zustoßen zu können.

Im Fernsehen sprang der Matador ständig umher, um den Stier zu reizen und zu ermüden. Nr. 103 tut es ihm nach und benutzt ihr Blütenblatt als Schild gegen den Stachel, doch der spitze Dorn durchbohrt mühelos das zarte Material.

Nicht sterben! Sie muss ihr Wissen über die Finger weitergeben. Nicht sterben!

Ihr Lebenswille lässt die Ameise ihr hohes Alter vergessen, und sie bewegt sich so schnell und geschickt wie in ihrer Jugend. Sie umkreist den Skorpion im Uhrzeigersinn. Gereizt über den anhaltenden Widerstand dieses schwachen Gegners, klappert der Skorpion immer lauter mit den Scheren und beschleunigt seine eigenen Bewegungen. Die Ameise bleibt plötzlich kurz stehen, macht kehrt und läuft in der Gegenrichtung weiter. Bei dem Versuch, ebenfalls schnell zu wenden, kommt der Skorpion aus dem Gleichgewicht und fällt auf den Rücken, wodurch seine empfindlicheren Körperteile bloßliegen. Die Ameise feuert einen gezielten Säurestrahl darauf ab, aber das scheint dem Skorpion nicht besonders weh zu tun. Schon steht er wieder auf seinen acht Beinen und greift an.

Der Stachel verfehlt den Kopf von Nr. 103 nur um Millimeter. Schnell, eine andere Idee!

Die alte Kriegerin erinnert sich daran, dass Skorpione gegen ihr eigenes Gift nicht immun sind. In Ameisenlegenden wird berichtet, wenn sie Angst hätten, speziell wenn sie von Feuer eingekreist seien, würden die Skorpione Selbstmord begehen, indem sie ihren Stachel gegen sich selbst richteten.

Aber hier ist weit und breit kein Feuer, das dem Skorpion Angst machen könnte.

Die pessimistischen Duftsignale des Wespenpublikums, das zuschaut, sind alles andere als ermutigend. Eine neue Idee muss her, schnell.

Die alte Ameise überdenkt die Situation. Worin besteht ihre Stärke? Worin besteht ihre Schwäche? Ihre Winzigkeit ist ihre Stärke, aber zugleich auch ihre Schwäche. Wie könnte sie die Schwäche in Stärke verwandeln?

Tausend Ideen schießen ihr durch den Kopf. Ihr Gedächtnis liefert alle möglichen Kampfstrategien, und ihre Fantasie wandelt diese ab, um sie der Konfrontation mit einem Skorpion anzupassen. Während sie den Gegner nicht aus den Augen lässt, versuchen ihre Antennen, im Astwerk irgendeine Lösung zu entdecken. Das ist der Vorteil eines doppelten Wahrnehmungsvermögens, des visuellen plus des olfaktorischen.

Plötzlich bemerkt sie ein Loch in der Rinde des Baums, und sogleich fällt ihr ein Zeichentrickfilm von Tex Avery ein. Sie rennt auf das Loch zu und dringt in den Holztunnel ein. Der Skorpion verfolgt sie, bleibt aber stecken, weil sein Bauch zu dick ist. Nur sein Schwanz ragt noch aus dem Loch hervor.

Nr. 103 verlässt den Tunnel durch einen anderen Ausgang und wird vom Beifall ihrer Anhängerinnen angefeuert.

Der Skorpion überlegt, wie er sich aus seiner misslichen Lage befreien könnte.

Die kleinen Skorpione, die nur noch wenig Hoffnung auf einen Sieg ihrer Mutter haben, ziehen sich vorsichtshalber etwas zurück.

Nr. 103 nähert sich und packt den gefährlichen Stachel mit ihren Mandibeln. Sorgsam darauf bedacht, nicht mit dem Gift in Berührung zu kommen, stemmt sie den Stachel hoch und sticht den Skorpion, der immer noch feststeckt, damit in den Hinterleib.

Die Ameisenlegenden haben Recht: Skorpione sind gegen ihr eigenes Gift wirklich nicht immun. Das Tier windet sich in Krämpfen und stirbt.

Man muss Feinde immer mit ihren eigenen Waffen schlagen, hat man ihr einst in der Brutkammer beigebracht, und diese Lehre hat sie jetzt beherzigt. Nr. 103 denkt aber auch dankbar an den Zeichentrickfilm von Tex Avery. Eines Tages wird sie ihren Artgenossen vielleicht alle Kampfmethoden dieses großen Strategen der Finger anvertrauen.

64. Ein Lied

Julie gab den anderen ein Zeichen, aufzuhören. Alle spielten falsch, und sie selbst sang miserabel.

»So kommen wir nicht weiter. Ich glaube, wir müssen ein grundlegendes Problem anpacken. Die Musik anderer zu interpretieren – das reicht nicht.«

Die Sieben Zwerge begriffen nicht, worauf ihre Sängerin hinauswollte.

»Was schlägst du denn vor?«

»Wir müssen selbst schöpferisch tätig werden, unsere eigenen Texte und unsere eigene Musik erfinden.«

Zoé zuckte mit den Schultern. »Für wen hältst du dich? Wir sind doch nur eine kleine Schülerband, die der Direktor unterstützt, damit er ›musikalische Aktivitäten‹ in seinen Berichten über das kulturelle Leben an seinem Gymnasium anführen kann. Wir sind ja nicht die Beatles!«

Julie schüttelte ihren Kopf; die langen schwarzen Haare flogen. »Sobald man etwas zustande bringt, ist man ein Schöpfer inmitten anderer Schöpfer. Man darf nur keine Komplexe haben. Unsere Musik kann es mit jeder anderen aufnehmen – wir müssen uns nur um Originalität bemühen und etwas machen, das es bisher noch nicht gab.«

Die überraschten Sieben Zwerge wussten nicht, wie sie reagieren sollten. Alles andere als überzeugt, bedauerten einige sogar, dieses sonderbare Mädchen in ihre Band aufgenommen zu haben.

»Julie hat Recht«, kam Francine ihrer Freundin zu Hilfe. »Sie hat mir ein Werk namens *Enzyklopädie des relativen und absoluten Wissens* gezeigt mit Ratschlägen, die uns dabei helfen werden, Neues zu schaffen. Ich habe darin schon Pläne für einen Computer entdeckt, der alles, was bisher auf dem Markt ist, völlig in den Schatten stellt.«

»Es ist unmöglich, diese Technik noch groß zu verbessern«, widersprach David. »Die Mikroprozessoren haben überall auf der Welt dieselbe Geschwindigkeit, und schnellere kann man nicht mehr herstellen.«

Francine sprang auf. »Wer redet denn von schnelleren Mikroprozessoren? Dass wir selbst keine Mikroprozessoren produzieren können, ist doch klar. Aber wir könnten sie anders anordnen.«

Sie bat Julie um die *Enzyklopädie* und suchte nach den Plänen. »Seht mal her! Anstelle einer Hierarchie von Mikroprozessoren wird hier eine Demokratie vorgeschlagen. Kein Hauptprozessor mehr, der die anderen dominiert, sondern nur noch gleichberechtigte Chefs. Fünfhundert Mikroprozessoren, fünfhundert gleichwertige Gehirne, die ständig miteinander kommunizieren.«

Francine zeichnete eine Skizze. »Das Problem besteht darin, die richtige Anordnung zu finden; so wie eine Hausfrau sich überlegen muss, wie sie ihre Gäste beim Abendessen platzieren soll. Wenn man sie an einen langen rechteckigen Tisch setzt, kann sich nicht jeder mit jedem unterhalten. Der Autor der *Enzyklopädie* schlägt deshalb vor, eine Runde von Mikroprozessoren zu bilden. Der Kreis ist die Lösung.«

»Die Technologie ist nicht der Weisheit letzter Schluss«, wandte Zoé ein. »Dein Supercomputer hat doch nichts mit musikalischer Kreativität zu tun.«

»Ich verstehe, was sie sagen will«, warf Paul ein. »Wenn dieser Typ neue Ideen in Bezug auf den Computer hatte – das komplizierteste Gerät, das es überhaupt gibt –, kann er uns bestimmt auch helfen, die Musik zu erneuern.«

»Ja, Julie hat Recht, wir müssen uns Texte ausdenken, die unsere eigene Gefühlswelt widerspiegeln«, meinte auch Narcisse. »Vielleicht kann dieses Buch uns wirklich dabei helfen.«

Francine schlug die *Enzyklopädie* aufs Geratewohl auf und las laut vor:

Ende, dies ist das Ende.
Öffnen wir all unsere Sinne.
Ein neuer Wind weht an diesem Morgen,
nichts wird seinen verrückten Tanz aufhalten können.

Tausend Metamorphosen werden diese verschlafene Welt aufrütteln.
Es bedarf keiner Gewalt, um erstarrte Werte hinter sich zu lassen.
Die große Überraschung: Wir verwirklichen ganz einfach die ›Revolution der Ameisen‹.

Alle überlegten.

»Revolution der Ameisen?«, wunderte sich Zoé. »Das sagt doch gar nichts aus. Keiner wird davon Notiz nehmen.«

»Wenn man ein Lied daraus machen wollte, fehlt ein Refrain«, sagte Narcisse.

Julie schloss die Augen und schlug kurz darauf vor:

Es gibt keine Visionäre mehr,
es gibt keine Erfinder mehr.

Nach und nach entstand der Text ihres ersten Liedes, wobei sie allerdings hauptsächlich aus dem reichen Schatz der *Enzyklopädie* schöpften.

Genauso nützlich erwies sie sich für die Musik. Ji-woong entdeckte einen Abschnitt, in dem Edmond Wells anhand von Bach'schen Kompositionen erklärte, dass Melodien ähnlich aufgebaut seien wie Werke der Architektur. Der Asiat zeichnete eine Art Autobahn an die Tafel und entwarf eine musikalische Linie, sozusagen einen ›Mittelstreifen‹. Um diese Linie herum zeichneten die anderen daraufhin die ›Fahrbahnen‹ ihrer jeweiligen Instrumente ein.

Sie stimmten ihre Instrumente, um auszuprobieren, wie ihre erste Komposition sich anhörte. Notwendige Abänderungen wurden an der Tafel sofort durch neue Linien markiert. Julie trällerte die Melodie zunächst ohne Worte vor sich hin, sang dann aber die erste Strophe: »Ende, dies ist das Ende« und den Refrain: »Es gibt keine Visionäre mehr, es gibt keine Erfinder mehr.« Auch die zweite Strophe stammte aus der *Enzyklopädie*:

Hast du nie von einer anderen Welt geträumt?
Hast du nie von einem anderen Leben geträumt?

Hast du nie davon geträumt, dass der Mensch eines Tages seinen Platz im Universum findet?
Hast du nie davon geträumt, dass der Mensch eines Tages mit der Natur, mit der ganzen Natur spricht und sie ihm als Partnerin und nicht mehr als besiegter Feind antwortet?
Hast du nie davon geträumt, mit den Tieren, den Wolken und Bergen zu sprechen, gemeinsam zu wirken, anstatt sich zu bekämpfen?
Hast du nie davon geträumt, dass Menschen sich zusammentun und eine Stadt gründen, wo die Beziehung des einen zum anderen hilfreich ist?
Erfolg oder Misserfolg würde keine Rolle mehr spielen.
Niemand dürfte sich anmaßen, einen Nachbarn zu verurteilen.
Jeder wäre frei und würde sich dennoch für den Erfolg der anderen einsetzen.

Julies Tonlage wechselte. Manchmal war ihre Stimme so dünn wie die eines kleinen Mädchens, manchmal tief und rau. Jeder der Sieben Zwerge fühlte sich bei ihrem Gesang an eine andere Interpretin erinnert: Paul fand, dass sie sich wie Kate Bush anhörte, Ji-woong dachte an Janis Joplin, Léopold an Pat Benatar und Zoé an die Sängerin Noa.

Das lag einfach daran, dass jeder in Julie hineininterpretierte, was ihn – oder sie – an einer Frauenstimme am meisten faszinierte.

Sie unterbrach ihren Gesang, und David stimmte auf der elektrischen Harfe ein Solo an. Léopold griff zur Flöte und führte einen musikalischen Dialog mit ihm. Julie lächelte ihnen zufrieden zu und begann mit der dritten Strophe:

Hast du nie von einer neuen Welt geträumt, die sich vor Fremdem nicht fürchtet?
Hast du nie von einer Welt geträumt, in der jeder in sich ruht?
Ich habe, um unsere Gewohnheiten zu ändern, von einer Revolution geträumt.

Von einer Revolution der Kleinen, einer Revolution der Ameisen.
Besser gesagt, nicht von einer Revolution, sondern von einer Evolution.
Ich habe geträumt, aber es ist nur eine Utopie.
Ich habe davon geträumt, ein Buch über diese Utopie zu schreiben,
Und ich habe davon geträumt, dass dieses Buch über Raum und Zeit hinweg leben würde, auch wenn ich schon längst tot bin.
Wenn ich dieses Buch schreibe, wird es nur ein Märchen sein, ein Märchen, das nie Wirklichkeit werden kann.

Sie bildeten einen Kreis und hatten das Gefühl, als wäre damit ein magischer Zirkel geschlossen, den es eigentlich schon längst hätte geben müssen.

Julie schloss die Lider. Sie war wie verzaubert, und ihr Körper wiegte sich im Rhythmus von Zoés Bass und Ji-woongs Schlagzeug. Obwohl sie sich nie etwas aus Tanzen gemacht hatte, verspürte sie nun ein unwiderstehliches Verlangen danach. Alle ermutigten sie, also zog sie ihren weiten Pulli aus; im engen schwarzen T-Shirt, mit dem Mikrofon in der Hand, wiegte sie sich anmutig im Rhythmus.

Zoé meinte, nun fehle nur noch ein guter Schluss.

Julie improvisierte, ohne die Augen zu öffnen:

Wir sind die neuen Visionäre,
wir sind die neuen Erfinder.

Das war er, der überzeugende Schluss!

Francine sorgte auf der Orgel für die letzte Akkordfolge, und alle beendeten den Song gemeinsam.

»Super!«, rief Zoé.

Sie diskutierten über ihr Erstlingswerk und waren damit zufrieden, bis auf das Gitarrensolo nach der dritten Strophe. Alle stimmten mit David überein, dass man sich hier etwas anderes einfallen lassen müsse.

Insgesamt waren sie aber sehr stolz auf sich. Julie wischte sich den Schweiß von der Stirn und schlüpfte hastig wieder in ihren unförmigen Pulli, weil es ihr peinlich war, dass die anderen sie im T-Shirt gesehen hatten. Um sie abzulenken, berichtete sie, dass Töne auch heilen könnten. Ihr Gesangslehrer habe ihr das beigebracht.

»Wie funktioniert das?«, fragte Paul, der sich für alles interessierte, was mit Tönen zusammenhing. »Zeig es uns.«

Julie erklärte, dass beispielsweise ein »O« in tiefer Tonlage auf den Bauch einwirke.

»Oooooh – das lässt die Därme vibrieren. Wenn ihr Verdauungsprobleme habt, müsst ihr diesen Ton singen. ›Oooooh.‹ Das ist billiger als Medikamente und immer verfügbar. Jeder von uns kann Töne erzeugen.«

Die Sieben Zwerge stimmten ein schönes »Oooooh« an und versuchten, die Auswirkungen auf ihren Organismus zu registrieren.

»Der Ton ›A‹ wirkt auf Herz und Lungen ein. Wenn man außer Atem ist, bildet man ihn automatisch.«

Sie atmeten im Chor: »Aaaaaaah.«

»Das ›E‹ ist für die Kehle zuständig, das ›U‹ für Mund und Nase, und das ›I‹ für Gehirn und Schädel. Ihr müsst jeden Laut sorgfältig bilden und eure Organe vibrieren lassen.«

Sie wiederholten jeden Vokal, und Paul schlug vor, daraus einen Song mit therapeutischer Wirkung zu machen, das die Leiden der Zuhörer lindern könne.

»Er hat Recht!«, rief David begeistert. »Wir könnten ein Lied aus lauter Ooohs, Aaahs und Uuuhs komponieren.«

»Und beruhigenden Infraschall als Untermalung nehmen«, fügte Zoé hinzu. »Die heilende Musik – ein guter Slogan!«

»Es wäre etwas völlig Neues.«

»Soll das ein Witz sein?«, spöttelte Léopold. »Das ist schon seit der Antike bekannt. Was meinst du wohl, warum unsere Indianergesänge nur auf Vokalen basieren, die endlos wiederholt werden?«

Ji-woong bestätigte, dass es auch in der koreanischen Tradition Lieder gebe, die nur aus Vokalen bestünden.

Sie beschlossen, ein solches Stück auszuarbeiten, und wollten sich gerade ans Werk machen, als lautes Pochen sie aufschreckte.

Paul öffnete die Tür.

»Sie machen zu viel Lärm«, beschwerte sich der Direktor.

Es war erst 20 Uhr. Sie durften normalerweise bis halb zehn proben, aber an diesem Tag hatten sie den Direktor gestört, der länger als sonst in seinem Büro geblieben war, um Verwaltungskram zu erledigen.

Er betrat den Raum und musterte die acht Musiker.

»Ich war gezwungen, euch zuzuhören. Dass ihr auch eigene Lieder macht, wusste ich bisher gar nicht, und es hört sich gar nicht übel an. Vielleicht trifft sich das ganz gut.«

Er setzte sich rittlings auf einen Stuhl und fuhr fort: »Mein Bruder weiht im Stadtviertel François I ein Kulturzentrum ein und braucht dazu ein Rahmenprogramm. Er hatte ein Streichquartett engagiert, aber zwei der Musiker sind an Grippe erkrankt, und deshalb sucht er seit gestern nach Ersatz. Wenn er niemanden findet, muss die Eröffnung des Zentrums verschoben werden, was aber einen schlechten Eindruck im Rathaus machen würde. Sie könnten ihm aus der Patsche helfen. Hätten Sie nicht Lust, dort zu spielen?«

Die acht jungen Leute tauschten ungläubige Blicke. Konnten sie wirklich so viel Glück haben?

»Na klar!«, rief Ji-woong.

»Ausgezeichnet, dann üben Sie jetzt fleißig weiter. Sie treten am nächsten Samstag auf.«

»Den kommenden Samstag?«

»Selbstverständlich.«

Paul wollte sagen, das sei ausgeschlossen, weil sie bis jetzt nur ein einziges selbstverfasstes Lied im Repertoire hätten, aber Ji-woongs beredter Blick gebot ihm Schweigen.

»Gar kein Problem«, beteuerte Zoé.

Sie waren sowohl besorgt als auch begeistert. Endlich würden sie vor richtigem Publikum auftreten, nicht nur bei irgendwelchen Feiern im kleinen Kreis.

»Großartig«, sagte der Direktor. »Ich verlasse mich darauf, dass Sie für Stimmung sorgen.« Er zwinkerte ihnen komplizenhaft zu.

Vor Überraschung rutschte Francines Ellbogen über die Tastatur ihrer Orgel, was sich wie Kanonendonner anhörte.

65. ENZYKLOPÄDIE

Der Kanon In der Musik hat der Kanon einen besonders interessanten Aufbau. Die bekanntesten Beispiele: »Frère Jacques«, »Vent frais, vent du matin« oder auch der Pachelbel'sche Kanon.

Eine erste Stimme präsentiert das Thema, und nach einer gewissen Zeit wird es von einer zweiten und dritten Stimme aufgegriffen. Damit das Ganze klappt, muss jede Note drei Rollen übernehmen:

1. Sie muss dazu beitragen, die Grundmelodie zu bilden.
2. Sie muss die Grundmelodie begleiten.
3. Sie muss die Grundmelodie und die Begleitung begleiten.

Es handelt sich also um eine Konstruktion auf drei Ebenen, bei der jedes Element gleichzeitig Hauptdarsteller, Nebendarsteller und Statist ist.

Man kann den Kanon abwandeln, ohne eine Note hinzuzufügen, einfach indem man die Tonhöhe variiert – die einzelnen Strophen werden, je nachdem, eine Oktave tiefer oder höher gesungen.

Es ist ferner möglich, den Kanon komplizierter zu gestalten, indem man die zweite Stimme um eine halbe Oktave erhöht. Ist das erste Thema in C-Dur, wird das zweite nach G-Dur verlagert etc.

Eine weitere Möglichkeit der Abwandlung besteht in verschiedenen Tempi. Schneller: Während die erste Stimme das Thema singt, interpretiert die zweite Stimme es mit doppelter Geschwindigkeit. Langsamer: Während die erste Stimme die Melodie singt, wiederholt die zweite sie mit halber Geschwindigkeit. Diese Möglichkeiten stehen natürlich auch der dritten Stimme offen.

Weiterhin lässt sich der Kanon durch Inversion der Melodie komplizierter gestalten. Singt die erste Stimme beispielsweise eine ansteigende Tonfolge, kehrt die zweite diese um.

Das alles lässt sich leichter realisieren, wenn man die Notenblätter mit Pfeilen markiert, wie bei einer großen Schlacht.

EDMOND WELLS
Enzyklopädie des relativen und absoluten Wissens, Bd. 3

66. MAXIMILIEN ZIEHT ZWISCHENBILANZ

Man hörte nur Kaugeräusche. Maximilien aß schweigend. Er langweilte sich im Schoße seiner Familie. Ehrlich gesagt, hatte er Scynthia nur geheiratet, um seinen Bekannten zu imponieren.

Sie war eine Trophäe gewesen, und alle hatten ihn beneidet. Das Problem bestand darin, dass Schönheit allein auf Dauer unbefriedigend war. Die schöne Scynthia langweilte ihn zu Tode! Lächelnd stand er vom Tisch auf, umarmte Frau und Tochter und schloss sich in seinem Arbeitszimmer ein, um *Evolution* zu spielen.

Das Spiel faszinierte ihn immer mehr. Er erschuf eine Aztekenzivilisation, und bis zum Jahre 500 v. Chr. hatte er schon ein Dutzend Städte gebaut und schickte aztekische Galeeren aufs weite Meer hinaus, damit sie nach neuen Kontinenten suchen sollten. Er glaubte, dass seine Forscher um das Jahr 450 v. Chr. herum den Okzident entdecken würden, aber eine Choleraepidemie raffte einen Großteil der Bevölkerung seiner Städte dahin, und Invasionen von Barbaren gaben den geschwächten Metropolen den Rest. Im Jahre 1 der neuen Zeitrechnung war von der Aztekenzivilisation des Kommissars nichts mehr übrig geblieben.

»Du spielst schlecht«, kommentierte MacYavel. »Etwas lenkt dich ab.«

»Ja«, gab Maximilien zu. »Meine Arbeit.«

»Möchtest du mit mir darüber sprechen?«, fragte der Computer.

Der Polizeibeamte zuckte zusammen. Bis jetzt war MacYavel für ihn nur eine Art Butler gewesen, der ihn begrüßte, wenn er das Gerät einschaltete, und der ihn mit den Tücken von *Evolution* vertraut machte. Dass er sich plötzlich in Maximiliens wirkliches Leben einmischen wollte, kam gänzlich unerwartet. Trotzdem ließ der Kommissar sich darauf ein.

»Ich bin Polizeibeamter«, berichtete er, »und führe eine Untersuchung durch, die mir große Sorgen bereitet. Ich habe da eine Pyramide am Hals, die mitten im Wald wie ein Pilz aus dem Boden geschossen ist.«

»Darfst du mit mir darüber sprechen, oder ist es ein Berufsgeheimnis?«

Der Plauderton und die Stimme, die fast keinen synthetischen Akzent hatte, überraschten Maximilien, aber er erinnerte sich daran, dass seit kurzem »Gesprächssimulatoren« auf dem Markt waren, die die Illusion eines echten Dialogs zu erwecken vermochten. In Wirklichkeit reagierten diese Programme einfach auf bestimmte Stichworte und antworteten, indem sie simple Diskussionstechniken nachahmten. Sie liebten Fragen wie: »Glaubst du wirklich, dass …«, oder sie sagten: »Sprechen wir doch lieber über dich …« Das alles war keine Hexerei. Trotzdem hatte Maximilien das Gefühl, eine engere Beziehung zu knüpfen, wenn er sich bereiterklärte, mit einer Maschine zu plaudern.

Noch zögerte er, aber im Grunde hatte er niemanden, mit dem er offen reden konnte. Es war unmöglich, seine Schüler oder Untergebenen ins Vertrauen zu ziehen, denn das würde sofort als Zeichen von Schwäche ausgelegt werden. Genauso unmöglich war es, einen Dialog mit dem Präfekten zu führen, der sein Vorgesetzter war. Die Hierarchie isolierte alle Menschen voneinander … Und es war ihm auch nie gelungen, eine wirklich interessante Unterhaltung mit seiner Frau oder Tochter zu führen. Das einzige Kommunikationsmittel, das Maximilien zur Verfügung stand, war der Fernseher, der jede Menge hübscher Geschichten auf Lager hatte, dessen großer Nachteil aber darin bestand, dass man selbst ihm nichts erzählen konnte.

Vielleicht war die neue Generation von Computern imstande, diese Lücke zu füllen. Maximilien beugte sich über das Mikrofon, so als wolle er MacYavel etwas ins Ohr flüstern:

»Es handelt sich um ein Bauwerk, das ohne Genehmigung in einem Naturschutzgebiet errichtet wurde. Aus dem Innern dieser Pyramide sind Geräusche zu hören, die anscheinend von Fernsehsendungen kommen, doch sobald ich an die Wand klopfe, verstummen sie sofort. Es gibt keine Tür, keine Fenster, nicht einmal das kleinste Loch. Ich möchte unbedingt wissen, wer sich dort versteckt.«

MacYavel stellte ihm einige konkrete Fragen, wobei sein Auge schmäler wurde, ein Zeichen größter Aufmerksamkeit. Nach kurzem Nachdenken verkündete der Computer, er sehe nur eine Möglichkeit: die Pyramide zu sprengen.

Von behutsamem Vorgehen schienen Computer nicht viel zu halten.

Maximilien selbst hatte diese extreme Lösung bisher noch nicht ins Auge gefasst, musste aber zugeben, dass auch er am Ende zu diesem Entschluss gekommen wäre. MacYavel hatte seinen Denkprozess nur beschleunigt. Der Kommissar bedankte sich bei der Maschine und wollte eine neue Partie *Evolution* spielen, aber das Gerät erinnerte ihn daran, dass er vergessen hatte, seine Fische zu füttern.

In diesem Augenblick wurde Maximilien klar, dass der Computer im Begriff stand, sein Freund zu werden, und das beunruhigte ihn ein wenig, denn er hatte noch nie einen wirklichen Freund gehabt.

67. Der sexuelle Schatz

Nr. 103 hat den Skorpion besiegt. Die kleinen, verwaisten Skorpione, die von weitem zugeschaut haben, suchen hastig das Weite. Sie wissen, dass sie sich von nun an allein in einer Welt zurechtfinden müssen, in der nur auf ihren Giftstachel Verlass ist.

Die zwölf Ameisen, die eingeladen worden sind, das Wespennest zu betreten, bereiten der alten Kämpferin olfaktorische Ovationen. Und die Königin der Papierwespen erklärt sich bereit, ihr das »Gelée Royale« zu geben. Sie führt Nr. 103 in einen Schlupfwinkel ihrer grauen Papierstadt und bittet sie, sich etwas zu gedulden.

Die Königin konzentriert sich und würgt braunen Speichel hoch, der sehr stark riecht. Bei Hautflüglern können Arbeiterinnen, Soldatinnen und Königinnen ihre interne Chemie perfekt kontrollieren. Sie sind in der Lage, ihre Hormonabsonderungen zu steigern oder zu reduzieren, je nachdem, was für ihre Verdauung, für Einschlafen, Schmerzempfindlichkeit und Sensibilität erforderlich ist.

Es gelingt der Wespenkönigin denn auch mühelos, das fast ausschließlich aus Sexualhormonen bestehende »Gelée Royale« zu produzieren.

Nr. 103 nähert sich und will mit ihren Fühlern daran riechen, bevor sie es probiert, doch die Wespenkönigin drängt sich an sie heran und zwingt sie zu einem Mund-zu-Mund-Kontakt.

Ein Kuss zwischen zwei verschiedenen Insektenarten.

Die alte rote Ameise schluckt das Zaubermittel. Alle Wespen können dieses Gelee erzeugen, aber das einer Königin ist natürlich viel stärker als das einer einfachen Arbeiterin. Der Geruch ist so intensiv, dass sogar die anderen Belokanerinnen ihn wahrnehmen.

Die braune Substanz hat einen eigenartigen Geschmack, eine Mischung von süß, sauer, salzig und pikant. Sie löst sich im Magen von Nr. 103 auf, verteilt sich in ihrem Blut, strömt durch ihren Körper und erreicht das Gehirn.

Anfangs spürt sie überhaupt nichts und glaubt schon, das Experiment sei fehlgeschlagen. Doch dann schwankt sie plötzlich, so als wäre sie einem Sturm ausgesetzt. Es ist ein unangenehmes Gefühl.

Sie stirbt bestimmt! Die Wespenkönigin hat ihr sicher Gift gegeben, und sie hat es geschluckt! Es brennt wie Feuer in ihrem Innern, und sie bedauert zutiefst, der Königin vertraut zu haben. Schließlich weiß man ja, dass Wespen die Ameisen hassen, weil ihre genetischen Nachkommen ihnen überlegen sind.

Nr. 103 erinnert sich daran, wie oft sie in ihrer kriegerischen Jugend solche Papiernester geplündert und Wespen mit Ameisensäure zur Strecke gebracht hat. Jetzt rächen sie sich an ihr.

Alles wird schrecklich dunkel, und sie hat so grässliche Schmerzen, dass sie kaum noch einen klaren Gedanken fassen kann. Ihr ist kalt. Sie zittert am ganzen Leib. Ihre Mandibeln öffnen und schließen sich, ohne dass sie es verhindern kann. Sie hat jede Kontrolle über ihren Körper verloren.

Gern würde sie die betrügerische Wespenkönigin angreifen, aber ihre Vorderbeine knicken ein.

Alles scheint in Zeitlupe vor sich zu gehen. Es dauert unendlich lang, auch nur ein Bein vors andere zu setzen.

Sie bricht zusammen.

Bilder aus der Vergangenheit ziehen an ihr vorüber, zunächst aus der unmittelbaren Vergangenheit, dann aus der weit zurückliegenden. Sie sieht sich beim Kampf mit dem Skorpion, sie sieht sich auf den Rücken der Heuschrecken, sie sieht sich bei der Durchquerung der Wüste.

Sie sieht sich bei der Flucht aus der Welt der Finger; sie sieht sich bei ihren ersten Dialogen mit den Fingern.

Es ist so, als würde ein Film rückwärts abgespult.

Sie sieht Nr. 24 wieder, ihre Freundin beim Kreuzzug, die auf der Insel Cornigera, mitten im Strom, ihre eigene freie Stadt gegründet hat. Sie sieht sich selbst zum ersten Mal auf dem Rücken eines Nashornkäfers, der einen Zickzackkurs zwischen harten Regentropfen fliegen muss.

Sie erlebt noch einmal ihre erste Expedition ins Land der Finger, ihre Entdeckung des tödlichen Endes der Welt – jener Straße, wo die Fahrzeuge der Finger jedes Leben vernichten.

Sie sieht sich im Kampf mit der Eidechse, im Kampf mit dem Vogel, im Kampf mit ihren Schwestern, den Verschwörerinnen mit dem Felsengeruch.

Sie sieht den Prinzen Nr. 327 und die Prinzessin Nr. 56 wieder, die sie in das große Geheimnis eingeweiht haben. Damit hat alles begonnen: ihr aufregendes Leben als Forschungsreisende und ihre Entdeckung der Welt der Finger.

Ihr Gedächtnis hat sich verselbstständigt, und sie kann die Bilder nicht abschalten.

Sie sieht sich während des Klatschmohnkrieges, als sie töten musste, um nicht getötet zu werden. Sie sieht sich inmitten Millionen anderer Soldatinnen, die sich gegenseitig Beine, Köpfe und Fühler ausreißen.

Sie sieht sich durchs hohe Gras laufen, auf den Pheromonpisten, die so angenehm nach ihren Schwestern duften.

Sie sieht sich als blutjunge Ameise in den Gängen von Bel-o-kan, wo sie sich mit älteren Soldatinnen balgte.

Die Reise in ihre Vergangenheit ist immer noch nicht zu Ende. Sie sieht sich als Puppe und als Larve! Sie trocknet im Solarium und kann sich nicht bewegen. Verzweifelt sendet sie Pheromonsignale aus, damit die überforderten Ammen sie vor den anderen Larven füttern.

Nahrung! Ammen, gebt mir etwas zu essen, ich will viel essen, um groß und stark zu werden …

Damals war ihr einziger Wunsch, schnell erwachsen zu sein.

Sie sieht sich in ihrem Kokon und wird immer kleiner.

Sie sieht sich im Ei, aufgestapelt inmitten anderer Eier. Eine winzige Kugel, gefüllt mit klarer Flüssigkeit. Das war auch schon sie, Nr. 103!

Bevor ich eine Ameise wurde, war ich eine weiße Kugel.

Sie glaubt, nun sei der Ausflug in die Vergangenheit endgültig vorbei, doch aus ihrem Gedächtnis steigen immer noch Bilder auf.

Sie erlebt den Augenblick ihrer Geburt. Sie kehrt in den Mutterleib zurück und sieht sich als soeben befruchtete Eizelle.

Bevor ich eine weiße Kugel wurde, war ich eine gelbe Kugel.

Noch weiter zurück. Männliche und weibliche Zellen treffen aufeinander. Das ist der Augenblick, der über die ganze Zukunft entscheidet: Männchen, Weibchen oder Neutrum.

Die Eizelle zittert.

Männchen, Weibchen, Neutrum?

Die Eizelle tanzt. Seltsame Flüssigkeiten vermischen sich in ihrem Kern, bilden warme, schillernde Substanzen. Die Chromosomen greifen nacheinander. X, Y, XY, XX? Das weibliche Chromosom trägt den Sieg davon.

Es ist tatsächlich wahr geworden! Das »Gelée Royale« hat die allererste Weichenstellung korrigiert, die für ihr Geschlecht entscheidend war.

Nr. 103 ist jetzt ein Vollweibchen, eine Prinzessin!

In ihrem Kopf explodiert ein Feuerwerk, so als hätte ihr Gehirn plötzlich viele Klappen geöffnet, um Licht einzulassen.

Alle Sinne sind geschärft. Nr. 103 nimmt alles stärker wahr, und das ist durchaus schmerzhaft. Ihr ganzer Körper vibriert, vor ihren Augen kreisen farbige Scheiben, und ihre Antennen prickeln so, als hätte man sie in Alkohol getaucht. Ob sie gleich abfallen werden?

Am liebsten würde sie sich irgendwo verkriechen, denn die Informationsflut droht ihr Gehirn zu sprengen. Töne, Gerüche, Bilder, ungekannte Emotionen, abstrakte Ideen ... Alles ist anders, viel subtiler und komplizierter, als sie jemals für möglich gehalten hätte.

Sie begreift, dass sie bis jetzt nur halb gelebt hat. Ihr Horizont ist weiter geworden. Sie kann jetzt etwa 30 Prozent ihrer Gehirnkapazität nutzen, anstatt wie bisher nur 10 Prozent.

Oh, es ist herrlich, sich durch die Macht der Chemie in ein sensibles Vollweibchen verwandelt zu haben, nachdem man sein Leben lang ein geschlechtsloses Wesen war!

Langsam nimmt sie auch ihre Umgebung wieder wahr. Sie befindet sich in einem Wespennest, und wegen der künstlichen Wärme in diesem grauen Papierbau weiß sie nicht einmal, ob Tag oder Nacht ist. Wahrscheinlich ist die Nacht längst hereingebrochen. Oder ist es vielleicht sogar schon Morgen?

Wie viele Stunden, Tage oder Wochen sind vergangen, seit sie das »Gelée Royale« geschluckt hat? Sie hat nicht bemerkt, wie die Zeit verging. Sie hat Angst.

Die Wespenkönigin sagt etwas ...

68. Sport und Philosophie

»Wir fangen heute mit einem kleinen Wettlauf an. Sie stellen sich jetzt in einer Reihe auf, rennen auf mein Signal hin los und drehen acht Runden. Ich stoppe, wie lange jeder braucht. Auf die Plätze, fertig, los!«

Ein schriller Pfeifton ertönt.

Auf dem Stundenplan stand als Erstes der Sportunterricht. Julie und die Sieben Zwerge setzten sich notgedrungen in Bewegung. Viel lieber hätten sie jetzt in ihrem Musikraum neue Lieder einstudiert. Natürlich kamen sie als Letzte ins Ziel.

»Sie rennen wohl nicht gern, Julie, was?«

Julie zuckte nur mit den Schultern, ohne die Turnlehrerin einer Antwort zu würdigen. Die Frau war sehr robust gebaut; in ihrer Jugend hatte sie als Schwimmerin sogar an Olympischen Spielen teilgenommen, und damals hatte man sie mit männlichen Hormonen vollgestopft.

Die nächste Turnübung bestand darin, an einem Seil hochzuklettern. Julie schaffte es, sich einen knappen Meter hochzuziehen, bevor sie wieder auf den Boden sprang.

»Wozu soll das gut sein?«, protestierte sie. »Wir leben doch nicht mehr im Dschungel. Heutzutage gibt es überall Treppen und Aufzüge.«

Die Turnlehrerin drehte ihr empört den Rücken zu und beschäftigte sich mit anderen Schülern, denen mehr daran lag, ihre Muskulatur zu entwickeln.

Nach der Pause folgte die Deutschstunde, bei der nur randaliert wurde. Die Lehrerin konnte sich nicht durchsetzen und wurde mit Papierkügelchen bombardiert. Julie hatte Mitleid mit der Frau, traute sich aber nicht, gegen die Schikanen ihrer Mitschüler zu protestieren. Lehrer anzugreifen war viel einfacher, als sich gegen die Klassengemeinschaft zu stellen.

Die Klingel bereitete dem Chaos ein Ende. Der Philosophielehrer betrat das Klassenzimmer und grüßte seine hinauseilende Kollegin mit betonter Höflichkeit. Im Gegensatz zu ihr war er sehr beliebt, weil er eine lockere Art hatte, witzige Bemerkungen machte und den Eindruck vermittelte, als wüsste er alles und hätte vor nichts Angst. Viele Mädchen schwärmten für ihn, und manche vertrauten ihm sogar ihre Probleme an. Auch die Rolle eines verständnisvollen Beraters beherrschte er perfekt.

Sein heutiges Thema war die »Revolte«. Er schrieb das Zauberwort an die Tafel, legte eine wirkungsvolle Pause ein und begann:

»Im Leben stellt man sehr schnell fest, dass es am einfachsten ist, immer ›Ja‹ zu sagen. Auf diese Weise kann man sich perfekt in die Gesellschaft integrieren. Man wird überall mit offenen Armen aufgenommen, wenn man kritiklos zustimmt. Es kommt jedoch der Moment, wo dieses ›Ja‹, das bisher Türen öffnete, sie plötzlich verschließt. Vielleicht kennzeichnet der Augenblick, wo man ›Nein‹ zu sagen lernt, den Übergang zum Teenageralter.«

Es war ihm wieder einmal gelungen, seine Schüler mühelos zu fesseln.

»Das ›Nein‹ besitzt mindestens genauso viel Macht wie das ›Ja‹. Das ›Nein‹ ist die Freiheit, anders zu denken. Es ist eine Demonstration des eigenen Charakters und erschreckt alle Jasager.«

Der Philosophielehrer ging während seines Vortrags am liebsten im Klassenzimmer auf und ab, blieb manchmal stehen oder setzte sich auf eine Tischkante, um irgendeinem Schüler seine besondere Aufmerksamkeit zu schenken.

»Doch ebenso wie das ›Ja‹ hat auch das ›Nein‹ seine Grenzen. Wenn Sie immer und zu allem ›Nein‹ sagen, werden Sie völlig vereinsamen und sich selbst blockieren. Erwachsen ist man, wenn man gelernt hat, ein Gleichgewicht zwischen ›Ja‹ und ›Nein‹ zu finden: Man stimmt nicht allem zu, aber man lehnt auch nicht alles pauschal ab. Man will sich nicht mehr um jeden Preis in die Gesellschaft integrieren – oder sie verwerfen. Zwei Kriterien müssen für die Wahl zwischen ›Ja‹ und ›Nein‹ entscheidend sein. Erstens die Analyse der mittel- und langfristigen Konsequenzen, zweitens die Intuition. Nach bestem Wissen und Gewissen entweder ›Ja‹ oder ›Nein‹ zu sagen ist eine hohe Kunst. Wer sie beherrscht, ist für Führungspositionen prädestiniert, aber nicht nur das! Viel wichtiger ist, dass er sich selbst unter Kontrolle hat.«

Die Mädchen in den ersten Reihen hingen an seinen Lippen, lauschten aber mehr dem Klang seiner Stimme als seinen Worten. Der Lehrer schob seine Hände in die Jeanstaschen und setzte sich auf Zoés Pult.

»Zusammenfassend möchte ich Ihnen ein altes Sprichwort ins Gedächtnis rufen: ›Es ist töricht, mit zwanzig kein Anarchist zu sein ... aber noch törichter ist es, Anarchist zu sein, wenn man älter als dreißig ist.‹«

Er schrieb den Satz an die Tafel, und die Schüler notierten ihn oder sagten ihn leise vor sich hin, um ihn sich einzuprägen, für den Fall, dass sie beim mündlichen Abitur danach gefragt würden.

»Und wie alt sind Sie, Monsieur?«, fragte Julie.

»Neunundzwanzig«, grinste der Lehrer. »Eine Zeit lang bin ich also noch Anarchist. Nutzen Sie das aus.«

»Und was bedeutet es, Anarchist zu sein?«, wollte Francine wissen.

»Weder einen Gott noch einen Meister zu haben. Sich als freier Mensch zu fühlen. Ich fühle mich frei und möchte Ihnen beibringen, es ebenfalls zu sein.«

»Das sagt sich so leicht«, wandte Zoé ein, »aber hier in der Schule sind Sie unser Herr und Gebieter, und wir müssen Ihnen zuhören, ob wir nun wollen oder nicht.«

Bevor dem Lehrer eine kluge Antwort einfiel, flog die Tür weit auf, und der Direktor stürmte ins Zimmer.

»Bleiben Sie sitzen!«, rief er. »Ich habe Ihnen etwas Wichtiges mitzuteilen. Auf dem Schulgelände treibt sich ein Brandstifter herum. Vor einigen Tagen brannte ein Müllcontainer, und dann hat der Hausmeister in der Nähe der Hintertür, die bekanntlich aus Holz ist, einen Molotowcocktail gefunden! Unsere Schule ist zwar ein Betonbau, aber unter der Deckenverkleidung befindet sich Glaswolle, und vieles besteht aus Kunststoff, der nicht nur leicht entflammbar ist, sondern auch noch giftige Dämpfe verströmt. Deshalb habe ich sofort die bestmöglichen Brandschutzmaßnahmen treffen lassen. Wir verfügen jetzt über acht Hydranten mit Löschschläuchen, die innerhalb von Sekunden in jedem Winkel unseres Geländes eingesetzt werden können.«

Eine Sirene ertönte, aber der Direktor ließ sich davon nicht stören. »Außerdem habe ich die Hintertür mit Blech verkleiden lassen«, fuhr er fort, »so dass sie jetzt feuerfest ist. Die Sirene, die Sie gerade hören, bedeutet in Zukunft, dass es irgendwo brennt. Sollten Sie sie hören, verlassen Sie sofort Ihr Klassenzimmer, aber ohne zu drängeln, und begeben sich auf den Hof vor dem Haupteingang. Wir werden jetzt eine Übung abhalten.«

Die Sirene heulte ohrenbetäubend. Erfreut über die Abwechslung, eilten die Schüler ins Freie. Im Hof zeigten ihnen Feuerwehrleute, wie man die Hydranten öffnete und die Schläuche abrollte. Außerdem wurde ihnen erklärt, dass man feuchte Tücher über Türen werfen und sich bücken müsse, um unter den Rauchwolken Sauerstoff zu atmen. Inmitten des ganzen Durcheinanders sprach der Direktor plötzlich Ji-woong an:

»Sie bereiten sich doch auf das Konzert vor, hoffe ich? Vergessen Sie nicht, es ist schon übermorgen.«

»Wir haben sehr wenig Zeit für die Proben.«

Der Direktor überlegte kurz und verkündete: »Gut, ausnahmsweise befreie ich Sie vom Unterricht. Sie müssen sich dieses Privilegs aber auch würdig erweisen.«

Endlich verstummte die Sirene. Julie und die Sieben Zwerge zogen sich in ihren Musikraum zurück und arbeiteten den ganzen Nachmittag. Bis zum Abend hatten sie drei Lieder fertig, und zwei weitere waren fast ausgearbeitet. Die Texte entnahmen sie größtenteils der *Enzyklopädie*, und dann komponierten sie die dazu passende Musik.

69. ENZYKLOPÄDIE

Kriegsinstinkt Liebe deine Feinde. Das ist die beste Methode, ihnen auf die Nerven zu gehen.

EDMOND WELLS
Enzyklopädie des relativen und absoluten Wissens, Bd. 3

70. AUFBRUCH VOM EICHENTURM

Ihr müsst aufbrechen.

Die Wespenkönigin verleiht ihrer Aufforderung Nachdruck, indem sie mit einem Fühler ungeduldig auf den Schädel der Ameise trommelt, während sie mit dem anderen unmissverständlich zum Horizont deutet. Auch Gastfreundschaft hat ihre Grenzen.

In Bel-o-kan pflegten die alten Ammen zu sagen: *Jedes Wesen muss eine Metamorphose durchmachen. Wer diese Chance verpasst, lebt nur ein halbes Leben.*

Für Nr. 103 beginnt jetzt der zweite Teil ihres Lebens. Zwölf zusätzliche Jahre sind ihr geschenkt worden, und sie will diese Zeit voll nutzen. Sie ist jetzt ein Vollweibchen, eine Prinzessin, und wenn sie einem Männchen begegnet, kann sie Kinder haben.

Die zwölf jungen Ameisen fragen die neue Prinzessin, welche Richtung sie einschlagen sollen. Auf der Erde wimmelt es immer noch von Heuschrecken, und Nr. 103 entscheidet, es sei am sichersten, sich auf Ästen nach Südwesten zu begeben.

Die zwölf sind einverstanden. Sie klettern den mächtigen Eichenturm hinab und hangeln sich von Ast zu Ast. Manchmal müssen sie große Sprünge machen oder sich wie Trapezkünstler durch die Luft schwingen, um ein fernes Blatt zu erreichen.

Es dauert lange, bis der bittere Geruch der Heuschrecken ein wenig nachlässt. Vorsichtig steigt die Gruppe – Nr. 103 allen voran – am Stamm einer Sykomore hinab und betritt festen Boden. Der Heuschreckenteppich ist höchstens zwanzig Meter von ihnen entfernt.

Nr. 5 signalisiert ihren Gefährtinnen, dass man sich möglichst unauffällig in Gegenrichtung entfernen sollte, aber diese Vorsichtsmaßnahme erweist sich als überflüssig, denn plötzlich erhebt sich der ganze mörderische Schwarm in die Lüfte.

Es ist ein eindrucksvoller Anblick. Die Beinmuskeln der Heuschrecken sind tausendmal so kräftig wie die von Ameisen, deshalb können sie mit einem einzigen Sprung eine Höhe erreichen, die der zwanzigfachen Körperlänge entspricht. Dort oben breiten sie dann ihre vier Flügel aus und bewegen sie mit erstaunlicher Geschwindigkeit, um sich noch höher in die Lüfte zu schwingen. Natürlich erzeugt ein solcher Massenaufbruch einen ohrenbetäubenden Lärm, und Kollisionen sind unvermeidlich. So manche Heuschrecke wird von ihren Artgenossen verstümmelt oder zerquetscht.

Der Schwarm hinterlässt eine völlig kahl gefressene Region. Es gibt keine Gräser, keine Blumen und keine Beeren mehr, und sogar die meisten Bäume haben ihre Blätter verloren.

In wenigen Momenten beendet das maßlose Leben selbst alles Leben. Das kommt von Nr. 15, von einer Jägerin also, die es ja gewohnt ist, in ihrer Umgebung Leben auszulöschen.

Die Prinzessin Nr. 103, die ihnen nachblickt, kann beim besten Willen nicht verstehen, welches Interesse die Natur daran hat, Heuschrecken hervorzubringen. Vielleicht sind sie Verbündete der Wüste, weil sie jedes Tier- und Pflanzenleben vernichten und nur mineralische Substanzen übriglassen?

Nr. 103 kehrt der verwüsteten Landschaft den Rücken zu, weil es ein so desolater Anblick ist. Sie muss jetzt über die drei großen Besonderheiten der Finger nachdenken: Humor, Liebe und Kunst. Nr. 10, die diese Gedanken riecht, nähert sich und schlägt ihr vor, ein Gedächtnispheromon zu produzieren, in dem sie alles sammeln wird, was die Prinzessin ihr anvertraut, nachdem deren Gedächtnis und analytisches Denken jetzt ja besonders geschärft sind. Sie hebt ein Insektenei auf, in dem die duftende Flüssigkeit aufbewahrt werden soll.

Nr. 103 stimmt zu. Sie hatte selbst schon daran gedacht, ihre Erinnerungen auf diese Weise festzuhalten, aber bei ihren unzähligen Abenteuern hatte sie das mit Informationen gefüllte Ei irgendwo verloren. Jetzt freut sie sich, dass Nr. 10 diese wichtige Aufgabe übernehmen will.

Die dreizehn Ameisen schlagen den Weg nach Südwesten ein, in Richtung ihrer Geburtsstadt Bel-o-kan.

71. Tabula rasa mit der Vergangenheit

Freitag morgen, einen Tag vor dem großen Auftritt. Julie träumte noch. Sie stand vor dem Mikrofon und brachte keinen Ton heraus. Ein Blick in den Spiegel verriet ihr, dass sie keinen Mund mehr hatte, nur noch ein großes, glattes Kinn. Sie konnte weder sprechen noch schreien noch singen. Um sich verständlich zu machen, war es ihr nur noch möglich, die Brauen zu heben oder mit den Augen zu rollen. Das Mikrofon lachte höhnisch. Sie weinte über ihren verlorenen Mund. Auf dem Schminktisch lag ein Rasiermesser, und sie wollte sich einen neuen Mund schneiden, hatte aber Angst vor der Verstümmelung. Um sich die Operation zu erleichtern, malte sie zunächst mit Lippenstift die Umrisse eines Mundes auf ihre Haut. Dann führte sie die Klinge zur Mitte ihrer Zeichnung …

Julies Mutter riss die Zimmertür laut auf. »Es ist neun Uhr, Julie. Ich weiß, dass du nicht mehr schläfst. Steh auf, wir müssen uns unterhalten.«

Julie rieb sich die Augen und tastete unwillkürlich nach ihrem Mund. Sie spürte die beiden feuchten Lippen. Uff! Auch ihre Zunge und ihre Zähne waren noch vorhanden.

Ihre Mutter stand auf der Schwelle und fixierte sie eisig. »Los, steh auf!«

»O nein, Mama, noch nicht, nicht so früh!«

»Ich muss mit dir reden. Seit dem Tod deines Vaters lebst du so weiter, als wäre überhaupt nichts geschehen. Bist du denn völlig herzlos? Er war doch dein Vater!«

Julie versteckte ihren Kopf unter dem Kissen, um nichts mehr zu hören.

»Du amüsierst dich, du treibst dich mit einer Schülerbande herum. Letzte Nacht hast du nicht einmal zu Hause geschlafen. Über all das müssen wir sprechen.«

Julie lugte unter dem Kissen hervor. Ihre Mutter hatte weiter abgenommen.

Gastons Tod schien seiner Witwe neuen Aufschwung verliehen zu haben. Sie probierte nicht nur erfolgreich eine neue Diät aus, sondern machte auch eine Psychoanalyse, weil sie nicht nur ihren Körper verjüngen, sondern auch ihren Geist entschlacken wollte.

Julie wusste, dass ihre Mutter einen *Rebirth*-Psychoanalytiker konsultierte. Diese Spezialisten, die derzeit sehr »in« waren, durchforsteten nicht nur die ganze Kindheit ihrer Patienten nach vergessenen Traumata, sondern versetzten sie sogar in den noch ferneren fötalen Zustand zurück. Julie fragte sich, ob ihre Mutter, die ihre Kleidung stets sorgfältig auf ihr spirituelles Alter abstimmte, demnächst einen Strampelanzug mit Windelhöschen tragen oder sich sogar mit einer Nabelschnur aus Plastik schmücken würde.

Immerhin war es noch ein Glück, dass sie nicht bei einem Analytiker gelandet war, der sich auf »Reinkarnation« spezialisiert hatte! Andernfalls würde sie sich bestimmt in die Gewänder jener Person hüllen, die sie in ihrem früheren Leben gewesen war.

»Julie, los, sei nicht kindisch! Steh auf!«

Julie rollte sich unter der Bettdecke zu einer Kugel zusammen und steckte ihre Finger in die Ohren. Nichts sehen, nichts hören, nichts spüren.

Ihre Mutter hob jedoch die Decke hoch und beugte sich über sie. »Julie, ich meine es ernst. Wir müssen uns aussprechen.«

»Lass mich schlafen, Mama!«

Der Blick der Mutter fiel auf ein Buch auf dem Nachttisch. *Enzyklopädie des relativen und absoluten Wissens* von Professor Edmond Wells, Band 3.

Julies Psychotherapeut hatte dieses Werk erwähnt, und weil ihre Tochter immer noch unter der Decke verkrochen war, nahm sie es ohne einen Laut an sich. »Also gut, du kannst noch eine Stunde schlafen, aber dann werden wir uns unterhalten.«

Sie trug das Buch in die Küche und blätterte darin. Die Rede war von Revolutionen, von Ameisen, von der Infragestellung der bestehenden Gesellschaftsordnung, von Kampfstrategien und Techniken der Massenmanipulation. Es gab sogar Anleitungen zur Herstellung von Molotowcocktails.

Der Psychotherapeut hatte Recht. Nur gut, dass er sie angerufen hatte, um sie vor diesem Edmond Wells zu warnen, dessen Buch einen verderblichen Einfluss auf ihre Tochter ausüben könne. Es war ein subversives Werk, dessen war sie sich ganz sicher, und deshalb versteckte sie es auf dem obersten Regal des Wandschranks.

»Wo ist mein Buch?«

Julies Mutter beglückwünschte sich, endlich den Schlüssel des Problems gefunden zu haben. Wenn man einen Drogensüchtigen seines Rauschgifts beraubte, litt er unter Entzugserscheinungen. Ihre Tochter war immer noch auf der Suche nach einer Leitfigur, nach einem Vater. Früher hatte es jenen komischen Gesangslehrer gegeben, und jetzt war es diese mysteriöse Enzyklopädie. Sie nahm sich fest vor, das Werk Seite für Seite zu vernichten, bis Julie endlich einsehen würde, dass es für sie nur eine einzige Zuflucht gab: ihre Mutter.

»Ich habe es zu deinem Besten versteckt. Eines Tages wirst du mir dafür dankbar sein.«

»Gib mir mein Buch zurück!«, knurrte Julie.

»Und wenn du noch so sehr darauf bestehst, es hat keinen Zweck.«

Julie ging auf den Wandschrank zu, in dem ihre Mutter immer alles versteckte. Langsam und überdeutlich sagte sie wieder: »Gib es mir sofort zurück!«

»Bücher können gefährlich sein! *Das Kapital* hat zu siebzig Jahren Kommunismus geführt.«

»Ja, und das Neue Testament hat fünfhundert Jahre Inquisition auf dem Gewissen.«

Julie entdeckte die *Enzyklopädie* und befreite sie aus ihrem Gefängnis. Dieses Buch brauchte sie – und wie sehr sie es brauchte.

Ihre Mutter sah tatenlos zu, als sie das Werk an ihre Brust drückte, im Flur den langen schwarzen Regenmantel, der ihr bis zu den Knöcheln reichte, vom Garderobenhaken riss und über ihr Nachthemd zog, das Buch in ihren Rucksack stopfte und hinausrannte.

Achille folgte dem jungen Mädchen, sehr zufrieden, weil die Menschen endlich begriffen hatten, dass er am liebsten morgens und in flottem Tempo spazierenging.

»Wuff, wuff, wuff«, bellte er glücklich.

»Julie, komm sofort zurück!«, rief die Mutter an der Haustür.

Ihre Tochter hielt ein freies Taxi an.

»Wohin soll's denn gehen, junge Dame?«

Julie nannte die Adresse ihres Gymnasiums. Sie musste so schnell wie möglich einen der Sieben Zwerge treffen.

72. Unterwegs

GELD: Das Geld ist eine einzigartige Erfindung der Finger. Sie haben sich diesen raffinierten Mechanismus ausgedacht, um keine sperrigen Gegenstände tauschen zu müssen.

Anstatt eine große Menge Lebensmittel mit sich zu führen, nehmen sie einfach bemalte Papierstücke, die den gleichen Wert wie die Lebensmittel haben. Weil alle Welt damit einverstanden ist, kann dieses sogenannte »Geld« gegen Nahrung eingetauscht werden.

Spricht man mit Fingern über Geld, so beteuern sie, dass sie es nicht lieben und zutiefst bedauern, in einer Gesellschaft leben zu müssen, wo nur das Geld zählt. Ihre historischen Dokumentarfilme beweisen jedoch, dass es vor der Erfindung des Geldes nur ein einziges Mittel gab, Reichtümer zu erwerben: Plünderung.

Das heißt, dass die gewalttätigsten Finger irgendwo auftauchten, die Männchen töteten, die Weibchen zur Paarung zwangen und alle Güter stahlen.

Draußen ist es kühl geworden, und Nr. 10 nutzt die Ruhepause aus, um Nr. 103 im Schutz einer Höhle zu befragen und das Gedächtnispheromon mit diesen wertvollen Informationen über Leben und Sitten der Finger zu bereichern. Die Prinzessin lässt sich nicht lange bitten und berichtet bereitwillig.

Auch die anderen Ameisen lauschen ihr aufmerksam. Nach dem Thema Geld kommt sie auf das Thema Fortpflanzung der Finger zu sprechen. Im Fernsehen hat sie immer besonders gern die »pornografischen Filme« betrachtet.

Die zwölf Ameisen rücken noch näher heran, um jede Einzelheit besser riechen zu können.

Was sind »pornografische Filme«?, fragt Nr. 16.

Nr. 103 erklärt, dass die Finger ihrer Paarung große Bedeutung beimessen. Sie filmen die besten Paare, damit die miserablen sich an ihnen ein Beispiel nehmen können.

Und was sieht man in diesen pornografischen Filmen?

Nr. 103 hat nicht alles verstanden, aber meistens verschluckt das Weibchen zunächst das Geschlechtsorgan des Männchens, und dann schieben sie sich übereinander, wie es auch die Bettwanzen tun.

Sie vereinigen sich nicht im Flug, mit weit ausgebreiteten Flügeln?, fragt Nr. 9.

Nein, die Finger pflanzen sich am Boden fort, sagt Nr. 103. *Sie wälzen sich wie die Schnecken, und oft sabbern sie auch wie die Schnecken.*

Die Ameisen sind an dieser primitiven Fortpflanzungsform sehr interessiert. Alle wissen, dass die Vorfahren der Ameisen vor über 120 Millionen Jahren sich mit einer Sexualität dieser Art zufriedengeben mussten. Sie blieben am Boden und schoben sich einfach übereinander. Die Ameisen sagen sich, dass die Finger auf diesem Gebiet noch sehr rückständig sind. Die dreidimensionale Liebe beim Fliegen ist doch viel aufregender als die zweidimensionale, bei der man am Boden klebt.

Draußen wird es wärmer.

Jetzt darf man keine Zeit mehr mit Plaudereien vergeuden. Die dreizehn Ameisen müssen sich beeilen, wenn sie ihre Stadt vor der schrecklichen Bedrohung des weißen Schilds retten wollen.

Prinzessin Nr. 103 marschiert voraus und ist wie berauscht vor Glück, weil sie jetzt eine geschlechtsfähige Ameise ist. Sogar ihr Johnston-Organ, mit dem sie die irdischen Magnetfelder aufspüren kann, funktioniert jetzt noch besser als früher.

Das Leben ist schön. Die Welt ist schön.

Die Erdrinde ist von Adern magnetischer Energie durchzogen, die sie jetzt, als Prinzessin, fast sehen kann, so als wären es lange Wurzeln. Sie rät den anderen, immer auf einem solchen Schwingungskanal zu marschieren.

Indem man den unsichtbaren Adern der Erde folgt, respektiert man sie, und im Gegenzug beschützt sie uns.

Sie denkt an die Finger, die nichts von Magnetfeldern wissen. Sie bauen ihre Autobahnen aufs Geratewohl, sie versperren uralte Migrationspisten der Tiere mit Mauern, und sie errichten ihre Nester an magnetisch unheilvollen Orten und wundern sich hinterher, dass sie Kopfschmerzen haben.

Früher gab es offenbar einige Finger, die das Geheimnis der irdischen Magnetfelder kannten. Das hat Nr. 103 im Fernsehen gehört. Im Mittelalter noch warteten die Finger, bis ihre Priester einen positiven Magnetknoten entdeckten, bevor sie einen Tempel bauten. So machen es auch die Ameisen: Bevor sie ihre Stadt errichten, suchen sie einen »magnetischen Knotenpunkt«. Doch seit der Renaissance glauben die Finger, alles nur mit ihrem Verstand bewerkstelligen zu können und die Natur nicht mehr befragen zu müssen, bevor sie etwas unternehmen.

Die Finger versuchen nicht mehr, sich der Erde anzupassen, sie wollen, dass die Erde sich ihnen anpasst, sagt sich die Prinzessin.

73. Enzyklopädie

Strategie der Manipulation Die Bevölkerung lässt sich in drei Gruppen einteilen. Es gibt Menschen, die sich vorwiegend der visuellen Sprache bedienen, jene, die sich vorwiegend der auditiven Sprache bedienen, und jene, die sich vorwiegend der Körpersprache bedienen. Die Visuellen sagen ganz spontan: »Du siehst«, denn sie sprechen nur in Bildern. Sie beschreiben alles mit Farben: »Das ist hell, das ist durchsichtig, das ist verschwommen«, und sie verwenden mit Vorliebe Ausdrücke wie: »Ein rosiges Leben«, »blaumachen« etc.

Die Auditiven sagen ganz spontan: »Du hörst«. Sie lieben sonore Wörter, die an Geräusche und Musik erinnern: »Taubes Ohr«, »Glockenton«, und ihre Lieblingsadjektive sind: »melodisch«, »schrill«, »hochtönend« etc.

Die Sensitiven sagen ganz spontan: »Du spürst«. Sie lieben Ausdrücke wie: »Viel am Hals haben«, »zum Anbeißen« und Adjektive wie »kalt«, »heiß« etc.

Die Zugehörigkeit zu einer dieser Gruppen kann man an der Art erkennen, wie ein Gesprächspartner seine Augen bewegt. Wenn er auf die Bitte hin, sich an etwas zu erinnern, die Augen nach oben richtet, ist er ein visueller Typ. Richtet er seinen Blick seitwärts, so ist er ein auditiver Typ, und senkt er die Augen, ist er ein sensitiver Typ.

Wenn man das weiß, kann man seinen Gesprächspartner beeinflussen, indem man sich seines jeweiligen Lieblingswortschatzes bedient. Ist das erst einmal geschafft, ist es möglich, ihn durch gezielten Körperkontakt zusätzlich zu manipulieren. Dazu muss man einen Druck auf irgendeine Körperpartie ausüben, während man eine wichtige Botschaft übermittelt. Sagt man beispielsweise: »Ich verlasse mich darauf, dass du diese Arbeit gut machst« und übt gleichzeitig einen leichten Druck auf den Unterarm aus, wird der andere sich von nun an immer stimuliert fühlen, wenn dieser Druck wiederholt wird. Das ist eine Form des sensorischen Erinnerungsvermögens.

Aber Vorsicht! Das kann durchaus auch zu unerwünschten Resultaten führen. Ein Psychotherapeut, der seinem Patienten bei der Begrüßung auf die Schulter klopft und ihn bemitleidet: »Na, mein armer Freund, es geht Ihnen also noch nicht besser«, kann vorzügliche Therapiearbeit leisten, und trotzdem wird der Patient sofort wieder Trübsal blasen, wenn der Therapeut ihm beim Abschied erneut auf die Schulter klopft.

EDMOND WELLS
Enzyklopädie des relativen und absoluten Wissens, Bd. 3

74. SCHWEINE UND PHILOSOPHEN

Der Fahrer war sehr gesprächig. Er musste sich allein in seinem Taxi zu Tode gelangweilt haben, denn nun redete er ununterbrochen auf das junge Mädchen ein. Nach fünf Minuten wusste Julie über sein ganzes Leben Bescheid, das natürlich besonders uninteressant war.

Weil sie hartnäckig schwieg, erzählte er ihr einen Witz: »Drei Ameisen gehen in Paris auf den Champs-Élysées spazieren, und plötzlich hält neben ihnen ein Rolls-Royce, in dem eine Grille sitzt, die ein teures Kostüm mit Pelzbesatz und Pailletten trägt. Sie öffnet das Autofenster und ruft: ›Hallo, Freunde!‹ Die Ameisen betrachten erstaunt die Grille, die Kaviar isst und Champagner trinkt. ›Hallo‹, antworten sie, ›dir scheint es ja sehr gut zu gehen.‹ – ›O ja, das Showbusiness bringt heutzutage ganz schön was ein. Ich bin ein Star. Möchtet ihr auch ein bisschen Kaviar?‹ – ›Äh … nein, danke‹, murmeln die Ameisen. Die Grille schließt das Fenster und befiehlt ihrem Chauffeur weiterzufahren. Die drei Ameisen sehen einander verblüfft an, und schließlich spricht eine aus, was alle denken: ›Da sieht man mal wieder, was Fabeln mit der Wirklichkeit zu tun haben.‹«

Der Fahrer lachte schallend über seinen eigenen Witz. Julie verzog höflichkeitshalber leicht die Mundwinkel und dachte insgeheim, dass die Leute immer öfter Witze erzählten, um keine echten Dialoge führen zu müssen. Auch das war symptomatisch für den geistigen Niedergang.

»Wollen Sie noch einen hören?« Ohne Julies Antwort abzuwarten, legte der Fahrer wieder los.

Die Hauptstraße von Fontainebleau wurde von demonstrierenden Bauern blockiert, die höhere Subventionen und ein Importverbot für ausländisches Fleisch verlangten. »Retten wir die französische Landwirtschaft!« und »Tod allen importierten Schweinen!« stand auf ihren Transparenten.

Die Männer hatten einen Lastwagen gestoppt, der Schweine aus Ungarn transportierte; sie begossen die Käfige der Tiere mit Benzin und warfen brennende Streichhölzer hinein. Die Schreie der Schweine, die bei lebendigem Leibe verbrannten, waren grauenhaft. Julie hätte nie gedacht, dass ein Tier fast wie ein Mensch schreien könnte. Und auch der Gestank verbrannter Haut war grauenhaft. In ihrer Todesstunde schienen die Schweine ihre Verwandtschaft mit den Menschen demonstrieren zu wollen.

Julie fiel plötzlich ein, dass der Biologielehrer einmal gesagt hatte, das Schwein sei das einzige Tier, das sich für eine Organtransplantation auf den Menschen eigne. Den Tod dieser unbekannten Verwandten mit ansehen zu müssen war einfach unerträglich. Die Schweine schienen ihr flehende Blicke zuzuwerfen. Ihre Haut war rosig. Ihre Augen waren blau.

Julie warf dem Taxifahrer einen Geldschein hin, stürzte aus dem Wagen und flüchtete zu Fuß.

Völlig atemlos erreichte sie das Gymnasium und hoffte, im Musikraum verschwinden zu können, bevor jemand sie sah.

»Julie! Was machen Sie denn heute Morgen hier? Ihre Klasse hat doch gar keinen Unterricht.«

Dem Philosophielehrer war das rosa Nachthemd, das unter dem langen Mantel hervorlugte, nicht entgangen. »Sie werden sich erkälten.«

Er schlug ihr vor, etwas Heißes in der Cafeteria zu trinken, und weil ihre Freunde sowieso noch nicht da waren, willigte sie ein.

»Sie sind nett, ganz anders als die Mathelehrerin, die mich immer fertigmachen möchte.«

»Wissen Sie, Julie, wir Lehrer sind Menschen wie alle anderen auch. Es gibt nette und weniger nette, intelligente und weniger intelligente, freundliche und weniger freundliche. Das Problem besteht darin, dass Lehrer tagtäglich die Gelegenheit haben, mindestens dreißig junge Leute zu beeinflussen, und das ist eine enorme Verantwortung. Wir sind sozusagen die Gärtner der Gesellschaft von morgen, verstehst du?«

Er ging plötzlich dazu über, sie zu duzen.

»Ich für meine Person hätte Angst, Lehrerin zu sein«, sagte Julie. »Wenn ich sehe, wie die Deutschlehrerin sich schikanieren lässt, läuft es mir immer kalt über den Rücken.«

»Du hast Recht. Wenn man unterrichten will, muss man nicht nur sein Fach beherrschen, sondern sollte auch ein guter Psychologe sein. Unter uns gesagt – ich glaube, allen Lehrern ist bei dem Gedanken, vor einer Klasse stehen zu müssen, etwas mulmig zumute. Deshalb tarnen sich manche mit Autorität, andere tun so, als wären sie allwissend, und wieder andere – darunter ich – spielen den Kumpel.«

Er schob seinen Plastikstuhl zurück und holte einen Schlüsselbund aus der Tasche. »Ich muss jetzt unterrichten, aber wenn du dich ein wenig ausruhen und frisch machen möchtest, kannst du das gern in meiner Wohnung tun. Ich wohne gleich dort drüben, in dem Eckhaus, dritter Stock links. Wenn man von zu Hause ausgerissen ist, braucht man irgendeinen Ruhepol.«

Sie lehnte sein Angebot dankend ab. Ihre Freunde von der Band müssten bald hier sein, und sie würden sie bestimmt gern beherbergen.

Der Lehrer betrachtete sie wohlwollend, und sie hatte das Gefühl, ihm seine Freundlichkeit irgendwie vergelten zu müssen. Ohne ihr Gehirn einzuschalten, stammelte sie: »Das Feuer im Müllcontainer … das habe ich gelegt!«

Dieses Geständnis schien den Lehrer nicht allzu sehr zu schockieren. »Mmmm … du handelst kurzsichtig. Die Schule ist doch nur ein Mittel zum Zweck, und du solltest dich ihrer aktiv bedienen, anstatt sie passiv zu erdulden. Dieses Schulsystem soll euch doch helfen, stärker, selbstbewusster und kritischer zu werden. Du hast Glück, dieses Gymnasium besuchen zu dürfen. Es bereichert dich, auch wenn du dich hier nicht wohl fühlst. Und es ist ein großer Fehler, etwas zerstören zu wollen, nur weil man es nicht zu nutzen versteht.«

75. In Richtung Silberfluss

Die dreizehn Ameisen benutzen einen Zweig, um eine schwindelerregende Schlucht zu überwinden. Sie durchqueren einen Löwenzahndschungel und klettern einen mit Farnkraut bewachsenen Steilhang hinab.

Unten angelangt, sehen sie eine Feige, die vom Baum abgefallen und aufgeplatzt ist. Diese zuckrige Masse, die violett, grün, rosa und weiß schimmert, hat schon Mücken angelockt. Die Ameisen genehmigen sich einen Imbiss. Wie köstlich Früchte schmecken!

Es gibt Fragen, die die Finger sich nicht stellen. Beispielsweise: Warum ist Obst so wohlschmeckend? Warum sind Blumen so schön?

Wir, die Ameisen, wissen es.

Nr. 103 sagt sich, dass es eines Tages einen Finger geben müsste, der – wie jetzt Nr. 10 – einen Pheromonspeicher über das Wissen der Ameisen anlegt. Sie könnte den Fingern erklären, warum Obst gut schmeckt und Blumen schön sind.

Blumen sind schön und duften, um Insekten anzulocken, denn diese verbreiten ihre Pollen und ermöglichen so ihre Fortpflanzung.

Und die Früchte schmecken köstlich, weil sie hoffen, von Tieren gegessen zu werden, die die Steine oder Kerne später andernorts mit ihren Exkrementen ausscheiden. Eine geschickte Strategie der Pflanzen, denn auf diese Weise werden die Samen des Obstbaums nicht nur verbreitet, sondern zugleich gedüngt.

Alle Obstsorten konkurrieren miteinander, um gegessen zu werden und sich dadurch vermehren zu können. Evolution bedeutet für sie, immer saftiger, süßer und wohlriechender zu werden, denn die unansehnlichsten sind dazu verdammt, vom Erdboden zu verschwinden.

Im Fernsehen hat Nr. 103 jedoch gesehen, dass es den Fingern gelungen ist, Honigmelonen, Wassermelonen und Trauben ohne Kerne zu züchten. Nur weil sie zu faul sind, die Kerne auszuspucken oder zu verdauen, unterbinden die Finger die Fortpflanzung verschiedener Arten! Nr. 103 nimmt sich fest vor, ihnen bei nächster Gelegenheit zu raten, den Früchten ihre Kerne zu lassen.

Diese frische Feige, die sich die Ameisen schmecken lassen, hätte jedenfalls bestimmt keine Probleme, gegessen und verdaut zu werden. Die dreizehn baden in dem süßen Saft, wühlen im weichen Fleisch, bespucken sich übermütig mit den Kernen.

Ihre Mägen und Kröpfe sind randvoll mit Fruktose, als sie sich wieder auf den Weg machen. Sie kommen an Zichorien und Heckenrosensträuchern vorbei. Nr. 16 niest. Sie ist allergisch gegen Heckenrosenpollen.

Bald sehen sie in der Ferne einen Silberstreifen: den Fluss. Nr. 103 richtet ihre Fühler auf und stellt fest, dass sie sich nordöstlich von Bel-o-kan befinden.

Der Fluss fließt zum Glück von Norden nach Süden.

Sie gelangen an einen Sandstrand. Schwärme von Marienkäfern flüchten bei ihrem Anblick und lassen Kadaver von zerfleischten Blattläusen zurück.

Nr. 103 hat nie begriffen, warum die Finger eine Vorliebe für Marienkäfer haben. Es sind Räuber, die sich von Blattläusen ernähren. Eine weitere Eigenart der Finger: Sie schreiben dem Klee glückbringende Eigenschaften zu, obwohl doch jede Ameise weiß, dass Kleesaft giftig ist.

Die Kundschafterinnen überqueren den Strand. Im Schilfrohr verstecken sich Kröten, deren Quaken sich unheimlich anhört.

Nr. 103 schlägt vor, Boot zu fahren. Die zwölf haben keine Ahnung, was ein Boot ist, und halten es für eine Erfindung der Finger.

Die Prinzessin erklärt ihnen, dass man sich mit Hilfe eines Blattes auf dem Wasser fortbewegen könne. Einst habe sie diesen Fluss auf einem Vergissmeinnicht überquert, aber leider gebe es hier weit und breit keine Vergissmeinnicht. Mit Augen und Fühlern suchen sie die Umgebung nach einem stabilen Blatt ab und haben schließlich eine glorreiche Idee: die Seerosen. Sie schwimmen seit Urzeiten auf dem Wasser. Kann man sich ein besseres unsinkbares Boot wünschen?

Auf einer Seerose werden wir den Strom überqueren, ohne zu ertrinken.

Sie klettern auf eine weiß-rosa Seerose in Ufernähe, deren ovale Blätter lange Stiele haben. Das oberste Blatt gleicht einer großen grünen Plattform mit glatter Oberfläche, damit das Wasser schneller abfließen kann. Seltsamerweise bewegt sich die Pflanze aber nicht von der Stelle. Bei näherer Betrachtung merkt man, dass sie fest im Boden verankert ist. Ein Wurzelstock treibt wie ein Seil im Wasser. Er hat einen Durchmesser von über 5 cm und ist fast einen Meter lang. Nr. 103 steckt ihren Kopf unter Wasser, um diese Wurzel zu durchbeißen, aber sie muss ihre Arbeit immer wieder unterbrechen, um Luft zu schnappen.

Die anderen helfen ihr, doch als die Wurzel nur noch an einem dünnen Faden hängt, gebietet Nr. 103 ihnen Einhalt und erklärt, dass sie jetzt erst einmal Schwimmkäfer fangen müssten, die dem Boot als Antrieb dienen könnten. Die Ameisen locken sie mit einigen toten Wasserflöhen an. Als die Käfer näher kommen, stellt Nr. 103 mit ihnen Antennenkontakt her und überzeugt sie durch Pheromone, den Ameisen bei der Flussüberquerung zu helfen.

Mit dem geschärften Blick einer Prinzessin stellt sie dann jedoch fest, dass das andere Ufer sehr weit entfernt ist; außerdem deuten welke Blätter, die im Wasser umherwirbeln, auf Strudel hin. Sie hält es deshalb für vernünftiger, eine Stelle zu suchen, wo der reißende Strom schmäler ist.

Zunächst einmal beladen die Belokanerinnen ihr Boot mit Lebensmittelreserven, hauptsächlich mit Marienkäfern, die nicht schnell genug geflüchtet sind, und mit Schwimmkäfern, die nicht zur Kooperation bereit waren.

Nr. 103 meint, es sei vernünftiger, erst am nächsten Morgen in See zu stechen, denn nachts könnten sie nicht navigieren. Sie suchen deshalb Schutz unter einem Felsen und fressen die Marienkäfer auf, um bei Kräften zu bleiben. Immerhin steht ihnen eine große Reise bevor.

76. Enzyklopädie

Reise zum Mond Es gibt Momente, da die verrücktesten Träume realisierbar zu sein scheinen, wenn man über den nötigen Wagemut verfügt.

In China gab es im 13. Jahrhundert unter der Herrschaft der Kaiser der Sung-Dynastie eine kulturelle Richtung, die den Mond bewunderte. Für die größten Dichter, Schriftsteller und Sänger war dieser Himmelskörper die einzige Inspirationsquelle.

Einer der Sung-Kaiser, der selbst Schriftsteller und Dichter war, bewunderte den Mond so sehr, dass er ihn als erster Mensch betreten wollte.

Seine Wissenschaftler sollten ihm eine Rakete bauen. Die Chinesen konnten damals schon ausgezeichnet mit Pulver umgehen, also brachten sie riesige Pulverladungen unter einer kleinen Hütte an, in der ihr Kaiser thronen sollte.

Alle hofften, dass die Wucht der Explosion den Kaiser bis zum Mond schleudern würde. Lange vor Neil Armstrong und sogar lange vor Jules Verne hatten die Chinesen die erste Rakete gebaut. Doch offenbar war das Unternehmen vorher nicht gründlich genug durchdacht worden, denn als die Lunten angezündet wurden, gab es lediglich ein riesiges farbenprächtiges Feuerwerk, und der Kaiser, der gehofft hatte, als erster Mensch seinen Fuß auf den Mond setzen zu können, wurde pulverisiert.

Edmond Wells

Enzyklopädie des relativen und absoluten Wissens, Bd. 3

77. Schwieriger Start

Sie hatten die ganze Nacht komponiert und geprobt und auch am Vormittag des Konzerts weitergearbeitet. Die *Enzyklopädie* inspirierte sie zu Texten, aber sie mussten sich auch mit Melodien und Rhythmen abplagen.

Um acht Uhr abends waren sie im Kulturzentrum, stimmten ihre Instrumente und testeten die Akustik.

Zehn Minuten vor ihrem Auftritt, als sie sich in den Kulissen zu konzentrieren versuchten, tauchte ein Journalist auf, der sie für das Lokalblatt interviewen wollte.

»Guten Abend, ich bin Marcel Vaugirard vom *Clairon de Fontainebleau.*«

Sie musterten den wohlbeleibten kleinen Mann, dessen rote Wangen und rote Nase eine Vorliebe für reichlichen Alkoholgenuss verrieten.

»Wollen Sie auch Schallplatten machen?«

Julie hatte keine Lust, zu antworten, und Ji-woong knurrte einsilbig: »Ja.«

Der Journalist sah zufrieden aus. Ihr Philosophielehrer hatte also Recht: Ein »Ja« bereitete Freude und erleichterte die Kommunikation.

»Und welchen Titel soll das erste Album haben?«

Ji-woong sagte, was ihm zuerst in den Sinn kam: »Wacht auf!«

Der Journalist schrieb das auf. »Und Ihre Texte – wovon handeln sie?«

»Äh … von allem Möglichen«, murmelte Zoé.

Diese vage Antwort genügte dem Journalisten nicht. Er fragte weiter: »Und Ihr Rhythmus? Von welchen berühmten Gruppen haben Sie sich beeinflussen lassen?«

»Wir versuchen, unsere eigenen Rhythmen zu erfinden«, erklärte David. »Wir wollen nämlich originell sein.«

Der Journalist machte sich immer noch Notizen, wie eine Hausfrau, die einen Einkaufszettel schreibt.

»Hoffentlich hat man Ihnen einen guten Platz in der ersten Reihe reserviert«, sagte Francine höflich.

»Nein. Keine Zeit.«

»Keine Zeit? Was soll das heißen?«

Marcel Vaugirard schob sein Notizbuch in die Tasche und gab jedem die Hand. »Keine Zeit. Ich habe heute Abend noch jede Menge zu tun und kann nicht eine Stunde opfern, um Ihnen zuzuhören. Natürlich hätte ich das sehr gern gemacht, aber leider – es geht nicht.«

»Und warum schreiben Sie dann überhaupt einen Artikel über uns?«, fragte Julie erstaunt.

Er trat dicht an sie heran und flüsterte ihr ins Ohr: »Ich vertraue Ihnen unser großes Berufsgeheimnis an: ›Nur über das, was man nicht kennt, schreibt man gut.‹«

Diese Argumentation verschlug dem jungen Mädchen die Sprache, und auch die Sieben Zwerge trauten sich nicht, etwas dagegen einzuwenden oder den Journalisten aufzuhalten.

Der Direktor des Kulturzentrums stürmte herein. Er sah seinem Bruder, dem Gymnasialdirektor, zum Verwechseln ähnlich. »Machen Sie sich fertig! Gleich sind Sie dran!«

Julie schob den Vorhang etwas zur Seite. Der Saal, der etwa 500 Personen fassen konnte, war zu drei Vierteln leer.

Sie hatte Lampenfieber, und den Sieben Zwergen ging es genauso. Paul knabberte Süßigkeiten, Francine rauchte Marihuana, Léopold schloss die Augen, so als wollte er meditieren, Narcisse betastete die Saiten seiner Gitarre, Ji-woong vergewisserte sich, dass alle ihre Noten hatten, und Zoé murmelte zum tausendsten Mal die Refrains vor sich hin.

Weil alle Fingernägel schon abgekaut waren, biss Julie sich den Ringfinger blutig und saugte an der Wunde.

Auf der Bühne kündigte der Direktor des Kulturzentrums die Gruppe an: »Meine Damen und Herren, herzlichen Dank, dass Sie so zahlreich zur Einweihung unseres neuen Kulturzentrums erschienen sind. Leider sind die Arbeiten noch nicht ganz beendet, und ich möchte Sie herzlich bitten, eventuelle Mängel großzügig zu übersehen. Jedenfalls passt zu so einem modernen Saal am besten moderne Musik.«

In den ersten Reihen saßen betagte Herrschaften, die ihre Hörgeräte justierten. Diese Abonnenten würden keine einzige Veranstaltung, gleich welcher Art, versäumen; Hauptsache, sie erhielten Gelegenheit, aus dem Haus zu kommen.

Der Direktor fuhr lauter fort: »Was Sie hören werden, gehört zum Interessantesten und rhythmisch Besten, was es in unserer Region derzeit gibt. Ob man Rock nun liebt oder nicht – ich bin jedenfalls überzeugt, dass es sich lohnt, den jungen Musikern zuzuhören, zumal die Sängerin auch noch sehr hübsch ist.«

Kaum Reaktionen beim Publikum.

»Sie heißt Julie Pinson und ist die Solistin der Gruppe ›Schneewittchen und die Sieben Zwerge‹. Dies ist ihr erster großer Auftritt, und wir sollten sie mit Applaus begrüßen, um ihnen Mut zu machen.«

Einige Pensionäre klatschten gehorsam.

Der Direktor zog Julie aus den Kulissen hervor und führte sie unter die Scheinwerfer in der Bühnenmitte. Sie stellte sich vor das Mikrofon, während hinter ihr die Sieben Zwerge ihre Instrumente stimmten.

Julie spähte in den dunklen Saal. Vorne die Rentner. Dahinter einige Jugendliche, die an diesem Abend wohl nichts Besseres vorgehabt hatten. Von hinten brüllte jemand: »Pack ein, Julie!«

Sein Gesicht konnte sie nicht sehen, aber die Stimme war unverkennbar: Gonzague Dupeyron. Zweifellos hatte er seine ganze Bande mitgebracht, um das Konzert zu stören.

»Packt ein! Geht nach Hause!«, skandierten sie jetzt im Chor.

Francine gab ihren Freunden ein Zeichen, schnell zu beginnen, um die unverschämten Rufe zu übertönen. Sicherheitshalber hatten sie die Abfolge ihrer Stücke vor sich auf den Boden geklebt.

1. GUTEN TAG

Ji-woong gab mit dem Schlagzeug den Rhythmus vor. Paul stellte die Potenziometer ein, und die Scheinwerfer warfen kitschige Regenbogenfarben an den Vorhang. Julie sang:

Guten Tag,
guten Tag, unbekanntes Publikum!
Unsere Musik ist eine Waffe, um die Welt zu verändern.
Lächeln Sie nicht, denn das ist möglich. Sie können es.
Es genügt, etwas wirklich zu wollen, damit es wahr wird.

Als sie verstummte, gab es nur mageren Beifall. Einige Klappstühle knallten, weil manche Zuhörer offenbar schon genug hatten. Und hinten brüllten Gonzague und seine Gesinnungsgenossen: »Packt ein! Haut ab!«

Verlief die Feuertaufe auf der Bühne immer so? Hatten auch Genesis, Pink Floyd und Yes das am Anfang ihrer Karriere erlebt? Julie begann sofort mit dem zweiten Stück.

2. WAHRNEHMUNG
Man nimmt von der Welt nur das wahr, worauf man vorbereitet ist.
Für ein physiologisches Experiment wurden Katzen von Geburt an in einen kleinen Raum gesperrt …

Ein Ei kam von hinten geflogen und zerbrach auf Julies schwarzem Pulli. »Und das? Hast du das wahrgenommen?«, schrie Gonzague.

Vereinzeltes Gelächter im Saal. Jetzt verstand Julie noch besser, was die arme Deutschlehrerin tagtäglich durchmachte.

Francine sah, dass die Situation in eine Katastrophe auszuarten drohte, und erhöhte vor ihrem Solo die Orgellautstärke. Danach leitete sie sofort zum dritten Lied über.

3. PARADOXER SCHLAF
In uns allen schlummert ein Baby.
Paradoxer Schlaf,
unruhig …

Irgendwo hinten wurde die Tür ständig geöffnet und geschlossen. Nachzügler trafen ein, enttäuschte Zuhörer gingen. Das störte Julie gewaltig. Sie bemerkte, dass sie nur noch mechanisch weitersang, weil ihre ganze Aufmerksamkeit diesem Türenschlagen galt.

»Pack ein, Julie! Pack ein!«

Sie warf ihren Freunden einen verzweifelten Blick zu. Es war wirklich ein Fiasko. Alle waren so verstört, dass sie nicht mehr weiterspielen konnten. Narcisse zitterte so sehr mit den Fingern, dass die Akkorde schräg klangen, weil er danebengriff.

Julie versuchte, ihre Umgebung zu ignorieren, und stimmte den Refrain an. Sie hatten gehofft, dass der ganze Saal im Rhythmus mitklatschen würde, aber jetzt traute das junge Mädchen sich nicht einmal, das Publikum dazu anzuregen.

In uns allen schlummert ein Baby.

Paradoxer Schlaf …

In den ersten Reihen schliefen einige Rentner tatsächlich ein. *Paradoxer Schlaf,* wiederholte Julie lauter, um sie aufzuwecken.

An dieser Stelle war ein Flötensolo vorgesehen, doch nach mehreren falschen Noten kürzte Léopold es lieber ab.

Ein wahres Glück, dass der Journalist nicht hiergeblieben war. Julie drehte sich wieder hilfesuchend um. David nickte ihr aufmunternd zu und gab ihr ein Zeichen, dass sie das Publikum ignorieren und einfach weitersingen solle, nur für die Gruppe.

Wir alle sind Sieger, denn jeder von uns verdankt seine Existenz jedem Spermatozoon, das den Sieg über seine 300 Millionen Konkurrenten davongetragen hat …

Gonzague und seine *Schwarzen Ratten* standen jetzt mit Bierdosen vor der Bühne und besprühten Julie mit dem stinkenden Schaum.

Weitermachen! Weitermachen!, gestikulierte Ji-woong. Echte Profis müssen auch mit solchen Situationen fertig werden.

Die Störenfriede waren jetzt völlig enthemmt. Sie setzten nicht nur Eier und Bier als Waffen ein, sondern auch Stinkbomben, und dabei brüllten sie unablässig: »Pack ein, Julie! Hau ab!«

Aber sie schossen übers Ziel hinaus. »Lasst sie in Ruhe!« schrie ein kräftiges Mädchen, auf dessen T-Shirt »Aikido-Club« stand.

»Haut ab!«, geiferte Gonzague wieder und fügte ans Publikum gewandt hinzu: »Ihr seht doch selbst, dass das alles Nullen sind!«

»Wenn es euch nicht gefällt, zwingt euch kein Mensch, zu bleiben«, entgegnete das Mädchen.

Unerschrocken ging sie auf die Fanatiker zu, sichtlich zum Kampf bereit, und weitere Mädchen in Aikido-T-Shirts eilten ihr zu Hilfe. Auch andere Zuschauer sprangen auf, um das eine oder andere Lager zu unterstützen.

Die jäh erwachten Pensionäre duckten sich auf ihren Sitzen.

»Beruhigt euch! Ich bitte euch, so beruhigt euch doch!«, flehte Julie.

»Sing weiter!«, befahl David.

Julie beobachtete entsetzt die Prügelei. Die Musik heizte die Atmosphäre zusätzlich auf. Sie gab den Sieben Zwergen ein Zeichen, dass sie aufhören sollten, und gleich darauf war nur noch Kampfgeschrei zu hören. Stühle klappten hoch, weil ängstliche Zuschauer hastig den Saal verließen.

Doch Julie wollte nicht aufgeben. Sie schloss die Augen, um sich besser konzentrieren zu können, und hielt sich die Ohren zu, während sie sich an Jankelewitschs Ratschläge zu erinnern versuchte.

»Die Stimmbänder spielen beim Singen im Grunde keine große Rolle. Wenn du nur deinen Stimmbändern vertraust, wirst du nichts als ein unangenehmes Zirpen hören. Es ist dein Mund, der die Töne moduliert, der den Noten ihre Perfektion verleiht. Deine Lungen sind Blasebalge, deine Stimmbänder sind Schwingungsmembrane, deine Wangen sind ein Resonanzkörper, und deine Zunge ist ein Modulator. So, und jetzt ziel mit deinen Lippen und schieß!«

Sie zielte und schoss.

Eine einzelne Note. Ein B. Perfekt. Umfassend. Hart. Die Note breitete sich im ganzen Saal aus und wurde von den Wänden zurückgeworfen. Die Schallwelle von Julies »B« durchdrang sogar den Radau.

Die Note war gewaltig. Viel größer als Julie selbst. Und in der Sphäre dieses »B« fühlte sie sich geborgen. Ein Lächeln glitt über ihr Gesicht, während sie den Ton in die Länge zog.

Ihr ganzer Mund erwachte, um sich an der Suche nach dem perfekten Ton zu beteiligen. Das »B« wurde noch reiner, noch klarer. Ihr Gaumen und ihre Zähne vibrierten, während die Zunge sich nicht mehr bewegte.

Im Saal kehrte Ruhe ein. Sogar die Rentner hantierten nicht mehr an ihren Hörgeräten herum. Die *Schwarzen Ratten* und Aikido-Mädchen ließen voneinander ab.

Julies Lungen hatten ihren Luftvorrat erschöpft. Jetzt nur nicht die Kontrolle verlieren! Sie ließ rasch eine andere Note ertönen. Ein »D«, das ihr noch besser gelang, weil ihr ganzer Mund bereits erwärmt war. Der Ton drang in alle Gehirne, denn sie legte ihre ganze Seele hinein. Alles war darin enthalten: ihre Kindheit, ihre Sorgen, ihre Begegnung mit Jankelewitsch, ihre Auseinandersetzungen mit der Mutter.

Donnernder Applaus brach los. Die *Schwarzen Ratten* zogen es vor, das Weite zu suchen. Julie wusste nicht, ob dieser Beifall dem Aufbruch der Störenfriede oder aber ihrer Note galt, diesem »D«, das sie immer noch hielt.

Als sie endlich verstummte, hatte sie ihre ganze Energie zurückgewonnen. Paul schaltete die bunten Scheinwerfer aus, weil auch er begriffen hatte, dass man zur Einfachheit zurückkehren musste. Nur ein einzelner weißer Lichtkegel blieb direkt auf Julie gerichtet.

Sie sprach langsam ins Mikrofon hinein:

»Die Kunst steht im Dienst der Revolution. Unser nächstes Stück heißt deshalb: *DIE REVOLUTION DER AMEISEN*.«

Mit geschlossenen Augen sang sie:

Nichts Neues unter der Sonne.
Es gibt keine Visionäre mehr.
Es gibt keine Erfinder mehr.
Wir sind die neuen Visionäre.
Wir sind die neuen Erfinder.

Einige Zuschauer riefen: »Ja!«

Ji-woong schlug wie ein Wilder auf sein Schlagzeug ein. Zoé tat es ihm am Bass gleich, Narcisse auf der Gitarre. Francine spielte ein Arpeggio nach dem anderen. Paul begriff, dass sie jetzt vom Boden abheben konnten, und drehte die Lautstärke voll auf. Der Saal vibrierte. Wenn dieser Start fehlschlug, würden sie es niemals schaffen.

Julies Lippen berührten fast das Mikrofon:

Ende, dies ist das Ende.
Öffnen wir all unsere Sinne.
Ein neuer Wind weht an diesem Morgen,
nichts wird seinen verrückten Tanz aufhalten können.
Tausend Metamorphosen werden diese verschlafene Welt aufrütteln.
Es bedarf keiner Gewalt, um erstarrte Werte hinter sich zu lassen.
Die große Überraschung: Wir verwirklichen ganz einfach die »Revolution der Ameisen«.

Sie hob eine Faust und sang den Refrain noch lauter:

Es gibt keine Visionäre mehr.
Wir sind die neuen Visionäre.
Es gibt keine Erfinder mehr.
Wir sind die neuen Erfinder.

Diesmal klappte alles. Jedes Instrument klang perfekt, und die Tausend-Watt-Verstärker ließen den Saal erbeben. Julies Gesang bahnte sich mühelos einen Weg durch die Trommelfelle in die Gehirne, so dass kein Zuschauer an etwas anderes denken konnte als an diese gewaltige Mädchenstimme.

Noch nie hatte Julie sich so lebendig gefühlt. Sie vergaß sogar ihre Mutter und das Abitur.

Ihre Musik riss alle mit. Die Pensionäre in den ersten Reihen brauchten ihre Hörgeräte nicht mehr, klatschten im Rhythmus und klopften den Takt mit den Füßen. Jüngere Zuschauer tanzten sogar auf den Gängen.

Der Start des Flugzeugs war gelungen. Nun musste es an Höhe gewinnen.

Julie gab Paul ein Zeichen, die Lautstärke etwas zu reduzieren, und dann ging sie singend auf das Publikum zu:

Nichts Neues unter der Sonne. Wir sehen stets dieselbe Welt auf dieselbe Weise.
Wir sind auf der Wendeltreppe eines Leuchtturms gefangen.
Wir begehen ständig die gleichen Fehler, doch diesmal von einer höheren Warte aus.
Es ist Zeit, die Welt zu verändern.
Es ist Zeit, alles ringsum zu verändern.
Dies ist kein Ende. Ganz im Gegenteil, es ist ein Anfang.

Paul wusste, dass »Anfang« das letzte Wort des Liedes war und drückte auf der Schalttafel die Taste »Feuerwerk«, worauf es über ihren Köpfen Lichtfunken regnete.

Das Publikum jubelte.

David und Léopold flüsterten Julie zu, das Lied zu wiederholen. Ihre Stimme war immer kraftvoller geworden, so dass jeder sich fragte, wie so ein zierliches Persönchen dazu imstande sein konnte.

Es gibt keine Erfinder mehr.
Wir sind die neuen Erfinder.
Es gibt keine Visionäre mehr …

Dieser Satz hatte eine verblüffende Wirkung. Wie aus einem Mund antwortete die Menge:

»*Wir sind die neuen Visionäre!*«

Mit einer solchen Reaktion hatte die Gruppe nicht gerechnet. Julie improvisierte: »Ausgezeichnet! Wenn man die Welt nicht verändern will, leidet man an ihr.«

Neuer Applaus. Die Ideen der *Enzyklopädie* trafen ins Schwarze. Sie wiederholte: »Wenn man die Welt nicht verändern will, leidet man an ihr. Denken Sie an eine andere Welt! Denken Sie anders! Lassen Sie Ihrer Fantasie freien Lauf. Wir brauchen Erfinder, wir brauchen Visionäre.«

Sie schloss die Augen. Vielleicht war es das, was die Japaner *satori* nannten: dieser Moment, wo Bewusstsein und Unterbewusstsein miteinander verschmelzen. Totale Seligkeit.

Das Klatschen des Publikums und ihr eigener Herzschlag schienen genau übereinzustimmen. Das Konzert hatte erst begonnen, und schon bedauerten alle, dass es einmal zu Ende gehen würde, dass Glück und Gemeinschaftsgefühl bald wieder der Alltagsmonotonie Platz machen mussten.

Julie hielt sich nicht mehr an die *Enzyklopädie*, sondern improvisierte frei, und die richtigen Worte kamen über ihre Lippen, ohne dass sie wusste, wie sie ihr eingefallen waren. Sie drängten selbstständig aus ihr hervor, so als wäre ihr Mund nur eine Tür, durch die sie entweichen konnten.

78. Enzyklopädie

Noosphäre Menschen besitzen zwei unabhängige Gehirne – die rechte und linke Hälfte. Jede verfügt über ihre eigenen Fähigkeiten. Die linke Hälfte ist für die Logik zuständig, die rechte für die Intuition, die linke für Zahlen, die rechte für Formen. Ein und dieselbe Information wird von den beiden Gehirnhälften verschieden analysiert, und es ist durchaus möglich, dass sie zu verschiedenen Schlussfolgerungen kommen.

Die rechte Hälfte, das beratende Unterbewusstsein, scheint nur nachts mit Hilfe von Träumen direkten Einfluss auf die linke Hälfte, das tatkräftige Bewusstsein, ausüben zu können; ähnlich wie bei einem Ehepaar, wo die intuitive Frau gegenüber dem materialistischen Mann ihre Meinung verstohlen durchsetzen muss.

Gemäß dem russischen Gelehrten Wladimir Wernadskij, der auch das Wort »Biosphäre« erfunden hat, sowie dem französischen Philosophen Teilhard de

Chardin besitzt dieses intuitive weibliche Gehirn noch eine weitere Gabe, nämlich die Fähigkeit, mit der sogenannten »Noosphäre« in Verbindung zu treten. Die Noosphäre ist eine große Wolke, die den Planeten umschließt, ebenso wie die Atmosphäre oder die Ionosphäre. Diese immaterielle Wolke ist aus dem Unterbewusstsein aller Menschen zusammengesetzt, das von ihren rechten Gehirnhälften ausgesandt wird, und sie bildet einen großen immanenten Geist, sozusagen die globale menschliche Bewusstseinslage.

Wir glauben, uns selbst etwas ausgedacht zu haben, während in Wirklichkeit unsere rechte Gehirnhälfte bereits Kontakt mit der Noosphäre aufgenommen hatte. Und wenn die linke Gehirnhälfte auf die rechte hört, lässt sich die Idee verwirklichen.

Dieser Hypothese zufolge sind Maler, Musiker, Erfinder oder Schriftsteller nichts anderes als Radiogeräte, die mit Hilfe ihrer rechten Gehirnhälften aus dem kollektiven Unterbewusstsein schöpfen und anschließend beide Gehirnhälften zu einem freien Gedankenaustausch anregen, damit die in der Noosphäre vorhandenen Ideen in die Tat umgesetzt werden können.

EDMOND WELLS
Enzyklopädie des relativen und absoluten Wissens, Bd. 3

79. SCHLAFLOSIGKEIT

Es ist Nacht, aber die Ameise schläft nicht. Lärm und Licht haben Nr. 103 geweckt, während die zwölf jungen Kundschafterinnen friedlich schlummern.

Bisher hat sie nachts nie etwas wahrgenommen, weil ihr kaltes Blut im Schlaf erstarrte. Doch seit sie eine Prinzessin ist, hat diese angenehme Betäubung nachgelassen. Sie schreckt beim leisesten Geräusch hoch – ein Nachteil empfindlicherer Sinne.

Nr. 103 erhebt sich.

Es ist kalt, aber sie hat so viel gegessen, dass ihre Kraftreserven ausreichen, um wach zu bleiben. Vom Höhleneingang aus späht sie ins Freie, weil sie wissen will, was draußen vorgeht. Die Kröten quaken nicht mehr, der Himmel ist schwarz, und der halb verhüllte Mond spiegelt sich im Fluss.

Sie sieht ein grelles Licht, das über den Himmel zuckt. Ein Gewitter. Der Blitz gleicht einem Baum mit langen Ästen, die aus dem Himmel wachsen, um die Erde zu berühren. Aber dieser Baum ist sehr kurzlebig.

Nach dem Donner wirkt die Stille noch bedrückender. Der Himmel wird noch schwärzer. Mit ihrem Johnston-Organ nimmt die Prinzessin die Elektrizität der Luft wahr.

Und dann fällt eine Bombe. Eine riesige Wasserkugel, die am Boden explodiert und sie bespritzt. Regen! Weitere Bomben folgen. Das Phänomen ist nicht ganz so gefährlich wie ein Heuschreckenschwarm, aber vorsichtshalber weicht Nr. 103 etwas zurück.

Sie betrachtet den Regen.

Einsamkeit, Kälte, Nacht ... bisher dachte sie, das wären nur Widrigkeiten. Aber die Nacht ist schön. Und sogar die Kälte hat ihren Reiz.

Drittes Krachen. Wieder wächst ein Lichtbaum zwischen den Wolken hervor und stirbt, sobald er den Boden berührt, diesmal so nahe, dass sein grelles Licht die Höhle mit den schlafenden Kundschafterinnen erhellt.

Der weiße Himmelsbaum hat einen schwarzen Erdbaum getroffen, der sofort in Brand gerät.

Feuer!

Die Ameise beobachtet das Feuer, das den Baum auffrisst. Sie weiß, dass die Technologie der Finger auf der Beherrschung des Feuers basiert, und sie hat gesehen, wozu das geführt hat: geschmolzene Felsen, verkohlte Nahrungsmittel und vor allem endlose Kriege mit Feuer, endlose Massaker mit Feuer.

Bei den Insekten ist das Feuer tabu.

Alle Insekten wissen, dass früher, vor Jahrmillionen, die Ameisen das Feuer kannten und damit schreckliche Kriege führten, bei denen manchmal ganze Wälder vernichtet wurden. Das nahm so katastrophale Ausmaße an, dass schließlich alle Insekten übereinkamen, den

Einsatz dieses tödlichen Elements zu verbieten. Vielleicht besaßen sie deshalb weder Metalle noch Sprengstoffe.

Das Feuer …

Würden die Ameisen gezwungen sein, ihrer Evolution zuliebe dieses Tabu zu brechen?

Die Prinzessin legt ihre Fühler nach hinten und schläft wieder ein. Sie träumt von Flammen.

80. Hochflug

Hitze.

Julie fühlte sich wohl.

Francine schüttelte ihre blonden Haare, Zoé bewegte sich wie eine Bauchtänzerin, David und Léopold stimmten ihre Soli aufeinander ab, und Ji-woong schien am Schlagzeug nicht zwei, sondern zehn Hände zu haben.

Acht Personen waren zu einer einzigen verschmolzen, und Julie sehnte sich danach, dass dieser herrliche Moment ewig dauern möge.

Das Konzert sollte um halb zwölf enden, aber die Emotionen waren viel zu stark. Julie besaß Energie im Überfluss, und sie wollte dieses fantastische Gemeinschaftsgefühl noch etwas länger auskosten. Sie glaubte zu fliegen und weigerte sich, auf die Erde zurückzukehren.

Auf Ji-woongs Zeichen hin stimmte sie noch einmal »*Die Revolution der Ameisen*« an. Die Mädchen vom Aikido-Club skandierten auf den Gängen:

Wer sind die neuen Visionäre?
Wer sind die neuen Erfinder?

Applaus.

Wir sind die neuen Visionäre!
Wir sind die neuen Erfinder.

Julies graue Augen strahlten, und wieder fiel ihr der richtige Satz einfach zu: »Seid ihr bereit zur Revolution – hier und jetzt?«

»Jaaaaa!«, rief das Publikum.

»Seid ihr bereit, die Welt zu verändern … hier und jetzt?«

Ein noch lauteres: »Jaaaaa!«

Plötzlich zögerte Julie, und ihr wurde ebenso bange zumute wie einst Hannibal vor den Toren Roms. Der Sieg schien viel zu leicht errungen.

Die Sieben Zwerge warteten auf einen Satz oder auch nur eine Geste von ihr. Das Publikum hing an ihren Lippen. Die Revolution, von der in der *Enzyklopädie* so viel die Rede war, schien zum Greifen nahe. Alle sahen sie erwartungsvoll an. Sie brauchte nur zu rufen: »Vorwärts!«

Die Zeit stand still.

Dann schaltete der Direktor die Lautsprecheranlage aus, dämpfte die Scheinwerfer und machte Licht im Saal. Er kam auf die Bühne und erklärte: »Das Konzert ist beendet. Nochmals Applaus für Schneewittchen und die Sieben Zwerge!«

Der Zauber war gebrochen. Die Zuschauer klatschten, aber ziemlich matt. Alles nahm wieder den gewohnten Gang. Nach einem Konzert, auch nach einem sehr gelungenen, gehen die Menschen nun einmal auseinander und legen sich zu Hause zufrieden schlafen.

»Gute Nacht und danke«, murmelte Julie.

Während sie sich in der Garderobe abschminkten, war so etwas wie allgemeine Verbitterung zu spüren. Sie waren so nahe daran gewesen, die Masse zu mobilisieren. So nahe!

Der Direktor trat mit gerunzelter Stirn ein.

»Es tut uns wahnsinnig leid«, sagte Julie hastig. »Wir werden selbstverständlich für die Schäden aufkommen, die bei der Schlägerei zu Beginn des Konzerts entstanden sind.«

Er hob verwundert die Brauen. »Was tut euch wahnsinnig leid? Dass ihr uns einen großartigen Abend beschert habt?« Lachend nahm er Julie in die Arme und küsste sie auf beide Wangen. »Ihr wart wirklich toll!«

»Aber …«

»Endlich war in dieser kleinen Provinzstadt etwas los … Ein richtiges Happening! Die anderen Kulturzentren werden vor Neid platzen, das kann ich euch versichern. Einen solchen Enthusiasmus beim Publikum habe ich seit dem Auftritt der ›Petits Chanteurs à la Croix de Bois‹ im Kulturzentrum von Mont Saint-Michel nicht mehr erlebt. Ich möchte, dass ihr wieder spielt, und zwar bald.«

»Im Ernst?«

Er zückte sein Scheckbuch, überlegte kurz und schrieb: 5000 Franc.

»Eure Gage für dieses Konzert. Das Geld soll euch helfen, den nächsten Auftritt vorzubereiten. Ihr müsst euch um Kostüme und Dekoration kümmern, Plakate anfertigen usw. Mit dem Sieg von heute Abend dürft ihr euch nicht begnügen. Beim nächsten Mal möchte ich ein Konzert, das gewaltiges Aufsehen erregt!«

81. Presse

LE CLAIRON DE FONTAINEBLEAU
(Feuilleton)
ERFREULICHES EINWEIHUNGSKONZERT
IM KULTURZENTRUM

»Die junge französische Rockgruppe Schneewittchen und die Sieben Zwerge hat uns gestern Abend im neuen Kulturzentrum von Fontainebleau eine sehr sympathische musikalische Darbietung beschert, die beim Publikum gut ankam. Die Sängerin, Julie Pinson, besitzt alles, um im Showbusiness Erfolg zu haben: eine Traumfigur, graue Augen, die sogar einen Heiligen in Versuchung führen könnten, und eine ›jazzige‹ Stimme.

Minuspunkte sind die rhythmischen Schwächen und die recht langweiligen Texte, doch über diese Unvollkommenheiten sieht man gern hinweg, weil Julies Begeisterung so ansteckend wirkt. Es wird sogar schon gemunkelt, dass sie der berühmten Sängerin Alexandrine Konkurrenz machen könnte.

Nun, wir wollen nichts übertreiben. Alexandrine hat längst ein breites Publikum erobert und braucht nicht mehr in provinziellen Kulturzentren aufzutreten.

Trotzdem kündigen Schneewittchen und die Sieben Zwerge selbstbewusst an, demnächst ein Album mit dem provozierenden Titel ›Wacht auf!‹ veröffentlichen zu wollen. Vielleicht wird es in absehbarer Zukunft mit Alexandrines neuestem Erfolgssong ›Mon amour, je t'aime‹, der Nr. 1 in allen Hitparaden, konkurrieren.

Marcel Vaugirard«

82. Enzyklopädie

Zensur Damit bestimmte Ideen, die von den Machthabern als subversiv beurteilt wurden, nicht an die Öffentlichkeit gelangten, gab es früher eine Instanz: die staatliche Zensur. Dieses Polizeiorgan konnte die Verbreitung »umstürzlerischer« Werke verbieten.

Heute hat die Zensur ein anderes Gesicht. Weil wir ständig einer Flut unwichtiger Informationen ausgesetzt sind, weiß niemand mehr, wo man etwas wirklich Interessantes und Authentisches erfahren kann. Indem die Plattenfirmen tonnenweise ähnliche Musik produzieren, verhindern sie das Auftauchen neuer Musikströmungen. Indem die Verleger jeden Monat Tausende neuer Bücher auf den Markt werfen, verhindern sie den Erfolg neuer literarischer Ideen, die in der Massenproduktion einfach untergehen. Der Überfluss an billigen Machwerken nach einem bestimmten Strickmuster blockiert originelles Schöpfertum, und sogar die Kritiker, die eigentlich die Spreu vom Weizen trennen müssten, haben einfach nicht mehr die Zeit, alles zu lesen, alles zu hören, alles zu sehen.

Dadurch entsteht eine paradoxe Situation: Je mehr Fernsehkanäle, Rundfunksender, Zeitungen und sonstige Medien es gibt, desto mehr schrumpft die kreative Vielfalt. Graue Eintönigkeit macht sich breit.

Im Grunde hat sich also seit den Zeiten der Zensur von einst nichts geändert: Etwas Originelles, das das System gefährden könnte, darf nicht erscheinen. Wie viel Energie wird darauf verschwendet, für Unbeweglichkeit zu sorgen!

EDMOND WELLS
Enzyklopädie des relativen und absoluten Wissens, Bd. 3

83. AUF DEM FLUSS

Der silberfarbene Strom fließt nach Süden. Das Boot der Kundschafterinnen ist seit dem frühen Morgen auf diesem schillernden Band unterwegs. Hinten wühlen Schwimmkäfer die Wasseroberfläche mit anmutigen Bewegungen auf. Ihre grünen Panzer haben orangefarbene Ränder, und ihre Stirn ist mit einem gelben »V« geschmückt. Die Natur liebt eben Dekor. Sie malt komplizierte Muster auf Schmetterlingsflügel und vergisst nicht einmal die Schwimmkäfer.

Ihre langen, behaarten Waden strecken und beugen sich, um das schwere Gefährt der Ameisen voranzubringen. Prinzessin Nr. 103 und die zwölf anderen sitzen auf den höchsten Blütenblättern der Seerose und genießen die Aussicht.

Die kleine Seerose ist wirklich ein großartiger Schutz vor dem eisigen Wasser. Sie erregt kein Aufsehen, weil es ganz normal ist, dass eine Seerose auf dem Wasser schwimmt. Neugierig wie immer, probiert Nr. 103, wie der Wurzelsaft schmeckt. Erstaunt stellt sie fest, dass er wie ein Beruhigungsmittel wirkt. Alles kommt ihr plötzlich noch friedlicher und heiterer vor. Ameisen können nicht lächeln, aber sie fühlt sich sehr wohl.

Ein Fluss ist etwas Schönes! Rote Morgensonne wärmt die Belokanerinnen. Auf den Wasserpflanzen glitzern Tautropfen.

Trauerweiden lassen ihre langen, weichen Blätter hängen. Die Narzissen haben ein fröhlicheres Naturell: Sie stehen aufrecht da, gelbe Sterne, die einen köstlichen Duft verströmen.

Das oberste Seerosenblatt streift eine Schierlingsblüte, die nach Sellerie duftet und einen gelblichen Saft absondert, der an der Luft dunkler wird. Die Ameisen wissen, dass dieser Saft süß ist, aber einen Giftstoff enthält, der das Gehirn lähmt. Viele Kundschafterinnen sind gestorben, bevor diese Information im kollektiven Gedächtnis ihrer Artgenossen fest verankert war: Den Schierling nicht anrühren!

Über ihnen kreisen Libellen. Die jungen Ameisen bewundern diese schönen, großen Insekten, die mitten im Hochzeitstanz sind. Jedes Männchen verteidigt sein Territorium gegen die anderen und versucht es durch Kämpfe zu vergrößern.

Das Weibchen fühlt sich offenbar zu jenem Männchen hingezogen, das ihr am meisten Platz für den Paarungstanz und das anschließende Eierlegen zu bieten hat.

Nr. 103 sitzt gemütlich im gelben Herzen der Seerose und denkt über die bedeutende Geschichte der Ameisen nach. Sie kennt alle alten Mythen, die von Generation zu Generation überliefert werden. Sie weiß, wie die Ameisen die Dinosaurier vom Erdboden tilgten: indem sie in ihre Gedärme eindrangen und sie von innen zerfraßen. Sie weiß auch, dass Ameisen und Termiten über Jahrmillionen hinweg um die Herrschaft über die Erde gekämpft haben.

Die Finger haben von der Geschichte der Ameisen keine Ahnung. Sie wissen nicht, dass Ameisen die Samen von Blumen und Gemüsesorten aus dem Land der aufgehenden Sonne in ferne Regionen brachten, wo man bis dahin weder Erbsen noch Zwiebeln noch Karotten gekannt hatte.

Beim Anblick des majestätischen Flusses, auf dem sie unterwegs ist, verspürt die Prinzessin großen Stolz auf ihre Gattung. Die Finger werden einen solchen Anblick nie genießen können. Sie sind viel zu groß, viel zu plump, um Trauerweiden und Narzissen so sehen zu können, wie eine Ameise sie sieht. Sie nehmen auch nicht die gleichen Farben wie eine Ameise wahr.

Die Finger können sehr weit sehen, aber ihr Gesichtsfeld ist viel zu eng, denkt Nr. 103.

Während Ameisen ein Blickfeld von 180 Grad haben, müssen die Finger sich mit 90 Grad begnügen, und wenn sie etwas wirklich scharf ins Auge fassen, schrumpft dieser Winkel sogar auf 15 Grad zusammen.

Sie hat es in einem Dokumentarfilm gehört: Die Finger haben entdeckt, dass die Welt rund ist. Sie besitzen Karten, auf denen alle Wälder und Wiesen eingezeichnet sind. Deshalb können sie nicht mehr sagen: »Ich mache mich auf den Weg ins Unbekannte« oder »Ich breche in ein fernes Land auf«. Mit ihren fliegenden Maschinen ist es ihnen nur zu leicht möglich, jedes Land der Erde in einem einzigen Tag zu erreichen.

Prinzessin Nr. 103 hofft, den Fingern eines Tages die Technologien von Bel-o-kan zeigen zu können: Wie man den Honigtau von Blattläusen zubereitet, wie man sich Tieren verständlich macht und tausenderlei andere Dinge, von denen die Finger nichts wissen.

Während die Sonne ihre Farbe von Rot in Orange wechselt, erklingen überall Lieder. Nicht nur die Grillen singen, sondern auch Kröten, Frösche, Vögel …

Es ist Zeit zum Mittagessen.

Bei den Fingern hat Nr. 103 sich angewöhnt, dreimal am Tag zu festen Zeiten zu essen. Die Ameisen beugen sich vor und sammeln Mückenlarven, die an der Wasseroberfläche hängen, mit den Köpfen nach unten und den Atmungsröhren nach oben. Alle haben Hunger.

84. In der Cafeteria

Hähnchen oder Fisch?

Tagesmenu der Cafeteria des Gymnasiums an diesem Montag: Vorspeise – rote Rüben in Essig; Hauptgericht – paniertes Fischfilet oder Brathähnchen; Dessert – Apfelkuchen.

Mit ihrem längsten Fingernagel befreite Zoé eine Mücke, die an der Konfitüre des Apfelkuchens klebte.

»Siehst du, manchmal können Fingernägel ganz nützlich sein«, sagte sie zu Julie.

Es war eher unwahrscheinlich, dass die Mücke sich erholen würde, aber Zoé wollte sie auf keinen Fall essen und setzte sie deshalb behutsam am Tellerrand ab.

Die Schüler standen mit ihren Tabletts Schlange, und eine Bedienung mit riesiger Kelle in der Hand stellte jedem die metaphysische Frage: »Hähnchen ODER Fisch?«

Schließlich war es diese Möglichkeit zu wählen, die eine moderne Cafeteria von einer normalen Kantine unterschied.

Julie machte sich mit ihrem Tablett, auf dem eine hohe Wasserkaraffe ständig schwankte, auf die Suche nach einem großen Tisch, an dem die ganze Gruppe Platz hätte.

»Nein, hier nicht, dieser Tisch ist für Lehrer reserviert«, bekam sie zu hören.

Ein anderer großer Tisch war für das Dienstpersonal vorgesehen, ein dritter für die Verwaltungsangestellten. Jede Kaste verteidigte eifersüchtig ihr Territorium und ihre kleinen Privilegien, und es war unmöglich, dagegen anzukämpfen.

Endlich wurden Plätze frei. Weil sie nur zwanzig Minuten für das Mittagessen hatten, schlangen sie es hinunter, ohne sich Zeit zum Kauen zu nehmen. Ihre Mägen, die sich schon daran gewöhnt hatten, machten die Trägheit der Backenzähne wett, indem sie schärfere Säure produzierten.

Ein Schüler näherte sich dem Tisch der Gruppe. »Meine Freunde und ich haben das Konzert am Samstagabend verpasst. Es soll super gewesen sein, und ich habe gehört, dass ihr nächste Woche wieder auftreten wollt. Könnten wir Freikarten bekommen?«

»Ja, wir hätten auch gern welche!«, rief ein anderer.

»Wir auch …«

Bald war der Tisch von mindestens zwanzig Schülern umringt, die alle um Freikarten bettelten.

»Wir dürfen uns nicht auf unseren Lorbeeren ausruhen«, mahnte Ji-woong. »Gleich nach der Geschichtsstunde ist Probe, einverstanden? Für das große Konzert am nächsten Samstag brauchen wir neue Lieder und neue Bühneneffekte. Narcisse, du kümmerst dich um die Kostüme, und du, Paul, um die Dekoration. Julie, du musst dich zum ›Sexsymbol‹ wandeln. Dazu bist du prädestiniert, aber du bist noch nicht locker genug.«

»Du erwartest doch hoffentlich nicht, dass ich Striptease mache?«

»Nein, aber hin und wieder könntest du eine Schulter entblößen. Das machen sogar die berühmtesten Sängerinnen, und es ist sehr wirkungsvoll.«

Julie schnitt eine Grimasse.

Der Schuldirektor kam an ihren Tisch und gratulierte ihnen zu dem großen Erfolg. Er sagte, dass sein Bruder, der Direktor des Kulturzentrums, am nächsten Samstag große Erwartungen in sie setze, und dann vertraute er ihnen an, er selbst habe in seiner Jugend eine ähnliche Chance gehabt und sie nicht genutzt, was er bis heute bedaure. Er händigte ihnen sogar einen Schlüssel für die nunmehr gepanzerte Hintertür aus, damit sie ihre Proben abhalten konnten, wann immer sie wollten.

Sobald er sich entfernt hatte, sagte Julie, auch an den Bühneneffekten gäbe es noch viel zu verbessern. Die auf den Vorhang projizierten Regenbogenfarben seien nicht wirkungsvoll genug.

»Wie wär's mit einem großen Buch im Hintergrund, auf das man nicht nur Farben, sondern auch Dias von Fotomontagen aus der *Enzyklopädie* projizieren könnte?«, schlug Paul vor.

»Ja, und man könnte auch eine große Ameise bauen, die ihre Beine im Rhythmus der Lieder bewegt.«

»Vielleicht sollten wir unser Konzert ›*Die Revolution der Ameisen*‹ nennen. Schließlich hat dieses Stück uns beim ersten Auftritt gerettet.«

Alle hatten zündende Ideen. Sie wollten zwischen den Rocknummern sogar ein klassisches Stück, beispielsweise eine Bach'sche Fuge, interpretieren.

85. Enzyklopädie

Die Kunst der Fuge Die Fuge bedeutet gegenüber dem Kanon eine Weiterentwicklung. Der Kanon »quält« ein einziges Thema in allen nur möglichen Abarten, um zu sehen, wie es jeweils reagiert. Hingegen kann die Fuge mehrere Themen beinhalten. Sie ist keine reine Wiederholung, sondern bildet eine Stufenfolge.

Bachs *Musikalisches Opfer* gehört zu den architektonisch schönsten Fugen. Es beginnt in c-Moll, endet aber mit Hilfe großartiger Tricks aus der Zauberkiste in d-Moll, und nicht einmal der aufmerksamste Zuhörer wird wahrgenommen haben, in welchem Moment diese Metamorphose vor sich gegangen ist.

Durch dieses System von »Sprüngen« aus einer Tonart in die andere könnte man das *Musikalische Opfer* beliebig weiter abwandeln.

Das Meisterwerk aller Fugen ist jedoch zweifellos *Die Kunst der Fuge*, die Bach kurz vor seinem Tod komponierte. Er wollte den »gewöhnlichen Sterblichen« anhand dieser Komposition, die aus 15 Fugen und Kanons bestand, seine Technik musikalischer Progression erklären, die mit totaler Einfachheit beginnt und der absoluten Komplexität zustrebt. Gesundheitsprobleme – er war damals schon fast blind – hinderten ihn daran, die letzte Fuge zu vollenden.

Bemerkenswert ist, dass er die vier Buchstaben seines Namens als musikalisches Thema verwendete: B-A-C-H. Auf diese Weise brachte er sich selbst ins Herz seiner Musik ein, in der Hoffnung, dass sie ihn wie einen unsterblichen König in die Unendlichkeit emportragen würde.

Edmond Wells

Enzyklopädie des relativen und absoluten Wissens, Bd. 3

86. Angriff der Teichläufer

Das Seerosenboot gleitet friedlich auf dem Fluss dahin. Plötzlich sehen die Ameisen eine Gruppe von Insekten, die auf dem Wasser laufen. Es sind Teichläufer – Wasserwanzen, die Mücken ähnlich sehen.

Ihr Kopf ist länger als ihr Körper, und wegen der beiden kugelförmigen Augen, die seitlich wie Perlen aufgesetzt sind, erinnern sie an afrikanische Masken. Am Bauch haben sie samtige silberfarbene Härchen, die wasserabstoßend sind, und dank diesen Härchen können sie seelenruhig auf dem Wasser spazieren gehen, ohne zu ertrinken.

Die Teichläufer suchen nach Wasserflöhen, toten Mücken und Larven von Wasserskorpionen, doch als sie die Vibrationen auf dem Ameisenboot wahrnehmen, gruppieren sie sich zu einer militärischen Formation und greifen unerwartet an.

Sie laufen und schlittern über die Wasseroberfläche, so als wäre es fester Boden. Die Ameisen erkennen die Gefahr und beziehen an den Seiten ihres Boots Position, die Hinterleiber nach außen gerichtet.

Feuer!

Ameisensäure wird verspritzt.

Viele Teichläufer verenden und treiben leblos auf dem Wasser, doch anderen gelingt es, sich dem Boot zu nähern. Sie hängen sich mit ihren langen Beinen an das Blatt und ziehen es durch ihr Gewicht nach unten, so dass die Ameisen plötzlich im kalten Wasser stehen. Einige versuchen es den Teichläufern gleichzutun und auf der Oberfläche zu laufen, aber sie haben keine Übung darin, ihr Gewicht ganz gleichmäßig auf jedes Bein zu verteilen; eines sinkt immer ein, so dass sie schließlich doch im kalten Nass landen und vergeblich mit den Beinen rudern. Es besteht zwar keine Gefahr zu ertrinken, weil das Wasser ihnen nur bis zu den Unterkiefern geht, aber sie wären jetzt für jeden Angreifer eine leichte Beute. Verzweifelt klammern sie sich an den Rand ihres Bootes, während die aggressiven Teichläufer auf ihren Köpfen herumtrampeln, um sie in die Tiefe zu stoßen.

Not macht erfinderisch, und so verklammern sich die Ameisen ineinander und bilden mit ihren Körpern eine schwimmende Plattform. Die obersten stemmen sich ab, springen auf ihr Boot und ziehen die anderen hoch. Es gelingt ihnen sogar, einige Teichläufer gefangen zu nehmen.

Nr. 103 fragt diese Gefangenen, warum sie als Horde angegriffen haben, obwohl doch jeder weiß, dass sie Einzelgänger sind. Ein Teichläufer berichtet, die »Gründerin« habe diese Veränderung bewirkt.

Diese Teichläuferin lebte an einem Ort mit sehr starker Strömung, wo man sich ans Schilfrohr klammern musste, um nicht abgetrieben zu werden. Die »Gründerin« ärgerte sich darüber, dass die Teichläufer ihre Energie darauf verschwendeten, gegen die Strömung anzukämpfen, obwohl niemand wusste, wohin diese Strömung führte. Sie wollte sich nicht ihr Leben lang hinter dem Schilfrohr verstecken und beschloss deshalb, sich von der Strömung ins Unbekannte tragen zu lassen. Alle rieten ihr davon ab und prophezeiten ihr den sicheren Tod, weil die Strömung sie gegen Felsen schleudern würde, doch die eigensinnige Teichläuferin machte sich trotzdem auf den Weg. Sie trieb hilflos dahin, wurde hin und her geworfen und trug schwere Verletzungen davon, aber sie überlebte, und als sie weiter unten am Fluss wieder an Land kam, waren die dortigen Teichläufer von ihrem Mut so beeindruckt, dass sie beschlossen, sich fortan unter ihrer Führung im Kollektiv zu behaupten.

Ein Einzelner kann also das Verhalten einer ganzen Gruppe verändern, sagt sich Nr. 103. Was hatte jene mutige Teichläuferin bewiesen? Indem man seine Furcht überwindet, auf Sicherheit verzichtet und sich von der Strömung mitreißen lässt, riskiert man zwar Blessuren, doch am Ende verbessert man nicht nur die eigenen Lebensbedingungen, sondern auch die der Gemeinschaft.

Die Prinzessin schöpft aus dieser Erzählung neuen Mut.

Nr. 15 nähert sich und will den redseligen Wasserläufer verspeisen, aber Nr. 103 hindert sie daran. Sie meint, man müsse ihn freilassen, damit er zu seinem kürzlich sozialisierten Volk zurückkehren könne. Nr. 15 versteht nicht, warum man ihn verschonen sollte. Schließlich ist er sehr wohlschmeckend.

Vielleicht sollten wir sogar diese berühmte »Gründerin« suchen und töten, fügt sie hinzu.

Die anderen stimmen ihr zu. Wenn die Teichläufer sich jetzt zu Gruppen zusammenschließen und kriegerisch gebärden, werden sie in einigen Jahren Städte bauen und die Flüsse beherrschen. Am vernünftigsten wäre es, ihnen sofort Einhalt zu gebieten.

Das weiß auch Nr. 103, aber sie sagt sich, dass man jeder Gattung eine Chance geben müsse. Man braucht Konkurrenten nicht zu vernichten, um seinen Vorsprung zu wahren, man muss nur schneller sein.

Die Prinzessin rechtfertigt ihr Mitgefühl mit dem Hinweis auf ihre geschärften Sinne, aber im Grunde weiß sie, dass es nur ein weiterer Beweis für ihre Dekadenz ist, die ihren Ursprung zweifellos im langen Umgang mit den Fingern hat.

Sie neigt zum Egoismus, und diese Tendenz hat sich durch ihre Verwandlung in ein geschlechtsfähiges Weibchen weiter verstärkt. Normalerweise ist eine Ameise ständig mit dem Kollektivgeist verbunden und isoliert sich nur in seltenen Fällen davon, um persönliche Probleme zu lösen. Doch Nr. 103 hat sich fast komplett vom Kollektivgeist getrennt und gibt sich gar keine Mühe mehr, als Gruppenwesen zu agieren. Wenn das so weitergeht, wird sie bald nur noch an sich denken und genauso egozentrisch wie die Finger sein.

Auch Nr. 5 spürt, dass die Prinzessin sogar bei der Absoluten Kommunikation ganze Bereiche ihres Gehirns verschließt, dass sie nicht mehr ans Kollektiv denkt.

Doch dies ist nicht der richtige Zeitpunkt für Grübeleien oder Vorwürfe, denn die Ameisen bemerken plötzlich, dass die Blütenblätter der Seerose sich wie Segel blähen. Entweder ist ein starker Wind aufgekommen, oder aber … die Geschwindigkeit hat sich erhöht.

Alle nach oben.

Einige Ameisen klettern bis zur Spitze des höchsten Blütenblatts empor. Hier ist die Geschwindigkeit noch viel spürbarer. Ihre Fühler fliegen wie Grashalme nach hinten.

In der Ferne zeichnet sich ein schaumgekröntes Hindernis ab, und bei dem jetzigen Tempo werden sie ihm kaum ausweichen können.

Hoffentlich ist es kein Wasserfall!, denkt Nr. 103.

87. Vorbereitungen

Julie und ihre Freunde bereiteten sich sorgfältig auf ihr zweites Konzert vor. Jeden Nachmittag wurde nach dem Unterricht im Musikraum geprobt.

»Wir haben nicht genug eigene Lieder, und es macht einen schlechten Eindruck, wenn wir jedes Stück zweimal singen müssen, um ein Konzert von normaler Länge zu bestreiten.«

Julie legte die *Enzyklopädie* auf den Tisch, und alle beugten sich darüber. Mögliche Themen wurden sofort notiert: »Goldene Zahl«, »Das Ei«, »Zensur«, »Noosphäre«, »Die Kunst der Fuge«, »Reise zum Mond« … Sie machten sich daran, die Texte umzuschreiben, damit sie leichter vertont werden konnten.

»Wir sollten den Namen der Gruppe ändern«, sagte Julie plötzlich.

Alle hoben die Köpfe.

»›Schneewittchen und die Sieben Zwerge‹, das hört sich doch kindisch an, findet ihr nicht auch?«, fuhr sie fort. »Außerdem stört mich das ›und‹, weil es mich von euch trennt. Wenn schon, würde mir der Name ›Die Acht Zwerge‹ besser gefallen.«

Alle begriffen, worauf sie hinaus wollte.

»Den größten Erfolg hatten wir mit dem Lied ›*Die Revolution der Ameisen*‹. David hat schon vorgeschlagen, unser nächstes Konzert so zu nennen. Warum sollten wir nicht auch unsere Gruppe entsprechend umtaufen?«

»Doch nicht in ›Die Ameisen‹?«, rief Zoé naserümpfend.

»Warum nicht?«, meinte Léopold. »Das würde sich ganz gut anhören. Es hat doch auch schon die Beatles, das heißt die ›Käfer‹, gegeben, und die vier Typen hatten unglaublichen Erfolg.«

Ji-woong dachte laut nach. »Die Ameisen … Die *Revolution der Ameisen* … Da gäbe es einen Zusammenhang, das stimmt schon. Aber warum ausgerechnet diese Insekten?«

»Was hast du denn gegen Ameisen?«

»Man zertrampelt sie mit den Füßen oder zerquetscht sie mit den Fingern. Außerdem haben sie nichts Amüsantes an sich.«

»Nehmen wir lieber irgendwelche schönen Insekten«, schlug Narcisse vor. »Nennen wir uns ›Die Schmetterlinge‹ oder ›Die Bienen‹.«

»Warum nicht gleich ›Die Gottesanbeter‹«, grinste Paul. »Gottesanbeterinnen haben ulkige Köpfe, die sich auf Plattenhüllen gut machen würden.«

»Nein!«, widersprach Julie vehement. »Gerade weil die Ameisen so unbedeutend zu sein scheinen, sind sie die beste Referenz. Es liegt an uns, ein verkanntes Insekt ins rechte Licht zu rücken.«

Die anderen waren noch nicht überzeugt.

»Die *Enzyklopädie* enthält jede Menge Texte über die Ameisen.«

Dieses Argument schlug ein. Wenn sie schon in größter Eile neue Lieder komponieren mussten, könnten sie sich des Themas bedienen, das in der *Enzyklopädie* am häufigsten vorkam.

»Ich bin mit ›Die Ameisen‹ einverstanden«, sagte David.

Alle nickten zustimmend.

»Und jetzt entwerfen wir das Plakat.«

David setzte sich an den Computer und wählte eine Schrift aus, die den Buchstaben auf alten Pergamenten ähnlich sah. Rote verschnörkelte Großbuchstaben, schwarze Kleinbuchstaben, weiß umrandet.

Als Emblem ihrer Gruppe bot sich das Titelbild der *Enzyklopädie* an: Drei Ameisen, die in einem Dreieck ein Ypsilon bildeten, wobei das Dreieck seinerseits von einem Kreis umgeben war.

Auf dem Bildschirm sah ihr Plakatentwurf wirklich wie ein altes Pergament aus. Oben stand: »Die Ameisen«, darunter in Klammern: Neuer Name der Gruppe »Schneewittchen und die Sieben Zwerge«, damit ihre ersten Fans sich zurechtfanden.

Unter dem Emblem: »Samstag, 1. April, Konzert im Kulturzentrum von Fontainebleau.«

Und darunter in Großbuchstaben: DIE REVOLUTION DER AMEISEN.

Zoé machte zweitausend Fotokopien in Farbe, und Ji-woong bat seine kleine Schwester, die Plakate überall in der Stadt an Ladentüren und Mauern anzukleben. Unter der Bedingung, dass sie und ihre

Helferinnen Freikarten bekämen, erklärte sich das Mädchen dazu bereit.

»Stellen wir etwas wirklich Spektakuläres auf die Beine!«, rief Francine.

»Ja, mit Spezialeffekten bei Beleuchtung und Dekoration«, nickte Paul.

»Ich könnte aus Styropor ein Buch von einem Meter Höhe fabrizieren«, schlug Léopold vor.

»Großartig«, meinte David. »In der Mitte müsste eine bewegliche Seite sein. Wenn wir dann Dias darauf projizieren, bekommen die Zuschauer den Eindruck, als würde man umblättern.«

»Und ich baue eine Ameise, die mindestens zwei Meter groß wird«, versprach Ji-woong.

Paul regte an, Duftstoffe zu versprühen, die zu den jeweiligen Liedern passten: Lavendel- oder Erdgeruch, Jod- oder Kaffeegeruch, alles war möglich, und er traute sich durchaus zu, diese olfaktorische Kulisse zu schaffen, weil er sich von jeher sehr für Chemie interessiert hatte.

Narcisse wollte Kostüme entwerfen und sich als Maskenbildner betätigen.

Als die Probe dann endlich begann, kam David bei seinem Solo völlig durcheinander. Auch den anderen waren störende Nebengeräusche aufgefallen, aber alle hielten das Zirpen zunächst für einen Defekt im Verstärker. Erst als Paul den Schaden beheben wollte, entdeckte er eine Grille, die sich neben dem Transformator häuslich eingerichtet hatte, weil sie Wärme liebte.

David kam auf die Idee, das kleine Mikrofon zu nehmen, das an einer seiner Harfensaiten angebracht war, und es an den Flügeldecken des Insekts zu befestigen; dann, nachdem Paul das Gerät justiert hatte, waren bizarre Töne zu hören.

»Ich glaube, jetzt haben wir endlich den perfekten Musiker für die ›*Revolution der Ameisen*‹ gefunden«, lachte David.

88. Enzyklopädie

Die Zukunft gehört den Schauspielern Die Zukunft gehört den Schauspielern. Sie stellen Zorn dar, um Respekt einzuflößen, Freude, damit man neidisch wird, und sie stellen Liebe dar, damit sie vergöttert werden. Alle Berufe werden von Schauspielern durchdrungen.

Die Wahl von Ronald Reagan zum Präsidenten der USA im Jahre 1980 hat die Herrschaft der Schauspieler endgültig gefestigt. Es ist überflüssig, Ideen zu haben oder etwas vom Regieren zu verstehen – es genügt durchaus, sich mit einer Riege von Fachleuten zu umgeben, die Reden schreiben können, und dann braucht man nur noch seine Rolle vor den Kameras überzeugend zu spielen.

In den meisten modernen Demokratien ist für die Wahl eines Kandidaten sowieso nicht mehr dessen politisches Programm entscheidend (schließlich weiß mittlerweile jeder, dass Wahlversprechen nicht eingehalten werden, weil das Land in eine globale Politik eingebunden ist, von der es nicht abweichen kann), sondern sein Auftreten, sein Lächeln, seine Stimme, sein Kleidungsstil, sein Umgang mit Medienvertretern, seine geistreichen Bemerkungen etc.

Schauspieler haben in allen Berufen erheblich an Boden gewonnen. Ein Maler, der ein guter Schauspieler ist, macht allen weis, seine einfarbige Leinwand sei ein Kunstwerk. Ein Sänger braucht keine Stimme zu haben, wenn er seinen Clip nur publikumswirksam präsentiert. Schauspieler regieren die Welt. Dadurch bekommt der Schein die Oberhand über das Sein. Es kommt nicht mehr darauf an, was jemand sagt (niemand hört ihm zu), sondern nur darauf, wie er es sagt, welche Miene er dabei aufsetzt und ob seine Krawatte zum Brusttuch passt. Menschen, die zwar Ideen haben, sich aber nicht in Pose setzen können, werden in zunehmendem Maße von Debatten ausgeschlossen.

Edmond Wells

Enzyklopädie des relativen und absoluten Wissens, Bd. 3

89. Wasserfälle

Der Wasserfall!

Die Ameisen richten erschrocken ihre Antennen auf.

Bis jetzt hat die sanfte Strömung ihr Boot friedlich am Ufer entlanggetragen, doch nun wird es immer schneller. Sie nähern sich den Stromschnellen.

Die Kieselsteine, die aus dem Wasser ragen, tragen weiße Schaumkronen. Das Brausen ist ohrenbetäubend. Die rosa Blüten der Seerose knattern wie geblähte Segel.

Prinzessin Nr. 103, der ihre Antennen ums Gesicht flattern, gestikuliert wild, dass man weiter nach links steuern müsse, wo die Strömung nicht ganz so reißend zu sein scheint. Die Wasserkäfer werden gebeten, ihre Waden viel schneller zu bewegen, und die größten Ameisen schnappen sich lange Zweige, halten sie mit den Mandibeln fest und benutzen sie als Bootshaken.

Nr. 13 fällt ins Wasser und kann in letzter Sekunde gerettet werden.

Kaulquappen warten nur darauf, dass das Boot kentert. Diese Amphibienlarven sind gefräßiger als Haie, nur eben in einer anderen Größenordnung.

Das Boot rast direkt auf die drei großen Kieselsteine zu, obwohl die Wasserkäfer sich nach besten Kräften abstrampeln. Es rammt einen Stein, aber das weiche Blatt der Seerose dämpft zum Glück die Erschütterung. Die Blüte schwankt und droht umzukippen, wird aber von einem Strudel in die andere Richtung getrieben.

Den ersten Wasserfall haben die Ameisen überlebt, doch schon kommt ein zweiter in Sicht, und jetzt ist ihr Boot nicht nur von Kaulquappen umringt, sondern auch von Drehkäfern und Wasserskorpionen. Die meisten dieser Räuber erhoffen sich ein baldiges leckeres Mahl, aber einige sind auch nur neugierig. Wieder prallt die Seerose gegen Kieselsteine, und nachdem drei Kundschafterinnen fast über Bord gegangen wären, suchen alle hastig Zuflucht unter den gelben

Staubfäden im Herzen der Pflanze und beißen ihre Mandibeln zusammen. Wie durch ein Wunder kentert das Boot auch diesmal nicht. *Glück muss die Ameise haben,* denkt Nr. 103.

Ihr Glück währt freilich nicht lange, denn die Wasserkäfer desertieren angesichts weiterer schäumender Stromschnellen, und nun treibt die Seerose ziellos dahin. Nr. 103 wirft einen flüchtigen Blick zum Himmel empor, der immer noch strahlend blau ist. Dort oben scheint alles so ruhig und heiter, aber hier unten tost der Fluss, die Seerose dreht sich im Kreis, schneller und immer schneller, und die Zentrifugalkraft presst die Ameisen an das innerste Blütenblatt. Ein ums andere Mal wird das Boot gegen Kieselsteine geschleudert. Nr. 103 und Nr. 5 purzeln übereinander. Die Prinzessin späht vorsichtig zwischen zwei Blütenblättern ins Freie, zieht ihren Kopf aber sofort wieder zurück, denn jetzt strudelt das Boot auf einen so gewaltigen Wasserfall zu, dass der Fluss dahinter gar nicht mehr zu sehen ist.

Nr. 103 denkt an den Film *Niagara* ... Das ist das Ende! Ihr Boot fliegt hoch in die Luft empor. Tief unter sich sieht sie das silbrige Band des Flusses.

90. Hinter den Kulissen

»Also, Kinder, diesmal gilt das Motto: Mit Volldampf voraus!«

Diese Anweisung des Direktors war überflüssig, denn die Vorbereitungen liefen auf Hochtouren. Drei Stunden vor Konzertbeginn war die Dekoration noch nicht fertig, und es ging ziemlich hektisch zu. Léopold montierte das riesige Buch, David beschäftigte sich mit der Ameisenstatue, und Paul führte seinen Freunden stolz den »olfaktorischen Synthesizer« vor.

»Mit meinem Gerät kann man alle Gerüche künstlich erzeugen, von Rindsragout bis hin zu Jasminduft, von Schweiß- und Blutgeruch bis zu Kaffee und Pfefferminztee, Brathähnchen nicht zu vergessen ...«

Francine machte Julie in der Garderobe klar, dass sie an diesem wichtigen Abend noch schöner als beim ersten Konzert aussehen müsse. »Es darf im Saal keinen einzigen Zuschauer geben, der sich nicht in dich verliebt!«

Sie hatte einen großen Schminkkoffer mitgebracht und erwies sich als geschickte Maskenbildnerin, indem sie Julies hellgraue Augen durch Konturen, die an die Silhouette eines Vogels erinnerten, perfekt zur Geltung brachte. Zum Schluss schmückte sie die schwarzen Haare ihrer Freundin mit einem funkelnden Diadem.

»Heute Abend musst du eine Königin sein.«

Narcisse betrat die kleine Garderobe. »Und ich habe für diese Königin ein fürstliches Gewand entworfen. Du wirst Kaiserin Joséphine, die Königin von Saba, Katharina die Große und Kleopatra mühelos in den Schatten stellen.«

Er entfaltete eine schillernde blaue Robe mit zarten weißen und schwarzen Mustern. »In deiner *Enzyklopädie* findet man auch Anregungen für eine neue Ästhetik, und deshalb sollst du die prächtigen Farben des Papilio Ulysses zur Schau tragen. Diese Schmetterlingsart gibt es in den Wäldern von Neuguinea, aber auch im Norden von Queensland und auf den Salomon-Inseln.«

»Und was ist das?« Julie deutete auf zwei schmale Samtbänder, die eine Art Schleppe bildeten.

»Das sind die Schwanzspitzen des Schmetterlings, die seinem Flug besondere Anmut verleihen. Probier dein Kostüm schnell mal an.«

Julie zog Pulli und Rock aus. Sie genierte sich, dass ein Junge sie nur in Slip und BH sah, aber Narcisse beruhigte sie:

»Mich interessiert nur, ob es dir passt. Ich bin immun gegen weibliche Reize, obwohl ich zugebe, dass ich viel lieber eine Frau wäre, einfach wegen der Anziehungskraft auf die meisten.«

»Wärst du wirklich lieber eine Frau?«, fragte Julie erstaunt, während sie sich rasch anzog.

»Einer griechischen Legende zufolge ist ein Orgasmus für Frauen neunmal genussreicher als für Männer. Wir sind in dieser Hinsicht sehr benachteiligt. Außerdem beneide ich die Frauen, weil sie schwanger werden können. Es muss ein aufregendes Gefühl sein, keimendes Leben in sich zu spüren, und diese Erfahrung bleibt uns Männern versagt.«

Julie hüllte sich in das weite blaue Gewand. »Es fühlt sich auf der Haut sehr angenehm an – weich und warm«, sagte sie anerkennend.

»Kein Wunder – diese Seide stammt von der Raupe des Ulysses-Schmetterlings. Man hat dem armen Geschöpf den Faden gestohlen, der für seinen Kokon bestimmt war, aber für dich hätte die Raupe dieses Opfer gern gebracht, davon bin ich überzeugt. Bei den Indianern war es üblich, einem Tier zu erklären, warum man es mit Pfeil und Bogen tötete – beispielsweise, weil man seine Familie ernähren oder kleiden musste. Sollte ich einmal reich sein, werde ich eine eigene Seidenraupenzucht betreiben und jeder Larve erzählen, welchem Kunden sie ein so kostbares Geschenk macht.«

Julie betrachtete sich in dem großen Spiegel, der an der Tür angebracht war. »Dieses Kostüm ist wirklich fantastisch, Narcisse! Du solltest Modeschöpfer werden.«

»Ein Ulysses-Schmetterling für eine Sirene, das passt doch großartig zusammen! Ich habe nie begriffen, warum Odysseus dem unwiderstehlichen Gesang dieser Mädchen nicht lauschen wollte.«

Julie zupfte an dem Gewand herum. »Danke für das Kompliment!«

»Es ist doch ganz normal, einer schönen Frau Komplimente zu machen. Hinzu kommt noch, dass deine Stimme einfach umwerfend ist. Sobald ich sie höre, wird mir heiß und kalt. Nicht einmal die Callas könnte es mit dir aufnehmen.«

Julie lachte schallend. »Bist du wirklich ganz sicher, dass du dir nichts aus Frauen machst?«

Narcisse legte ihr seine Hände auf die Schultern. »Hast du noch nie etwas von platonischer Liebe gehört? Ich will nicht mit dir schlafen, und ich erwarte auch keine Gegenliebe. Mir genügt es, dich zu sehen und deine Stimme zu hören, um glücklich zu sein.«

Die anderen betraten die Garderobe, und Zoé nahm Julie in die Arme. »Na, so was, unsere Raupe hat sich tatsächlich in einen Schmetterling verwandelt, jedenfalls äußerlich …«

»Es handelt sich um eine exakte Kopie des Flügelmusters eines Ulysses-Schmetterlings«, erklärte Narcisse.

»Toll!«

Ji-woong griff nach Julies Hand. Ihr war schon in den letzten Tagen aufgefallen, dass alle Jungen der Gruppe sie unter irgendwelchen Vorwänden zu berühren versuchten, und das war ihr denkbar zuwider. Ihre Mutter hatte immer gepredigt, Menschen müssten genauso wie Autos einen gewissen Sicherheitsabstand voneinander einhalten, weil Nähe unweigerlich zu großen Problemen führe.

David massierte ihren Nacken und ihre Schultern. »Zur Entspannung«, behauptete er, und seine Finger übten tatsächlich eine wohltuende Wirkung auf ihre verkrampften Muskeln aus, riefen aber zugleich Empfindungen hervor, von denen sie nichts wissen wollte, so dass sie heilfroh war, als der Direktor des Kulturzentrums auftauchte.

»Beeilt euch, Kinder! Bald ist es so weit! Das Publikum kann es kaum noch erwarten.«

Er trat dicht an Julie heran. »Du hast ja eine Gänsehaut, meine Kleine. Frierst du?«

Sie wich einen Schritt zurück. »Nein, danke, es ist alles in bester Ordnung.«

Der Direktor versicherte, sie könnten ganz beruhigt sein, Störungen wie beim ersten Konzert werde es diesmal nicht geben, weil er sechs kräftige Saalwärter angeheuert habe.

Alle schlüpften rasch in die originellen Kostüme, die Narcisse angefertigt hatte: Léopold war eine orangefarbene Ameise, Francine eine grüne Gottesanbeterin, Zoé ein roter Marienkäfer mit schwarzen Punkten, Ji-woong ein schillernder Skarabäus und David eine bräunliche Grille. Narcisse selbst verwandelte sich in eine buntscheckige Heuschrecke.

Während sie ein letztes Mal kontrollierten, ob ihre Bühnendekoration funktionierte, platzte Marcel Vaugirard für ein Interview herein. »Das Konzert werde ich mir auch heute nicht anhören«, verkündete er. »Aber Sie müssen doch zugeben, dass mein letzter Artikel den Nagel auf den Kopf getroffen hat.«

Julie dachte insgeheim, wenn alle Journalisten so wie er arbeiteten, bekäme man in Presse und Fernsehen ein sehr verzerrtes Bild der Realität geliefert, aber sie wollte kurz vor dem Konzert keinen Streit vom Zaun brechen und murmelte deshalb versöhnlich: »Ja, Sie haben eine gute Rezension geschrieben.«

Zoé war angriffslustiger. »Würden Sie mir bitte erklären, warum Sie nicht hierbleiben wollen? Ich begreife das nicht.«

»Ich dachte, ich hätte mich neulich unmissverständlich geäußert. ›Nur über das, was man nicht kennt, kann man gut schreiben.‹ Leuchtet Ihnen das nicht ein? Überlegen Sie doch mal! Wenn man sich auf irgendeinem Gebiet gut auskennt, ist man nicht mehr objektiv, weil einem die nötige Distanz fehlt. Die Chinesen sagen, wer sich einen Tag in China aufhalte, schreibe ein Buch, wer einen Monat dort bleibe, schreibe einen Artikel, und wer ein Jahr ausharre, schreibe gar nichts mehr. Das ist stark, nicht wahr? Und es lässt sich auf alles andere übertragen. Schon in meiner Jugend …«

Julie begriff plötzlich, dass dieser Journalist im Grunde nur davon träumte, selbst interviewt zu werden. Marcel Vaugirard war nicht neugierig auf diese neue Band. Er war auf gar nichts mehr neugierig. Sein sehnlichster Wunsch war, dass Julie ihn bewundernd fragte, wie er diese journalistische Weisheit entdeckt habe, wie er sie einsetzen würde und was denn seine Position in der Lokalredaktion des *Clairon* wäre.

Sie sah, dass er weiter die Lippen bewegte, hörte seinem Geschwätz aber nicht mehr zu, so als hätte sie beim Fernseher den Ton abgestellt. Dieser Journalist glich dem Taxifahrer von neulich: Beide hatten ein ungeheures Mitteilungsbedürfnis, wollten ihrerseits aber nicht zuhören. Marcel Vaugirard gab zweifellos in jedem seiner Artikel etwas von sich selbst preis, und wenn man seine gesammelten Werke lesen würde, wüsste man über seine ganze Biografie Bescheid – über den Werdegang eines weisen Helden der modernen Presse!

Der Direktor des Kulturzentrums berichtete begeistert, der Saal sei völlig ausverkauft, und sogar die Stehplätze würden allmählich knapp.

»Hört euch das nur mal an!«

Die Menge skandierte lautstark: »Ju-lie! Ju-lie! Ju-lie!« Das junge Mädchen glaubte zu träumen. Die Zuschauer riefen nicht nach der ganzen Band, sondern nach ihr! Sie spähte durch den Vorhang, und der Anblick des begeisterten Publikums verschlug ihr den Atem.

»Na, wie fühlst du dich?«, fragte David.

Sie wollte antworten, brachte aber keinen Ton hervor, räusperte sich und krächzte heiser: »Ich … habe … keine … Stimme … mehr!«

Die Sieben Zwerge tauschten bestürzte Blicke. Wenn Julie nicht singen konnte, fiel das ganze Konzert ins Wasser!

Sie selbst erinnerten sich an den Alptraum, in dem sie keinen Mund mehr gehabt hatte, nur noch ein Kinn, das bis zur Nase reichte … Verzweifelt gestikulierte sie, dass man das Publikum nach Hause schicken müsse.

»Das ist nur Lampenfieber«, versicherte Francine tröstend.

»Ja, das ist nur Lampenfieber«, bestätigte der Direktor. »Vor wichtigen Auftritten ist so etwas ganz normal, aber ich habe ein Heilmittel.«

Er eilte davon und kehrte gleich darauf mit einem Honigtopf zurück.

Julie ließ mehrere Löffel Honig auf ihrer Zunge zergehen, schluckte und machte versuchsweise: »Aaaaah.«

Allen fiel ein Stein vom Herzen.

»Welch ein Glück, dass die Insekten uns dieses Allheilmittel bescheren!«, rief der Direktor. »Meine Frau kuriert sogar Grippe mit Honig.«

Überglücklich, ihre Stimme wiederzuhaben, probierte Julie die ganze Tonleiter durch.

»Also, seid ihr bereit?«

91. Enzyklopädie

Zwei Münder Im Talmud heißt es, der Mensch besitze zwei Münder, den oberen und den unteren.

Der obere Mund löse mit Hilfe der Sprache körperliche Probleme, denn die Sprache vermittelt nicht nur Informationen, sondern vermag auch zu heilen. Der »obere Mund« stellt den Kontakt zur Umwelt her, definiert den Platz des Menschen in Zeit und Raum. Der Talmud rät von der Einnahme zu vieler Medikamente ab, weil diese das Wort behinderten. Sprachlosigkeit führe aber unweigerlich zu allen möglichen Krankheiten.

Der zweite Mund des Menschen sind seine Geschlechtsorgane. Durch sexuellen Genuss und Fortpflanzung schafft er sich einen Freiraum und schlägt einen neuen Weg ein, der sich von jenem der Familie, aus der er stammt, unterscheidet. Jeder Mensch kann seinen Kindern andere Werte vermitteln, als seine eigenen Eltern ihm vermittelt haben.

Der »obere Mund« wirkt auf den unteren ein, denn man verführt einen Menschen mit Worten, doch auch der »untere Mund« wirkt auf den oberen ein, denn durch das Geschlechtliche entdeckt man seine eigene Identität.

Edmond Wells

Enzyklopädie des relativen und absoluten Wissens, Bd. 3

92. Erster Sprengungsversuch

»Wir sind so weit.«

Maximilien betrachtete die Pyramide, auf deren Seitenflächen Sprengstoff angebracht worden war. Sie würde ihn nicht mehr lange ärgern!

Die Spezialisten wickelten das lange Zündkabel ab und brachten sich in Sicherheit.

Der Kommissar gab dem Sprengmeister ein Zeichen.

»Fünf … vier … drei … zwei …«, zählte der Mann.

Bsss …

Der Sprengmeister stürzte kopfüber ins Gras, betäubt von einem Stich in den Hals.

Schon wieder die Wespen, die sich als Hüterinnen der Pyramide aufspielten!

Maximilien befahl seinen Männern, ihre nackte Haut zu schützen, und machte es ihnen vor, indem er seinen Kragen hochstellte und seine Hände in die Hosentaschen steckte. Mit dem Ellbogen drückte er auf den Hebel der Zündbatterie.

Die Explosion blieb aus.

Er untersuchte das Zündkabel und stellte fest, dass es von winzigen Mandibeln durchtrennt worden war.

93. Wasser

Die Seerose braust wie eine Rakete durch die Lüfte, und während dieses Höhenflugs können die Ameisen Kolibris und Eisvögel bewundern, die sie noch nie zu sehen bekommen haben. In ihrer Todesangst wissen sie das jedoch nicht zu schätzen.

Nr. 103 lässt ihren Blick über die zwölf jungen Kundschafterinnen schweifen, deren Fühler vor Schreck zu Berge stehen. Sie ist sicher, dass dies das letzte Bild ist, das sie jemals sehen wird.

Nun gut, also ist das meine letzte Reise, denkt Nr. 103.

Doch die Seerose ist den Gesetzen der Schwerkraft unterworfen. Wie ein außer Kontrolle geratener Aufzug rast sie der Erde zu. Nr. 103 krallt ihre Mandibeln in ein Blütenblatt, um nicht davonzufliegen. Nr. 7 verliert den Halt, wird aber von Nr. 14 festgehalten, die sich ihrerseits an Nr. 11 klammert.

Das Boot schlägt hart auf der Wasseroberfläche auf und taucht unter. Nr. 103 sieht einen Gründling mit runden Augen und zwei Wassermolche, doch dann dauert es nur den Bruchteil einer Sekunde, bis die Seerose zur Ruhe kommt.

Die gefährlichen Stromschnellen liegen hinter ihnen, und neue sind nicht in Sicht. Erleichtert schütteln die Ameisen das Wasser von ihren Antennen ab und stärken sich gegenseitig durch Trophallaxen. Alles ist wieder ganz normal. Eine Libelle verspeist eine Wasserjungfer und wird ihrerseits von einer Forelle geschluckt.

Das Seerosenboot treibt auf dem Silberfluss in südliche Richtung, doch es ist spät am Tag. Die Sonne ist müde und geht unter. Alles wird grau in grau. Nebel macht sich breit, so dass die Sichtweite nur noch wenige Zentimeter beträgt, und das olfaktorische Radarsystem der Ameisen wird durch Wasserdampf behindert. Sogar die Seidenspinner, Meister der Standortbestimmung, verkriechen sich.

Dafür tauchen einige Nachtpfauenaugen über dem Seerosenboot auf, und Nr. 103 bewundert ihre majestätischen Bewegungen. Die Schmetterlinge sind wunderschön, und sie ist überglücklich, noch am Leben zu sein.

94. ENZYKLOPÄDIE

Schmetterling Nach dem Ende des Zweiten Weltkriegs wurde Dr. Elisabeth Kübler-Ross gebeten, sich jüdischer Kinder anzunehmen, die die Konzentrationslager der Nazis überlebt hatten.

In den Baracken fiel ihr auf, dass die Kinder Zeichnungen in die Holzpritschen geritzt hatten, und es waren in allen Konzentrationslagern dieselben Motive: Schmetterlinge.

Die Ärztin fragte viele Kinder, was diese Schmetterlinge zu bedeuten hätten, doch die meisten blieben stumm. Ein siebenjähriger Junge klärte sie schließlich auf: »Diese Schmetterlinge sind wie wir. Wir alle wissen, dass diese Körper, die jetzt leiden müssen, nur ein Zwischenstadium sind. Wir sind Raupen, und eines Tages wird unsere Seele all diesem Schmutz und Schmerz entfliehen. Indem wir Schmetterlinge zeichnen, erinnern wir uns gegenseitig daran, dass auch wir bald Schmetterlinge sein werden, die einfach davonfliegen können.«

EDMOND WELLS

Enzyklopädie des relativen und absoluten Wissens, Bd. 3

95. Bootswechsel

Plötzlich taucht vor ihnen ein Felsen auf. Die Ameisen wollen ihm ausweichen, aber der Felsen öffnet zwei Augen und sperrt ein riesiges Maul auf.

Vorsicht! Diese Steine sind lebendig!, ruft Nr. 10.

Alle rennen aufgeregt an Bord der Seerose umher, wie Matrosen bei einem Sturm, und rufen sich widersprüchliche olfaktorische Befehle zu.

Das hat ihnen gerade noch gefehlt! Werden sie denn nie zur Ruhe kommen? Nach den Wasserfällen nun auch noch lebendige Steine!

Prinzessin Nr. 103 beugt sich skeptisch über die Reling. Es ist unmöglich, dass Steine Münder haben! Außerdem ist dieser mutmaßliche Stein viel zu regelmäßig geformt. Das ist gar kein Stein, sondern eine Schildkröte! Allerdings hat Nr. 103 noch nie eine Schildkröte gesehen, die schwimmen kann.

Die Ameisen wissen natürlich nicht, dass diese Schildkrötenart aus Florida stammt und in der Menschenwelt zu einem beliebten Geschenk für Kinder geworden ist, die ihre Freude an den gepanzerten Geschöpfen mit den ulkigen Köpfen haben und für sie die Aquarien sogar mit durchsichtigen Plastikinseln ausstatten. Doch nach einer Weile werden sie dieses Spielzeugs überdrüssig, und weil man es nicht einfach in die Mülltonne werfen kann, setzen sie es in Seen, Teichen oder Bächen aus.

Die Wasserschildkröten finden sich dort mühelos zurecht. In Florida hatten sie einen Feind: einen Vogel, dessen Schnabel so geformt war, dass er den Panzer aufbrechen konnte. Weil aber niemand daran gedacht hat, diesen Vogel zusammen mit der Wasserschildkröte zu importieren, hat diese sich in europäischen Gewässern stark vermehrt und ist zum Schrecken der Schlammwürmer und Fische geworden.

Eines dieser Ungeheuer bedroht jetzt Nr. 103 und ihre Gefährtinnen. Es verspeist demonstrativ einige Wasserkäfer, um den Ameisen klarzumachen, dass Widerstand sinnlos ist, und beginnt dann am Heck des Bootes zu knabbern.

Die Prinzessin erinnert sich an einen Film über die Abenteuer des Odysseus und empfiehlt den anderen, einen Zweig aus dem Wasser zu angeln und mit den Mandibeln an einem Ende zuzuspitzen. Als dieser behelfsmäßige Spieß fertig ist, heben sie ihn mit vereinten Kräften hoch und stürmen auf die Schildkröte zu.

Zielt auf ein Auge!, befiehlt Nr. 103, aber die Ameisen sind nicht so erfolgreich wie einst Odysseus beim Kampf mit dem Zyklopen. Der Spieß trifft zwar den Kopf der Schildkröte, bricht aber ab, und das Monster sperrt sein Maul schon wieder gierig auf, um ein Stück Seerose zu fressen.

In letzter Sekunde fällt Nr. 103 wieder ein Zeichentrickfilm von Tex Avery ein, der offenbar ein besserer Stratege als Odysseus war. Sie packt das abgebrochene Ende des Spießes und schleudert es der Schildkröte senkrecht ins Maul, wo es wie ein Pfahl stecken bleibt. Erschrocken will das Untier seinen Kopf einziehen, doch das geht mit dem Holzstück im Mund nicht, und durch die ruckartigen Bewegungen bohrt es sich nur noch tiefer in den Gaumen.

Nr. 15 beschließt wagemutig, die momentane Hilflosigkeit des Ungeheuers auszunutzen. Sie gibt Nr. 5, 6, 7, 8 und 9 ein Zeichen, ihr zu folgen, und springt auf die weiße Zunge der Schildkröte, so als enterte sie ein feindliches Schiff.

Die Schildkröte taucht unter, um die lästigen Eindringlinge aus ihrem Maul zu spülen, doch Nr. 15 sucht mit ihren Gefährtinnen Zuflucht in der Speiseröhre, die sich hinter ihnen schließt, bevor der Mund mit Wasser überflutet wird.

Sobald die Schildkröte begreift, dass die Ameisen nicht ertrunken sind, sondern sich nun in ihrem Hals tummeln, schluckt sie Wasser, um sie in ihren Magen zu befördern, doch mittlerweile haben sich die Piraten schon in die Luftröhre gerettet, die allerdings so glatt ist, dass sie in die Tiefe stürzen und auf den Lungenlappen landen, die voller Giftstoffe sind. Rasch führt Nr. 15, die sich im Innern großer Tiere hervorragend orientieren kann, ihre Gefährtinnen zum Herzen, und einige kräftige Mandibelbisse in den Herznerv genügen, um es zum Stillstand zu bringen. Durch die Luftröhre klettern sie dann wieder nach oben.

Beim Anblick der toten Schildkröte, die an der Wasseroberfläche treibt, hat Nr. 103 eine glorreiche Idee: Dieses Boot wäre wesentlich stabiler und sicherer als die Seerose. Gesagt, getan – die Ameisen steigen um. Geduldig bohren sie ein Loch in den Panzer, um eine Kajüte zu haben. Zwischendurch stärken sie sich mit dem weißen Fleisch, denn die Arbeit ist sehr anstrengend. Endlich ist das Loch groß genug, um allen Platz zu bieten. Der Geruch nach Verwesung ist zwar nicht sehr angenehm, aber diesen Nachteil nehmen die Ameisen gern in Kauf.

Sie heuern neue Wasserkäfer an, die das schwere Gefährt steuern sollen, und um nicht einfach verspeist zu werden, strampeln die armen Insekten sich willig ab, zumal ihnen reichliche Verpflegung in Aussicht gestellt wird.

Auf diesem gepanzerten Kriegsschiff fühlen die Ameisen sich in Sicherheit, denn das gähnende Maul der toten Schildkröte verbreitet Angst und Schrecken und schlägt alle potenziellen Angreifer in die Flucht.

96. Zweites Konzert

»Sie sind jung, sie haben viel Schwung, und sie werden Sie auch heute mit ihren Rhythmen begeistern. Applaus für Schneewittchen und die Sieben …«

Der Direktor des Kulturzentrums hörte lautes Räuspern und drehte sich um. »Ameisen«, soufflierten alle.

»Ach ja, entschuldigen Sie bitte«, sagte er, »unsere jungen Freunde haben ihrer Band einen neuen Namen gegeben. Also, Applaus für die ›Ameisen‹!«

David hielt seine Freunde in den Kulissen zurück. »Langsam! Ein Auftritt ist umso wirkungsvoller, je länger man das Publikum warten lässt.«

Eine ganze Minute verging. Saal und Bühne waren dunkel. Dann begann Julie a cappella zu singen, eine Melodie ohne Worte, aber ihre Stimme war so intensiv und ausdrucksstark, dass das Publikum den Atem anhielt.

Als sie verstummte, brach tosender Applaus los.

Nun erklang Ji-woongs Schlagzeug. Er schien den Herzschlag der Menge imitieren zu wollen. Pim, pam. Pim, pim, pam. Pim, pam, pim, pim, pam. 90 Schläge pro Minute, dann 100. Die Zuschauer klatschten im Rhythmus mit.

Zoés Bassgitarre schloss sich dem Schlagzeug an. Ein Scheinwerfer tauchte sie in blaues Licht, während Ji-woong von einem roten Scheinwerfer angestrahlt wurde.

Ein grüner Scheinwerfer zeigte Francine, die auf der Orgel die ersten Takte von Dvořáks Symphonie *Aus der Neuen Welt* spielte.

Ein Geruch nach frisch gemähtem Gras verbreitete sich im Saal.

David hatte vorgeschlagen, mit einem klassischen Stück zu beginnen, um zu zeigen, dass man auch mit den alten Meistern vertraut war. Zunächst war eine Bach'sche Fuge in Erwägung gezogen worden, dann hatten sie sich für die *Neue Welt* entschieden, weil der Titel so gut in ihr Programm passte.

Von einem gelben Scheinwerfer angestrahlt, ließ Léopold seine Panflöte erklingen. Jetzt war fast die ganze Bühne hell beleuchtet. Nur die Mitte blieb dunkel, so dass Julie nur als vage Silhouette zu erkennen war.

Gegen Ende der Ouvertüre griff David mit seiner Harfe ins Geschehen ein, und allmählich verwandelte sich Dvořáks Melodie in etwas sehr Modernes, mit metallenem Klang, in die ganz neue Symphonie einer ganz neuen Welt.

Die Harfe bekam wieder Unterstützung von der Panflöte. Flöte und Harfe – die beiden ältesten Instrumente. Irgendein prähistorischer Mensch hörte den Wind im Bambus pfeifen und erfand die Flöte, und ein anderer prähistorischer Mensch hörte das Schwirren seiner Bogensehne und erfand die Harfe.

Gemeinsam erzählten Flöte und Harfe die älteste Geschichte der Menschheit, und das Publikum fand großen Gefallen daran.

Endlich ergriff Julie das Wort. Immer noch fast unsichtbar, sagte sie: »In einer Schlucht habe ich ein Buch gefunden …«

Ein Scheinwerfer richtete sich auf das riesige Buch hinter dem Orchester, und Paul blätterte mit Hilfe eines elektrischen Schalters die Seiten um. Der Saal applaudierte.

»In diesem Buch stand, man müsse die Welt verändern, man müsse eine Revolution machen … eine ›Revolution der Kleinsten‹, eine ›*Revolution der Ameisen*‹.«

Die große Polystyrolameise wurde angestrahlt. Sie bewegte ihre sechs Beine und wackelte mit dem Kopf. Die Lampen, die ihr als Augen dienten, leuchteten auf und ließen sie fast lebendig erscheinen.

»Diese Revolution soll neuartig sein. Gewaltlos. Ohne Diktatoren und ohne Märtyrer. Ein sanfter Übergang von einem völlig verrotteten System zu einer neuen Gesellschaft, in der die Menschen kommunikationsfähig sind und gemeinsam neue Ideen in die Tat umsetzen. Das Buch enthält Texte, die einem helfen sollen, eine solche Revolution zu verwirklichen.«

Sie trat auf der immer noch dunklen Bühnenmitte einen Schritt vor. »Der erste Text heißt ›Guten Tag‹.«

Das Orchester stimmte die Melodie an, und Julie sang:

Guten Tag, unbekanntes Publikum.
Unsere Musik ist eine Waffe, um die Welt zu verändern.
Nein, lächeln Sie nicht. Es ist möglich.
Und Sie selbst können es tun.

Nun endlich fiel blendend weißes Licht auf das Mädchen im Schmetterlingsgewand. Julie hob langsam die Arme, und die weiten Ärmel entfalteten sich wie Flügel.

Paul erzeugte einen Luftzug, der diese Flügel und die langen Haare flattern ließ, und gleichzeitig verströmte sein »olfaktorischer Synthesizer« einen betörenden Jasminduft.

Bereits am Ende dieses ersten Liedes war das Publikum gebannt. Als Nächstes versuchte sich die Gruppe an einem »Egregor«. Julie sang einen Ton, den die anderen aufgriffen. Sie bildeten in der Bühnenmitte einen Kreis und hoben ihre Arme über die Köpfe empor, was in Verbindung mit den Insektenkostümen so aussah, als wären ihnen Fühler gewachsen.

Ihre Gesichter waren nach oben gewandt, damit ihre Stimmen sich über ihnen vereinigen konnten. Sie sangen lächelnd, mit geschlossenen Augen, und sie hatten zu acht wirklich nur noch eine einzige Stimme, die über ihnen schwebte wie ein großer Seidenteppich.

Im Saal herrschte atemlose Stille. Sogar jene, die keine Ahnung hatten, was ein »Egregor« war, konnten sich der Faszination dieses vollkommenen Gleichklangs nicht entziehen.

Wie einst bei ihrem Lehrer, so staunte Julie auch jetzt wieder, dass Kehlkopf und Stimmbänder zu solchen Leistungen imstande waren. Sie fühlte sich restlos glücklich.

Es folgten die neuen Lieder: »Die Zukunft gehört den Schauspielern«, »Die Kunst der Fuge«, »Zensur« und »Noosphäre«.

Ji-woong hielt sich beim Rhythmus an wissenschaftliche Erkenntnisse. Bei mehr als 120 Schlägen pro Minute wirkte die Musik aufpeitschend, bei weniger hingegen beruhigend, und er setzte beides abwechselnd ein, um das Publikum stets aufs Neue zu überraschen.

Sie hatten ein weiteres klassisches Stück ins Programm aufgenommen, Bachs *Toccata*, allerdings sehr modern interpretiert, als Hard Rock, wobei David sich an der elektrischen Harfe besonders hervortat.

Endlich stimmten sie die »*Revolution der Ameisen*« an, und Paul verströmte dazu ein Aroma von feuchter Erde, mit einem Hauch von Pfefferkraut, Lorbeer und Salbei.

Julie sang mit großer Überzeugungskraft, und nach der dritten Strophe war plötzlich ein neues Instrument zu hören, das höchst ungewöhnliche Töne hervorbrachte.

Ein dünner Lichtstrahl wurde auf die linke Ecke der Bühne gerichtet, wo auf einem roten Satinkissen eine Feldgrille thronte. Ein winziges Mikrofon war an ihren Flügeln befestigt, und ihr Schrillen hörte sich so an, als würde man mit einem Löffel über eine Käsereibe streichen.

Die Grille, die Narcisse mit einer winzigen Fliege geschmückt hatte, legte ein unglaubliches Tempo vor. Schlagzeug und Bass, die ihr als Untermalung dienten, konnten kaum noch mit ihr Schritt halten. 150, 160, 170, 180 Schläge pro Minute – das war einfach nicht zu schaffen. Verstärkt durch modernste Elektronik, war diese »Insektenmusik« so verblüffend neuartig, dass das Publikum zunächst wie versteinert dasaß. Doch gleich darauf kannte die Begeisterung keine Grenzen mehr. David konnte zufrieden sein: Seine Erfindung, die »elektrische Feldgrille«, war ein Riesenerfolg.

Damit die Zuschauer das Insekt besser sehen konnten, ließ Paul es mit Hilfe einer Videokamera und eines Projektors auf den Seiten des großen Buches erscheinen. Julie sang ein Duett mit der Grille, und alle Instrumente versuchten sich an einem musikalischen Dialog mit ihr.

Der Saal geriet völlig aus dem Häuschen.

Alle sogen begierig den Sandelholz- und Harzgeruch ein, den Paul im Raum verbreitete. Auf den Gängen und vor der Bühne wurde getanzt. Es war einfach unmöglich, bei den frenetischen Rhythmen der Grille ruhig sitzen zu bleiben.

Die Mädchen vom Aikido-Club trugen diesmal andere T-Shirts, eigenhändig mit Filzstiften beschriftet: REVOLUTION DER AMEISEN. Sie hatten die Gruppe zu ihren Idolen erkoren und jubelten nun am lautesten.

Ihr erster öffentlicher Auftritt strengte die Grille sehr an. In der Sonne konnte sie lange zirpen, nicht aber unter diesen grellen Scheinwerfern, die ihre Flügel austrockneten. Nach einem letzten tiefen C verstummte sie ermattet.

So als hätten sie gerade ein ganz normales Gitarrensolo gehört, stimmte Julie die nächste Strophe an:

Nichts Neues unter der Sonne.
Wir sehen stets dieselbe Welt auf dieselbe Weise.
Es gibt keine Erfinder mehr.
Es gibt keine Visionäre mehr …

Zu ihrer großen Überraschung riefen die Zuschauer, die beim ersten Konzert gewesen waren, sofort wie aus einem Munde:

»*Wir sind die neuen Visionäre!*«

Mit einer solchen Reaktion hatte Julie nicht gerechnet. Das Gemeinschaftsgefühl, das neulich so jäh zerstört worden war, stellte sich sofort wieder ein, so als wollten die Menschen an ihre damalige Hochstimmung anknüpfen. Begeistert rief Julie in die Menge: »Wer sind wir?«

»*Wir sind die neuen Erfinder!*«

Und alle stimmten das Lied »*Die Revolution der Ameisen*«, das zur Hymne geworden war, von Neuem an. Obwohl sie es nur einmal gehört hatten, kannten sie den Text schon auswendig. Julie konnte es einfach nicht fassen. Ji-woong gab ihr ein Zeichen, dass sie die Zügel in der Hand behalten müsse, und sie hob ihren Arm mit geballter Faust.

»Wollt ihr mit der alten Welt Schluss machen?«

Ihr war durchaus bewusst, dass es von nun an kein Zurück mehr gab. Überall sprangen Zuschauer von den Klappstühlen auf und ballten ebenfalls die Faust.

»Wollt ihr die Revolution – hier und jetzt?«

Ein gewaltiger Adrenalinstoß, bewirkt durch Angst, Aufregung, Neugier und Lust, überflutete ihr Gehirn. Jetzt bloß nicht nachdenken. Sie überließ die Worte stattdessen allein ihrem Mund.

»Dann nichts wie los!«

Ungeheurer Jubel brach los. Alle waren jetzt auf den Beinen und schwenkten die Fäuste.

Der Direktor des Kulturzentrums versuchte die Gemüter zu beruhigen. Er stürzte auf die Bühne und rief ins Mikrofon: »Nehmen Sie bitte wieder Platz! Es ist erst Viertel nach neun, und das Konzert hat kaum begonnen!« Die sechs Saalwärter konnten die Menge nicht bändigen. »Und was jetzt?«, flüsterte Zoé ins Ohr Julies.

»Jetzt bauen wir unser Utopia!«, erwiderte Julie mit kriegerischer Miene und warf schwungvoll ihre schwarze Haarmähne zurück.

97. Enzyklopädie

Utopie von Thomas More Das Wort »Utopie« wurde im Jahre 1516 von dem Engländer Thomas More erfunden. Es setzt sich aus *topos* – griechisch: Ort – und dem negativen Präfix *u* zusammen und bedeutet folglich »der Ort, den es nicht gibt«, oder »Nicht-Land«. (Anderen zufolge lautet das Präfix *eu*, was gut heißt; in diesem Fall würde »Eutopie« mit »der gute Ort« zu übersetzen sein.)

Thomas More war Diplomat und englischer Lordkanzler, ein Humanist und Freund von Erasmus. In seinem Buch namens *Utopia* beschreibt er eine Insel, auf der eine idyllische Gemeinschaft ohne Steuern, ohne Not und Diebstahl lebt. Eine »utopische« Gesellschaft musste für More in erster Linie eine »freie« Gesellschaft sein.

Er beschreibt seine ideale Welt folgendermaßen: 100 000 Personen leben auf der Insel. Jeweils fünfzig Familien bilden eine Gruppe, die ihren Leiter, den »Syphogranten«, wählt. Die Syphogranten bilden einen Staatsrat und stellen vier Kandidaten für das Amt des Staatsoberhaupts auf. Es wird auf Lebenszeit gewählt, kann aber abgesetzt werden, wenn es sich zum Tyrannen entwickelt. Für Kriege werden Söldner eingesetzt, wobei man hofft, dass sie während der Schlacht zusammen mit ihren Feinden ums Leben kommen. Das Werkzeug soll sich beim Gebrauch selbst zerstören. Dadurch entfällt das Risiko eines Militärputsches.

Auf Utopia gibt es kein Geld, jeder nimmt sich auf dem Markt, was er braucht. Alle Häuser sind identisch, es gibt keine Schlösser an den Türen, und jeder ist gezwungen, nach zehn Jahren umzuziehen, um nicht in alten Gewohnheiten zu erstarren. Müßiggang ist streng verboten. Es gibt keine Hausfrauen, keine Priester, keine Adligen, keine Diener, keine Bettler. Auf diese Weise lässt sich die tägliche Arbeitszeit auf sechs Stunden begrenzen.

Jeder muss einen zweijährigen Landwirtschaftsdienst ableisten, um den kostenlosen Markt mit Waren zu versorgen.

Begeht jemand Ehebruch oder versucht von der Insel zu fliehen, so verliert er sein Bürgerrecht und wird zum Sklaven, der sich abrackern und seinen früheren Mitbürgern gehorchen muss.

Thomas More fiel im Jahre 1532 in Ungnade, weil er die Scheidung Heinrichs VIII. missbilligte. Im Jahre 1535 wurde er enthauptet.

EDMOND WELLS

Enzyklopädie des relativen und absoluten Wissens, Bd. 3

98. DIE VERWÜSTETE INSEL

Es ist zwar schon ziemlich spät, aber noch hell und warm. Prinzessin Nr. 103 und die zwölf jungen Ameisen fahren immer noch flussabwärts. Kein Fisch traut sich, ihr gepanzertes Kriegsschiff anzugreifen. Manchmal bringen die Kundschafterinnen mit Ameisensäure einige Libellen zur Strecke und verspeisen sie genüsslich an Deck.

Der Schildkrötenkopf ist ein guter Aussichtsposten. Nr. 103 beobachtet interessiert eine Wasserspinne, die eine Luftblase in einer Seidenkugel mit sich führt – ein praktisches Tauchgerät.

Ein Drehkäfer taucht auf. Dieser Hartflügler, der ganz knapp unter der Wasseroberfläche schwimmt, hat vier Augen, zwei unter Wasser, zwei an der Luft. Mit beiden Augenpaaren bestaunt er das seltsame Schiff und wundert sich, warum eine Wasserschildkröte Ameisen auf ihrem Kopf und Panzer duldet und warum sie sich von Wasserkäfern anschieben lässt. Doch er kommt ihr lieber nicht zu nahe und frisst stattdessen einige Wasserflöhe.

Land in Sicht!, ruft plötzlich Nr. 12, die Wache hält.

Durch den leichten Nebel hindurch kann Nr. 103 in der Ferne die Cornigera-Akazie erkennen.

Der Fluss führt sie also wirklich zu Nr. 24!

Nr. 24 … Die Prinzessin erinnert sich gut an die schüchterne Ameise, die während des Kreuzzugs gegen die Finger ständig verloren ging. Als die Insel Cornigera vor ihnen aufgetaucht war, hatte die kleine geschlechtslose Soldatin gesagt:

Mein Leben lang habe ich mich verirrt. Diese Insel scheint mir genau der richtige Ort zu sein, um eine neue Gemeinschaft zu gründen, in der alle guten Willens sind, jetzt und hier.

Auf der Insel wuchs nämlich jene Cornigera-Akazie, die in Symbiose mit den Ameisen lebt und entsprechend in ihrer Rinde lange Gänge und bequeme Kammern bietet. Noch besser: In manche dieser Kammern sickert eine nahrhafte Flüssigkeit, die sich ideal für die Aufzucht der Brut eignet.

Wie konnte eine Pflanze sich organisch so perfekt auf eine Kooperation mit den Ameisen einstellen?

Nr. 103 hat sich immer gesagt, dass der Unterschied zwischen einer Akazie und einer Ameise viel größer sei als der zwischen einer Ameise und einem Finger. Warum sollten Ameisen also nicht mit den Fingern kooperieren können, wenn es ihnen sogar mit Bäumen gelingt?

Für Nr. 24 war diese Insel das Paradies. Im Schatten der Akazie wollte sie eine utopische Gemeinschaft gründen, deren Hauptbeschäftigung das Erfinden hübscher Geschichten sein sollte!

Nr. 103 ist sehr zufrieden, dass die Strömung sie zu ihrer alten Freundin führt. Sie fragt sich, wie die seltsame Gemeinschaft sich wohl entwickelt haben mag, seit sie sich damals getrennt haben. Die Ameisen-Akazie thront mitten auf der Insel, ein Symbol des Friedens und des Schutzes.

Doch dieses idyllische Bild erweist sich sehr schnell als trügerisch. Im Wasser treiben dunkle Kügelchen: tote Ameisen, von Säure durchlöchert und verstümmelt.

Die erschrockene Prinzessin befiehlt den Wasserkäfern, auf die Küste zuzusteuern, und dann ziehen die Ameisen mit vereinten Kräften ihr schweres Schiff auf den Strand. Ihnen bietet sich ein Bild des Schreckens: Überall liegen Leichen herum. Nicht einmal die Wassermolche und Salamander haben überlebt, und die stolze Akazie ist von Blattläusen zerfressen.

Endlich entdecken sie eine Ameise, die sich wie ein Wurm windet, weil sie keine Beine und keinen Hinterleib mehr hat. Die Ärmste hat nicht mehr lange zu leben, aber sie berichtet, was passiert ist: Überraschend wurden sie von Zwergameisen angegriffen. Eine riesige Armee Zwergameisen ist unterwegs, um auf Befehl ihrer neuen Königin Shi-gae-pu den fernen Osten zu erobern.

Aha, das erklärt, warum wir unterwegs Zwerginnen getroffen haben, meint Nr. 5. *Das war bestimmt ein Spähtrupp.*

Nr. 103 bittet die sterbende Ameise um weitere Auskünfte.

Auf ihrem Weg in den fernen Osten haben die Zwerginnen die Insel entdeckt und hier haltgemacht. Die utopische Gemeinschaft von Nr. 24, die sich im Schutz der Akazie in einer heilen Welt wähnte und hübsche Geschichten ersann, hatte das Kämpfen völlig verlernt und konnte sich gegen die aggressiven Zwerginnen nicht wehren, die ein Massaker anrichteten. Nur eine kleine Gruppe – darunter Nr. 24 – konnte fliehen und sich im Schilf am Westufer verstecken, aber auch sie sind jetzt von Zwerginnen umzingelt.

Die grässlich verstümmelte Ameise stirbt, aber immerhin hatte sie einen schönen Tod, weil sie noch eine letzte Geschichte erzählen konnte!

Nr. 103 klettert bis zur Spitze der Ameisen-Akazie und sucht mit ihren geschärften Sinnen nach den Überlebenden der freien Gemeinschaft von Cornigera. Sie entdeckt sie auch wirklich im Schilf, aber die Zwergameisen greifen die Gruppe dort von Seerosen aus an und feuern Säurestrahlen ab, sobald auch nur eine Antennenspitze aus dem Schilf hervorragt. Bis vor kurzem beherrschten sie die Kunst des Säureschießens nicht, aber inzwischen haben sie diesen Rückstand aufgeholt, zum großen Leidwesen von Nr. 103.

Sie weiß seit langem, dass die Zwergameisen eine besonders gute Auffassungsgabe besitzen und Neues viel schneller lernen als die roten Waldameisen. Allein schon die Tatsache, dass sie sich in kürzester Zeit im Wald von Fontainebleau akklimatisiert haben, obwohl sie aus irgendeinem fernen Land stammen (die Finger haben ihnen den Namen »Argentinische Ameisen« gegeben, weil sie angeblich in Töpfen von Lorbeerrosen, die zur Verschönerung der Straßen an der Côte d'Azur dienen sollten, aus ihrer Heimat verschleppt wurden), beweist ihre Intelligenz. Dass es ein großer Fehler ist, einen Gegner zu unterschätzen, nur weil er winzig ist, hatten die schwarzen Ameisen und die Ernteameisen durch bittere Erfahrung gelernt: Sie hatten die Neuankömmlinge aus ihrem Revier vertreiben wollen und waren stattdessen selbst vertrieben worden!

Nr. 103 ist davon überzeugt, dass die Zwergameisen eines Tages die Herrscher des Waldes sein werden. Die roten Ameisen müssten deshalb ohne Rast und Ruhe forschen und experimentieren, um sich möglichst lange behaupten zu können, denn beim geringsten Anzeichen von Schwäche würden die Zwergameisen sie als überholte Rasse auf die Müllhalde der Geschichte befördern.

Im Augenblick haben die Zwerginnen es auf Nr. 24 und ihre wenigen überlebenden Gefährtinnen abgesehen, deren Lage schier aussichtslos ist. Man muss den Artgenossen unbedingt zu Hilfe eilen. Das Schildkrötenschiff wird ins Wasser geschoben, und die Wasserkäfer werden angewiesen, in Richtung Schilf und Seerosen zu steuern.

Die Zwergameisen sind überall auf den weißen und rosa Blütenblättern der Seerosen postiert, und als das Kriegsschiff in Sicht kommt, bringen sie ihre Hinterleiber sofort in Position und eröffnen das Feuer. Nr. 103 hat ihre Zahl ursprünglich auf etwa hundert geschätzt, aber es sind viel mehr. Eine bedrohliche Übermacht! Die dreizehn roten Ameisen sind gezwungen, sich hinter dem Schildkrötenpanzer zu verstecken, um den tödlichen Säurestrahlen zu entgehen. Nr. 13 schlägt vor, die Seerosen zu rammen, blitzschnell auf die Blätter zu springen und einen Nahkampf mit Mandibeln zu führen, denn darin sind die roten Ameisen den Zwerginnen überlegen, weil sie viel größer und stärker sind. Doch Nr. 5 stellt plötzlich warnend ihre Fühler auf. Die Luftfeuchtigkeit hat enorm zugenommen. Es wird bald regnen.

Gegen den Regen kann niemand ankämpfen. Sie müssen unverrichteter Dinge an ihren ursprünglichen Landeplatz zurückkehren und vor dem drohenden Unwetter in der Akazie Schutz suchen. Der Baum beherrscht die Pheromonsprache der Insekten nicht, aber er drückt seine Freude über die Ankunft der roten Ameisen durch ein Anheben der Äste und besonders würzigen Saftgeruch aus.

Die dreizehn Kundschafterinnen dringen in die Gänge ein und machen sich daran, alle Parasiten zu töten. Das ist eine langwierige Arbeit, denn es gibt jede Menge davon: Würmer, Blattläuse und Klopfkäfer, die sogenannten Totenuhren.

Die Ameisen veranstalten eine regelrechte Treibjagd auf das ganze Ungeziefer, und die Akazie, die endlich wieder durchatmen kann, bedankt sich, indem sie reichlich Saft absondert, der eine wohlschmeckende Sauce zum Fleisch der erlegten Parasiten abgibt.

Totenuhr in Akaziensaft – ein köstliches Gericht! Vielleicht ist das die Geburtsstunde einer Ameisengastronomie …

Draußen regnet es in Strömen, es donnert und blitzt. Nr. 103 späht durch einen Spalt in der Rinde und genießt das herrliche Schauspiel des entfesselten Himmels, der die Natur am Boden zähmt. Alle Pflanzen werden vom Wind gepeitscht, und unvorsichtige Insekten, die sich nicht rechtzeitig in Sicherheit gebracht haben, fallen harten Regentropfen zum Opfer.

Diesen Gewalten sind bestimmt nicht einmal die Finger gewachsen!, sagt sich Nr. 103.

Plötzlich erbebt die ganze Akazie, und ihre Rinde platzt auf. Die Ameisen zucken erschrocken zusammen. Eine Katastrophe! Der Baum ist von einem Blitz getroffen worden, und seine Spitze brennt schon lichterloh! Vor Schmerz vergießt er bittere Tränen, die aus seinem Saft bestehen. Die Ameisen können ihm nicht helfen. Sie müssen schleunigst die Flucht ergreifen, denn schon dringen giftige Dämpfe in die Gänge.

Von der Hitze zu größter Eile angetrieben, rennen sie nach unten und entlang der Wurzeln ins Freie, wo sie mit ihren Mandibeln die Erde aufwühlen, um vor Wasser und Feuer Schutz zu suchen.

Sie dichten ihre Höhle nach oben hin ab, schmiegen sich aneinander und warten.

Die ganze Akazie steht jetzt in Flammen und krümmt ihre Äste im Todeskampf. Die Ameisen sehen den hellen Lichtschein sogar durch die Sandschicht, die ihnen als Decke dient.

Die Hitze hält nicht lange an. Sobald der Baum niedergebrannt ist, wird es stattdessen empfindlich kalt. Die Sanddecke ist so hart geworden, dass die Ameisen sie nicht einmal mit ihren Mandibeln durchstoßen können. Um ihre Erdhöhle verlassen zu können, müssen sie einen großen unterirdischen Umweg machen.

Es regnet nicht mehr, aber alles sieht trostlos aus. Von der Cornigera-Akazie, dem einzigen Reichtum dieser kleinen Insel, ist nur noch ein Häufchen grauer Asche übrig geblieben.

Nr. 6 ruft die anderen herbei. Sie will ihnen etwas zeigen.

Alle scharen sich um das Erdloch, in dem ein rotes Tier zuckt. Nein, das ist kein Tier. Auch keine Pflanze und kein Mineral. Nr. 103 erkennt sofort, worum es sich handelt: Das ist Glut, die den Regen überlebt hat.

Nr. 6 streckt ein Vorderbein aus und berührt die orangefarbene Materie. Zu ihrem großen Entsetzen schmelzen ihre Fußglieder. Ein abscheulicher Anblick: Ihr rechtes Bein wird flüssig und löst sich einfach auf! Übrig bleibt nur ein runder Stumpf, den sie rasch mit ihrem Speichel desinfiziert.

Damit könnten wir vielleicht die Zwerginnen besiegen, meint die Prinzessin.

Die anderen beben vor Überraschung und Angst.

Mit Feuer?

Nr. 103 erklärt ihnen, man fürchte sich immer vor dem Unbekannten, aber Feuer könne durchaus nützlich sein. Nr. 5 entgegnet, dass man es jedenfalls nicht berühren dürfe. Diese schmerzliche Erfahrung habe Nr. 6 ja soeben gemacht. Nr. 103 stimmt zu: Man dürfe Glut niemals anfassen, aber man könne sie trotzdem aufbewahren. Dazu brauche man nur einen hohlen Kieselstein, denn gegen Steine sei das Feuer machtlos.

Kiesel liegen auf der Insel überall herum. Mit Hilfe langer Stängel, die als Hebel eingesetzt werden, gelingt es den dreizehn Ameisen, die Glut hochzuheben und in einen Kieselstein zu legen, wo sie wie ein kostbarer Rubin funkelt.

Nr. 103 erklärt, das Feuer sei mächtig, aber andererseits auch sehr anfällig. Es könne zwar einen Baum oder sogar einen ganzen Wald mit all seinen Bewohnern vernichten, doch manchmal genüge schon der Flügelschlag einer Mücke, um es zum Erlöschen zu bringen.

Dieses Feuer hier kommt mir ziemlich krank vor, fügt sie hinzu und deutet auf die schwarzen Verfärbungen, die bei Glut immer ein Hinweis auf schwache Gesundheit seien. Man müsse sie wiederbeleben.

Aber wie?

Die Glut braucht Nahrung.

Es ist nicht leicht, nach dem Regen ein trockenes Blatt zu finden, aber sie entdecken eines unter einem Ast und schieben es vorsichtig in die sterbende Glut. Eine gelbe Flamme lodert auf.

Die zwölf jungen Ameisen weichen erschrocken zurück, aber Nr. 103 richtet ihre Fühler auf und ruft beschwörend den uralten Pheromonsatz:

UNSER EINZIGER WIRKLICHER FEIND IST DIE FURCHT!

Alle Ameisen kennen den Ursprung dieses Satzes. Das waren die letzten Worte der 234. Königin Belo-kiu-kiuni aus der Ni-Dynastie der roten Ameisen vor über 8000 Jahren. Die Königin hatte Forellen zähmen wollen, und sie rief diesen Satz, als sie schon am Ertrinken war. Seitdem haben die Ameisen nie wieder versucht, mit Fischen zu kooperieren, aber der Satz, der so viele Hoffnungen in die unendlichen Möglichkeiten der Ameisen ausdrückt, ist über die Jahrtausende hinweg erhalten geblieben.

Unser einziger wirklicher Feind ist die Furcht.

Tatsächlich wird die gelbe Flamme sehr schnell kleiner.

Wir müssen ihr etwas Kräftigeres zu essen geben, meint Nr. 6, die trotz ihres verstümmelten Beins keinen Groll auf das Element Feuer hegt.

Sie nähren die Flamme mit einem trockenen Zweig und dann mit einem Stück Holz; in regelmäßigen Abständen werfen sie immer wieder kleine Holzstückchen hinein, die das Feuer gierig verschlingt.

Unter großen Vorsichtsmaßnahmen wird die Glut auf acht hohle Kieselsteine verteilt. Trotz ihrer Verletzung – oder gerade deshalb, weil sie ein gesundes Misstrauen entwickelt hat – erweist Nr. 6 sich als geschickteste Feuerbändigerin, und die anderen befolgen willig ihre Anweisungen.

Damit werden wir die Zwergameisen angreifen!, ruft die Prinzessin.

Obwohl die Abenddämmerung schon hereinbricht, beladen sie ihr Kriegsschiff mit den acht Kieselsteinen, in denen die Glut sicher verwahrt wird. Nr. 103 hebt eine Antenne und gibt ein starkes Pheromonsignal, das bedeutet:

Vorwärts! Wir werden siegen!

99. Enzyklopädie

Der Kinderkreuzzug Der erste Kinderkreuzzug fand im Jahre 1212 statt. Die Kinder argumentierten folgendermaßen: »Die Erwachsenen und Adligen haben es nicht geschafft, Jerusalem zu befreien, weil sie unrein sind. Aber wir sind Kinder, und deshalb sind wir rein.«

Am größten war die Begeisterung im Heiligen Römischen Reich Deutscher Nation. Eine Kinderschar machte sich auf den Weg ins Heilige Land. Sie hatte keine Landkarten und glaubte, nach Osten zu marschieren, aber in Wirklichkeit war sie in südlicher Richtung unterwegs. Die Schar durchquerte das Rhônetal, und immer mehr Kinder schlossen sich an, so dass es schließlich mehrere Tausend waren.

Sie plünderten und bestahlen die Bauern, aber immer wieder wurde ihnen versichert, dass sie bald ans Meer gelangen würden, und das beruhigte sie, denn sie waren überzeugt davon, dass das Meer sich für sie – wie einst für Moses – auftun würde, damit sie trockenen Fußes nach Jerusalem gelangen könnten.

Tatsächlich kamen sie heil in Marseille an, aber das Meer tat sich nicht für sie auf. Vergeblich warteten sie im Hafen, bis zwei Sizilianer ihnen vorschlugen, dass sie sie mit einem Schiff nach Jerusalem bringen würden. Die Kinder glaubten an ein Wunder, aber es war leider kein Wunder. Vielmehr arbeiteten die Sizilianer mit tunesischen Piraten zusammen, die die Kinder nicht nach Jerusalem, sondern nach Tunis brachten, wo sie alle auf dem Sklavenmarkt verkauft wurden.

EDMOND WELLS
Enzyklopädie des relativen und absoluten Wissens, Bd. 3

100. DER GROSSE KARNEVAL

»Wir wollen nicht mehr warten! Vorwärts!«, rief ein Zuschauer.

Julie hatte zwar keine Ahnung, wohin das alles führen sollte, aber ihre Neugier trug die Oberhand davon.

»Vorwärts!«, stimmte sie zu.

Der Direktor des Kulturzentrums flehte noch einmal, alle sollten wieder Platz nehmen. »Bewahren Sie bitte Ruhe! Das ist doch nur ein Konzert!«

Jemand schaltete sein Mikrofon aus.

Julie und die Sieben Zwerge fanden sich auf der Straße wieder, umringt von einer begeisterten Menge, der sie rasch irgendein Ziel geben mussten.

»Zum Gymnasium!«, entschied Julie. »Wir werden ein Fest veranstalten.«

»Zum Gymnasium!«, wiederholten die anderen.

Der Adrenalinspiegel der Sängerin stieg noch immer an. Kein Marihuana, kein Alkohol, kein Rauschgift konnte eine solche Wirkung hervorrufen. Sie war wirklich high.

Weil sie jetzt nicht mehr durch das Rampenlicht von ihren Zuschauern getrennt war, konnte Julie Gesichter erkennen. Es waren Menschen aller Altersstufen, blutjunge und erwachsene, Männer und Frauen. Insgesamt bildeten etwa 500 Personen eine farbenprächtige

Prozession auf der Hauptstraße von Fontainebleau. Julie stimmte die *»Revolution der Ameisen«* an, und die Menge fiel begeistert ein.

»Wir sind die neuen Erfinder!

Wir sind die neuen Visionäre!«

Die Mädchen vom Aikido-Club hinderten die Autos am Weiterfahren, damit der ausgelassene Karnevalszug sich frei entfalten konnte. Immer mehr Leute schlossen sich ihm an, erfreut über die Abwechslung, denn normalerweise war in Fontainebleau abends nichts los. Manche wollten auch einfach wissen, was hier eigentlich vor sich ging: keine Transparente, keine Plakate, nur Jungen und Mädchen, die zu den Klängen von Harfe und Flöte tanzten.

Julie skandierte mit kraftvoller Stimme:

»Wir sind die neuen Erfinder!

Wir sind die neuen Visionäre!«

Sie war die Königin dieser bunten Schar, ihr Idol, ihre Sirene und Schamanin, denn sie vermochte sie in Trance zu versetzen.

Julie berauschte sich an dieser Popularität, an dieser Menge, die sie umringte und mitriss. Zum ersten Mal in ihrem Leben fühlte sie sich nicht mehr allein.

Eine Polizeikette tauchte plötzlich vor ihnen auf, aber die Mädchen entwickelten eine originelle Kampfstrategie: Sie liefen auf die Ordnungshüter zu und küssten sie.

Unmöglich, mit Gummiknüppeln auf so viel Herzlichkeit zu reagieren! Die Polizeikette löste sich auf, und der Karnevalszug konnte ungehindert weitermarschieren.

»Dies ist ein Fest!«, jubelte Julie. »Meine Damen und Herren, vergessen Sie Kummer und Sorgen, kommen Sie auf die Straße und feiern Sie mit uns!«

Neugierige beugten sich aus den Fenstern.

»Welche Forderungen stellt ihr denn?«, wollte eine alte Dame wissen.

»Gar keine«, erwiderte eine Amazone vom Aikido-Club.

»Dann ist das auch keine Revolution.«

»Doch, das ist ja gerade das Originelle daran. Wir sind die ersten Revolutionäre, die keine Forderungen stellen.«

»*Wir sind die neuen Visionäre!*

Wir sind die neuen Erfinder!«

Manche Leute, die aus ihren Häusern angelaufen kamen, brachten Instrumente mit, um sich an der Musik zu beteiligen, andere trommelten mit Löffeln auf Kochtöpfe. Wieder andere warfen Konfetti und Papierschlangen.

Der Gesang der fünfhundertköpfigen Menge hallte durch die Straßen der sonst so ruhigen Stadt:

Wir sind die neuen Visionäre!
Wir sind die neuen Erfinder!
Wir sind die kleinen Ameisen, die die verrottete alte Welt zum Einsturz bringen werden!

101. Enzyklopädie

Die Revolution der Kinder von Chengdu Bis 1967 war Chengdu, Hauptstadt der chinesischen Provinz Sichuan, ein ruhiger Ort. In 1000 m Höhe im Himalaja gelegen, war die Stadt durch hohe Festungsmauern geschützt, und die meisten der drei Millionen Einwohner hatten keine Ahnung, was in Peking oder Shanghai vorging.

Doch weil die großen Metropolen allmählich hoffnungslos überbevölkert waren, beschloss Mao Tse-tung, Abhilfe zu schaffen. Man riss Familien auseinander und schickte die Eltern aufs Land, wo sie sich auf den Feldern abrackern mussten, während die Kinder in Erziehungsanstalten der Rotgardisten zu guten Kommunisten erzogen werden sollten. Diese Anstalten waren regelrechte Arbeitslager mit miserablen Lebensbedingungen. Die Kinder wurden schlecht ernährt und zu Experimenten mit Zellulose-Nahrungsmitteln auf der Basis von Sägespänen missbraucht, so dass sie wie die Fliegen starben.

Doch dann fiel in Peking Maos enger Vertrauter Lin Piao, der für die Roten Garden zuständig war, in Ungnade, und die Parteikader hetzten die Kinder in den

Anstalten plötzlich zur Revolte gegen ihre »Gefängniswärter« auf. Eine typisch chinesische Spitzfindigkeit: Die Kinder hatten von nun an im Namen des Maoismus die Pflicht, aus den maoistischen Lagern zu flüchten und ihre Erzieher windelweich zu prügeln!

Die meisten der befreiten Kinder versuchten, China zu verlassen. Sie besetzten Bahnhöfe und fuhren in westliche Richtung, weil Gerüchte kursierten, dort gebe es eine Organisation, die einen heimlich über die Grenze auf indisches Territorium bringen könne. Doch alle Züge in Richtung Westen endeten in Chengdu. Tausende dreizehn- bis fünfzehnjähriger Rotgardisten strandeten dort, doch anfangs ging alles gut. Die Kinder erzählten, wie sie in den Lagern gelitten hatten, und die Bevölkerung von Chengdu nahm sich ihrer mitleidig an. Man ernährte sie, gab ihnen Zelte zum Schlafen und warme Decken. Doch der Flüchtlingsstrom, der sich über den Bahnhof von Chengdu ergoss, nahm kein Ende: Bald hielten sich 200 000 Kinder in der Stadt auf!

Bei aller Hilfsbereitschaft waren die Einwohner von Chengdu dieser Horde nicht mehr gewachsen. Plünderungen und Diebstähle nahmen immer mehr überhand, und Kaufleute, die dagegen protestierten, wurden verprügelt. Sie beschwerten sich beim Bürgermeister, dem jedoch keine Zeit zum Einschreiten blieb, denn die Kinder suchten ihn auf und zwangen ihn »im Namen des Maoismus« zu einer öffentlichen Selbstkritik, worauf er aus der Stadt vertrieben wurde. Die Kinder organisierten die Wahl eines neuen Bürgermeisters und präsentierten ihren Kandidaten, einen pausbäckigen Dreizehnjährigen, der allerdings etwas älter aussah und offenbar ein gewisses Charisma besaß, denn er wurde von allen anderen Rotgardisten respektiert. In der ganzen Stadt hingen Plakate, auf denen die Wähler aufgefordert wurden, ihm ihre Stimme zu geben, und wegen seiner großzügigen Wahlversprechen wählte man ihn tatsächlich. Als Erstes besetzte er alle wichtigen Stellen mit Kindern, wobei der älteste Stadtrat fünfzehn Jahre alt war!

Von nun an war Diebstahl kein Delikt mehr, und der neue Bürgermeister führte eine Sonderabgabe für Kaufleute ein. Jeder Einwohner von Chengdu war verpflichtet, den Rotgardisten Unterkunft zu gewähren. Weil die Stadt so abgelegen war, erfuhr man andernorts zunächst nichts vom Wahlsieg der Kinder. Die besorgten Bürger schickten jedoch eine Delegation zum Provinzchef, der diese Affäre sehr ernst nahm und Armee-Einheiten aus Peking anforderte, um die

Aufständischen zu unterwerfen. Die Hauptstadt schickte Tausende schwer bewaffneter Soldaten und Hunderte von Panzern. Befehl lautete: »Alle unter fünfzehn liquidieren.« Die Kinder versuchten sich hinter den Festungsmauern von Chengdu zu verschanzen, doch die Bevölkerung half ihnen nicht, vollauf damit beschäftigt, die eigenen Kinder irgendwo im Gebirge zu verstecken. Zwei Tage tobte der Kampf der Armee gegen die Kinder, und die letzten Widerstandsnester mussten aus der Luft bombardiert werden. Alle Jungen kamen ums Leben.

Diese Begebenheit wurde nie an die große Glocke gehängt, denn wenig später kam es zu einem Treffen zwischen Mao Tse-tung und dem amerikanischen Präsidenten Richard Nixon, da war es jetzt nicht mehr opportun, China zu kritisieren.

EDMOND WELLS

Enzyklopädie des relativen und absoluten Wissens, Bd. 3

102. ZWEITER SPRENGUNGSVERSUCH

Diesmal konnte nichts schiefgehen! Maximilien und seine Männer hatten die mysteriöse Pyramide umzingelt, und er hatte den Einsatz auf den Abend verlegt, um den oder die Bewohner im Schlaf zu überraschen.

Sie strahlten das Bauwerk mit ihren Taschenlampen an, obwohl es noch nicht ganz dunkel war. Alle trugen Schutzanzüge, und das Zündkabel war so stabil, dass Mandibeln ihm nichts anhaben konnten. Der Kommissar wollte gerade den Befehl zur Sprengung geben, als er das Summen hörte.

»Vorsicht, die Wespe!«, rief er. »Passt auf Hals und Hände auf!«

Ein Polizist zückte seinen Revolver und schoss, doch das Insekt war viel zu klein, und leichtsinnigerweise hatte er beim Zielen einen Streifen Haut entblößt. Sofort wurde er gestochen.

Das Insekt schwirrte irgendwo außer Reichweite herum, und alle spitzten ängstlich die Ohren, ob wieder ein Summen zu hören wäre, doch diesmal griff die Wespe völlig lautlos an. Sie umrundete das rechte Ohr eines Polizisten und bohrte ihren Stachel in seine Halsschlagader. Der Mann stürzte sofort ohnmächtig zu Boden, wie zuvor schon sein Kollege.

Maximilien zog seinen Schuh aus, und auch diesmal gelang ihm ein Volltreffer. Der heldenhafte Angreifer lag zerquetscht am Boden. Manchmal konnte ein Schuh eben wirkungsvoller als ein Revolver sein!

»Zwei zu null!«

Der Kommissar betrachtete sein Opfer. Das war gar keine Wespe, eher eine fliegende Ameise. Er zertrat sie mit dem Absatz zu Brei.

Die unversehrten Polizisten schüttelten ihre ohnmächtigen Kollegen, damit diese schneller zu sich kämen. Maximilien wollte die Sprengung möglichst rasch hinter sich bringen, bevor ein neuer gefährlicher Schutzengel der Pyramide auftauchen würde.

»Ist alles fertig?«

Der Sprengmeister überprüfte die Kontakte, da klingelte das Handy des Kommissars. Es war Präfekt Dupeyron.

»Demonstranten blockieren die Hauptstraße von Fontainebleau. Sie könnten große Schäden anrichten. Womit Sie auch immer beschäftigt sein mögen – lassen Sie alles stehen und liegen, kommen Sie sofort her, und jagen Sie diese Verrückten auseinander!«

103. Im Schilf

Der Mond wirft sein Licht auf die feuchte Erde, die nach dem Regen Wärme ausstrahlt. Die Dämmerung ist hereingebrochen, aber noch kämpft der Tag gegen die Nacht. Das Kriegsschiff steuert auf das Schilf zu.

Die Zwergameisen sind längst in Alarmbereitschaft, weil sie den Schein der Glut schon aus der Ferne gesehen haben. Alle Blütenblätter der Seerosen sind mit schussbereiten Soldatinnen besetzt. Nr. 24 sendet aus dem Schilf verzweifelte Hilferufe.

Tote Ameisen treiben im Wasser. Ihre Körper sind so aufgequollen, dass man nicht mehr erkennen kann, zu welchem Lager sie gehört haben. Jedenfalls muss hier ein schwerer Kampf getobt haben.

Die roten Ameisen von Cornigera haben geglaubt, man könne sein ganzes Leben mit Geschichtenerzählen verbringen, doch das war ein Irrtum. Es genügt nicht, Geschichten zu erfinden und zu erzählen – man darf dabei die Realität nicht aus den Augen verlieren.

Auf dem Schiff zerbrechen sich Nr. 103 und die anderen Ameisen ihre Köpfe. Feuer ist keine praktische Waffe, wenn man aus größerer Entfernung operieren will. Wie sollen sie die von Zwerginnen besetzten Seerosen in Brand setzen?

Nr. 103 erinnert sich vage an eine Maschine der Finger, ein sogenanntes Katapult, und zeichnet mit der Fühlerspitze die Umrisse dieser Vorrichtung auf den Schildkrötenpanzer, aber keiner versteht, warum das Feuer sich in die Lüfte schwingen sollte, wenn man es in ein Katapult legte. Und außerdem – wo sollten sie so ein Ding hernehmen?

Nr. 6 hat eine praktischere Idee. Man könnte die Kieselsteine mit der Glut auf schwimmende Blätter umladen, und die Wasserkäfer könnten sie zu den Seerosen schieben. Doch das lässt sich leider nicht in die Tat umsetzen, weil die Wasserkäfer panische Angst vor Feuer haben und sich strikt weigern, auch nur in seine Nähe zu kommen.

Ein Vorschlag von Nr. 5 findet schließlich allgemeine Zustimmung: Sie meint, man solle das Ende eines langen Zweiges anzünden und die Seerosen damit berühren.

Die Ameisen halten Ausschau nach einem solchen Zweig, entdecken einen in den Büschen dicht am Wasser und holen ihn an Bord. Gleich darauf müssen sie in Deckung gehen, denn ein regelrechter Regen von Ameisensäure ergießt sich über die Schildkröte. Höchste Zeit, die Spitze des trockenen Zweigs in die Glut zu halten! Er fängt Feuer, und sie richten ihn schnell auf. Nr. 14 ortet, wo die meisten Feinde sind, und der glühende Spieß wird in die richtige Position gebracht. Er rammt die Seerose, aber ihre Blätter sind so feucht, dass das Feuer ihr im ersten Moment nichts anhaben kann. Dafür schwankt sie aber so stark, dass die Zwerginnen das Gleichgewicht verlieren und ins Wasser stürzen.

Bei diesem Anblick schöpfen die Belagerten neue Hoffnung. Für den Endkampf haben sie noch etwas Säure in Reserve, und damit richten sie jetzt in den feindlichen Reihen erheblichen Schaden an.

Die Ameisen auf dem Kriegsschiff haben inzwischen begriffen, dass die zartesten Blütenblätter am leichtesten Feuer fangen, und nun gelingt es ihnen, eine Seerose nach der anderen in Brand zu setzen. Gewaltige Rauchwolken steigen auf, und zusammen mit dem Gestank löst das bei den Zwergameisen Panik aus. Sie flüchten in wilder Hast.

Die Belokanerinnen hatten nicht einmal Gelegenheit, ihr Geschick im Nahkampf mit Mandibeln unter Beweis zu stellen, was die kriegerische Nr. 13 sehr bedauert. Sie hätte für ihr Leben gern wenigstens zwei oder drei dieser unverschämten Zwerginnen massakriert.

Zum Schrecken aller brennt der Zweig, der bisher nur an einem Ende geglüht hat, plötzlich lichterloh. Sie können ihn gerade noch rechtzeitig ins Wasser schleudern. Feuer ist eben doch eine sehr gefährliche Waffe, die sich sehr schnell gegen jeden richten kann, der sie einsetzt.

Das Schiff legt am Schilfrohr an.

Hoffentlich hat Nr. 24 überlebt, sagt sich die Prinzessin.

104. Die Schlacht am Gymnasium

Etwa 500 Personen waren vom Kulturzentrum aus aufgebrochen, aber unterwegs hatten sie viel Zulauf gehabt. Über 800 Demonstranten zogen nun zu dem großen Platz vor dem Gymnasium.

Es war keine Kundgebung, bei der irgendwelche politischen Forderungen gestellt wurden, sondern einfach ein Karneval, ein Karneval im ursprünglichen Wortsinn.

Im Mittelalter hatte der Karneval eine besondere Bedeutung. Es war der Tag der Narren, an dem sich jeder abreagieren konnte, an dem alle Gesetze außer Kraft gesetzt waren. Man durfte Gendarmen am Schnurrbart zupfen und Stadträte ins Wasser stoßen. Man durfte an fremde Türen klopfen und Respektspersonen mit Mehl überschütten. Und es wurde eine riesige Strohpuppe verbrannt, der »Schneemann Karneval« mit seiner roten Mütze, der alle Autoritäten symbolisierte.

Weil es diesen Karnevalstag gab, wurden die Machthaber das ganze Jahr über respektiert. Heutzutage hat man den eigentlichen Sinn dieser soziologisch unverzichtbaren Manifestation vergessen. Der Karneval ist nur noch für Kaufleute ein Fest, genauso wie Weihnachten, wie der Muttertag und der Vatertag. Alle Feste dienen nur noch dem Zweck, Umsätze zu steigern.

Die wahre Bedeutung des Karnevals – der Bevölkerung die Illusion zu geben, eine Rebellion sei möglich – ist völlig in Vergessenheit geraten.

Für all die jungen und weniger jungen Leute, die sich auf dem Weg zum Gymnasium gemacht hatten, war dies die erste Gelegenheit, ihrer Lebensfreude, aber auch ihrer Frustration und ihrem Auflehnungsbedürfnis Ausdruck zu verleihen. Achthundert Menschen, die ihren Ärger immer hatten hinunterschlucken müssen, konnten sich jetzt endlich einmal austoben.

Auf dem Platz vor dem Gymnasium standen sechs Polizeiwagen und versperrten ihnen den Weg.

Die Demonstranten blieben stehen und musterten die Ordnungshüter. Die Polizisten musterten ihrerseits die Demonstranten.

Julie überlegte, wie sie sich in dieser Situation verhalten sollten.

Kommissar Maximilien Linart stand vor seinen Männern, bereit zur Konfrontation mit dieser lärmenden Menge.

»Gehen Sie auseinander!«, rief er in sein Megafon.

»Wir tun nichts Schlimmes«, erwiderte Julie ohne Megafon.

»Sie stören die öffentliche Ordnung. Es ist nach 22 Uhr, und die Menschen wollen schlafen. Dies ist nächtliche Ruhestörung!«

»Wir wollen doch nur im Gymnasium ein Fest feiern.«

»Das Gymnasium ist nachts geschlossen, und Sie haben kein Recht, es zu betreten. Sie haben schon genug Lärm gemacht. Gehen Sie nach Hause. Ich wiederhole – die Leute wollen ungestört schlafen.«

Julie zögerte eine Sekunde lang, doch dann rief sie, ihrer Rolle als Revolutionärin gerecht: »Wir wollen aber nicht, dass die Leute schlafen! Die Welt soll aufwachen!«

»Bist du das, Julie Pinson?«, fragte der Kommissar. »Geh nach Hause. Deine Mutter wird sich bestimmt schon Sorgen machen.«

»Ich bin ein freier Mensch. Wir alle sind freie Menschen. Nichts wird uns aufhalten. Vorwärts! Auf zur …« Das Wort wollte ihr nicht so recht über die Lippen, aber es gab kein Zurück mehr. »Auf zur Revolution!«

Die Menge jubelte. Alle waren bereit mitzuspielen. Denn das Ganze war immer noch nur ein Spiel, obwohl es durch die massive Polizeipräsenz einen gefährlichen Anstrich bekam. Ohne dass Julie sie dazu auffordern musste, hoben sie die Arme mit geballten Fäusten und stimmten ihre Hymne an:

»*Ende, dies ist das Ende.*
Öffnen wir all unsere Sinne.
Ein neuer Wind weht an diesem Morgen.«

Sie hakten sich ein oder reichten sich die Hände, um ihre Einheit zu demonstrieren, und marschierten auf das Gymnasium zu.

Maximilien beriet sich mit einigen Untergebenen. Für weitere Verhandlungen war es zu spät, und der Präfekt hatte sich unmissverständlich ausgedrückt. Man musste die Unruhestifter auseinandertreiben, um die öffentliche Ordnung wiederherzustellen. Er schlug vor, in der Mitte anzugreifen, um einen Keil zwischen die Demonstranten zu treiben.

Auch Julie beriet sich mit den Sieben Zwergen, wie es weitergehen sollte. Sie beschlossen, acht autonome Gruppen zu bilden, die jeweils von einem von ihnen angeführt werden sollten.

»Wir müssten aber Kontakt halten können«, meinte David.

Sie riefen in die Menge, ob jemand ihnen Handys leihen könne. Sie brauchten nur acht, aber unzählige wurden ihnen angeboten. Offenbar konnten sehr viele Leute nicht einmal während eines Konzerts aufs Telefon verzichten.

»Wir werden die Blumenkohltaktik anwenden«, verkündete Julie und erklärte ihre soeben erfundene Strategie.

Die Demonstranten rückten geschlossen weiter vor. Die Polizisten griffen die Mitte an, stießen aber zu ihrer großen Verwunderung auf keinerlei Widerstand. Der »Blumenkohl« zerfiel, und die Menge rannte in acht Richtungen auseinander.

Die Polizisten nahmen ihre Verfolgung auf.

»Zusammenbleiben!«, brüllte Maximilien in sein Megafon. »Den Zugang zum Gymnasium blockieren!«

Die Polizisten gruppierten sich erneut in der Mitte des Platzes, und auch die Demonstranten strömten wieder zusammen. Julies Gruppe, zu der auch die Mädchen vom Aikido-Club gehörten, stand unweit der Ordnungshüter und provozierte sie durch scheinheiliges Lächeln und zugeworfene Kusshändchen.

»Schnappen Sie diese Rädelsführerin!«, befahl der Kommissar und deutete auf Julie.

Der Polizeitrupp rückte gegen Julie und ihre Amazonen vor. Genau das hatte das junge Mädchen mit den hellgrauen Augen bezweckt. Ihre Gruppe ergriff die Flucht, und sie rief zufrieden ins Handy: »Wir haben's geschafft! Die Katzen verfolgen die Mäuse!«

105. Enzyklopädie

Strategie von Alinsky Im Jahre 1970 veröffentlichte Saul Alinsky, Hippie-Agitator und Anführer der amerikanischen Studentenbewegung, ein Handbuch mit zehn praktischen Regeln für das Gelingen einer Revolution.

1. Es kommt nicht auf Ihre reale Macht an, sondern nur darauf, welche Macht Sie nach der Einschätzung Ihres Gegners besitzen.

2. Verlassen Sie das Gebiet, auf dem Ihr Gegner sich auskennt. Verblüffen Sie ihn durch neue Kampfstrategien.

3. Schlagen Sie den Feind mit seinen eigenen Waffen. Versetzen Sie sich bei einem Angriff in seine Denkweise.

4. Bei einer verbalen Auseinandersetzung ist Humor die wirksamste Waffe. Wenn es Ihnen gelingt, den Gegner lächerlich zu machen oder – noch besser – ihn so in die Enge zu treiben, dass er sich selbst lächerlich macht, wird es ihm sehr schwerfallen, wieder die Überhand zu gewinnen.

5. Eine Taktik darf niemals zur Routine werden, auch wenn sie noch so erfolgreich war. Wenden Sie sie einige Male an, um ihre Möglichkeiten und Grenzen zu erproben, und wechseln Sie dann zu einer möglichst entgegengesetzten Taktik über.

6. Sorgen Sie dafür, dass der Gegner immer in der Defensive bleibt. Er darf sich niemals sagen: »Nun gut, wir haben eine kleine Atempause, nutzen wir sie aus, um uns neu zu formieren.« Der Druck darf keinen Moment nachlassen.

7. Niemals bluffen, wenn man nicht zur Tat schreiten kann, sonst wird man unglaubwürdig.

8. Scheinbare Handicaps können sich in die besten Trümpfe verwandeln. Man muss die eigenen Charaktereigenschaften als Stärken und nicht als Schwächen einstufen und gezielt einsetzen.

9. Während einer Schlacht darf man sein Ziel niemals aus dem Auge verlieren.

10. Wenn man einen Sieg erringt, muss man auch in der Lage sein, ihn zu nutzen und Verantwortung zu übernehmen. Hat man nichts Neues anzubieten, ist es sinnlos, die bestehenden Machtverhältnisse ändern zu wollen.

EDMOND WELLS
Enzyklopädie des relativen und absoluten Wissens, Bd. 3

106. Wiedersehen

Sie treffen sich auf einer vom Feuer verschont gebliebenen Seerose. Die befreiten Ameisen tauschen mit ihren Befreierinnen Trophallaxen aus. Die Glut in den Kieselsteinen spendet inmitten von Kälte und Dunkelheit etwas Wärme und Licht.

Nr. 24 ist unverletzt!

Langsam nähert die Prinzessin sich ihrer Freundin vom Kreuzzug. In der Mitte des gelben Blumenherzens umarmen sie sich, und Nr. 103 bietet Nr. 24 eine zuckrige Trophallaxis an. Zum Zeichen, dass sie einverstanden ist, legt Nr. 24 schüchtern ihre Antennen nach hinten, und dann schluckt sie hungrig die halbverdaute Nahrung, die Nr. 103 aus ihrem Sozialmagen hervorwürgt.

Nr. 24 hat sich verändert, und das liegt nicht nur daran, dass sie von den Kämpfen erschöpft ist. Sie sieht anders aus, sie bewegt sich anders, und sie riecht anders.

Nr. 103 denkt, dass das vielleicht die Auswirkungen des Lebens inmitten ihrer kleinen utopischen Gemeinschaft sind.

Um sich lange Erklärungen zu ersparen, schlägt Nr. 24 eine Absolute Kommunikation vor, und die Prinzessin hat nichts dagegen. Durch direkte Gedankenübertragung können sie einen unvergleichlich intensiven und schnellen Dialog führen, und sie brauchen sich dazu nur mit ihren Antennen zu berühren.

Nr. 103 erfährt auf diese Weise sofort, dass die Veränderungen, die ihr an Nr. 24 aufgefallen sind, nichts mit dem Leben auf Cornigera zu tun haben. Ihre Freundin hat sich vielmehr in eine fortpflanzungsfähige Ameise verwandelt! Ihre Begeisterung für hübsche Geschichten hat in ihr den Wunsch geweckt, sensibler zu werden, und deshalb hat sie sich ebenfalls auf die Suche nach einem Wespennest begeben und von großzügigen Wespen tatsächlich das kostbare »Gelée Royale« erhalten.

Aus unerfindlichen Gründen – vielleicht lag es an der Temperatur, vielleicht an ihrem Stoffwechsel – hat sie sich aber in ein Männchen verwandelt.

Nr. 24 ist jetzt ein Prinz!

Aber auch du hast dich verändert. Deine Fühler riechen anders. Du …

Die Prinzessin unterbricht ihn: *Auch ich bin dank des »Gelée Royale« der Wespen fortpflanzungsfähig geworden. Ich bin jetzt ein Weibchen.*

Beide sind verwirrt. Ihre Fühler verharren regungslos. Das alles ist so seltsam! Als sie sich trennten, waren sie geschlechtslose Soldatinnen mit einer Lebensdauer von höchstens drei Jahren, und jetzt sind sie dank dem Wundermittel ihrer Wespenvorfahren Prinz und Prinzessin und können Nachkommen zeugen.

Die beiden Ameisen gönnen sich eine weitere – noch viel innigere – Trophallaxis. Prinz Nr. 24 gibt der Prinzessin einen Teil der Nahrung zurück, die er vorhin von ihr erhalten hat, und dann bietet sie ihm wieder einen Happen an.

Manche Speisen sind schon dreimal von einem Sozialmagen in den anderen und wieder zurück gewandert, aber dieser Nahrungsaustausch ist nun einmal sehr genussvoll. Während die anderen Ameisen sich gegenseitig ihre Abenteuer erzählen, ziehen sich Prinz und Prinzessin zwischen die Staubfäden der Seerose zurück.

Nr. 103 berichtet in Kürze, was sie von den Fingern gelernt hat. Sie erklärt dem Prinzen das Fernsehen, die Kommunikationsmaschine, die Absichten der Finger, alles …

Aber beide sind etwas unkonzentriert, denn sie würden sich gern paaren.

Doch Nr. 103 zögert.

Willst du mich denn nicht?, fragt der Prinz.

Nein, es ist etwas anderes, und beide wissen es. Bei den Ameisen sterben die Männchen nach der Paarung. Vielleicht hat sich Nr. 103 durch die romantischen Filme der Finger zu sehr verändert … Tatsache ist, dass sie ihren Freund nicht sterben sehen will. Sein Leben bedeutet ihr mehr als die Vereinigung.

Also beschließen beide, lieber darauf zu verzichten.

Es ist endgültig Nacht geworden. Ameisen der Cornigera-Gemeinschaft und Ameisen vom Kriegsschiff schlafen in einem leeren Schlangennest ein. Morgen liegt ein weiter Weg vor ihnen.

107. Enzyklopädie

Utopie der Adamiten Im Jahre 1420 kam es in Böhmen zum Aufstand der Hussiten. Diese Vorläufer des Protestantismus verlangten eine Reform des Klerus und den Abzug der deutschen Herren. Eine viel radikalere Gruppe spaltete sich von ihnen ab: die Adamiten. Sie stellten nicht nur die Kirche in Frage, sondern die ganze Gesellschaft, und vertraten außerdem die Ansicht, man käme Gott am nächsten, wenn man unter ähnlichen Bedingungen wie Adam vor dem Sündenfall lebte. Daher der Name Adamiten. Sie ließen sich auf einer Insel inmitten des Flusses Moldau nieder, unweit von Prag, und lebten dort nackt. Weil sie die Lebensumstände im Paradies wiederherzustellen versuchten, wurden alle Strukturen beseitigt: Geld, Arbeit, Adel, Bürgertum, Verwaltung und Armee gab es bei ihnen nicht. Auch Ackerbau war verpönt: Sie ernährten sich nur von Obst und wildem Gemüse, natürlich waren sie Vegetarier. Vor allem aber praktizierten sie einen direkten Gotteskult ohne Kirche und Klerus.

Dieser Radikalismus störte die Hussiten. Gewiss, man konnte den Religionskult vereinfachen, aber doch nicht in diesem Ausmaß! Die Soldaten der Hussiten umzingelten die Adamiten auf deren Insel und massakrierten diese »Hippies« des 15. Jahrhunderts.

Edmond Wells

Enzyklopädie des relativen und absoluten Wissens, Bd. 3

108. Wasser und Telefone

Während die Polizisten Julie und die Amazonen verfolgten, machten die sieben anderen Demonstrantengruppen, jeweils angeführt von einem der Sieben Zwerge, große Umwege durch Seitenstraßen und trafen sich schließlich am Hintereingang des Gymnasiums, wo zum Glück keine Polizisten postiert waren.

Ji-woong holte den Schlüssel aus der Tasche, den der Direktor ihm für die Proben überlassen hatte, und schloss die gepanzerte Feuerschutztür auf. Leise betrat die Menge das Gymnasium, und als Maximilien plötzlich fröhliche Gesichter im Hof sah, war es schon zu spät.

»Die Demonstranten dringen durch den Hintereingang ein!«, brüllte er ins Megafon.

Seine Männer gaben die Verfolgung von Julies Gruppe auf und rannten zum Hintereingang, doch nachdem mehr als 700 Personen ins Gebäude gelangt waren, hatte Ji-woong die schwere Tür wieder verriegelt, und es war unmöglich, sie aufzubrechen.

»Phase zwei abgeschlossen!«, rief David in sein Handy.

Julies Gruppe sammelte sich daraufhin am Tor, das die Polizisten unbewacht zurückgelassen hatten, und David ließ diese hundert »Revolutionäre« ein.

»Zurückkommen! Jetzt dringen sie von vorne ein!«, schrie Maximilien.

Die Polizisten waren schon müde vom vielen Gerenne in voller Uniform, mit Helm, Schutzschild, Pistolengurt, Gummiknüppel und schweren Schuhen. Außerdem war das Schulgelände sehr groß. Als sie endlich am Vordereingang ankamen, war das Tor verschlossen, und dahinter standen die Amazonen und machten sich über sie lustig.

»Sie haben sich im Gymnasium verbarrikadiert«, meldeten die Beamten ihrem Chef.

Etwa 800 Personen hatten das Gymnasium besetzt. Julie war sehr zufrieden, dass es ihnen gelungen war, jede Gewalt zu vermeiden. Sie hatten ihre Gegner einfach durch taktische Manöver ausgetrickst.

Maximilien war nicht daran gewöhnt, dass Demonstranten Guerillastrategien anwandten. Normalerweise marschierte die Menge stur geradeaus, ohne zu überlegen.

Diese Demonstranten aber, die offensichtlich weder von einer politischen Partei noch von irgendeinem mächtigen Syndikat dirigiert wurden, verhielten sich so geschickt, dass der Kommissar so beeindruckt wie beunruhigt war.

Ihn verstörte sogar die Tatsache, dass es in beiden Parteien keine Verletzten gegeben hatte. Das war einfach nicht normal, denn bei allen Kundgebungen kamen mindestens drei Personen zu Schaden, und sei es auch nur, dass sie sich beim Wegrennen die Knöchel verstauchten. Und hier waren 800 Demonstranten und 300 Polizisten aufeinandergeprallt, und es hatte nicht einmal einen leichten Unfall gegeben!

Maximilien postierte eine Hälfte der Polizisten am Tor, die andere am Hintereingang, und dann rief er den Präfekten an, um ihn über den Stand der Dinge zu informieren. Dupeyron verlangte die sofortige Räumung des Gymnasiums, aber ohne jedes Aufsehen. Linart solle sich vergewissern, dass keine Journalisten in der Nähe seien. Wenigstens in dieser Hinsicht konnte der Kommissar ihn beruhigen.

Dupeyron legte ihm ans Herz, zwar schnell, aber möglichst gewaltlos vorzugehen, denn bis zur Präsidentschaftswahl waren es nur noch wenige Monate, und unter den Demonstranten befanden sich mit Sicherheit auch Kinder aus guten Familien.

Maximilien beriet sich wieder mit seinem kleinen Generalstab und forderte einen Plan des Gymnasiums an. Er hätte sich selbst ohrfeigen können, dass ihm das erst jetzt eingefallen war.

»Werfen Sie Tränengasbomben durchs Gitter. Wenn man sie wie Füchse ausräuchert, kommen sie sehr schnell heraus.«

Der Befehl wurde schnell ausgeführt und tatsächlich ließen tränende Augen und Hustenanfälle im Hof nicht lange auf sich warten.

»Wir müssen schnell etwas unternehmen«, sagte Zoé.

Léopold schlug vor, das Tor mit Decken aus den Schlafsälen zu verhängen. Gesagt, getan. Mit feuchten Taschentüchern über den Nasen, um das Gas nicht einzuatmen, und mit Mülltonnendeckeln als Schilden befestigten die Amazonen vom Aikido-Club die Decken am Gitter. Draht hatten sie in einem Schuppen gefunden.

Plötzlich konnten die Polizisten nicht mehr sehen, was im Hof vorging. Maximilien griff wieder zum Megafon:

»Sie haben kein Recht, dieses öffentliche Gebäude zu besetzen! Ich fordere sie auf, es sofort zu räumen.«

»Hier sind wir, und hier bleiben wir!«, entgegnete Julie.

»Ihr Verhalten ist gesetzwidrig.«

»Dann holen Sie uns doch raus.«

Nach einer kurzen Beratung auf dem Platz fuhren die Polizeiwagen weg, und die Polizisten zogen sich zurück.

»Man könnte fast glauben, sie hätten aufgegeben«, kommentierte Zoé.

Narcisse meldete, dass auch am Hintereingang keine Polizisten mehr postiert wären.

»Vielleicht haben wir wirklich gewonnen«, murmelte Julie, ohne so recht daran zu glauben.

»Ich glaube eher, dass es sich um ein Täuschungsmanöver handelt«, warnte Léopold.

Sie beobachteten den menschenleeren Platz, der von Straßenlampen hell beleuchtet wurde.

Mit seinen scharfen Navajo-Augen erspähte Léopold bald eine Bewegung, und kurz darauf konnten sie alle sehen, dass eine geschlossene Formation Polizisten auf das Tor zumarschierte.

»Sie greifen an! Sie wollen den Haupteingang stürmen!«, schrie eine der Amazonen.

Die Polizei war schon ganz nahe am Tor, als Zoé eine Idee hatte, die bei den anderen große Zustimmung fand.

Während die Sicherheitskräfte sich anschickten, die schweren Metallschlösser aufzubrechen, wurden im Schulhof die erst kürzlich angeschafften Spritzschläuche entrollt.

»Jetzt!«, rief Julie.

Der Wasserdruck aus den Hydranten war so stark, dass drei oder vier Amazonen anpacken mussten, um den Spritzstrahl in die richtige Richtung zu lenken.

Durchnässte Polizisten und Hunde zogen sich hastig zurück, formierten sich aber in einiger Entfernung neu. Unter Ausnutzung toter Winkel erreichten sie im Laufschritt das Tor, doch als sie sich erneut an den Schlössern zu schaffen machten, befahl Julie den zweiten Einsatz der Spritzen.

Die Polizisten traten die Flucht an, und die Amazonen jubelten über ihren Sieg.

Maximilien wurde vom Präfekten angerufen und musste zugeben, dass die Demonstranten noch immer im Gymnasium waren und der Polizei Widerstand leisteten.

»Nun gut, dann kesseln Sie sie ein, aber greifen Sie nicht mehr an. Solange diese Revolte auf das Gymnasium beschränkt bleibt, stellt sie kein großes Problem dar. Wir müssen nur um jeden Preis vermeiden, dass sie um sich greift.«

Im Schulhof gab Julie die Devise aus: »Keine Gewalt! Nichts zerstören! Wir müssen uns anständig verhalten!«

Sie wollte ihrem Geschichtslehrer unbedingt beweisen, dass eine gewaltlose Revolution möglich war.

109. Enzyklopädie

Utopie von Rabelais Im Jahre 1532 legte François Rabelais seine persönliche Vision der idealen utopischen Stadt vor, indem er in seinem Werk *Gargantua* die Abtei von Thélème schilderte.

Dort gibt es keine Herrschenden, denn, so Rabelais: »Wie könnte man einen anderen beherrschen, wenn man nicht einmal sich selbst beherrschen kann?« Die Thelemiten handeln folglich »nach ihrem freien Willen«, und ihre Devise lautet: »Tu, was du willst.« Damit die Utopie erfolgreich ist, werden die Mitglieder sorgfältig ausgesucht. Zugelassen sind nur Männer und Frauen aus guten Familien, die gebildet, tugendhaft, aufgeschlossen, schön und »von angenehmem Wesen« sind. Frauen treten mit zehn Jahren in die Abtei ein, Männer mit zwölf.

Jeder kann machen, was er will: arbeiten, faulenzen, trinken, der Lust frönen oder sich anderweitig amüsieren. Uhren gibt es nicht. Man steht auf, wann man will, man isst, wenn man Hunger hat. Hetze, Streit und Gewalt sind verpönt. Schwere Arbeiten werden von Dienstboten und Handwerkern verrichtet, die außerhalb der Abtei untergebracht sind.

Rabelais hat seine utopische Stadt genau beschrieben. Die Abtei sollte am Ufer der Loire erbaut werden, im Wald von Port-Huault. Sie sollte 9332 Zimmer haben, aber keine Schutzmauern, denn »Mauern führen nur zu Verschwörungen«. Sechs runde Türme von 60 Schritt Durchmesser, jeweils zehn Stockwerke hoch, würden sie überragen, mehrere Bibliotheken und ein großer Park mit Labyrinth und Brunnen gehörten dazu.

Rabelais war kein Narr. Er wusste, dass seine ideale Abtei durch demagogisches Verhalten, absurde Lehren, Zwietracht oder auch nur durch irgendwelche Bagatellen zerstört werden könnte, aber er war überzeugt, dass ein Versuch sich trotzdem lohnen würde.

EDMOND WELLS
Enzyklopädie des relativen und absoluten Wissens, Bd. 3

110. Eine schöne Nacht

Nr. 103 kann nicht schlafen.

Schon wieder eine schlaflose Nacht, denkt sie. *Die Geschlechtslosigkeit hat auch Vorteile, und dazu gehört zweifellos eine ungestörte Nachtruhe.*

Sie hebt den Kopf, richtet ihre Antennen auf und entdeckt einen Lichtschein. Davon ist sie also aufgewacht! Es ist kein Sonnenaufgang, denn das Licht kommt aus dem hinteren Teil des Schlangennests.

Sie läuft darauf zu.

Einige Ameisen haben sich um die Glut geschart, die ihnen den Sieg beschert hat, und sind offenbar fasziniert vom Feuer. Eine Ameise meint allerdings besorgt, man solle es vorsichtshalber löschen. Die Prinzessin macht ihr klar, sie hätten nur die Wahl zwischen »der Technologie und ihren Risiken« und »der Unwissenheit durch Ängstlichkeit«.

Nr. 7 nähert sich, aber sie interessiert sich nicht für das Feuer, sondern für die tanzenden Schatten der Ameisen an den Wänden des Schlangennests. Sie versucht mit ihnen Kontakt aufzunehmen, und als sie nicht reagieren, befragt sie Nr. 103, die antwortet, dieses Phänomen gehöre zur Magie des Feuers.

Das Feuer erschafft dunkle Zwillinge von uns, die an den Wänden haften bleiben.

Nr. 7 will wissen, was diese seltsamen Zwillinge fressen, und die Prinzessin erwidert: *Nichts. Sie imitieren nur alle Gesten ihres Zwillings. Etwas anderes ist ihnen nicht möglich.*

Morgen könnten sie sich ausführlich über alles unterhalten, fährt sie fort, aber jetzt wäre es vernünftiger, zu schlafen, um für die Reise Kräfte zu sammeln.

Auch Prinz Nr. 24 kann nicht schlafen. Dies ist die erste Nacht seines Lebens, in der er wegen der warmen Glut wach bleiben kann, und das will er ausnutzen.

Erzähl mir mehr von den Fingern, bittet er die Prinzessin.

111. Die Revolution kommt in Gang

Die Demonstranten wollten um ein großes Lagerfeuer herum tanzen. Reisig fanden sie im Gärtnerschuppen. Sie schichteten es auf dem Rasen auf, und einige junge Leute schleppten Papier an, aber das Papier verkohlte, bevor das Reisig Feuer fangen konnte, und der Wind blies die winzigen Flammen aus. Unter den 800 Personen, die mutig der Polizei getrotzt hatten, war niemand, der ein Feuer entfachen konnte!

Julie suchte in der *Enzyklopädie* nach einer Anleitung, doch nachdem der Wälzer weder ein Inhaltsverzeichnis noch ein Stichwortregister hatte, war das ein schier hoffnungsloses Unterfangen. Die *Enzyklopädie* war eben kein Lexikon und konnte nicht alle Fragen beantworten, die man ihr stellte.

Hier halfen offenbar nur drastische Maßnahmen. Julie begab sich in den Chemiesaal und fabrizierte einen Molotowcocktail. Als sie ihn im Hof auf das Reisig warf, schossen endlich hohe, orangefarbene Flammen empor. Die Menge jubelte.

Die Fahne mit der Aufschrift »Aus Intelligenz entspringt Vernunft« wurde eingeholt, auf beiden Seiten mit dem Emblem des Konzerts – den drei Ameisen im Dreieck – bemalt und dann wieder gehisst.

Das war der richtige Zeitpunkt für eine Rede. Vom Balkon des Direktorats aus sprach Julie zu der Menge im Hof.

»Dieses Gymnasium wurde von Menschen besetzt, die Musik und Feste lieben. Wir werden hier ein utopisches Dorf gründen, mit dem Ziel, das Leben der Menschen glücklicher zu gestalten, und den Anfang machen wir mit uns selbst.«

Lauter Beifall.

»Ihr könnt tun, was ihr wollt, aber zerstört bitte nichts. Wenn wir lange hierbleiben müssen, brauchen wir funktionsfähige Einrichtungen. Die Toiletten befinden sich rechts hinten im Hof. Wenn jemand sich ausruhen möchte, kann er das in den Schlafsälen des Internats tun. Ihr findet sie im dritten, vierten und fünften Stock von Gebäude B. Allen anderen schlage ich ein großes Fest vor. Lasst uns tanzen und singen und all unsere Sorgen vergessen!«

Julie selbst und die Sieben Zwerge waren müde. Außerdem mussten sie besprechen, wie es jetzt weitergehen sollte. Deshalb überließen sie ihre Instrumente aus dem Probenraum vier jungen Leuten, die eine besondere Vorliebe für Salsa hatten – eine Musikrichtung, die großartig zur Stimmung der Menge passte.

Die acht »Ameisen« erfrischten sich am Getränkeautomaten in der Nähe der Cafeteria, dem Lieblingsaufenthaltsort aller Schüler.

»Also, Freunde, diesmal haben wir's geschafft«, sagte Julie zufrieden.

»Und was machen wir jetzt?«, fragte Zoé mit glühenden Wangen.

»Oh, diese Sache wird nicht lange dauern. Morgen ist bestimmt alles vorbei«, warf Paul nüchtern ein.

»Und wenn nicht?«, erkundigte sich Francine.

Sie tauschten Blicke, die leichte Beunruhigung verrieten.

»Wir müssen dafür sorgen, dass nicht schon morgen alles vorbei ist«, erklärte Julie kategorisch. »Ich habe nicht die geringste Lust, mich ab übermorgen wieder aufs Abi vorzubereiten. Wir haben eine Chance, hier und jetzt etwas aufzubauen, und diese Chance müssen wir nutzen.«

»Und was schwebt dir vor?«, fragte David skeptisch. »Ein Fest kann doch nicht ewig dauern.«

»Wir könnten versuchen, hier ein utopisches Dorf zu organisieren.«

»Ein utopisches Dorf?«, staunte Léopold.

»Ja, einen Ort, wo die Menschen unter neuen Bedingungen zusammenleben. Wir könnten ein soziales Experiment durchführen, um herauszufinden, ob das Leben in einer Gemeinschaft glücklich macht.«

Die Sieben Zwerge überlegten, während aus der Ferne Salsa-Musik, Gesang und Gelächter zu hören waren.

»Das wäre natürlich großartig«, meinte Narcisse, »aber es ist nicht einfach, viele Menschen zu lenken. Ich war einmal Gruppenleiter in einem Jugendferienlager, und ich kann dir versichern, dass das kein Zuckerschlecken war.«

»Du warst allein, aber wir sind zu acht«, entgegnete Julie. »Gemeinsam sind wir stark. Unser Zusammenhalt vervielfältigt unsere individuellen Talente. Ich habe den Eindruck, dass wir zusammen Berge versetzen können. Wir haben schon achthundert Personen mit unserer Musik inspiriert. Warum sollten wir sie nicht auch für eine Utopie begeistern können?«

Francine setzte sich, weil sie nachdenken wollte.

Ji-woong kratzte sich am Kopf. »Eine Utopie?«

»Aber ja, eine Utopie! In der *Enzyklopädie* ist dauernd davon die Rede. Man muss eine Gesellschaft erfinden, die … die …«

Sie wusste nicht weiter.

»Was?«, spottete Narcisse. »Soll diese Gesellschaft freundlicher als die jetzige sein? Oder sanfter? Oder lustiger?«

»Nein, nur … menschlicher.«

Narcisse lachte schallend. »Kinder, wir sind reingelegt worden. Julie hat uns ihre ehrgeizigen humanitären Pläne verheimlicht.«

»Und was verstehst du unter einer menschlicheren Gesellschaft?«, fragte David ernsthaft.

»Das weiß ich noch nicht, aber ich werde es herausfinden.«

»Hör mal, Julie, bist du während der Verfolgungsjagd verletzt worden?«, wechselte Zoé unerwartet das Thema.

»Nein, warum?«

»Du hast einen roten Fleck auf deinem Kostüm.«

Julie stellte fest, dass Zoé Recht hatte. Da war wirklich ein großer Blutfleck. Aber warum hatte sie dann keinen Schmerz verspürt?

»Das ist keine Verletzung, sondern etwas ganz anderes«, sagte Francine und zog Julie auf den Korridor hinaus. Zoé folgte ihnen.

»Du hast einfach deine Regel bekommen«, erklärte die Organistin nüchtern.

»Meine – was?«

»Deine Regel«, wiederholte Zoé. »Weißt du nicht, was das ist?«

Julie erstarrte und hatte das Gefühl, von ihrem eigenen Körper verletzt worden zu sein. Dieses Blut war ein Beweis, dass man ihre Kindheit ermordet hatte. Nun war alles aus! Ausgerechnet in einem Augenblick, in dem sie glücklich gewesen war, hatte ihr Organismus sie verraten. Er konfrontierte sie mit dem Schlimmsten, was sie sich überhaupt vorstellen konnte: mit der Verpflichtung, erwachsen zu werden.

Sie riss den Mund weit auf und schnappte nach Luft. Ihre Brust hob sich nur mühsam. Ihr Gesicht lief rot an.

»Schnell!«, rief Francine den Jungen zu. »Julie hat einen Asthmaanfall. Sie braucht Ventolin.«

Sie wühlten in Julies Rucksack herum, fanden das Aerosol und schoben ihr das Mundstück zwischen die Lippen, doch obwohl sie fest drückten, kam kein Ventolin heraus. Die Dose war leer.

Julie keuchte. Sie bekam kaum noch Luft.

Luft – die erste Sucht, der jeder Mensch verfällt. Sobald die Lungen sich gleich nach der Geburt damit füllen, sobald man seinen ersten Schrei ausstößt, kann man sein Leben lang nicht mehr darauf verzichten. Vierundzwanzig Stunden am Tag braucht der Mensch ununterbrochen Luft. Möglichst frische Luft.

Zoé rannte auf den Hof hinaus und fragte, ob jemand Ventolin bei sich hätte. Nein!

David wählte die Nummern des Roten Kreuzes und der Notarztzentrale, aber alle Leitungen waren besetzt.

»Irgendeine Apotheke hier im Viertel muss doch Nachtdienst haben«, fiel Francine ein.

»Ji-woong, du begleitest sie«, schlug David vor. »Du bist der Stärkste von uns und kannst sie notfalls tragen, falls sie es allein nicht bis zur Apotheke schafft.«

»Aber wie sollen wir rauskommen? Vorne und hinten sind Polizisten postiert.«

»Es gibt noch eine Tür«, sagte David. »Kommt mit.«

Er führte sie in den Probenraum und schob einen Schrank beiseite, hinter dem eine Tür zum Vorschein kam.

»Ich habe sie neulich zufällig entdeckt. Der Gang muss in den Keller eines Nachbarhauses führen.«

Julie gab jämmerliche Laute von sich, betrat aber trotzdem, auf Ji-woongs Schulter gestützt, den unterirdischen Gang, der sich bald verzweigte. Im linken Teil stank es nach Kanalisation, im rechten nach Keller. Sie gingen nach rechts.

112. Am Feuer

Im Feuerschein erzählt Nr. 103 von den Fingern, von ihren Sitten, von ihrer Technologie, von ihrem Fernsehen.

Vergiss das weiße Schild nicht, das den Tod ankündigt, ruft Nr. 5 ihr ins Gedächtnis.

Die roten Ameisen zittern, als sie hören, dass ihrer Geburtsstadt die Zerstörung droht. Doch trotz dieser Gefahr ist Nr. 103 davon überzeugt, dass die Finger für die Ameisenzivilisation sehr nützlich sein könnten. Der Sieg, den sie mit Hilfe des Feuers über die zahlenmäßig weit überlegenen Zwerginnen errungen haben, bestärkt sie nur noch mehr in ihrem Glauben.

Zugegeben, sie kann mit einem Hebel nicht gut umgehen, und sie hat keine Ahnung, wie ein Katapult funktioniert. Doch das ist nur eine Frage der Zeit. Wenn die Finger zur Kooperation mit den Ameisen bereit sind, wird sie bald alles verstehen, sogar die Kunst, den Humor und die Liebe.

Ist es nicht gefährlich, Kontakte zu den Fingern zu knüpfen?, fragt Nr. 6, die sich immer noch den Beinstumpf reibt.

Nein, erwidert Nr. 103 selbstbewusst, denn die Ameisen seien schlau genug, um sie zähmen zu können.

Nr. 24 hebt einen Fühler. *Hast du mit ihnen auch über Gott gesprochen?*

Gott? Alle wollen wissen, was das ist. Eine Maschine? Ein Ort? Eine Pflanze?

Nr. 24 erzählt ihnen, früher hätten unweit der Stadt Bel-o-kan Finger gelebt, die sich mit den Ameisen unterhalten konnten, und diese Finger hätten ihnen weisgemacht, sie wären ihre Herren und Schöpfer. Sie hätten von den Ameisen blinden Gehorsam verlangt, unter dem Vorwand, sie selbst wären allmächtig, sie wären die »Götter« der Ameisen.

Alle Ameisen rücken näher heran.

Aber was heißt dieses Wort »Gott«?

Prinzessin Nr. 103 erwidert, dieser Begriff sei in der ganzen Tierwelt einmalig. »Die Finger glauben, dass über ihnen eine unsichtbare Macht existiert, die ihr Herr ist. Diese Macht nennen sie ›Gott‹ und glauben an ihn, obwohl sie ihn nicht sehen können. Ihre ganze Zivilisation basiert auf diesem Glauben an eine unsichtbare Macht, die ihr Leben kontrolliert.«

Die Ameisen versuchen, sich diesen »Gott« vorzustellen, können aber nicht so recht einsehen, inwiefern es den Fingern hilft, an ihn zu glauben.

Die Prinzessin hat das auch nie richtig verstanden. Sie kann es sich nur folgendermaßen erklären: Die Finger sind sehr egoistische Tiere, und auf Dauer leiden sie selbst darunter. Und um Bescheidenheit zu lernen, reden sie sich ein, es gebe ein noch größeres und mächtigeres Tier, das sie erschaffen habe, diesen sogenannten ›Gott‹.

Das Problem besteht darin, meint Nr. 24, *dass die Finger sich ihrerseits als Götter der Ameisen aufspielen wollten.*

Nr. 103 stimmt ihm zu. Es gebe zweifellos Finger, die vorhätten, alle anderen Tierarten zu beherrschen. Finger könnten – genauso wie Ameisen – hart oder sanft, töricht oder intelligent, großzügig oder tyrannisch sein.

Man darf aber nicht alle Finger negativ beurteilen, nur weil einige von ihnen sich als Götter der Ameisen ausgegeben haben. Dieses verschiedenartige Verhalten zeigt im Gegenteil, dass sie geistig hoch entwickelt sind.

Die zwölf jungen Kundschafterinnen fragen naiv, ob die Finger denn nicht wirklich die Götter der Ameisen sein könnten.

Die Prinzessin entgegnet, es wäre unmöglich, dass die Finger die Ameisen erschaffen hätten, weil sie eine viel jüngere Tierart seien, es gebe sie erst seit drei Millionen Jahren, während die Ameisen die Erde schon seit hundert Millionen Jahren bevölkerten.

Woher sie das so genau wisse, fragen die jungen Ameisen, und Nr. 103 erwidert, das habe sie in einem Dokumentarfilm im Fernsehen der Finger gesehen.

Sie hat die jungen Kundschafterinnen überzeugt, dass die Ameisen nicht von den Fingern erschaffen wurden, aber alle vertreten die Ansicht, diese ›junge‹ Tierart sei offenbar besonders begabt und wisse Dinge, von denen die Insekten keine Ahnung hätten.

Prinz Nr. 24 widerspricht als Einziger. Seiner Meinung nach brauchen die Ameisen die Finger wirklich nicht zu beneiden. Sollte es tatsächlich zu Kontakten kommen, könnten die Finger von den Ameisen bestimmt viel mehr lernen als umgekehrt. Und was die drei großen Geheimnisse angehe – Kunst, Humor und Liebe –, würden die Ameisen sie zweifellos vervollkommnen können, sobald sie begriffen hätten, worum es sich eigentlich handle.

In einer Ecke experimentieren die Ameisen von Cornigera mit dem Feuer herum, das sie sehr beeindruckt, weil es sie vor den Zwerginnen gerettet hat. Sie verbrennen nacheinander ein Blatt, eine

Blume, etwas Erde und eine Wurzel, beobachten die bläulichen Flammen und merken sich die verschiedenen unangenehmen Gerüche. Nr. 6 berät sie fachkundig und denkt dabei, dass bestimmt auch die ersten Erfinder in der Welt der Finger so vorgegangen sind.

Trotzdem müssen diese Finger komplizierte Tiere sein, seufzt eine Cornigera-Ameise, der von all den Geschichten der Kopf schwirrt. Sie lässt die anderen weiterdiskutieren und mit dem Feuer spielen und schläft ein.

113. Enzyklopädie

Geburtstagskuchen Am Geburtstag die Kerzen auf dem Kuchen auszublasen ist ein sehr symbolträchtiger Ritus. In regelmäßigen Abständen wird der Mensch daran erinnert, dass er Feuer machen und mit seinem Atem wieder löschen kann. Ein Kind, das zum ersten Mal selbstständig seine Kerzen ausbläst, beweist damit, dass es allmählich lernt, Verantwortung zu übernehmen, und ein alter Mensch, dem die Puste fehlt, um die Kerzen zu löschen, zeigt damit, dass seine aktive Lebensphase vorüber ist.

Edmond Wells

Enzyklopädie des relativen und absoluten Wissens, Bd. 3

114. Luftmangel

Zum Glück gehörte der Keller, in dem der Gang endete, zu einem Haus, das weit von den Polizeiwagen entfernt war. Julie stützte sich immer schwerer auf Ji-woongs Schulter, während sie sich auf die Suche nach einer Apotheke machten, die um drei Uhr nachts noch geöffnet hatte.

Als Ji-woong verzweifelt an die Tür einer geschlossenen Apotheke klopfte, wurde im ersten Stock ein Fenster aufgerissen, und ein Mann im Pyjama beugte sich heraus.

»Sinnlos, die ganze Nachbarschaft aufzuwecken. Die einzige Apotheke, die um diese Zeit offen ist, befindet sich im Nachtclub.«

»Soll das ein Witz sein?«

»Keineswegs. Nachdem nachts hauptsächlich Kondome verkauft werden, ist eine Apotheke direkt im Nachtclub doch sehr praktisch, finden Sie nicht auch?«

»Und wo ist dieser Nachtclub?«

»Biegen Sie am Ende dieser Straße nach rechts in die Sackgasse ab, dann sehen Sie sie schon. Die Bar heißt ›Zur Hölle‹.«

Die rote Leuchtschrift »Zur Hölle« war wirklich nicht zu übersehen; um die Lettern tanzten Teufelchen mit Fledermausflügeln.

Julie war am Ende ihrer Kräfte. »Luft! Luft!«, flehte sie. Warum gab es nur so wenig Luft auf diesem Planeten?

Ji-woong hielt sie aufrecht und bezahlte für den Eintritt, so als wollten sie hier nur tanzen. Für den Türhüter, dessen Gesicht nicht nur tätowiert, sondern auch noch mit Ringen in Nase und Lippen geschmückt war, war es nichts Ungewöhnliches, ein Mädchen in so traurigem Zustand zu sehen. Die meisten Besucher der »Hölle« kamen hier schon benommen von Alkohol oder Drogen an.

Im Saal dröhnte Alexandrines Stimme »I love you, mon amour, je t'aime«, und die Paare wiegten sich eng umschlungen. Der Diskjockey drehte die Lautstärke noch mehr auf und schaltete alle Lichter bis auf die kleinen roten Blinklämpchen aus. Er wusste genau, was er machte. Bei diesem Höllenlärm und dieser Dunkelheit hatten all jene, die nichts zu sagen wussten oder von der Natur stiefmütterlich behandelt worden waren, die gleichen Chancen, jemanden zu verführen, wie die Schönen und Geistreichen.

Ji-woong bahnte sich rücksichtslos einen Weg durch die Menge, nur darauf bedacht, die halb ohnmächtige Julie rasch in die Apotheke zu schaffen. Hinter einer offenen Tür blätterte eine Dame in weißer Bluse in einer Illustrierten und kaute Kaugummi. Als sie das Paar sah, nahm sie einen der Wattebäusche heraus, die ihre Ohren schützten, und bedeutete Ji-woong, die Tür zu schließen. Der Lärm wurde etwas erträglicher.

»Ventolin, bitte! Schnell, diese junge Dame hat einen schweren Asthmaanfall.«

»Haben Sie ein Rezept?«, fragte die Apothekerin seelenruhig.

»Sie sehen doch, dass es hier um Leben oder Tod geht. Ich bezahle Ihnen, so viel Sie wollen.«

Julie war wirklich in einem bemitleidenswerten Zustand. Ihr Mund öffnete und schloss sich krampfartig, wie bei einem Fisch auf dem Trockenen. Doch die Frau ließ sich von diesem Anblick nicht erweichen.

»Tut mir leid, aber hier ist keine Lebensmittelhandlung, sondern eine Apotheke. Ventolin ist rezeptpflichtig, und ich muss mich an meine Vorschriften halten. Sie sind nicht die Ersten, die mir eine solche Komödie vorspielen. Jeder weiß doch, dass Ventolin die Gefäße erweitert und deshalb schlappe Männer wieder munter macht.«

Das war zu viel für Ji-woong. Er packte die Apothekerin am Blusenkragen, und weil er keine andere Waffe hatte, hielt er ihr seinen Wohnungsschlüssel an die Kehle.

»Ich scherze nicht«, sagte er drohend. »Ventolin, bitte, oder Sie werden gleich selbst Medikamente benötigen – rezeptfreie oder rezeptpflichtige.«

Die Apothekerin wusste, dass es sinnlos wäre, bei diesem Lärm um Hilfe zu rufen. Sie nickte zum Zeichen ihrer Kapitulation, holte das Aerosol und händigte es Ji-woong widerwillig aus.

Es war höchste Zeit, denn Julie hatte schon Atemstillstand. Ji-woong musste ihr die Lippen öffnen und das Mundstück mühsam zwischen die Zähne zwängen.

»Schnell, atme, ich bitte dich!«

Mit schier übermenschlicher Anstrengung gelang ihr der erste Atemzug, und mit dem Ventolin flutete das Leben in sie zurück. Ihre Lungen öffneten sich wie eine Blume im Wasser.

»Wie viel Zeit man doch mit Formalitäten vergeudet!«, knurrte Ji-woong in Richtung der Apothekerin, bemerkte aber nicht, dass sie mit dem Fuß auf einen Alarmknopf drückte. Diese Direktverbindung zur Polizei war eingebaut worden, weil hier Angriffe von Drogensüchtigen nicht auszuschließen waren.

Nachdem Ji-woong ganz korrekt bezahlt hatte, traten sie den Rückweg durch den Nachtclub an. Wieder war ein Hit von Alexandrine zu hören: »Une passion d'amour«, und die Paare tanzten immer noch eng umschlungen in fast völliger Dunkelheit.

Julie realisierte erst jetzt, wo sie sich befand, und plötzlich wünschte sie sich, von Ji-woong in die Arme genommen zu werden. Sie betrachtete den Koreaner. Er war schön und hatte etwas Katzenhaftes an sich. In dieser bizarren Umgebung wirkte er besonders reizvoll, und obwohl sie sich schämte, verspürte sie ein schier unwiderstehliches Verlangen nach ihm.

»Schau mich nicht so an«, sagte Ji-woong. »Ich weiß, dass du so engen Körperkontakt nicht ertragen kannst. Hab keine Angst, ich werde dir nicht vorschlagen, mit mir zu tanzen.«

Sie wollte gerade widersprechen, als zwei Polizisten auftauchten, denen die Apothekerin ihre Angreifer genau beschrieb.

Ji-woong zog Julie in die Mitte der Tanzfläche, wo es am dunkelsten war, und umarmte sie, um nicht aufzufallen.

Doch ausgerechnet in diesem Augenblick schaltete der Diskjockey die volle Beleuchtung wieder ein. Erst jetzt konnte man sehen, was für Typen in der »Hölle« verkehrten: Sado-Maso-Paare in Lederkleidung, Homosexuelle, Bisexuelle, als Männer verkleidete Frauen, als Frauen verkleidete Männer … Alle waren völlig verschwitzt.

Die Polizisten schoben sich langsam durch diese exotische Menge. Wenn sie die beiden »Ameisen« erkannten, würden sie sie bestimmt festnehmen. In dieser Notlage tat Julie etwas Unvorstellbares: Sie umfasste das Gesicht des Koreaners mit beiden Händen und küsste ihn auf den Mund. Der junge Mann war total überrascht.

Es wurde ein sehr langer Kuss, denn die Polizisten näherten sich. Julie hatte gelesen, dass auch die Ameisen Küsse kennen, nur unter einem anderen Namen: Trophallaxis. Im Gegensatz zu den Menschen tauschten sie während des Mundkontakts allerdings auch noch

Nahrung aus, was Julie und Ji-woong zum Glück nicht zu tun brauchten.

Die Polizisten musterten sie misstrauisch.

Wie Strauße, die bei Gefahr den Kopf in den Sand stecken, schlossen die beiden »Ameisen« die Augen und hörten nicht einmal mehr Alexandrines Stimme. Julie wollte die muskulösen Arme des Koreaners noch viel fester um sich spüren, doch die Polizisten verließen den Nachtclub unverrichteter Dinge, und der magische Moment war vorüber. Verlegen lösten sie sich voneinander.

»Entschuldige bitte!«, brüllte Ji-woong ihr ins Ohr, um sich bei dem Radau verständlich zu machen.

»Wir hatten wirklich keine andere Wahl«, murmelte Julie.

Er nahm sie bei der Hand, sie verließen die »Hölle« und kehrten durch den Keller und den unterirdischen Gang ins Gymnasium zurück.

115. ENZYKLOPÄDIE

Annäherung durch Spiele In den sechziger Jahren kaufte ein französischer Pferdezüchter vier feurige graue Hengste, die sich sehr ähnlich sahen. Bedauerlicherweise konnten sie einander aber nicht ausstehen, und es war unmöglich, aus ihnen ein Gespann zu machen, denn sie wollten jedes Mal in vier verschiedene Richtungen ausbrechen.

Ein Tierarzt kam schließlich auf die Idee, sie in vier nebeneinanderliegenden Boxen unterzubringen und an den Trennwänden Spielzeuge anzubringen: Rollen, die man mit dem Maul anstoßen konnte, Bälle, die sich mit den Hufen von einer Box in die andere kicken ließen, und bunte Mobiles, die an Schnüren hingen.

Die Pferde mussten in regelmäßigen Abständen die Boxen wechseln, damit alle sich kennenlernen und miteinander spielen konnten. Nach einem Monat waren die vier Hengste unzertrennlich. Sie gaben nicht nur ein ideales Gespann ab, sondern schienen ihre Arbeit sogar als Spiel zu empfinden.

EDMOND WELLS

Enzyklopädie des relativen und absoluten Wissens, Bd. 3

116. HELLE AUFREGUNG

Nr. 7 ist fasziniert von den vergrößerten Ameisenschatten an den Wänden. Sie greift nach einem abgekühlten Stückchen Holzkohle und zeichnet damit die Umrisse einer dieser Gestalten nach. Als sie fertig ist, zeigt sie ihr Werk den anderen, die ein lebendiges Insekt vor sich zu sehen glauben und mit ihm Kontakt aufzunehmen versuchen. Sie hat große Mühe, ihnen klarzumachen, dass das nur eine Nachbildung ist. Mit wenigen Kohlestrichen hat Nr. 7 soeben die bildende Kunst der Ameisen erschaffen, die große Ähnlichkeit mit den Höhlenmalereien von Lascaux hat. Sie betrachtet ihre Zeichnung und stellt fest, dass Schwarz für ein lebensgetreues Bild nicht ausreicht. Sie braucht Farben.

Aber woher soll sie Farben nehmen? Eine graue Ameise, die gerade ihr Werk bewundert, kommt ihr sehr gelegen. Sie lässt sie kurz entschlossen zur Ader, und das weiße Blut bewirkt, dass die Konturen von Gesicht und Fühlern der Ameise an der Wand tatsächlich schärfer hervortreten. Sehr gelungen, lobt sich die Künstlerin. Die graue Ameise hat ihrer Ansicht nach keinen Grund zur Klage, denn sie hat soeben als erstes Insekt ein Opfer für die Kunst gebracht.

Die Ameisen geraten jetzt in einen schöpferischen Rausch und wetteifern miteinander. Während Nr. 7 malt, experimentieren andere mit dem Feuer oder erforschen das Hebelprinzip. Nichts ist unmöglich! Ihre eigene Gesellschaft, die sie bisher für sehr fortschrittlich gehalten haben, kommt ihnen plötzlich mehr als rückständig vor.

Jede der Ameisen findet ihr eigenes Interessengebiet. Sie alle profitieren von den Anregungen und Erfahrungen der Prinzessin, und Nr. 5 ist ihre wichtigste Assistentin geworden. Nr. 6 kann am geschicktesten mit Feuer umgehen. Nr. 7 begeistert sich für die Malerei. Nr. 8 erforscht den Hebel, Nr. 9 das Rad. Nr. 10 legt das Gedächtnispheromon über Sitten und Gebräuche der Finger an. Nr. 11 interessiert sich für Architektur und für die verschiedenen Formen des Nestbaus. Nr. 12 ist seit den Bootsreisen von der Navigation fasziniert. Nr. 13 denkt über die neuen Waffen – glühender Zweig und Schildkrötenkriegsschiff – nach. Nr. 14 wünscht sich Dialoge mit fremden Tierarten, Nr. 15 beschäftigt sich mit den neuen Gerichten, die sie auf dieser Reise probiert hat, und Nr. 16 erstellt eine Kartografie der verschiedenen Pisten, denen sie bisher gefolgt sind.

Die Prinzessin spricht über das Fernsehen der Finger, in dem oft Geschichten zu sehen sind, die mit der Realität nichts zu tun haben. Nr. 10 trägt die neuesten Informationen über die Finger gewissenhaft ins Gedächtnispheromon ein.

ROMANE

Die Finger erfinden Geschichten, die sie Romane oder Drehbücher nennen.

Sie denken sich Personen, Orte und sogar ganze Welten aus, die es nicht gibt.

Welchen Sinn soll das haben?

Sie wollen einfach hübsche Geschichten erzählen. Es gehört zu dem, was sie »Kunst« nennen.

Wie sind diese Geschichten aufgebaut?

Den Filmen nach zu schließen, die Nr. 103 gesehen hat, haben sie einen genauso einfachen Aufbau wie die Witze und Anekdoten, jene seltsamen kurzen Geschichten, die bei den Fingern krampfhafte Zuckungen hervorrufen.

Alle bestehen aus einem Anfang, einer Mitte und einem unerwarteten Schluss.

Prinz Nr. 24 hört der Prinzessin aufmerksam zu, und obwohl er ihre Begeisterung für die Welt der Finger nicht teilt, kommt ihm plötzlich die Idee, alles, was sie erzählt, als erfundene Geschichte neu zu gestalten. Er will den ersten Pheromonroman der Ameisen verfassen, nach dem Vorbild der großartigen Ameisensagen. Was er mittlerweile über die Finger weiß, müsste ausreichen, um spannende Abenteuer einzuflechten. Der Prinz fühlt sich dieser Aufgabe durchaus gewachsen und hat sogar schon einen Titel für sein Erstlingswerk. Ganz einfach: *Die Finger.*

Nr. 103 schaut sich das Gemälde von Nr. 7 an. Die Künstlerin sagt, sie brauche unbedingt verschiedene Pigmente, und die Prinzessin schlägt ihr vor, Pollen für das Gelb, Gras für das Grün und zerhackte Klatschmohnblütenblätter für das Rot zu verwenden. Nr. 7 befolgt diesen Rat und rührt ihre Farben mit Speichel und Honigtau an. Zusammen mit zwei anderen Ameisen, die sie als Assistentinnen gewinnen konnte, macht sie sich daran, den Gegenkreuzzug auf einem Platanenblatt darzustellen. Sie zeichnet drei Ameisen und, weit von ihnen entfernt, einen rosa Kegel. Für die rosa Farbe muss sie den zerhackten Mohn mit sehr viel Speichel verdünnen. Dann malt sie mit Pollen eine gelbe Linie, die von den Ameisen zum rosa Kegel führt.

Das ist das Feuer. Es ist ein Bindeglied zwischen Ameisen und Fingern.

Während sie ihrer jungen Gefährtin zuschaut, hat Nr. 103 eine glänzende Idee. Anstatt ihre Expedition wie bisher als Gegenkreuzzug zu bezeichnen, sollte sie ihr den Namen »*Revolution der Finger*« geben, denn ihr Wissen über die Welt der Finger wird bestimmt zu gewaltigen Umwälzungen in der Ameisengesellschaft führen.

Am Feuer wird währenddessen heftig debattiert. Ameisen, die Angst vor der Glut haben, verlangen, dass sie sofort gelöscht und nie neu entfacht wird. Bald kommt es zwischen Anhängerinnen und Gegnerinnen des Feuers zu Schlägereien.

Der Prinzessin gelingt es nicht, die erbittert Kämpfenden zu trennen. Erst nachdem drei Tote zu beklagen sind, kommen die Ameisen zur Vernunft und sind wieder zu einer sachlichen Diskussion bereit. Einige beharren, das Feuer sei tabu. Andere halten dem entgegen, es handle sich um eine moderne Entwicklung, und wenn die Finger das Feuer furchtlos benutzten, könnten die Ameisen das logischerweise auch. Durch das Tabu seien sie technologisch ins Hintertreffen geraten. Hätten die Ameisen das Feuer schon vor Jahrmillionen objektiv erforscht und seine positiven und negativen Auswirkungen gegeneinander abgewägt, wüssten sie jetzt bestimmt genauso gut wie die Finger über »Kunst«, »Liebe« und »Humor« Bescheid.

Die Feuergegner erwidern, die Vergangenheit habe bewiesen, dass das Feuer einen ganzen Wald zerstören könne. Die Ameisen hätten einfach nicht genug Erfahrung, um es vernünftig einzusetzen. Die Protagonisten entgegnen, sie selbst hätten mit dem Feuer bisher keinen Schaden angerichtet, aber dafür die Zwerginnen besiegt.

Schließlich einigt man sich darauf, das Feuer weiterhin zu erforschen, aber die Sicherheitsmaßnahmen zu erhöhen. In Zukunft müsse Glut immer von einem Graben umgeben sein, so wird beschlossen, denn es könnte verheerende Folgen haben, wenn die überall herumliegenden Tannennadeln in Brand gerieten.

Eine Pro-Feuer-Ameise hat ein Heuschreckenbein gebraten und verkündet stolz, gegart schmecke das Fleisch viel besser. Doch vor lauter Begeisterung wagt sie sich zu nahe an ihren Herd heran, eines ihrer Beine fängt Feuer, und Sekunden später schmilzt sie mitsamt ihrem köstlichen Mahl im Magen dahin.

Die Prinzessin verfolgt diese ganze Aufregung ein wenig besorgt. Ihre Berichte über die Welt der Finger waren für die anderen Ameisen eine solche Sensation, dass sie jetzt richtig konfus sind. Sie benehmen sich wie durstige Insekten, die, wenn sie endlich Wasser finden, viel zu schnell und viel zu viel trinken und daran sterben. Man muss langsam und in kleinen Mengen trinken, um den Organismus nicht zu überfordern.

Wenn sie nicht sehr aufpasst, könnte die *Revolution der Finger* sehr schnell außer Kontrolle geraten …

Die Folgen wären unabsehbar. Doch andererseits kann sie die allgemeine Überreizung gut verstehen, denn für sie alle ist dies ja die erste Nacht ihres Lebens, in der sie überhaupt nicht schlafen. Draußen ist es dunkel, aber in ihrer Höhle strahlt eine kleine Sonne.

117. Zweiter Tag der »Revolution der Ameisen«

Die Nacht war vorüber, und die Sonne ging auf.

Es war sieben Uhr morgens, und im Gymnasium von Fontainebleau brach der zweite Revolutionstag an.

Julie schlief noch.

Sie träumte von Ji-woong. Er knöpfte ihre Hemdbluse auf, hakte ihren BH auf, entkleidete sie langsam und wollte sie küssen.

»Nein«, protestierte sie schwach und wand sich in seinen Armen.

»Wie du willst«, erwiderte er ruhig. »Schließlich ist dies dein Traum, und du triffst die Entscheidungen.«

Diese harten Worte brachten sie jäh in die Realität zurück.

»Julie ist aufgewacht. Kommt schnell her!«, rief jemand.

Eine Hand zog sie hoch.

Julie stellte fest, dass sie im Freien auf alten Zeitungen und Kartons geschlafen hatte. Sie hatte keine Ahnung, wo sie war und wie sie hierhergeraten war. Mindestens zwanzig unbekannte Männer kauerten um sie herum und schienen sie beschützen zu wollen.

Erst als sie die Menge sah, fiel ihr alles wieder ein. Sie hatte so starke Migräne, dass ihr Schädel zu zerspringen drohte, und sie wünschte sich, sie säße zu Hause am Frühstückstisch, würde Milchkaffee schlürfen, an einem Schokoladenbrötchen knabbern und dabei die Morgennachrichten im Rundfunk hören.

Am liebsten hätte sie sich aus dem Staub gemacht, in den Bus gesetzt, eine Zeitung gekauft, um zu verstehen, was geschehen war, und wie jeden Morgen mit der Bäckerin geplaudert. Sie war eingeschlafen, ohne sich abzuschminken, und das war ein grässliches Gefühl. Bestimmt würde sie Pickel bekommen! Sie verlangte Gesichtsmilch und ein kräftiges Frühstück, und man brachte ihr ein Glas Wasser zum Abschminken und einen Plastikbecher Pulverkaffee, der sich im lauwarmen Wasser nicht richtig aufgelöst hatte.

»Na ja, was kann man im Krieg schon erwarten«, seufzte sie und schluckte das Gebräu.

Immer noch nicht ganz wach, betrachtete sie verwirrt das bunte Treiben auf dem Schulhof und glaubte zu träumen, als sie auf der Schulfahne das Emblem ihrer kleinen Revolution entdeckte – den Kreis, das Dreieck und die drei Ameisen.

Die Sieben Zwerge kamen angelaufen. »Schau dir das an!«

Léopold hob eine der Decken am Gitter etwas an, und sie sah anrückende Polizisten. Auch das noch an diesem anstrengenden Morgen!

Die Mädchen vom Aikido-Club brachten die Wasserschläuche wieder in Position und durchnässten die Polizisten, die sofort den Rückzug antraten. Dieses Manöver war jetzt fast schon Routine.

Die Belagerten hatten einen weiteren Sieg errungen. Julie wurde gefeiert und auf Schultern zum Balkon im ersten Stock getragen. Man erwartete eine Rede von ihr.

»Auch heute morgen versuchen die Sicherheitskräfte, uns von hier zu vertreiben«, begann sie. »Sie werden bestimmt wiederkommen, und wir werden ihnen wieder trotzen. Wir stören sie, weil wir uns hier einen kleinen Freiraum geschaffen haben, der sich der Kontrolle des Establishments entzieht. Uns steht mit diesem Gymnasium ein großartiges Labor zur Verfügung, in dem wir versuchen werden, etwas Vernünftiges aus unserem Leben zu machen.«

Sie trat näher an die Brüstung heran. »Wir werden unser Schicksal selbst in die Hand nehmen.«

Vor Publikum zu sprechen war etwas anderes, als vor Publikum zu singen, aber es war nicht minder berauschend.

»Erfinden wir eine neue Art der Revolution, eine gewaltlose Revolution, die neue Visionen vom Fortbestand der Gesellschaft entwickelt. Die Revolution ist in erster Linie ein Liebesakt, hat Che Guevara einmal gesagt. Er konnte seine Vision nicht verwirklichen, aber wir werden alles daransetzen, es mit der unseren zu schaffen.«

»Ja, aber dies ist auch die Revolution der Vorstädte und aller jungen Leute, denen die Bullen ein Dorn im Auge sind. Wir hätten diese Schweine gestern abmurksen sollen!«, brüllte jemand.

Eine andere Stimme: »Nein, dies ist die Revolution der Ökologen gegen Umweltverschmutzung und Atomkraft!«

»Eine Revolution gegen den Rassismus!«, rief ein dritter.

»Nein, eine Revolution gegen das Großkapital!«, protestierte ein Vierter. »Wir haben dieses Gymnasium besetzt, weil es ein Symbol für die Ausbeutung des Volkes durch die Bourgeois ist.«

Alle schrien plötzlich durcheinander. Viele wollten diese Manifestation für ihre eigenen Anliegen in Anspruch nehmen, und weil die Ziele sehr verschieden waren, sah man schon erste hassverzerrte Gesichter.

»Sie sind wie eine Schafherde ohne Hirten«, murmelte Francine. »Das ist gefährlich.«

»Wir müssen ihnen ein klares Ziel vorgeben, und zwar schnell, sonst ist hier bald die Hölle los«, mahnte auch David.

»Ja, wir müssen unsere Revolution genau definieren, damit andere sie nicht für ihre Zwecke missbrauchen können«, fügte Ji-woong hinzu.

Julie fühlte sich in die Enge getrieben. Ratlos blickte sie auf die vielen unruhigen Menschen hinab, die offenbar bereit waren, auf den zu hören, der am lautesten brüllen konnte.

Der hasserfüllte Blick des Burschen, der die Polizei bekriegen wollte, bestürzte sie zutiefst. Sie kannte ihn. Es war ein Mitschüler, der seine Aggressionen an schwachen Lehrern ausließ, ein feiger Rowdy, der Schüler aus der Unterstufe schikanierte. Aber auch der Umweltschützer und der Klassenkämpfer sahen nicht viel sympathischer aus.

Julie wollte »ihre« Revolution nicht irgendwelchen Rowdys oder politischen Fanatikern überlassen. Sie musste die Menge in eine andere Richtung lenken.

Am Anfang war das Wort. Man musste die Dinge beim Namen nennen. Aber wie sollte sie ihre Revolution definieren?

Plötzlich kam ihr die Erleuchtung. Natürlich: die Revolution der ... Ameisen! Das war das Motto des gestrigen Konzerts gewesen, das war ihre Hymne, das stand auf den T-Shirts der Amazonen, und auch das Motiv auf der Fahne symbolisierte diese *Revolution der Ameisen.*

Sie hob beschwörend die Arme. »Nein! Nein! Wir dürfen uns nicht von diesen uralten Themen in Beschlag nehmen lassen! Das ist doch Schnee von vorgestern. Eine neue Revolution braucht neue Ziele.«

Keine Reaktion.

»Ja, wir sind wie die Ameisen! Klein, aber stark durch Einheit. Uns liegt nichts an Formalitäten und mondänen Veranstaltungen! Wir wollen eine echte Gemeinschaft! Wir sind wie die Ameisen. Wir haben keine Angst, scheinbar uneinnehmbare Festungen anzugreifen, denn gemeinsam sind wir stark. Die Ameisen weisen uns einen Weg, der sich als segensreich erweisen kann. Jedenfalls hat er den großen Vorteil, noch nie erprobt worden zu sein.«

Murren in der skeptischen Menge. Der Funke zündete nicht. Sie fuhr rasch fort:

»Die Ameisen sind winzig, aber gemeinsam lösen sie alle Probleme. Sie bieten uns nicht nur neue Werte, sondern auch eine neue soziale Struktur, eine neuartige Kommunikation und neuartige zwischenmenschliche Beziehungen.«

Diese vagen Ausführungen stellten die Aktivisten der verschiedenen Richtungen natürlich nicht zufrieden.

»Und die Umweltverschmutzung?«

»Und der Rassismus?«

»Und der Klassenkampf?«

»Und die Probleme in den Vororten?«

»Ja, ganz richtig«, wurden Stimmen in der Menge laut.

Julie fielen einige Sätze aus der *Enzyklopädie* ein. »Vorsicht vor Menschenmassen! Der Intelligenzquotient einer Menge ist niedriger als die Summe der Intelligenzquotienten der Individuen, aus denen diese Menge besteht. Für die Masse gilt nicht mehr 1 + 1 = 3, sondern 1 + 1 = 0,5.«

Eine fliegende Ameise schwirrte dicht an Julie vorbei, und sie sah darin ein Zeichen, dass die Natur ihr beipflichtete.

»Hier findet die Revolution der Ameisen und nur die *Revolution der Ameisen* statt!«

Einen Moment herrschte Unschlüssigkeit. Julie wusste, dass die Sache auf der Kippe stand, und sie war fast schon bereit aufzugeben. Trotzdem machte sie das Siegeszeichen V, und die fliegende Ameise ließ sich unvermutet auf ihrem Zeigefinger nieder. Dieses Bild rührte alle an, die in der Nähe standen. Wenn sogar die Insekten zustimmten …

»Julie hat Recht. Es lebe die *Revolution der Ameisen*!«, rief Elisabeth, die Anführerin der Amazonen vom Aikido-Club.

»Es lebe die *Revolution der Ameisen*!«, wiederholten die Sieben Zwerge.

Jetzt nur nicht wieder die Zügel verlieren! Julie hob die Stimme:

»Wo sind die Visionäre?«

Diesmal reagierte die Menge sofort. »Wir sind die Visionäre.«

»Wo sind die Erfinder?«

»Wir sind die Erfinder.«

Sie stimmte die Hymne an:

Wir sind die neuen Visionäre,
wir sind die neuen Erfinder!
Wir sind die kleinen Ameisen, die die verkrustete alte Welt zum Einsturz bringen!

Auf diesem Gebiet konnten die Störenfriede nicht mit ihr konkurrieren. Dazu hätten sie erst jahrelang Gesangsunterricht nehmen müssen.

Mit einem Schlag herrschte wieder allgemeine Begeisterung, und alle schmetterten die Hymne.

Julie hatte das Gefühl, einen Zwölftonner zu lenken. Für das kleinste Manöver brauchte man ungeheure Kraft, und man durfte die Fahrbahn keine Sekunde aus den Augen verlieren. Doch während es Führerscheine für das Lenken von LKW gab, hatte sie noch nichts von einem Führerschein für Revolutionen gehört.

Vielleicht wäre es besser gewesen, im Geschichtsunterricht gut aufzupassen. Dann wüsste sie jetzt, wie ihre großen Vorgänger Trotzki, Lenin, Che Guevara und Mao sich in solchen Situationen verhalten hätten.

Die Radikalen aus allen Lagern schnitten Grimassen, spuckten auf den Boden und fluchten leise vor sich hin, wagten aber keine lautstarken Proteste mehr, weil sie sich in der Minderheit wussten.

»Wer sind die neuen Visionäre? Wer sind die neuen Erfinder?«, wiederholte Julie, die sich an diese Sätze wie an einen Rettungsring klammerte.

Die Menge in die richtigen Bahnen lenken, um gemeinsam etwas aufbauen zu können … Das Problem bestand nur darin, dass sie noch immer nicht wusste, was sie eigentlich aufbauen wollte.

Plötzlich kam jemand angerannt und flüsterte ihr ins Ohr: »Die Bullen haben alles weiträumig abgeriegelt! Bald kommt hier keiner mehr raus.«

Julie griff wieder zum Mikrofon. »Mir wurde soeben berichtet, dass die Polizei die ganze Umgebung abriegelt. Das heißt, dass wir uns hier – im Zentrum einer modernen Stadt – wie auf einer einsamen Insel fühlen werden. Wer aufbrechen will, sollte es sofort tun, solange es noch möglich ist.«

Dreihundert Personen strömten in Richtung Tor, hauptsächlich ältere Menschen, die befürchteten, dass ihre Familien sich Sorgen machen würden. Dieses Fest hatte ihnen viel Spaß gemacht, aber jetzt mussten sie in den Alltag zurück. Doch auch viele Jugendliche brachen auf, die einen, weil sie Angst vor väterlichen Strafmaßnahmen hatten, die anderen, weil sie zwar Rockmusik liebten, sich aber keinen Deut für diese Ameisenrevolution interessierten.

Zuletzt verzogen sich auch die politischen Aktivisten, denen es nicht gelungen war, ihre eigenen Vorstellungen durchzusetzen.

Das Tor wurde geöffnet. Die Polizei beobachtete tatenlos den Abzug eines Teils der Demonstranten, ohne den Versuch zu machen, das Schulgelände zu stürmen.

»Und nun, da sich hier nur noch Menschen guten Willens befinden, beginnt das eigentliche Fest!«, rief Julie.

118. Enzyklopädie

Utopie der amerikanischen Indianer Die nordamerikanischen Indianer – egal ob Sioux, Cheyenne, Apachen, Navajo oder Komantschen – hatten übereinstimmende Grundsätze.

Sie betrachteten sich als Teil der Natur, nicht als Herren der Natur. Sobald ein Stamm den Wildbestand einer Region stark dezimiert hatte, zog er weiter, damit die Tiere sich wieder vermehren konnten. Auf gar keinen Fall wollte man irgendeine Tierart ausrotten.

Individualismus war im Wertesystem der Indianer keine Tugend, sondern eine Schmach. Es war verpönt, etwas für sich selbst zu tun. Man besaß nichts, man hatte auf nichts ein Anrecht. Sogar heutzutage weiß jeder Indianer, der sich ein Auto kauft, dass er es dem erstbesten Indianer, der ihn darum bittet, ausleihen muss.

Die Kinder wurden ohne Zwänge erzogen. Im Wesentlichen erzogen sie sich selbst.

Die Indianer kannten die Selbstbefruchtung von Pflanzen und erzeugten auf diese Weise unter anderem Hybridmais. Mit Hilfe von Kautschuksaft konnten sie wasserdichte Stoffe herstellen, und ihre feinen Baumwollgewebe hatten in Europa nicht ihresgleichen. Sie kannten auch die heilende Wirkung der Salicylsäure und des Chinins ...

In der nordamerikanischen Indianergesellschaft gab es keine erbliche Macht, auch keine Macht auf Lebenszeit. Beim Pow-Wow, der Ratsversammlung eines Stammes, konnte jeder seine Meinung äußern. Die Indianer hatten schon lange vor den republikanischen Revolutionen in Europa eine ratgebende Versammlung. Und wenn die Mehrheit kein Vertrauen mehr zum Häuptling hatte, zog er sich freiwillig zurück.

Es war eine egalitäre Gemeinschaft. Gewiss, es gab einen Häuptling, aber er war es nur so lange, wie die anderen ihn als Führer akzeptierten. An einen beim Pow-Wow gefassten Beschluss musste man sich nur halten, wenn man selbst dafür gestimmt hatte. (Das ist in etwa so, als müssten sich bei uns nur jene, die ein Gesetz für gerecht halten, es auch befolgen.)

Eine Berufsarmee hat es nie gegeben. Wenn nötig, nahmen alle an der Schlacht teil, doch die soziale Stellung eines Kriegers hing in erster Linie davon ab, ob er auch ein guter Jäger, Landwirt und Familienvater war.

Die Achtung vor dem Leben – vor jedem Leben – war oberstes Gebot, und die Indianer schonten das Leben ihrer Feinde in der Hoffnung, dass diese sich genauso verhalten würden. Immer galt das Gegenseitigkeitsprinzip: »Was du nicht willst, dass man dir tu, das füg auch keinem andern zu!«

Krieg wurde mehr oder weniger als Spiel betrachtet, bei dem man seinen Mut unter Beweis stellen konnte, ohne den Feind vernichten zu wollen. Ziel des Kampfes war vielmehr, den Feind mit dem abgerundeten Ende einer Lanze zu berühren.

Das war eine größere Ehre, als ihn zu töten. Diese »Berührungen« wurden gezählt. Normalerweise wurde der Kampf beendet, sobald das erste Blut floss. Tote gab es selten.

Das Hauptziel der Kriege zwischen Indianern bestand darin, die Pferde des Feindes zu stehlen. Die von Europäern geführten Massenkriege blieben ihnen unverständlich. Sie waren schockiert, als sie sahen, dass die Weißen sogar Alte, Frauen und Kinder töteten. Das war in ihren Augen nicht nur barbarisch, sondern auch unlogisch und abwegig.

Trotzdem konnten die nordamerikanischen Indianer den Angriffen der Europäer relativ lange Widerstand leisten. Die südamerikanischen Indianer waren viel leichter zu besiegen. Dort genügte es, den König zu enthaupten, und schon brach die ganze Gesellschaftsordnung zusammen. Das ist die große Schwäche aller hierarchischen Systeme mit zentralisierter Administration. Man hat sie in der Hand, sobald man sich des Monarchen bemächtigt. Hingegen hatten es die Cowboys in Nordamerika mit Hunderten von Wanderstämmen zu tun, und statt eines unbeweglichen Königs gab es Hunderte beweglicher Häuptlinge. Gelang es den Weißen, einen Stamm von 150 Personen zu unterwerfen oder zu vernichten, mussten sie kurz darauf den nächsten Stamm mit 150 Personen angreifen.

Trotzdem trugen sie die Schuld an einem Massaker von gigantischen Ausmaßen. Im Jahre 1492 gab es in Nordamerika zehn Millionen Indianer. Im Jahre

1890 waren es nur noch 150 000! Hauptursache für diese Dezimierung waren die von Weißen eingeschleppten Krankheiten.

Bei der Schlacht von Little Big Horn am 25. Juni 1876 kam es zur größten Vereinigung von Indianerstämmen: Zehn- bis zwölftausend Menschen, darunter drei- bis viertausend Krieger, fügten der Armee von General Custer eine vernichtende Niederlage zu. Doch nach diesem Sieg trennten sich die Indianer wieder, weil es schwierig war, so viele Menschen auf kleinem Territorium zu verpflegen. Außerdem glaubten sie, nach dieser Schmach würden die Weißen nie wieder einen Angriff wagen.

Doch ein Stamm nach dem anderen wurde aufgerieben. Bis 1900 versuchte die amerikanische Regierung, die Indianer auszurotten. Nach 1900 ging sie davon aus, dass auch die Indianer sich in den »Schmelztiegel« integrieren würden, genau wie die Schwarzen, die Chinesen, Iren und Italiener.

Doch diese Hoffnung erfüllte sich nicht, denn die Indianer wollten partout nicht einsehen, was sie vom politischen und sozialen System der Amerikaner lernen könnten, das sie für unterentwickelt hielten.

EDMOND WELLS
Enzyklopädie des relativen und absoluten Wissens, Bd. 3

119. KUNST UND AUGEN

Gleich nach Sonnenaufgang machen sich die Ameisen auf den Weg. Sie setzen mit ihrem Kriegsschiff ans Ufer über und marschieren sodann in westliche Richtung.

Es sind nur etwa hundert, aber sie haben das Gefühl, gemeinsam Berge versetzen zu können. Prinzessin Nr. 103 ist sich bewusst, dass sie nach ihrem Kreuzzug von West nach Ost, bei dem sie das geheimnisvolle Land der Finger entdeckt hat, nun einen Kreuzzug in umgekehrter Richtung durchführt, mit dem Ziel, ihrem Volk jene mysteriöse Welt der Finger zu erklären und dadurch einen Beitrag zur Entwicklung der Ameisenzivilisation zu leisten.

Ein altes Ameisensprichwort drückt das treffend aus: *Jeder, der in irgendeine Richtung aufbricht, kehrt in entgegengesetzter Richtung zurück.*

Die Finger könnten dieses geflügelte Wort niemals verstehen, und die Prinzessin sagt sich, dass die Ameisen eben doch über ihre eigene, ganz spezifische Kultur verfügen.

Die Gruppe durchquert übelriechende Ebenen, wo es Flügelfrüchte von Eschen und Ulmen regnet, und dichte Farnwälder, wo der Tau ihnen ins Gesicht tropft und die Fühler an den Schädel klebt.

Die kostbare Glut muss mit Blättern abgedeckt werden. Nur Prinz Nr. 24 beteiligt sich nicht an dieser Arbeit. Er hält nichts von der zunehmenden Glorifizierung der Welt der Finger.

Am späten Nachmittag wird es unerträglich heiß, und die Ameisen suchen in einem hohlen Baumstumpf Schutz vor der sengenden Sonne.

Die Feuerbegeisterten setzen ihre Experimente fort und verbrennen etwas, das die Luft in weitem Umkreis verpestet. Ein Marienkäfer erkundigt sich, was denn da so bestialisch stinke, und bekommt zu hören, das sei ein Hartflügler. Weil auch er selbst ein Hartflügler ist, tritt der Marienkäfer hastig den Rückzug an und verspeist zum Trost einige Blattläuse, die in der Nähe weiden.

Nr. 7 will die eindrucksvolle Prozession der *Revolution der Finger* künstlerisch darstellen. Sie lässt einige Insekten vor dem Feuer posieren und zeichnet die Umrisse ihrer Schatten auf einem Blatt nach. Ihr größtes Problem besteht darin, dass die Pigmente nicht richtig haften und sich ständig abzulösen drohen. Sie versucht, ihr Werk mit Speichel zu schützen, doch dadurch werden die Farben zu sehr verdünnt. Eine andere Lösung muss gefunden werden.

Im Namen der Kunst ermordet Nr. 7 eine Schnecke und probiert deren Schleim als Haftmittel aus. Das Resultat ist sehr zufriedenstellend. Der Schneckenschleim verdünnt die Farben nicht und wird beim Trocknen hart. Ein ausgezeichneter Lack!

Prinzessin Nr. 103 begutachtet ihr Werk und bestätigt, ja, das sei Kunst. Jetzt fällt es ihr wieder ein: Kunst ist, Dinge herzustellen, die keinen praktischen Nutzen haben, aber an die Realität erinnern.

Kunst ist der Versuch, die Natur nachzubilden, verkündet Nr. 7 inspiriert.

Das erste Geheimnis der Finger haben die Ameisen gelöst. Jetzt müssen sie noch ergründen, was »Liebe« und »Humor« sind.

Nr. 7 stürzt sich mit noch größerer Begeisterung in ihre Arbeit. Das ist das Faszinierende an der Kunst – je mehr Entdeckungen man macht, desto mehr neue hochinteressante Probleme tauchen auf. Wie soll sie beispielsweise Pflanzen und Landschaften malen?

Nr. 10 und Prinz Nr. 24 hören der Prinzessin zu, die wieder über die Finger spricht.

WIMPERN:
Die Finger haben etwas sehr Praktisches an den Augen, die sogenannten Wimpern.

Das sind dichte Haare, die Regenwasser von den Augen fernhalten.

Damit nicht genug, haben sie auch noch einen zweiten Vorteil: Ihre Augenhöhlen liegen im Schädel etwas vertieft, so dass Wasser nicht direkt in die Augen fällt, sondern daran vorbeifließt.

Nr. 10 trägt alles gewissenhaft ins Gedächtnispheromon ein. Doch Nr. 103 weiß noch mehr zu berichten.

TRÄNEN:
Die Augen der Finger verfügen über sogenannte Tränen. Das ist eine Art Speichel, der sie ölt und reinigt.

Dank ihrer Lider – das sind bewegliche Vorhänge, die sich alle fünf Sekunden schließen – sind ihre Augen ständig mit einem durchsichtigen Schmierfilm bedeckt, der sie vor Staub, Wind, Regen und Kälte schützt.

Auf diese Weise haben die Finger immer saubere Augen, ohne sie reiben oder ablecken zu müssen.

Diese komplizierten Augen können sich die anderen Ameisen beim besten Willen nicht vorstellen.

120. Einfach verschimmeln lassen!

Mit weit geöffneten Augen starrten Scynthia und Marguerite Linart auf den Bildschirm. An diesem Abend hatte Scynthia die Fernbedienung in der Hand und wechselte seltener von einem Kanal in den anderen, weil sie sich für mehr Themen interessierte als ihre Tochter.

Kanal 45. Informationen. Zwillinge haben ihre eigene Sprache erfunden und weigern sich, die in der Schule gelehrte offizielle Sprache zu verwenden. Deshalb wurde beschlossen, sie zu trennen, damit sie endlich Französisch lernen. Die Gesellschaft der Kinderärzte bedauert zutiefst, dass das Kultusministerium ihr keine Zeit gelassen hat, diese spontane Sprache zu studieren, die den Zwillingen vielleicht ermöglichte, Dinge ganz anders auszudrücken.

Kanal 673. Werbung. »Essen Sie Joghurt! Essen Sie Joghurt! ESSEN SIE JOGHURT!«

Kanal 345. Der Witz des Tages. »Ein Elefant steigt im Badeanzug aus einer Pfütze und …«

Kanal 678. Nachrichten. Innenpolitik: Die französische Regierung hat der Arbeitslosigkeit den Kampf angesagt. Außenpolitik: Demonstration in Tibet gegen die chinesische Besatzung. Soldaten aus Peking haben friedliche Demonstranten verprügelt und Lamas gezwungen, Tiere zu töten, wodurch ihr Karma befleckt wird. Amnesty International erinnert daran, dass in Tibet wegen der zahlreichen Massaker mittlerweile mehr Chinesen als Tibetaner leben.

Kanal 622. Quiz. »Denkfalle«: »Wie bildet man aus sechs Streichhölzern acht gleich große gleichseitige Dreiecke? Ich erinnere Sie daran, Madame Ramirez, dass Ihr Schlüsselsatz zuletzt lautete: ›Man muss nur nachdenken.‹«

Nachdem man hundert Informationsfetzen gehört hatte, begab man sich zu Tisch. Es gab Pizza aus der Tiefkühltruhe, Kabeljaufilet mit Lauch und Joghurt als Nachtisch.

Maximilien ließ Frau und Tochter vor ihren Joghurtbechern sitzen und schloss sich unter dem Vorwand, arbeiten zu müssen, in seinem Arbeitszimmer ein.

MacYavel schlug ihm eine neue Partie *Evolution* vor. Mit einem kühlen Bier in Reichweite baute der Kommissar eine slawische Zivilisation auf, die ihm bis zum Jahre 1800 keine großen Probleme bereitete. Doch 1870 wurde er von der griechischen Armee geschlagen, weil die Befestigungsanlagen seiner Städte mangelhaft waren. Außerdem war die Moral seines Volkes wegen der korrupten Administration auf einem Tiefpunkt angelangt.

MacYavel warnte ihn vor Aufständen. Er sollte die Rebellion mit Polizeigewalt niederschlagen oder aber sein Volk durch komische Aufführungen ablenken. Maximilien notierte sich, dass Komiker einen Beitrag zur Rettung einer bedrohten Zivilisation leisten konnten, und fügte hinzu: »Humor und Witze haben also nicht nur eine kurzfristige therapeutische Wirkung!« Jetzt bedauerte er, sich den Witz des Tages über den Elefanten im Badeanzug nicht angehört zu haben.

Der Computer machte ihm jedoch klar, dass Komiker ein deprimiertes Volk zwar aufheitern könnten, dass sie aber auch den Respekt vor den Herrschenden untergraben würden. Das Volk amüsiere sich nämlich am meisten über Witze auf Kosten der Machthaber.

Auch das schrieb Maximilien auf.

Ferner wies MacYavel ihn darauf hin, dass er unbedingt lernen müsse, feindliche Festungen zu belagern, weil er ohne Katapulte und Panzer bei der Erstürmung der Mauern zu viele Soldaten verliere.

»Du machst einen zerstreuten Eindruck«, fügte der Computer hinzu. »Bereitet dir diese Pyramide im Wald immer noch Kopfzerbrechen?«

Maximilien staunte wie immer über die Fähigkeit dieser Maschine, sich als Gesprächspartner zu präsentieren.

»Nein, diesmal ist es eine Revolte im Gymnasium, die mir Sorgen macht«, erwiderte er spontan.

»Möchtest du mit mir darüber reden?«, fragte MacYavels Auge, das den ganzen Bildschirm ausfüllte, um seine Aufmerksamkeit zu demonstrieren.

Maximilien kratzte sich nachdenklich am Kinn. »Es ist komisch – mein Problem im wirklichen Leben ist ähnlicher Natur wie das in *Evolution*. Es geht auch hierbei sozusagen um die Belagerung einer Festung.«

Maximilien schilderte die Situation, und der Computer schlug ihm vor, sich über die Belagerungstaktiken im Mittelalter zu informieren. Mit Hilfe seines Modems konnte das Gerät historische Enzyklopädien in der Datenbank abfragen und dem Kommissar Bilder und Texte liefern.

Zu seiner großen Überraschung stellte Maximilien fest, dass eine Belagerung in Wirklichkeit viel komplizierter war als in den Mantel-und-Degen-Filmen. Seit der römischen Antike hatten sich sämtliche Generäle den Kopf darüber zerbrochen. Der Kommissar erfuhr beispielsweise, dass Katapulte nicht nur zum Schleudern von Steinkugeln dienten, die im Grunde wenig Schaden anrichteten, sondern hauptsächlich eingesetzt wurden, um die Belagerten zu demoralisieren, indem man Abfälle, Urin und Kot in kleinen Fässern über die Mauern schickte. Auch bakteriologische Waffen wurden eingesetzt: Mit Hilfe der Katapulte wurden Kadaver von Tieren, die an der Pest gestorben waren, in Brunnen und andere Wasserquellen geworfen.

Ferner gruben die Angreifer Tunnels unter die Wälle, stützten sie mit Holz ab und füllten sie mit Reisigbündeln, die angezündet wurden. Die Tunnels stürzten ein und brachten auch die Mauern ins Wanken. Unter Ausnutzung des Überraschungseffekts konnte man daraufhin die Festung leicht einnehmen.

Eine weitere beliebte Kampfmethode waren erhitzte Kugeln aus Gusseisen, weil die Belagerten verständlicherweise panische Angst davor hatten, von einer solchen vom Himmel gefallenen glühenden Kugel getroffen zu werden.

Der Kommissar erfuhr auf diese Weise, dass es Tausende von Belagerungsstrategien gab. Nun lag es an ihm, eine auszusuchen, die sich zur Einnahme eines Gymnasiums eignete.

Das Telefon läutete. Der Präfekt wollte sich über die Sachlage informieren, und Maximilien berichtete, die Demonstranten seien umzingelt. Niemand könne das Gymnasium betreten oder verlassen.

Dupeyron betonte wieder, am wichtigsten sei es, jedes Aufsehen zu vermeiden. Linart deutete an, dass er einen Sturmangriff auf das Gymnasium plane.

»Um Himmels willen, auf gar keinen Fall!«, rief der Präfekt aufgeregt. »Sie wollen aus diesen Unruhestiftern doch keine Märtyrer machen, oder?«

»Aber sie reden von einer Revolution, und die Leute in der Umgebung des Gymnasiums sind sehr beunruhigt und beschweren sich. Außerdem machen sie mit ihrer Musik so viel Lärm, dass kein Mensch schlafen kann.«

»Lassen Sie sie nur vor sich hin gammeln, lassen Sie sie nur«, insistierte der Präfekt, das sei die beste Taktik. Abwarten, bis Schimmel entsteht – dabei entstünden schließlich die besten Käsesorten, und sogar Brot bestehe aus einer Mischung von Mehl und Hefe, das heißt aus Pilzen.

»Lassen Sie sie dort im Gymnasium verschimmeln, mein lieber Linart! Diese Jugendlichen werden nichts zustande bringen, und alle Revolutionen gehen irgendwann in Fäulnis über. Die Zeit ist ihr größter Feind.«

Dupeyron führte aus, durch weitere Angriffe würde nur die Solidarität unter den Belagerten wachsen. Er solle sie lieber völlig in Ruhe lassen, denn dann würden sie sich gegenseitig zerfleischen wie Ratten in einem Käfig.

»Sie wissen doch selbst, mein lieber Maximilien, wie schwierig das Leben in einer Gemeinschaft ist. Es gibt ja sogar schon Probleme, wenn mehrere Personen sich eine Wohnung teilen – oder kennen Sie etwa Ehepaare, die sich nicht streiten? Und jetzt stellen Sie sich einmal fünfhundert Personen zusammengepfercht in einem Gymnasium vor! Wahrscheinlich gibt es schon jetzt Auseinandersetzungen wegen tropfender Wasserhähne, gestohlener Gegenstände und kaputter Fernseher. Außerdem werden Raucher und Nichtraucher sich bekriegen. Glauben Sie mir, bald wird dort die Hölle los sein!«

121. Revolutionstaktiken

Julie begab sich in den Biologiesaal und zerbrach alle Glasbehälter. Sie befreite die weißen Mäuse, die Frösche und sogar die Regenwürmer.

Eine Scherbe verletzte sie am Unterarm, und sie saugte sich das Blut von der Haut, bevor sie in ihr Klassenzimmer hinüberging, wo der Geschichtslehrer sie mit seinen Bemerkungen über die Unmöglichkeit einer gewaltlosen Revolution provoziert hatte.

Sie wollte in der *Enzyklopädie des relativen und absoluten Wissens* nach Texten über Revolutionen suchen, denn ein Satz aus dem Geschichtsunterricht ging ihr nicht mehr aus dem Sinn: »Wer die Fehler der Vergangenheit nicht verstanden hat, wird sie zwangsläufig wiederholen.«

Hastig blätterte sie in dem Buch, weil sie erfahren wollte, wie ihre revolutionären Vorgänger agiert hatten und weil sie Lehren aus dem Scheitern großer Utopisten ziehen wollte, damit sie wenigstens nicht ganz umsonst gestorben waren.

Julie verschlang die Geschichte bekannter und unbekannter Revolutionen. Letztere schien Edmond Wells mit fast boshafter Freude gesammelt zu haben. Die Revolution von Chengdu, der Kinderkreuzzug, die Revolution der Amischen aus dem Elsass und die der »Langohren« von der Osterinsel.

Das alles war hochinteressant, und sie wollte sich Notizen machen. Am Ende des Buches gab es leere Seiten mit einer Aufforderung, die lautete: »Schreiben Sie hier Ihre eigenen Entdeckungen und Erfahrungen auf.« Edmond Wells hatte wirklich an alles gedacht. Sein Werk war interaktiv: zuerst lesen, dann selbst schreiben. Bis jetzt hatte sie aus Respekt vor dem Buch nicht einmal die kleinste Anmerkung an den Rand gekritzelt, doch jetzt notierte sie kühn: »Beitrag von Julie Pinson. Wie führt man eine erfolgreiche Revolution durch? Erste Erkenntnisse nach der Besetzung des Gymnasiums von Fontainebleau.

Revolutionsregel Nr. 1: Rockkonzerte setzen genug Energie und Empathie frei, um revolutionsartige Massenbewegungen auszulösen.

Revolutionsregel Nr. 2: Eine Einzelperson kann eine Menge nicht bändigen. Eine Revolution muss deshalb von mindestens sieben oder acht Personen angeführt werden, allein schon, damit man Zeit zum Ausruhen und Nachdenken hat.

Revolutionsregel Nr. 3: Kommt es zur Schlacht, muss man sich in Gruppen zersplittern, deren Anführer mit Hilfe moderner Kommunikationsmittel ständig miteinander Kontakt halten müssen.

Revolutionsregel Nr. 4: Eine gelungene Revolution ruft zwangsläufig Neider auf den Plan. Man muss unbedingt vermeiden, dass die Revolution ihren Initiatoren entgleitet. Selbst wenn man sich über die Ziele dieser Revolution noch nicht im Klaren ist, muss man zumindest wissen, was diese Revolution nicht sein soll. Unsere Revolution ist nicht gewalttätig. Unsere Revolution ist nicht dogmatisch. Unsere Revolution gleicht keiner bisherigen.«

War sie dessen wirklich so sicher? Sie radierte den letzten Satz aus. Wenn sie eine sympathische Revolution entdeckte, würde sie deren Ziele gern aufgreifen. Aber hatte es in der Vergangenheit überhaupt »sympathische« Revolutionen gegeben?

Sie blätterte wieder in der *Enzyklopädie*. Eine so eifrige Schülerin war sie noch nie gewesen. Ganze Passagen lernte sie auswendig, studierte die Revolte der Spartakisten, die Pariser Kommune, Zapatas Aufstand in Mexiko, die Französische Revolution von 1789, die Russische Revolution von 1917 …

Es war immer das Gleiche: Alle Revolutionen begannen mit positiven Intentionen, alle hatten edle Motive, doch dann tauchte unweigerlich irgendein gerissener Kerl auf, der die allgemeine Verwirrung ausnutzte und eine Diktatur errichtete, während die Utopisten der ersten Stunde ums Leben kamen.

Che Guevara war ermordet worden, und Fidel Castro war an die Macht gelangt. Leo Trotzki war ermordet worden, und Josef Stalin war an die Macht gekommen. Danton war ermordet worden, und Robespierre war aufgestiegen …

Julie sagte sich, dass es auf der Welt offenbar keine Moral gab, nicht einmal bei Revolutionen. Sie las noch einige Abschnitte und dachte, dass Gott wirklich großen Respekt vor den Menschen haben müsse, wenn er ihnen so viel Freiraum einräumte, dass sie sogar die schlimmsten Ungerechtigkeiten und Gräuel begehen konnten, ohne dass er eingriff.

Ihre eigene Revolution war im Augenblick noch ein funkelnagelneuer Edelstein, und sie musste ihn unbedingt vor Räubern schützen. Die Störenfriede von heute waren zum Glück abgezogen, aber es konnten jederzeit neue auftauchen. Man musste Härte demonstrieren, bevor man sich den Luxus von Güte erlauben konnte. Dazu war man verpflichtet, wenn man Chaos verhindern wollte. Erst wenn die Gemeinschaft Selbstdisziplin gelernt hatte, durfte man die Zügel lockern.

Zoé betrat das Klassenzimmer mit Bluejeans, einem blauen Hemd und einem blauen Pullover über dem Arm.

»Du kannst nicht ewig in deinem Schmetterlingskostüm herumlaufen.«

Julie bedankte sich und ging zu den Duschräumen. Ihre *Enzyklopädie* nahm sie mit, weil sie sich nicht einmal für kurze Zeit von dem Buch trennen wollte. Unter heißem Wasser wusch sie sich mit einer harten Seife, so als wollte sie ihre alte Haut abschrubben.

122. Mitte der Erzählung

Jetzt fühlte Julie Pinson sich sauber. Sie zog die blauen Sachen an, die Zoé ihr gebracht hatte. Zum ersten Mal seit ewiger Zeit trug sie keine schwarzen Kleidungsstücke.

Sie wischte den Dampf vom Spiegel und fand, ebenfalls zum ersten Mal, dass sie gar nicht so übel aussah. Sie hatte schöne schwarze Haare, und ihre großen hellgrauen Augen kamen durch die blaue Kleidung viel besser zur Geltung.

Während sie sich so im Spiegel betrachtete, kam ihr eine Idee.

Sie schlug die *Enzyklopädie* auf und hielt sie vor den Spiegel. Dabei stellte sie fest, dass das Werk ganze Sätze enthielt, die nur im Spiegel zu lesen waren!

DRITTES SPIEL

KARO

123. Enzyklopädie

Der richtige Zeitpunkt zum Pflanzen Bei allem, was man tut, kommt es auf den richtigen Zeitpunkt an, nicht zu früh, aber auch nicht zu spät. Das sieht man ganz deutlich am Gemüse. Wenn man einen prächtigen Küchengarten haben will, muss man unbedingt über die ideale Pflanz- und Erntezeit Bescheid wissen.

Spargel: Im März anpflanzen, im Mai ernten.
Auberginen: Im März anpflanzen (an einem sonnigen Ort), im September ernten.
Rüben: Im März anpflanzen, im Oktober ernten.
Karotten: Im März anpflanzen, im Juli ernten.
Gurken: Im März anpflanzen, im September ernten.
Zwiebeln: Im September anpflanzen, im Mai ernten.
Lauch: Im September anpflanzen, im Juni ernten.
Kartoffeln: Im April anpflanzen, im Juli ernten.
Tomaten: Im März anpflanzen, im September ernten.

Edmond Wells
Enzyklopädie des relativen und absoluten Wissens, Bd. 3

124. DER AUFRECHTE GANG

Der Revolutionszug schlängelt sich durch den Hochwald aus wildem Spargel, mit Prinzessin Nr. 103 an der Spitze der Kolonne. Als es kühl wird, schlagen die Ameisen ihr Nachtlager in einer großen Kiefer auf, am Eingang eines verlassenen Eichhörnchenbaus. Hier setzt die Prinzessin ihren Bericht über die Finger fort, diesmal in epischer Breite. Thema des Tages, von Nr. 10 wie immer gewissenhaft protokolliert:

DIE PHYSIOLOGIE DER FINGER

Die Finger befinden sich am Ende der Beine dieser riesigen Tierart.

Während unsere sechs Beine mit jeweils zwei Greifern ausgestattet sind, haben sie an den beiden Vorderbeinen fünf Greifer, die bei ihnen Finger heißen.

Mit zwei Fingern können sie eine Zange bilden.

Mit den eingezogenen fünf Fingern können sie einen Hammer bilden.

Mit gebogenen Fingern können sie kleine Flüssigkeitsmengen auffangen.

Mit einem einzelnen ausgestreckten Finger können sie uns mühelos zerquetschen.

Die Finger sind ein großartiges Werkzeug, mit dem sie Fäden knüpfen oder Blätter zerpflücken können.

Jeder Finger besteht aus drei Teilen, weshalb er verschiedene Formen annehmen kann.

Zusätzlich ist jeder Finger am Ende mit einer Kralle versehen, die müheloses Graben oder Schneiden ermöglicht.

Doch genauso bewundernswert wie ihre Finger sind die sogenannten »Füße«.

Mit Hilfe dieser Füße können die Finger auf ihren beiden Hinterbeinen aufrecht stehen, ohne hinzufallen. Ihre Füße sorgen für das nötige Gleichgewicht.

Auf zwei Beinen aufrecht gehen!

Alle anwesenden Insekten versuchen sich vorzustellen, wie man auf nur zwei Beinen gehen kann. Gewiss, sie haben schon gesehen, dass Eichhörnchen und Eidechsen nur auf den Hinterbeinen sitzen können, ohne hinzufallen, aber auf zwei Beinen laufen …

Nr. 5 versucht es den Fingern gleichzutun.

Sie stellt sich auf die Hinterbeine, stützt sich mit den beiden mittleren Beinen an der Wand ab und rudert mit den Vorderbeinen, um das Gleichgewicht zu halten. Fast zwei Sekunden lang kann sie sich aufrecht halten.

Alle Insekten beobachten sie.

Von hier oben kann ich etwas weiter sehen und nehme mehr Dinge wahr.

Das gibt Nr. 103 zu denken. Sie fragt sich seit langem, warum die Finger eine so ausgefallene Denkweise haben. Anfangs glaubte sie, ihre Größe sei dafür verantwortlich, aber die Bäume sind auch riesengroß und haben trotzdem weder Fernsehen noch Auto. Dann dachte sie, die Zivilisation der Finger sei eine Folge der komplizierten Werkzeuge an ihren Vorderbeinen, aber die Eichhörnchen haben auch etwas Ähnliches und stellen trotzdem nichts wirklich Interessantes her.

Vielleicht rührt die seltsame Denkweise der Finger von der Fähigkeit her, sich auf den Hinterbeinen im Gleichgewicht halten zu können. Auf diese Weise sehen sie mehr, und Gehirn und Augen haben sich darauf eingestellt und ermöglichen ihnen die Verwirklichung ehrgeiziger Pläne.

Soviel Nr. 103 weiß, sind die Finger die einzigen Tiere, die ständig nur auf den Hinterbeinen laufen können. Sogar die Eidechsen verharren nur wenige Sekunden in dieser instabilen Position.

Prinzessin Nr. 103 versucht nun ihrerseits, sich auf die Hinterbeine zu stellen. Das ist sehr anstrengend und schmerzhaft. Ihre Schenkel sind diesem Druck nicht gewachsen und geben schon nach ein, zwei Schritten nach. Nr. 103 verliert das Gleichgewicht, rudert verzweifelt mit den vier anderen Beinen und fällt auf die Seite.

Sie schwört sich, es nie wieder zu versuchen.

Auf einen Knorren gestützt, kann Nr. 5 sich etwas länger aufrecht halten.

Man hat auf zwei Beinen ein fantastisches Gefühl, verkündet sie den anderen, doch gleich darauf kippt auch sie um.

125. In Wallung

»Das alles ist noch viel zu instabil!«

Alle waren einer Meinung: Sie mussten ihre Revolution jetzt absichern, und das ging nur mit Disziplin, mit einer guten Organisation und mit klarer Zielsetzung.

Ji-woong schlug vor, ein Inventar sämtlicher im Gymnasium vorhandenen Gegenstände zu erstellen. Wie viele Bettlaken, wie viele Bestecke, wie viele Lebensmittel – alles war wichtig.

Als Allererstes wurden aber die Personen gezählt. Fünfhunderteinundzwanzig »Revolutionäre« hielten das Gymnasium besetzt, doch die Schlafräume waren nur für zweihundert Schüler gedacht. Julie regte an, auf dem Rasen Zelte zu errichten. Laken waren reichlich vorhanden, und es gab auch genug Besen, die man als Stützpfähle benutzen konnte. Die Idee fand allgemeine Zustimmung, und Léopold zeigte ihnen, wie man Tipis aufbaute, jene spitzen Zelte der Navajo-Indianer, die über den großen Vorteil einer hohen Decke und guter Belüftung verfügten. Nebenbei erklärte er, warum runde Häuser wichtig waren.

»Die Erde ist rund, und wenn wir ihre Form nachahmen, nehmen wir sozusagen Kontakt mit ihr auf.«

Ferner gab er den Rat, die Zelte nicht wild durcheinander aufzustellen, sondern in konzentrischen Kreisen, mit dem Feuer, dem Fahnenmast und der Ameise aus Polystyrol als Mittelpunkt.

»Auf diese Weise wird unser Dorf ein Zentrum haben, und man wird sich leichter zurechtfinden können. Das Lagerfeuer ist unsere kleine Sonne.«

Alle machten sich begeistert an die Arbeit, nähten Laken zusammen, klopften Besenstiele in den Boden und benutzten Gabeln als Zeltpflöcke. Für viele junge Leute, die nur Reißverschlüsse und

Druckknöpfe kannten, war dies die erste Gelegenheit, ihr handwerkliches Geschick zu erproben.

Auf der rechten Seite des Gymnasiums, vor den Lehrerzimmern, wurde ein Podium für Diskussionen und Konzerte aufgebaut.

Als alles fertig war, musizierte man eifrig. Unter den Demonstranten gab es eine ganze Anzahl begabter Künstler, die alle möglichen Musikrichtungen bevorzugten; sie lösten sich jetzt auf der improvisierten Bühne ab.

Die Mädchen vom Aikido-Club leisteten einen wichtigen Beitrag zum Gelingen der Revolution, indem sie einen Ordnungsdienst organisierten. Mit ihren wirren Haaren und wild entschlossenen Mienen glichen sie Amazonen aus dem Bilderbuch.

Paul überwachte die Inventaraufnahme der Kantine. Es bestand keine Gefahr, dass die Belagerten verhungern würden, denn in den riesigen Tiefkühltruhen waren tonnenweise Lebensmittel untergebracht. Paul wusste, dass der ersten gemeinsamen Mahlzeit eine fast symbolische Bedeutung zufiel, und deshalb stellte er ein erlesenes Menü zusammen. Tomaten, Mozzarella und Basilikum in Olivenöl als Vorspeise, Jakobsmuscheln und Fisch mit Safranreis als Hauptgericht und Obstsalat oder Apfelkompott als Nachtisch.

»Bravo!«, gratulierte Julie. »Unsere Revolution wird sich auch in gastronomischer Hinsicht sehen lassen können.«

»Die Revolutionäre von früher hatten eben keine Tiefkühltruhen zur Verfügung«, erwiderte Paul bescheiden.

Als Cocktail wollte er Met anbieten, das Getränk der olympischen Götter und der Ameisen. Sein Rezept: Wasser, Honig und Bierhefe gut vermischen. Das Getränk schmeckte schon nach einer halben Stunde köstlich, obwohl es natürlich noch nicht ausgereift war.

»Stoßen wir auf unsere Revolution an!«

Zoé berichtete, dass das Anstoßen mit den Gläsern auf eine mittelalterliche Tradition zurückginge. Beim kräftigen Anstoßen flogen Tropfen des Getränks aus einem Pokal in den anderen, und dadurch konnte man sicher sein, dass keinem Becher Gift beigemischt war.

Das Essen wurde in der Cafeteria serviert. Ein Gymnasium war für eine Revolution wirklich sehr praktisch: Es gab Elektrizität, Telefone, Küchen, Tische und Stühle, Schlafsäle und alles mögliche Bastelzubehör. Irgendwo auf freiem Feld oder im Wald wäre alles viel komplizierter. Alle aßen mit gutem Appetit und dachten dabei mitleidig an die Revolutionäre früherer Zeiten, die sich mit weißen Bohnen und Zwieback begnügen mussten.

»Wir machen sogar in dieser Hinsicht etwas Neues«, sagte Julie zufrieden. Ihre Magersucht hatte sie völlig vergessen.

Beim gemeinsamen Geschirrspülen wurde gesungen. *Meine Mutter würde ihren Augen nicht trauen!,* dachte Julie, die sich immer geweigert hatte, diese Arbeit zu verrichten. Hier machte es sogar Spaß.

Nach dem Essen stieg ein junger Mann aufs Podium und spielte schmachtende Melodien auf der Gitarre. Paare tanzten auf dem Rasen. Paul forderte Elizabeth auf, die Anführerin der Amazonen, die mit einer sehr wohlgerundeten Figur Eindruck machte.

Léopold verbeugte sich vor Zoé, und auch sie tanzten eng umschlungen.

»Vielleicht hätte man den Burschen lieber nicht auftreten lassen sollen«, sagte Julie gereizt. »Diese Schmachtfetzen passen doch nicht zu einer Revolution.«

»Hier kann jeder vortragen, was er will«, widersprach David.

Narcisse flirtete mit einem muskulösen jungen Mann, der ihm erklärte, dass er seinen Körper durch Bodybuilding fit hielte.

Ji-woong forderte Francine auf, und sogar David tanzte ohne Krücke mit einer blonden Amazone, auf die er sich ein wenig stützen konnte.

Von lauter Pärchen umringt, dachte Julie eifersüchtig, dass eine Revolution offenbar auch ein Aphrodisiakum war.

»Tanzen Sie, Julie?«

Der Lehrer für Wirtschaftskunde stand vor ihr. »Was machen Sie denn hier?«, fragte sie verwundert.

Noch erstaunter war sie, als er erklärte, er sei gestern im Konzert gewesen und habe auch an der Schlacht gegen die Polizei teilgenommen.

Lehrer können also auch Freunde sein, dachte Julie überrascht. Trotzdem kam es ihr deplatziert vor, mit ihm zu tanzen. Der Graben zwischen Lehrern und Schülern war einfach zu tief, auch wenn er ihn offenbar zu überbrücken versuchte.

»Ich tanze nicht gern«, murmelte sie.

»Ich auch nicht«, grinste er, zog sie aber einfach mit sich.

Schon nach wenigen Takten löste sie sich aus seinen Armen. »Entschuldigen Sie bitte, aber mir steht der Sinn wirklich nicht nach Tanzen.«

Er betrachtete sie schweigend, und sie packte rasch eine der Amazonen bei der Hand und zerrte sie zu dem Lehrer. »Sie kann das tausendmal besser als ich.«

Damit wollte sie sich zurückziehen, doch schon nach wenigen Schritten versperrte ihr ein schlanker Mann den Weg. »Darf ich mich vorstellen? Yvan Boduler, Werbeleiter. Ihr kleines Fest hat mich mitgerissen, und ich möchte Ihnen etwas vorschlagen.«

Julie gab keine Antwort, ging aber etwas langsamer, und das ermutigte den Mann.

»Ihr kleines Fest ist wirklich toll! Eine Menge junger Leute, eine Rockgruppe, vielversprechende Künstler – das wird zweifellos in allen Medien Aufsehen erregen. Sie brauchen aber Sponsoren, und ich könnte für Sie Verträge mit verschiedenen Firmen abschließen – Mineralwasser, Kleidung, vielleicht sogar Rundfunkgeräte. Nichts ist unmöglich.«

Julie blieb stehen, und der Werbeleiter hielt das für ein gutes Omen.

»Die Reklame braucht nicht auffällig zu sein. Nur ein paar Transparente und Plakate, weiter nichts. Auf diese Weise kämen Sie zu Geld und könnten Ihr kleines Fest noch prunkvoller gestalten.«

Julie fixierte ihn mit eisiger Miene. »Tut mir leid, aber wir sind an so etwas nicht interessiert.«

»Warum nicht?«

»Weil das kein kleines Fest, sondern eine Revolution ist!«, erwiderte sie wütend. Ihr war klar, dass diese Rebellion bisher nicht ernst genommen wurde, weil es keine Opfer zu beklagen gab, aber sie war nicht bereit, einen Jahrmarkt daraus machen zu lassen. Warum waren Revolutionen in den Köpfen der Menschen unweigerlich mit Blutvergießen verbunden?

Yvan Boduler hatte sich schon wieder gefasst. »Man weiß ja nie … Sollten Sie Ihre Meinung ändern, könnte ich mich jederzeit mit Freunden in Verbindung setzen und …«

Julie ließ ihn einfach stehen und bahnte sich einen Weg zwischen den Tanzpaaren. Sie malte sich aus, dass während der Französischen Revolution zwischen blutigen Trikoloren plötzlich Werbeplakate zu sehen gewesen wären: »Trinken Sie Sans-Culotte, das Bier aller Revolutionäre!«

Und warum hatte man bei der Russischen Revolution nicht für Wodka und bei der kubanischen Revolution nicht für Zigarren geworben?

Sie stürmte in ihr Klassenzimmer und schlug die *Enzyklopädie* auf, weil sie unbedingt eine Expertin in Sachen Revolution werden wollte. Nachdem sie das Buch wieder vor einen Spiegel gehalten hatte, entdeckte sie neue Texte, die in den Texten verborgen waren.

Sie machte sich viele Notizen. Mit Fleiß und Ausdauer hoffte sie, die Gesetze einer Revolution ergründen zu können. Und vielleicht würde sie ja auch auf eine Utopie stoßen, die sich hier und heute verwirklichen ließ.

126. ENZYKLOPÄDIE

Utopie von Fourier Charles Fourier wird im Jahre 1772 in Besançon als Sohn eines Tuchmachers geboren und entwickelt nach der Französischen Revolution erstaunliche Ambitionen. Er will die Gesellschaft verändern und legt 1793 seine Pläne den Mitgliedern des Direktoriums dar, die sich aber nur über ihn lustig machen.

Resigniert wird er Kassierer, doch in seiner Freizeit schreibt er mehrere Bücher, darunter *Le Nouveau Monde industriel et sociétaire*, in dem er seine ideale Gesellschaft in allen Einzelheiten beschreibt.

Die Menschen sollten in kleinen Kommunitäten von 1600–1800 Personen leben. Diese »Phalange« ersetzt die Familie, und ohne Familie gibt es auch keine elterliche Autorität mehr. Die Verwaltung ist auf ein absolutes Minimum beschränkt. Wichtige Entscheidungen werden von einem Tag zum andern gemeinsam auf dem zentralen Platz gefällt.

Jede »Phalange« ist in einem »Phalanstère« untergebracht, und Fourier beschreibt sein ideales »Phalanstère« ganz genau: ein drei- bis fünfstöckiger Gebäudekomplex mit Straßen im Erdgeschoß, wo Springbrunnen im Sommer für Kühle und riesige Kamine im Winter für Wärme sorgen sollen. Im Zentrum befindet sich ein Turm mit Observatorium, Glockenspiel, einem Chappe-Telegrafen und einer Kammer für den Nachtwächter.

Fourier möchte Löwen und Hunde kreuzen, um eine neue zahme Tierart zu erhalten. Diese »Hundelöwen« sollen sowohl als Reittiere als auch zum Bewachen des »Phalanstère« dienen.

Charles Fourier war überzeugt, dass – wenn man seine Ideen auf der ganzen Welt genau in die Tat umsetzte – die Bewohner der »Phalanstères« sich sogar körperlich weiterentwickeln könnten. Diese Evolution würde durch das Wachsen eines dritten Arms in Höhe der Brust für jeden sichtbar sein.

Ein Amerikaner baute ein »Phalanstère« nach Fouriers Plänen, erlebte aber aufgrund architektonischer Probleme ein totales Fiasko. Der Schweinestall mit Marmorwänden war der gepflegteste Ort des ganzen Gebäudes, doch leider hatte Fourier die Türen vergessen, und deshalb mussten die Schweine mit Kränen in ihren prächtigen Stall geschafft werden.

Gemeinschaften, die sich an Fouriers »Phalanstères« orientierten, entstanden auf der ganzen Welt, hauptsächlich in Argentinien, Brasilien, Mexiko und in den Vereinigten Staaten.

Kurz vor seinem Tod sagte Fourier sich von all seinen Schülern und Anhängern los.

EDMOND WELLS

Enzyklopädie des relativen und absoluten Wissens, Bd. 3

Alarmpheromone.

Alle werden jäh aus dem Schlaf gerissen. Gestern Abend haben sie sich in Hochstimmung zur Ruhe begeben und von den unzähligen Anwendungsbereichen der futuristischen Finger-Technologie geträumt, und jetzt breiten sich im Nachtlager der Ameisen diese durchdringenden Gerüche aus.

Alarm!

Prinzessin Nr. 103 richtet ihre Antennen auf. Es ist noch nicht Morgen. Dieses Licht und diese Hitze rühren nicht vom Sonnenaufgang her. Die Ameisen haben ihre eigene kleine Sonne im Eichhörnchenbau, und diese Sonne hat einen Namen – Feuer!

Die Feuerwärterinnen haben vor dem Einschlafen ein trockenes Blatt in unmittelbarer Nähe der Glut übersehen. Überall lagen weitere welke Blätter herum, und nun züngeln gefährliche gelbe und rote Flammen empor.

Nichts wie weg!

Panik bricht aus. Alle hasten auf den Ausgang zu, doch weil ein Unglück selten allein kommt, stellt sich plötzlich heraus, dass dieser Eichhörnchenbau doch bewohnt ist: Was sie für Moos im Hintergrund der Höhle gehalten haben, war das Eichhörnchen, das sich nun mit einem Sprung rettet und dabei die Ameisen nach hinten schleudert.

Nun sitzen sie hinter dem Feuer in der Falle und drohen am Rauch zu ersticken.

Nr. 103 sucht aufgeregt nach Prinz Nr. 24, doch er reagiert nicht auf ihre Pheromonrufe, und ihr fällt plötzlich wieder ein, dass Nr. 24 sich von jeher überall verirrte.

Das Feuer breitet sich immer mehr aus, die Anti-Feuer-Ameisen betonen, man hätte von Anfang an auf sie hören sollen: Das Feuer müsse tabu bleiben. Die Feuer-Protagonistinnen entgegnen, dies sei nicht der richtige Zeitpunkt für Diskussionen. Wer auch immer Recht oder Unrecht habe – jetzt käme es nur darauf an, seine Haut zu retten!

Bei dem Versuch, die Wände zu erklimmen, stürzen viele Ameisen ab und verbrennen im Nu.

Immerhin hat das Feuer aber auch ein Gutes: Es spendet den temperaturabhängigen Insekten eine unglaubliche Energie.

Nummer 24!, ruft die Prinzessin wieder.

Keine Reaktion.

Die schreckliche Szene erinnert Nr. 103 an eine dramatische Episode im Film *Vom Winde verweht*, an den Brand von Atlanta, aber sie weiß, dass dies nicht der richtige Zeitpunkt für nostalgische Erinnerungen ans Fernsehen der Finger ist. Weil sie es diesen Riesentieren übereilt gleichtun wollten, sitzen sie jetzt in der Klemme.

Wir werden ihn nicht finden, meint Nr. 5. *Versuchen wir lieber, uns selbst einen Weg ins Freie zu bahnen!*

Sie schiebt die unschlüssige Prinzessin auf ein Loch im Holz zu, doch mittlerweile ist ein dicker Hartflügler darin steckengeblieben, und es gelingt ihnen nur mit vereinten Kräften, ihn hinauszustoßen. Endlich können sie der Flammenhölle entkommen.

Draußen ist es dunkel und kalt, aber nicht lange, denn plötzlich verwandelt sich der ganze Baum in eine riesige Fackel, und alle fliehen Hals über Kopf, mit angelegten Fühlern, wobei sie von anderen verängstigten Insekten überholt werden.

Das Feuer hat sich in ein riesiges Ungeheuer verwandelt, das sie verfolgt, obwohl es keine Beine hat. Das Ende des Hinterleibs von Nr. 5 wird angesengt, und sie muss sich an Grashalmen reiben, um nicht zu verbrennen.

Die ganze Umgebung hat sich rot verfärbt. Das Gras ist rot, die Bäume sind rot, die Erde ist rot. Prinzessin Nr. 103 rennt, so schnell sie kann, denn das rote Feuer ist ihr dicht auf den Fersen.

128. MIT VEREINTEN KRÄFTEN

Am Abend des zweiten Tages produzierten sich verschiedene Rockbands, allerdings nicht die »Ameisen«, die in ihrem Probenraum ein Pow-Wow abhielten.

Julie trat immer selbstsicherer auf. »Wir müssen unserer Revolution eine feste Grundlage geben, sonst fällt sie wie ein Soufflé in sich zusammen. Hier sind 521 Personen versammelt, und wir sollten die Ideen jedes Einzelnen nutzen. Gemeinsam verfügen wir über eine ungeheure Energie.«

Sie verstummte überrascht und fügte nach kurzer Pause hinzu: »He, mir ist soeben die Devise für unsere Revolution eingefallen: 1 + 1 = 3!«

Diese Formel stand auf dem Einband der *Enzyklopädie* und sogar auf der Fahne, die im Schulhof flatterte, aber sie hatte sie bisher nicht bewusst wahrgenommen.

»Ja, das passt besser zu uns als ›Freiheit, Gleichheit, Brüderlichkeit‹«, stimmte Francine ihr zu. »1 + 1 = 3 bedeutet, dass die Fusion von Talenten zu besseren Resultaten führt, als man aufgrund einer reinen Addition vermuten würde.«

»Ein perfekt funktionierendes Gesellschaftssystem müsste so etwas bewirken können. Eine schöne Utopie«, seufzte Paul.

»Vorläufig müssen wir den anderen Impulse geben, damit sie bei der Stange bleiben«, ergriff Julie wieder das Wort. »Ich schlage vor, dass wir die ganze Nacht über nachdenken und morgen früh unsere Projekte vorstellen. Jeder sollte seine besonderen Begabungen nutzen.«

»Aber diese Projekte müssen sowohl realisierbar als auch von praktischem Nutzen sein, denn unsere Revolution braucht Geld«, fügte Ji-woong hinzu.

David meinte, im Gymnasium gebe es genügend Computer. Sie könnten die Ideen der *Revolution der Ameisen* per Internet verbreiten und sogar Handelsgesellschaften gründen, ohne das Gymnasium verlassen zu müssen.

»Electronic Banking wäre auch nicht schlecht«, regte Francine an. »Auf diese Weise könnten die Leute uns aus der Ferne finanziell unterstützen.«

Alle waren damit einverstanden. Nachdem sie keinen Zugang zu den Medien hatten, würden sie sich der Computertechnik bedienen, um ihre Ideen zu verbreiten und weit über die Mauern des Gymnasiums hinaus ein Netz gegenseitiger Hilfe knüpfen.

Draußen wurde wieder gefeiert. Der Met floss in Strömen. Paare tanzten um das Lagerfeuer herum oder lagen eng umschlungen im Gras. Marihuana-Joints gingen von Hand zu Hand, und Tamtams sorgten für eine aufgeheizte Stimmung.

Julie und ihre Freunde beteiligten sich nicht an dem Fest. Jeder setzte sich in ein leeres Klassenzimmer und arbeitete sein Projekt aus. Gegen drei Uhr morgens war Julie völlig erschöpft und entschied, dass alle einige Stunden Schlaf brauchen würden.

Narcisse hatte den Probenraum als »Höhle« hergerichtet. Auf dem Boden lagen Matratzen, und Wände und Decke waren in Ermangelung anderer Dekorationsstoffe mit Bettlaken und Decken verhüllt. Léopold dachte, dass es in jeder Wohnung ein solches Zimmer ohne gerade Linien und rechte Winkel geben müsste, mit einem weichen, elastischen Fußboden.

Julie rollte sich wie eine ägyptische Mumie in eine Decke ein, und die anderen legten sich ohne falsche Scham um sie herum. Sie spürte, dass David und Paul sich eng an sie schmiegten. Ji-woong lag am Rand der Matratze, aber es war trotzdem der Koreaner, von dem sie träumte.

129. Enzyklopädie

Annäherung durch »offene Orte« Das gegenwärtige Gesellschaftssystem ist mangelhaft, denn es erlaubt jungen Talenten erst dann aufzutreten, nachdem sie so gründlich gesiebt wurden, bis sie allen Schwung verloren haben. Man müsste ein Netzwerk »offener Orte« schaffen, wo jeder – auch ohne Diplome und Empfehlungen – seine Werke präsentieren könnte.

An solchen »offenen Orten« wäre alles möglich. In einem »offenen« Theater könnte jeder ohne Vorbedingungen auftreten. Er müsste sich nur mindestens eine Stunde vor Beginn der Vorstellung eintragen (ohne irgendwelche Papiere vorzulegen, der Vorname würde genügen), und jeder Auftritt dürfte nicht länger als sechs Minuten dauern.

Natürlich käme es dabei zu Affronts, aber die schlechten Nummern würde man eben auspfeifen und die guten beklatschen. Damit diese Art von Theater finanziell rentabel wäre, müssten die Zuschauer normale Eintrittspreise bezahlen, und dazu wären sie bestimmt bereit, denn sie bekämen ein zweistündiges Programm von großer Vielfalt geboten. In regelmäßigen Abständen könnten zwischendurch Profis auftreten, und für sie wäre dieses »offene Theater« eine Art Trampolin, nach dem Motto: »Wenn Sie die Fortsetzung dieses Stücks sehen wollen, kommen Sie dann und dann in diese oder jene Vorstellung.«

Diese »offenen Orte« ließen sich vielfältig nutzen:

- als Kino, wo junge Cineasten ihre Filme von höchstens zehn Minuten Dauer präsentieren könnten,
- als Konzertsäle für vielversprechende Sänger und Musiker,
- als Galerien, wo jeder unbekannte Maler oder Bildhauer zwei Quadratmeter Fläche zur Verfügung hätte,
- als Galerien für Erfinder, unter denselben Bedingungen wie für die Künstler.

Dieses System freier Präsentation ließe sich auch auf Architekten, Schriftsteller, Informatiker und Publizisten ausdehnen ... Auf diese Weise würde man die Schwerfälligkeit der Administration umgehen, und Profis könnten hier mühelos neue Talente finden, ohne sich an Agenturen wenden zu müssen, auf deren Urteilsvermögen kein Verlass ist.

Kinder, Jugendliche, Alte, Schöne, Hässliche, Reiche, Arme, Einheimische und Ausländer – alle hätten dieselben Chancen und würden nur nach objektiven Kriterien beurteilt: nach der Qualität und Originalität ihrer Arbeit.

EDMOND WELLS

Enzyklopädie des relativen und absoluten Wissens, Bd. 3

130. Wassermangel

Feuer braucht Wind und brennbare Materialien, um sich ausbreiten zu können, und weil ihm weder das eine noch das andere zur Verfügung stand, musste dieser Brand sich damit begnügen, den einen Baum zu verzehren. Ein Sprühregen machte ihm vollends den Garaus. Ein Jammer, dass dieses Wasser nicht schon früher vom Himmel gefallen war.

Die Reihen der Revolutionäre haben sich gelichtet. Viele sind ums Leben gekommen, und andere sind so verstört, dass sie in die Nester ihrer Vorfahren oder in ihren prähistorischen Dschungel zurückkehren wollen, wo sie nachts wenigstens ruhig schlafen können, ohne von Flammen bedroht zu werden.

Nr. 15, die Jagdexpertin, schlägt vor, sich sofort auf Nahrungssuche zu begeben, denn im Umkreis von mehreren Hundert Metern sind alle Insekten tot oder geflohen.

Prinzessin Nr. 103 berichtet, die Finger würden gebratenes Fleisch essen.

Sie behaupten sogar, es wäre viel schmackhafter als rohes Fleisch.

Nachdem sowohl die Ameisen als auch die Finger Fleischfresser seien, könnten sie durchaus den gleichen Geschmack haben. Die meisten Ameisen sind von dieser Argumentation nicht überzeugt, aber Nr. 15 greift mit ihren Mandibeln mutig nach den sterblichen Überresten eines verbrannten Insekts und will an der Heuschreckenkeule knabbern. Gleich darauf zuckt sie vor Schmerz zusammen. Die Keule ist heiß!

Nr. 15 hat soeben das erste Gebot der Gastronomie entdeckt: Wenn man Gebratenes oder Gekochtes essen will, muss man warten, bis es etwas abgekühlt ist. Der Preis dieser Lektion – ihre Lippen sind völlig taub, und in den nächsten Tagen wird sie den Geschmack irgendwelcher Speisen nur erkennen können, indem sie sie mit den Fühlern abtastet.

Trotzdem probieren nun nach und nach alle Ameisen das gebratene Fleisch und stellen fest, dass es wirklich sehr schmackhaft ist.

Die Käfer sind viel knuspriger, und man braucht sie nicht so lange zu kauen, weil ihre Panzer zerbröckeln. Die Schnecken lassen sich viel leichter zerschneiden, und die Bienen sind wunderbar karamellisiert.

Alle speisen mit großem Appetit, denn Angst macht bekanntlich hungrig. Nur Nr. 103 lässt den Kopf hängen.

Wo ist Nummer 24?

Sie sucht ihn überall, läuft von links nach rechts und wieder zurück.

Wo ist Nummer 24?, wiederholt sie ständig.

Sie ist ganz verrückt nach dieser Nummer 24, kommentiert eine junge Belokanerin.

Nach Prinz Nummer 24!, korrigiert eine andere anzüglich.

So, jetzt wissen alle, dass Nr. 24 ein Männchen ist! Und Nr. 103 ist bekanntlich ein Weibchen ... Nach dieser Feststellung entwickelt sich eine in Ameisenkreisen bislang unbekannte Untugend: Klatsch über bekannte Persönlichkeiten. Doch weil es keine Presse gibt, ziehen die Gerüchte zum Glück keine weiten Kreise.

Wo bist du nur, Nummer 24?, ruft die Prinzessin immer ängstlicher. Weil sie ihren Freund unter den Lebenden nicht finden kann, sucht sie ihn nun unter den Toten und verlangt sogar, dass die Ameisen ihre Braten vorzeigen, um sich zu vergewissern, dass es nicht der Prinz ist.

Endlich gibt sie resigniert auf, und weil sie im Augenblick offenbar nicht fähig ist, wichtige Entscheidungen zu treffen, übernimmt ihre Assistentin die Führung. Nr. 5 schlägt vor, diesen Ort des Todes zu verlassen und zu neuen grünen Weiden weiterzumarschieren. Man müsse sich beeilen, denn Bel-o-kan sei nach wie vor von dem weißen Schild bedroht, und wenn die Finger tatsächlich das Feuer und das Hebelprinzip beherrschten, seien sie mit Sicherheit in der Lage, nicht nur die Stadt, sondern auch die ganze Umgebung zu verwüsten.

Nr. 6 beharrt, man müsse etwas Glut einsammeln und in einem hohlen Stein mitnehmen. Anfangs sind alle dagegen, doch Nr. 5 begreift, dass das Feuer ihr letzter Trumpf sein könnte. Niemand konnte schließlich vorhersagen, welche Gefahren unterwegs noch auf sie lauerten. Deshalb werden drei Insekten beauftragt, den Kieselstein mit der orangefarbenen Glut zu schleppen.

Empört darüber, dass das Feuer, das solche Verwüstung angerichtet hat, mitgeführt wird, trennen sich zwei Ameisen von dem Trupp. Jetzt sind es nur noch 33 Ameisen – Nr. 103, die zwölf Kundschafterinnen und 20 Cornigeranerinnen –, die der hoch am Himmel stehenden Sonne auf ihrem Weg nach Westen folgen.

131. Acht Leuchten

Dritter Tag. Die acht »Ameisen« waren im Morgengrauen aufgestanden, um ihren jeweiligen Projekten den letzten Schliff zu geben.

»Wir sollten uns jeden Morgen um neun zu einer Besprechung hier im Computerraum treffen«, regte Julie an.

Sie saßen im Kreis um einen Computer herum. Ji-woong ergriff als Erster das Wort und verkündete, sie seien jetzt ans Internet angeschlossen. Die Domain *»Revolution der Ameisen«* existiere seit sechs Uhr morgens, und mittlerweile hätten sie sogar schon einige Anfragen erhalten.

Stolz präsentierte er ihnen auf dem Bildschirm seinen Teletext. Unter dem Symbol mit den drei Ameisen und der Devise 1 + 1 = 3 stand in Großbuchstaben: REVOLUTION DER AMEISEN.

Er erklärte den anderen seinen Agora-Service, der ein offen zugängliches Diskussionsforum, eine Rubrik, die über ihre täglichen Aktivitäten berichten würde, sowie den Anschluss an einen externen Server beinhaltete, der ihnen eine Teilnahme an laufenden Programmen ermöglichte.

»Alles klappt bestens. Die bisherigen Interessenten wollen hauptsächlich wissen, warum wir unsere Bewegung *›Revolution der Ameisen‹* nennen und welcher Zusammenhang zwischen einer Revolution und diesen Insekten besteht.«

»Wir müssen unsere Originalität betonen«, warf Julie eifrig ein. »Die Verbindung mit den Ameisen ist ja tatsächlich ein ungewöhnliches Thema für eine Revolte – ein Grund mehr, es besonders hervorzuheben.«

Die Sieben Zwerge stimmten ihr zu.

Ji-woong informierte sie, dass er – alles per Computer – den Namen »*Revolution der Ameisen*« als Warenzeichen eingetragen und eine GmbH gegründet habe, so dass sie nun alle möglichen Projekte verwirklichen könnten. Auf Tastendruck erschienen auf dem Bildschirm die Statuten der GmbH, die von allen aufmerksam durchgelesen wurden.

»Wir sind ab jetzt nicht nur eine Rockgruppe, nicht nur eine Schar Jugendlicher, die ein Gymnasium besetzt halten, sondern auch eine kapitalistische ökonomische Gesellschaft! Auf diese Weise werden wir die alte Welt mit ihren eigenen Waffen schlagen«, verkündete Ji-woong.

»Ausgezeichnet«, meinte Julie, »aber unsere GmbH muss auch eine solide wirtschaftliche Grundlage haben. Wenn wir uns damit begnügen, Feste zu feiern, wird die Bewegung sehr schnell verkümmern. Habt ihr irgendwelche Projekte entwickelt, die unsere Gesellschaft funktionsfähig machen könnten?«

Narcisse meldete sich zu Wort.

»Mir schwebt eine Kleiderkollektion vor, inspiriert von Insekten. Ich werde Stoffe *Made in Insectland* verwenden, nicht nur die Seide des Seidenspinners, sondern auch die der Spinne. Sie ist so leicht, so geschmeidig und zugleich so stabil, dass man für die amerikanische Armee sogar kugelsichere Westen daraus fertigt. Die Stoffe werden wie die Flügel verschiedener Schmetterlingsarten gemustert sein, und außerdem schwebt mir eine Schmuckkollektion in den Farben eines Skarabäus vor.«

Er legte ihnen einige Skizzen und Muster vor, an denen er die ganze Nacht gearbeitet hatte. Alle waren begeistert. Das würde die erste Sparte ihrer GmbH sein: Bekleidung und Schmuck. Ji-woong richtete sofort eine Abteilung für Narcisses Kreationen ein, mit dem

Namen »*Schmetterlingsproduktion*«, damit jeder dessen Modelle sehen konnte.

Als Nächstes stellte Léopold sein Projekt vor.

»Ich möchte ein Architekturbüro gründen, um Häuser zu bauen, die in Hügeln verborgen sind.«

»Welchen Sinn soll das haben?«

»Erde schützt hervorragend vor Hitze und Kälte, aber auch vor Strahlungen, Magnetfeldern und Staub«, erklärte er. »Ein Hügel leistet Wind, Regen und Schnee Widerstand. Erde ist ein lebendiges Material, das beste, das es gibt.«

»Wenn ich dich richtig verstanden habe, willst du richtige Höhlenbehausungen bauen«, bemerkte Julie. »Werden sie nicht ziemlich dunkel sein?«

»Keineswegs. Man braucht nur die Südfront zu verglasen, und schon hat man ein Solarium. Außerdem führt ein Schacht nach oben an die Erdoberfläche, damit man den Wechsel von Tag und Nacht beobachten kann. Auf diese Weise werden die Hausbewohner inmitten der Natur leben, tagsüber die Sonne genießen und am Fenster braun werden, und nachts vor dem Einschlafen die Sterne sehen.«

»Und außen?«, wollte Francine wissen.

»An den Außenmauern werden Blumen, Bäume und Gras wachsen. Die Luft wird nach Pflanzen duften. Die Wände werden atmen. Im Gegensatz zu den üblichen Betonklötzen wird dieses Haus lebendig sein.«

»Was ist mit den Energiequellen?«

»Große Solarzellen auf dem Gipfel des Hügels werden die Elektrizität liefern. Es ist durchaus möglich, in einem Hügelhaus zu leben, ohne auf moderne Annehmlichkeiten verzichten zu müssen«, betonte Léopold.

Er legte ihnen Entwürfe seines idealen Hauses vor, und es sah tatsächlich bequem und geräumig aus.

Alle wussten, dass Léopold seit langem utopische Häuser entwarf und dabei – wie die meisten Indianer – das übliche Viereck zugunsten runder Formen aufgeben wollte. Sein Hügelhaus war im Grunde ein großes Tipi, nur mit festen Wänden.

Ji-woong richtete gleich noch eine Architekturabteilung namens »*Ameisenhaufen AG*« ein und bat Léopold, ein dreidimensionales Modell seines Hauses zu bauen, damit die Leute es sich besser vorstellen konnten.

Nun war Paul an der Reihe.

»Mir schweben Lebensmittel auf der Basis von Insektenprodukten vor: Honig, Honigtau, Pilze, aber auch Bienenharz und Weiselfuttersaft, auch als ›Gelée Royale‹ bekannt … Ich glaube, in der Welt der Insekten neue Geschmacksrichtungen und Aromen entdecken zu können. Beispielsweise produzieren die Ameisen aus dem Honigtau von Blattläusen einen Alkohol, der ähnlich wie unser Met schmeckt, und das brachte mich auf die Idee, auch beim Met neue Varianten auszuprobieren.«

Er holte eine kleine Flasche aus der Tasche und ließ alle von seinem Getränk kosten. Sie meinten übereinstimmend, es schmecke besser als Bier oder Cidre.

»Es ist mit Honigtau von Blattläusen parfümiert«, erklärte Paul. »Ich habe ihn im Rosengarten gesammelt und über Nacht mit Hefe in der Retorte im Chemiesaal fermentieren lassen.«

Ji-woong gab die Daten für die Sparte unter dem Namen »*Met Productions*« in den Computer ein, und dann sahen alle erwartungsvoll Zoé an.

»Edmond Wells erklärt in der *Enzyklopädie*, dass die Ameisen zu einer Absoluten Kommunikation imstande sind, wenn sie sich mit ihren Antennen berühren. Dadurch kommt es zu einer direkten Gedankenübertragung, so als hätten ihre Gehirne sich vereinigt. Das hat mich zum Träumen gebracht. Warum sollten nicht auch Menschen zu einer AK fähig sein? Edmond Wells schlägt zu diesem Zweck eine Art Nasenprothese vor.«

»Willst du, dass Menschen Geruchsdialoge führen?«

»Ja, und ich möchte versuchen, dieses Gerät zu bauen. Mit solchen Fühlern ausgestattet, würden die Menschen sich bestimmt besser verstehen.«

Sie bat Julie um die *Enzyklopädie* und zeigte allen den seltsamen Apparat, den Edmond Wells gezeichnet hatte: zwei fest verbundene Kegel, von denen zwei dünne, gebogene Antennen ausgingen.

»Im technischen Labor gibt es alles, was man zur Herstellung dieses Geräts braucht: Gussformen, synthetisches Harz, elektronische Bauelemente … Ein wahres Glück, dass es in diesem Gymnasium das Schwerpunktfach Technik gibt.«

Ji-woong war skeptisch, weil er keinen praktischen Nutzen in dem Gerät sah, doch weil die anderen Zoés Idee amüsant fanden, wurde ihr ein Forschungsbudget genehmigt, damit sie ihre »menschlichen Fühler« konstruieren konnte.

»Auch mein Projekt ist nicht rentabel«, musste Julie zugeben, »und es hängt ebenfalls mit einer bizarren Erfindung zusammen, die in der *Enzyklopädie* beschrieben wird.«

Sie schlug die entsprechende Seite auf.

»Edmond Wells nennt seine Maschine ›Stein der Weisen‹, in Anlehnung an Champollions ›Stein von Rosetta‹, der mit Hilfe dieser Stele die ägyptische Hieroglyphenschrift entschlüsseln konnte. Dieses Gerät zerlegt die Duftpheromone der Ameisen und wandelt sie in Worte unserer Menschensprache um. In der Gegenrichtung zerlegt sie unsere Worte und übersetzt sie in die Pheromonsprache der Ameisen. Ich will versuchen, diese Maschine zu konstruieren.«

»Soll das ein Witz sein?«

»Aber nein! Es ist technisch schon lange möglich, Ameisenpheromone zu analysieren. Nur interessiert sich kaum jemand dafür. Ameisenforschung wird hauptsächlich zu dem Zweck betrieben, diese Insekten zu vernichten, damit sie sich nicht in unseren Küchen tummeln. Das ist in etwa so, als würde man den Dialog mit Außerirdischen, falls es sie denn gibt, den Fleischproduzenten überlassen.«

»Welches Material würdest du benötigen?«, fragte Ji-woong.

»Einen Massenspektrografen, einen Chromatografen, einen Computer und natürlich einen Ameisenhaufen. Die Geräte stehen in der naturwissenschaftlichen Abteilung herum, und einen Ameisenhaufen habe ich im Garten gesehen.«

Die Gruppe war nicht gerade begeistert.

»Es ist doch ganz normal, wenn eine *Revolution der Ameisen* sich für Ameisen interessiert«, beharrte Julie angesichts der skeptischen Mienen ihrer Freunde.

Ji-woong hielt es für vernünftiger, wenn die Sängerin sich auf ihre Rolle als Galionsfigur dieser Revolution beschränkte, anstatt esoterische Forschungen zu betreiben. Schließlich versuchte Julie es mit einem letzten Argument:

»Vielleicht wird die Beobachtung der Ameisen und eine Kommunikation mit ihnen uns helfen, unsere Revolution vernünftig durchzuführen.«

Die anderen gaben nach, und Ji-woong bewilligte auch ihr ein Forschungsbudget.

Nun sollte David sein Projekt vorstellen.

»Hoffentlich ist es rentabler als die beiden letzten!«, knurrte Ji-woong.

»Mir schwebt ein reger Kommunikationsaustausch vor, ähnlich dem in einem Ameisenhaufen.«

»Das musst du uns näher erklären.«

»Stellt euch eine Art Kreuzung vor, wo alle Informationen zusammenlaufen. Ich habe mein Projekt vorläufig ›*Fragenzentrum*‹ genannt. Es handelt sich um einen Computer, der alle Fragen beantwortet, die ein Mensch sich überhaupt stellen kann. Die *Enzyklopädie* von Edmond Wells hat das gleiche Konzept: das Wissen einer Epoche sammeln und an andere weitergeben. Etwas Ähnliches schwebte schon Rabelais, Leonardo da Vinci und den Enzyklopädisten des 18. Jahrhunderts vor.«

»Noch ein Projekt, das uns nichts einbringen wird!«, stöhnte Ji-woong.

»Keineswegs! Wart ab«, widersprach David. »Jede Frage hat ihren Preis, gestaffelt nach der Schwierigkeit, eine Antwort darauf zu finden.«

»Ich verstehe immer noch nicht.«

»Heutzutage ist Wissen Reichtum. Wer in der Meteorologie so bewandert ist, dass er das Wetter des nächsten Jahres zuverlässig vorhersagen kann, der weiß auch, wo und wann man Gemüse anpflanzen muss, um höchste Erträge zu bekommen. Wer genau weiß, wo er seine Fabrik bauen kann, um mit möglichst niedrigen Kosten gut produzieren zu können, wird mehr Geld verdienen. Wer das beste Rezept für Gemüsesuppe mit Basilikum kennt, ist in der Lage, ein Restaurant zu eröffnen und damit Geld zu verdienen. Wie schon gesagt – ich will eine Datenbank gründen, die all solche Fragen beantworten kann.«

»Die Gemüsesuppe und die Pflanzzeit für Gemüse?«, spottete Narcisse.

»Ja, und hunderttausend andere. Nach der genauen Uhrzeit zu fragen wird natürlich sehr billig sein, aber wenn jemand wissen will, was das Geheimnis des Steins der Weisen ist, muss er ziemlich viel berappen. Wir werden Antworten auf allen Gebieten geben.«

»Und du hast keine Angst, Geheimnisse preiszugeben, die lieber nicht offenbart werden sollten?«, fragte Paul.

»Eine Antwort nutzt nur dem etwas, der mit der Materie schon vertraut ist. Wenn ich dir jetzt beispielsweise das Geheimnis des Steins der Weisen oder des Grals verraten würde, könntest du nichts damit anfangen.«

Das leuchtete Paul ein.

»Und wie willst du auf alles eine Antwort parat haben?«

»Wir können uns an alle bereits vorhandenen Datenbanken ankoppeln. Außerdem werden wir telefonisch oder per Computer Anfragen an Forschungsinstitute und Bibliotheken in aller Welt richten, auch an alte Weisheitsbewahrer und an Detekteien. Im Grunde braucht man nur alle bereits vorhandenen Datenbanken und sonstigen Informationsquellen vernünftig zu nutzen und auszuwerten, um einen solchen ›Wissenspool‹ zu schaffen.«

»Ausgezeichnet, ich eröffne die Abteilung *Fragenzentrum*«, verkündete Ji-woong. »Wir werden dir die größte Festplatte und das schnellste Modem zur Verfügung stellen.«

Es schien unmöglich, Davids ehrgeiziges Projekt zu übertreffen, doch Francine machte einen sehr selbstbewussten Eindruck, so als hätte sie das Beste für zuletzt aufgehoben.

»Auch mein Projekt hängt mit den Ameisen zusammen. Was sind sie für uns? Eine parallele, aber viel kleinere Dimension, der wir deshalb keine Beachtung schenken. Wir erforschen die Sitten der Ameisen nicht, wir wissen nichts über ihre Königinnen, über ihre Gesetze, ihre Kriege und Entdeckungen. Trotzdem faszinieren sie uns irgendwie, weil wir schon als Kinder begreifen, dass wir etwas über uns selbst lernen können, wenn wir sie beobachten.«

»Worauf willst du hinaus?«, fragte Ji-woong, den nur interessierte, ob er eine weitere Abteilung eröffnen konnte oder nicht.

Francine ließ ihn zappeln. »Die Ameisen leben wie wir in Städten mit Straßen, sie kennen Landwirtschaft, sie führen Massenkriege, sie sind in Kasten gegliedert ... Ihre Welt ähnelt der unseren, nur ist sie eben viel kleiner.«

»Einverstanden, aber welches Projekt schwebt dir nun eigentlich vor?«, drängte Ji-woong ungeduldig.

»Ich will eine kleinere Welt erschaffen, die wir beobachten werden, um praktische Lehren daraus zu ziehen. Eine virtuelle Computerwelt mit virtuellen Bewohnern, einer virtuellen Natur, virtuellen Tieren, einer virtuellen Meteorologie und virtuellen ökologischen Zyklen, damit alles, was dort vor sich geht, den Vorgängen in unserer eigenen Welt möglichst ähnlich ist.«

»Wie in dem Spiel *Evolution*?«, fragte Julie.

»Ja, nur mit dem großen Unterschied, dass in *Evolution* die Bewohner das machen, was der Spieler ihnen befiehlt. Ich aber will die Ähnlichkeit mit unserer eigenen Welt vergrößern. In *Infra-World* – so nenne ich mein Projekt – werden die Bewohner völlig frei und autonom sein. Erinnerst du dich noch an unser Gespräch über den freien Willen?«

»Ja, du meintest, dass es der größte Liebesbeweis ist, dass Gott uns die schlimmsten Dummheiten machen lässt.«

»Genau. Der freie Wille ... der größte Liebesbeweis, den Gott erbracht hat, ist seine Nichteinmischung. Nun, das Gleiche will ich den Bewohnern von *Infra-World* bieten. Sie sollen selbst über ihre Entwicklung entscheiden, ohne dass ihnen jemand hilft. Dann werden sie wirklich wie wir sein. Und ich werde auch allen Tieren, Pflanzen und Mineralien ihren freien Willen lassen. *Infra-World* soll eine völlig unabhängige Welt sein, genau wie unsere eigene. Und deshalb werden wir wertvolle Informationen erhalten, wenn wir sie beobachten.«

»Im Gegensatz zu *Evolution* wird dieser Welt also niemand Hinweise geben?«

»Niemand. Wir werden sie nur beobachten und gelegentlich neue Elemente in ihre Welt einführen, um zu sehen, wie sie darauf reagieren. Die virtuellen Bäume werden von allein wachsen, die virtuellen Menschen werden instinktiv das Obst ernten, und die virtuellen Fabriken werden daraus logischerweise virtuelle Konfitüre machen, die …«

»Die dann von virtuellen Konsumenten verspeist wird«, vollendete Zoé beeindruckt.

»Aber welcher Unterschied besteht dann zu unserer eigenen Welt?«

»Die Zeit. Sie wird in *Infra-World* zehnmal schneller als bei uns vergehen, und das wird uns erlauben, die Makrophänomene zu beobachten – so als könnten wir uns unsere eigene Welt im Zeitraffer ansehen.«

»Und worin besteht das wirtschaftliche Interesse?«, kam Ji-woong beharrlich auf sein Lieblingsthema zurück.

»Francines Projekt ist von enormem wirtschaftlichem Wert«, belehrte ihn David, der am schnellsten alle Möglichkeiten von *Infra-World* erfasst hatte. »Man könnte alles testen. Stellt euch doch nur einmal eine Computerwelt vor, in der die virtuellen Bewohner nicht mehr vorprogrammiert sind!«

»Ich kapier's immer noch nicht.«

»Wenn man wissen will, ob der Name eines neuen Waschpulvers beim Publikum auf Interesse stößt, braucht man es nur in *Infra-World* einzuführen, um zu wissen, wie die Menschen darauf reagieren. Die virtuellen Bewohner werden das Produkt aus freier Entscheidung annehmen oder ignorieren. Auf diese Weise wird man viel schnellere und viel zuverlässigere Resultate erhalten als durch Marktforschung, denn anstatt eine neue Marke an hundert realen Personen zu testen, wird man Millionen virtueller Testpersonen haben.«

Ji-woong runzelte die Stirn. »Und wie willst du deine Waschmittelpakete in *Infra-World* einführen?«

»Durch Kontaktpersonen, die genauso aussehen wie die echten Bewohner von *Infra-World*, wie irgendwelche Ärzte, Ingenieure oder Forscher. Nur sie allein werden wissen, dass ihr Universum nicht existiert, dass sein einziger Zweck darin besteht, Erfahrungen zum Wohle der größeren Dimension zu sammeln.«

Es war Francine tatsächlich gelungen, sogar Davids *Fragenzentrum* zu übertreffen.

»Man wird selbst die Politik testen und herausfinden können, welche kurz-, mittel- und langfristigen Auswirkungen Liberalismus, Sozialismus, Anarchismus usw. haben! Abgeordnete werden die Folgen irgendeines Gesetzes testen können. Wir werden eine ganze Mini-Menschheit als Versuchskarnickel zur Verfügung haben, und dadurch werden wir viele Irrwege vermeiden können.«

»Fantastisch!«, rief David. »*Infra-World* wird sogar mein ›Fragenzentrum‹ bereichern, denn mit deiner virtuellen Welt wirst du bestimmt Antworten auf alle möglichen Fragen finden, bei denen wir sonst passen müssten.«

Francine hatte den Blick einer Visionärin. David versetzte ihr einen Rippenstoß.

»Du hältst dich wohl für Gott, wie? Du willst eine komplette Welt in Kleinformat erschaffen und mit derselben Neugier observieren, wie Zeus und die Götter des Olymp unsere Erde beobachten.«

»Vielleicht werden an uns schon längst Waschmittel getestet, zum Wohle einer höheren Dimension«, warf Narcisse ironisch ein.

Alle lachten schallend, doch allmählich klang dieses Lachen nicht mehr ganz unbefangen.

»Vielleicht, wer weiß?«, murmelte Francine, plötzlich sehr nachdenklich.

132. ENZYKLOPÄDIE

Das Spiel »Eleusis« Ziel dieses Spiels ist es, die Spielregel herauszufinden!

Man braucht mindestens vier Spieler. Einer von ihnen, »Gott« genannt, erfindet eine Regel und schreibt sie auf ein Blatt Papier. Dann werden zwei Kartenspiele mit jeweils 52 Karten reihum zwischen den Spielern verteilt. Einer legt die erste Karte auf den Tisch und sagt dabei: »Die Welt ist erschaffen.« Gott entscheidet: »Diese Karte ist gut« oder »Diese Karte ist nicht gut«. Die schlechten Karten werden aussortiert, die guten aneinandergereiht. Alle Spieler bemühen sich herauszufinden, welche Logik hinter dieser Auswahl steckt. Sobald einer glaubt, die Lösung gefunden zu haben, hebt er die Hand und erklärt sich zum »Propheten«. Er ergreift anstelle von Gott das Wort und sagt den anderen, ob die nächste aufgedeckte Karte gut oder schlecht ist. Gott überwacht den Propheten, und wenn dieser sich geirrt hat, scheidet er aus. Gelingt es dem Propheten, bei zehn Karten die richtige Antwort zu geben, verrät er die Regel, die er herausgefunden hat, und die anderen vergleichen sie mit der Regel auf dem Zettel. Stimmen beide überein, hat er gewonnen, andernfalls scheidet er aus. Wenn alle 104 Karten aufgedeckt sind, ohne dass jemand die Lösung gefunden hat, ist Gott der Gewinner.

Die Regel muss aber einfach sein. Der Reiz dieses Spiels ist, dass man sich eine simple und doch schwierig zu findende Regel ausdenken muss. Das trifft beispielsweise auf folgende Regel zu: »Eine Karte höher als die Neun und eine Karte niedriger als die Neun bzw. die Neun selbst müssen sich abwechseln.« Die Spieler tendieren nämlich dazu, hauptsächlich auf die Figuren und die Farben Schwarz und Rot zu achten. Regeln wie: »Nur rote Karten, mit Ausnahme der zehnten, zwanzigsten und dreißigsten« oder: »Alle Karten mit Ausnahme der Herz Sieben« sind verboten, weil sie zu kompliziert sind. Wendet Gott trotzdem solche Tricks an, hat er die Partie verloren.

Man muss eine Einfachheit anstreben, auf die niemand so leicht kommt. Welches ist die beste Strategie, um zu gewinnen? Jeder Spieler will sich möglichst schnell zum Propheten erklären, obwohl das riskant ist.

EDMOND WELLS

Enzyklopädie des relativen und absoluten Wissens, Bd. 3

133. Die Revolution schreitet voran

Prinzessin Nr. 103 bückt sich, um einen Trupp Milben zu beobachten, der zwischen den Greifern ihres Vorderbeins durchmarschiert, auf einen Tannenstumpf zu.

Diese Milben sind für uns genauso klein, wie wir es für die Finger sind, denkt sie.

Neugierig beobachtet sie die winzigen Geschöpfe. Die hellgraue Baumrinde hat Risse, kleine Schluchten, die schon mit Milben gefüllt sind. Nr. 103 bückt sich noch tiefer und wohnt einem Krieg zwischen 5000 Laufmilben und 300 angriffslustigen Süßwassermilben bei. Die Laufmilben kämpfen besonders wild: Ihre Mundwerkzeuge verbeißen sich in Beinen, Schultern und sogar Köpfen der Gegner.

Die Prinzessin fragt sich, warum Süßwassermilben plötzlich Bäume überfallen, doch andererseits sind Milben ja allgemein für ihre Aggressivität bekannt. Leider hat sie keine Zeit, länger zuzuschauen. Niemand weiß etwas über die Kriege, die Invasionen, die Dramen und Tyrannen des Milbenvolkes. Niemand wird je erfahren, wer diese Schlacht im dritten vertikalen Riss der Tanne gewonnen hat. Vielleicht liefern sich in einem anderen Riss andere Milben gleichzeitig noch viel gewaltigere Schlachten, aber niemand interessiert sich dafür. Nicht einmal die Ameisen. Nicht einmal Nr. 103.

Sie interessiert sich nur für die riesigen Finger und für sich selbst. Das genügt ihr vollauf.

Die Prinzessin setzt ihren Weg fort. Die Kolonne wird immer größer. Nach dem Brand waren sie nur noch 33, und jetzt sind fast hundert Insekten verschiedener Arten unterwegs. Der Rauch, der aus der Glut aufsteigt, zieht viele Neugierige an, die das Feuer sehen wollen, über das sie so viel gehört haben.

Nr. 103 fragt jeden Neuankömmling, ob er nicht vielleicht eine männliche Ameise gesehen hat, deren Geruchspass ihn als Nr. 24 ausweist. Aber niemand kann sich an diesen Namen erinnern, und alle wollen nur das Feuer sehen und allenfalls noch etwas über die Odyssee von Nr. 103 hören.

Das soll das schreckliche Feuer sein?

In seinem Steinkäfig gefangen, sieht es ganz zahm und harmlos aus, aber die Käfermütter warnen ihre Kinder trotzdem, nicht zu dicht heranzugehen, weil das sehr gefährlich sei.

Der Kieselstein mit der Glut ist sehr schwer, und deshalb schlägt Nr. 14, die Spezialistin für Kontakte zu fremden Völkern, vor, die Last von einer Schnecke tragen zu lassen. Es gelingt ihr, mit einer ins Gespräch zu kommen, und sie versucht ihr einzureden, es sei sehr gesund, einen warmen Rücken zu haben. Davon ist die Schnecke zwar nicht überzeugt, aber aus Angst vor den Ameisen willigt sie ein. Zufrieden über ihren Erfolg, regt Nr. 14 an, andere Schnecken mit Nahrungsmitteln zu beladen.

Schnecken sind langsam und bewegen sich auf sehr eigenartige Weise fort. Sie schmieren den Boden mit ihrem Körpersekret ein und gleiten dann über die glatte Bahn. Die Ameisen, die Schnecken bisher immer verspeist haben, ohne sie vorher zu beobachten, kommen aus dem Staunen nicht heraus, dass der Schleimvorrat dieser Tiere sich nie erschöpft.

Für die Ameisen, die hinter der Schnecke laufen, ist es allerdings sehr mühsam, durch die Substanz zu waten, und so bilden sich schließlich zwei Kolonnen links und rechts der Schleimspur.

Von überall kommen Ameisen und andere Insekten angerannt, um diese seltsame Prozession mit der rauchenden roten Wegschnecke in der Mitte zu bestaunen, und viele begeisterte junge Kriegerinnen schließen sich an. Nun hat die *Revolution der Finger* schon 500 Anhänger!

Was alle wundert, ist der Mangel an Enthusiasmus von Nr. 103. Kein Insekt kann verstehen, dass man einem einzelnen, und sei es auch ein Prinz, so viel Bedeutung beimisst. Doch Nr. 10 erklärt weise, es sei eine für die Finger typische Krankheit, für bestimmte Individuen eine besondere Vorliebe zu entwickeln.

134. Ein schöner Tag

Während sie ihrer Mini-Revolution eine feste Grundlage zu geben versuchten, erlebten die acht »Ameisen« staunend, dass der Geist eines einzelnen sich zum Kollektivgeist erweitern konnte. Für Julie war es geradezu eine Offenbarung, dass der Geist nicht ans Gefängnis des Körpers und die Intelligenz nicht an die Schädelhöhle gebunden war. Wenn sie es wollte, konnte ihr Geist aus dem Schädel entfliehen und sich in einen Lichtschleier verwandeln, der immer größer wurde und sich um sie herum ausbreitete.

Ihr Geist war imstande, die ganze Welt zu umhüllen! Sie hatte immer gewusst, dass sie nicht nur ein großer Sack voller Atome war, aber sie hätte nie geglaubt, dass es ein solches Gefühl spiritueller Allmacht gab …

Doch zugleich hatte sie noch ein anderes Gefühl: »Ich bin nicht wichtig.« Seit sie sich in der Gruppe revolutionärer Ameisen verwirklichen konnte, war sie nicht mehr ständig nur mit sich selbst beschäftigt. Sie konnte jetzt sozusagen neben sich stehen und ihr eigenes Verhalten beobachten, so als wäre sie nicht direkt betroffen. Ihr Leben war nur eines von vielen, und sie durfte es nicht dramatisieren.

Julie fühlte sich leicht und beschwingt. Sie lebte und würde eines Tages sterben – eine im Grunde unwichtige Angelegenheit. Wichtig war nur, dass ihr Geist Zeit und Raum durchqueren und wie ein riesiger Lichtschleier davonfliegen konnte, denn das machte sie unsterblich.

»Guten Tag, mein Geist«, murmelte sie vor sich hin.

Derart beflügelt, stellte sie Tische auf, schleppte Stühle, steckte Gabeln als Zeltpflöcke in den Boden, plauderte mit den Amazonen, trank zwischendurch etwas Met und trällerte bei all dem fröhlich vor sich hin.

Am dritten Tag der Schulbesetzung waren die Revolutionäre damit beschäftigt, Stände aufzubauen, um ihre Projekte präsentieren zu können. Zunächst hatten sie das einfach in Klassenzimmern tun wollen, aber Zoé hatte gemeint, es wirke viel einladender, die Vorhaben unten auf dem Hof vorzuführen, in der Nähe der Zelte und des Podiums, weil dort jeder sie besuchen und sich an der Arbeit beteiligen könne.

Ein Tipi, ein Computer, eine Stromleitung und ein Telefon genügten, um eine lebensfähige wirtschaftliche Zelle zu bilden.

Die moderne Computertechnik machte es möglich, dass die meisten Projekte schon nach wenigen Stunden vorzeigbar waren. Hatte die Russische Revolution das Schlagwort »Sowjets plus Elektrifizierung« geprägt, so galt für diese Revolution »Ameisen plus Computertechnologie«.

Léopold stellte an seinem Architekturstand ein Modell aus Knetmasse seines idealen Hügelhauses vor und erklärte das Prinzip kalter und warmer Luftströmungen, die zwischen Erde und Mauern zirkulieren würden, um die Thermik wie in einem Ameisenhaufen zu regulieren.

In Davids Stand *Fragenzentrum* gab es nicht viel mehr als einen Computer mit großem Bildschirm und eine Festplatte zu sehen, wo die Informationen gespeichert und sortiert wurden. Sein ehrgeiziges Projekt stieß auf großes Interesse, und mehrere Leute erboten sich spontan, ihm beim Aufbau eines wirklich dichten Informationsnetzes zu helfen.

Am Stand *Revolution der Ameisen GmbH* gab Ji-woong Auskunft über ihre diversen Aktivitäten und Pläne. Schulen, Universitäten und sogar Kasernen aus aller Welt interessierten sich schon dafür und wollten selbst ähnliche Experimente durchführen. Ji-woong beriet sie aufgrund seiner dreitägigen Erfahrungen: zuerst ein großes Fest veranstalten und dann eine GmbH mit verschiedenen Sparten gründen, was durch die moderne Computertechnik leicht zu machen war.

Der Koreaner erhoffte sich von einer geografischen Ausbreitung der Revolution eine Bereicherung durch neue Initiativen. Unermüdlich erklärte er die Symbole ihrer Revolution: die Ameisen, die Formel 1 + 1 = 3, den Met und das Spiel *Eleusis*; außerdem empfahl er allen, ihre Zelte ebenfalls in konzentrischen Kreisen aufzubauen, mit einem Lagerfeuer in der Mitte und einem Podium in der Nähe.

Narcisse hatte sich an seinem Modestand mit Amazonen und anderen Helferinnen umgeben. Einige fungierten als Mannequins, andere malten nach genauer Anleitung des Modeschöpfers bunte Insektenmotive auf weiße Bettlaken.

Zoé konnte an ihrem Stand nicht viel zeigen, aber sie erklärte ihr Projekt, durch Nasenantennen eine Absolute Kommunikation zwischen Menschen zu ermöglichen. Anfangs wurde sie belächelt, doch bald hörte man ihr aufmerksam zu, denn in einer Welt, wo es kaum noch einen intensiven Gedankenaustausch gab, sehnte sich jeder nach einem solchen Gerät.

Auch an Julies Stand war nicht viel zu sehen, nur ein großer Ameisenhaufen, den sie in einem Aquarium aus dem Biologiesaal untergebracht hatte. Freiwillige hatten ihr geholfen, tief genug zu graben, um das ganze Nest mitsamt der Königin auszuheben.

Den Revolutionären fehlte es nicht an Unterhaltungsmöglichkeiten. Es gab einen Tischtennisraum, und das Sprachlabor mit seinen vielen Videofilmen diente als Kino. Und überall wurde *Eleusis* gespielt, das in der *Enzyklopädie* beschriebene Spiel, das sich größter Beliebtheit erfreute, weil es Fantasie und Denkvermögen anregte.

Paul gab sich weiterhin größte Mühe mit den gemeinsamen Mahlzeiten. »Je besser das Essen ist, desto motivierter werden die Revolutionäre sein«, erklärte er und überwachte persönlich die Zubereitung aller Speisen, denen er mit Hilfe seiner exotischen Honigsorten neue Geschmacksnuancen verlieh. Gedünsteter Honig, eingemachter Honig, Honigpulver, Honigsauce – er probierte alles aus.

In den Vorratskammern gab es genügend Mehl, und er schlug vor, sie sollten selbst Brot backen, weil die Bäckereien für sie ja unerreichbar waren. Ein Mäuerchen wurde niedergerissen, mit dessen Ziegelsteinen man einen Ofen baute. Außerdem schärfte Paul seinen Helfern ein, den Obst- und Gemüsegarten zu pflegen, weil sie frisches Obst und Gemüse brauchen würden, wenn sie lange hierbleiben mussten.

An seinem Stand »Kulinarisches« versicherte er jedem Zuhörer, man brauche sich nur auf seinen Geruchssinn zu verlassen, um gute Lebensmittel zu bekommen. Und wenn man ihn begeistert an seinen Honigsäften und an Gemüse schnuppern sah, wusste man genau, dass die Verpflegung der Revolutionäre auch in Zukunft nichts zu wünschen übrig lassen würde.

Eine Amazone informierte Julie, ein gewisser Marcel Vaugirard wünsche mit dem Revolutionsführer zu sprechen. Sie hatte ihm erklärt, so etwas gebe es bei ihnen nicht, aber Julie sei ihre Wortführerin, und nun wollte er sie interviewen. Sie griff nach dem Handy.

»Hallo, Monsieur Vaugirard, ich wundere mich über Ihren Anruf. Ich dachte, Sie könnten am besten über Dinge schreiben, von denen Sie keine Ahnung haben«, sagte sie ironisch.

Der Journalist wich aus. »Ich wüsste gern, wie viele Demonstranten es sind. Die Polizei spricht von etwa hundert Unruhestiftern, die das Gymnasium besetzt haben, aber ich wollte auch von Ihnen eine geschätzte Personenzahl in Erfahrung bringen.«

»Um dann einen Mittelwert zwischen meinen Angaben und denen der Polizei zu bilden? Diese Mühe können Sie sich sparen. Wir sind genau 521 Personen.«

»Und Sie sind Linksextreme?«

»Keineswegs.«

»Dann tendieren Sie also zum Liberalismus?«

»Auch nicht.«

»Man ist entweder rechts oder links!«, behauptete der Journalist gereizt.

»Sie scheinen nur in zwei Richtungen denken zu können«, erwiderte Julie nicht minder genervt. »Man kann doch nicht nur nach links oder rechts gehen, sondern auch nach vorne oder hinten. Wir gehen nach vorne.«

Marcel Vaugirard dachte lange über diese Auskunft nach, enttäuscht darüber, dass sie nicht mit dem übereinstimmte, was er schon geschrieben hatte.

Zoé, die zugehört hatte, nahm Julie das Telefon aus der Hand.

»Eine politische Partei, der wir uns vielleicht anschließen würden, müsste erst erfunden werden und dann ›Evolutionspartei‹ heißen«, erklärte sie ihm. »Wir wollen nämlich, dass der Mensch sich schneller weiterentwickelt.«

»Also sind Sie doch Linksextreme«, entgegnete der Journalist beruhigt.

Sehr zufrieden mit sich, weil er einmal mehr alles schon im Voraus gewusst hatte, legte er auf. Marcel Vaugirard war ein großer Liebhaber von Kreuzworträtseln, und bei ihm musste alles in Kästchen passen. Ein Artikel war für ihn ein vorgefertigtes Gitter, in das man nur noch einige wenige Angaben einfügen musste. Er hatte eine ganze Reihe solcher Gitter: für Politik, für Kultur, für »Vermischtes« und auch für Demonstrationen aller Art. Die Überschrift dieses Artikels hatte er schon vor dem Telefonat zu Papier gebracht: »Ein Gymnasium unter Polizeiaufsicht.«

Wütend über dieses Gespräch, hatte Julie plötzlich Hunger und schlenderte deshalb zu Pauls Stand, den er möglichst weit vom Podium entfernt aufgeschlagen hatte, um nicht vom Lärm in seiner Konzentration gestört zu werden.

Sie unterhielten sich über die fünf Sinne, und Paul meinte, dass die meisten Menschen sich hauptsächlich auf ihr Sehvermögen verließen, das schätzungsweise 80 Prozent aller Informationen ans Gehirn liefere. Das sei problematisch, denn dadurch entwickle sich das Sehvermögen zu einem Tyrannen, der alle anderen Sinne unterdrücke.

Damit sie sich selbst davon überzeugen konnte, verband er ihr die Augen mit seinem Halstuch und forderte sie auf, verschiedene Gerüche auf seiner »Duftorgel« zu erkennen. Julie ging bereitwillig auf das Spiel ein.

Mit Thymian und Lavendel hatte sie keine Probleme, doch bei Rindsragout, abgetragenen Schuhen und altem Leder war sie überfordert. Doch langsam erwachte ihre Nase, und sie identifizierte Jasmin, Minze und sogar Tomaten.

»Guten Tag, Nase!«, sagte sie vor sich hin.

Paul schlug ihr vor, nun auch noch ihren Geschmackssinn mit verbundenen Augen zu testen. Nach der Nase erwachte auch ihr Gaumen, und sie stellte fest, dass es im Grunde nur vier Geschmacksrichtungen gab: bitter, sauer, süß und salzig. Für die verschiedenen Aromen war natürlich die Nase zuständig. Aufmerksam verfolgte sie den Weg der Nahrung vom Mund über die Speiseröhre in den Magen, wo die Magensäfte sich sofort an die Arbeit machten. Sie lachte vor Überraschung, als es ihr möglich war, sie zu spüren.

»Guten Tag, Magen!«

Ihr Körper war glücklich über das Essen. Nach ihrer Magersucht klammerte er sich verzweifelt an jeden noch so winzigen Happen, aus Angst, dass er ihm wieder geraubt werden könnte, und besonders schien er sich über alles Süße und Fette zu freuen.

Paul schob ihr süße und salzige Kekse, Schokolade, Rosinen, Apfel- und Orangenscheiben in den Mund und erklärte weise: »Jedes Organ verkümmert, wenn man es nicht ständig benutzt.« Und weil sie immer noch verbundene Augen hatte, küsste er sie rasch auf den Mund. Sie zuckte zusammen, zögerte kurz und stieß ihn dann zurück.

»Entschuldigung«, seufzte Paul.

Julie nahm die Augenbinde ab, noch verlegener als er. »Sei mir bitte nicht böse, aber im Augenblick habe ich andere Dinge im Kopf.«

Sie verließ seinen Stand, und Zoé, die den Zwischenfall beobachtet hatte, folgte ihr. »Magst du keine Männer?«

»Ich verabscheue jeden Körperkontakt. Am liebsten hätte ich Stoßstangen wie ein Auto, um mir alle Leute vom Hals halten zu können, die einem unbedingt die Hand schütteln oder einen Arm um die Schultern legen wollen, ganz zu schweigen von jenen, die einen zur Begrüßung unbedingt küssen wollen, so dass man hinterher ihren Speichel auf der Wange hat!«

Zoé stellte noch einige Fragen und konnte es einfach nicht fassen, als Julie zugab, noch Jungfrau zu sein. Wie war das bei einer so hübschen Neunzehnjährigen nur möglich?

Julie erwiderte, sie lehne sexuelle Kontakte ab, weil sie nicht wie ihre Eltern werden wolle. Sexualität sei nun einmal der erste Schritt in Richtung Partnerschaft und Ehe, und danach versaure man in bürgerlicher Eintönigkeit.

»Bei den Ameisen gibt es die Kaste der Geschlechtslosen«, sagte sie. »Man lässt sie in Ruhe, ohne dass sie als ›alte Jungfern‹ beschimpft werden, und sie leiden auch nicht unter Einsamkeit.«

Zoé legte ihr lachend beide Hände auf die Schultern. »Wir sind aber keine Insekten. Bei uns gibt es keine Geschlechtslosen!«

»Noch nicht, leider!«

»Du vergisst etwas Wesentliches. Die Sexualität dient bei uns nicht nur der Fortpflanzung, sondern auch dem Genuss. Der Liebesakt ist ein Austausch von Lust.«

Julie verzog zweifelnd den Mund. Im Moment verspürte sie wirklich kein Bedürfnis nach einer Partnerschaft, und noch viel weniger wollte sie Körperkontakt!

135. Enzyklopädie

Anti-Ehelosigkeits-Methode Bis 1920 lösten Bauern in manchen Pyrenäendörfern das Problem, den richtigen Partner zu finden, auf sehr drastische Weise. An einem Abend im Jahr, der sogenannten »Nacht der Hochzeiten«, wurden alle sechzehnjährigen Jungen und Mädchen zusammengerufen, wobei man sorgfältig darauf achtete, dass es gleich viele waren.

Am Berghang veranstaltete man ein Festbankett im Freien, und alle Dorfbewohner aßen und tranken nach Herzenslust.

Zu einer bestimmten Stunde brachen die Mädchen auf und versteckten sich im Unterholz. Etwas später machten sich die Burschen auf die Suche nach ihnen. Wer als Erster ein Mädchen aufstöberte, dem gehörte es.

Natürlich wurde nach den Hübschesten am eifrigsten gesucht, und die durften den ersten Jungen nicht zurückweisen, obwohl es meistens nicht der attraktivste war, der sie eroberte, sondern der schnellste und pfiffigste.

Die langsameren Burschen mussten sich mit weniger verführerischen Mädchen begnügen, denn keinem war erlaubt, allein ins Dorf zurückkehren, sonst wurde er aus der Dorfgemeinschaft ausgestoßen.

Doch die Dunkelheit verhalf auch den Hässlichen zu ihrem Recht, und am nächsten Tag wurden die Hochzeitstermine festgesetzt.

Überflüssig zu betonen, dass es in diesen Dörfern kaum Junggesellen und alte Jungfern gab.

EDMOND WELLS
Enzyklopädie des relativen und absoluten Wissens, Bd. 3

136. MIT FEUER UND MANDIBEL

Die lange Kohorte besteht jetzt aus 30 000 Ameisen und anderen Insekten.

Sie erreichen Yedi-bei-nakan, aber die Stadt verweigert ihnen den Zutritt. Die Revolutionäre wollen diesen feindseligen Ameisenbau in Brand setzen, aber das erweist sich als unmöglich, denn der Hügel hat eine Kuppel aus schwer entflammbaren grünen Blättern. Prinzessin Nr. 103 beschließt daraufhin, die Umgebung auszunutzen. Ein Felsen überragt die Stadt, und auf diesem Felsen liegt ein großer Stein. Mit Hilfe eines Hebels müsste man diesen schweren runden Stein auf Yedi-bei-nakan schleudern können.

Es ist eine mühsame Arbeit, aber endlich bewegt sich der Stein von der Stelle und landet tatsächlich auf der grünen Kuppel. Noch nie ist eine so gewaltige Bombe auf eine Stadt mit mehr als 100 000 Einwohnern gefallen!

Nun braucht man das Nest – oder was davon noch übrig ist – nur noch zu besetzen. Widerstand rührt sich nicht mehr.

Am Abend berichtet Nr. 103 in der eroberten Stadt wieder über die seltsamen Finger, und auch diesmal macht sich Nr. 10 gewissenhaft Duftnotizen.

MORPHOLOGIE

Die Morphologie der Finger entwickelt sich nicht mehr.

Während das Leben unter Wasser bei den Fröschen nach einer Million Jahren zur Ausbildung von Schwimmhäuten geführt hat, lösen die Finger alle Probleme mit Hilfe künstlicher Körperteile.

Sie haben Schwimmhäute hergestellt, die sie nach Belieben anlegen und abnehmen können, je nachdem, ob sie im Wasser oder an Land sind.

Deshalb brauchen sie sich auch nicht morphologisch ans Wasser anzupassen und eine Million Jahre auf das Wachsen natürlicher Schwimmhäute zu warten.

Um sich in die Lüfte schwingen zu können, benutzen sie sogenannte Flugzeuge, die es den Vögeln gleichtun.

Um sich vor Kälte und Wärme zu schützen, stellen sie verschiedene Kleidungsstücke her, denn ein Fell haben sie ja nicht.

Bei anderen Tierarten dauert es Jahrmillionen, um den eigenen Körper zu verändern, doch die Finger stellen alles künstlich innerhalb weniger Tage her, indem sie alle ihnen zur Verfügung stehenden Materialien ausnutzen.

Dieses Geschick macht eine morphologische Entwicklung überflüssig.

Auch wir Ameisen entwickeln uns morphologisch schon seit sehr langer Zeit nicht mehr, weil es uns gelingt, unsere Probleme auf andere Weise zu lösen.

Unser Äußeres hat sich seit 100 Millionen Jahren nicht verändert, ein Beweis für unseren Erfolg.

Wir sind vollkommene Geschöpfe.

Während andere lebende Tierarten ständig von Ausrottung durch Feinde, Klima und Krankheiten bedroht sind, bleiben Finger und Ameisen weitgehend davon verschont.

Dank der sozialen Systeme sind beide Arten erfolgreich. Fast alle Neugeborenen erreichen das Erwachsenenalter, und die Lebenserwartung steigt.

Allerdings stehen Finger und Ameisen vor demselben Problem: Weil sie sich nicht mehr an die Umwelt anpassen, wollen sie die Umwelt zwingen, sich ihnen anzupassen.

Sie müssen sich die für sie bequemste Welt ausdenken, aber das ist kein biologisches Problem mehr, sondern ein kulturelles.

In der Ferne setzen die Feuertechniker ihre Experimente fort.

Nr. 5 versucht wieder, auf zwei Beinen zu laufen, wobei sie winzige Zweiglein als Krücken benutzt.

Nr. 7 malt.

Nach ihrem langen Bericht über die Welt der Finger ist die Prinzessin müde. Sie denkt an die Saga, die Nr. 24 verfassen wollte: *Die Finger*. Nun, da der Prinz beim Brand ums Leben gekommen ist, besteht keine Chance mehr, in Kürze diesen ersten Ameisenroman riechen zu können.

Nachdem Nr. 5 beim Laufen auf zwei Beinen wieder einmal gestürzt ist, schließt sie sich Nr. 103 an und meint, Kunst sei leider sehr fragil und schwer zu transportieren. Nr. 24 hätte das Ei, das er mit seinem Roman füllen wollte, sowieso nicht über weite Strecken tragen können.

Mit Hilfe einer Schnecke wäre es möglich gewesen, entgegnet Nr. 103.

Nr. 5 erinnert daran, dass Schnecken Ameiseneier fressen. Sie ist der Ansicht, dass Ameisenkunstwerke leicht sein müssten, damit man sich mit ihnen nicht abzuschleppen bräuchte.

Das werden wir auch nicht mitnehmen können, sagt sie zu Nr. 7, die sich diesmal ein besonders großes Blatt als Leinwand ausgesucht hat.

Die beiden Ameisen beraten sich, und plötzlich hat Nr. 7 eine Idee: Könnte sie ihre Zeichnungen nicht mit der Mandibelspitze direkt in die Panzer ihrer Artgenossinnen ritzen?

Die Idee gefällt Nr. 103. Auch bei den Fingern gibt es so eine Kunstform, die sogenannte »Tätowierung«. Doch weil ihre Haut so weich ist, müssen sie diese Zeichnungen durch Farben sichtbar machen, während es für eine Ameise ein Kinderspiel ist, das Chitin mit der Mandibelspitze zu bearbeiten.

Nr. 7 will sofort den Panzer von Nr. 103 bemalen, doch die Prinzessin war früher eine tapfere Kriegerin, und deshalb hat ihr Panzer schon so viele Schrammen, dass man darauf kein Kunstwerk unterbringen konnte.

Deshalb wird Nr. 16 gerufen, die jüngste Ameise des Trupps, die einen völlig unversehrten Panzer hat. Mit der rechten Mandibelspitze als Stilett macht sich Nr. 7 ans Werk. Das erste Motiv, das ihr in den Sinn kommt, ist ein brennender Ameisenhaufen. Sie ritzt das Motiv auf den Unterleib der jungen Kundschafterin. Die Flammen bilden lange Arabesken und Spiralen, die sich wie Fäden vereinigen. Zu ihrem Leidwesen haben die Ameisen, denen sie ihr Kunstwerk zeigt, jedoch wenig Interesse an der künstlerischen Darstellung des Feuers.

137. Maximilien bei sich zu Hause

Maximilien fischte tote Guppys aus seinem Aquarium. In den letzten zwei Tagen hatte er sie vernachlässigt, und sie bestraften ihn, indem sie einfach starben. Diese durch genetische Kreuzungen erzeugten Tiere sind zwar sehr hübsch, aber auch sehr empfindlich, dachte der Kommissar. Vielleicht hätte ich doch lieber natürliche Arten nehmen sollen. Sie sind zwar nicht so schön, aber dafür bestimmt anpassungs- und widerstandsfähiger.

Er warf die Kadaver in den Mülleimer und wartete im Salon aufs Abendessen, wobei er im *Clairon de Fontainebleau* blätterte. Auf der letzten Seite fiel ihm ein kurzer Artikel mit der Überschrift »Ein Gymnasium unter Polizeiaufsicht« ins Auge, und einen Moment lang befürchtete er, der Journalist könnte die Leser objektiv informiert haben. Aber nein, der brave Vaugirard hatte gute Arbeit geleistet. Er redete von Linksextremen und Rowdys und betonte besonders die Klagen der Nachbarn über nächtliche Ruhestörung. Ein winziges Foto der Rädelsführerin war mit der Unterschrift versehen: »Julie Pinson, Sängerin und Rebellin.«

Rebellin? Eher eine verwöhnte Rotzgöre! Aber ihm fiel jetzt zum ersten Mal auf, dass die Tochter von Gaston Pinson nicht nur hübsch, sondern schön war.

Die Familie ging zu Tisch.

Menü: Schnecken in Kräuterbutter als Vorspeise und Froschschenkel mit Reis als Hauptgericht.

Er betrachtete seine Frau unauffällig und fand ihr ganzes Benehmen unerträglich. Sie spreizte beim Essen den kleinen Finger ab, lächelte ständig und ließ ihn nicht aus den Augen.

Marguerite erhielt von ihrer Mutter die Erlaubnis, den Fernseher einzuschalten.

Kanal 423. Wettervorhersage. Die Luftverschmutzung in den Großstädten hat die Grenzwerte bedenklich überschritten. Immer mehr Menschen klagen über Augenreizungen und Atemnot. Die Regierung plant eine Parlamentsdebatte zu diesem Thema und hat zunächst einmal Fachleute beauftragt, Lösungen vorzuschlagen.

Kanal 67. Werbung. »Essen Sie Joghurt! Essen Sie Joghurt! ESSEN SIE JOGHURT!«

Kanal 622. Quiz. »Denkfalle«. »Wir haben es immer noch mit dem Rätsel der sechs Streichhölzer und acht Dreiecke zu tun und …«

Maximilien riss seiner Tochter die Fernbedienung aus der Hand und schaltete den Fernseher aus.

»O nein, Papa! Ich möchte wissen, ob Madame Ramirez das Rätsel gelöst hat.«

Der Familienvater blieb hart. Wer die Fernbedienung in der Hand hatte, war Alleinherrscher.

Maximilien schnauzte seine Tochter an, sie solle aufhören, mit dem Salzstreuer zu spielen, und seine Frau ermahnte er, nicht so hastig zu schlingen.

Alles ärgerte ihn maßlos.

Als ihm seine Frau stolz das Dessert, einen pyramidenförmigen Pudding, vor die Nase setzte, hielt er es einfach nicht länger aus, verließ den Raum und schloss sich in seinem Arbeitszimmer ein.

Er brauchte nur auf eine Taste zu drücken, um eine unterbrochene Partie *Evolution* fortzusetzen: Seine blühende mongolische Zivilisation wurde von fremden Volksstämmen bedroht.

Diesmal setzte er nur auf die Armee. Er investierte nichts mehr in Landwirtschaft, Wissenschaft, Kultur oder Erziehung. Eine riesige Armee und ein despotischer Herrscher, sonst nichts. Das führte zu hochinteressanten Resultaten. Seine Mongolenhorde rückte von West nach Ost vor, von den Italienischen Alpen bis China, und besetzte unterwegs alle Großstädte. Es wirkte sich nicht negativ aus, dass sie die Landwirtschaft vernachlässigt hatten, denn weil sie überall plünderten, fehlte es ihnen nie an Nahrung. Und was die Wissenschaft betraf, so bemächtigten sie sich einfach der Bibliotheken und Laboratorien der eroberten Städte. Erziehung und Kunst waren überflüssig geworden. Mit einer Militärdiktatur klappte alles bestens! Im Jahre 1750 hatten Maximiliens Mongolen fast den ganzen Planeten besetzt, doch als er von der Tyrannei zur aufgeklärten Monarchie überzugehen versuchte, kam es in einer seiner großen Städte sofort zur Revolte, und weil er es versäumt hatte, für einen effektiven Kurierdienst zu sorgen, konnte er den Aufstand nicht schnell genug niederschlagen. Die Unruhen griffen auf andere Städte über, und ein kleiner demokratischer Nachbarstaat brachte Maximiliens Reich zu Fall.

Plötzlich tauchte eine Textzeile auf dem Bildschirm auf: Du bist nicht bei der Sache. Hast du Probleme?

»Woher weißt du das?«

Der Computer antwortete diesmal durch seine Lautsprecher: »Ich merke es an der Art und Weise, wie du meine Tasten berührst. Deine Finger rutschen aus, und du drückst oft zwei Tasten auf einmal. Kann ich dir helfen?«

»Wie könnte ein Computer mir helfen, eine Schulrevolte niederzuschlagen?«

»Nun ja …«

Maximilien drückte auf eine Taste. »Lass mich eine neue Partie spielen, das ist für mich die beste Hilfe. Je mehr ich spiele, desto besser verstehe ich die Welt, in der ich lebe, und all die schwierigen Entscheidungen, die meine Vorfahren treffen mussten.«

Er wählte diesmal eine sumerische Zivilisation und brachte sie glücklich bis ins Jahr 1980. Diesmal hatte er eine logische Entwicklung vollzogen: Despotismus, Monarchie, Republik, Demokratie. Seine große Nation war technologisch auf der Höhe, doch mitten im 21. Jahrhundert wurde sein Volk von einer Pestepidemie dahingerafft. Er hatte die Hygiene vernachlässigt und in den Großstädten keine Abwasserkanalisation ausbauen lassen. Auch die Müllbeseitigung klappte nicht, und all das war ein idealer Nährboden für Bakterien und führte schließlich zu einer Rattenplage.

MacYavel gab ihm zu verstehen, dass ein so gravierender Fehler keinem Computer unterlaufen wäre.

Dieser Tadel brachte den Kommissar auf die Idee, dass es vielleicht am vernünftigsten wäre, in Zukunft einen Computer an die Spitze der Regierung zu setzen, denn nur ein Computer war imstande, kein Detail zu vergessen. Ein Computer schlief nie, ein Computer hatte weder gesundheitliche noch sexuelle Probleme. Ein Computer hatte keine Familie. MacYavel hatte Recht: Ein Computer hätte niemals die Abwasserkanalisation vergessen.

Maximilien begann eine neue Partie mit einer französischen Zivilisation. Je mehr er spielte, desto mehr misstraute er der menschlichen Natur. Dar Mensch war böse und unfähig, langfristige Interessen zu erkennen. Sein einziges Bestreben war die sofortige Befriedigung aller Lüste.

Auf dem Bildschirm kam es im Jahre 1635 zu einer Studentenrevolte in einer der Großstädte. Die Jugendlichen führten sich wie verzogene Kinder auf, die mit den Füßen stampfen, wenn ihre Wünsche nicht sofort erfüllt werden …

Er setzte seine Truppen gegen die rebellischen Studenten ein und liquidierte sie.

MacYavel stellte ihm plötzlich eine seltsame Frage: »Du liebst deine Artgenossen wohl nicht?«

Maximilien holte eine kalte Bierdose aus seinem kleinen Kühlschrank und trank genüsslich, während er die letzten Widerstandsnester ausrottete und vorsichtshalber die Polizeipräsenz verstärkte. Missmutig beobachtete er die virtuellen Gestalten auf dem Bildschirm, so wie man Insekten beobachtet, und erst nach einer ganzen Weile ließ er sich zu einer Antwort herab.

»Doch, ich liebe die Menschen … obwohl sie es nicht verdienen.«

138. Zu viel des Guten

Die *Revolution der Ameisen* nahm allmählich Ausmaße an, die den acht Initiatoren ein wenig über den Kopf wuchsen.

Auf dem ganzen Schulhof schossen Estraden und Stände wie Pilze aus dem Boden, wo die jungen Revolutionäre ganz spontan ihre Werke präsentierten. Malerei, Bildhauerei, Erfindungen, Poesie, Tanz, Computerspiele – alles war vertreten. Das Gymnasium hatte sich in ein buntes Dorf verwandelt, dessen Bewohner einander duzten, Freundschaften schlossen, experimentierten, bastelten, aßen, tranken, spielten, sich amüsierten oder ausruhten.

Auf dem Podium konnten mit Hilfe das Synthesizers Tausende von Orchestern reproduziert werden, und bei Tag und Nacht erprobten mehr oder weniger erfahrene Musiker alle Möglichkeiten dieses Wunderwerks moderner Technologie, das eine Vermischung von Musik aus aller Welt erlaubte.

So konnte sich etwa ein indischer Sitarspieler an Kammermusik beteiligen, eine Jazzsängerin ließ sich von balinesischen Schlaginstrumenten begleiten, eine Tänzerin des japanischen Kabuki-Theaters bot ihren Schmetterlingstanz zu afrikanischen Tamtam-Rhythmen dar, ein argentinischer Tangotänzer produzierte sich zu tibetanischer Musik, und vier Ballettratten passten ihre Entrechats sonoren New-Age-Klängen an. Wenn der Synthesizer nicht ausreichte, wurden neue Instrumente erfunden.

Die besten Stücke zeichnete man auf und sendete sie per Internet. Im Gegenzug empfingen die Revolutionäre von Fontainebleau auch Musik aus San Francisco, Barcelona, Amsterdam, Berkeley, Sydney oder Seoul, wo andere »Ameisenrevolutionäre« genauso emsig am Werk waren.

Mit Hilfe von Digitalkameras und Digitalmikrofonen, die er mit den Computern verband, gelang es Ji-woong sogar, Musiker aus verschiedenen Ländern gemeinsam spielen zu lassen: Fontainebleau steuerte das Schlagzeug bei, San Francisco die Gitarren, Barcelona die Stimmen, Amsterdam das Klavier, Sydney den Kontrabass und Seoul die Geige.

Gruppen aus aller Welt wechselten sich auf den digitalen Kanälen ab. Aus Amerika, Asien, Afrika, Europa und Australien ertönte experimentelle planetarische Musik.

Alle Grenzen von Zeit und Raum wurden auf dem Schulhof von Fontainebleau gesprengt.

Der Fotokopierer des Gymnasiums war im Dauereinsatz, um alle über den Tagesablauf zu informieren, über Auftritte von Musik- und Theatergruppen, Diskussionen, neue Stände etc. Vervielfältigt wurden aber auch Gedichte, polemische Artikel, Statuten der GmbH-Abteilungen und neuerdings sogar Fotos von Julie, die während des zweiten Konzerts gemacht worden waren. Nicht zu vergessen Pauls Tagesmenü, das sich besonderer Beliebtheit erfreute. In der Schulbücherei hatten die Belagerten Porträts großer Revolutionäre und berühmter Rocker gefunden, die ihnen sympathisch waren, und diese Abbildungen wurden mit dem Fotokopierer vergrößert und in den Korridoren aufgehängt: Laotse, Gandhi, Peter Gabriel, Albert Einstein, der Dalai-Lama, die Beatles, Philip K. Dick, Frank Herbert, Jonathan Swift …

Julie notierte auf den leeren Seiten der *Enzyklopädie*: Revolutionsregel Nr. 54: Die Anarchie ist eine Quelle von Kreativität. Vom gesellschaftlichen Druck befreit, beginnen die Menschen ganz spontan zu erfinden, nach Schönheit und Intelligenz zu suchen, miteinander zu kommunizieren. In guter Erde können sogar die kleinsten Samen zu großen Bäumen heranwachsen, die reiche Früchte tragen.

In Klassenzimmern wurden hitzige Diskussionen geführt, und abends verteilte man Decken, in die sich die jungen Leute zu zweit oder zu dritt einhüllten, eng aneinandergeschmiegt, um sich gegenseitig warm zu halten.

Eine der Amazonen führte auf dem Schulhof Tai-Chi vor und erklärte, diese jahrtausendealte innere Kampfkunst ahme Bewegungen von Tieren nach, um sie besser verstehen zu können. Inspiriert von dieser Idee, wollten Tänzer die Bewegungen von Ameisen imitieren. Diese Insekten verfügten über eine exotische Anmut und Geschmeidigkeit, die mit der von Katzen und Hunden nicht zu vergleichen war. Die Tänzer erfanden neue Schritte und rieben ihre hoch erhobenen Arme aneinander, als wären es Fühler.

Ein junger Zuschauer bot Julie eine Zigarette an. »Marihuana gefällig?«

»Nein, danke, das Zeug reizt meine Stimmbänder, und ich brauche es auch nicht. Dieses Fest stimuliert mich mehr als genug.«

»Du hast Glück, wenn du von solchen Spielereien high wirst!«

»Das nennst du Spielereien?«, staunte Julie. »Ich für meine Person habe noch nie etwas so Umwerfendes erlebt.«

Sie wusste allerdings auch, dass man etwas Ordnung in diesen ganzen Basar bringen musste, denn andernfalls würde ihre Revolution völlig aus den Fugen geraten.

Die Leute mussten begreifen, welchen Sinn dieses bunte Treiben hatte, doch leider war sich Julie selbst darüber nach wie vor nicht im Klaren.

Eine Stunde lang beobachtete sie die Ameisen in ihrem großen Aquarium, weil Edmond Wells behauptete, das sei eine große Hilfe, wenn man eine ideale Gesellschaft schaffen wolle.

Sie sah allerdings nur kleine schwarze Insekten, die ihr ziemlich abstoßend vorkamen und wirr umherliefen. Hatte sie sich geirrt, hatte Edmond Wells alles nur symbolisch gemeint? Ameisen waren schließlich Ameisen, und Menschen waren Menschen. Wie sollte man die Lebensregeln dieser winzigen Geschöpfe auf Menschen übertragen können?

Sie ging ins Gymnasium, setzte sich ins Arbeitszimmer des Geschichtslehrers, öffnete die *Enzyklopädie* und suchte wieder einmal nach Revolutionen, von denen sie sich inspirieren lassen könnte.

Dabei stieß sie auf die Geschichte der futuristischen Bewegung. In den Jahren 1900 bis 1920 waren überall neue künstlerische Stilrichtungen entstanden: die Dadaisten in der Schweiz, die Expressionisten in Deutschland, die Surrealisten in Frankreich, die Futuristen in Italien und Russland. Alle futuristischen Maler, Dichter und Philosophen hatten eines gemeinsam: ihre Bewunderung für Maschinen, für Schnelligkeit und jede fortgeschrittene Technologie. Sie waren überzeugt, dass der Mensch eines Tages von Maschinen gerettet werden könne, und in futuristischen Theaterstücken kamen als Roboter verkleidete Schauspieler den Menschen zu Hilfe. Doch kurz vor dem Zweiten Weltkrieg schlossen sich die italienischen Futuristen unter Marinetti der Ideologie des Diktators Benito Mussolini an, weil er in ihren Augen besonders fortschrittlich war und Maschinen aller Art – hauptsächlich Kriegsgerät – konstruieren ließ. Aus den gleichen Gründen traten in Russland manche Futuristen der kommunistischen Partei bei. In beiden Ländern wurden die Künstler für politische Propaganda missbraucht; Stalin schickte sie in Russland später in den Gulag oder ließ sie ermorden.

Als Nächstes informierte Julie sich über die Surrealisten. Der Cineast Luis Buñuel, die Maler Max Ernst, Salvador Dalí und René Magritte, der Schriftsteller André Breton – sie alle glaubten, die Welt durch ihre Kunst verändern zu können, doch weil sie Individualisten waren, zerstritten sie sich sehr schnell.

Recht interessant fand Julie die französischen Situationisten der sechziger Jahre. Sie strebten eine Revolution mit Hilfe von subversiven Aktionen an und hielten sich beharrlich von allen Medien fern, weil sie dieses »Gesellschaftsspektakel« ablehnten. Jahre später beging ihr Anführer Guy Debord Selbstmord, nachdem er sein erstes Fernsehinterview gegeben hatte, und mittlerweile wussten nur noch einige wenige Fachleute, die sich mit der Revolte von 1968 beschäftigten, wer diese Situationisten gewesen waren.

Julie wandte ihre Aufmerksamkeit wieder den »richtigen« Revolutionen zu. Im Süden Mexikos hatte es vor gar nicht so langer Zeit die Revolte der Indianer von Chiapas gegeben. Ihr Kommandant

Marcos hatte gegen ganz konkrete soziale Missstände protestiert, gegen das Elend der mexikanischen Indianer und die Ausrottung indianischer Zivilisationen.

Julies *Revolution der Ameisen* war hingegen nicht aus Zorn über soziale Ungerechtigkeiten ausgebrochen. Ein Kommunist hätte sie zweifellos als »kleinbürgerliche Revolution« eingestuft, denn ihre einzige Motivation war eine Abneigung gegen geistige Unbeweglichkeit.

Vielleicht sollte sie sich lieber an den Kulturrevolutionen orientieren. Auf Jamaika hatte Bob Marley eine Rasta-Revolution ins Rollen gebracht. Hier gab es immerhin Ähnlichkeiten mit der *Revolution der Ameisen*: Beiden hatte Musik als Ausgangspunkt gedient. Weitere Gemeinsamkeiten waren die pazifistische Gesinnung, der Gebrauch von Joints und Symbole, die einer uralten Kultur entlehnt waren (die »Rasta« beriefen sich auf König Salomo und auf die Königin von Saba). Doch Bob Marley hatte die Gesellschaft nicht verändern wollen. Seine Anhänger sollten nur ihre Sorgen und ihre Aggressivität vergessen.

In den Vereinigten Staaten hatten Quäker und die Amish interessante Formen eines friedlichen Zusammenlebens entwickelt, aber sie kapselten sich völlig von der übrigen Welt ab, und ihre Lebensregeln waren nur auf den Glauben gegründet. Von allen laizistischen Kommunitäten schienen nur die Kibbuzim über längere Zeit hinweg erfolgreich zu sein. Sie waren Julie sehr sympathisch, weil sie in Gemeinschaften lebten, wo kein Geld in Umlauf war, wo es an den Türen keine Schlösser gab und wo gegenseitige Hilfe oberstes Gebot war. Allerdings war es bei den Kibbuzim Pflicht, sich in der Landwirtschaft nützlich zu machen, und hier im Gymnasium gab es weder Felder noch Kühe noch Weinberge.

Julie grübelte, biss sich die Nägel ab, betrachtete ihre Hände – und plötzlich kam ihr ein Geistesblitz.

Endlich hatte sie die Lösung gefunden. Warum war ihr das nicht schon viel früher eingefallen? Das Beispiel, dem man folgen musste, war …

139. Enzyklopädie

Der lebendige Organismus Niemand wird die perfekte Harmonie bestreiten können, die zwischen unseren Körperteilen herrscht. Alle Zellen sind gleichberechtigt. Das rechte Auge ist nicht auf das linke eifersüchtig, die rechte Lunge beneidet die linke nicht. In unserem Körper haben alle Zellen und Organe nur ein einziges gemeinsames Ziel: dem Gesamtorganismus zu dienen, damit er möglichst funktionsfähig ist.

Unsere Zellen praktizieren erfolgreich sowohl den Kommunismus als auch den Anarchismus. Alle sind gleich, alle sind frei, aber sie haben trotzdem ein gemeinsames Interesse: so gut wie möglich zusammenzuleben. Hormone und Nervenleitungen können Informationen blitzschnell im ganzen Körper verbreiten, doch verständigt wird nur jener Körperteil, der Bedarf an der Information hat.

In unserem Körper gibt es keinen Chef, keine Verwaltung, kein Geld. Die einzigen Reichtümer sind Zucker und Sauerstoff, und nur der Gesamtorganismus entscheidet, welche Organe diese Stoffe am meisten benötigen. Wenn es beispielsweise kalt ist, entzieht der Körper den Gliedern etwas Blut, damit lebenswichtige Organe ausreichend versorgt werden können. Deshalb frieren wir als Erstes an Fingern und Zehen.

Könnten wir im makrokosmischen Maßstab nachvollziehen, was sich mikrokosmisch ständig in unserem Körper abspielt, würden wir uns an einem Organisationssystem ein Beispiel nehmen, das sich seit sehr langer Zeit als ungemein erfolgreich erwiesen hat.

Edmond Wells

Enzyklopädie des relativen und absoluten Wissens, Bd. 3

140. Die Schlacht von Bel-o-kan

Die *Revolution der Finger* breitet sich wie rankender Efeu aus. Nun nehmen schon mehr als 50 000 Insekten daran teil. Schnecken sind mit Nahrungsmitteln schwer beladen. In dieser riesigen Horde ist es große Mode, sich das Motiv des Feuers auf den Panzer ritzen zu lassen.

Die Ameisen gleichen einem rasch um sich greifenden Waldbrand, freilich mit dem großen Unterschied, dass sie nichts zerstören, sondern nur die Kunde von der Existenz der Finger und deren Lebensweise verbreiten wollen.

Auf einer mit Wacholdersträuchern dicht bewachsenen Ebene weiden zufrieden mindestens tausend Blattläuse. Während die Ameisen mit ihrer Säure Jagd auf sie machen, fällt ihnen etwas auf: die völlige Stille.

Obwohl bei Ameisen der Geruchssinn am wichtigsten ist, nehmen sie diese Lautlosigkeit trotzdem sofort wahr und reagieren darauf, indem sie nur noch ganz langsam ein Bein vors andere setzen. Hinter dichtem Gras tauchen plötzlich die Umrisse ihrer Hauptstadt auf: Bel-o-kan.

Bel-o-kan, die Heimat!

Bel-o-kan, der größte Ameisenbau des ganzen Waldes!

Bel-o-kan, der Ursprungsort der wichtigsten Legenden!

Ihre Geburtsstadt kommt ihnen noch gewaltiger als früher vor, fast so, als hätte sie sich zu ihrem Empfang aufgebläht. Tausend olfaktorische Botschaften gehen von diesem Ort aus. Sogar Nr. 103 ist sichtlich bewegt. Von hier ist sie vor langer Zeit aufgebrochen, und hierher kehrt sie nun zurück. Sie erkennt Tausende vertrauter Gerüche. In diesem Grasfleck hat sie als junge Kundschafterin gespielt. Auf diesen Pisten ist sie im Frühjahr zur Jagd aufgebrochen. Sie erbebt. Nicht nur die Stille ist beunruhigend, sondern auch, dass um die Metropole herum kein lebhaftes Treiben herrscht.

Früher waren diese breiten Pisten doch immer mit Jägerinnen verstopft, die ihre Schätze nach Hause schleppten. Heute ist keine einzige Ameise zu sehen. Im ganzen Bau rührt sich nichts. Ihre Mutterstadt scheint sich über die Rückkehr der wilden Tochter nicht zu freuen, die nun eine Prinzessin ist und nicht nur eine riesige revolutionäre Anhängerschaft mitbringt, sondern auch noch rauchende Glut auf Schneckenrücken.

Ich werde dir alles erklären!, ruft Nr. 103 in Richtung ihrer riesigen Stadt. Doch dafür ist es schon zu spät: Hinter der Pyramide kommen plötzlich zwei lange Reihen von Soldatinnen hervor, die eine links, die andere rechts, und diese Militärkolonnen erwecken bei der Prinzessin den Eindruck, als wären es die Mandibeln von Bel-o-kan.

Ihre Schwestern eilen nicht etwa auf sie zu, um ihr zu gratulieren, sondern um sie aufzuhalten. Im Wald hat sich längst die Kunde verbreitet, dass revolutionäre Ameisen unterwegs sind, die trotz des Tabus Feuer mit sich führen und eine Allianz mit den Fingern, diesen schrecklichen Riesen, anstreben.

Auch Nr. 5 sieht den Feind und ist sehr beunruhigt.

Die Legionen formieren sich in Schlachtordnung, und an der Aufstellung hat sich seit der kämpferischen Jugend von Nr. 103 nichts geändert: vorne die Artillerie, die ihre Säurestrahlen abfeuern wird, an der rechten Flanke die Kavallerie der galoppierenden Soldatinnen, an der linken Flanke die Soldatinnen mit besonders langen, scharfen Mandibeln und hinten die Soldatinnen mit kurzen Mandibeln, die Verletzten den Rest geben sollen.

Nr. 103 und Nr. 5 bewegen ihre Antennen mit 12 000 Vibrationen pro Sekunde, um ihre Gegner besser identifizieren zu können, aber im Grunde könnten sie sich diese Mühe sparen, denn an den Tatsachen ist nicht zu rütteln: Sie sind nur 50 000, darunter viele Nicht-Ameisen, und ihnen stehen 120 000 belokanische Kriegerinnen gegenüber!

Die Prinzessin unternimmt einen letzten Versöhnungsversuch mit eindringlichen Pheromonsignalen:

Soldatinnen, wir sind Schwestern.

Auch wir sind Belokanerinnen.

Wir sind zurückgekommen, um die Stadt vor einer großen Gefahr zu warnen.

Die Finger werden in den Wald eindringen.

Keine Reaktion.

Wir wollen mit Mutter sprechen.

Das feindselige Mandibelrasseln ist Antwort genug. Die belokanischen Truppen sind von einem Angriff nicht abzuhalten. Für weitere

Verhandlungen bleibt keine Zeit. Sie müssen sich schnell eine Verteidigungsstrategie ausdenken.

Nr. 6 schlägt vor, die linke Flanke anzugreifen. Sie hofft, mit Hilfe des Feuers eine Panik unter den schwerfälligen Ameisen auslösen zu können, so dass sie umschwenken und gegen die eigenen Truppen kämpfen.

Prinzessin Nr. 103 findet die Idee nicht schlecht, meint aber, bei der Kavallerie könnte das Feuer noch mehr Verwirrung stiften.

Kurze Beratung. Das größte Problem der Revolutionäre besteht darin, dass niemand vorhersagen kann, wie sich die anderen Insekten bei einer Schlacht verhalten werden. Was werden die ganz kleinen Ameisen machen, die mit ihren Mandibeln überhaupt keinen Schaden anrichten können? Von den Schnecken ganz zu schweigen, die sich so langsam bewegen und bestimmt in Panik geraten, wenn sie plötzlich von feindseligen Ameisen umringt sind.

Die Föderationsarmee rückt unaufhaltsam vor, wohlgeordnet nach Kasten, Mandibelngröße und Fühlersensibilität. Sie scheint sogar noch Verstärkung bekommen zu haben. Es müssen mehrere Hunderttausend Ameisen sein!

Allen Revolutionären ist klar, dass die Schlacht verloren ist, noch bevor sie begonnen hat. Viele kleine Insekten treten die Flucht an.

Die Armee kommt immer näher.

Endlich begreifen auch die Schnecken, dass Gefahr droht. Sie reißen ihre großen Mäuler weit auf und stoßen lautlose Angstschreie aus. Ihre 25 600 winzigen Zähne eignen sich nur zum Zerfetzen von Salatblättern, nicht aber zum Kampf gegen aggressive Ameisen. Sie richten ihre Oberkörper auf, werfen die Lasten ab, mit denen sie sich abgeschleppt haben, und verlassen das Schlachtfeld, so schnell sie können.

Schon hat die erste Linie der Artillerie Position bezogen, und ein Säureregen geht auf die vordersten Reihen der Revolutionäre nieder. Wer getroffen wurde, windet sich vor Schmerzen.

Eine zweite Linie löst die erste ab und richtet genauso viel Verwüstung an.

Bei den Revolutionären gibt es immer mehr Deserteure. So groß ist ihr Interesse an den Fingern nun auch wieder nicht, dass sie bei einem Kampf mit der großen Föderation roter Ameisen ihr Leben aufs Spiel setzen wollen.

Eine gespenstische Stille breitet sich aus. Beide Armeen wissen, dass es gleich zum Nahkampf kommen wird. 220 000 gegen weniger als 50 000 – das verspricht eine grandiose Schlacht zu werden.

Eine Ameise der Föderationsarmee hebt eine Antenne und gibt ein Geruchssignal.

Angriff!

Sofort steigen aus Tausenden und Abertausenden von Antennen Kampfgerüche auf.

Die Revolutionäre wappnen sich gegen die erste Angriffswelle, indem sie ihre Beine fest in die Erde stemmen.

Die Föderationsarmee setzt zum Sturm an. Mandibeln prallen heftig zusammen. Das Gemetzel beginnt.

Zwanzig der kräftigsten Revolutionäre schwenken einen glühenden Zweig, um die Kavallerie aufzuhalten, doch die abschreckende Wirkung ist nicht so groß wie erhofft. Die belokanische Armee hat damit gerechnet, dass das durch den Wald transportierte Feuer im Krieg eingesetzt werden könnte, und nach der ersten Schrecksekunde beim Anblick der schrecklichen unbekannten Waffe weicht man ihr einfach in weitem Bogen aus.

Die Schlacht tobt. Die Ameisen verkeilen sich ineinander. Jeder versucht, den Panzer des Gegners aufzubrechen. Chitinfetzen fliegen umher. Bäuche werden aufgeschlitzt. Beine werden ausgerissen, Augen ausgestochen. Hinterleiber werden abgetrennt. Kehlen werden durchgeschnitten. Im Blutrausch können manche Ameisen nicht einmal mehr zwischen Freund und Feind unterscheiden und morden blindlings drauf los. Köpfe rollen, und kopflose Körper rennen über das Schlachtfeld und tragen zum allgemeinen Chaos bei.

Nr. 15 feuert von einer Erhebung aus ätzende Säurestrahlen ab, bis kein Tropfen mehr übrig ist. Danach setzt sie ihren harten Schädel als Rammbock ein.

Nr. 5 steht auf vier Beinen und lässt ihre Vorderbeine wie Peitschen durch die Luft wirbeln.

Nr. 8 ist völlig entfesselt. Sie packt einen feindlichen Leichnam und schleudert ihn mit aller Kraft gegen die Kavallerie. Dabei denkt sie, dass ein Katapult nötig wäre, um ihr diese harte Arbeit abzunehmen. Bevor sie sich abermals als Schleudermaschine betätigen kann, fallen mehrere Soldatinnen über sie her.

Viele verstecken sich in Erdlöchern, um den Feind zu überraschen. Andere umkreisen Grashalme, um den Feind zu ermüden. Nr. 14 versucht erfolglos, einen Feind zum Dialog zu überreden.

Nr. 16 ist umzingelt und kann sich trotz ihrer Johnston-Organe nicht mehr orientieren.

Nr. 9 rollt als Kugel einen Abhang hinab und bringt mehrere Feinde aus dem Gleichgewicht. Während sie benommen am Boden liegen, schneidet sie ihnen die Antennen ab, denn ohne Fühler können Ameisen nicht kämpfen.

Trotz dieser kleinen Erfolge ist gegen die Übermacht aber nicht viel auszurichten.

Prinzessin Nr. 103 ist entsetzt, dass Familienmitglieder einander so erbittert bekämpfen. Schon ist der Boden mit abgetrennten Beinen, Fühlern und Köpfen übersät, und dabei stehen sich auf diesem Schlachtfeld Schwestern gegenüber!

Trotz der schier hoffnungslosen Situation ist sie fest entschlossen, ihrer Revolutionsarmee doch noch zum Sieg zu verhelfen. Sie ruft ihre zwölf Gefährtinnen zu sich und erklärt ihnen ihren Plan. Hinter einer kompakten Schutzmauer aus Ameisenleibern beginnen sie einen Tunnel zu graben. Drei von ihnen schleppen einen Kieselstein mit Glut. Die Hitze spendet ihnen Energie. Sie orientieren sich an den Magnetfeldern der Erde. Richtung Bel-o-kan.

Über ihnen bebt der Boden, so heftig tobt der Kampf. Sie schaufeln und schaufeln mit den Mandibeln. Einmal droht die Glut zu erlöschen, und sie müssen stehenbleiben und mit ihren Fühlern einen Luftzug erzeugen, um sie neu zu entfachen.

Endlich stoßen sie auf mürbe Erde, schieben sie beiseite und stehen in einem unterirdischen Gang von Bel-o-kan. Während sie in die oberen Etagen hasten, begegnen sie einigen Arbeiterinnen, die sich zwar fragen, was diese Ameisen in ihrer Stadt zu suchen haben, sie aber nicht aufzuhalten versuchen, denn schließlich sind sie keine Kriegerinnen, und es ist nicht ihre Sache, für die Sicherheit der Metropole zu sorgen.

Die Architektur von Bel-o-kan hat sich stark verändert, seit Nr. 103 zuletzt hier war. Es ist eine moderne Großstadt mit unzähligen Einwohnern geworden, und die Prinzessin zögert kurz. Steht sie womöglich kurz davor, eine unverzeihliche Schandtat zu begehen?

Doch dann erinnert sie sich an ihre Revolutionsarmee, die dort oben aufgerieben wird, und sie sagt sich, dass ihr keine andere Wahl bleibt.

Entschlossen hält sie ein welkes Blatt in die Glut, bis es Feuer fängt. Eine Flamme schießt empor und setzt die Stützzweige der Kuppel von Bel-o-kan in Brand. Das Feuer greift rasch um sich. Panik bricht aus. Arbeiterinnen rennen zu den Brutkammern, um die Eier zu retten.

Den dreizehn Brandstifterinnen gelingt die Flucht in die unteren Stockwerke und weiter in den Tunnel, den sie gegraben haben. Der Boden über ihnen erzittert immer noch.

Am Ende des Tunnels angelangt, schiebt Nr. 103 vorsichtig den Kopf heraus und stellt fest, dass die Föderationsarmee das Schlachtfeld verlässt, um den Brand zu löschen.

Das Feuer wütet in der Kuppel der Stadt. Beißender Rauch, der nach verbranntem Holz, Ameisensäure und geschmolzenem Chitin stinkt, steigt empor und verpestet die Luft.

Arbeiterinnen schleppen durch Notausgänge die Eier ins Freie. Überall versuchen Belokanerinnen, die Flammen mit Speichel oder verdünnter Ameisensäure zu ersticken. Nr. 103 steigt aus dem Tunnel und signalisiert ihren Truppen, den Feind nicht zu verfolgen, sondern einfach abzuwarten.

Die Prinzessin weiß, dass die *Revolution der Finger* erst begonnen hat, aber sie wird ihr mit Mandibeln und Feuer zum Sieg verhelfen.

141. Ideen und Ideale

Am Morgen des fünften Tages wehte die Fahne der *Revolution der Ameisen* immer noch über dem Gymnasium von Fontainebleau.

Die Besatzer hatten die schrille Schulklingel abgeschaltet, und nach und nach legten alle ihre Uhren ab. Das war ein unvorhergesehener Aspekt ihrer Revolution: Die Zeit hatte an Bedeutung verloren.

Viele gewannen den Eindruck, dass jeder Tag einen Monat dauerte, denn seit sie in der *Enzyklopädie* gelesen hatten, dass man die Tiefschlafphasen komprimieren konnte, kamen sie mit drei Stunden Schlaf aus, ohne sich am Morgen müde zu fühlen.

Die Revolutionäre hatten aber nicht nur ihre Uhren abgelegt, sondern auch die schweren Schlüsselbunde, die sie sonst mit sich herumschleppten: Wohnungsschlüssel, Autoschlüssel, Garagenschlüssel, Schrankschlüssel, Schreibtischschlüssel … Hier gab es nichts zu stehlen.

Ihre Geldbörsen brauchten sie auch nicht, denn auf dem Schulhof konnte man ohne Geld in der Tasche herumbummeln.

Sogar ihre Ausweise lagen jetzt in Schubladen; denn hier kannte sich jeder vom Sehen, und man redete sich nur mit Vornamen an. Familiennamen und Adressen spielten keine Rolle mehr.

Doch nicht nur die Taschen der Revolutionäre hatten sich geleert, sondern auch ihre Köpfe. Sie brauchten ihr Gedächtnis nicht mehr mit Kontonummern, Kreditkartennummern und sonstigen Zahlenkombinationen zu belasten, die man im Alltagsleben auswendig wissen musste, wenn man nicht als Clochard enden wollte.

Hier hatten Alte und Junge, Reiche und Arme die gleichen Rechte und Pflichten. Besondere Sympathien entwickelten sich durch gemeinsame Arbeit an irgendeinem Projekt, und Wertschätzung hing nur von vollbrachten Leistungen ab.

Die Revolution stellte keine Forderungen an sie, und dennoch waren die jungen Leute noch nie im Leben so fleißig und so voll Tatendrang gewesen. Ständig gingen ihnen neue Ideen, Bilder und Konzepte durch den Kopf. Es gab so viele praktische Probleme zu lösen!

Um neun Uhr morgens stieg Julie aufs Podium, um eine Rede zu halten. Sie verkündete, endlich ein Vorbild für die *Revolution der Ameisen* gefunden zu haben: den lebendigen Organismus.

»Im Innern eines Körpers gibt es weder Rivalitäten noch Kämpfe. Wir alle kennen von Geburt an eine harmonische Gesellschaft – unsere Zellen, die eine friedliche Koexistenz führen. Und das, was sich in unserem Innern so großartig bewährt, müssen wir als Modell für unser Leben in der Gemeinschaft wählen.«

Alle lauschten aufmerksam.

»Die Ameisenbauten stellen längst solche lebendigen Organismen dar«, fuhr Julie fort, »und deshalb integrieren sich diese Insekten so gut in die Natur, denn die Natur liebt das, was ihr ähnlich ist.«

Sie deutete auf die große Kunststoffameise in der Mitte des Schulhofs. »Das ist das Geheimnis: 1 + 1 = 3. Je solidarischer wir sind, desto mehr werden wir in Harmonie mit der Natur leben, innerlich und äußerlich. Von nun an wollen wir versuchen, dieses Gymnasium in einen kompletten lebendigen Organismus zu verwandeln.«

Plötzlich kam ihr alles ganz einfach vor. Ihr eigener Körper war ein kleiner Organismus, das Gymnasium ein größerer, und die Revolution, die sich dank Computer und Internet in alle Welt ausbreitete, ein noch größerer und wichtigerer.

Sie schlug vor, alles gemäß diesem Konzept umzubenennen. Die Mauern des Gymnasiums waren die Haut, die Fenster waren die Poren, die Amazonen vom Aikido-Club waren die Lymphozyten, die Cafeteria war der Darm, und das Geld, das die GmbH einnahm, war die energiespendende Glukose. Als Informationsnetz diente das Nervensystem, das Nachrichten weiterleitete.

Und das Gehirn? Julie überlegte. Die rechte Gehirnhälfte, die intuitive – das war ihr morgendliches Pow-Wow, bei dem neue Ideen entwickelt wurden. Die linke – methodische – Gehirnhälfte sollte durch eine zweite Versammlung repräsentiert werden, deren Aufgabe darin bestehen würde, die Ideen der rechten Hälfte kritisch zu prüfen und in die Tat umzusetzen.

»Und wer entscheidet darüber, wer an dieser oder jener Versammlung teilnehmen darf?«, fragte jemand.

Julie erwiderte, dass es im lebendigen Organismus keine Hierarchie gebe, und dass es deshalb jedem freistehe, sich an den Versammlungen zu beteiligen.

»Und was für eine Funktion haben wir acht in diesem lebendigen Organismus?«, fragte Ji-woong.

Sie waren die Initiatoren der Revolution und mussten deshalb auch weiterhin eine autonome Gruppe bilden, ein selbstständiges Organ.

»Wir acht sind der Kortex«, antwortete Julie, »die Großhirnrinde, und wir werden uns weiterhin im Probenraum unter der Cafeteria treffen.«

Alles war komplett. Alles war am richtigen Platz.

»Guten Tag, meine lebendige Revolution«, murmelte sie vor sich hin.

Auf dem Hof wurde über ihr Konzept lebhaft diskutiert. Als die Aufregung sich ein wenig gelegt hatte, kündigte sie an: »Wir werden jetzt in der Turnhalle unser Pow-Wow abhalten. Jeder, der will, kann kommen. Die besten Ideen werden anschließend der praktischen Versammlung zur Begutachtung übergeben, und wenn diese sie billigt, eröffnen wir weitere Abteilungen unserer GmbH.«

Eine große Menge strömte in die Turnhalle und setzte sich auf den Boden. Zur Stärkung gab es für alle etwas zu essen und zu trinken.

»Wer will den Anfang machen?«, fragte Ji-woong, der eine große Tafel aufgestellt hatte, um die Ideen notieren zu können.

Mehrere Personen hoben die Hand.

»Beim Beobachten von *Infra-World* fiel mir ein, dass man ein ähnliches Programm entwickeln könnte, bei dem die Zeit aber noch schneller vergeht«, sagte ein junger Mann. »Auf diese Weise wüssten wir über unsere Entwicklung bis in die ferne Zukunft hinein Bescheid und könnten gravierende Fehler vermeiden.«

»Etwas Ähnliches hat Edmond Wells in seiner *Enzyklopädie* vorgeschlagen«, warf Julie ein. »Er nennt das die ›Suche nach dem Weg der geringsten Gewalt‹, abgekürzt WGG.«

Der junge Mann ging zur Tafel. »WGG? Weg der geringsten Gewalt? Warum nicht! Man müsste dazu nur ein großes Diagramm mit allen Wegen zeichnen, die sich der Menschheit in Zukunft eröffnen, und dann könnte man ihre Auswirkungen erforschen, nicht nur kurz-, mittel- und langfristig, sondern auch sehr langfristig. Im Augenblick gibt es doch fast nur Fünf- oder Siebenjahrespläne, aber es wäre wichtig zu sehen, wohin diese oder jene Entscheidung in 200 oder 500 Jahren führen wird. Dann könnten wir unseren Kindern und Kindeskindern endlich eine Zukunft ohne Barbarei garantieren.«

»Du willst also ein Programm entwerfen, das alle Zukunftsmöglichkeiten testet?«, fasste Ji-woong zusammen.

»Genau. Was würde passieren, wenn man die Steuern erhöht, die Geschwindigkeit auf Autobahnen auf hundert Stundenkilometer begrenzt, Drogenkonsum erlaubt, die Teilzeitarbeit fördert, die Privilegien der Körperschaften abschafft oder Krieg gegen Diktaturen führt …? An Ideen, die man testen könnte, fehlt es wahrlich nicht.«

»Ist das machbar, Francine?«, fragte Ji-woong.

»Nicht mit *Infra-World*. Dort vergeht die Zeit viel zu langsam, als dass es möglich wäre, die ferne Zukunft zu testen. Aber ich könnte mir durchaus ein anderes Simulationsprogramm namens ›Suche nach dem WGG‹ vorstellen.«

»Und was nutzt es uns, die ideale Politik zu entdecken, wenn wir sie nicht in die Tat umsetzen können?«, rief ein kahlköpfiger Mann. »Wenn wir unsere Ideen in die Tat umsetzen und die Gesellschaft verändern wollen, müssen wir mit legalen Mitteln an die Macht kommen. In einigen Monaten sind Präsidentschaftswahlen. Stellen wir doch einen Kandidaten der ›Evolutionspartei‹ auf, dessen Programm auf Erkenntnissen aus dem WGG basiert. Wir wären die erste Partei, die eine logische Politik auf der Grundlage wissenschaftlicher Zukunftsforschung anbieten kann.«

Sofort kam es zu hitzigen Diskussionen zwischen Befürwortern und Gegnern einer politischen Betätigung. Zu Letzteren gehörte auch David, der energisch erklärte: »Keine Politik! Das Gute an der *Revolution der Ameisen* ist ja gerade, dass es sich um eine spontane Bewegung ohne politische Ambitionen handelt. Wir haben keinen Anführer, und deshalb können wir auch keinen Kandidaten aufstellen. Wie die Ameisen, so haben zwar auch wir eine Königin – Julie –, aber sie ist nicht unsere Chefin, sondern nur unsere Galionsfigur. Wir gehören keiner wirtschaftlichen, politischen, ethnischen oder religiösen Gruppierung an. Wir sind frei. Verderben wir nicht alles durch die in der Politik üblichen Machtspiele. Wir würden dabei unsere Seele verlieren.«

Lautes Stimmengewirr in der Turnhalle. Der kahlköpfige Mann hatte ein Thema angeschnitten, das offenbar sehr vielen auf den Nägeln brannte.

»David hat Recht«, fuhr Julie fort. »Unsere Stärke besteht darin, neue Ideen zu produzieren. Das ist eine viel wirkungsvollere Methode, die Welt zu verändern, als Präsident der Republik zu werden. Wer führt denn Veränderungen herbei? Nicht die Staatsmänner, sondern meistens kleine Leute mit neuen Ideen. Die *Ärzte ohne Grenzen*, die ohne jede staatliche Unterstützung aufgebrochen sind, um Menschen in aller Welt zu helfen … Die Freiwilligen, die sich im Winter um Arme und Obdachlose kümmern … Es gibt unzählige Privatinitiativen, während man staatliche Ideen mit der Lupe suchen kann. Die Jugend misstraut politischen Slogans, aber sie behält manche Liedertexte sofort im Kopf. Das war ja auch der Ausgangspunkt unserer Revolution. Neue Ideen und Musik! Aber keine Ideologie, kein Machtstreben.«

»Aber dann werden wir den ›Weg der geringsten Gewalt‹ nie einschlagen können!«, rief der Kahlköpfige.

»Aber er stünde jedem Politiker zur Verfügung.«

»Weitere Vorschläge?«, fragte Ji-woong, der nicht wollte, dass es zu Streitereien kam.

Eine von den Amazonen stand auf. »Ich habe einen Großvater, der schon in Pension ist, und meine Schwester hat ein Baby, um das sie sich tagsüber nicht kümmern kann, weil sie berufstätig ist. Sie hat unseren Großvater deshalb gebeten, das Kind zu betreuen, und Opa und Enkel verstehen sich glänzend. Großvater kommt sich wieder nützlich vor und hat nicht mehr den Eindruck, der Gesellschaft zur Last zu fallen.«

»Und?« Ji-woong liebte keine langen Vorreden.

»Ich habe mir gesagt«, fuhr das junge Mädchen fort, »dass es unzählige Mütter gibt, die große Mühe haben, einen Kindergartenplatz oder eine Betreuerin zu finden. Gleichzeitig gibt es unzählige alte Menschen, die verzweifeln, weil sie nichts zu tun haben und den ganzen Tag allein vor dem Fernseher sitzen. Diese beiden Gruppen müsste man zusammenführen, dann wäre beiden geholfen – so wie es bei meinem Großvater und meinem Neffen der Fall war.«

Alle Zuhörer wussten, dass es kaum noch Großfamilien gab, dass alte Menschen in Altenheime abgeschoben wurden, damit man ihnen nicht beim Sterben zusehen musste, und dass andererseits Kleinkinder in Krippen gesteckt wurden, damit man sie nicht weinen hörte. Am Anfang und am Ende ihres Lebens wurden die Menschen von der Gemeinschaft ausgeschlossen.

»Eine ausgezeichnete Idee«, meinte Zoé.

Bei dieser ersten Versammlung wurden nicht weniger als 83 Projekte vorgeschlagen, und vierzehn davon realisierte man kurze Zeit später in Abteilungen der GmbH *Revolution der Ameisen.*

142. ENZYKLOPÄDIE

Neun Monate Bei höheren Säugetieren dauert die Trächtigkeit normalerweise achtzehn Monate, z. B. bei Pferden, deren Fohlen gleich nach der Geburt laufen können.

Doch der menschliche Fötus hat einen Schädel, der viel zu schnell wächst. Er muss nach neun Monaten aus dem Körper der Mutter ausgestoßen werden, weil er andernfalls nicht mehr herauskäme. Deshalb erblickt der Mensch unvollendet und unselbstständig das Licht der Welt. Seine ersten neun Monate außerhalb des Mutterleibs sind exakte Kopien der neun Monate im Mutterleib. Einziger Unterschied: Das Baby muss eine flüssige Umgebung mit einer gasförmigen vertauschen. In seinen ersten neun Monaten an der Luft braucht es einen neuen schützenden Bauch – den psychischen Bauch. Das Kind ist nach der Geburt völlig verwirrt. Es gleicht einem Verletzten mit lebensgefährlichen Verbrennungen, den man unter ein Zelt legen muss. Der enge Kontakt zur Mutter, die Muttermilch, die Küsse des Vaters – das ist das Schutzzelt, das ein Kleinkind benötigt.

Genauso wie ein Kind in den ersten neun Monaten nach der Geburt diesen schützenden Kokon benötigt, so bedarf auch der Greis in den neun letzten Monaten seines Lebens eines psychologischen Kokons. Es handelt sich für ihn um eine wichtige Periode, denn intuitiv weiß er, dass seine Zeit abläuft. Während dieser letzten neun Monate legt der Sterbende seine alte Haut und sein angesammeltes Wissen ab. Er durchläuft denselben Prozess wie ein Neugeborenes, nur in umgekehrter Richtung. Am Ende des Lebensweges nimmt der Greis nur noch Flüssigkeit zu sich, trägt Windeln, hat kaum noch Zähne und Haare und brabbelt unverständliches Zeug. Doch während Babys in den ersten neun Monaten nach ihrer Geburt normalerweise liebevoll betreut werden, wird diese liebevolle Pflege alten Menschen in den neun Monaten vor ihrem Tod nur selten zuteil. Dabei brauchten sie dringend eine Amme oder Krankenschwester, die die Rolle der Mutter als ›psychologischer Kokon‹ übernehmen könnte, denn diese schützende Hülle ist für ihre letzte Metamorphose unverzichtbar.

EDMOND WELLS
Enzyklopädie des relativen und absoluten Wissens, Bd. 3

143. Die Belagerung von Bel-o-kan

Es stinkt nach verbrannten Kokons. Aus der Stadt steigt kein Rauch mehr auf; die belokanischen Soldatinnen haben den Brand gelöscht. Die Revolutionsarmee logiert ganz in der Nähe, und der Schatten der Metropole fällt wie ein riesiges schwarzes Dreieck auf die Belagerer.

Nr. 103 richtet sich auf vier Beinen ein wenig auf, und Nr. 5 stellt sich, schwer auf eine Krücke gestützt, sogar wieder auf die Hinterbeine, um mehr sehen zu können. Aus dieser Position kommt ihr die Stadt kleiner und nicht ganz uneinnehmbar vor. Beide Ameisen wissen, dass das Feuer im Innern enorme Schäden angerichtet haben muss.

Wir sollten sofort einen Sturmangriff machen, meint Nr. 5.

Nr. 103 ist wenig begeistert. Schon wieder Krieg! Immer Krieg! Töten ist das komplizierteste und anstrengendste Verständigungsmittel.

Doch sie weiß, dass ihr gar keine andere Wahl als der Krieg bleibt, wenn sie den Lauf der Geschichte verändern will.

Nr. 7 schlägt eine Belagerung vor, damit man sich von der letzten Schlacht erholen und neu organisieren kann.

Nr. 103 hält nicht viel von langen Belagerungen. Man muss warten, alle Verbindungswege blockieren und überall Wachposten aufstellen. Damit kann eine Kriegerin nicht viel Ruhm ernten.

Eine zerzauste Ameise kommt auf sie zu und reißt sie aus ihren Überlegungen. Die Prinzessin macht einen Freudensprung, als sie in der staubigen Gestalt den Prinzen Nr. 24 erkennt.

Die beiden Insekten tauschen tausend Trophallaxen. Nr. 103 sagt, sie hätte ihn für tot gehalten, und der Prinz erzählt ihr sein Abenteuer. Als der Brand ausbrach und das Eichhörnchen flüchtete, hat er sich in dessen Fell gekrallt, und das Nagetier, das von Ast zu Ast sprang, hat ihn in weite Ferne verschleppt. Er ist lange umhergeirrt, bis ihm die Idee kam, wieder auf Eichhörnchen zu reiten. Das einzige Problem bei dieser Fortbewegungsart bestehe darin, so berichtet er, dass man sich mit den Tieren nicht unterhalten könne und deshalb nie wisse, welches Ziel sie hätten. Er wurde von den Nagern kreuz und quer getragen, deshalb treffe er auch so spät hier ein.

Die Prinzessin informiert ihn über die wichtigsten Ereignisse: die Schlacht von Bel-o-kan, die Brandstiftung, die geplante Belagerung.

Das gibt genügend Stoff für einen Roman, sagt Nr. 24 und aktiviert seine Gedächtnispheromonkartei, *d*ie um ein Kapitel wachsen wird.

Wird man deinen Roman riechen können?, fragt Nr. 13.

Ja, aber erst, wenn er fertig ist, erwidert Nr. 24.

Wenn sich herausstelle, dass sein Pheromonroman die Ameisen interessiere, werde er vielleicht eine Fortsetzung mit dem Titel *Die Nacht der Finger* verfassen, und sollte auch dieser zweite Band ein Erfolg werden, würde er seine Trilogie mit *Die Revolution der Finger* beschließen.

Warum eine Trilogie?, erkundigt sich die Prinzessin.

Nr. 24 erklärt, im ersten Band erzähle er von der Kontaktaufnahme zwischen den beiden Zivilisationen, im zweiten würde er die Konfrontation zwischen Ameisen und Fingern schildern, und im dritten und letzten Band solle es zur Kooperation der beiden Arten kommen, nachdem sie sich nicht gegenseitig vernichten konnten.

Kontakt, Konfrontation, Kooperation, das scheinen mir die drei logischen Stadien einer Begegnung zwischen unterschiedlichen Wesen zu sein.

Er weiß sogar schon ganz genau, wie er seine Geschichte aufbauen will. Drei parallele Handlungsstränge aus verschiedener Sicht: derjenige der Ameisen, der der Finger und der einer Persönlichkeit, die beide Welten kennt, beispielsweise Nr. 103.

Der Prinzessin kommt das alles ein bisschen verworren vor, aber sie hört aufmerksam zu, denn offenbar ist Nr. 24 schon seit der Zeit, als er auf der Insel Cornigera lebte, ganz versessen darauf, eine lange Geschichte zu verfassen.

Am Schluss werden die drei Handlungsstränge zusammentreffen, verkündet der Prinz stolz.

Nr. 14 kommt aufgeregt angerannt. Sie hat die unmittelbare Umgebung der Stadt ausspioniert und einen Geheimgang entdeckt.

Wir könnten eine zweite unterirdische Offensive unternehmen.

Nr. 103 beschließt, ihr zu folgen, und auch der Prinz will mitkommen, um neue Anregungen für seinen Roman zu sammeln.

Gleich darauf schleicht eine Hundertschaft Ameisen durch den Gang, der direkt nach Bel-o-kan führt.

144. Praxis und Theorie

Die Stände waren ein großer Erfolg. Am spektakulärsten – und am lukrativsten – war Francines *Infra-World*. Immer mehr Werbeagenturen meldeten sich per Internet und wollten Waschmittel, Windelhöschen, Tiefkühlprodukte und Medikamente testen lassen.

Auch Davids *Fragenzentrum* hatte sich innerhalb weniger Tage einen guten Namen gemacht. Manche Leute brauchten nur eine einfache Fahrplanauskunft, andere fragten nach der Luftverschmutzung in dieser oder jener Stadt oder nach den günstigsten Börseninvestitionen, und einer wollte wissen, aus wie vielen Episoden eine bestimmte Fernsehserie bestand. Fragen privater Natur waren selten, und bisher hatte David noch keinen Privatdetektiv um Hilfe bitten müssen.

Léopold hatte den Auftrag erhalten, eine im Hügel versteckte Villa zu bauen, und weil er das Gymnasium im Augenblick ja nicht verlassen konnte, faxte er seinem Kunden genaue Entwürfe.

Paul erfand immer neue Honigsorten, indem er dem Bienenprodukt Teeblätter und verschiedene Pflanzen aus dem Gemüsegarten beimischte. Sein Met erfreute sich großer Beliebtheit, besonders eine mit Vanille- und Karamellaroma verfeinerte Sorte. Eine Kunststudentin entwarf für ihn prächtige Etiketten: *Met Grand Cru. Marke »Revolution der Ameisen«. Kontrolliertes Anbaugebiet.*

Etwas weiter wurden Narcisses Kleider präsentiert. Die Amazonen posierten vor einer Videokamera, und diese Aufnahmen wurden dann per Internet in alle Welt ausgestrahlt.

Nur die beiden komplizierten Maschinen von Julie und Zoé funktionierten bisher nicht. Der »Stein der Weisen« hatte schon dreißig Insekten, die als Versuchskarnickel dienten, das Leben gekostet, und die Geräte, die eine AK zwischen Menschen ermöglichen sollten, erwiesen sich im Gebrauch als so schmerzhaft, dass niemand sie länger als ein paar Sekunden auf der Nase ertragen konnte.

Julie stieg auf den Balkon hinauf und betrachtete den Hof, auf dem sich ihre Revolution abspielte. Die Fahne wehte, die große Ameise thronte auf dem Rasen, auf dem Podium spielten Reggae-Musiker, von Marihuanawolken umhüllt, und die Stände waren von Interessenten umlagert.

»Uns ist hier doch etwas ganz Sympathisches gelungen«, kommentierte Zoé, die Julie gefolgt war.

»Ja, jedenfalls auf kollektiver Ebene«, stimmte Julie zu. »Jetzt müssten wir nur noch auf individueller Ebene Erfolg haben.«

»Was willst du damit sagen?«

»Ich frage mich, ob mein Wunsch, die Welt zu verändern, nicht einfach davon herrührt, dass ich unfähig bin, mich selbst zu verändern.«

»Meine liebe Julie, ich glaube, du bist leicht neurotisch! Alles läuft doch großartig, also sei glücklich.«

Julie drehte sich um und schaute Zoé in die Augen. »Vorhin habe ich einen Abschnitt der *Enzyklopädie* gelesen, der sehr seltsam war. Er hatte die Überschrift »Nur ich bin eine Persönlichkeit«, und es hieß darin, man sei vielleicht ganz allein auf der Welt, und vor einem laufe nur ein Film ab. Dieser Gedanke lässt mich nicht mehr los. Und wenn ich nun wirklich der einzige lebende Mensch bin? Wenn ich das einzige Lebewesen im ganzen Universum wäre?« Zoé betrachtete ihre Freundin besorgt.

»Könnte es nicht sein, dass alles, was ich erlebe, nur ein großartiges Schauspiel ist, das für mich allein aufgeführt wird? All diese Menschen dort unten, du und die anderen Zwerge – vielleicht seid ihr nur Schauspieler und Statisten. Gegenstände, Häuser, Bäume und die ganze Natur sind vielleicht nur perfekte Bühnenbilder, die mich zu der Annahme verführen sollen, es gebe eine gewisse Realität. Dabei geht es mir vielleicht genauso wie den Bewohnern von *Infra-World*, deren Welt es ja auch nicht gibt.«

»Was dir nicht so alles einfällt!«

»Ist dir nie aufgefallen, dass überall um uns herum Menschen sterben, während wir weiterleben? Vielleicht werden wir beobachtet, vielleicht werden unsere Reaktionen auf bestimmte Situationen getestet. Man testet unsere Reflexe und unsere Widerstandskraft gegenüber Aggressionen. Diese Revolution, dieses Leben ist nur ein riesiges Theater, um mich auf die Probe zu stellen. Vielleicht beobachtet mich jetzt jemand aus der Ferne, liest mein Leben in einem Buch nach und fällt ein Urteil über mich.«

»Das wäre für dich doch nur von Vorteil. Alles, was hier unten ist, gehört dir. Die ganze Welt, alle Schauspieler und Statisten sind nur da, um dich zufriedenzustellen und sich dir und deinen Wünschen anzupassen. Tatsächlich machen sie sich aber Sorgen, denn ihre Zukunft hängt nur von dir ab.«

»Das ist es ja, was mich beunruhigt. Denn ich habe Angst, nicht mehr ich selbst zu sein.«

Nun schien sich auch Zoé nicht mehr ganz wohl in ihrer Haut zu fühlen. Julie legte ihr eine Hand auf die Schulter. »Vergiss, was ich gesagt habe. Komm, pfeifen wir drauf!«

Sie zog ihre Freundin zum Küchentrakt, öffnete den Kühlschrank und füllte zwei Gläser mit Pauls köstlichem Met. Im Licht des halb geöffneten Kühlschranks tranken sie das Getränk der Götter und der Ameisen.

145. Gedächtnispheromon: Kühlschrank

Speichlerin: Nr. 10

KÜHLSCHRANK:

Die Finger haben keinen Sozialmagen, aber sie können Nahrung trotzdem lange lagern, ohne dass sie verdirbt.

Sie benutzen dazu eine Maschine, die sie »Kühlschrank« nennen.

Das ist ein Kasten, in dessen Innern es sehr kalt ist.

Diesen Kasten füllen sie mit Nahrung.

Je wichtiger ein Finger ist, desto größer ist sein Kühlschrank.

146. In Bel-o-kan

Verbrannte Äste verbreiten einen penetranten Gestank. Überall liegen verkohlte Leichen herum. Was aber am allerschlimmsten ist: Man sieht sogar Eier und Larven, die nicht rechtzeitig evakuiert werden konnten!

Keine Ameise ist zu sehen. Ist es möglich, dass bei dem Brand nicht nur sämtliche Einwohner ums Leben gekommen sind, sondern auch die zum Löschen herbeigeeilte belokanische Armee?

Durch das Feuer sind die Fußböden in manchen Gängen steinhart geworden. Die Hitze war so gewaltig, dass die Insekten von einer Sekunde zur anderen tot waren. Ihre erstarrten Körper verraten noch, welcher Arbeit sie gerade nachgingen, als das Unheil über sie hereinbrach.

Wenn man sie berührt, zerbröckeln sie.

Feuer. Die Ameisen sind nicht auf Feuer vorbereitet. Nr. 5 murmelt:

Das Feuer ist eine Waffe, die zu viel Verwüstung anrichtet.

Alle begreifen jetzt, warum das Feuer vor langer Zeit aus der Welt der Insekten verbannt wurde. Aber manche Dummheiten muss man eben erst selbst begehen, bevor man einsieht, warum man sie besser vermieden hätte.

Auch Nr. 103 weiß jetzt, dass das Feuer eine Vernichtungswaffe ist, die man nicht einsetzen darf. Durch die immense Hitze sind hier und dort sogar die Umrisse der Opfer an den Wänden festgehalten. Die Prinzessin stellt erschüttert fest, dass ihre Geburtsstadt ein Massengrab geworden ist. Von den Champignonkulturen ist nichts mehr übrig. In den Ställen strecken geröstete Blattläuse ihre Beine nach oben. Alle Zisternenameisen sind zerplatzt.

Nr. 15 kostet eine dieser Zisternenameisen und ist hellauf begeistert. Kein Wunder, sie hat soeben den Geschmack von Karamell entdeckt. Aber dies ist wirklich nicht der richtige Zeitpunkt für Gaumenfreuden. Ihre Heimatstadt bietet einen niederschmetternden Anblick.

Nr. 103 lässt ihre Antennen schlaff hängen. Das Feuer ist die Waffe des Verlierers. Sie hat es eingesetzt, weil sie auf dem Schlachtfeld unterlegen wäre. Haben die Finger sie so negativ beeinflusst, dass sie nun keine Niederlage mehr erträgt, dass sie lieber ihre eigene Stadt in Schutt und Asche legt und sogar den Tod der Brut und der Königin in Kauf nimmt?

Und dabei wollte sie Bel-o-kan doch vor der Vernichtung, wollte die Stadt vor den Fingern warnen!

Der Trupp läuft durch die raucherfüllten Gänge, doch je weiter sie in diesen Friedhof vordringen, desto mehr kommt es den Ameisen so vor, als wäre hier außer dem Brand irgendetwas Merkwürdiges vorgefallen. Ein Kreis wurde in eine Wand geritzt. Haben auch die Belokanerinnen die Kunst entdeckt? Eine sehr primitive Kunst, aber immerhin – ein Kunstwerk ist ein Kunstwerk!

Die Prinzessin hat böse Vorahnungen. Nr. 10 und Nr. 24 drehen sich ständig um, weil sie eine Falle befürchten.

Sie steigen in die Verbotene Stadt empor. Dort hofft Nr. 103 die Königin zu finden. Ihr fällt auf, dass das Holz des Tannenstumpfs, der die Verbotene Stadt beherbergt, fast unversehrt ist, dass aber die außerhalb postierten Wachen die Hitze und die giftigen Dämpfe nicht überlebt haben.

Die Truppe betritt das königliche Gemach. Königin Belo-kiu-kiuni ist da, aber sie ist zerstückelt worden. Jemand hat sie vor kurzer Zeit brutal ermordet. Und um die Leiche herum sind Kreise in den Boden geritzt.

Nr. 103 nähert sich und berührt die Fühler des vom Leib abgetrennten Kopfes. Sogar eine tote Ameise kann noch Botschaften übermitteln, und auf der Fühlerspitze der Königin hat sich ein olfaktorisches Wort erhalten:

Die Gottgläubigen.

147. Enzyklopädie

Kamerer Der Schriftsteller Arthur Koestler beschloss eines Tages, ein Buch über wissenschaftliche Betrügereien zu schreiben. Er befragte Forscher, und alle versicherten, das schlimmste Täuschungsmanöver habe sich zweifellos Dr. Paul Kamerer erlaubt.

Kamerer war ein österreichischer Biologe, der seine wichtigsten Entdeckungen zwischen 1922 und 1929 machte. Redegewandt, charmant und von seiner Arbeit begeistert, behauptete er, jedes Lebewesen könne sich einem Wechsel der Umgebung anpassen und diese Anpassung auch an seine Nachkommen weitergeben. Diese Theorie stand in krassem Gegensatz zu den Darwin'schen Theorien. Um zu beweisen, dass seine Behauptungen wohlbegründet waren, führte Dr. Kamerer ein spektakuläres Experiment durch.

Er nahm Eier der Geburtshelferkröte, die sich an Land vermehrt, und legte sie ins Wasser.

Die diesen Eiern entschlüpften Kröten wiesen tatsächlich Charakteristika der Wasserkröten auf, namentlich einen schwarzen Wulst am Daumen, der es den Männchen erlaubte, sich bei der Paarung im Wasser an der glatten Haut des Weibchens festzuklammern. Es war also doch möglich, das genetische Programm abzuwandeln, um sich einer neuen Umgebung anzupassen!

Kamerer verteidigte seine Theorie mit einigem Erfolg, doch eines Tages wollten andere Wissenschaftler sein Experiment »objektiv« untersuchen. Im Hörsaal der Universität versammelten sich nicht nur Wissenschaftler, sondern auch viele Journalisten. Bedauerlicherweise war jedoch am Vorabend in Kamerers Labor ein Brand ausgebrochen, dem alle Kröten – mit einer einzigen Ausnahme – zum Opfer gefallen waren. Diese einzige Überlebende mit dem dunklen Wulst am Finger präsentierte Kamerer seinen Kollegen. Die Wissenschaftler untersuchten die Kröte unter der Lupe und lachten schallend. Es war deutlich sichtbar, dass der schwarze Daumenwulst durch Injektion von Tusche künstlich erzeugt worden war.

Der ganze Saal verhöhnte Kamerer, der von einer Minute auf die andere seinen guten Ruf und jede Chance auf Anerkennung seiner Theorie eingebüßt hatte. Die Darwinisten hatten gewonnen: Von nun an galt es lange Zeit als erwiesen, dass Lebewesen sich nicht an eine neue Umgebung anpassen können.

Kamerer ging in den Wald und schoss sich eine Kugel durch den Kopf. In einem kurzen Abschiedsbrief beteuerte er noch einmal, seine Experimente seien authentisch gewesen. Er wolle lieber in der Natur als unter Menschen sterben. Dieser Selbstmord brachte ihn noch mehr in Misskredit.

Nun ja, ein dreister akademischer Schwindler, könnte man glauben. Doch als Arthur Koestler für sein Werk recherchierte, traf er Kamerers früheren Assistenten, und dieser gestand ihm, der Urheber dieser ganzen Katastrophe gewesen zu sein. Auf Drängen einer Gruppe von Darwinisten hatte er im Labor einen Brand gelegt und die letzte mutierte Kröte durch eine andere ersetzt, der er Tusche in den Finger injizierte.

EDMOND WELLS

Enzyklopädie des relativen und absoluten Wissens, Bd. 3

148. MACYAVEL VERSTEHT NICHTS VON SCHÖNHEIT

Maximilien hatte den ganzen Tag mehr oder weniger mit Daumendrehen zugebracht und war es leid, tatenlos warten zu müssen.

»Immer noch nichts?«

»Nichts Neues, Chef.«

Das Frustrierende an einer Belagerung war die Langeweile. Bei einer Niederlage war wenigstens etwas los, aber in diesem Fall …

Um sich eine kleine Abwechslung zu gönnen, wäre der Kommissar liebend gern in den Wald zurückgekehrt, um die mysteriöse Pyramide sprengen zu lassen, aber der Präfekt hatte ihm befohlen, sich ausschließlich um diese Schülerrevolte zu kümmern.

Als der Kommissar nach Hause kam, war er so gereizt, dass er sich sofort in seinem Arbeitszimmer einschloss und eine neue Partie *Evolution* begann. Mittlerweile war er in dem Spiel schon so geübt, dass er seine virtuellen Zivilisationen schnell voranbringen konnte. In weniger als tausend Jahren hatte sein chinesischer Volksstamm Auto und Flugzeug erfunden. Trotzdem brach er das Spiel plötzlich ab.

»MacYavel, hör zu!«

Das Computerauge wurde größer, und die synthetische Stimme erklang aus den Lautsprechern: »Volle Aufmerksamkeit.«

»Ich habe immer noch Probleme mit diesem Gymnasium«, begann der Kommissar und lieferte dem Computer die neuesten Informationen über das, was sich in der Umgebung der Schule tat. Diesmal begnügte MacYavel sich nicht damit, ihm Belagerungsstrategien aus der Vergangenheit vorzuführen, sondern riet ihm, das Gymnasium hermetisch abzuriegeln.

»Lass ihnen Wasser, Strom und Telefone sperren. Wenn du sie all dieser Annehmlichkeiten beraubst, werden sie sich sehr schnell zu Tode langweilen und nur noch den einen Wunsch haben, diesem Gefängnis irgendwie zu entrinnen.«

Verdammt, warum hatte er nicht selbst daran gedacht? Es war nicht verwerflich, den Störenfrieden Wasser, Strom und Telefone sperren zu lassen, denn die Rechnungen für den gesamten Energiebedarf des Gymnasiums bezahlte schließlich der Staat. Wieder einmal musste er zugeben, dass MacYavel ein kluger Kopf war.

»Du gibst mir wirklich gute Ratschläge, mein Freund.«

Der Computer stellte das Objektiv seiner Digitalkamera ein. »Kannst du mir ein Foto des Anführers dieser Revolte zeigen?«

Maximilien war zwar erstaunt über diesen Wunsch, zeigte MacYavel aber trotzdem das im *Clairon* veröffentlichte Bild von Julie Pinson, und der Computer verglich es mit seinen unzähligen gespeicherten Archivbildern.

»Das ist eine Frau, nicht wahr? Und sie ist schön?«

»Ist das eine Frage oder eine Feststellung?«

»Eine Frage.«

Maximilien betrachtete das Foto noch einmal und bestätigte: »Ja, sie ist schön.«

»Dann ist das also Schönheit.«

Irgendetwas stimmte nicht. Obwohl MacYavels künstlich erzeugte Stimme keine Intonationen aufwies, hörte sie sich irgendwie angespannt an. Und dann begriff Maximilien, dass der Computer mit dem Begriff Schönheit nichts anfangen konnte.

»Ich verstehe nicht, was das ist«, gab der Computer unumwunden zu.

»Mir geht es genauso«, seufzte Maximilien. »Manchmal kommen einem Menschen, die man einmal bildschön fand, nach kurzer Zeit völlig uninteressant vor.«

Das Computerauge schloss sein Lid. »Schönheit ist etwas Subjektives, deshalb kann ich sie nicht erfassen. Für mich gibt es nur null oder eins, und ein plötzlicher Wechsel von null zu eins ist ausgeschlossen. In dieser Hinsicht bin ich beschränkt.«

Maximilien wunderte sich über diese Bemerkung, die sich fast bedauernd anhörte. Wieder dachte er, dass die neue Computergeneration zu echten Partnern des Menschen werden konnte. Der Computer – die höchste Errungenschaft der Menschheit?

149. Die Gottgläubigen

Die Gottgläubigen?

Die Königin ist tot. Eine Gruppe Belokanerinnen taucht schüchtern auf der Schwelle des königlichen Gemachs auf. Es gibt also doch einige Überlebende des Brandes. Eine Ameise nähert sich Nr. 103 mit nach vorne gerichteten Fühlern, und die Prinzessin erkennt sie. Das ist Nr. 23.

Nr. 23 … Also hat auch sie den ersten Kreuzzug gegen die Finger überlebt. Diese Kriegerin war schon damals eine überzeugte Gottgläubige gewesen, und deshalb hatten sie einander nicht übermäßig geschätzt, doch das unvermutete Wiedersehen in ihrer Heimatstadt bewirkt eine Annäherung.

Nr. 23 bemerkt sofort, dass Nr. 103 sich in ein Weibchen verwandelt hat, und gratuliert ihr dazu. Doch auch sie selbst scheint in Hochform zu sein. An ihren Mandibeln klebt Blut, aber sie begrüßt die Gefährtinnen der Prinzessin mit herzlichen Willkommenspheromonen.

Nr. 103 ist auf der Hut, aber Nr. 23 signalisiert ihr, alles sei in bester Ordnung; sie gönnen sich eine Trophallaxis, bevor Nr. 23 ihre Geschichte erzählt.

Nachdem es ihr vergönnt gewesen war, einen Blick auf die Welt der Götter zu werfen, kehrte sie nach Bel-o-kan zurück, um allen die frohe Botschaft zu verkünden. (Der Prinzessin fällt auf, dass Nr. 23 nicht von »Fingern«, sondern von »Göttern« spricht.) In ihrer Heimatstadt wurde ihr ein ehrenvoller Empfang zuteil, denn alle freuten sich, dass wenigstens eine Ameise den Kreuzzug überlebt hatte, doch dann begann Nr. 23 immer mehr von der Existenz der Götter zu erzählen und stellte sich an die Spitze einer religiösen Bewegung. Sie verlangte, dass die Toten nicht mehr auf den Müllhaufen geworfen wurden, und verwandelte mehrere unterirdische Säle von Bel-o-kan in Friedhöfe.

Diese Aktivitäten missfielen der neuen Königin Belo-kiu-kiuni, und sie verbot jede Religionsausübung in ihrer Stadt. Daraufhin flüchtete Nr. 23 mit einer kleinen Schar von Getreuen ins unterste Stockwerk der Metropole, wo sie weiterhin die frohe Botschaft verkündete. Die Gläubigen hatten den Kreis als Symbol gewählt, denn dieses Bild hatten die Ameisen vor Augen, bevor sie von den Göttern zerquetscht wurden.

Jetzt weiß die Prinzessin wenigstens, was die Kreise auf den Gängen und um die Leiche der Königin herum zu bedeuten haben.

Die hinter Nr. 23 stehenden Ameisen psalmodieren:

Die Finger sind unsere Götter.

Nr. 103 und ihre Begleiterinnen sind einfach fassungslos. Da wollten sie nun bei ihren Artgenossen Interesse an den Fingern wecken, und diese Nr. 23 hat das längst geschafft!

Nr. 24 will wissen, warum Bel-o-kan wie ausgestorben wirkt.

Nr. 23 erklärt, die neue Königin Belo-kiu-kiuni sei schließlich dahintergekommen, dass die Gläubigen in den Katakomben immer noch ihren Kult ausübten, und daraufhin habe man sie erbarmungslos verfolgt. Viele Ameisen seien als Märtyrerinnen gestorben.

Als dann die Revolutionsarmee von Nr. 103 mit dem Feuer auftauchte, nutzte Nr. 23 die günstige Gelegenheit aus, drang ins königliche Gemach ein und ermordete die eierlegende Königin.

Ihrer Königin beraubt, begingen alle Belokanerinnen, die nicht dem Feuer zum Opfer gefallen waren, kollektiven Selbstmord, indem sie ihren Herzschlag anhielten. In der gespenstischen Hauptstadt halten sich also nur noch die Gottgläubigen auf.

Nr. 23 schlägt vor, Revolutionäre und Gläubige sollten gemeinsam eine neue Ameisengemeinschaft aufbauen, die auf der Verehrung der Finger basiere.

Prinzessin Nr. 103 und Prinz Nr. 24 teilen den religiösen Eifer der Prophetin zwar nicht, sind aber froh, dass ihnen weitere Kämpfe erspart bleiben.

Das weiße Schild vor Bel-o-kan bedeutet große Gefahr, warnt Nr. 103. *Hier können wir nicht bleiben.*

Die Gläubigen vertrauen ihr, und es wird beschlossen, die ohnehin verwüstete Metropole sofort zu verlassen. Kundschafterinnen sollen nach einem anderen Baumstumpf suchen, der sich zum Bau einer neuen Metropole eignet, und zum Glück finden sie bald einen, etwa eine Stunde Fußmarsch von Bel-o-kan entfernt. Nr. 103 meint, diese Distanz reiche bestimmt aus, um vor der Katastrophe in der Umgebung des weißen Schilds sicher zu sein.

Praktischerweise haben Würmer den Baumstumpf schon mit Kanälen durchzogen, und es gibt sogar Platz für eine Verbotene Stadt und für das königliche Gemach. Um diesen Stumpf soll möglichst schnell das neue Bel-o-kan errichtet werden.

Nr. 103 schlägt vor, eine ganz moderne Stadt mit breiten Straßen zu bauen, damit man Nahrung und sämtliche Gegenstände, die für die neuen Technologien benötigt werden, leichter transportieren kann. Sie hält einen zentralen Schornstein für unerlässlich, damit der Rauch aus den Labors der Feuerexperimentierer abziehen kann, ohne den ganzen Bau zu verpesten. Ferner schweben ihr Kanäle vor, die Regenwasser zu den Ställen der Blattläuse, zu den Pilzkulturen und Labors führen könnten.

Als einzige fortpflanzungsfähige Ameise von Bel-o-kan soll Nr. 103 die neue Königin der Metropole werden, und damit fällt ihr auch die Oberhoheit über die ganze Föderation roter Waldameisen zu, die aus 64 Städten besteht.

Erstmals in der Geschichte von Bel-o-kan wird eine noch nicht befruchtete Prinzessin zur Königin auserkoren, und weil von ihr vorerst keine Nachkommen zu erwarten sind, probiert man ein neues Konzept aus: die »offene Stadt«. Die Prinzessin hält es für ein interessantes Experiment, anderen Ameisenarten Wohnrecht in der Metropole zu gewähren, weil sie sich davon eine kulturelle Bereicherung erhofft.

Aber ein solcher Schmelztiegel lässt sich nicht von einem Tag auf den anderen verwirklichen. Vorerst bleibt jede Gruppe innerhalb des Baus lieber für sich. Die schwarzen Ameisen lassen sich im Südosten der untersten Etagen nieder, die gelben im Westen der mittleren Etagen, die Ernteameisen in den obersten Stockwerken, um möglichst schnell an ihrem Arbeitsplatz zu sein, und die Weberinnen im Norden.

Man macht sich in der neuen Hauptstadt sofort ans Werk, um die neuen technischen Errungenschaften weiter zu vervollkommnen, aber natürlich geht das auf die typische Ameisenarbeitsweise vor sich, ohne logische Planung: Man probiert einfach alles aus, was einem in den Sinn kommt, und schaut sich hinterher das Resultat an.

Die Feuerforscher richten ihr Labor im untersten Stockwerk ein und verbrennen alles Mögliche, um zu sehen, welche Materie und welcher Rauch dabei entsteht. Als Brandschutz wird der ganze Raum mit Efeu tapeziert, der nicht leicht entflammbar ist.

Die Mechaniker nehmen einen anderen großen Raum in Beschlag, wo sie weitere Experimente mit Hebeln anstellen wollen. Ihr ehrgeizigstes Projekt ist der Bau eines Katapults.

Prinz Nr. 24 und Nr. 7 wollen in den Untergeschossen 15, 16 und 17 mehrere Kunstateliers einrichten, wo Gemälde auf Blättern und Skulpturen aus Mistkäferexkrementen entstehen sollen. Auf Wunsch kann hier natürlich auch jeder Ameisenpanzer mit einem interessanten Motiv verziert werden. Prinz Nr. 24 will unbedingt beweisen, dass man unter Ausnutzung der verschiedenen Fertigkeiten der Finger eine spezifische »Ameisenkultur« schaffen kann, vielleicht sogar eine spezifisch belokanische Kultur. Ob es sich nun um seinen Roman oder um die naiven Gemälde von Nr. 7 handelt – etwas Vergleichbares gibt es auf der ganzen Erde noch nicht.

Nr. 11 setzt sich in den Kopf, Ameisenmusik zu erfinden. Sie fordert mehrere Insekten auf zu zirpen, um einen vielstimmigen Chor zu bilden. Die Kakophonie, die zunächst dabei herauskommt, stört sie nicht; im Gegenteil, sie ist überzeugt davon, irgendwann harmonischere Klänge erzeugen zu können.

Nr. 15 wirkt in einer großen Küche. Sie kostet alles, was unten im Feuer-Labor gebraten wird, und sortiert aus: Wohlschmeckende Blätter und Insekten kommen nach rechts, ungenießbare nach links.

Nr. 10 will unweit der Säle der Ingenieure ein Zentrum zur Erforschung des Verhaltens der Finger eröffnen.

Die Technologie der Finger verschafft ihnen einen riesigen Vorsprung in der Insektenwelt, und diesen Vorsprung müssen sie weiter ausbauen. Nur eines bereitet Nr. 103 große Sorgen: Die Gottgläubigen treten immer selbstbewusster auf und verbreiten ihre frohe Botschaft immer fanatischer. Gleich am ersten Abend macht Nr. 23 mit ihren Anhängerinnen sogar eine Wallfahrt zu dem weißen Schild, wo sie zu den Göttern beten, die dieses Heiligtum errichtet haben.

150. ENZYKLOPÄDIE

Utopie von Hippodamos Im Jahre 494 v. Chr. zerstört die Armee des Perserkönigs Darius die zwischen Halikarnassos und Ephesus gelegene Stadt Milet und macht sie dem Erdboden gleich. Der Architekt Hippodamos wird daraufhin beauftragt, eine neue Stadt zu bauen. Das ist eine einmalige Gelegenheit, denn alle anderen Städte sind aus Marktflecken entstanden, und als die Einwohnerzahl wuchs, baute jeder, wo und wie er wollte, ohne dass es irgendwelche Richtlinien gab. Deshalb war beispielsweise Athen ein regelrechtes Straßenlabyrinth.

Der Auftrag, den Plan für eine neue Stadt mittlerer Größe zu entwerfen, weckt in Hippodamos den Ehrgeiz, die ideale Stadt erstehen zu lassen.

Seine ideale Stadt ist streng geometrisch angelegt, und er ist davon überzeugt, dass das auch die Gesellschaft beeinflussen wird.

Die Stadt soll 10 000 Einwohner haben, in drei Klassen aufgeteilt: Handwerker, Bauern und Soldaten.

Von einer zentralen Akropolis sollen zwölf Strahlen ausgehen, die die Stadt wie eine Torte in zwölf Teile zerschneiden. Die Straßen sind gerade, die Plätze rund, und alle Häuser sind identisch, damit zwischen Nachbarn kein Neid aufkommt. Alle Einwohner sind gleichberechtigte Bürger. Sklaven gibt es nicht.

Hippodamos will auch keine Künstler in seiner Stadt haben, weil sie seiner Ansicht nach unberechenbar sind und viel Unruhe erzeugen. Dichter, Schauspieler und Musiker werden deshalb aus Milet verbannt, ebenso wie Arme, Unverheiratete und Müßiggänger.

Hippodamos will eine funktionelle Stadt, in der nichts außer Kontrolle geraten kann. Deshalb darf es keine Neuerungen, keine Originalität, keine menschliche

Willkür geben. Dieser Architekt könnte den Ausdruck »angepasst« erfunden haben. Angepasste Bürger in einer dem Staat angepassten Stadt, wobei der Staat seinerseits perfekt der kosmischen Ordnung angepasst sein muss.

EDMOND WELLS
Enzyklopädie des relativen und absoluten Wissens, Bd. 3

151. EINE INSEL INMITTEN DES OZEANS

An diesem sechsten Tag der Besetzung des Gymnasiums von Fontainebleau beschloss der Kommissar, die Ratschläge seines Computers zu befolgen und Strom und Wasser sperren zu lassen.

Léopold schlug vor, Zisternen auszuheben, um Regenwasser sammeln zu können, und er belehrte die anderen, dass man sich zur Not auch mit Sand waschen könne. Außerdem sollten sie Salzkörner lutschen, damit der Körper nicht zu viel kostbares Wasser ausschied.

Ein viel größeres Problem war die fehlende Elektrizität, denn die Revolutionäre waren bei all ihren Aktivitäten auf das weltweite Informationsnetz angewiesen. Zum Glück fand man in den naturwissenschaftlichen Praktikumsräumen lichtempfindliche Solarzellen, die von Hobbytechnikern fachgerecht montiert wurden, so dass der Strombedarf wenigstens zum Teil gedeckt werden konnte. Zusätzlich wurden auf allen Zelten selbst gebastelte Windräder aus Brettern angebracht, und für den Fall, dass weder Sonne noch Wind zur Verfügung stünden, würden junge Männer an Fahrradgeneratoren kräftig in die Pedale treten müssen.

Als der Kommissar ihnen auch noch die Telefone sperrte, bangte David wieder um sein »Fragenzentrum«, aber eine Revolutionärin stellte ihm sofort ihr besonders leistungsfähiges Mobiltelefon zur Verfügung, das weltweite Kontakte ermöglichte.

In dieser schwierigen Situation war vor allem Einfallsreichtum gefordert. Völlig von der Außenwelt abgeschnitten, mussten sie in jeder Hinsicht improvisieren, und das schweißte die Gemeinschaft noch mehr zusammen. Um Strom zu sparen, wurden am Abend Kerzen und Laternen angezündet, die auf dem Schulhof eine romantische Atmosphäre schufen.

Julie rief ihre Freunde zu einer Besprechung im Probenraum zusammen. Sie wirkte ungewöhnlich verlegen, räusperte sich und murmelte: »Ich möchte euch etwas fragen.«

»Nur zu!«, rief Francine.

Julies Blick schweifte aufmerksam von einem Zwerg zum anderen: David, Francine, Zoé, Léopold, Paul, Narcisse, Ji-woong …

»Liebt ihr mich?«

Eine lange Stille folgte dieser seltsamen Frage, bis Zoé endlich mit leicht belegter Stimme antwortete:

»Natürlich lieben wir dich! Du bist doch unser Schneewittchen, unsere Ameisenkönigin!«

»Dann möchte ich euch um Folgendes bitten«, fuhr Julie eindringlich fort. »Sollte ich mich zu sehr als Königin gebärden und mich viel zu wichtig nehmen, dann zögert bitte nicht, mich wie Julius Cäsar umzubringen.«

Sie hatte kaum ausgesprochen, als Francine sich auch schon auf sie stürzte. Das war das Signal. Alle packten sie an Armen und Beinen, und Zoé tat so, als würde sie ihr ein Messer ins Herz stoßen. Und dann begannen alle sie zu kitzeln.

»Nein, nicht!«, schrie sie lachend und zappelte auf der Matratze herum, aber die Hände ihrer Freunde waren unerbittlich, und ihre Proteste wurden einfach überhört. Vor Lachen bekam sie kaum noch Luft, ihr tat schon alles weh, und trotzdem konnte sie nicht aufhören zu lachen.

Und dann fiel es ihr wie Schuppen von den Augen, und sie wusste, warum sie keinen Körperkontakt ertragen konnte. Der Psychotherapeut hatte recht gehabt: Die Ursache lag in ihrer frühen Kindheit begründet.

Sie sah sich als Kleinkind, erst sechzehn Monate alt und völlig wehrlos. Bei Familientreffen wurde sie von Arm zu Arm gereicht, so als wäre sie irgendein Gegenstand.

Sie wurde gekitzelt, abgeküsst, gestreichelt und aufgefordert, »Guten Tag« zu sagen. Julie erinnerte sich plötzlich an ihre Großmütter mit dem unangenehmen Mundgeruch und den dick geschminkten Lippen, die sich auf ihre zarte Haut pressten. Und ihre Eltern lachten zu all diesen Quälereien!

Sie erinnerte sich auch an ihren Großvater, der sie auf den Mund küsste, ohne dass sie es ihm erlaubt hätte. Ja, seitdem war ihr jede Berührung zuwider geworden. Sobald ein Familienessen stattfand, verkroch sie sich unter dem Tisch und sang dort leise vor sich hin, und wenn man sie aus ihrem Versteck hervorholen wollte, wehrte sie sich mit Händen und Füßen. Unter dem Tisch fühlte sie sich geborgen, und am liebsten wäre sie dort geblieben, bis all diese aufdringlichen Leute fort waren, doch irgendwann wurde sie unweigerlich hervorgezerrt, damit die Verwandten ihr wenigstens noch einen Abschiedskuss geben konnten.

Nein, man hatte sie nie sexuell missbraucht, nur äußerlich – ihre Hautoberfläche war ständig missbraucht worden!

Das Spiel endete genauso plötzlich, wie es begonnen hatte, und die Sieben Zwerge setzten sich wieder im Kreis um ihr Schneewittchen herum, das sich die langen wirren Haare aus dem Gesicht strich.

»Du wolltest doch, dass wir dich umbringen. Nun, das haben wir hiermit gemacht«, erklärte Narcisse.

»Fühlst du dich jetzt besser?«, fragte Francine.

»Danke, ihr habt mir sehr geholfen. Wie sehr, könnt ihr gar nicht wissen. Zögert bitte nicht, mich oft zu ermorden.«

Sofort fingen wieder alle an, sie zu kitzeln, bis sie vor Lachen zu ersticken glaubte. Endlich bereitete Ji-woong dem ausgelassenen Treiben ein Ende.

»Halten wir jetzt endlich unser Pow-Wow ab!«

Er füllte einen Becher mit Met, und alle nahmen reihum einen Schluck davon. Zusammen trinken tat gut. Er gab jedem einen Keks. Zusammen essen tat gut.

Sie reichten einander die Hände, und in diesem Kreis fühlte Julie sich wunderbar geborgen.

Kann man sich vom Leben mehr wünschen als solche Augenblicke, wo man mit anderen völlig eins wird?, dachte sie. *Aber muss man unbedingt eine Revolution machen, um so etwas zu erfahren?*

152. Kleine Schlacht am Abend

Im neuen Bel-o-kan erlebt die Technik einen ungeheuren Aufschwung, doch gleichzeitig wollen die Gottgläubigen immer mehr Einfluss ausüben. Sie begnügen sich nicht mehr damit, überall ihre Kreise zu zeichnen, sondern markieren auch alle Wände mit den Duftbotschaften ihrer Religion.

Am zweiten Tag der Regentschaft von Prinzessin Nr. 103 hält Nr. 23 eine Predigt, in der sie erklärt, ihr Ziel sei es, alle Ameisen der Welt zur Verehrung der Götter zu bekehren, und deshalb müssten hartnäckige Gottesleugner notfalls umgebracht werden.

Ihre Anhänger werden immer aggressiver. Wer nicht bereit sei, die Götter anzubeten, den würden die Finger zerquetschen, und sollten sie nicht sofort ins Geschehen eingreifen, würden die gläubigen Ameisen ihnen diese Arbeit abnehmen.

Dadurch entsteht in der neuen Metropole eine gespannte Atmosphäre. Ein tiefer Abgrund klafft zwischen den »Technologie«-Ameisen, die die Leistungen der Finger bewundern und es ihnen gleichtun wollen, und den »Mystik«-Ameisen, die nur beten und es als Blasphemie betrachten, die Großtaten der Götter nachahmen zu wollen.

Die Prinzessin ist überzeugt, dass es früher oder später zum Konflikt kommen wird, weil die Gottgläubigen viel zu intolerant und selbstsicher sind. Sie möchten nichts Neues lernen, sie haben nur vor, ihre Umgebung zu bekehren. Trotzdem will Nr. 103 einen Bürgerkrieg vermeiden, solange es irgend möglich ist.

Die zwölf Kundschafterinnen, der Prinz und die Prinzessin halten im königlichen Gemach eine Besprechung ab. Nr. 24 bleibt zuversichtlich. Er war gerade in den Labors und ist begeistert von den

Fortschritten. Die Glut braucht jetzt nicht mehr in schweren Kieselsteinen transportiert zu werden; leichte Behälter aus geflochtenen Blättern, die mit Erde ausgekleidet werden, haben sich als genauso brandsicher erwiesen. Nr. 5 weist darauf hin, dass die Gottgläubigen kein Interesse an den Wissenschaften haben, und darüber ist sie sehr beunruhigt. Wenn ein Ingenieur behauptet, Feuer könne Holz härten, so muss er das beweisen können, und wenn sein Experiment misslingt, büßt er seine Glaubwürdigkeit ein; doch wenn eine Mystikerin behauptet, die Finger seien allmächtig und hätten die Ameisen erschaffen, kann man sie nicht durch irgendwelche Experimente vom Gegenteil überzeugen, und auch mit vernünftigen Argumenten ist den Gläubigen nicht beizukommen.

Trotzdem ist die Religion vielleicht eine notwendige Entwicklungsphase aller Zivilisationen, meint Nr. 103.

Nr. 5 widerspricht. Man müsse Wünschenswertes von den Fingern übernehmen, aber schädliche Dinge – wie etwa die Religion – von sich fernhalten. Doch wie soll man das bewerkstelligen? Wenn es schon am zweiten Tag des neuen Staates zu Auseinandersetzungen mit den Gläubigen kommt, wird die Lage bestimmt bald eskalieren. Man muss ihnen Einhalt gebieten, solange es noch nicht zu spät ist.

Soll man sie töten?

Nein, man könne Schwestern doch nicht töten, nur weil sie sich einbilden, die Finger seien Götter.

Soll man sie der Stadt verweisen?

Vielleicht wäre es wirklich am besten, wenn sie irgendwo ihren eigenen Staat bilden würden, fern von Bel-o-kan, denn ihre Intoleranz und ihr Mystizismus sind nun einmal unvereinbar mit der Aufgeschlossenheit für alles Neue, die für die *Revolution der Finger* kennzeichnend ist.

Doch bevor die vierzehn Ameisen irgendeinen Entschluss fassen können, werden sie durch dumpfes Pochen gegen die Stadtmauern aufgeschreckt.

Alarm!

Ameisen rennen in alle Richtungen und verströmen ein durchdringendes Duftsignal:

Die Zwergameisen greifen uns an!

Prinzessin Nr. 103 hastet auf die Kuppel ihrer Stadt, um die Situation besser einschätzen zu können. Der Feind steht schon so dicht vor Bel-o-kan, dass man kein Feuer und keine Wurfmaschinen mehr einsetzen kann, und die Armee der Zwerginnen macht einen zu allem entschlossenen Eindruck. Ein rauchender Ameisenhaufen mitten im Wald rechtfertigt in ihren Augen einen Krieg. Nr. 103 hätte eigentlich wissen müssen, dass man durch aufsehenerregende Neuerungen unweigerlich Misstrauen, Neid und Angst hervorruft.

Sie weist Nr. 5 an, die Artillerie einzusetzen, um den Feind am weiteren Vordringen zu hindern, aber im Grunde hat sie dieses ganze Morden so satt! Wahrscheinlich ist das eine Alterserscheinung, denn obwohl ihr Körper jetzt wieder jung ist, hat sie ja schon ein langes Leben hinter sich, und die Erinnerung an unzählige blutige Schlachten ist in ihrem Gehirn gespeichert.

Unter ihr erbebt die ganze Kuppel, denn die Arbeiterinnen trommeln unablässig mit ihren Hinterleibern, um Alarmstufe 2 auszulösen.

Die Stadt hat Angst, und das völlig zu Recht, denn die riesige Armee der Zwerginnen wird durch Soldatinnen benachbarter Ameisenbauten verstärkt, die der arroganten Föderation der Roten eine Lektion erteilen wollen. Was aber am schlimmsten ist – in den Reihen der Zwerginnen kämpfen sogar rote Ameisen der Föderation mit! Wahrscheinlich ist ihnen das neue Bel-o-kan unheimlich.

Die Prinzessin erinnert sich an einen Dokumentarfilm über einen Schriftsteller der Finger namens Jonathan Swift, der gesagt hatte, das Auftauchen eines neuen Talents erkenne man daran, dass es sofort ein Komplott von Dummköpfen gebe, die es ausschalten wollten.

Ein Komplott von Dummköpfen! Solche Toren rücken jetzt scharenweise gegen Bel-o-kan vor, bereit zu sterben, nur damit alles beim Alten bleibt, damit das Morgen eine Wiederholung des Gestern ist.

Prinz Nr. 24 ist der Prinzessin auf die Kuppel gefolgt und schmiegt sich an sie. Er fürchtet sich und braucht die beruhigende Nähe des Weibchens.

Diesmal ist alles aus. Gegen diese Übermacht können wir nichts ausrichten.

Die belokanische Artillerie formiert sich, um die Stadt zu verteidigen. Alle bringen ihre randvoll mit Säure gefüllten Hinterleiber in Schussposition, doch wie sollen sie eine Armee aufhalten, die allem Anschein nach Millionen zählt?

Nr. 103 bedauert zutiefst, die diplomatischen Beziehungen zu benachbarten Städten sträflich vernachlässigt zu haben. Gewiss, sie hat einige Botschafterinnen empfangen, aber weil sie nur die technischen Neuerungen im Kopf hatte, versäumte sie es, zu registrieren, wie beunruhigt diese Abgesandten waren.

Nr. 5 überbringt eine neue Hiobsbotschaft: Die Gläubigen weigern sich mitzukämpfen, weil ihrer Ansicht nach sowieso nur die Götter über den Ausgang einer Schlacht entscheiden. Stattdessen wollen sie für den Sieg beten!

Auch das noch ... Und draußen ziehen immer neue Truppen heran!

Die Ingenieure kommen auf die Kuppel, und die Prinzessin beruft eine AK ein. Sie müssen gemeinsam irgendeinen Ausweg aus dieser scheinbar hoffnungslosen Lage finden. Nr. 103 versucht sich an alle Kriegsfilme zu erinnern, die sie im Fernsehen gesehen hat. Das Feuer, der Hebel, das Rad ... daraus müsste sich doch irgendetwas machen lassen. Die drei Begriffe kreisen in den vereinten Gehirnen. Wenn ihnen nicht sehr schnell etwas einfällt, müssen sie auf den Tod gefasst sein, das wissen alle.

153. ENZYKLOPÄDIE

Die Geburt des Todes Der Tod wurde vor genau 700 Millionen Jahren geboren. Bis dahin waren Einzeller vier Milliarden Jahre lang die einzige Lebensform gewesen, und weil diese Einzeller sich beliebig vermehren konnten, waren sie unsterblich. Spuren dieser unsterblichen einzelligen Systeme findet man noch in Korallenriffen.

Eines Tages trafen sich jedoch zwei Zellen und beschlossen, fortan eine Gemeinschaft zu bilden und sich gegenseitig zu ergänzen. Seit dieser Absprache gibt es vielzellige Lebensformen, und das war die Geburtsstunde des Todes. Welcher Zusammenhang besteht zwischen beiden Phänomenen?

Wenn zwei Zellen sich zusammenschließen wollen, müssen sie miteinander kommunizieren, und dabei wird Arbeitsteilung vereinbart, um effektiver zu sein. Beispielsweise wird beschlossen, dass es nicht rationell ist, wenn beide Nahrung verdauen: eine soll stattdessen lieber die Nahrung an sich ziehen und aufnehmen.

Je mehr Zellen sich zusammenschlossen, desto ausgeprägter wurde ihre Spezialisierung. Dadurch wurde die einzelne Zelle immer anfälliger und büßte schließlich ihre ursprüngliche Unsterblichkeit ein. So wurde der Tod geboren.

Menschen bestehen aus einer riesigen Gemeinschaft hoch spezialisierter Zellen, die ständig untereinander Kontakt halten. Die Zellen unserer Augen unterscheiden sich sehr von den Zellen unserer Leber, aber die einen signalisieren den anderen blitzartig, dass sie einen Teller mit heißer Nahrung sehen, damit die Leberzellen sofort Galle produzieren können – noch bevor wir den ersten Bissen in den Mund nehmen! In unserem Körper hat jede Zellgruppe eine ganz bestimmte Funktion, aber alle sind sterblich.

Der Tod ist notwendig, um das Gleichgewicht zwischen den Arten sicherzustellen. Wäre irgendeine vielzellige Art unsterblich, würde sie sich immer mehr spezialisieren, um alle Probleme lösen zu können, und schließlich wäre sie so effektiv, dass sie alle anderen Lebensformen bedrohen könnte.

Eine Krebszelle der Leber produziert ständig neue Zellen, ohne auf die anderen Zellen zu hören, die ihr signalisieren, das sei nicht mehr notwendig. Die Krebszelle hat den Ehrgeiz, durch ständige Vermehrung ihre ursprüngliche Unsterblichkeit zurückzuerlangen, und dadurch tötet sie den Gesamtorganismus. Man könnte sie mit jenen Leuten vergleichen, die unablässig reden, ohne anderen zuzuhören. Die Krebszelle ist autistisch, und deshalb ist sie so gefährlich. Weil sie egoistisch nach Unsterblichkeit strebt, ohne Rücksicht auf andere zu nehmen, tötet sie ihre ganze Umgebung.

EDMOND WELLS
Enzyklopädie des relativen und absoluten Wissens, Bd. 3

154. MAXIMILIEN KUNDSCHAFTET ALLES AUS

Maximilien schlug die Haustür laut hinter sich zu.

»Was ist los, Liebling?«, fragte Scynthia. »Du wirkst ein bisschen nervös.«

Er starrte sie an und versuchte sich daran zu erinnern, was ihn an dieser Frau früher so angezogen hatte.

Um nicht ausfällig zu werden, rang er sich mühsam ein Lächeln ab und eilte mit großen Schritten in sein Arbeitszimmer.

An diesem Morgen hatte er sein Aquarium hier untergebracht und die Fische MacYavels Pflege anvertraut. Der Computer kam mit dieser Aufgabe bestens zurecht. Er überwachte den elektrischen Nahrungsspender, die Heizung und die Wassermenge und kümmerte sich um das ökologische Gleichgewicht dieser künstlichen Welt. Die Fische schienen seine intensive Betreuung zu genießen.

Der Kommissar begann eine Partie *Evolution*. Sein kleines Inselvolk – es hätten Engländer sein können – entwickelte sehr schnell eine hoch entwickelte Technologie, weil es sich nicht in die Kriege auf dem Kontinent einmischte. Eine moderne Flotte sorgte für lukrative Handelsbeziehungen in aller Welt. Doch weil Japan die gleiche Strategie angewandt hatte, kam es im Jahre 2720 zu einem gnadenlosen Krieg, und dank besserer Satelliten siegten die Japaner.

»Du hättest gewinnen können«, kommentierte MacYavel.

»Was hättest du Besserwisser denn anders gemacht?«, fragte der Kommissar gereizt.

»Ich hätte für einen gesellschaftlichen Zusammenhalt gesorgt, beispielsweise durch Einführung des Frauenwahlrechts. Dann hätte in deinen Städten eine bessere Stimmung geherrscht, und das hätte positive Auswirkungen auf die Kreativität deiner Waffenkonstrukteure gehabt. Intensiver motiviert, hätten sie wirksamere Waffen konstruiert und ...«

»Du verlierst dich in Details.«

Maximilien betrachtete missmutig die Schlachtfelder auf dem Bildschirm, beendete die Partie und starrte ins Leere. MacYavels Auge wurde größer, und er klimperte mit den Wimpern, um die Aufmerksamkeit des Kommissars auf sich zu lenken.

»Nun, Maximilien, machst du dir immer noch Sorgen wegen dieser ›*Revolution der Ameisen*‹?«

»Ja. Kannst du mir weiterhelfen?«

»Selbstverständlich.«

Das Auge verschwand, und MacYavel begann durchs Internet zu surfen. Es dauerte nicht lange, bis er stolz verkündete: »Das habe ich im Teletext gefunden: *Revolution der Ameisen GmbH, Leitstelle.*«

Maximilien beugte sich vor. MacYavel hatte etwas sehr Interessantes entdeckt. Von allein wäre er nie auf die Idee gekommen, dass diese sogenannten Revolutionäre im Internet ihr Unwesen treiben könnten. Er hatte sie offenbar unterschätzt, aber vielleicht würde er jetzt endlich erfahren, was sie dort im Gymnasium eigentlich anstellten.

Auf dem Bildschirm war zu sehen, welche Firmen die GmbH *Revolution der Ameisen* gegründet hatte:

– *Fragenzentrum*
– Künstliche Welt *Infra-World*
– Bekleidung *Schmetterlingsproduktion*
– Architekturbüro *Ameisenhaufen AG*
– Natürliche Lebensmittel *Met Productions*

Außerdem gab es ein Forum, wo über die Themen und Ziele der *Revolution der Ameisen* diskutiert wurde, und ein anderes, wo die Leute eigene neue Projekte vorschlagen konnten.

Der Computer zeigte, dass ein gutes Dutzend Schulen und Universitäten in aller Welt enge Kontakte zu Fontainebleau unterhielt und die *Revolution der Ameisen* nachahmte.

MacYavel hatte ihm einen unschätzbaren Dienst erwiesen, und Maximilien sah seinen Computer jetzt mit ganz anderen Augen. Zum ersten Mal im Leben hatte er das Gefühl, nicht nur von einer neuen Generation überholt und abgehängt worden zu sein, sondern auch von einer Maschine. MacYavel war es gelungen, eine Bresche in die Festung der *Revolution der Ameisen* zu schlagen, und nun konnte Maximilien Einblick nehmen und dadurch vielleicht irgendwelche Schwachstellen entdecken.

Sofort nahm MacYavel Kontakt zum *Fragenzentrum* auf und erhielt ohne Weiteres Auskunft über die Infrastruktur der GmbH *Revolution der Ameisen*. Der Kommissar konnte es einfach nicht fassen: Diese Revolutionäre waren so naiv oder so selbstsicher, dass sie freiwillig Informationen über ihre Organisation preisgaben.

Er las und verstand endlich alles. Mit Hilfe der modernen Informatik führten diese Jugendlichen eine Revolution durch, die in der Geschichte wohl nicht ihresgleichen hatte.

Bisher hatte Maximilien geglaubt, dass eine Revolution in der heutigen Welt vor allem auf die Unterstützung der Medien, speziell des Fernsehens angewiesen war, doch diese Schüler verwirklichten ihre Ziele, ohne dass sich auch nur ein einziger lokaler Fernsehsender für sie interessierte. Das Fernsehen lieferte Millionen Menschen bruchstückhafte Informationen frei Haus. Die Meuterer von Fontainebleau erreichten hingegen per Internet einen relativ kleinen, aber dafür sehr interessierten Personenkreis, den sie mit lückenlosen Informationen versorgten.

Dem Kommissar gingen die Augen auf. Wenn man die Welt verändern wollte, waren die üblichen Medien entbehrlich geworden, weil das Internet viel effektiver war – diskret und wirklich informativ.

Gleich darauf erlebte er eine zweite Überraschung, diesmal in puncto Wirtschaft. Weil man sogar in die Buchführung der GmbH *Revolution der Ameisen* Einblick nehmen konnte, stellte Maximilien fest, dass sie durchaus Gewinne machte, und das, obwohl sie sich nur aus kleinen Firmen zusammensetzte.

Wenn man gründlich darüber nachdachte, war das sogar einleuchtend. Eine einzige riesige Gesellschaft war ein starres, streng hierarchisches Gebilde. In diesen Kleinstunternehmen kannte hingegen jeder jeden, und es herrschte ein echtes Vertrauensverhältnis. Hier gab es auch keine aufgeblähte Verwaltung und keine Wichtigtuer.

Doch diese in »Ameisen-Firmen« zersplitterte GmbH hatte offensichtlich noch einen weiteren Vorteil: Das Risiko, Pleite zu machen, war geringer. Wenn eine solche Sparte sich als unrentabel erwies, konnte sie mühelos aufgelöst und sofort durch eine andere ersetzt werden, ohne dass hohe Verluste entstanden. Gewiss, eine einzelne Sparte erzielte auch keine fantastischen Gewinne, aber bekanntlich macht auch Kleinvieh Mist, so dass die GmbH *Revolution der Ameisen* schon nach diesen wenigen Tagen finanziell einigermaßen abgesichert war.

Der Kommissar fragte sich, ob die jungen Leute sich auf eine Wirtschaftstheorie gestützt oder ob sie unter den gegebenen Umständen einfach Geschick und Einfallsreichtum bewiesen hatten.

Vielleicht war das die Botschaft dieser *Revolution der Ameisen*: Die Dinosauriergesellschaften hatten sich überlebt, die Zukunft gehörte den Ameisengesellschaften.

Wie auch immer, eines stand fest: Dem Erfolg dieser Jugendbande musste sofort ein Ende gesetzt werden, bevor sie sich in der Wirtschaft etablieren konnte.

Maximilien griff zum Telefon und rief Gonzague Dupeyron an, den Anführer der *Schwarzen Ratten*.

Großen Übeln konnte man manchmal mit unscheinbaren Mitteln abhelfen …

155. Die Schlacht mit Laternen

Der erste Angriff der riesigen Armee ist für die Neo-Belokanerinnen eine einzige Katastrophe. Nach zwei Stunden erbitterten Kampfes bricht ihre Abwehr völlig zusammen und wird von den Zwerginnen niedergemetzelt. Zufrieden mit dem bisher Erreichten, verschieben diese die Erstürmung der Stadt auf den nächsten Morgen und organisieren stattdessen ihr Biwak.

Während Verletzte und Sterbende nach Bel-o-kan gebracht werden, hat Prinzessin Nr. 103 endlich eine Idee. Sie versammelt ihre letzten einsatzfähigen Truppen um sich und zeigt ihnen, wie man Laternen herstellt. Wenn man das Feuer schon nicht als Waffe einzusetzen vermag, könnte man es immerhin als Licht- und Wärmequelle nutzen, denn im Augenblick ist nicht die Armee der Zwergameisen ihr größter Feind, sondern die Nacht – und das Feuer vermag die Nacht zu besiegen.

Gegen Mitternacht kann man deshalb etwas Unglaubliches sehen: einen Lichterzug, der auf das feindliche Lager zumarschiert. Mit Hilfe der Laternen aus Pappelblättern, die sie auf dem Rücken tragen, können die roten Ameisen im Dunkeln sehen und sich mühelos bewegen, während der Feind fest schläft.

Das Biwak der Zwerginnen sieht wie eine große schwarze Frucht aus, aber in Wirklichkeit ist es eine lebendige Stadt, deren Mauern und Straßen aus starren Insekten bestehen.

Die Prinzessin dringt zusammen mit ihren Kriegerinnen ins Feindeslager ein. Glücklicherweise ist die Nacht so kalt, dass alle so gut wie betäubt sind.

Welch seltsames Gefühl, durch Korridore zu laufen, deren Wände, Decken und Böden aus Ameisen bestehen!

Unser einziger wirklicher Feind ist die Furcht, macht die Prinzessin sich selbst Mut. Die Nacht ist ihr Verbündeter, denn die Zwerginnen werden noch mehrere Stunden schlafen.

Nr. 5 warnt, man dürfe nicht zu lange an einem Ort verharren, denn sonst würden die Mauern durch die Wärme der Laternen zum

Leben erwachen, und dann könnte es zum Kampf kommen. Deshalb beeilen sich die Belokanerinnen, ihren regungslosen Feinden mit ihren Mandibeln die Kehle durchzuschneiden, allerdings nur zur Hälfte, denn viele herabrollende Köpfe könnten in ihren eigenen Reihen großen Schaden anrichten.

Während der Nacht Krieg zu führen ist für die Ameisen eine so neue Erfahrung, dass sie ständig improvisieren müssen. Beispielsweise dürfen sie nicht zu tief ins Biwak eindringen, weil ihre Laternen sonst aus Luftmangel erlöschen würden. Auch muss man zunächst die äußeren Schichten der Feinde töten und vorsichtig abschütteln, weil es sonst ein Chaos gäbe.

Die Prinzessin und ihre Kriegerinnen morden ohne Unterlass, wobei Wärme und Licht der Laternen wie ein Aufputschmittel wirken, so dass sie in einen Blutrausch verfallen.

Nur Nr. 103 behält einen halbwegs klaren Kopf und denkt: Ist so etwas wirklich notwendig, um dem Fortschritt zum Sieg zu verhelfen?

Der sensible Prinz hält dieses Gemetzel nicht lange durch, und die Prinzessin hat dafür Verständnis. Man weiß ja, dass Männchen die reinsten Mimosen sind! Sie bittet ihn nur, draußen auf sie zu warten.

Das viele Töten ermüdet die Ameisen, und sobald der erste Blutrausch verflogen ist, verspüren sie auch Skrupel. Ein fairer Zweikampf ist eben doch etwas ganz anderes als dieses Abschlachten eines schlafenden Feindes.

Der Oleinsäuregestank, den die Leichen verströmen, ist so unerträglich, dass die Belokanerinnen das Biwak zwischendurch verlassen müssen, um frische Luft zu schnappen, doch Nr. 103 mahnt zur Eile, denn die Nacht ist kurz.

Ihre Mandibeln lassen durchsichtiges Blut aus den Kehlen hervorspritzen, das die eine oder andere Laterne löscht. Ihrer Wärmequelle beraubt, schlafen diese Ameisenträgerinnen sofort mitten zwischen ihren Feinden ein.

Das Verhalten der Finger muss ansteckend sein, wenn Ameisen sich jetzt auf diese feige Weise bekriegen, überlegt die Prinzessin, aber sie weiß auch genau, dass alle Zwerginnen, die am Leben bleiben, am nächsten Morgen das neue Bel-o-kan angreifen werden.

Ihr bleibt keine andere Wahl, als zu morden. Krieg beschleunigt nun einmal den Lauf der Geschichte.

Nr. 5 hat vom Töten einen Krampf in den Mandibeln. Sie ruht sich einen Augenblick aus, stärkt sich an einer toten Zwergin und putzt ihre Antennen, bevor sie sich wieder an die Arbeit macht.

Im Morgengrauen kehren die Kriegerinnen erschöpft und blutverkrustet in ihre Stadt zurück, während die ersten Sonnenstrahlen das Biwak wecken.

Die Prinzessin begibt sich wieder auf die Kuppel, um die Reaktion des Feindes zu beobachten, und sie braucht nicht lange zu warten. Vom Schlaf erwacht, können die Zwerginnen nicht begreifen, was während der Nacht vorgefallen ist. Wer hat ihre Gefährtinnen gemeuchelt? Die Überlebenden treten hastig den Rückzug an, und kurz darauf bitten Abgesandte der roten Ameisen, die gegen ihre Hauptstadt rebelliert haben, um Einlass und unterwerfen sich demütig.

Die Kunde von der Niederlage der Zwerginnen macht sehr schnell die Runde, und aus allen Ameisenbauten der Nachbarschaft strömen Soldatinnen zuhauf herbei und wollen der neobelokanischen Föderation angehören.

Prinzessin Nr. 103 und Prinz Nr. 24 empfangen die Abgesandten und zeigen ihnen die verschiedenen Labors, aber vom Einsatz der Laternen erfährt niemand etwas. Man kann nie wissen, ob nicht neue Feinde auftauchen, und eine Geheimwaffe ist von unschätzbarem Wert.

Auch Nr. 23 hat großen Zulauf. Sie behauptet, die Götter hätten ihre Gebete erhört und die Stadt gerettet.

Die Götter haben uns gerettet, weil sie uns lieben, verkündet sie, ohne zu wissen, was das Wort »Liebe« bedeutet.

156. Enzyklopädie

Die Näherin der Rattenhintern Ende des 19. Jahrhunderts kam es in Konservenfabriken der Bretagne zu einer Rattenplage, und niemand wusste, wie man ihrer Herr werden sollte. Katzen konnte man nicht einsetzen, denn die hätten lieber die regungslosen Sardinen als die umherhuschenden Nager gefressen. Schließlich kam jemand auf die Idee, einer lebenden Ratte mit dickem Rosshaar den After zuzunähen. Die Ratte, die ihren Kot nicht mehr ausscheiden konnte, wurde vor Schmerz und Wut verrückt und verwandelte sich in ein wildes Raubtier, das seine Artgenossen biss, so dass diese die Flucht ergriffen.

Die Arbeiterin, die diese schmutzige Arbeit erledigt hatte, erhielt eine Gehaltserhöhung und wurde zur Vorarbeiterin befördert, doch für die anderen Arbeiterinnen der Sardinenfabrik war die »Näherin der Rattenhintern« eine Verräterin, denn nachdem sich eine von ihnen zu dieser widerlichen Tätigkeit bereiterklärt hatte, wurde das auch von anderen erwartet.

EDMOND WELLS

Enzyklopädie des relativen und absoluten Wissens, Bd. 3

157. Julie ergreift die Initiative

Die rechte Gehirnhälfte der *Revolution der Ameisen* produzierte so viele neue Ideen, dass die linke Gehirnhälfte kaum nachkam, sie kritisch zu prüfen und in die Tat umzusetzen. Am siebenten Tag konnten die Revolutionäre sich rühmen, eine der mannigfaltigsten Gesellschaften der Welt zu sein.

Energieeinsparung, Recycling, elektronisches Spielzeug, Computerspiele, künstlerische Projekte … In aller Stille fand eine kulturelle Mini-Revolution statt, und nur eifrige Internet-Surfer wussten etwas davon.

Der Lehrer für Wirtschaftskunde, der von diesem Einfallsreichtum fasziniert war, kümmerte sich um Buchführung und Finanzen, um Steuerformalitäten und sonstigen Papierkram.

Das Gymnasium hatte sich in einen richtigen Ameisenhaufen verwandelt, wo jeder irgendeiner sinnvollen Beschäftigung nachging. Feste wurden nur noch abends gefeiert, um sich von den Anstrengungen des Tages zu erholen.

Francine behielt ihre *Infra-World* ständig im Auge, ohne in das Leben der Bewohner einzugreifen. Sie sorgte nur dafür, dass das ökologische Gleichgewicht gewahrt blieb. Wenn irgendeine Tierart sich zu stark vermehrte, ersann sie einen natürlichen Feind und führte ihn in ihre virtuelle Welt ein. Als beispielsweise die Taubenplage überhandnahm, erfand sie eine in Großstädten lebende Wildkatze, für die es selbstverständlich auch einen speziellen Feind geben musste … Auf diese Weise entdeckte sie, dass eine möglichst große Artenvielfalt die beste Garantie für ökologische Ausgewogenheit war.

Narcisse machte sich mit seinen *Schmetterlings*-Modellen allmählich einen Namen als Modeschöpfer, ohne eine einzige Modenschau präsentiert zu haben.

Davids *Fragenzentrum* erfreute sich so großer Beliebtheit, dass er einen Teil der Anfragen an andere Unternehmen dieser Art weiterleiten musste, die leichter Kontakt mit Privatdetektiven und Philosophen aufnehmen konnten.

Im Biologiesaal vertrieb Ji-woong sich die Zeit damit, aus Pauls Met eine Art Cognac zu destillieren. Er arbeitete konzentriert bei Kerzenlicht und blickte lächelnd auf, als Julie ihn besuchen kam. Zu seiner großen Überraschung griff sie wortlos nach einem seiner Reagenzgläser und leerte es auf einen Zug.

»Du bist die Erste, die meinen Cognac probiert. Schmeckt er dir?«

Ohne zu antworten, trank sie gierig drei weitere Reagenzgläser aus.

»Pass auf, du wirst davon betrunken«, warnte der Koreaner.

»Ich … will, ich … will …«, stammelte das junge Mädchen.

»Was willst du?«

»Ich will mit dir schlafen«, sprudelte es plötzlich aus ihr hervor.

Ji-woong traute seinen Ohren nicht. »Du bist betrunken!«

»Ich musste mir Mut antrinken, um das über die Lippen zu bringen. Oder gefalle ich dir nicht?«

Er fand sie hinreißend. Seit sie wieder normal aß, hatte ihr Körper etwas weichere Konturen angenommen, und die Revolution hatte auch ihre Haltung beeinflusst: Sie zog die Schultern nicht mehr ein und trug den Kopf hoch. Sogar ihr Gang war anmutiger geworden.

Julie streifte rasch ihre Kleider ab und stand nackt vor dem jungen Koreaner, dem seine Erregung deutlich anzusehen war. Er ließ sich auf eine Matratze fallen und zog sie mit sich, und sie wehrte sich nicht, denn sie hatte nur den einen Wunsch, ihn so leidenschaftlich zu küssen wie im Nachtclub.

»Du bist schön … wunderschön«, stammelte der junge Mann. »Und du riechst so gut … wie eine Blume. Seit ich dich gesehen habe, bin ich …«

Sie brachte ihn mit einem Kuss zum Schweigen. Ein Luftzug öffnete das Fenster und löschte die Kerzen aus. Ji-woong wollte aufstehen, um sie wieder anzuzünden, aber sie hielt ihn fest.

»Nein, ich habe Angst, auch nur eine Sekunde Zeit zu verlieren. Ich befürchte, dass die Erde sich auftun könnte, um mich daran zu hindern, endlich zu erleben, worauf ich so lange verzichtet habe … Was macht es schon aus, wenn wir uns im Dunkeln lieben?«

Das offene Fenster schlug gegen die Wand, und die Scheibe klirrte laut.

Sehen konnte Julie jetzt nichts mehr, aber ihr blieben ja noch andere Sinne. Sie tastete nach Ji-woongs Hose und schmiegte sich an ihn. Als ihre zarte Haut mit seiner raueren in Berührung kam, fühlte sie sich plötzlich wie elektrisiert.

Ji-woong wölbte seine Hände um ihre Brüste, und dadurch wurde ihr zum ersten Mal bewusst, wie straff und weich zugleich sie waren. Sie atmete schneller und warf den Kopf zurück.

Langsam, ganz langsam näherten sich ihre Lippen dem Mund des Koreaners …

Plötzlich wurde ihre Aufmerksamkeit abgelenkt. Ein riesiger Komet flog am offenen Fenster vorbei, ein Komet mit Feuerschweif. Aber es war kein Komet, sondern ein Molotowcocktail.

158. ENZYKLOPÄDIE

Schamanismus Fast alle Kulturen der Menschheit kennen den Schamanismus. Die Schamanen sind weder Anführer noch Priester, weder Zauberer noch Weise. Ihre Aufgabe besteht einfach darin, den Menschen mit der Natur zu versöhnen.

Bei den Indianern von Surinam dauert der erste Abschnitt der Ausbildung eines Schamanen 24 Tage, aufgeteilt in vier Teile mit jeweils drei Tagen Unterricht und drei Tagen Ruhe. Die Lehrlinge - meistens sechs Jugendliche in der Pubertät, weil der Charakter in diesem Alter noch biegsam ist - werden in Traditionen, Gesänge und Tänze eingeführt. Sie beobachten und imitieren die Bewegungen und Laute der Tiere, um sie besser verstehen zu können. Während dieser Grundausbildung essen sie fast nichts, kauen aber Tabakblätter und trinken Tabaksaft. Fasten und Tabak rufen hohes Fieber und andere Beschwerden hervor. Außerdem müssen sie während dieser Initiation lebensgefährliche körperliche Anstrengungen unternehmen, die ihr persönliches Empfinden vernichten sollen. Nach einigen Tagen dieser harten Ausbildung erleben die Jugendlichen einen Zustand ekstatischer Trance, in dem sie bestimmte Kräfte »sehen« können.

Die Initiation in den Schamanismus dient der Anpassung des Menschen an die Natur. Bei großer Gefahr passt man sich entweder an, oder aber man stirbt. Bei großer Gefahr beobachtet man, ohne alles durch den Intellekt zu filtern. Man lernt es, zu verlernen.

Der zweite Abschnitt der Ausbildung dauert drei Jahre. Während dieser Zeit muss der Jugendliche allein im Wald leben und sich selbst ernähren. Wenn er das überlebt, kehrt er erschöpft, schmutzig und halb irr ins Dorf zurück. Dort nimmt sich ein alter Schamane seiner an und versucht, in ihm die Fähigkeit zu wecken, wirre Halluzinationen in kontrollierte »ekstatische« Zustände umzuformen.

Es ist paradox, dass diese Erziehung, bei der sich der Mensch zeitweilig in ein wildes Tier verwandelt, aus dem Schamanen letzten Endes einen Super-Gentleman macht. Nach abgeschlossener Ausbildung ist er seinen Mitbürgern an Selbstbeherrschung, intellektuellen und intuitiven Fähigkeiten und moralischer Erkenntnis weit überlegen. Die jakutischen Schamanen in Sibirien erreichen ein geistiges Niveau, das mindestens dreimal so hoch ist wie das ihrer Stammesgenossen.

Professor Gérard Amzallag, Autor des Buches *Philosophie biologique*, vertritt die Ansicht, dass die Schamanen nicht nur die Hüter der mündlichen Überlieferung, sondern auch deren Verfasser sind. Diese Mythen, Heldensagen und Lieder bilden die Grundlage der Dorfkultur.

Heutzutage werden während der Initiation immer häufiger Narkotika und halluzinogene Pilze verwendet. Dadurch sinkt das Niveau der Ausbildung, und die jungen Schamanen besitzen nicht mehr die Kraft und Ausstrahlung ihrer Vorgänger.

EDMOND WELLS

Enzyklopädie des relativen und absoluten Wissens, Bd. 3

159. ABENDDÄMMERUNG DER *REVOLUTION DER AMEISEN*

Der Molotowcocktail glich im Flug einem schönen Feuervogel, aber er war so gefährlich wie ein feuerspeiender Drache. Die *Schwarzen Ratten* verstanden gut damit umzugehen. Die Decken am Gitter brannten lichterloh und stanken nach Nylon. Sobald sie verkohlt waren, hatten die Angreifer freie Sicht auf den Schulhof.

Julie zog sich hastig an. Ji-woong versuchte sie zurückzuhalten, aber sie musste ihrer Revolution zu Hilfe eilen, deren Schmerzensschreie sich in ihren Ohren wie die eines waidwunden Tieres anhörten.

Ihre Leber beeilte sich, den Cognac zu verarbeiten, der ihre Reflexe verlangsamte. Jetzt war schnelles Handeln gefordert.

Sie rannte durch die Korridore. Panik im Ameisenhaufen. Alle waren völlig kopflos.

Die *Schwarzen Ratten* schleuderten ihre Molotowcocktails jetzt gezielt auf die Zelte und Stände.

Die Revolutionäre konnten die Brände nicht mit Wasser löschen, weil die Zisterne fast leer war. David riet ihnen, stattdessen Sand zu verwenden, aber auch das half nicht viel.

Ein Molotowcocktail traf den Kopf der großen Kunststoffameise, die sofort in Flammen aufging. Julie, die noch vor gar nicht langer Zeit das ganze Gymnasium in Schutt und Asche hatte legen wollen, begriff erst jetzt, welch schreckliche Waffe Feuer war. Und mittlerweile hatte sie in der *Enzyklopädie* auch gelesen, dass dieser Molotow, nach dem der Sprengkörper benannt war, ein Gefolgsmann Stalins und ein Reaktionär der übelsten Sorte gewesen war.

Auch Pauls Lebensmittelstand geriet in Brand. Seine Metbonbons schmolzen und verbreiteten Gerüche von Karamell.

Gegenüber dem Gymnasium war ein Polizeiwagen geparkt, aber die Polizisten geboten den *Schwarzen Ratten* keinen Einhalt. Die Revolutionäre hätten den Angriff gern erwidert, aber Julie erklärte entschieden: »Wir dürfen uns nicht provozieren lassen. Das wollen sie doch nur erreichen.«

»Ich lasse mich aber nicht gern ohrfeigen, ohne zurückzuschlagen!«, rief eine Amazone.

»Wir wollen doch zeigen, dass eine gewaltlose Revolution möglich ist«, hielt Julie ihr entgegen. »Und wir dürfen uns nicht genauso primitiv aufführen wie diese Rowdys. Löscht die Brände und bewahrt Ruhe.«

Die Revolutionäre versuchten die Flammen mit Sand zu ersticken, aber die *Schwarzen Ratten* schleuderten immer neue Molotowcocktails. Narcisses Stand wurde getroffen. Er stürzte aufgeregt dorthin.

»Meine Kollektion ist einzigartig! Wir müssen sie retten!«

Doch dafür war es schon zu spät. Außer sich vor Wut, packte Narcisse eine Eisenstange, riss das Tor auf und stürmte auf die *Schwarzen Ratten* zu, doch obwohl er wie ein Löwe kämpfte, konnte er gegen Dupeyrons Bande natürlich nichts ausrichten. Bevor Ji-woong,

Paul, Léopold und David ihm zu Hilfe eilen konnten, wurde er brutal zusammengeschlagen. Wie durch Zauberei war sofort ein Krankenwagen zur Stelle, der den Verletzten mit heulender Sirene abtransportierte.

Das war zu viel für Julie. »Narcisse! Sie wollen Gewalt … Nun gut, dann sollen sie sie haben!«

Sie befahl den Amazonen, die *Schwarzen Ratten* zu verfolgen, und die jungen Mädchen rannten begeistert zum Tor hinaus, aber die Rolle der »Gendarmen« lag ihnen weniger als die der »Räuber«, und so wurden sie von den Burschen, die ihnen in dunklen Seitenstraßen auflauerten, mühelos überwältigt.

Der Kommissar verfolgte die Entwicklung aus einiger Entfernung durchs Fernglas und war sehr zufrieden. Das Tor stand offen, ein Großteil der Revolutionäre war hinausgerannt, und der Rest war damit beschäftigt, die Brände zu löschen. Der junge Dupeyron hatte wirklich gute Arbeit geleistet. Nicht umsonst floss das Blut des energischen Präfekten in seinen Adern! Maximilien bedauerte, ihn nicht schon früher um Hilfe gebeten zu haben. Hingegen waren die Revolutionäre doch nicht so schlau, wie er geglaubt hatte. Ein rotes Tuch hatte genügt, um sie bis zur Weißglut zu reizen.

Maximilien rief den Präfekten an und informierte ihn, dass es diesmal Verletzte gebe.

»Schwerverletzte?«

»Ja, und vielleicht sogar einen Toten. Er wurde vorhin in die Klinik gebracht.«

Dupeyron überlegte. »Also sind diese Unruhestifter doch noch in die Falle der Gewaltanwendung geraten … Jetzt haben Sie grünes Licht, das Gymnasium möglichst schnell räumen zu lassen!«

160. GEDÄCHTNISPHEROMON

Speichlerin: Nr. 10

REGULIERUNG:

Die Finger verzeichnen ein sehr hohes Bevölkerungswachstum und haben so gut wie keine natürlichen Feinde mehr. Wie verhindern sie eine Bevölkerungsexplosion?

Diese Regulierung erfolgt auf folgende Art und Weise:

– durch Kriege
– durch Autounfälle
– durch Fußballspiele
– durch Hungersnöte
– durch Drogen.

Offenbar haben die Finger die biologische Geburtenkontrolle im Gegensatz zu uns noch nicht entdeckt: Sie produzieren zu viele Kinder und korrigieren das erst hinterher.

Dieses archaische Verfahren müsste verbessert werden, denn sie vergeuden sehr viel Energie, indem sie Unmengen an Brutkammern einrichten, obwohl sie genau wissen, dass ein Teil der Brut später eliminiert werden muss.

Trotz dieser Regulierungsmechanismen ist das Bevölkerungswachstum der Finger erschreckend.

Es soll schon mehr als fünf Milliarden von ihnen geben.

Diese Zahl hört sich vielleicht lächerlich an, verglichen mit der Anzahl von Ameisen auf dem Planeten, aber das Problem besteht darin, dass ein einziger Finger sehr viele Pflanzen und Tiere vernichtet und eine Unmenge an Luft und Wasser verschmutzt.

Fünf Milliarden Finger kann unser Planet vielleicht gerade noch verkraften, mehr aber ganz bestimmt nicht.

Die Tatsache, dass die Finger sich weiter vermehren, wird zweifellos zur Folge haben, dass Hunderte von Tier- und Pflanzenarten verschwinden.

161. Religionskrieg

Prinzessin Nr. 103 nimmt den Kollektivgeist der Bevölkerung ihrer Stadt wahr – jung, frisch, begeistert und neugierig –, und sie ist stolz darauf, das zuwege gebracht zu haben, denn bekanntlich sind normalerweise nur Kinder lernbegierig.

Was ihr Sorgen bereitet, ist die Gegenströmung, die allgemeines Unbehagen und manchmal sogar Angst auslöst. Am vierten Tag der neuen Ära entscheidet die Prinzessin, dass die Gottgläubigen nun genug Unheil gestiftet haben. Auf allen Gängen sind ihre mystischen Kreise zu sehen, und sie verpesten die Luft mit ihren eintönigen Gebetspheromonen.

Die Prinzessin hat die Welt gesehen. Sie weiß, dass die Finger keine Götter sind, sondern nur große, schwerfällige Tiere, die sich ganz anders als die Insekten verhalten. Gewiss, auch sie schätzt den Erfindungsreichtum der Finger, aber es ist völlig absurd und schädlich, sie als Götter zu verehren. Nr. 103 kann sich der Unterstützung der wissenschaftlichen und militärischen Kasten sicher sein, wenn sie den selbstzufriedenen Gläubigen Einhalt gebieten will.

Wenn man Efeu, der einen Strauch umschlingt, nicht rechtzeitig ausreißt, wird er den Strauch töten.

Prinzessin Nr. 103 will die Religion in ihrer Stadt ausrotten, bevor sie alles überwuchert. Aberglaube ist ansteckend, und wenn sie nicht rasch eingreift, wird sie nicht das letzte Pheromonwort haben.

Sie ruft die zwölf jungen Kundschafterinnen zu sich.

Wir müssen die Gottgläubigen töten.

Angeführt von Nr. 13, setzt sich sofort eine Truppe in Marsch, fest entschlossen, diesen Auftrag erfolgreich auszuführen.

162. ENZYKLOPÄDIE

Rätsel der Delfine Proportional zur Körpergröße gesehen, hat der Delfin das größte Gehirnvolumen aller Säugetiere. Bei gleicher Schädelgröße wiegt das Gehirn eines Schimpansen durchschnittlich 375 Gramm, das des Menschen 1450 Gramm, das des Delfins 1700 Gramm.

Das Leben der Delfine ist ein Rätsel.

Wie wir Menschen, so atmen auch die Delfine Luft, und die Weibchen säugen ihre Kleinen. Der Delfin ist ein Säugetier, weil er einst an Land gelebt hat. Ja, Sie haben richtig gelesen: Einst hatten die Delfine Pfoten und liefen auf der Erde herum. Sie müssen ähnlich wie Robben ausgesehen haben. Doch aus unbekannten Gründen hatten sie eines Tages das Leben an Land satt und zogen sich ins Wasser zurück.

Man kann sich leicht vorstellen, was die Delfine mit ihren 1700 g schweren Gehirnen heutzutage darstellten, wenn sie sich für ein ständiges Leben an Land entschieden hätten: Sie wären unsere Konkurrenten. Wahrscheinlich wären sie uns sogar überlegen. Warum haben sie das Leben im Wasser vorgezogen? Nun, das Leben im Wasser hat viele Vorteile. Man kann sich in drei Dimensionen bewegen, während man an Land auf zwei beschränkt ist. Im Wasser braucht man keine Kleidung, kein Haus und keine Heizung.

Betrachtet man das Skelett eines Delphins, stellt man fest, dass seine Vorderflossen noch das Knochengerüst von Händen mit langen Fingern zeigen, letzte Spuren seines einstigen Lebens an Land. Doch als diese Hände sich in Flossen verwandelten, konnte sich der Delfin zwar mit hoher Geschwindigkeit im Wasser bewegen, aber er war nicht mehr in der Lage, Werkzeuge herzustellen. Vielleicht haben wir die unzähligen Gegenstände, die unsere organischen Fähigkeiten ergänzen, nur erfunden, weil wir unserer Umgebung sehr schlecht angepasst waren. Hingegen ist der Delfin seiner Umgebung perfekt angepasst, und deshalb braucht er kein Auto, kein Fernsehen, keine Gewehre und keine Computer. Allem Anschein nach haben die Delfine eine eigene Sprache entwickelt, ein akustisches Kommunikationssystem mit einem enormen Schallspektrum. Die menschliche Sprache hat eine Frequenz von 100 bis 5000 Hertz, während die Sprache der Delfine, einen Frequenzbereich von 7000 bis 170 000 Hertz umfasst. Das erlaubt natürlich eine sehr nuancenreiche Ausdrucksweise. Der Direktor des Forschungslabors von Nazareth Bay, Dr. John Lilly, ist davon überzeugt, dass die Delfine seit langem den Wunsch haben, mit uns zu kommunizieren. Sie nähern sich ganz spontan, wenn sie Menschen an Stränden oder in Booten sehen. Sie machen Luftsprünge und pfeifen dabei so, als wollten sie uns etwas erklären. »Manchmal scheinen sie sogar verärgert zu sein, dass kein Mensch sie versteht«, sagt dieser Forscher.

EDMOND WELLS

Enzyklopädie des relativen und absoluten Wissens, Bd. 3

163. DER ANGRIFF AUF DAS GYMNASIUM VON FONTAINEBLEAU

Gewalt. Schreie. Flammen. Zerbrochene Gegenstände. Schwere Schritte. Drohungen. Beschimpfungen. Geballte Fäuste. Nach den Molotowcocktails der Rowdys nun das Tränengas der Polizei.

Die Zelte waren jetzt leer. Die Revolutionäre rannten durch die Gänge des Gymnasiums und bewaffneten sich mit Stöcken, Besen und Konservenbüchsen – mit allem, was ihnen gerade in die Hände fiel. Einige Amazonen, die bei der Verfolgung der *Schwarzen Ratten* nicht verletzt worden waren, kehrten rasch in die Schule zurück und verteilten Schleudern, die sie in den letzten Tagen mehr oder weniger zum Spaß angefertigt hatten.

Doch was ließ sich damit schon gegen eine Polizeitruppe ausrichten? Maximilien hatte seine Männer aufgeteilt: Die einen griffen durch das offene Tor an, doch die meisten waren aufs Dach geklettert und räumten nun systematisch ein Stockwerk nach dem anderen, indem sie die »Fleischwolftaktik« anwandten: Sie übten von oben leichten Druck aus, und die Menge flüchtete nach unten.

Der Kommissar überwachte die Einnahme des Gymnasiums vom Balkon eines nahe gelegenen Hauses aus und kam sich dabei fast wie Scipio vor, der das brennende Karthago beobachtet. Er wollte nicht wieder den Fehler begehen, seine jungen Gegner zu unterschätzen.

Julie suchte nach den sechs Zwergen – Narcisse, der siebente, war ja nicht mehr da! Endlich fand sie zwei im Computerraum; Francine und David wollten gerade die Festplatten ausbauen.

»Wir müssen unsere Programme in Sicherheit bringen«, erklärte David, »denn wenn sie der Polizei in die Hände fallen, kann sie unsere ganzen Firmen und Handelsbeziehungen blockieren.«

»Und wenn wir mit den Platten geschnappt werden?«, wandte Julie ein. »Das wäre noch viel schlimmer.«

»Vielleicht sollten wir unser ganzes Material an den Computer von Freunden im Ausland transferieren. Damit der Geist der *Revolution der Ameisen* einen vorübergehenden Zufluchtsort hat.«

»Die Studenten der biologischen Fakultät von San Francisco unterstützen uns, und sie haben einen Computer mit enormer Speicherkapazität. Dort wären unsere ›Memoiren‹ gut aufgehoben«, meinte David.

Sie riefen die amerikanischen Studenten an, die sofort einverstanden waren, und begannen damit, ihre Programme zu transferieren. Erst jetzt wurde ihnen bewusst, was sie in den letzten Tagen geleistet hatten. Allein das *Fragenzentrum* hätte in Buchform einen Umfang von Hunderten dicker Enzyklopädien gehabt!

Auf dem Korridor waren schwere Schritte zu hören. Die Polizei kam immer näher.

Francine erhöhte das Tempo der Computer von 56 000 Bits pro Sekunde auf 112 000 Bits.

Fäuste hämmerten gebieterisch gegen die verschlossene Tür. David und Julie schoben rasch Möbel davor, um die Ordnungshüter aufzuhalten, bis Francine fertig war.

»So, das hätten wir!«, rief sie zufrieden. »Unser gesamtes Material ist jetzt 10 000 Kilometer von hier entfernt in Sicherheit, und selbst wenn für uns hier alles aus sein sollte, werden andere von unseren Erfahrungen profitieren und unsere Arbeit fortsetzen können.«

Julie warf erleichtert einen Blick aus dem Fenster. Auf dem Hof leisteten nur noch einige beherzte Amazonen erbitterten Widerstand.

»Ich glaube nicht, dass alles aus ist«, sagte sie. »Der Geist unserer *Revolution der Ameisen* ist immer noch lebendig.«

Francine riss die Vorhänge herunter und knotete sie zu einem dicken Seil zusammen, das sie am Balkon befestigte. Sie kletterte als Erste hinunter, und die beiden anderen wollten folgen, doch dann fiel David ein, dass es besser wäre, vorher noch alle Programme zu löschen. Ein Knopfdruck genügte, und ihre ganze Arbeit löste sich sozusagen in Luft auf. Jetzt konnten sie nur hoffen, dass die Überspielung nach San Francisco geklappt hatte.

Die Polizisten warfen sich mit den Schultern gegen die Tür. Höchste Zeit zu verschwinden!

Julie bedauerte plötzlich, beim Turnunterricht nicht etwas mehr Eifer an den Tag gelegt zu haben, aber Angst war eine gute Antriebskraft, und sie schaffte es, sich am Seil nach unten zu hangeln. Erst als sie auf dem Hof stand, fiel ihr siedend heiß ein, dass sie die *Enzyklopädie* nicht bei sich hatte. Lag das Buch oben im Computerraum? War ihr bester Freund schon der Polizei in die Hände gefallen?

Zu ihrer grenzenlosen Erleichterung erinnerte sie sich aber daran, dass sie das Werk im Probenraum zurückgelassen hatte, weil Léopold etwas nachlesen wollte. Während sie sich voll Schrecken zu erinnern versucht hatte, waren David und Francine verschwunden. Auf dem Hof herrschte ein heilloses Durcheinander, Jungen und Mädchen rannten kopflos umher.

Maximilien hatte kein Interesse an 500 Gefangenen, ihm ging es nur darum, die Anführer der Revolte zu schnappen. »Ergebt euch, dann wird euch nichts passieren!«, rief er durch sein Megafon, und seinen Männern befahl er: »Vergeudet keine Zeit mit den Statisten! Wir brauchen Julie Pinson.«

Allen Polizisten hatte man vorher die Personenbeschreibung des Mädchens mit den hellgrauen Augen und schwarzen Haaren gegeben, und so wurde es rasch gesichtet. Als jemand sie am Arm packte, wollte Julie instinktiv um sich schlagen, erkannte dann aber Davids Stimme: »Komm mit – schnell!«

Sie zögerte. »Wenn ich fliehe, ist das eine weitere Niederlage für mich …«

»Mach es wie die Ameisen! Bei Gefahr fliehen ihre Königinnen immer durch unterirdische Notausgänge!«

Er zog sie mit sich in den Probenraum und schob sie in den Gang, den sie ja schon kannte, aber sie hastete plötzlich ins Zimmer zurück.

»Die *Enzyklopädie*!«

Zwischen den Decken suchte sie nach ihrem Schatz.

»Lass das Buch – die Bullen werden gleich hier sein!«, warnte David.

»Niemals!«

Ein Polizist tauchte im Türrahmen auf. David schwang seine Krücke, um Zeit zu gewinnen, und es gelang ihm sogar, die Tür zuzuschlagen und zu verriegeln.

»Ich hab sie!«, rief Julie triumphierend, die *Enzyklopädie* in einer Hand, ihren Rucksack in der anderen. Sie verstaute das Buch rasch darin und folgte David in den unterirdischen Gang, der sich bald verzweigte. Mit Ji-woong hatte sie vor einigen Tagen den nach rechts führenden Weg eingeschlagen, der in die Keller der Nachbarschaft führte, doch David entschied sich für die stinkende Kanalisation.

164. Tod den Gläubigen!

Angeführt von Nr. 13, marschiert das Exekutionskommando durch die Gänge, von einem Stockwerk zum anderen. An die Katakomben im alten Bel-o-kan gewöhnt, haben die Gläubigen ihre Versammlungsräume auch in der neuen Stadt im 45. Untergeschoss eingerichtet, und hier unten haben sie nicht nur ihre symbolischen Kreise in die Wände geritzt, sondern richtige Fresken gemalt: Kreise, die Ameisen zerquetschen, Kreise, die Ameisen ernähren, Kreise, die mit Ameisen reden … ihre Vision von den Göttern!

Eine Gläubige kommt dem Kommando entgegen und wird ohne Vorwarnung mit Ameisensäure beschossen. Im Todeskampf streckt sie die Beine aus, so dass ihr Körper ein sechsarmiges Kreuz bildet, und stößt mit letzter Kraft ein starkes Bekenntnispheromon aus:

Die Finger sind unsere Götter.

165. Enzyklopädie

Das Paradoxon des Epimenides Der Satz »Dieser Satz ist falsch« demonstriert die Paradoxie von Epimenides. Welcher Satz ist falsch? Dieser Satz. Wenn ich sage, dass er falsch ist, sage ich die Wahrheit. Folglich ist er nicht falsch, sondern wahr. Der Satz wirft ohne Ende sein umgekehrtes Spiegelbild zurück.

Edmond Wells
Enzyklopädie des relativen und absoluten Wissens, Bd. 3

166. Flucht durch die Kanalisation

Sie tasteten sich im Dunkeln voran. Es stank, und der Boden war glitschig.

Julies Zeigefinger berührte etwas Weiches, Warmes. Was mochte das sein? Ein Exkrement? Schimmel? Ein Tier? Eine Pflanze? Ihr ungeübter Tastsinn konnte ihr keine zuverlässigen Informationen liefern.

Um sich Mut zu machen, sang sie leise vor sich hin: »Eine grüne Maus ...«, und dabei stellte sie fest, dass sie dank dem Nachhall ihrer Stimme die Raummaße in etwa abschätzen konnte. Ihr geschultes Gehör machte die Mängel des Tastsinns wett.

Mit geschlossenen Augen klappte diese Art der Wahrnehmung sogar noch besser. Instinktiv verhielt Julie sich wie eine Fledermaus, die in ihrer Höhle das Raumvolumen durch Senden und Empfangen von Tönen »ausmisst«. Je schriller die Töne, desto besser kann sie Formen und sogar Hindernisse erkennen.

167. ENZYKLOPÄDIE

Schule des Schlafes Wir verschlafen 25 Jahre unseres Lebens und wissen trotzdem nicht, wie wir die Qualität und Quantität des Schlafs beeinflussen können.

Der Tiefschlaf, der uns die Erholung beschert, dauert nur eine Stunde pro Nacht und ist in kleine Abschnitte von 15 Minuten unterteilt, die sich – wie der Refrain eines Liedes – alle anderthalb Stunden wiederholen.

Es gibt Menschen, die zehn Stunden hintereinander schlafen, ohne diesen Tiefschlaf zu finden, und deshalb wachen sie völlig erschöpft auf.

Dabei könnten wir, wenn wir sofort in diesen Tiefschlaf verfallen würden, mit einer einzigen Stunde Schlaf auskommen und uns trotzdem erholen.

Wie soll man das anstellen?

Man muss seine Schlafzyklen registrieren. Dazu genügt es, sich auf die Minute genau zu notieren, wann jener »tote Punkt« beginnt, der bei den meisten Menschen gegen 18 Uhr 36 einsetzt und danach alle anderthalb Stunden wiederkehrt. Hat man diesen »toten Punkt« beispielsweise um 18 Uhr 36, werden die nächsten wahrscheinlich um 20 Uhr 06, 21 Uhr 36, 23 Uhr 06 usw. erfolgen. Das sind die Augenblicke, in denen der Zug des Tiefschlafs vorbeifährt.

Wenn man in einem dieser Augenblicke einschläft und sich zwingt, drei Stunden später wieder aufzuwachen (notfalls mit Hilfe eines Weckers), kann man seinem Gehirn allmählich beibringen, die Schlafphase zu komprimieren und nur den wichtigen Teil beizubehalten. Auf diese Weise kann man sich in kürzester Zeit erholen und steht ausgeruht auf. Eines Tages wird man zweifellos Kindern in der Schule beibringen, wie sie ihren Schlaf kontrollieren können.

EDMOND WELLS

Enzyklopädie des relativen und absoluten Wissens, Bd. 3

168. Totenkult

Das Exekutionskommando kommt in einen großen Saal mit seltsamen Skulpturen: ausgeweidete Ameisen, deren Panzer in Kampfstellungen verharren.

Die Soldatinnen weichen etwas zurück. Diese zur Schau gestellten Leichen sind einfach geschmacklos! Vom Hörensagen wussten sie schon, dass die Gottgläubigen Tote konservieren, um sie besser in Erinnerung behalten zu können. Das ist pervers, denn auf diese Weise können sie nicht wieder zu Erde werden, wie es sich gehört. Außerdem stinkt der ganze Saal bestialisch nach Oleinsäure, und dieser Verwesungsgeruch ist für jede halbwegs sensible Ameise unerträglich.

Obwohl die regungslosen Panzer keinen Funken Leben mehr in sich haben, scheinen sie die Kriegerinnen zu verhöhnen.

Vielleicht ist das die große Stärke der Gottgläubigen, denkt Nr. 13. Sie üben auch nach ihrem Tod noch Einfluss aus.

Prinzessin Nr. 103 hat erzählt, dass die Finger die Geburtsstunde ihrer Zivilisation mit dem Zeitpunkt gleichsetzen, als sie aufhörten, ihre Leichen einfach auf den Müllhaufen zu werfen. Das ist einleuchtend. Wenn man Toten eine Bedeutung beimisst, so heißt das, dass man an ein Leben nach dem Tod glaubt und vom Paradies träumt. Leichen nicht wie Abfall zu behandeln ist also keineswegs so harmlos, wie man zunächst glauben könnte.

Friedhöfe sind eine Eigentümlichkeit der Finger, und in einem Ameisenbau haben sie nichts verloren, entscheidet Nr. 13, während sie das makabre Museum betrachtet.

Die Soldatinnen zertrümmern die Skulpturen. Sie reißen mit ihren Greifern die trockenen Fühler aus den hohlen Schädeln und zerlegen die Panzer mit den Mandibeln, bis nur noch unidentifizierbare Bruchstücke den Boden bedecken, aber nach getaner Arbeit haben sie das ungute Gefühl, gegen einen wehrlosen Feind gekämpft zu haben.

Durch einen Quergang gelangen sie zu einem anderen großen Saal, wo Ameisen mit aufgerichteten Antennen aufmerksam einer

Ameise lauschen, die auf einer Art Podium steht. Das muss der »Saal der Prophetien« sein, von dem die Kriegerinnen schon gehört haben.

Sie mischen sich unauffällig unter die Zuhörer. Die Predigerin ist natürlich Nr. 23, von allen Gläubigen ehrfürchtig »die Prophetin« genannt. Sie predigt, dass irgendwo in der Höhe die riesigen Finger leben, und dass diese Götter alle Handlungen der Ameisen überwachen und sie mitunter hart auf die Probe stellen würden, damit sie sich zum Glauben bekehren.

Das ist zu viel! Nr. 13 gibt ihren Kriegerinnen das Signal: *All diese verrückten Gottgläubigen töten!*

169. Die Verfolgung geht weiter

Auch das Summen von Kinderliedern vermochte Julie nicht mehr aufzumuntern.

David und sie hörten plötzlich huschende Geräusche und sahen rote Punkte. Rattenaugen! Nach den *Schwarzen Ratten* nun auch noch die echten Nagetiere, die zwar viel kleiner, dafür aber zahlreicher waren.

Julie schmiegte sich an David. »Ich habe Angst.«

David schlug die Biester mit seiner Krücke in die Flucht, aber bevor sie sich von diesem Schreck erholt hatten, hörten sie erneut Geräusche.

»Diesmal sind es keine Ratten«, flüsterte David.

Lichtstrahlen huschten über die Wände. Die jungen Leute warfen sich flach auf den Boden.

»Ich glaube, dort hinten hat sich etwas bewegt!«, rief eine Männerstimme.

»Sie kommen hierher! Jetzt bleibt uns nur noch eines übrig.« David stieß Julie ins Wasser und folgte ihr.

»Ich glaube, leises Platschen gehört zu haben«, ertönte wieder jene tiefe Stimme.

Schwere Stiefel hallten auf dem Beton. Die Polizisten richteten ihre Taschenlampen auf das schmutzige Wasser.

David drückte Julies Kopf unter Wasser, und sie hielt notgedrungen die Luft an. Ein Rattenschwanz streifte ihr Gesicht. Sie hatte gar nicht gewusst, dass Ratten unter Wasser schwimmen können. Instinktiv riss sie die Augen auf. Im Schein der Taschenlampen konnte sie sehen, welch ekelhafte Brühe sie umgab.

»Warten wir noch ein wenig«, sagte einer der Polizisten. »Wenn sie untergetaucht sind, werden sie bald Luft schnappen müssen.«

Auch David hatte die Augen geöffnet und machte Julie vor, wie man die Nase über Wasser halten konnte, ohne dass das übrige Gesicht zum Vorschein kam. Sie hatte sich oft gefragt, warum die Nase des Menschen wie ein Erker vorstand. Jetzt wusste sie es: um ihn in gefährlichen Situationen retten zu können.

»Wenn sie im Wasser wären, hätten sie längst auftauchen müssen. Niemand kann so lang die Luft anhalten. Das Platschen haben bestimmt die Ratten verursacht.«

Die Polizisten setzten ihren Weg fort, und als das Licht ihrer Taschenlampen kaum noch zu sehen war, tauchten Julie und David leise auf und atmeten begierig die stinkende Luft ein. Plötzlich wurden sie von grellem Licht angestrahlt.

»Halt! Keine Bewegung!«, befahl Kommissar Linart, Lampe und Revolver auf die beiden Revolutionäre gerichtet, während er näher kam. »Na, da hätten wir ja unsere Ameisenkönigin, Mademoiselle Julie Pinson höchstpersönlich!«

Er half seinen beiden Gefangenen, aus dem Wasser zu steigen. »Hände hoch, ihr Ameisenfans! Ihr seid verhaftet.«

»Wir haben nichts Illegales getan«, protestierte Julie schwach.

»Das wird der Richter beurteilen müssen. In meinen Augen habt ihr ein Verbrechen begangen, indem ihr Chaos in eine wohlgeordnete Welt bringen wolltet. Das verdient eine harte Strafe.«

»Aber wenn man die Welt nicht ein bisschen schüttelt, erstarrt sie und entwickelt sich nicht weiter«, entgegnete David.

»Und wer hat euch gebeten, sie zu schütteln? Leute wie ihr, die sich einbilden, die Welt verbessern zu können, lösen die schlimmsten Katastrophen aus. Das größte Unheil wurde immer von angeblichen

Idealisten angerichtet. Im Namen der Freiheit oder Menschenliebe werden unbeschreibliche Gräueltaten verübt.«

»Man kann die Welt auch gewaltlos verändern«, widersprach Julie, die unwillkürlich wieder in ihre Rolle als Revolutionärin schlüpfte.

Maximilien zuckte die Schultern. »Die Welt will nur, dass man sie in Ruhe lässt. Die Menschen möchten glücklich sein, und Glück gibt es nur, wenn sich nichts bewegt, wenn nichts in Frage gestellt wird.«

»Und wozu lebt man überhaupt, wenn man die Welt nicht verbessern will?«

»Ganz einfach, um sie zu genießen«, erwiderte der Kommissar. »Um sich an den Früchten am Baum, am warmen Regen auf dem Gesicht, am weichen Gras und der Sonne zu erfreuen. So war es einst im Paradies, und dieser Vollidiot Adam hat alles verdorben, nur weil er nach Erkenntnis strebte. Man braucht kein Wissen, man soll nur genießen, was schon vorhanden ist.«

Julie schüttelte ihre nasse schwarze Haarmähne. »Alles verändert sich doch ständig, wird größer und komplizierter. Ist es nicht ganz normal, dass jede Generation es besser zu machen versucht als die vorangegangene?«

Maximilien beharrte auf seinem Standpunkt. »Weil man etwas ›besser machen‹ wollte, wurde die Atombombe und die Neutronenbombe erfunden. Ich bin überzeugt, dass es viel vernünftiger wäre, endlich mit diesem ›Besser machen‹ aufzuhören. Wenn alle Generationen es nur noch den vorangegangenen gleichtun wollten, würde endlich Friede herrschen.«

Ein leises *Bsss* war zu hören.

»O nein, nicht auch das noch!«, rief Maximilien und zog hastig seinen Schuh aus. »Nicht hier! Hast du Lust auf eine neue Tennispartie, du vermaledeites Insekt?«

Er fuchtelte mit dem Schuh in der Luft herum und griff sich plötzlich an den Hals. »Eins zu null für dich«, murmelte er, bevor er auf die Knie sank und ohnmächtig wurde.

David blickte verblüfft auf ihn hinab.

»Gegen wen hat er gekämpft?«, fragte Julie.

Der Junge nahm dem Kommissar die Taschenlampe aus der Hand und strahlte seinen Kopf an. Ein Insekt spazierte auf der Wange herum.

»Eine Wespe!«

»Das ist keine Wespe, sondern eine fliegende Ameise. Und sie verhält sich so, als wollte sie uns etwas sagen.«

Das Insekt durchbohrte mit einer Mandibel die Haut des Polizeibeamten und schrieb langsam mit seinem Blut: *Folgt mir!*

Julie und David glaubten zu träumen, aber auf der Wange des Kommissars stand tatsächlich gekritzelt: *Folgt mir.*

»Einer Ameise folgen, die mit der Mandibel Französisch schreiben kann?«, fragte Julie skeptisch.

»In unserer Situation wäre ich sogar bereit, dem weißen Kaninchen aus Alice im Wunderland zu folgen«, meinte David.

Sie beobachteten das Insekt, das ihnen die Richtung weisen sollte, doch dazu kam das Insekt nicht mehr, denn eine hässliche Kröte voller Warzen sprang aus dem Wasser, ließ ihre lange Zunge vorschnellen und verschluckte die Ameise.

»Und wohin jetzt?«, fragte Julie ratlos.

»Zu deiner Mutter?«

»Niemals!«

»Wohin dann?«

»Zu Francine?«

»Ausgeschlossen. Die Bullen kennen bestimmt unsere Adressen und werden schon dort sein.«

Julie hatte einen Einfall. »Zum Philosophielehrer! Er hat mir einmal angeboten, dass ich mich bei ihm ausruhen könne. Er wohnt in der Nähe des Gymnasiums.«

»Einverstanden.«

Sie eilten den Weg zurück, den sie gekommen waren. Eine Ratte sprang erschrocken ins Wasser, um nicht zertreten zu werden.

170. Enzyklopädie

Der Tod des Rattenkönigs Einige Arten der Wanderratte *(Rattus norvegicus)* praktizieren etwas, das Naturforscher »die Wahl des Rattenkönigs« nennen. Die jungen Männchen duellieren sich einen ganzen Tag lang mit ihren scharfen Schneidezähnen. Die Schwächeren scheiden nach und nach aus, und schließlich stehen sich im Finale die beiden geschicktesten Kämpfer gegenüber. Der Sieger wird zum König bestimmt, weil er offensichtlich die fähigste Ratte des Stammes ist. Alle anderen huldigen ihm mit angelegten Ohren und gesenktem Kopf oder strecken ihm zum Zeichen der Unterwerfung ihr Hinterteil entgegen. Der König beißt sie in die Nase, um zu zeigen, dass er der Herrscher ist und ihre Unterwerfung akzeptiert. Man reicht ihm die beste Nahrung, man präsentiert ihm die wohlriechendsten Weibchen und reserviert ihm die bequemste Nische, damit er seinen Sieg feiern kann.

Doch kaum ist der König eingeschlafen, erschöpft von allen Genüssen, da vollzieht sich ein seltsames Ritual. Zwei oder drei der jungen Männchen, die sich unterworfen hatten, bringen ihn um und öffnen ihm den Schädel. Sie holen das Gehirn vorsichtig heraus und verteilen es an alle Stammesmitglieder. Zweifellos glauben sie, dass auf diese Weise etwas von den besonderen Gaben des Königs auf sie übergehen wird.

Auch die Menschen lieben es, Könige zu krönen, nur um sie später mit wahrer Wonne umzubringen. Seien Sie deshalb vorsichtig, wenn man Ihnen einen Thron anbietet: Es könnte der des Rattenkönigs sein!

Edmond Wells

Enzyklopädie des relativen und absoluten Wissens, Bd. 3

171. Treibjagd

Vernichten!

Das Kommando greift die Gottgläubigen an. Prophetin Nr. 23 begreift viel zu spät, was vor sich geht. Alarmpheromone steigen auf, und es entsteht ein riesiges Durcheinander.

Überall brechen Gläubige zusammen, strecken ihre Beine aus, um ein sechsarmiges Kreuz zu bilden, und sterben mit dem Bekenntnis auf den Fühlern:

Die Finger sind unsere Götter.

Nr. 23 ruft ihren Anhängerinnen zu: *Ihr müsst mich retten!*

Zur Religion gehört nicht nur der Totenkult, sondern auch die Vorrangstellung der geistlichen Würdenträger. Gläubige Soldatinnen scharen sich um Nr. 23 und schützen sie mit ihren eigenen Körpern, während drei kräftige Arbeiterinnen einen Fluchtweg graben.

Die Finger sind unsere Götter.

Der Saalboden ist mit kreuzförmig daliegenden Leichen übersät. Um zu verhindern, dass mit ihnen erneut der abscheuliche Totenkult betrieben wird, schneidet das Exekutionskommando ihnen die Köpfe ab. Diese Enthauptungen kosten aber viel Zeit, und Nr. 23 nutzt die Gelegenheit, mit einigen Überlebenden des Massakers durch den soeben gegrabenen Gang zu flüchten. Das Kommando nimmt die Verfolgung auf, und wieder stellen sich die Gläubigen schützend vor ihre Prophetin. Erstmals in der Geschichte sind Ameisen bereit, für eine herausragende Artgenossin zu sterben. Nicht einmal die Königinnen konnten jemals mit solcher Hingabe rechnen.

Die Finger sind unsere Götter.

Jede Gläubige stößt in der Todessekunde diesen Pheromonruf aus.

Außer Nr. 23 sind nur noch zehn Gläubige am Leben, und das Kommando bleibt ihnen dicht auf den Fersen. Plötzlich versperrt ihnen auch noch ein Regenwurm den Weg. Nr. 23 ermutigt ihre erschöpften und verletzten Anhängerinnen: *Folgt mir!*

Zur größten Verwunderung der anderen stürzt sie auf den Wurm zu und schlitzt ihm mit einer Mandibel die Seite auf. Sie bedeutet ihren Gefährtinnen, durch diese Öffnung ins Innere des Wurms zu klettern, der zum Glück so fett ist, dass die ganze Gruppe in ihm Platz hat, ohne ihn zu töten.

Der Wurm windet sich verständlicherweise, als die Insekten in seinen Körper eindringen, doch schließlich setzt er seinen Weg fort. Nr. 23 hat soeben die Untergrundbahn als Transportmittel erfunden.

172. Beim Philosophielehrer

Der Philosophielehrer war nicht sonderlich überrascht, als David und Julie bei ihm klingelten; er erklärte sich sofort bereit, sie zu beherbergen.

Julie stürzte unter die Dusche und wusch den grässlichen Dreck und Gestank der Kanalisation von sich ab. Ihre Kleidung warf sie in einen Müllbeutel und streifte einen Jogginganzug des Lehrers über.

»Danke, Monsieur, Sie haben uns gerettet«, sagte David, nachdem auch er sich gewaschen und einen Jogginganzug angezogen hatte.

Sie saßen im Wohnzimmer, und der Lehrer bot ihnen Wein und Erdnüsse an, bevor er in die Küche ging, um ihnen etwas zu essen zu machen.

David und Julie verschlangen die kleinen Sandwiches mit Lachs, Eiern und Kapern.

Der Lehrer schaltete den Fernseher ein. Am Ende der Regionalnachrichten kam ein Bericht über die Schülerrevolte. Marcel Vaugirard interviewte einen Polizisten, der erklärte, diese sogenannte *»Revolution der Ameisen«* sei in Wirklichkeit das Werk einer Anarchistengruppe, die unter anderem dafür verantwortlich wäre, dass ein Verletzter im Koma liege. Sein Foto wurde gezeigt.

»Narcisse im Koma?«, rief David entsetzt.

Auch Julie konnte es nicht fassen. Sie hatte zwar gesehen, dass der junge Modeschöpfer von den *Schwarzen Ratten* zusammengeschlagen und von einem Krankenwagen abtransportiert worden war, aber sie hatte nicht gedacht, dass er so schwer verletzt sein könnte.

»Wir müssen ihn besuchen«, reagierte sie impulsiv.

»Das ist unmöglich«, erwiderte David. »Man würde uns im Krankenhaus sofort festnehmen.«

Er hatte natürlich Recht. Nach ihnen allen wurde gefahndet, und auf einem Foto von ihrer Gruppe konnte man sie deutlich erkennen. Immerhin waren David und Julie froh, auf diese Weise zu erfahren, dass auch den anderen die Flucht gelungen war.

»Das ist ja wirklich eine tolle Geschichte, Kinder«, kommentierte der Lehrer. »Ihr werdet hierbleiben müssen, bis die Aufregung sich etwas gelegt hat.«

Er stellte ihnen Joghurt als Nachtisch hin und ging wieder in die Küche, um Kaffee zu machen.

Julie kochte vor Wut, als im Fernsehen die von der *Revolution der Ameisen* angerichteten Verwüstungen gezeigt wurden: verschmutzte Klassenzimmer, zerfetzte Laken und Decken, verbrannte Möbel ...

»Wir haben bewiesen, dass eine gewaltlose Revolution möglich ist, aber sogar das wollen sie uns nehmen!«

»Durchaus verständlich«, sagte der Lehrer nüchtern, »nachdem es eurem Freund Narcisse offenbar ziemlich schlecht geht.«

»Aber es waren doch die *Schwarzen Ratten*, die ihn zusammengeschlagen haben! Das sind ganz üble Provokateure«, empörte Julie sich.

»Unsere Revolution ist wirklich sechs Tage lang ohne jede Gewalt ausgekommen«, betonte auch David.

Der Lehrer schnitt eine Grimasse. »Ihr begreift eines nicht, meine Freunde. Ohne Gewalt ist eine Bewegung nicht spektakulär genug, um die Medien zu interessieren. Kein Mensch hat von eurer Revolution Notiz genommen – eben weil sie gewaltlos war. Heutzutage muss man unbedingt in die Zwanzig-Uhr-Nachrichten kommen, wenn man auf sich aufmerksam machen will, aber die Nachrichten berichten nur über etwas, wenn es Tote oder Verletzte gegeben hat. Ob nun Kriege, Erdbeben oder Autounfälle – Hauptsache, es fließt viel Blut! Ihr hättet mindestens einen Polizisten umbringen sollen. Weil ihr unbedingt gewaltlos vorgehen wolltet, habt ihr keine Revolution gemacht, sondern nur auf dem Schulhof gefeiert und randaliert.«

»Das ist doch nicht Ihr Ernst?«, rief Julie entrüstet.

»Ich bin nur realistisch, weiter nichts. Es war ein Glück für euch, dass diese jungen Faschisten angegriffen haben, denn andernfalls hättet ihr euch der Lächerlichkeit preisgegeben. Jugendliche aus guten Familien, die ein Gymnasium besetzen, um Schmetterlingskleider zu fabrizieren – das ruft keine Bewunderung, sondern nur spöttisches Lachen hervor. Ihr solltet diesen Burschen dankbar sein, dass sie euren Freund ins Koma befördert haben. Wenn er stirbt, habt ihr wenigstens einen Märtyrer.«

Julie wusste selbst, dass ihre Revolution nicht ernst genommen worden war, weil sie Gewaltlosigkeit gepredigt hatte; dabei hatte sie sich doch genau an die Empfehlungen der *Enzyklopädie* gehalten. Und dass eine gewaltlose Revolution möglich war, hatte Gandhi längst bewiesen!

»Ihr habt die ganze Sache verpfuscht«, fuhr der Lehrer fort.

»Immerhin haben wir solide Firmen gegründet«, widersprach David. »In wirtschaftlicher Hinsicht war unsere Revolution ein Erfolg.«

»Na und? Das interessiert doch keinen Menschen. Wenn bei irgendeinem Ereignis keine Fernsehkameras dabei sind, ist es so, als hätte es nie stattgefunden.«

»Aber wir haben unser Schicksal selbst in die Hand genommen«, beharrte David. »Wir wollten eine Gesellschaft ohne Gott und Meister begründen, genau wie Sie es uns geraten haben.«

Der Lehrer hob die Schultern. »Genau da drückt der Schuh! Ihr habt es versucht, aber nicht geschafft. Ihr habt eine Farce daraus gemacht.«

»Unsere Revolution gefällt Ihnen also nicht?« fragte Julie, die sich über seinen scharfen Ton wunderte.

»Nein, sie gefällt mir überhaupt nicht. Wie bei allen anderen Dingen, so gibt es auch bei Revolutionen feste Regeln, an die man sich halten muss. Wenn ich euch Noten geben müsste, so bekämt ihr eine Fünf. Hingegen würde ich den *Schwarzen Ratten* eine Eins zubilligen.«

»Ich verstehe Sie nicht«, murmelte Julie.

Der Lehrer holte eine Zigarre aus seinem Humidor, zündete sie an und rauchte genüsslich. Erst als Julie bemerkte, dass er ständig auf die Wanduhr schaute, ging ihr ein Licht auf. Er provozierte sie nur, um ihre Aufmerksamkeit abzulenken.

Sie sprang auf, aber es war schon zu spät. Auf der Straße heulte eine Polizeisirene.

»Sie haben uns verraten!«

»Das war notwendig«, sagte der Lehrer, mied aber ihren anklagenden Blick.

»Wir haben Ihnen vertraut, und Sie haben uns verraten.«

»Ich helfe euch nur, zur nächsten Etappe überzugehen. Ich vervollkommne eure revolutionäre Erziehung. Alle Revolutionäre waren irgendwann im Gefängnis. Und als Märtyrer werdet ihr wahrscheinlich überzeugender sein als in der Rolle gewaltloser Utopisten. Mit etwas Glück könnten diesmal vielleicht sogar Journalisten zur Stelle sein.«

Julie konnte sein Verhalten immer noch nicht fassen. »Aber Sie sagten doch selbst, nur Dummköpfe seien mit zwanzig keine Anarchisten!«

»Gewiss, aber ich sagte auch, noch törichter sei es, mit über dreißig immer noch Anarchist zu sein.«

»Sie sagten, Sie seien neunundzwanzig!«, warf David ihm vor.

»Tut mir leid, aber gestern bin ich dreißig geworden.«

David packte Julie am Arm. »Komm! Merkst du nicht, dass er uns nur aufhalten möchte, bis die Polizei hier ist? Vielleicht haben wir noch eine kleine Chance zu entkommen. Danke für die Sandwiches, Monsieur.«

Er schob Julie zur Tür hinaus. Unten am Eingang stand vielleicht schon der Polizeiwagen, deshalb rannten sie die Treppen bis zum Speicher hinauf, fanden eine Dachluke, flüchteten über die Dächer und ließen sich an einer Regenrinne hinab, wobei David seine Krücke in den Mund nehmen musste.

Es war ein schöner Abend, und viele Menschen waren unterwegs. Julie befürchtete, dass jemand sie entdecken könnte, doch gleichzeitig wünschte sie sich, ein Bewunderer würde sie erkennen und ihr seine Hilfe anbieten. Aber niemand beachtete sie. Die Revolution war tot, und sie war keine Königin mehr.

Die Polizei war ihnen dicht auf den Fersen, und Julie war todmüde. Als sie die blinkende Lichtreklame eines Kaufhauses sah, fiel ihr ein, dass die *Enzyklopädie* empfahl, auf Zeichen aller Art zu achten. »Hier finden Sie alles, was Sie brauchen«, stand auf einem Werbeplakat.

»Nichts wie rein!«, rief sie David zu.

Im Gewühl der Kunden konnten sie untertauchen. Es gelang ihnen, die Abteilung für »Junge Mode« zu erreichen, und dort stellten sie sich zwischen die Wachspuppen. Mimikry, die passive Verteidigungsmethode mancher Insekten …

Die Polizisten unterhielten sich mit Kaufhausdetektiven und gingen gleich darauf dicht an ihnen vorbei, ohne sie zu bemerken.

Und wohin jetzt?

In der Spielwarenabteilung fiel ihnen ein großes rosa Nylonzelt ins Auge. Sie krochen hinein und schliefen völlig erschöpft ein.

173. Finstere Nacht

Die Gläubigen unternehmen eine Reise in der stinkenden und schleimigen Finsternis des Darms, umgeben von zuckenden Eingeweiden. Kein angenehmer Aufenthaltsort, aber immerhin besser als der sichere Tod, der ihnen draußen beschieden wäre.

Jetzt, da sie im Innern des Wurms sitzen, begreifen sie, wie er sich fortbewegt: Er schluckt Erde, lässt sie den Verdauungstrakt passieren und scheidet sie sofort durch den Anus wieder aus. Eine Art Triebwerk – einsaugen, ausstoßen, einsaugen, ausstoßen …

Die Ameisen drücken sich an die Wände, um von den ekligen Kugeln wenigstens nicht direkt getroffen zu werden, während der Regenwurm gemächlich das neue Bel-o-kan durchquert. Zwischen Ameisen und Regenwürmern besteht im Allgemeinen ein gutes Einvernehmen. Die Ameisen erlauben den Würmern, sich in ihren Städten aufzuhalten, und ernähren sie, und dafür legen die Würmer breite Stollen an, die die Arbeiterinnen nur noch abzustützen brauchen.

Trotzdem fühlen sich die Gottgläubigen in ihrer stinkenden Untergrundbahn begreiflicherweise nicht wohl. *Wohin sind wir eigentlich unterwegs?*, fragt eine von ihnen die Prophetin.

Nr. 23 antwortet ausweichend, in dieser Situation könne nur ein Wunder sie retten. Sie bete schon die ganze Zeit, dass die Götter ihnen zu Hilfe kommen mögen.

Der Regenwurm hat die Kuppel erreicht, doch kaum dass er seinen Kopf durch das Stadttor geschoben hat, da schießt auch schon eine Meise herab und packt ihn, ohne zu wissen, dass er Insassen befördert.

Was ist jetzt los?, ruft eine Ameise, die an der Druckveränderung spürt, dass sie in die Höhe gehoben werden.

Ich glaube, diesmal haben die Götter uns erhört! Sie laden uns in ihre Welt ein, verkündet die Prophetin salbungsvoll, während sie mit ihren Gefährtinnen in den Magen der Meise gleitet, die hoch in die Lüfte emporsteigt.

174. ENZYKLOPÄDIE

Interpretation der Religion in Yucatán In einem mexikanischen Indianerdorf namens Chicumac, in Yucatán gelegen, haben die Bewohner eine höchst seltsame Art der Religionsausübung.

Im 16. Jahrhundert wurden sie von den Spaniern gezwungen, zum Katholizismus zu konvertieren, doch weil diese Region so abgelegen war, wurden nach dem Tod der ersten Missionare keine Priester mehr dorthin entsandt. Trotzdem feierten die Menschen von Chicumac weiterhin die katholische Messe, und weil sie nicht lesen und schreiben konnten, wurden Gebete und Rituale mündlich überliefert.

Als es in unserem Jahrhundert nach der Revolution in Mexiko endlich wieder eine stabile Regierung gab, sandte man Beamte in die entlegensten Gegenden, um eine effektive Verwaltung zu ermöglichen. So kam im Jahre 1925 ein Beamter auch nach Chicumac und wohnte dort der Messe bei. Er staunte, dass die lateinischen Gesänge über die Jahrhunderte hinweg kaum entstellt worden waren. Allerdings gab es beim Gottesdienst eine kleine Besonderheit: Als Priester und Messdiener fungierten drei Affen! Weil es in ihrem abgelegenen Dorf keine Priester gab, hatte sich diese Tradition über die Jahrhunderte hindurch bewährt, und so standen denn bei jeder Messe drei Affen am Altar – eine im Katholizismus wohl einmalige Erscheinung.

EDMOND WELLS

Enzyklopädie des relativen und absoluten Wissens, Bd. 3

175. Im Kaufhaus

»Mama, schau mal, in dem Indianerzelt sind Leute!«

Ein Kind deutete mit dem Finger auf sie.

Julie und David wussten im ersten Augenblick nicht, warum sie in Jogginganzügen in einem Zelt geschlafen hatten, aber sobald es ihnen einfiel, machten sie sich rasch aus dem Staub, bevor jemand auf die Idee kommen würde, die Kaufhausdetektive zu rufen.

In der Lebensmittelabteilung war schon morgens viel los. Eilige Kunden schoben ihre Einkaufswagen durch die Gänge, wobei sie sich unwillkürlich im Rhythmus von Vivaldis *Frühling* bewegten, der aus den Lautsprechern hallte – besonders schnell gespielt, weil die Kunden bei ihren Einkäufen nicht trödeln sollten.

Alles ist Rhythmus. Wer die Rhythmen kontrolliert, ist auch Herr über den Herzschlag.

Rote Plakate zogen die Blicke auf sich: »Sonderangebot«, »Preisschlager«, »Zwei zum Preis von einem« … Dieser maßlose Überfluss, dieses Schlemmerparadies konnte nicht von Dauer sein, davon waren die meisten Menschen überzeugt, und die Zeitungen bestärkten sie in der Überzeugung, dass die Wohlstandsgesellschaft nur eine kurze Übergangsphase zwischen zwei Krisen war. Umso mehr wollten sie im Luxus schwelgen, solange es noch möglich war.

Lebensmittel, Lebensmittel, so weit das Auge reichte …

Konserven, Tiefkühlkost, Milchprodukte, Fleisch … Pflanzliche, tierische und chemische Produkte in ansprechender Verpackung, dem grenzenlosen Einfallsreichtum gewiefter Geschäftsleute entsprungen.

In der Süßwarenabteilung rissen einige Kinder Kekspakete auf, ohne ans Bezahlen zu denken. Julie und David machten es ihnen nach, weil sie kein Geld bei sich hatten, und die Kinder amüsierten sich so darüber, dass Erwachsene sich genauso unkorrekt benahmen wie sie selbst, dass sie ihnen auch noch Karamellbonbons, Marshmallows und Kaugummi anboten. Das war zwar nicht das Traumfrühstück der beiden Flüchtlinge, aber immerhin war es besser als gar nichts, wenn man Hunger hatte.

Nach dieser Stärkung schlenderten sie möglichst unauffällig in Richtung der Kassen, wo es einen von zwei Videokameras überwachten Durchgang für »Kunden ohne Einkäufe« gab. Sie passierten ihn ungehindert, doch gleich darauf hatte David das Gefühl, verfolgt zu werden, und er empfahl Julie leise, schneller zu gehen. Aus den Lautsprechern erscholl jetzt *Stairway to Heaven* von Led Zeppelin, ein Stück, das langsam begann und gegen Schluss ein rasantes Tempo vorlegte; deshalb taten sie so, als würden sie von der Musik zu einer schnelleren Gangart beflügelt, aber der Mann hinter ihnen machte plötzlich auch größere Schritte. Jetzt bestand für David kein Zweifel mehr daran, dass das ein Kaufhausdetektiv war, der es auf sie abgesehen hatte. Entweder war er durch die Überwachungskameras darauf aufmerksam geworden, dass sie ein paar Kekse geklaut hatten, oder aber er hatte sie nach den Fahndungsfotos erkannt.

David wusste genau, dass man vor Polizisten und Hunden nie wegrennen durfte, aber in seiner Angst vergaß er diese Grundregel. Die Strafe folgte auf dem Fuße: Der Detektiv zog eine Signalpfeife aus der Tasche und pfiff so schrill, dass alle Kunden erschrocken zusammenzuckten. Erfreut über die Abwechslung, ließen einige Verkäufer sofort ihre eintönige Arbeit im Stich und nahmen die Verfolgung der Ladendiebe auf.

Julie und David rannten durch die Eingangstür ins Freie, aber das Personal blieb ihnen dicht auf den Fersen. Eine dicke Verkäuferin schwenkte drohend eine Spraydose mit Tränengas, ein Lagerist hatte sich mit einer Eisenstange bewaffnet, und der Detektiv brüllte: »Haltet die Diebe! Haltet die Diebe!«

Die Lage schien hoffnungslos, doch plötzlich kam ein Auto angebraust, bremste scharf, die Tür flog auf, und eine Frau, deren Gesicht hinter einem Kopftuch und einer großen Sonnenbrille verborgen war, rief: »Steigt schnell ein!«

176. Die Sorgen einer Regentin

Alle Gottgläubigen sind liquidiert. Nun ist nur noch ihr Totem übrig, jenes weiße Schild, das sie verehrt haben.

Prinzessin Nr. 103 beauftragt die Ingenieure des Feuers, es verschwinden zu lassen. Welkes Laub wird zuhauf zusammengetragen und unter tausend Vorsichtsmaßnahmen mit einem glühenden Zweig angezündet. Das weiße Schild geht wunschgemäß in Flammen auf, und die Prinzessin ist sehr beruhigt, als nur noch ein Häuflein Asche davon übrig bleibt. Hätte sie lesen können, wäre sie sehr erstaunt über den Text des von ihr als enorme Bedrohung eingestuften Schilds gewesen: *Vorsicht, Brandgefahr! Keine glühenden Zigaretten wegwerfen!*

Nr. 103 weiß, dass die Prophetin dem Exekutionskommando entkommen ist, aber das stört sie nicht, denn als Flüchtling wird diese Nr. 23 nie mehr großen Einfluss ausüben können. Ihre letzten überlebenden Anhängerinnen haben sich schon unterworfen.

Prinz Nr. 24 gesellt sich zu ihr.

Wozu dieser Extremismus – »glauben« oder »nicht glauben«? Es ist dumm, die Existenz der Finger zu leugnen, aber genauso dumm ist es, sie als Götter zu verehren.

Für Nr. 103 besteht das einzig vernünftige Verhalten gegenüber den Fingern darin, mit ihnen zu diskutieren und zu versuchen, sich gegenseitig zu bereichern.

In ihre Hauptstadt zurückgekehrt, steigt die Prinzessin wie so oft auf die Kuppel und blickt auf ihr Reich hinab. Es ist wirklich keine leichte Aufgabe, Regentin zu sein! Auf ihrem dünnen Panzer ruht so viel Verantwortung … Und als wäre diese Sorgenlast nicht genug, hat sie auch noch körperliche Beschwerden: Ihr wachsen Flügel, und ihre Stirn wird just an der Stelle, wo sich die Nagellackmarkierung befindet, von drei warzenartigen Gebilden verunstaltet: Ozellen, die ihr das Infrarotsehen ermöglichen.

Natürlich kann sie stolz auf alles bisher Geleistete sein. Das neue Bel-o-kan ist eine moderne Großstadt, die sich sehr schnell entwickelt, seit die Ameisen gelernt haben, mit Hilfe des Feuers die Nacht zu besiegen. Nun können sie 24 Stunden am Tag arbeiten, ohne von der Abendkälte gelähmt zu werden.

Die Prinzessin weiß, dass die Finger in der Natur sogenannte Metalle finden, die sie schmelzen, um dann harte Gegenstände daraus zu fertigen. Sie hat schon Kundschafterinnen ausgesandt, die nach diesen Metallen suchen sollten, und es wurden alle möglichen bizarren Steine angeschleppt, aber bisher ist keiner im Feuer geschmolzen.

Nr. 24 arbeitet weiterhin fleißig an seinem Roman *Die Finger* und erfindet Szenen, in denen diese riesigen Tiere sich bekämpfen oder paaren. Über Details informiert er sich bei Nr. 103, aber meistens verlässt er sich auf seine Fantasie. Schließlich will er ja kein Sachbuch schreiben.

Nr. 7 ist die Leiterin der großen Kunstateliers. Mittlerweile gibt es kaum noch eine Ameise in der Stadt, deren Panzer nicht mit irgendeinem hübschen Motiv verziert ist – am beliebtesten sind Löwenzahn, Herbstzeitlose und Feuer in allen Variationen.

Kaum eine Königin hat jemals so viel Ansehen genossen wie Nr. 103, die ihren Untertanen so viele segensreiche Errungenschaften beschert hat: Technik, Kunst, nächtliche Kampfstrategien … Trotzdem gibt es ein großes Problem, über das viel geredet wird: ihre Kinderlosigkeit. Sie sorgt zwar dafür, dass es keinen Bevölkerungsschwund gibt, indem sie ganze Kolonien fremder Ameisenvölker aufnimmt, aber die roten Ameisen können nicht verstehen, warum Prinzessin Nr. 103 und Prinz Nr. 24 nicht endlich für Nachkommen sorgen. Ohne Brutkammern ist eben keine noch so moderne Stadt vollkommen!

Prinz und Prinzessin sind sich dieser Missstimmung der Bevölkerung durchaus bewusst, und die Förderung von Kunst und Wissenschaft dient nicht zuletzt dazu, von ihrem eigenen Versagen abzulenken.

177. Gedächtnispheromon: Medizin

Speichlerin: Nr. 10

MEDIZIN:

Die Finger haben die Kräfte der Natur vergessen.

Sie haben vergessen, dass es natürliche Heilmittel gegen ihre Krankheiten gibt.

Deshalb haben sie eine Wissenschaft namens »Medizin« erfunden.

Diese Wissenschaft besteht darin, Hunderte von Mäusen mit irgendeiner Krankheit anzustecken und ihnen dann künstlich erzeugte Mittel zu verabreichen.

Wird eine Maus von diesem Mittel gesund, bekommen es anschließend auch die Finger.

178. Rettung in letzter Minute

Die Wagentür stand weit offen, und das Personal des Kaufhauses kam immer näher. Der Detektiv würde sie höchstwahrscheinlich der Polizei übergeben, deshalb sprangen Julie und David lieber schnell ins Auto der Unbekannten, die sofort davonbrauste.

»Wer sind Sie?«, fragte Julie.

Die Fahrerin nahm ihre große Sonnenbrille ab – und Julie schnappte nach Luft.

Ihre Mutter!

Sie wollte aus dem fahrenden Auto springen, aber David hielt sie fest. Familie war immer noch besser als die Polizei.

»Was machst du denn hier, Mama?«, seufzte Julie.

»Ich habe dich gesucht. Du bist tagelang nicht nach Hause gekommen. Eigentlich wollte ich eine Vermisstenanzeige aufgeben, aber mir wurde gesagt, mit neunzehn wäre es dir erlaubt zu übernachten, wo immer du wolltest. An den ersten Abenden war ich wahnsinnig wütend auf dich und überlegte mir, wie ich dich nach deiner Rückkehr bestrafen könnte. Und dann erfuhr ich durch die Zeitungen und durchs Fernsehen, was du gemacht hast.«

Sie fuhr so schnell, dass Fußgänger zur Seite springen mussten.

»Im ersten Moment dachte ich, du wärst noch viel schlimmer, als ich geglaubt hatte, aber dann habe ich lange nachgedacht, und allmählich habe ich begriffen, dass deine Aggressivität mir gegenüber nur die Reaktion auf Fehler war, die mir selbst unterlaufen sind. Ich hätte dich als eigenständigen Menschen und nicht als mein Eigentum behandeln sollen, dann wären wir bestimmt Freundinnen geworden, denn ich finde dich außerordentlich sympathisch, und mir gefällt sogar deine Revolte. Als Mutter habe ich offenbar versagt, aber ab jetzt werde ich mich bemühen, dir eine gute Freundin zu sein. Deshalb habe ich dich gesucht.«

Julie traute ihren Ohren nicht. »Aber wie hast du mich gefunden?«

»Vorhin hörte ich im Radio, du seist im Westviertel der Stadt auf der Flucht, und da dachte ich mir, das wäre eine gute Chance zur Wiedergutmachung. Ich bin losgefahren und habe gebetet, dass ich dich vor der Polizei finden möge. Und Gott hat meine Gebete erhört …«

Sie bekreuzigte sich rasch.

»Würdest du uns bei dir aufnehmen?«, fragte Julie.

»Das geht leider nicht. Vor dem Kaufhaus hat sich bestimmt irgendjemand mein Autokennzeichen notiert, und es wird nicht lange dauern, bis die Polizei bei mir vor der Tür steht. Nein, ihr müsst an einem Ort untertauchen, wo die Bullen euch nicht finden können.«

Sie hatten die Stadt hinter sich gelassen und fuhren in westlicher Richtung. In der Ferne tauchten Bäume auf.

Der Wald.

»Dein Vater hat oft gesagt, wenn er eines Tages große Probleme hätte, würde er hierher gehen. ›Die Bäume beschützen jeden, der sie höflich darum bittet‹, hat er mir erklärt. Ich weiß nicht, ob du das inzwischen begriffen hast, Julie, aber dein Vater war wirklich ein großartiger Mensch.«

Sie hielt an und wollte Julie einen Fünfhundert-Franc-Schein geben, aber das Mädchen schüttelte den Kopf.

»Im Wald werde ich kein Geld brauchen. Aber ganz bestimmt lasse ich dir eine Nachricht zukommen, sobald ich kann.«

Sie stiegen aus, und Julies Mutter hob grüßend die Hand. »Das brauchst du nicht. Leb dein eigenes Leben. Zu wissen, dass du frei bist, wird mich über deine Abwesenheit hinwegtrösten.«

Julie wusste nicht, was sie sagen sollte. Es war viel leichter, sich scharfe Wortgefechte zu liefern, als auf Herzlichkeit und Verständnis die richtige Antwort zu finden. Stattdessen umarmte sie ihre Mutter, und einen Augenblick lang hielten sie sich fest.

»Auf Wiedersehen, meine kleine Julie!«

»Mama …«

»Was, mein Mädchen?«

»Danke!«

Die Frau blickte ihrer Tochter und dem jungen Mann nach, bis sie zwischen den Bäumen verschwunden waren, bevor sie losfuhr.

David und Julie hatten den Eindruck, als würde der Wald sie willkommen heißen. Vielleicht gehörte es zu den globalen Strategien des Waldes auf diese Art gegen die Menschen zu kämpfen, indem den Verbannten Schutz bot.

Auf schmalen Pfaden drangen sie tiefer ins Gestrüpp ein, und plötzlich bemerkte Julie eine fliegende Ameise, die über ihrem Kopf schwebte und ihn sodann zu umkreisen begann.

»David, ich glaube, diese Ameise interessiert sich für uns!«

»Glaubst du, dass sie zur gleichen Kategorie wie die in der Kanalisation gehört?«

»Das werden wir gleich sehen.«

Sie streckte die Hand mit breit gespreizten Fingern aus, damit die fliegende Ameise einen möglichst großen Landeplatz hatte. Das Insekt setzte sanft auf und lief hin und her.

»Sie will schreiben, genau wie die andere!«

Julie riss eine dunkle Beere ab und drückte sie auf ihrer Hand aus. Die Ameise tauchte sofort ihre Mandibel in diese Tinte.

Folgt mir.

»Entweder ist unserer Freundin von gestern Abend die Flucht aus dem Krötenmaul gelungen, oder aber dies hier ist ihre Zwillingsschwester«, kommentierte David.

Sie betrachteten das Insekt, das auf sie zu warten schien.

»Was sollen wir machen?«, fragte David.

»Wir haben doch nichts zu verlieren.«

Das Insekt flog vor ihnen her, in südwestliche Richtung. Sie kamen an allen möglichen seltsamen Bäumen vorbei: Weißbuchen mit schirmförmigem Astwerk, Zitterpappeln mit gelber Rinde und Eschen, deren Blätter nach Mannazucker rochen.

Als die Dunkelheit hereinbrach, verloren sie ihre Führerin aus den Augen.

»Schade …«, seufzte Julie.

Da tauchte ein winziges Licht vor ihnen auf. Das rechte Auge der fliegenden Ameise blinkte wie ein Leuchtturm.

»Ich dachte immer, Leuchtkäfer wären die einzigen Insekten, die Licht ausstrahlen«, sagte Julie.

»Mmmmm … Weißt du, ich glaube schon lange, dass unsere Freundin keine echte Ameise ist. Keine Ameise kann schreiben und ihre Augen aufleuchten lassen.«

»Was dann?«

»Es könnte sich um einen winzigen ferngesteuerten Roboter in Form einer fliegenden Ameise handeln. Ich habe einmal eine Fernsehreportage über dieses Thema gesehen. Dort wurden Ameisenroboter gezeigt, die für die Eroberung des Planeten Mars von der NASA konstruiert worden sind. Allerdings waren sie viel größer als diese hier. Eine solche Miniaturarbeit ist kaum vorstellbar.«

Sie wurden von wütendem Gebell aufgeschreckt. Polizeihunde!

Die Ameise leuchtete ihnen, während sie davonrannten, aber die Hunde waren schneller, zumal David durch sein Bein behindert war. Mit Hilfe seiner Krücke versuchte er die geifernden Biester abzuwehren, die auch nach der fliegenden Ameise schnappten.

»Trennen wir uns«, schlug Julie vor. »Vielleicht gelingt dann wenigstens einem von uns die Flucht!«

Ohne Davids Antwort abzuwarten, rannte sie davon. Eine Meute Doggen folgte ihr bellend, fest entschlossen, sie in Stücke zu reißen.

179. Enzyklopädie

Langstreckenlauf Wenn Windhund und Mensch ein Wettrennen veranstalten, kommt der Hund immer als Erster an. Der Windhund hat – proportional zum Gewicht – die gleiche Muskelkapazität wie der Mensch, folglich müssten beide logischerweise gleich schnell rennen. Warum gewinnt trotzdem immer der Hund? Der Grund ist, dass der Mensch stets die Ziellinie anvisiert. Er hat beim Rennen ein ganz bestimmtes Ziel im Kopf, während der Hund einfach drauflos rennt.

Indem man sich feste Ziele setzt, verliert man unglaublich viel Energie. Man darf nicht an das Ziel denken, man muss nur vorankommen wollen. Auf diese Weise ist es einem sogar möglich, die doppelte Strecke mühelos zurückzulegen.

Edmond Wells

Enzyklopädie des relativen und absoluten Wissens, Bd. 3

180. Wiederaufnahme

Die Prinzessin hält sich in ihrem Gemach auf, und Prinz Nr. 24 umkreist sie aus unerfindlichen Gründen. Im alten Bel-o-kan haben manche Ammen behauptet, wenn ein Männchen ein Weibchen umkreise, ohne dass es zu einer Paarung käme, lade sich die Luft mit erotischer Spannung auf.

Nr. 103 glaubt im Allgemeinen nicht an solche Ammenmärchen, aber sie muss zugeben, dass dieses nervöse Tänzeln ihres Freundes sie nicht ganz kalt lässt. Rasch versucht sie, an etwas anderes zu denken. Ihre neueste Idee ist die Konstruktion eines Drachens. Seit sie beobachtet hat, dass Pappelblätter nicht senkrecht zu Boden fallen, sondern spiralförmig herabschweben, hält sie es durchaus für möglich, Ameisen unter Ausnutzung der Luftströmungen durch die Lüfte segeln zu lassen. Man muss nur noch das Problem der Richtungskontrolle lösen.

Kundschafterinnen melden, dass neue Städte im Osten sich der Föderation anschließen möchten. Bis vor kurzem gehörten nur 64 Städte roter Ameisen dieser Föderation an, und nun sind es schon fast 350, in denen mindestens ein Dutzend verschiedener Arten vertreten sind. Sogar einige Wespennester und Termitenbauten führen schon Verhandlungen mit Neo-Bel-o-kan.

Jede neu hinzugekommene Stadt erhält die Duftfahne der Föderation und einen glühenden Zweig, Letzteren mit genauen Gebrauchsanweisungen: Das Feuer von trockenen Blättern fernhalten. Bei Wind kein Feuer entfachen. Im Innern der Stadt keine Blätter verbrennen, weil sonst Erstickungsgefahr durch starke Rauchentwicklung besteht. Feuer ohne Erlaubnis der Hauptstadt niemals als Waffe einsetzen. Auch die Funktionsweise von Hebel und Rad wird den neuen Verbündeten erklärt, damit sie in ihren eigenen Labors Forschung betreiben können.

Manchen Ameisen wäre es lieber, wenn Bel-o-kan seine technologischen Errungenschaften geheim halten würde, aber die Prinzessin möchte alle Insekten daran teilhaben lassen, sogar auf die Gefahr hin, eines Tages mit diesen Waffen angegriffen zu werden. Das ist eine politische Entscheidung.

Seit die Ameisen wissen, dass Feuer im zivilen Bereich eine ausgezeichnete Energiequelle ist, begreifen sie, warum die Finger, die seit über 10 000 Jahren damit umzugehen verstehen, einen solchen Vorsprung gegenüber anderen Tierarten gewonnen haben.

Die Finger …

Mittlerweile wissen alle Städte der Föderation, dass die Finger weder Ungeheuer noch Götter sind und dass Nr. 103 eine Allianz zwischen Fingern und Ameisen anstrebt. Nr. 24 erklärt das Problem in seinem Roman mit zwei lapidaren Sätzen:

Zwei Welten betrachten einander – eine unendlich kleine und eine unendlich große. Werden sie zu gegenseitigem Verständnis gelangen können?

Manche Ameisen befürworten diese Allianz, andere lehnen sie ab, aber alle denken über die Vorteile und Gefahren nach, die sie bieten könnte. Vielleicht kennen die Finger ja außer dem Feuer, dem Hebel und Rad auch noch andere Geheimnisse, von denen die Ameisen nichts ahnen.

Nur die Zwerginnen und ihre Verbündeten beharren weiterhin darauf, dass man die Föderation mit all diesen perversen Neuerungen vernichten müsse. Nach der schrecklichen Niederlage bei der nächtlichen Schlacht der Laternen trauen sie sich vorläufig noch nicht, Neo-Bel-o-kan wieder anzugreifen. Aber das ist nur eine Frage der Zeit, denn ihre Königinnen – sie besitzen Hunderte davon – legen Eier ohne Unterlass, damit eine neue Generation tapferer Krieger die arroganten roten Ameisen das Fürchten lehren kann. Schon in einer Woche werden sie im kampffähigen Alter sein, und dann wird man ja sehen, ob eine gewaltige Übermacht der Technologie der Finger nicht doch Paroli bieten kann.

Natürlich ist die Prinzessin sich dieser Drohung bewusst. Sie weiß genau, dass es noch viele Kriege zwischen jenen, die die Welt verändern möchten, und jenen, die alles beim alten lassen wollen, geben wird.

Deshalb beschließt sie, den Lauf der Geschichte zu beschleunigen. Ohne Kooperation zwischen den beiden wichtigsten Tierarten wird es keine dauerhafte Evolution geben. Sie bestellt den Prinzen, die zwölf Kundschafterinnen und zwölf Repräsentantinnen der anderen Ameisenarten ins königliche Gemach und hält eine AK ab.

Nachdem es den Fingern offenbar nicht gelinge, Kontakt mit den Ameisen aufzunehmen, müssten diese von sich aus den ersten Schritt tun, erklärt die Prinzessin. Sie ist der Meinung, dass eine riesige Schar von Ameisen die Finger so beeindrucken könnte, dass diese sich zu einer echten Partnerschaft bereiterklären würden.

Die anderen glauben zu wissen, worauf die Sache hinausläuft: auf einen neuen großen Kreuzzug. Aber die Prinzessin will keinen sinnlosen Krieg führen, sondern plant einen großen Friedensmarsch der Ameisen. Sie ist überzeugt, dass die Finger eingeschüchtert sind, wenn sie sehen, wie viele Insekten an ihrer Seite leben, und sie hofft, dass andere Föderationen sich dem Marsch anschließen werden.

Gemeinsam könnten sie die Finger dazu bringen, sie als gleichberechtigte Gesprächspartner zu akzeptieren.

Würdest du selbst mitkommen?, fragt Nr. 24.

Selbstverständlich.

Nr. 103 will den Friedensmarsch sogar höchstpersönlich anführen.

Die fremden Arten sind beunruhigt. Sie wollen wissen, wer während dieser Zeit über die Sicherheit der Stadt wachen soll.

»Ein Viertel der Bevölkerung bleibt hier«, schlägt Nr. 103 vor.

Das halten die Insekten für ein großes Risiko. Die Zwerginnen werden bestimmt bald angreifen, und in der Umgebung gibt es immer noch Gottgläubige. Man darf die reaktionären Kräfte nicht unterschätzen.

Auch die Kundschafterinnen sind geteilter Meinung. Viele haben sich an das ruhige Leben in Neo-Bel-o-kan gewöhnt und sehen nicht ein, warum sie ihr Leben aufs Spiel setzen sollen. Diese Begegnung mit den Fingern könnte ein schlechtes Ende nehmen, wie der Kreuzzug ja bewiesen hat. Und wie sollte es den Fingern möglich sein, den Unterschied zwischen einem militärischen Kreuzzug und einem Friedensmarsch zu erkennen?

Die Prinzessin insistiert: Die Begegnung und Kooperation zwischen den beiden Arten sei eine kosmische Notwendigkeit, und wenn nicht sie selbst diesen Friedensmarsch durchführen würden, müsste es die nächste oder übernächste Generation tun. Anstatt Kindern und Kindeskindern eine solche Last aufzubürden, solle man die Angelegenheit doch lieber so schnell wie möglich erledigen.

Die Insekten diskutieren sehr lange, und allmählich gelingt es der Prinzessin, die Skeptiker zu überzeugen, hauptsächlich durch das Charisma ihrer Pheromone. Dieser Friedensmarsch könne den Insekten enorme Fortschritte bescheren. Vielleicht würden die Finger ihnen noch viel eindrucksvollere Dinge nahebringen als Feuer, Hebel und Rad.

Und was?, fragt Nr. 24 skeptisch.

Beispielsweise Humor, erwidert Nr. 103.

Keine Ameise weiß, was das ist, aber alle stellen sich diesen »Humor« als großartige Erfindung der Finger vor. Nr. 5 glaubt, es müsse ein besonders modernes Katapult sein, Nr. 6 hält diesen »Humor« für ein Feuer von enormer Zerstörungskraft, und Nr. 24 sagt sich, es müsse eine Kunstform sein.

Aus verschiedenen Gründen übt dieser »Humor« auf alle eine magische Anziehungskraft aus, und deshalb erklären sie sich schließlich zu dem großen Friedensmarsch bereit.

181. Allein im dunklen Wald

Julie wusste, dass die Tanne ihre einzige Rettung war. Sie kam ihr zwar beängstigend hoch vor, aber die bellende Hundemeute war der beste Trainer, den man sich vorstellen konnte.

Verzweifelt klammerte sie sich an den Ästen fest, und in diesem Notfall schien ihr Körper sich plötzlich wieder an jene fernen Vorfahren zu erinnern, die in Bäumen gelebt hatten. Gelegentlich konnte es durchaus von Nutzen sein, vom Affen abzustammen!

Die raue Rinde riss ihr die Hände auf, aber sie kletterte beharrlich weiter. Einer der Hunde sprang am Baum hoch und hätte sie um ein Haar ins Bein gebissen. Ganz impulsiv drehte sie sich um, fletschte die Zähne und knurrte bedrohlich.

Die Dogge starrte sie erstaunt an, so als hätte sie es nie für möglich gehalten, dass ein Mensch so tierische Laute von sich geben konnte. Die anderen Hunde trauten sich nicht näher heran.

Julie warf mit Tannenzapfen nach ihnen. »Haut ab! Verschwindet endlich, ihr verdammten Biester!«

Aber die Hunde, denen es nicht gelungen war, sie zu beißen, wollten jetzt wenigstens ihre Herren durch lautes Gebell darauf aufmerksam machen, dass sie Erfolg gehabt hatten.

Unvermutet tauchte ein neues Wesen auf. Aus der Ferne hätte man das Tier für einen Hund halten können, aber es hatte ein viel stolzeres Auftreten und roch viel intensiver. Das war kein Hund, sondern ein wilder Wolf.

Die Hunde blickten diesem Prachtgeschöpf verunsichert entgegen. Sie waren eine ganze Meute, und der Wolf war allein, aber trotzdem konnten sie es nicht mit ihm aufnehmen. Der Wolf ist der Vorfahr aller Hunde, aber er hat sich nie dem Menschen angeschlossen und ist deshalb nicht degeneriert.

Alle Hunde wissen das. Ob Chihuahua, Dobermann oder Pudel – alle erinnern sich vage daran, dass sie einst ohne die Menschen lebten und einen ganz anderen Charakter hatten. Damals waren sie frei. Damals waren sie Wölfe.

Zum Zeichen der Unterwerfung senkten die Hunde ihre Köpfe, legten die Ohren an und zogen die Schwänze ein, um ihre Geschlechtsorgane zu schützen. Sie urinierten, was in der Hundesprache bedeutete: *Ich habe kein eigenes Territorium, deshalb uriniere ich an jedem beliebigen Ort.* Der Wolf knurrte bedrohlich und gab damit zu verstehen, dass er nur an den Grenzen seines Territoriums uriniere. Und dass die Hunde dieses Territorium unbefugt betreten hätten.

Es ist nicht unsere Schuld! Die Menschen haben uns zu dem gemacht, was wir sind, verteidigte sich ein deutscher Schäferhund in der Wolfs- und Hundesprache.

Man kann im Leben immer eine freie Wahl treffen, erwiderte der Wolf stolz und stürzte mit gefletschten Zähnen auf sie zu.

Die Hunde begriffen, dass ihr Vorfahr zum Töten bereit war, und traten winselnd den Rückzug an.

Julie konnte sich nicht bei ihrem Retter bedanken, denn der Wolf nahm die Verfolgung seiner degenerierten Verwandten auf, die es gewagt hatten, sein Revier zu betreten. Außerdem würden seine Jungen sich über den Deutschen Schäferhund zum Abendessen freuen.

»Danke, Natur, dass du mir einen Wolf zu Hilfe geschickt hast«, murmelte Julie in ihrem Baum, wo jetzt nur noch das Rauschen der Äste zu hören war.

Ein Uhu begrüßte die Nacht mit lautem Kreischen.

Julie, die sich vor dem Wolf genauso fürchtete wie vor den Hunden, blieb lieber auf ihrer Tanne. Sie machte es sich auf den Ästen bequem, konnte aber nicht einschlafen.

Der Mond erhellte mit seinem bleichen Licht den Wald, der geheimnisvoll und unheimlich wirkte. Sie verspürte plötzlich das unwiderstehliche Bedürfnis, den Mond anzuheulen. Mit zurückgelegtem Kopf ließ sie geballte Energie aus ihrem Bauch emporsteigen.

»OOOOOOOOOOUUUJUUUUUU.«

Ihr Lehrer Jankelewitsch hatte ihr beigebracht, dass die Kunst bestenfalls die Natur imitieren könne, und vielleicht hatte sie noch nie so schön wie jetzt gesungen. Einige Wölfe antworteten ihr aus der Ferne.

»OUUuuuHHH.«

In der Sprache der Wölfe hieß das: *Willkommen in der Gemeinschaft all jener, die gern den Mond anheulen. Das macht Spaß, stimmt's?*

Julie heulte eine gute halbe Stunde lang und dachte dabei, dass sie – sollte sie eines Tages eine neue utopische Gemeinschaft gründen – allen Mitgliedern empfehlen würde, mindestens einmal in der Woche, vielleicht samstags, gemeinsam den Mond anzuheulen. Gemeinsam musste es noch viel schöner sein. Aber jetzt war sie ganz allein im Wald, ohne Freunde, ohne eine Menschenseele, allein unter dem unendlichen Himmelsgewölbe. Ihr freudiges Heulen verwandelte sich in leises Wimmern.

Seit der *Revolution der Ameisen* hatte sie sich daran gewöhnt, ständig Menschen um sich zu haben, mit denen sie über neue Erfahrungen und neue Ideen reden konnte.

In der Gruppe hatte sie sich so glücklich gefühlt wie nie zuvor. Ji-woong … aber nicht nur Ji-woong. Auch die ironische Zoé, die verträumte Francine, der unbeholfene Paul, der weise Léopold, der schelmische Narcisse – armer Narcisse! – und David … David, den wahrscheinlich die Hunde zerfleischt hatten … Welch ein schrecklicher Tod! Sogar ihre Mutter fehlte ihr plötzlich …

Sie schloss die Augen und entfaltete den Lichtschleier ihres Geistes, bis er wie eine riesige Wolke den ganzen Wald umhüllte. Das war also immerhin noch möglich, auch wenn sie allein war! Sie schickte ihren Geist in den Schädel zurück und heulte noch ein wenig den Mond an.

»OOOOUuuuuuHHH.«

»OOOOOUuuuuuuHHH«, antwortete ein Wolf.

Kein Mensch konnte sie hier hören, nur einige Wölfe, die sie nicht kannte und auch gar nicht kennenlernen wollte. Plötzlich sah sie ein Licht und schöpfte neue Hoffnung. *Das muss die fliegende Ameise sein, die unsere Führerin sein wollte,* dachte sie.

Aber es waren nur Leuchtkäfer, die ihren Liebestanz vollführten. Sie tanzten in drei Dimensionen, von ihrem eigenen Licht beschienen. Es musste schön sein, als Leuchtkäfer mit Freunden zu tanzen!

Julie fror.

Sie wusste, dass sie Ruhe brauchte, und programmierte ihren Geist darauf, sofort in den erholsamen Tiefschlaf zu verfallen.

Um sechs Uhr morgens wurde sie von Gebell geweckt, aber es waren keine Polizeihunde. Diese Freudentöne hätte sie unter Tausenden erkannt. Es war Achille! Er hatte sie gefunden. Die Polizei hatte ihn dazu missbraucht, sie zu finden!

Ein Mann klemmte sich seine Taschenlampe unters Kinn, um nach ihr zu greifen, aber es war kein Polizist, auch nicht der Kommissar.

»Gonzague!«, rief sie erschrocken.

»Ja, die Bullen wussten nicht, wie sie dich finden sollten, aber ich bin dann auf die Idee mit deinem Hund verfallen. Das arme Tier war allein im Garten, und als ich ihn an dem Stück von deinem Rock schnuppern ließ, das ich neulich eingesteckt habe, machte er sich sofort auf die Suche nach dir. Hunde sind wirklich die besten Freunde des Menschen.«

Er und seine Kumpane zogen Julie vom Baum herunter und banden sie daran fest.

»Ah, diesmal werden wir so tun, als wäre diese Tanne ein Marterpfahl der Indianer! Letztes Mal hatten wir nur ein Messer, aber inzwischen haben wir Fortschritte gemacht …«

Er zeigte ihr stolz einen Revolver.

»Du kannst schreien, so viel du willst, hier im Wald wird dich niemand hören, höchstens deine Freunde – die Ameisen!«

»Warum macht ihr so etwas?«, fragte Julie.

»Warum? Es macht uns Spaß, andere leiden zu sehen.«

Er schoss Achille in die Vorderpfote. Der Hund jaulte und schaute verwirrt hoch, doch noch bevor er begriffen hatte, dass er sich den falschen Verbündeten ausgesucht hatte, wurde ihm die andere Vorderpfote durchschossen, dann die Hinterpfoten und die Wirbelsäule. Ein Kopfschuss erlöste ihn von seinen Qualen.

Gonzague lud seinen Revolver nach.

»So, und jetzt bist du an der Reihe!«

Er hielt ihr die Waffe an die Wange.

»Halt! Lasst sie in Ruhe!«

Gonzague drehte sich um.

David!

»Das Leben ist doch eine ewige Wiederholung! David eilt der schönen gefangenen Prinzessin wie immer zu Hilfe. Das ist sehr romantisch, aber diesmal wird die Geschichte kein Happy End haben …«

Er richtete seinen Revolver auf David und hatte den Finger schon am Abzug, als er plötzlich umfiel.

»Vorsicht, eine fliegende Ameise!«, rief einer seiner Freunde.

Es war wirklich die fliegende Ameise, und dem winzigen Roboter gelang es, auch Gonzagues Freunde zu erledigen. Gleich darauf lagen drei *Schwarze Ratten* bewusstlos am Boden.

David band Julie los.

»Uff, diesmal dachte ich wirklich, es wäre um mich geschehen.«

»Konnte gar nicht sein! Du warst nicht in Gefahr.«

»Und warum nicht, wenn ich fragen darf?«

»Weil du die Heldin bist, und in Romanen sterben die Heldinnen nie«, scherzte er.

Seine Bemerkung verblüffte Julie. Sie beugte sich über den Hund.

»Armer Achille! Er dachte, die Menschen seien die besten Freunde der Hunde.«

Sie schaufelte mit den Händen ein Loch und begrub den Hund mit den Worten: »Hier ruht ein Hund, der viel zu naiv war ... Gute Reise, Achille!«

Die fliegende Ameise schwirrte um sie herum und summte ungeduldig, aber Julie wollte sich erst noch ein wenig erholen. Sie lehnte sich an David, aber nicht lange, denn sobald ihr bewusst wurde, was sie machte, trat sie verlegen zurück.

David tat so, als wäre nichts geschehen. »Komm, gehen wir, die Ameise hat es eilig.«

Das Insekt dirigierte sie ins Dickicht.

182. ENZYKLOPÄDIE

Eine Frage des Massstabs Alles hängt davon ab, mit welchem Maßstab man irgendetwas betrachtet. Der Mathematiker Benoît Mandelbrot hat nicht nur die Fraktale erfunden, sondern auch aufgezeigt, dass wir von der Welt, die uns umgibt, nur Parzellen wahrnehmen. Misst man beispielsweise einen Blumenkohl, so hat er einen Durchmesser von – sagen wir mal – dreißig Zentimetern.

Würde man aber jede Windung verfolgen, käme man auf den zehnfachen Durchmesser.

Untersucht man einen glatten Tisch unter dem Mikroskop, erkennt man eine Gebirgskette, und würde man all diese Vertiefungen messen, hätte der Tisch eine unglaubliche Länge. Alles hängt von dem Maßstab ab, den man bei dem Tisch anlegt.

Benoît Mandelbrot hat uns die Augen dafür geöffnet, dass es keine gesicherten wissenschaftlichen Erkenntnisse gibt, dass ein ehrlicher Mensch bei all seinem Wissen so manche Ungenauigkeit akzeptieren muss, die von der nächsten Generation zwar verringert wird, aber nie völlig eliminiert werden kann.

EDMOND WELLS

Enzyklopädie des relativen und absoluten Wissens, Bd. 3

183. DER GROSSE FRIEDENSMARSCH

Seit dem frühen Morgen sind die Reisevorbereitungen in Neo-Bel-o-kan in vollem Gange. In der ganzen Stadt wird nur über den großen Friedensmarsch zu den Fingern geredet.

Diesmal ist es keine einzelne Ameise, sondern eine riesige Menge, die sich zur Begegnung mit der höheren Dimension aufmacht, zur Begegnung mit den Fingern … vielleicht sogar zur Begegnung mit den Göttern.

Im Saal der Soldatinnen füllen alle ihre Hinterleiber randvoll mit Säure.

Glaubst du wirklich, dass es die Finger gibt?

Eine Kriegerin schüttelt verwirrt den Kopf. Sie ist davon nicht ganz überzeugt, aber am Ende dieses Friedensmarsches wird man Gewissheit haben. Sollte es die Finger nicht geben, werden sie einfach zurückkehren und ihr normales Leben wieder aufnehmen.

Andere Ameisen diskutieren noch hitziger.

Glaubst du, dass die Finger uns als gleichberechtigte Partner behandeln werden?

Die Gefragte kratzt sich an den Antennen. *Wenn nicht, wird es Krieg geben, und wir werden uns verteidigen.*

Vor der Stadt werden die Schnecken beladen. Sie sind wirklich die besten Lastenträger, die man sich vorstellen kann, obwohl sie sich so langsam bewegen. Ihr größter Vorzug besteht darin, dass man sie notfalls verspeisen kann, und von einer einzigen Schnecke können sehr viele Ameisen satt werden. Während man ihnen riesige Nahrungsmittelvorräte und Kieselsteine mit Glut aufbürdet, gähnen sie teilnahmslos und entblößen dabei ihre 25 600 kleinen Zähne.

Einige Schnecken sollen die Eier schleppen, die mit Met gefüllt sind, denn die Ameisen haben entdeckt, dass dieser Alkohol gegen die Kälte der Nacht schützt und Mut verleiht.

Andere müssen die Zisternenameisen transportieren, deren Hinterleib fünfzigmal größer als der übrige Körper ist. Sie dienen als lebendige Honigtaufässer.

Mit diesen Lebensmittelvorräten könnten wir sogar zweimal den Winterschlaf überstehen!, ruft Nr. 24.

Die Prinzessin erwidert, seit sie die Wüste durchquert habe, wisse sie, dass Nahrungsmittelmangel jede noch so tüchtige Expedition zum Scheitern bringen könne, und deshalb wolle sie jedes Risiko ausschließen.

Während die Ameisen mit den Reisevorbereitungen beschäftigt sind, kreisen verbündete Wespen und Bienen wachsam über ihnen, damit kein Feind die Situation für einen Überraschungsangriff ausnutzen kann.

Nr. 7 belädt ihre Schnecke mit einem langen Hanfblatt, auf dem sie den langen Marsch zu den Fingern künstlerisch festhalten will, sowie mit Pigmenten in verschiedenen Farben: Pollen, Käferblut und Sägespanpulver.

Endlich sind alle bereit, und es ist auch warm genug, um loszumarschieren. Eine aufgerichtete Antenne gibt das Signal: *Vorwärts!*

Die riesige Karawane aus mindestens 700 000 Insekten setzt sich in Bewegung. Die Dreiecksformation der Kundschafterinnen bildet die Vorhut, gefolgt von der Artillerie und der ersten Schnecke, die einen Kieselstein mit Glut auf dem Rücken trägt. Dahinter marschiert die Infanterie, deren Aufgabe es sein wird, auf die Jagd zu gehen, um alle mit frischen Nahrungsmitteln zu versorgen.

Auch die zweite Schnecke schleppt einen glühenden Kieselstein, und dann kommen die Fremdenlegionen: schwarze und gelbe Ameisen.

Prinz Nr. 24 und Prinzessin Nr. 103 reisen bequem auf einer Schnecke, denn ein so langer Fußmarsch kann königlichen Hoheiten nicht zugemutet werden.

Die Nachhut besteht aus einem Trupp Artillerie und zwei Schnecken.

Alle sind von dem stolzen Bewusstsein erfüllt, eine für die ganze Insektenwelt äußerst wichtige Mission auszuführen. Der Boden erbebt unter dieser gewaltigen Truppe, Grashalme werden niedergewalzt, und sogar die Bäume blicken staunend auf eine solch endlose Prozession hinab. Noch nie haben sie so viele Ameisen auf einmal gesehen, und noch nie haben sie erlebt, dass Schnecken sich mit Ameisen zusammentun und rauchende Steine befördern.

Am Abend wird ein riesiges Biwak gebildet. Die Ameisen in der Nähe der Glut bleiben wach, die anderen schlafen ein. Prinzessin Nr. 103 richtet sich auf vier Beine auf und erzählt von den Fingern.

184. Gedächtnispheromon: Arbeit

Speichlerin: Nr. 10

ARBEIT:

Zuerst haben die Finger um Nahrung gekämpft.

Dann, als alle genug zu essen hatten, kämpften sie um die Freiheit.

Als sie die Freiheit hatten, haben sie gekämpft, um sich möglichst lange ausruhen zu können, ohne zu arbeiten.

Jetzt haben die Finger mit Hilfe von Maschinen dieses Ziel erreicht.

Sie bleiben zu Hause und genießen die Nahrung, die Freiheit und das Nichtstun, doch anstatt sich zu sagen: »Das Leben ist schön, man kann seine Tage mit Nichtstun verbringen«, sind sie unglücklich und wählen Führer, die ihnen Arbeit versprechen.

185. Das Allerheiligste

Dornenbüsche umgeben eine Mulde. In der Mitte ragt ein Hügel empor, gekrönt von einem kleineren Hügel. Vögel zwitschern fröhliche Lieder, und die Zypressen hören ihnen zu und wiegen sich im Takt.

»Irgendwie kommt mir diese Gegend bekannt vor«, murmelte Julie.

Die fliegende Ameise führte sie aber nicht zu den Hügeln, sondern zu einem tiefen Graben.

Jetzt war Julie sich ganz sicher. Dort unten hatte sie die *Enzyklopädie des relativen und absoluten Wissens* gefunden.

»Wenn wir da runtersteigen, kommen wir nie wieder rauf«, sagte David skeptisch.

Die Ameise umkreiste sie ungeduldig, und schließlich gehorchten sie ihr.

Sie zerkratzten sich Hände und Gesichter an Dornen, Akazien, Quecken und Kratzdisteln. Hier wuchs wirklich fast alles, was es in der Pflanzenwelt an Stacheligem gab. Nur einige Winden brachten etwas Farbe in diese raue Welt.

Die fliegende Ameise führte sie zu einem Tunnel, in den sie auf allen vieren hineinkrochen, wobei das Insekt ihnen mit seinem Auge leuchtete.

»Irgendwann geht es einfach nicht mehr weiter«, sagte Julie. »Das weiß ich, weil ich schon einmal hier war.«

Tatsächlich war der Tunnel plötzlich zu Ende, und die Ameise ließ sich auf dem Boden nieder, so als hätte sie ihre Aufgabe erfüllt.

»So, und jetzt können wir mühsam zurückkriechen«, seufzte das junge Mädchen.

»Warte, dieser Roboter hat uns bestimmt nicht umsonst hierhergeführt«, meinte David.

Er tastete die Wand ab und spürte etwas Hartes und Kaltes. Unter einer Erdschicht kam eine runde Metallplatte zum Vorschein, die von der Ameise sofort beleuchtet wurde. Ins Metall war ein Rätsel eingraviert, und darunter befand sich eine Tastatur, um die Antwort eintippen zu können.

Gemeinsam entzifferten sie: »Wie bildet man aus sechs Streichhölzern acht gleich große gleichseitige Dreiecke?«

Jetzt also auch noch Geometrie! Julie vergrub stöhnend ihren Kopf in den Händen. Das Schulsystem holte einen überall ein.

»Das ist das Rätsel aus dem Fernsehen«, sagte David, der Rätsel liebte und die »Denkfalle« selten verpasste.

»Ach ja, und die sonst so gewitzte Frau hat die Lösung nicht gefunden. Wie sollen wir es dann schaffen?«

David riss eine Wurzel aus der Erde, zerteilte sie in sechs Stücke und drehte sie in alle Richtungen.

»Sechs Streichhölzer und acht Dreiecke … Das müsste machbar sein …«

Er spielte lange mit den Wurzelstücken herum und rief endlich: »Ich hab's!«

Nachdem er Julie die Lösung erklärt hatte, gab er das Wort ein, und die Metalltür öffnete sich.

Dahinter war es hell, und da waren auch Menschen.

186. Gedächtnispheromon: Herdentrieb

Speichlerin: Nr. 10

HERDENTRIEB:

Die Finger sind Herdentiere.

Sie ertragen es kaum, allein zu leben.

Wenn es irgendwie möglich ist, scharen sie sich zu Herden zusammen.

Am schlimmsten zeigt sich diese Zusammenrottung an einem Ort, der »Métro« heißt.

Dort drin ertragen sie, was keinem Insekt auf der ganzen Welt zu ertragen möglich wäre: Sie stehen so dicht zusammengedrängt, dass sie einander auf die Beine treten und sich nicht mehr bewegen können.

Das Phänomen der Métro wirft ein Problem auf: Verfügen die Finger über eine individuelle Intelligenz, oder werden sie durch visuelle oder auditive Weisungen zu diesem Herdentrieb gezwungen?

187. Sie waren das also

Als Erstes sah Julie das Gesicht Ji-woongs, dann nahm sie auch Francine, Paul, Zoé und Léopold wahr. Von Narcisse abgesehen waren die *Ameisen* komplett.

Alle lagen sich in den Armen, überglücklich, wieder vereint zu sein. Julie hatte nicht einmal etwas dagegen, dass man sie auf die heißen Wangen küsste.

Ji-woong erzählte ihre Abenteuer. Sie hatten Narcisse rächen wollen und in den Gassen in der Umgebung des großen Platzes nach den *Schwarzen Ratten* gesucht, die sich aber schon verdrückt hatten. Stattdessen waren sie selbst von der Polizei verfolgt worden, und es war ihnen nur mit großer Mühe gelungen, in den Wald zu entkommen. Dort war plötzlich eine fliegende Ameise aufgetaucht und hatte sie hierhergebracht.

Eine Tür öffnete sich, und eine kleine, gebückte Gestalt trat ins Licht: ein alter Herr mit langem weißem Bart, der Ähnlichkeit mit dem Weihnachtsmann hatte.

»Ed... Edmond Wells?«, stammelte Julie.

Der Alte schüttelte den Kopf. »Edmond Wells ist vor drei Jahren gestorben. Ich bin Arthur Ramirez.«

»Monsieur Ramirez hat uns die ferngesteuerten fliegenden Ameisen geschickt«, erklärte Francine.

Das junge Mädchen mit den hellgrauen Augen betrachtete ihren Retter. »Haben Sie Edmond Wells gekannt?«

»Ich kenne ihn genau wie Sie nur aus den Texten, die er uns hinterlassen hat. Aber kann man jemanden besser kennenlernen als durch das Lesen seiner Werke?«

Er führte aus, dass dieser Ort dank der *Enzyklopädie des relativen und absoluten Wissens* existiere. Es sei ein Tick von Edmond Wells gewesen, unterirdische Räume zu bauen und mit Türen auszustatten, die sich nur öffnen ließen, nachdem man ein Rätsel mit Streichhölzern und Dreiecken gelöst hatte; er habe Geheimnisse und Schätze am liebsten in Höhlen versteckt.

»Ich glaube, dass er im Grunde ein großes Kind war«, fügte der alte Mann schmunzelnd hinzu.

»War er es, der das Buch am Ende des Tunnels versteckte?«

»Nein, das war ich. Aus Respekt vor seinem Werk wollte ich ihn imitieren. Als ich den dritten Band der *Enzyklopädie* fand, habe ich ihn zunächst fotokopiert und das Original dann vor dem Eingang zu meiner Höhle versteckt. Ich war überzeugt, dass niemand den Koffer dort finden würde, aber eines Tages war er verschwunden. Sie hatten ihn gefunden, Julie, und deshalb mussten Sie nun die Fackel weitertragen.«

Sie standen immer noch in einem schmalen Vorraum.

»In dem Koffer war ein Minisender verborgen, und auf diese Weise konnte ich Sie leicht identifizieren. Seitdem haben meine Ameisenspione Sie ständig aus der Nähe oder aus der Ferne überwacht. Ich wollte wissen, was Sie mit der *Enzyklopädie* machen würden.«

»Ach, deshalb hat sich also eine Ameise auf meinen Finger gesetzt, als ich meine erste Rede hielt.«

Arthur lächelte wohlwollend. »Ihre Interpretation von Edmond Wells' Gedanken war wirklich geistreich. Wissen Sie, dank meinen fliegenden Spionen waren wir hier über Ihre *Revolution der Ameisen* bestens informiert.«

»Gott sei Dank, denn auf einen Fernsehbericht hätten Sie lange warten müssen«, sagte David bitter.

»Wir haben alles wie im Zeitungsfeuilleton verfolgt. Meine ferngesteuerten Ameisen halten uns über vieles auf dem Laufenden, wofür die Medien sich nicht interessieren.«

»Aber wer sind Sie eigentlich?«

Arthur erzählte seine Geschichte – dass er früher Roboterspezialist gewesen war und für die Armee ferngesteuerte Roboter in Form von Wölfen entwickelt hatte, die es reichen Ländern ermöglichten, die eigenen Verluste an Menschenleben niedrig zu halten, wenn sie gegen arme Länder Krieg führten, wo man im Grunde froh war, die Bevölkerungsexplosion durch viele Tote eindämmen zu können. Dann habe er jedoch festgestellt, dass die mit der Steuerung der »Stahlwölfe« beauftragten Soldaten einem Mordrausch verfielen und wie bei einem Videospiel alles niedermähten, was sich auf ihren Bildschirmen rührte. Angewidert habe er den Dienst quittiert und einen Spielwarenladen eröffnet: »Arthur – der Spielzeugkönig«. Er habe Puppen erfunden, die sprechen und Kinder sogar trösten konnten. Diese Miniroboter verfügten über eine synthetische Stimme und eine Software, die ihnen erlaubte, auf das Geplauder der Kinder einzugehen, und er hoffte, dass eine ganze Generation auf diese Weise Stress harmlos abreagieren konnte.

»Krieg ist in erster Linie eine Folge falscher Erziehung. Ich hoffe, dass meine kleinen Puppen einen Beitrag zur richtigen Erziehung leisten können.«

Er erzählte weiter, von seiner Frau Juliette und wie ihr eines Tages beim Briefeaustragen jenes Paket mit der *Enzyklopädie des relativen und absoluten Wissens* in die Hände gefallen war. Es war der zweite Band der *Enzyklopädie.* Arthur Ramirez erwähnte auch Edmond Wells' einzige Tochter, Laetitia, an die das Paket auch gerichtet gewesen war, und schwärmte, wie fasziniert er und Juliette in dieser *Enzyklopädie* zu blättern begonnen hatten, in der sehr viel von Ameisen die Rede war, die aber auch philosophische, soziologische und biologische Abhandlungen enthielt. In erster Linie ging es Edmond Wells aber offenbar um das Verständnis zwischen verschiedenen Zivilisationen und um den Platz des Menschen in Zeit und Raum.

Besonders begeistert sei er von Wells' Idee gewesen, eine Maschine namens »Stein der Weisen« zu konstruieren, um die olfaktorische Sprache der Ameisen in die menschliche Sprache übersetzen zu können und umgekehrt. Es sei ihm tatsächlich gelungen, und er habe mit den Insekten Dialoge geführt, speziell mit einer außergewöhnlichen Ameise, die Nr. 103 683 – abgekürzt Nr. 103 – hieß.

Unterstützt von Laetitia Wells, Kommissar Jacques Méliès und dem Forschungsminister Raphael Hisaud, hätte er selbst, Arthur Ramirez, dem Präsidenten der Republik vorgeschlagen, eine Ameisenbotschaft zu eröffnen.

»Dann waren Sie es also, der ihm Wells' Brief geschickt hat?«, fragte Julie.

»Ja, ich brauchte ihn nur zu fotokopieren. Er stand in der *Enzyklopädie.*«

Das junge Mädchen mit den hellgrauen Augen hätte ihm erzählen können, dass dieses Schreiben bei mondänen Empfängen für hochrangige Ausländer vorgelesen wurde, um Heiterkeit zu erregen, aber sie wollte den alten Mann nicht kränken.

Arthur gab zu, dass der Präsident ihm nie geantwortet hatte und dass der Forschungsminister, der dem Projekt freundlich gegenüberstand, zum Rücktritt gezwungen worden war. Trotzdem verwandte Arthur auch weiterhin seine ganze Kraft darauf, sein großes Ziel zu erreichen: die Schaffung einer Ameisen-Botschaft, damit die beiden großen Zivilisationen endlich zum beiderseitigen Wohl kooperieren könnten.

»Haben Sie dieses Versteck hier gebaut?«, erkundigte sich Julie, um das Thema zu wechseln.

Er bejahte und fügte hinzu, wenn sie nur eine Woche früher gekommen wären, hätten sie von außen eine kleine Pyramide sehen können.

Von dem Vorraum führte eine Tür in einen großen, runden Saal, der von einer Lichtkugel in drei Meter Höhe erhellt wurde. Eine schmale Glassäule führte von dieser Kugel zur überirdischen Pyramidenspitze, durch die Tageslicht einfallen konnte. Entlang der Wände standen Schreibtische, Computer und andere komplizierte Geräte.

»In diesem Saal befinden sich alle Apparaturen, die gemeinsam genutzt werden. Hinter den Türen, die Sie hier und dort sehen, liegen die Labors, wo meine Freunde in aller Ruhe an ihren jeweiligen Projekten arbeiten können.«

Arthur deutete auf eine Galerie über ihren Köpfen, von der ebenfalls Türen abgingen. »Es gibt drei Stockwerke. Hier unten wird gearbeitet, im ersten Stock befinden sich die Esszimmer, Vorratskammern und Gemeinschaftsräume, und im zweiten die Schlafzimmer.«

Mehrere Personen kamen aus ihren Labors, um die »Ameisen-Revolutionäre« zu begrüßen: Jonathan Wells, seine Frau Lucie, ihr Sohn Nicolas und Großmutter Augusta Wells; ferner Professor Rosenfeld, der Forscher Jason Bragel und die Polizisten und Feuerwehrleute, die nach den Vermissten gesucht hatten.

Sie stellten sich als die »Leute des ersten Bandes« der *Enzyklopädie des relativen und absoluten Wissens* vor.

Laetitia Wells, Jacques Méliès und Raphael Hisaud und Arthur Ramirez waren demnach die »Leute des zweiten Bandes«. Insgesamt lebten hier 21 Personen, zu denen sich jetzt Julie und ihre sechs Freunde gesellten. »Ihr seid für uns die Leute des dritten Bandes«, meinte Augusta Wells.

Jonathan Wells erklärte, sie hätten nach dem enttäuschenden Desinteresse an ihrem Projekt einer Ameisen-Botschaft beschlossen, sich von der Welt abzusondern und gemeinsam in aller Stille bessere Voraussetzungen für die unbedingt notwendige Begegnung der beiden Zivilisationen zu schaffen. Zu diesem Zweck hatten sie an einer besonders unzugänglichen Stelle des Waldes eine zwanzig Meter hohe Pyramide gebaut. Siebzehn Meter lagen unter der Erde, und nur drei ragten wie die Spitze eines Eisbergs hervor. Diesen überirdischen Teil hatten sie mit Spiegelplatten abgedeckt.

In ihrem Refugium konnten sie ungestört ihre Forschungen betreiben, die Geräte zur Kommunikation mit den Ameisen vervollkommnen und die ferngesteuerten fliegenden Ameisen herstellen, die ihre Pyramide vor Störenfrieden schützen sollten.

Nachdem die Bäume im Herbst ihr Laub verloren hatten, war die Pyramidenspitze bedauerlicherweise zu sehen gewesen, und sie hatten ungeduldig auf den Frühling gewartet, doch bevor die Äste ihren vollen Blätterschmuck wieder angelegt hatten, war Julies Vater aufgetaucht.

»Dann haben Sie ihn also getötet?«

Arthur senkte den Blick. »Das war ein höchst bedauerlicher Unfall. Ich hatte noch keine Gelegenheit gehabt, das Betäubungsmittel zu testen, das meine fliegenden Ameisen mit ihren Stacheln injizierten. Als Ihr Vater die Pyramide entdeckte, befürchtete ich, er würde den Behörden darüber Meldung erstatten, und deshalb ließ ich ihn von einem dieser Miniroboter stechen.«

Der alte Mann strich sich seufzend den langen weißen Bart.

»Es war ein in der Chirurgie gängiges Betäubungsmittel, und ich dachte nicht, dass es tödlich sein könnte. Ich wollte diesen neugierigen Spaziergänger nur für eine Weile einschläfern, aber in meiner Panik muss ich eine viel zu hohe Dosis genommen haben.«

Julie schüttelte den Kopf. »Nein, es war keine zu hohe Dosis. Mein Vater hatte eine Allergie gegen äthylchloridhaltige Betäubungsmittel, aber das konnten Sie natürlich nicht wissen.«

Arthur wunderte sich, dass das junge Mädchen ihm nicht böse war, und fuhr mit seinem Bericht fort. Sie hatten in den Bäumen Videokameras angebracht und bemerkten deshalb bald, dass der neugierige Spaziergänger tot war.

Es blieb ihnen aber keine Zeit, den Leichnam an einen anderen Ort zu transportieren, denn der Hund hatte einen anderen Spaziergänger herbeigeholt, und dieser verständigte die Polizei.

Einige Tage später tauchte Kommissar Linart auf und untersuchte den Tatort. Es gelang ihm, die fliegenden Ameisen mit seiner Schuhsohle außer Gefecht zu setzen, und bei seinem nächsten Besuch brachte er ein Sprengkommando mit.

»Es war Ihre *Revolution der Ameisen*, die uns gerettet hat«, warf Jonathan Wells ein, »denn buchstäblich in letzter Sekunde wurde Linart zurückbeordert.«

Trotz dieser Gnadenfrist kam ein Umzug in aller Eile nicht in Frage, weil sich zu viele schwere Apparaturen in der Pyramide befanden.

»Die rettende Idee kam uns, als wir im Internet Ihre Werbung für ein Hügelhaus sahen«, sagte Laetitia Wells. »Eine bessere Tarnung kann man sich kaum vorstellen.«

»So ist es. Wir begruben die Pyramidenspitze einfach unter einem künstlich aufgeschichteten Hügel.«

»Dieses Hügelhaus war Léopolds Idee«, sagte Ji-woong, »aber die Tarnungsmethode ist uralt. In meiner Heimat – in Korea – wurden im ersten Jahrhundert nach Christus die Könige von Paekche in riesigen Pyramidengräbern beigesetzt, genau wie die ägyptischen Pharaonen. Diese Gräber wurden regelmäßig geplündert, weil allgemein bekannt war, dass man die Herrscher mit all ihren Reichtümern bestattet hatte. Deshalb kamen Architekten auf die Idee, die Pyramiden unter einer dicken Erdschicht zu verbergen. Diese künstlichen Hügel waren von natürlichen nicht zu unterscheiden, und Plünderer hätten von nun an sämtliche Hügel des Landes umgraben müssen, um an die Schätze heranzukommen.«

»Während die Polizei mit Ihrem Gymnasium beschäftigt war«, fuhr Laetitia Wells fort, ohne auf Ji-woongs historischen Exkurs einzugehen, »haben wir unsere Pyramide also begraben. Nach vier Tagen war nichts mehr davon zu sehen.«

»Wie konnten Sie das in so kurzer Zeit bewerkstelligen?«

»Arthur hatte zum Glück schon viel früher spaßeshalber Maulwurfsroboter konstruiert, die sehr schnell und bei Tag und Nacht arbeiten können.«

»Anschließend habe ich auf dem Gipfel einen hohlen Baum eingraben lassen«, warf Arthur ein, »in dessen Stamm eine Glassäule verborgen ist, damit wir hier unten das Tageslicht genießen können, und Lucie und Laetitia haben unseren Hügel mit Sträuchern bepflanzt, die sie in der Umgebung ausgegraben hatten.«

»Es war gar nicht so einfach, dabei den Wildwuchs der Natur nachzuahmen«, berichtete Laetitia, »weil wir dazu neigen, alles in ordentlichen Reihen zu pflanzen. Aber es ist uns, glaube ich, ganz gut gelungen, und nun hoffen wir, dass dieser ›Ameisenhaufen‹ uns beschützen wird.«

»Bei den Navajo heißt es, die Erde beschütze uns vor allen Gefahren«, warf Léopold ein. »Wenn jemand erkrankt, gräbt man ihn bis zum Hals in die Erde ein. Die Erde ist unsere Mutter und will uns deshalb beschützen und heilen.«

Arthur meinte, er sei etwas besorgt, dass der Kommissar ihre List durchschauen könnte, besann sich dann aber wieder auf seine Rolle als »Fremdenführer« und gab weitere Erklärungen ab.

Hunderte künstlicher Blätter in den Baumwipfeln – in Wirklichkeit lichtelektrische Zellen – lieferten genügend Elektrizität für alle technischen Geräte.

»Und nachts haben Sie keinen Strom?«

»Doch, denn wir besitzen große Kondensatoren, die den Strom speichern.«

»Und haben Sie auch Wasser?«, wollte David wissen.

»Ja. In der Nähe gibt es einen unterirdischen Fluss, und es war nicht schwer, ihn zu kanalisieren.«

»Wir haben auch ein Rohrleitungsnetz, das eine gute Belüftung gewährleistet«, sagte Jonathan Wells.

»Und wir züchten Pilze, betreiben also sozusagen Landwirtschaft.«

Arthur Ramirez zeigte ihnen sein Labor. In einem zwei Meter langen Terrarium mit Erdhügeln wimmelte es von Ameisen.

»Wir nennen sie unsere ›Heinzelmännchen‹«, berichtete Laetitia. »Schließlich sind Ameisen die Heinzelmännchen der Wälder.«

Julie hatte wieder den Eindruck, in ein Märchen geraten zu sein. Sie selbst war Schneewittchen, ihre Freunde waren Zwerge, die Ameisen waren Heinzelmännchen, und der alte Herr mit dem weißen Bart, der so fantastische Erfindungen gemacht hatte, war der Zauberer Merlin.

Arthur zeigte ihnen Ameisen, die mit winzigen Räderwerken und elektronischen Bestandteilen hantierten.

»Schauen Sie nur, wie pfiffig sie sind«, sagte Arthur stolz. »Natürlich mussten wir sie in unsere Technologien einführen, bevor wir sie einsetzen konnten, aber wenn man in einem fremden Land eine Fabrik errichtet, muss man die einheimischen Arbeiter ja auch erst schulen.«

»Sie haben als Feinmechaniker nicht ihresgleichen«, betonte Laetitia. »Nicht einmal der geschickteste Uhrmacher könnte diese mikroskopisch kleinen Bausteine präziser montieren.«

Mit Hilfe einer starken Lupe beobachtete Julie die Insekten, die einen fliegenden Ameisenroboter genauso geschickt zusammensetzten wie Flugzeugingenieure einen Jagdbomber. Sie bewegten nervös ihre Fühler, während sie einen Flügel anklebten. Zwei andere Ameisen schraubten die Glühbirnen ein, die als Augen dienten, und hinten wurde die Giftdrüse mit einer durchsichtigen Flüssigkeit gefüllt.

»Fantastisch!«, rief David aus.

»Im Grunde ist es simple Mikroelektronik«, sagte Arthur bescheiden. »Wären unsere zehn Finger nicht so plump, könnten wir das auch.«

»Das alles muss doch sehr teuer gewesen sein«, bemerkte Francine. »Woher hatten Sie das Geld für den Bau der Pyramide und für all diese teuren Apparaturen?«

Raphael Hisaud räusperte sich. »Hmmm … als ich noch Forschungsminister war, fiel mir auf, dass enorme Summen für völlig unsinnige

Projekte vergeudet wurden, speziell für ein kostspieliges Programm namens SETI – *Search for Extraterrestrial Intelligence.* Unser Staatspräsident war so fasziniert von Außerirdischen, dass man die Mittel sofort bewilligte. Vor meinem Rücktritt konnte ich einen Teil des Geldes abzweigen, und ich hatte dabei kein schlechtes Gewissen, weil ich eine Kontaktaufnahme mit Infraterrestrischen für viel wahrscheinlicher halte als die mit Extraterrestrischen. Von den Ameisen wissen wir jedenfalls mit absoluter Sicherheit, dass es sie gibt. Jeder Mensch kann es bezeugen.«

»Das alles wurde also mit Steuergeldern bezahlt?«

Die Mimik des Exministers verriet, dass er während seiner Amtszeit viel schlimmere Dinge erlebt hatte.

»Außerdem verdient meine Frau Juliette etwas dazu«, sagte Arthur. »Sie lebt nicht ständig hier, sondern dient unseren fliegenden Ameisen sozusagen als Flugzeugträger in der Stadt und ist außerdem die Starkandidatin von ›Denkfalle‹. Dieses Fernsehquiz ist ganz schön lukrativ!«

»Aber zurzeit hat sie doch Probleme«, fiel David ein, der sich allerdings sehr wunderte, dass Juliette Ramirez ausgerechnet das Rätsel, das in die Tür eingraviert war, nicht lösen konnte.

»Das ist nur ein Trick«, grinste Laetitia Wells. »Wir selbst schicken die Rätsel ein, und Juliette weiß natürlich die Lösungen, aber sie stellt sich absichtlich dumm an, weil die Gewinnsumme dadurch immer höher wird.«

Julie schaute sich bewundernd in diesem »Ameisenbau« um. Einen solchen Einfallsreichtum hatte ihre *Revolution der Ameisen* nicht an den Tag gelegt, aber vielleicht lag das auch daran, dass diese Menschen schon seit einem Jahr hier lebten.

»Arthur, sind Sie ganz sicher, dass Sie nicht doch Professor Edmond Wells sind?«, fragte sie.

Der alte Mann lachte, was einen Hustenanfall auslöste. »Ich darf nicht lachen, das ist schlecht für meine Gesundheit. Nein, nein, ich versichere Ihnen, dass ich ganz bestimmt nicht Edmond Wells bin, sondern nur ein kranker alter Mann, der sich mit seinen Freunden in eine Höhle zurückgezogen hat, um an einem Werk zu arbeiten, das ihn amüsiert.«

Er führte die »Ameisen« zu ihren Schlafräumen hinauf.

»Wir haben hier für die »Leute des dritten Bandes« dreißig kleine Schlafkammern eingerichtet, weil wir ja nicht wussten, wie viele es sein würden. Für Sie sieben ist also reichlich Platz.«

Sie bezogen ihre Betten und machten sich ein wenig frisch. Nach dem Essen versammelten sich alle im Fernsehraum, wo schon Jacques Méliès saß.

»Jacques ist ganz verrückt auf Fernsehen«, sagte Laetitia spöttisch. »Es ist seine Droge, und er kommt einfach nicht davon los. Wenn er die Lautstärke voll aufdreht, schimpfen wir, aber seit er das Zimmer mit Moos isoliert hat, stört es uns weniger. Wissen Sie, das Zusammenleben auf beschränktem Raum ist gar nicht so einfach.«

Wie auf Kommando stellte Jacques Méliès den Ton lauter, weil es Zeit für die Nachrichten war. Diesmal tadelte ihn niemand, denn alle wollten wissen, was in der Außenwelt vor sich ging. Nach Berichten über den Krieg im Mittleren Osten und über die Arbeitslosigkeit kam der Moderator endlich auf die *Revolution der Ameisen* zu sprechen und berichtete, dass die Polizei noch immer nach den Anführern fahndete. Gast im Studio war der Journalist Marcel Vaugirard, der behauptete, die Rebellen als Letzter interviewt zu haben.

»Schon wieder dieser Kerl!«, rief Francine wütend.

»Erinnert ihr euch an seine Devise?«

Alle zitierten im Chor: »Nur über das, was man nicht kennt, schreibt man gut.«

Und weil der Journalist von ihrer Revolution keine Ahnung hatte, ließ er sich weitschweifig darüber aus. Er gab vor, Julies einziger Vertrauter zu sein. Das junge Mädchen habe zugegeben, mit Hilfe von Musik und modernster Informatik die Welt verändern zu wollen. Schließlich kam der Moderator wieder zu Wort und meldete, der Zustand des verletzten Schülers habe sich ein wenig gebessert, er sei aus dem Koma erwacht.

Alle waren erleichtert. »Halt die Ohren steif, Narcisse!«, rief Paul. »Wir holen dich da raus.«

Eine Reportage zeigte die Verwüstung, die die »Vandalen« im Gymnasium angerichtet hatten.

»Aber wir haben doch gar nichts beschädigt!«, empörte sich Zoé.

»Vielleicht sind die *Schwarzen Ratten* zurückgekommen, nachdem man uns vertrieben hatte.«

»Möglicherweise hat auch die Polizei diese Schäden angerichtet, um Ihre *Revolution der Ameisen* in Verruf zu bringen«, bemerkte Jacques Méliès, der ehemalige Kommissar.

Zum Abschluss wurden wieder die sieben Fahndungsfotos gezeigt.

»Sie brauchen keine Angst zu haben«, beruhigte Arthur die jungen Leute. »Hier unter der Erde wird man Sie nicht finden.«

Er kicherte vergnügt, musste aber sofort wieder husten. Keuchend erklärte er, leider noch kein Heilmittel gegen den Krebs gefunden zu haben.

»Haben Sie Angst vor dem Tod?«, fragte Julie freimütig.

»Nein, ich habe nur Angst, zu sterben, bevor ich das verwirklichen konnte, wofür ich geboren wurde. Jeder von uns hat eine Mission, und mag sie auch noch so klein sein, und wenn man sie nicht erfüllen kann, hat man umsonst gelebt. Reine Zeitvergeudung!«

Er lachte und hustete wieder. »Aber machen Sie sich keine Sorgen – ich habe noch viele Kraftreserven. Außerdem habe ich Ihnen noch nicht alles gezeigt ... auch nicht mein großes Geheimnis ...«

Lucie brachte ihm seine Hausapotheke und verabreichte ihm das »Gelée Royale« der Bienen, während er sich selbst Morphium injizierte, um nicht unnötig zu leiden. Einige Mitglieder der Gemeinschaft brachten ihn auf sein Zimmer, und das Nachrichtenjournal zeigte zum Abschluss ein Interview mit der berühmten Sängerin Alexandrine.

188. Fernsehen

Moderator: »Guten Tag, Alexandrine, und herzlichen Dank, dass Sie zu uns ins Studio gekommen sind. Wir wissen, wie kostbar Ihre Zeit ist. Alexandrine, Ihr letztes Lied ›Amour de ma vie‹ ist schon in allen Hitparaden. Wie erklären Sie sich das?«

Sängerin: »Ich glaube, dass die jungen Leute sich in der Botschaft meiner Lieder wiedererkennen.«

Moderator: »Können Sie uns etwas über Ihr neues Album erzählen, das so erfolgreich ist?«

Sängerin: »Selbstverständlich! *Amour de ma vie* ist mein erstes wirklich engagiertes Album. Es enthält eine wichtige politische Botschaft.«

Moderator: »Ah! Und welche, Alexandrine?«

Sängerin: »Die Liebe.«

Moderator: »Die Liebe? Das ist genial! Das ist geradezu revolutionär!«

Sängerin: »Ich werde eine Petition an den Staatspräsidenten richten. Jeder Mensch hat ein Recht auf Liebe! Notfalls werde ich ein Sit-in vor dem Élysée-Palast veranstalten, weil ich dort mein Lied ›Amour de ma vie‹ als Hymne vorschlagen will. Viele junge Leute schreiben mir, dass sie für diese Ziele demonstrieren wollen. Wir werden eine ›Revolution der Liebe‹ machen.«

Moderator: »Aha … Jedenfalls möchte ich daran erinnern, dass Ihr Album *Amour de ma vie* überall zum günstigen Preis von 28 Euro zu haben ist; wir werden den Hit jede Stunde vor unseren Verkehrsmeldungen spielen. Die Osterferien haben bekanntlich begonnen. Wie sieht es denn zur Zeit auf den Straßen aus, François?«

François meldete kilometerlange Staus auf allen Autobahnen. Es hatte schon zahlreiche Unfälle mit Toten und Verletzten gegeben, doch auf eine wohlverdiente Urlaubsreise mochte deshalb niemand verzichten.

189. ENZYKLOPÄDIE

Mut der Lachse Die Lachse wissen von Geburt an, dass eine lange Rundreise vor ihnen liegt. Sie verlassen ihren Heimatbach und schwimmen zum Ozean. Dort angelangt, müssen diese Süßwasserfische ihre Atmung umstellen, um das kalte Salzwasser ertragen zu können. Sie mästen sich mit Nahrung, um ihre Muskeln zu stärken, und dann beschließen sie plötzlich, in die Heimat zurückzukehren, so als hätten sie einen geheimnisvollen Ruf vernommen.

Wie finden sie sich im Meer zurecht? Niemand weiß es genau. Zweifellos verfügen sie über einen sehr feinen Geruchssinn, und vielleicht vermögen sie im Salzwasser den Geruch der Süßwassermoleküle ihrer Heimat wahrzunehmen. Möglicherweise orientieren sie sich aber auch an den Magnetfeldern der Erde, obwohl diese Hypothese eher unwahrscheinlich ist, denn in Kanada wurde festgestellt, dass die Lachse den richtigen Fluss nicht wiederfinden, wenn er zu stark verschmutzt ist.

Haben sie den Fluss gefunden, der sie an ihren Geburtsort zurückbringen soll, steht ihnen eine gewaltige Anstrengung bevor. Wochenlang kämpfen sie gegen die starke Gegenströmung, überspringen Wasserfälle (Lachse können drei Meter hoch springen), werden von Hechten, Fischottern und Bären bedroht und müssen ständig auf der Hut vor Menschen sein, für die Lachs eine Delikatesse ist.

Ein wahres Blutbad. Die meisten Lachse sterben unterwegs. Die Überlebenden, die endlich ihren Heimatbach erreichen, verwandeln ihn vorübergehend in ein Liebesparadies. Erschöpft und abgemagert paaren sie sich an den Laichplätzen und verteidigen mit letzter Kraft ihre Eier. Sobald die jungen Lachse ihrerseits die abenteuerliche Reise antreten, sterben die Eltern.

Es gibt jedoch Ausnahmen: Manche Lachse haben die unglaubliche Energie, ein zweites Mal zum Ozean und zurück zu schwimmen!

EDMOND WELLS

Enzyklopädie des relativen und absoluten Wissens, Bd. 3

190. Auflösung des ersten Rätsels

Maximilien saß mitten im Wald in seinem Jeep. Er holte ein Sandwich mit geräuchertem Lachs aus dem Handschuhfach, beträufelte es mit Zitrone, bestrich es mit Crème fraiche und verzehrte es genüsslich.

Während seine Männer im Dickicht nach Spuren suchten und mit Hilfe ihrer Walkie-Talkies Kontakt hielten, warf der Kommissar einen Blick auf seine Uhr und schaltete hastig den kleinen Fernseher ein, der an den Zigarettenanzünder angeschlossen war.

»Bravo, Madame Ramirez, Sie haben die Lösung gefunden!«

Lauter Applaus.

»Es war viel einfacher, als ich gedacht hatte. Zunächst kam es mir unmöglich vor, mit nur sechs Streichhölzern acht Dreiecke zu bilden, aber Sie hatten Recht … man brauchte nur nachzudenken.«

Maximilien ärgerte sich, die Lösung um einige Sekunden verpasst zu haben.

»Gut, Madame Ramirez, gehen wir zum nächsten Rätsel über. Ich warne Sie, es ist ein bisschen schwieriger als das letzte. Passen Sie gut auf: ›Ich erscheine zu Beginn der Nacht und am Ende des Morgens. Man kann mich im Januar, Juni und November sehen, und man erkennt mich sehr gut, wenn man den Mond betrachtet. Wer bin ich?‹«

Der Kommissar notierte sich das Rätsel. Er liebte es, bei langweiligen Arbeiten über ein Problem nachdenken zu können.

Ein Polizist klopfte an die Wagentür. »Wir haben ihre Spur gefunden, Chef!«

191. Es sind Millionen

Ihre Beine graben Furchen in die Erde. Der große Friedensmarsch zieht immer mehr Insekten an. Nun sind es schon Millionen, die in Richtung des Landes der Finger ziehen. Der beschwerliche Weg über Steine und Wurzeln vermag sie nicht zu schrecken.

Prinzessin Nr. 103 nimmt den Kollektivgeist ihrer Truppe wahr, der immer mächtiger wird und freudige Erwartung, vermischt mit leichten Bedenken, widerspiegelt.

Allen Ameisen ist bewusst, dass sie bei dieser entscheidenden Begegnung ihr Bestes geben müssen.

Es ist ein erhebendes Gefühl, an diesem Wendepunkt der Geschichte angelangt zu sein. Gewiss, die Ameisen haben im Laufe ihrer langen Existenz schon viele grandiose Heldentaten vollbracht. Die Ausrottung der Dinosaurier und der Sieg über die Termiten sind nur zwei Beispiele, aber beides hat sehr lange gedauert und unzählige Ameisenleben gefordert, während sie jetzt ja einen Friedensmarsch unternehmen.

Das große Rendezvous mit den Fingern …

Nr. 7 arbeitet auf einem Schneckenrücken an ihrem großen Fresko. Sie befeuchtet ihren Greifer mit Speichel und tunkt ihn in die Pigmente, bevor sie die Umrisse von Ameisen auf das große Blatt zeichnet, das ihr als Leinwand dient. Das alles sind erst Skizzen, denn sie weiß noch nicht genau, wie sie den richtigen Eindruck von diesem gewaltigen Insektenstrom vermitteln soll.

192. Endlich vereint

Die erste Nacht in der Pyramide war sehr angenehm. Ob es nun an ihrer Müdigkeit, an der Form des Baus oder an der schützenden Erdschicht lag – jedenfalls schlief Julie zum ersten Mal seit langer Zeit, ohne Alpträume zu haben.

Am nächsten Morgen frühstückte sie im Esszimmer und ging anschließend innerhalb der Pyramide spazieren. In der Bibliothek entdeckte sie auf einem großen Tisch zwei Bücher, den ersten und zweiten Band der *Enzyklopädie des relativen und absoluten Wissens.* Sie ging in ihre Schlafkammer, holte den dritten Band aus ihrem Rucksack und legte ihn neben die beiden anderen.

Endlich waren die drei Bände vereint.

Seltsam, sich vorzustellen, dass ihr ganzes Abenteuer von einem Mann ausgelöst worden war, der nicht mehr lebte, aber durch seine drei Bücher immer noch einen gewaltigen Einfluss ausübte …

Arthur Ramirez trat neben sie. »Ich war mir sicher, dass ich Sie hier finden würde.«

»Warum hat er sein Werk in drei Bände aufgeteilt? Er hätte doch auch ein Buch daraus machen können.«

Arthur setzte sich. »In allen drei Bänden geht es um die Beziehung zu einer fremden Zivilisation mit einer völlig anderen Denkweise als der unsrigen, und jeder Band beschreibt einen Schritt auf dem Weg zum Verständnis dieses so ganz anderen. Erster Band, erste Etappe: die Entdeckung der Existenz des anderen und erste Kontakte. Zweiter Band, zweite Etappe: die Konfrontation mit dem anderen. Dritter Band, dritte Etappe: Wenn die Konfrontation für beide Seiten weder ein Sieg noch eine Niederlage war, ist es an der Zeit, zur Kooperation überzugehen.«

Er legte die drei Bände aufeinander.

»Kontakt, Konfrontation, Kooperation: Die Trilogie ist abgeschlossen, die Begegnung mit dem Anderen ist vollendet. 1 + 1 = 3 …«

»Sie sagten, Sie hätten den ›Stein der Weisen‹ gebaut, jene Maschine, die mit den Ameisen spricht. Ist das wirklich wahr?«

Arthur bejahte.

»Würden Sie mir den Apparat zeigen?«

Arthur erklärte sich nach kurzem Zögern dazu bereit. Julie rief ihre Freunde, und der alte Mann führte sie in ein Zimmer, dessen gedämpftes Licht auf Terrarien voller Blumen, Pflanzen oder Pilzen fiel. Und da stand auch der »Stein der Weisen«, so wie er in der *Enzyklopädie* beschrieben war.

Arthur schaltete einen Computer ein, der leise summte.

»Ist das der Computer mit ›demokratischer Anordnung‹, von dem in der *Enzyklopädie* die Rede ist?«, fragte Francine.

Arthur nickte, sichtlich zufrieden, es mit Kennern zu tun zu haben. Julie erkannte den Massenspektrografen und den Chromatografen, aber anstatt die Geräte in Reihe zu schalten, wie sie es versucht hatte, waren sie bei Arthur parallel miteinander verbunden, so dass die Analyse und Synthese von Molekülen gleichzeitig vonstatten ging. Jetzt verstand Julie, warum ihre Apparatur nicht funktioniert hatte.

Arthur stellte die Geräte ein, griff behutsam nach einer Ameise und setzte sie in einen Kasten aus durchsichtigem Glas, an dem eine winzige Gabel aus Kunststoff befestigt war. Instinktiv legte das Insekt seine Fühler an diese künstlichen Fühler. Arthur sprach langsam und deutlich in ein Mikrofon.

»Dialog zwischen Mensch und Ameise erwünscht.«

Er musste den Satz mehrmals wiederholen, wobei er an verschiedenen Rädchen drehte. Die Gase, aus denen die Duftpheromone bestanden, wurden freigesetzt und vereinigten sich, bevor sie in die künstlichen Fühler gelangten. Gleich darauf gab die synthetische Stimme des Computers die Antwort der Ameise in Menschensprache wieder:

»Einverstanden.«

»Guten Tag, Ameise Nr. 6142. Hier sind Leute meines Volkes, die dich sprechen hören wollen.«

»Was für Leute?«, fragte Ameise Nr. 6142.

»Freunde, die nicht wissen, dass wir miteinander Dialoge führen können.«

»Was für Freunde?«

»Gäste.«

»Was für Gäste?«

Arthur begann die Geduld zu verlieren. Er gab zu, dass es sehr schwierig war, mit Insekten zu sprechen. Die Technik bereitete keine Probleme, aber über den Sinn konnte man sich oft nicht verständigen.

»Selbst wenn es einem gelingt, mit einem Tier zu sprechen, ist es gar nicht gesagt, dass man seine Äußerungen versteht. Ameisen haben ein ganz anderes Wahrnehmungsvermögen als wir, und deshalb muss man alles möglichst einfach ausdrücken. Um beispielsweise das Wort ›Tisch‹ zu erklären, muss man sagen: ›Holzplatte mit vier Beinen, die zum Essen dient.‹ Wir Menschen drücken uns oft sehr unklar aus, aber das bemerkt man erst, wenn man sich mit einer anderen intelligenten Spezies unterhält.«

Arthur führte aus, diese Nr. 6142 sei keineswegs eine besonders dumme Ameise. Es gebe welche, die nur *Hilfe!* schreien würden, wenn er sie in den Kasten setzte.

»Das hängt ganz von den Individuen ab.«

Der alte Mann erzählte voller Nostalgie von Nr. 103, einer hochbegabten Ameise, die er einst gekannt hatte. Sie war nicht nur sehr schlagfertig, sondern begriff sogar einige typisch menschliche abstrakte Begriffe.

»Nr. 103 war der Marco Polo der Ameisen, und ihre geistige Aufgeschlossenheit war einfach unglaublich. Ihre Neugier war unerschöpflich, und sie hatte fast keine Vorurteile uns gegenüber«, erinnerte sich Jonathan Wells.

»Und wissen Sie, wie sie uns nannte?«, seufzte Arthur. »Die ›Finger‹, denn die Ameisen sehen von uns Menschen nur den Finger, der auf sie zukommt, um sie zu zerquetschen.«

»Welches Bild müssen sie sich von uns machen!«, rief David erschrocken.

»Das Gute an Nr. 103 war, dass sie wissen wollte, ob wir wirklich Ungeheuer oder aber vielleicht doch ›sympathische Tiere‹ sind. Ich habe ihr einen winzigen Fernseher gebastelt, damit sie sich ein objektives Bild von Menschen in aller Welt machen konnte.«

Julie versuchte sich den Schock für die Ameise vorzustellen. Das war so, als würde man ihr Einblick in die Ameisenwelt unter den verschiedensten Aspekten gewähren. Die Kriege, der Handel, die Industrie, die Legenden …

Laetitia Wells holte ein Porträt dieser ungewöhnlichen Ameise. Die jungen Leute konnten zunächst nicht glauben, dass Ameisen sich äußerlich voneinander unterschieden, doch als sie das Bild lange genug betrachtet hatten, glaubten sie einige spezifische Merkmale im »Gesicht« dieser Nr. 103 zu erkennen.

Arthur setzte sich. »Ein hübsches Profil, stimmt's? Nr. 103 war viel zu abenteuerlustig, und sie war sich ihrer wichtigen Rolle viel zu sehr bewusst, als dass es ihr auf Dauer genügt hätte, im Fernsehen unsere dummen Witze zu hören und sich romantische Hollywoodfilme anzuschauen. Sie hat sich aus dem Staub gemacht.«

»Und das nach allem, was wir für sie getan hatten!«, meinte Laetitia empört. »Wir hielten sie für unsere Freundin, aber sie hat uns einfach verlassen.«

»Stimmt, wir fühlten uns anfangs ohne sie richtig verwaist«, fuhr Arthur fort, »aber dann haben wir nachgedacht. Ameisen sind freie Geschöpfe, und wir werden sie niemals zähmen können. Alle Geschöpfe auf unserem Planeten sind frei und haben die gleichen Rechte. Wir hatten kein Recht, Nr. 103 gefangen zu halten.«

»Und wo ist sie jetzt, diese ungewöhnliche Ameise?«

»Irgendwo in der weiten Natur ... Sie hat uns sogar eine Botschaft hinterlassen.«

Arthur holte ein Ameisenei und brachte es in Kontakt mit den künstlichen Fühlern. Der Computer übersetzte den olfaktorischen Brief, so als wäre das Ei lebendig und würde das Wort an sie richten.

Liebe Finger!

Hier bin ich zu nichts nutze.

Ich kehre in den Wald zurück, um meinem Volk zu berichten, dass es euch gibt und dass ihr weder Ungeheuer noch Götter seid.

Zwischen euch und uns gibt es Parallelen.

Unsere beiden Zivilisationen müssen zusammenarbeiten, und ich werde alles in meiner Macht Stehende tun, um mein Volk zu überreden, Kontakt mit euch aufzunehmen. Versucht, das Gleiche von eurer Seite aus zu bewerkstelligen.

Eure Nr. 103

»Wie gut sie unsere Sprache spricht!«, staunte Julie.

»Es ist natürlich der Computer, der die Satzformulierungen arrangiert, aber eine Übersetzung bleibt notgedrungen immer hinter dem Original zurück«, seufzte Laetitia. »Während ihres Aufenthalts hat Nr. 103 sich große Mühe gegeben, die Regeln unserer gesprochenen Sprache zu verstehen. Sie hat alles begriffen, mit Ausnahme von drei Begriffen, mit denen sie nichts anfangen konnte.«

»Welche waren das?«

»Humor, Kunst und Liebe. Diese drei Begriffe sind für ein Wesen, das kein Mensch ist, sehr schwer zu verstehen. Wir haben ihr oft Witze erzählt, aber unser Humor ist viel zu ›menschlich‹. Wir hätten wissen sollen, ob es einen typisch ›ameisischen‹ Humor gibt. Vielleicht irgendwelche Geschichten über Maikäfer, die sich in Spinnennetzen verfangen, oder von Schmetterlingen, die losfliegen, wenn ihre Flügel noch feucht und zerknittert sind, und die deshalb abstürzen …«

»Ja, das ist ein großes Problem«, stimmte Arthur zu.

»Was könnte eine Ameise wohl zum Lachen bringen?«

Sie kehrten zum »Stein der Weisen« zurück, wo immer noch Nr. 6142 saß.

»Seit der Flucht von Nr. 103 müssen wir uns eben mit dem begnügen, was wir haben.« Arthur fragte die Ameise im Glasbehälter: »Weißt du, was Humor ist?«

»Was für ein Humor?«, fragte die Ameise zurück.

193. Der grosse Marsch

Humor muss etwas ganz Außergewöhnliches sein.

Im warmen Biwak berichtet Nr. 103 wieder von der Welt der Riesen, die sie bald treffen würden. Alle Teilnehmer des großen Marsches hängen als riesige lebendige Kugel an einem Ast, von unten von der Glut gewärmt.

Dieser Humor löst bei den Fingern Krämpfe aus, wenn sie Geschichten vom Eskimo auf der Eisbahn oder von der Fliege, der man die Flügel ausreißt, hören.

Die wenigen anwesenden Fliegen sind begreiflicherweise nicht gerade erfreut.

Die Prinzessin bemerkt an den Gerüchen, dass Humor ihre Zuhörer nicht interessiert, und wechselt das Thema. Sie erklärt, die Finger hätten keine harten Panzer zum Schutz ihres Organismus und seien deshalb empfindlicher als Ameisen. Während eine Ameise in der Lage ist, das Sechzigfache ihres Gewichts zu tragen, kann ein Finger höchstens ein Gewicht heben, das dem seinen gleichkommt. Und während eine Ameise unbeschadet aus einer Höhe stürzen kann, die das Zweihundertfache ihrer Körpergröße beträgt, kann ein Finger schon sterben, wenn er aus der lächerlichen Höhe seiner dreifachen Körpergröße in die Tiefe fällt.

Die Zuhörer nehmen aufmerksam alle Pheromone auf, die Prinzessin Nr. 103 verströmt, und sind sehr zufrieden, dass die Finger trotz ihrer imposanten Größe so schwächlich sind.

Als Nächstes berichtet die Prinzessin, wie die Finger das Gleichgewicht auf ihren Hinterbeinen halten, und Speichlerin Nr. 10 macht sich gewissenhaft Notizen für ihr Gedächtnispheromon.

GANG

Die Finger laufen auf ihren beiden Hinterbeinen.

Auf diese Weise können sie ihre Artgenossen sogar über Sträucher hinweg sehen.

Um dieses Kunststück vollbringen zu können, spreizen die Finger ihre unteren Gliedmaßen, schwenken ihren Hinterleib, um den Schwerpunkt nach vorne zu verlagern, und bewegen die oberen Gliedmaßen, um das Gleichgewicht zu halten.

Obwohl diese Position sehr unbequem ist, können die Finger sie sehr lange beibehalten.

Wenn sie aus dem Gleichgewicht zu kommen drohen, werfen sie ein Bein nach vorne und stützen sich damit ab.

Das nennt man »gehen«.

Zu diesem Thema gibt es sehr viele Fragen, aber Nr. 103 geht bald zu einem anderen Aspekt im Leben der Finger über. Sie hat ihren Truppen noch so viel zu erzählen!

MACHT
Nicht alle Finger sind gleich.

Manche können über Leben und Tod der anderen gebieten.

Diese wichtigeren Finger können befehlen, dass die minderwertigeren geschlagen oder in Gefängnisse gesperrt werden.

Ein Gefängnis ist ein Raum ohne Ausgang.

Jeder Finger hat einen Vorgesetzten, der selbst einen Vorgesetzten hat, der wiederum einen Vorgesetzten hat … bis hin zum Vorgesetzten des ganzen Volkes, der alle anderen beherrscht.

Wie werden diese Vorgesetzten bestimmt?

Es handelt sich um eine Kaste, und die Vorgesetzten werden einfach unter den Kindern von Vorgesetzten ausgewählt.

Während sie das alles erzählt, denkt Nr. 103, dass sie nicht alles verstanden hat, was in der Welt der Finger vor sich geht. Sie hat es eilig, zu ihnen zurückzukehren, um ihr Wissen zu erweitern.

Im riesigen Biwak werden die Antennen bewegt. Die Wände reden mit den Böden, die Türen diskutieren mit den Decken.

Die Prinzessin bahnt sich einen Weg zwischen den Körpern und blickt aus einem lebendigen Fenster zum östlichen Horizont hinüber. Die Prozession kann jetzt nicht mehr umkehren. Sie hat sich schon zu weit vorgewagt. Die Alternative heißt nur noch: Erfolg haben oder sterben.

Die Schnecken, die unten weiden, beteiligen sich nicht an den angeregten Diskussionen, sondern kauen genüßlich ihren Klee.

VIERTES SPIEL

KREUZ

194. ENZYKLOPÄDIE

Kartenspiel Das gängige Kartenspiel mit 52 Symbolen verkündet eine Lehre, eine Geschichte. Die vier Farben stehen für die vier Bereiche der Veränderungen im Leben. Vier Jahreszeiten, vier Emotionen, vier Planeteneinflüsse ...

1. Herz: Frühling, Gefühlsbetontheit, Venus
2. Pik: Winter, Probleme, Mars
3. Karo: Sommer, Reisen, Merkur
4. Kreuz: Herbst, Arbeit, Jupiter

Auch die Zahlen und Personen sind nicht zufällig ausgewählt. Jede Karte symbolisiert irgendeine Etappe im menschlichen Leben. Deshalb wurde das einfache Kartenspiel ebenso wie das Tarot für die Wahrsagekunst benutzt. Beispielsweise heißt es, die Herz Sechs bedeute, dass man ein Geschenk erhalten wird, die Karo Fünf weise auf den Bruch mit einem geliebten Menschen hin, der Kreuz König stehe für Berühmtheit, der Kreuz Bube für den Verrat eines Freundes, das Herz Ass für eine Ruheperiode, die Kreuz Dame für einen Glücksfall, die Herz Sieben für eine Hochzeit. Alle Spiele, sogar die einfachsten, offenbaren alte Weisheiten.

EDMOND WELLS

Enzyklopädie des relativen und absoluten Wissens, Bd. 3

195. Die Geheimboten der Göttin

Julie und ihre Freunde hatten an diesem Tag so viel gesehen, dass sie viel zu aufgeregt waren, um schlafen zu können. Zur Beruhigung öffnete Paul eine Flasche Met, die er aus dem Gymnasium gerettet hatte, und Ji-woong schlug eine Partie *Eleusis* vor.

Jeder legte eine Karte auf den Tisch.

»Karte, die in die Weltordnung passt; Karte, die nicht in die Weltordnung passt«, verkündete Léopold, der seine Rolle als zeitweiliger Gott sehr ernst nahm.

Es gelang den anderen nicht, die von Léopold erfundene Regel herauszufinden. Vergeblich betrachteten sie die aneinandergereihten Karten: sie konnten beim besten Willen keinen Rhythmus, keine Regelmäßigkeit, keine Logik darin erkennen. Mehrere hatten sich schon als Propheten versucht, doch jedes Mal hatte Léopold ihre Interpretation seines göttlichen Denkens für falsch erklärt.

»Hilf uns doch ein bisschen. Ich habe den Eindruck, dass die Zahlen und Farben überhaupt keine Rolle spielen.«

»Das stimmt.«

Alle mussten passen und verlangten die Auflösung des Rätsels.

»Meine Regel war ganz simpel«, grinste Léopold. »Abwechselnd eine Karte, deren Name auf einen Vokal endet, und eine Karte, deren Name auf einen Konsonanten endet.«

Sie schlugen mit Kopfkissen auf ihn ein.

Während einer der nächsten Partien dachte Julie, dass von ihrer *Revolution der Ameisen* letztlich nur ein paar Symbole übrig geblieben waren: die Zeichnung mit den drei Y-förmig angeordneten Ameisen, die Devise 1 + 1 = 3, das Spiel *Eleusis* und der Met.

Man will die Welt verändern und hinterlässt in der Erinnerung der Menschen nur ein bisschen Kleinkram. Edmond Wells hatte Recht. Allen Revolutionären mangelte es an Demut.

Das junge Mädchen mit den hellgrauen Augen legte eine Herz Dame auf den Tisch. »Schlechte Karte«, meinte Léopold zufrieden.

»Die Ablehnung einer Karte ist manchmal aufschlussreicher als ihre Annahme«, sagte Zoé und erklärte sich zur Prophetin. »Gott« musste zugeben, dass sie seine Regel durchschaut hatte.

Sie tranken Met, spielten Karten und fühlten sich wohl. Beim Spielen konnten sie vergessen, wo sie sich befanden. Sie redeten über alles Mögliche, nur nicht über Narcisse. Das wäre zu schmerzlich gewesen, denn sobald ein Kreis sich geschlossen hat, kann man ihn nicht mehr anders zusammenfügen. Wenn auch nur ein Glied fehlt, fühlen sich alle verstümmelt.

Arthur betrat den Raum. »Es ist mir gelungen, Kontakt mit eurer befreundeten Universität in San Francisco aufzunehmen.«

Alle stürzten in den Computersaal. Francine setzte sich vor die Tastatur und diskutierte auf diese Weise mit den amerikanischen Studenten. Sobald sie ihre Identität nachgewiesen hatte, erklärten sie sich bereit, alle Programme der *Revolution der Ameisen* nach Frankreich zu überspielen.

Innerhalb von fünf Minuten füllte sich der Computer mit Daten, wurde durch ein Wunder der Technologie alles neu geboren. Sie konnten die Abteilungen wieder eröffnen. Das *Fragenzentrum* hatte Winterschlaf gehalten, aber David reaktivierte es. *Infra-World* hatte sich hingegen auch im Gast-Computer weiterentwickelt; die Bewohner dieser künstlichen Welt waren offenbar genauso anpassungsfähig wie ein Einsiedlerkrebs, der sich in jeder Muschel, die ihn beherbergt, sofort wohlfühlt.

Julie, die noch vor kurzem befürchtet hatte, ihr blieben als Erinnerungen nur der Met und das Spiel *Eleusis*, sah staunend, dass ihre Revolution wieder zum Leben erwachte wie ein ausgetrockneter Schwamm, der ins Wasser getaucht wird. Unsterblichkeit durch Computertechnik – keiner vorangegangenen Revolution war dieses Glück beschieden gewesen!

Alles war wieder da: Narcisses Schmetterlingskleider, Léopolds architektonische Pläne, Pauls Rezepte …

Ji-woong informierte per Internet die ganze Welt, dass die Revolutionäre sich zwar im Augenblick verstecken müssten, dass ihre

Bewegung aber weiterlebe. Sicherheitshalber sollten alle Kontakte vorläufig über die Universität von San Francisco laufen, die die Botschaften per Satellit weiterleiten würde.

Julie konnte plötzlich nicht mehr verstehen, warum sie im Gymnasium von Fontainebleau gescheitert waren.

Francine brannte darauf, sich vom Stand der Dinge in *Infra-World* zu überzeugen. Sie stellte fest, dass ihre künstliche Welt ein ungewöhnliches Wachstum erlebt hatte. Die Bewohner waren der Zeit der realen Welt weit voraus und lebten im Jahre 2130. Sie hatten neue Verkehrsmittel auf der Basis elektromagnetischer Energie und neue Heilmethoden mit Hilfe von Kurzwellen entdeckt. Seltsamerweise waren sie bei allen technologischen Neuerungen darauf bedacht gewesen, größten Wert auf Ästhetik zu legen und die Natur zu kopieren. Beispielsweise gab es keine Helikopter, sondern Flugzeuge, die mit den Flügeln schlugen und entsprechend »*Ornithopter*« hießen. Und ihre Unterseeboote hatten keine Schiffsschrauben, sondern ein Antriebsmittel in Form eines langen, beweglichen Fischschwanzes. Francine beobachtete diese parallele Welt und bemerkte plötzlich, dass etwas nicht in Ordnung war. Sie zoomte zu den Stadträndern und zuckte erschrocken zusammen.

»Sie haben die Kontaktpersonen umgebracht!«

Ihre Spione baumelten an Galgen, demonstrativ zur Schau gestellt.

Politiker, Publizisten und Journalisten hatten die Mörder nicht zurückgehalten, so als wollten die Bewohner von *Infra-World* den Bewohnern der realen Welt eine Botschaft zukommen lassen.

»Sie haben also begriffen, dass sie nur eine Illusion sind. Vielleicht konnten sie deduktiv folgern, dass ich real existiere«, murmelte Francine verstört.

Rasch bewegte sie sich durch ihre *Infra-World*, um besser verstehen zu können, was dort vor sich ging, und überall stieß sie auf Aufschriften, die von den Göttern verlangten, den virtuellen Bewohnern ihre Freiheit zu schenken.

Götter, lasst uns in Ruhe!

Sie hatten ihre Forderung auf die Dächer ihrer Häuser geschrieben, in ihre Monumente eingraviert, mit der Mähmaschine in ihre Rasen geschnitten.

Folglich war ihnen tatsächlich bewusst geworden, wer sie waren und wo sie lebten. Francine hätte ihnen gern das Spiel Evolution gezeigt, damit sie begreifen könnten, wie eine Welt unter totaler Kontrolle eines Spielers aussah.

Sie dagegen hatte ihnen als Göttin den freien Willen gelassen und hatte nicht in ihr Leben eingegriffen. Sie konnten sich sogar von einem blutrünstigen Tyrannen regieren lassen, wenn sie wollten, denn Francine hatte beschlossen, ihnen nicht ihre eigene Moral aufzuzwingen, sondern sich sogar bei den schlimmsten Verfehlungen völlig herauszuhalten.

War das nicht der größte Beweis vom Respekt eines Gottes, den er gegenüber seinem emanzipierten Volk empfand? Sie hatte die virtuellen Bewohner nur gestört, um Waschmittel und neue Konzepte zu testen, aber nicht einmal das wollten sie akzeptieren.

Undankbares Volk!

Francine streifte weiter durch die Städte. Überall waren die grässlich verstümmelten Leichen ihrer Kontaktpersonen zur Schau gestellt, und die Bewohner verlangten, dass Francine ihre Bevormundung einstellen solle. Das Mädchen starrte bestürzt auf den Bildschirm, der plötzlich explodierte.

196. Enzyklopädie

Die gnostische Bewegung Hat Gott einen Gott? Die ersten Christen der römischen Antike mussten gegen eine häretische Bewegung ankämpfen, die davon überzeugt war: der Gnostizismus. Im zweiten Jahrhundert n. Chr. behauptete ein gewisser Marcion, der Gott, zu dem man bete, sei nicht der oberste Gott. Vielmehr müsse dieser Gott einem höheren Gott Rechenschaft ablegen. Für die Gnostiker waren die Götter ineinandergeschachtelt wie russische Puppen, wobei die Götter der größeren Welten die der kleineren Welten umschlossen.

Dieser Glaube, auch *Bitheismus* genannt, wurde besonders von Origenes heftig bekämpft. »Normale« und gnostische Christen zerfleischten sich gegenseitig, um zu entscheiden, ob Gott einen Gott habe. Die Gnostiker wurden schließlich massakriert, und die wenigen, die es heutzutage gibt, üben ihren Kult im Geheimen aus.

EDMOND WELLS
Enzyklopädie des relativen und absoluten Wissens, Bd. 3

197. FLUSSÜBERQUERUNG

Sie sind wieder am Fluss. Diesmal brauchen sie aber keine Boote, denn sie sind so zahlreich, dass sie mit ihren Körpern mühelos eine Hängebrücke bilden können, über die Millionen anderer Ameisen wandern.

Sogar die Schnecken überqueren die Brücke, ohne dass auch nur eine einzige ertrinkt.

Am anderen Ufer errichten die Ameisen wieder ein Biwak, und die Prinzessin erzählt ihnen neue Geschichten über die Finger. In einer Ecke skizziert Nr. 7 diese Szene auf ein Blatt, während Nr. 10 wie immer Eintragungen ins Gedächtnispheromonregister macht.

UNTÄTIGKEIT:
Die Finger haben ein riesiges Problem: die Untätigkeit.

Sie sind die einzige Tierart, die sich die Frage stellt: »Was könnte ich jetzt tun, um mich zu beschäftigen?«

Auf ihre Krücken gestützt, läuft Nr. 5 auf zwei Beinen durch das Lager. Sie ist überzeugt, dass ihr Körper sich irgendwann an diese seltsame Position gewöhnen und dass sie diese Fähigkeit ihren Kindern automatisch vererben wird, wenn sie irgendwann wie Nr. 103 das »Gelée Royale« der Wespen schluckt.

Nr. 24 überarbeitet seine Saga *Die Finger*. Die letzten Kapitel über diese großen, unbekannten Tiere will er erst verfassen, nachdem er die Finger persönlich kennengelernt hat.

198. Der Wankelmut einer Frau

Francine hatte gerade noch Zeit, sich die Hände vors Gesicht zu halten, bevor es Glassplitter regnete. Ihre Brille hatte ihre Augen geschützt, und sie bekam nur ein paar leichte Schnittwunden ab, doch sie zitterte vor Angst und Wut. Die Bewohner von *Infra-World* hatten versucht, ihre Göttin, die sie erschaffen hat, zu ermorden!

Lucie verarztete die Blondine, und Arthur untersuchte währenddessen die Komponenten hinter dem explodierten Bildschirm.

»Unglaublich! Sie haben per Computer etwas geschickt, um den Kontrollmechanismus des Bildschirms zu täuschen. Die elektronische Sicherung dachte, das Gerät arbeite mit 220 V, während die Spannung in Wirklichkeit nur 110 V betragen darf. Diese vermeintliche Überbelastung hat die Explosion ausgelöst.«

»Sie haben sich also Zugang zu unserem Netzwerk verschafft«, stellte Ji-woong beunruhigt fest. »Es ist ihnen möglich, in unsere Welt einzugreifen.«

»Man sollte nicht in aller Unschuld Gott spielen wollen«, kommentierte Léopold.

»Wir müssen *Infra-World* abschalten«, schlug David vor. »Diese Leute könnten uns gefährlich werden.«

Er machte eine Kopie und löschte dann das Programm von der Festplatte.

»So, jetzt sind sie inaktiviert. Rebellisches Volk, nun bist du auf deine primitivste Lebensform reduziert – auf einen simplen Datenträger!«

»Und was machen wir jetzt mit dieser Welt?«, fragte Zoé. »Sollen wir sie vernichten?«

»Nein, auf gar keinen Fall!«, schrie Francine, die sich inzwischen weitgehend vom Schock erholt hatte. »Auch wenn sie aggressiv geworden sind, muss man das Experiment fortsetzen.«

Sie bat Arthur um einen anderen Computer. Ein alter würde vollauf genügen, meinte sie. Nachdem sie sich vergewissert hatte, dass dieser Computer kein Kontrollmodem hatte und auch mit keinem anderen Gerät verbunden war, setzte sie den Apparat in Betrieb und überspielte die Daten.

Infra-World begann sofort wieder zu leben, ohne dass die Milliarden Bewohner bemerkt hatten, dass sie zwischengespeichert worden waren. Bevor sie wieder aggressiv werden konnten, beraubte Francine sie des Bildschirms, der Tastatur und der Maus. Von nun an konnten die Bewohner weder mit ihren Göttern noch mit sonst jemandem Kontakt aufnehmen.

»Sie wollten emanzipiert sein. Nun, jetzt sind sie es!«, verkündete Francine voller Genugtuung. »Sie sind völlig sich selbst überlassen.«

»Warum lässt du sie dann überhaupt leben?«, fragte Julie.

»Es könnte interessant sein, eines Tages nachzuschauen, wie es ihnen geht …«

Nach diesen Aufregungen zogen sich die sieben Freunde jeder in seine Schlafkammer zurück. Julie hüllte sich in ihre frischen Laken.

Immer noch allein.

Sie war sicher, dass Ji-woong zu ihr kommen würde. Sie mussten dort anknüpfen, wo sie unterbrochen worden waren. Nun, da alles so schnell ging und so gefährlich wurde, wollte sie die Liebe kennenlernen.

Es klopfte leise an der Tür. Sie sprang rasch auf und öffnete. Es war wirklich der Koreaner.

»Ich hatte solche Angst, dich nie wiederzusehen«, murmelte er, während er sie in die Arme nahm.

Sie stand regungslos da.

»Wir haben einen so zauberhaften Augenblick erlebt, als …«

Er umarmte sie noch fester, aber sie machte sich von ihm frei.

»Was ist denn los?«, fragte der junge Mann verwirrt. »Ich dachte, du …«

»Diese Verzauberung erlebt man nur einmal, und außerdem …«

Der Koreaner wollte seine heißen Lippen auf ihre Schulter pressen, aber Julie wich zurück.

»Seitdem ist so viel geschehen … Aller Zauber ist verflogen.«

Ji-woong konnte ihr Verhalten beim besten Willen nicht verstehen. Sie selbst auch nicht.

»Aber du bist im Gymnasium doch zu mir …« Ohne den Satz zu beenden, fragte er sanft: »Glaubst du, dass der Zauber zurückkehren könnte?«

»Das weiß ich nicht. Doch jetzt möchte ich allein sein. Bitte geh.«

Sie küsste ihn flüchtig auf die Wange, schob ihn hinaus und schloss leise die Tür.

Als sie wieder im Bett lag, fragte sie sich, warum in aller Welt sie ihn zurückgestoßen hatte, obwohl sie ihn so begehrte. Sie hoffte, dass der Koreaner zurückkommen würde. Dann wollte sie sich ihm sofort in die Arme werfen, bevor er auch nur ein einziges Wort hervorbringen konnte, wollte sich ihm bereitwillig hingeben …

Es klopfte. Sie sprang auf. Aber es war nicht Ji-woong, sondern David.

»Was machst du denn hier?«

Er tat so, als hätte er nicht verstanden, setzte sich auf die Bettkante und schaltete die Nachttischlampe ein.

»Ich bin ein bisschen in den Labors spazierengegangen, habe mich überall umgesehen und habe auf einem Strohsack das hier gefunden.« Er hielt eine kleine Schachtel ins Licht.

Es behagte Julie nicht, dass David sich in ihrem Zimmer aufhielt, wo doch Ji-woong jeden Moment zurückkommen konnte, aber ihre Neugier war doch stärker.

»Was ist das?«

»Du wolltest den ›Stein der Weisen‹ konstruieren – nun, diese Leute haben das Gerät hergestellt. Léopold wollte ein Hügelhaus bauen – sie haben es errichtet. Paul wollte Pilze züchten, um autark leben zu können – hier wachsen jede Menge Pilze. Sie haben auch den Computer mit ›demokratischer‹ Anordnung fabriziert, von dem Francine so begeistert war ... Und erinnerst du dich noch an Zoés Projekt?«

»Künstliche Fühler für eine Absolute Kommunikation zwischen Menschen!« Julie setzte sich im Bett auf.

David zeigte ihr kleine rosa Fühler an einer Nasenzwinge.

Sollte den Pyramidenbewohnern sogar das gelungen sein?

»Hast du mit Arthur darüber gesprochen?«, fragte sie.

»Alle schlafen, und ich wollte niemanden stören. Ich habe zwei Paar davon gefunden und einfach mitgenommen.«

Sie starrten die seltsamen Gebilde wie verbotenes Naschwerk an. Julie wollte eigentlich sagen: »Warten wir bis morgen und fragen Arthur um Rat.« Doch alles in ihr drängte: »Los, probier's aus!«

»Erinnerst du dich noch? Edmond Wells sagt, bei einer Absoluten Kommunikation würden zwei Ameisen nicht nur Informationen austauschen, sondern ihre Gehirne miteinander verknüpfen. Über die Fühler zirkulieren die Hormone von einem Schädel in den anderen, so als wäre es ein einziger, und dann verstehen sie einander völlig, können buchstäblich Gedanken lesen.«

Ihre Blicke kreuzten sich.

»Wollen wir's versuchen?«

199. ENZYKLOPÄDIE

Empathie Empathie ist die Fähigkeit zu spüren, was die anderen spüren, ihre Freuden und Schmerzen wahrzunehmen und zu teilen. (Pathos bedeutet im Griechischen Leiden.) Sogar Pflanzen nehmen Schmerz wahr. Wenn man die Elektroden eines Galvanometers – eines Geräts zur Messung des elektrischen Widerstands – an der Rinde eines Baums anbringt und wenn jemand, der an diesem Baum lehnt, sich mit einem Messer in den Finger schneidet, stellt man eine Veränderung dieses Widerstands fest. Der Baum registriert also die Vernichtung menschlicher Zellen. Wird ein Mensch in einem Wald ermordet, nehmen alle

Bäume das wahr und sind davon betroffen. Der amerikanische Schriftsteller Philip K. Dick, Autor von *Blade Runner*, sagt, wenn ein Roboter imstande sei, den Schmerz eines Menschen wahrzunehmen und mit ihm zu leiden, dann verdiente er, als Mensch eingestuft zu werden. Und wenn im Gegenteil ein Mensch unfähig sei, das Leiden eines anderen wahrzunehmen, sei es durchaus gerechtfertigt, ihm das Menschsein abzusprechen.

Man könnte sich durchaus eine neue Strafart vorstellen: den Entzug des Rechts, sich »Mensch« zu nennen. Das wäre eine gerechte Strafe für alle Folterknechte, Mörder und Terroristen, für alle, die einem anderen Schmerz zufügen, ohne selbst davon berührt zu werden.

EDMOND WELLS

Enzyklopädie des relativen und absoluten Wissens, Bd. 3

200. FUSSSPUREN

Maximilien glaubte, endlich die richtige Fährte gefunden zu haben. Die Fußspuren waren ganz deutlich zu sehen. Ein Junge und ein Mädchen waren diesen Weg gegangen. Dass sie jung waren, konnte man daran erkennen, dass sie das Gewicht ihrer Füße nach vorne verlagerten, so dass der Abdruck von den Zehen tiefer war als der von den Fersen. Und das Geschlecht konnte der Kommissar mit Hilfe einiger Haare bestimmen. Jeder Mensch verliert überall seine Haare, ohne es zu bemerken. Die langen schwarzen Haare stammten mit Sicherheit von Julie Pinson. Und der Abdruck von Davids Krücke beseitigte die letzten Zweifel daran, um wen es sich handelte.

Die Fährte führte den Kommissar zu einer von Dornbüschen umrahmten Mulde, in deren Mitte ein Hügel aufragte.

Maximilien erkannte den Ort wieder. Hier hatte er gegen die Wespen gekämpft. Aber wohin war die Pyramide verschwunden?

Er starrte verwirrt einen Sandsteinfelsen an, der mit einer Zacke direkt auf den Hügel deutete. Die Welt ist voller Zeichen, die einem helfen, wenn man Sorgen hat. Aber Maximiliens Gehirn war noch nicht bereit, darauf zu achten.

Wie konnte eine Pyramide plötzlich verschwinden? Er holte seinen Notizblock hervor und betrachtete die Skizze, die er bei seinem ersten Besuch angefertigt hatte.

Hinter ihm kamen die anderen Polizisten angelaufen.

»Und was machen wir jetzt, Kommissar?«, fragten sie ungeduldig.

201. Gegenwartsbewusstsein

»Los geht's!«

David überreichte Julie ein Paar Fühler. Das Gestell bestand aus zwei kleinen Hörnern aus Kunststoff, die über dem Nasenrücken miteinander verbunden waren und sich zu 15 cm langen stängelartigen Gebilden verdünnten. Die eigentlichen Antennen waren aus elf Segmenten mit Mikroporen und Rillen zusammengefügt und so geformt, dass sie mit den Fühlern des anderen Geräts Kontakt halten konnten.

David hatte sich die kurze Gebrauchsanleitung in der *Enzyklopädie* abgeschrieben und las vor:

»Man muss die Antennen in die Nasenlöcher einführen, wodurch die olfaktorische Empfindlichkeit sowohl beim Senden als auch beim Empfangen erheblich verstärkt wird. Weil unsere Nasenhöhle von einer von kleinen, durchlässigen Venen durchzogenen Schleimhaut ausgekleidet ist, gehen äußere Reize dort sehr schnell ins Blut über. Wir können direkt von Nase zu Nase kommunizieren. Hinter den Nasenhöhlen befinden sich nämlich Neurosensoren, die alle chemischen Informationen sofort ans Gehirn weiterleiten.«

Julie starrte die seltsamen Gebilde ungläubig an. »Und diese AK soll wirklich nur über den Geruchssinn funktionieren?«

»Warum nicht? Immerhin kommt schon ein Baby mit voll entwickeltem Geruchssinn zur Welt, was bei den anderen Sinnen nicht der Fall ist. Ein Neugeborenes kann sogar die Milch seiner Mutter am Geruch erkennen.«

David betrachtete die Apparatur aufmerksam. »Wenn man dem Schema in der *Enzyklopädie* glauben darf, ist eine komplizierte Elektronik darin verborgen, wahrscheinlich eine Art Pumpe, die unsere Geruchsmoleküle aufsaugt und weiterleitet.«

Der junge Mann drückte auf den Einschaltknopf, führte die Antennen in seine Nasenlöcher ein und forderte Julie auf, es ihm gleichzutun.

Anfangs war es etwas unangenehm, weil der Kunststoff die Nasenwand zusammenpresste, aber sie gewöhnten sich bald daran, schlossen die Augen und atmeten tief ein.

Julie wurde sofort mit starken Schweißgerüchen überschwemmt, und zu ihrer großen Überraschung lieferten sie ihr Informationen über Gemütsbewegungen. Sie konnte mühelos Angst, Lust und Stress identifizieren.

Das war sowohl wunderbar als auch beunruhigend.

David wies sie an, sehr tief zu atmen, damit die Gerüche sofort ins Gehirn gelangen konnten. Als beide diese Vorübung beherrschten, forderte er sie auf, näher an ihn heranzurücken.

»Bist du bereit?«

»Seltsam … Ich habe das Gefühl, als wenn du in mich eindringen würdest«, murmelte Julie.

»Wir werden nur eine Erfahrung machen, von der die Menschen schon immer geträumt haben: die absolute und völlig ehrliche Kommunikation.«

»Du wirst meine geheimsten Gedanken erkennen?«

»Warum ängstigt dich das? Hast du etwas zu verbergen?«

»Wie jeder Mensch. Schließlich ist mein Schädel das letzte Bollwerk, hinter dem ich Schutz suchen kann.«

David legte ihr sanft eine Hand auf den Nacken, bat sie, die Augen zu schließen, und rieb seine künstlichen Fühler an den ihren, bis die Rillen ineinanderpassten. Julie lachte nervös. Sie kam sich mit diesem Plastikding auf der Nase lächerlich vor und war überzeugt, wie eine Languste auszusehen. David drückte ihren Kopf an den seinen, bis sie Stirn an Stirn verharrten. Beide schlossen die Augen.

»Lauschen wir unseren Empfindungen«, murmelte David leise.

Das war gar nicht so einfach. Julie befürchtete, dass David Negatives in ihr entdecken könnte. Obwohl sie sehr schamhaft war, hätte sie sich lieber körperlich entblößt, als jemandem Einblick in ihr Bewusstsein zu gewähren.

»Atme«, flüsterte David.

Sie gehorchte und schreckte vor dem seltsamen Geruch aus Davids Nase zurück. Am liebsten hätte sie sich von ihm gelöst, doch im nächsten Moment nahm sie einen rosa Dunst wahr, der sehr angenehm duftete, und öffnete kurz die Augen. Davids Lider waren geschlossen, und er atmete gleichmäßig. Unwillkürlich machte sie ihm das nach, und bald stimmte der Rhythmus ihrer beiden Atemzüge völlig überein.

Julies Nasenhöhle prickelte, als hätte man Zitronensaft hineintropfen lassen, und wieder wollte sie zurückweichen, doch die Zitronensäure machte allmählich einem schweren, opiumartigen Geruch Platz, der sich in Bilder umsetzen ließ. Der rosa Dunst hatte sich in eine dichte Materie verwandelt, die wie Lava auf sie zuströmte und in ihre Nasenlöcher einzudringen versuchte.

Ein unangenehmer Gedanke schoss ihr durch den Kopf. Die Ägypter hatten vor der Mumifizierung der Leichen das Gehirn durch die Nase herausgezogen. Hier war das Gegenteil der Fall: ein Gehirn wollte sich in ihrer Nasenhöhle einnisten.

Sie atmete tief ein, und plötzlich strömten Davids Gedanken in ihre beiden Gehirnhälften, und seine Ideen zirkulierten in ihrem eigenen Gehirn, so als wären sie dort zu Hause. Sie empfing Bilder, Töne, Musik, Gerüche, Pläne und Erinnerungen, und obwohl der junge Mann sich dem heftig widersetzte, konnte sie immer wieder flüchtig einen fuchsienroten Gedanken erkennen, der sich wie ein ängstliches Kaninchen zu verstecken versuchte.

Gleichzeitig sah David eine marineblaue Wolke mit einer Tür, die sich langsam öffnete. Ein kleines Mädchen lief dort herum, und er folgte ihm. Es führte ihn zu einem Bau, der sich als Julies riesiger Kopf entpuppte. Ihr Gesicht öffnete sich wie eine weitere Tür und enthüllte ein Gehirn, das die Form eines Ameisenbaus hatte. Durch einen schmalen Gang gelangte er ins Innere.

David schweifte durch Julies Gehirn, und sie zeigte ihm, wie sie ihn sah. Er war sehr erstaunt, dass sie ihn als schüchternen jungen Mann einstufte.

Er zeigte ihr, wie er sie sah: als ein ungewöhnlich schönes und intelligentes Mädchen.

Sie erklärten einander alles, enthüllten alles, begriffen die wirklichen Gefühle des anderen.

Julie spürte plötzlich etwas Neues: Ihre Neuronen verbündeten sich mit Davids Neuronen, plauderten miteinander, fanden einander sympathisch und wurden Freunde. Und dann tauchte in dem rosa Dunst das ängstliche kleine fuchsienrote Kaninchen wieder auf, und diesmal begriff Julie. Das war die Zuneigung, die David für sie empfand.

Diese Zuneigung hatte ihn veranlasst, ihr in der Mathematikstunde einzusagen, und sie hatte ihm den Mut verliehen, sich ihretwegen zweimal mit Gonzague Dupeyron und dessen Bande anzulegen. Nicht zuletzt hatten seine Gefühle ihr gegenüber ihn dazu bewogen, sie in seine Rockband aufzunehmen.

Sie verstand ihn jetzt. Ihr Geist hatte sich mit seinem vereinigt. 1 + 1 = 3. David, Julie und ihre Gemeinschaft.

Ein eisiger Schauer überlief beide, als diese Absolute Kommunikation abriss. Sie nahmen ihre künstlichen Fühler ab, und Julie schmiegte sich an David, um sich zu wärmen. Er streichelte sanft ihr Gesicht und ihr Haar, und dann schliefen sie in der großen Pyramide Seite an Seite ein.

202. ENZYKLOPÄDIE

Der Tempel Salomos Der Tempel von König Salomo in Jerusalem setzte sich aus perfekten geometrischen Formen zusammen. Vier Plattformen, jede von einer Steinmauer umschlossen, symbolisierten die vier Welten, aus denen das Leben besteht:

- die materielle Welt: der Körper,
- die emotionale Welt: die Seele,
- die geistige Welt: die Intelligenz,
- die mystische Welt: der göttliche Funke, den jeder von uns in sich trägt.

Im Innern der göttlichen Welt repräsentierten drei Säulenhallen:

- die Schöpfung,
- die Entwicklung,
- das Wirken.

Die Tempelanlage war ein riesiges Rechteck von 100 Ellen Länge, 50 Ellen Breite und 30 Ellen Höhe. Der in der Mitte emporragende Tempel war 30 Ellen lang und 10 Ellen breit. Im Hintergrund befand sich der kubische Schrein des Allerheiligsten.

Dieser Kubus aus Akazienholz hatte eine Kantenlänge von 5 Ellen. Auf ihm lagen zwölf Brote für die zwölf Monate eines Jahres, und ein siebenarmiger Leuchter stand dort, der die sieben Planeten symbolisierte.

Aus alten Texten, speziell jenen des Philon von Alexandria, geht hervor, dass der salomonische Tempel eine geometrische Figur realisierte, die ein Kraftfeld bilden sollte. Die Goldene Zahl ist der Maßstab heiliger Dynamik, und das Allerheiligste ist dazu gedacht, kosmische Energie zu verdichten. Der Tempel soll eine Stätte des Übergangs von der sichtbaren in die unsichtbare Welt sein.

EDMOND WELLS

Enzyklopädie des relativen und absoluten Wissens, Bd. 3

203. Die Liebe

Hier verloren sich die Fußspuren. Maximilien lief auf dem Hügel hin und her und konnte einfach nicht begreifen, wie es möglich war, dass eine Betonpyramide sich plötzlich in Luft auflöste. Seine scharfe Beobachtungsgabe sagte ihm, dass irgendetwas nicht stimmte, aber ihm fehlten noch einige Puzzleteilchen, um das Bild zusammensetzen zu können. Nervös wühlte er mit dem Absatz die Erde auf.

Unter der Erde: Wurzeln, Würmer, Kieselsteine, Sand. Unter dem Sand: eine Betonmauer. Unter dem Beton: die Decke von Julies Schlafkammer. Unter der Decke: Luft.

Unter der Luft: ein Baumwolllaken. Unter dem Laken: ein schlafendes Gesicht. Unter der Gesichtshaut: Venen, Muskeln, Blut.

Poch, poch.

Julie fuhr aus dem Schlaf hoch. Arthur schob seinen Kopf durch die Tür und war allem Anschein nach nicht schockiert, dass David im Bett des jungen Mädchens lag. Er sah seine künstlichen Antennen auf dem Nachttisch und begriff, dass die beiden sie benutzt hatten.

Während sie sich verschlafen die Augen rieben, fragte er sie, ob die Absolute Kommunikation gut geklappt habe.

Beide bejahten wie aus einem Munde.

Arthur begann schallend zu lachen. Sie starrten ihn verständnislos an, bis er ihnen hustend erklärte, dass dieses Gerät nur ein Prototyp sei. Die Bewohner der Pyramide hätten noch nicht die Zeit gehabt, das Projekt zu realisieren.

»Wahrscheinlich wird es noch Jahrhunderte dauern, bis die Menschen eine Absolute Kommunikation erleben können.«

»Sie irren sich, es hat großartig geklappt«, widersprach David.

»Tatsächlich?« Grinsend montierte der alte Mann die Fühler ab und deutete auf einen Leerraum im Gehäuse. »Wie sollte das Gerät ohne Batterien funktionieren? Die olfaktorischen Pumpen brauchen eine Antriebskraft.«

Das war eine kalte Dusche für die jungen Leute.

Arthur amüsierte sich großartig. »Ihr habt euch einfach eingeredet, dass es geklappt hat, Kinder, und das ist doch sehr viel. Wenn man an etwas sehr fest glaubt, sogar an etwas Imaginäres, ist es so, als würde es wirklich existieren. Ihr habt euch vorgestellt, dass mit Hilfe dieses Geräts nun endlich auch die Menschen eine AK erleben können, und dadurch wurde euch tatsächlich ein einmaliges Erlebnis zuteil. Viele Religionen sind auf diese Weise entstanden.«

Arthur verstaute seine Prototypen sorgfältig in der Schachtel. »Und selbst wenn diese künstlichen Fühler funktionieren würden – wäre es wünschenswert, sie in Umlauf zu bringen? Überlegt doch mal, was passieren könnte, wenn jeder in der Lage wäre, im Geist der anderen zu lesen ... Meiner Ansicht nach wäre es eine Katastrophe. Wir sind einfach noch nicht so weit, das verkraften zu können.«

Er konnte Julie und David ansehen, wie enttäuscht sie waren, und schmunzelte noch auf der Treppe.

Die beiden Revolutionäre im Bett hatten das Gefühl, sich lächerlich gemacht zu haben, hatten sie doch so fest an ihre AK geglaubt ...

»Ich wusste von Anfang an, dass es unmöglich ist«, behauptete David mit schlechtem Gewissen.

»Ich auch«, versicherte Julie.

Und dann mussten beide Tränen lachen und rollten eng umschlungen auf dem Bett hin und her. Arthur hatte vielleicht doch Recht. Es genügte, ganz fest an etwas zu glauben, damit es wirklich existierte. David schloss die Tür und kehrte schnell ins Bett zurück. Ihre Lippen fanden sich zu einem langen Kuss. Nun waren es nicht mehr künstliche Fühler, die miteinander verschmolzen, sondern lebendige Zungen, schnelle Atemzüge und Schweißpartikel.

Julie wusste, dass sie jetzt endlich die körperliche Liebe erleben würde. Schluss mit der Tugendhaftigkeit! Sie ließ sich von David liebkosen, und ihre Neuronen fragten sich, was sie davon halten sollten.

Die meisten sprachen sich für totale Ungezwungenheit aus. Schließlich kannte Julie David gut, und es war unvermeidlich, dass sie eines Tages ihre Jungfräulichkeit verlor. Eine kleine Minderheit behauptete allerdings, das junge Mädchen dürfe nicht seinen wichtigsten Besitz, die Unberührtheit, weggeben. Davids Liebkosungen lösten jedoch Ströme von Acetylcholin aus – eines natürlichen Stimmungsaufhellers –, die jene reaktionären Neuronen zum Schweigen brachten.

Es war so, als hätte sich eine letzte wichtige Tür endlich aufgetan. Julie hatte das Gefühl, ihren Körper von innen und von außen zugleich zu erleben. Im Innern gab es die keuchende Atmung, das Blut, das in ihren Schläfen pochte, und das Gehirn, das von grellen Blitzen durchzuckt wurde.

Austausch von Flüssigkeiten.

Sie war glücklich, am Leben zu sein, sie war glücklich, geboren worden zu sein, sie war glücklich, so zu sein, wie sie jetzt war. Es gab so viel zu lernen, und es gab so viele interessante Menschen, die man kennenlernen musste. Die Welt war so groß und so herrlich.

Julie begriff jetzt, warum sie bisher solche Angst vor der Entjungferung gehabt hatte. Die idealen Umstände dafür zu finden – das war ihr sehnlichster Wunsch gewesen.

Nun wusste sie, dass die Liebe eine geheime Zeremonie war, die in einer unterirdischen Pyramide mit einem Mann namens David vollzogen werden musste.

204. Immer mehr gebratenes Fleisch

Prinz Nr. 24 will Näheres über die Sexualität der Finger wissen, wahrscheinlich weil er gerade eine Szene über dieses Thema verfasst.

SEXUALITÄT
Die Finger sind die geschlechtlich unersättlichste Tierart.

Während die anderen Tiere ihre sexuelle Aktivität auf eine kurze Periode im Jahr, die sogenannte »Hochzeitsperiode«, beschränken, haben die Finger ständig Lust auf Paarungen.

Ob es dabei zu einer Befruchtung kommt, müssen sie dem Zufall überlassen, denn das Weibchen gibt dem Männchen nicht durch irgendwelche äußerlichen Merkmale zu erkennen, wann es schwanger werden kann.

Während der Zeugungsakt bei den meisten Säugetieren kaum länger als zwei Minuten dauert, kann der männliche Finger ihn so lang ausdehnen, wie er will.

Der weibliche Finger stößt auf dem Höhepunkt des Zeugungsakts laute Schreie aus. Man weiß nicht, warum.

Prinzessin Nr. 103 und Prinz Nr. 24 werden auf dem Rücken ihrer Reiseschnecke sanft geschaukelt. Sie sind so in ihre Unterhaltungen über die Welt der Finger vertieft, dass sie die Landschaft gar nicht beachten, und es fällt ihnen auch nicht auf, dass ihre Schnecke sie mit ihren Tentakelaugen beobachtet.

Unter ihnen zieht die Masse der Pilger in zwei langen Kolonnen dahin, um nicht durch den Schleim der Schnecke waten zu müssen. Ihre Biwaks sind jetzt so riesig, dass sie nicht mehr wie Kugeln an den Ästen hängen, sondern ganze Tannen bedecken.

Prinzessin Nr. 103 nimmt die geballten Gerüche der Menge, deren Führerin sie ist, deutlich wahr. Umgekehrt können aber die Pheromone ihrer Erzählungen das Ende der Schlange nicht erreichen, und deshalb werden sie von Ameisen weitergegeben. Allerdings werden die Informationen dabei manchmal leicht verzerrt, denn die Nachrichtenübermittlung durch Gerüche ist nicht viel zuverlässiger als die mündliche.

Die Prinzessin hat gesagt, die weiblichen Finger würden bei der Paarung laute Schreie ausstoßen.

Bei den Fingern wundert man sich über gar nichts mehr. Aber manche Insekten fügen ihre persönliche Interpretation der ursprünglichen Aussage hinzu.

Warum stoßen die weiblichen Finger Schreie aus?

Sie bekommen zur Antwort:

Um ihre Feinde in die Flucht zu schlagen, damit sie bei der Paarung nicht gestört werden.

Die Ameisen am Ende der Prozession vernehmen schließlich folgende Botschaft:

Die Finger vertreiben ihre Feinde durch lautes Schreien.

Die Prinzessin ist überzeugte Atheistin, aber sie kann nicht verhindern, dass immer mehr Marschteilnehmer die Finger für Götter halten und von einer Wallfahrt sprechen.

Prinz Nr. 24 wünscht weitere Informationen. Wie geben die Finger beispielsweise Alarm?

ALARM

Weil die Finger über keine Duftsprache verfügen, können sie keine Alarmpheromone ausstoßen.

Bei Gefahr geben sie deshalb entweder auditive Signale – beispielsweise durch heulende Sirenen – oder visuelle Signale, beispielsweise rote Blinklichter.

Meistens sind es aber die Fernsehantennen, die als Erste informiert sind und der Bevölkerung signalisieren, dass irgendeine Gefahr droht.

Der riesige Zug erregt im Wald großes Aufsehen, und alle, die sich ihm nicht anschließen, sind sehr beunruhigt, denn er verschlingt im wörtlichen Sinn nicht nur immer mehr Tiere, sondern brät sie auch noch, bevor sie gegessen werden!

205. Das zerbrochene Ei

Julie wollte David gerade wieder küssen, als von draußen eine wohlbekannte Stimme hereindröhnte:

»Kommen Sie sofort heraus! Sie sind umzingelt!«

Die ganze Pyramide geriet in Aufruhr. Alle rannten in den Computersaal und scharten sich um die Videokameras, auf denen Polizisten zu sehen waren, die auf dem Hügel Stellung bezogen.

In Julies Schlafkammer blinkte ein rotes Licht.

»Jetzt ist alles aus«, murmelte David.

»Machen wir trotzdem noch ein bisschen weiter«, sagte Julie. »Es war so herrlich …«

Ji-woong riss die Tür auf, blieb überrascht stehen, verzichtete aber auf jeden Kommentar und sagte nur:

»Wir werden angegriffen. Kommt schnell!«

Jonathan und Laetitia holten einen Koffer mit der Aufschrift »Beobachtung«. In einem weichen Moosbett lagen darin fliegende Ameisenroboter.

Vier dieser Wunderwerke der Mikromechanik wurden zu den Belüftungsschächten gebracht. Jonathan Wells, Laetitia Wells, Jason Bragel und Jacques Méliès setzten sich an die Kontrollbildschirme und steuerten die Ameisen, die gleich darauf Nahaufnahmen von den Vorgängen um ihren Zufluchtsort herum lieferten.

Maximilien bellte Befehle in sein Walkie-Talkie. Ein Lastwagen brachte Material zum Ausschachten. Männer mit Presslufthämmern rückten an.

Jonathan und Laetitia holten einen zweiten Koffer mit der Aufschrift »Kampf«. Weitere fliegende Ameisen wurden losgeschickt, diesmal mit dem Auftrag zu stechen, auch sie ferngesteuert von Bewohnern der Pyramide. Arthur konnte sich zu seinem Leidwesen nicht daran beteiligen, weil seine Hände zu stark zitterten.

Pickel und Schaufeln griffen den Hügel an. Noch dämpfte die Erdschicht die Erschütterung, aber alle wussten, dass die Werkzeuge bald auf den Beton der Pyramide stoßen würden.

Eine geschickt gesteuerte Kampfameise landete auf dem Hals eines Polizisten und verabreichte ihm ein Betäubungsmittel. Der Mann wurde sofort ohnmächtig.

Der Kommissar brüllte neue Befehle in sein Walkie-Talkie, und kurz darauf brachte ein Transporter Schutzkleidung für Imker, die alle Polizisten rasch anzogen. Nun vermochten ihnen die Kampfameisen nichts mehr anzuhaben, und andere Waffen besaßen die Pyramidenbewohner nicht. Sie tauschten ratlose Blicke.

»Wir sind erledigt«, prophezeite Arthur.

Der Stahl eines Bohrers wühlte im Beton, ließ die Pyramide erbeben und beschleunigte den Herzschlag.

Plötzlich hörte das Hämmern auf. Die Polizisten legten Dynamitstangen in die Löcher. Maximilien hatte an alles gedacht. Mit dem Detonator in der Hand zählte er rasch rückwärts:

»Sechs, fünf, vier, drei, zwei, eins ...«

206. ENZYKLOPÄDIE

Null Spuren der Null findet man in chinesischen Rechnungen des zweiten Jahrhunderts n. Chr. (durch einen Punkt markiert) und noch früher bei den Maya (durch eine Spirale markiert), aber unsere Null stammt aus Indien. Im siebenten Jahrhundert haben die Perser sie von den Indern übernommen, und einige Jahrhunderte später schrieben die Araber sie bei den Persern ab und gaben ihr den heutigen Namen. In Europa wird die Null aber erst im 13. Jahrhundert bekannt, durch Leonardo Fibonacci (wahrscheinlich eine Abkürzung von: Figlio di Bonacci - Sohn von Bonacci), genannt Leonardo von Pisa, der aber nicht aus Pisa, sondern aus Venedig stammte und ein erfolgreicher Kaufmann war.

Als Fibonacci seinen Zeitgenossen die Bedeutung der Null klarzumachen versuchte, befand die Kirche, dass diese Zahl vieles ins Wanken bringe. Einige Inquisitoren erklärten sie sogar für diabolisch. Hinter eine Zahl gesetzt, erhöhte sie zwar deren Wert, doch jede Zahl, die man mit der Null multiplizierte, endete als Null.

Man sagte, die Null sei der große Vernichter, weil sie alles, was sich ihr nähere, in Null verwandle. Hingegen wurde die Eins »große Respektvolle« genannt, weil sie eine Zahl, die mit ihr multipliziert wird, unangetastet lässt. Null multipliziert mit fünf ist null, eins multipliziert mit fünf ist fünf.

Trotzdem legte sich die Aufregung ziemlich schnell, denn die Kirche begriff die materiellen Vorteile der Null rasch.

EDMOND WELLS

Enzyklopädie des relativen und absoluten Wissens, Bd. 3

207. DIE GROSSE WALLFAHRT

Prinzessin Nr. 103 erkennt den Weg wieder. Bald werden sie den Menschenbau, aus dem sie entflohen ist, erreicht haben. Die Große Begegnung ist nicht mehr fern.

Ihre jungen Kundschafterinnen warnen den hinteren Teil der endlos langen Prozession, dass die vorderen Reihen wahrscheinlich bald langsamer marschieren oder gar stehenbleiben werden. Diese Vorwarnung ist dringend notwendig, um zu verhindern, dass unzählige Ameisen totgetrampelt werden.

Die Prinzessin betrachtet die Landschaft und wundert sich. Der Bau ist nicht mehr zu sehen. Stattdessen ragt dort jetzt ein Hügel empor, auf dem ein schreckliches Durcheinander herrscht. Es riecht sehr stark nach Fingern. Zuletzt hat sie einen solchen Tumult erlebt, als sie die Finger bei einem sogenannten »Picknick« störte, nur weil sie sich auf eine Decke verirrt hatte.

208. Gedächtnispheromon: Mahlzeiten

Speichlerin: Nr. 10

MAHLZEITEN:

Die Finger sind die einzigen Tiere, die nach einem festgelegten Rhythmus essen.

Während man in der ganzen Tierwelt isst, wenn man entweder Hunger hat oder zufällig Nahrung erblickt und schnell genug laufen kann, um sie zu erlegen, isst man bei den Fingern dreimal am Tag, egal ob man Hunger hat oder nicht.

Dieses System von drei Mahlzeiten am Tag ermöglicht es den Fingern, ihre Tage in zwei Teile zu teilen.

Die erste Mahlzeit wird am Morgen eingenommen, die zweite beendet den Morgen und leitet zum Nachmittag über, und die dritte beendet den Nachmittag und bereitet auf den Schlaf vor.

209. Guten Tag

Sie sind hier. Die Finger sind hier. Und die starken Gerüche, die Prinzessin Nr. 103 wahrnimmt, verraten ihr, dass es viele Finger sind.

Begrüßungsmolekül.

Alle Insekten übermitteln den Fingern ein Pheromon. Diese Duftsignale haben nichts Aggressives, nichts Prahlerisches an sich.

Wir grüßen alle anwesenden Finger.

Begeistert darüber, dass es nun endlich zur Großen Begegnung kommt, klettern sie an den riesigen warmen Tieren empor, die so starke Gerüche verströmen, und dabei senden sie ihnen die herzlichsten Pheromone, die es überhaupt gibt. Die Prinzessin hat ihnen schließlich oft genug erklärt, dass Finger Wert darauf legen, respektvoll behandelt zu werden.

Wir grüßen alle anwesenden Finger.

210. Enzyklopädie

Utopie von Sabbatai Zewi Nach tausend Berechnungen und esoterischen Auslegungen der Bibel und des Talmud sagten die großen kabbalistischen Gelehrten Polens das Erscheinen des Messias für das Jahr 1666 voraus.

Die Moral des jüdischen Volkes in Osteuropa war damals auf einem Tiefpunkt angelangt. Einige Jahre zuvor hatte sich der Kosakenhetman Bogdan Chmielnitzki an die Spitze einer Bauernarmee gestellt, die der Herrschaft der polnischen Adligen ein Ende bereiten sollte. Weil die Aristokraten sich in ihren Schlössern verschanzten, ließ die Horde ihre Wut an den kleinen jüdischen Gemeinden aus, die ihren Lehnsherren angeblich treu ergeben waren. Es kam zu einem Massaker sondergleichen, und als einige Wochen später die Polen blutige Vergeltung übten, wüteten auch sie in den jüdischen Dörfern, und es gab wieder Tausende von Toten. »Das ist das Zeichen für die letzte Schlacht von Armageddon«, sagten die Kabbalisten. »Das ist das Vorspiel zur Ankunft des Messias.«

Diesen Zeitpunkt wählte Sabbatai Zewi, ein sanfter junger Mann mit verträumten Augen, um sich als Messias zu proklamieren. Er war ein guter Redner, er wirkte beruhigend und brachte die Menschen zum Träumen. Bald wurde behauptet, er hätte schon viele Wunder vollbracht, und innerhalb kurzer Zeit war er Ursache eines großen religiösen Eifers in den jüdischen Gemeinden Osteuropas.

Viele Rabbiner warnten allerdings vor diesem Usurpator und »falschen König«. Zwischen Anhängern und Gegnern von Sabbatai Zewi gab es heftige Auseinandersetzungen; sogar Familien entzweiten sich seinetwegen. Hunderte von Menschen beschlossen jedoch, ihre Heimat zu verlassen und diesem neuen Messias ins Heilige Land zu folgen, wo er eine utopische Gemeinschaft gründen wollte. Das ging nicht lange gut. Eines Abends wurde Sabbatai Zewi von Spionen des türkischen Sultans entführt. Vor die Wahl gestellt, entweder hingerichtet zu werden oder zum Islam überzutreten, konvertierte er. Seine treuesten Anhänger folgten seinem Beispiel, während die anderen ihn möglichst schnell vergaßen.

Edmond Wells

Enzyklopädie des relativen und absoluten Wissens, Bd. 3

211. Die Armee der Heinzelmännchen

Ein Schrei. Beim Anblick dieser wimmelnden Masse, die allem Anschein nach einen Sturmangriff plant, fällt ein Polizist in Ohnmacht. Insgesamt waren zwanzig Männer auf dem Hügel beschäftigt gewesen. Drei sterben sofort an Herzinfarkt. Die anderen ergreifen die Flucht.

Auf den drei regungslosen Körpern der Finger senden Kundschafterinnen höfliche Begrüßungspheromone aus und begreifen nicht, dass sie keine Antwort erhalten. Prinzessin Nr. 103 hat ihnen doch erzählt, manche Finger könnten die olfaktorische Sprache der Ameisen verstehen.

»Was ist das denn?«, ruft Julie entsetzt, als sie auf dem Videobildschirm die wimmelnde Masse sieht.

Prinzessin Nr. 103 sieht, wie überall um sie herum Ameisen auf die Finger klettern und ihnen Begrüßungsmoleküle entbieten, und plötzlich wird ihr klar, dass sie diese Massenbewegung zwar ins Leben gerufen hat, nun aber völlig die Kontrolle zu verlieren droht.

Sie bittet alle, sich wieder zu beruhigen. Beim Anblick vieler Ameisen würden die Finger leicht erschrecken. Sie seien im Grunde sehr schüchtern.

Die zwölf jungen Kundschafterinnen galoppieren an der ganzen Kolonne entlang, um alle aufzufordern, Distanz von den Fingern zu halten.

Vorne steigen trotzdem etliche Ameisen auf die drei liegenden Finger und erkunden diese warmen Gebirge, die sich seltsamerweise nicht mehr bewegen.

Tausende von Pilgern werden vermisst: Die flüchtenden Finger, auf die sie geklettert waren, haben sie einfach mit sich weggetragen.

Prinzessin Nr. 103 ruft alle gebieterisch zur Ordnung. In diesem wichtigen Augenblick komme es vor allem darauf an, nicht den Kopf zu verlieren. Außerdem verbietet sie ihren Truppen, an den Fingern zu knabbern oder sie mit Säure zu besprühen.

Als die Ruhe wiederhergestellt ist, inspiziert sie den Hügel. Sie irrt lange zwischen dem Farnkraut umher, doch schließlich findet sie den Belüftungsschacht, durch den sie aus dem Bau der Finger geflüchtet ist.

Dann steigt sie auf einen Felsen und spricht zu der Menge. Dieser Hügel sei der Bau jener seltenen Finger, die die olfaktorische Sprache der Ameisen verstünden. Sie werde erst allein zu ihnen hinabsteigen und sich mit ihnen unterhalten und anschließend der ganzen Pilgerschar Bericht erstatten.

Bis zu ihrer Rückkehr überträgt sie die Verantwortung dem Prinzen Nr. 24 und den zwölf jungen Kundschafterinnen.

Während die ferngesteuerten Ameisen den wimmelnden schwarzen Teppich auf dem Hügel filmten, hörte man ein leises Kratzen an einem Belüftungsgitter. Arthur ging nachschauen und sah eine mittelgroße Ameise mit kleinen Fühlern, die einen Zweig in den Mandibeln hatte, um lauter klopfen zu können.

Sie wurde eingelassen, und als Arthur die gelbe Markierung auf ihrer Stirn sah, strahlte er übers ganze Gesicht.

Nr. 103.

Nr. 103 war zurückgekommen!

»Guten Tag, Nr. 103«, sagte er gerührt. »Du hast also dein Versprechen gehalten und bist zurückgekommen.«

Die rote Ameise verstand zwar nicht, was er sagte, nahm aber seinen vertrauten Mundgeruch wahr und bewegte freudig ihre Fühler.

»Und du hast jetzt Flügel!«, staunte Arthur. »Ah, wir haben uns bestimmt sehr viel zu erzählen!«

Er nahm Nr. 103 vorsichtig zwischen seine Finger und trug sie zum »Stein der Weisen«.

Alle Pyramidenbewohner scharten sich um das Gerät, und Nr. 103 legte wie früher ihre Antennen auf die kleine Gabel vor dem Glas.

»Guten Tag, Nr. 103.«

»*Guten Tag, Arthur!*«, antwortete die synthetische Computerstimme.

Arthur warf den anderen einen hastigen Blick zu und bat sie, an die Bildschirme zurückzukehren, weil er allein mit seiner Freundin sprechen wolle. Alle verstanden, dass der alte Mann glücklich über das Wiedersehen war, und entfernten sich.

Um ganz sicher zu sein, dass nur er allein seine Freundin hören würde, setzte Arthur Kopfhörer auf, und dann führten sie ein sehr vertrauliches Gespräch.

212. ENZYKLOPÄDIE

Unsere verschiedenen Alliierten Die Geschichte kennt viele Fälle militärischer Kollaboration zwischen Mensch und Tier. Allerdings wurden die Tiere nie gefragt, ob sie damit einverstanden sind.

Im Zweiten Weltkrieg dressierten die Sowjets Hunde, die sich – mit einer Mine am Körper – unter feindliche Panzer schieben und diese zur Explosion bringen sollten. Das klappte aber nicht besonders gut, weil die Hunde es meistens eilig hatten, zu ihren Herren zurückzukehren.

Im Jahre 1943 wollte Dr. Louis Feiser gegen japanische Schiffe Fledermäuse einsetzen, die mit winzigen Brandbomben bestückt sein sollten. Das wäre die Antwort auf die Kamikaze-Kämpfer gewesen, doch nach Hiroshima waren diese Waffen veraltet.

Die Briten hatten 1944 die Idee, Katzen als Piloten kleiner Flugzeuge mit Bomben an Bord einzusetzen. Man dachte, die Katzen würden aus Angst vor dem Wasser alles tun, um ihre Maschinen auf einem Flugzeugträger landen zu lassen. Das Projekt scheiterte.

Im Vietnamkrieg versuchten die Amerikaner, Tauben und Aasgeier als Bombenträger gegen die Vietkong einzusetzen, aber auch das klappte nicht.

Die Menschen wollten Tiere aber nicht nur als Soldaten, sondern auch als Spione verwenden. Im Kalten Krieg führte das CIA Experimente mit Küchenschaben durch: Man hatte vor, Personen, die beschattet werden sollten, mit Hormonen weiblicher Küchenschaben zu markieren, denn dieses Peripalon B übt auf männliche Küchenschaben eine so erregende Wirkung aus, dass sie dem Geruch über Kilometer hinweg folgen.

EDMOND WELLS

Enzyklopädie des relativen und absoluten Wissens, Bd. 3

213. Klarstellung

Niemand erfuhr etwas über den Inhalt des Gesprächs zwischen Arthur und Prinzessin Nr. 103. Wahrscheinlich erklärte die Ameise ihm, warum sie aus seinem Labor geflohen war, und wahrscheinlich bat Arthur sie, mit ihren Truppen hierzubleiben, um die Pyramide auch beim nächsten Angriff der Finger zu verteidigen. Zweifellos fragte Nr. 103 auch, wie es um das Projekt einer Kooperation zwischen den beiden Welten stehe.

214. Gespräche der Apostel

Draußen richten die zwölf jungen Kundschafterinnen zwölf Biwaks ein, jedes mit einem Lagerfeuer in der Mitte. Jede von den zwölf erzählt die ganze Nacht hindurch, was ihrer Ansicht nach im Innern des Fingerbaus vor sich geht. Alle glauben, dass die Prinzessin sich mit den Fingern unterhält, die zu einer Kommunikation imstande sind – im Gegensatz zu den drei großen Fleischbergen, die nicht einmal die einfachsten Willkommenspheromone verstanden haben und sofort umgekippt sind.

»Prinzessin Nr. 103 wird verlangen, dass zwischen Fingern und Ameisen ein unverbrüchlicher Pakt geschlossen wird«, versichert Prinz Nr. 24, um alle zu beruhigen, und am frühen Morgen fügt er hinzu: »Inzwischen ist das bestimmt schon vollbracht.«

Es ist Nr. 5, die – auf ihre Krücken gestützt – den Lärm als Erste hört. Die Luft über den Lagern wird aufgewirbelt, und sie versteht sofort, dass diese riesigen Hornissen eine Gefahr darstellen, aber sie fliegen viel zu hoch, als dass man sie mit Ameisensäure beschießen könnte, deren Reichweite nur 20 cm beträgt.

Auf den Videokameras in der Pyramide war die Gefahr noch viel deutlicher zu erkennen. Die Polizei setzte gegen die winzigen fliegenden Ameisenroboter gewaltige Hubschrauber eines Typs ein, der in der Landwirtschaft bei der Schädlingsbekämpfung verwendet wird. Es war schon zu spät, um den Ameisen durch Nr. 103 eine Warnung zukommen zu lassen. Ein gelblicher Regen aus Säurekristallen ging auf sie nieder. Die Hubschrauber verstreuten eine sehr konzentrierte Mischung aus Pestiziden und Entlaubungsmitteln. Dieses Gift bereitet grässliche Schmerzen. Die Panzer schmelzen, die Gräser schmelzen, die Bäume schmelzen.

Die Menschen in der Pyramide waren völlig außer sich. Millionen Ameisen hatten sich auf den Weg gemacht, um einen Pakt mit den »Fingern« zu schließen, und nun wurden sie ermordet, ohne sich auch nur verteidigen zu können!

»Wir dürfen das nicht zulassen!«, tobte Arthur.

Prinzessin Nr. 103 verfolgte die Ereignisse auf einem kleinen Kontrollbildschirm, begriff aber nicht, dass sie Zeugin eines Massakers war.

»Sie sind verrückt geworden«, murmelte Julie.

»Nein, sie haben nur Angst«, widersprach Léopold.

Jonathan Wells ballte die Fäuste. »Warum werden die Menschen immer von irgendwelchen mächtigen Holzköpfen daran gehindert, etwas Neues und anderes kennenzulernen? Warum wollen die meisten Menschen alle Geschöpfe, die sie umgeben, nur unter dem Mikroskop beobachten, zerstückelt und aufgespießt?«

Während Arthur beobachtete, wie das gelbliche Gift überall Leben vernichtete, schämte er sich, ein Mensch zu sein, und schließlich sagte er entschlossen, wenn auch mit nicht ganz fester Stimme: »Jetzt reicht's! Das Spiel ist aus. Ergeben wir uns, um diesem Massenmord Einhalt zu gebieten.«

Sie verließen die Pyramide durch den Tunnel und stellten sich der Polizei. Niemand zögerte. Sie hatten keine andere Wahl. Wenn sie kapitulierten, würde man das Bombardement vielleicht einstellen.

215. Gedächtnispheromon: Corrida

Speichlerin: Nr. 10

CORRIDA:

Die Finger sind die mächtigsten Raubtiere.

Trotzdem scheinen sie manchmal daran zu zweifeln und brauchen eine neue Bestätigung ihrer Macht.

Dann veranstalten sie eine »Corrida«.

Das ist ein seltsames Ritual, bei dem ein Finger gegen ein Tier kämpft, das er als besonders mächtig empfindet: den Stier.

Sie kämpfen stundenlang, der Stier mit den Waffen seiner spitzen Hörner, der Finger mit einer schmalen Metallklinge.

Der Finger siegt fast immer, aber auch wenn der Stier einmal siegt, wird er nicht freigelassen.

Das Ritual der Corrida gibt den Fingern Gelegenheit, sich ins Gedächtnis zu rufen, dass sie die Herren aller Tiere und der ganzen Natur sind.

216. Der Prozess

Drei Monate später begann der Prozess.

Der große Gerichtssaal im Justizpalast von Fontainebleau war überfüllt. Sogar das nationale Fernsehen hatte sich herbemüht. An den anfänglichen Erfolgen der *Revolution der Ameisen* hatten die Medien kein Interesse gehabt, aber sie wollten es sich nicht nehmen lassen, ausführlich über die Niederlage und über die Bestrafung der Übeltäter zu berichten, denn so etwas kam beim Publikum immer gut an. Außerdem mussten sich nicht nur die Anführer der gescheiterten Revolution vor Gericht verantworten, sondern auch die verrückten Bewohner der Waldpyramide, und die Tatsache, dass ein ehemaliger Forschungsminister, eine schöne Eurasierin und ein kranker alter Mann zu den Angeklagten gehörten, verlieh dem Prozess eine besonders reizvolle Note.

»Meine Damen und Herren – das hohe Gericht«, kündigte der Gerichtsdiener an.

Flankiert von seinen beiden Beisitzern und gefolgt vom Oberstaatsanwalt betrat der vorsitzende Richter den Saal. Der Gerichtsschreiber und die neun Geschworenen saßen schon auf ihren Plätzen: ein Lebensmittelhändler, ein Briefträger im Ruhestand, die Inhaberin eines Hundesalons, ein Chirurg, eine U-Bahn-Kontrolleurin, ein Prospektausträger, eine krankgeschriebene Lehrerin, ein Buchhalter und ein Matratzenhersteller.

»Die Staatsanwaltschaft gegen die Gruppe namens *Revolution der Ameisen* sowie gegen die sogenannten ›Leute der Waldpyramide‹.«

Richter und Beisitzer nahmen an einem langen Ulmenholztisch Platz, unter der allegorischen Statue der Justitia, einer jungen Frau in tief dekolletierter Toga mit verbundenen Augen und einer Waage in der Hand.

Dann wurden die Angeklagten vorgeführt, eskortiert von vier Polizisten. Es waren insgesamt achtundzwanzig – die sieben Initiatoren der *Revolution der Ameisen* sowie die einundzwanzig Pyramidenbewohner.

Der Richter – ein würdiger Herr mit weißen Haaren, gepflegtem graumeliertem Bart und Halbbrille – fragte, wo der Verteidiger sei. Der Gerichtsschreiber erwiderte, eine der Angeklagten, Julie Pinson, wolle selbst die Verteidigung übernehmen, und alle anderen Angeklagten seien damit einverstanden.

»Wer ist Julie Pinson?«

Ein junges Mädchen mit hellgrauen Augen hob die Hand.

Der Richter forderte es auf, den für die Verteidigung reservierten Platz einzunehmen. Um jede Fluchtgefahr auszuschließen, wurde es von zwei Polizisten begleitet, die freundlich lächelten und ganz sympathisch wirkten. Polizisten gebärden sich wild, wenn sie Jagd auf jemanden machen, weil sie Angst vor einem Fehlschlag haben, dachte

Julie, aber wenn ihre Beute erst einmal zur Strecke gebracht ist, sind sie gar nicht so übel.

Sie suchte ihre Mutter unter den Zuschauern, entdeckte sie in der dritten Reihe und nickte ihr zu. Weil ihre Mutter früher immer verlangt hatte, sie solle Jura studieren und Anwältin werden, fand sie es sehr befriedigend, jetzt ohne jedes Diplom auf der Bank des Verteidigers zu sitzen.

Der Richter schlug mit seinem Elfenbeinhämmerchen auf den Holztisch. »Das Verfahren ist eröffnet. Ich bitte um Verlesung der Anklageschrift.«

Alle Schandtaten der Revolutionäre und der Pyramidenbewohner waren genau erfasst worden. Letzter Punkt der Anklage war der Tod von drei Polizisten während eines Einsatzes.

Danach musste Arthur als Erster vor die Gerichtsschranke treten.

»Sie sind Arthur Ramirez, 72 Jahre alt, Geschäftsmann, wohnhaft in der Rue Phoenix in Fontainebleau?«

»Ja.«

»Sagen Sie: Ja, Herr Vorsitzender.«

»Ja, Herr Vorsitzender.«

»Monsieur Ramirez, Sie haben am 12. März dieses Jahres Gaston Pinson mit einem winzigen Roboter in Form einer fliegenden Ameise ermordet. Was haben Sie dazu zu sagen?«

Arthur fuhr sich mit der Hand über die schweißnasse Stirn. Das Stehen strengte den kranken alten Mann sehr an.

»Es tut mir wahnsinnig leid, ihn getötet zu haben. Das war nicht meine Absicht. Ich wollte ihn nur betäuben und wusste natürlich nicht, dass er allergisch gegen Anästhetika war.«

»Finden Sie es normal, Menschen mit fliegenden Robotern anzugreifen?«

»Meine Freunde und ich wollten in Ruhe arbeiten, ohne von neugierigen Spaziergängern gestört zu werden. Wir haben diese Pyramide gebaut, um enge Kontakte zu Ameisen zu pflegen, mit dem Ziel einer Kooperation zwischen unseren beiden Kulturen.«

Der Richter blätterte in seinen Unterlagen. »Ach ja … Sie haben diese Pyramide ohne Baugenehmigung mitten in einem Naturschutzgebiet errichtet!«

Er schaute weitere Papiere durch.

»Wie ich sehe, war Ihre Ruhe Ihnen so kostbar, dass Sie sogar einen Polizeibeamten, Kommissar Maximilien Linart, mit Ihren fliegenden Ameisen angegriffen haben.«

»Er wollte meine Pyramide zerstören. Ich habe in Notwehr gehandelt.«

»Ihnen ist jeder Vorwand recht, um Menschen mit Ihren fliegenden Robotern zu töten!«, warf der Staatsanwalt scharf ein.

Arthur bekam einen so heftigen Hustenanfall, dass er kein Wort mehr hervorbringen konnte. Zwei Polizisten führten ihn auf seinen Platz zurück, wo seine Freunde ihn auf der Anklagebank stützten, sichtlich besorgt um den alten Mann. Jacques Méliès erhob sich und verlangte einen Arzt. Der Mediziner vom Dienst eilte herbei und erklärte nach einer kurzen Untersuchung, der Angeklagte dürfe nicht überanstrengt werden.

»Nächster Angeklagter: David Sator.«

David legte den Weg zur Schranke ohne seine Krücke zurück.

»David Sator, 18 Jahre alt, Schüler. Sie sind angeklagt, der Stratege dieser *Revolution der Ameisen* gewesen zu sein. Wir besitzen Fotos, auf denen deutlich zu sehen ist, dass Sie die Demonstranten anführten wie ein General seine Armee. Haben Sie sich für einen zweiten Trotzki gehalten? Wollten Sie die Rote Armee wiederauferstehen lassen?«

Bevor David etwas darauf erwidern konnte, fuhr der Richter fort: »Oder wollten Sie vielleicht eine Ameisenarmee schaffen? Ach, und erklären Sie den Geschworenen doch bitte auch, warum Sie sich bei Ihrer revolutionären Bewegung ausgerechnet auf Insekten beriefen!«

»Ich habe begonnen, mich für Insekten zu interessieren, nachdem wir eine Grille in unsere Rockband aufgenommen hatten, weil sie eine großartige Musikerin war.«

Im Saal wurde gelacht, aber David ließ sich nicht aus der Fassung bringen.

»Nach den Grillen, die nur eine Kommunikation von Individuum zu Individuum kennen, habe ich die Ameisen entdeckt, deren Kommunikation allumfassend ist. In einer Ameisenstadt lässt jedes Individuum die ganze Gemeinschaft an seinen Gefühlen teilhaben. Ihre Solidarität ist unübertroffen. Was die Menschheit seit Jahrtausenden vergeblich zu realisieren versucht, war den Ameisen schon gelungen, lange bevor wir überhaupt auf der Erde aufgetaucht sind.«

»Wollen Sie uns alle mit Fühlern ausstatten?«, spottete der Staatsanwalt.

Lautes Gelächter im Saal. David musste lange warten, bevor er antworten konnte.

»Ich glaube, wenn wir ein genauso wirkungsvolles Kommunikationssystem wie die Ameisen besäßen, gäbe es nicht so viele Missverständnisse und Lügen, nicht so viel Widersinn. Eine Ameise lügt nicht, weil sie sich gar nicht vorstellen kann, welchen Sinn das haben sollte. Kommunikation ist für sie ein Mittel, um Informationen an andere weiterzugeben.«

Der Richter unterband das Beifallsgemurmel im Saal mit einem Schlag seines Hämmerchens.

»Nächste Angeklagte: Julie Pinson. Sie haben diese *Revolution der Ameisen* angestiftet und waren ihre Galionsfigur. Abgesehen von erheblichen Schäden, die im Gymnasium angerichtet wurden, gibt es auch einen Schwerverletzten – Narcisse Arepo.«

»Wie geht es Narcisse?«, fiel Julie ihm ins Wort.

»Sie haben hier keine Fragen zu stellen! Außerdem verlangt es die Höflichkeit, dass Sie mich mit ›Herr Vorsitzender‹ anreden, wie ich vorhin schon einem Ihrer Komplizen erklärt habe. Mademoiselle, Sie scheinen von Gerichtsverfahren keine Ahnung zu haben. Ich glaube, Sie und Ihre Freunde wären mit einem Pflichtverteidiger besser beraten.«

»Entschuldigen Sie bitte, Herr Vorsitzender.«

Der Richter ließ sich besänftigen und setzte die Miene eines gütigen Großvaters auf.

»Gut. Um Ihre Frage zu beantworten – Narcisse Arepo ist immer noch im Krankenhaus, und dafür tragen Sie die Verantwortung.«

»Ich habe die gewaltlose Revolution gepredigt. Die *Revolution der Ameisen* war ein Synonym für viele kleine, unmerkliche Fortschritte, die zusammengefügt Berge versetzen könnten.«

Julie drehte sich nach ihrer Mutter um, weil sie wenigstens diese eine Person überzeugen wollte, und zufällig sah sie, dass der Geschichtslehrer zustimmend nickte. Auch die Lehrer für Mathematik, Wirtschaftskunde, Sport und Biologie saßen im Saal. Nur der Philosophielehrer und die Deutschlehrerin fehlten.

»Aber warum ausgerechnet diese Ameisensymbolik?«, beharrte der Richter.

Die Anwesenheit von Presse und Fernsehen gewährleistete ein großes Publikum, und deshalb musste Julie jedes Wort sorgfältig abwägen.

»Die Ameisen bilden eine Gemeinschaft, in der jedes Mitglied den Wunsch hat, zum Wohlbefinden aller beizutragen.«

»Eine poetische Vision, gewiss«, unterbrach der Staatsanwalt, »aber ohne jeden Bezug zur Realität. Ein Ameisenbau funktioniert genauso perfekt wie ein Computer oder eine Waschmaschine. Es wäre Zeitvergeudung, dort nach Intelligenz oder Bewusstsein zu suchen. Bei den Ameisen handelt es sich ganz einfach um genetisch programmiertes Verhalten.«

Stimmengewirr bei den Pressevertretern. Julie musste schnell kontern, um nicht zu unterliegen.

»Sie haben nur Angst vor dem Ameisenbau, weil er ein erfolgreiches Gesellschaftsmodell ist, dem wir Menschen nichts entgegenzusetzen haben.«

»Es ist eine militante Welt.«

»Keineswegs. Eine Ameisenstadt gleicht eher einer Hippiegemeinschaft, wo jeder macht, was er will, ohne Chefs und Generäle, ohne Priester, ohne Polizei, ohne Repressionen.«

»Und was ist dann Ihrer Meinung nach das Geheimnis eines Ameisenhaufens?«, fragte der Staatsanwalt pikiert.

»Es gibt keines«, erwiderte Julie ruhig. »Die Ameisen sind Chaoten, und sie leben in einem ungeordneten System, das aber besser funktioniert als jedes wohlgeordnete.«

»Anarchismus!«, rief jemand aus dem Saal.

»Sind Sie Anarchistin?«, fragte der Richter.

»Ich bin Anarchistin, wenn dieses Wort bedeutet, dass es möglich ist, in einer Gesellschaft ohne Chefs, ohne Hierarchie, ohne irgendwelche Versprechungen – sei es nun auf eine Gehaltserhöhung oder auf das Paradies nach dem Tod – zu leben. Echter Anarchismus ist der höchste Gipfel staatsbürgerlicher Gesinnung. Und die Ameisen leben seit Jahrmillionen in einem solchen System.«

Pfiffe und Beifall aus dem Saal. Die Geschworenen machten sich Notizen.

Der Staatsanwalt stand auf und zupfte an den weiten schwarzen Ärmeln seiner Robe.

»Ihre Argumentation läuft darauf hinaus, dass wir die Gesellschaftsform der Ameisen imitieren sollten. Habe ich das richtig verstanden?«

»Wir müssen das Positive übernehmen und das Negative weglassen, aber in vieler Hinsicht könnten sie unserer Gesellschaft, die sich ständig im Kreis dreht, wirklich weiterhelfen. Wir sollten es ausprobieren, um herauszufinden, zu welchem Ergebnis es führt. Wenn es nicht klappen sollte, müssten wir uns eben an anderen Gesellschaftsmodellen orientieren. Vielleicht werden es die Delfine, die Affen oder die Stare sein, die uns lehren, besser als bisher im Kollektiv zu leben.«

Julie entdeckte unter den Journalisten auch Marcel Vaugirard und wunderte sich sehr darüber. Sollte er seiner Devise untreu geworden sein?

»In einem Ameisenhaufen wird aber jeder zur Arbeit gezwungen. Wie verträgt sich das mit Ihrer anarchistischen Einstellung?«, fragte der Richter.

»Auch das ist ein Irrtum. In einer Ameisenstadt gehen nur fünfzig Prozent der Einwohner einer sinnvollen Arbeit nach. Dreißig Prozent beschäftigen sich mit irgendwelchen unproduktiven Tätigkeiten – Körperpflege, Diskussionen usw. Und zwanzig Prozent ruhen sich aus. Das ist ja gerade das Erstaunliche: mit fünfzig Prozent Nichtstuern, ohne Polizei, ohne Regierung und ohne Fünfjahrespläne, sind die Ameisen viel effizienter als wir und leben in viel größerer Harmonie zusammen. Sie sind bewundernswert, weil sie uns vormachen, dass eine Gesellschaft auch ohne Zwänge funktionieren kann.«

Zustimmendes Gemurmel im Saal.

Der Richter strich sich den Bart. »Eine Ameise ist nicht frei. Sie ist biologisch gezwungen, einem olfaktorischen Aufruf zu folgen.«

»Und Sie – sind Sie frei? Seit es Mobiltelefone gibt, können Ihre Vorgesetzten Sie zu jeder Zeit und an jedem Ort erreichen und Ihnen irgendwelche Befehle geben. Wo ist da der Unterschied?«

Der Vorsitzende blickte entnervt zur Decke empor. »Schluss jetzt mit diesen Lobeshymnen auf die Insektengesellschaft. Die Geschworenen haben genug gehört, um sich eine eigene Meinung darüber bilden zu können. Nehmen Sie Platz, Mademoiselle Pinson. Kommen wir zum nächsten Angeklagten.« Er schaute in seine Unterlagen und las mühsam: »Ji… woong… Choi.«

Der Koreaner trat nach vorne.

»Ji-woong Choi, Sie sind angeklagt, das Computernetz geschaffen zu haben, über das die subversiven Ideen Ihrer *Revolution der Ameisen* in alle Welt verbreitet wurden.«

Der Koreaner lächelte strahlend, und die Damen unter den Geschworenen bekundeten ein gewisses Interesse an ihm. Die Lehrerin hörte auf, ihre Fingernägel zu begutachten, und die U-Bahn-Kontrolleurin trommelte plötzlich nicht mehr auf der Tischplatte herum.

»Gute Ideen verdienen es, weit verbreitet zu werden«, sagte Ji-woong.

»Haben Sie Propaganda für die Ameisen gemacht?«, fragte der Staatsanwalt spöttisch.

»Das nicht gerade, aber unseren Connections hat es gut gefallen, dass wir uns von einer nichtmenschlichen Denkweise inspirieren ließen, die menschliche zu reformieren.«

Der Staatsanwalt erhob sich wieder und schlug die weiten Ärmel wirkungsvoll zurück. »Sie haben es gehört, meine Damen und Herren Geschworenen! Der Angeklagte wollte die Fundamente unserer Gesellschaft untergraben und trügerische Ideen in die Welt setzen. Niemand kommt an der Tatsache vorbei, dass die Ameisen in einer Kastengesellschaft leben. Sie kommen als Arbeiterinnen, Soldatinnen oder geschlechtsfähige Ameisen zur Welt und können ihr Leben lang nichts daran ändern. Keine gesellschaftliche Veränderung, kein Aufstieg bei Tüchtigkeit – nichts. Von gleichen Chancen für alle keine Rede.«

Das Gesicht des Koreaners drückte große Heiterkeit aus.

»Bei den Ameisen kann jede Arbeiterin eine Idee der Gemeinschaft vortragen, und wenn diese Idee sich als gut erweist, wird sie in die Tat umgesetzt. Bei uns Menschen lässt einen niemand zu Wort kommen, wenn man keine Diplome vorweisen kann, wenn man kein bestimmtes Alter erreicht hat, wenn man keiner angesehenen Gesellschaftsschicht angehört.«

Der Richter hatte nicht die Absicht, diesen Aufwieglern eine Tribüne zu bieten. Die Geschworenen und die Zuschauer im Saal lauschten den Argumenten des Asiaten viel zu aufmerksam.

»Nächste Angeklagte: Francine Tenet. Mademoiselle, wer hat Sie angestiftet, diese *Revolution der Ameisen* zu unterstützen?«

Das blonde Mädchen versuchte seine Schüchternheit zu überwinden. Ein Gerichtssaal war viel ehrfurchtgebietender als ein Konzertsaal. Sie blickte zu Julie hinüber, um sich Mut zu machen.

»Genau wie meine Freunde, Herr Vorsitzender …«

»Bitte sprechen Sie lauter, damit die Geschworenen Sie verstehen können.«

Francine räusperte sich: »Genau wie meine Freunde, so glaube auch ich, dass wir uns mit fremden Gesellschaftsformen vertraut machen müssen, um unseren Horizont zu erweitern. Die Ameisen helfen uns, unsere eigene Welt zu verstehen. Wenn wir sie beobachten, sehen wir uns selbst als Miniaturen. Ihre Städte gleichen unseren Städten, ihre Straßen gleichen unseren Straßen. Die Ameisen ermöglichen es uns, zu einer anderen Sicht der Dinge zu kommen, und deshalb hat mir die Idee einer *Revolution der Ameisen* gut gefallen.«

Der Staatsanwalt holte aus seinen Unterlagen mehrere Zettel hervor und schwenkte sie angriffslustig. »Ich habe mich vor Prozessbeginn bei Entomologen über die Ameisen informiert, und ich kann Ihnen versichern, meine Damen und Herren Geschworenen, dass Ameisen keineswegs die netten, großzügigen Insekten sind, als die sie von den Angeklagten geschildert werden. Ganz im Gegenteil – Ameisen führen ständig Kriege. Seit hundert Millionen Jahren breiten sie sich auf der ganzen Welt aus. Man könnte sogar sagen, dass sie schon die Herren des Planeten sind, denn mit Ausnahme der Polarregion scheint es ihnen überall möglich zu sein, sich zu akklimatisieren und zu vermehren.«

Julie erhob sich. »Sie geben also zu, Herr Staatsanwalt, dass die Ameisen es gar nicht mehr nötig haben, irgendetwas zu erobern?«

»So ist es. Wenn ein Außerirdischer auf unserem Planeten landen sollte, würde er eher einer Ameise als einem Menschen begegnen.«

»In diesem Fall würde er in ihr zweifellos die Repräsentantin der Erdbevölkerung sehen«, fügte Julie boshaft an.

Lachen im Saal.

Der Vorsitzende war verärgert hinsichtlich dieser endlosen Debatten über Ameisen. Er wollte endlich zu den konkreten Punkten der Anklage kommen: Vandalismus, Aufwiegelung, vor allem aber der Tod der drei Polizisten. Doch nachdem der Staatsanwalt sich die Mühe gemacht hatte, Ameisenspezialisten zu befragen, würde er es sich jetzt bestimmt nicht nehmen lassen, sein Wissen zur Schau zu stellen.

»Die Ameisen kämpfen überall gegen uns«, fuhr der Staatsanwalt leidenschaftlich fort. »Ich habe hier Dokumente, die beweisen, dass die Ameisenstädte sich zu immer größeren Föderationen zusammenschließen. Die Ursache dieses Phänomens ist noch unbekannt, aber natürlich werden sie dadurch nur noch mächtiger. Überall schießen Ameisenstädte wie Pilze aus dem Boden. Sie nisten sich sogar in Beton ein. Keine Küche ist vor ihnen sicher.«

»Was unsere Küchen enthalten, sind Produkte der Erde«, warf Julie ein. »Und die Erde hat sich noch nie zu dem Thema geäußert, welchen ihrer vielen Kinder sie ihre Reichtümer zukommen lassen will. Es gibt keinen Grund, weshalb sie die Menschen den Ameisen vorziehen sollte.«

»Das wird ja immer absurder!«, rief der Staatsanwalt. »Jetzt möchte Mademoiselle Pinson den Tieren schon ein Recht auf Eigentum einräumen! Warum nicht auch noch den Pflanzen und Mineralien …? Jedenfalls steht fest, dass die Ameisenstädte überhand nehmen.«

»Ihre Städte sind bewundernswert«, erwiderte Julie trocken. »Dort gibt es keine Verkehrsstaus, obwohl es auch keine Verkehrsregeln gibt. Jeder nimmt einfach Rücksicht auf die anderen und passt sich an. Und wenn eine Straße trotz allem ständig verstopft ist, wird ein neuer Tunnel gegraben. Niemand leidet Not, denn gegenseitige Hilfe ist oberstes Gebot. Es gibt keine Asozialenviertel, weil es keine Asozialen gibt. Es gibt keine Umweltverschmutzung, denn alles wird sauber gehalten und wiederverwertet. Und es gibt auch keine Überbevölkerung, denn die Königin legt nur so viele Eier, wie die Stadt benötigt.«

Der Staatsanwalt war bereit, weiter die Klingen zu kreuzen. »Die Insekten haben keine einzige Erfindung vorzuweisen!«

»Darf ich darauf hinweisen, Herr Staatsanwalt, dass Sie ohne die Insekten jetzt keine Zettel in der Hand hätten? Das Papier wurde nämlich von Insekten erfunden. Im ersten Jahrhundert fiel in China einem Eunuchen namens Tchouen auf, dass Wespen kleine Stückchen Holz zerkauten und mit ihrem Speichel vermischten. Er hatte die Idee, es ihnen nachzumachen.«

Der Richter war nun wirklich dieser sinnlosen Diskussionen überdrüssig. »Immerhin haben Ihre Ameisen drei Polizisten getötet.«

»Nein, sie haben sie nicht getötet, Herr Vorsitzender, das kann ich Ihnen versichern. Ich habe die ganze Szene auf den Kontrollbildschirmen der Pyramide beobachtet. Die Polizisten sind vor Angst gestorben, weil ganze Scharen von Ameisen an ihnen hochgeklettert sind. Ihre eigene Fantasie hat sie umgebracht.«

»Und Sie finden es nicht grausam, wenn Scharen von Ameisen sich auf einem Menschen tummeln?«

»Grausamkeit ist ein Spezifikum der Menschen. Der Mensch ist das einzige Wesen, das anderen grundlos Schmerz zufügt, weil es ihm Spaß macht, jemanden leiden zu sehen.«

Gereizt rief der Richter Kommissar Maximilien Linart in den Zeugenstand. »Herr Kommissar, Sie befehligten sowohl die Erstürmung des Gymnasiums als auch den Einsatz bei der Waldpyramide?«

»Ja, Herr Vorsitzender.«

»Sie waren beim Tod der drei Polizisten anwesend. Können Sie uns die genauen Umstände schildern?«

»Meine Männer wurden von Horden feindseliger Ameisen überfallen. Natürlich haben die Ameisen sie umgebracht. Ich bedaure zutiefst, dass nicht alle Schuldigen auf der Anklagebank sitzen!«

»Sie meinen bestimmt Narcisse Arepo, aber der Kerl liegt ja immer noch im Krankenhaus.«

Der Kommissar lächelte verzerrt. »Nein, ich meine die wahren Mörder, die wahren Anstifter zu dieser sogenannten Revolution. Ich meine die – Ameisen.«

Aufruhr im Saal. Mit gerunzelter Stirn setzte der Richter seinen Hammer ein, um für Ruhe zu sorgen.

»Drücken Sie sich deutlicher aus, Herr Kommissar.«

»Nachdem die Pyramidenbewohner sich ergeben hatten, haben wir ganze Säcke mit den Ameisen gefüllt, die sich am Tatort aufhielten. Sie sind es, die die Polizisten getötet haben, und es wäre nur gerecht, wenn auch sie sich vor Gericht verantworten müssten.«

»Halten Sie diese Ameisen immer noch gefangen?«

»Selbstverständlich, Herr Vorsitzender.«

»Aber lässt sich das französische Recht denn auch auf Tiere anwenden?«, fragte Julie.

Der Kommissar wandte sich ihr zu. »Es gibt Präzedenzfälle von Tierprozessen. Ich habe entsprechende Unterlagen mitgebracht, für den Fall, dass das Gericht daran zweifeln sollte.«

Er legte einen schweren Aktenordner auf den Richtertisch. Der Richter beratschlagte lange mit seinen beiden Beisitzern und verkündete schließlich:

»Dem Antrag von Kommissar Linart wird stattgegeben. Die Verhandlung wird morgen fortgesetzt – mit den Ameisen!«

217. Enzyklopädie

Tierprozesse Tiere wurden von jeher für würdig befunden, sich vor Menschengerichten verantworten zu müssen. In Frankreich werden seit dem 10. Jahrhundert Esel, Pferde und Schweine unter den verschiedensten Vorwänden gefoltert, gehängt und exkommuniziert. Im Jahre 1120 exkommunizierte der Bischof von Laon Raupen und Waldmäuse, weil sie Schäden auf den Feldern anrichteten. In den Gerichtsarchiven von Sauvigny gibt es eine Akte über den Prozess gegen eine Sau, die für den Tod eines fünfjährigen Kindes verantwortlich gemacht wurde. Die Sau war am Tatort gefunden worden, zusammen mit sechs Ferkeln, an deren Schnauzen noch Blut klebte. Waren die Ferkel Komplizen? Die Sau wurde öffentlich an den Hinterbeinen aufgehängt, bis der Tod eintrat. Die Ferkel wurden zur Beobachtung einem Bauern übergeben, und weil sie keine Anzeichen von Aggressivität erkennen ließen, durften sie groß werden und wurden erst im Erwachsenenalter »normal« geschlachtet.

Im Jahre 1474 wurde in Basel einem Huhn der Prozess gemacht, weil es ein Ei ohne Dotter gelegt hatte. Es wurde der Hexerei beschuldigt und endete auf dem Scheiterhaufen. Erst im Jahre 1710 fand ein Forscher heraus, dass Eier ohne Dotter die Folge einer Hühnerkrankheit sind, aber das Urteil gegen jenes Huhn wurde nicht revidiert.

In Italien strengte ein Bauer im Jahre 1519 einen Prozess gegen Maulwürfe an. Zum Glück hatten sie einen sehr wortgewandten Rechtsanwalt, der betonte, diese Maulwürfe seien noch sehr jung und könnten deshalb für ihre Taten nicht zur Verantwortung gezogen werden. Außerdem seien Maulwürfe sehr nützliche

Tiere, weil sie sich von Insekten ernährten, die andernfalls die Ernten der Bauern vernichten würden. Die Maulwürfe wurden nur mit lebenslänglicher Verbannung von den Feldern des Klägers bestraft.

In England wurde im Jahre 1662 James Potter wegen Sodomie geköpft, aber die Richter sahen die Tiere nicht als Opfer, sondern als Komplizen an und verurteilten eine Kuh, zwei Säue, zwei Färsen und drei Schafe ebenfalls zum Tod durch das Beil.

Und noch im Jahre 1924 wurde in Pennsylvania ein Labradorhund zu lebenslänglichem Gefängnis verurteilt, weil er die Katze des Gouverneurs getötet hatte. Er wurde in einem Zwinger eingesperrt, wo er sechs Jahre später an Altersschwäche starb.

EDMOND WELLS

Enzyklopädie des relativen und absoluten Wissens, Bd. 3

218. UNTERRICHT IN DIALEKTIK

Zweiter Verhandlungstag. Auf dem Boden vor der Anklagebank stand ein Terrarium mit gut hundert Ameisen, die sich jetzt ebenfalls vor Gericht verantworten mussten.

Die Geschworenen schauten es sich an und rümpften die Nasen über den Gestank nach verfaulten Äpfeln, den sie irrtümlich für den natürlichen Geruch der Ameisen hielten.

»Ich versichere, dass all diese Ameisen an dem Angriff gegen meine Männer beteiligt waren«, sagte Kommissar Maximilien Linart, der sehr zufrieden war, dass man seinem Antrag stattgegeben hatte.

Julie erhob sich. Sie fühlte sich in ihrer Rolle als Verteidigerin inzwischen sehr wohl und ergriff das Wort, wann immer sie es für erforderlich hielt.

»Diese Ameisen leiden unter Luftmangel. Die beschlagenen Scheiben deuten darauf hin, dass sie am Ersticken sind. Wenn Sie nicht wollen, dass sie vor Prozessende sterben, müssen unbedingt mehr Löcher in den Plastikdeckel gebohrt werden.«

»Aber es besteht Fluchtgefahr!«, rief Maximilien aufgeregt.

»Das Gericht hat die Pflicht, für das Wohlbefinden aller Angeklagten zu sorgen, und das gilt auch für Ameisen«, erklärte der Richter.

Er beauftragte einen Gerichtsdiener, zusätzliche Löcher zu bohren, wozu sich der Mann einer Zange, einer Nadel und eines Feuerzeugs bediente. Er erhitzte die Nadel, bis sie glühte, und durchstieß damit das Plexiglas.

»Man glaubt, dass Ameisen nicht leiden, weil sie nicht schreien, wenn sie Schmerzen haben«, führte Julie aus. »Aber das stimmt nicht. Sie besitzen genau wie wir ein Nervensystem, und deshalb leiden sie genau wie wir. Auch das ist ein Makel unseres Ethnozentrismus. Wir empfinden nur mit jenen Mitleid, die laut schreien, wenn man ihnen Schmerz zufügt. Die Fische, die Insekten und alle Wirbellosen – all jene Tiere, die keine Stimme haben – können nicht mit unserem Mitgefühl rechnen.«

Der Staatsanwalt verstand, wie es Julie gelungen war, die Menge zu mobilisieren. Ihre Beredsamkeit und ihr Feuer wirkten sehr überzeugend. Er bat deshalb die Geschworenen, sich von solchen Äußerungen nicht beeinflussen zu lassen, die nichts weiter als Propaganda für die *Revolution der Ameisen* seien.

Im Saal gab es einige Proteste, und der Vorsitzende musste wieder sein Hämmerchen einsetzen, um für Ruhe zu sorgen. Er wollte den Zeugen Maximilien Linart befragen, aber Julie war noch nicht fertig. Sie erklärte, die Ameisen seien durchaus in der Lage, zu sprechen und sich zu verteidigen. Man müsse ihnen genauso wie den Menschen die Möglichkeit geben, zur Anklage Stellung zu nehmen.

Der Staatsanwalt lachte höhnisch, und der Richter verlangte eine Erklärung.

Julie berichtete von der Maschine »Stein der Weisen« und erläuterte ihre Funktionsweise. Der Kommissar bestätigte, in der Pyramide ein Gerät beschlagnahmt zu haben, auf das die Beschreibung zutraf, und der Richter befahl, es zu holen. Die Verhandlung wurde unterbrochen, während Arthur in der Saalmitte seine komplizierte Apparatur aufbaute, assistiert von Julie, die sich seit ihrem eigenen vergeblichen Versuch, den »Stein der Weisen« zu bauen, ein wenig mit der Materie auskannte.

Alle waren sehr neugierig, ob dieses komische Gerät funktionierte, ob es tatsächlich zu einem Dialog zwischen Mensch und Ameise kommen würde. Der Richter verlangte eine Vorführung.

Ein Gerichtsdiener holte aufs Geratewohl eine Ameise aus dem Terrarium, und Arthur setzte sie in den Glaskasten mit der kleinen Kunststoffgabel. Sofort kam eine synthetische Stimme aus den Lautsprechern. Es war die Ameise, deren olfaktorische Sprache übersetzt worden war:

»*HILFE!!!!!!!!!!*«

Arthur regulierte die Feineinstellung.

»*Hilfe! Holt mich hier raus! Ich ersticke!*«

Julie warf ihr eine Brotkrume hin, den die Ameise gierig verschlang. Arthur fragte sie, ob sie bereit sei, einige Fragen zu beantworten.

»*Was ist los?*«, fragte die Ameise.

»Man macht euch den Prozess«, erwiderte Arthur wahrheitsgemäß.

»*Was ist das – ein Prozess?*«

»Rechtsprechung.«

»*Was ist das – Rechtsprechung?*«

»Man versucht, über Recht oder Unrecht zu entscheiden.«

»*Was ist das – Recht und Unrecht?*«

»Recht ist, wenn man etwas Gutes tut. Unrecht ist das Gegenteil.«

»*Was ist das – Gutes tun?*«

Arthur seufzte. Schon in der Pyramide waren die Dialoge mit Ameisen schwierig gewesen, weil man jedes Wort erklären musste.

»Das Problem besteht darin«, sagte Julie, »dass Ameisen nicht wissen, was Gut und Böse ist. Sie besitzen keine Moralvorstellungen, und deshalb sind sie für ihre Taten auch nicht verantwortlich. Man muss sie deshalb freilassen.«

Der Richter beriet sich leise mit seinen Beisitzern. Sie hätten die Ameisen ganz gern in den Wald zurückgeschickt, um sie los zu sein, aber andererseits kam es höchst selten vor, dass Journalisten und Fernsehleute aus Paris sich nach Fontainebleau begaben, um über einen Prozess zu berichten, und jetzt würden ihre Namen endlich einmal in allen Zeitungen stehen …

Der Staatsanwalt erhob sich. »Nicht alle Tiere sind so unmoralisch, wie Sie behaupten. Beispielsweise weiß man, dass es bei den Löwen tabu ist, Affen zu fressen. Ein Löwe, der einen Affen frisst, wird aus der Gemeinschaft ausgestoßen. Dieses Verhalten kann man sich doch nur so erklären, dass es eine Löwenmoral gibt.«

Maximilien erinnerte sich daran, dass er in seinem Aquarium Fischmütter gesehen hatte, die ihre Jungen gleich nach der Geburt auffraßen. Und andere Guppys versuchten, sich mit ihrer Mutter zu paaren. Kannibalismus, Inzest, Kindesmord … Er dachte, dass Julie ausnahmsweise Recht hatte. Bei den Tieren gab es keine Moral. Sie wussten nicht, dass sie schlimme Dinge taten. Und gerade deshalb mussten sie vernichtet werden.

»Hilfe!«, schrie die Ameise wieder.

Der Staatsanwalt näherte sich dem Gerät. Die Ameise musste einen dunklen Schatten wahrgenommen haben, denn sie sendete verzweifelt:

»O Hilfe! Holt uns hier raus! Dieser Raum ist mit Fingern verseucht!«

Gelächter im Saal.

Maximilien runzelte die Stirn. Das entwickelte sich ja zum reinsten Flohzirkus. Anstatt die Gefahren des Gesellschaftssystems der Ameisen aufzuzeigen, spielte man hier mit einer Maschine herum und unterhielt sich mit diesen Insekten!

Julie nutzte die gute Stimmung für einen weiteren Vorstoß. »Lassen Sie sie frei. Man muss sie freilassen oder töten, aber man darf sie nicht in diesem Terrarium leiden lassen.«

Der Richter hasste es, wenn Angeklagte – sogar Angeklagte, die in die Rolle des Verteidigers schlüpften – ihm vorschreiben wollten, was er zu tun hatte. Hingegen hielt der Staatsanwalt das für eine gute Gelegenheit, Maximilien Linart auszustechen. Er ärgerte sich, nicht selbst auf die Idee gekommen zu sein, die Ameisen unter Anklage zu stellen, aber jetzt konnte er das vielleicht wettmachen.

»Diese Ameisen hier sind im Grunde nur Statisten!«, rief er, publikumswirksam vor dem »Stein der Weisen« stehend. »Wenn man die wirklich Schuldigen bestrafen will, muss man ihre Anführerin vor Gericht bringen: Nr. 103, ihre Königin.«

Die Angeklagten wunderten sich sehr, dass der Staatsanwalt etwas über Nr. 103 und ihre Rolle bei der Verteidigung der Pyramide wusste.

Der Richter sagte ungehalten, wenn hier stundenlang unverständliches Zeug geredet würde, könnten sie die Verhandlung gleich abbrechen.

»Ich weiß, dass diese Ameisenkönigin sich gut in unserer Sprache unterhalten kann«, versicherte der Staatsanwalt und zog ein dickes Buch unter seinem Pult hervor.

Es war der zweite Band der *Enzyklopädie des relativen und absoluten Wissens*.

»Die *Enzyklopädie*!«, stöhnte Arthur.

»Herr Vorsitzender, auf den leeren Seiten am Ende dieser *Enzyklopädie* hat Arthur Ramirez Tagebuch geführt. Wir haben das Buch bei der zweiten Durchsuchung der Pyramide gefunden. Monsieur Ramirez erzählt die ganze Geschichte der Pyramidenbewohner und schreibt begeistert über eine besonders begabte Ameise namens Nr. 103, die mit unserer Welt und Kultur vertraut ist. Mit dieser Nr. 103 könnte man sich bestimmt unterhalten, ohne ihr jedes Wort erklären zu müssen.«

Maximilien schäumte vor Wut. Er hatte bei seiner ersten Durchsuchung der Pyramide so viele Schätze gefunden, dass er den großen Büchern keine Beachtung geschenkt hatte. Beim kurzen Durchblättern war er nur auf mathematische und chemische Formeln gestoßen und hatte sie deshalb liegengelassen. Dabei predigte er den Polizeischülern immer wieder, man müsse alles um sich herum mit der gleichen Objektivität beobachten.

Und jetzt wusste dieser Staatsanwalt mehr als er und las genüsslich vor:

»Nr. 103 ist heute mit einer riesigen Armee gekommen und hat uns gerettet. Um ihre Erfahrungen aus der Menschenwelt an ihre Artgenossen weitergeben zu können, hat sie sich in eine fortpflanzungsfähige Ameise verwandelt und ist jetzt Königin. Trotz ihrer vielen Reisen sieht sie gesund aus, und sie hat immer noch die gelbe Markierung auf der Stirn. Wir haben uns mit Hilfe des ›Steins der Weisen‹ lange unterhalten. Nr. 103 ist wirklich die begabteste Ameise, die man sich vorstellen kann. Sie hat es sogar geschafft, Millionen von Insekten zu überreden, ihr zu folgen, um uns kennenzulernen.«

Gemurmel im Saal.

Der Richter rieb sich die Hände. Mit diesen sprechenden Ameisen würde er einen Präzedenzfall schaffen und in die Annalen der juristischen Fakultät eingehen, weil er den ersten Prozess der Neuzeit gegen Tiere geführt hatte. Selbstsicher verkündete er: »Haftbefehl gegen diese …«

»Nr. 103«, soufflierte ihm der Staatsanwalt.

»Ach ja! Haftbefehl gegen Nr. 103, Ameisenkönigin. Sie muss festgenommen und dem Gericht vorgeführt werden.«

»Aber wie wollen Sie sie finden?«, fragte der erste Beisitzer. »Eine Ameise in einem Riesenwald! Das ist ja noch schlimmer als die berühmte Nadel im Heuhaufen.«

Maximilien stand auf. »Lassen Sie mich das machen. Ich habe eine Idee.«

Der Vorsitzende seufzte. »Ich befürchte, dass mein Kollege Recht haben könnte. Eine Nadel im Heuhaufen …«

»Das ist nur eine Frage der Methode«, erklärte Maximilien. »Wissen Sie, wie man eine Nadel im Heuhaufen finden kann? Man braucht den Heuhaufen nur zu verbrennen und dann mit einem Magnet in der Asche zu suchen.«

219. ENZYKLOPÄDIE

Manipulation Das Experiment von Professor Asch. Im Jahre 1961 hat der amerikanische Professor Asch sieben Personen in einem Zimmer versammelt und ihnen erklärt, man wolle mit ihnen ein Experiment in Bezug auf ihr Wahrnehmungsvermögen durchführen. In Wirklichkeit sollte nur ein Einziger getestet werden. Die sechs anderen wurden dafür bezahlt, dass sie den Testkandidaten in die Irre führen sollten.

An die Wand waren zwei Linien von 25 cm und 30 cm Länge gezeichnet. Die Linien verliefen parallel, und deshalb konnte man deutlich sehen, welche die längere war. Professor Asch fragte jeden, welche Linie länger sei, und die sechs unechten Kandidaten sprachen sich einmütig für die 25 cm lange Linie aus. Fragte man schließlich die echte Testperson, bestätigte sie in 60 % der Fälle, dass die 25 cm lange Linie die längere sei.

Entschied sich der Testkandidat aber für die 30 cm lange Linie, wurde er von den sechs anderen verspottet, und unter diesem Druck gaben 30 % schließlich zu, sich geirrt zu haben.

Das Experiment wurde an hundert Studenten und Universitätsprofessoren durchgeführt (also durchaus nicht an besonders gutgläubigen Personen), und neun von zehn waren am Ende überzeugt, die 25 cm lange Linie sei die längere.

Auch wenn Professor Asch seine Frage mehrmals wiederholte, verteidigten viele ihre Ansicht und wunderten sich, dass er so beharrlich nachfragte.

Das Überraschendste war jedoch, dass 10 % der Testpersonen sogar dann noch auf ihrer Meinung beharrten, als man ihnen schon erklärt hatte, dass die sechs anderen sie nur in die Irre führen sollten.

Jene, die ihren Irrtum zugaben, brachten alle möglichen Entschuldigungen vor: Sehprobleme oder trügerische Beobachtungswinkel ...

EDMOND WELLS
Enzyklopädie des relativen und absoluten Wissens, Bd. 3

220. Beharrlichkeit

Maximilien war in die Pyramide zurückgekehrt. Sie barg auch nach zwei gründlichen Durchsuchungen noch viele Geheimnisse, davon war er überzeugt. Mit der Taschenlampe in der Hand ging er von Raum zu Raum, ohne zu wissen, wonach er eigentlich suchte.

Beobachten. Lauschen. Nachdenken.

Von seinen fünf Sinnen war das Sehvermögen am ausgeprägtesten, und deshalb bemerkte er plötzlich eine Ameise, die in einem leeren Terrarium umherwanderte und dann in einen durchsichtigen Plastikschlauch kletterte, der zum Fußboden hinabführte und dort verschwand.

Maximilien ließ die Ameise nicht aus den Augen, während sie ihn überhaupt nicht wahrnahm. Er war viel zu riesig, als dass sie ihn hätte sehen können, und in dem Plastikschlauch konnte sie ihn auch nicht riechen. Völlig ahnungslos wies sie dem Wolf den Weg in den Schafstall …

Der Kommissar schnitt den Schlauch in Bodenhöhe mit seinem Taschenmesser durch und spähte durch das schmale Loch in die Tiefe. Dann hielt er sein Ohr an die Öffnung. Er sah fernes Licht, und er hörte leise Geräusche. Aber wie sollte er nach unten gelangen?

Nervös lief er in dem Zimmer auf und ab. Für jedes Rätsel gab es eine Lösung – man musste sie nur finden.

Beobachten. Lauschen. Nachdenken.

Um sich abzulenken, durchsuchte er noch einmal die oberen Etagen und erfrischte sich in einem Bad. Er warf einen Blick in den Spiegel. Darunter lag eine dreieckige Seife.

Der Spiegel …

Beobachten. Lauschen. Nachdenken.

Nachdenken … Reflektieren …

Reflektieren.

Re-flek-tieren.

Reflex.

Spiegelung.

Maximilien lachte schallend. Die Lösung lag doch eigentlich auf der Hand.

Wie bildet man acht gleich große gleichseitige Dreiecke aus sechs Streichhölzern? Indem man die Pyramide – besser gesagt, den Tetraeder – auf einen Spiegel stellte! Er holte eine Streichholzschachtel aus der Tasche und probierte es aus.

Gespiegelt ergab die Pyramide einen Rhombus.

Er erinnerte sich an die »Denkfalle«. Erstes Rätsel: vier Dreiecke mit sechs Streichhölzern. Lösung: die Pyramide. Die Entdeckung der dritten Dimension.

Zweites Rätsel: sechs Dreiecke aus sechs Streichhölzern. Lösung: die Verschmelzung von Komplementen, das Dreieck von oben und das Dreieck von unten.

Drittes Rätsel: acht Dreiecke aus sechs Streichhölzern. Lösung: eine Pyramide auf einem Spiegel, folglich zwei Pyramiden, eine nach oben, die andere nach unten gerichtet, so dass sie einen Rhombus ergeben.

Die Evolution des Dreiecks … Die Evolution des Wissens. Es gab hier also eine Pyramide unter der Pyramide …

Er eilte nach unten und riss die Teppichfliesen vom Boden ab. Schließlich fand er eine Klapptür, und als er sie öffnete, kam eine Treppe zum Vorschein.

Der Kommissar schaltete seine Taschenlampe aus, denn unten war alles hell beleuchtet.

221. Enzyklopädie

Das Stadium der Spiegel Mit zwölf Monaten durchlebt das Baby eine seltsame Phase: das Stadium der Spiegel.

Bis dahin hat es geglaubt, alles wäre eine Einheit: es selbst, die Mutter, die Mutterbrust, die Saugflasche, das Licht, der Vater, die eigenen Hände und alle Spielsachen. Für ein Baby gibt es keinen Unterschied zwischen groß und klein, zwischen vorne und hinten. Alles ist eins, und alles ist in ihm selbst.

Und dann kommt das Stadium der Spiegel. Mit einem Jahr beginnt das Baby zu laufen, seine Hände werden geschickter, und es kann seine Bedürfnisse besser beherrschen. Der Spiegel wird ihm jetzt offenbaren, dass es ein Einzelwesen ist, dass es andere Menschen und eine Außenwelt gibt. Das kann entweder seine Sozialisation oder eine Abkapselung bewirken. Das Baby erkennt sich, und man sieht ihm sofort an, ob es sich gefällt oder nicht. Entweder es strahlt übers ganze Gesicht, lacht und versucht sein Spiegelbild zu umarmen, oder aber es schneidet sich Grimassen.

Meistens findet es sich wunderschön, es verliebt sich in sich selbst, es vergöttert sich geradezu. In seiner Fantasie wird es zum Helden, und diese durch den Spiegel entwickelte Fantasie hilft ihm, die vielen Frustrationen des Lebens zu ertragen. Es wird sogar die bittere Erkenntnis ertragen, dass es nicht der Herr der Welt ist.

Selbst wenn das Kind keine Gelegenheit hat, sich in einem Spiegel oder im Wasser zu entdecken, wird es diese Phase durchlaufen. Es wird ein Mittel finden, um sich zu identifizieren und von der Welt abzusondern, und es wird begreifen, dass es diese Welt erobern muss.

Katzen machen diese Phase niemals durch. Wenn sie sich in einem Spiegel sehen, versuchen sie dahinter zu gelangen, um die andere Katze zu fangen, und an diesem Verhalten wird sich bis zu ihrem Tod nichts ändern.

EDMOND WELLS
Enzyklopädie des relativen und absoluten Wissens, Bd. 3

222. TRAGISCHER BALL IM GEWÖLBE

Welch ein Anblick!

Im ersten Augenblick glaubte Maximilien, er träume von der elektrischen Eisenbahn, die er sich als Kind so sehnlich gewünscht hatte, denn vor ihm lag eine fantastische Stadt in verkleinertem Maßstab.

In der oberen Pyramide hatte Arthur mit seinen Freunden gewohnt. Die untere war eine Ameisenstadt.

Eine Hälfte für die Menschen, die wie Ameisen lebten, eine Hälfte für die Ameisen, die wie Menschen lebten.

Der Kommissar beugte sich wie Gulliver über diese Lilliputanerstadt. Er fuhr mit den Fingern die Straßen entlang und verweilte in den Gärten. Die Ameisen schienen nicht beunruhigt zu sein. Zweifellos waren sie an häufige Besuche von Arthur und den anderen gewöhnt.

Welches Meisterwerk! Es gab Straßenlampen, Häuser und Gärten. Links weideten Blattläuse auf Feldern aus Rosensträuchern, rechts ein Industriegebiet mit rauchenden Schornsteinen. In der Stadtmitte mit ihren schönen Bauten gab es eine Fußgängerzone.

MYRMECOPOLIS – Ameisenstadt – stand auf einem Straßenschild am Stadtrand.

Ameisen fuhren in Autos durch die Straßen. Anstelle von Lenkrädern waren die Fahrzeuge mit Rudergriffen ausgestattet, weil die mit Greifern leichter zu bedienen waren.

Auf Baustellen wurden mit Hilfe von Mini-Bulldozern neue Gebäude errichtet. Instinktiv bevorzugten die Ameisen runde Dächer.

Es gab eine Stadtbahn und Sportstadien. Maximilien kniff die Augen zusammen. Es kam ihm so vor, als spielten zwei Ameisenmannschaften American Football, nur konnte er keinen Ball erkennen. Es sah eher nach einer Schlägerei aus.

Er konnte es einfach nicht fassen.

MYRMECOPOLIS.

Das also war das große Geheimnis der Pyramide! Arthur und seine Komplicen hatten den Ameisen zur schnellsten Evolution der Weltgeschichte verholfen. Innerhalb weniger Monate waren sie aus der Urgeschichte in die Neuzeit geschleudert worden.

Maximilien fand eine Lupe auf dem Boden und konnte nun alles noch besser erkennen. Auf einem breiten Kanal fuhren Raddampfer, Miniaturausgaben der Mississippiboote, und Zeppeline flogen über sie hinweg.

Es war märchenhaft – und erschreckend.

Der Kommissar war überzeugt, dass die Königin Nr. 103 sich irgendwo in dieser Science-Fiction-Ameisenstadt befand. Wie sollte er sie ausfindig machen und verhaften? Die Nadel im Heuhaufen. Das Streichholz und der Magnet. Man musste nur die richtige Methode finden.

Maximilien holte einen Teelöffel und eine kleine Phiole aus seiner Jackentasche.

Um eine Ameisenkönigin zu finden, brauchte man normalerweise nur die Brutkammern zu suchen, aber hier gab es keine Brutkammern. War die Königin steril?

Ihm fiel ein, dass der Staatsanwalt vorgelesen hatte, diese Nr. 103 hätte eine gelbe Markierung auf der Stirn. Aber in all diesen Häusern konnten sich Hunderte von Ameisen mit gelben Markierungen verstecken. Man musste dafür sorgen, dass sie ihre Häuser verließen.

Er stieg in die obere Pyramide hinauf, wühlte in Schränken herum und fand einen Petroleumkanister. In blinder Panik gibt man alle Geheimnisse preis. Wenn er das schwarze Gift über die Stadt ausgoss, würden die Ameisen bestimmt versuchen, ihre Königin zu retten. So degeneriert sie durch den engen Kontakt mit den Menschen auch sein mochten – dieses über Jahrmillionen hinweg genetisch programmierte Verhalten hatten sie mit Sicherheit nicht vergessen.

Maximilien goss Petroleum in die rechte Ecke der Stadt, die etwas erhöht lag. Von dort floss die stinkende Flüssigkeit langsam den Hügel hinab, überschwemmte Straßen, Gärten und Häuser. Panik brach aus. Ameisen stürzten aus ihren Häusern und versuchten, sich mit ihren Autos zu retten, doch es gab keine Straßen mehr.

Der Kanal bot ebenfalls keine Fluchtmöglichkeit, denn sein klares Wasser war dunkel und ölig geworden, und die Dampfer kamen nicht mehr voran, weil die Räder verklebt waren.

Die Ameisen schienen überrascht zu sein, dass die Finger, die ihnen so viel geholfen hatten, nun eine solche Katastrophe zuließen. Man hatte den Eindruck, als warteten sie auf ein schnelles Eingreifen des Himmels, aber niemand kam ihnen zu Hilfe. Der einzige Finger, der in der Nähe war, beobachtete die überflutete Stadt mit einem Teelöffel in der Hand.

Als er vor einem Haus, das etwas größer als die anderen war, einen Ameisenauflauf entdeckte, war er sicher, dass die Königin nun jeden Moment zum Vorschein kommen würde. Er schaute durch die Lupe, und tatsächlich trugen Ameisen eine der ihren aus dem Gebäude. Sie hatte eine gelbe Markierung auf der Stirn.

Die Königin Nr. 103!

Maximilien fing sie mit seinem Löffel und warf sie in ein kleines Plastiktütchen, das er fest zuband.

Dann leerte er den Rest des Petroleums über der Stadt aus, bis sie in den stinkenden Fluten versank.

Autos, Dampfboote, Katapulte, Zeppeline und tausend andere Gegenstände trieben auf der schmierigen Flüssigkeit. In den letzten Sekunden ihres Lebens dachten die Bewohner von Myrmecopolis, dass es ein großer Fehler gewesen war, an eine Allianz zwischen Ameisen und Fingern zu glauben.

223. ENZYKLOPÄDIE

1 + 1 = 3 1 + 1 = 3 wird die Devise unserer utopischen Gruppe sein. Diese Gleichung bedeutet, dass die Vereinigung von Talenten zu besseren Ergebnissen führt, als man aufgrund einer einfachen Addition vermuten könnte. Sie bedeutet, dass die Fusion von Männlich und Weiblich, von Groß und Klein, von Oben und Unten etwas Neues hervorbringt.

1 + 1 = 3.

Diese Gleichung drückt den Glauben aus, dass unsere Kinder besser als wir sein werden, und dadurch symbolisiert sie auch den Glauben an die Zukunft der Menschheit. Der Mensch von morgen wird besser sein als der Mensch von heute. Das glaube ich, und das hoffe ich.

1 + 1 = 3 bedeutet aber auch, dass Kollektivismus und sozialer Zusammenhalt die besten Mittel sind, um unser animalisches Verhalten zu läutern.

Natürlich weiß ich, dass viele Leute sagen werden, dieses philosophische Prinzip sei unsinnig, weil es mathematisch falsch ist. Ich werde Ihnen deshalb beweisen müssen, dass die Gleichung mathematisch richtig ist. Aus meinem Grab heraus werde ich Ihre Gewissheit ins Wanken bringen. Ich werde Ihnen beweisen, dass das, was Sie für DIE Wahrheit halten, nur eine Wahrheit unter vielen ist.

Fangen wir an:

Nehmen wir die Gleichung $(a + b) \cdot (a - b) = a^2 - ab + ba - b^2$.

Auf der rechten Seite gleichen sich –ab und +ba aus, und man erhält folglich:

$$(a + b) \cdot (a - b) = a^2 - b^2$$

Dividieren wir beide Seiten durch (a – b), so erhalten wir:

$$\frac{(a + b) \cdot (a - b)}{a - b} = \frac{a^2 - b^2}{a - b}$$

Kürzen wir die linke Seite, so bleibt:

$$(a + b) = \frac{a^2 - b^2}{a - b}$$

Legen wir fest: $a = b = 1$. Dann erhalten wir:

$$1 + 1 = \frac{1 - 1}{1 - 1}, \text{ d. h. } 2 = \frac{1}{1}.$$

Wenn Zähler und Nenner gleich sind, erhält man 1. Unsere Gleichung lautet jetzt also: $2 = 1$.

Addieren wir 1 auf beiden Seiten, so erhalten wir: $3 = 2$.

Ersetzen wir nun 2 durch $1 + 1$, so kommt man auf ... $3 = 1 + 1$.

EDMOND WELLS

Enzyklopädie des relativen und absoluten Wissens, Bd. 3

224. Ameisenstrategie

Drei Schläge mit dem Elfenbeinhämmerchen. Zum ersten Mal in der Geschichte der Menschheit sollte eine Ameisenkönigin vor Gericht aussagen.

Damit dem Publikum nichts entging, würden Kameras mit Makro-Objektiven die Angeklagte filmen und die Bilder auf eine weiße Leinwand über der Anklagebank projizieren.

»Ruhe! Man bringe die Angeklagte in diese Maschine – den ›Stein der Weisen‹.«

Mit einer weichen Pinzette wurde die Ameise behutsam in den Glaskasten gesetzt, Sie legte ihre Antennen sofort auf die kleine Kunststoffgabel; man merkte, dass sie mit dem Gerät vertraut war.

Das Verhör begann.

»Sie heißen Nr. 103 und sind die Königin der roten Ameisen?«

Die Ameise bewegte ihre Fühler, und der »Stein der Weisen« übersetzte ihre Antwort in die Menschensprache. Die synthetische Computerstimme ertönte:

»Ich bin keine Königin, sondern eine Prinzessin. Prinzessin Nr. 103.«

Der Richter hüstelte. Es war ihm peinlich, einen Fauxpas begangen zu haben, und er befahl dem Gerichtsschreiber, den Titel der Angeklagten in der Akte zu korrigieren. Wider Willen beeindruckt, drückte er sich sehr höflich aus:

»Eure Hoheit ... Nr. 103 ... wären Sie bereit, uns einige Fragen zu beantworten?«

Gelächter im Saal. Aber es war nun einmal protokollarisch richtig, eine Prinzessin mit »Hoheit« anzureden.

»Warum haben Sie Ihren Truppen befohlen, drei Polizisten zu töten, während diese in Ausübung ihres Amtes tätig waren?«

Arthur empfahl dem Vorsitzenden, sich einfacher auszudrücken und auf juristische Fachausdrücke zu verzichten.

»Also gut. Hoheit, warum Sie töten Männer?«

Arthur intervenierte wieder. Man könne sich einfach ausdrücken, ohne Kauderwelsch zu reden.

Verwirrt stammelte der Richter: »Warum haben Sie Menschen getötet?«

Anstatt zu antworten, sendete die Ameise:

»Ich sehe hier Kameras, die mich filmen. Ihr seht mich vergrößert, aber ich kann euch nicht sehen.«

Arthur erklärte, Nr. 103 sei daran gewöhnt, die Menschen, mit denen sie redete, auf einem kleinen Fernsehbildschirm zu sehen, und nach einer kurzen Beratung mit den Beisitzern erlaubte der Richter huldvoll, der Angeklagten eines der winzigen Geräte zur Verfügung zu stellen, die in der Pyramide beschlagnahmt worden waren.

Prinzessin Nr. 103 schaute sich das Gesicht des Fragestellers an und stellte fest, dass es ein recht betagter Finger war. Sie wusste schon lange, dass Finger mit weißen Haaren meistens schon mehr als drei Viertel ihres Lebens hinter sich hatten, und im Allgemeinen genossen alte Finger in ihrer Gemeinschaft kein hohes Ansehen. Sie überlegte, ob sie diesem alten Finger, der etwas Schwarz-Rotes trug, überhaupt antworten musste, doch weil keiner der anderen Finger an seiner Autorität zu zweifeln schien, legte sie ihre Fühler wieder auf die Gabel.

»Ich habe im Fernsehen Filme über Prozesse gesehen. Normalerweise müssen Zeugen auf die Bibel schwören.«

»Hoheit, Sie haben zu viele amerikanische Filme angeschaut!«, rief der Richter. »Hier schwört man nicht auf die Bibel.« Und er erklärte geduldig: »In Frankreich gibt es seit über einem Jahrhundert die Trennung von Kirche und Staat. Man schwört nicht auf die Bibel, weil sie in unserem Land nicht für alle Menschen ein heiliges Buch ist. Man schwört einfach bei seiner Ehre.«

Nr. 103 begriff: Auch bei den Fingern gab es Gottgläubige und Ungläubige, die sich bekämpften. Trotzdem hätte es ihr gut gefallen, auf die Bibel zu schwören … Aber sie musste sich mit den hiesigen Gepflogenheiten abfinden und verkündete deshalb:

»Ich schwöre, die Wahrheit zu sagen, die reine Wahrheit und nichts als die Wahrheit.«

Die Ameise, die sich auf vier Beine aufgerichtet hatte und sich mit einem Vorderbein an der Glasscheibe abstützte, bot einen eindrucksvollen Anblick. Ein wahres Blitzlichtgewitter brach los, und jeder im Saal hatte das Gefühl, einem historischen Augenblick beizuwohnen.

Dem Richter ging es nicht anders, aber er bemühte sich, das Verhör fortzusetzen, so als hätte er einen ganz durchschnittlichen menschlichen Angeklagten vor sich.

»Hoheit, ich wiederhole meine Frage. Warum haben Sie Ihren Truppen befohlen, Polizisten zu töten?«

»Ich habe gar nichts befohlen. Den Begriff ›Befehl‹ gibt es bei uns Ameisen nicht. Jeder macht, was er will und wann er will.«

»Aber Ihre Truppen haben Menschen angegriffen, oder wollen Sie das leugnen?«

»Ich habe keine Truppen. Und soweit ich sehen konnte, waren es die Finger, die viel Unheil anrichten. Unter ihren schweren Füßen sind mindestens 3000 Ameisen zerquetscht worden! Ihr nehmt überhaupt keine Rücksicht auf uns! Ihr passt nicht auf, wohin ihr eure Füße setzt.«

»Aber ihr hattet auf jenem Hügel nichts zu suchen!«, schrie der Staatsanwalt.

»Der Wald gehört allen, soviel ich weiß. Ich wollte befreundete Finger besuchen, mit denen ich schon vor langer Zeit diplomatische Beziehungen geknüpft habe.«

»Befreundete ›Finger‹! ›Diplomatische Beziehungen‹! Aber diese Leute haben doch überhaupt keinen Einfluss, überhaupt keine Macht. Es sind Verrückte, die sich in einer Waldpyramide eingegraben haben!«, entgegnete der Staatsanwalt aufgebracht.

Die Ameise erklärte geduldig:

»Wir haben früher versucht, offizielle Kontakte zu euren offiziellen Führern aufzunehmen, aber sie haben sich geweigert, mit uns zu sprechen.«

Der Staatsanwalt trat näher heran und streckte mit drohender Gebärde einen Finger aus. »Sie wollten vorhin auf die Bibel schwören. Wissen Sie denn wenigstens, was die Bibel für uns bedeutet?«

Die Angeklagten hielten den Atem an. Würde der Staatsanwalt ihre winzige Verbündete ausmanövrieren?

»Die Bibel – das sind die Zehn Gebote«, erwiderte Nr. 103, die sich genau an den Film von Cecil B. De Mille mit Charlton Heston erinnerte, der im Fernsehen so oft gezeigt wurde.

Arthur seufzte erleichtert. Auf Nr. 103 konnte man sich wirklich verlassen. Er erinnerte sich daran, dass Charlton Heston aus unerfindlichen Gründen ihr Lieblingsschauspieler gewesen war. Sie hatte nicht nur *Die Zehn Gebote* gesehen, sondern auch *Ben Hur* und *Planet der Affen*, der ihr viel zu denken gegeben hatte, weil dieser Film zeigte, dass Menschen nicht unbesiegbar waren und von anderen behaarten Tieren beherrscht werden konnten.

Wie zuvor der Richter, so versuchte jetzt der Staatsanwalt, seine Überraschung zu verbergen. Rasch fuhr er fort: »Gut, dann wissen Sie vielleicht auch, dass eines dieser Gebote lautet: ›Du sollst nicht töten.‹«

Arthur lächelte in sich hinein. Der Staatsanwalt wusste nicht, worauf er sich eingelassen hatte.

»Aber ihr selbst habt aus der Ermordung von Rindern und Hühnern eine ganze Industrie gemacht. Ganz zu schweigen von der Corrida, wo ihr einen Stier in aller Öffentlichkeit tötet.«

»Töten im biblischen Sinn heißt nicht ›keine Tiere töten‹, sondern ›keine Menschen töten‹.«

»Warum sollte das Leben von Fingern mehr wert sein als das von Hühnern, Rindern oder Ameisen?«

Der Vorsitzende seufzte. Es schien unmöglich zu sein, sich bei diesem verrückten Prozess auf Fakten zu beschränken. Ständig kam es zu philosophischen Debatten.

Der Staatsanwalt war wütend. An die Geschworenen gewandt, deutete er auf die Leinwand, wo der Kopf von Nr. 103 in Großaufnahme zu sehen war.

»Kugelaugen, schwarze Mandibeln und Fühler – wie hässlich eine Ameise doch ist! Nicht einmal die schlimmsten Monster in Science-Fiction-Filmen sehen so abstoßend aus. Und diese Tiere, die tausendmal hässlicher als wir sind, wollen uns auch noch belehren!«

Die Antwort der Ameise ließ nicht lange auf sich warten.

»Und Sie? Glauben Sie etwa, dass Sie nicht hässlich sind mit Ihren wenigen Haaren auf dem Schädel, Ihrer blassen Haut und den Nasenlöchern mitten im Gesicht?«

Der ganze Saal brach in schallendes Gelächter aus, während besagte blasse Haut sich scharlachrot verfärbte.

»Sie schlägt sich fantastisch«, flüsterte Zoé David ins Ohr.

»Ich wusste schon immer, dass Nr. 103 unersetzlich ist«, murmelte Arthur, sehr gerührt von den Heldentaten seiner Schülerin.

Der Staatsanwalt hatte sich gefasst und griff nun noch wütender an:

»Es gibt nicht nur die Schönheit oder Hässlichkeit, es gibt auch die Intelligenz, und über Intelligenz verfügt nur der Mensch. Das Leben der Ameisen ist nicht wichtig, weil sie nicht intelligent sind.«

»Sie haben ihre eigene Form der Intelligenz«, kam Julie der Ameise zu Hilfe.

Der Staatsanwalt jubilierte insgeheim. Sie waren in die Falle gegangen.

»Dann beweisen Sie mir doch, dass Ameisen intelligent sind.«

Der Computer blinkte – ein Zeichen, dass er einen Satz der Prinzessin übersetzte.

»Beweisen Sie mir, dass der Mensch intelligent ist.«

Der Saal war völlig außer Rand und Band. Alle ergriffen Partei, alle äußerten ihre Meinung. Der Richter trommelte vergeblich mit seinem Hämmerchen auf den Tisch.

»Nun gut, nachdem es offenbar unmöglich ist, die Ruhe wiederherzustellen, wird die Verhandlung auf morgen Vormittag, zehn Uhr, vertagt.«

Im Rundfunk und im Fernsehen standen an diesem Abend alle Kommentatoren auf der Seite von Nr. 103. Eine 6,3 mg schwere Ameise war beim Verhör dem Staatsanwalt und dem Richter überlegen gewesen, die zusammen mindestens 160 kg wogen!

Die Menschen des ersten, zweiten und dritten Bandes der *Enzyklopädie* schöpften neue Hoffnung. Wenn es Gerechtigkeit auf der Welt gab, war noch nichts verloren.

Maximilien schlug vor Wut mit der Faust gegen die Wand.

225. Gedächtnispheromon: Die Logik der Finger

Speichlerin: Nr. 10

LOGIK:

Die Logik ist ein sehr originelles Konzept der Finger.

Als logisch werden Ereignisse bezeichnet, wenn sie so ablaufen, dass es für die Gesellschaft der Finger akzeptabel ist.

Beispiel: Für einen Finger ist es logisch, dass manche Bewohner einer Stadt, wo es reichlich Nahrung gibt, verhungern, ohne dass ihnen jemand hilft.

Hingegen ist es für sie nicht logisch, jenen nichts zu essen zu geben, die durch einen Überfluss an Nahrung krank sind.

Für die Finger ist es logisch, Nahrung auf die Müllhalde zu werfen, auch wenn sie nicht verdorben ist.

Hingegen ist es unlogisch, diese Nahrung an jene zu verteilen, die sie gern essen würden. Um ganz sicher zu sein, dass niemand ihre Abfälle anrührt, werden diese verbrannt.

226. Ein Wiedersehen

Das Gericht verließ den Saal; ein Polizist konnte gerade noch einen der Beisitzer einholen. Er hielt das Reagenzglas mit Nr. 103 in der Hand.

»Und was mache ich mit dieser Angeklagten? Ich kann sie doch nicht zusammen mit den Menschen in die grüne Minna stecken.«

Der Beisitzer blickte gereizt zur Decke empor.

»Was weiß ich? Werfen Sie sie zu den anderen Ameisen. Mit der gelben Markierung auf der Stirn ist sie ja leicht wiederzufinden.«

Der Polizist hob den Deckel des Terrariums etwas an und drehte das Reagenzglas um. Die Prinzessin fiel vom Himmel auf ihre Gefährtinnen herab.

Die gefangenen Ameisen freuten sich, dass ihre Heldin wieder bei ihnen war. Nach etlichen Trophallaxen versammelte man sich zu einer Besprechung.

Unter den Gefangenen befanden sich auch Nr. 10 und Nr. 5. Als sie gesehen hatten, dass die Finger Ameisen in Säcke packten, waren sie rasch hineingeklettert, weil sie dachten, es wären Einladungen in die Welt dieser Riesen.

Ich glaube, sie sind fest entschlossen, uns zu töten, was immer wir auch machen, sagte eine Soldatin, die zwei Hinterbeine verloren hatte, als die Polizisten sie grob in einen der Säcke geworfen hatten.

Was soll's? Wenigstens haben wir vorher Gelegenheit, in ihrer Welt unsere Argumente vorzubringen und unsere Lebensweise zu verteidigen.

Aus einer Ecke kam eine kleine Ameise auf sie zugestürzt. Nr. 24!

Also hatte diese unbesonnene Ameise sich diesmal ausnahmsweise in die richtige Richtung verirrt. Die Prinzessin vergaß die schlimmen Bedingungen, unter denen dieses Wiedersehen stattfand, und umarmte ihren Prinzen.

Wie schön es war, vereint zu sein! Nr. 103 hatte längst begriffen, was »Kunst« war, und jetzt begriff sie allmählich auch, was »Liebe« bedeutete.

Liebe ist, wenn man jemanden liebt und verliert und dann wiederfindet, dachte sie.

Prinz Nr. 24 schmiegte sich eng an sie und wünschte sich eine Absolute Kommunikation.

227. Intelligenz

Der Vorsitzende schlug mit seinem Hämmerchen auf den Tisch.

»Wir verlangen objektive Beweise für ihre Intelligenz.«

»Die Ameisen können alle Probleme lösen, mit denen sie zu tun haben«, erwiderte Julie.

Der Staatsanwalt zuckte die Schultern. »Sie kennen nicht einmal die Hälfte unserer Technologien, nicht einmal das Feuer.«

Prinzessin Nr. 103 stellte sich auf die vier hinteren Beine, um ihren Pheromonen mehr Gewicht zu verleihen. Der Computer übersetzte ihre ziemlich lange Rede:

»Die Ameisen haben das Feuer früher gekannt und bei Kriegen eingesetzt, aber eines Tages ist dabei ein großer Brand ausgebrochen, der alles zerstört hat. Daraufhin haben alle Insekten einmütig beschlossen, kein Feuer mehr anzurühren und all jene zu verbannen, die diese schreckliche Waffe verwenden …«

»Aha, da sieht man es ja! Zu dumm, um mit Feuer umgehen zu können!«, höhnte der Staatsanwalt, doch die Maschine blinkte schon wieder.

»Während meines Friedensmarsches in eure Welt habe ich meinen Schwestern aber erklärt, das uns das Feuer, wenn man vernünftig damit umgeht, den Weg zu fortschrittlichen Technologien bahnen könnte.«

»Das beweist noch lange nicht, dass ihr Ameisen intelligent seid, nur, dass ihr gelegentlich unsere Intelligenz nachzuahmen versteht.«

Es war nicht zu übersehen, dass die Ameise wütend war. Sie trommelte mit den Fühlern heftig auf die Plastiksonden ein.

»ABER WAS BEWEIST EIGENTLICH EUCH FINGERN, DASS IHR INTELLIGENT SEID?«

Unruhe im Saal. Hier und dort verhaltenes Lachen.

»Ich weiß genau, nach welchen Kriterien ihr entscheidet, ob ein Tier intelligent ist – es muss euch möglichst ähnlich sein.«

Alle Blicke waren auf die große Leinwand gerichtet. Das Gesicht und die Augen des Insekts schienen völlig unbeweglich, aber dafür waren die Bewegungen von Fühlern und Mandibeln so ausdrucksvoll, dass jeder sie nach und nach interpretieren konnte.

Aufgerichtete Fühler verrieten Erstaunen, schräg stehende den Wunsch, andere zu überzeugen. Rechter Fühler nach vorne, linker Fühler nach hinten: Aufmerksamkeit. Nach unten hängende Fühler: Enttäuschung. Fühler zwischen den Mandibeln: Entspannung.

Im Augenblick waren die Antennen von Nr. 103 halb aufgerichtet.

»Für uns seid ihr die Dummen, und wir sind die Intelligenten. Nur eine dritte Tierart – weder Finger noch Ameise – könnte ein objektives Urteil über uns abgeben.«

Alle waren sich darüber im Klaren, dass die Lösung dieses Problems von entscheidender Bedeutung war. Wenn die Ameisen intelligente Wesen waren, konnten sie für ihre Taten zur Verantwortung gezogen werden. Wenn nicht, waren sie genauso schuldunfähig wie Geisteskranke oder Kinder.

»Wie soll man die Intelligenz oder Nichtintelligenz von Ameisen beweisen?«, fragte der Vorsitzende, während er sich nachdenklich den grau melierten Bart rieb.

»Und wie soll man die Intelligenz oder Nichtintelligenz von Fingern beweisen?«, konterte Nr. 103.

»Worauf es ankommt, ist doch im Grunde nur, welche der beiden Arten intelligenter ist«, meinte einer der Beisitzer, »und das müsste man irgendwie testen können.«

Ein Geschworener hob die Hand, was sehr selten vorkam. »Wenn ich mir erlauben darf … Ich liebe Denkspiele aller Art«, sagte er, es handelte sich um einen Briefträger im Ruhestand. »Schach, Kreuzworträtsel, Wortspiele, Rätsel, Bridge, Schreibspiele … Sie eignen sich meiner Ansicht nach hervorragend dazu, herauszufinden, wer intelligenter ist. Man müsste nur ein Spiel erfinden, bei dem eine Ameise die gleichen Erfolgschancen wie ein Mensch hat.«

Die Idee gefiel dem Publikum, und der Richter wusste, dass auch die Fernsehzuschauer davon begeistert wären. Eine ausgezeichnete Publicity … Dieser Prozess könnte wirklich sein größter Erfolg werden …

»Welche Art von Spiel schwebt Ihnen denn vor?«, fragte er den Geschworenen.

228. Enzyklopädie

Die Strategie des Pferdes Im Jahre 1904 gerieten Wissenschaftler aus aller Herren Ländern in helle Aufregung. Man glaubte, endlich ein Tier gefunden zu haben, das genauso intelligent wie ein Mensch war. Es handelte sich um ein achtjähriges Pferd, das von einem österreichischen Gelehrten, Professor von Osten, ausgebildet worden war. Zur großen Überraschung aller Besucher schien Hans, das Pferd, die moderne Mathematik verstanden zu haben. Es konnte Gleichungen lösen, die genaue Uhrzeit angeben, auf Fotos Menschen wiedererkennen, die es einige Tage zuvor gesehen hatte, und logische Probleme bewältigen.

Hans deutete mit der Hufkante auf Gegenstände und stampfte mit dem Huf, um Zahlen auszudrücken. Wenn Hans Wörter bilden wollte, stampfte er jeden Buchstaben: ein Stampfer für »a«, zwei für »b«, drei für »c« usw.

Das Pferd wurde allen möglichen Experimenten unterzogen und bewährte sich jedes Mal. Zoologen, Biologen, Physiker, Psychologen und Psychiater aus aller Welt kamen nach Österreich, um Hans zu beobachten. Bei ihrer Ankunft waren sie meistens sehr skeptisch, und bei der Abreise waren sie völlig verwirrt. Ein Täuschungsmanöver schien völlig ausgeschlossen zu sein, und so mussten sie notgedrungen zugeben, dass dieses Pferd wirklich »intelligent« war.

Am 12. September 1904 veröffentlichte eine Gruppe von dreizehn Experten einen Bericht, in dem bestätigt wurde, dass Betrug in diesem Falle nicht möglich sei. Allmählich gewöhnte sich die wissenschaftliche Welt daran, dass dieses Pferd tatsächlich genauso intelligent wie ein Mensch war.

Oskar Pfungst, einer der Assistenten des Professors von Osten, kam schließlich hinter des Rätsels Lösung. Er beobachtete, dass Hans falsche Antworten gab, wenn auch keine der anwesenden Personen die richtige Antwort auf die ihm gestellte Frage wusste. Genauso versagte er, wenn man ihm Scheuklappen anlegte, so dass er die Menschen nicht sehen konnte. Die einzige Erklärung bestand darin, dass Hans über eine hervorragende Beobachtungsgabe verfügte.

Während er mit dem Huf stampfte, registrierte er die kleinste Veränderung im Verhalten der Menschen und spürte ihre Aufregung, wenn er sich der richtigen Lösung näherte.

Seine Konzentration wurde außerdem durch die Hoffnung auf einen besonderen Leckerbissen motiviert.

Als der Schwindel aufflog, waren die Wissenschaftler so wütend über ihre eigene Leichtgläubigkeit, dass sie von da an einen übertriebenen Skeptizismus an den Tag legten, wenn irgendein Experiment die Intelligenz der Tiere beweisen sollte. Noch heute wird an vielen Universitäten das Pferd Hans als Paradebeispiel wissenschaftlichen Betrugs angeführt. Doch der arme Hans hatte weder so viel Ruhm noch so viel Tadel verdient. Immerhin konnte dieses Pferd das menschliche Verhalten so perfekt entschlüsseln, dass Menschen es zeitweilig für gleichwertig hielten.

Möglicherweise gibt es eine tiefere Ursache für diesen Groll auf Hans: Es ist den Menschen unangenehm, von einem Tier durchschaut zu werden.

EDMOND WELLS
Enzyklopädie des relativen und absoluten Wissens, Bd. 3

229. BEGEGNUNG AUF DEN STUFEN

Der Geschworene, der sich für Denkspiele begeisterte, erfand einen Test, den sowohl das Gericht als auch die Verteidigung für fair hielten.

Nun mussten nur noch die beiden Kandidaten – ein Mensch und eine Ameise – gefunden werden. Der Staatsanwalt schlug Maximilien Linart vor, und Julie sprach sich für Nr. 103 aus. Der Richter lehnte beide Kandidaten ab. Der Kommissar, der an der Polizeischule lehrte und ein berühmter Fahnder war, konnte nicht als durchschnittlicher Vertreter seiner Gattung angesehen werden. Das Gleiche galt für Prinzessin Nr. 103: Nach all den Filmen, die sie im Fernsehen gesehen hatte, war sie keine durchschnittliche Ameise mehr.

Man einigte sich schließlich auf zwei »Zufallskandidaten«. Ein Polizist und ein Gerichtsdiener wurden losgeschickt, um auf der Straße den erstbesten körperlich in Frage kommenden Passanten anzusprechen und als Mitspieler zu gewinnen. Sie hielten einen »durchschnittlichen« Menschen an: vierzig Jahre alt, braune Haare, kleiner Schnurrbart, geschieden, zwei Kinder. Als sie ihm erklärten, dass er die Menschheit bei einem Spiel vertreten solle, wollte er aus Angst, sich lächerlich zu machen, ablehnen, und der Polizist überlegte schon, ob in einem solchen Fall Gewaltanwendung angebracht sei, als der Gerichtsdiener die glänzende Idee hatte, den Mann mit dem Fernsehen zu locken, das diesen Wettkampf zweifellos am Abend zur besten Sendezeit zeigen würde. Die Vorstellung, seine Nachbarn verblüffen zu können, war so reizvoll, dass der Mann bereitwillig mitkam.

Die Ameise wurde gar nicht erst gefragt, ob sie mitspielen wolle. Man fing einfach die erste Ameise ein, auf die man im Garten des Justizpalastes stieß, und vergewisserte sich nur, dass ihr kein Bein fehlte und dass sie die Antennen frei bewegen konnte.

Das Zubehör für diesen Intelligenztest stand schon im Gerichtssaal bereit. Es handelte sich um zwölf Holzstücke, die man zusammenfügen musste, um eine rote Glühbirne erreichen zu können. Wer diese Birne als Erster berührte, würde ein Klingelsignal auslösen und zum Sieger erklärt werden.

Natürlich hatten die Bausteine für beide Kandidaten dieselbe Form, aber die Größe war sehr verschieden: Das stufenförmige Gebilde des Menschen würde eine Höhe von drei Metern erreichen, das der Ameise – drei Zentimeter.

Um das Insekt für die Arbeit zu motivieren, bestrich der Geschworene die rote Glühbirne mit Honig. Kameras waren auf beide Kandidaten gerichtet, und der Richter gab das Startsignal, indem er mit seinem Elfenbeinhämmerchen auf den Tisch schlug.

Der Mensch hatte schon als Kleinkind mit Bauklötzen gespielt und begann sofort, sie systematisch zusammenzufügen, sehr erleichtert darüber, dass dieser Test so leicht war.

Die aus dem Garten entführte Ameise drehte sich auf dem Podest, das im Terrarium mit den Angeklagten errichtet worden war, verwirrt im Kreis und fand sich bei dem grellen Licht und den fremdartigen Gerüchen zunächst nicht zurecht. Endlich nahm sie den süßen Honigduft wahr, ließ aufgeregt ihre Antennen kreisen und stellte sich auf die vier hinteren Beine, in der vergeblichen Hoffnung, die Glühbirne erreichen zu können.

Der Staatsanwalt erhob keine Einwände, als der Gerichtsdiener dem Insekt die kleinen Bauklötze hinschob, damit es begriff, dass es nur mit ihrer Hilfe zu der Glühbirne gelangen konnte.

Zur allgemeinen Erheiterung begann die Ameise das Holz anzuknabbern, weil es leicht nach Honig roch.

Der Mensch hatte sein Werk schon fast vollendet, als die Ameise immer noch untätig verharrte, wenn man davon absah, dass sie von Zeit zu Zeit vergeblich versuchte, an den Honig heranzukommen, indem sie sich auf die Hinterbeine stellte und mit den Vorderbeinen in der Luft herumfuchtelte.

Als der Mensch nur noch vier Bauklötze aufeinanderstellen musste, verschwand die Ameise plötzlich vom Podest, und alle dachten, sie hätte aufgegeben, doch plötzlich tauchte sie in Begleitung einer anderen Ameise wieder auf, erklärte ihr etwas mit den Fühlern und kletterte auf sie hinauf.

Die Klingel der Ameise schrillte um eine gute Sekunde früher als die des Menschen.

Im Saal kam es zu Tumulten. Die einen buhten, die anderen applaudierten.

Der Staatsanwalt ergriff das Wort. »Sie haben es alle gesehen – die Ameise hat gemogelt! Sie hat sich von einer anderen Ameise helfen lassen, und das beweist, dass Ameisen keine individuelle, sondern nur eine kollektive Intelligenz besitzen. Allein ist eine Ameise zu nichts imstande.«

»Aber nein«, widersprach Julie ihm energisch. »Die Ameisen haben einfach begriffen, dass man ein Problem zu zweit viel leichter lösen kann als allein. Das war übrigens die Devise unserer *Revolution der Ameisen*: 1 + 1 = 3. Gemeinsam erreicht man mehr als nur das Doppelte.«

Der Staatsanwalt lachte höhnisch. »1 + 1 = 3 ist mathematischer Blödsinn, ein Verstoß gegen den gesunden Menschenverstand, eine Beleidigung für jede Logik. Wir Menschen verlassen uns nur auf naturwissenschaftliche Fakten und nicht auf irgendwelche esoterischen Formeln!«

Der Richter verschaffte sich mit seinem Hämmerchen Gehör. »Dieser Intelligenztest hat zu keinem eindeutigen Ergebnis geführt. Wir müssen uns einen anderen ausdenken, bei dem ein einzelner Mensch es wirklich nur mit einer einzelnen Ameise zu tun hat. Das Resultat dieses zweiten Tests wird gerichtlich anerkannt werden, wie auch immer es ausfallen mag.«

Er beauftragte den Gerichtspsychologen, einen völlig objektiven und unanfechtbaren Test auszuarbeiten, und danach gewährte er dem bekanntesten Journalisten des nationalen Fernsehens ein Exklusivinterview.

»Was hier vorgeht, ist hochinteressant, und ich glaube, dass möglichst viele Pariser nach Fontainebleau kommen sollten, um uns Menschen gegen die Ameisen zu unterstützen.«

230. Gedächtnispheromon: Meinung

Speichlerin: Nr. 10

MEINUNG:

Die Finger sind kaum noch in der Lage, sich eine eigene Meinung zu bilden.

Während alle anderen Tiere eigenständig denken und bei der Meinungsbildung von persönlicher Beobachtung und Erfahrung ausgehen, denken alle Finger das Gleiche, nämlich das, was der Moderator der Zwanzig-Uhr-Nachrichten ihnen suggeriert.

Das könnte man als »Kollektivgeist« der Finger bezeichnen.

231. Man sieht

Der Psychologe dachte lange nach. Er zog Kollegen, Zeitschriftenredakteure und Erfinder von Spielen zu Rate. Welch eine Herausforderung, ein Spiel zu finden, das für Mensch und Ameise gleich gut geeignet war! Und welches Spiel stellte eigentlich die Intelligenz eindeutig unter Beweis?

Natürlich gab es Schach, Go und Dame, aber wie sollte man die Spielregeln einer Ameise erklären? Diese Spiele gehörten zur menschlichen Kultur, genauso wie das Mah-Jongg, Poker und Hüpfspiele. Womit könnten Ameisen spielen?

Der Psychologe dachte an Mikado, weil Ameisen sich die Zweige, die sie für irgendetwas gebrauchen können, geschickt unter den unbrauchbaren heraussuchen, aber Mikado war ein reines Geschicklichkeitsspiel, das keine Intelligenz erforderte.

Womit spielen Ameisen? Sie spielen überhaupt nicht, entschied der Psychologe. Sie erforschen neues Terrain, sie kämpfen, sie beschaffen Nahrung und kümmern sich um ihre Brut. Alle Beschäftigungen haben irgendeinen praktischen Nutzen.

Solche Überlegungen führten dazu, dass der Psychologe sich für das Labyrinth als universelles Spiel entschied, denn jedes Geschöpf, das an einem unbekannten Ort eingesperrt wird, versucht instinktiv, den Weg ins Freie zu finden.

Von der Größenordnung einmal abgesehen, mussten beide Labyrinthe völlig identisch sein, damit Mensch und Ameise die gleichen Schwierigkeiten zu bewältigen hatten.

Das Labyrinth für den Menschen wurde im Hof des Justizpalastes aus Metallplatten aufgebaut und mit Papier verkleidet. Das Labyrinth für die Ameise hatte Papierwände und befand sich in einem großen durchsichtigen Terrarium, zu dem keine andere Ameise Zutritt hatte.

Wie beim letzten Spiel entschied man sich für zwei Zufallskandidaten. Der Polizist und der Gerichtsdiener sprachen auf der Straße einen blonden Studenten an, und die Ameise holte man aus einem Blumentopf am Fenster der Concièrge des Justizpalastes.

Am Ende des Labyrinths mussten die Kandidaten auch diesmal ein rotes Lämpchen berühren, das einen Klingelton auslösen würde, und auch diesmal wurde das Lämpchen für die Ameise mit Honig bestrichen.

Gerichtsdiener und Beisitzer fungierten als Linienrichter. Der Vorsitzende gab das Startsignal, und ein Polizist setzte die Ameise ins Terrarium.

Der Mensch machte sich sofort auf den Weg. Die Ameise saß regungslos da.

An einem fremden Ort durfte man nie überstürzt handeln, das war eine alte Ameisenweisheit. Sie begann sich seelenruhig zu putzen, denn eine andere Weisheit besagte: An einem fremden Ort muss man seine Sinne schärfen.

Auf großen Leinwänden im Gerichtssaal konnte man beide Kandidaten beobachten. Julie und ihre Freunde waren sehr beunruhigt, dass die Ameise sich nicht von der Stelle rührte, und auch Nr. 103, Nr. 24 und die anderen gefangenen Ameisen, die das Spiel auf ihrem kleinen Fernseher verfolgen konnten, waren überaus besorgt. Vielleicht hatte man in dem Blumentopf eine besonders dumme Ameise erwischt?

Endlich begann sie, langsam und vorsichtig den Boden um ihre Beine herum zu beschnuppern.

Der Mensch hatte sich in seiner Eile verirrt und war in einer Sackgasse gelandet. Er machte hastig kehrt; weil er nicht wusste, dass die Gegenkandidatin sich noch nicht einmal auf den Weg gemacht hatte, zählte für ihn jede Sekunde.

Die Ameise rückte einige Schritte vor, drehte sich im Kreis und richtete plötzlich die Antennen auf.

Die Ameisen vor dem Bildschirm wussten, was das bedeutete, und auch Julie flüsterte David aufgeregt zu: »Jetzt! Sie hat den Honig gerochen.«

Sofort schlug die Ameise den richtigen Weg ein. Auch der Mensch hatte den richtigen Weg wiedergefunden. Den Zuschauern kam es so vor, als bewegten sich beide Kandidaten gleich schnell, und sie bogen sogar fast gleichzeitig um die gleichen Ecken ihrer jeweiligen Labyrinthe.

»Ich setze auf den Menschen!«, rief der Gerichtsschreiber.

»Ich auf die Ameise!«, ging der erste Beisitzer auf die Wette ein.

Die Ameise steuerte auf eine Sackgasse zu, und Nr. 103 und die Ihren gerieten in helle Aufregung.

»Nein, nein, nicht dorthin!«, gaben sie mit Warnpheromonen zu verstehen, doch diese olfaktorische Botschaft konnte die Kandidatin wegen des Plexiglasdeckels nicht wahrnehmen.

Der Mensch bewegte sich ebenfalls auf eine Sackgasse zu, und seine Anhänger stöhnten: »O nein, nicht dorthin!« Aber auch er konnte diese Warnung nicht hören.

Beide Kandidaten blieben unschlüssig stehen.

Schließlich ging der Mensch in die richtige Richtung. Die Ameise entschied sich für die Sackgasse.

Die Anhänger des Menschen waren zuversichtlich. Ihr Kandidat musste nur noch um zwei Ecken biegen, dann war er am Ziel.

Erbost darüber, sich in einer Sackgasse im Kreis zu drehen, tat die Ameise plötzlich etwas völlig Unerwartetes: sie kletterte an der Papierwand hoch. Vom Honigduft angelockt, rannte sie geradewegs auf das rote Lämpchen zu, wobei sie die Mäuerchen wie bei einem Hindernislauf einfach übersprang. Sie stürzte sich gierig auf den Honig und löste dadurch den Klingelton aus.

Die Menschen auf der Anklagebank jubelten genauso wie die Ameisen im Terrarium, die sich mit den Fühlern berührten, um den Sieg ihrer Artgenossin zu feiern.

Der Staatsanwalt sprang erregt auf und eilte auf den Richtertisch zu. »Sie hat geschummelt! Sie hat genauso geschummelt wie die beim letzten Spiel. Sie durfte nicht über die Mauern klettern.«

»Nehmen Sie bitte wieder Platz«, ermahnte ihn der Richter.

»Nein, sie hat nicht geschummelt!«, rief Julie. »Sie hat nur ihre originelle Denkweise genutzt. Es galt ein Ziel zu erreichen, und sie hat es erreicht und damit ihre Intelligenz bewiesen. Von einem Verstoß gegen die Spielregeln kann keine Rede sein, denn es bestand kein Verbot, über die Mauern zu klettern.«

»Dann hätte der Mensch es also auch tun dürfen?«, fragte der Staatsanwalt.

»Selbstverständlich. Er hat verloren, weil es ihm gar nicht in den Sinn kam, dass es auch eine andere Möglichkeit geben könnte als den Weg durch die Gänge. Er glaubte, sich an Regeln halten zu müssen, die in Wirklichkeit gar nicht existierten. Die Ameise hat gewonnen, weil sie mehr Fantasie besaß, das ist alles. Man muss auch ein guter Verlierer sein können, Herr Staatsanwalt.«

232. Enzyklopädie

Bambi-Syndrom Liebe kann manchmal genauso gefährlich sein wie Hass. In den Naturparks von Europa und Nordamerika stößt der Besucher oft auf Rehkitze, die einsam und verlassen zu sein scheinen, obwohl ihre Mutter in Wirklichkeit immer in der Nähe ist. Jeder Mensch fühlt sich zu diesem zutraulichen Geschöpf, das wie ein großes Plüschtier aussieht, hingezogen und will es streicheln. Es ist eine zärtliche Geste, und doch ist sie für das Kitz tödlich, denn in den ersten Wochen erkennt die Mutter ihr Kleines nur am Geruch, und sobald der Mensch das weiche Fell berührt, hinterlässt er dort seine eigenen Gerüche. Dadurch vernichtet er die olfaktorische »Identitätskarte« des Kitzes, das daraufhin von seiner ganzen Familie im Stich gelassen wird und unweigerlich verhungert. Man nennt diese mörderische Liebkosung das »Bambi-Syndrom« oder auch das »Walt-Disney-Syndrom«.

Edmond Wells

Enzyklopädie des relativen und absoluten Wissens, Bd. 3

233. Allein unter Bäumen

Kommissar Maximilien Linart ertrug das Spektakel im Gerichtssaal einfach nicht mehr. Er ging nach Hause.

Die Tür fiel hinter ihm sehr laut ins Schloss. Während er seinen Hut auf die Garderobe warf und sein Jackett auszog, kam die Familie zur Begrüßung angelaufen.

Seine Frau Scynthia und seine Tochter Marguerite wurden ihm immer mehr zuwider. Begriffen sie denn gar nicht, was vor sich ging? War ihnen nicht klar, welch enormen Einsatz dieser Prozess erforderte?

Marguerite kehrte rasch in den Salon zurück und stellte den Fernseher auf Kanal 622 ein, wo soeben die »Denkfalle« begann. Das Rätsel lautete immer noch: »Ich erscheine zu Beginn der Nacht und am Ende des Morgens. Man kann mich im Januar, Juni und November sehen, und man erkennt mich sehr gut, wenn man den Mond betrachtet. Wer bin ich?«

Die Lösung fiel Maximilien von einer Sekunde auf die andere ein. Es konnte sich nur um den Buchstaben »N« handeln.

Er lächelte zufrieden. Sein scharfes Denkvermögen war ihm also nicht abhanden gekommen. Es gab kein Rätsel, das er auf Dauer nicht lösen konnte. Ihm war soeben ein Zeichen gegeben worden.

Zwei kühle Hände legten sich über seine Augen. »Rate mal, wer das ist?«

Er riss die Hände grob weg. Seine Frau sah ihn überrascht an.

»Was ist los, Liebling, was hast du? Bist du überarbeitet?«

»Nein. Mein Kopf ist völlig klar. Aber mit euch vergeude ich nur meine Zeit. Ich habe enorm wichtige Dinge zu erledigen, die für die ganze Menschheit von größter Bedeutung sind.«

Scynthia sah ihn besorgt an. »Aber, Liebling ...«

Maximilien sprang auf und brüllte nur ein einziges Wort: »Hinaus!«

Mit blutunterlaufenen Augen deutete er auf die Tür.

»Nun gut, wenn du dich so aufführst ...«, murmelte Scynthia ängstlich.

Maximilien schlug die Tür seines Arbeitszimmers zu und schloss sich mit MacYavel ein. Er wollte mit Hilfe von *Evolution* herausfinden, wie sich eine Ameisenzivilisation entwickeln würde, wenn sie über die Technologie der Menschen verfügte.

Die Haustür wurde geöffnet und geschlossen, und er wischte sich mit einem karierten Taschentuch den Schweiß von der Stirn. Uff, endlich war er von diesen beiden Nervensägen befreit! Computer hatten wirklich Glück, dass es in ihrer Welt keine Weiber gab.

MacYavel trieb das Spiel voran. Innerhalb von zwanzig Minuten zogen tausend Jahre einer Ameisenzivilisation, die über das reiche Wissen der Menschen verfügte, an ihm vorüber, und die Resultate waren noch viel erschreckender, als er es sich vorgestellt hatte.

Maximilien wusste, dass er nicht länger ein passiver Beobachter bleiben durfte. Er musste zur Tat schreiten, ganz egal, um welchen Preis.

Unverzüglich machte er sich an die Arbeit.

234. Paradoxe Sonne

Bevor die Verhandlung fortgesetzt wird, beschließen Prinzessin Nr. 103 und Prinz Nr. 24, sich im Terrarium zu paaren. Die grellen Fernsehscheinwerfer üben auf ihre Sexualhormone eine ähnliche Wirkung aus wie die Frühlingssonne. Beide sind sehr erregt, und alle anderen Ameisen ermutigen sie, den Versuch zu wagen.

Die Prinzessin fliegt hoch und beginnt, zwischen den Glaswänden ihres Gefängnisses Kreise zu ziehen. Der Prinz nimmt ihre Verfolgung auf.

Natürlich ist das nicht so romantisch wie im Wald unter duftenden Bäumen, aber die beiden Insekten sind überzeugt, dass für sie bald alles vorbei sein wird. Wenn sie sich nicht hier und jetzt vereinigen, könnte es zu spät sein.

Nr. 103 fliegt so schnell, dass der Prinz sie nicht einholen kann. Er muss sie bitten, ihr Tempo zu verlangsamen.

Endlich ist er über ihr, klammert sich an ihrem Hinterleib fest und bemüht sich nach Kräften, den Akt zu vollziehen. Die Prinzessin achtet in ihrer Erregung nicht darauf, wohin sie fliegt, und prallt gegen eine Glaswand. Dadurch wird der Prinz weggeschleudert und muss wieder ganz von vorne anfangen.

Die Prinzessin hat sich zwar immer über das seltsame Paarungsverhalten der Finger lustig gemacht, aber in diesem Augenblick wäre es ihr lieber, wenn sie sich mit ihrem Partner einfach auf dem Boden wälzen könnte. Das dürfte viel weniger Schwierigkeiten bereiten als eine Vereinigung im Fliegen.

Prinz Nr. 24 ist schon ziemlich müde, als es ihm beim dritten Versuch endlich gelingt, ans Ziel seiner Wünsche zu gelangen. Das löst bei beiden Insekten ungeahnt intensive Empfindungen aus, und unwillkürlich fügen sie nun auch ihre Fühler zusammen, um nicht nur körperlich, sondern auch im Geist vereint zu sein.

In ihren winzigen Gehirnen werden psychedelische Bilder erzeugt und ausgetauscht.

Um nicht wieder gegen eine Wand zu prallen, beschreibt Nr. 103 jetzt nur wenige Zentimeter vom Plexiglasdeckel entfernt kleine konzentrische Kreise in der Mitte des Terrariums.

Die psychedelischen Bilder gehen hauptsächlich von der Prinzessin aus, die sich an die romantischen Szenen in *Vom Winde verweht* erinnert.

Die Ameisenkultur ist zwar reich an Mythen, aber es gibt nichts, was mit *Vom Winde verweht* zu vergleichen wäre, denn bei Insekten dient die Vereinigung einzig und allein der Fortpflanzung. Doch Nr. 103 hat begriffen, dass ihre Gefühle dem Prinzen jene geheimnisvolle »Liebe« der Finger nahebringen, und deshalb beschwört sie Bilder aus der Welt der Finger herauf, um die Paarung noch lustvoller zu gestalten.

Die anderen beobachten das Liebespaar bewundernd und spüren, dass dort oben etwas Neuartiges geschieht. Nr. 10 legt sogar eine »mythologische Pheromonakte« über diese romantische Szene an.

Doch plötzlich fühlt der Prinz sich gar nicht mehr wohl. Seine Fühler zucken, und sein Herz schlägt immer schneller.

Pamm … pamm, pamm, pamm, pamm, pamm … pamm!

Pamm, pamm, pamm.

Der Richter klopfte dreimal auf den Tisch. Die Verhandlungspause war vorüber.

»Meine Damen und Herren Geschworenen, nehmen Sie bitte wieder Platz.«

Er informierte die Geschworenen, dass die Ameisen als intelligente Wesen schuldfähig seien, und dass sie – die Geschworenen – deshalb auch über das Strafmaß für Nr. 103 und deren Komplicen nachdenken müssten.

»Das verstehe ich nicht!«, rief Julie. »Die Ameise hat doch gewonnen.«

»Ja«, erwiderte der Richter, »aber dieser Sieg beweist nur die Intelligenz, nicht aber die Unschuld der Ameisen. Die Anklage hat das Wort.«

Der Staatsanwalt erhob sich. »Meine Damen und Herren Geschworenen, ich kann Ihnen Unterlagen zeigen, aus denen eindeutig hervorgeht, dass Ameisen die Feinde des Menschen sind. Beispielsweise ist es in Florida zu einer regelrechten Invasion von Feuerameisen gekommen.«

Arthur stand auf. »Sie vergessen zu erwähnen, dass man dieser Feuerameisen mit Hilfe einer anderen Ameisengattung, der *Solenopsis daguerrei*, sehr schnell Herr geworden ist. Diese Gattung vermag die Pheromone einer Königin der Feuerameisen nachzuahmen und täuscht auf diese Weise die Arbeiterinnen, die ihre eigene Königin verhungern lassen, um die *Solenopsis daguerrei* zu ernähren. Die Menschen brauchen sich also nur mit bestimmten Ameisenarten zu verbünden, um andere ausrotten zu können …«

Der Staatsanwalt fiel Arthur ins Wort und ging auf die Geschworenen zu.

»Wir werden die Insekten nicht los, indem wir ihnen unsere Geheimnisse verraten«, beschwor er sie. »Ganz im Gegenteil – wir müssen diese Ameisen, die schon viel zu viel wissen, schleunigst eliminieren, bevor sie ihre Kenntnisse an Artgenossen weitergeben können.«

Im Terrarium hält die Ekstase weiter an. Das Liebespaar kreist immer schneller, so als wäre es in einen Wirbelsturm geraten. Das Herz des Prinzen schlägt immer unregelmäßiger. Ihm wird schwarz vor Augen.

Der Staatsanwalt war mit seinen Ausführungen fast am Ende. »Für die sogenannten Revolutionäre beantrage ich wegen Sachbeschädigung und Störung der öffentlichen Ordnung eine sechsmonatige Haftstrafe ohne Bewährung. Für die sogenannten Pyramidenbewohner beantrage ich wegen Beihilfe zum Mord eine Haftstrafe von sechs Jahren ohne Bewährung. Und für Prinzessin Nr. 103 und ihre Komplizen beantrage ich wegen der Ermordung von drei Polizisten die – Todesstrafe!«

Im Publikum wurde Unmut laut. Der Richter schlug automatisch mit seinem Hämmerchen auf den Tisch. »Darf ich meinen Kollegen von der Staatsanwaltschaft daran erinnern, dass die Todesstrafe in unserem Land seit langem abgeschafft ist!«

»Für Menschen, Herr Vorsitzender, für Menschen! Ich habe gründlich recherchiert. Es gibt kein Gesetz, das die Todesstrafe für Tiere verbietet. Man schläfert Hunde ein, die Kinder beißen. Man tötet Füchse, die Tollwut übertragen. Und wer von uns könnte von sich behaupten, noch nie im Leben eine Ameise zerquetscht zu haben?«

Alle mussten zugeben, dass der Staatsanwalt Recht hatte. Wer hatte noch nie eine Ameise getötet, und sei es auch nur aus Unachtsamkeit?

»Staatsbürgerliches Pflichtbewusstsein und das Recht auf Verteidigung legitimieren die Todesstrafe für Nr. 103 und ihre Gefährtinnen, denn die in der Pyramide beschlagnahmten Dokumente beweisen eindeutig, dass sie einen großen Kreuzzug gegen uns unternommen haben. Möge die Natur wissen, dass alle Arten, die dem Menschen Schaden zufügen wollen, ihr Leben riskieren!«

Prinz Nr. 24 richtet seine Antennen auf. Die Prinzessin spürt es, aber ihre Lust ist so groß, dass sie keine Rücksicht auf ihren Partner nehmen kann. Sie ist jetzt keine Prinzessin mehr – sie ist Königin!

Dem Prinzen geht es immer schlechter. Sein Herz bleibt stehen. Er schlägt noch einmal mit den Flügeln und …

Der Vorsitzende erteilte der Verteidigung das Wort, und Julie rief all ihre Neuronen zu Hilfe.

»Was hier abläuft, ist kein Prozess wie jeder andere. Uns bietet sich hier die einmalige Gelegenheit, eine nichtmenschliche Denkweise kennenzulernen. Wenn es uns nicht gelingt, einen Pakt mit den Ameisen zu schließen, die auf demselben Planeten wie wir leben – wie wollen wir dann eines Tages mit Außerirdischen Kontakt aufnehmen?«

Die Lust war viel zu intensiv. Prinz Nr. 24 hat seinen Samen kaum in das Weibchen ergossen, als er auch schon stirbt und dabei explodiert. Bruchstücke seines Chitinpanzers fallen auf die Ameisen am Boden.

Julie hatte den Eindruck, als würde Edmond Wells mit ihrer Stimme sprechen.

»Die Ameisen könnten sich als Trampolin für unsere eigene Evolution erweisen. Anstatt sie zu vernichten, sollten wir uns endlich mit ihnen verbünden. Wir beherrschen die Welt in der Höhe, sie ihre Umwelt in der Höhe von einem Zentimeter. Arthur hat bewiesen, dass sie mit ihren Mandibeln winzige Gegenstände besser als jeder noch so geschickte Uhrmacher herstellen können. Warum sollten wir auf so wertvolle Mitarbeiter verzichten?«

Prinzessin Nr. 103 bemerkt endlich, was passiert ist, und landet in Panik.

»Es wäre ungerecht, uns zu verurteilen, nur weil wir zur Evolution der Menschheit beitragen wollten«, fuhr Julie fort. »Und noch viel ungerechter wäre es, die Ameisen zu töten.«

Im Fallen hat die Königin ihre Flügel verloren.

Der Tod des Prinzen und der Verlust ihrer Flügel sind der Preis, den jede Ameisenkönigin bezahlen muss.

»Indem Sie uns freisprechen und diese unschuldigen Insekten freilassen, können Sie zeigen, dass der Weg, den wir eingeschlagen haben, durchaus Aufmerksamkeit verdient. Ob es uns nun gefällt oder nicht – die Ameisen sind …«

Julie verstummte mit offenem Mund, ohne ihren Satz zu beenden.

235. Enzyklopädie

Die Macht der Ziffern 1 2 3 4 5 6 7 8 9 10

Nur durch ihre Form erzählen uns die Ziffern die Evolution des Lebens. Alles, was gebogen ist, symbolisiert die Liebe. Alles, was gerade ist, symbolisiert Zuneigung. Alles, was gekreuzt ist, symbolisiert Schicksalsprüfungen. Schauen wir uns die Ziffern einzeln an.

0: Das ist die Leere. Das geschlossene Ei.
1: Das ist das mineralische Stadium. Nur ein Strich. Das ist Unbeweglichkeit. Das ist der Anfang. Sein, einfach sein, hier und jetzt, ohne zu denken. Das ist die erste Bewusstseinsebene. Etwas ist da, aber ohne zu denken.
2: Das ist das pflanzliche Stadium. Der untere Teil besteht aus einem Strich, folglich ist die Pflanze an die Erde gebunden. Sie kann sich nicht von der Stelle be-

wegen, sie ist eine Sklavin der Erde. Der obere Teil ist jedoch gebogen. Die Pflanze liebt den Himmel und das Licht, und für sie macht sich die Blüte in der oberen Hälfte der Pflanze schön.

3: Das ist das tierische Stadium. Es gibt keine Striche mehr. Das Tier hat sich von der Erde gelöst. Es kann sich bewegen. Die Drei besteht aus zwei Krümmungen, liebt also oben und unten. Das Tier ist Sklave seiner Gefühle. Es liebt, es liebt nicht. Der Egoismus ist seine Haupteigenschaft. Das Tier ist sowohl Räuber als auch Beute. Es hat ständig Angst. Wenn es nicht seinen Bedürfnissen gehorcht, stirbt es.

4: Das ist das menschliche Stadium. Das ist die Ebene über dem Mineral, der Pflanze und dem Tier. Die Vier ist die erste gekreuzte Ziffer. Der Mensch steht an einem Kreuzweg. Wenn es ihm gelingt, sich zu verändern, erreicht er die obere Welt. Er besitzt einen freien Willen und kann deshalb aus der Sklaverei seiner Gefühle ausbrechen. Entweder er kommt seiner Bestimmung nach, oder er tut es nicht. Weil er die freie Wahl hat, braucht er seine Mission – die Eroberung der Freiheit und die Beherrschung seiner Emotionen – nicht zu erfüllen. Es steht ihm frei, ob er Tier bleiben oder sich weiterentwickeln will. Vor dieser Entscheidung steht die heutige Menschheit.

5: Das ist das spirituelle Stadium, das Gegenteil der Zwei. Der Strich befindet sich bei der Fünf oben, er ist mit dem Himmel verbunden. Die Fünf besteht im unteren Teil aus einer Krümmung: Sie liebt die Erde und ihre Bewohner. Es ist ihr gelungen, sich vom Boden zu lösen, nicht aber vom Himmel. Sie hat den Kreuzweg der Vier überwunden, schwebt aber in der Luft.

6: Das ist eine Krümmung ohne Ecken und ohne gerade Striche. Das ist die totale Liebe. Sie ist fast spiralförmig und strebt dem Unendlichen zu. Sie hat sich vom Himmel und von der Erde befreit, von jeglicher Bindung. Die Sechs befindet sich in ständiger Vibration, aber sie muss noch eines vollbringen: den Übergang in die schöpferische Welt. Die Sechs ist außerdem die Form des Fötus.

7: Das ist die Ziffer des Übergangs, eine umgekehrte Vier. Wir stehen wieder an einem Kreuzweg. Der Zyklus der materiellen Welt ist abgeschlossen, wir müssen zum nächsten Zyklus übergehen.

8: Das ist die Unendlichkeit. Wenn man sie schreibt, hört man nie damit auf.

9: Die Neun ist die Umkehrung der Sechs. Der Fötus tritt den Weg in die Realität an. Die Geburt der Welt.

10: Das ist die Null des ursprünglichen Eis, aber auf höherer Ebene. In dieser neuen Dimension steht die Null am Anfang eines weiteren Zyklus von Ziffern. Jedes Mal, wenn man eine Ziffer schreibt, gibt man diese Weisheit weiter.

EDMOND WELLS
Enzyklopädie des relativen und absoluten Wissens, Bd. 3

236. UNTERSCHIEDLICHES WAHRNEHMUNGSVERMÖGEN

Julie war verstummt, weil sie auf der Leinwand plötzlich Kommissar Linart in Großaufnahme gesehen hatte.

Dicht vor dem Objektiv seiner Videokamera war Maximilien mit fiebrigem Blick und verklärtem Lächeln damit beschäftigt, Ameisen zu köpfen. Er benutzte dazu eine Nagelschere, und jedes Mal war ein leises Klicken zu hören.

»Was ist los? Was soll diese Farce?«, rief der Richter.

Der Gerichtsschreiber flüsterte ihm etwas ins Ohr. Maximilien hatte sich in seinem Haus eingeschlossen und übermittelte diese makabre Szene mit Hilfe einer Videokamera und seines Computers.

Nachdem er mindestens hundert Ameisen enthauptet hatte, legte der Kommissar eine Pause ein und fegte die Leichen mit der Hand in einen Papierkorb.

Er griff nach einem Manuskript, blickte in die Kamera und verlas folgenden Text:

»Meine Damen und Herren, dies ist eine sehr ernste Stunde. Unsere Welt, unsere Zivilisation, unsere Gattung sind vom Verschwinden bedroht. Ein schrecklicher Feind steht auf unserer Schwelle. Wer bringt uns dermaßen in Gefahr? Die andere große Zivilisation auf unserem Planeten – die Ameisen! Ich habe beobachtet, welchen Einfluss sie auf Menschen ausüben können, und ich habe mit Hilfe eines Computersimulators gesehen, was passieren würde, wenn die Ameisen Zugang zu unserem technologischen Wissen hätten.

Aufgrund ihrer zahlenmäßigen Übermacht und ihrer Kommunikationsweise würden sie nur hundert Jahre benötigen, um uns zu versklaven.

Ich weiß, meine Damen und Herren, dass das vielen von Ihnen absurd vorkommen wird. Aber wir dürfen dieses Risiko nicht eingehen.

Wir müssen die Ameisen vernichten, speziell jene »zivilisierten« Ameisen, die den Wald von Fontainebleau zu ihrem Herrschaftsgebiet gemacht haben. Einige von Ihnen finden diese Ameisen sehr sympathisch, und viele glauben, dass sie uns helfen und sogar belehren könnten, aber sie irren sich gewaltig.

Die Ameisen sind die schlimmste Geißel der ganzen Menschheitsgeschichte. Eine einzige Ameisenstadt bringt jeden Tag – proportional gesehen – mehr Tiere um als ein ganzer Menschenstaat.

Alle besiegten Arten behandeln sie wie den letzten Dreck. Beispielsweise schneiden sie den Blattläusen die Flügel ab, um sie leichter melken zu können. Und nach den Blattläusen wären zweifellos eines Tages auch wir an der Reihe.

Nachdem ich mir der Gefahr bewusst geworden bin, die intelligente Ameisen für die Menschheit darstellen, habe ich, Maximilien Linart, als Repräsentant der Menschen beschlossen, jenen Teil des Waldes von Fontainebleau zu vernichten, wo es wegen der Unbesonnenheit einer kleinen Menschengruppe von Ameisen wimmelt, die mit unserer Technologie vertraut sind. Und wenn es sich nicht vermeiden lässt, werde ich den ganzen Wald in Flammen aufgehen lassen.

Ich habe gründlich überlegt und an die Zukunft gedacht. Wenn wir diese 26 000 Hektar Wald nicht sofort beseitigen, werden wir eines Tages alle Wälder der ganzen Welt vernichten müssen. Zur Stunde genügt es noch, eine kleine Amputation vorzunehmen, um Wundbrand zu verhindern.

Die Bibel lehrt uns, dass Adam der Versuchung, einen Apfel vom Baum der Erkenntnis zu essen, hätte widerstehen müssen. Eva hat ihn dazu verführt, und die ganze Menschheit musste unter den Folgen dieser Wissbegier leiden. Aber wir können immerhin die Ameisen daran hindern, dieser ansteckenden Krankheit zu verfallen.

Ich habe in jenem Waldgebiet, das durch die Ideen dieser degenerierten Nr. 103 vergiftet wurde, Brandbomben versteckt. Niemand kann mich aufhalten. Mein Haus ist verbarrikadiert, und die Zündung der Brandbomben wird von meinem Computer kontrolliert, dessen Programm jedem Zugriff entzogen ist, weil ich mich nach dieser Botschaft vom Internet abkoppeln werde.

Ich wiederhole – es ist sinnlos, mich an der Durchführung meines Projekts hindern zu wollen. Wenn ich nicht alle fünf Stunden einen Code in meinen Computer eingebe, explodiert alles – sowohl mein Haus als auch jenes Waldgebiet.

Zu verlieren habe ich nichts mehr. Ich opfere mein Leben für die Menschheit. Heute regnet es, und ich werde auf sonniges Wetter warten, um den Waldbrand auszulösen. Sollte ich bei einem unüberlegten Angriff ums Leben kommen, so möge die Menschheit dies als mein Testament betrachten – und ein anderer möge die Fackel weitertragen.«

Journalisten gaben diese sensationelle Nachricht sofort an ihre Redaktionen durch, und wildfremde Menschen kamen im Gerichtssaal plötzlich miteinander ins Gespräch.

Präfekt Dupeyron, der sich zur Urteilsverkündung eingefunden hatte, nahm das Büro des Richters in Beschlag und wählte die Nummer des Kommissars, wobei er inbrünstig hoffte, dass dieser sein Telefon nicht aus der Steckdose gezogen hatte.

Zum Glück nahm Linart nach dem ersten Klingeln den Hörer ab.

»Um Himmels willen, was ist nur in Sie gefahren, Maximilien?«

»Worüber beschweren Sie sich, Herr Präfekt? Sie wollten den Japanern doch die Möglichkeit geben, mitten im Wald ein Hotel zu errichten – nun, dem wird bald nichts mehr im Wege stehen. Sie hatten völlig Recht – das schafft Arbeitsplätze.«

»Aber doch nicht auf diese spektakuläre Art und Weise, Maximilien! Ich wollte das ganz diskret machen ...«

»Indem ich diesen verdammten Wald niederbrenne, rette ich die ganze Menschheit!«

Der Präfekt hatte eine trockene Kehle und feuchte Hände. »Sie sind verrückt geworden«, seufzte er.

»Das werden anfangs viele Leute denken«, erwiderte der Kommissar, »aber eines Tages wird man mich verstehen und mir als Retter der Menschheit Denkmäler errichten.«

»Aber warum wollen Sie diese Ameisen denn um jeden Preis ausrotten?«

»Haben Sie mir nicht zugehört?«

»Doch, doch, ich habe Ihnen zugehört. Sie haben Angst vor der Konkurrenz dieser intelligenten Tiere.«

»Ja.«

Der Präfekt suchte verzweifelt nach Argumenten, die den Kommissar von seinem Vorhaben abbringen könnten. »Können Sie sich vorstellen, was geschehen wäre, wenn die Dinosaurier alle Säugetiere systematisch ausgerottet hätten, weil sie befürchteten, eines Tages von kleineren, aber übermächtigen Arten versklavt zu werden?«

»Sie haben den Nagel auf den Kopf getroffen, Herr Präfekt! Die Dinosaurier hätten uns vernichten sollen. Es hätte einen heroischen Dinosaurier geben müssen, der – wie ich – begriffen hätte, was langfristig geschehen würde. Vielleicht könnten sie dann heute noch leben.«

»Aber sie waren viel zu groß, viel zu schwerfällig …«

»Und wir? Vielleicht werden die Ameisen uns eines Tages auch viel zu groß und schwerfällig finden. Und was werden sie dann tun, wenn wir ihnen die Möglichkeit dazu lassen?«

Mit diesen Worten legte er den Hörer auf.

Die Situation schien aussichtslos zu sein. Alle blickten zum Himmel empor, weil sie wussten, dass der Wald niederbrennen würde, sobald es aufhörte, zu regnen.

Nur ein Mensch murmelte vor sich hin: »Ich habe eine Idee …«

237. Enzyklopädie

Erpressung Es gibt nur eine einzige Möglichkeit, in einem ohnehin schon sehr reichen Land neue Reichtümer anzuhäufen: Erpressung.

So lügt beispielsweise der Kaufmann: »Das ist der allerletzte vorrätige Artikel, und wenn Sie ihn nicht sofort kaufen, habe ich schon einen anderen Interessenten«, und auf höchster Ebene behauptet die Regierung: »Ohne das umweltverschmutzende Benzin werden uns im nächsten Winter die finanziellen Mittel fehlen, um die gesamte Bevölkerung mit Heizenergie zu versorgen.«

Die Angst, etwas zu verpassen oder einer notwendigen Entwicklung im Wege zu stehen, führt zu überflüssigen Ausgaben.

Edmond Wells

Enzyklopädie des relativen und absoluten Wissens, Bd. 3

238. Eine unmittelbar bevorstehende Implosion

Es regnete den ganzen Samstag, doch am Abend war der Sternenhimmel zu sehen, und die Meteorologen sagten für den Sonntag schönes Wetter bei starkem Wind voraus.

Maximilien war nicht besonders gläubig, aber in diesem Fall glaubte er, Gott auf seiner Seite zu haben. Mit dem befriedigenden Bewusstsein, eine wichtige Mission erfüllen zu können, schlief er ein.

Die Türen waren verriegelt, die Jalousien geschlossen. Trotzdem drang nachts ein Besucher ins Arbeitszimmer des Kommissars ein und suchte nach dem Computer. Das Gerät war eingeschaltet; es würde die Bomben zünden, wenn der Code nicht rechtzeitig eingegeben wurde. Der Besucher wollte es außer Gefecht setzen, warf aber in seiner Hast einen Gegenstand um. Maximilien schreckte aus seinem leichten Schlaf hoch. Er hatte mit einem Angriff in letzter Minute gerechnet und schoss sofort auf den Besucher. Der laute Knall hallte im Zimmer wider.

Der Eindringling duckte sich vor der Kugel, ebenso vor der zweiten.

Der Kommissar ersetzte die abgeschossenen Patronen in seinem Revolver, der Besucher beschloss, sich irgendwo zu verstecken, er flüchtete in den Salon und kletterte hinter die Vorhänge. Maximilien schoss wieder, aber die Kugeln sausten am Kopf des Störenfrieds vorbei.

Der Kommissar schaltete alle Lampen im Salon ein. Der Besucher flüchtete hinter einen Sessel mit hoher Lehne, der gleich darauf von mehreren Schüssen durchlöchert wurde.

Wo gab es einen sicheren Zufluchtsort?

Der Aschenbecher! Der Eindringling verbarg sich zwischen einem kalten Zigarrenstummel und dem Rand. Maximilien hob Kissen, Vorhänge und Teppiche hoch, konnte aber niemanden entdecken.

Königin Nr. 103 schöpfte Atem und putzte ihre Fühler. Normalerweise war eine Königin viel zu wertvoll, um ihr Leben so leichtsinnig aufs Spiel zu setzen. Eigentlich sollte sie jetzt ruhen, um demnächst ihre ersten Eier ablegen zu können, aber sie hatte eingesehen, dass nur sie diese Aufgabe ausführen konnte, weil keine andere Ameise die Welt der Finger so gut kannte. Nur deshalb hatte sie eingewilligt, ihr Leben zu riskieren; andernfalls würde der Wald mit all seinen Ameisenstädten vernichtet werden.

Maximilien sah ein, dass sein Revolver keine geeignete Waffe war. Im Küchenschrank fand er ein Insektizid, das er im ganzen Salon versprühte. Zum Glück verfügten die winzigen Lungen der Ameise über große Luftvorräte. Zehn Minuten konnte sie durchaus in diesem verpesteten Zimmer bleiben, aber natürlich durfte sie keine Zeit verlieren.

Königin Nr. 103 machte sich aus dem Staub.

Maximilien dachte, dass der Präfekt mit seiner Weisheit wirklich am Ende sein musste, wenn er eine Ameise zu Hilfe rief. Plötzlich ging das Licht aus. Wie war das möglich? Eine winzige Ameise hatte doch gar nicht die Kraft, auf einen Schalter zu drücken.

Offenbar war sie irgendwie in den Zählerkasten eingedrungen und hatte den Stromkreis unterbrochen. Konnte ein Insekt wissen, welche Leitung man durchtrennen musste?

»Man darf seinen Gegner nie unterschätzen«, predigte er den Polizeischülern stets, und er selbst hatte soeben diesen Fehler begangen, nur weil sein Feind tausendmal kleiner war als er selbst.

In einer Kommodenschublade fand er eine Halogentaschenlampe, und als er in den Zählerkasten schaute, stellte er fest, dass eine Leitung tatsächlich mit Mandibeln zerschnitten worden war.

Nur eine einzige Ameise war zu so etwas imstande: Nr. 103, diese degenerierte Königin!

Mit ihrem ausgeprägten Geruchssinn und der Fähigkeit, Infrarot sehen zu können, war Nr. 103 nun im Vorteil, doch leider war es eine mondhelle Nacht, und der Kommissar öffnete einfach die Jalousien. Blauviolettes Licht flutete ins Zimmer.

Die Königin wusste, dass sie sich beeilen musste. Sie kehrte ins Arbeitszimmer zurück, wo der Computer stand. Der weibliche Finger namens Francine hatte ihr gezeigt, dass sie durch das Belüftungsgitter des Geräts ins Innere gelangen konnte. Hier war die Festplatte, da das Motherboard. Sie sprang über Kondensatoren, Transistoren, Widerstände und Potenziometer hinweg. Um sie herum vibrierte alles.

Nr. 103 spürte, dass sie sich auf feindlichem Gebiet befand. MacYavel war sich ihrer Gegenwart bewusst. Er hatte zwar keine Augen, aber er nahm die winzigen Kurzschlüsse wahr, die das Insekt mit seinen Beinen verursachte.

Hätte MacYavel Hände gehabt, hätte er die Königin damit zerquetscht.

Hätte er einen Magen gehabt, so hätte er sie verschlungen.

Hätte er Zähne gehabt, hätte er sie zerkaut.

Doch der Computer war nur eine leblose Maschine. Nr. 103 rief sich den Stromkreis ins Gedächtnis, den Francine ihr eingeprägt hatte, als sie plötzlich durch das Belüftungsgitter hindurch die riesigen Augen ihres Feindes sah.

Maximilien erkannte die gelbe Markierung auf ihrer Stirn und versprühte sein Insektizid. Die Ameise begann zu husten, und als eine zweite Giftwolke sie einhüllte, wurde die Lage unerträglich.

Luft, schnell!

Sie entkam durch einen Spalt, flüchtete wieder in den Salon und versteckte sich unter einem Teppich. Der Teppich wurde hochgehoben. Sie hastete unter einen Sessel. Der Sessel wurde verschoben. Sie hetzte zwischen Schuhen hindurch, gejagt von zehn Fingern. Der Nylondschungel eines dichten Teppichbodens bot ihr vorübergehend Schutz.

Die Königin bewegte ihre Antennen. Es roch nach Kohle. Sie rannte auf einen vertikalen Tunnel zu, der ihr ein ausgezeichnetes Versteck zu sein schien, doch unterwegs wurde sie vom Strahl der Taschenlampe erfasst.

»Du bist im Kamin, Nr. 103, und diesmal entkommst du mir nicht, du verdammte Ameise!«, rief Maximilien und leuchtete den Innenraum ab.

Die Königin kletterte in den Schacht, wobei sie Ruß aufwirbelte.

Maximilien wollte sie wieder mit Gift besprühen, aber die Dose war leer. Er beschloss, ihr in den Kamin zu folgen, der im unteren Teil so breit war, dass ein Erwachsener bequem Platz darin hatte. Bevor er dieses verfluchte Insekt nicht zerquetscht hatte, würde er keine Ruhe finden.

Mit den Fingern klammerte er sich an den alten Steinen fest und suchte mit den Füßen nach einem Halt. Wie ein Alpinist hangelte er sich den dunklen Schacht hinauf. Damit hatte Nr. 103 nicht gerechnet. Sie flüchtete etwas höher. Die Finger, die sie erbarmungslos verfolgten, rochen durchdringend nach Kastanienöl – der übliche Geruch der Finger.

Maximilien keuchte. Für solche Kletterpartien war er eigentlich schon zu alt. Mit einer Hand in die Wand gekrallt, leuchtete er den Tunnel ab und glaubte winzige Fühler zu sehen, die ihn zu verhöhnen schienen. Er schob sich noch einige Zentimeter höher. Der Kamin wurde so eng, dass er seine Schultern kaum noch hindurchzwängen konnte, aber er war fest entschlossen, die Ameise zur Strecke zu bringen.

Nr. 103 hatte sich in eine Ritze zwischen zwei Ziegeln geflüchtet, begriff aber, dass das ein großer Fehler gewesen war, denn nun saß sie in der Falle, und schon schob sich ein Finger in ihr Versteck, gefolgt von einem zweiten.

»Jetzt habe ich dich!«, knurrte der Kommissar und zwängte zwei weitere Finger in den Spalt, obwohl er sie dabei aufschürfte.

Nr. 103 wich den rosa Kegeln immer wieder aus, merkte dabei aber, wie müde sie war. Schließlich war sie nur eine kleine Ameise, und die Finger waren eine schreckliche Waffe. Welch ein Glück diese riesigen Tiere doch hatten, an den Vorderbeinen damit ausgestattet zu sein!

Mein einziger wirklicher Feind ist die Furcht.

Die Königin dachte an Prinz Nr. 24, der ihr seinen Samen geschenkt hatte und deswegen gestorben war. Bald würde sie seine Kinder zur Welt bringen. Seinetwegen musste sie weiterleben.

Mit aller Kraft ihrer Mandibeln biss sie in einen rosa Kegel und spritzte Säure in die Wunde.

»Aua!«

Die Finger zuckten vor Schmerz zurück, Maximilien verlor den Halt und stürzte ab. Sein Kopf schlug dumpf auf dem Kaminboden auf, und er blieb mit gebrochenem Nacken regungslos in der Asche liegen.

Ende des Zweikampfs. Keine Kamera hatte dieses Duell gefilmt. Wer würde jemals glauben, dass eine winzige Ameise Sieger über Goliath geblieben war?

Nr. 103 kletterte rasch hinunter und putzte sich gründlich. Sie leckte ihre Fühler und Beine und erholte sich dabei von der ganzen Aufregung und Anstrengung. Jetzt musste sie ihre eigentliche Aufgabe ausführen, denn wenn sie MacYavel nicht bald den richtigen Code eingab, würden im Wald die Bomben explodieren.

Im Computer stank es immer noch nach dem Insektizid, aber es war halbwegs erträglich. Jetzt galt es, die richtige Leitung zu finden – die Verbindung zu jenem Sender, der die Bomben zünden sollte.

Sie durfte sich nicht irren! Sie durfte sich nicht irren! Ein einziger Fehler, und sie könnte die Katastrophe auslösen, anstatt sie zu verhindern. Ihre Mandibeln zitterten. Die verpestete Luft hinderte sie am klaren Denken. Sie balancierte über einen dünnen Kupferdraht, zählte drei Mikroprozessoren, bog um eine Kurve voller Widerstände und Kondensatoren ... Francines Instruktion lautete: die vierte Leitung unterbrechen.

Entschlossen durchtrennte sie die Plastikhülle und stieß auf giftiges Kupfer.

MacYavel schaltete plötzlich seinen Ventilator ein, um das lästige Insekt hinwegzufegen. Ein Sturm!

Nr. 103 klammerte sich an die Elektronikbausteine, voller Furcht, davongeweht zu werden. Nach dem Kampf mit dem Finger musste sie nun auch noch die Maschine besiegen!

Summend schaltete sich das rückwärts laufende Zählwerk ein, das die Bombenexplosion auslösen würde.

Die Ziffern warfen ihr rotes Licht auf die Ameise.

10, 9, 8 ... Die Königin musste noch zwei Kupferadern durchtrennen, aber leider konnte sie Rot und Grün nicht unterscheiden. Ihr auf Infrarot ausgerichtetes Sehvermögen bewirkte, dass sie beide Farben als Hellbraun wahrnahm.

7 ... 6 ... 5 ... Sie zerschnitt aufs Geratewohl einen Draht. Das Zählwerk lief weiter.

Der falsche Draht!

Verzweifelt nahm sie den letzten in Angriff.

4 ... 3 ... 2 ...

Der Draht war erst zur Hälfte durchtrennt. Trotzdem blieb das Zählwerk auf 2 stehen.

MacYavel war außer Gefecht gesetzt.

Die Königin starrte das stehengebliebene Zählwerk an, und plötzlich ging etwas gänzlich Unerwartetes in ihr vor. Ein prickelnder Druck stieg ihr ins Gehirn. Wahrscheinlich war die kolossale Anstrengung schuld daran, dass eine bizarre Mischung von Pheromonen ein Molekül entstehen ließ, das dem Geist einer Ameise eigentlich fremd war. Die Königin hatte keine Kontrolle über das, was ihr widerfuhr. Das Prickeln wurde immer stärker, aber es war nicht unangenehm.

Wie durch Zauberei löste sich ihre Anspannung auf. Sie hatte ähnliche Gefühle wie beim Liebesakt mit Nr. 24, aber sie wusste, dass das nicht die Liebe war. Nein, das hier war …

Humor!

Nr. 103 lachte schallend, was sich bei ihr durch unkontrolliertes Zucken des Kopfes, Speicheln und zitternde Mandibeln äußerte.

239. ENZYKLOPÄDIE

Humor Wissenschaftlich erfasst ist nur ein einziger Fall von Humor bei Tieren.

Jim Anderson, ein Primatologe der Universität Straßburg, hat einen Artikel über den Gorilla Koko geschrieben, dem man die Zeichensprache der Taubstummen beigebracht hatte. Eines Tages wurde Koko nach der Farbe eines weißen Handtuchs gefragt. Er machte eine Geste, die »rot« bedeutete. Der Wissenschaftler wiederholte seine Frage und schwenkte das Handtuch demonstrativ vor den Augen des Affen. Er erhielt die gleiche Antwort und wunderte sich, warum Koko auf seinem Irrtum beharrte.

Erst als der Mensch nahe daran war, die Geduld zu verlieren, griff der Gorilla nach dem Handtuch und deutete auf die schmale weiße Borte, mit der das Handtuch eingefasst war. Dabei legte er ein Verhalten an den Tag, das die Forscher »Mimik beim Spiel« nennen: ein breites Grinsen, geschürzte Lippen, gebleckte Vorderzähne, weit aufgerissene Augen.

Vielleicht hatte Koko viel Humor …

EDMOND WELLS

Enzyklopädie des relativen und absoluten Wissens, Bd. 3

240. Begegnung mit einem erstaunlichen Menschen

Finger verschränkten sich. Tänzer drückten ihre Partnerinnen fest an sich.

Ball im Schloss von Fontainebleau.

Zu Ehren der Partnerschaft zwischen Fontainebleau und der dänischen Stadt Esbjerg wurde in dem historischen Gebäude gefeiert. Austausch von Flaggen, Medaillen, Geschenken. Volkstänze und Volksmusik. Präsentation der Schilder

FONTAINEBLEAU – HACHINOHE – ESBJERG

PARTNERSTÄDTE

Künftig sollten sie an den Stadtgrenzen der drei Orte stehen.

Trinksprüche mit dänischem Aquavit und französischem Pflaumenschnaps.

Autos, die mit den Wimpeln beider Staaten geschmückt waren, parkten im Hof, und immer noch trafen verspätete Gäste in Abendgarderobe ein.

Dänische Staatsbeamte verbeugten sich höflich vor ihren französischen Kollegen, die ihnen herzlich die Hand schüttelten. Man lächelte einander zu, man tauschte Visitenkarten aus, man stellte Ehefrauen vor.

Der dänische Botschafter ging auf den Präfekten zu und flüsterte ihm ins Ohr: »Ich habe diesen Prozess gegen die Ameisen teilweise verfolgt. Wie ist die Sache eigentlich ausgegangen?«

Das Lächeln des Präfekten gefror. Er fragte sich, wie gut sein Gesprächspartner wohl informiert sein mochte. Wahrscheinlich hatte er nur einige Zeitungsartikel gelesen.

»Sehr gut«, murmelte er ausweichend. »Danke, dass Sie sich für unsere lokalen Angelegenheiten interessieren.«

»Können Sie mir Näheres darüber erzählen? Wurden diese Pyramidenbewohner verurteilt?«

»Nein, nein, die Geschworenen waren sehr milde. Die Angeklagten mussten nur versprechen, im Wald keine Bauwerke mehr zu errichten.«

»Und diese Maschine, die eine Unterhaltung mit Ameisen ermöglichte?«

»Das waren die typischen Übertreibungen von Journalisten, die ja aus jeder Fliege einen Elefanten machen.«

»Aber es gab doch ein Gerät, das Ameisenpheromone in Menschenwörter umwandeln konnte«, beharrte der dänische Botschafter.

Der Präfekt lachte. »Sie haben die Sache also auch geglaubt? Alles nur Attrappe! Ein Terrarium, eine Phiole, ein Computer ... Und irgendwo in der Außenwelt ein Komplize, der die Antworten gab und dabei so tat, als wäre er eine Ameise. Nur sehr naive Menschen können geglaubt haben, dass man wirklich eine Ameise reden hörte.«

Der Däne aß einen Heringshappen und spülte ihn mit einem Glas Schnaps hinunter.

»Die Ameise hat also nicht gesprochen?«

»Ameisen werden sprechen, wenn die Hühner Zähne bekommen.«

»Hmmm«, meinte der Botschafter, »Hühner sind immerhin ferne Nachkommen der Dinosaurier. Vielleicht hatten sie früher Zähne ...«

Diese Unterhaltung reizte den Präfekten immer mehr. Er wollte sich verdrücken, aber der Botschafter packte ihn am Arm und insistierte: »Und diese Ameise Nr. 103?«

»Nach dem Prozess wurden alle Ameisen freigelassen. Wir konnten uns doch nicht lächerlich machen, indem wir Ameisen zum Tode verurteilten. Jetzt werden sie im Wald ganz normal von Kindern zerquetscht oder von Spaziergängern zertrampelt.«

Der Botschafter kratzte sich am Kopf. »Und die jungen Leute, die im Namen der *Revolution der Ameisen* das Gymnasium besetzt hatten?«

»Auch sie wurden freigesprochen. Ihr Abitur konnten sie nicht machen, soviel ich weiß, aber sie haben verschiedene kleine Unternehmen auf dem Dienstleistungs- und Computersektor gegründet, und die scheinen zu florieren. Ich für meine Person bin sehr dafür, junge Menschen zu ermutigen, neue Projekte zu verwirklichen.«

»Was ist mit Kommissar Linart?«

»Der Ärmste hat sich bei einem Treppensturz den Hals gebrochen.«

Der Botschafter verlor allmählich die Geduld. »Wenn man Sie hört, könnte man glauben, es wäre überhaupt nichts geschehen.«

»Ich glaube, man hat diese ganze Geschichte von der *Revolution der Ameisen* und vom Prozess gegen Insekten sehr aufgebauscht. Unter uns gesagt« – er zwinkerte dem Botschafter zu –, »wir brauchten ein bisschen Publicity, um der Touristikbranche in unserer Gegend auf die Beine zu helfen. Seitdem kommen doppelt so viele Menschen wie früher in den Wald, und das ist gut so – für die Lungen dieser Leute ebenso wie für den hiesigen Kleinhandel. Übrigens hat doch wohl auch Ihr Wunsch nach einer Partnerschaft mit Fontainebleau etwas damit zu tun, oder?«

Der Däne entspannte sich ein wenig. »Ja, das gebe ich gern zu. In unserem Land hat dieser Prozess großes Interesse geweckt. Manche Leute glaubten sogar, es könnte eines Tages tatsächlich ein Konsulat der Ameisen bei uns Menschen und umgekehrt geben.«

Dupeyron lächelte diplomatisch. »Solche Waldlegenden sind wichtig, auch wenn sie noch so abstrus sein mögen. Ich bedaure sehr, dass es seit Beginn des 20. Jahrhunderts keine Verfasser von Legenden mehr gibt. Diese Literaturgattung scheint völlig aus der Mode gekommen zu sein. Und dabei hat die ›Mythologie‹ dieser Ameisen aus dem Wald von Fontainebleau dem Tourismus mächtigen Aufschwung gegeben.«

Dupeyron warf einen Blick auf seine Uhr. Zeit für seine Ansprache. Er stieg aufs Podium und holte seinen üblichen »Partnerschaftszettel« hervor.

»Ich erhebe mein Glas auf die Freundschaft zwischen den Völkern und auf die Verständigung aller Menschen guten Willens! Sie interessieren uns, und ich hoffe, dass auch wir Sie interessieren. Welche Sitten, Traditionen und Technologien wir auch haben mögen – ich glaube, dass wir uns gegenseitig bereichern können, umso mehr, je größer die Unterschiede sind …«

Endlich durften die ungeduldigen Gäste wieder Platz nehmen und sich auf ihre Teller konzentrieren.

»Sie werden mich für einen sehr naiven Menschen halten, aber ich dachte wirklich, es könnte möglich sein«, setzte der Däne das Gespräch fort, als hätte es keine Unterbrechung gegeben.

»Was denn?«

»Ein Konsulat, eine Botschaft der Ameisen bei uns Menschen.«

Dupeyron zeichnete mit der Hand eine große Filmleinwand in die Luft. »Ich sehe die Szene bildhaft vor mir! Wie schön – ich empfange Königin Nr. 103, die eine Lamé-Robe und ein Diadem trägt und überreiche ihr einen Orden wegen großer Verdienste um Fontainebleau.«

»Warum nicht? Ameisen könnten für Sie ein großer Gewinn sein. Wenn Sie mit ihnen eine Allianz schließen, werden sie zu unvergleichlich niedrigen Löhnen arbeiten, noch viel billiger als die Menschen in der Dritten Welt. Sie überlassen ihnen irgendwelchen Tand und rauben ihnen dafür alles, was sie an Gutem und Nützlichem haben. So hat man es doch auch mit den Indianern gemacht, stimmt's?«

»Sie sind zynisch«, kommentierte der Präfekt.

»Sagen Sie doch selbst – kann man sich Millionen und Abermillionen billigerer und zuverlässigerer Arbeitskräfte vorstellen?«

»Stimmt – sie könnten die Felder bearbeiten und unterirdische Wasserquellen entdecken.«

»Sie könnten auch in der Industrie für gefährliche oder besonders heikle Arbeiten herangezogen werden.«

»Sogar beim Militär wären sie sehr nützlich – bei der Spionage und Sabotage.«

»Möglicherweise könnte man sie in den Weltraum schicken, anstatt Menschenleben zu riskieren!«

»Ja, wahrscheinlich schon, aber … es gibt eben ein großes Problem.«

»Welches?«

»Die Kommunikation! Diese Maschine namens ›Stein der Weisen‹ war, wie schon gesagt, ein Schwindel. Die Angeklagten hatten irgendwo in der Außenwelt einen Komplizen, der in ein Mikrofon sprach und sich als Ameise ausgab.«

Der dänische Botschafter wirkte sehr enttäuscht. »Sie haben Recht, letzten Endes bleibt von all dem nur eine Legende übrig. Eine moderne Waldlegende!«

Sie wandten sich ernsteren Themen zu.

241. Enzyklopädie

Ein Zeichen Gestern ist etwas Merkwürdiges passiert. Ich ging spazieren, als mein Blick vor einem Antiquariat auf ein Buch namens *Les Thanatonautes* fiel.

Ich habe es gelesen. Der Autor behauptet, die letzte unbekannte Grenze für den Menschen sei sein eigenes Ende. Er hat sich Pioniere ausgedacht, die aufbrechen, um das Paradies zu entdecken, so wie Kolumbus einst aufbrach, um Indien zu finden.

Die geschilderten Landschaften sind von den Paradiesen inspiriert, wie sie in den tibetanischen und ägyptischen Totenbüchern beschrieben werden. Die Idee ist sonderbar. Ich habe mich mit dem Antiquariatsbesitzer unterhalten, der mir erzählte, das Werk hätte nach seiner Veröffentlichung kaum Resonanz gefunden. Das ist nicht verwunderlich, denn der Tod und das Paradies sind in unserem Land Tabuthemen. Doch je länger ich mich mit diesem Buch *Les Thanatonautes* beschäftigte, desto unwohler fühlte ich mich. Es war nicht das Thema, das mich bestürzte, sondern etwas ganz anderes. Mir war blitzartig eine schreckliche Idee gekommen. »Und wenn ich, Edmond Wells, nun gar nicht existiere? Vielleicht habe ich nie wirklich gelebt. Vielleicht bin ich nur die fiktive Gestalt einer Papierkathedrale, wie die Helden von *Les Thanatonautes*.«

Nun gut, dann muss ich eben diese Papierwand zerreißen und mich direkt an meinen Leser richten: »Ich grüße dich, der du das Glück hast, real zu sein. Das ist selten – nutz es aus!«

EDMOND WELLS

Enzyklopädie des relativen und absoluten Wissens, Bd. 3

242. Ein neuer Weg

Im summenden Computer lebt *Infra-World*, die von Francine erschaffene künstliche Welt, in völliger Abgeschiedenheit weiter. Niemand interessiert sich mehr für sie.

Die virtuellen Bewohner bemühen sich nach Kräften, jene höhere Dimension zu erforschen, die sie endlich als Realität anerkannt haben. Ein Autor von Science-Fiction-Romanen hat die Hypothese als Erster aufgestellt, die mit Hilfe von Teleskopen und Raketen für richtig befunden wurde: Was sie »Jenseits« nennen, ist eine Welt in einer anderen Dimension. Dort leben Menschen, die Zeit und Raum anders wahrnehmen als sie selbst.

Die Bewohner von *Infra-World* haben begriffen, dass sie in einer Scheinwelt leben, geschaffen von jenen Menschen der anderen Dimension, deren Technologie in der Lage war, sie zu erfinden. Ihre Medien haben die ganze Bevölkerung darüber informiert, dass sie materiell gar nicht existiert, dass sie nur eine Serie aus Nullen und Einsen auf einem Magnetband ist, eine Abfolge von Yin und Yang auf einer langen Informationskette, eine elektronische DNS. Anfangs waren die Bewohner verstört darüber, nur als Computerprogramm existent zu sein, doch mit der Zeit haben sie sich daran gewöhnt.

Alle wissen, dass sie einst ihren Gott gefunden hatten, eine Göttin namens Francine, die getötet oder jedenfalls schwer verletzt wurde. Doch dieses Wissen genügt ihnen nicht. Sie wollen jene andere Welt verstehen, der sie ihre Existenz verdanken, und sie wollen ergründen, warum sie erschaffen wurden.

243. VERKETTUNG

Sie lief behände den Abhang hinab, im Slalom zwischen hohen Pappeln hindurch, und bunte Schmetterlinge schienen mit ihren Flügeln zu applaudieren.

Ein Jahr war vergangen. Julie, die Hüterin der *Enzyklopädie*, hatte das Buch in den würfelförmigen Koffer gelegt und trug ihn an die Stelle zurück, wo sie ihn einst gefunden hatte, damit irgendwann in der Zukunft jemand anderer vom *relativen und absoluten Wissen* profitieren konnte.

Sie selbst und ihre Freunde brauchten das Werk jetzt nicht mehr. Alle acht waren mit seinem Inhalt jetzt vertraut, und sie hatten ihn sogar für sich ergänzt. Wenn ein Meister etwas vollendet hat, muss er sich zurückziehen, das gilt sogar für ein Buch.

Bevor sie den Koffer abschloss, las Julie noch einmal den Schluss des dritten Bandes, die allerletzte Seite. Mit zittriger Hand hatte Edmond Wells seine abschließenden Worte zu Papier gebracht.

Dies ist das Ende. Und doch ist es nur ein Anfang. Jetzt liegt es an Ihnen, die Revolution auf den Weg zu bringen. Oder die Evolution. Jetzt liegt es an Ihnen, einen ehrgeizigen Plan für Ihre Gesellschaft und Zivilisation zu schmieden; an Ihnen liegt es zu bauen und zu erfinden, damit die Gesellschaft nicht erstarrt und sich nie wieder rückwärts bewegt.

Vollenden Sie die Enzyklopädie des relativen und absoluten Wissens. *Erfinden Sie neue Unternehmen, neue Lebensweisen, neue Erziehungsmethoden, damit Ihre Kinder es noch besser als Sie machen können. Erweitern Sie den Horizont Ihrer Träume.*

Versuchen Sie, utopische Gemeinschaften zu gründen. Erschaffen Sie immer kühnere Werke. Ergänzen Sie gegenseitig Ihre Talente, im Sinn von 1 + 1 = 3. Brechen Sie zur Eroberung neuer Dimensionen des Denkens auf. Ohne Stolz, ohne Gewalt, ohne spektakuläre Effekte. Handeln Sie!

Noch immer sind wir vorgeschichtliche Menschen. Das große Abenteuer liegt vor uns, nicht hinter uns. Nutzen Sie die unerschöpflichen

Gaben der Natur. Jede Lebensform kann uns etwas lehren. Kommunizieren Sie mit allem, was lebt.

Die Zukunft gehört weder den Mächtigen noch den Glanzvollen. Die Zukunft gehört den Erfindern.

Erfinden Sie!

Jeder von Ihnen ist eine Ameise, die ihr Zweiglein zum großen Bau beiträgt. Finden Sie kleine, originelle Ideen. Jeder von Ihnen ist allmächtig und vergänglich. Ein Grund mehr, sich beim Bauen zu beeilen. Sie werden die Früchte Ihrer Arbeit niemals sehen, aber leisten Sie dennoch Ihren Beitrag, wie die Ameisen. Wenigstens ein kleiner Schritt vorwärts, bevor man stirbt. Eine andere Ameise wird Ihr Werk unmerklich fortsetzen – und dann noch eine und noch eine …

Die Revolution der Ameisen *findet in den Köpfen statt, nicht auf der Straße. Ich bin tot, Sie leben. In tausend Jahren werde ich immer noch tot sein, und Sie werden leben. Profitieren Sie davon, dass Sie leben, um zu handeln. Vollbringen Sie die* Revolution der Ameisen*!*

Julie gab den Code ins Zahlenschloss ein und ließ sich an einem Seil in die Schlucht hinab, in die sie damals gestürzt war, wobei sie sich die Hände an Dornen, Stacheln und Disteln zerkratzte.

Schnell fand sie den Tunnel wieder, der in den Hügel führte. Auf allen vieren kroch sie hinein und hatte das Gefühl, eine Zeitbombe zu hinterlegen, als sie den Koffer genau dort abstellte, wo sie ihn entdeckt hatte.

Die *Revolution der Ameisen* würde sich zu einer anderen Zeit und auf eine andere Art und Weise erneuern. Irgendwann würde jemand den Koffer finden und seine eigene *Revolution der Ameisen* in die Wege leiten.

Julie verließ den Tunnel und kletterte den Steilhang mit Hilfe ihres Seils hoch.

Sie stieß sich den Kopf an dem Felsen an, der die Schlucht überragte, und scheuchte ein Wiesel auf, das bei seiner Flucht einen Vogel aufscheuchte, der eine Schnecke aufscheuchte, die eine Ameise aufscheuchte, die gerade ein Blatt zerteilen wollte.

Julie atmete tief ein, und tausend Informationen überfluteten ihr Gehirn. Der Wald enthielt so viele Reichtümer. Die junge Frau mit den hellgrauen Augen brauchte keine Fühler, um die Seele des Waldes wahrzunehmen. Um sich in den Geist anderer hineinzuversetzen, muss man es nur wirklich wollen.

Der Geist des Wiesels war sehr geschmeidig, eine Welle mit kleinen, spitzen Zähnen. Das Wiesel konnte seinen Körper in drei Dimensionen bewegen und sich seiner Umgebung perfekt anpassen.

Julie versetzte sich in den Vogel und erlebte den Genuss des Fliegens. Er sah alles von so hoch oben! Der Vogel hatte einen sehr komplexen Geist.

Die Schnecke hingegen zeigte ein schlichtes Gemüt. Sie war sehr ausgeglichen und dachte nur ans Essen und Kriechen. Wenn unerwartet etwas Neues vor ihr auftauchte, betrachtete sie es mit einer Mischung aus leichter Neugier und Ungezwungenheit.

Die Ameise war schon verschwunden, und Julie suchte sie nicht, aber das Blatt war noch da, und sie spürte, was das Blatt fühlte: die Freude, im Licht zu leben. Das Blatt hielt sich für außerordentlich aktiv, weil es ständig an der Fotosynthese mitwirkte.

Auch ins Bewusstsein des Hügels versuchte Julie einzudringen. Das war ein kalter Geist, schwer und uralt. Sein Bewusstsein war irgendwo zwischen Perm und Jura angesiedelt. Er erinnerte sich an Gletscher, an Sedimentationen. Das mannigfaltige Leben auf seinem Rücken interessierte ihn nicht. Nur das hohe Farnkraut und die Bäume waren alte Gefährten. Die Säugetiere dagegen kamen ihm vor wie Sternschnuppen: Kaum geboren, waren sie auch schon alt und starben.

»Guten Tag, Wiesel! Guten Tag, Blatt! Guten Tag, Hügel!«, sagte Julie laut.

Lächelnd setzte sie ihren Weg fort und blickte zum Himmel empor, ins …

244. Waldspaziergang

... riesige Weltall, meerblau und eiskalt.

Richten wir unseren Blick auf eine Region, die mit unzähligen bunten Galaxien übersät ist.

Am Rand einer dieser Galaxien: eine alte, gleißende Sonne.

Stellen wir das Bild noch etwas schärfer ein.

Um diese Sonne kreist ein kleiner, warmer Planet, marmoriert mit perlmuttfarbenen Wolken.

Unter diesen Wolken: violette Ozeane, gesäumt von ockerfarbenen Kontinenten.

Auf diesen Kontinenten: Bergketten, Ebenen, riesige grüne Wälder.

Unter dem Geäst der Bäume: Tausende von Tierarten, darunter zwei besonders weit entwickelte.

Schritte.

Jemand geht im verschneiten Wald spazieren.

Aus der Ferne sieht man nur einen winzigen schwarzen Fleck inmitten von blendendem Weiß.

Aus der Nähe erkennt man ein ungeschicktes Insekt, dessen Beine ins weiße Pulver einsinken, das aber trotzdem beharrlich seinen Weg fortsetzt. Es ist eine junge geschlechtslose Ameise. Ihr Gesicht ist sehr hell, die runden Augen sind schwarz, und seidige schwarze Antennen ragen aus ihrem Schädel hervor.

Das ist Nr. 5.

Und dies ist ihr erster Ausflug im Schnee. Hinter ihr läuft Nr. 10 mit einer Laterne, damit sie der Kälte Widerstand leisten können. Man darf die Laterne nur nicht zu tief halten, weil sonst der Schnee schmilzt.

Inmitten der kalten, weißen Unendlichkeit macht die Ameise noch einige Schritte. Kleine Schritte für eine Ameise, aber große Schritte für ihre Gattung.

Weil sie es satt hat, dass der kalte Schnee ihr bis zum Unterkiefer reicht, richtet sie sich unter Aufbietung aller Willenskraft auf die beiden Hinterbeine auf.

Sie macht vier Schritte in dieser unbequemen Position und bleibt stehen. Durch den Schnee zu laufen ist ohnehin schon eine Kunst, aber auf zwei Beinen durch den Schnee zu laufen ist wirklich wahnsinnig anstrengend.

Trotzdem gibt sie nicht auf.

Sie dreht sich nach Nr. 10 um und ruft:

Ich glaube, ich habe eine neue Gangart entdeckt! Folge mir!

245. ANFANG

Die Hand hat die letzte Seite des Buches umgewendet.

Die Augen unterbrechen ihren Lauf von links nach rechts, die Lider schließen sich kurz.

Die Augen registrieren das Gesehene, öffnen sich wieder.

Allmählich werden die Wörter zu dem, was sie sind, zu einer Abfolge kleiner Zeichnungen.

Hinten im Schädel wird der breite innere Panoramabildschirm des Gehirns dunkel. Das ist das Ende.

Vielleicht ist es aber auch nur ein …

ANFANG.

GLOSSAR

Absolute Kommunikation (AK): Vollständiger Austausch von Gedanken durch Antennenkontakt.

Alkohol: Die Ameisen sind in der Lage, eine Gärung des Honigtaus der Blattläuse und des Getreidesafts herbeizuführen.

Alter der Geschlechtslosen: Eine Arbeiterin oder Soldatin der roten Ameisen wird in der Regel drei Jahre alt.

Alter der Königin: Eine Königin der roten Ameisen wird durchschnittlich fünfzehn Jahre alt.

Ameisensäure: Strahlenwaffe der roten Ameisen. Die größte Ätzwirkung wird derzeit bei einer Säurekonzentration von sechzig Prozent erreicht.

Antennensegment: Eine Antenne hat elf Segmente, jedes für eine andere Art von Information.

Augen: Gesamtheit der Facetten auf dem Augapfel. Jede Facette hat zwei Linsen, eine große äußere und eine kleine innere. Jede Zelle ist direkt mit dem Gehirn verbunden. Die Ameisen sehen nur nahe Objekte, aber auf große Entfernung können sie trotz allem die geringste Bewegung wahrnehmen.

Ausrichtung der Stadt: Die roten Ameisen bauen ihre Städte so, dass der breitere Teil nach Südosten zeigt, um zu Beginn des Tages eine starke Sonneneinstrahlung zu erhalten.

Bandwürmer: Parasiten, die die Ameisen blass und schwach machen.

Bel-o-kan: Hauptstadt der roten Föderation.

Belo-kiu-kiuni: Königin von Bel-o-kan, Mutter der Königin Chli-pu-ni. Erste Königin, die Gespräche mit den Fingern geführt hat.

Bergfried: Nebenturm auf der Kuppel, eher auf Termitenhügeln als Ameisenhaufen zu finden.

Bevölkerungsdichte: In Europa zählt man durchschnittlich (alle Arten zusammengenommen) 80 000 Ameisen pro Quadratmeter.

Bienen: Fliegende Nachbarinnen. Die Bienen verständigen sich durch den Schwänzeltanz in der Luft oder auf Wachs.

Brot: Kügelchen aus gehacktem und zerstampftem Getreide.

Büffelhornakazie (auch: *Acacia cornigera*)**:** Baum, der tatsächlich ein lebender Ameisenhügel ist.

Chemische Bibliothek: Neue Erfindung. Aufbewahrungsort für Gedächtnispheromone.

Chitin: Stoff, aus dem die Ameisenpanzer bestehen.

Chli-pu-ni: Tochter von Belo-kiu-kiuni.

Chli-pu-kan: Ultramoderne, von Chli-pu-ni gegründete Stadt.

Deponie: Kleine Anhöhe am Eingang der Ameisenhaufen, auf die die Insekten ihre Abfälle und Kadaver kippen.

Dionaea: Häufig vorkommendes pflanzliches Raubtier in der Umgebung von Bel-o-kan. Gefahr.

Doktor Livingstone: Bezeichnung der Finger für ihre Sende-/Empfangssonde.

Dodekalsystem: Zählweise der Ameisen. Die Ameisen zählen im Zwölfersystem, weil sie zwölf Krallen haben (zwei pro Bein).

Dogma der Königinnen: Bündel wertvoller Informationen, die von der Königin auf die Tochterkönigin via Antennenkontakt weitergegeben wird.

Dufour-Drüse: Drüse zum Ziehen einer Pheromonfährte.

Dunkelheit: Die Städterinnen lieben es, im Dunkeln zu leben.

Dynastie: Folge von Königinnentöchtern auf dem gleichen Gebiet.

Ei: Sehr junge Ameise.

Eidechse: Drachen in der Ameisenzivilisation. Gefahr.

Eintagsfliege: Eine Art kleine Libelle mit gespaltenem Schwanz. Die Larve lebt drei Jahre, das Insekt, das daraus schlüpft, zwischen 3 und 48 Stunden. Essbar.

Erdbeerkrieg: Krieg, in dem sich im Jahr 9 999 986 die gelben und roten Ameisen gegenüberstanden.

Erde: Würfelförmiger Planet.

Ernährung: Üblicher Ernährungsplan einer roten Ameise: 43 % Blattlaushonigtau, 41 % Insektenfleisch, 7 % Saft von Bäumen, 5 % Pilze, 4 % geschrotete Samenkörner.

Exkrement: Das Exkrement einer Ameise ist tausendmal leichter als ihr Körper.

Fastenzeit: Eine Ameise kann während des Winterschlafs sechs Monate leben, ohne zu fressen.

Fernsehen: Menschliches Kommunikationsmittel.

Fest der Wiedergeburt: Hochzeitsflug der Männchen und Weibchen, der gewöhnlich in den ersten warmen Tagen stattfindet.

Feuer: Der Gebrauch von Feuer ist durch eine gemeinsame Übereinkunft zwischen den meisten Insekten verboten.

Finger: Neues Phänomen, das noch erforscht wird.

Fledermaus: Fliegendes Monster, das in Höhlen lebt. Gefahr.

Fleischfressende Pflanzen: Fettkraut, Venusfliegenfalle, Sonnentau. Gefahr.

Fliegende Botschafter: Technik der Zwergameisen, Nachrichten durch kleine Fliegen zu übermitteln. Essbar.

Föderation: Zusammenschluss von Städten der gleichen Art. Eine Föderation roter Ameisen umfasst durchschnittlich neunzig Nester auf 6 Hektar, 7,5 Kilometer getrampelter Pisten und 40 Kilometer Pheromonpisten.

Geburtskammer: Raum, in dem die Königin ihre Eier legt.

Geschwindigkeit: Bei 10° bewegt sich eine rote Ameise mit 18 m/h fort. Bei 15° geht sie mit 54 m/h. Bei 20° schafft sie 126 m/h.

Gewicht: Das Gewicht einer Ameise schwankt zwischen 1 und 150 Milligramm.

Giftdrüse: Blase, in der Ameisensäure gespeichert wird. Spezielle Muskeln können sie mit sehr hohem Druck ausstoßen.

Giftige Pflanzen: Herbstzeitlose, Glyzinie, Oleander, Efeu. Gefahr.

Gott: Neues Konzept, das noch erforscht wird.

Gottesanbeterin: Insekt, das unmäßig Liebe und Fressen betreibt. Gefahr.

Grad: Maßeinheit von Zeittemperatur und Zeitablauf. Je wärmer es wird, umso kleiner werden die Zeitgrade; je kälter es wird, umso mehr dehnen sie sich aus.

Größe: Die roten Ameisen messen durchschnittlich 2 Kopf.

Großes Horn: Von Nr. 103 abgerichteter alter Käfer.

Guayei-Tyolot: Kleines Frühjahrsnest.

Hartmann-Knoten: An positiven Ionen reiche Zone. Die Ameisen fühlen sich dort wohl, die Menschen hingegen bekommen dort Kopfschmerzen.

Herz: Drei birnenförmige, verschachtelte Taschen. Befindet sich im Rücken.

Höhe: Je höher ein Nest ist, umso mehr strebt die Stadt nach einer großen, von der Sonne beschienenen Oberfläche. In heißen Zonen liegen die Ameisenhaufen ganz unter der Erde.

Indolessigsäure: Unkrautvertilgungsmittel.

Infrarot-Ozellen: Drei kleine Augen, die in Dreiecksform auf der Stirn der Fortpflanzungsfähigen angeordnet sind und diese befähigen, in völliger Dunkelheit zu sehen.

Johnston-Organ: Ameisenorgan zum Aufspüren der irdischen Magnetfelder.

Kadaver: Leere Cuticula.

Kälte: Universelles Beruhigungsmittel in der Welt der Insekten.

Kartoffelkäfer: Käfer mit orangefarbenen, von fünf schwarzen Längslinien durchzogenen Deckflügeln. Ernährt sich generell von Kartoffeln. Sein Saft ist ein tödliches Gift.

Kaste: In der Regel finden sich drei Kasten: Fortpflanzungsfähige, Soldatinnen, Arbeiterinnen. Jede Kaste ist in Unterkasten unterteilt: Ammen, Artilleristinnen usw.

Kaulquappe: Gefahr im Wasser.

Klimatisierung: Wärmeregulation in großen Städten durch Solarien, Exkremente und Luftlöcher in der Kuppel.

Kopf: Längenmaß der Ameisen. Entspricht 3 Millimeter.

Kraft: Eine rote Ameise kann das Sechzigfache ihres Gewichts schleppen. Sie erzeugt also 3,2 x 10^{-6} Pferdestärken.

Krankheiten: Die häufigsten Krankheiten der Ameisen sind die Konidie (hervorgerufen durch einen parasitären Pilz), die Aegeritella (eine Art Fäule des Panzers), der Hirnwurm (ein parasitärer Wurm, der sich in Höhe der Ganglien unterhalb der Speiseröhre einnistet), die Hypertrophie der labialen Drüsen (eine anormale Schwellung des Thorax, die bereits im Larvenstadium auftritt) und die Alternaria (tödliche Sporen).

La-chola-kan: Westliche Stadt der Föderation.

Larve des Ameisenlöwen: Fleischfressender beweglicher Sand. Gefahr.

Laus: Kleiner Käfer, den man zur Gewinnung von Honigtau melken kann.

Leberwurm (auch: **Leberegel**)**:** Parasit, der die Ameisen zu Schlafwandlerinnen macht.

Legion: Menge von Soldatinnen, die in der Lage sind, simultan zu manövrieren.

Lomechusa: Käfer, Lieferant einer tödlichen Droge. Gefahr.

Männchen: Insekten aus unbefruchteten Eiern.

Mandibelkampf: Ameisensport.

Mandibeln: Schnittwaffe, Kieferzangen der Ameise.

Marienkäfer: Viehräuber. Essbar.

Maulwurfsgrille (auch: **Werre**)**:** Schnelles unterirdisches Transportmittel.

Méliès, Jacques: Fingermännchen. Kurzhaarig.

Menschen: So nennen sich die Finger in ihrer Sprache.

Metamorphose: Übergang in eine zweite Lebensform, bei den meisten Insekten anzutreffen.

Mistkäfer: Kugelschieber. Essbar.

Mithridatismus: Fähigkeit der sozialen Arten, sich an ein tödliches Gift zu gewöhnen. Geht so weit, dass sie Eier legen, die genetisch gegen die Gefahr immun sind.

Mücke: Die Männchen schlecken den Saft der Pflanzen. Wovon sich die Weibchen ernähren, ist unbekannt. Essbar.

Musik: Ton oder Ultraschall, hervorgerufen durch Grillen und Zikaden, die ihre Flügel aneinanderreiben. Die pilzzüchtenden Ameisen können mit ihren Hinterleibsgelenken ebenfalls Musik erzeugen.

Moxiluxun: Junger Termitenhügel am Ufer des Flusses »Allesfresser«.

Nashornkäfer: Käfer, der mit einem großen Horn auf der Stirn ausgerüstet ist, Kriegsflugzeug.

Ni: Dynastie von belokanischen Königinnen.

Nr. 23: Gottgläubige Rebellin.

Nr. 24: Rebellin, die die *Freie Gemeinschaft von Cornigera* begründete.

Nr. 56: Mädchenname von Chli-pu-ni.

Nr. 327: Junges belokanisches Männchen.

Nr. 801: Tochter von Chli-pu-ni, als Spionin eingesetzt.

Nr. 4000: Jägerin, lebt in Guayei-Tyolot.

Nr. 103 683: Belokanische Soldatin.

Oleinsäure: Ausdünstungen von Ameisenkadavern.

Panzer: Kampftechnik, die darin besteht, dass sechs kleine, bewegliche Arbeiterinnen eine Arbeiterin mit großen Mandibeln tragen.

Parasitenameise: In organischer Chemie hochbegabte Art.

Pass: Geruch des Geburtsnests (oder Adoptivnests bei den Söldnerinnen).

Pflanzenläuse: Vieh. Essbar.

Pförtnerinnen: Unterkaste mit rundem, flachem Kopf. Beauftragt, strategisch wichtige Gänge zu blockieren.

Pheromon: Von den Ameisenantennen abgesondertes flüchtiges Hormon zur Weitergabe von Informationen oder Gefühlen.

Rebellinnen: Neuaufgekommene Bewegung. Im Jahr 100 000 667 des Föderationskalenders bemühten sich die Rebellinnen um die Rettung der Finger.

Regen: Tödliches Wetter.

Riechen: Die Geschlechtslosen besitzen 6500 sensorische Zellen pro Antenne, Männchen und Weibchen 300 000.

Salamander: Gefahr.

Samenkorn: Die roten Ameisen lieben das Elaiosom der Samenkörner, mit anderen Worten: deren ölhaltigster Teil. Ein durchschnittliches Nest erntet 70 000 Samenkörner pro Saison.

Sandlaufkäfer: Unter dem Boden versteckter Räuber. Da heißt es aufgepasst, wo man hintritt.

Sanitäre Einrichtungen: Becken, das die Exkremente der Städterinnen aufnimmt.

Schabe: Vorfahr der Termiten. Erstes Insekt auf Erden.

Schlacht am Klatschmohnhügel: Erster Föderationskrieg im Jahr 100 000 066, bei dem sich bakteriologische Waffen und Panzer gegenüberstehen.

Schlacht in der »Kleinen grauen Wolke«: Erste Auseinandersetzung zwischen den Truppen der roten Ameisen und den Bewohnerinnen der Goldenen Stadt im Jahr 100 000 667 des Föderationskalenders.

Schlange: Gefahr.

Schlupfwespe: Wespe, die ihre hungrigen Eier in anderen Körpern ablegt. Gefahr.

Schmetterling: Essbar.

Schnecke: Fundgrube von Proteinen. Essbar.

Schnitterinnen: Bäuerliche Ameisen des Ostens.

Schritt: Neues Längenmaß in der Föderation von Bel-o-kan. Ein Schritt entspricht etwa einem Zentimeter.

Schwimmkäfer: Wasser- und Unterwasserkäfer. Essbar.

Sehen: Die Ameisen sehen wie durch ein Gitter. Männchen und Weibchen können Farben sehen, aber sämtliche Farbtöne tendieren zum Ultraviolett.

Shi-gae-pu: Stadt der Zwergameisen im Nordwesten.

Sklavenhalterinnen: Kriegerische Art, kann nur mit Hilfe von Dienerinnen überleben.

Söldnerinnen: Einzelgänger, die im Austausch gegen Nahrung und eine neue Identität für ein anderes Nest kämpfen.

Sonne: Den Ameisen freundlich gesonnene Energiekugel.

Sozialkropf: Organ der Freigebigkeit.

Spinne: Ungetüm, das ihre Opfer stückchenweise verzehrt und sie nach jedem Happen wieder betäubt. Gefahr.

Temperatur: Die roten Ameisen können sich erst ab einer Temperatur von mindestens 8° bewegen. Die Männchen und Weibchen wachen mitunter ein wenig früher auf, bei 6°. Temperatur des Nests: Eine Stadt der roten Ameisen ist so wärmereguliert, dass je nach Etage stets eine Temperatur von 20° bis 30° herrscht.

Termiten: Lästige Nachbarinnen, Rivalinnen der Ameisen. Geschickte Architektinnen und Schifffahrerinnen.

Transport: Um eine andere zu transportieren, packt die Ameise sie mit den Mandibeln. Die andere rollt sich zusammen, um möglichst wenig über den Boden zu scheuern.

Trophallaxis: Austausch von Nahrung zwischen zwei Ameisen.

Verbotene Stadt: Festung zum Schutz der Geburtskammer. Besteht aus Holz, Zement oder sogar hohlem Gestein.

Vögel: Fliegende Ungetüme. Gefahr.

Waffen der Ameisen: Mandibeln als Säbel, Giftstachel, zerstäubter Klebstoff, Ameisensäurestrahlen, Krallen.

Wanze: Vermutlich das Tier mit dem originellsten Geschlechtsleben.

Wasserkäfer: Kann mittels einer Luftblase unter Wasser schwimmen.

Weben: Arbeit, die mit einer Larve ausgeführt wird.

Weberinnen: Wanderameisen des Ostens, die ihre eigene Larve als Weberschiffchen benutzen.

Wellen: Der kleinste gemeinsame Nenner, der in dieser oder jener Form von allen Wesen oder beweglichen Objekten ausgestoßen wird.

Wells, Edmond: Hat als erster Finger begriffen, was die Ameisen sind.

Wells, Laetitia: Fingerweibchen. Langhaarig.

Wespen: Primitive und giftige Kusinen der Ameisen. Gefahr.

Wind: Hebt einen vom Boden hoch, um einen irgendwo wieder abzusetzen.

Winterschlaf: Großer Schlaf von November bis März.

Zucht: Hochentwickelte Kunst einiger Arten, Pflanzenläuse und Schildläuse zu zähmen und deren anale Sekretionen aufzufangen. Im Sommer liefert eine Pflanzenlaus dreißig Tropfen Honigtau pro Stunde.

Zisterne: Honigtaureservoir.

Zubi-zubi-kan: Stadt des Ostens, berühmt für ihren großen Viehbestand.

Zwerginnen: Hauptfeindinnen der roten Ameisen.

DANKSAGUNG

Ich danke allen meinen Freunden, mit denen ich zu essen pflege. Indem ich ihren Geschichten aufmerksam lausche und ihr Interesse an meinen Geschichten spüre, finde ich den Stoff für meine Bücher.

Hier ihre Namen: Marc Boulay, Romain Van Lymt, Professor Gérard Amzallag, Richard Ducousset, Jérôme Marchand, Catherine Werber, Doktor Loic Etienne, Ji Woong Hong, Alexandre Dubarry, Chine Lanzmann, Léopold Braunstein, François Werber, Dominique Charabouska, Jean Cavé, Marie Pili Arnes, Patrice Serres, David Bauchard, Guillaume Aretos, Max Prieux, Fabrice Coget, Hervé Desinge, Dr. Michael Dezerald, Patrick Filipini, Luc Gomel, Joël Hersant, Irina Henry, Christine Josset, Frédéric Lenorman, Marie Lag, Eric Natal, Professor Passerat, Olivier Ranson, Gilles Rapoport, Reine Silbert, Irit und Dotan Slomka.

… (mögen jene, die ich vergessen habe, mir verzeihen).

Mein besonderer Dank gilt Reine Silbert, die mit viel Geduld meine verschiedenen Versionen von *Revolution der Ameisen* gelesen hat.

Ebenso danke ich allen Mitarbeitern der Edition d'Albin Michel.

Während ich dieses Buch schrieb, habe ich mich von folgender Musik inspirieren lassen: Mozart, Prokofieff, Pink Floyd, Debussy, Mike Oldfield (für die Waldszenen); Genesis, Yes, die Musik aus den Filmen *Dune*, *Krieg der Sterne*, *Die Möwe Jonathan* und *E. T.* (für die Verfolgungsszenen); Marillion, AC-DC, Dead Can Dance, Arvo Pärt, Andreas Vollenweider (für die Szenen der Schülerrevolution); der

Stille oder Bach habe ich gelauscht, während ich die Texte der *Enzyklopädie des relativen und absoluten Wissens* verfasste.

Nicht zuletzt gilt mein Dank allen Bäumen, die sich für die Herstellung des Papiers geopfert haben. Ich hoffe, dass bald neue gepflanzt werden.